DIANA GABALDON

VIENTO Y CENIZA

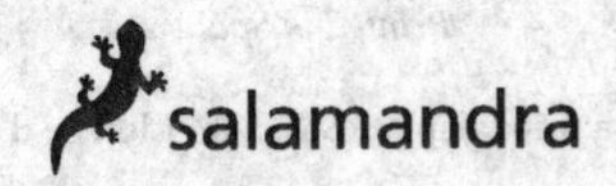

Traducción del inglés de
Eduardo Hojman y Elisabete Fernández

Título original: *A Breath of Snow and Ashes*

Ilustración de la cubierta: Steve Stenson / Arcangel Images

Publicaciones y Ediciones Salamandra, S.A.
Almogàvers, 56, 7° 2ª - 08018 Barcelona - Tel. 93 215 11 99
www.salamandra.info

ISBN: 978-84-9838-740-7
Depósito legal: B-12.811-2016

1ª edición, julio de 2016
Printed in Spain

Impresión: Liberdúplex, S.L. Sant Llorenç d'Hortons

VIENTO Y CENIZA

Este libro está dedicado a Charles Dickens,
Robert Louis Stevenson, Dorothy L. Sayers,
John D. MacDonald y P. G. Wodehouse

Índice

Prólogo 13

PRIMERA PARTE
Rumores de guerra 15

1. *Una conversación interrumpida* 17
2. *La cabaña holandesa* 20
3. *Mantén cerca a tus amigos* 31
4. *La serpiente en el edén* 38
5. *Las sombras que proyecta el fuego* 45
6. *Emboscada* 57
7. *James Fraser, agente indio* 90

SEGUNDA PARTE
Sombras crecientes 101

8. *Víctima de una masacre* 103
9. *El umbral de la guerra* 106
10. *El deber llama* 129
11. *Cuestiones de sangre* 132
12. *Otros misterios de la ciencia* 135
13. *Manos seguras* 141
14. *El pueblo de Pájaro de Nieve* 144
15. Stakit to droon 153

TERCERA PARTE
Hay un momento para todo 167

16. Le mot juste 169
17. *Los límites del poder* 174
18. ¡Bruum! 178
19. *Segar la mies* 182
20. *Regalos peligrosos* 196
21. *¡Ignición!* 218
22. *Encantamiento* 236
23. *Anestesia* 240
24. *Sin tocar* 257
25. *Cenizas en el aire* 270

CUARTA PARTE
Secuestro ... 285

26. *Con un ojo en el futuro* ... 287
27. *El cobertizo de malteado* ... 295
28. *Maldiciones* ... 322
29. *Perfectamente* ... 360
30. *El cautivo* ... 391
31. *A la cama* ... 412
32. *Ahorcarlo sería demasiado bueno para él* ... 422
33. *Intervención de la señora Bug* ... 424
34. *Las pruebas del caso* ... 445

QUINTA PARTE
Grandes desesperanzas ... 451

35. *Laminaria* ... 453
36. *Lobos de invierno* ... 474
37. Le maître des champignons ... 487
38. *Un demonio en la leche* ... 492
39. *Yo soy la resurrección* ... 504

SEXTA PARTE
En la montaña ... 531

40. *Primavera de aves* ... 533
41. *El armero* ... 543
42. *Ensayo con vestuario* ... 552
43. *Personas desplazadas* ... 562
44. *Scotchee* ... 570
45. *Una mancha en la sangre* ... 582
46. *Donde las cosas se tuercen* ... 593
47. *Abejas y varas* ... 604
48. *Orejas de Judas* ... 616
49. *El veneno del viento del norte* ... 623
50. *Bordes afilados* ... 638
51. *La vocación* ... 653
52. *El pastor de la comunidad* ... 659

SÉPTIMA PARTE
Rodar cuesta abajo ... 665

53. *Principios* ... 667
54. *La barbacoa de Flora MacDonald* ... 673
55. *Wendigo* ... 709
56. *Brea y plumas* ... 728
57. *El regreso del ministro* ... 763

OCTAVA PARTE

La vocación ... 771

58. *Amaos los unos a los otros* ... 773
59. *Bobby va de cortejo* ... 787
60. *El jinete pálido cabalga* ... 803
61. *Una fétida pestilencia* ... 811
62. *Ameba* ... 817
63. *El momento de la decisión* ... 823
64. *Yo soy la resurrección. Segunda parte* ... 826
65. *Momento de declaración* ... 845
66. *La oscuridad se cierne* ... 851
67. *El que ríe último...* ... 862

NOVENA PARTE

Los huesos del tiempo ... 867

68. *Salvajes* ... 869
69. *Una estampida de castores* ... 879
70. *Emily* ... 900
71. *Morcilla* ... 927
72. *Traiciones* ... 941
73. *Jugar a dos bandas* ... 959
74. *Tan romántico* ... 980
75. *Piojos* ... 991

DÉCIMA PARTE

¿Dónde está Perry Mason cuando se lo necesita? ... 1001

76. *Correspondencia peligrosa* ... 1003
77. *El 18 de abril* ... 1009
78. *La hermandad universal de los hombres* ... 1022
79. *Alarmas* ... 1026
80. *El mundo al revés* ... 1030
81. *El beneficio de la duda* ... 1051
82. *No es el fin del mundo* ... 1061
83. *Declaraciones* ... 1067
84. *Entre las lechugas* ... 1075
85. *La novia robada* ... 1078
86. *Prioridades* ... 1085
87. *«La justicia es mía», dijo el Señor* ... 1089
88. *Tras el escándalo* ... 1108
89. *Huida a la luz de la luna* ... 1116
90. *Cuarenta y seis habichuelas a mi favor* ... 1122
91. *Un plan razonablemente ingenioso* ... 1138
92. *Amanuense* ... 1143
93. *Me hago pasar por una dama* ... 1159
94. *Fuga* ... 1166

95. *El* Cruizer 1173
96. *Pólvora, traición y complot* 1188
97. *Por alguien que sí que es digno* 1196

DECIMOPRIMERA PARTE
El día de la venganza 1205

98. *Mantener un espíritu a raya* 1207
99. *El antiguo amo* 1216
100. *Un viaje a la costa* 1226
101. *Guardia nocturna* 1227
102. Anemone 1233
103. *Formular la pregunta* 1246
104. *Durmiendo con un tiburón* 1253
105. *El hijo pródigo* 1255
106. *Cita* 1263
107. *La luna nueva* 1271
108. *Muy alta* 1292
109. *Todas las noticias que merecen ser publicadas* 1306
110. *El olor de la luz* 1307
111. *Veintiuno de enero* 1318
112. *El violador de juramentos* 1330
113. *Los fantasmas de Culloden* 1339

DECIMOSEGUNDA PARTE
El tiempo no será nuestro para siempre 1345

114. *Amanda* 1347
115. *Hurgándose la nariz* 1355
116. *El noveno conde de Ellesmere* 1362
117. *Seguramente me acompañarán la justicia y la misericordia* 1379
118. *Arrepentimiento* 1384
119. *Resistirse a partir* 1387
120. *Aunque sólo sea por mí* 1395
121. *Al otro lado del abismo* 1397
122. *El guardián* 1399
123. *El regreso del nativo* 1404
124. *Propiedad del rey* 1419

Epílogo I
Lallybroch 1427

Epílogo II
El diablo está en los detalles 1433

Agradecimientos 1435
Sobre la autora 1439

Prólogo

El tiempo es una de las muchas cosas que la gente atribuye a Dios. Siempre está ahí, preexistente, y no tiene final. Existe la noción de que es todopoderoso, puesto que nada puede oponerse a él, ¿no es cierto? Ni montañas, ni ejércitos.

Y el tiempo, desde luego, lo cura todo. Con tiempo suficiente, todo se resuelve: todos los dolores se engloban, todas las adversidades desaparecen, todas las pérdidas se clasifican.

Cenizas a las cenizas, polvo al polvo. Recuérdalo: polvo eres y en polvo te convertirás.

Y si el tiempo se parece en algo a Dios, supongo que la memoria debe de ser el diablo.

PRIMERA PARTE

Rumores de guerra

1

Una conversación interrumpida

El perro fue el primero en percatarse de su presencia. A pesar de la oscuridad, Ian Murray sintió, más que vio, que la cabeza de *Rollo* se alzaba de repente cerca de su muslo, con las orejas erguidas. Puso una mano sobre el cuello del perro y sintió que los pelos de esa zona se erizaban en una señal de advertencia.

Había tanta sintonía entre ambos que Ian ni siquiera pensó conscientemente «Hombres», sino que llevó la otra mano al cuchillo y permaneció inmóvil, respirando. Escuchando.

El bosque estaba en silencio. Aún faltaban varias horas para el amanecer y el ambiente era tan solemne como el de una iglesia; una bruma densa similar a la del incienso se elevaba poco a poco del suelo. Ian se había tumbado para descansar en el tronco caído de un gigantesco tulípero, puesto que prefería las cosquillas de las cochinillas a que la humedad se filtrara entre sus ropas. Su mano seguía sobre el cuello del perro, esperando.

Rollo gruñía con un ronquido grave y constante que Ian apenas podía oír, pero que percibía con facilidad, como una vibración que ascendía por su brazo y despertaba cada nervio de su cuerpo. No se había quedado dormido —ya casi nunca dormía por la noche—, sino que había permanecido inmóvil, mirando la bóveda celeste, absorto en su habitual discusión con Dios. La quietud había desaparecido con el movimiento de *Rollo*. Se sentó lentamente, con las piernas colgando a un lado del tronco semipodrido, con el corazón latiéndole cada vez más deprisa.

La inquietud de *Rollo* no se había disipado, pero su cabeza giró, siguiendo algo invisible. Era una noche sin luna; Ian alcanzaba a ver las débiles siluetas de los árboles y las sombras inquietas de la noche, pero nada más.

Entonces los oyó. Eran sonidos de pasos. Estaban aún a bastante distancia, pero se acercaban cada vez más. Se puso en pie y entró poco a poco en un charco oscuro debajo de un abeto balsámico. Chasqueó la lengua; *Rollo* dejó de gruñir y lo siguió, silencioso como el lobo que había sido su padre.

El lugar de reposo de Ian daba a un sendero de venados. Los hombres que iban tres él no estaban cazando.

Hombres blancos. Eso sí que era extraño, incluso más que extraño. No podía verlos, pero no era necesario; el ruido que hacían era inconfundible. Los indios, cuando se desplazaban, no eran silenciosos, y muchos de los escoceses de las Highlands con los que vivía podían moverse como fantasmas en el bosque. Pero Ian no tenía ninguna duda: se trataba de metal. Oía el tintineo de arreos, el choque de botones y hebillas, y cañones de escopetas.

Muchos. Tan cerca que ya empezaba a olerlos. Se inclinó un poco hacia delante, con los ojos cerrados, para olfatear lo mejor que pudiera y obtener pistas.

Llevaban pieles; le llegó el olor a pelo frío y sangre seca que probablemente había despertado a *Rollo*, pero casi con seguridad no eran tramperos. Eran demasiados. Los tramperos viajaban solos o, como mucho, de dos en dos.

Hombres pobres y sucios. No eran tramperos y tampoco cazadores. Era fácil conseguir presas en esa época del año, pero ellos olían a hambre. Y al sudor de la mala bebida.

Ya estaban cerca, tal vez a unos tres metros del lugar en el que él se encontraba. *Rollo* soltó un leve bufido y, una vez más, Ian le cerró el hocico con la mano, pero los hombres hacían demasiado ruido como para oírlo. Contó las pisadas, el ruido de las cantimploras y las cajas de balas, los gemidos causados por los pies heridos y los suspiros de fatiga.

Veintitrés hombres, calculó, y había una mula con ellos... no, dos; oyó el crujido de alforjas cargadas y una respiración pesada y afligida, como la de las mulas.

Los hombres jamás habrían advertido su presencia, pero algún movimiento del aire llevó el olor de *Rollo* hasta las mulas. Un rebuzno ensordecedor rasgó la oscuridad y el bosque a su alrededor estalló con el ruido de golpes y gritos de alarma. Ian ya estaba corriendo cuando oyó disparos detrás de él.

—*A Dhia*! —Algo lo golpeó en la cabeza y cayó hacia delante. ¿Lo habían matado?

No. *Rollo*, alterado, le introducía el hocico húmedo en la oreja. La cabeza le zumbaba como una colmena y veía brillantes relámpagos de luz delante de los ojos.

—¡Corre! *Ruith*! —jadeó, empujando al perro—. ¡Huye! ¡Vete!

El animal vaciló, gimiendo desde lo más profundo de su garganta. Ian no podía ver, pero sintió que el gran cuerpo lo embestía, giraba y volvía a girar, indeciso.

—*Ruith*! —Se apoyó sobre las manos y las rodillas, urgiéndolo a que se marchara, y *Rollo*, por fin, obedeció y corrió como lo habían entrenado.

No tenía tiempo de correr él también, incluso aunque hubiera podido incorporarse. Cayó boca abajo, hundió las manos y los pies en el mantillo y se agitó como un poseso, enterrándose cada vez más.

Un pie se clavó entre sus omóplatos, pero el jadeo que le provocó quedó amortiguado por las hojas mojadas. No importaba; hacían demasiado ruido. Fuera quien fuese el que le había pisado, no se había dado cuenta. Lo había golpeado de refilón al pasar sobre él presa del pánico, sin duda pensando que se trataba de un tronco podrido.

Los disparos cesaron. Los gritos no, pero Ian no podía entenderlos. Sabía que estaba tumbado boca abajo, con las mejillas frías por la humedad y el hedor de hojas muertas en la nariz, pero se sentía como si estuviera muy borracho, con el mundo girando poco a poco a su alrededor. La cabeza no le dolía demasiado, más allá del primer estallido que había sentido, pero parecía que no podía levantarla.

Se le ocurrió la idea de que, si moría allí, nadie se enteraría. Su madre se preocuparía, pensó, al no saber qué había sido de él.

Los ruidos se hicieron más débiles, más ordenados. Alguien seguía gritando; parecía que daba órdenes. Se marchaban. Entonces se le ocurrió vagamente que podría llamar su atención. Si sabían que era blanco, tal vez lo ayudarían. O tal vez no.

Permaneció inmóvil. O se estaba muriendo, o no. Si iba a morir, no podrían ayudarlo. Si no, su ayuda no sería necesaria.

«Bueno, es justo lo que he pedido, ¿no? —pensó, reanudando su conversación con Dios, tranquilo como si aún siguiera tumbado sobre el tronco del tulípero, con la mirada fija en las profundidades del cielo que se cernía sobre él—. Una señal, he dicho. Pero no esperaba que respondieras tan pronto.»

• • •

2

La cabaña holandesa

Marzo de 1773

Nadie sabía que había una cabaña allí, hasta que Kenny Lindsay, cuando ascendía por el barranco, vio las llamas.

—No la habría visto —dijo, tal vez por sexta vez— si no hubiera sido porque estaba oscureciendo. Si hubiera sido de día, nunca me habría dado cuenta de que estaba allí, nunca. —Se pasó una mano temblorosa por la cara, incapaz de apartar la vista de la hilera de cadáveres que yacían al borde del bosque—. ¿Fueron los salvajes, Mac Dubh? No les han arrancado la cabellera, pero es posible que...

—No. —Jamie volvió a colocar con delicadeza el pañuelo manchado de hollín sobre la cara azulada y de ojos abiertos de una niña pequeña—. Ninguno de ellos está herido. Seguramente te diste cuenta de ello cuando los sacaste de allí, ¿verdad?

Lindsay sacudió la cabeza con los ojos cerrados, y se estremeció con violencia. Eran las últimas horas de la tarde de un día fresco de primavera, pero todos los hombres estaban sudando.

—No miré —dijo simplemente.

Mis propias manos estaban como el hielo, entumecidas e insensibles igual que la piel gomosa de la mujer sin vida que estaba examinando. Llevaban muertos más de un día; el *rigor mortis* ya había pasado, dejándolos flácidos y helados, pero el tiempo frío de la primavera en la montaña los había protegido, por el momento, de las humillaciones más brutales de la putrefacción.

Traté de que mi respiración no fuera muy profunda; el aire traía el olor amargo de algo quemado. Cada cierto tiempo se elevaban volutas de humo de las ruinas calcinadas de la diminuta cabaña. De reojo vi que Roger pateaba un tronco cercano, luego se agachaba y cogía algo del suelo.

Kenny había llamado a nuestra puerta bastante antes del amanecer y nos había sacado de nuestras tibias camas. Habíamos acudido a toda prisa, incluso sabiendo que ya era demasiado tarde para prestarles ayuda. También habían venido algunos de los arrendatarios de las granjas del Cerro de Fraser. Evan, el hermano de Kenny, estaba junto a Fergus y Ronnie Sinclair en un pequeño grupo bajo los árboles, hablando en gaélico y en voz baja.

—¿Sabes qué les ha ocurrido, Sassenach? —Jamie, con gesto de preocupación, se agachó a mi lado—. Me refiero a los que están debajo de los árboles. —Hizo un gesto hacia el cadáver frente a mí—. Ya me he dado cuenta de qué fue lo que mató a esa pobre mujer.

El viento agitó las largas faldas de la mujer y las levantó, dejando al descubierto unos pies largos y delgados, calzados con zuecos de cuero. A los lados yacían un par de manos también largas e inmóviles. Había sido alta, aunque no tanto como Brianna, pensé, y busqué de manera automática el cabello brillante de mi hija, que se balanceaba entre las ramas al otro extremo del claro.

Yo había levantado el delantal de la mujer para cubrirle la cabeza y la parte superior del cuerpo. Tenía las manos rojas, con los nudillos endurecidos por el trabajo y callos en las palmas, pero por la firmeza de los muslos y la delgadez de su cuerpo, deduje que no tendría más de treinta años, tal vez muchos menos. Era difícil saber si había sido bonita.

Negué con la cabeza a modo de respuesta.

—No creo que muriera a causa del fuego —intervine—. Mira, las piernas y los pies están intactos. Debió de caer sobre la chimenea. Su pelo ardió y el fuego prendió los hombros de su vestido. Quizá estaba lo bastante cerca de la pared o la campana de la chimenea como para que las llamas la alcanzaran. Prendió y luego las llamas se extendieron por toda la casa.

Jamie asintió con tranquilidad, con la mirada fija sobre el cuerpo de la mujer.

—Sí, tiene sentido. Pero ¿qué fue lo que los mató, Sassenach? Los otros están algo chamuscados, aunque ninguno tan quemado como ella. Debieron de morir antes de que la cabaña se incendiara, puesto que ninguno intentó escapar. ¿Alguna enfermedad mortal, tal vez?

—No lo creo. Déjame volver a examinar a los demás.

Caminé poco a poco hacia la hilera de cuerpos inmóviles cuyos rostros estaban cubiertos por una tela, y me agaché sobre cada uno de ellos para volver a mirar debajo de sus improvisadas mortajas. En esa época había bastantes enfermedades que podían matar rápidamente; sin antibióticos y sin ninguna forma de administrar los líquidos, salvo por la boca o el recto, una simple diarrea podía matar en un intervalo de veinticuatro horas.

Veía casos así con suficiente frecuencia como para reconocerlos con facilidad; a todos los médicos les sucede, y yo llevaba más de veinte años en esa profesión. En ese siglo, de vez en cuando, encontraba casos a los que jamás había tenido que enfrentarme en el mío, como enfermedades parasitarias bastante horribles, transmitidas desde los trópicos a través del comercio de esclavos. Pero estaba segura de que no era ningún parásito lo que había acabado con la vida de aquellas pobres almas, y tampoco ninguna patología que yo conociera dejaba aquellas señales en sus víctimas.

Todos los cuerpos —la mujer quemada, otra mujer mucho mayor y tres niños— habían sido hallados en el interior de la casa en llamas. Kenny los había sacado, justo antes de que el tejado se hundiera, y luego había cabalgado en busca de ayuda. Al parecer, todos estaban muertos antes de que el fuego empezara; todos muertos casi al mismo tiempo. Entonces, seguramente, el fuego se habría iniciado poco después de que la mujer cayera muerta sobre la chimenea.

Las víctimas estaban ubicadas con cuidado bajo las ramas de una gigantesca pícea roja, mientras los hombres comenzaban a cavar una tumba cerca de allí. Brianna permanecía de pie junto a la niña más pequeña, con la cabeza inclinada. Me acerqué a arrodillarme al lado del cuerpecillo, y ella se arrodilló conmigo, al otro lado del cadáver.

—¿Qué ha sido? —preguntó en voz baja—. ¿Veneno?

Levanté la vista y la miré sorprendida.

—Creo que sí. ¿Qué te ha hecho pensar eso?

Ella señaló con un gesto el rostro teñido de azul. Había tratado de cerrarle los ojos, pero abultaban demasiado debajo de los párpados, lo que confería a la pequeña una mirada de horror y alarma. Los rasgos diminutos, aún no formados, estaban retorcidos en un rictus de agonía, y había restos de vómito en las comisuras de los labios.

—El manual de las *girl scouts* —respondió Brianna. Miró de reojo a los hombres, pero no había nadie lo bastante cerca como para escucharla. Hizo una mueca y apartó la vista del cuerpo, extendiendo una mano abierta—. «Nunca comas una seta que no conozcas» —citó—. «Hay muchas clases que son venenosas, pero sólo los expertos pueden distinguirlas.» Roger encontró éstas, que crecían en forma de anillo junto a aquel tronco.

Sombreros húmedos y carnosos, de color beige con manchas blancas como verrugas, laminillas abiertas y tallos finos tan claros que parecían casi fosforescentes a la sombra del abeto. Tenían un aspecto agradable y terroso que ocultaba sus mortíferos efectos.

—Setas pantera —anuncié como para mí misma, y cogí una de su palma con cuidado—. *Agaricus pantherinus*... O así es como se las llamará en el futuro, una vez que alguien se disponga a bautizarlas correctamente. *Pantherinus*, porque matan con mucha rapidez, como el ataque de un felino.

Vi que la piel del antebrazo de Brianna se erizaba, levantando su vello suave y dorado. Inclinó la cabeza y dejó caer al suelo el resto de aquellas setas mortales.

—¿Quién en su sano juicio comería setas venenosas? —preguntó, limpiándose la mano en la falda con un repentino estremecimiento.

—Personas que no sabían que lo eran. Personas que es posible que tuvieran hambre —respondí en voz baja.

Cogí la mano de la niñita muerta y seguí con los dedos los delicados huesos de su antebrazo. El pequeño vientre mostraba señales de hinchazón, aunque no podía decir si se debía a la desnutrición o se habían producido *post mortem*, pero la clavícula era afilada como la hoja de una hoz. Todos los cuerpos eran delgados, aunque no llegaban a ser escuálidos.

Levanté la mirada hacia la sombra azulada y oscura de la ladera que se encontraba sobre la cabaña. Todavía no había llegado la temporada de recolección, pero había comida en abundancia en el bosque para aquellos que podían reconocerla.

Jamie se acercó y se arrodilló a mi lado, posando con suavidad una mano grande en mi espalda. A pesar del frío que hacía, un chorro de sudor le corría por el cuello, y su tupido pelo cobrizo se había oscurecido a la altura de las sienes.

—La tumba está lista —dijo en voz baja, como si temiera asustar a la niña—. ¿Eso fue lo que mató a la chiquilla? —Señaló los hongos esparcidos.

—Creo que sí... y también a todos los demás. ¿Has echado un vistazo por los alrededores? ¿Alguien sabe quiénes son?

Jamie sacudió la cabeza.

—No son ingleses, la vestimenta no concuerda. Si fueran alemanes, seguramente se habrían dirigido a Salem, porque esas personas suelen moverse en clanes y no suelen establecerse de manera aislada. Es posible que éstos fueran holandeses. —Señaló con un gesto los zuecos de madera tallada de los pies de la anciana, agrietados y manchados por el uso—. No queda ningún libro ni otros papeles, si es que los hubo alguna vez. Nada que pueda indicarnos sus nombres. Pero...

—No llevaban mucho tiempo aquí. —Una voz grave y quebrada hizo que levantara la mirada. Había llegado Roger, que se acuclilló junto a Brianna, señalando con la cabeza los restos humeantes de la cabaña. Habían trazado una pequeña huerta en la tierra, pero las pocas plantas que asomaban no eran más que brotes, hojas tiernas y endebles, ennegrecidas por las últimas heladas. No había cobertizos, ninguna señal de ganado, mulas o cerdos.

—Nuevos emigrantes —comentó Roger en voz baja—. Ningún sirviente. Esta familia no estaba acostumbrada a trabajar al aire libre; en las manos de la mujer hay ampollas y cicatrices recientes. —Inconscientemente, se frotó la rodilla, cubierta por un pantalón de confección casera. Sus palmas ya tenían tantos callos como las de Jamie, aunque en otra época había sido un académico de piel suave, y recordaba el dolor que le había causado su propia adaptación.

—Me pregunto si habrán dejado familiares... en Europa —murmuró Brianna. Apartó el pelo rubio de la frente de la niñita y volvió a cubrirle la cara con el pañuelo. Vi que su garganta se movía cuando tragaba saliva—. Jamás sabrán qué les ocurrió.

—No. —Jamie se incorporó de forma abrupta—. Dicen que Dios protege a los necios, pero creo que hasta el Todopoderoso pierde la paciencia de vez en cuando. —Se apartó, haciendo gestos en dirección a Lindsay y a Sinclair.

—Buscad al hombre —le dijo a Lindsay. Todas las cabezas se alzaron para mirarlo.

—¿El hombre? —preguntó Roger, y volvió con brusquedad la mirada hacia los restos chamuscados de la cabaña. Entonces se dio cuenta—. Claro... ¿Quién les construyó esa casa?

—Podrían haberlo hecho las mujeres —señaló Bree, alzando la barbilla.

—Tú, sí —respondió él, torciendo un poco la boca mientras miraba de soslayo a su esposa. Brianna se parecía a Jamie en algo más que en el color de la piel; medía más de un metro ochenta sin zapatos y tenía la fuerza de su padre en los brazos y las piernas.

—Es posible, pero no lo hicieron ellas —interrumpió Jamie. Señaló con un gesto la estructura de la cabaña, donde unos escasos muebles todavía conservaban sus frágiles formas.

Mientras yo miraba lo que él había indicado, el viento del anochecer comenzó a soplar, azotando las ruinas, y la sombra de un banco se desmoronó sin hacer ruido, convirtiéndose en ceniza, generando ráfagas de hollín y partículas carbonizadas que flotaban sobre el suelo como fantasmas.

—¿A qué te refieres? —Me puse en pie y me acerqué a él, mientras miraba la casa. No quedaba prácticamente nada en el interior, aunque el tiro de la chimenea seguía en pie y quedaban algunos pedazos serrados de pared, con los troncos caídos como palillos chinos.

—No hay nada de metal en la casa —dijo, señalando la chimenea ennegrecida, donde había los restos de un caldero roto a causa del calor y cuyo contenido se había evaporado—. Ninguna olla, salvo aquélla, que es demasiado pesada para que se la llevaran. Ninguna herramienta. Ni siquiera un cuchillo, ni un hacha... Y tú misma puedes ver que quienquiera que construyera esta cabaña debió de utilizar alguna herramienta.

Era cierto; los troncos no estaban descortezados, pero en las muescas y los extremos había claras marcas de que habían sido cortados con un hacha.

Roger frunció el ceño, levantó una larga rama de un pino y comenzó a hurgar entre las pilas de ceniza y escombros, tratando de asegurarse.

Kenny Lindsay y Sinclair no se molestaron; Jamie les había dicho que buscaran a un hombre, y de inmediato desaparecieron en el bosque, dispuestos a hacerlo. Fergus los acompañó; Evan Lindsay, su hermano Murdo y los McGillivray empezaron a reunir piedras para cubrir la tumba.

—Si había un hombre, ¿por qué las abandonó? —murmuró Brianna, apartando la mirada de su padre para dirigirla hacia la hilera de cuerpos—. ¿Es posible que esa mujer creyera que no sobrevivirían solas?

¿Y, por tanto, decidió quitarse su propia vida y la de sus hijas para evitar una larga agonía a causa del frío y el hambre?

—¿Las abandonó y se llevó todas sus herramientas? Por Dios, espero que no. —Me santigüé al pensar en ello, a pesar de que, al mismo tiempo que lo hacía, dudaba que fuera verdad—. ¿No se habrían marchado en busca de ayuda? Incluso con las niñas... Ya casi no hay nieve.

Sólo los desfiladeros más altos seguían cubiertos de nieve, y si bien los senderos y las pendientes de la montaña estaban húmedos y llenos de barro, hacía por lo menos un mes que eran transitables.

—He encontrado al hombre —anunció Roger, interrumpiendo mis pensamientos. Hablaba con una voz calmada, pero hizo una pausa para aclararse la garganta—. Justo... justo allí.

La luz comenzaba a disminuir, pero de todas formas me di cuenta de que estaba pálido. Y con razón; la silueta retorcida que había descubierto debajo de las maderas de una pared derrumbada era lo bastante aterradora como para que cualquiera sintiera la necesidad de hacer una pausa. Carbonizado hasta la negrura, con las manos levantadas en la postura de boxeador tan habitual en aquellos que fallecen quemados, era incluso difícil estar seguro de que se tratara de un hombre, aunque a mí, por lo que podía ver, me parecía que sí lo era.

Las especulaciones sobre el hallazgo de ese nuevo cuerpo se interrumpieron cuando se oyó un grito desde el borde del bosque.

—¡Los hemos encontrado, milord!

Todos dejamos de contemplar el nuevo cadáver para mirar a Fergus, que gesticulaba junto a los árboles.

«Los», claro que sí. Esta vez dos hombres. Despatarrados en el suelo a la sombra de los árboles, no juntos, pero tampoco muy separados, a escasa distancia de la casa. Y ambos, por lo que podía ver, probablemente muertos de intoxicación por las setas.

—Aquél no es holandés —dijo Sinclair, tal vez por cuarta vez, sacudiendo la cabeza cerca de un cuerpo.

—Podría serlo —señaló Fergus dubitativo. Se rascó la nariz con la punta del garfio que llevaba donde debería haber estado la mano izquierda—. De las Indias Orientales, *non?*

Uno de los cuerpos era el de un hombre negro. El otro era blanco, y ambos llevaban ropas indefinidas de confección casera: camisas y pantalones, pero sin abrigos, a pesar del frío. Estaban descalzos.

—No. —intervino Jamie, sacudiendo la cabeza y frotándose la mano contra sus propios pantalones de manera inconsciente, como si quisiera librarse del contacto con los muertos—. Los holandeses tienen esclavos en Barbuda, es cierto, pero éstos están mejor alimentados que la gente de la cabaña. —Levantó la barbilla hacia la hilera muda de mujeres y niños—. No vivían aquí. Además...

Vi que sus ojos se clavaban en los pies de los muertos, que estaban mugrientos a la altura de los tobillos, y muy encallecidos, pero en general estaban limpios. Las plantas de los pies del negro tenían un color rosado amarillento, sin manchas de barro ni hojas sueltas entre los dedos. Aquellos hombres no habían caminado descalzos por el bosque, eso era evidente.

—De modo que tal vez había más hombres... Cuando éstos murieron, sus compañeros les quitaron los zapatos y cualquier otra cosa de valor —añadió Fergus en un tono práctico, haciendo un gesto que iba de la cabaña chamuscada a los cuerpos—, y huyeron.

—Sí, es posible. —Jamie frunció los labios, recorriendo poco a poco el jardín con la mirada, pero el suelo estaba lleno de huellas y matojos arrancados, y la totalidad del jardín estaba cubierta de cenizas y pedacitos de madera carbonizada. Parecía como si hubiese pasado por allí una manada de hipopótamos—. Ojalá el joven Ian estuviera aquí. Él es el mejor rastreador que conozco; tal vez podría decirnos qué ocurrió. —Hizo un gesto hacia el bosque, donde habían encontrado a los hombres—. Cuántos eran y, quizá, en qué dirección se marcharon.

El propio Jamie no era un mal rastreador. Estaba anocheciendo con rapidez; incluso en el claro donde se hallaba la cabaña incendiada estaba aumentando la oscuridad, arremolinándose debajo de los árboles, arrastrándose por la tierra marchita como si se tratara de aceite.

Sus ojos se dirigieron hacia el horizonte, donde unas cintas de nubes comenzaban a teñirse de dorado y rosa a medida que el sol se ponía detrás de ellas, y sacudió la cabeza.

—Enterradlos. Luego nos iremos —decidió.

No obstante, todavía quedaba otro triste descubrimiento. El hombre achicharrado, el único de todos los muertos, no había fallecido a causa del fuego o el veneno. Cuando levantaron el cadáver carbonizado para transportarlo hasta la tumba, algo cayó del cuerpo y aterrizó con un ruido sordo y pesado sobre el suelo. Brianna lo cogió y lo limpió, frotándolo con su vestido.

—Supongo que pasaron esto por alto —dijo en un tono algo sombrío, levantándolo. Era un cuchillo, o la hoja de un cuchillo. El mango de madera se había quemado hasta desaparecer, y la hoja estaba retorcida por el calor.

Sobreponiéndome al hedor denso y agrio de la carne y la grasa quemadas, me incliné sobre el cadáver, palpando suavemente la columna vertebral. El fuego destruye muchas cosas, pero conserva otras muy extrañas. La herida triangular era muy visible, marcada por el fuego debajo de las costillas.

—Lo apuñalaron —comenté, y me limpié las manos sudorosas en mi propio vestido.

—Lo mataron —señaló Bree, mirándome a la cara—. Y luego su esposa... —Miró a la joven en el suelo, con el delantal que le cubría la cabeza—. Preparó un guiso con las setas y todos lo comieron. Los niños también.

El claro quedó en silencio, salvo por los chillidos lejanos de los pájaros de la montaña. Yo oía mi propio corazón latiendo de manera dolorosa en mi pecho. ¿Venganza, o simple desesperación?

—Sí, es posible —intervino Jamie quedamente. Se agachó para alzar un extremo del lienzo sobre el que habían colocado al hombre—. Lo llamaremos «accidente».

Depositaron al holandés y a su familia en una tumba, y a los dos desconocidos en la otra.

Al caer el sol, empezó a soplar un viento frío que hizo que el delantal se moviera de la cara de la mujer cuando la levantaron. Sinclair dejó escapar un extraño grito y casi soltó el cuerpo a causa de la impresión.

La mujer ya no tenía rostro ni cabello; su delgado cuello se estrechaba con brusquedad y se convertía en restos carbonizados. La carne de su cabeza había desaparecido por completo, dejando una calavera extrañamente diminuta, donde sus dientes sonreían con una frivolidad desconcertante.

La bajaron con rapidez a la poco profunda tumba, con sus hijos y su madre a su lado, y dejaron que Brianna y yo hiciéramos un pequeño montón de piedras sobre la sepultura, según la antigua tradición escocesa, para señalar el lugar y protegerla de las bestias salvajes. Mientras tanto, otros cavaban una última morada un poco más rudimentaria para los dos hombres descalzos.

Cuando el trabajo estuvo terminado, todos nos reunimos, con los rostros pálidos y en silencio, en torno a los flamantes montículos. Vi que Roger se colocaba cerca de Brianna, rodeándole la cintura en un gesto de protección. Un pequeño estremecimiento, que a mí me pareció que no tenía nada que ver con el frío, la recorrió de la cabeza a los pies. El hijo de ambos, Jemmy, tenía alrededor de un año menos que la niña más pequeña.

—¿Dirás algunas palabras, Mac Dubh? —Kenny Lindsay miró a Jamie con actitud de interrogación, al mismo tiempo que se colocaba la gorra de lana de modo que le protegiera las orejas del frío cada vez más intenso.

Ya casi había anochecido y nadie quería permanecer allí mucho tiempo. Tendríamos que acampar lo más lejos posible del hedor del incendio, y eso sería bastante difícil en la oscuridad. Pero Kenny tenía razón: no podíamos marcharnos sin llevar a cabo al menos una mínima ceremonia simbólica, una despedida a los desconocidos.

Jamie sacudió la cabeza.

—No, que hable Roger Mac. Si estas personas eran holandesas, lo más probable es que fueran protestantes.

Aunque había poca luz, vi la mirada de furia que Brianna dirigió a su padre. Era cierto que Roger era presbiteriano, pero también lo era Tom Christie, un hombre mucho mayor cuyo adusto rostro reflejaba su opinión sobre esa reunión. La cuestión de la religión, sin embargo, no era más que un pretexto, y todos lo sabían, incluido Roger.

Roger se aclaró la garganta con un ruido que parecía el de un lienzo que se rasga. Un sonido siempre doloroso, pero que ahora también tenía un elemento de ira. De todas formas, no protestó y miró directamente a los ojos de Jamie mientras ocupaba su sitio delante de la tumba.

Yo había supuesto que se limitaría a recitar el padrenuestro, o tal vez uno de los salmos más moderados, pero fueron otras las palabras que le vinieron a la mente:

—«He aquí que yo clamaré agravio y no seré escuchado; daré voces, y no habrá juicio. Ha vallado mi camino, y no pasaré; sobre mis veredas ha puesto tinieblas.»

Antes, su voz había sido profunda y hermosa. Ahora parecía ahogada, con nada más que una áspera sombra de su antigua belleza; no obstante, había suficiente fuerza en la pasión con la que recitaba, e hizo que todos los que lo escuchábamos bajáramos nuestras cabezas, con los rostros perdidos en la penumbra.

—«Me ha despojado de mi gloria, y quitado la corona de mi cabeza. Me ha arruinado por completo, y perezco; y me ha arrebatado toda esperanza como árbol arrancado.» —Su expresión era resuelta, pero sus ojos se posaron durante un instante en el tocón carbonizado que la familia holandesa había usado como superficie para cortar madera—. «Alejó de mí a mis hermanos, y mis conocidos, como extraños, se apartaron de mí. Mis parientes me fallaron, y mis conocidos se olvidaron de mí.»

Vi que los tres hermanos Lindsay se miraban y se acercaban entre sí, para protegerse de la fuerza cada vez mayor del viento.

—«¡Amigos míos, tened piedad de mí, tened piedad de mí!» —dijo, y su voz se volvió más queda, hasta que resultó difícil escucharlo por encima de los suspiros de los árboles—. «*Porque la mano de Dios me ha tocado.*»

Brianna hizo un ligero movimiento a su lado, y Roger volvió a aclararse la garganta con fuerza, estirando el cuello, de modo que pude atisbar fugazmente la cicatriz de la cuerda que lo había mutilado.

—«¡Ojalá mis palabras fuesen escritas! ¡Ojalá se escribiesen en un libro; que con cincel de hierro y con plomo fuesen esculpidas en piedra para siempre!»

Inexpresivo, pasó la vista poco a poco de una cara a la otra, y luego inspiró profundamente antes de continuar recitando, con la voz quebrada:

—«Yo sé que mi Redentor vive, y al fin se levantará sobre el polvo, y después de deshecha» —Brianna se estremeció con violencia, y apartó la vista del vasto montículo de tierra—, «mi piel en mi carne, he de ver a Dios. Y mis ojos lo verán, y no otros».

Se detuvo, y se oyó un breve suspiro colectivo cuando todos soltaron el aliento que estaban conteniendo. Pero Roger aún no había terminado. Extendió la mano casi de manera inconsciente hacia la de Bree y la agarró con fuerza. Me pareció que pronunciaba las últimas palabras casi como para sí mismo, sin tener en cuenta a sus oyentes:

—«Temed la espada, porque su furor sobreviene a causa de las injusticias, para que sepáis que hay un juicio.»

Me estremecí, y la mano de Jamie rodeó la mía, fría pero fuerte. Él me miró y yo le devolví la mirada. Sabía lo que estaba pensando.

Al igual que yo, no estaba pensando en el presente, sino en el futuro. En un pequeño artículo que aparecería tres años más tarde en las páginas del *Wilmington Gazette*, con fecha del 13 de febrero de 1776.

> Con profundo pesar, comunicamos la noticia de la muerte en un incendio de James MacKenzie Fraser y su esposa, Claire Fraser, en una conflagración que destruyó su casa en la colonia del Cerro de Fraser, la noche del 21 de enero pasado. El señor Fraser, sobrino del difunto Hector Cameron, de la plantación de River Run, nació en Broch Tuarach (Escocia). Era muy conocido y profundamente respetado en la colonia; no deja ningún hijo que lo sobreviva.

Había sido fácil, hasta el momento, no pensar demasiado en aquello. Estaba muy lejos en el futuro y, con seguridad, se podría evitar; después de todo, hombre prevenido vale por dos... ¿no es cierto?

Contemplé el montón de piedras y un escalofrío aún más profundo me atravesó. Me acerqué más a Jamie y puse mi otra mano sobre su brazo. Él cubrió mi mano con la suya y la apretó con fuerza, como para tranquilizarme. «No —me dijo en silencio—. No permitiré que ocurra.»

Sin embargo, mientras salíamos del desolado claro, no podía quitarme de la cabeza una imagen vívida. No era la cabaña incendiada, ni los lamentables cuerpos, ni la patética huerta marchita. La imagen que me acosaba era una que había visto algunos años antes: una tumba en las ruinas del Priorato de Beauly, en la parte alta de las Highlands escocesas.

Era la tumba de una dama noble, con su nombre coronado por la talla de una calavera sonriente, muy similar a la que se ocultaba debajo del delantal de la holandesa. Debajo de la calavera estaba su lema:

> *Hodie mihi cras tibi, sic transit gloria mundi.*
> Hoy es mi turno; mañana el tuyo. Así pasa la gloria del mundo.

3

Mantén cerca a tus amigos

Regresamos al Cerro de Fraser al día siguiente, justo antes del crepúsculo, y encontramos a un visitante que nos aguardaba. El mayor Donald MacDonald, antiguo miembro del ejército de Su Majestad, y, hasta hacía muy poco, parte de la guardia personal de caballería ligera del gobernador Tryon, estaba sentado en la entrada de nuestra casa, con mi gato sobre las piernas y una jarra de cerveza a un lado.

—¡Señora Fraser! A sus pies, señora —gritó cordialmente cuando me vio llegar. Trató de incorporarse, pero dejó escapar un gemido cuando *Adso*, como protesta por la pérdida de su confortable asiento, clavó las uñas en los muslos del mayor.

—Siéntese, mayor —dije, con un gesto apresurado.

Él se dejó caer con una mueca de dolor, pero, con educación, se abstuvo de arrojar a *Adso* a los arbustos. Me acerqué al escalón de la entrada y me senté a su lado, suspirando aliviada.

—Mi marido está ocupándose de los caballos; vendrá enseguida. Según veo, alguien ya lo ha recibido como es debido. —Señalé la cerveza, que él de inmediato me ofreció con un gesto distinguido, limpiando el borde de la jarra con la manga.

—Oh, sí, señora —asintió—. La señora Bug ha hecho todo lo que ha podido para que me sintiera cómodo.

Para no parecer poco cordial, acepté la cerveza que, a decir verdad, me sentó muy bien. Jamie estaba ansioso por volver, y habíamos estado cabalgando desde el amanecer, con tan sólo un breve intervalo para descansar al mediodía.

—Es una cerveza excelente —dijo el mayor, sonriendo cuando me oyó exhalar después de beberla, con los ojos entornados—. ¿La ha preparado usted misma?

Negué con la cabeza y bebí otro sorbo, antes de devolverle la jarra.

—No, la ha elaborado Lizzie. Lizzie Wemyss.

—Ah, su esclava; sí, por supuesto. Por favor, felicítela de mi parte.

—¿No está aquí? —Miré la puerta abierta tras él, un poco sorprendida. A esa hora del día suponía que Lizzie se encontraría en la cocina, preparando la cena, pero en ese caso nos habría oído llegar y habría salido. Ahora que me fijaba, no olía a comida. Lo cierto era que no sabía cuándo íbamos a llegar, pero...

—Hum, no. Ella está... —El mayor juntó las cejas en un esfuerzo por recordar, y me pregunté cuán llena habría estado la jarra cuando él le puso las manos encima; no quedaban más que unos pocos centímetros de líquido en el vaso—. Ah, sí. La señora Bug me ha dicho que fue a casa de los McGillivray con su padre, para visitar a su prometido, creo.

—Sí, está prometida con Manfred McGillivray. Pero la señora Bug...

— Está en el depósito —aclaró, señalando el pequeño cobertizo en la ladera de la colina—. Algo relacionado con queso, creo que dijo. Ha tenido la amabilidad de ofrecerme una tortilla para la cena.

—Ah... —Me relajé un poco más, mientras el polvo del viaje se asentaba como la cerveza. Era maravilloso estar en casa, aunque seguía inquieta a causa del recuerdo de la cabaña quemada.

Suponía que la señora Bug le había dicho adónde habíamos ido, pero el mayor no hizo ninguna mención a ese tema, ni tampoco al motivo que lo había traído al Cerro. Por supuesto que no; para hablar de cuestiones serias aguardaría a Jamie, como debía ser. Yo era una mujer, así que sólo podía esperar una cortesía impecable y algunos inofensivos chismorreos de sociedad.

Evidentemente, yo podía cotillear, pero necesitaba estar preparada; no tenía un talento natural para ello.

—Ah... Sus relaciones con mi gato parece que han mejorado —aventuré. Eché una mirada involuntaria a su cabeza, pero su peluquín había sido reparado por una mano experta.

—Es un principio establecido de la política, creo —dijo, alborotando con los dedos el pelaje grueso y plateado del vientre de *Adso*—. «Mantén cerca a tus amigos, pero más cerca aún a tus enemigos.»

—Muy sabio —asentí con una sonrisa—. Eh... No llevará mucho tiempo esperando, ¿verdad?

Se encogió de hombros, dando a entender que cualquier espera era irrelevante... generalmente era así. Las montañas tenían su propio tiempo, y un hombre sabio no intentaba que transcurriera con más rapidez. MacDonald era un soldado experimentado que había viajado mucho, pero había nacido en Pitlochry, lo bastante cerca de las cumbres de las Highlands como para conocer sus costumbres.

—He llegado esta mañana —comentó—. Desde New Bern.

Unas campanillas de alarma sonaron en alguna parte de mi cabeza. Habría tardado alrededor de diez días en llegar desde New Bern si hubiera venido directamente, y el estado de su arrugado uniforme, lleno de manchas de barro, sugería que había sido así.

New Bern era el lugar donde el nuevo gobernador real de la colonia, Josiah Martin, había fijado su residencia. Y que MacDonald hubiera dicho «desde New Bern» y no mencionara ninguna parada posterior en su viaje me dejaba bastante claro que el asunto que había causado esa visita, fuera el que fuese, se había originado en New Bern. No me fiaba de los gobernadores.

Eché un vistazo hacia el sendero que conducía a la caballeriza, pero no pude ver a Jamie. Aunque sí a la señora Bug, que salía del almacén de alimentos; le hice un gesto que ella correspondió con entusiasmo a modo de bienvenida, aunque con dificultad, puesto que llevaba un cubo de leche en una mano, otro de huevos en la otra, un recipiente de manteca bajo un brazo y un gran pedazo de queso cuidadosamente encajado debajo del mentón. Bajó por la empinada cuesta sin problemas y desapareció por la parte trasera de la casa, camino a la cocina.

—Según parece, tortillas para todos —comenté, volviéndome hacia el mayor—. ¿Por casualidad ha pasado por Cross Creek?

—Pues sí, señora. La tía de su marido le manda muchos saludos, además de un gran número de libros y periódicos que he traído.

Aquellos días tampoco confiaba en los periódicos, aunque los acontecimientos de los que informaban habían ocurrido, sin duda alguna, varias semanas —o meses— antes. De todas formas, proferí algunas exclamaciones de agradecimiento, deseando que Jamie se apresurara para poder excusarme. Mi cabello olía a quemado, y mis manos todavía recordaban el roce de la piel fría; necesitaba un baño con desesperación.

—¿Perdón? —Me había perdido parte de lo que MacDonald estaba diciendo. Él, en un gesto de cortesía, se acercó para repetírmelo, pero de pronto se sobresaltó y pareció que los ojos se le salieran de las órbitas.

—¡Maldito gato!

Adso, que hasta entonces había estado realizando una perfecta imitación de un trapo de cocina, se había abalanzado de lleno sobre las piernas del mayor, con los ojos resplandecientes y la cola tiesa como un cepillo, ronroneando como una tetera y clavándole las uñas con fuerza en los muslos. Antes de que yo pudiera reaccionar, saltó por encima del hombro de MacDonald y trepó por la ventana abierta de mi consulta, que estaba detrás, rasgando los galones del mayor y torciéndole la peluca.

MacDonald empezó a maldecir desenfrenadamente, pero yo no podía prestarle atención. *Rollo* estaba subiendo por el sendero hacia la casa; su aspecto bajo el crepúsculo era lobuno y siniestro, pero su actitud era tan extraña que yo ya me había incorporado antes de que fuera consciente de lo que sucedía y volviera a la realidad.

El perro corrió unos pasos hacia la casa, giró una o dos veces como si fuera incapaz de decidir qué hacer a continuación, luego volvió a adentrarse en el bosque, se dio la vuelta, y, una vez más, corrió en dirección a la casa, gimiendo todo el tiempo, con la cola baja y temblorosa.

—¡Por los clavos de Roosevelt! —exclamé—. ¡Maldita sea! —Salí a toda prisa del porche y corrí hacia el sendero, casi sin hacer caso al alarmado juramento del mayor a mi espalda.

Encontré a Ian unos cientos de metros más adelante, consciente pero aturdido. Estaba sentado en el suelo, con los ojos cerrados y cogiéndose la cabeza con ambas manos, como si quisiera evitar que se le partiera el cráneo. Abrió los ojos cuando me puse de rodillas a su lado y me sonrió con la mirada extraviada.

—Tía —dijo con voz ronca. Parecía que quería decir alguna otra cosa, pero no estaba seguro de qué; abrió la boca, pero permaneció así, abierta, con la lengua moviéndose de un lado a otro.

—Mírame, Ian —ordené con la mayor serenidad posible. El chico hizo lo que le pedía; buena señal.

Estaba demasiado oscuro para ver si tenía las pupilas dilatadas de una manera anormal, pero incluso en la penumbra nocturna de los pinos que bordeaban el camino pude ver la palidez de su rostro y el oscuro reguero de manchas de sangre que descendía por la camisa.

Detrás de mí, por el sendero, se oyeron unos pasos apresurados; era Jamie, seguido de cerca por MacDonald.

—¿Qué ocurre, muchacho?

Jamie lo agarró de un brazo e Ian se balanceó muy suavemente hacia él; luego dejó caer las manos, cerró los ojos y se relajó en los brazos de Jamie con un suspiro.

—¿Está grave? —preguntó éste, nervioso, por encima del hombro de Ian, sujetándolo mientras yo lo palpaba en busca de heridas.

La espalda de su camisa estaba repleta de sangre seca; pero seca al fin y al cabo. El cabello, recogido en una coleta, también estaba apelmazado por la sangre, y no tardé en encontrar la herida que tenía en la cabeza.

—No lo creo. Ha recibido un fuerte golpe en la cabeza que le ha arrancado parte del cuero cabelludo, pero...

—¿Cree que ha sido un hacha tomahawk? —MacDonald se acercó a nosotros, prestando atención.

—No —dijo Ian arrastrando las palabras, con la voz amortiguada por la camisa de Jamie, que le cubría la cara—. Una bala.

—Fuera, perro —ordenó Jamie a *Rollo*, que había metido la nariz en la oreja de Ian, provocando un chillido contenido en el paciente y un movimiento involuntario en los hombros.

—Lo examinaré mejor con luz, pero no creo que sea muy grave —pronuncié al ver el gesto—. Después de todo, ha venido andando hasta aquí. Traslademoslo a casa.

Los hombres se turnaron para ayudarlo a subir por el sendero, sosteniéndole los brazos sobre los hombros, y pocos minutos después el chico ya estaba tumbado boca abajo sobre la mesa de mi consulta. Allí nos relató sus aventuras, de una manera inconexa e interrumpida por pequeños gritos, mientras yo le desinfectaba la herida, le quitaba pedacitos de cabello llenos de sangre coagulada y le daba cinco o seis puntos de sutura en la cabeza.

—Creí que había muerto —dijo Ian, y cogió aire con los dientes apretados mientras yo pasaba el grueso hilo a través de los bordes de la irregular herida—. ¡Dios mío, tía Claire! Pero cuando me he despertado esta mañana no estaba muerto, aunque tenía la cabeza abierta y el cerebro se me derramaba por el cuello.

—Has estado muy cerca —murmuré—. Pero no ha sido una bala.

Aquello atrajo la atención de todos.

—¿No me han disparado? —preguntó Ian en un tono de ligera indignación. Una de sus grandes manos se levantó, directa hacia la parte posterior de su cabeza, y la aparté con un leve gesto.

—Estate quieto. No, no te han disparado, pero no es mérito tuyo. Había bastante tierra en la herida, astillas de madera y corteza. Si tuviera que adivinar, diría que uno de los tiros derribó una rama, que te golpeó en la cabeza al caer.

—¿Está completamente segura de que no fue un tomahawk? —El mayor también parecía defraudado.

Até el último nudo y corté el hilo restante, sacudiendo la cabeza.

—Me parece que nunca he visto una herida de tomahawk, pero no lo creo. ¿Ve lo irregulares que son los bordes? Y aunque el corte de la cabeza es muy feo, no creo que el hueso esté fracturado.

—Además, según nos ha explicado el muchacho, estaba completamente oscuro —añadió Jamie con lógica—. Ninguna persona razonable lanzaría un hacha en un bosque oscuro a algo que no puede ver.

Jamie sostenía la lámpara de alcohol para alumbrarme mientras yo trabajaba; la acercó un poco más, de modo que pudiéramos ver no sólo la irregular línea de los puntos, sino también el hematoma que se extendía a su alrededor y que había quedado al descubierto cuando corté una parte del cabello.

—Es cierto, ¿lo ves? —El dedo de Jamie separó con cuidado los pelos que quedaban, señalando varios rasguños profundos en la zona del moretón—. Tu tía tiene razón, Ian; te ha atacado un árbol.

Ian abrió un ojo, el cual quedó entrecerrado.

—¿Alguna vez te han dicho que eres muy gracioso, tío Jamie?

—No.

Ian cerró el ojo de nuevo.

—Menos mal, porque no lo eres.

Jamie sonrió, y apretó el hombro de Ian.

—Ya te sientes un poco mejor, ¿verdad?

—No.

—Sí, bueno —interrumpió el mayor MacDonald—, la cuestión es que el muchacho se encontró con alguna clase de bandidos, ¿no? ¿Crees que podían ser indios?

—No —repitió Ian, pero esta vez abriendo el ojo del todo; estaba inyectado en sangre—. No lo eran.

MacDonald no pareció complacido con la respuesta.

—¿Cómo puedes estar tan seguro, muchacho? —preguntó algo airado—. Si estaba tan oscuro como dices...

Vi que Jamie lanzaba una mirada socarrona al mayor, pero no lo interrumpió. Ian gimió un poco y luego soltó un profundo suspiro.

—Los olí —contestó, y casi de inmediato añadió—: Creo que voy a vomitar.

Se incorporó apoyándose en un codo y vomitó. Eso consiguió poner fin a las preguntas. Jamie se llevó al mayor MacDonald a la cocina mientras yo limpiaba a Ian y trataba de colocarlo en la posición más cómoda posible.

—¿Puedes abrir los dos ojos? —pregunté una vez que lo aseé y lo dejé descansando de costado, con una almohada bajo la cabeza.

Ian hizo lo que le pedía, parpadeando ligeramente a causa de la luz. La llama azulada de la lámpara de alcohol se reflejó por duplicado en sus ojos, pero las pupilas se contrajeron de inmediato y al mismo tiempo.

—¡Fantástico! —asentí, y dejé la lámpara sobre la mesa—. Déjalo en paz —le dije a *Rollo*, que estaba olfateando el extraño olor de la lámpara, una mezcla de coñac de baja graduación y aguarrás—. Cógeme los dedos, Ian.

Extendí mis dedos índices y él, poco a poco, cubrió cada uno de ellos con una mano grande y huesuda. Hice que realizara diversos ejercicios para descartar daños neurológicos, indicándole que apretara, tirara y empujara, y luego terminé auscultándole el corazón, que latía con una fuerza tranquilizadora.

—Tienes una ligera conmoción cerebral —anuncié con una sonrisa mientras me enderezaba.

—Ah, ¿sí? —preguntó él, mirándome con los ojos entornados.

—Significa que te duele la cabeza y que tienes náuseas. Te sentirás mejor dentro de unos días.

—Eso podría habértelo dicho yo —murmuró él, volviendo a acostarse.

—Es cierto —repliqué—. Pero «conmoción cerebral» parece mucho más importante que «golpe en la cabeza», ¿no?

Él no se rió, sino que me respondió con una débil sonrisa.

—¿Puedes ocuparte de darle de comer a *Rollo*, tía? Se negó a dejarme solo en el camino; debe de tener hambre.

Rollo levantó las orejas al oír su nombre y metió el hocico en la mano de Ian, jadeando suavemente.

—Se encuentra bien —dije, dirigiéndome al perro—. No te preocupes. Y sí —añadí para Ian—, le traeré algo de comer. ¿Y tú crees que puedes tomar un poco de pan y leche?

—No —respondió él con firmeza—. Una copita de whisky, tal vez.

—No —contesté yo con la misma decisión, y apagué de un soplido la lámpara.

—Tía —me llamó cuando me volví hacia la puerta.

—¿Sí? —Había dejado una vela encendida para iluminarlo, e Ian parecía muy joven y pálido bajo aquella vacilante luz amarillenta.

—¿Por qué crees que el mayor MacDonald quería que fueran indios los que encontré en el bosque?

—No lo sé. Pero supongo que Jamie sí lo sabe. O ya lo habrá averiguado.

4

La serpiente en el edén

Brianna abrió la puerta de su cabaña con mucho cuidado por si oía corretear a algún roedor o el seco susurro de escamas en el suelo. Una vez había entrado en la oscuridad y había estado a punto de pisar una pequeña serpiente de cascabel, y si bien el reptil se había asustado tanto como ella y se había ocultado entre las piedras de la chimenea, Brianna había aprendido la lección.

Ninguna rata ni ratón se escabulló cuando entró, pero algo más grande, que ya no estaba, se había metido empujando la piel engrasada sujeta a la ventana. El sol se estaba poniendo, y todavía quedaba luz suficiente como para ver que la cesta tejida en la que guardaba cacahuetes tostados había caído de su estante al suelo y que alguien la había abierto y se había comido el contenido, dejando un reguero de cáscaras por toda la estancia.

Un fuerte crujido hizo que quedara momentáneamente paralizada y que prestara atención. El ruido se repitió, seguido de un violento estrépito cuando algo cayó al suelo, al otro lado de la pared trasera.

—¡Pequeño bastardo! —exclamó Brianna—. ¡Estás en mi despensa!

Animada por una justificada indignación, cogió la escoba y entró en el cobertizo, gritando como un demonio. Un enorme mapache, que masticaba con tranquilidad una trucha ahumada, dejó caer su presa cuando la vio, se escabulló entre sus piernas y huyó con torpeza soltando chillidos de alarma.

Con los nervios de punta, Brianna dejó la escoba a un lado y se agachó para rescatar lo que pudo de aquel desastre, maldiciendo en voz baja. Los mapaches eran menos destructivos que las ardillas, que masticaban y trituraban con desgraciado abandono, pero tenían más apetito.

Sólo Dios sabía cuánto tiempo llevaba allí aquel animal, pensó. Lo suficiente como para acabarse toda la manteca del molde, descolgar un montón de pescado ahumado de las vigas... y ¿cómo algo tan pesado podría haber llevado a cabo una hazaña tan acrobática como ésa? Por suerte, los panales de miel estaban guardados en tres jarras separadas, y sólo una había caído en las zarpas del vándalo. Las patatas estaban desparramadas por el suelo, faltaba casi todo un queso fresco, y la valiosa jarra de jarabe de arce se había volcado, formando un charco pegajoso en la tierra. Ver todo aquel desbarajuste hizo que se enfureciera de nuevo, y apretó la patata que acababa de recoger con tanta fuerza que sus uñas se hundieron en la piel.

—¡Maldita bestia horrible!

—¿Quién? —preguntó una voz a su espalda. Alarmada, Brianna se dio la vuelta como un remolino y lanzó la patata contra el intruso, que era Roger. Le acertó de lleno en la frente y lo hizo trastabillar, obligándolo a agarrarse al marco de la puerta.

—¡Ay! ¡Por Dios! ¿Qué demonios ha ocurrido aquí?

—Un mapache —se apresuró a responder ella, y se echó hacia atrás, dejando que la débil luz que entraba por la puerta alumbrara los daños.

—¿Se ha comido el jarabe de arce? ¡Qué cabrón! ¿Has atrapado a ese bastardo? —Mientras se llevaba la mano a la dolorida frente, Roger se agachó para poder entrar en la despensa, buscando a su alrededor algún cuerpo peludo.

Ver que su marido compartía sus prioridades y su rabia la calmó un poco.

—No —respondió—. Se ha escapado. ¿Estás sangrando? ¿Y dónde está Jem?

—No lo creo —dijo, separando la mano suavemente de la frente y mirándola—. Ay... Tienes un brazo fuerte, muchacha. Jem está en casa de los McGillivray. Lizzie y el señor Wemyss lo llevaron a celebrar el compromiso de Senga.

—¿En serio? ¿A quién ha escogido?

Tanto la ira como el remordimiento desaparecieron de inmediato para convertirse en interés. Ute McGillivray había elegido con meticulosidad alemana a los cónyuges de su hijo y de sus tres hijas de acuerdo con sus propios criterios, según los cuales, las propiedades, el dinero y la respetabilidad eran lo más importante, mientras que la edad, el aspecto físico y la personalidad estaban muy atrás en la lista. Sus hijos, como era natural, tenían otras ideas, aunque la fuerza de la personalidad de Frau Ute era tal que tanto Inga como Hilda se habían casado con hombres que ella había aprobado.

Senga, por otra parte, era hija de su madre, lo que significaba que sus opiniones eran tan fuertes como las de ella, y que las expresaba con la misma desinhibición. Durante meses había estado vacilando entre dos pretendientes: Heinrich Strasse, un joven atractivo pero pobre —¡y luterano!— de Bethania, y Ronnie Sinclair, el tonelero, un hombre acaudalado para el nivel de la zona. Para Ute, el hecho de que Ronnie tuviera treinta años más que Senga no representaba un obstáculo.

El asunto del matrimonio de Senga McGillivray había sido un tema de intensa especulación en el Cerro durante los últimos meses, y Brianna tenía noticias de varias sustanciosas apuestas en juego.

—Entonces, ¿quién es el afortunado? —repitió.

—La señora Bug no lo sabe, y eso la está volviendo loca —respondió Roger con una sonrisa—. Manfred McGillivray fue a buscarla ayer por la mañana, pero la señora Bug aún no había ido a la Casa Grande, de modo que Lizzie dejó una nota en la puerta trasera diciendo adónde habían ido... pero no se le ocurrió añadir quién era el afortunado prometido.

Brianna posó la mirada sobre el sol del crepúsculo; el orbe había desaparecido, aunque la luz brillante que atravesaba los castaños iluminaba todavía la entrada, haciendo que la hierba primaveral pareciera profunda y suave como terciopelo esmeralda.

—Supongo que tendremos que esperar hasta mañana para averiguarlo —se lamentó.

La casa de los McGillivray estaba a más de ocho kilómetros; ya habría oscurecido cuando llegaran allí, y, a pesar de que el deshielo ya había cesado, uno no se aventuraba en las montañas por la noche sin una buena razón... o, al menos, una mejor que la mera curiosidad.

—Cierto. ¿Quieres ir a la Casa Grande a cenar? Ha venido el mayor MacDonald.

—Ah, él. —Brianna reflexionó un momento. Le habría gustado enterarse de las noticias del mayor (y también había que considerar el hecho de que la señora Bug se ocupara de preparar la cena), pero no estaba de humor para ser sociable, después de haber soportado tres días deprimentes, una larga cabalgata y la profanación de su despensa.

Se percató de que Roger evitaba manifestar su opinión. Con un brazo apoyado en el estante en el que se almacenaba la provisión cada vez menos abundante de manzanas, acariciaba una de las frutas con expresión ausente, rozando con el dedo la superficie redonda y amarilla. Parecía que emitiera unas vibraciones débiles y familiares, que sugerían en silencio que podría haber ventajas en pasar una noche en casa, sin padres, conocidos, ni el bebé.

Sonrió a Roger.

—¿Cómo está tu pobre cabeza?

Él la miró brevemente, mientras los débiles rayos de sol doraban el puente de su nariz y proyectaban un reflejo verde en un ojo. Se aclaró la garganta.

—Supongo que podrías besarla —sugirió con timidez—. Si quieres...

Ella, obediente, se puso de puntillas y lo hizo, con suavidad, apartándole el tupido cabello negro de la frente. Había una hinchazón perceptible, aunque aún no había comenzado a formarse ningún hematoma.

—¿Mejor?

—Aún no. Inténtalo de nuevo. Un poco más abajo, tal vez.

Sus manos se posaron en la curva de sus caderas, atrayéndola hacia él. Brianna era casi tan alta como Roger; ya había notado antes lo conveniente que era eso, pero volvió a sentirlo con fuerza en ese momento. Se revolvió ligeramente, disfrutándolo, y Roger soltó una exhalación profunda y ronca.

—No tan abajo —dijo—. Todavía no.

—Qué quisquilloso —bromeó ella, y lo besó en la boca. Sus labios estaban calientes, pero aún olían a ceniza y a tierra húmeda. Brianna pensó que ella también debía de oler así, se estremeció un poco y se apartó de él.

Roger dejó una mano en la espalda de ella, sin forzarla, pero se inclinó un poco y pasó un dedo por el borde del estante donde se había volcado la jarra de jarabe de arce. Luego pasó el dedo con suavidad por el labio inferior de ella, después por el suyo, y volvió a inclinarse para besarla, mientras la dulzura crecía entre ambos.

—No recuerdo cuándo fue la última vez que te vi desnuda.

Ella cerró un ojo y lo miró con escepticismo.

—Hace unos tres días. Supongo que no debió de ser muy memorable.

Había sido un gran alivio quitarse la ropa que había usado los últimos tres días y noches. Pero incluso desnuda, y después de lavarse a toda prisa, su cabello seguía oliendo a polvo, y sentía la suciedad del viaje entre los dedos de los pies.

—Ah, sí, es cierto. Pero no me refería a eso; quiero decir que hacía mucho que no hacíamos el amor a la luz del día. —Se tumbó de costado, frente a ella, y sonrió, al mismo tiempo que le pasaba la mano ligeramente por la pronunciada curva de la cintura y la ondulación de las nalgas—. No tienes idea de lo hermosa que estás, por completo desnuda, con el sol detrás de ti. Toda dorada, como si te hubieras bañado en oro.

Él cerró un ojo, como si la visión lo deslumbrara. Ella se movió y el sol brilló en su cara, haciendo que el ojo abierto resplandeciera como una esmeralda en la fracción de segundo que transcurrió antes de que él parpadeara.

—Hum. —Ella extendió la mano con languidez y acercó la cabeza de él para besarlo.

Sabía muy bien de qué hablaba Roger. Era una sensación extraña, casi perversa, pero a la vez placentera. La mayoría de las veces hacían el amor por la noche, después de que Jem se hubiera dormido, encontrándose entre las capas crujientes y secretas de los edredones y la ropa de dormir. Y si bien por lo general Jem dormía como si lo hubieran noqueado, siempre eran conscientes del pequeño montículo de respiración profunda que se escondía bajo las mantas de la pequeña cuna que se encontraba cerca de ellos.

Por extraño que pareciera, Brianna, en ese momento, y aunque no estuviera allí, era también consciente de Jem. Le resultaba raro estar separada de él, no saber constantemente dónde se encontraba, no sentir su cuerpo como una extensión pequeña y móvil de sí misma. Esa libertad era excitante, pero le producía una sensación de incomodidad, como si hubiera perdido algo valioso.

Habían dejado la puerta abierta para disfrutar mejor de la luz y el aire sobre la piel. Pero el sol ya casi había desaparecido, y aunque el aire seguía siendo cálido como la miel, había algo gélido en él.

Una repentina ráfaga de viento agitó la piel clavada a la ventana y sopló por la habitación, cerrando la puerta de un golpe y dejándolos de repente en la oscuridad.

Brianna soltó un grito ahogado. Roger gruñó sorprendido, se levantó de la cama y fue hacia la puerta para abrirla. La abrió del todo y ella absorbió la corriente de aire y luz solar, consciente entonces de que había contenido el aliento cuando la puerta se había cerrado, sintiendo una claustrofobia momentánea.

Roger parecía sentir lo mismo. Se quedó de pie en el umbral, apoyándose en el marco de la puerta, dejando que el viento agitara sus rizos oscuros. Su cabello seguía recogido en una coleta; no se había molestado en soltárselo, y ella tuvo el repentino deseo de acercarse a él, desatar la tira de cuero y pasar los dedos por aquella negrura suave y brillante, herencia de algún antiguo español naufragado entre los celtas.

Se levantó y comenzó a hacerlo, incluso antes de decidirlo de forma consciente, quitándole espigas amarillas y ramitas de entre los mechones. Él se estremeció por el roce de los dedos de ella o por el viento, pero su cuerpo estaba caliente.

—Tienes la piel bronceada como un campesino —afirmó Brianna, apartándole el pelo del cuello y besándolo en la nuca.

—¿Y? ¿Acaso no soy un campesino?

Su piel se retorcía bajo los labios de ella, como los cuartos traseros de un caballo. Su cara, el cuello y los antebrazos habían perdido color durante el invierno, pero seguían siendo más oscuros que la espalda y los hombros, y todavía tenía una débil línea alrededor de la cintura, que separaba el suave color de gamuza de su torso de la sorprendente palidez de su trasero.

Le agarró las nalgas con las manos ahuecadas, gozando de su solidez turgente y redondeada, y él respiró profundamente, inclinándose un poco hacia ella. Los pechos de Brianna presionaron su espalda y la barbilla descansó sobre su hombro, mirando hacia fuera.

Todavía quedaba un poco de luz, aunque era escasa. Los últimos y largos rayos del sol crepuscular estallaron a través de los castaños, y el suave verde primaveral de sus hojas ardió con un fuego frío y brillante sobre las sombras alargadas. Ya casi había anochecido, pero era primavera; los pájaros seguían charlando y cortejándose. Un ruiseñor cantó desde el bosque cercano, en un popurrí de trinos, claras melodías y extraños alaridos, que a Brianna le pareció que había aprendido del gato de su madre.

El aire era ahora más frío, y la carne de gallina le cubrió los brazos y los muslos, pero el cuerpo de Roger, apretado contra ella, estaba muy caliente. Brianna le rodeó la cintura con los brazos mientras los dedos de una mano jugaban entre el matorral ensortijado de su vello.

—¿Qué estás mirando? —preguntó en voz baja. Los ojos de Roger estaban fijos en el otro extremo del jardín, donde el sendero se internaba en el bosque. El inicio del sendero estaba sombrío, cubierto por unos cuantos pinos oscuros, pero estaba vacío.

—Estoy vigilando por si aparece una serpiente que trae manzanas —dijo él, echándose a reír; luego se aclaró la garganta—. ¿Tienes hambre, Eva? —Bajó la mano para entrelazarla con la de Brianna.

—Un poco. ¿Y tú? —Él debía de estar hambriento; apenas habían comido un rápido bocadillo al mediodía.

—Sí, pero... —Se interrumpió, vaciló, y sus dedos apretaron con fuerza los de ella—. Pensarás que estoy loco, pero... ¿te molestaría que fuera a buscar a Jem esta noche, en vez de esperar hasta mañana? Es sólo que me sentiría un poco mejor si él estuviera aquí.

Ella le devolvió el apretón en la mano, sintiendo que su corazón se alegraba.

—Iremos juntos. Es una gran idea.

—Tal vez, pero son ocho kilómetros hasta la casa de los McGillivray. Oscurecerá mucho antes de que lleguemos. —Estaba sonriendo, y su cuerpo le rozó los pechos cuando se volvió hacia ella.

Algo se movió junto a la cara de Brianna, que se echó hacia atrás bruscamente. Una oruga diminuta, verde como las hojas de las que se alimentaba y vibrante contra el cabello oscuro de Roger, se acurrucó formando una ese, buscando en vano un refugio.

—¿Qué? —Roger miró de reojo, tratando de ver lo que ella miraba.

—He encontrado tu serpiente. Supongo que está buscando una manzana. —Brianna hizo subir a la minúscula oruga a su dedo, salió de la casa y se agachó para soltarla sobre una hoja de un verde tan vívido como el de la larva. Pero la hierba estaba sombría. En apenas un instante, el sol había desaparecido, y el bosque ya no tenía el color de la vida.

Una voluta de humo le llegó a la nariz; era humo procedente de la chimenea de la Casa Grande. Su garganta se cerró con el olor a quemado. De pronto, la inquietud que sentía se hizo más intensa. El ruiseñor había callado, y el bosque parecía lleno de misterios y amenazas.

Brianna se puso en pie, pasándose una mano por el cabello.

—Vayamos, pues.

—¿No quieres cenar antes? —Roger la miró con expresión de curiosidad, con los pantalones en la mano.

Brianna meneó la cabeza; el frío comenzaba a ascender por sus piernas.

—No, vámonos. —En ese instante, nada parecía importar, salvo ir a buscar a Jem y estar juntos de nuevo, como una familia.

—De acuerdo —dijo Roger suavemente, observándola—. Pero creo que será mejor que te pongas tu hoja de parra... por si nos cruzamos con un ángel con una espada de fuego.

5

Las sombras que proyecta el fuego

Abandoné a Ian y a *Rollo* al torbellino de la benevolencia de la señora Bug —a ver si Ian podía decirle a ella que no quería pan y leche—, y me senté a comer mi propia y tardía cena: una tortilla caliente y recién hecha, que llevaba no sólo queso, sino también trocitos de tocino, espárragos y setas silvestres, todo ello aromatizado con cebolleta.

Jamie y el mayor ya habían terminado de cenar y estaban sentados junto al fuego bajo la atmósfera viciada y cálida del humo de tabaco que salía de la pipa de barro del mayor. Al parecer, Jamie acababa de contarle a MacDonald la horrible tragedia que había tenido lugar, puesto que el mayor fruncía el ceño y movía la cabeza en un gesto de pesar.

—¡Pobres necios! —exclamó—. ¿Cree que serán los mismos bandidos que atacaron a su sobrino?

—Sí —respondió Jamie—. No me gustaría pensar que hay dos bandas como ésa merodeando en la montaña. —Miró hacia la ventana, ya cerrada para la noche, y de pronto me di cuenta de que había cogido la escopeta de caza que se encontraba sobre la chimenea, y que estaba limpiando, con expresión ausente, el inmaculado cañón del arma con un trapo encerado—. Deduzco, *a charaid*, que ha recibido informes de casos similares.

—Tres más, por lo menos. —La pipa del mayor amenazaba con apagarse, y éste le dio una poderosa chupada, haciendo que el tabaco resplandeciera en la cazoleta y chisporroteara con un repentino resplandor rojizo.

Sentí una mínima aprensión que hizo que me detuviera, con un bocado de seta caliente en la boca. La posibilidad de que una misteriosa pandilla de hombres armados estuviera merodeando por ahí, atacando asentamientos al azar, no se me había ocurrido hasta ese momento.

Obviamente, Jamie sí lo había pensado. Se incorporó, volvió a colgar la escopeta de sus ganchos y tocó el rifle que colgaba más arriba en un gesto tranquilizador. Luego se dirigió al aparador, donde guardaba sus pistolas de rueda y el estuche con el elegante par de pistolas de duelo.

MacDonald observaba con un gesto de aprobación, soltando nubes de suave humo azul, mientras Jamie procedía a desplegar metódicamente sus armas, bolsas de balas, moldes para fabricar munición, refuerzos, varas y todos los demás elementos de su arsenal personal.

—Mmfm... Qué arma tan bonita, coronel —dijo MacDonald, señalando con la cabeza una de las pistolas de rueda, un objeto elegante, de cañón largo, con una culata tallada y accesorios bañados en plata.

Jamie miró de reojo a MacDonald al oír la palabra «coronel», pero respondió con aparente calma:

—Sí, es bellísima. Pero no acierta a nada que esté a más de dos pasos de distancia. La gané en una carrera de caballos —añadió, con un pequeño gesto de disculpa hacia el arma, para que MacDonald no lo creyera tan estúpido como para pagar una gran suma por ella.

De todas formas, revisó el pedernal, volvió a ponerlo en su lugar y dejó el arma a un lado.

—¿Dónde? —preguntó Jamie, buscando el molde para hacer balas.

Yo había vuelto a masticar, pero miraba al mayor de forma inquisitiva.

—Le advierto que es sólo lo que me han dicho —dijo MacDonald, sacándose la pipa de la boca un momento, para luego volver a metérsela y dar otra chupada—. Un asentamiento a cierta distancia de Salem, totalmente incendiado. Unos tipos que se apellidaban Zinzer... Alemanes. —Dio una fuerte calada a la pipa, de manera que se le hincharon las mejillas—. Eso fue en febrero, a finales de mes. Luego, tres semanas después, un ferry, en el Yadkin, al norte de Woram's Landing. Robaron en la casa y mataron al barquero. El tercero... —En ese momento dejó de hablar, chupando con furia; me observó y luego miró a Jamie.

—Hable, amigo mío —pidió Jamie en gaélico, con expresión resignada—. Seguramente ella habrá visto cosas más terribles que usted.

Asentí con un gesto, cogiendo otro bocado de tortilla con el tenedor, y el mayor tosió.

—Sí. Bien, con perdón, señora... Yo me encontraba en un, eh, establecimiento de Edenton...

—¿Un burdel? —deduje—. Sí, claro. Continúe, mayor.

Él se apresuró a hacerlo, mientras su cara adquiría un tono rojo subido debajo de la peluca.

—Ah... en efecto. Bien, verán, fue una de las eh... muchachas del lugar, que me contó que la habían secuestrado de su casa unos delincuentes que un día se presentaron de improviso. Ella vivía con una anciana, su abuela, la única familia que tenía, y me comentó que mataron a la anciana y luego quemaron la casa con ella dentro.

—¿Y quién dijo que lo había hecho? —Jamie había girado la banqueta para colocarse frente a la chimenea. Estaba derritiendo trocitos de plomo para el molde de la munición.

—Eh, mmfm... —MacDonald se ruborizó un poco más y el humo salió de su pipa con tanta ferocidad que apenas podía distinguir sus facciones entre las volutas.

Finalmente, y después de muchas toses y rodeos, supimos que el mayor en realidad no había creído a la muchacha en aquel momento, o bien había estado demasiado interesado en disponer de sus encantos como para prestarle mucha atención. Suponiendo que se trataba de una de las historias que las prostitutas solían contar para generar simpatía y conseguir una copa extra de ginebra, no se había molestado en averiguar más detalles.

—Pero cuando más tarde me enteré de los otros incendios... Bueno, verán, he tenido la suerte de que el gobernador me encargara mantener la oreja pegada al suelo en el campo por si había movimiento. Y comencé a pensar que este ejemplo particular de movimiento tal vez no fuera una coincidencia.

Jamie y yo nos miramos, él con aire divertido y yo con gesto de resignación. Me había apostado que MacDonald —un oficial de caballería retirado que sobrevivía con trabajos privados— no sólo saldría indemne de la renuncia del gobernador Tryon, sino que también conseguiría algún puesto en el nuevo régimen rápidamente, ahora que Tryon se había marchado para aceptar el cargo de gobernador de Nueva York. «Nuestro Donald es un caballero de fortuna», había dicho.

El olor del plomo caliente comenzó a invadir la sala, compitiendo con el humo de la pipa del mayor e invadiendo la atmósfera agradable y doméstica del pan caliente, la comida, las hierbas aromáticas, los estropajos y la lejía, que por lo general llenaban la cocina.

El plomo se derrite de repente: en un momento, puede haber una bala deformada o un botón doblado en el cazo, entero y bien definido; un instante después, ya ha desaparecido, convertido en un diminuto charco de metal que brilla débilmente. Jamie vertió el plomo derretido en el molde con mucho cuidado, alejando la cara del humo.

—¿Por qué indios?

—Ah. Eso fue lo que dijo la prostituta de Edenton. Me contó que algunos de los que quemaron su casa y la secuestraron eran indios. Pero, como le digo, en aquel momento presté poca atención a su historia.

Jamie emitió un sonido escocés que indicaba que lo captaba, pero con escepticismo.

—¿Y cuándo conoció a esa muchacha que le contó la historia, Donald?

—Por Navidades. —El mayor hurgó en la cazoleta de su pipa con un dedo índice manchado, sin levantar la mirada—. ¿Se refiere a cuándo atacaron su casa? No me lo dijo, pero creo... que no debió de ser mucho antes. Ella aún era bastante... eh... nueva. —Tosió, se dio cuenta de que yo estaba mirándolo, contuvo el aliento y volvió a toser con fuerza, ruborizándose.

Jamie cerró los labios con fuerza y bajó la vista mientras abría el molde para soltar la bala recién hecha sobre la chimenea.

Dejé el tenedor sobre la mesa, ya sin ningún apetito.

—¿Cómo? —exigí saber—. ¿Cómo fue a parar esa joven al burdel?

—La vendieron, señora. —El rubor seguía manchando las mejillas de MacDonald, pero había recuperado la compostura lo bastante como para mirarme—. Los forajidos. Se la vendieron a un comerciante fluvial, dijo ella, pocos días después de que la secuestraran. Él se la quedó un tiempo en su barco, pero una noche acudió un hombre para hacer negocios, le gustó y la compró. La llevó hasta la costa, pero supongo que a esas alturas se habría cansado ya de ella...

Su voz se fue apagando, y se llevó la pipa de nuevo a la boca para darle una fuerte calada.

—Ya veo —asentí. La mitad de la tortilla que había comido había formado una bola en el fondo de mi estómago.

Aún era bastante nueva... Me pregunté cuánto tardaría. Cuánto duraría una mujer, pasada de mano en mano, de las tablas astilladas de la cubierta de un barco fluvial a los andrajosos colchones de una habitación alquilada, con apenas lo necesario para mantenerse con vida. Era posible que aquel burdel de Edenton le pareciera una especie de refugio para cuando llegó a él. Pero la idea no me hizo congraciarme con MacDonald.

—¿Recuerda al menos su nombre, mayor? —pregunté con una cortesía glacial.

Me pareció ver de reojo que las comisuras de los labios de Jamie se retorcían, pero no aparté la mirada de MacDonald.

Éste se sacó la pipa de la boca, exhaló una enorme nube de humo y luego me miró directamente con sus ojos azules claros.

—A decir verdad, señora, yo las llamo a todas Polly —explicó—. Me ahorra problemas, ¿sabe?

El regreso de la señora Bug, que traía un cuenco vacío, me ahorró la respuesta, o algo peor.

—El muchacho ha comido y va a acostarse —anunció. Sus agudos ojos pasaron de mi cara a mi plato semivacío. Abrió la boca, frunciendo el ceño, pero entonces miró a Jamie, y, después de recibir, al parecer, una orden muda por parte de él, volvió a cerrarla y levantó el plato con un breve «¡hum!».

—Señora Bug —dijo Jamie en voz baja—, ¿podría ir ahora mismo a buscar a Arch y pedirle que venga? Y, si no es mucho pedir, ¿también a Roger Mac?

Sus pequeños ojos negros se convirtieron en canicas y, a continuación, se entornaron al mirar a MacDonald. Era evidente que sospechaba que, si había algún lío en marcha, él era el responsable.

—Lo haré —asintió, y regañándome por mi falta de apetito con un movimiento de la cabeza, dejó los platos y salió, sin cerrar la puerta con llave.

—Woram's Landing —afirmó Jamie dirigiéndose a MacDonald, mientras reanudaba la conversación como si ésta no se hubiera interrumpido—. Y Salem. Y si son los mismos hombres, el joven Ian se encontró con ellos en el bosque, al oeste, a un día de distancia de aquí. Bastante cerca.

—¿Bastante cerca para ser los mismos? Sí, es verdad.

—Estamos a principios de primavera —comentó Jamie mientras miraba por la ventana; ya había oscurecido y los postigos estaban cerrados, pero una fresca brisa penetraba a través de ellos y agitaba los hilos donde yo había colgado a secar unas setas, que formaban siluetas oscuras y arrugadas que se balanceaban como si se tratara de diminutos bailarines congelados contra la madera pálida.

Entendí qué quería decir con ello. El terreno montañoso era imposible de atravesar durante el invierno; en los pasos altos aún había nieve, y las laderas más bajas habían empezado a reverdecer y a florecer en las últimas semanas. Si había una pandilla organizada de bandoleros, no habrían empezado a trasladarse al campo hasta ahora, después de pasar el invierno ocultándose al pie del monte.

—Es cierto —accedió MacDonald—. Tal vez estemos a tiempo de ponernos en guardia. Pero antes de que vengan sus hombres, señor, podríamos hablar de lo que me trajo aquí.

—¿Sí? —dijo Jamie, entornando los ojos, al mismo tiempo que vertía un torrente brillante de plomo—. Por supuesto, Donald. Debería haberme dado cuenta de que no vendría tan lejos por una cuestión menor. ¿De qué se trata?

MacDonald sonrió como un tiburón; habíamos llegado a la cuestión principal.

—A usted le ha ido bien en este lugar, coronel. ¿Cuántas familias tiene en sus tierras?

—Treinta y cuatro —respondió Jamie. No levantó la mirada; en cambio, hizo girar otra bala en las cenizas.

—¿Habría lugar para unas cuantas más? —MacDonald seguía sonriendo.

Estábamos rodeados de miles de kilómetros de espesura; el puñado de residencias en el Cerro de Fraser apenas formaría un punto en un mapa, y podía desvanecerse como el humo. Pensé por un momento en la cabaña holandesa, y me estremecí, pese al fuego en la chimenea. Todavía podía sentir el olor amargo y asfixiante de la carne quemada en el fondo de mi garganta, acechando bajo los sabores más suaves de la tortilla.

—Es posible —respondió Jamie con ecuanimidad—. Los nuevos emigrantes escoceses, ¿verdad? ¿De más allá de Thurso?

Tanto MacDonald como yo lo miramos fijamente.

—¿Cómo diablos lo sabe? —exigió saber el mayor—. ¡Yo no me enteré hasta hace diez días!

—Ayer encontré a un hombre en el molino —contestó Jamie, levantando de nuevo el cazo—. Un caballero de Filadelfia, que había venido a las montañas a recoger plantas. Venía de Cross Creek y los había visto —dijo, torciendo un poco la boca—. Al parecer, provocaron un gran revuelo en Brunswick, y no se sintieron del todo bienvenidos, de modo que remontaron el río en barcazas.

—¿Revuelo? ¿Qué hicieron? —quise saber.

—Verá usted, señora —explicó el mayor—, son muchos los que están llegando en barcos estos días, directamente desde las Highlands. Aldeas enteras, apiñadas en las bodegas de los barcos, y desembarcan como si fueran ganado. Pero no hay nada para ellos en la costa, y los vecinos del lugar acostumbran a señalarlos con el dedo y a reírse de ellos al ver su aspecto estrafalario, de modo que, en su mayoría, se meten en una barcaza y suben por Cape Fear. En Campbelton y Cross Creek, al menos, hay gente con la que pueden hablar.

Me sonrió, quitándose una pelusa de los faldones del uniforme.

—Los vecinos de Brunswick no deben de estar acostumbrados a unos escoceses tan hambrientos, puesto que sólo han visto escoceses civilizados como su marido y su tía.

Señaló a Jamie, quien entonces hizo una pequeña e irónica reverencia.

—Bueno, relativamente civilizados —murmuré. Todavía no estaba dispuesta a perdonar a MacDonald por la prostituta de Edenton—. Pero...

—Apenas saben una palabra de inglés, por lo que me han dicho —se apresuró a continuar MacDonald—. Farquard Campbell fue a hablar con ellos y los trajo al norte, hasta Campbelton, y no tengo dudas de que todavía deben de estar dando vueltas por la costa, sin ninguna idea de adónde ir o qué hacer.

—¿Qué ha hecho Campbell con ellos? —preguntó Jamie.

—Ah, se los están repartiendo entre los conocidos de Campbell de Campbelton, pero eso no dará resultado a largo plazo, naturalmente. —MacDonald se encogió de hombros. Campbelton era un pequeño asentamiento cerca de Cross Creek que giraba alrededor de las prósperas actividades comerciales de Farquard Campbell, y la tierra que la rodeaba estaba totalmente asignada, en su mayor parte, a manos de parientes de Campbell. Farquard tenía ocho hijos, muchos de los cuales estaban casados, y eran tan fértiles como su padre.

—Por supuesto —asintió Jamie receloso—. Pero son de la costa del norte. Seguramente serán pescadores, y no campesinos.

—Sí, pero están dispuestos a cambiar, ¿no? —MacDonald hizo un gesto hacia la puerta y hacia el bosque que se extendía tras ella—. No hay nada para ellos en Escocia. Han venido hasta aquí y ahora deben sacar el mejor partido posible de la situación. Un hombre puede aprender a trabajar la tierra, ¿no es cierto?

Jamie tenía una expresión dubitativa, pero el entusiasmo de MacDonald era incontenible.

—He visto a muchos pescadores y labriegos convertirse en soldados, y apuesto a que usted también. Trabajar la tierra no es más difícil que ser soldado, ¿verdad?

Jamie sonrió; había dejado el campo a los diecinueve años y combatido como mercenario en Francia durante varios años antes de regresar a Escocia.

—Sí, bien, tal vez sea cierto, Donald. Pero el asunto es que cuando eres soldado, alguien te dice lo que tienes que hacer desde el momento en que te levantas hasta que te desplomas por la noche. ¿Quién les explicará a estos pobres necios de qué lado se ordeñan las vacas?

—Tú, supongo —le dije. Me desperecé, relajando la espalda, y miré fijamente a MacDonald—. O al menos supongo que eso es lo que está usted sugiriendo, ¿no es así, mayor?

—Su encanto es superado sólo por su astucia, señora —comentó MacDonald, haciendo una elegante reverencia en mi dirección—. Sí, ésa es la cuestión. Toda su gente es de las Highlands, señor, y campesina; puede hablar con esos recién llegados en su propia lengua, enseñarles lo que tienen que saber, ayudarlos a abrirse paso.

—Hay muchos otros pueblos en la colonia en los que hablan *Gaidhlig* —objetó Jamie—. Y la mayoría de ellos están en una zona mucho mejor situada que Campbelton.

—Cierto, pero usted tiene tierras libres que hay que despejar, y ellos no. —Sintiendo, al parecer, que había ganado la discusión, MacDonald volvió a sentarse y levantó su abandonada jarra de cerveza.

Jamie me miró, alzando una ceja. Era cierto que teníamos tierras libres: cuatro mil hectáreas, pero apenas ocho de ellas cultivadas. También era verdad que la escasez de trabajadores era muy grande en toda la colonia, pero todavía más en las montañas, donde la tierra no era adecuada para el tabaco o el arroz, la clase de cosechas aptas para el trabajo de esclavos.

No obstante, al mismo tiempo...

—La dificultad, Donald, es cómo instalarlos. —Jamie se inclinó para hacer girar otra bala en la chimenea, y luego se incorporó, metiéndose un mechón suelto de pelo cobrizo por detrás de la oreja—. Tengo tierra, es cierto, pero poco más. No se puede dejar a la gente recién llegada de Escocia en el bosque y esperar que se gane la vida por su cuenta. Ni siquiera podría proporcionarles los zapatos y la ropa que tendría un esclavo, y mucho menos herramientas. ¿Y cómo alimentarlos a todos ellos y a sus esposas e hijos durante el invierno? ¿Cómo ofrecerles protección? —Levantó el cazo para subrayar su argumento, sacudió la cabeza y luego dejó caer otro pedazo de plomo.

—Ah, protección. Bien, puesto que lo ha mencionado, déjeme pasar a otra cuestión de interés. —MacDonald se inclinó hacia delante, bajando la voz en actitud confidencial, aunque nadie podía oírlo—. He dicho que trabajo para el gobernador, ¿verdad? Él me ha encargado que viajara a la parte occidental de la colonia y que mantuviera los ojos bien abiertos. Hay reguladores que aún no han sido indultados, y... —Miró con recelo a un lado y otro, como si esperara que alguno de ellos saltara de la chimenea—. Usted habrá oído hablar de los comités de seguridad, ¿no?

—Un poco.

—Pero aún no debe de haber ninguno aquí, en el campo...

—No, que yo sepa. —Jamie se había quedado sin más plomo para derretir, y, cuando se agachó para recoger las balas recién hechas de las cenizas que tenía a los pies, la cálida luz del fuego formó un resplandor rojizo en su coronilla. Me senté a su lado en el banco, cogí la bolsa de municiones de la mesa y la sostuve abierta.

—Bien —intervino MacDonald con un gesto de satisfacción—. Entonces veo que he venido en un buen momento.

Tras los disturbios civiles que rodearon la guerra de la Regulación de un año antes, se habían formado varios grupos informales de ciudadanos, inspirados por grupos similares de las otras colonias. Si la Corona ya no era capaz de garantizar la seguridad de los colonos, decían, entonces ellos debían ocuparse personalmente del tema.

Ya no se podía confiar en que los *sheriffs* mantuviesen el orden; los escándalos que había inspirado el movimiento de los Reguladores habían dado buena cuenta de ello. La dificultad, por supuesto, residía en que, como los comités eran autoproclamados, no eran más fiables que los *sheriffs*.

También había otros comités. Se trataba de comités de correspondencia, organizaciones poco definidas de hombres que escribían cartas a diestro y siniestro, difundiendo noticias y rumores entre las colonias. Y de estos distintos comités surgirían las semillas de la revolución, que aquella fría noche primaveral ya estaban germinando en alguna parte.

Como me ocurría cada cierto tiempo (y cada vez más a menudo), calculé lo que quedaba. Ya casi estábamos en abril de 1773, y «el 18 de abril de 1775»... como había escrito Longfellow de una manera tan pintoresca...

Dos años. Pero la guerra tiene una larga mecha y una cerilla de efecto lento. Ésta se había encendido en Alamance, y las líneas calientes y resplandecientes del fuego que se arrastraba por Carolina del Norte ya eran visibles para aquellos que sabían dónde mirar.

Las balas de plomo en la bolsa de municiones que yo sostenía rodaron y chocaron entre sí; mis dedos apretaban el cuero. Jamie se dio cuenta y me tocó la rodilla en un gesto rápido y leve para tranquilizarme; luego cogió la bolsa y la guardó en la caja de cartuchos.

—Un buen momento... —repitió, mirando a MacDonald—. ¿Qué quiere decir con eso, Donald?

—¿Qué otra persona, aparte de usted, coronel, debería liderar un comité de esa clase? Desde luego que se lo he sugerido al gobernador. —MacDonald trató de parecer modesto, pero fracasó.

—Muy amable por su parte, mayor —intervino Jamie secamente, y me miró enarcando una ceja. El gobierno de la colonia debía de estar en una situación mucho peor de lo que él suponía para que el gobernador Martin no sólo tolerara la existencia de los comités, sino que también los aprobara de manera clandestina.

El sonido largo y profundo del bostezo de un perro me llegó de manera tenue desde el vestíbulo, y me excusé para ver cómo se encontraba Ian.

Me pregunté si el gobernador Martin tenía alguna idea de lo que estaba liberando. Suponía que sí, y que estaba tratando de sacar el máximo provecho de una mala situación, intentando asegurarse de que, al mando de los comités de seguridad, al menos hubiera hombres que habían apoyado a la Corona durante la guerra de la Regulación. Pero la verdad era que él no podía controlar muchos de esos comités, o conocer tan siquiera su existencia. La colonia comenzaba a sisear como una tetera a punto de hervir, y Martin no tenía tropas oficiales a su mando, sólo irregulares como MacDonald y la milicia.

Ésta, por supuesto, era la razón de que MacDonald llamara «coronel» a Jamie. El gobernador anterior, William Tryon, había nombrado a Jamie —bastante en contra de su voluntad— coronel de la milicia para los territorios a este lado del Yadkin.

«Hum», dije para mis adentros. Ni MacDonald ni Martin eran tontos. Invitar a Jamie a establecer un comité de seguridad significaba que éste convocaría a los hombres que habían servido a su mando en la milicia, pero no comprometería al gobierno a pagarles o equiparlos, y el gobernador quedaría exento de responsabilidad por sus acciones, puesto que un comité de seguridad no era un organismo oficial. Jamie corría un peligro considerable —así como todos nosotros— si aceptaba esa propuesta.

El vestíbulo estaba oscuro; no había ninguna luz, salvo la que llegaba desde la cocina, detrás de mí, y el débil resplandor de la única vela encendida en la consulta. Ian dormía, pero tenía un sueño inquieto, con una ligera arruga de turbación en la suave piel entre las cejas. *Rollo* levantó la cabeza y su gruesa cola se meneó de un lado a otro sobre el suelo a manera de saludo.

Ian no respondió cuando lo llamé por su nombre, ni cuando coloqué una mano sobre su hombro. Lo sacudí con suavidad, y luego con un poco más de fuerza. Vi que se debatía, bajo la inconsciencia, como un hombre nadando en corrientes subterráneas, rindiéndose a las profundidades que lo llamaban, hasta que de pronto un anzuelo inesperado lo atrapaba, con una punzada de dolor en la piel entumecida por el frío.

Sus ojos se abrieron de repente, oscuros y perdidos, y me contempló sin entender.

—Hola —le dije en voz baja, aliviada al ver que despertaba—. ¿Cómo te llamas?

Me di cuenta de inmediato de que la pregunta no tenía sentido para él, y la repetí con tranquilidad. La comprensión brilló en las profundidades de sus pupilas dilatadas.

—¿Quién soy? —preguntó en gaélico. Dijo algo más, arrastrando las palabras, en mohawk, y sus párpados se agitaron y se cerraron.

—Despierta, Ian —ordené con firmeza, sacudiéndolo otra vez—. Dime quién eres. —Sus ojos volvieron a abrirse y él me miró confundido.

—Intentemos algo más fácil —sugerí, levantando dos dedos—. ¿Cuántos dedos ves?

Un resplandor de comprensión surgió en sus ojos.

—No dejes que Arch Bug te vea haciendo eso, tía —comentó lentamente, con la insinuación de una sonrisa en el rostro—. Es un gesto muy grosero, ¿sabes?

Bueno, al menos me había reconocido, así como la señal de la «V»; eso era algo. Y debía de saber quién era, puesto que me había llamado «tía».

—¿Cuál es tu nombre completo? —volví a preguntar.

—Ian James FitzGibbons Fraser Murray —contestó, algo enojado—. ¿Por qué insistes en preguntarme mi nombre?

—¿FitzGibbons? —pregunté—. ¿De dónde demonios has sacado eso?

Él gimió y se llevó dos dedos a los párpados, haciendo una mueca de dolor cuando los apretó suavemente.

—Me lo puso el tío Jamie; échale la culpa a él —arguyó—. Es por su viejo padrino, según me explicó. Se llamaba Murtagh FitzGibbons Fraser, pero a mi madre no le gustaba el nombre de Murtagh. Creo que voy a volver a vomitar —añadió, apartando la mano.

Por último, tembló y tuvo arcadas sobre la palangana, pero en realidad no vomitó, lo que era una buena señal. Lo ayudé a ponerse de costado, blanco y húmedo de sudor, y *Rollo* se apoyó en las patas traseras con las delanteras en la mesa para lamerle la cara. Ian rió entre gemidos y trató débilmente de apartarlo.

—*Theirig dhachaigh, Okwaho* —dijo. *Theirig dhachaigh* significaba «vete a casa» en gaélico, y era evidente que *Okwaho* era el nombre de *Rollo* en mohawk. Parecía que Ian tenía dificultades en escoger entre los tres idiomas que hablaba de manera fluida, pero era obvio que, sin embargo, estaba lúcido.

Después de que respondiera más preguntas molestas y sin sentido, le limpié la cara con un paño húmedo, le dejé enjuagarse la boca con vino muy aguado y volví a arroparlo.

—¿Tía? —dijo con dificultad, mientras yo me volvía hacia la puerta—. ¿Crees que alguna vez volveré a ver a mi madre?

Me detuve. No tenía la menor idea de cómo contestar a esa pregunta. Pero en realidad no fue necesario; él ya había vuelto a sumirse en el sueño y respiraba profundamente, con la rapidez que suelen mostrar los pacientes de una conmoción, antes de que yo pudiera encontrar las palabras adecuadas.

6

Emboscada

Ian se despertó con brusquedad, cerrando la mano en torno a su tomahawk. O lo que debería haber sido su tomahawk, pero en realidad era la tela de sus pantalones. Durante un instante no supo dónde estaba, y se incorporó a medias, tratando de distinguir siluetas en la oscuridad.

El dolor le atravesó la cabeza como un relámpago, haciendo que gimiera quedamente y que la agarrara. En la oscuridad, más abajo, *Rollo* soltó un leve bufido de alarma.

¡Dios santo! Los intensos olores de la consulta de su tía penetraron en su nariz: alcohol, mecha quemada, hierbas medicinales desecadas y ese espantoso brebaje que ella llamaba penicilina. Cerró los ojos, apoyó la frente en las rodillas levantadas y respiró poco a poco por la boca.

¿Qué había soñado? Un sueño de peligro, algo violento; pero no podía captar ninguna imagen clara, sólo la sensación de algo que lo acechaba, algo que lo seguía por el bosque.

Tenía que orinar con urgencia. Buscando a tientas el borde de la mesa en la que estaba acostado, bajó con cuidado y se incorporó, entornando los ojos para aliviar las ráfagas de dolor.

La señora Bug le había dejado un orinal, según recordaba, pero la vela se había apagado y él no tenía intención de arrastrarse por el suelo para buscarlo. Una luz débil le mostró dónde estaba la puerta; ella la había dejado entreabierta, y por el pasillo llegaba el resplandor de la chimenea de la cocina. Orientándose con esa luz, consiguió llegar hasta la ventana, la abrió, movió el cierre del postigo y permaneció allí de pie, rodeado por el aire de la fresca noche primaveral, con los ojos cerrados mientras aliviaba la vejiga.

Así estaba mejor, aunque con el alivio recobró la conciencia del malestar que sentía en el estómago y de los latidos de la cabeza. Se sentó, apoyando los brazos sobre las rodillas y sosteniéndose la cabeza entre los brazos, mientras esperaba que todo lo demás se calmara.

Había voces en la cocina; ahora que prestaba atención, podía oírlas con claridad. Eran el tío Jamie y el tal MacDonald, y también el viejo Arch Bug; la tía Claire intervenía cada cierto tiempo con un comentario en inglés que sonaba agudo en contraste con los ásperos rezongos del escocés y el gaélico.

—¿Estaría usted interesado en ser un agente indio? —estaba preguntando MacDonald.

¿Qué era eso?, dijo Ian. Luego lo recordó. Sí, desde luego. La Corona empleaba a hombres para que ofrecieran regalos a las tribus: tabaco, cuchillos y cosas semejantes. Les contaban tonterías sobre Jorge III, como si fuese posible que el rey fuera a sentarse ante las hogueras del consejo en la próxima Luna del Conejo y hablar como un hombre.

Ian sonrió tristemente sólo de pensarlo. La idea era bastante sencilla: convencer a los indios de que lucharan para los ingleses cuando fuera necesario. Pero ¿por qué creían que era preciso en ese momento? Los franceses habían cedido posiciones y se habían retirado a sus bastiones del norte, en Acadia.

Ah. Después recordó lo que Brianna le había comentado sobre los combates que estaban por llegar. No sabía si creerla o no; tal vez tenía razón, y en ese caso... No quería pensar en ello. Ni en nada.

Rollo se le acercó sin hacer ruido y se apoyó con fuerza contra su cuerpo. Ian se inclinó y descansó la cabeza sobre la gruesa piel del animal.

Un agente indio se había presentado una vez, cuando él vivía en la Aldea de la Serpiente; era un sujeto gordo y pequeñito, de mirada recelosa y voz temblorosa. A él le había parecido que aquel hombre —los mohawk le habían puesto el sobrenombre de Sudor Fuerte, ya que desprendía un hedor como si tuviera una enfermedad mortal— no estaba acostumbrado a los kahnyen'kehaka; no conocía bien la lengua y era evidente que esperaba que en cualquier momento le arrancaran la cabellera, algo que a ellos les habría resultado graciosísimo, y uno o dos tal vez lo habrían intentado como broma, si no fuera porque Tewaktenyonh había pedido que lo trataran con respeto. Ian se había visto obligado a ser intérprete, una tarea que había llevado a cabo sin mucho placer. Prefería mil veces considerarse un mohawk que reconocer cualquier relación con Sudor Fuerte.

Aunque el tío Jamie... sin duda él lo haría muchísimo mejor. ¿Aceptaría? Ian prestó atención a las voces con interés, pero estaba claro que el tío Jamie no iba a dejar que lo presionaran para tomar la decisión. Al escuchar cómo su tío intentaba eludir el compromiso, pensó que era más probable que MacDonald atrapara una rana en un manantial.

Suspiró, rodeó a *Rollo* con un brazo y apoyó más peso sobre el perro. Se sentía fatal. Habría supuesto que estaba agonizando si no hubiera sido porque su tía le había advertido que se sentiría mal durante varios días. Estaba seguro de que ella permanecería a su lado si él fuera a morir, en lugar de marcharse y dejarle a *Rollo* para que le hiciera compañía.

Los postigos todavía estaban abiertos, y el aire fresco se derramó sobre Ian, frío y suave al mismo tiempo, como solía ocurrir las noches de primavera. Sintió que *Rollo* levantaba la nariz, olfateaba y dejaba escapar un gemido grave y excitado. Tal vez una zarigüeya o un mapache.

—Vete, si quieres —dijo, enderezándose y dándole un pequeño empujón al perro—. Estoy bien.

El perro lo olfateó con recelo y trató de lamerle la parte posterior de la cabeza, donde estaban los puntos, pero se detuvo cuando Ian soltó un grito y se cubrió la herida con la mano.

—¡Vete, he dicho! —Empujó al perro suavemente y *Rollo* resopló, trazó un círculo, saltó por encima de la cabeza de Ian para salir por la ventana y cayó al suelo al otro lado con un ruido fuerte. Un chillido terrible atravesó el aire y se oyó el sonido de unas patas que trataban de escabullirse y de cuerpos pesados rasgando los arbustos.

Luego hubo voces de alarma en la cocina. Ian oyó los pasos del tío Jamie en el pasillo, un instante antes de que se abriera la puerta de la consulta.

—¿Ian? —dijo su tío en voz baja—. ¿Dónde estás, muchacho? ¿Qué ha ocurrido?

Ian se puso en pie, pero una luz cegadora le cubrió los ojos y él trastabilló. El tío Jamie lo cogió del brazo y lo ayudó a sentarse en una banqueta.

—¿Qué ocurre, muchacho? —Cuando su visión se aclaró, pudo ver a su tío a la luz de la puerta, con el rifle en una mano y una expresión de preocupación en el rostro que se volvió irónica en cuanto vio la ventana abierta. Olfateó profundamente—. Al parecer, no era una mofeta.

—Bueno, eso parece —dijo Ian, tocándose la cabeza con cuidado—. O bien *Rollo* está persiguiendo a una pantera, o ha caído sobre el gato de la tía.

—Ah, sí. Le iría mejor con la pantera. —Su tío dejó el rifle y se acercó a la ventana—. ¿Cierro los postigos o necesitas aire, muchacho? Estás un poco pálido.

—Me siento pálido —admitió Ian—. Sí, déjalos abiertos, por favor.

—¿No quieres descansar, Ian?

El chico vaciló. Seguía sintiendo náuseas, y suponía que le apetecía volver a acostarse, pero la consulta lo incomodaba, con esos olores fuertes y los reflejos de minúsculas cuchillas y otras cosas misteriosas y dolorosas. El tío Jamie pareció adivinar su preocupación, porque se inclinó y puso una mano debajo del codo de Ian.

—Ven conmigo, muchacho. Puedes dormir arriba, en una cama de verdad, si no te molesta que el mayor MacDonald esté durmiendo en la otra.

—No me importa —afirmó—, pero creo que me quedaré aquí. —Hizo un gesto hacia la ventana, sin querer asentir y que por ello empeorara su dolor de cabeza—. Seguramente *Rollo* volverá pronto.

El tío Jamie no discutió con él, algo que Ian agradeció. Las mujeres daban vueltas a las cosas; los hombres se limitaban a hacerlas.

Su tío lo levantó sin ninguna ceremonia y lo llevó de vuelta a la cama, lo abrigó con una manta y luego comenzó a buscar a oscuras el rifle que había dejado en el suelo.

—¿Podrías traerme un vaso de agua, tío Jamie?

—¿Eh? Ah, claro.

La tía Claire había dejado una jarra de agua a mano. Se oyó el agradable sonido del líquido golpeando contra las paredes del recipiente, y luego sintió el borde de un vaso de barro en los labios, mientras su tío lo sostenía por la espalda para mantenerlo derecho. No lo necesitaba, pero no protestó; el tacto era cálido y reconfortante. No se había dado cuenta del frío que tenía a causa de la brisa nocturna, y tembló un poco.

—¿Todo bien, muchacho? —murmuró el tío Jamie, apretando el hombro de Ian.

—Sí, por supuesto. ¿Tío Jamie?

—¿Sí?

—¿La tía Claire te ha contado algo sobre... sobre una guerra? Una guerra futura, quiero decir. Con Inglaterra.

Hubo un momento de silencio y la gran silueta de su tío quedó inmóvil contra la luz de la puerta.

—Sí —contestó, y apartó la mano—. ¿Te lo ha explicado a ti?

—No. Ha sido la prima Brianna. —Se tumbó de lado, con cuidado de no rozar su cabeza herida—. ¿Tú las crees?

No hubo vacilación esta vez.

—Sí. Las creo. —Lo dijo con su tono habitual, pero algo en esa frase erizó los pelos de la nuca de Ian.

—Ah, vaya.

La almohada de plumas de oca era suave bajo su mejilla, y olía a lavanda. La mano de su tío le tocó la cabeza y le apartó el cabello despeinado de la frente.

—No te preocupes por ello, Ian —afirmó en voz baja—. Todavía hay tiempo. —Recogió el arma y se marchó.

Desde donde estaba tumbado, Ian podía ver el umbral y, más arriba, los árboles al borde del Cerro, la ladera de Black Mountain y luego el negro cielo estrellado.

Oyó que se abría la puerta trasera y después la voz de la señora Bug, más fuerte que las otras.

—No están en ninguna parte, señor —estaba diciendo, casi sin aliento—. Y la casa está a oscuras, no hay fuego en la chimenea. ¿Adónde habrán ido a estas horas de la noche?

Ian se preguntó quiénes se habrían ido, pero no parecía que tuviera mucha importancia. Si había algún problema, el tío Jamie se encargaría de resolverlo. Era una idea reconfortante; se sintió como un niño pequeño, a salvo en su cama, oyendo la voz de su padre fuera, hablando con un arrendatario en la fría oscuridad de un amanecer en las Highlands.

El calor fue cubriéndolo lentamente debajo del edredón, y, por último, se quedó dormido.

La luna comenzaba a elevarse en el cielo cuando emprendieron el viaje, lo que era bueno, pensó Brianna. Incluso con aquel orbe grande, dorado e inclinado que navegaba por un río de estrellas y derramaba por el cielo el brillo que había tomado prestado, el sendero por el que caminaban era invisible. Lo mismo ocurría con sus pies, ahogados en el negro absoluto del bosque.

Negro, pero no silencioso. Los gigantescos árboles se agitaban en lo alto, pequeñas cosas chillaban y se escabullían en la oscuridad, y cada cierto tiempo, el mudo aleteo de un murciélago se acercaba a ella lo suficiente como para asustarla, como si de pronto parte de la noche se hubiera soltado y le hubieran crecido alas ante Brianna.

—¿La gata del ministro es una gata asustada? —sugirió Roger cuando ella gimió y se aferró a él inmediatamente después de que se le aproximara una de esas criaturas con alas de cuero.

—La gata del ministro es una... gata agradecida[1] —respondió ella, apretándole la mano—. Gracias. —Es posible que terminaran durmiendo delante de la chimenea de los McGillivray, en vez de cómodamente metidos en su propia cama, pero al menos estarían con Jemmy.

Él le devolvió el apretón con una mano más grande y fuerte que la de ella, cosa que resultaba muy reconfortante en la oscuridad.

—No hay nada que agradecer —repuso Roger—. Yo también quiero estar con él. Ésta es una noche en la que lo mejor es que la familia esté reunida, a salvo y en el mismo lugar.

Ella hizo un pequeño sonido de aceptación y agradecimiento con la garganta, pero quería seguir con la conversación, tanto por la sensación de contacto con él como para mantener a raya la oscuridad.

—El gato del ministro fue un gato muy elocuente —comentó con delicadeza—. En el... en el funeral, quiero decir. El de aquella pobre gente.

Roger resopló; Brianna vio su aliento, blanco en el aire.

—El gato del ministro fue un gato muy cohibido —intervino—. ¡Por tu padre!

Ella sonrió, puesto que él no podía verla.

—Lo hiciste muy bien, de verdad —aseguró Brianna.

—Mmfm —respondió Roger, con otro breve resoplido—. En cuanto a la elocuencia... si la hubo, no fue mía. Lo único que hice fue citar fragmentos de un salmo; ni siquiera podría decirte cuál.

---

[1] Juego anglosajón originario de la época victoriana que consiste en ir añadiendo adjetivos que comiencen con la misma letra. *(N. del t.)*

—No tuvo importancia. Pero ¿por qué escogiste... lo que dijiste? —preguntó con curiosidad—. Yo creía que elegirías el padrenuestro, o quizá el salmo veintitrés; todos lo conocen.

—Yo también creí que haría eso —admitió Roger—. Ésa era mi intención. Pero cuando llegó el momento... —Vaciló, y ella vio en su recuerdo aquellos montículos bastos y fríos, y se estremeció, recordando el olor del hollín. Él le apretó la mano con más fuerza, acercó el cuerpo al suyo y metió la mano de ella en el hueco del codo—. No lo sé. Por alguna razón, me pareció... más apropiado.

—Y así fue —asintió Brianna en voz baja, pero desvió la conversación hacia la cuestión de su último proyecto de ingeniería, una bomba manual para sacar agua del pozo—. Si tuviera algo que me sirviera de tubo, podría llevar agua a la casa con mucha facilidad. Ya tengo la mayor parte de la madera que necesito para una bonita cisterna, si puedo hacer que Ronnie la construya; así, como mínimo, podremos bañarnos con agua de lluvia. Pero ahuecando troncos de árbol —dijo, refiriéndose al método empleado para la pequeña cantidad de tuberías que se utilizaban para la bomba—, tardaría meses en tener los suficientes como para que llegara del pozo hasta la casa; ni hablar de si quisiéramos hacerlo desde el arroyo. Y no hay ninguna posibilidad de conseguir cobre enrollado. Incluso si pudiéramos pagarlo, que no podemos, traerlo desde Wilmington sería... —Brianna levantó la mano que tenía libre, frustrada por lo monumental del proyecto.

Roger reflexionó un poco sobre el tema; el golpeteo de sus zapatos sobre el rocoso sendero se convirtió en un ritmo agradable.

—Bueno, los antiguos romanos lo hacían con cemento —añadió—. La fórmula está en Plinio.

—Lo sé. Pero hace falta determinada clase de arena, que da la casualidad que no tenemos. Y cal viva, de la que tampoco disponemos. Y...

—Sí. Pero ¿y si lo intentamos con arcilla? —la interrumpió él—. ¿Recuerdas aquel plato de la boda de Hilda? ¿Aquel grande, marrón y rojo, con unos dibujos muy hermosos?

—Sí —contestó ella—. ¿Por qué?

—Ute McGillivray dijo que se lo había traído alguien de Salem. No recuerdo el nombre, pero comentó que aquel tipo era famoso por su alfarería, o como sea que se llame hacer platos.

—¡Te apuesto lo que quieras a que ella no dijo eso!

—Bueno, algo parecido —continuó él sin inmutarse—. La cuestión es que lo fabricó aquí; no lo trajo de Alemania. De modo que por esta zona tiene que haber arcilla que pueda cocerse, ¿verdad?

—Ah, ya entiendo. Bueno, es una idea que se puede tener en cuenta... ¿no?

Lo era, y se trataba de una idea atractiva cuya discusión los mantuvo ocupados durante la mayor parte del trayecto restante.

Ya habían bajado del Cerro y estaban a menos de quinientos metros de la casa de los McGillivray cuando Brianna notó una sensación inquietante en la nuca. Quizá sólo fuera su imaginación; después de lo que había visto en aquel desfiladero desierto, el oscuro aire del bosque parecía repleto de amenazas, y ella imaginaba emboscadas en cada curva cerrada, tensándose en anticipación del ataque.

De pronto, oyó un crujido en los árboles a su derecha, el ruido de una ramita al partirse de una manera que no era propia del viento ni de ningún animal. El verdadero peligro tenía su propio sabor, nítido como el zumo de limón, en contraste con la limonada aguada de la imaginación.

Su mano apretó el brazo de Roger en un gesto de advertencia, y él se detuvo de inmediato.

—¿Qué? —susurró, llevando la mano al cuchillo—. ¿Dónde?

Él no lo había oído. Maldición, ¿por qué no habría cogido ella su pistola, o al menos su propia daga? Lo único que llevaba encima era su navaja suiza, que siempre estaba en el bolsillo, además de las armas que pudiera ofrecerle el entorno.

Se apoyó en Roger y señaló, con la mano cerca del cuerpo de él, para asegurarse de que seguía la dirección de su gesto. Luego se agachó y tanteó el suelo en busca de una roca o un palo que pudiera usar como arma.

—Sigue hablando —susurró.

—La gata del ministro es una gata miedosa, ¿verdad? —dijo él, con un tono de burla bastante convincente.

—La gata del ministro es una gata feroz —respondió ella, tratando de imitar su tono jocoso, al mismo tiempo que introducía una mano en el bolsillo. La otra se cerró en torno a una piedra, a la que le quitó la tierra que le quedaba hasta que quedó fría y pesada en su palma. Se levantó, con todos los sentidos centrados en la oscuridad a su derecha—. Va a despellejar a cualquiera que...

—Oh, son ustedes —dijo una voz en el bosque a sus espaldas.

Brianna soltó un alarido y Roger se sobresaltó, se volvió para enfrentarse a la amenaza, la agarró y la empujó detrás de él, todo en un solo movimiento.

El empujón hizo que se tambaleara hacia atrás. Un tacón del zapato se le enganchó en una raíz oculta en la oscuridad, y cayó, golpeándose de lleno en un costado, posición desde la que obtuvo una vista excelente de Roger a la luz de la luna, con el cuchillo en la mano, abalanzándose sobre los árboles con un rugido incoherente.

Al cabo de cierto tiempo procesó lo que había dicho la voz, así como el inconfundible tono de desilusión que había en ella. Una voz muy similar, cargada de alarma, habló desde el bosque a su derecha:

—¿Jo? —dijo—. ¿Qué? ¿Jo, qué?

Se oyeron ruidos de lucha y gritos en el bosque a la izquierda. Roger le había puesto las manos encima a alguien.

—¡Roger! —gritó Brianna entonces—. ¡Roger, para! ¡Son los Beardsley!

Ella había soltado la roca al caer, y ahora estaba en pie, frotándose la mano en la falda para limpiarse la tierra. El corazón seguía latiéndole con fuerza, se había hecho un moretón en la nalga izquierda y su impulso de comenzar a reír estaba teñido por el fuerte deseo de estrangular a uno o bien a ambos gemelos Beardsley.

—¡Kezzie Beardsley, sal de ahí! —gritó, y luego lo repitió, incluso más fuerte. La audición de Kezzie había mejorado después de que la madre de Brianna le hubiera extirpado las amígdalas y las adenoides crónicamente infectadas, pero de todas formas seguía estando bastante sordo.

Tras unos fuertes crujidos en los arbustos, apareció ante sus ojos la delgada silueta de Keziah Beardsley, con su cabello oscuro, el rostro blanco, y armado con un gran garrote, que bajó de su hombro e intentó ocultar con timidez detrás de su espalda cuando la vio.

Mientras tanto, unos crujidos mucho más fuertes y una generosa cantidad de insultos detrás de ella precedieron a la aparición de Roger, que agarraba el huesudo cuello de Josiah Beardsley, el gemelo de Kezzie.

—En el nombre de Dios, ¿qué intentabais hacer, pequeños bastardos? —preguntó Roger, empujando a Jo hacia su hermano, que se encontraba en un pequeño hueco iluminado por la luna—. ¿Te has dado cuenta de que casi te mato?

Había la suficiente luz como para que Brianna distinguiera la expresión más bien cínica que cruzó la cara de Jo ante esas palabras, antes de que fuera borrada y reemplazada por otra de firme disculpa.

—Lo sentimos mucho, señor Mac. Hemos oído que venía alguien y se nos ha ocurrido que podían ser bandoleros.

—Bandoleros —repitió Brianna. Sentía la urgente necesidad de echarse a reír, pero se reprimió—. ¿De dónde demonios has sacado esa palabra?

—Ah. —Jo se miró los pies, con las manos entrelazadas a la espalda—. La señorita Lizzie nos ha estado leyendo aquel libro que trajo el señor Jamie. Allí hablaban de bandoleros.

—Ya veo. —Miró a Roger, que le devolvió la mirada, mientras su enfado iba disminuyendo y transformándose en regocijo—. *Historias de piratas* —explicó—. Defoe.

—Oh, sí. —Roger envainó su cuchillo—. ¿Y por qué, exactamente, pensasteis que podíamos ser bandoleros?

Kezzie, con las peculiaridades de su oído errático, respondió con la misma seriedad que su hermano, aunque su voz era más alta y algo monótona a causa de su temprana sordera.

—Nos cruzamos con el señor Lindsay cuando iba de camino a su casa y él nos explicó lo que había ocurrido en el Arroyo del Holandés. ¿Es cierto lo que nos ha dicho? ¿Que estaban todos carbonizados?

—Pues sí, estaban todos muertos. —La voz de Roger había perdido cualquier matiz de diversión—. Pero ¿qué tiene eso que ver con que vosotros andéis acechando por el bosque con garrotes?

—Verá, señor, el asentamiento de los McGillivray es un lugar muy bonito y amplio, en especial con el taller del tonelero y la nueva casa y todo eso, y como está cerca del camino, bueno, si yo fuera un bandolero, es justo la clase de lugar que escogería para atacar —respondió Jo.

—Y la señorita Lizzie está allí, con su padre. También su hijo, señor Mac —añadió Kezzie enfáticamente—. No querríamos que sufrieran ningún daño.

—Ya veo —respondió Roger con una sonrisa torcida—. Bien, os doy las gracias, entonces, por vuestra amabilidad. Pero dudo que los bandoleros estén cerca; el Arroyo del Holandés está bastante lejos de aquí.

—Es cierto, señor —accedió Jo—. Pero podría haber bandoleros en cualquier parte, ¿no?

Eso era innegable, y lo bastante cierto como para que Brianna volviera a sentir frío en la boca del estómago.

—Podría, pero no los hay —los tranquilizó Roger—. Venid a la casa con nosotros, ¿de acuerdo? Sólo íbamos a buscar al pequeño Jem. Estoy seguro de que Frau Ute os ofrecerá una cama junto al fuego.

Los gemelos Beardsley intercambiaron una mirada inescrutable. Eran casi idénticos —pequeños y ágiles, con el cabello tupido y negro, y sólo podían distinguirse por la sordera de Kezzie y la cicatriz redonda en el pulgar de Jo—, y ver a dos caras de huesos finos con exactamente la misma expresión era un poco inquietante.

Fuera cual fuese la información intercambiada en esa mirada, era evidente que había incluido toda la discusión que hacía falta, puesto que Kezzie hizo un ligero gesto con la cabeza y delegó la respuesta en su hermano.

—Ah, no, señor —contestó Josiah de manera cortés—. Creo que esperaremos. —Y sin decir nada más, ambos se volvieron y se internaron en la oscuridad, pateando hojas y piedras a su paso.

—¡Jo! ¡Espera! —exclamó Brianna, al encontrar algo más en el fondo de su bolsillo.

—¿Sí, señora? —Josiah regresó y apareció junto al codo de ella con una rapidez perturbadora. Su hermano no era muy silencioso, pero él sí.

—¡Ah! Quiero decir, aquí estás. —Ella inspiró hondo para que disminuyera el ritmo de sus latidos, y le entregó el silbato tallado que había hecho para Germain—. Toma. Si vais a montar guardia, esto podría resultaros de utilidad para pedir ayuda, en caso de que por fin venga alguien.

Era evidente que Jo Beardsley nunca había visto un silbato antes, pero no quería admitirlo. Hizo girar el pequeño objeto en su mano, tratando de no mirarlo demasiado fijamente.

Roger extendió la mano, se lo quitó y lanzó un poderoso silbido que atravesó la noche. Varios pájaros, despertados por el ruido, salieron disparados de los árboles cercanos, soltando chillidos y seguidos de cerca por Kezzie Beardsley, con los ojos muy abiertos a causa del asombro.

—Sopla en este extremo —explicó Roger, señalando con un golpecito el lado apropiado del silbato—. Aprieta un poco los labios.

—Se lo agradezco, señor —murmuró Jo. Su habitual expresión estoica se había desarmado junto con el silencio; cogió el silbato con la cara boquiabierta de un niño la mañana de Navidad, y se volvió de inmediato hacia su hermano para enseñarle el premio. De pronto, Brianna se dio cuenta de que era muy probable que ninguno de aquellos muchachos hubiera tenido jamás una mañana de Navidad, o cualquier otra clase de regalo.

—Haré otro para ti —le prometió a Kezzie—. Luego podríais mandaros señales el uno al otro... Si veis bandoleros —añadió con una sonrisa.

—Ah, sí, señora. Lo haremos, claro que sí —aseguró él, casi sin mirarla por la ansiedad de examinar el silbato que su hermano le había puesto en las manos.

—¡Soplad tres veces si precisáis ayuda! —les gritó Roger cuando ya habían echado a andar, cogiendo del brazo a Brianna.

—¡Sí, señor! —llegó la respuesta desde la oscuridad, seguida de un débil y tardío «¡Gracias, señora!», frase seguida, a su vez, por una serie de resoplidos, gemidos y jadeos, intercalados con algunos breves y estridentes silbidos exitosos.

—Lizzie ha estado enseñándoles modales, por lo que veo —comentó Roger—. ¿Crees que alguna vez serán verdaderamente civilizados?

—No —respondió ella, lamentándolo.

—¿En serio? —Brianna no podía verle la cara en la oscuridad, pero advirtió su sorpresa en la voz—. Sólo bromeaba. ¿De verdad crees que no?

—Sí, lo creo. Y es natural, después de la forma en la que crecieron. ¿Has visto cómo se han comportado al ver el silbato? Nadie les ha ofrecido un regalo jamás, ni tampoco un juguete.

—Supongo que no. ¿Crees que eso es lo que vuelve civilizados a los niños? Si es así, supongo que el pequeño Jem será filósofo, artista o algo parecido. La señora Bug lo consiente demasiado.

—Ya, y tú no —repuso ella—. Y papá, Lizzie, mamá y todos los demás.

—Bueno —se excusó Roger, impasible ante la acusación—. Espera a que tenga un hermanito que le haga la competencia. Germain no corre peligro de que lo consientan, ¿verdad? —Germain, el hijo mayor de Fergus y Marsali, era acosado una y otra vez por sus dos hermanas menores, a quienes todo el mundo conocía como las «gatitas del infierno». Éstas perseguían constantemente a su hermano para molestarlo y fastidiarlo.

Brianna se echó a reír, aunque notó una ligera inquietud. La idea de tener otro hijo siempre hacía que se sintiera como si estuviera en lo alto de una montaña rusa, sin aliento y con el estómago hecho un nudo, entre la excitación y el terror. En especial, en ese instante, en que el recuerdo del momento en que habían hecho el amor seguía presente en su memoria, blando y pesado, moviéndose en su estómago como el mercurio.

Pareció que Roger percibía esa ambivalencia, puesto que no siguió con el tema, sino que buscó la mano de su esposa y la cogió con la suya, grande y cálida. El aire era frío; eran los últimos vestigios de un frente invernal que aún perduraba en los valles.

—¿Y Fergus? —preguntó, volviendo a la conversación anterior—. Por lo que sé, tampoco ha tenido una infancia muy feliz, pero parece bastante civilizado.

—Mi tía Jenny lo ha criado desde que cumplió diez años —explicó Brianna—. Tú no has conocido a mi tía Jenny, pero, créeme, podría haber civilizado a Adolf Hitler si hubiera querido. Además, Fergus creció en París, pero no en el campo, sino en un burdel. Y al parecer era un burdel de mucha clase, por lo que Marsali me cuenta.

—¿Ah, sí? ¿Y qué te explica?

—Sólo historias que él le ha contado de vez en cuando. Sobre los clientes, y las p... las chicas.

—¿No puedes decir «puta»? —preguntó él divertido. Ella sintió que la sangre le inundaba las mejillas y se alegró de que estuviera tan oscuro; Roger siempre la provocaba más cuando ella se ruborizaba.

—No puedo evitarlo; he ido a una escuela católica —se defendió—. Condicionamiento temprano. —Era cierto; había palabras que no podía pronunciar, salvo cuando estaba sobrecogida por la furia o mentalmente preparada—. Pero tú sí, ¿no? Yo creía que alguien que estuviera a cargo de un predicador tendría el mismo problema...

Roger se echó a reír, sarcástico.

—No tenía exactamente el mismo problema. Era más que me sentía obligado a maldecir y a hacer otras cosas delante de mis amigos, para demostrar que podía hacerlo.

—¿Qué clase de cosas? —preguntó ella, barruntando una historia. Su marido no acostumbraba a hablar sobre sus primeros años en Inverness, adoptado por su tío abuelo, un ministro presbiteriano, pero a ella le encantaba escuchar los pequeños relatos que a veces narraba.

—Ah. Fumar, beber cerveza y escribir tacos en las paredes del baño de hombres —dijo Roger, con una sonrisa evidente en su voz—. Volcar cubos de basura, deshinchar los neumáticos de los automóviles, robar dulces de la oficina de correos.... De pequeño fui un auténtico delincuente durante un tiempo.

—El terror de Inverness, ¿eh? ¿Tenías una pandilla? —lo incitó ella.

—Sí —dijo él riendo—. Gerry MacMillan, Bobby Cawdor y Dougie Buchanan. Yo era el chico raro, no sólo por ser el hijo del predicador, sino también por tener un padre y un nombre ingleses. De modo que siempre tenía que demostrarles que era un tipo duro. Lo que significaba que, por lo general, me metía en problemas.

—No tenía ni idea de que hubieras sido un delincuente juvenil —comentó Brianna, encantada con la idea.

—Bueno, no por mucho tiempo —le aseguró de manera irónica—. Cuando llegó el verano en que cumplí quince años, el reverendo me alistó en un barco pesquero y me mandó al mar con la flota de arenques. No sabría decir si lo hizo para mejorar mi personalidad, para mantenerme alejado de la cárcel o sólo porque ya no me aguantaba en casa, pero dio resultado. Si alguna vez quieres conocer a tipos duros de verdad, intérnate en el mar con una panda de pescadores gaélicos.

—Lo tendré presente —respondió ella, intentando no reír y emitiendo unos pequeños resoplidos en su lugar—. ¿Y tus amigos terminaron en la cárcel, o se volvieron buenos cuando tú ya no estabas para guiarlos por el mal camino?

—Dougie se alistó en el ejército —respondió Roger, con cierta nostalgia en la voz—. Gerry regentó el negocio de su padre, un estanco. Bobby... sí, bueno, Bobby está muerto. Se ahogó, aquel mismo verano, cuando estaba capturando langostas con su primo, cerca de Oban.

Brianna se inclinó hacia su esposo y le apretó la mano, al mismo tiempo que rozaba su hombro contra el de Roger para transmitirle sus condolencias.

—Lo lamento —dijo. Luego hizo una pausa—. Sólo... que no está muerto, ¿verdad? Aún no. En este momento, no.

Roger movió la cabeza y dejó escapar un leve gemido, mezcla de humor y consternación.

—¿Eso te reconforta? —preguntó ella—. ¿O es algo horrible pensar así? —Quería que él siguiera hablando; Roger no había hablado durante tanto tiempo seguido desde que el ahorcamiento le había afectado la voz, impidiéndole volver a cantar. Cuando se veía obligado a hablar en público, se sentía incómodo y se le cerraba la garganta. Su voz seguía ronca, pero cuando estaba relajado, como ahora, no se ahogaba ni tosía.

—Ambas cosas —dijo él, y volvió a gemir—. En cualquier caso, jamás volveré a verlo. —Se encogió ligeramente de hombros, intentando alejar la idea de su mente—. ¿Tú piensas mucho en tus viejos amigos?

—No, no mucho —respondió ella en voz baja. En ese momento, el camino se estrechaba, y Brianna entrelazó su brazo con el de Roger, acercándose a él, al mismo tiempo que se aproximaban a la última curva, tras la cual estarían a la vista de los McGillivray—. Hay tanto aquí... —Pero Brianna no quería hablar de lo que no había—. ¿Crees que Jo y Kezzie sólo están jugando? ¿O traman algo?

—¿Qué podrían estar tramando? —preguntó él, aceptando el cambio de tema sin hacer comentarios—. No pensarás que estaban esperando para asaltar a alguien en el camino... no a estas horas de la noche.

—Yo me creo lo que han dicho sobre que estaban montando guardia —dijo—. Harían cualquier cosa por proteger a Lizzie. Sólo que... —Brianna hizo una pausa.

Habían salido del bosque y estaban en el camino de carruajes; al otro lado había un empinado talud, que miraba a la noche como un charco sin fondo de terciopelo negro. Durante el día era una masa enmarañada de ramas caídas, macizos de rododendros, árboles del amor y cornejos, llenos de maleza y de restos de antiguas vides y enredaderas. Más allá había una curva pronunciada y el camino giraba sobre sí mismo, hasta llegar al asentamiento de los McGillivray, treinta metros más abajo.

—Las luces todavía están encendidas —comentó ella algo sorprendida.

El pequeño grupo de edificios —la Casa Vieja, la Casa Nueva, el taller de toneles de Ronnie Sinclair, la forja de Dai Jones y la cabaña— estaba casi a oscuras, pero se veía luz a través de las rendijas de los postigos en las ventanas bajas de la Casa Nueva de los McGillivray, y una hoguera delante de la casa creaba un brillante resplandor frente a la oscuridad.

—Kenny Lindsay —dijo Roger con aire despreocupado—; los gemelos Beardsley dijeron que lo habían visto. Se habrá parado a comunicar la noticia.

—Hum... Entonces vayamos con cuidado; si ellos también están esperando bandoleros, podrían disparar a cualquier cosa que se mueva.

—Esta noche, no. Hay una fiesta, ¿recuerdas? Pero ¿qué decías sobre los Beardsley...? ¿Que protegían a Lizzie?

—¡Ay! —exclamó Brianna; el dedo de su pie chocó contra un obstáculo invisible y ella se agarró del brazo de Roger para no caer—. ¡Uf! Sólo que no estoy segura de quién piensan que la están protegiendo.

Roger, instintivamente, la agarró con más fuerza.

—¿Qué quieres decir con eso?

—Sólo que, si yo fuera Manfred McGillivray, me esforzaría por tratar bien a Lizzie. Mamá dice que los gemelos la siguen como perros, pero eso no es cierto. La siguen como lobos amaestrados.

—Creí que Ian había dicho que no era posible amaestrar a los lobos.

—No lo es —contestó ella de forma lacónica—. Vamos, démonos prisa antes de que apaguen el fuego.

La gran casa de troncos estaba literalmente llena de gente. La luz salía por la puerta abierta y resplandecía en la hilera de ventanas con minúsculas rendijas en forma de flecha que recorrían la parte delantera del edificio, y el brillo del fuego entretejía oscuras formas huidizas. Pudieron oír un violín, delicado y dulce, a través de la oscuridad, transportado por el viento junto al aroma de la carne asada.

—Supongo que es cierto que Senga ha tomado una decisión —afirmó Roger, cogiendo del brazo a su esposa para el último y empinado descenso al cruce—. ¿Quién apuestas que será? ¿Ronnie Sinclair o el muchacho alemán?

—¿Una apuesta? ¿Qué apostamos? ¡Ah! —Brianna tropezó, enganchándose en una roca semienterrada en el sendero, pero Roger la apretó con más fuerza y evitó que cayera.

—El perdedor ordena la alacena —sugirió él.

—De acuerdo —accedió ella de inmediato—. Creo que ha escogido a Heinrich.

—¿Sí? Bueno, tal vez tengas razón —reconoció Roger con un tono divertido—. Pero debo decirte que las apuestas estaban cinco a tres a favor de Ronnie, según me han contado. La fortaleza de Frau Ute no debe ser subestimada.

—Es cierto —admitió Brianna—. Si se hubiera tratado de Hilda o Inga, habría dicho que no a la apuesta. Pero Senga tiene la personalidad de su madre; nadie va a decirle lo que tiene que hacer... Ni siquiera Frau Ute.

»¿En cualquier caso, de dónde sacaron el nombre de "Senga"? —añadió ella—. Hay muchísimas Ingas y Hildas en Salem, pero jamás he oído hablar de otra Senga.

—No encontrarás un nombre así en Salem. Creo que no es un nombre alemán. Es escocés.

—¿Escocés? —preguntó ella asombrada.

—Sí —contestó él, con una sonrisa evidente en la voz—. Es Agnes, leído al revés. Una chica bautizada de esa manera está destinada a llevar siempre la contraria, ¿no crees?

—¡Estás de broma! ¿Agnes, leído al revés?

—Yo no diría que es algo muy corriente, pero puedo asegurarte que he conocido a una o dos Sengas en Escocia.

Brianna se echó a reír.

—¿Los escoceses hacen eso con otros nombres?

—¿Escribirlos al revés? —Roger reflexionó sobre la pregunta—. Bueno, yo fui a la escuela con una chica llamada Adnil, y el verdulero tenía un hijo que apuntaba los pedidos para las ancianas del vecindario; su nombre se pronunciaba «Kirry», pero se escribía «C-i-r-e».

Brianna lo miró fijamente para asegurarse de que no se estaba burlando de ella, pero parecía que no era así. Sacudió la cabeza.

—Creo que mamá tiene razón respecto a los escoceses. De modo que el tuyo, escrito al revés, sería...

—Regor —confirmó él—. Suena como salido de una película de Godzilla, ¿no? Una anguila gigante, podría ser, o un escarabajo con rayos mortales en los ojos. —Parecía que la idea lo complacía.

—Has pensado en ello, ¿verdad? —comentó Brianna, riendo—. ¿Cuál de ellos preferirías ser?

—Bueno, cuando era niño creía que el escarabajo con ojos que lanzaba rayos mortales era lo mejor —admitió—. Luego me hice pescador y comencé a encontrar morenas en mi red de vez en cuando. No son lo que te gustaría hallar en un callejón oscuro, créeme.

—Como mínimo, son más ágiles que Godzilla —dijo ella, recordando con un ligero estremecimiento la única morena que había visto en persona. Un metro veinte de largo de acero elástico y goma, rápida como un relámpago y equipada con una boca llena de hojas de afeitar, que había salido de la bodega de un pesquero mientras ella veía cómo lo descargaban en un pequeño pueblo portuario llamado MacDuff.

Brianna y Roger estaban recostados en un espigón, contemplando distraídamente las gaviotas que planeaban en el viento, cuando un grito de alarma procedente del barco pesquero que había más abajo hizo que desviaran la mirada justo a tiempo para ver cómo los pescadores se alejaban de algo que estaba en cubierta.

Una oscura onda sinusoidal brilló a través de la capa plateada de peces en la cubierta, salió disparada por debajo de la barandilla y aterrizó sobre el mojado empedrado del muelle, donde causó un pánico similar entre los pescadores que estaban limpiando sus enseres con una manguera, agitándose y golpeando para todos los lados como un enloquecido cable de alta tensión, hasta que un hombre con botas de goma se hizo cargo de la situación, se acercó con rapidez y la mandó al agua de una patada.

—Bueno, en realidad, las morenas no son malas —comentó Roger juiciosamente, recordando, al parecer, la misma escena—. No puedes culparlas; las sacan del mar sin ninguna advertencia; cualquiera trataría de soltarse.

—Es cierto —asintió Brianna, pensando en ellos mismos. Cogió de la mano a Roger mientras metía los dedos entre los de él, y su firme y frío apretón le resultó reconfortante.

Ya estaban lo bastante cerca como para escuchar las risas y charlas que se elevaban en la fría noche con el humo del fuego. Había niños correteando; Brianna divisó dos pequeñas formas que salían disparadas de entre las piernas de la multitud que rodeaba la hoguera, negras y de miembros delgados como duendecillos.

—Aquél no puede ser Jem, ¿verdad? No, él es más pequeño, y seguramente Lizzie no lo dejaría...

—Mej —dijo Roger.

—¿Qué?

—Jem, al revés —explicó—. Estaba pensando en que sería muy divertido ver películas de Godzilla con él. Tal vez le gustaría ser el escarabajo de los ojos con rayos mortales. Sería divertido, ¿no?

Roger parecía tan nostálgico que a Brianna se le formó un nudo en la garganta y le apretó con fuerza la mano. Luego tragó saliva.

—Cuéntale historias de Godzilla —dijo con firmeza—. De todas formas, son fantasía pura. Yo le haré dibujos.

Roger se echó a reír.

—Por Dios, si lo haces, te lapidarán por tener relaciones con el diablo, Bree. Godzilla parece salido directamente del Libro de las Revelaciones, o al menos eso me han dicho.

—¿Quién te ha dicho eso?

—Eigger.

—¿Quién?... Ah —dijo, invirtiendo las letras en su cabeza—. ¿Reggie? ¿Quién es Reggie?

—El reverendo. —Roger se refería a su tío abuelo, su padre adoptivo. Todavía había una sonrisa en su voz, pero teñida de nostalgia—. Cuando íbamos juntos a ver películas de monstruos, los sábados. Eigger y Regor; y deberías haber visto las caras de las mujeres en el Altar de las Señoras y en la Sociedad del Té; cuando la señora Graham las hacía pasar sin anunciarlas, ellas entraban en el estudio del reverendo y nos encontraban dando patadas y rugiendo, destrozando una ciudad de Tokio construida con bloques de juguete y latas de sopa.

Ella se echó a reír, pero sentía que las lágrimas luchaban por salir de los ojos.

—Ojalá hubiera conocido al reverendo —afirmó, apretándole la mano.

—Sí, a mí también me hubiera gustado —aseguró él en voz baja—. Le habrías caído muy bien, Bree.

En esos instantes, mientras él hablaba, el oscuro bosque y las llamas de la hoguera más abajo se habían desvanecido; ahora se encontraban de vuelta en Inverness, confortablemente instalados en el estudio del reverendo, con la lluvia golpeando las ventanas y el sonido del tráfico en la calle. Esa transformación tenía lugar con mucha frecuencia cuando hablaban así, entre ambos. Luego algo pequeño fracturaba el instante —como un grito desde la hoguera cuando la gente comenzaba a aplaudir y a cantar—, y el mundo de su propio tiempo se desvanecía de repente.

«¿Y si él se hubiera ido? —pensó Brianna de pronto—. ¿Habría podido recuperar todo aquello yo sola?»

Un espasmo de pánico elemental la sobrecogió al pensarlo, aunque sólo durante un instante. Sin Roger de apoyo, sin nada excepto sus propios recuerdos como ancla hacia el futuro, aquella época se perdería. Se desvanecería en sueños borrosos, y desaparecería, dejándola sin ningún terreno firme de realidad en el que sostenerse.

Respiró hondo el frío aire nocturno y vibrante con el olor a humo de leña, y clavó las plantas de los pies con fuerza en el suelo mientras caminaban, tratando de sentir la solidez de la tierra.

—¡Mamá-mamá-MAMÁ! —Una pequeña mancha se separó de la confusión que rodeaba el fuego y salió disparada como un cohete en su dirección, hasta que chocó contra sus rodillas con fuerza suficiente como para obligarla a agarrarse al brazo de Roger.

—¡Jem! ¡Estás aquí! —Brianna lo levantó y hundió el rostro en el cabello del niño, que tenía un agradable aroma a cabra, heno y salsa picante. El niño pesaba, y era definitivamente sólido.

En ese momento, Ute McGillivray se volvió y los vio. Su amplio rostro tenía el ceño fruncido, pero se abrió en una sonrisa de alegría al verlos. La gente se volvió al oír su exclamación de saludo, y de inmediato se vieron rodeados por una multitud de personas que les hacían preguntas y que manifestaban lo gratamente sorprendidos que estaban por su llegada.

Hubo algunas preguntas sobre la familia holandesa, pero Kenny Lindsay ya había comunicado la noticia del incendio antes, cosa que alegró a Brianna. La gente chasqueaba la lengua y movía la cabeza, pero a esas alturas ya había agotado la mayoría de las hipótesis más espantosas, y se había centrado en otras cuestiones. El frío de las tumbas bajo los abetos todavía permanecía débilmente en su corazón, y Brianna no deseaba revivir esa experiencia hablando de ella.

La pareja recién comprometida estaba sentada junta en un par de cubos vueltos del revés, cogidos de las manos, con la alegría en los rostros a la suave luz de la hoguera.

—He ganado —dijo Brianna, sonriendo al verlos—. ¿No se los ve felices?

—Sí —respondió Roger—. Dudo que Ronnie Sinclair se sienta feliz. ¿Está aquí? —Miró a su alrededor, y ella lo imitó, pero no había ni rastro del tonelero.

—Espera... Está en su taller —comentó Brianna, poniendo una mano en la muñeca de Roger y señalando con un gesto el pequeño edificio al otro lado del camino. No había ventanas en ese lado del taller, pero a través del marco de la puerta cerrada podía verse un débil resplandor.

Roger desplazó la mirada del oscuro taller a la alegre multitud que rodeaba la hoguera; muchos de los parientes de Ute habían acompañado al afortunado novio y a sus amigos desde Salem, llevando consigo un inmenso barril de cerveza negra, que se sumaba a la celebración. El aire olía a levadura y a lúpulo.

En el taller del tonelero, en cambio, reinaba una atmósfera desolada y sombría. Brianna se preguntó si alguna de las personas que bailaban en torno al fuego echaba de menos a Ronnie Sinclair.

—Iré a charlar un poco con él, ¿te parece? —Roger le tocó la espalda con un leve gesto de afecto—. Tal vez le vendrá bien tener a alguien que lo escuche.

—Eso y un trago fuerte —sugirió ella, señalando la casa donde, a través de la puerta, podía verse a Robin McGillivray, sirviendo lo que Brianna suponía que era whisky para un selecto grupo de amigos.

—Supongo que ya se habrá encargado de eso él mismo —respondió Roger secamente. Y se alejó de ella, abriéndose paso a través del cordial grupo junto al fuego. Luego desapareció en la oscuridad, pero Brianna vio entonces que la puerta de la tienda se abría y que la silueta de Roger se recortaba un poco contra el resplandor procedente del interior, y su cuerpo alto bloqueaba la luz antes de entrar.

—¡Quiero beber, mamá! —Jemmy estaba retorciéndose como un renacuajo, tratando de bajar de sus brazos. Ella lo dejó en el suelo, y él salió disparado como un rayo, casi haciendo tropezar a una mujer corpulenta con un plato de buñuelos de maíz. El aroma de los humeantes buñuelos le recordó a Brianna que no había cenado, de modo que siguió a Jemmy hasta la mesa de la comida, donde Lizzie, en su papel de casi hija de la casa, le sirvió una ración importante de chucrut, salchichas, huevos ahumados y algo que contenía maíz y calabaza.

—¿Dónde está tu novio, Lizzie? —preguntó en tono burlón—. ¿No deberías estar besuqueándote con él?

—¿Mi novio? —Lizzie puso la expresión de alguien que recuerda algún asunto de cierto interés general, pero sin ninguna importancia inmediata—. ¿Te refieres a Manfred? Él está... por allí. —Entornó los ojos contra la causa del resplandor de la hoguera, y luego señaló un punto con el cucharón. Manfred McGillivray, su prometido, estaba con tres o cuatro jóvenes más, todos con los brazos entrelazados, balanceándose hacia un lado y hacia el otro, al mismo tiempo que cantaban algo en alemán. Parecía que les costaba acordarse de la letra, puesto que cada verso se disolvía en risitas, acusaciones y empujones.

—Toma, *Schätzchen*... Eso quiere decir «cariño», creo, en alemán —explicó Lizzie, agachándose para darle a Jemmy un pedacito de salchicha. Él tragó el bocado como una foca hambrienta y masticó con mucho trabajo; después murmuró «*quiedo bebed*» y se alejó en la noche.

—¡Jem! —Brianna comenzó a seguirlo, pero se lo impidió un grupo de gente que se acercaba a la mesa.

—Ah, no te preocupes por él —la tranquilizó Lizzie—. Todos saben quién es; no le pasará nada malo.

Brianna lo habría seguido de todas maneras, de no haber sido porque vio una pequeña cabeza rubia que aparecía junto a Jem. Germain, su amigo del alma. Germain era dos años mayor, y tenía un conocimiento del mundo muy superior al común para un chico de cinco años, gracias, en parte, a la educación que había recibido de su padre. Brianna esperaba que no estuviera registrando bolsillos entre la gente, y pensó que más tarde tendría que cachearlo en busca de material de contrabando.

Germain tenía a Jem firmemente cogido de la mano, y Brianna se dejó convencer para sentarse con Lizzie, Inga e Hilda sobre los fardos de paja que habían colocado un poco más lejos del fuego.

—¿Y dónde está tu cariñito, entonces? —bromeó Hilda—. ¿Tu gran demonio negro y apuesto?

—Ah, ¿mi marido? —preguntó Brianna, imitando a Lizzie, y todas soltaron carcajadas no demasiado apropiadas para unas damas; al parecer, la cerveza llevaba un buen rato circulando—. Está consolando a Ronnie —explicó, haciendo un gesto hacia el oscuro taller del tonelero—. ¿Vuestra madre está disgustada con la elección de Senga?

—*Och*, sí —dijo Inga, poniendo los ojos en blanco de manera muy expresiva—. Deberías haberlas visto discutir, a ella y a Senga. No dejaban de gritar. Papá se fue de pesca y no regresó hasta tres días más tarde.

Brianna agachó la cabeza para ocultar una sonrisa. Robin McGillivray quería tener una vida tranquila, algo improbable en compañía de su esposa y de sus hijas.

—Ah, bueno —arguyó Hilda de forma filosófica, reclinándose un poco para aliviar el peso de su primer embarazo, ya muy avanzado—. En realidad, *meine Mutter* no podía decir mucho. Después de todo, Heinrich es el hijo de su propio primo. Aunque sea pobre.

—Pero joven —añadió Inga con sentido práctico—. Papá dice que Heinrich tiene tiempo de hacerse rico.

Ronnie Sinclair no era precisamente rico, y, además, tenía treinta años más que Senga. Por otra parte, era el propietario de su propio taller, y de la mitad de la casa en la que vivían él y los McGillivray. Y era evidente que Ute, que había conseguido que sus dos hijas mayores formaran sólidos matrimonios con hombres que tenían propiedades, había visto la evidente ventaja de unir a Senga con Ronnie.

—Me doy cuenta de que puede ser una situación incómoda —comentó Brianna con tacto—. Ronnie seguirá viviendo con vuestra familia después de... —Señaló a la pareja comprometida. Los enamorados metían bocados de tarta en la boca del otro.

—¡Jo! —exclamó Hilda, poniendo los ojos en blanco—. ¡Estoy muy contenta de no vivir aquí!

Inga expresó su acuerdo asintiendo vigorosamente, pero añadió:

—Bueno, pero *Mutti* no es de las que lloran sobre la leche derramada. Está buscándole esposa a Ronnie. Observadla. —Hizo un gesto en dirección a la mesa de la comida, donde Ute estaba charlando y sonriendo con un grupo de mujeres alemanas—. ¿A quién crees que habrá escogido? —le preguntó a su hermana, entornando los ojos mientras estudiaba cómo actuaba su madre—. ¿A la menudita Gretchen? ¿O quizá a la prima de tu Archie? ¿La bizca, Seona?

Hilda, que estaba casada con un escocés del condado de Surry, negó con la cabeza.

—Querrá una chica alemana —objetó—. Porque estará pensando en lo que ocurriría si Ronnie muere y su esposa se casa de nuevo. Si es una chica alemana, es más probable que mamá pueda convencerla de que vuelva a casarse con alguno de sus sobrinos o primos. Así conserva la propiedad en la familia, ¿no te parece?

Brianna escuchaba fascinada mientras las chicas discutían la situación, y se preguntó si Ronnie Sinclair tendría idea de que su destino estaba decidiéndose allí, de aquella forma tan pragmática. Aunque él llevaba más de un año viviendo con los McGillivray; ya debía de conocer los métodos de Ute.

Brianna le agradeció en silencio a Dios que no estuviera obligada a vivir en la misma casa que la formidable Frau McGillivray, y buscó con la mirada a Lizzie, sintiendo una punzada de simpatía por su otrora esclava. Ella sí viviría con Ute un año más tarde, cuando su matrimonio con Manfred se consumara.

Al oír el nombre de «Wemyss» volvió a la conversación que tenía lugar a su alrededor, sólo para descubrir que las chicas no estaban hablando de Lizzie, sino de su padre.

—La tía Gertrud —dijo Hilda, y eructó suavemente, llevándose el puño a la boca—. Ella también es viuda; sería ideal para él.

—La tía Gertrud acabaría con el pequeño señor Wemyss en un año —aseguró Inga riendo—. Ella lo dobla en tamaño. Suponiendo que no lo cansara hasta matarlo, un día se volvería en la cama dormida y lo aplastaría.

Hilda se llevó ambas manos a la boca, pero no porque estuviera escandalizada, sino para ahogar sus carcajadas. A Brianna se le ocurrió que ella también se había pasado con la cerveza; llevaba el gorro torcido, y su rostro pálido estaba sonrojado, incluso a la luz de la hoguera.

—Sí, bueno, no creo que a él le preocupe mucho eso. ¿Lo veis? —Hilda señaló más allá de un grupo de personas que bebían cerveza, y Brianna no tuvo dificultad en distinguir la cabeza del señor Wemyss, con el cabello blanco y suelto como el de su hija. Mantenía una animada conversación con una mujer corpulenta con delantal y gorro, que le daba un codazo en las costillas y comenzaba a reír.

Pero justo mientras los observaba, Ute McGillivray comenzó a avanzar hacia ellos, seguida de una mujer alta y rubia, quien vacilaba un poco, con las manos debajo del mandil.

—¿Quién es? —Inga estiró el cuello como un ganso, y su hermana, escandalizada, le dio un codazo.

—*Lass das, du alte Ziege*! ¡*Mutti* está mirando hacia aquí!

Lizzie había comenzado a levantarse para espiar un poco más.

—¿Quién...? —preguntó, de manera que sonó como una lechuza. Pero distrajo su atención cuando Manfred se dejó caer a su lado sobre la paja, sonriendo cordialmente.

—¿Cómo va todo, *Herzchen*? —preguntó, rodeándole la cintura con un brazo mientras trataba de besarla.

—¿Quién es esa mujer, Freddie? —quiso saber Lizzie, esquivando su abrazo con habilidad y señalando de manera discreta a la mujer rubia, que sonreía con timidez mientras Frau Ute se la presentaba al señor Wemyss.

Manfred parpadeó, balanceándose un poco sobre las rodillas, pero no tardó en responder.

—Oh. Es Fräulein Berrich. La hermana del pastor Berrich.

Inga y Hilda susurraron interesadas; Lizzie frunció el ceño, pero luego se relajó cuando vio a su padre inclinar la cabeza para dirigirse a la recién llegada. Fräulein Berrich era casi tan alta como Brianna.

«Bueno, eso explica por qué sigue siendo una Fräulein», pensó Brianna compasiva. El cabello de la mujer tenía hebras grises que sobresalían por debajo del gorro, y su cara era bastante vulgar, aunque había una serena dulzura en sus ojos.

—Ah, entonces es protestante —dijo Lizzie en un tono de desdén que dejaba claro que no se podía considerar a la Fräulein una potencial compañera para su padre.

—Cierto, pero a pesar de todo es una mujer agradable. Ven a bailar, Elizabeth. —Era evidente que Manfred había perdido todo interés en el señor Wemyss y la Fräulein; tiró de Lizzie hasta que ella, protestando, se puso en pie, y la empujó hacia el círculo de bailarines. Ella finalmente accedió a regañadientes, pero Brianna vio que, cuando llegaron al baile, Lizzie reía por algo que Manfred había dicho, y que él estaba sonriéndole, mientras el resplandor del fuego brillaba en los apuestos rasgos de su cara. Hacían una bonita pareja, pensó; al menos, en apariencia, se veían mejor juntos que Senga y su Heinrich, un tipo alto, flacucho y de cara chupada.

Inga y Hilda habían comenzado a discutir en alemán, permitiendo que Brianna se dedicara a comer con entusiasmo. Con el hambre que tenía, le hubiera gustado casi cualquier cosa, pero el chucrut ácido y crujiente, y las salchichas, que casi reventaban de jugo y especias, eran algo especial.

Sólo cuando rebañó lo que quedaba de jugo y aceite de su plato de madera con un pedazo de pan de maíz, echó una mirada al taller del tonelero, pensando con sentimiento de culpa que tal vez tendría que haberle guardado un poco a Roger. Había sido muy amable por su parte preocuparse por el estado de ánimo del pobre Ronnie. Brianna sintió una oleada de orgullo y afecto por él. Tal vez debería ir hasta allí a rescatarlo.

Había dejado el plato y estaba arreglándose las faldas y las enaguas, mientras se preparaba para llevar a cabo su plan, cuando se lo impidió un par de pequeñas figuras que zigzagueaban en la oscuridad.

—¡Jem! —dijo ella alarmada—. ¿Qué ocurre?

Las llamas se reflejaron en el pelo de Jemmy como cobre recién acuñado, pero la cara debajo del cabello estaba pálida, y sus ojos eran dos enormes charcos oscuros que la miraban fijamente.

—¡Jemmy!

Él la miró de forma inexpresiva. Dijo «¿Mamá?» con una voz débil y vacilante, y luego se sentó de pronto cuando sus piernas se derrumbaron como gomas elásticas.

Brianna se percató de manera vaga de la presencia de Germain, balanceándose como un árbol joven en el viento, pero no tenía tiempo de prestarle atención. Cogió a Jemmy, le levantó la cabeza y lo sacudió un poco.

—¡Jemmy! ¡Despierta! ¿Qué ocurre?

—Ese pequeño bribón está totalmente borracho, *a nighean* —dijo una voz detrás de ella, en tono divertido—. ¿Qué le ha dado? —Robin McGillivray, él mismo, como era obvio, bastante ebrio, se inclinó y dio un suave empujón a Jemmy, sin obtener más respuesta que una débil exclamación. Levantó un brazo del pequeño y luego lo soltó; el brazo cayó, flojo, como un fideo hervido.

—Yo no le he dado nada —respondió ella, mientras el pánico dejaba lugar a una irritación cada vez mayor, cuando descubrió que Jemmy sólo estaba dormido, y su pequeño pecho se elevaba y descendía con un ritmo tranquilizador—. ¡Germain!

Germain se había acurrucado hasta formar un pequeño montículo, y estaba cantando *Alouette* para sí mismo, medio adormilado. Brianna se la había enseñado; era su canción favorita.

—¡Germain! ¿Qué le has dado de beber a Jemmy?

—*...j'te plumerai la tête...*

—¡Germain! —Brianna lo agarró del hombro y él dejó de cantar, con aspecto sorprendido al verla—. ¿Qué le has dado a Jemmy, Germain?

—Él tenía sed, madame —dijo Germain, con una sonrisa de una dulzura arrebatadora—. Quería beber. —Luego sus ojos se pusieron en blanco y comenzó a oscilar hacia atrás, flojo como un pescado muerto.

—¡Santo Dios!

Inga y Hilda parecían escandalizadas, pero Brianna no estaba de humor para preocuparse por sus sensibilidades.

—¿Dónde demonios está Marsali? —preguntó.

—No está aquí —contestó Inga, inclinándose hacia delante para examinar a Germain—. Vino a casa con la pequeña *mädchen*. Fergus está... —Se enderezó y miró vagamente a su alrededor—. Bueno, lo he visto hace un rato.

—¿Cuál es el problema? —La voz ronca a su espalda la sorprendió, y Brianna se volvió para encontrarse con la mirada socarrona de Roger; su rostro no reflejaba su habitual firmeza, sino que parecía bastante relajado.

—Tu hijo es un borracho —le informó. Luego olió el aliento de Roger—. Al parecer, sigue los pasos de su padre —añadió con frialdad.

Sin prestar atención a sus palabras, Roger se sentó a su lado y puso a Jemmy sobre sus piernas. Sosteniendo al niño entre las rodillas, le golpeó la mejilla con suavidad, pero de un modo insistente.

—Hola, Mej —dijo en voz baja—. Hola. Te encuentras bien, ¿verdad?

Como por arte de magia, los párpados de Jemmy se abrieron, y el niño sonrió a Roger como en un sueño.

—Hola, papá. —Sin dejar de sonreír con beatitud, sus ojos se cerraron de nuevo, y Jemmy se relajó hasta quedar totalmente flojo y con la mejilla aplastada contra la rodilla de su padre.

—Está bien —le dijo Roger a Brianna.

—Bueno, me alegro —repuso ella, no muy calmada—. ¿Qué crees que han estado bebiendo? ¿Cerveza?

Roger se inclinó hacia delante y olió los labios manchados de rojo de su hijo.

—Aguardiente de cerezas, creo. Hay una cuba al otro lado del granero.

—¡Por Dios!

Brianna jamás había probado el aguardiente de cerezas, pero la señora Bug le había enseñado cómo elaborarlo: «Tome el zumo de una fanega de cerezas, disuelva diez kilos de azúcar en él, luego viértalo en un barril de ciento ochenta litros y llénelo de whisky.»

—Jem se encuentra bien. —Roger palmeó el brazo a su esposa—. ¿Ese de ahí es Germain?

—Sí. —Se inclinó hacia el otro niño para comprobar su estado, pero Germain estaba profundamente dormido, y también sonreía en sueños—. Ese aguardiente de cerezas debe de ser muy bueno.

Roger rió.

—Es terrible, como un jarabe para la tos muy fuerte. Pero sí te diré que hace que estés muy alegre.

—¿Tú has estado bebiendo eso? —Brianna lo examinó de cerca, pero los labios de Roger parecían tener el color de siempre.

—Claro que no. —Se inclinó hacia ella para besarla y demostrárselo—. Supongo que no pensarás que un escocés como Ronnie haría frente a sus problemas tomando aguardiente de cerezas, ¿verdad? Cuando hay whisky decente a mano...

—Cierto —intervino ella. Dirigió la mirada hacia el taller del tonelero. El débil resplandor que proyectaba el fuego de la chimenea se había desvanecido, y el contorno de la puerta había desaparecido, lo que hacía que el edificio no fuera nada más que un apagado rectángulo de negrura frente a la oscura masa del bosque que se extendía más allá—. ¿Cómo se encuentra Ronnie? —Brianna miró a su alrededor, pero Inga y Hilda se habían marchado a ayudar a Frau Ute; todas se encontraban apiñadas en torno a la mesa de la comida, recogiendo las cosas.

—Ah, Ronnie está bien —aseguró Roger. Levantó a Jemmy de sus piernas y lo puso con cuidado a su lado, sobre el heno, cerca de Germain—. No estaba enamorado de Senga, después de todo. Solamente sufre frustración sexual, no tiene el corazón roto.

—Bueno, si eso es todo —dijo Brianna con sequedad—. No sufrirá durante mucho más tiempo. Me han dicho que Frau Ute ya se está encargando de eso.

—Sí, ya le ha dicho que le encontrará una esposa. Él se lo está tomando todo con mucha filosofía, por decirlo de alguna manera. Aunque sigue apestando a lujuria —añadió al tiempo que arrugaba la nariz.

—Puaj. ¿No quieres algo de comer? —Lanzó una mirada a los chiquillos mientras se ponía en pie—. Será mejor que te traiga algo antes de que Ute y las chicas se lo lleven todo.

De repente, Roger lanzó un enorme bostezo.

—No, estoy bien así. —Parpadeó, sonriendo con cara soñolienta—. Iré a explicarle a Fergus dónde está Germain y tal vez coja algo para comer en el camino. —Palmeó el hombro a su esposa y luego se incorporó, balanceándose un poco, y empezó a caminar en dirección al fuego.

Ella volvió a mirar a los niños; ambos respiraban profundamente y con regularidad, dormidos como un tronco. Con un suspiro, los acercó el uno al otro, formó una pila de heno a su alrededor y los cubrió con su capa. A pesar de que el invierno ya había acabado, había refrescado; no se percibía sensación de escarcha en el aire.

Aunque la fiesta todavía continuaba, había pasado a una etapa más tranquila. El baile había terminado y la multitud se había dividido en grupos más pequeños; los hombres estaban reunidos en un círculo alrededor del fuego, encendiendo sus pipas, y los más jóvenes habían desaparecido. Por todas partes, las familias se preparaban para pasar la noche, formando pequeños refugios en el heno. Algunas en la casa y otras en el granero. De alguna parte de detrás de la casa llegaba el sonido de una guitarra, y una voz que cantaba una tonada lenta y nostálgica. De pronto, Brianna sintió deseos de volver a escuchar la voz del Roger de antes, caudalosa y tierna.

De todas formas, al pensar en ello advirtió algo: su voz sonaba mucho mejor cuando regresó de consolar a Ronnie. Seguía siendo ronca y con apenas una sombra de su antigua resonancia, pero salió con facilidad, sin ese tono ahogado. ¿Era posible que el alcohol relajara las cuerdas vocales?

Lo más probable era, simplemente, que lo relajaba a él, disipando algunos de sus complejos sobre la manera en que sonaba. Era bueno saberlo. Su madre opinaba que su voz mejoraría si él la ejercitaba, si practicaba con ella, pero a Roger le avergonzaba usarla y le molestaba el dolor, ya fuera el que le causaba la sensación real de hablar o la diferencia con respecto a la forma en que sonaba antes.

—Entonces tal vez yo también prepare un poco de aguardiente de cerezas —dijo Brianna en voz alta. Luego contempló las dos pequeñas siluetas que dormían en el heno y pensó en la idea de despertar a la mañana siguiente junto a tres personas con resaca—. Bueno, tal vez no.

Juntó heno suficiente como para hacer una almohada, extendió sobre él su pañuelo doblado (se pasarían la mayor parte del día siguiente quitándose heno de la ropa), y se acostó, acurrucando su cuerpo alrededor del de Jem. Si cualquiera de los niños se agitaba o vomitaba mientras dormía, ella se daría cuenta y se despertaría.

La hoguera se había apagado; apenas un borde irregular de llamas ardía sobre las brasas resplandecientes, y casi todos los faroles ubicados alrededor del patio también habían dejado de alumbrar o se habían apagado para ahorrar. La guitarra y el canto habían cesado. Sin luz ni ruido que la mantuvieran a raya, la noche extendió sus alas de frío silencio sobre la montaña. Las estrellas brillaban en lo alto, pero eran puntitos a miles de años luz de distancia. Brianna cerró los ojos frente a la inmensidad de la noche, inclinándose para posar los labios en la cabeza de Jem, acurrucándose en torno a su calor.

Trató de prepararse para el sueño, pero, sin las distracciones de la compañía, y con el intenso olor a madera quemada en el aire, los recuerdos la dominaron, y sus habituales oraciones y bendiciones se convirtieron en ruegos de misericordia y protección.

—«Hizo alejar de mí a mis hermanos, y mis conocidos, como extraños, se apartaron de mí. Mis parientes me fallaron, y mis conocidos se olvidaron de mí.»

«No os olvidaré», dijo silenciosamente a los muertos. Parecía algo tan patético de decir, tan insignificante e inútil. Pero, sin embargo, era lo único que podía pronunciar.

Se estremeció un poco y agarró aún más fuerte a Jemmy.

Oyó un crujido repentino en el heno, y Roger se deslizó a su lado. Se agitó un poco, extendiendo su manto sobre ella, y luego suspiró de alivio, al mismo tiempo que su cuerpo se relajaba pesadamente contra el de ella, y su brazo le rodeaba la cintura.

—Ha sido un día muy largo, ¿verdad?

Ella gimió un poco para manifestar su acuerdo. Ahora que todo estaba en silencio, ya no había necesidad de hablar, vigilar o prestar atención, y cada fibra de sus músculos parecía a punto de disolverse en la fatiga. No había más que una delgada capa de heno entre ella y el frío y duro suelo, pero sentía que el sueño la acariciaba como las olas de la marea ascendiendo por una playa de arena, con un ritmo relajante e inexorable.

—¿Has comido? —Brianna puso una mano sobre la pierna de Roger, y él tensó el brazo como reflejo, acercándose a su cuerpo.

—Sí. Si crees que la cerveza es alimento. Mucha gente lo piensa. —Roger se echó a reír, generando una cálida niebla de lúpulo en su aliento—. Estoy bien. —El calor de su cuerpo comenzaba a filtrarse a través de las capas de ropa que había entre ambos, dispersando el frío de la noche.

Jem siempre emitía calor cuando se dormía; tenerlo enroscado junto a ella era como coger una olla de terracota recién sacada del fuego. Pero Roger desprendía todavía más calor. Bueno, su madre siempre decía que una lámpara de alcohol calentaba más que una de aceite.

Brianna suspiró y se acurrucó contra su esposo, lo que hizo que se sintiera cálida y protegida. La fría inmensidad de la noche se había alejado, ahora que toda la familia estaba junta otra vez, y a salvo.

Roger estaba tarareando. Ella se dio cuenta de inmediato. No seguía ninguna melodía, pero sintió la vibración del pecho de su marido en su espalda. No quiso arriesgarse a que se detuviera; seguramente eso sería beneficioso para sus cuerdas vocales. Pero después de un momento, él se interrumpió. Con la esperanza de animarlo a que continuara, Brianna extendió el brazo hacia atrás y le acarició la pierna, ensayando un pequeño tarareo propio.

—¿Mmmm? ¿Mmmm?

Las manos de él se ahuecaron en torno a las nalgas de ella y las apretaron con fuerza.

—Mmm... mmm —dijo él, en lo que parecía una mezcla de invitación y satisfacción.

Brianna no respondió, pero manifestó su discrepancia con un pequeño movimiento de su trasero. En condiciones normales, eso habría bastado para que él la soltara. Y la soltó, pero sólo con una mano, y con la intención de deslizarla por su pierna, con el evidente objetivo de levantarle la falda.

Ella movió el brazo hacia atrás y cogió con rapidez la mano errante, llevándola hacia delante y poniéndosela sobre el pecho, como señal de que, aunque apreciaba la idea, y bajo otras circunstancias estaría encantada de aceptar, justo en ese momento...

Por lo general, Roger entendía su lenguaje corporal a la perfección, pero era evidente que esa capacidad se había esfumado junto con el whisky. Eso, o... de repente se le ocurrió que sencillamente no le importaba si quería o no...

—¡Roger! —siseó.

Pero su marido había empezado a tararear otra vez, con un sonido que ahora estaba intercalado con ruidos graves, como los que hace una tetera justo antes de hervir. Roger metió la mano entre las piernas de ella y le subió la falda, caliente contra la piel del muslo, avanzando con rapidez hacia arriba... y hacia dentro. Jemmy tosió, se revolvió en brazos de su madre, y ella intentó patear a Roger en la espinilla, para desalentarlo.

—Dios, eres hermosa —murmuró él contra la curva de su cuello—. Oh, Dios, tan hermosa. Tan hermosa... tan... mmmm... —Las siguientes palabras fueron un balbuceo contra su piel, pero a Brianna le pareció que Roger había dicho «resbaladiza». Mientras tanto, los dedos habían alcanzado su objetivo, y ella arqueó la espalda, tratando de alejarse.

—Roger —dijo, manteniendo la voz baja—. ¡Roger, hay gente aquí! —Y un niño pequeño que roncaba y que, como el tope de una puerta, le impedía moverse.

Él murmuró unas frases en las que sólo podían distinguirse las palabras «oscuro» y «nadie verá nada», y entonces la mano que la palpaba se retiró, sólo para cogerle la falda y empezar a quitársela de en medio.

Roger volvió a tararear, y sólo se detuvo un instante para murmurar:

—Te amo, te amo tanto...

—Yo también te amo —contestó ella, moviendo el brazo hacia atrás y tratando de agarrarle la mano—. ¡Roger, basta!

Él obedeció, pero de inmediato la rodeó con la mano y la cogió por los hombros. Después de un rápido empujón, Brianna quedó boca arriba contemplando las lejanas estrellas, que quedaron de inmediato cubiertas por la cabeza y los hombros de Roger al subirse encima de ella, revolviendo con impaciencia el heno y la ropa suelta.

—Jem... —Ella estiró un brazo hacia Jemmy, que parecía que no había advertido la repentina desaparición de su respaldo, sino que seguía acurrucado en el heno como un erizo hibernando.

Roger continuaba cantando, si es que se podía llamar así. O canturreando, al menos, la letra de una canción escocesa muy subida de tono, acerca de un molinero acosado por una joven que quiere que le muela su maíz. A lo que él accede.

—Él la levantó sobre el costal, y allí le molió el maíz, le molió el maíz... —canturreaba Roger con vehemencia en su oído, mientras su peso la aplastaba contra el suelo y las estrellas giraban intensamente en el cielo.

Brianna había pensado que cuando él había dicho que Ronnie «apestaba a lujuria» lo decía en sentido metafórico, pero ahora se daba cuenta de que no. La piel desnuda se encontró con la piel desnuda, y luego más. Ella dejó escapar un grito ahogado. Roger también.

—Oh, Dios —dijo él. Hizo una breve pausa, paralizado durante un instante contra el cielo, sobre ella; luego suspiró en un éxtasis con olor a whisky y comenzó a moverse con ella, tarareando.

Estaba oscuro, gracias a Dios, aunque no lo suficiente. Los restos de la hoguera proyectaban un misterioso resplandor en su rostro y, por un momento, Roger se vio como aquel diablo huesudo, grande y negro que había mencionado Inga.

«Relájate y disfruta», pensó ella. El heno hacía muchísimo ruido, pero había otros ruidos similares cerca, y el sonido del viento que agitaba los árboles del valle casi bastaba para confundirlos a todos en una especie de silbido envolvente.

Brianna había logrado reprimir su vergüenza, y comenzaba a disfrutar de verdad, cuando Roger metió las manos debajo de ella, alzándola.

—Rodéame con las piernas —susurró, y le mordisqueó el lóbulo de la oreja—. Ponlas detrás de mi espalda y golpéame el culo con los talones.

Impulsada, en parte, por una lujuria que se correspondía con la de él, y, en parte, por el deseo de aplastarlo como un acordeón y quitarle el aire, ella separó las piernas y las levantó, para luego cruzarlas como una tijera sobre la espalda de su marido. Roger dejó escapar un gemido extasiado y redobló sus esfuerzos. La lujuria estaba ganando; Brianna casi había olvidado dónde se encontraban.

Sintiendo que su vida pendía de un hilo y fascinada por lo que ocurría, arqueó la espalda y se estremeció contra el calor de él, mientras el roce frío y eléctrico del viento nocturno le recorría los muslos y las nalgas, desnudas en la oscuridad. Palpitando y gimiendo, Brianna se derritió contra el heno, con las piernas aún enroscadas alrededor de las caderas de Roger. Débil y relajada, dejó que su cabeza cayera a un lado, y de manera lenta y lánguida, abrió los ojos.

Allí había alguien. Brianna vio un movimiento en la oscuridad y quedó paralizada. Era Fergus, que iba a buscar a su hijo. Oyó los murmullos de su voz, que hablaba en francés con Germain, y los suaves crujidos de sus pisadas en el heno, alejándose.

Permaneció inmóvil, con el corazón latiendo con fuerza, y las piernas todavía entrelazadas en el mismo sitio. Roger, mientras tanto, había alcanzado su propia relajación. Con la cabeza colgando de manera que sus largos cabellos le rozaban la cara como telarañas en la oscuridad, murmuró:

—Te amo... Dios, te amo. —Entonces descendió, lenta y suavemente. Luego respiró «gracias» en su oído y cayó casi inconsciente sobre ella, con una respiración pesada.

—Ah —dijo Brianna, mirando las plácidas estrellas—. De nada. —Separó las piernas rígidas y, con cierta dificultad, consiguió desenredarse de Roger, tapar más o menos su cuerpo y el de su marido, y regresar a un bienvenido anonimato en su refugio de heno, con Jemmy a salvo entre ambos.

—Oye —intervino de pronto, y Roger se agitó.

—¿Mmm?

—¿Qué clase de monstruo era Eigger?

Él se echó a reír, con un sonido grave y claro.

—Oh, Eigger era un bizcocho gigante. Con cobertura de chocolate. Se abalanzaba sobre los otros monstruos y los asfixiaba con su dulzura. —Volvió a reír, soltó un hipido, y se hundió en el heno.

—¿Roger? —llamó ella en voz baja, un momento más tarde. No hubo respuesta, y Brianna estiró una mano por encima del cuerpo dormido de su hijo, para posarla con dulzura sobre el brazo de Roger—. Canta para mí —susurró, aunque sabía que él ya no podía oírla.

• • •

7

James Fraser, agente indio

—James Fraser, agente indio —dije, cerrando un ojo como si estuviera leyéndolo en una pantalla—. Parece un programa de televisión sobre el salvaje Oeste.

Jamie hizo una pausa mientras se quitaba las medias, y me miró con cautela.

—¿Sí? ¿Y eso es bueno?

—Teniendo en cuenta que los héroes de los programas de televisión nunca mueren, sí.

—En ese caso, me parece bien —afirmó, examinando el calcetín que acababa de quitarse. Lo olisqueó con recelo, frotó con el pulgar una fina franja en el talón, sacudió la cabeza y lo arrojó al canasto de la ropa sucia—. ¿Tengo que cantar?

—¿Cantar?... Ah —dije, recordando que la última vez que había tratado de explicarle a Jamie qué era la televisión, mis descripciones se habían basado mayormente en «El show de Ed Sullivan» —. No, no lo creo. Tampoco debes balancearte desde un trapecio.

—Bueno, me alegro. No soy tan joven como antes, ¿sabes? —Se puso en pie y se desperezó gimiendo. La casa estaba construida con techos de dos metros y medio de altura, para que él estuviera cómodo, pero aun así, sus puños rozaron las vigas de pino—. ¡Dios santo, qué día tan largo!

—Bueno, ya casi ha terminado —afirmé, oliendo el canesú del vestido que acababa de quitarme. Aunque no era desagradable, tenía un fuerte olor a caballo y a madera quemada. Decidí que lo airearía un poco y luego vería si podía usarlo alguna otra vez antes de lavarlo—. Yo no podría haberme balanceado en un trapecio ni siquiera cuando era joven.

—Pagaría por ver cómo lo intentabas —dijo él sonriendo.

—¿Qué es un agente indio? —lo interrogué—. MacDonald creía que te estaba haciendo un gran favor recomendándote para ese puesto.

Se encogió de hombros, mientras se desabrochaba el kilt.

—No dudo que él lo considere así.

Sacudió la prenda tentativamente, y una fina capa de polvo y crin de caballo cayó al suelo. Se dirigió a la ventana, abrió los postigos, sacó el kilt al exterior y lo sacudió con más fuerza.

—Sería un gran favor... —Su voz me llegó débilmente, desde fuera, y luego con más fuerza, cuando se volvió—, de no ser por esa guerra tuya.

—¿Mía? —dije indignada—. Da la impresión de que crees que pienso iniciarla yo por mi propia cuenta.

Jamie hizo un pequeño gesto, restándole importancia.

—Ya sabes lo que quiero decir. Un agente indio, Sassenach, es lo que parece ser: un tipo que va y parlamenta con los indios locales, les hace regalos y les habla, con la esperanza de convencerlos de que se alíen con los intereses de la Corona, sean cuales sean.

—Ah, ¿sí? ¿Y qué es ese Departamento del Sur que mencionó MacDonald? —Eché un vistazo involuntario a la puerta cerrada del dormitorio, pero unos ronquidos amortiguados que llegaban del otro lado del pasillo me indicaron que nuestro invitado ya se había derrumbado en los brazos de Morfeo.

—Mmfm. Hay un Departamento del Sur y un Departamento del Norte que se ocupan de los asuntos indios en las colonias. El Departamento del Sur está a cargo de John Stuart, un tipo de Inverness. Date la vuelta, yo lo haré.

Agradecida, le di la espalda. Con la pericia surgida de una larga experiencia, me desató el corsé en pocos segundos. Suspiré profundamente cuando se aflojó y cayó. Jamie separó la camisola de mi cuerpo y me masajeó las costillas en los puntos en los que el corsé había presionado el tejido húmedo contra mi piel.

—Gracias. —Suspiré feliz y me recosté contra él—. ¿Y MacDonald cree que como el tal Stuart es de Inverness tendrá una predisposición natural a emplear a otros escoceses de las Highlands?

—Eso podría depender de si Stuart conoce a algunos de mis parientes —dijo secamente—. Pero MacDonald lo cree, sí. —Me besó la cabeza con un gesto ausente de afecto, y luego retiró las manos para comenzar a desatarse la cinta del pelo.

—Siéntate —le pedí, saliendo del corsé, que había caído a mis pies—. Yo lo haré.

Se sentó en la banqueta con la camisa puesta, cerrando los ojos en una momentánea relajación mientras yo le deshacía la trenza. Cuando tenía que cabalgar, como había hecho durante los últimos tres días, llevaba el pelo recogido en una trenza muy apretada. Pasé las manos por la cálida y fogosa masa de cabellos que caían a medida que la trenza se deshacía. Cuando le froté suavemente el cuero cabelludo con las yemas de mis dedos, las ondas desprendieron un olor a canela y brillaron como si se tratara de oro y plata a la luz de la lumbre.

—Has dicho regalos. ¿La Corona proporciona esos regalos?

La Corona, según había visto, tenía la mala costumbre de «honrar» a hombres pudientes con puestos que los obligaban a invertir grandes sumas de su propio patrimonio.

—En teoría. —Jamie dio un gran bostezo, y sus hombros se hundieron confortablemente cuando yo cogí mi cepillo de pelo y me dispuse a peinarlo—. Eso está muy bien. Por eso MacDonald lo considera un favor; hay posibilidades de obtener algo en el intercambio.

—Además de oportunidades por lo general excelentes para la corrupción. Sí, ya entiendo. —Estuve peinándolo en silencio durante unos minutos antes de preguntar—: ¿Aceptarás?

—No lo sé. Debo pensarlo. Antes has mencionado el salvaje Oeste... Brianna me ha hablado de lo mismo, y me explicó algo sobre los vaqueros...

—Los *cowboys*.

Él no prestó atención a la corrección.

—Y los indios. Es cierto, ¿verdad? Lo que ella me ha contado sobre los indios...

—Si lo que te ha dicho es que en su mayoría serán exterminados a lo largo del próximo siglo, más o menos, sí, es cierto. —Le alisé el cabello, luego me senté en la cama delante de él y me dispuse a cepillarme el mío—. ¿Eso te inquieta?

Sus cejas se juntaron un momento mientras consideraba la respuesta, y se rascó el pecho con aire ausente en el punto en el que emergía el vello rizado y rojizo en el cuello abierto de su camisa.

—No —contestó con lentitud—. No en especial. No es como si yo les diera muerte con mis propias manos. Pero... Nos estamos acercando, ¿verdad? Al momento en el que debo andarme con cuidado, si es que he de caminar entre dos fuegos.

—Me temo que sí —afirmé con una tensión incómoda entre mis omóplatos.

Entendía demasiado bien lo que quería decir. Las líneas del frente de batalla aún no eran claras, pero se estaban trazando en ese mismo momento. Convertirse en un agente indio para la Corona equivalía a ser visto como leal a los británicos; todo eso estaba muy bien, por el momento, cuando el movimiento rebelde aún estaba constituido por un grupo radical marginal, con unos pocos focos de descontento. Pero lo cierto es que sería muy peligroso a medida que nos aproximáramos al punto en que los descontentos tomaran el poder y se declarase la independencia.

Jamie, que conocía cuál iba a ser el resultado, no se atrevía a esperar demasiado para aliarse con el bando de los rebeldes; pero, por otro lado, hacerlo muy pronto sería arriesgarse a que lo arrestaran como traidor. Y ésa no era una buena perspectiva para un hombre que ya era un traidor indultado.

—Claro que, si aceptaras ser agente indio —afirmé tímidamente—, supongo que podrías llegar a convencer a algunas de las tribus indias de que apoyaran el bando americano, o, al menos, de que se mantuviesen neutrales.

—Tal vez —aceptó él, con un timbre sombrío en su voz—. Pero dejando a un lado la cuestión de lo honorable que sería hacer algo así, eso ayudaría a condenarlos, ¿no? ¿Crees que su destino sería el mismo si ganaran los ingleses?

—Eso no ocurrirá —intervine con un tono algo afilado.

Él me miró muy serio.

—Te creo —aseguró con el mismo tono—. Tengo razones para hacerlo, ¿verdad?

Asentí con la cabeza, cerrando los labios con fuerza. No quería hablar de los primeros levantamientos. Tampoco deseaba hablar de la inminente revolución, pero no había alternativa.

—No lo sé —dije, e inspiré hondo—. Nadie puede saberlo, puesto que no ha ocurrido, pero si intentara adivinarlo... entonces creo que es muy posible que a los indios les fuera mejor bajo el gobierno británico. —Sonreí con tristeza—. Lo creas o no, el Imperio británico logró, o debería decir logrará, administrar sus colonias sin exterminar del todo a los nativos que viven en ellas.

—Salvo a la gente de las Highlands —repuso Jamie secamente—. Sí, acepto tu palabra, Sassenach.

Se puso en pie, pasándose una mano por el cabello, y por un momento pude ver la minúscula franja blanca que lo atravesaba, recuerdo de una herida de bala.

—Deberías hablar con Roger —dije—. Él sabe mucho más que yo.

Jamie asintió, pero más allá de una ligera mueca, no respondió.

—Hablando de Roger, ¿adónde crees que han ido él y Bree?

—A casa de los MacGillivray, supongo —contestó sorprendido—. A buscar al pequeño Jem.

—¿Cómo lo sabes? —pregunté, igualmente sorprendida.

—Cuando hay problemas, un hombre quiere tener a su familia a su lado, ¿sabes? —Me miró, enarcando una ceja y, buscando encima del ropero, cogió su espada. La sacó a medias de la vaina, luego volvió a envainarla y la puso de nuevo con cuidado donde se encontraba, con el mango a mano.

Había traído una pistola cargada a la habitación; estaba sobre el lavamanos, junto a la ventana. El rifle y la escopeta para cazar aves también estaban cargados y listos, colgando de sus respectivos ganchos sobre la chimenea, en la planta inferior. Y, con una pequeña floritura irónica, sacó la daga de la funda de su cinturón y la deslizó debajo de nuestra almohada.

—A veces lo olvido —dije con un deje de nostalgia mientras observaba sus movimientos. Bajo la almohada de nuestro lecho nupcial hubo una daga, lo mismo que bajo otras muchas a partir de entonces.

—¿Sí? —Jamie sonrió. Era una sonrisa un poco torcida, pero sonrisa al fin y al cabo.

—¿Tú no? ¿Jamás?

Él negó con la cabeza, sin dejar de sonreír, aunque había un brillo de tristeza en sus ojos.

—A veces desearía olvidarlo.

Nuestra conversación se vio interrumpida de pronto por un fuerte bramido al otro lado del pasillo, seguido de inmediato por ruido de mantas, violentos juramentos y un estruendoso golpe cuando algo, imaginé que un zapato, chocó contra la pared.

—¡Maldito gato! —gritó MacDonald. Me senté, llevándome la mano a la boca, mientras el fuerte sonido de unos pies descalzos vibraba por las tablas del pavimento, seguido brevemente del estruendo de la puerta del mayor, que se abrió y a continuación se cerró con un golpe.

También Jamie se había quedado paralizado. Luego se movió, con suma delicadeza, y, sin hacer ruido, abrió poco a poco la puerta de nuestra habitación. *Adso*, con la cola en una arrogante forma de «S», entró en el cuarto. Sin prestarnos la más mínima atención, cruzó la estancia con gran majestuosidad, saltó sobre el lavamanos y se sentó en él, donde levantó una pata trasera en el aire y comenzó a lamerse con tranquilidad los testículos.

—Una vez en París vi a un hombre que podía hacer eso —comentó Jamie, observando la actuación con interés.

—¿Hay gente que paga por ver algo así? —Supuse que no era probable que nadie se exhibiera públicamente así sólo por diversión. Al menos, no en París.

—Bueno, en realidad, no era el hombre, sino su acompañante femenina, que también era flexible. —Me sonrió, y la luz de la lumbre hizo que sus ojos azules resplandecieran—. Es como ver copular a dos gusanos, ¿sabes?

—Fascinante —murmuré. Miré el lavamanos, donde *Adso* había comenzado a hacer algo aún menos delicado—. Tienes suerte de que el mayor no duerma armado, gato. Podría haber hecho un estofado contigo.

—Ah, lo dudo. Nuestro amigo Donald tal vez duerma con una espada, pero sabe bien lo que le conviene. Si hubiera ensartado a tu gato, mañana no le prepararías el desayuno.

Desvié la mirada hacia la puerta. El alboroto provocado por los movimientos agitados sobre el colchón y las palabrotas masculladas al otro lado del pasillo ya se había desvanecido; el mayor, con la facilidad y la práctica de un soldado profesional, ya había emprendido el regreso a la tierra de los sueños.

—Supongo que no. Tenías razón cuando dijiste que estaba tratando de conseguir un puesto con el nuevo gobernador. Imagino que ése es el verdadero motivo por el que desea que tú progreses políticamente, ¿no?

Jamie asintió, pero estaba claro que había perdido cualquier interés por discutir las maquinaciones de MacDonald.

—Cierto, yo tenía razón, ¿no? Eso significa que me debes una prenda, Sassenach.

Me contempló como si se le acabara de ocurrir una idea, que yo esperaba que no estuviera demasiado inspirada en sus recuerdos de los parisinos que parecían gusanos.

—¿Ah, sí? —Lo observé con recelo—. Y, eh, ¿qué quieres...?

—Bueno, aún no he pensado en todos los detalles, pero creo que deberías tumbarte en la cama, para empezar.

Eso parecía un inicio razonable de la cuestión. Acomodé las almohadas en la cabecera de la cama, haciendo una pausa para apartar la daga, y empecé a tumbarme. Pero hice una nueva pausa y, en lugar de echarme, me agaché en el suelo para girar la manivela que tensaba las cuerdas que sostenían el colchón, hasta que el armazón de la cama chirrió y las cuerdas crujieron.

—Muy astuto por tu parte, Sassenach —dijo Jamie a mis espaldas, divertido.

—La experiencia —le informé, trepando a la cama recién tensada a cuatro patas—. Me he despertado muchas veces, después de una noche contigo, con el colchón doblado alrededor de las orejas y el trasero a menos de dos centímetros del suelo.

—Oh, creo que tu pompis terminará un poco más arriba —me aseguró.

—¿Me dejarás ponerme encima? —No sabía si alegrarme o no. Estaba muy cansada, y si bien era cierto que me gustaba cabalgar a Jamie, había estado cabalgando sobre un caballo durante más de diez horas, y los músculos de las piernas requeridos para ambas actividades temblaban espasmódicamente.

—Tal vez más tarde —puntualizó él, entornando los ojos mientras reflexionaba—. Túmbate, Sassenach, y súbete la camisola. Luego ábrete de piernas para mí. Ah, buena chica; no, un poco más, ¿de acuerdo? —Jamie comenzó a quitarse la camisa con deliberada lentitud.

Suspiré y elevé un poco las nalgas, buscando una posición que no me provocara calambres, en caso de que tuviera que aguantarla durante mucho tiempo.

—Si estás pensando en lo que creo que estás pensando, te arrepentirás. No me he bañado como es debido —dije en tono de reproche—. Estoy muy sucia y huelo a caballo.

Jamie, desnudo, levantó un brazo y lo olisqueó como si estuviera verificando algo.

—¿Ah, sí? Bueno, yo también. No importa. Me gustan los caballos.

Abandonó cualquier pretensión de demora, pero hizo una pausa para supervisar la disposición que había solicitado, mirándome con aprobación.

—Sí, muy bien. Ahora, por favor, pon las manos encima de la cabeza y aférrate a la cabecera de la cama...

—¡No te atreverás! —exclamé, y luego bajé la voz, con una mirada involuntaria hacia la puerta—. ¡Con MacDonald al otro lado del pasillo!

—Ah, sí me atreveré —aseguró—. Y al demonio con MacDonald y con una docena más como él. —Pero hizo otra pausa y, tras estudiarme durante un momento, suspiró y meneó la cabeza—. No —dijo en voz baja—. Esta noche, no. Todavía estás pensando en ese pobre bastardo holandés y su familia, ¿no?

—Sí, ¿tú no?

Jamie suspiró y se sentó a mi lado en la cama.

—He tratado de quitármelo de la cabeza —afirmó con franqueza—, pero los muertos recientes no descansan tranquilos en sus tumbas, ¿no crees?

Posé la mano en su brazo, aliviada de que él sintiera lo mismo. El aire nocturno parecía cargado de espíritus, y yo había sentido la pesada melancolía de aquel desolado jardín, aquella hilera de tumbas, arrastrándose a través de todos los acontecimientos y las alarmas de la noche.

Era una noche para quedarse en casa con el pestillo echado, con un buen fuego en la chimenea, y con gente cerca. La casa vibraba y los postigos crujían a causa del viento.

—Te deseo, Claire —dijo entonces Jamie en voz baja—. Lo necesito... ¿Tú quieres?

Me pregunté si ellos habrían pasado así la noche antes de su muerte. Cómodos y abrigados entre las paredes de su casa, marido y mujer susurrando juntos, acostados en la cama, sin tener idea de lo que les deparaba el destino. Vi en el recuerdo los largos y blancos muslos de ella cuando el viento le levantó la falda, y recordé la fugaz visión de la pequeña mata de pelo rizado entre ellos, los genitales debajo de su nube de pelo marrón, pálidos como si estuvieran tallados en mármol, la costura cerrada como la estatua de una virgen.

—Yo también lo necesito —susurré a mi vez—. Ven aquí.

Él se acercó y tiró limpiamente del cordón de mi camisola. El gastado lino se separó de mis hombros. Intenté coger parte de la tela, pero Jamie me agarró la mano y la sostuvo a un lado de mi cuerpo. Con un solo dedo, siguió bajando la prenda, luego apagó la vela, y en una oscuridad que olía a cera, a miel y a sudor de caballo, me besó la frente, los ojos, las mejillas, los labios y el mentón, y continuó así, poco a poco y con suavidad, hasta las plantas de los pies.

Luego se irguió y me lamió los pechos durante un buen rato, y yo bajé la mano por su espalda y la ahuequé alrededor de sus nalgas, desnudas y vulnerables en la oscuridad.

Más tarde hicimos el amor, agradablemente enredados como gusanos, con el débil resplandor de la chimenea como única iluminación en la habitación. Yo estaba tan cansada que sentía que mi cuerpo se hundía en el colchón, y sólo deseaba seguir hundiéndome, cada vez más profundamente, en la bienvenida oscuridad del olvido.

—¿Sassenach?

—¿Sí?

Hubo un momento de vacilación, hasta que su mano encontró la mía.

—Tú no harías lo que ella hizo, ¿verdad?

—¿Quién?

—Ella. La holandesa.

Arrancada del borde del sueño, seguía desconcertada y confusa; tanto, que incluso la imagen de la mujer muerta, amortajada en su delantal, parecía irreal, no más perturbadora que los azarosos fragmentos de realidad que mi cerebro echaba por la borda en un vano esfuerzo por mantenerse a flote mientras yo me hundía en las profundidades.

—¿Qué? ¿Caerme en la chimenea? Trataré de no hacerlo —le aseguré, bostezando—. Buenas noches.

—No, despierta. —Me sacudió el brazo con suavidad—. Hablemos, Sassenach.

—Mmm. —Con un esfuerzo considerable, aparté el tentador abrazo de Morfeo y me volví de lado, enfrentándome a Jamie—. Mmm. Hablar, ¿de qué...?

—De la holandesa —repitió pacientemente—. Si yo muriera, tú no matarías a toda la familia, ¿verdad?

—¿Qué? —Me froté la mano libre por la cara, tratando de encontrar sentido a todo aquello, entre las vacilantes hebras del sueño—. ¿La familia de quién? Ah... ¿Crees que ella lo hizo a propósito? ¿Que los envenenó?

—Creo que es posible.

Sus palabras no eran más que un susurro, pero bastaron para que yo recuperara la conciencia. Permanecí en silencio un instante, y luego extendí la mano, para asegurarme de que él seguía allí.

Sí, estaba allí; un objeto grande y sólido, el hueso liso de su cadera, caliente y vivo, estaba bajo mi mano.

—También pudo haber sido un accidente —afirmé con voz grave—. No puedes estar seguro.

—No —admitió—. Pero no consigo dejar de verlo de esa manera. —Inquieto, giró y quedó boca arriba en la cama—. Los hombres llegaron —dijo en voz baja, dirigiéndose a las vigas que se cernían sobre él—. Él se enfrentó a ellos y lo mataron allí mismo, en el umbral de su propia casa. Y cuando ella vio que su marido había muerto, supongo que les dijo a los asesinos que primero tenía que alimentar a los pequeños, antes de... y entonces puso las setas en el guiso y se lo dio de comer a los niños y a su madre. Se llevó a dos de los hombres consigo, pero creo que eso sí fue un accidente. Ella sólo quería seguirlo a él. No quería dejarlo allí, solo.

Sentí deseos de decirle a Jamie que aquello no era más que una interpretación bastante dramática de lo que habíamos visto. Pero en realidad no podía asegurar que se estaba equivocando.

Al escuchar cómo describía lo que veía en sus pensamientos, yo también lo vi con total claridad.

—No lo sabes —afirmé al fin en voz baja—. No puedes saberlo.

«A menos que encuentres a los otros hombres —pensé de repente—, y se lo preguntes.» Pero eso no lo dije.

Ninguno de los dos habló durante un buen rato. Me percaté de que Jamie seguía pensando, pero las arenas movedizas del sueño estaban una vez más arrastrándome hacia abajo, insistentes y seductoras.

—¿Y si no puedo protegerte? —susurró por fin. Su cabeza se movió de manera repentina sobre la almohada, para volverse hacia mí—. ¿A ti y a todos los demás? Lo intentaré con todas mis fuerzas, Sassenach, y no me importaría morir en el intento, pero, y ¿si muero demasiado pronto... y fracaso?

¿Qué respuesta podía darle?

—Eso no va a ocurrir —contesté, también en un susurro. Jamie suspiró e inclinó la cabeza, de modo que su frente se apoyó en la mía. Su aliento tibio olía a huevos y whisky.

—Lo intentaré —dijo, y yo lo besé suavemente, reconfortándolo en la oscuridad. Posé la cabeza en su hombro, le rodeé el brazo con una mano y respiré el olor a humo y a sal de su piel, como si se hubiera curado con fuego.

—Hueles como un jamón ahumado —murmuré, y él dejó escapar un gemido de diversión y metió la mano en su lugar habitual, entre mis muslos.

Yo, por fin, me dejé ir, permitiendo que las pesadas arenas del sueño me absorbieran. Tal vez él lo dijo, justo cuando yo me hundía en la oscuridad, o tal vez sólo lo soñé.

—Si muero —susurró en la oscuridad—, no me sigas. Los niños te necesitan. Quédate aquí con ellos. Yo puedo esperar.

SEGUNDA PARTE

Sombras crecientes

8

Víctima de una masacre

14 de abril de 1773
De lord John Grey
Al señor James Fraser

Mi querido amigo:

Te escribo con buena salud, y confío en que tú y los tuyos os encontréis en la misma situación.

Mi hijo ha regresado a Inglaterra, para completar allí su educación. Nos explica sus fantásticas experiencias (adjunto una copia de su última carta), y me asegura que se encuentra bien. Lo más importante es que mi madre también me ha escrito para asegurarme que él está prosperando, aunque creo —más por lo que ella no dice que por lo que dice— que ha introducido un desacostumbrado elemento de confusión y rebeldía en su casa.

Confieso que siento la falta de este elemento en mi propio hogar. Tan ordenada y organizada es mi vida en estos tiempos que tú mismo te asombrarías. De todas formas, el silencio me resulta opresivo, y si bien disfruto de buena salud en lo que respecta al cuerpo, creo que mi espíritu flaquea un poco. Me temo que echo mucho de menos a William, y que eso me entristece.

Para distraerme de mi soledad, últimamente he emprendido una nueva actividad: elaborar vino. Si bien admito que el producto carece de la fuerza de tus propios destilados, me complace decir que no es imbebible, y si se le permite envejecer durante uno o dos años, tal vez llegue a ser aceptable. Te enviaré una docena de botellas este mismo mes, de manos de mi nuevo sirviente, el señor Higgins, cuya historia tal vez encuentres interesante.

Es probable que hayas oído hablar de una vergonzosa gresca que tuvo lugar en Boston hace tres años, en el mes de marzo, que con frecuencia he visto reflejada en el periódico y a la que el *Broadside* calificó de «masacre», algo del todo irresponsable y muy inexacto para cualquiera que presenciara el suceso tal cual ocurrió.

Yo no estuve presente, pero he hablado con numerosos oficiales y soldados que se encontraban allí. Si ellos son sinceros en sus palabras, y creo que sí lo son, la visión del asunto manifestada por la prensa de Boston es monstruosa.

A decir de todos, Boston es un antro horrible de sentimientos republicanos, con esas denominadas «sociedades en marcha» sueltas por las calles, y que no son más que una excusa para la reunión de muchedumbres cuyo entretenimiento principal consiste en atormentar a las tropas allí acuarteladas.

Higgins me dice que ningún hombre se atrevería a salir solo de uniforme por miedo a esos tumultos y que, incluso cuando están en mayor número, la hostilidad de la gente los hace regresar a los cuarteles, salvo cuando la situación los obliga a resistir.

Una noche, una patrulla de cinco soldados fue asediada de esa manera, perseguida no sólo por insultos de la peor naturaleza, sino también por piedras, puñados de tierra y excrementos, así como otra basura que les arrojaban. Tan fuerte era la presión de la multitud que los rodeaba que los hombres temieron por su seguridad y, por tanto, mostraron sus armas, con la esperanza de desalentar el tumultuoso acoso que se cernía sobre ellos. Lejos de lograr ese propósito, la acción provocó una furia todavía mayor en la muchedumbre y, en un determinado momento, alguien disparó. Nadie puede decir con seguridad si el disparo provino de la multitud o del arma de uno de los soldados, y mucho menos si fue por accidente o de manera deliberada, pero el efecto... Bueno, tú posees un conocimiento lo bastante amplio de estas cuestiones para imaginar la confusión de los acontecimientos que se produjeron.

Finalmente, cinco personas murieron y, si bien los soldados fueron golpeados y muy maltratados, pudieron escapar con vida, sólo para ser convertidos en chivos expiatorios por las maliciosas proclamas de los líderes de la muchedumbre en la prensa, que deformaron los sucesos de modo que pareciera una matanza gratuita y caprichosa de inocentes, en lugar de una cuestión de defensa propia contra una multitud enardecida por la bebida y la retórica vacía.

Confieso que los soldados cuentan con mi absoluta simpatía; estoy seguro de que eso es evidente para ti. Éstos fueron juzgados y el magistrado declaró inocentes a tres de ellos, aunque, sin duda, consideró que sería peligroso para su propia situación liberarlos a todos.

Higgins, junto con otro más, fue acusado de homicidio involuntario, pero pidió clemencia y fue liberado después de que lo marcaran. El ejército, desde luego, lo destituyó, y sin medios para ganarse la vida y sometido al oprobio del populacho, se encontró en una situación muy triste. Me contó que lo golpearon en una taberna poco después de su liberación, y las heridas que allí le infligieron le hicieron perder la visión de un ojo y, de hecho, su propia vida estuvo en peligro en más de una ocasión. Por tanto, y tratando de ponerse a salvo, decidió emplearse en un balandro al mando de mi amigo, el capitán Gill, aunque yo lo he visto navegar y te aseguro que no es ningún marinero.

Esta situación no tardó en ser evidente para el capitán Gill, quien puso fin a su empleo nada más llegar al primer puerto. Yo estaba en la ciudad por negocios y me crucé con él, y me explicó la desesperada situación en la que se encontraba Higgins.

Me esforcé por encontrarlo, sintiendo lástima por un soldado que, según creía, había cumplido con honor con su deber, y pareciéndome mal que sufriera por ello. Al descubrir que era una persona inteligente y de carácter afable, lo empleé a mi servicio, donde ha demostrado que es muy fiel.

Te lo mando junto con el vino, con la esperanza de que tu esposa tenga la amabilidad de examinarlo. El médico local, un tal doctor Potts, lo ha visto y ha dicho que la herida del ojo es irreversible, lo que bien puede ser cierto. Sin embargo, como he podido comprobar personalmente el talento de tu esposa, me pregunto si ella podría sugerir algún tratamiento para sus otras dolencias; el doctor Potts no ha sido de gran ayuda. Dile a tu esposa, por favor, que soy su humilde servidor, y que siento una eterna gratitud por su amabilidad y su talento.

Mis más cálidos saludos para tu hija, a quien le he enviado un pequeño regalo, que llegará con el vino. Confío en que su marido no se ofenda por mi familiaridad, teniendo en cuenta que hace mucho tiempo que conozco a la familia, y que le permita aceptarlo.

Sigo siendo, como siempre, tu obediente servidor,

John Grey

9
El umbral de la guerra

Abril de 1773

Robert Higgins era un hombre joven y delgado, tan escuálido que parecía que lo único que hacía que los huesos estuvieran en su sitio era la ropa, y tan pálido que era fácil imaginar que uno podía ver a través de él. Tenía, sin embargo, unos ojos azules grandes y sinceros, una masa de cabello ondulado castaño claro y una timidez que hizo que la señora Bug lo pusiera de inmediato bajo su protección y declarase su firme intención de «alimentarlo» antes de que regresara a Virginia.

A mí, Higgins me caía bastante bien; era un muchacho dulce, con el suave acento de su Dorset natal. Aunque, de todas formas, me preguntaba si la generosidad que lord John Grey le prodigaba era tan altruista como parecía.

Con el tiempo, John Grey también me había empezado a caer bien, después de la experiencia con el sarampión que habíamos compartido unos años antes y su amistad con Brianna en la época en que Roger había estado cautivo con los iroqueses. Aun así, yo seguía siendo consciente del hecho de que a lord John le gustaban los hombres; concretamente, Jamie, pero por supuesto otros hombres también.

—Beauchamp —me dije a mí misma, mientras ponía a secar unas raíces de trilios—, te pasas el día sospechando de todo el mundo.

—Sí, es cierto —dijo una voz a mi espalda, que parecía divertida—. ¿De quién sospechas ahora?

Di un brinco sobresaltada, y los trilliums salieron volando en todas direcciones.

—Ah, eres tú —exclamé irritada—. ¿Por qué siempre tienes que aparecer así, de repente?

—Práctica —respondió Jamie, mientras me daba un beso en la frente—. No querría perder mi talento para acechar a las presas. ¿Por qué hablabas contigo misma?

—De esa manera me aseguro de tener quien me escuche —repuse con aspereza, y él se echó a reír, mientras se agachaba a recoger las raíces del suelo.

—¿De quién sospechas, Sassenach?

Vacilé, pero no se me ocurrió otra cosa que la verdad.

—Me preguntaba si John Grey estaba sodomizando a nuestro señor Higgins —dije sin rodeos—. O si ésa es su intención.

Jamie parpadeó ligeramente, pero no parecía sorprendido... lo que me dio a entender que él había considerado la misma posibilidad.

—¿Qué te hace pensar eso?

—Para empezar, es un joven muy atractivo —respondí, quitándole un puñado de raíces y comenzando a extenderlas sobre una gasa—. Y tiene las peores almorranas que he visto en un hombre de su edad.

—¿Ha dejado que se las vieras? —Jamie se ruborizó cuando mencioné la sodomía; no le gustaba que fuera indiscreta, pero, después de todo, estaba respondiendo a su pregunta.

—Bueno, me ha costado bastante convencerlo —contesté—. No tardó en hablarme de ellas, pero no estaba muy dispuesto a que se las examinara.

—A mí tampoco me gustaría mucho esa idea —aseguró Jamie—, y yo estoy casado contigo. ¿Por qué diablos querrías ver algo así, de no ser por una curiosidad morbosa? —Echó una mirada recelosa al gran cuaderno negro donde yo resumía los casos, que estaba abierto sobre la mesa—. No estarás haciendo dibujos del trasero del pobre Bobby Higgins en ese cuaderno, ¿verdad?

—No hace falta. No puedo imaginarme a ningún médico de ninguna época que no haya conocido el aspecto de las almorranas. Después de todo, los antiguos israelitas y los egipcios también las padecían.

—¿Sí?

—Está en la Biblia. Pregúntale al señor Christie —le aconsejé.

Jamie me miró de soslayo.

—¿Has estado discutiendo la Biblia con Tom Christie? Eres más valiente que yo, Sassenach. —Christie era un presbiteriano muy devoto, cuya máxima felicidad consistía en golpear a alguien en la cabeza con una buena cantidad de Sagradas Escrituras.

—Yo no. La semana pasada, Germain me preguntó qué eran las «hemorroides».

—¿Qué son?

—Almorranas. «Y ellos preguntaron: "¿Qué ofrenda hemos de hacer?" Y respondieron: "Conforme al número de los tiranos de los filisteos, cinco hemorroides de oro, y cinco ratones de oro"» —cité—, o algo parecido. Es todo lo que puedo recitar de memoria. Christie hizo escribir a Germain un verso de la Biblia como castigo y, puesto que este último tiene una mente inquisitiva, se preguntó qué era lo que estaba escribiendo.

—Y decidió no preguntárselo a Christie, desde luego. —Jamie frunció el ceño, a la vez que se frotaba el puente de la nariz—. ¿Me conviene saber qué fue lo que hizo Germain?

—Casi te diría que no.

Tom Christie pagaba la renta trabajando como maestro local, y parecía capaz de mantener la disciplina según sus propios términos. Yo era de la opinión de que tener como alumno a Germain Fraser era un trabajo que con toda probabilidad equivalía a la totalidad de la cantidad que él debía.

—Hemorroides de oro —murmuró Jamie—. Vaya, qué idea tan interesante.

Había asumido el aire soñador que con frecuencia adquiría justo antes de comentar algún pensamiento espeluznante relacionado con la posibilidad de mutilaciones, muertes o cadenas perpetuas. Esa expresión me resultaba ligeramente alarmante, pero fuera cual fuese la idea provocada por las hemorroides doradas, la abandonó por el momento, meneando la cabeza.

—Bueno, es igual. Hablábamos del trasero de Bobby, ¿no?

—Ah, sí. En cuanto a la razón por la que quería echar un vistazo a las hemorroides del señor Higgins —dije, recuperando el hilo de la conversación anterior—, quería ver si el mejor tratamiento consistía en aliviarlas o extirparlas.

Jamie elevó las cejas al escuchar aquello.

—¿Extirparlas? ¿Cómo? ¿Con tu cuchillito? —Miró el estuche donde yo guardaba mis instrumentos quirúrgicos y sus hombros se encogieron de aversión.

—Es posible, sí, aunque supongo que sería bastante doloroso sin anestesia. Había un método mucho más sencillo que justo empezaba a ser muy utilizado cuando yo... me marché.

Sólo durante un momento, sentí una profunda punzada de nostalgia por mi hospital. Prácticamente podía oler el desinfectante, oír el murmullo y las carreras de las enfermeras y los camilleros, tocar las cubiertas satinadas de las publicaciones de investigación, repletas de ideas e información. Luego la imagen se desvaneció, y volví a considerar la conveniencia de usar sanguijuelas o cuerda para la buena salud anal del señor Higgins.

—El doctor Rawlings aconseja la utilización de sanguijuelas —expliqué—. Veinte o treinta, afirma, para un caso serio.

Jamie asintió sin demostrar ninguna repugnancia ante la idea. Por supuesto, a él ya le habían aplicado sanguijuelas unas cuantas veces, y me había asegurado que eran indoloras.

—Sí. ¿Dispones de esa cantidad? ¿O hago que los muchachos empiecen a buscar más?

A Jemmy y a Germain nada les gustaría más que meterse en los pantanos y los arroyos con su abuelo, y regresar repletos de sanguijuelas y barro hasta las cejas, pero negué con la cabeza.

—No. O, quiero decir, sí —corregí—. Cuando te vaya bien; no las necesito ahora mismo. Usar sanguijuelas sólo serviría para aliviar la situación temporalmente, pero las hemorroides de Bobby tienen coágulos de sangre seca en el interior —aclaré—, y creo que convendría que se las extirpara del todo. Supongo que podría ligarlas, es decir, atar un hilo muy fuerte en torno a la base de cada hemorroide. Eso elimina la circulación de la sangre y al final, terminan secándose y caen. Muy limpio.

—Muy limpio —murmuró, repitiendo mis palabras. Parecía algo nervioso—. ¿Lo has hecho antes?

—Sí, una o dos veces.

—Ah. —Frunció los labios, imaginando, al parecer, el proceso—. ¿Cómo... eh... cómo podrá... ir al baño mientras dure todo esto? Supongo que el proceso debe de ser largo.

Fruncí el ceño, mientras mi dedo tamborileaba sobre la encimera.

—Su principal dificultad es que no va de vientre —dije—. No lo suficiente, quiero decir, ni tampoco con la consistencia adecuada. Una dieta muy mala —comenté, señalándolo con un dedo acusatorio—. Él mismo me lo dijo: pan, carne y cerveza; nada de verduras, nada de frutas. El estreñimiento está muy extendido en el ejército británico, no me cabe duda. ¡No me sorprendería que hasta el último de ellos tenga hemorroides como racimos colgando del trasero!

Jamie asintió, enarcando una ceja.

—Hay muchas cosas que admiro de ti, Sassenach. Especialmente la delicadeza de tu conversación. —Tosió y miró hacia abajo—. Pero si tú dices que el estreñimiento es lo que causa las almorranas...

—Sí, lo es.

—Sí, bueno. Es sólo que... lo que decías de John Grey. Quiero decir, ¿tú no crees que el estado del trasero de Bobby tenga que ver con... ejem?

—Bueno, no, directamente no. —Hice una pausa—. Es más que lord John decía en su carta que él quería que yo... ¿cuáles fueron las palabras exactas?... «sugiriera tratamiento para sus otras dolencias». Me refiero a que no es posible que él supiera las dificultades de Bobby sin haber hecho una... eh... inspección personal, por así decirlo. Pero, como te he dicho, las almorranas son una afección tan corriente que ¿por qué se preocuparía hasta el punto de pedirme que haga algo al respecto, a menos que pensara que podrían dificultar su propio y eventual... eh... avance?

El rostro de Jamie había recobrado su tono normal durante la discusión sobre sanguijuelas y estreñimiento, pero con estas palabras se ruborizó de nuevo.

—Su...

—Quiero decir —expliqué, cruzando los brazos debajo del pecho—, que estoy un poco disgustada... con la idea de que él enviara al señor Higgins a que le hiciera una «reparación». —Había sentido una irritante inquietud respecto a la cuestión del trasero de Bobby Higgins, pero no lo había expresado con palabras hasta entonces. Ahora que lo había hecho, me había dado cuenta de qué era lo que en realidad me molestaba—. La idea de que debo ayudar al pobrecillo Bobby y luego mandarlo de vuelta para que... —Cerré con fuerza los labios y me volví con brusquedad hacia mis raíces, para darles la vuelta de manera innecesaria—. Esa idea no me gusta nada —dije, mirando la puerta del armario—. Te aclaro que haré lo que pueda por Higgins; es un muchacho sin muchas perspectivas; no cabe duda de que haría... cualquier cosa que su señoría requiriera. Pero tal vez esté pensando mal de él, de lord John, quiero decir.

—Tal vez.

Me di la vuelta para ver a Jamie sentado sobre mi taburete, jugueteando con un frasco de grasa de ganso que parecía acaparar toda su atención.

—Bueno —intervine con cierta vacilación—. Tú lo conoces mejor que yo. Si crees que él no...

Mi voz se fue apagando. En el exterior, se oyó el repentino y suave golpe de una piña al caer sobre la entrada de madera.

—Sé más de lo que querría sobre John Grey —afirmó Jamie finalmente, y me miró con una sonrisa triste en las comisuras de la boca—. Y él sabe mucho más sobre mí de lo que a mí me gustaría. Pero... —Se inclinó hacia delante dejando el frasco a un lado, luego puso las manos sobre las rodillas y me miró—. Hay algo que sé sin duda alguna: es un hombre honorable; no se aprovecharía de Higgins, ni de ningún otro hombre que estuviera bajo su protección.

Jamie parecía muy seguro de sus palabras, y me sentí más tranquila. John Grey, en el fondo, me caía bien. Pero aun así... la llegada de sus cartas, precisas como un reloj, siempre me provocaba cierta sensación de inquietud, como un trueno lejano. No había nada en ellas que justificara esa reacción; eran como su autor: eruditas, graciosas y sinceras. Y él tenía razones para escribir, desde luego; más de una.

—Sigue amándote, ¿sabes? —dije en voz baja.

Jamie asintió, pero no me miró; sus ojos continuaban clavados en algo que estaba más allá de los árboles que bordeaban el jardín delantero de la casa.

—¿Preferirías que no fuera así? —insistí.

Hizo una pausa, luego volvió a asentir. Pero esta vez sí me miró.

—Sí. Por mí mismo. Por él, sin duda. Pero ¿William? —Sacudió la cabeza, indeciso.

—Tal vez haya adoptado a William por ti —precisé, reclinándome contra la encimera—. Pero yo los he visto juntos, ¿recuerdas? No tengo ninguna duda de que él ahora quiere a William por sí mismo.

—No, yo tampoco lo dudo. —Se levantó, inquieto, y se sacudió polvo imaginario de la falda. Tenía una expresión impenetrable; estaba reflexionando sobre algo que no quería compartir conmigo.

—¿Tú...? —comencé a decir, pero me callé cuando él me miró—. No. No tiene importancia.

—¿Qué? —Inclinó la cabeza a un lado, entornando los ojos.

—Nada.

No se movió, sino que se limitó a hacer que su mirada fuera más intensa.

—Puedo ver en tu cara que sí es algo, Sassenach. ¿Qué?

Inspiré profundamente por la nariz, con los puños envueltos en mi delantal.

—Es sólo que... y estoy segura de que no es cierto, es sólo una idea que se me ha ocurrido...

Hizo un grave sonido propiamente escocés, que me indicó que dejara de balbucear y que lo dijera. Sabiendo de sobra que él no abandonaría la cuestión hasta que yo lo hiciera, tosí.

—¿Alguna vez te has preguntado si lord John lo adoptó porque...? Bueno, William se parece muchísimo a ti desde que era pequeño. Puesto que lord John te encuentra físicamente... atractivo... —Las palabras se desvanecieron, y yo me habría cortado la lengua por haberlas dicho al ver la expresión en su rostro.

Cerró los ojos un instante, para impedir que yo los mirara. Tenía los puños tan apretados que las venas sobresalían desde los nudillos hasta el antebrazo. Muy despacio, relajó las manos. Abrió los ojos.

—No —dijo con total convicción en la voz. Me lanzó una mirada directa y dura—. Y no es que no pueda soportar la idea. Es que lo sé.

—Desde luego —intervine con rapidez, dispuesta a abandonar el tema.

—Lo sé —repitió con más fuerza. Con dos dedos rígidos se golpeó la pierna una vez, y luego quedaron inmóviles—. Yo también lo he pensado. La primera vez que me dijo que tenía la intención de casarse con Isobel Dunsany.

Se volvió y empezó a mirar por la ventana. *Adso* estaba en el patio de la entrada, acechando algo en la hierba.

—Le ofrecí mi cuerpo —dijo Jamie bruscamente, sin darse la vuelta. Su tono era bastante firme, pero me di cuenta de lo mucho que le costaba pronunciar las palabras—. Como agradecimiento, le dije. Pero era... —Hizo un extraño movimiento convulsivo, como si intentara liberarse de alguna clase de atadura—. Quería ver, ¿sabes?, asegurarme de qué clase de hombre era. El hombre que se quedaría con mi hijo.

Su voz tembló un poco cuando pronunció esa última frase, y yo me acerqué a él por instinto, deseando cerrar, de alguna manera, la herida abierta bajo aquellas palabras. Jamie se puso rígido cuando lo toqué; no quería que lo abrazara; pero me cogió la mano y la apretó.

—¿Crees que... podrías averiguarlo? —No estaba sorprendida; John Grey me había hablado de esa oferta años antes, en Jamaica. Pero me pareció que él no se había dado cuenta de su verdadera naturaleza.

La mano de Jamie presionó la mía, y su pulgar recorrió el contorno del mío, frotando suavemente la uña. Me miró y yo sentí que sus ojos examinaban mi cara, no como una pregunta, sino como uno hace cuando ve de nuevo algo que era familiar, al contemplar con los ojos algo que durante mucho tiempo había visto tan sólo con el corazón.

Levantó su mano libre y trazó la línea de mis cejas, mientras dos de sus dedos descansaban por un instante sobre el hueso de mi mejilla, y luego elevó la mano, fresca en la calidez de mi cabello.

—No puedes estar tan cerca de otra persona —dijo por fin—. Estar dentro de otra persona, oler su sudor, frotar los pelos de tu cuerpo contra los del suyo, y no ver nada de su alma. Y si puedes hacerlo... —Vaciló, y me pregunté si estaba pensando en Jack Randall *el Negro* o en Laoghaire, la mujer con la que se había casado cuando creyó que yo había muerto—. Bueno... es algo horrible —concluyó en voz baja, y su mano cayó a un lado.

Se produjo un silencio entre nosotros. Un repentino crujido llegó del exterior cuando *Adso* dio un salto y desapareció, y un ruiseñor que estaba subido en el gran abeto rojo empezó a piar alarmado. En la cocina, algo cayó al suelo con gran estrépito y entonces comenzó a oírse el rítmico zumbido de alguien barriendo. Eran los sonidos de la vida cotidiana que habíamos construido.

¿Alguna vez me había pasado a mí? ¿Acostarme con un hombre y no ver su alma? Por supuesto que sí, y él tenía razón. Sentí el roce de un aliento frío, y mi vello se erizó, silencioso, sobre mi piel.

Jamie dejó escapar un suspiro que parecía que le subía de los talones, y se pasó la mano por el cabello, que llevaba recogido.

—Pero John no haría una cosa así. —Levantó la vista, y me lanzó una sonrisa torcida—. Él me amaba, y me lo dijo. Y yo no podía corresponderle... Él lo sabía, y por eso no quiso aceptar una falsificación como si fuera una moneda verdadera.

Se sacudió con fuerza, como un perro al salir del agua.

—No, un hombre que dice algo así no sodomizaría a un niño sólo por los hermosos ojos azules de su padre. De eso estoy seguro, Sassenach.

—Supongo que no —dije—. Dime... Si... si él hubiera... eh... aceptado tu oferta... y tú lo hubieras encontrado... —Me esforcé por hallar las palabras adecuadas—. Menos, eh, decente de lo que podrías esperar...

—Le habría partido el cuello allí mismo, junto al lago —contestó—. No me habría importado que luego me colgaran; no habría permitido que se quedara con el muchacho. Pero no lo hizo, y por eso accedí —añadió, encogiéndose de hombros—. Y si el pequeño Bobby se mete en la cama de su señoría, creo que lo hará por voluntad propia.

• • •

Ningún hombre está precisamente cómodo con la mano de otra persona metida en el culo. Yo ya lo había notado antes, y Robert Higgins no era ninguna excepción a la regla.

—Bueno, esto no va a dolerte mucho —dije con una voz lo más tranquilizadora posible—. Lo único que tienes que hacer es quedarte inmóvil.

—Ah, eso es lo único que haré, señora, claro que sí —me aseguró con vehemencia.

Lo había puesto sobre la mesa de mi consulta, ataviado sólo con la camisa, sobre sus manos y rodillas, de modo que la zona de la intervención estuviera convenientemente levantada a la altura de los ojos. Los fórceps y las ligaduras que necesitaba estaban sobre una mesita, a mi derecha, con un cuenco lleno de sanguijuelas a un lado, por si las precisaba.

Robert dejó escapar un leve gemido cuando apliqué un paño empapado en trementina en el área, para limpiarla bien, pero no se movió.

—Bueno, esto quedará muy bien —le aseguré, al mismo tiempo que cogía un par de fórceps de tenazas largas—. Pero para que la cura sea permanente, tendrás que hacer cambios drásticos en tu dieta. ¿Lo entiendes?

Él soltó un grito ahogado cuando agarré una de las hemorroides y tiré de ella. Había tres, en una disposición clásica: a las nueve, a las dos y a las cinco en punto. Bulbosas como frambuesas, y exactamente del mismo color.

—¡Ay! S-sí, señora...

—Avena —dije con firmeza, mientras pasaba el fórceps a la otra mano sin reducir la presión, y cogiendo una aguja con un hilo de seda enhebrado con la derecha—. Gachas todas las mañanas, sin falta. ¿Has notado alguna mejoría en el movimiento de tus intestinos desde que la señora Bug te ha estado dando avena en el desayuno?

Pasé el hilo alrededor de la base de la hemorroide sin apretar; después, con delicadeza, empujé la aguja hacia arriba debajo del lazo, formando un pequeño nudo corredizo. Luego tiré con fuerza.

—¡Ahhh!... ¡Oh! Ejem... A decir verdad, señora, es como cagar ladrillos cubiertos con pinchos de erizos; no importa qué coma.

—Bueno, pero mejorará —le aseguré, sujetando la ligadura con un nudo. Solté la hemorroide y él respiró hondo—. También uvas. Te gustan las uvas, ¿verdad?

—No, señora. Cuando las mastico me duelen los dientes.

—¿En serio? —Sus dientes no parecían muy cariados; debía examinarle mejor la boca; tal vez tuviera escorbuto—. Bueno, haremos que la señora Bug te prepare un magnífico pastel de pasas; podrás comerlo sin problemas. ¿Lord John tiene un cocinero decente? —Apunté con el fórceps y cogí la siguiente. Él, ya acostumbrado a la sensación, sólo gruñó un poco.

—Sí, señora. Es un indio, se llama Manoke.

—Mmm. —Giro, arriba, tensar, atar—. Te anotaré la receta del pastel de pasas, para que se la lleves. ¿Prepara batatas o judías? Las judías son muy buenas para este propósito.

—Creo que sí, señora, pero su señoría...

Las ventanas de la consulta estaban abiertas para que corriera el aire (Bobby no era más sucio que la media, pero tampoco era más limpio) y, en ese momento, oí unos ruidos que procedían del sendero; voces y el tintineo de los arneses.

Bobby también los oyó, y dirigió una mirada rápida hacia la ventana, mientras sus cuartos traseros se tensaban como si estuviera a punto de saltar de la mesa como un saltamontes. Le agarré una pierna, pero luego lo pensé mejor. No había manera de cubrir la ventana si no era con los postigos, y necesitaba luz.

—Ponte de pie —le dije, liberándolo y buscando una toalla—. Iré a ver quiénes son. —Él siguió mis instrucciones con celeridad, bajando con rapidez de la mesa y buscando a toda prisa sus pantalones.

Salí al porche a tiempo para saludar a los dos hombres que estaban haciendo subir las mulas por la última y ardua cuesta, hasta llegar al jardín. Eran Richard Brown y su hermano Lionel, de la epónima Brownsville.

Me sorprendió verlos; cabalgando a buen ritmo, se tardaba tres días en cubrir el trayecto entre Brownsville y el Cerro, y había poco comercio entre ambos asentamientos. Era casi la misma distancia que hasta Salem, en la dirección opuesta, pero los habitantes del Cerro iban allí con más frecuencia; los moravos eran muy trabajadores y grandes comerciantes que intercambiaban miel, aceite, pescado salado y cuero por queso, cerámica, gallinas y otros animales pequeños. Por lo que yo sabía, los habitantes de Brownsville sólo podían ofrecer mercancías baratas de los cherokee y una cerveza de muy mala calidad que ellos mismos producían y que no justificaba el recorrido.

—Buenos días, señora. —Richard, el más pequeño y el menor de los hermanos, se tocó el ala del sombrero, pero no se lo quitó—. ¿Está su marido?

—Está junto al granero, limpiando cuero. —Me sequé las manos cuidadosamente en la toalla que llevaba—. Pasad a la cocina; os serviré un poco de sidra.

—No se moleste. —Y, sin más, se dirigió hacia la parte trasera de la casa. Lionel Brown, algo más alto que su hermano, aunque con la misma complexión delgada y larguirucha y el mismo cabello de color tabaco, me hizo un leve saludo con la cabeza y lo siguió.

Habían dejado las mulas, con las riendas colgando, evidentemente para que yo me ocupara de ellas. Los animales habían empezado a deambular poco a poco por el jardín, deteniéndose para mordisquear la hierba crecida que bordeaba el sendero.

—¡Ejem! —exclamé, mirando con furia a los hermanos.

—¿Quiénes son? —dijo una voz grave detrás de mí. Bobby Higgins había salido de la consulta y estaba vigilando desde una esquina del porche con su ojo sano. Los extraños solían ponerlo nervioso, lo que era natural, teniendo en cuenta las experiencias por las que había pasado en Boston.

—Vecinos, en cierta forma.

Salí del porche y cogí a una de las mulas de la brida justo cuando estaba alcanzando el retoño de melocotonero que yo había plantado cerca. Resentida por esta intromisión en sus asuntos, la mula dejó escapar un relincho que casi me rompe los tímpanos e intentó morderme.

—Permítame, señora. Yo me ocupo. —Bobby, que ya había cogido las riendas del otro animal, se inclinó hacia mí y me quitó el cabestro—. ¡Habrase visto! —le dijo a la escandalosa mula—. ¡Cállate o te doy un palo!

Era evidente que Bobby había sido soldado de infantería, más que de caballería. Sus palabras eran lo bastante fuertes, pero no concordaban con sus modales vacilantes. Tiró suavemente de las riendas de la mula, que, de inmediato, echó las orejas hacia atrás y le mordió en un hombro.

Bobby lanzó un alarido y soltó las riendas de ambos animales. *Clarence*, mi propia mula, al oír el alboroto, emitió un fuerte relincho de salutación desde su corral, y las dos mulas desconocidas trotaron al instante en su dirección, con los estribos rebotando contra el lomo.

La herida de Bobby no era demasiado grave, aunque los dientes de la mula le habían atravesado la piel; se veían manchas de sangre a través de la manga de la camisa. Cuando estaba levantando la tela para examinarlo, oí pasos en el porche, me volví y vi a Lizzie, con una gran cuchara de madera en la mano, que me miraba alarmada.

—¡Bobby! ¿Qué ha ocurrido?

Él se incorporó de inmediato al verla, adoptando un aire despreocupado, y se apartó un mechón rizado de las cejas.

—¡Ah! Nada, señorita. Unos problemillas con esas hijas del demonio. Nada grave. Me encuentro bien.

A continuación puso los ojos en blanco y se desmayó.

—¡Oh! —Lizzie bajó corriendo los escalones y se arrodilló a su lado, dándole cachetes en las mejillas—. ¿Está bien, señora Fraser?

—Sólo Dios lo sabe —dije francamente—. Pero creo que sí, estoy bien.

Parecía que Bobby respiraba con normalidad, y encontré un pulso razonable en su muñeca.

—¿Lo llevamos adentro? ¿O mejor traigo una pluma quemada? ¿O el amoníaco de la consulta? ¿O un poco de coñac? —Lizzie revoloteaba como un abejorro nervioso, lista para salir volando en todas direcciones.

—No, creo que ya está volviendo en sí. —La mayoría de los desmayos sólo duran unos segundos, y su pecho se elevaba a medida que su respiración se hacía más profunda.

—Un poco de coñac no estaría mal —murmuró él, mientras sus párpados comenzaban a agitarse.

Asentí en dirección a Lizzie, quien desapareció en el interior de la casa, dejándose la cuchara de madera sobre la hierba.

—¿Te sientes un poco mareado? —pregunté en tono compasivo.

La herida del brazo no era más que un rasguño, y, desde luego, yo no le había hecho nada que pudiera causarle una gran impresión, al menos no físicamente. ¿Qué le ocurría?

—No lo sé, señora. —Trató de sentarse y, aunque estaba blanco como el papel, por lo demás parecía que estaba bien, así que se lo permití—. Es sólo que, de vez en cuando, aparecen unas manchas, que giran alrededor de mi cabeza como un enjambre de abejas, y luego todo se ennegrece.

—¿De vez en cuando? ¿Te ha ocurrido antes? —pregunté con brusquedad.

—Sí, señora. —Su cabeza se balanceaba como un girasol en la brisa, y lo sujeté por la axila, por si volvía a caerse—. Su señoría esperaba que usted supiera cómo detenerlo.

—Su señoría... Ah, ¿él sabe lo de los desvanecimientos?

Por supuesto que lo sabía, si Bobby tenía el hábito de desmayarse frente a él.

Él asintió con la cabeza y respiró profunda y entrecortadamente.

—El doctor Potts me sangraba de manera regular, dos veces por semana, pero eso no daba ningún resultado.

—Diría que no. Espero que fuera de más ayuda con tus almorranas —comenté con sequedad.

Un apagado tinte rosado —casi no tenía sangre como para ruborizarse decentemente, el pobrecito— apareció en sus mejillas, y él alejó la mirada, fijándola en la cuchara.

—Eh... Yo, ejem, no le mencioné a nadie ese asunto.

—¿Por qué? —Me sorprendí—. Si...

—Mire, aparecieron sólo durante la cabalgata. Desde Virginia. —Se ruborizó aún más—. No se lo habría dicho si no fuera porque, después de una semana en aquel condenado caballo, y perdone mi lenguaje, señora, estaba tan dolorido que ya no podía ocultarlo.

—¿De modo que lord John tampoco estaba enterado?

Sacudió la cabeza con fuerza, haciendo que los despeinados rizos marrones se agitaran sobre la frente. Me sentí bastante enfadada: conmigo misma por haberme equivocado de una manera tan evidente respecto a los motivos de John Grey, y con John Grey, por hacerme sentir como una estúpida.

—Bueno... ¿te encuentras un poco mejor ahora?

Lizzie no volvía con el coñac, y me pregunté por un instante dónde estaría. Bobby seguía muy pálido, pero asintió con ánimo, se esforzó por ponerse en pie, y permaneció balanceándose y parpadeando, mientras trataba de mantener el equilibrio. La «M» que tenía grabada a fuego en la mejilla se hizo más visible, en un furioso rojo frente a la pálida piel.

Distraída por el desmayo de Bobby, no había prestado atención a los sonidos procedentes del otro lado de la casa. Pero en ese momento comencé a ser consciente de que había voces y pisadas que se acercaban.

Jamie y los Brown aparecieron desde detrás de la casa, y se detuvieron al vernos. Jamie tenía el ceño algo fruncido, pero entonces lo frunció aún más. Los Brown, en cambio, parecían extrañamente jubilosos, aunque con una alegría algo sombría.

—De modo que es cierto. —Richard Brown miró con furia a Bobby Higgins; luego se volvió hacia Jamie—. ¡Usted tiene a un asesino en su casa!

—¿En serio? —preguntó Jamie con cortés frialdad—. No tenía ni idea. —Hizo una elegante reverencia a Bobby Higgins, luego se irguió y señaló a los Brown—. Señor Higgins, permítame que le presente a los señores Richard y Lionel Brown. Caballeros, mi huésped, el señor Higgins. —Pronunció las palabras «mi huésped» con un énfasis particular, que hizo que la delgada boca de Richard Brown se apretara hasta casi desaparecer.

—Tenga cuidado, Fraser —dijo, clavando la mirada en Bobby, como si lo instara a desaparecer—. Tener malas compañías puede ser peligroso estos días.

—Yo elijo las compañías que quiero, señor —repuso Jamie en voz baja, apretando cada palabra entre los dientes—. Y no elijo la suya. ¡Joseph!

Joseph Wemyss, el padre de Lizzie, apareció por una esquina de la casa, arrastrando las dos mulas renegadas, que ahora parecían dóciles como gatitas, aunque ninguna de ellas lograba empequeñecer a Wemyss.

Bobby Higgins, estupefacto por los acontecimientos, me dirigió una mirada de interrogación. Yo me encogí un poco de hombros y me mantuve en silencio mientras los Brown montaban y se alejaban del claro, con las espaldas erguidas por la furia.

Jamie esperó hasta que desaparecieron de su vista, y luego soltó el aliento, frotándose ferozmente una mano por el pelo y murmurando algo en gaélico. Yo no entendí todas las sutilezas, pero deduje que estaba comparando el carácter de nuestros recientes visitantes con el de las almorranas de Higgins, para detrimento de aquéllos.

—¿Cómo dice, señor? —Higgins parecía desconcertado, pero ansioso por complacerlo.

Jamie lo miró.

—Que se vayan al demonio —dijo, restando importancia a los Brown con un movimiento de la mano. Me miró y se volvió hacia la casa—. Ven conmigo, Bobby; tengo una o dos cosas que decirte.

Los seguí por curiosidad y también por si Higgins volvía a desmayarse; parecía bastante estable, pero todavía estaba muy pálido. En cambio, Wemyss —rubio y delgado como su hija— era la viva imagen de la salud. Me pregunté qué le pasaba a Bobby. Eché una discreta mirada al trasero de sus pantalones mientras él avanzaba, pero la zona estaba bien, no sangraba.

Jamie los hizo pasar a su estudio e indicó con un gesto la variada colección de bancos y cajas que tenía para las visitas, pero tanto Bobby como el señor Wemyss decidieron quedarse de pie. Bobby por razones obvias, Wemyss por respeto; siempre le incomodaba estar sentado en presencia de Jamie, salvo durante las comidas.

Como yo carecía de reservas físicas o sociales, me acomodé en el mejor banco y, enarcando una ceja, miré a Jamie, que se había sentado en la mesa que usaba de escritorio.

—Las cosas están así —dijo sin preámbulos—. Brown y su hermano se han nombrado jefes de un comité de seguridad, y han venido a reclutarme a mí y a mis inquilinos como miembros. —Me miró, torciendo un poco la boca—. He rechazado la oferta, como sin duda habréis advertido.

Mi estómago se contrajo ligeramente, pensando en lo que había dicho el mayor MacDonald y en lo que yo sabía. Entonces ya estaba empezando.

—¿Un comité de seguridad? —El señor Wemyss parecía perplejo, y miró a Bobby Higgins, quien empezaba a parecerlo cada vez menos.

—¿De modo que eso es lo que han hecho? —comentó Bobby en voz baja. Mechones de cabello castaño habían escapado de su coleta, y se colocó uno tras la oreja con un dedo.

—¿Has oído hablar antes de esos comités, Higgins? —preguntó Jamie, enarcando una ceja.

—Me he topado con uno, señor. De cerca. —Bobby se tocó ligeramente la zona debajo del ojo ciego. Seguía pálido, pero comenzaba a recuperar la serenidad—. Son turbas, señor. Como las mulas, pero en más cantidad, y más feroces. —Sonrió torciendo la boca, al mismo tiempo que se alisaba la manga de la camisa sobre la mordedura que tenía en el hombro.

La mención de las mulas me hizo recordar algo, y me puse en pie, interrumpiendo repentinamente la conversación.

—¡Lizzie! ¿Dónde está Lizzie?

Sin esperar respuesta a la retórica pregunta, me fui a la puerta del estudio y la llamé, pero sólo encontré silencio. Había entrado en busca de coñac; había de sobra en un jarro de la cocina, y ella lo sabía... la había visto sacarlo para la señora Bug la noche anterior. Debía de estar en la casa. Seguro que no habría ido...

—¿Elizabeth? ¿Dónde estás, Elizabeth? —El señor Wemyss estaba justo detrás de mí, gritando, mientras yo avanzaba apresuradamente por el pasillo hasta la cocina.

Lizzie estaba tumbada, inconsciente, frente a la chimenea. Entre sus ropas había una mano extendida, como si hubiera tratado de protegerse de la caída.

—¡Señorita Wemyss! —Bobby Higgins me empujó con el hombro frenéticamente, y la cogió en sus brazos.

—¡Elizabeth! —Wemyss también se abrió paso dándome codazos, con la cara casi tan blanca como la de su hija.

—¡Dejadme examinarla, por favor! —ordené, abriéndome paso a codazos yo también—. Recuéstala sobre el banco, Bobby.

Él la levantó con cuidado entre los brazos, y luego la colocó sobre el banco, sin dejar de abrazarla, componiendo una ligera mueca de dolor. Bueno, si quería ser un héroe, yo no tenía tiempo de discutírselo. Me arrodillé y le agarré la muñeca en busca de pulso, apartándole el pelo rubio de la cara con mi otra mano.

Una mirada me había bastado para darme cuenta de lo que ocurría. Tenía la piel sudorosa y había un matiz grisáceo en la palidez de su rostro. Sentí el temblor de inminentes escalofríos que le recorrían la piel, a pesar de que estaba inconsciente.

—El paludismo otra vez, ¿no? —preguntó Jamie. Había aparecido a mi lado y estaba agarrando al señor Wemyss del hombro, reconfortándolo y conteniéndolo con el mismo gesto.

—Sí —dije brevemente. Lizzie tenía malaria, contraída en la costa unos años antes, y sufría de recaídas ocasionales, aunque no había tenido ninguna en más de un año.

El señor Wemyss dejó escapar un suspiro profundo y audible, mientras su rostro recuperaba un poco de color. Estaba familiarizado con la malaria, y confiaba en que yo podría tratarla, puesto que ya lo había hecho varias veces antes.

Esperaba poder volver a hacerlo esta vez. El pulso de Lizzie era rápido y ligero bajo mis dedos, pero constante, y comenzaba a agitarse. De todas formas, la velocidad y la prontitud del ataque eran preocupantes. ¿Había tenido alguna señal de advertencia? Intenté que la preocupación no se me notara en la cara.

—Llevadla a la cama, tapadla y traed una piedra caliente para los pies —dije, incorporándome y dirigiéndome primero a Bobby y luego a Wemyss—. Empezaré a preparar las medicinas.

Jamie me siguió hasta la consulta, mirando por encima del hombro antes de hablar para asegurarse de que los otros no pudieran oírlo.

—Creía que ya no te quedaba quinina —dijo en voz baja.

—Es cierto. Maldita sea. —La malaria era una enfermedad crónica, pero había podido mantenerla controlada con dosis pequeñas y regulares de quinina, que se extraía de la corteza del quino. Por desgracia, me había quedado sin dosis durante el invierno, y nadie había podido viajar a la costa todavía para obtener más.

—¿Entonces?

—Estoy pensando.

Abrí la puerta del armario y contemplé las ordenadas hileras de frascos de cristal que había en su interior; muchos estaban vacíos o sólo contenían unos pocos trozos dispersos de hojas o raíces. Se me había agotado todo después de un invierno frío y húmedo de gripes, resfriados, sabañones y accidentes de caza.

Febrífugos. Disponía de varias cosas que podían calmar una fiebre normal, pero la malaria era algo distinto. Al menos había bastante raíz y corteza de cornejo; había recogido ingentes cantidades durante el otoño, previendo la necesidad. Bajé el frasco y, después de reflexionar un momento, añadí la jarra que contenía una clase de genciana que en la zona era conocida como «hierba para la malaria».

—Pon el caldero, ¿quieres? —le pedí a Jamie, frunciendo el ceño mientras mezclaba raíces, cortezas y hierbas en mi mortero. Lo único que podía hacer era tratar los síntomas superficiales de la fiebre y el resfriado. Y el shock, pensé. También debería ocuparme de eso—. ¡Y tráeme un poco de miel, por favor! —le grité cuando ya estaba en la puerta. Jamie asintió y se dirigió con rapidez a la cocina, con pasos veloces y sólidos sobre la tarima de roble.

Comencé a majar la mezcla, sin dejar de considerar al mismo tiempo otras posibilidades. Una pequeña parte de mi mente casi se alegraba de la emergencia; podía posponer durante un rato la necesidad de escuchar lo relativo a los Brown y su horrible comité.

Me sentía muy inquieta. Fuera lo que fuese lo que querían, estaba segura de que no auguraba nada bueno; desde luego, no se habían marchado en buenos términos. En cuanto a lo que Jamie podría sentirse obligado a hacer a modo de respuesta...

Castañas de Indias. A veces se usaban para la fiebre terciana, como la llamaba el doctor Rawlings. ¿Me quedaba algo? Eché una rápida mirada a las jarras y a los frascos que estaban en el botiquín y me detuve al encontrarme con unos centímetros de unos glóbulos secos y negros en el fondo. «Acebo», decía la etiqueta. No era mío; era una de las jarras de Rawlings. Nunca lo había usado, pero algo se agitó en mi memoria. Había oído o leído algo sobre las bayas de acebo. ¿Qué era?

Casi de manera inconsciente, levanté el frasco, lo abrí y lo olfateé. Las bayas desprendieron un olor penetrante y astringente, ligeramente amargo. Y en cierto sentido conocido.

Con la jarra en la mano, me acerqué a la mesa donde se encontraba mi gran libro de casos y pasé con rapidez las páginas hasta llegar a las primeras, donde estaban las notas que había dejado el propietario original del libro y del botiquín, Daniel Rawlings. ¿En qué parte estaba lo que buscaba?

Todavía pasaba páginas, tratando de hallar la silueta de una nota semiolvidada, cuando Jamie regresó con una jarra de agua caliente y un plato de miel en las manos, y los gemelos Beardsley pisándole los talones.

Los contemplé, pero no dije nada; solían aparecer de manera inesperada, como un par de muñecos sorpresa.

—¿La señorita Lizzie se encuentra muy grave? —preguntó Jo nervioso, asomándose detrás de Jamie para ver qué hacía yo.

—Sí —dije de forma escueta, casi sin prestarle atención—. Pero no te preocupes; estoy preparando algunas medicinas.

Ahí estaba. Una breve anotación, añadida como una evidente reflexión de último momento a la descripción del tratamiento de un paciente cuyos síntomas parecían claramente relacionados con la malaria, y que, como constaté con una desagradable punzada, había muerto.

> Me dijo el vendedor a quien le compré la quinina que los indios usan una planta llamada «acebo», que compite con la corteza del quino en amargura y que se considera fundamental para el tratamiento de fiebres tercianas y cuartanas. He reunido algunas para experimentar con ellas, y pretendo aplicar una infusión cuando se presente la oportunidad.

Levanté uno de los frutos secos y lo mordí. El sabor acre de la quinina me inundó de inmediato la boca, acompañado de la copiosa saliva generada por la intensa amargura, que hizo que mi boca se frunciera y los ojos se me llenaran de lágrimas. ¡Acebo!

Me abalancé hacia la ventana abierta y escupí una y otra vez sobre el lecho de hierbas que estaba debajo de ella, mientras los Beardsley soltaban risitas, evidentemente divertidos por ese inesperado entretenimiento.

—¿Te encuentras bien, Sassenach? —El rostro de Jamie reflejaba tanta diversión como preocupación. Sirvió un poco de agua de la jarra en un tazón de terracota, añadió unas gotas de miel en el último momento y me lo pasó.

—Sí —graznéــ. ¡Ten cuidado, que no se te caiga! —Kezzie Beardsley había cogido la jarra de bayas de acebo y la estaba olisqueando con cuidado. Asintió ante mi advertencia, pero no dejó el frasco; en cambio, se lo entregó a su hermano.

Yo me llené la boca de agua caliente con miel y tragué.

—Esos frutos... contienen algo similar a la quinina.

El rostro de Jamie cambió de inmediato, al reducirse su preocupación.

—Entonces ¿serán útiles para la muchacha?

—Eso espero. Pero no hay muchos.

—¿Quiere decir que necesita más de esto para la señorita Lizzie, señora Fraser? —Jo me miró con unos ojos oscuros y brillantes por encima del frasco.

—Sí —respondí sorprendida—. ¿Sabes dónde encontrarlos?

—Sí, señora —dijo Kezzie, un poco alto, como era habitual en él—. Los indios tienen cosas de éstas.

—¿Qué indios? —preguntó Jamie, con la mirada penetrante.

—Los cherokee —contestó Jo, haciendo un gesto vago por encima del hombro—. Junto a la montaña.

Esa descripción podría haber correspondido a media docena de aldeas, pero era evidente que estaban pensando en un asentamiento específico, porque los dos se volvieron al unísono, con la obvia intención de ir directamente a buscar acebo.

—Esperad un poco, muchachos —anunció Jamie, agarrando a Kezzie del cuello de la camisa—. Iré con vosotros. Después de todo, necesitaréis algo para intercambiar.

—Ah, tenemos muchísimas pieles —lo tranquilizó Jo—. Ha sido una buena temporada.

Jo era un cazador experto, y Kezzie, aunque aún no sabía cazar del todo bien, había aprendido de su hermano a tender trampas. Ian me había comentado que la cabaña de los Beardsley estaba repleta de pieles de castor, marta, ciervo y armiño. Ellos siempre olían a esas pieles; se trataba de un ligero hedor a sangre seca, almizcle y pelos fríos.

—¿Sí? Bueno, eso es muy generoso por tu parte, Jo. Pero iré con vosotros de todas maneras —Jamie me miró, reconociendo que había tomado la decisión... pero, de todos modos, pidiendo mi aprobación. Tragué, sintiendo un regusto amargo.

—Sí —dije, y me aclaré la garganta—. Si... si vas a ir, déjame mandar algunas cosas y te explicaré qué pedir a cambio.

Seguramente no saldréis hasta mañana por la mañana, ¿verdad?

Los Beardsley vibraban de impaciencia por partir, pero Jamie permaneció inmóvil, mirándome, y sentí que me tocaba sin palabras ni movimiento.

—Cierto —respondió en voz baja—. Aguardaremos hasta mañana. —Se volvió hacia los Beardsley—. Jo, por favor, ve a pedirle a Bobby Higgins que venga. Tengo que hablar con él.

—¿Está con la señorita Lizzie? —Jo Beardsley parecía contrariado ante la idea, y su hermano también entornó los ojos con la misma expresión de recelo.

—¿Qué está haciendo en su habitación, entonces? ¿No sabe que ella está prometida? —preguntó Kezzie indignado.

—Su padre también está allí —los tranquilizó Jamie—. Su reputación está a salvo, ¿no?

Jo resopló un poco, pero los hermanos se miraron y luego salieron juntos, resueltos a acabar con esa amenaza a la virtud de Lizzie.

—Entonces, ¿lo harás? —Dejé a un lado el mortero—. ¿Serás un agente indio?

—Creo que he de hacerlo. Si no, con seguridad lo hará Richard Brown. Me parece que no puedo correr ese riesgo. —Jamie vaciló, luego se acercó y me tocó ligeramente, posando los dedos sobre mi codo—. Mandaré de vuelta a los muchachos de inmediato con los frutos que necesitas. Pero tal vez tenga que quedarme uno o dos días, para las negociaciones. —Es decir, para informar a los cherokee de que se había convertido en agente de la Corona británica, y para que se difundiera la noticia de que los jefes de las aldeas de la montaña deberían bajar más adelante para parlamentar y recibir regalos.

Asentí, mientras sentía que una pequeña burbuja de temor crecía debajo de mi esternón. Estaba empezando. No importa que sepas que algo terrible ocurrirá en el futuro; por alguna razón, nunca piensas que sucederá hoy.

—No... No tardes mucho en regresar, ¿de acuerdo? —solté, sin querer cargarlo con mis temores, pero incapaz de mantenerme callada.

—No —respondió él en voz baja, posando la mano un instante en la parte inferior de mi espalda. Luego añadió—: No te preocupes; no tardaré.

El ruido de pasos que descendían resonó en el pasillo. Supuse que el señor Wemyss había echado a los Beardsley, así como a Bobby. No se detuvieron, sino que se marcharon sin hablar, dirigiendo miradas de disgusto disimulado a Bobby, que parecía no darse cuenta.

—El muchacho me ha dicho que quería hablar conmigo, señor —dijo. Había recobrado un poco de color, lo que me alegró, y parecía que caminaba de una manera bastante estable. Dirigió una mirada de inquietud a la mesa, todavía cubierta con la sábana sobre la que él había estado, y luego me miró a mí, pero yo me limité a negar con la cabeza. Terminaría de tratar sus almorranas más tarde.

—Sí, Bobby.

Jamie señaló una banqueta con un breve gesto, como invitándolo a que se sentara, pero yo me aclaré la garganta de manera significativa, y él se detuvo y luego se apoyó contra la mesa en lugar de sentarse.

—Esos dos de antes... Se llaman Brown. Tienen un asentamiento cerca de aquí. Me has dicho que habías oído hablar de los comités de seguridad, ¿no? De modo que tendrás alguna idea de qué se trata.

—Sí, señor. Esos Brown, señor... ¿Me buscaban a mí? —preguntó sin perder la calma, pero vi que tragaba saliva y la nuez de su garganta se elevaba en su esbelto cuello.

Jamie suspiró y a continuación se pasó una mano por el cabello. El sol atravesaba la ventana y lo iluminaba directamente, haciendo que su pelo rojo brillara como el fuego y destacando algún destello plateado que comenzaba a aparecer entre los mechones rojizos.

—Sí. Sabían que estabas aquí, sin duda por boca de alguien con quien te cruzaste en el camino. Supongo que les habrás contado a algunas personas hacia dónde te dirigías...

Bobby asintió con la cabeza, sin decir ninguna palabra.

—¿Qué quieren de él? —pregunté, poniendo las raíces, la corteza y los frutos molidos en un cuenco y vertiendo agua caliente para que se maceraran.

—No lo dejaron del todo claro —respondió Jamie secamente—. Pero supongo que yo tampoco les di la oportunidad de hacerlo. Sólo les dije que sacarían a un invitado de mi casa por encima de mi cadáver, y del de ellos.

—Se lo agradezco, señor. —Bobby respiró hondo—. Supongo que ellos... lo sabían, ¿verdad? ¿Lo de Boston? Pero eso no se lo he contado a nadie; de eso estoy seguro.

Jamie frunció el ceño un poco más.

—Sí, lo sabían. Fingieron que creían que yo no estaba enterado; me dijeron que estaba dando cobijo, sin saberlo, a un asesino, y a una amenaza para el bienestar de la población.

—Bueno, lo primero es bastante cierto —dijo Bobby, tocándose ligeramente la quemadura, como si todavía le ardiera. Sonrió de forma débil—. Pero no estoy seguro de que sea una amenaza para nadie en estos días.

Jamie desechó aquella idea.

—La cuestión, Bobby, es que saben que estás aquí. No creo que vengan a llevarte por la fuerza. Pero debo pedirte que te comportes con precaución. Me encargaré de que regreses sano y salvo con lord John, cuando llegue el momento, y con una escolta. Entiendo que aún no has terminado con él, ¿verdad? —preguntó volviéndose hacia mí.

—No del todo —respondí de la misma manera. Bobby parecía aprensivo.

—Bueno, pues. —Jamie metió la mano en la cintura de los pantalones y sacó una pistola, que estaba oculta entre los pliegues de su camisa. Advertí que era la elegante, con los bordes dorados—. Llévala contigo —dijo, pasándosela a Bobby—. Hay pólvora y municiones en el aparador. ¿Cuidarás de mi esposa y de mi familia mientras yo esté fuera?

—¡Oh! —Bobby pareció alarmado, pero luego asintió, metiéndose la pistola en sus propios pantalones—. Lo haré, señor. ¡Cuente con ello!

Jamie le sonrió con calidez en los ojos.

—Eso me tranquiliza, Bobby. ¿Podrías ir a buscar a mi yerno? Tengo que hablar con él antes de partir.

—Sí, señor. ¡De inmediato! —Se enderezó y se marchó, con una expresión de determinación en su rostro de poeta.

—¿Qué crees que habrían hecho con él? —pregunté en voz baja cuando la puerta exterior se cerró—. Los Brown, quiero decir.

Jamie meneó la cabeza.

—Sólo Dios lo sabe. Tal vez lo habrían colgado en un cruce de caminos, o quizá sólo lo hubieran golpeado y lo hubieran echado de las montañas. Quieren hacer ostentación de que pueden proteger a la gente, ¿sabes? De criminales peligrosos y cosas así —añadió, torciendo la boca.

—«Todo gobierno deriva su poder del justo consentimiento de los gobernados» —cité, asintiendo—. Para que un comité de seguridad tenga alguna legitimidad, es necesario que haya alguna amenaza evidente para la seguridad pública. Es muy astuto por su parte haber llegado a esa conclusión.

Me miró con una ceja rojiza enarcada.

—¿Quién dijo eso? «El consentimiento de los gobernados...»

—Thomas Jefferson —respondí presumiendo—. O, mejor dicho, lo hará dentro de dos años.

—Le robará la idea a un caballero llamado Locke dentro de dos años —me corrigió—. Supongo que Richard Brown habrá tenido una educación decente.

—¿No como yo, quieres decir? —respondí, sin dejarme intimidar—. De todas formas, si esperas problemas por parte de los Brown, ¿por qué le diste a Bobby esa pistola en particular?

Se encogió de hombros.

—Necesito las buenas. Y dudo mucho que llegue a disparar.

—¿Cuentas con su efecto disuasorio? —inquirí con escepticismo, pero era probable que tuviera razón.

—Sí. Pero todavía más con Bobby.

—Explícate.

—Dudo que él disparara un arma otra vez para salvar su propia vida, pero tal vez sí lo haría para salvar la tuya. Y si eso ocurriera, ellos estarían demasiado cerca como para errar. —Habló desapasionadamente, pero yo sentí que los pelos de la nuca se me erizaban.

—Bueno, eso me tranquiliza —dije—. ¿Y cómo es que sabes lo que él haría?

—He hablado con él —respondió Jamie—. El hombre al que le disparó en Boston fue el primero que mató. No quiere volver a hacerlo. —Se enderezó y se movió inquieto hacia la encimera, donde comenzó a ordenar unos pequeños instrumentos que yo había dejado allí para lavar.

Me aproximé a él y lo observé. Había unos cuantos hierros para cauterizar y bisturíes dentro de una taza de trementina. Él los sacó, uno por uno, los secó y volvió a colocarlos en la caja, ordenadamente. Los extremos metálicos y en forma de pala de los hierros estaban ennegrecidos por el uso; las hojas de los escalpelos habían perdido parte de su brillo, pero el filo resplandecía casi como la plata.

—No nos ocurrirá nada —dije en voz baja. Mi intención era que fuera un comentario tranquilizador, pero me salió en tono de interrogante.

—Sí, lo sé —respondió él. Dejó el último hierro en la caja, pero no cerró la tapa. En cambio, se quedó con las manos apoyadas sobre la encimera, mirando al frente—. No quiero ir —añadió en voz baja—. No quiero hacer esto.

No estaba segura de si estaba hablándome a mí o a sí mismo, pero me pareció que no se refería tan sólo a su viaje a la aldea cherokee.

—Yo tampoco —susurré, y me acerqué un poco más a él, hasta sentir su aliento. Jamie levantó las manos y las giró hacia mí, tomándome en sus brazos, y nos quedamos así abrazados, escuchando nuestras respiraciones mientras el olor amargo del té que estaba preparándose se filtraba a través de los aromas acogedores del lino, el polvo y la carne calentada por el sol.

Todavía quedaban opciones que elegir, decisiones que tomar, acciones que realizar. Muchas. Pero en un día, en una hora, con una sola declaración de intenciones, habíamos traspasado el umbral de la guerra.

10

El deber llama

Jamie había enviado a Bobby en busca de Roger Mac, pero estaba demasiado inquieto para esperar y se marchó él mismo, dejando a Claire ocupada con sus medicinas.

Fuera todo parecía hermoso y en paz. Una oveja marrón con un par de corderos reposaba indolente en su corral, rumiando en el lento estupor de la satisfacción, mientras los corderos saltaban torpemente de un lado a otro detrás de ella, como saltamontes peludos. El lecho de hierbas de Claire estaba repleto de hojas verdes y brotes de flores.

La tapa del pozo de agua estaba entreabierta; Jamie se inclinó para ponerla en su lugar y descubrió que las tablas se habían torcido. Añadió eso a la lista de tareas y reparaciones que debía acometer, deseando fervientemente poder dedicar los siguientes días a cavar, transportar estiércol, cambiar tejas y otras cosas por el estilo, en lugar de lo que estaba a punto de hacer. Habría preferido enterrar los restos del excusado o castrar cerdos que ir a preguntarle a Roger Mac qué sabía sobre indios y revoluciones. Discutir sobre el futuro con su yerno le resultaba en cierto sentido truculento, y siempre trataba de evitarlo.

Las cosas que Claire le había explicado sobre su propia época parecían, en muchas ocasiones, fantásticas, y le transmitían una vaga sensación de cuentos de hadas; otras veces las consideraba macabras, aunque siempre fascinantes, por lo que aprendía de ella misma a partir de esos relatos. Brianna acostumbraba a compartir con él detalles pequeños y agradables sobre interesantes maquinarias, o salvajes historias de hombres que caminaban sobre la luna, que lo entretenían muchísimo y que no representaban ninguna amenaza a su tranquilidad.

Pero Roger Mac hablaba con una frialdad que le recordaba los escritos de historiadores que había leído, y, por tanto, le proporcionaba una sensación concreta de fatalidad. Hablar con Roger Mac hacía que creyera que uno u otro acontecimiento terrible no sólo iba a producirse, sino que casi con seguridad tendría consecuencias directas para él.

Era como hablar con un adivino especialmente malévolo al que uno no le había pagado lo suficiente como para oír algo agradable. Esa idea hizo que un antiguo recuerdo apareciera en su mente.

Tuvo lugar en París. Estaba con unos amigos, otros estudiantes, bebiendo en las tabernas que apestaban a orina cerca de la *université*. Ya estaba bastante borracho cuando a alguien se le ocurrió que les leyeran las manos, y él se apiñó junto con los otros en el rincón donde siempre se sentaba la anciana que se dedicaba a ese menester, apenas visible en la penumbra y entre las nubes de humo procedente de las pipas.

Él no tenía intención de hacerlo; tan sólo le quedaban unos peniques en el bolsillo y no quería gastarlos en tonterías profanas. Y así lo dijo, en voz bien alta. En ese momento, una esmirriada garra salió disparada de la oscuridad y le cogió la mano, hundiéndole unas uñas largas y sucias en la piel. Él dejó escapar un grito de sorpresa, y todos sus amigos se echaron a reír. Y rieron todavía con más intensidad cuando ella le escupió en la palma.

Entonces le frotó la saliva en la piel en actitud seria, y se inclinó tanto que pudo oler el sudor rancio de la anciana y ver los piojos que se arrastraban en el cabello entrecano que se atisbaba bajo el borde de su viejo chal negro. Ella examinó la mano y trazó las líneas con una uña sucia, lo que hizo que tuviera cosquillas. Él trató de apartar la mano, pero ella le apretó la muñeca más fuerte, y él se dio cuenta, sorprendido, de que no podía soltarse.

—*T'es un chat, toi* —comentó la anciana, en tono de malicioso interés—. Tú eres un gato. Un gatito rojo.

Dubois —ése era su nombre— empezó a maullar y a chillar inmediatamente, para diversión del resto. Él, por su parte, se negó a picar el anzuelo y sólo dijo: «*Merci, madame*», al mismo tiempo que trataba una vez más de liberarse.

—*Neuf* —dijo ella, golpeándole la palma de la mano en distintos sitios al azar; a continuación, tomó uno de sus dedos y lo movió enfáticamente—. Tienes un nueve en la mano. Y la muerte —añadió en tono despreocupado—. Morirás nueve veces antes de descansar en tu tumba.

Entonces lo soltó, entre un coro de sarcásticos «*aou-la-la*!» de los estudiantes franceses y carcajadas de los demás.

Él resopló, devolviendo el recuerdo a donde pertenecía, tratando de librarse de él. Pero la anciana se negó a partir tan fácilmente, y siguió llamándolo a través de los años, tal y como lo había hecho a través del ambiente ruidoso de aquella taberna que apestaba a cerveza.

—¡En ocasiones, morir no duele, *mon p'tit chat*! —le había gritado cuando él se apartó, burlándose—. Pero la mayoría de las veces, sí.

—No, no duele —murmuró él, y se quedó inmóvil, asombrado, al escucharse a sí mismo. Por Dios, no era a él a quien oía, sino a su padrino.

«No temas, muchacho. Morir no duele en absoluto.» Perdió el equilibrio y tropezó, se detuvo y permaneció inmóvil, con un gusto a metal en el paladar. De pronto, y sin razón alguna, su corazón empezó a latir con fuerza, como si hubiera corrido varios kilómetros. La cabaña se vislumbraba, sin duda, y también podía oír los graznidos de los arrendajos en los castaños, que habían perdido algunas hojas. Pero veía con mucha más claridad el rostro de Murtagh, sus sombrías facciones que se relajaban plácidamente y los profundos ojos negros fijos en los suyos, enfocándose y desenfocándose, como si su padrino estuviera mirándolo a él y al mismo tiempo dirigiendo la vista a algo que se encontraba mucho más allá. Sintió el peso del cuerpo de Murtagh en los brazos, hasta que, cuando falleció, se volvió de pronto mucho más pesado.

La visión se desvaneció con tanta rapidez como había aparecido, y él se encontró de pie junto a un charco de agua de lluvia, contemplando un pato de madera semienterrado en el barro.

Se santiguó, con unas breves palabras por el reposo del alma de Murtagh. Luego se agachó, recogió el pato y limpió el barro en el charco. Le temblaban las manos, lo que no era de extrañar. Sus recuerdos de Culloden eran escasos y fragmentarios, pero empezaban a reaparecer.

Hasta entonces, sólo había recordado cosas cuando le acechaba el sueño. Había visto a Murtagh en una de esas visiones y en los sueños posteriores.

No le había hablado a Claire de eso. Todavía no.

Abrió la puerta de la cabaña, pero estaba vacía. La chimenea estaba apagada y la rueca y el telar no funcionaban. Era posible que Brianna estuviera en casa de Fergus, visitando a Marsali. ¿Dónde se hallaba Roger Mac? Salió afuera y se quedó inmóvil, escuchando.

Se oyó el golpe de un hacha desde alguna parte del bosque más allá de la cabaña. Luego oyó exclamaciones de saludo, pronunciadas por voces masculinas. Se dio la vuelta y se dirigió al sendero que ascendía por la ladera, semicubierto con la hierba de la primavera, pero en el que eran visibles las manchas negras de pisadas recientes.

¿Qué le habría dicho la anciana si le hubiera pagado?, se preguntó. ¿Le había mentido para vengarse de su tacañería, o le había dicho la verdad por la misma razón?

Una de las cosas más desagradables de hablar con Roger Mac era que Jamie estaba seguro de que siempre decía la verdad.

Había olvidado dejar el pato en la cabaña. Limpiándolo en sus pantalones, avanzó sombríamente por las hierbas crecidas, para conocer el destino que le aguardaba.

11

Cuestiones de sangre

Empujé el microscopio hacia Bobby Higgins, que había regresado de su misión, y cuya preocupación por Lizzie había hecho que olvidara sus propias molestias.

—¿Ves esas cosas redondas y rosadas? —pregunté—. Son los glóbulos rojos de la sangre de Lizzie. Todos tenemos glóbulos rojos —añadí—. Son los que hacen que la sangre sea de color rojo.

—Caramba —murmuró él asombrado—. ¡No lo sabía!

—Bueno, pues ahora ya lo sabes —afirmé—. ¿Ves que algunas de esas células están rotas, y que otras tienen pequeñas manchas?

—Sí, señora —contestó él, acercando el rostro y observando con atención—. ¿Qué son?

—Parásitos. Unos bichitos muy pequeñitos que se introducen en la sangre si te pica cierta clase de mosquito —le expliqué—. Se llaman *Plasmodium*. Una vez que entran, siguen viviendo en tu sangre, pero cada cierto tiempo, empiezan a... eh... a reproducirse. Cuando hay demasiados, hacen estallar los glóbulos de la sangre, y eso es lo que produce un ataque de malaria. El sedimento de los glóbulos rotos se solidifica, en cierta manera, en los órganos, y hace que te sientas muy mal.

—Ah. —Se puso derecho, mirando el microscopio con aversión—. Eso... ¡Eso es terrible!

—Sí que lo es —argüí, consiguiendo mantener una expresión seria—. Pero la quinina, la corteza del quino, nos ayudará a detenerlo.

—Eso está bien, señora, muy bien —dijo, mientras la cara se le iluminaba—. No entiendo cómo sabe todas estas cosas —afirmó, meneando la cabeza—. ¡Es maravilloso!

—Sé mucho sobre parásitos —comenté de pasada, sacando el platillo del recipiente donde había preparado la mezcla de corteza de cornejo y bayas de acebo.

El líquido tenía un intenso color negro con tonos púrpura, y también un aspecto ligeramente viscoso, ahora que se había enfriado. También tenía un olor nefasto, por lo que deduje que ya estaba listo.

—Dime, Bobby, ¿has oído hablar de los anquilostomas?

Él me miró con cara de no entender nada.

—No, señora.

—Ajá. ¿Podrías sostenerme esto, por favor? —Coloqué una gasa doblada sobre el cuello de un frasco y se lo pasé para que lo sostuviera mientras yo vertía en él la preparación púrpura—. Esos mareos —dije, con la mirada centrada en el chorro—. ¿Cuánto hace que los tienes?

—Ah... Unos seis meses, quizá.

—Ya veo. ¿Por casualidad has notado algún tipo de irritación o picor, o algún sarpullido que ocurrieran hace unos siete meses? Especialmente en los pies.

Él me observó con sus ojos azules claros muy abiertos, como si yo acabara de leerle el pensamiento.

—Vaya, sí, señora. El pasado otoño.

—Ah —dije—. Bien. Creo, Bobby, que es posible que tengas anquilostomas.

Él se miró horrorizado.

—¿Dónde?

—En tu interior. —Le quité el frasco y lo tapé con un corcho—. Los anquilostomas son parásitos que penetran por la piel, en la mayoría de los casos, a través de las plantas de los pies, y luego recorren tu organismo hasta que llegan a los intestinos, es decir, las, eh... entrañas —me corregí, cuando vi la incomprensión en su rostro—. Los adultos tienen unos desagradables picos ganchudos, así. —Doblé el dedo índice como ejemplo—. Penetran en las paredes del intestino y te succionan la sangre. Por eso, cuando los sufres, te sientes muy débil y te desmayas con frecuencia.

La repentina palidez de su cara me hizo pensar que se desmayaría en ese preciso momento, y me apresuré a conducirlo hacia un taburete, donde le ordené que bajara la cabeza hasta las rodillas.

—No estoy segura de que ése sea el problema —añadí, agachándome para hablarle—. Estaba mirando las muestras de la sangre de Lizzie y pensando en parásitos y, bueno, de pronto se me ha ocurrido que un diagnóstico de anquilostoma concordaría con tus síntomas.

—¡Ah! —dijo él débilmente. La tupida coletilla de pelo ondulado se había caído hacia delante, dejando al descubierto una nuca de piel clara y de aspecto infantil.

—¿Cuántos años tienes, Bobby? —pregunté, al darme cuenta, de repente, de que no tenía ni idea.

—Veintitrés, señora —contestó—. ¿Señora? Creo que voy a vomitar.

Cogí un cubo de un rincón y se lo acerqué justo a tiempo.

—¿Me he librado ya de ellos? —preguntó en voz baja mientras se enderezaba, se limpiaba la boca con una manga y miraba el cubo—. Podría volver a hacerlo.

—Me temo que no —respondí con compasión—. Suponiendo que tuvieras anquilostomas, esos gusanos están sujetos con mucha fuerza y demasiado abajo para que el vómito consiga liberarlos. Pero la única forma de estar seguros es buscar los huevos que suelen dejar.

Bobby me miró con temor en los ojos.

—No es exactamente que yo sea muy tímido, señora —dijo, moviéndose con cautela—. Ya lo sabe. Pero el doctor Potts me administró numerosas lavativas de agua de mostaza. Tal vez eso habrá expulsado a los gusanos, ¿no? Si yo fuera un gusano, sin duda pasaría a mejor vida si me inundaran con agua de mostaza.

—Bueno, es natural que pienses eso —intervine—. Pero por desgracia no es así. De todas formas, yo no voy a administrarte ningún enema —lo tranquilicé—. Para empezar, tenemos que ver si tienes anquilostomas y, en ese caso, puedo preparar una medicina que los envenenará directamente.

—Ah. —Pareció que se alegraba un poco más al escuchar aquello—. ¿Cómo piensa comprobarlo, señora? —Contempló con atención la encimera, donde aún había una serie de pinzas y frascos de sutura.

—Es muy simple —le aseguré—. A través de un proceso llamado sedimentación fecal, para concentrar la deposición; luego busco los huevos en el microscopio.

Él asintió, evidentemente sin entender. Le sonreí con ternura.

—Lo único que tienes que hacer, Bobby, es caca.

Su cara era una ilustración perfecta de la duda y la aprensión.

—Si no le importa, señora —comentó—, creo que me quedaré con los gusanos.

12

Otros misterios de la ciencia

Durante las últimas horas de la tarde, Roger MacKenzie regresó del taller del tonelero y encontró a su esposa absorta en la contemplación de un objeto que descansaba sobre la mesa del comedor.

—¿Qué es eso? ¿Alguna especie de comida navideña enlatada de la prehistoria? —Roger señaló con cuidado con el dedo índice un frasco ancho y pequeño realizado en vidrio verdoso y tapado con un corcho, este último, a su vez, cubierto con una dura capa de cera roja. En su interior podía verse un trozo de algo amorfo, por supuesto sumergido en algún líquido.

—Ja, ja —contestó su esposa, apartando el frasco para que él no lo tocara—. Te crees muy gracioso. Es fósforo blanco, un regalo de lord John.

Roger la observó; estaba entusiasmada. La punta de su nariz había enrojecido, y algunos mechones de cabello rojo se habían soltado y flotaban con la brisa. Al igual que su padre, solía pasarse las manos por el pelo cuando pensaba.

—¿Y qué vas a hacer con eso? —preguntó él, tratando de que el recelo no se manifestase en su tono de voz. Recordaba vagamente haber oído hablar de las propiedades del fósforo en sus lejanos días de escuela; le parecía que, o bien hacía que uno brillase en la oscuridad, o bien que volara por los aires. Ninguna de esas dos perspectivas resultaba tranquilizadora.

—Bueno... Hacer cerillas, tal vez —respondió Brianna, mordiéndose un poco el labio inferior, mientras contemplaba el frasco—. Sé cómo hacerlo, como mínimo en teoría. Pero podría ser un poco complicado en la práctica.

—¿Por qué? —quiso saber él con preocupación.

—Bueno, explota si lo expones al aire —explicó—. Por eso está cubierto de agua. ¡No lo toques, Jem! Es venenoso. —Cogió a Jemmy por la cintura y lo bajó de la mesa, donde el niño había estado observando el frasco con una curiosidad cada vez más codiciosa.

—Bueno, ¿por qué preocuparse por eso? Le explotará en la cara antes de que tenga tiempo de metérselo en la boca. —Roger cogió el frasco para ponerlo a buen recaudo, agarrándolo como si fuera a explotar en sus manos. Quería preguntarle si se había vuelto loca, pero llevaba casado el tiempo suficiente como para conocer el precio que había que pagar por preguntas retóricas poco sensatas—. ¿Dónde piensas guardarlo? —inquirió. Luego pasó una mirada elocuente por los confines de la cabaña, la cual, en cuanto a lugares de almacenamiento, contaba con un aparador para las mantas, un pequeño anaquel para libros y papeles, otro para peines, cepillos de dientes y las escasas pertenencias personales de Brianna, y un armario para tartas, que Jemmy podía abrir desde que tenía unos siete meses de edad.

—Estaba pensando que tal vez será mejor dejarlo en la consulta de mi madre —respondió, aún agarrando de manera ausente a Jem, que luchaba con gran determinación para alcanzar aquel bonito objeto—. Allí nadie toca nada.

Eso era cierto; a las personas que no tenían miedo a Claire Fraser personalmente, por lo general, les aterrorizaban los utensilios que guardaba en su consulta, entre los que había instrumentos temibles y de aspecto doloroso, pócimas turbias y misteriosas, y medicinas de olores inmundos. Además, en la consulta había armarios tan altos que ni siquiera un escalador tan resuelto como Jem podía alcanzar.

—Buena idea —dijo Roger, ansioso por alejar el frasco de su hijo—. Lo llevaré ahora mismo, ¿de acuerdo?

Antes de que Brianna pudiera responder, se oyó un golpe en la puerta, seguido de inmediato de Jamie Fraser. Al instante, Jem abandonó sus intentos de alcanzar el frasco y se abalanzó sobre su abuelo con gritos de alegría.

—¿Cómo estás, *a bhailach*? —preguntó Jamie en tono cordial, mientras daba la vuelta a Jem en el aire y lo agarraba de los tobillos—. ¿Podemos hablar, Roger Mac?

—Claro. ¿Quieres sentarte? —Antes le había explicado lo (lamentablemente poco) que sabía sobre el papel que habían desempeñado los cherokee en la futura revolución. ¿Acudía a hacer más preguntas? Dejando el frasco a regañadientes, Roger cogió una banqueta y la empujó en dirección a su suegro. Jamie la aceptó con un movimiento de la cabeza, colocó con destreza a Jemmy sobre un hombro y se sentó.

Jemmy se echó a reír sin parar, revolviéndose, hasta que su abuelo le pegó con suavidad en el fondillo de los pantalones. Entonces el niño pareció calmarse, y se quedó colgado boca abajo como un perezoso y con expresión de satisfacción, mientras su cabello brillante se esparcía sobre la espalda de la camisa de Jamie.

—Es así, *a charaid* —dijo éste—. Mañana por la mañana debo partir hacia las aldeas de los cherokee, y hay algo que quiero pedirte.

—Ah, sí. ¿Quieres que supervise la cosecha de cebada? —Los primeros granos aún estaban madurando. Todos tenían los dedos cruzados, esperando que siguiera haciendo buen tiempo algunas semanas más; las perspectivas eran favorables.

—No, Brianna puede ocuparse de eso, si es que tú estás de acuerdo, muchacha. —Jamie sonrió a su hija, que enarcó sus cejas rubicundas, idénticas a las suyas.

—Sí —accedió ella—. Pero ¿qué planeas hacer con Ian, Roger y Arch Bug? —Este último era el capataz de Jamie, y lo más lógico sería que él se encargara de la cosecha en su ausencia.

—Bueno, el joven Ian vendrá conmigo. Los cherokee lo conocen, y él habla su lengua con fluidez. También me llevaré a los Beardsley, para que puedan regresar de inmediato con las bayas y las cosas que tu madre necesita para Lizzie.

—¿Yo también voy? —preguntó Jemmy esperanzado.

—Esta vez no, *a bhailach*. En otoño, puede ser. —Palmeó a Jemmy en el trasero, y luego centró la atención en Roger—. Por tanto —prosiguió—, necesito que vayas a Cross Creek, por favor, y que cobres a los nuevos inquilinos.

Roger sintió una punzada de entusiasmo y alarma ante la perspectiva, pero se limitó a aclararse la garganta y a asentir.

—Sí. Por supuesto. ¿Ellos...?

—Irás con Arch Bug. Y Tom Christie.

Se hizo un momento de incrédulo silencio ante aquella afirmación.

—¿Tom Christie? —preguntó Brianna, intercambiando una mirada de desconcierto con Roger—. ¿Para qué demonios? —El maestro era bastante adusto, y nadie lo consideraría un compañero adecuado para un viaje.

Su padre torció la boca con ironía.

—Sí, bueno. Hay un pequeño asunto que MacDonald olvidó mencionarme cuando me pidió que los aceptara como inquilinos. Son protestantes. Todos ellos.

—Ah —dijo Roger—. Ya veo. —Jamie lo miró a los ojos y asintió, aliviado al ver que le había entendido al instante.

—Yo no lo veo. —Brianna se pasó la mano por el cabello, frunciendo el ceño, y luego se soltó la cinta y comenzó a peinarlo lentamente con los dedos, deshaciendo los nudos antes de cepillarlo—. ¿Qué cambia eso?

Roger y Jamie intercambiaron una mirada breve, pero elocuente.

Jamie se encogió de hombros, y colocó a Jem sobre su regazo.

—Bueno. —Roger se frotó el mentón, tratando de pensar cómo explicar dos siglos de intolerancia religiosa escocesa de una manera que tuviera sentido para una estadounidense del siglo XX—. Ahh... ¿Recuerdas aquel asunto de los derechos civiles en Estados Unidos, la integración en el Sur, todo aquello?

—Claro que sí. —Ella lo miró entornando los ojos—. De acuerdo. Entonces, ¿de qué lado están los negros?

—¿Los qué? —Jamie parecía totalmente desconcertado—. ¿Qué tienen que ver los negros con todo este asunto?

—No es tan simple —le aseguró Roger a Brianna—. Esto no es más que un indicio de la profundidad de los sentimientos que están en juego. Digamos que la idea de tener un arrendatario católico es probable que provoque graves reparos entre nuestros nuevos inquilinos... ¿Y viceversa? —preguntó, mirando a Jamie.

—¿Qué son los negros? —preguntó Jemmy interesado.

—Eh... Personas de piel oscura —respondió Roger, repentinamente consciente del atolladero en que podía meterlo esa pregunta. Era cierto que la palabra «negro» no quería decir «esclavo» en todos los casos, pero sí en suficientes como para que no existiera mucha diferencia—. ¿No te acuerdas de ellos, que estaban en la casa de tu tía abuela Yocasta?

Jemmy frunció el ceño, adoptando, durante un inquietante momento, justo la misma expresión que su abuelo tenía en el rostro.

—No.

—Bueno, es igual —intervino Brianna, llamando al orden con un fuerte golpeteo de su cepillo sobre la mesa—. ¿La cuestión es que el señor Christie es lo bastante protestante como para que los nuevos inquilinos se sientan cómodos?

—Es algo así —contestó su padre, curvando un lado de la boca—. Con tu marido y Tom Christie, como mínimo no pensarán que están entrando en los dominios del diablo.

—Ya veo —repitió Roger, en un tono ligeramente diferente—. De modo que no se trataba sólo de su posición como hijo de la casa y mano derecha, ¿verdad?, sino del hecho de que era presbiteriano, al menos de nombre. —Miró a Jamie enarcando una ceja, y éste se encogió de hombros.

—Mmfm —dijo Roger resignado.

—Mmfm —repitió Jamie satisfecho.

—Dejad de hacer eso —pidió Brianna enfadada—. Bien. Entonces tú y Christie iréis a Cross Creek. ¿Y para qué irá Arch Bug?

Roger cobró conciencia de una manera subliminal de que a su esposa no le agradaba nada la idea de tener que encargarse de organizar la cosecha, un trabajo sucio y agotador, mientras él retozaba con una pandilla de sus correligionarios en la romántica y emocionante metrópolis de Cross Creek, de doscientos habitantes.

—Arch será quien los ayude a instalarse y a construir un refugio antes de que llegue el invierno —puntualizó Jamie con lógica—. Espero que no estés sugiriendo que lo mande a él solo para hablar con ellos.

Brianna sonrió de manera involuntaria. Arch Bug, casado desde hacía muchas décadas con la voluble señora Bug, era famoso por su laconismo. Podía hablar, pero lo hacía en muy pocas ocasiones, limitando sus aportaciones en una conversación a un jovial «mmm» de vez en cuando.

—Bueno, es probable que nunca se den cuenta de que Arch es católico —sugirió Roger, frotándose el labio superior con el dedo índice—. Además, ¿lo es? Jamás se lo he preguntado.

—Sí que lo es —dijo Jamie secamente—. Pero ha vivido lo suficiente como para saber cuándo guardar silencio.

—Bien, veo que será una expedición muy alegre —comentó Brianna, enarcando una ceja—. ¿Cuándo crees que estaréis de vuelta?

—Dios, no lo sé —contestó Roger, sintiendo una punzada de culpa por esa blasfemia no intencionada. Tendría que tener cuidado con sus costumbres, y con la mayor celeridad posible—. ¿Un mes? ¿Seis semanas?

—Como mínimo —señaló alegremente su suegro—. Iréis a pie, no lo olvides.

Roger respiró hondo, pensando en una marcha lenta desde Cross Creek hasta las montañas, con Arch Bug a un lado y Tom Christie al otro, dos pilares de taciturnidad. Sus ojos se posaron en su esposa, mientras se imaginaba seis semanas durmiendo a la vera del camino, solo.

—Sí, bueno —dijo él—. Yo... Eh... Iré a hablar con Tom y Arch esta noche.

—¿Papá se va? —Al captar la idea central de la conversación, Jem se bajó de las rodillas de su abuelo y corrió hacia Roger, agarrándole la pierna—. ¡Voy contigo, papá!

—Eh, no creo... —Vio la expresión resignada de la cara de Bree, y luego el frasco verde y rojo sobre la mesa detrás de ella—. ¿Por qué no? —decidió de pronto, y sonrió a Jem. —La tía abuela Yocasta estará encantada de verte. Y así mamá podrá hacer saltar por los aires todo lo que quiera sin preocuparse de dónde estás, ¿verdad?

—¿Podrá hacer qué? —Jamie parecía alarmado.

—No explota —dijo Brianna, cogiendo el frasco de fósforo y acunándolo contra su pecho de manera posesiva—. Sólo arde. ¿Estás seguro? —Esa última pregunta iba dirigida a Roger, acompañada de una mirada inquisitiva.

—Sí, seguro —respondió él, aparentando confianza. Miró a Jemmy, que estaba canturreando «¡Voy! ¡Voy! ¡Voy!» mientras saltaba arriba y abajo como una palomita demente—. Al menos tendré con quién hablar en el camino.

• • •

13

Manos seguras

Ya casi había oscurecido cuando Jamie entró y me encontró sentada a la mesa de la cocina, con la cabeza entre los brazos. Al oír el sonido de sus pasos, me enderecé de inmediato, parpadeando.

—¿Estás bien, Sassenach? —Se sentó al otro lado de la mesa, observándome—. Parece que vengas de la guerra.

—Ah. —Me pasé la mano por los cabellos, algunos de los cuales estaban de punta—. Eh, estoy bien. ¿Tienes hambre?

—Por supuesto. ¿Tú ya has comido?

Entorné los ojos y me froté la cara, tratando de pensar.

—No —respondí finalmente—. Te estaba esperando, pero al parecer me he quedado dormida. La señora Bug ha dejado un guiso preparado.

Él se levantó y miró el interior del pequeño caldero; luego lo empujó con el gancho para ponerlo otra vez sobre el fuego y calentarlo.

—¿Qué has estado haciendo, Sassenach? —preguntó cuando regresó—. ¿Y cómo se encuentra la muchachita?

—Lo que he estado haciendo tiene que ver precisamente con la muchachita —intervine, conteniendo un bostezo—. En su mayor parte.

Me incorporé, despacio, sintiendo las protestas de mis articulaciones, y avancé tambaleándome hacia la mesa lateral para cortar un poco de pan.

—No podía tragarla —dije—. La medicina de acebo. Por otra parte, no la culpo —añadí, lamiéndome con cuidado el labio inferior.

Después de que ella vomitara la primera vez, yo misma la había probado. Mis papilas gustativas seguían irritadas; jamás había conocido una planta tan parecida a la hiel, y hervirla en un jarabe no había hecho más que concentrar su sabor.

Jamie me olisqueó profundamente cuando me volví.

—¿Ha vomitado sobre ti?

—No, esto es de Bobby Higgins —dije—. Tiene anquilostomas.

Enarcó las cejas.

—¿Es algo de lo que conviene hablar mientras como?

—La verdad es que no —contesté, sentándome con la hogaza de pan, un cuchillo y una vasija con manteca blanda. Corté un pedazo, lo unté con una gruesa capa de manteca, y se lo pasé; luego preparé otro para mí. Mis papilas gustativas dudaron, pero flaquearon hasta el punto de perdonarme por el jarabe de acebo—. ¿Y tú? ¿Qué has estado haciendo? —pregunté, comenzando a espabilar lo suficiente como para prestar atención. Él parecía cansado, pero más alegre que cuando se marchó.

—He hablado con Roger Mac sobre los indios y los protestantes. —Frunció el ceño contemplando el pedazo mordisqueado de pan que tenía en la mano—. ¿Hay algo raro en el pan, Sassenach? Tiene un sabor extraño.

Hice un gesto de disculpa.

—Lo siento, es culpa mía. Me he lavado varias veces, pero no he podido eliminarlo del todo. Quizá sea mejor que le pongas tú mismo la manteca. —Empujé la hogaza de pan hacia él con el codo, haciendo un gesto a la vasija.

—¿Qué no has podido quitar?

—Bueno, lo hemos intentado varias veces con el jarabe, pero no ha servido de nada; no había manera de que Lizzie pudiera tragarlo, pobrecita. Sin embargo, luego he recordado que la quinina se puede absorber a través de la piel. Así que he mezclado el jarabe con grasa de ganso y se lo he frotado por todo el cuerpo. Ah, sí, gracias. —Me incliné hacia delante y cogí un pequeño bocado del pedacito de pan con manteca que él sostenía para mí. Mis papilas gustativas cedieron con dignidad, y me di cuenta de que no había comido en todo el día.

—¿Y ha dado resultado? —Jamie elevó la vista al techo. El señor Wemyss y Lizzie compartían la habitación más pequeña en el piso de arriba, pero todo estaba en silencio.

—Creo que sí —dije mientras tragaba—. La fiebre por fin ha empezado a bajar, y ahora está durmiendo. Seguiremos aplicándoselo; si la fiebre no vuelve en dos días, sabremos que funciona.

—Ésa es una buena noticia.

—Así es. Luego estaba Bobby con sus anquilostomas. Por suerte, tenía un poco de ipecacuana y trementina.

—¿Por suerte para los anquilostomas o para Bobby?

—Bueno, para ninguno de los dos, en realidad —comenté, y bostecé—. Pero es probable que dé resultado.

Él me dedicó una débil sonrisa y descorchó una botella de cerveza. La pasó automáticamente por debajo de su nariz y, después de constatar que estuviera en buen estado, me sirvió un poco.

—Sí, bueno, es reconfortante saber que dejaré las cosas en tus eficientes manos, Sassenach. Malolientes —añadió, arrugando la nariz en mi dirección—, pero eficientes.

—Muchas gracias.

La cerveza estaba perfecta. Debía de ser una de las partidas de la señora Bug. Bebimos amigablemente durante un rato, los dos demasiado cansados para levantarnos a servir el guiso. Lo observé entrecerrando las pestañas, algo que siempre hacía cuando estaba a punto de salir de viaje, almacenando pequeños recuerdos suyos hasta su regreso.

Se lo veía cansado, y había pequeñas arrugas entre sus tupidas cejas, indicio de una ligera preocupación. Pero la luz de la vela se posaba en los amplios huesos de su cara y proyectaba su sombra claramente en la pared de yeso que estaba a su espalda, una sombra fuerte y definida. Contemplé cómo la sombra elevaba su vaso espectral de cerveza, y la luz provocaba un resplandor ambarino en la sombra del vaso.

—Sassenach —comentó Jamie de pronto, dejando el vaso sobre la mesa—, ¿cuántas veces dirías tú que he estado cerca de la muerte?

Lo observé durante un instante, pero luego me encogí de hombros y comencé a calcular, poniendo en marcha mis sinapsis.

—Bueno... No sé qué cosas horribles te sucedieron antes de conocerte, pero después... Bueno, estuviste gravemente enfermo en la abadía. —Lo observé de reojo, pero él no parecía molesto por el recuerdo de la prisión de Wentworth, ni por lo que le habían hecho allí, que le había provocado la enfermedad—. Mmm. Y después de Culloden, me contaste que tuviste una fiebre muy alta por las heridas, y que creíste que morirías, sólo que Jenny te obligó... Quiero decir, te ayudó a superarlo.

—Y luego Laoghaire me disparó —añadió con ironía—. Y tú me obligaste a superarlo. Lo mismo cuando me mordió una serpiente. —Jamie reflexionó durante un instante—. Tuve la viruela de niño, pero creo que no corrí peligro de muerte; dijeron que fue un caso leve. Entonces, sólo cuatro veces.

—¿Y el día que te conocí? —objeté—. Casi te desangraste.

—Ah, no —protestó—. Aquello no fue más que un rasguño.

Lo miré enarcando una ceja; luego me incliné hacia la chimenea y vertí un cucharón del aromático guiso en un cuenco. Estaba cargado de jugo de carne de conejo y venado, que flotaban en una espesa salsa condimentada con romero, ajo y cebolla. En cuanto a mis papilas gustativas, ya me habían perdonado.

—Como quieras —dije—. Pero, espera... ¿Y tu cabeza? Cuando Dougal trató de matarte con un hacha. Eso son cinco veces, ¿no?

Él frunció el ceño, aceptando el cuenco.

—Sí. Supongo que tienes razón —admitió, con aire de disgusto—. Cinco, entonces.

Lo observé con cariño por encima de mi cuenco lleno de estofado. Era un hombre de gran tamaño, fuerte, y con unas formas hermosas. Y si estaba un poco maltratado por las circunstancias, eso no hacía más que aumentar su encanto.

—Eres una persona muy difícil de matar, creo —dije—. Lo que me resulta muy reconfortante.

Él sonrió sin ganas, pero luego extendió la mano y levantó el vaso a modo de saludo. Primero se lo llevó a los labios y luego lo acercó a los míos.

—Brindemos por eso, Sassenach, ¿te parece?

14

El pueblo de Pájaro de Nieve

—Armas —dijo Pájaro que Canta en la Mañana—. Dile a tu rey que queremos armas.

Por un momento, Jamie refrenó el impulso de responder «¿Y quién no?», pero luego se rindió a él, sorprendiendo al jefe guerrero, que parpadeó alarmado y, acto seguido, sonrió.

—Es cierto. ¿Quién? —Pájaro era un hombre de baja estatura, con una silueta como la de un barril y joven para su cargo, pero astuto, con una amabilidad que no conseguía disimular su inteligencia—. Todos te dicen lo mismo. Los jefes guerreros de todas las aldeas, ¿verdad? Por supuesto. ¿Y tú qué contestas?

—Lo que puedo. —Jamie levantó un hombro y luego lo dejó caer—. Las mercancías para comerciar son algo seguro, los cuchillos son probables... Las armas son posibles, pero aún no puedo prometerlas.

Estaban hablando en un dialecto de cherokee con el que Jamie no estaba demasiado familiarizado, y esperaba haber transmitido correctamente la idea de probabilidad. Se las arreglaba bastante bien con la lengua local en asuntos informales relacionados con el comercio y la caza, pero los temas que trataban en esos momentos no eran informales. Lanzó una mirada de reojo a Ian, que escuchaba con atención, pero, al parecer, lo que había dicho era correcto. Ian visitaba las aldeas cercanas al Cerro con bastante frecuencia, y cazaba junto a sus jóvenes amigos; podía departir en la lengua de los tsalagi con la misma fluidez con que lo hacía en su gaélico natal.

—Bueno, está bien. —Pájaro adoptó una postura más cómoda. La insignia de peltre que Jamie le había llevado como presente brilló en su pecho, y el resplandor del fuego osciló sobre sus facciones amplias y agradables—. Háblale a tu rey de las armas... Y dile para qué las necesitamos.

—¿De verdad quieres que se lo diga? ¿Crees que estará dispuesto a enviarte armas para que matéis a su propia gente? —preguntó Jamie con sequedad.

Las incursiones de colonos blancos al otro lado de la frontera delimitada por el tratado, invadiendo tierras de los cherokee, eran una herida abierta, y Jamie corría riesgos aludiendo a ella de manera directa, en lugar de mencionar los otros motivos por los que Pájaro necesitaba armas: defender su aldea de los saqueadores, o salir él mismo a saquear.

Pájaro se encogió de hombros como respuesta, y después añadió:

—Podemos matarlos sin armas, si queremos. —Una ceja se levantó ligeramente, y sus labios se fruncieron, esperando ver cómo se tomaba Jamie esa declaración.

Jamie supuso que Pájaro pretendía ofenderlo, pero se limitó a asentir.

—Por supuesto que podéis. Pero sois lo bastante sabios como para no hacerlo.

—Aún no. —Los labios de Pájaro se relajaron formando una sonrisa encantadora—. Tú díselo al rey: aún no.

—Su Majestad estará complacido de saber que valoras tanto su amistad.

Pájaro se echó a reír a carcajadas, meciéndose adelante y atrás, y su hermano Agua Quieta, que estaba sentado a su lado, abrió la boca en una gran sonrisa.

—Tú me caes bien, Matador de Osos —dijo, recuperándose—. Eres un hombre gracioso.

—Es posible —comentó Jamie en inglés, sonriendo—. Dame un poco de tiempo.

Ian soltó una risita divertida al oírlo, haciendo que Pájaro lo mirara fijamente durante un momento y luego apartara la mirada, aclarándose la garganta. Jamie enarcó una ceja a su sobrino, que respondió con una sonrisa insulsa.

Agua Quieta observaba a Ian con atención. Los cherokee los habían recibido con mucho respeto, pero Jamie había advertido de inmediato un tono particular en sus respuestas a Ian. Lo consideraban mohawk, y eso hacía que estuvieran nerviosos. Él mismo, para ser honesto, a veces pensaba que una parte de Ian aún no había regresado de la Aldea de la Serpiente, y tal vez nunca lo haría.

Pero Pájaro le había proporcionado la manera de averiguar algo.

—Tú has tenido muchos problemas con personas que vienen a tus tierras a instalarse —dijo Jamie compasivamente—. Tú, desde luego, no matas a esas personas, porque eres sabio. Pero no todos son sabios, ¿verdad?

Pájaro entornó los ojos por un instante.

—¿Qué quieres decir, Matador de Osos?

—He oído hablar de incendios, Tsisqua. —Mantuvo los ojos clavados en los del indio, procurando que no se le escapara el más mínimo tono de acusación—. El rey ha tenido noticias de casas incendiadas, hombres asesinados y mujeres capturadas, y eso no le gusta.

—Mmm —murmuró Pájaro, y apretó los labios. Sin embargo, no dijo que él no hubiera escuchado nada de aquello, lo que resultaba interesante.

—Si esas noticias siguen llegando, el rey puede enviar soldados para proteger a su gente. Y en ese caso, no desearía que los soldados se enfrentaran a armas que él mismo ha entregado —señaló Jamie con lógica.

—¿Y qué deberíamos hacer nosotros, en ese caso? —interrumpió Agua Quieta con vehemencia—. Cruzan la Línea del Tratado, construyen casas, siembran campos y cazan ciervos. Si tu rey no puede hacer que su gente se quede donde debe estar, ¿cómo puede protestar si nosotros defendemos nuestras tierras?

Pájaro hizo un pequeño gesto con la mano para aplacar a su hermano, sin mirarlo, y Agua Quieta se echó atrás contrariado.

—Entonces, Matador de Osos, le dirás esas cosas a tu rey, ¿verdad?

Jamie asintió con la cabeza en un gesto solemne.

—Ése es mi trabajo. Hablo del rey contigo, y llevo tus palabras al rey.

Pájaro asintió con un gesto reflexivo, luego hizo una mueca, ordenando que portaran comida y cerveza, y la conversación pasó con celeridad a otras cuestiones neutrales. Esa noche no se negociaría más.

Era tarde cuando salieron de casa de Tsisqua y pasaron a la pequeña residencia de huéspedes. Creía que la luna ya habría salido, pero todavía no era visible. El cielo estaba cubierto por un grueso manto de nubes, y el viento llevaba un intenso olor a lluvia.

—Por Dios —dijo Ian, tambaleándose—. Se me ha dormido el culo.

Jamie bostezó también, contagiado, pero luego parpadeó y se echó a reír.

—Sí, bueno. No te molestes en despertarlo. El resto de tu cuerpo puede hacer lo mismo.

Ian dejó escapar un ruido de desdén.

—Sólo porque Pájaro te haya dicho que eres un hombre gracioso, yo, en tu lugar, no me lo creería. Sólo ha sido un comentario cortés, ¿sabes?

Jamie no le prestó atención y, en cambio, murmuró su agradecimiento en tsalagi a la joven que los había guiado hasta sus aposentos. Ella le entregó una pequeña cesta —llena de pan de trigo y manzanas deshidratadas, a juzgar por el aroma—, y luego les deseó a ambos «buenas noches, que duerman bien» en voz baja, antes de desaparecer en la noche húmeda e intranquila.

La pequeña choza parecía sofocante después del frescor del aire, y Jamie permaneció un momento en el umbral, disfrutando del movimiento del viento entre los árboles, observándolo serpentear entre las ramas de los pinos como una enorme víbora invisible. Una gota de humedad floreció en su rostro, y Jamie experimentó el profundo placer de un hombre que se da cuenta de que va a llover y que no tendrá que pasar la noche fuera.

—Mañana, cuando andes cotilleando por ahí, haz preguntas, Ian —dijo mientras entraba en la choza—. Haz que se enteren, pero con mucho tacto, de que al rey le gustaría saber exactamente quién demonios está quemando cabañas, y le gustaría tanto que estaría dispuesto a ceder algunas armas como recompensa. Si han sido ellos, no te lo dirán, pero si se trata de otra banda, quizá sí.

Su sobrino asintió y volvió a bostezar. Había un pequeño fuego dentro de un círculo de piedras, y el humo se elevaba hacia un orificio en el tejado que había sido practicado a propósito para que saliera por allí. El resplandor del fuego dejaba ver una plataforma para dormir, cubierta de pieles, a un lado de la cabaña, con otra pila de pieles y mantas en el suelo.

—Tiremos la moneda para ver quién se queda con la cama, tío Jamie —propuso Ian, mientras sacaba un chelín bastante gastado de un saquito que llevaba en la cintura—. Escoge tú.

—Cruz —dijo Jamie, dejando la cesta en el suelo y desabrochándose el kilt. Éste cayó formando un charco de tela alrededor de sus piernas. Luego se abrió la camisa. El lino estaba arrugado y sucio contra su piel, y él mismo se dio cuenta de que olía mal; gracias a Dios, aquélla era la última aldea que debían visitar. Una noche más, tal vez, dos a lo sumo, y podrían regresar a casa.

Ian soltó un juramento y recogió la moneda.

—¿Cómo lo haces? Todas las noches has dicho «cruz», ¡y todas las noches ha salido cruz!

—Bueno, es tu chelín, Ian. No me culpes a mí. —Jamie se sentó sobre la cama y se estiró con placer, pero luego se ablandó—: Mira la nariz de Geordie.

Ian hizo girar el chelín en los dedos y lo sostuvo frente a la luz del fuego, entornando los ojos; luego volvió a jurar. Una mancha minúscula de cera, tan fina que era invisible a menos que uno estuviera buscándola, coronaba la nariz aristocrática y prominente de Jorge III, Rex Britannia.

—¿Cómo ha llegado eso hasta aquí? —Ian entornó los ojos, mirando a su tío con expresión de sospecha, pero Jamie se limitó a reír y se tumbó.

—Cuando estabas enseñándole a Jem cómo hacer girar una moneda, ¿lo recuerdas? A él se le cayó la vela, y la cera caliente se derramó por todas partes.

—Ah. —Ian permaneció sentado observando la moneda de su mano un momento, luego meneó la cabeza, quitó la cera raspándola con la uña del pulgar y guardó el chelín.

—Buenas noches, tío Jamie —dijo, metiéndose entre las pieles del suelo con un suspiro.

—Buenas noches, Ian.

Durante todo ese tiempo, Jamie había ignorado su cansancio, aguantando como Gedeón, pero en ese momento soltó las riendas y dejó que su cuerpo se relajara en la comodidad de la cama.

MacDonald, reflexionó cínicamente, estaría encantado. Jamie había planeado visitar sólo las dos aldeas cherokee que estaban más cerca de la Línea del Tratado, para anunciar allí su nuevo puesto, distribuir modestos regalos de whisky y tabaco (este último prestado apresuradamente por Tom Christie que, por suerte, había comprado una cuba de aquella hierba en un viaje a Cross Creek para adquirir semillas), e informar a los cherokee de que podrían esperar más muestras de generosidad en otoño, cuando ejerciera su cargo de embajador en las aldeas más lejanas.

Había sido recibido con suma cordialidad en ambas aldeas; pero en la segunda, Pigtown, había muchos forasteros de visita, jóvenes en busca de esposa. Pertenecían a otra tribu de cherokee, llamada la banda del Pájaro de Nieve, cuya gran aldea se encontraba a más altitud en la montaña.

Uno de los jóvenes era el sobrino de Pájaro que Canta en la Mañana, jefe de la banda del Pájaro de Nieve, y había presionado para que Jamie regresara junto a él y sus compañeros a su aldea. Después de hacer un inventario apresurado y confidencial del whisky y el tabaco que le quedaba, Jamie accedió, y tanto él como Ian tuvieron un recibimiento espléndido, como agentes de Su Majestad. La tribu de Pájaro de Nieve jamás había recibido la visita de un agente indio hasta entonces, y sus habitantes parecían conscientes del honor que eso representaba, así como dispuestos a averiguar qué ventajas podían sacar de ello.

Jamie tenía la impresión de que Pájaro era la clase de hombre con quien podría negociar en varios frentes. Y ese pensamiento le hizo recordar a Roger Mac y los nuevos inquilinos. En los últimos días no había tenido mucho tiempo para preocuparse por ello, pero dudaba que hubiera razones para inquietarse. Roger Mac era lo bastante capaz, aunque su voz destrozada hacía que pareciera menos seguro de lo que debería. De todas formas, acompañado de Christie y Arch Bug...

Cerró los ojos, y entonces la dicha de una fatiga absoluta empezó a cubrirlo, mientras sus pensamientos se hacían cada vez más inconexos.

Un día más, tal vez, y luego regresaría a tiempo para preparar el heno. Una destilación de malta más, quizá dos, antes de que llegara el frío. Matanza... ¿Habría llegado por fin el momento de matar a la maldita puerca blanca? No... Aquella asquerosa criatura era increíblemente fecunda. ¿Qué clase de verraco tenía las pelotas necesarias para acoplarse con ella?, se preguntó vagamente, ¿y si ella después se lo comía? Jabalí... jamones ahumados, morcillas...

Estaba empezando a hundirse en las capas superficiales del sueño cuando sintió una mano en sus partes íntimas. Arrancado de la modorra como un salmón de un lago, rodeó con su mano la del intruso y la apretó con fuerza, lo que provocó una débil risita por parte del visitante.

Unos dedos de mujer se agitaron con suavidad en el apretón, y la otra mano reemplazó a la primera en sus actividades. Su primer pensamiento coherente fue que la muchachita sería una excelente panadera, por la forma en la que amasaba.

Otros pensamientos siguieron a ese absurdo, y Jamie trató de coger la segunda mano, pero ésta lo esquivó, tocando y pellizcando.

Intentó recordar una protesta cortés en cherokee, pero sólo se le ocurrieron algunas frases al azar en inglés y gaélico, ninguna de las cuales se adaptaba remotamente a la situación.

La primera mano estaba debatiéndose con fuerza para soltarse de su apretón, con movimientos propios de una anguila. No quería aplastarle los dedos, por lo que la soltó un instante y estiró la mano para cogerle la muñeca.

—¡Ian! —siseó desesperado—. Ian, ¿estás ahí? —No podía ver a su sobrino en el charco de oscuridad que inundaba la cabaña, ni tampoco saber si estaba durmiendo. No había ventanas, y sólo llegaba una luz muy débil de las brasas casi extintas.

—¡Ian!

Oyó que algo se movía en el suelo, el desplazamiento de un cuerpo, y un estornudo de *Rollo*.

—¿Qué ocurre, tío? —Jamie había hablado en gaélico e Ian respondió en el mismo idioma. El muchacho parecía tranquilo, y no como si acabara de despertar.

—Ian, hay una mujer en mi cama —dijo en gaélico, intentando hablar en el mismo tono calmado de su sobrino.

—Hay dos, tío Jamie. —Ian parecía divertido. ¡Maldición!—. La otra está a tus pies, esperando su turno.

Eso lo puso nervioso y casi dejó escapar la mano cautiva.

—¡Dos! ¿Qué creen que soy?

La chica volvió a reírse, se inclinó hacia delante y lo mordió suavemente en el pecho.

—¡Dios santo!

—Bueno, no, tío, no creen que tú seas Dios —repuso Ian, reprimiendo una carcajada—. Creen que eres el rey, por así decirlo. Eres su agente, de modo que están honrando a Su Majestad enviándote a ti a sus mujeres, ¿entiendes?

La segunda mujer le había destapado los pies y estaba acariciándole poco a poco las plantas con un dedo. Eso le hizo sentir cosquillas, y lo habría molestado si no lo hubiera distraído la primera mujer, que estaba prácticamente obligándolo a participar en el indigno juego de enterrar la salchicha.

—Háblales, Ian —pidió Jamie con los dientes apretados, tanteando con ferocidad con su mano libre, al mismo tiempo que trataba de alejar los dedos exploradores de la mano cautiva, que estaban acariciándole la oreja con languidez, y agitando los pies en un frenético intento de desalentar las atenciones de la segunda dama, que cada vez eran más audaces.

—Eh... ¿Qué quieres que les diga? —preguntó Ian, pasando al inglés. La voz le temblaba un poco.

—Diles que soy consciente del honor, pero... ¡ah! —Las siguientes evasivas diplomáticas fueron interrumpidas por la repentina intromisión de una lengua en su boca, con un intenso sabor a cebolla y cerveza.

Mientras seguía luchando por librarse de todo aquello, Jamie percibió vagamente que Ian había perdido todo sentido del autocontrol y estaba tumbado en el suelo, riéndose a carcajadas. Si matar a un hijo era filicidio, pensó con gravedad, ¿cuál era la palabra para el asesinato de un sobrino?

—¡Señora! —gritó, liberando la boca con dificultad. Cogió a la dama de los hombros y se la quitó de encima con tanta fuerza que ella, sorprendida, soltó un grito y unas piernas desnudas salieron volando. Por Dios, ¿estaría del todo desnuda?

Sí. Las dos. Los ojos de Jamie se adaptaron a la mortecina luz de los rescoldos y vio el resplandor reflejado en los hombros, los pechos y los muslos redondeados.

Se incorporó en la cama, cubriéndose con mantas y pieles en una especie de refugio improvisado.

—¡Deteneos, las dos! —ordenó en cherokee—. Sois hermosas, pero no puedo yacer con vosotras.

—¿No? —dijo una de ellas desconcertada.

—¿Por qué no? —preguntó la otra.

—Ah... Porque he hecho un juramento —aseguró Jamie, súbitamente inspirado por la necesidad—. He jurado... He jurado... —Buscó la palabra adecuada, pero no pudo encontrarla. Por suerte, en ese momento, Ian se puso de pie y soltó una serie de palabras en fluido tsalagi, demasiado rápido para que Jamie pudiera entenderlo.

—Oohh —jadeó una de las chicas impresionada. Jamie sintió una clara inquietud.

—Por el amor de Dios, ¿qué les has dicho, Ian?

—Les he dicho que el Gran Espíritu se te presentó en un sueño, tío, y que te dijo que no debías estar con una mujer hasta que trajeras armas para todos los tsalagi.

—¿Hasta que yo qué?

—Bueno, es lo mejor que se me ha ocurrido con las prisas, tío —repuso Ian a la defensiva. Por espeluznante que fuera la idea, tenía que admitir que había dado resultado; las dos mujeres se habían acurrucado juntas, estaban susurrando en tono de admiración, y ya no lo acosaban.

—Sí, bueno —dijo de mala gana—. Supongo que podría ser peor. —Después de todo, incluso si la Corona se veía obligada a entregar armas, eran un montón de tsalagis.

—De nada, tío Jamie. —La risa asomaba justo debajo de la superficie de la voz de su sobrino, y finalmente salió en un resoplido contenido.

—¿Qué? —preguntó Jamie con irritación.

—Una de las damas dice que es una desilusión para ella, tío, porque estás muy bien dotado. Pero la otra se lo toma de una manera más filosófica. Afirma que podrían haber tenido hijos tuyos, y que éstos tendrían el pelo rojo. —La voz de su sobrino volvió a temblar.

—¿Qué problema hay con el pelo rojo, por el amor de Dios?

—No estoy seguro, pero supongo que no querrías que tu vástago estuviera marcado de por vida, si puedes evitarlo.

—Bien, de acuerdo —replicó—. No hay ningún peligro de que eso suceda, ¿verdad? ¿No se pueden marchar?

—Está lloviendo, tío Jamie —señaló Ian con lógica. Así era; el viento había llevado una suave lluvia, pero a continuación llegó el chaparrón, que golpeaba el tejado con un ritmo constante, y cuyas gotas hacían sisear las brasas calientes a través del agujero para el humo—. No las obligarás a mojarse, ¿verdad? Además, acabas de decir que no podías yacer con ellas, no que querías que se fueran.

Ian se alejó para preguntar algo a las damas, quienes respondieron con entusiasmo y seguridad. A Jamie le pareció que habían dicho que... Sí, lo habían dicho. Se incorporaron con la gracia de dos grullas jóvenes y subieron desnudas como Dios las trajo al mundo a su cama. Palmeándolo y acariciándolo con murmullos de admiración —aunque evitando con diligencia sus partes íntimas—, lo obligaron a meterse bajo las pieles, y luego se acurrucaron a ambos lados de él, acomodando sus cuerpos desnudos contra el suyo.

Jamie abrió la boca, y luego volvió a cerrarla, puesto que no encontraba absolutamente nada que decir en ninguno de los idiomas que conocía.

Se tumbó boca arriba, rígido y jadeante. Su miembro latía con indignación, con la clara intención de mantenerse erecto y atormentarlo toda la noche. De la pila de pieles que estaba en el suelo le llegó una risita de satisfacción, intercalada con hipos y resoplidos. Pensó que aquélla era tal vez la primera vez que había oído a Ian reír de verdad desde su regreso.

Rezando para mantener su propósito, Jamie exhaló larga y profundamente, y cerró los ojos, con las manos dobladas y apretadas contra sus costillas y los codos a los lados.

15

Stakit to droon

Roger salió al bancal en River Run y se sintió satisfactoriamente exhausto. Después de tres semanas de trabajo extenuante, había reunido a los nuevos inquilinos de las carreteras y los caminos de Cross Creek y Campbelton, se había familiarizado con los jefes de las casas, había conseguido equiparlos al menos con lo imprescindible para el viaje en cuestiones de alimentación, mantas y zapatos, y los había juntado a todos en el mismo lugar, superando con firmeza su tendencia a sufrir ataques de pánico y alejarse. A la mañana siguiente emprenderían el viaje al Cerro de Fraser, y ya era hora.

Contempló el panorama desde el bancal, satisfecho, hacia el prado que se extendía al otro lado de los establos de Yocasta Cameron Innes. Estaban todos acostados en un campamento temporal: veintidós familias, setenta y seis almas en total, cuatro mulas, dos ponis, catorce perros, tres cerdos y sólo Dios sabía cuántas gallinas, gatitos y aves de compañía, apelotonados en jaulas de mimbre para su traslado. Tenía todos los nombres anotados (excepto los de los animales) en una lista muy gastada y arrugada en su bolsillo. También guardaba allí muchas otras listas, garabateadas, tachadas y corregidas hasta el punto de que eran ilegibles. Se sentía como un Deuteronomio ambulante. Además, le apetecía un buen trago.

Lo que, por suerte, estaba por llegar. Duncan Innes, el esposo de Yocasta, había regresado de trabajar y estaba sentado en el bancal, acompañado de una licorera de cristal, en la que los rayos del sol poniente proyectaban un suave resplandor ambarino.

—¿Cómo va todo, *a charaid*? —lo saludó cordialmente Duncan, señalando con un gesto una de las sillas de mimbre—. ¿Te apetece una copa?

—Sí, gracias.

Roger se hundió con gratitud en la silla, que crujió con amabilidad bajo su peso. Aceptó la copa que Duncan le entregó y la tomó de un solo trago con un breve «*Slàinte*».

El whisky ardió a través de la estenosis que le cerraba la garganta, hasta el punto de hacerlo toser, pero de pronto pareció que esa constante sensación de asfixia comenzaba a abandonarlo. Bebió otro sorbo, aliviado.

—Entonces, ¿ya están listos para partir? —Duncan señaló el prado donde el humo de las hogueras creaba una niebla dorada y de baja altura.

—Todo lo listos que pueden estar. Pobrecillos —añadió Roger en tono compasivo.

Duncan enarcó una greñuda ceja.

—Son como gallinas en corral ajeno —explicó Roger, levantando la copa para aceptar que el otro se la llenara de nuevo—. Las mujeres están aterrorizadas, y los hombres también, aunque lo disimulan mejor. Da la impresión de que vayan a llevarlos a trabajar como esclavos a una plantación de azúcar.

Duncan asintió.

—O a venderlos a Roma para limpiarle los zapatos al papa —repuso Duncan irónicamente—. Dudo mucho que la mayoría de ellos ni tan siquiera hayan olido a un católico antes de embarcar. Y por su manera de arrugar la nariz, me parece que no les gusta mucho el aroma. ¿Sabes si al menos suelen tomar alcohol de vez en cuando?

—Creo que sólo como medicina, y tan sólo si corren un verdadero peligro de muerte. —Roger bebió un trago lento que le supo a ambrosía y luego cerró los ojos, sintiendo cómo el whisky le calentaba la garganta y se enroscaba en su pecho como un gato ronroneante—. Ya has conocido a Hiram, ¿verdad? Hiram Crombie, el jefe de todo este grupo.

—¿El tipo pequeñito y avinagrado que parece que tenga un palo metido en el trasero? Sí, lo he conocido. —Duncan sonrió, elevando un poco su bigote alargado—. Vendrá a cenar esta noche. Será mejor que te tomes otra.

—Sí, gracias, lo haré —dijo Roger, acercándole la copa—. Aunque ninguno de ellos parece estar interesado en los placeres hedonistas, por lo que he podido ver. Da la impresión de que todos pertenecen al movimiento covenanter.[2] Los elegidos congelados, ¿sabes?

Al oír esas palabras, Duncan se echó a reír sin poder contenerse.

—Bueno, pero ahora no se parece en nada a los tiempos de mi abuelo —comentó, recuperándose y estirando el brazo para alcanzar la botella—. Y doy gracias a Dios por ello. —Duncan puso los ojos en blanco con una mueca.

—Entonces ¿tu abuelo era covenanter?

—Por Dios, sí. —Sacudiendo la cabeza, Duncan sirvió una generosa cantidad, primero a Roger, y luego para sí mismo—. Era un viejo bastardo y feroz, pero tenía sus razones. Su hermana fue *stakit to droon*, ¿sabes?

—¿Fue qué...? Por Dios. —Se mordió la lengua como castigo, pero estaba demasiado interesado como para prestar mucha atención—. ¿Quieres decir ejecutada por ahogamiento?

Duncan asintió, con los ojos sobre el vaso. A continuación, tomó un buen trago y lo mantuvo en la boca un instante, antes de tragar.

—Margaret —dijo—. Se llamaba Margaret. Tenía dieciocho años por aquel entonces. Su padre y su hermano, es decir, mi abuelo, habían huido; después de la batalla de Dunbar se ocultaron en las colinas. Las tropas vinieron a buscarlos, pero ella no quiso decirles adónde habían ido, y tenía una biblia consigo. Entonces trataron de obligarla a abjurar, pero ella tampoco quiso hacerlo. Así son las mujeres de ese lado de la familia, es como hablar con las piedras —añadió, sacudiendo la cabeza—; no hay forma de conmoverlas. Pero la arrastraron hasta la orilla, a ella y a una vieja covenanter de la aldea; las desnudaron y las ataron a unas estacas a la altura de la marca de la marea. Y aguardaron allí, a que subiera el agua.

Dio otro sorbo, sin llegar a saborearlo.

---

[2] Pacto mediante el cual la Iglesia presbiteriana escocesa se opuso, en 1638, al intento de Carlos I de Inglaterra y el arzobispo Laud de imponer el anglicanismo en el país. *(N. del t.)*

—La anciana se hundió primero. La habían atado más cerca del agua; supongo que lo hicieron pensando que Margaret cedería si veía morir a la vieja. —Gruñó, moviendo la cabeza—. Pero ni un milímetro. La marea subió y las olas la cubrieron. Ella se asfixió y tosió, y el cabello, que se había soltado y le colgaba sobre la cara, quedó pegado como un alga marina cuando el agua descendió. Mi madre lo vio todo —explicó, levantando el vaso—. No tenía más que siete años en ese momento, pero jamás lo olvidó. Me explicó que tras la primera ola tuvo tiempo de respirar tres veces, y luego la ola volvió a cubrir a Margaret. Después la ola se fue... Respiró tres veces... Y volvió una vez más. Y ya no pudo ver nada más salvo el remolino de su cabello, flotando en la marea.

Levantó el vaso unos centímetros, y Roger hizo lo propio con el suyo, en un brindis involuntario. Dijo «Jesús», pero no lo hizo con intención de blasfemar.

El whisky hizo que le ardiera la garganta al bajar y él respiró hondo, dando gracias a Dios por el don del aire. Tres respiraciones. Era malta de Islay, y el intenso sabor yodado del mar y el alga marina tuvieron el efecto del humo en sus pulmones.

—Que Dios la tenga en su gloria —comentó con voz ronca. Duncan asintió y volvió a coger la licorera.

—Supongo que se lo ganó —afirmó—. Aunque ellos —añadió, señalando con la barbilla en dirección al prado— dirían que no fue nada que ella hiciera. Dios la eligió para su salvación y decidió que los ingleses se condenaran; no hay nada más que decir sobre ese asunto.

La luz estaba menguando y las hogueras comenzaron a resplandecer en la penumbra del prado más allá de los establos. El humo llegó hasta la nariz de Roger, con un aroma cálido y hogareño, pero que, de todas formas, se sumó al ardor de su garganta.

—Para mí no vale la pena morir por eso —dijo Duncan en actitud reflexiva. Luego soltó una de sus rápidas y poco frecuentes sonrisas—. Pero mi abuelo diría que eso sólo quiere decir que fui escogido para ser condenado. «Por el decreto de Dios y para la manifestación de su gloria, algunos seres humanos y ángeles son predestinados para la vida eterna, y otros elegidos para la muerte eterna.» Él decía eso cada vez que alguien hablaba de Margaret.

Roger asintió, reconociendo esa declaración como parte de la Confesión de Westminster. ¿Cuándo había tenido lugar? ¿En 1646? ¿1647? Una generación —o dos— antes de la del abuelo de Duncan.

—Supongo que sería más fácil para él pensar que su muerte había sido voluntad de Dios y que no tuvo nada que ver con él —dijo Roger, compasivo—. Entonces tú no crees en eso, ¿no? En la predestinación, quiero decir.

Lo preguntaba con verdadera curiosidad. Los presbiterianos de su propia época seguían defendiendo la doctrina de la predestinación, pero con una actitud algo más flexible, tratando de minimizar el concepto de una condenación predestinada y de no pensar demasiado en la idea de que cada detalle de nuestras vidas estaba tan determinado. ¿Y él? Sólo Dios lo sabía.

Duncan levantó los hombros. El derecho se elevó más y, por un instante, pareció que estaba retorcido.

—Dios sabe —dijo, y se echó a reír. Sacudió la cabeza y volvió a vaciar su vaso—. No, creo que no. Pero no me atrevería a decirlo delante de Hiram Crombie, ni tampoco del joven Christie. —Duncan señaló el prado, donde podían verse dos oscuras figuras, caminando juntas hacia la casa.

La silueta alta y encorvada de Arch Bug era fácil de reconocer, así como el cuerpo más bajo y corpulento de Tom Christie. Parecía agresivo incluso desde tan lejos, pensó Roger, haciendo gestos breves y furiosos mientras caminaba, claramente discutiendo con Arch.

—A veces, en Ardsmuir, había peleas muy enconadas sobre este tema —aclaró Duncan, mientras observaba el avance de ambas figuras—. Los católicos se lo tomaban a mal cuando les decían que estaban condenados. Y Christie y su pandilla encontraban un gran placer diciéndolo. —Sus hombros se sacudieron brevemente al tratar de reprimir una carcajada, y Roger se preguntó cuánto whisky habría tomado Duncan antes de salir al bancal. Nunca había visto tan contento al viejo—. Mac Dubh puso fin a todo ello cuando nos hizo a todos francmasones —añadió, inclinándose hacia delante para servirse otra copa—. Pero unos cuantos hombres murieron antes. —Levantó la licorera mirando a Roger con un gesto interrogativo.

Pensando en la inminente cena con Tom Christie y Hiram Crombie, Roger aceptó.

Cuando Duncan se inclinó hacia él para servirle, sin dejar de sonreír, los últimos rayos de sol brillaron sobre su rostro, cuyas arrugas revelaban el paso del tiempo y el efecto de los elementos. Roger vislumbró una tenue línea blanca que atravesaba el labio superior de Duncan, apenas visible debajo del pelo, y se dio cuenta de pronto de por qué Duncan tenía un bigote tan largo, algo poco común en una época en que la mayoría de los hombres se afeitaban toda la cara.

Tal vez no habría dicho nada si no fuera por el whisky y el ambiente de extraña alianza que se había forjado entre ellos, dos protestantes, increíblemente unidos a los católicos y desconcertados por las extrañas mareas que el destino había vertido sobre ellos; dos hombres a quienes las adversidades de la vida los habían dejado casi solos y que ahora estaban sorprendidos por haberse convertido en cabezas de familia y tener las vidas de desconocidos en sus manos.

—Tu labio, Duncan. —Se tocó su propia boca con cuidado—. ¿Cómo te hiciste eso?

—Ah, ¿eso? —Duncan se llevó la mano al labio, sorprendido—. Nací con labio leporino, o al menos eso me han dicho. Yo mismo no lo recuerdo, lo solucionaron cuando no tenía más de una semana de vida.

Ahora fue Roger quien se sorprendió.

—¿Quién lo solucionó?

—Un curandero ambulante, según me dijo mi madre. Me explicó que ella ya se había resignado a perderme, porque no podía mamar, por supuesto. Ella y mis tías se turnaban para introducirme leche en la boca con un trapo, pero al parecer estaba tan delgado que ya era casi un esqueleto. Entonces, ese hechicero pasó por la aldea.

Se frotó el labio tímidamente con un nudillo, a la vez que se atusaba el vello grueso y grisáceo del bigote.

—Mi padre le pagó con seis arenques y un paquete de rapé, y él me lo cosió y le dio a mi madre un ungüento para la herida. Bueno, y así fue... —Se encogió de hombros otra vez, con una sonrisa torcida—. Tal vez estaba destinado a vivir, después de todo. Mi abuelo dijo que el Señor me había elegido... Aunque sólo Dios sabe para qué.

Roger percibió una tenue punzada de inquietud, aunque amortiguada por el whisky. ¿Un curandero de las Highlands que podía practicar una intervención para solucionar un labio leporino? Tomó otro trago, tratando de no mirar fijamente a Duncan, pero examinando su rostro de reojo. Supuso que sería posible; la cicatriz apenas era visible —si uno sabía dónde mirar— bajo el bigote de Duncan, pero no se extendía hasta la nariz. Debía de haber sido un labio leporino bastante simple, y no uno de esos espantosos casos como aquel sobre el que había leído (incapaz de alejar la vista horrorizada de la página) en el gran libro negro de casos de Claire, donde el doctor Rawlings había descrito a un niño que no sólo había nacido con el labio partido, sino que además no tenía paladar y le faltaba la mayor parte de la cara.

No había ninguna ilustración, gracias a Dios, pero la imagen visual conjurada por la austera descripción de Rawlings era suficientemente terrorífica. Roger cerró los ojos y respiró hondo, inhalando el perfume del whisky a través de los poros.

¿Era posible? Tal vez. Sí, se practicaban operaciones en esa época, por sanguinarias, toscas y dolorosas que fueran. Había visto a Murray MacLeod, el boticario de Campbelton, coser con pericia la mejilla de un hombre, que se había abierto cuando el hombre fue pisoteado por una oveja. ¿Acaso era más difícil hacer suturas en la boca de un niño?

Imaginó el labio de Jemmy, tierno como una flor, penetrado por una aguja e hilo negro, y se estremeció.

—¿Tienes frío, *a charaid*? ¿Entramos?

Duncan se preparó para levantarse, pero Roger le hizo un gesto indicándole que se quedara donde estaba.

—Ah, no. Es que con la historia se me ha puesto la carne de gallina. —Sonrió, y aceptó otro trago para mantener a raya el inexistente frío de la noche. De todas formas, sintió que el vello de los brazos se le erizaba un poco. «¿Puede existir otro —otros— como nosotros?»

Sí, los había habido; él lo sabía. Como su propia antepasada, Geillis, por ejemplo. O como el hombre cuyo cráneo había encontrado Claire, con empastes de plata en los dientes. Pero ¿acaso Duncan se habría encontrado con otro medio siglo atrás, en una remota aldea de las Highlands?

«Santo Dios —pensó, cada vez más inquieto—. ¿Con qué frecuencia sucede? ¿Y qué ocurre con ellos?»

Antes de que hubieran vaciado del todo la licorera, oyó pasos a sus espaldas y un frufrú de seda.

—Señora Cameron. —Roger se puso en pie de inmediato y el mundo se balanceó ligeramente. Tomó la mano de su anfitriona e hizo una reverencia.

La larga mano de la mujer le tocó la cara, como era su costumbre, confirmando su identidad con las sensibles yemas de los dedos.

—Ah, aquí estás, Yo. ¿Has tenido un buen viaje con el muchachito? —dijo Duncan. Intentó levantarse, incapacitado por el whisky y por tener un solo brazo, pero Ulises, el mayordomo de Yocasta, se había materializado de forma silenciosa desde el crepúsculo detrás de su ama a tiempo para colocar la silla de mimbre en el sitio adecuado. Roger notó que ella se dejaba caer sobre la silla sin siquiera extender la mano para confirmar que estuviera allí; sencillamente, sabía que estaba allí.

Observó al mayordomo con interés, preguntándose a quién habría sobornado Yocasta para recuperarlo. Acusado —y casi con seguridad culpable— de la muerte de un oficial naval británico en la propiedad de Yocasta, Ulises se había visto obligado a huir de la colonia. Pero el teniente Wolff no había sido considerado una gran pérdida para la Marina, mientras que Ulises era indispensable para Yocasta Cameron. Tal vez el oro no hacía que todo fuera posible, pero Roger estaba dispuesto a apostar que Yocasta Cameron aún no se había encontrado en una situación que no pudiera solucionar con dinero, contactos políticos o astucia.

—Ah, sí —le respondió a su marido, sonriendo y extendiendo la mano hacia él—. ¡Ha sido tan divertido mostrarle el lugar, cariño! Hemos disfrutado de un almuerzo maravilloso con la señora Forbes y su hija, y el chico ha cantado una canción y nos ha emocionado a todos. La señora Forbes también había invitado a las chicas Montgomery y a la señorita Ogilvie, y hemos comido chuletas de cordero con salsa de frambuesa y manzanas fritas y... Ah, ¿es usted, señor Christie? ¡Venga con nosotros! —Levantó un poco la voz, así como la cara, que parecía que mirara con expectación la penumbra detrás del hombro de Roger.

—Señora Cameron. Para servirla, señora. —Christie se asomó al bancal e hizo una cortés reverencia, no menos puntillosa por el hecho de que su destinataria fuera ciega. Arch Bug lo siguió, inclinándose, a su vez, sobre la mano de Yocasta, y haciendo un ruido cordial con la garganta como saludo.

Llevaron sillas, más whisky, apareció un plato de manjares como por arte de magia y encendieron velas; y de pronto todo se convirtió en una fiesta, que reflejaba, en un plano superior, el ambiente festivo y de agitación que se vivía más abajo, en el prado. Se oía música a lo lejos; era el sonido de un flautín de hojalata que interpretaba una giga.

Roger dejó que todo aquello lo envolviera, disfrutando de una fugaz sensación de relajación e irresponsabilidad. Sólo por esa noche no había de qué preocuparse; todos estaban reunidos, a salvo, alimentados y preparados para el viaje del día siguiente.

Ni siquiera tenía que preocuparse por intervenir en la conversación; Tom Christie y Yocasta hablaban con entusiasmo sobre el ambiente literario de Edimburgo y un libro que él no conocía, mientras Duncan, tan relajado que parecía que se iba a caer de la silla en cualquier momento, añadía un comentario cada cierto tiempo, y el viejo Arch... ¿Dónde estaba Arch? Ah, allí; había regresado al prado; seguramente se le había ocurrido algún detalle de última hora que debía comentar a alguien.

Roger bendijo a Jamie Fraser por la previsión de enviar a Arch y a Tom con él. Entre los dos le habían ahorrado muchísimos problemas, habían organizado los numerosos detalles necesarios y habían aplacado los temores de los nuevos inquilinos en cuanto a su inminente salto a lo desconocido.

Inspiró hondo, con satisfacción, absorbiendo un aire aromatizado con los acogedores olores de las hogueras en la distancia y de una comida que estaba asándose cerca, y en ese momento recordó un pequeño detalle cuya responsabilidad era tan sólo suya.

Excusándose, entró en la casa y descubrió a Jem abajo, en la cocina principal, cómodamente instalado en la punta de un banco, comiendo pudin de pan untado con manteca y jarabe de arce.

—Tú nunca comes eso para cenar, ¿verdad? —preguntó, sentándose al lado de su hijo.

—No. ¿Quieres un poco, papá? —Jem extendió una goteante cuchara hacia Roger, que se agachó enseguida para coger el bocado ofrecido antes de que cayera al suelo. Estaba delicioso, rebosante de dulzura y cremoso en la lengua.

—Mmm —dijo, mientras tragaba—. Bueno, no se lo contaremos a mamá ni a la abuela, ¿de acuerdo? Ellas prefieren la carne y las verduras.

Jem asintió y le ofreció otra cucharada. Consumieron el cuenco juntos en un silencio amistoso, después de lo cual Jem se encaramó sobre sus piernas y, apoyando su cara pegajosa contra el pecho de Roger, se quedó profundamente dormido.

Alrededor de ellos se agitaban los sirvientes, sonriéndoles cada cierto tiempo con amabilidad. Roger pensó que debería levantarse. La cena se serviría enseguida; vio bandejas de pato y cordero asado dispuestas con cuidado, cuencos llenos de esponjoso y humeante arroz con salsa, y una enorme ensalada verde que estaban aderezando con vinagre.

No obstante, lleno como estaba de whisky, pudin de pan y alegría, Roger no se movía, postergando una y otra vez la necesidad de soltar a Jem y acabar con la dulce paz que le provocaba sostener a su hijo dormido.

—¿Señor Roger? Yo lo cogeré, ¿de acuerdo? —dijo una voz suave. Roger levantó la mirada de la cabeza de Jem, que tenía pedazos de pudin de pan en el cabello, y vio a Fedra, la doncella de Yocasta, agachada frente a él, con las manos extendidas para recibir al pequeño—. Yo lo lavaré y lo acostaré en la cama, señor —se ofreció. Tenía el rostro ovalado y, al mirar a Jem, parecía tan suave como su voz.

—Ah, sí, claro. Gracias. —Roger se incorporó con cuidado, sosteniendo el considerable peso de su hijo—. Bien; de todos modos, yo lo llevaré hasta arriba.

Siguió a la esclava por la angosta escalera de la cocina, admirando —de una manera puramente abstracta y estética— la gracia con la que se movía. ¿Cuántos años tendría?, se preguntó. ¿Veinte, veintidós? ¿Yocasta le permitiría casarse? Debía de tener admiradores, sin duda. Pero él también sabía lo valiosa que era para Yocasta, pues casi siempre estaba con ella. Y eso no era fácil de conciliar con un hogar y una familia propia.

Al llegar a lo alto de la escalera, Fedra se detuvo y se volvió para coger a Jem; él, a regañadientes, le entregó su carga blanda, aunque, al mismo tiempo, se sentía un poco aliviado. Hacía mucho calor abajo, y su camisa estaba húmeda por el sudor en aquellos lugares en los que Jem había estado apoyado.

—Señor Roger. —La voz de Fedra hizo que se detuviera, justo cuando estaba a punto de marcharse. Ella lo estaba mirando por encima del hombro de Jem, con unos ojos vacilantes bajo la blanca curva del pañuelo que llevaba en la cabeza.

—¿Sí? —preguntó él.

El ruido de pies que ascendían por la escalera hizo que se apartara, esquivando por poco a Oscar, que subía a toda velocidad con una bandeja vacía bajo el brazo, mientras se dirigía, evidentemente, hacia la cocina de verano, donde estaban friendo pescado. Oscar sonrió a Roger cuando pasó y le sopló un beso a Fedra, cuyos labios se apretaron al ver el gesto.

Ella hizo un ligero movimiento con la cabeza, y Roger la siguió por el pasillo, lejos del ajetreo de la cocina. Luego Fedra se detuvo cerca de la puerta que daba a los establos, y miró a su alrededor para asegurarse de que no los oyeran.

—Tal vez no debería decir nada, señor... Tal vez no sea nada. Pero me parece que, de todas formas, debo explicárselo.

Él asintió, echándose hacia atrás el cabello húmedo de las sienes. La puerta estaba abierta y, gracias a Dios, corría un poco de aire.

—Esta mañana estábamos en el pueblo, señor, en el almacén del señor Benjamin, ¿lo conoce? Junto al río.

Él volvió a asentir, y ella se pasó la lengua por los labios.

—El señorito Jem se aburría y ha empezado a dar vueltas, mientras el ama hablaba con el señor Benjamin. Yo lo he seguido, para que no se metiera en problemas, y entonces ha entrado el hombre.

—¿Qué hombre?

Fedra sacudió la cabeza, con una expresión seria en sus ojos oscuros.

—No lo sé, señor. Era un hombre grande, alto como usted. De cabello rubio. No llevaba peluca. Pero era un caballero. —Roger supuso que con eso quería decir que iba bien vestido.

—¿Y?

—Ha mirado a su alrededor, ha visto al señor Benjamin hablando con la señorita Yo, y ha dado un paso a un lado, como si no quisiera que lo vieran. Pero entonces ha reparado en el señorito Jem y le ha cambiado la cara.

Ella aferró con más fuerza a Jem, al recordar.

—No me ha gustado nada su mirada, señor. Lo he visto avanzar hacia Jemmy y yo he cogido rápidamente al muchacho, como ahora. El hombre parecía sorprendido, y luego me ha mirado con sorna. Ha sonreído a Jem, y le ha preguntado quién era su papá.

Fedra esbozó una sonrisa, y palmeó la espalda del niño.

—En el pueblo, la gente se lo pregunta todo el tiempo, señor, y él ha respondido de inmediato: ha dicho que su papá era Roger MacKenzie, como siempre. Aquel hombre se ha reído y le ha acariciado el pelo; todos hacen eso, señor, porque tiene un pelo muy hermoso. Luego ha dicho: «¿En serio, mi hombrecito, en serio?»

Fedra tenía un talento natural para la imitación. Roger captó a la perfección el acento irlandés de la frase y le sobrevino un sudor frío.

—¿Y luego qué ha ocurrido? —preguntó—. ¿Qué ha hecho él? —Miró de manera inconsciente por encima del hombro y más allá de la puerta abierta, atisbando el peligro en la noche.

Fedra hundió los hombros, temblando ligeramente.

—No ha hecho nada, señor. Pero ha mirado a Jem muy de cerca, y luego a mí, y ha sonreído. No me ha gustado su sonrisa, señor, para nada. —Negó con la cabeza—. Luego he oído que el señor Benjamin levantaba la voz a mis espaldas y le preguntaba al caballero qué deseaba. El hombre se ha dado la vuelta enseguida y ha desaparecido por la puerta, así, sin más.

Fedra agarró a Jem con un brazo y, de inmediato, chasqueó los dedos de la mano libre.

—Ya veo. —El pudin de pan había formado una masa sólida en el estómago de Roger—. ¿Le has dicho algo a tu ama sobre ese hombre?

Fedra sacudió la cabeza con solemnidad.

—No, señor. En realidad, él no ha hecho nada, como le digo. Pero me ha preocupado, señor. He pensado en ello cuando regresaba a casa y, finalmente, me ha parecido que lo mejor era decírselo a usted, cuando tuviera la oportunidad.

—Has hecho lo correcto. Gracias, Fedra. —Roger contuvo el impulso de quitarle a Jem y abrazarlo con fuerza—. ¿Tú podrías...? Cuando lo acuestes, ¿podrías quedarte con él? Sólo hasta que yo regrese. Le diré a tu ama que te lo he pedido.

Fedra lo miró a los ojos, comprendiendo perfectamente, y asintió.

—Sí, señor. Yo lo cuidaré. —Hizo un amago de reverencia y subió por la escalera hacia la habitación que Roger compartía con Jem, acunando al muchacho con un canto suave y rítmico.

Roger respiró hondo, tratando de dominar el abrumador impulso de coger un caballo de los establos, cabalgar hasta Cross Creek e inspeccionar todo el lugar, yendo de casa en casa en la oscuridad hasta encontrar a Stephen Bonnet.

—Sí —dijo en voz alta—. ¿Y luego qué? —Sus puños se apretaron de manera involuntaria, sabiendo muy bien qué hacer, incluso aunque su mente reconocía la inutilidad de esa acción.

Reprimió su furia y su desesperación, mientras los últimos efectos del whisky le encendían la sangre, que latía en sus sienes. De manera brusca, salió por la puerta abierta al exterior, donde dominaba una absoluta oscuridad. Desde ese lado de la casa, el prado era invisible, pero de todas formas podía oler el humo de las hogueras y escuchar el tenue sonido de la música en el aire.

Sabía que Bonnet regresaría algún día. Más abajo, junto al césped, la mole blanca del mausoleo de Hector Cameron era una pálida mancha en la noche. Y en el interior, a salvo, oculta en el ataúd que algún día albergaría a Yocasta, la esposa de Hector, había una fortuna en oro jacobita, el secreto largamente conservado de River Run.

Bonnet conocía la existencia del oro; sospechaba que se encontraba en la plantación. Había tratado de robarlo una vez, y había fracasado. No era un hombre cuidadoso, pero sí persistente.

Roger sintió que sus huesos se tensaban bajo la piel, impulsados por el deseo de perseguir y matar al hombre que había violado a su esposa y amenazado a su familia. Pero había setenta y seis personas que dependían de él; no, setenta y siete. El deseo de venganza se midió con la responsabilidad y, a regañadientes, cedió.

Respiró lenta y profundamente, sintiendo que el nudo de la cuerda se apretaba en su garganta. No. Debía partir, asegurarse de que los nuevos inquilinos estuvieran a salvo. La idea de enviarlos con Arch y Tom mientras él se quedaba atrás para buscar a Bonnet era tentadora, pero era su trabajo; no podía abandonarlo por una larga (y probablemente inútil) búsqueda personal.

Y tampoco podía dejar desprotegido a Jem.

Pero debía decírselo a Duncan; podía confiar en que él tomaría las medidas necesarias para proteger River Run, que informaría a las autoridades de Cross Creek y que haría averiguaciones.

Y Roger se aseguraría de que Jem también estuviera a salvo a la mañana siguiente, bien aferrado a su propia montura, sin perderlo de vista ni un solo momento durante el camino al santuario de las montañas.

—¿Quién es tu papá? —murmuró, y un nuevo impulso de furia le latió en las venas—. ¡Maldita sea, soy yo, bastardo!

TERCERA PARTE

Hay un momento para todo

16

Le mot juste

Agosto de 1773

—Estás sonriendo para ti misma —me dijo Jamie al oído—. Ha sido bonito, ¿verdad?

Volví la cabeza y abrí los ojos, que se encontraban a la misma altura de su boca. Él también sonreía.

—Bonito —afirmé con aire pensativo, mientras trazaba el contorno de su amplio labio inferior con la yema de un dedo—. ¿Estás actuando con modestia adrede, o crees que quedándote corto harás que me deshaga en elogios?

La boca se ensanchó un poco más, y sus dedos se cerraron con suavidad alrededor de mi dedo inquisidor, antes de liberarlo.

—Oh, es modestia, claro —puntualizó—. Si quisiera que te deshicieras, no lo haría con palabras, ¿verdad?

Una mano bajó levemente por mi espalda a modo de ejemplo.

—Bueno, las palabras ayudan —aclaré.

—¿Sí?

—Sí. Justo ahora estaba tratando de clasificar «te amo, me gustas, te adoro, necesito estar dentro de ti» en términos de sinceridad relativa.

—¿Yo he dicho eso? —preguntó, en un tono de ligera sorpresa.

—Sí. ¿No estabas prestando atención?

—No —admitió—. Pero he dicho en serio cada una de esas palabras. —Su mano se cerró sobre una nalga, evaluándola con aire satisfecho—. Además, sigo pensando lo mismo.

—¿Qué? ¿Incluso la última frase? —Me eché a reír y froté mi frente con suavidad con su pecho, mientras su mandíbula descansaba comodamente sobre mi cabeza.

—Ah, sí —dijo él, abrazándome firmemente con un suspiro—. Es cierto que la carne requiere algo para cenar y un pequeño descanso antes de volver a hacerlo, pero el espíritu está siempre dispuesto. Dios, qué trasero tan dulce y hermoso tienes. Sólo con verlo me dan ganas de hacértelo de nuevo ahora mismo. Tienes suerte de estar casada con un viejo decrépito, Sassenach, o estarías de rodillas con el culo al aire en este preciso instante.

Jamie emanaba un delicioso olor a polvo de camino y sudor seco, y el profundo aroma almizclado de un hombre que acaba de quedar satisfecho.

—Es bueno que a una la echen de menos —dije con regocijo en el pequeño espacio debajo de su brazo—. Yo también te he echado de menos.

Mi aliento le hizo cosquillas y, de repente, su piel se estremeció como un caballo espantando las moscas. Se movió un poco y me volvió, de manera que mi cabeza cupiera en el hueco de su hombro. A continuación, suspiró contento.

—¿Y bien? Veo que la casa sigue en pie.

Así era. Estaba comenzando a atardecer y, con las ventanas abiertas, el sol penetraba bajo a través de los árboles y creaba patrones cambiantes sobre las paredes y las sábanas de lino, de manera que flotábamos en un emparrado de susurrantes sombras de hojas.

—La casa está en pie, la cebada está casi toda guardada, y nada ha muerto —dije, adoptando una posición cómoda para dar el informe. Ahora que nos habíamos ocupado de lo primordial, quería saber cómo había ido todo en el Cerro durante su ausencia.

—¿Casi toda? —preguntó, captando al vuelo que había pasado algo—. ¿Qué ha ocurrido? Es cierto que ha llovido, pero la cebada debía haberse guardado una semana antes.

—No ha sido la lluvia; han sido los saltamontes.

El recuerdo me hizo estremecer. Una nube de esos insectos de ojos saltones había aparecido con un enorme zumbido, justo al final de la recolección de la cebada. Yo había subido hasta el huerto en busca de hortalizas, y me encontré con que las plantas estaban repletas de esos cuerpecillos con forma de cuña que arrastraban las zarpas, masticando mis lechugas y mis coles hasta dejarlas como mazorcas arruinadas, y que habían destrozado la enredadera de campanillas de la cerca.

—Salí corriendo a buscar a la señora Bug y a Lizzie, y los espantamos con escobas; pero los saltamontes salieron volando en una gran nube y atravesaron el bosque en dirección al campo que está más allá de Green Spring. Se posaron sobre la cebada; el ruido que hacían al masticar se oía desde varios kilómetros a la redonda. Parecían gigantes caminando en un arrozal. —El recuerdo me erizó la piel de los hombros, y Jamie me acarició con aire ausente, con su mano grande y cálida.

—Mmfm. ¿Ése fue el único prado que atacaron?

—Sí. —Respiré hondo, aún oliendo el humo—. Le prendimos fuego y los quemamos vivos.

Su cuerpo dio un respingo y Jamie me miró.

—¿Qué? ¿A quién se le ocurrió eso?

—A mí —respondí, no sin orgullo. Pensándolo desde el presente y a sangre fría, había sido una maniobra razonable; había otros cultivos en riesgo, no sólo de cebada, sino también de maíz, trigo, patatas y heno, por no mencionar los huertos de los que dependía la mayoría de las familias.

En realidad, había sido una decisión fruto de una furia salvaje, una pura y sanguinaria venganza por la destrucción de mi huerto. Hubiera deseado arrancar las alas a cada uno de aquellos insectos y aplastar lo que quedara; pero quemarlos fue casi igual de satisfactorio.

El campo que habían atacado era el de Murdo Lindsay. Lento, tanto de pensamiento como de acción, Murdo no había tenido tiempo de reaccionar a mi anuncio de que tenía la intención de quemar la cebada, y se quedó de pie en la entrada de su cabaña, boquiabierto, mientras Brianna, Lizzie, Marsali, la señora Bug y yo corríamos alrededor del campo con los brazos llenos de ramitas secas, encendiéndolas con antorchas y lanzándolas lo más lejos que podíamos sobre el mar de grano seco y maduro. Las hierbas secas se prendieron con un crujido, y luego con un rugido cuando el fuego cobró fuerza. Confundidos por el calor y el humo de una docena de fogatas, los saltamontes volaban como chispas, encendiéndose cuando las alas rozaban el fuego, y desvaneciéndose en un remolino de humo y ceniza.

—Por supuesto, fue justo en ese momento cuando Roger decidió presentarse con los nuevos inquilinos —dije, conteniendo el impulso de echarme a reír de forma inapropiada ante el recuerdo—. Pobrecillos. Estaba oscureciendo y allí estaban todos, en medio del bosque con sus trastos y sus niños, observando el espectáculo, y nosotras bailando descalzas con las faldas levantadas, aullando como monos y cubiertas de hollín.

Jamie se cubrió los ojos con una mano, evidentemente imaginándose la escena. Su pecho se sacudió un poco, y una enorme sonrisa se extendió bajo su mano.

—Por Dios. Debieron de pensar que Roger Mac los había llevado al mismísimo infierno. O, al menos, a un aquelarre.

Sentí que una burbuja de risa culpable pugnaba por salir de la parte inferior de mis costillas.

—Exacto. ¡Oh, Jamie, si hubieses visto la expresión de sus caras! —No pude contenerme más y hundí mi cara en su pecho. Nos sacudimos juntos un momento, riéndonos casi sin ruido—. Pero intenté que se sintieran bienvenidos. Les dimos de cenar y les buscamos lugares para dormir; primero ubicamos a todos los que cabían en la casa, y repartimos a los demás entre la cabaña de Brianna, el establo y el granero. Yo bajé por la noche, bastante tarde; no podía dormir con toda la excitación, y encontré a una docena de ellos rezando en la cocina.

»Habían formado un círculo cerca de la chimenea, con las manos entrelazadas y las cabezas inclinadas en oración. Todas las cabezas se levantaron de inmediato cuando aparecí, y me miraron con los ojos muy abiertos en sus rostros demacrados. Me contemplaron en absoluto silencio, y una de las mujeres soltó la mano del hombre que tenía a su lado y escondió la suya debajo de su delantal. Casi pensé que estaba buscando un arma, y tal vez fuera cierto; no obstante, estoy segura de que hizo la señal de los cuernos protegida por aquella prenda andrajosa.

»Yo ya había averiguado que sólo unos pocos de ellos hablaban inglés. Pregunté en un gaélico vacilante si necesitaban algo. Me miraron como si tuviera dos cabezas y, después de un momento, uno de los hombres, una criatura arrugada con una boca pequeña, sacudió la cabeza apenas un centímetro.

»Luego volvieron a sus oraciones, mientras yo regresaba a la cama tratando de pasar desapercibida.

—¿Bajaste sólo con la camisa?

—Bueno... Sí. No esperaba encontrar gente despierta a esas horas.

—Mmfm.

Me rozó los pechos con los nudillos y me di cuenta exactamente de en qué estaba pensando. Mi atuendo para las noches de verano era fino, de lino gastado, y sí, era cierto, implicaba que era posible ver a través de él si había buena luz. No obstante, la única luz de la cocina era el resplandor rojizo de la chimenea apagada.

—Y no creo que bajaras con un apropiado gorro de dormir, ¿verdad, Sassenach? —preguntó a continuación Jamie, pasándome una mano por el cabello en actitud reflexiva. Me lo había soltado para acostarme con él, y estaba contorsionándose en todas direcciones, a lo medusa.

—Claro que no. Pero lo llevaba recogido en una trenza —protesté—. ¡Muy respetable!

—Por supuesto —aceptó él sonriendo y, empujando con los dedos la masa salvaje de mi cabello, me agarró la cabeza y me besó. Tenía los labios agrietados por el viento y el sol, pero estaban suaves. No se había afeitado desde su partida, y llevaba la barba corta y rizada, mullida al tacto—. Bueno. Supongo que los inquilinos ya están instalados, ¿no? —Sus labios rozaron mi mejilla y me mordisquearon suavemente la oreja. Respiré hondo.

—Ah. Sí. Arch Bug se los llevó a la mañana siguiente; los ha llevado con otras familias por todo el Cerro, y ya está ocupándose de... —Olvidé lo que estaba pensando y, en un gesto reflejo, cerré los dedos en torno a los músculos de su pecho.

—Supongo que le dirías a Murdo que le compensaré lo de la cebada, ¿no?

—Sí, desde luego. —Mi mente volvió a la escena, y reí—. Él se limitó a mirarme y luego asintió, un poco desconcertado. Luego dijo: «Sí, como quiera.» No sé si se dio cuenta del motivo por el que yo le había quemado la plantación; tal vez se le ocurrió que de pronto había tenido ganas de incendiar su cebada.

Jamie se echó a reír, cosa que resultó algo perturbadora, pues me estaba mordiendo el lóbulo de la oreja.

—Hum —dije débilmente, sintiendo las cosquillas de su barba roja en mi nuca y la carne tibia y firme bajo la palma de mi mano—. Los indios. ¿Cómo te ha ido con los cherokee?

—Bien.

Jamie se movió de pronto, subiéndose encima de mí. Era muy grande, estaba muy caliente, y olía a deseo, intenso y agudo. Las sombras de las hojas le recorrieron la cara y los hombros, vetearon la cama y la blanca piel de mis muslos, completamente abiertos.

—Me gustas, Sassenach —murmuró en mi oído—. Puedo verte allí, semidesnuda con tu camisa y el cabello suelto, ondulándose sobre tus pechos... Te amo. Te ador...

—¿Y qué hay del descanso y la cena? —lo interrumpí.

Sus manos estaban abriéndose paso debajo de mi cuerpo, ahuecándose en torno a mis nalgas, apretando, mientras su aliento soplaba suave y caliente sobre mi nuca.

—He de tener mi...

—Pero... —protesté.

—Ahora, Sassenach.

Se incorporó de pronto, arrodillándose en la cama delante de mí. Había una débil sonrisa en su rostro, pero sus ojos azules estaban oscuros y decididos. Se cubrió los pesados testículos con una mano, mientras el pulgar se movía hacia arriba y hacia abajo por su exigente miembro de una manera lenta y deliberada.

—De rodillas, *a nighean* —dijo en voz baja—. Ahora.

17

Los límites del poder

Sr. James Fraser, Cerro de Fraser
Para lord John Grey, de la plantación de Mount Josiah
14 de agosto de 1773

Milord:

Escribo para informar de mi nuevo puesto, a saber, el de agente indio de la Corona, por nombramiento del Departamento del Sur al mando de John Stuart.

En un principio tenía sentimientos encontrados respecto a mi aceptación de este nombramiento, pero me ayudó a decidirme una visita del señor Richard Brown, un vecino lejano, y su hermano. Supongo que el señor Higgins ya te habrá informado de su denominado comité de seguridad, y su objetivo inmediato de arrestarlo.

¿Te has encontrado con esa clase de organizaciones *ad hoc* en Virginia? Creo que tal vez su situación no sea tan inquietante como la nuestra, o como en Boston, donde, según Higgins, también se pueden encontrar. Espero que no sea así.

Creo que una persona razonable debería evitar esos comités por principios. Su propósito manifiesto consiste en ofrecer protección a vagabundos y bandidos, y arrestar a criminales en aquellas áreas donde no hay ningún *sheriff* ni alguacil. Pero al no estar regidos por ninguna ley, excepto por sus propios intereses, está claro que nada puede impedir que una milicia irregular se convierta en una amenaza mayor para la ciudadanía que los peligros de los que la propia milicia afirma que nos protege.

Aunque también es evidente el atractivo de esa idea, particularmente en el caso en el que nos encontramos nosotros, en un lugar tan apartado. El juzgado más próximo se encuentra —o se encontraba— a tres días de camino, y en el constante malestar que se generó después de la Regulación, la situación se ha vuelto incluso más insatisfactoria. El gobernador y su consejo están en conflicto constante con la Asamblea, el tribunal del distrito ha dejado de funcionar, ya no se nombran jueces, y actualmente no hay ningún *sheriff* en el condado de Surry, después de que el último renunciara bajo la amenaza de que le quemarían la casa. Los *sheriffs* de los condados de Orange y Rowan siguen en sus puestos, pero su corrupción es tan conocida que nadie podría depender de ellos, salvo aquellos cuyos intereses protegen.

Estos días llegan frecuentes noticias de incendios de casas, asaltos y otras alarmas, tras la reciente guerra de la Regulación. El gobernador Tryon indultó a algunos de los que participaron del conflicto, pero no hizo nada para impedir que se llevaran a cabo represalias contra ellos; su sucesor es todavía más incapaz de enfrentarse a esos acontecimientos, los cuales, en cualquier caso, tienen lugar en el campo, lejos de su palacio en New Bern, y, por tanto, es más fácil ignorarlos. (Aunque es justo decir que, sin duda, el gobernador tiene que enfrentarse a problemas más cercanos.)

De todas formas, si bien los colonos de por aquí están acostumbrados a defenderse de las amenazas habituales de la jungla, la proliferación de ataques al azar como éstos —y la posibilidad de la irrupción de los indios, al estar tan cerca de la línea del Tratado— es suficiente para inquietarlos y hacer que vean con alivio la aparición de cualquier organismo dispuesto a asumir el papel de protección pública. De ahí que los vigilantes de los comités sean bien recibidos, al menos al principio.

Doy tantos detalles para explicar mejor mis pensamientos sobre el nombramiento. Mi amigo el mayor MacDonald (antiguamente miembro del 32 de Caballería) me había dicho que, si yo finalmente decidía declinar el ofrecimiento de ser agente indio, él se pondría en contacto con el señor Richard Brown, puesto que éste tiene bastantes relaciones comerciales con los cherokee, y por tanto, los conoce, y se presume que goza de su confianza, lo que predispondría a los indios a aceptarlo.

El hecho de que conozca al señor Brown y a su hermano me obliga a considerar esta perspectiva con alarma. Con el aumento de influencia que le depararía tal nombramiento, la posición de Brown en esta agitada región podría volverse tan dominante en poco tiempo que nadie podría oponérsele en ningún asunto. Y creo que eso es peligroso.

Mi yerno señala con sagacidad que el sentido de moralidad de un hombre disminuye a medida que aumenta su poder, y yo sospecho que los hermanos Brown poseen relativamente poco de lo primero. Tal vez sea vanidoso por mi parte suponer que yo tengo más. He visto los corrosivos efectos del poder en el alma de un hombre, y he sentido su peso, como tú mismo entenderás, puesto que tú has soportado esa carga. De todas formas, si hay que escoger entre Richard Brown y yo, supongo que debo recurrir al viejo dicho escocés de que más vale lo malo conocido que lo bueno por conocer.

Asimismo, me preocupa la idea de las largas ausencias de mi hogar requeridas por mis nuevas obligaciones. Mi conciencia no me permite dejar a la gente a mi cargo sometida a los caprichos y los posibles daños provocados por el comité de los Brown.

Naturalmente, podría crear mi propio comité (creo que tú mismo me instarías a tomar ese camino), pero no lo haré. Más allá de las inconveniencias y los gastos de tal curso de acción, equivaldría a una declaración de guerra a los Brown, y eso no me parece prudente, en especial si debo estar lejos de casa con frecuencia, dejando desprotegida a mi familia. Por otra parte, este nuevo nombramiento extenderá mi influencia, y —confío— pondrá algún límite a las ambiciones de los Brown.

De modo que, una vez tomada la decisión, notifiqué de inmediato que aceptaba el nombramiento y realicé mi primera visita a los cherokee en calidad de agente indio el mes pasado. El recibimiento inicial fue muy cordial, y espero que mi relación con las aldeas siga así.

Volveré a visitar a los cherokee durante el otoño. Si hubiera alguna cuestión o asunto para el que mi nuevo puesto pueda servir de ayuda, envíame los detalles y confía en que haré todo lo que pueda por ti.

En cuanto a las cuestiones más domésticas, nuestra pequeña población casi se ha duplicado, como resultado de los colonos recién llegados de Escocia. Aunque es algo muy positivo, esta incursión ha producido no poca agitación, puesto que los nuevos inquilinos son pescadores de la costa, para quienes la espesura de la montaña está llena de amenazas y misterios, personificados en cerdos y arados.

(Con respecto a los cerdos, no estoy seguro de no compartir su punto de vista. En los últimos tiempos, la puerca blanca ha fijado su residencia debajo de los cimientos de mi casa, y allí se dedica a actividades tan disolutas que nuestra cena se ve alterada todos los días por ruidos infernales que parecen sonidos de almas atormentadas. Almas a las que, al parecer, les hubieran arrancado miembro tras miembro y hubieran sido devoradas por demonios bajo nuestros pies.)

Puesto que me refiero a cuestiones infernales, debo señalar que los recién llegados son, ay, severos miembros del covenant, para quienes un papista como yo lleva cuernos y rabo. Tal vez recuerdes a un tal Thomas Christie, de Ardsmuir. En comparación con esos caballeros tan rígidos, el señor Christie parece representar la compasión y la generosidad.

No se me había ocurrido agradecer a la Providencia el hecho de que mi yerno sea presbiteriano por inclinación, pero ahora me doy cuenta de lo cierto que es que los designios del Todopoderoso escapan a la comprensión de todos nosotros, pobres mortales. Si bien hasta Roger MacKenzie es un triste y depravado libertino a ojos de ellos, los nuevos inquilinos pueden al menos hablar con él sin la necesidad de hacer pequeños gestos y señales para ahuyentar el Mal, que aparecen constantemente cuando conversan conmigo.

En cuanto a su comportamiento respecto a mi esposa, uno pensaría que ella es la bruja de Endor, o la gran prostituta de Babilonia. Esto se debe a que consideran que los utensilios de su consulta son «encantamientos», y quedaron asombrados cuando presenciaron la entrada en dicha consulta de unos cuantos cherokee, alegremente engalanados para su visita, que habían venido a intercambiar productos tan arcanos como colmillos de serpientes y vesículas de osos.

Mi esposa me ruega que te manifieste su placer por tus cumplidos respecto a la mejoría en la salud del señor Higgins, y, todavía más, por tu oferta de proporcionar productos medicinales para ella de manos de tu amigo en Filadelfia. Me ha pedido que te envíe la lista que adjunto. Al echarle una mirada, sospecho que el cumplimiento de sus deseos no hará nada para aplacar las sospechas de los pescadores, pero ruego que no desistas por ese motivo, puesto que creo que nada, salvo el tiempo y la costumbre, disminuirá los temores de esa gente.

Asimismo, mi hija me pide que exprese su gratitud por tu regalo del fósforo. No estoy seguro de compartir ese sentimiento, dado que hasta ahora sus experimentos con esa sustancia han tenido un alto poder incendiario. Por suerte, ninguno de los recién llegados los ha visto; en caso contrario, no tendrían duda alguna de que Satanás es amigo mío y de mi gente.

Por otra parte, estoy encantado de felicitarte por tu reciente cosecha, que es, sin duda, muy aceptable. Te envío como agradecimiento un barril de la mejor sidra de la señora Bug, y una botella envejecida en barrica durante tres años, que estoy seguro que encontrarás menos corrosiva para la garganta que la última partida.

Tu obediente servidor,

J. Fraser

Posdata: Me ha llegado un informe sobre un caballero que, por su descripción, se asemeja a Stephen Bonnet. Ese hombre se presentó brevemente en Cross Creek el mes pasado. Si se trataba, por cierto, del caballero en cuestión, no sabemos a qué se debe su presencia, y parece haberse desvanecido sin dejar ningún rastro; mi tío político, Duncan Innes, ha realizado averiguaciones en la zona, pero me ha escrito diciéndome que han resultado infructuosas. Si te enteraras de algo al respecto, te ruego que me avises de inmediato.

18

¡Bruum!

Del *Libro de los Sueños*

Anoche soñé con agua corriente. Por lo general, eso significa que he bebido demasiado antes de acostarme, pero esta vez era diferente. El agua salía del grifo del fregadero de casa. Yo estaba ayudando a mamá a fregar los platos; ella echaba agua caliente sobre ellos, y luego me los daba para que yo los secara; yo sentía la porcelana caliente a través del trapo, y el rocío del agua en la cara.

Mamá tenía el cabello rizado a causa de la humedad, y los dibujos de los platos eran las rosas abultadas y rosadas de la vajilla buena de la boda. Mamá no me dejó fregarlos hasta que cumplí diez años por miedo a que se me cayeran, ¡y cuando por fin pude hacerlo, me sentí muy orgullosa!

Todavía puedo ver hasta la última de las cosas que se guardaban en el armario de la porcelana del salón: el soporte para tartas, pintado a mano, del bisabuelo de mamá (me dijo que era artista, y que ganó un concurso con aquel soporte hace cien años); la docena de copas de cristal que papá heredó de su madre, junto con el plato de aceitunas de cristal tallado y la taza con su platillo pintados a mano con violetas y bordes dorados.

Yo estaba delante del armario, guardando la porcelana (pero no dejábamos la porcelana en ese armario, sino en un estante que había sobre el horno), y el agua salía del grifo de la cocina, corría por el suelo y formaba un charco en torno a mis pies. Luego comenzó a subir, y yo empecé a chapotear por la cocina, pateando el agua para que brillara como el plato de cristal tallado de las aceitunas. Cada vez había más agua, pero nadie parecía preocuparse; yo tampoco.

El agua estaba muy caliente; salía vapor de ella.

Y ése fue el sueño; pero esta mañana, cuando me he levantado, el agua del lavabo estaba tan fría que he tenido que calentar un poco en una olla antes de lavar a Jemmy. Todo el tiempo que he pasado controlando el agua en el fuego he estado recordando el sueño, y todos esos litros de agua caliente.

Lo que me pregunto es lo siguiente: los sueños que tengo sobre aquella época parecen muy nítidos y detallados... mucho más que los que tengo sobre ahora. ¿Por qué veo cosas que no existen en ningún lado, excepto dentro de mi mente?

Lo que me pregunto sobre los sueños es... Todos los nuevos inventos que se le ocurre a la gente... ¿Cuántas de esas cosas están hechas por personas como yo? ¿Como nosotros? ¿Cuántos «inventos» son en realidad recuerdos de las cosas que conocimos en otra época? Y... ¿cuántos de nosotros estamos aquí?

—En realidad, no es tan difícil tener agua caliente. En teoría.

—¿No? Supongo que tienes razón. —Roger sólo me había escuchado a medias, concentrado como estaba en el objeto que estaba cobrando forma bajo su cuchillo.

—Me refiero a que sería un trabajo muy difícil de hacer. Pero el concepto es sencillo. Cavar zanjas o construir canales... Y por esta zona lo más adecuado serían los canales...

—¿Ah, sí? —Ésa era la parte delicada. Roger contuvo el aliento, cincelando la madera con cuidado, quitando unas astillas minúsculas, una por una.

—No hay metal —dijo Bree pacientemente—. Si tuviéramos metal, podríamos hacer canales exteriores. Pero apuesto a que el metal de toda la colonia de Carolina del Norte no alcanzaría para construir las cañerías que harían falta para traer agua del arroyo hasta la Casa Grande. ¡Y mucho menos una caldera! Y si lo hubiera, costaría una fortuna.

—Mmm. —Sintiendo que tal vez ésa no era la respuesta adecuada, Roger se apresuró a añadir—: Pero sí hay algo de metal. La destilería de Jamie, por ejemplo.

Su mujer resopló.

—Sí. Le pregunté de dónde la sacó y me respondió que se la había ganado a un capitán de barco de Charleston en una partida de cartas. ¿Crees que podría apostar mi brazalete de plata contra unos cientos de metros de cobre enrollado?

Una astilla más... Dos... Un mínimo corte con la punta del cuchillo... Ah. El minúsculo círculo salió de la matriz. ¡Giraba!

—Eh... Sí, claro —dijo Roger, dándose cuenta tarde de que ella le había hecho una pregunta—. ¿Por qué no?

Brianna se echó a reír.

—No has oído ni una sola palabra de lo que te he dicho, ¿verdad?

—Desde luego que sí —protestó él—. Has dicho «zanja». Y «agua». Estoy seguro de que he oído eso.

Brianna resopló de nuevo, aunque de forma más suave en esta ocasión.

—Bueno, de todas formas tendrías que hacerlo tú.

—¿Hacer qué? —Su pulgar buscó la pequeña rueda e hizo que girara.

—Apostar. Nadie me va a dejar participar en una partida de cartas.

—Gracias a Dios —dijo él de un modo reflejo.

—Bendito sea tu corazoncito presbiteriano —afirmó ella con actitud tolerante, moviendo la cabeza—. Tú no eres jugador, ¿verdad, Roger?

—Ya, y tú sí, supongo. —Lo dijo en broma, preguntándose por qué el comentario de ella le había parecido un leve reproche.

Como respuesta, Brianna se limitó a sonreír, curvando la amplia boca de una manera que sugería perversas hazañas nunca mencionadas. Él se sintió un poco incómodo. Ella sí era jugadora, aunque... Miró la mancha grande y chamuscada en medio de la mesa.

—Eso fue un accidente —dijo ella a la defensiva.

—Sí. Al menos las cejas te han crecido de nuevo.

—Ejem. Ya casi lo he logrado. Falta una última serie...

—Eso es lo que dijiste la última vez. —Roger era consciente de que estaba aventurándose en un terreno peligroso, pero parecía incapaz de detenerse.

Su esposa respiró profundamente, mirándolo con sus ojos apenas entornados, como alguien que apunta antes de disparar a una enorme pieza de artillería. Después pareció pensar mejor lo que fuera que iba a decir. Sus rasgos se relajaron, y estiró la mano hacia el objeto que sostenía Roger.

—¿Qué es eso que has estado haciendo?

—Sólo un juguetito para Jem. —Dejó que lo cogiera, sintiendo la calidez de un orgullo modesto—. Todas las ruedas giran.

—¿Es para mí, papá? —Jemmy había estado revolcándose en el suelo con el gato *Adso*, que toleraba a los niños pequeños. Pero al oír su nombre, abandonó al felino, que escapó de inmediato por la ventana, y corrió a ver su nuevo juguete.

—¡Mira! —Brianna hizo correr el pequeño coche por la palma de su mano y lo levantó, dejando que las cuatro ruedas diminutas rodaran. Jem lo agarró con entusiasmo, tirando de las ruedas.

—¡Con cuidado! ¡Con cuidado! ¡Vas a romperlo! Ven, déjame enseñarte. —Roger se puso en cuclillas, cogió el coche e hizo que circulara por las piedras de la chimenea—. ¿Ves? ¡*Bruum*! ¡*Bruum, bruum*!

—¡*Bruum*! —repitió Jemmy—. ¡Déjame hacerlo, papá, déjame!

Roger le entregó el juguete a Jemmy, sonriendo.

—¡*Bruum*! ¡*Bruum, bruum*! —El pequeño empujó el coche con entusiasmo, pero entonces se le soltó de la mano y vio con la boca abierta cómo corría solo hasta la chimenea, chocaba contra el borde, y daba la vuelta. Chillando por el deleite, se fue correteando detrás de su nuevo juguete.

Roger levantó la mirada sin dejar de sonreír, y vio que Brianna estaba vigilando a Jem con una expresión extraña en la cara. Ella sintió su mirada y lo miró a su vez.

—¿*Bruum*? —dijo en voz baja, y Roger sintió una repentina sacudida en su interior, como un golpe en el estómago.

—¿Qué es, papá, qué es? —Jemmy había vuelto a atrapar el juguete y corría hacia él, aferrándolo contra el pecho.

—Es un... Un... —comenzó a decir, sin saber cómo seguir. Se trataba, en realidad, de una tosca réplica de un Morris Minor, pero la palabra «coche», y mucho menos «automóvil», no tenían ningún sentido allí. Y para el motor de combustión interna, con su ruido agradablemente evocador, faltaba por lo menos un siglo.

—Supongo que es un *bruum*, cariño —dijo Bree, con un claro tono de compasión. Roger sintió el suave peso de la mano de ella en su cabeza.

—Eh... Sí, es eso —dijo, aclarándose la garganta—. Es un *bruum*.

—*Bruum* —dijo Jemmy alegremente, y se arrodilló para hacerlo rodar sobre la chimenea una vez más—. ¡*Bruum, bruum*!

VAPOR. Tendría que estar impulsado por vapor o viento; un molino tal vez serviría para bombear agua en el sistema, pero si quiero agua caliente, habría vapor de todas maneras. ¿Por qué no utilizarlo?

El problema es el almacenamiento; la madera se quema y el agua se filtra a través de ella; la arcilla no aguantará la presión. Necesito metal. Me pregunto qué haría la señora Bug si yo cogiera el caldero para lavar la ropa. Bueno, sí sé lo que haría, y una explosión de vapor no sería nada en comparación; además, necesitamos lavar la ropa. Tendré que soñar con otra cosa.

19

Segar la mies

El mayor MacDonald regresó el último día de la siega. Yo estaba maniobrando a un lado de la casa con una inmensa cesta de pan cuando lo vi al final del camino, atando su caballo a un árbol. Él levantó el sombrero y me hizo una reverencia; luego atravesó el patio, mirando con curiosidad los preparativos que tenían lugar.

Habíamos colocado caballetes debajo de los castaños con tablones encima, y un flujo constante de mujeres iban y venían de la casa al patio trayendo comida, como si se tratara de hormigas. El sol se estaba poniendo, y los hombres estaban a punto de llegar para la celebración; sucios, agotados, hambrientos y entusiasmados por haber terminado el trabajo.

Saludé al mayor con un gesto y acepté, aliviada, su oferta de llevar el pan hasta las mesas.

—Ah, ¿la siega? —me dijo, como respuesta a mi explicación. Una sonrisa nostálgica se extendió por su curtido rostro—. Recuerdo haber participado en una siega cuando era un muchacho. Pero aquello fue en Escocia, ¿sabe? Casi nunca teníamos un tiempo tan magnífico como éste. —Levantó la mirada hacia el resplandeciente azul profundo del cielo de agosto. Era un clima perfecto para la siega: cálido y seco.

—Es maravilloso —respondí, olfateando a modo de aprecio.

El aroma del heno recién segado se encontraba en todas partes, había resplandecientes montañas de mies en todos los cobertizos, todo el mundo llevaba un poco pegado a la ropa y se habían formado pequeños caminos de paja en todas partes. El olor del heno segado y seco se había mezclado con el delicioso aroma de la barbacoa que llevaba toda la noche calentándose bajo tierra, el pan fresco y el olor penetrante y embriagador de la sidra de la señora Bug. Marsali y Brianna traían jarras de bebida desde el almacén que estaba sobre el arroyo, donde se había estado enfriando junto con el suero de leche y la cerveza.

—Veo que he escogido un buen momento —comentó el mayor, contemplando el esfuerzo con una mirada de aprobación.

—Si ha venido a comer, sí —respondí divertida—. Si ha venido a hablar con Jamie, creo que tendrá que esperar hasta mañana.

Él me miró intrigado, pero no tuvo tiempo de hacer más averiguaciones; yo había percibido otro movimiento en el sendero. El mayor, al ver la dirección de mi mirada, se volvió, y frunció ligeramente el ceño.

—Vaya, es ese tipo con la cara marcada —dijo, con un tono de recelo y desaprobación—. Lo vi en Coopersville, pero él me vio primero, y se alejó todo lo que pudo. ¿Desea que me libre de él, señora? —Bajó el pan y ya estaba con la mano en la espada que llevaba a la cadera, cuando lo agarré del antebrazo.

—Ni se le ocurra, mayor —intervine con rapidez—. El señor Higgins es un amigo.

Me lanzó una mirada inexpresiva y dejó caer el brazo.

—Como usted quiera, señora Fraser —replicó con frialdad y, recogiendo de nuevo el pan, se marchó hacia las mesas.

Puse los ojos en blanco, exasperada, y luego fui a saludar al recién llegado. Estaba claro que Bobby Higgins podría haberse unido al mayor en el camino hasta el Cerro, y que había decidido no hacerlo. Advertí que se había familiarizado un poco más con las mulas; iba montado sobre una y llevaba otra, cargada con un prometedor surtido de alforjas y baúles.

—Cortesía de su señoría, señora —dijo, haciéndome un elegante saludo mientras desmontaba.

Con el rabillo del ojo vi que MacDonald estaba observando la escena y que mostraba un pequeño gesto de sorpresa al ver el saludo militar. De modo que ya sabía que Bobby era soldado, y, sin duda, no tardaría en sonsacarle información sobre su pasado. Reprimí un suspiro; no podía arreglar las cosas; tendrían que hacerlo ellos... si es que había algo que arreglar.

—Tienes buen aspecto, Bobby —dije, sonriendo, a la vez que me deshacía de mi inquietud—. No has tenido ningún problema durante el viaje, ¿verdad?

—¡Ah, no, señora! —Su boca se abrió en una amplia sonrisa—. ¡Y no he sufrido ninguna caída desde la última vez que nos vimos!

Con «caída» se refería a «desmayo», y yo lo felicité por su estado de salud, examinándolo mientras descargaba la mula con destreza y eficiencia. Definitivamente, tenía mucho mejor aspecto; estaba sonrosado como un niño, excepto por la fea marca de su mejilla.

—Aquel soldado de allí —dijo fingiendo indiferencia, mientras descargaba una caja—, ¿usted lo conoce, señora?

—Es el mayor MacDonald —respondí, tratando de no mirar en dirección al mayor. Sentía sus ojos clavados en mi espalda—. Sí. Él... trabaja para el gobernador, creo. Pero no es del ejército regular; es un oficial a tiempo parcial.

Ese dato pareció tranquilizar un poco a Bobby. Tomó aliento, como si fuera a decir algo, pero luego cambió de idea. Sin embargo, introdujo la mano en su camisa y sacó una carta sellada, que me entregó.

—Esto es para usted —explicó—. De su señoría. ¿Por casualidad la señorita Lizzie se encuentra por aquí? —Su mirada ya estaba examinando el grupo de chicas y mujeres que estaban preparando las mesas.

—Sí. La última vez que la he visto estaba en la cocina —respondí, con una sensación de incomodidad—. Saldrá dentro de un momento. Pero... Sabes que está prometida, ¿verdad, Bobby? Su novio vendrá a cenar con los otros hombres.

Él me miró a los ojos y me sonrió con una dulzura especial.

—Ah, sí, señora. Lo sé muy bien. Sólo pensaba que tenía que agradecerle la amabilidad con la que me trató la última vez que estuve aquí.

—Ah —exclamé, sin confiar lo más mínimo en su sonrisa. Bobby era un muchacho muy apuesto, tuerto o no; y había sido soldado—. Bueno... Bien.

Antes de que pudiera decir nada más, oí voces de hombres que llegaban a través de los árboles. No era precisamente un canto, sino más bien una especie de canturreo rítmico. No podía precisar de qué se trataba —decían algo como «*Ho-ro*!», en gaélico, y cosas por el estilo—, a pesar de que parecía que todos estaban dando alaridos al unísono y con alegría.

La siega era un concepto novedoso para los inquilinos nuevos, que estaban mucho más acostumbrados a recoger quelpo que a cortar hierba. Pero Jamie, Arch y Roger los habían guiado durante todo el proceso, y yo no había tenido que suturar más que unas cuantas heridas menores, por lo que suponía que había sido un éxito; nadie había perdido ninguna mano ni ningún pie, sólo se habían producido algunas discusiones a gritos, aunque sin llegar a las manos, y no se había perdido ni estropeado más que la cantidad habitual de heno.

Todos parecían de buen humor cuando llegaron al patio principal, desaliñados, sudando copiosamente y sedientos como esponjas. Jamie estaba entre ellos, riendo y tropezando cuando alguien lo empujó. Al verme, una enorme sonrisa se dibujó en su cara bronceada por el sol. Llegó a mi lado de una zancada y me cogió en un exuberante abrazo con olor a heno, caballos y sudor.

—¡Hemos terminado, por fin! —dijo, y me besó de forma ruidosa—. Santo Dios, necesito un trago. Y no, no es ninguna blasfemia, pequeño Roger —añadió, mirando hacia atrás—. Es sincera gratitud y desesperación.

—Sí, pero primero lo primero, ¿eh? —Roger había aparecido detrás de Jamie, con una voz tan ronca que apenas era audible entre el alboroto general. Tragó, haciendo una mueca.

—Sí —asintió Jamie. Miró rápidamente a Roger, evaluando la situación, se encogió de hombros y caminó hasta el centro del patio.

—*Èisd ris*! *Èisd ris*! —gritó Kenny Lindsay al verlo. Evan y Murdo se le sumaron, dando palmadas y reclamando la atención de los presentes con suficiente fuerza como para que la multitud cediera y prestara atención.

Digo la plegaria desde mi boca,
digo la plegaria desde el corazón,
digo la plegaria para Ti Mismo,
oh, Mano Sanadora, oh, Hijo del Dios de la salvación.

Jamie no levantó mucho la voz, pero todos guardaron silencio de inmediato, y las palabras resonaron con claridad.

Tú, Señor de los ángeles,
extiende sobre mí Tu manto de lino;
protégeme del hambre,
libérame de toda silueta espectral.
Fortaléceme en todo lo bueno,
guíame cuando me extravíe,
cuídame cuando enferme,
y no me dejes caer en ninguna enemistad.

Se oyó un murmullo de ligera aprobación entre la multitud, y vi que algunos de los pescadores inclinaban la cabeza, aunque sus ojos seguían fijos en él.

Protégeme de todas las cosas truculentas,
protégeme de todas las cosas malas,
protégeme de todas las cosas horribles
que oscuramente vienen hacia mí.

Oh, Dios de los débiles,
oh, Dios de los humildes,
oh, Dios de los justos,
oh, Protector de los hogares.

Tú nos estás llamando
con la voz de la gloria,
con la boca de la misericordia,
de Tu adorado Hijo.

Miré de reojo a Roger, que también asentía ligeramente con un gesto de aprobación. Era evidente que se habían puesto de acuerdo. Era razonable; rezarían una plegaria que resultara familiar a los pescadores, en la que no hubiera ningún elemento específicamente católico.

Jamie abrió los brazos en un gesto del todo inconsciente, y la brisa agitó el lino gastado y húmedo de su camisa mientras echaba la cabeza hacia atrás y levantaba el rostro hacia el cielo, lleno de gozo.

> Oh, que encuentre yo descanso eterno
> en el hogar de Tu Trinidad,
> en el Paraíso de los divinos,
> ¡en el soleado jardín de Tu amor!

—¡Amén! —dijo Roger, lo más fuerte que pudo, y en todo el patio se oyeron murmullos de agradecimiento. A continuación, el mayor MacDonald levantó la jarra de sidra que tenía en la mano, gritó «*Slàinte*!» y la vació de un trago.

Las celebraciones fueron normales después de aquello. Yo estaba sentada sobre un tonel, con Jamie en la hierba a mis pies, y con una bandeja de comida y una jarra de sidra que alguien rellenaba constantemente.

—Bobby Higgins está aquí —le dije, al ver a Bobby entre un pequeño grupo de jóvenes admiradoras—. ¿Ves a Lizzie por algún sitio?

—No —respondió él, reprimiendo un bostezo—. ¿Por qué?

—Me ha preguntado por ella.

—Entonces estoy seguro de que la encontrará. ¿Quieres un poco de carne, Sassenach? —Sostenía en alto una enorme costilla, mientras me miraba, inquisitivo, con una ceja enarcada.

—Ya he comido —le aseguré, y él se lanzó de inmediato sobre la barbacoa condimentada con vinagre como si no hubiese comido durante toda una semana—. ¿El mayor MacDonald ha hablado contigo?

—No —dijo con la boca llena, y tragó—. Aguardará. Allí está Lizzie... Con los McGillivray.

Me sentí más tranquila al oírlo. Sin duda, los McGillivray —en particular Frau Ute— desalentarían cualquier atención inapropiada hacia su futura nuera. Lizzie estaba charlando y riendo con Robin McGillivray, quien le sonreía con una expresión paternal, mientras su hijo Manfred comía y bebía con un apetito obsesivo. Me di cuenta de que Frau Ute no dejaba de mirar con atención e interés al padre de Lizzie, que estaba en el porche cercano, cómodamente sentado junto a una alemana alta y de cara poco atractiva.

—¿Quién es la que está con Joseph Wemyss? —pregunté, rozando a Jamie con la rodilla para llamar su atención.

Éste entornó los ojos a causa del resplandor del sol para mirar y, a continuación, se encogió de hombros.

—No lo sé. Es alemana; debe de haber venido con Ute McGillivray. ¿Está haciendo de celestina? —Levantó su jarra y bebió, suspirando de dicha.

—¿Tú crees?

Observé con curiosidad a la mujer desconocida. Sin duda, parecía llevarse bien con Joseph, y él con ella. Su cara delgada se iluminaba con sus gestos cuando le explicaba algo, y la cabeza de la mujer, tocada con un elegante gorro, se inclinaba hacia él, con una sonrisa en los labios.

Yo no siempre aprobaba los métodos de Ute McGillivray, que solían ser arrolladores, pero tenía que admirar la esforzada complejidad de sus planes. Lizzie y Manfred se iban a casar la primavera siguiente, y yo me había preguntado cómo se sentiría Joseph después. Lizzie era toda su vida.

Evidentemente, él podría irse a vivir con ella después de la boda. Lizzie y Manfred residirían en la casa grande de los McGillivray, y suponía que también encontrarían espacio para Joseph. De todas formas, él se sentiría desgarrado, puesto que no querría abandonarnos a nosotros... Y, si bien cualquier hombre sano siempre era útil en un asentamiento, él no tenía ningún talento natural para la agricultura, y mucho menos para la herrería, como Manfred y su padre. Pero si él también contrajera matrimonio...

Miré a Ute McGillivray con el rabillo del ojo, y vi que estaba observando al señor Wemyss y a su enamorada con la expresión satisfecha de una titiritera cuyos títeres están bailando precisamente al son de la melodía que ella ha seleccionado.

Alguien había dejado una gran jarra de sidra junto a nosotros. Rellené la jarra de Jamie, y después la mía. Era maravillosa, de un color ámbar oscuro y turbio, dulce y aromática. Dejé que el fresco líquido goteara por mi garganta y se abriera en mi cabeza como una flor silenciosa.

Había muchas conversaciones y risas, y advertí que si bien los inquilinos nuevos seguían manteniéndose cerca de sus grupos familiares, también se habían decidido a relacionarse con otras personas; los hombres que habían estado trabajando codo con codo durante las últimas dos semanas se relacionaban con una cordialidad y una cortesía alimentadas por la sidra.

La mayoría de los nuevos inquilinos consideraban que el vino era una burla y que las bebidas fuertes —como el whisky, el ron o el coñac— eran escandalosas, pero todos bebían cerveza y sidra. La sidra era saludable, según me había dicho una de las mujeres, al mismo tiempo que le pasaba una jarra a su hijo pequeño. Mientras bebía poco a poco, pensé que en media hora empezarían a caer como moscas.

Jamie dejó escapar un pequeño sonido divertido y bajé la vista para mirarlo. Señaló con un gesto el otro extremo del patio. Bobby Higgins había conseguido librarse de sus admiradoras y se las había arreglado para separar a Lizzie de los McGillivray. Estaban de pie a la sombra de los castaños, hablando.

Volví a mirar a los McGillivray. Manfred estaba recostado en los cimientos de la casa, con la cabeza inclinada sobre el plato. Su padre se había acurrucado a su lado, en el suelo, y roncaba plácidamente. Las chicas conversaban entre sí, pasando comida por encima de las cabezas encorvadas de sus maridos, todos en distintos estados de inminente somnolencia. Ute se había trasladado al porche, y estaba hablando con Joseph y su compañera.

Miré otra vez a Lizzie y a Bobby, que estaban charlando, mientras mantenían una distancia respetuosa. Pero había algo en la forma en que él se inclinaba hacia ella, y la manera en que ella se apartaba a medias de él y luego volvía a acercársele, agitando un pliegue de su falda con una mano...

—Oh, no —dije. Me moví un poco, y llevé los pies al suelo; pero no estaba segura de si en realidad debía interrumpirlos. Después de todo, estaban a plena vista, y...

—Tres cosas me asombran, no, cuatro, dijo el profeta. —La mano de Jamie me apretó el muslo; él también estaba observando a la pareja bajo los castaños, con los ojos entornados—. La forma de un águila en el cielo, la de una serpiente en la roca, la de un barco en medio del mar... y la de un hombre con una doncella.

—De modo que no estoy imaginándomelo —señalé secamente—. ¿Crees que debería hacer algo?

—Mmfm. —Inspiró profundamente y se enderezó, sacudiendo la cabeza con fuerza para espabilarse—. No, Sassenach. Si el pequeño Manfred no se molesta en proteger a su futura esposa, estaría fuera de lugar que lo hicieras tú.

—Sí, estoy de acuerdo. Sólo pensaba que si Ute los viera... O Joseph... —No estaba segura de lo que haría el señor Wemyss, pero pensé que Ute montaría un buen numerito.

—Ah. —Jamie parpadeó, balanceándose un poco—. Sí, supongo que tienes razón. —Volvió la cabeza, buscando, luego divisó a Ian y lo llamó con un gesto de la cabeza.

Ian estaba despatarrado con aire soñador en la hierba a unos metros de distancia, junto a un montón de costillas grasientas, pero en ese momento se dio la vuelta y se arrastró, obediente, hacia nosotros.

—¿Mmm? —dijo. Su grueso cabello marrón se le había soltado, y se le habían formado varios remolinos que apuntaban hacia arriba, mientras que el resto caía hacia delante, cubriéndole un ojo y confiriéndole el aspecto de una persona de dudosa reputación.

Jamie hizo un gesto hacia los castaños.

—Ve y dile a la pequeña Lizzie que te cure la mano, Ian —le pidió.

Ian se miró la mano con ojos adormilados; tenía una cicatriz que le atravesaba la parte superior, aunque ya se había curado hacía bastante tiempo. Pero entonces miró en la dirección que le indicaba Jamie.

—Ah —dijo.

Permaneció unos instantes de rodillas con los ojos entornados con una expresión pensativa; luego, lentamente, se levantó y se quitó el cordón que le ataba el pelo y, echándoselo hacia atrás con un gesto distraído, avanzó rumbo a los castaños.

Estaban demasiado lejos para oírlos, pero podíamos verlos. Bobby y Lizzie se separaron como las aguas del mar Rojo cuando Ian, alto y desgarbado, se colocó de manera resuelta entre ambos. Los tres parecieron conversar con cordialidad por un momento, y luego Lizzie e Ian partieron hacia la casa. Lizzie saludó a Bobby con un gesto despreocupado de la mano... Y una furtiva mirada hacia atrás. Bobby se quedó de pie mirándola y meciéndose con aire pensativo, luego meneó la cabeza y se marchó en busca de sidra.

La sidra estaba causando su efecto. Yo había supuesto que al caer la noche todos los hombres se habrían desplomado; durante la siega, era habitual que muchos se quedaran dormidos sobre los platos de comida de puro agotamiento. Pero en realidad seguía habiendo bastantes charlas y risas, aunque el suave resplandor crepuscular mostraba un número cada vez mayor de cuerpos esparcidos por la hierba.

Rollo masticaba con satisfacción los huesos que Ian había desechado. Brianna se había sentado un poco apartada; Roger estaba tumbado con la cabeza sobre la falda de su esposa, profundamente dormido. Tenía abierto el cuello de la camisa, y la irregular cicatriz que le había dejado la horca destacaba con nitidez en su piel. Bree me sonrió, mientras acariciaba con cariño el lustroso cabello negro de su marido y le quitaba briznas de heno. Jemmy no estaba en ninguna parte, y tampoco Germain, tal y como pude comprobar con rapidez con la vista. Por suerte, el fósforo estaba bajo llave, en la parte superior de mi armario más alto.

Jamie posó su cabeza tibia y pesada en mi muslo, y yo la mano sobre su pelo, devolviendo una sonrisa a Brianna. Le oí resoplar un poco, y seguí la dirección de su mirada.

—Para ser una muchachita tan pequeña, Lizzie trae bastantes problemas —dijo Jamie.

Bobby Higgins estaba junto a una de las mesas, bebiendo sidra, y era evidente que no se había dado cuenta de que los hermanos Beardsley estaban acercándose. Se desplazaban como zorros por el bosque, sin ocultarse del todo, aproximándose a él desde direcciones opuestas.

Uno —tal vez Jo— apareció de repente al lado de Bobby, alarmándolo de tal forma que derramó su bebida. Frunció el ceño y se limpió la salpicadura mojada en su camisa, mientras Jo se acercaba un poco más, obviamente murmurando amenazas y advertencias. Con aire ofendido, Bobby se apartó de él, para encontrarse con Kezzie al otro lado.

—No estoy segura de que sea Lizzie la que trae problemas —dije a la defensiva—. Después de todo, sólo estaban hablando—. La cara de Bobby enrojecía cada vez más. Dejó a un lado el jarro del que estaba bebiendo y se incorporó un poco, mientras una de sus manos se cerraba en un puño. Los Beardsley se aproximaron todavía más, con la evidente intención de obligarlo a regresar al bosque. Mirando con cautela a uno y otro hermano, dio un paso hacia atrás, apoyando la espalda en un tronco.

Bajé la mirada. Jamie estaba observando todo con los párpados entornados y una soñadora expresión de indiferencia. Suspiró profundamente, cerró los ojos por completo y, de repente, apoyó todo su peso contra mí.

La razón de esa repentina fuga de la realidad se presentó un segundo más tarde: MacDonald, enrojecido por la comida y la bebida, con su chaqueta roja resplandeciendo como un rescoldo a la luz del crepúsculo. Miró a Jamie, que dormía con placidez apoyado en mi pierna, y meneó la cabeza. Se volvió despacio, examinando la escena.

—¡Por Dios! —dijo con suavidad—. He de decir, señora, que he visto campos de batalla con mucha menos carnicería.

—Ah, ¿en serio? —Su aparición me había distraído, pero ante la mención de una «carnicería» volví la mirada. Bobby y los Beardsley habían desaparecido, esfumándose como las volutas de niebla en el ocaso. Bueno, si se estaban peleando, pronto me enteraría.

MacDonald se encogió levemente de hombros, se agachó, cogió a Jamie por los brazos, y me lo quitó de encima. Luego lo puso sobre la hierba con un cuidado sorprendente.

—¿Puedo? —preguntó cortésmente y, ante mi señal de asentimiento, se sentó junto a mí al otro lado, rodeándose las rodillas con los brazos.

Iba bien vestido, como siempre, con peluca y todo, pero el cuello de su camisa estaba sucio, y los faldones de su chaqueta estaban deshilachados y manchados con salpicaduras de barro.

—¿Ha estado viajando mucho estos días, mayor? —pregunté, para darle conversación—. Se lo ve bastante cansado, si me permite decirlo.

Lo había sorprendido en medio de un bostezo; lo reprimió, parpadeando, y se echó a reír.

—Sí, señora. He estado sobre el caballo todos los días del último mes, y he visto una cama tal vez una noche de cada tres.

Era cierto que parecía cansado, incluso a la suave luz del crepúsculo; las arrugas de la cara se le habían profundizado por la fatiga, y la piel debajo de los ojos estaba hinchada y de color oscuro. No era un hombre apuesto, pero, por lo general, se movía con una confianza y una desenvoltura que le conferían cierto atractivo. Pero ahora se veía como lo que era: un soldado retirado, de casi cincuenta años, sin regimiento ni asignaciones regulares, que se esforzaba por mantener cualquier mínimo contacto que le permitiera progresar.

En una situación normal no le habría hablado de su trabajo, pero la compasión hizo que le formulara una pregunta:

—¿Últimamente trabaja a menudo para el gobernador Martin?

Asintió y tomó otro trago de sidra, para después realizar una profunda inhalación.

—Sí, señora. El gobernador ha tenido la gentileza de pedirme un informe de la situación en el campo... Y también me ha hecho el insigne favor de aceptar algunos de mis consejos de vez en cuando. —Miró a Jamie, que se había acurrucado como un erizo y estaba empezando a roncar, y sonrió.

—¿Se refiere al nombramiento de mi marido como agente indio? Le estamos agradecidos, mayor.

Hizo un gesto para restar importancia a mi agradecimiento.

—Ah, no, señora; eso no tuvo nada que ver con el gobernador, salvo de forma indirecta. Esa clase de nombramientos están a cargo del superintendente del Departamento del Sur. Aunque, por supuesto, el gobernador está interesado en tener novedades de los indios —añadió, tomando otro sorbo.

—Estoy segura de que se lo explicará todo mañana por la mañana —afirmé, señalando a Jamie con la cabeza.

—Desde luego, señora. —Vaciló un momento—. ¿Usted sabe si...? ¿Acaso el señor Fraser le comentó algo respecto a sus conversaciones en las aldeas... si hubo alguna mención de... incendios?

Me incorporé con rapidez; el zumbido provocado por la sidra había desaparecido súbitamente.

—¿Qué ha ocurrido? ¿Se han producido más?

MacDonald asintió, y se pasó la mano por la cara con aspecto cansado, frotándose el incipiente cabello.

—Sí, dos, pero uno de ellos fue un granero, más allá de Salem. Uno de los hermanos moravos. Y por lo que pude averiguar de todo aquel asunto, lo más probable es que los responsables fueran algunos de los presbiterianos escoceses o irlandeses que se han instalado en el condado de Surry. Hay un condenado predicador que está poniendo a todos contra los moravos, llamándolos herejes ateos... —Sonrió brevemente, pero luego volvió a adoptar una actitud seria—. En el condado de Surry ha habido problemas desde hace varios meses, hasta el punto de que los hermanos han solicitado al gobernador que trace nuevas líneas divisorias, para que todos estén dentro del condado de Rowan. La frontera entre Surry y Rowan pasa por en medio de sus tierras. Y el *sheriff* de Surry es... —Giró una mano.

—¿Tal vez no está muy entusiasmado por desempeñar sus obligaciones? —sugerí—. ¿Al menos en lo que respecta a los moravos?

—Es primo del condenado predicador —dijo MacDonald, y vació la jarra—. Ustedes no han tenido problemas con los nuevos inquilinos, ¿verdad? —añadió bajando la voz. Puso una sonrisa torcida y volvió la vista al patio, al pequeño grupo de mujeres que charlaba alegremente mientras sus maridos dormían a sus pies—. Parece que han hecho que se sientan bien recibidos.

—Bueno, son presbiterianos, y muy vehementes al respecto... Pero, como mínimo, aún no han tratado de quemarnos la casa.

Eché un rápido vistazo al porche, donde el señor Wemyss seguía sentado junto a su compañera, conversando con las cabezas juntas. El señor Wemyss era, probablemente, el único hombre que aún seguía consciente, junto con el mayor. Estaba claro que la dama era alemana, pero no morava, pensé; éstos pocas veces contraían matrimonio con personas que no fueran de su comunidad, y sus mujeres tampoco se aventuraban demasiado.

—A menos que usted crea que los presbiterianos han creado un grupo con el propósito de purgar el campo de papistas y luteranos... —apunté—. Y usted no cree eso, ¿verdad?

Sonrió un poco al oír aquello, aunque con escaso humor.

—No. Aunque a mí me educaron como presbiteriano, señora.

—Ah —intervine—. Eh... ¿Un poco más de sidra, mayor?

Me tendió el vaso sin demora.

—El otro incendio... Ése sí se parece mucho al resto —puntualizó, pasando por alto mi comentario—. Un asentamiento aislado. Un hombre que vivía solo. Pero éste se produjo justo al otro lado de la Línea del Tratado.

Pronunció esas últimas palabras con una mirada elocuente, y mis ojos se centraron involuntariamente en Jamie. Él me había explicado que los cherokee estaban inquietos por los colonos que habían entrado en su territorio.

—Se lo preguntaré a su marido mañana por la mañana, desde luego, señora —dijo MacDonald, interpretando de manera correcta mi mirada—. Pero tal vez usted sepa si él ha oído algo al respecto...

—Amenazas veladas de un cacique de Pájaro de Nieve —confesé—. Le escribió a John Stuart al respecto. Pero nada específico. ¿Cuándo ocurrió ese último incendio?

Se encogió de hombros.

—No sabría decírselo. Escuché la noticia hace tres semanas, pero el hombre que me lo explicó lo había oído un mes antes... y no lo vio, sino que se lo contó otra persona.

Permaneció pensativo unos instantes, rascándose la barbilla, y, por último, sugirió:

—Tal vez alguien debería ir a inspeccionar el lugar.

—Mmm —murmuré, sin molestarme en ocultar el escepticismo de mi voz—. Y usted cree que ésa es tarea de Jamie, ¿no?

—No debería ser presuntuoso ni explicar sus obligaciones al señor Fraser, señora —dijo, con la insinuación de una sonrisa—. Pero le sugeriré que la situación puede ser de su interés, ¿de acuerdo?

—Sí, hágalo —murmuré.

Jamie tenía planeado otro viaje rápido a las aldeas de Pájaro de Nieve, justo después de la cosecha y antes de que llegara el frío. Desde mi punto de vista, la idea de entrar en la aldea e interrogar a Pájaro que Canta en la Mañana sobre un asentamiento incendiado parecía bastante arriesgada.

Una leve brisa fría hizo que me estremeciera, y me tomé el resto de la sidra, deseando súbitamente que estuviera caliente. El sol ya se había puesto, y el aire era más fresco, aunque aquello no era lo que enfriaba mi sangre.

¿Y si las sospechas de MacDonald eran correctas y los cherokee estaban quemando asentamientos? Y si Jamie se presentaba haciendo preguntas inconvenientes...

Miré en dirección a la casa, sólida y serena, con sus ventanas resplandecientes con la luz de las velas; era un pálido baluarte frente a la oscuridad del bosque, que se encontraba más atrás.

> Con profundo pesar, comunicamos la noticia de la muerte en un incendio de James MacKenzie Fraser y su esposa, Claire Fraser, en una conflagración que destruyó su casa...

Comenzaban a aparecer las luciérnagas, flotando como chispas verdes en las sombras; miré hacia arriba y me encontré con un rocío de chispas rojas y amarillas de la chimenea. Todas las veces que había pensado en aquel espantoso recorte de periódico —y trataba de no hacerlo, de no contar los días que faltaban para el 21 de enero de 1776—, siempre había supuesto que el incendio sería accidental. Ese tipo de accidentes era bastante común, y las causas oscilaban de fuegos que se han descontrolado en la chimenea y velas volcadas a fuegos provocados por tormentas eléctricas. Jamás se me había ocurrido, hasta ese instante, que pudiera tratarse de una acción deliberada, de un asesinato.

Moví el pie lo suficiente como para rozar a Jamie. Él se agitó en sueños, extendió una mano y me rodeó el tobillo con su calidez; luego la dejó caer con un gruñido de satisfacción.

—Protégeme de todas las cosas truculentas —dije de una manera casi inaudible.

—*Slàinte* —se despidió el mayor, y vació su vaso de nuevo.

20
Regalos peligrosos

Impulsados por las novedades del mayor MacDonald, Jamie e Ian partieron dos días después para una rápida visita a Pájaro que Canta en la Mañana y el mayor se marchó para cumplir con sus misteriosas obligaciones, dejándome con Bobby Higgins por si precisaba ayuda.

Yo me moría por revisar las cajas que Bobby había traído, pero entre una cosa y otra —el demente intento de la cerda blanca de comerse a *Adso*, una cabra con una infección en las ubres, un extraño moho verde que había invadido las últimas provisiones de queso, la finalización de una necesaria cocina de verano y una firme conversación con los Beardsley respecto a la manera de tratar a los invitados, entre otras cosas—, transcurrió más de una semana antes de que pudiera encontrar un momento libre para abrir el regalo de lord John y leer su carta.

4 de septiembre de 1773
De lord John Grey, plantación de Mount Josiah
A la señora de James Fraser

Mi querida señora:

Confío en que los artículos que me solicitaste hayan llegado intactos. El señor Higgins se puso un poco nervioso respecto al traslado del aceite de vitriolo, puesto que, según creo, ha tenido alguna experiencia desagradable relacionada con ese producto, pero hemos envuelto la botella con muchas precauciones, dejándola sellada tal y como procedía de Inglaterra.

Después de examinar los exquisitos dibujos que me enviaste —¿detecto la elegante mano de tu hija en ellos?—, me trasladé a caballo hasta Williamsburg, con el objeto de consultar a un famoso cristalero que allí reside bajo el nombre (sin duda, inventado) de Blogweather. El señor Blogweather admitió que el alambique pelícano sería la simplicidad propiamente dicha y en absoluto una prueba de sus habilidades, pero quedó fascinado con las propiedades del aparato de destilación y, en especial, la bobina desmontable. Entendió de inmediato la conveniencia de tal dispositivo en caso de ruptura, y ha fabricado tres.

Por favor, acepta estos objetos como un regalo de mi parte, en una insignificante expresión de mi constante gratitud por las numerosas gentilezas que has tenido tanto conmigo como con el señor Higgins.

Tu más humilde y obediente servidor,

John Grey

Posdata: Hasta este momento he contenido mi vulgar curiosidad, pero me arriesgo a esperar que, en alguna ocasión cercana, me recompenses explicándome el propósito para el que piensas utilizar estos artículos.

Los habían envuelto con mucho cuidado. Al abrir las cajas, estaban repletas de una gran cantidad de paja, a través de la cual brillaban pedacitos de cristal y frascos cerrados con muchísimo cuidado, como si se tratara de huevos de Roc.[3]

—Tendrá usted mucho cuidado con eso, ¿verdad, señora? —preguntó Bobby con nerviosismo cuando levanté un frasco ancho, pesado y de cristal marrón, cuyo corcho estaba fuertemente sellado con cera roja—. Lo que hay dentro es espantoso, créame.

—Sí, lo sé. —Me puse de puntillas y coloqué el frasco en un anaquel alto, a salvo de niños y gatos merodeadores—. ¿Has visto a alguien usándolo, Bobby?

Cerró los labios con fuerza y sacudió la cabeza.

—Yo no diría usándolo, señora. Pero he visto sus efectos. Era una... muchacha, en Londres, a la que conocí bastante bien, mientras esperábamos el barco que nos traería a América. La mitad de su cara era suave como la manteca, pero la otra estaba tan llena de cicatrices que casi era imposible mirarla. Como si se hubiera derretido en el fuego, pero ella dijo que había sido el vitriolo. —Miró la botella y tragó saliva visiblemente—. Me explicó que una zorra se lo había vertido encima por celos.

Meneó la cabeza otra vez con un suspiro, y cogió la escoba para barrer la paja dispersa.

—Bueno, no te preocupes —lo tranquilicé—. No pretendo echárselo a nadie por encima.

—¡Oh, no, señora! —Bobby estaba muy azorado—. ¡Jamás pensaría algo así!

---

[3] Pájaro mitológico de color blanco y enorme tamaño y fuerza del que se suponía que podía alzar y comer elefantes. *(N. del t.)*

Resté importancia a su comentario, concentrada en escarbar en busca de más tesoros.

—Ah, mira —dije encantada. Tenía en las manos el fruto del arte del señor Blogweather: una esfera de cristal, del tamaño de mi cabeza, del todo simétrica y sin la más mínima insinuación de una burbuja. Había un débil tinte azulado en el cristal, y pude ver mi propio reflejo distorsionado, con la nariz ancha y los ojos saltones, asomándose como una sirena.

—Sí, señora —contestó Bobby, mirando de cerca el reflejo—. Es... Eh... Grande, ¿no?

—Es perfecta. ¡Sencillamente perfecta!

En vez de cortarlo directamente del tubo del disipador, Blogweather había estrechado el cuello de la esfera hasta convertirlo en un tubo de paredes gruesas, de cinco centímetros de largo y dos y medio de diámetro. Los bordes y la superficie interior de esta parte habían sido... ¿Lijados? ¿Pulidos? No tenía idea de qué había hecho el señor Blogweather, pero el resultado era una superficie sedosa y opaca que crearía una cobertura fantástica cuando se le insertara una pieza con una terminación similar.

Tenía las manos húmedas por la emoción y los nervios, porque temía que se me cayera aquel objeto tan valioso. Lo envolví con un pliegue del delantal, mientras iba de un lado a otro, tratando de decidir dónde dejarlo. No esperaba que fuera tan grande; necesitaba que Bree o uno de los hombres construyera un soporte adecuado.

—Hay que ponerlo sobre un pequeño fuego —expliqué, mirando con el ceño fruncido el brasero que usaba para mis preparaciones—. Pero la temperatura es importante; un lecho de carbón puede ser muy difícil de mantener a un calor constante. —Ubiqué la gran esfera en el armario, ocultándola detrás de una hilera de frascos—. Creo que tendrá que ser una lámpara de alcohol... Pero es mayor de lo que pensaba; habrá que conseguir una lámpara de gran tamaño para calentarla...

Me di cuenta de que Bobby ya no estaba escuchándome; algo que ocurría fuera de la casa había captado su atención. Me acerqué detrás de él, y me asomé a la ventana abierta para ver de qué se trataba.

Debería haberlo adivinado. Lizzie Wemyss estaba fuera, sobre el césped, batiendo manteca bajo los castaños, y Manfred McGillivray estaba junto a ella.

Observé a la pareja, que estaba enfrascada en una alegre conversación, y luego miré la sombría expresión de Bobby. Me aclaré la garganta.

—¿Puedes abrir el otro cajón, Bobby?

—¿Eh? —Su atención seguía fija en la pareja que estaba fuera.

—El cajón —repetí con paciencia—. Ése. —Lo señalé con un dedo del pie.

—El cajón... ¡Ah! Ah, sí, desde luego, señora. —Apartó la mirada de la ventana y, apesadumbrado, se dispuso a hacer lo que le había pedido.

Saqué el resto de los objetos de cristal, quitando las briznas de paja, y coloqué las esferas, las pipetas, las redomas y los rollos de alambre en un armario alto, pero al mismo tiempo seguí prestando atención a Bobby y sopesando aquella situación recién revelada. No se me había ocurrido que sus sentimientos hacia Lizzie fueran más que una atracción pasajera.

Y tal vez no eran más que eso, pensé. Pero si se trataba de... No pude evitar mirar por la ventana y descubrí que la pareja se había convertido en un trío.

—¡Ian! —exclamé.

Bobby levantó la cabeza alarmado, pero yo ya estaba corriendo hacia la puerta, mientras me sacaba apresuradamente restos de paja de la ropa.

Si Ian había regresado, entonces Jamie...

Jamie apareció por la puerta justo cuando yo corría hacia el pasillo, me cogió de la cintura y me besó con polvoriento entusiasmo, raspándome con sus patillas.

—Has vuelto —dije, de forma estúpida.

—Así es, y hay indios detrás de mí —respondió él, agarrándome el trasero con las dos manos y frotando su barba contra mi mejilla con fervor—. ¡Por Dios, qué no daría yo por un cuarto de hora a solas contigo, Sassenach! Mis pelotas están a punto de estallar... Ah, señor Higgins. Yo... eh, no lo había visto.

Me soltó con brusquedad, se puso derecho, se quitó el sombrero y lo golpeó contra el muslo en una exagerada pantomima de serenidad.

—No, señor —dijo Bobby con lentitud—. El señor Ian ha regresado también, ¿verdad? —No parecía que aquello fuera una buena noticia para él; aunque la llegada de Ian hubiera distraído a Lizzie de Manfred, no había servido para que la atención de ella se centrara en Bobby.

Lizzie había delegado la tarea de preparar manteca en el pobre Manfred, que daba vueltas a la manilla con un aire de evidente resentimiento, mientras ella se alejaba riéndose con Ian en dirección al establo, probablemente para enseñarle el nuevo ternero que había nacido durante su ausencia.

—Indios —dije, recordando las palabras de Jamie—. ¿Qué indios?

—Media docena de cherokee —respondió—. ¿Qué es esto? —Señaló con un gesto el reguero de paja que procedía de mi consulta.

—Ah, eso. Eso es éter —contesté—. O lo será. Supongo que tendremos que alimentar a los indios, ¿no?

—Sí. Se lo comentaré a la señora Bug. Pero hay una joven con ellos que han traído para que la atiendas.

—¿Ah, sí? —Con pasos largos, Jamie ya se había dirigido a la cocina por el pasillo, y me apresuré para seguir su ritmo—. ¿Qué le ocurre?

—Dolor de muelas —dijo brevemente, y abrió la puerta de la cocina—. ¡Señora Bug! *Cá bhfuil tú?* ¿Éter, Sassenach? No te referirás al flogisto, ¿verdad?

—Creo que no —respondí, tratando de recordar qué demonios era el flogisto—. Pero ya te he hablado de la anestesia, y eso es el éter, una clase de anestesia; hace que la gente se duerma para que puedas operarla sin que sienta dolor.

—Muy útil para el dolor de muelas —observó Jamie—. ¿Adónde ha ido esa mujer? ¡Señora Bug!

—Sin duda, pero hace falta tiempo para prepararlo —repuse—. Por el momento nos las arreglaremos con whisky. Supongo que la señora Bug está en la cocina de verano; hoy es día de elaborar pan. Y hablando de alcohol... —Él ya estaba saliendo por la puerta trasera, y tuve que correr para alcanzarlo—. Necesito un poco de alcohol de buena calidad para el éter. ¿Podrías traerme un barril mañana?

—¿Un barril? Por Dios, Sassenach. ¿Qué pretendes hacer, bañarte en él?

—Bueno, en realidad, sí. Pero no, yo... El aceite de vitriolo. Lo viertes suavemente en un baño de alcohol caliente, y...

—¡Señor Fraser! —Me pareció oír que alguien me llamaba. La señora Bug apareció de repente con una cesta de huevos colgada del brazo y una enorme sonrisa—. ¡Me alegro mucho de verlo de regreso sano y salvo!

—Yo también me alegro de verla , señora Bug —le aseguró—. ¿Cree usted que podemos preparar comida para media docena de invitados?

Sus ojos se estrecharon mientras hacía cálculos.

—Salchichas —declaró—. Y nabos. Ven aquí, pequeño Bobby, me echarás una mano. —Después de pasarme los huevos, cogió de la manga a Bobby, que había salido de la casa detrás de nosotros, y lo arrastró hacia la parcela de las hortalizas.

Tuve la sensación de estar atrapada en una especie de dispositivo que giraba rápido, como un tiovivo, y me agarré del brazo de Jamie para recuperar el equilibrio.

—¿Sabías que Bobby Higgins está enamorado de Lizzie? —pregunté.

—No, pero si eso es cierto, no le servirá de nada —respondió Jamie con bastante insensibilidad. Tomando mi mano y colocándola sobre su brazo como una invitación, me quitó los huevos, los dejó en el suelo, luego me estrechó contra él y volvió a besarme, con más lentitud, pero con tanta pasión como antes.

Me soltó con un profundo suspiro de satisfacción y contempló la nueva cocina de verano que habíamos erigido en su ausencia. Se trataba de una pequeña estructura con un armazón de madera, paredes de lona toscamente entretejidas y un tejado de ramas de pino. Había sido construida en torno a un fogón y una chimenea de piedra; en su interior había una gran mesa, de donde procedía un tentador olor a levadura, pan recién horneado, galletas de avena y bollos de canela.

—Ahora bien, respecto a ese cuarto de hora, Sassenach... Creo que podría arreglármelas con un poco menos, si es necesario...

—Bueno, pero yo no —respondí con firmeza, aunque dejé que mi mano lo acariciara durante un instante de reflexión. La cara me ardía a causa del contacto con su barba—. Y cuando tengamos tiempo, podrías explicarme qué demonios has hecho para provocar todo esto.

—He soñado —respondió.

—¿Qué?

—Me he pasado las noches teniendo sueños lascivos sobre ti —me explicó, sacudiéndose los pantalones para ajustárselos mejor—. Cada vez que me daba la vuelta, me tumbaba sobre el miembro y me despertaba. Ha sido espantoso.

Me eché a reír a carcajadas, y él puso una cara que indicaba que se sentía ofendido, aunque en el fondo pude detectar cierta diversión reticente.

—Bueno, tú sí puedes reír, Sassenach —dijo—. Tú no tienes nada entre las piernas que te moleste.

—No, y es un gran alivio —le aseguré—. Eh... ¿Qué clase de sueños lascivos?

Percibí un oscuro resplandor azul en el fondo de sus ojos cuando me miró. Extendió un dedo y, con suma delicadeza, me lo pasó por un lado del cuello, luego hizo que descendiera por la pendiente de mi pecho, justo donde desaparecía bajo el corpiño, y sobre la delgada tela que me cubría el pezón, que de inmediato aumentó de tamaño como un bejín en respuesta a su atención.

—La clase de sueños que me hacen desear llevarte directamente al bosque, lo bastante lejos como para que nadie nos oiga cuando te ponga sobre el suelo, te levante la falda y te abra como un melocotón maduro —dijo en voz baja.

Tragué saliva, de forma audible.

En ese delicado momento, se oyeron unos chillidos en el sendero que se encontraba al otro lado de la casa.

—El deber me llama —comenté, un poco agitada.

Jamie suspiró hondo, echó los hombros hacia atrás y asintió.

—Bueno, aún no he muerto de lujuria no correspondida, y supongo que no me ocurrirá ahora.

—Claro que no —intervine—. Además, ¿no me dijiste una vez que la abstinencia hace que... eh... las cosas... se pongan más firmes?

Me lanzó una mirada sombría.

—Si se pone más firme, me desmayaré por falta de riego sanguíneo en el cerebro. No olvides los huevos, Sassenach.

La tarde estaba bastante avanzada, pero, gracias a Dios, aún había suficiente luz para la tarea que debía hacer. No obstante, mi consulta estaba ubicada para aprovechar al máximo la luz de la mañana, y era bastante oscura por las tardes, de modo que había instalado un puesto de operaciones improvisado en el patio.

Había algo ventajoso en ello, en la medida en que todos deseaban presenciar la operación; los indios siempre consideraban los tratamientos médicos —y casi todo lo demás— un asunto comunitario. Se entusiasmaban, en particular, con las intervenciones, porque les ofrecían un buen entretenimiento. Todos se reunieron alegremente alrededor de mí, hablando sobre mis preparativos, discutiendo entre sí y charlando con la paciente, a la que me costó mucho convencer de que no respondiera.

Se llamaba Ratona, mote que no tenía nada que ver ni con su aspecto ni con su personalidad, por lo que pensé que se debía a cuestiones metafísicas. Tenía una cara redonda y una nariz particularmente chata para una cherokee y, aunque no era del todo guapa, tenía una fuerza de carácter que suele ser más atractiva que la simple belleza.

Era evidente que esa fuerza daba resultado con los varones presentes; ella era la única mujer del grupo de indios. Los otros eran su hermano, Barro Rojo Wilson, y cuatro amigos que se habían sumado al viaje, ya fuera para hacer compañía a los Wilson, para ofrecer protección durante el trayecto, o para competir por la atención de la señorita Ratona, que me parecía la explicación más probable de su presencia.

A pesar del apellido escocés de los Wilson, ninguno de los cherokee hablaba inglés, excepto algunas palabras básicas, entre las que se incluían «no», «sí», «bueno», «malo» y «¡whisky!». Puesto que mi vocabulario cherokee sólo consistía en la traducción a su idioma de esas mismas palabras, yo no participaba mucho en la conversación.

En ese momento estábamos, justamente, esperando que llegara un poco de whisky, además de un traductor. Una semana antes, un colono llamado Wolverhampton se había amputado un dedo del pie y la mitad de otro mientras cortaba leña. Como esta situación le parecía inconveniente, había procedido a tratar de quitarse la mitad del dedo que le quedaba con una cuña.

Pese a su utilidad general, una cuña no es un instrumento de precisión. No obstante, es una herramienta muy afilada.

El señor Wolverhampton, un tipo fornido de temperamento irascible, vivía solo, a unos trece kilómetros de su vecino más próximo. Para cuando llegó a la casa de ese vecino —a pie, o lo que quedaba de él— y éste consiguió subirlo a una mula para su traslado hasta el Cerro de Fraser, ya habían transcurrido casi veinticuatro horas, y el pie mutilado había adoptado las dimensiones y el aspecto de un coyote destrozado.

Los requisitos de la limpieza para la cirugía, los múltiples y posteriores desbridamientos para controlar la infección y el hecho de que el señor Wolverhampton se negara a entregar la botella habían agotado por completo mis suministros habituales. Y puesto que, en cualquier caso, necesitaba un barril de alcohol puro para preparar el éter, Jamie e Ian habían ido a buscar más al depósito de whisky, que estaba a un kilómetro y medio de la casa, aproximadamente. Yo esperaba que regresaran cuando todavía hubiera suficiente luz para ver lo que estaba haciendo.

Interrumpí las fuertes reprimendas de la señorita Ratona hacia uno de los caballeros, que era evidente que la estaba provocando, y le indiqué por señas que abriera la boca. Ella lo hizo, pero siguió regañando al hombre con gestos bastante explícitos, que daban a entender distintos actos que ella esperaba que el hombre en cuestión practicara sobre sí mismo, a juzgar por el rubor en la cara de él y por la forma en que sus compañeros se revolcaban en el suelo entre carcajadas.

Ella tenía un lado de la cara hinchado y obviamente sensible, pero no se sobresaltó ni trató de apartarse, incluso cuando le giré la cara hacia la luz para ver mejor.

—¡En realidad, dolor de dientes! —exclamé de manera involuntaria.

—¿Aaad? —preguntó la señorita Ratona, ennarcando una ceja.

—Malo —expliqué, señalándole la mejilla—. *Uyoi.*

—Malo —aceptó ella. Siguió una expresión locuaz, sólo interrumpida por las periódicas introducciones de mis dedos en su boca, que supuse que sería una explicación de lo que le había sucedido.

Parecía un traumatismo fuerte. Un diente, un canino inferior, había sido extraído del todo, y el premolar contiguo estaba tan mal que tendría que hacer lo mismo. Pero me dio la impresión de que tal vez podría salvar el diente de al lado. Los bordes agudos le habían lacerado el interior de la boca, pero las encías no estaban infectadas, lo que era alentador.

Bobby Higgins vino desde el establo, atraído por la charla, y de inmediato lo envié a que me trajera una lima. La señorita Ratona le sonrió torcidamente al verlo, y él le hizo una reverencia extravagante, lo que causó la hilaridad de todos los presentes.

—Esos tipos son todos cherokee, ¿verdad, señora? —Sonrió a Barro Rojo y le hizo un gesto con la mano que pareció divertir a los indios, aunque le devolvieron el saludo—. No había conocido a ningún cherokee hasta ahora. La mayoría de los indios que conozco son de las tribus que están cerca de la casa de mi señor, en Virginia.

Me gustó saber que estaba familiarizado con los indios y que los trataba con cordialidad. Al contrario que Hiram Crombie, que apareció en ese preciso momento. Se detuvo al borde del claro al ver a toda aquella gente. Lo saludé y él se acercó, con una evidente reticencia.

Roger me había dicho que la descripción que había hecho Duncan sobre Hiram, «un tipo pequeñito y avinagrado», era adecuada. Era bajo y fibroso, con un cabello fino y gris, que llevaba recogido en una coleta tan tirante que debía de costarle parpadear. Su cara, llena de arrugas por los rigores de la vida de pescador, hacía que aparentara sesenta años, aunque era probable que fuera mucho más joven; casi siempre tenía las comisuras de los labios curvadas hacia abajo, con la expresión de alguien que está chupando no ya un limón, sino un limón podrido.

—Estaba buscando al señor Fraser —dijo, mirando con recelo a los indios—. Me han informado de que había regresado. —Llevaba un hacha a la cintura, y la agarraba con fuerza con una mano.

—Volverá enseguida. Conoce al señor Higgins, ¿verdad? —Era evidente que sí, y que la experiencia no le había dejado una impresión favorable. Con la mirada fija en la marca de Bobby, hizo un mínimo gesto de reconocimiento. Sin dejarme intimidar, señalé a los indios, que estaban examinando a Hiram con mucho más interés del que él mostraba por ellos—. ¿Me permite que le presente a la señorita Wilson, a su hermano, el señor Wilson, y... eh... a sus amigos?

Hiram se puso todavía más tenso, si es que eso era posible.

—¿Wilson? —preguntó con voz poco amistosa.

—Wilson —asintió la señorita Ratona con alegría.

—Ése es el apellido de soltera de mi esposa —repuso Hiram, en un tono que dejaba muy claro que consideraba su utilización por parte de los indios como algo terriblemente escandaloso.

—Ah —dije—. Qué bien. ¿Cree que tal vez podrían ser parientes de su esposa?

Me miró con unos ojos que casi se le salían de las órbitas, y Bobby emitió un gorjeo ahogado.

—Bueno, está claro que alguno de sus antepasados era escocés —señalé—. Quizá...

La cara de Hiram era un poema; pasó con rapidez de la furia a la desesperación. Su mano derecha se apretó hacia arriba, con los dedos índice y meñique formando unos cuernos, la señal contra el mal.

—Tío abuelo Ephraim —susurró—. Dios nos salve. —Y sin decir una palabra más, se dio la vuelta y se alejó.

—¡Adiós! —gritó en inglés la señorita Ratona, saludándolo con la mano.

Él miró una sola vez por encima del hombro con expresión angustiada, y luego huyó como si lo persiguieran demonios.

• • •

El whisky llegó finalmente, y una vez que se hubo repartido una buena cantidad entre la paciente y los espectadores, comenzó la operación.

Aquella lima se utilizaba para dientes de caballos y era un poco más grande de lo que me hubiera gustado, pero funcionaba bastante bien. La señorita Ratona expresaba casi a gritos las incomodidades que estaba sufriendo, pero sus quejas iban reduciéndose a medida que aumentaba su ingesta de whisky. Pensé que, cuando llegara el momento de sacarle el diente roto, no sentiría absolutamente nada.

Mientras tanto, Bobby estaba entreteniendo a Ian y a Jamie con una imitación de la reacción de Hiram Crombie al descubrir que tal vez tuviera algún parentesco con los Wilson. Ian, entre carcajadas, tradujo la situación a los indios, que se revolcaron sobre la hierba en paroxismos de alegría.

—¿Ellos tienen a algún Ephraim Wilson en su árbol genealógico? —pregunté, al mismo tiempo que sujetaba con fuerza la barbilla de la señorita Ratona.

—Bueno, no están seguros de que se llamara «Ephraim», pero sí. —Jamie sonrió ampliamente—. Su abuelo era un vagabundo escocés. Se quedó con ellos lo bastante como para dejar embarazada a su abuela, luego cayó por un acantilado, hubo una avalancha de piedras y él quedó sepultado. Ella, desde luego, volvió a casarse, pero conservó el apellido porque le gustaba.

—Me pregunto qué fue lo que hizo que el tío abuelo Ephraim se marchara de Escocia. —Ian se sentó en el suelo, secándose las lágrimas causadas por la risa.

—La proximidad de personas como Hiram, supongo —dije mientras entornaba los ojos para ver mejor lo que estaba haciendo—. ¿Crees tú que...? —De pronto me di cuenta de que todos habían dejado de hablar y de reír, y que tenían la atención fija en algo que estaba atravesando el claro.

Era otro indio, que acababa de llegar y que traía algo en un fardo sobre el hombro.

El indio se llamaba Sequoyah, y era un poco mayor que los jóvenes Wilson y sus amigos. Dirigió un sobrio saludo a Jamie y, quitándose el fardo del hombro, lo dejó en el suelo a sus pies, diciendo algo en cherokee.

La expresión de Jamie cambió, y los últimos vestigios de diversión desaparecieron, para ser sustituidos por el interés y la cautela. Se arrodilló, abrió con cuidado la lona andrajosa y dejó al descubierto un montón de huesos erosionados, entre los que destacaba una calavera de ojos huecos.

—¿Quién demonios es ése? —Yo había dejado de trabajar y, como todos los demás, incluida la señorita Ratona, estaba contemplando al recién llegado.

—Dice que es el viejo que era el propietario del asentamiento del que nos habló MacDonald... El que se quemó dentro de la Línea del Tratado.

Jamie se inclinó, cogió la calavera e hizo que girara suavemente entre las manos. Jamie oyó mi pequeña inspiración, me miró y luego le dio la vuelta, sosteniéndola para que yo la viera. Le faltaba la mayoría de los dientes desde hacía tanto tiempo que la mandíbula se había cerrado sobre las cavidades vacías. Pero en los dos molares que quedaban no se veía nada, salvo grietas y manchas; ningún brillo de empastes de plata y ningún espacio vacío donde podrían haberse encontrado esos empastes.

Solté el aire poco a poco; no estaba segura de si debía sentir alivio o desilusión.

—¿Qué le ocurrió? ¿Y por qué está aquí?

Jamie se arrodilló y colocó la calavera con cuidado sobre la lona; luego movió los otros huesos para examinarlos. Alzó la vista y, con un pequeño movimiento de la cabeza, me invitó a que me uniera a él.

Los huesos no presentaban señales de haber sido quemados, pero algunos tenían marcas de mordeduras de animales. Uno o dos de los huesos largos estaban agrietados y partidos, sin duda para llegar hasta la médula, y faltaban muchos de los más pequeños de las manos y los pies. Todos tenían el aspecto gris y frágil de los huesos que han estado mucho tiempo a la intemperie.

Ian le había transmitido mi pregunta a Sequoyah, quien estaba en cuclillas al lado de Jamie, dándole explicaciones, mientras llevaba un dedo de un lado a otro entre los huesos.

—Dice que él conocía al hombre desde hacía mucho tiempo —tradujo Ian con el ceño fruncido—. No eran amigos exactamente, pero en algunas ocasiones, cuando estaba cerca de la cabaña de este hombre, iba a visitarlo y el hombre compartía con él su comida. A cambio le llevaba algunas cosas: una liebre para cocinar, un poco de sal...

Un día, unos meses antes, encontró el cuerpo del viejo en el bosque, bajo un árbol, a cierta distancia de la casa.

—Dice que nadie lo mató —continuó traduciendo Ian, tratando de seguir al indio, que hablaba con mucha rapidez—. El viejo murió sencillamente... Cree que estaba cazando, puesto que, cuando el espíritu lo abandonó, tenía un cuchillo encima y el revólver a su lado, y él se limitó a permanecer allí. —Ian se encogió de hombros, al igual que Sequoyah.

Al no ver motivos para hacer nada con el cuerpo, Sequoyah lo dejó allí, y también el cuchillo, por si el espíritu lo necesitaba allá donde hubiera ido; no sabía adónde iban los espíritus de los hombres blancos, o si se quedaban allí. Dijo que había un viejo cuchillo, con la hoja casi del todo oxidada bajo los huesos.

El indio se llevó el revólver, ya que era demasiado bueno como para dejarlo, y, antes de marcharse, se detuvo en la cabaña. Lo poco que había no tenía ningún valor. Sequoyah cogió una olla de hierro, un calentador de agua y un tarro de harina de maíz, que llevó a su aldea.

—No es de Anidonau Nuya, ¿verdad? —preguntó Jamie, y repitió la pregunta en cherokee. Sequoyah negó con la cabeza, y los pequeños adornos trenzados en su cabello tintinearon.

Era de una aldea que quedaba a unos pocos kilómetros al oeste de Anidonau Nuya: Piedra Parada. Después de la visita de Jamie, Pájaro que Canta había mandado preguntar en las aldeas cercanas si había alguien que supiera qué había ocurrido con aquel viejo. Al escuchar el relato de Sequoyah, Pájaro lo había enviado a recoger lo que quedara de sus pertenencias y a traerle los restos a Jamie, como prueba de que nadie lo había matado.

Ian hizo una pregunta, en la que capté la palabra «*cherokee*», que significa «fuego». Sequoyah volvió a negar con la cabeza y respondió con un torrente de palabras.

Él no había quemado la cabaña. ¿Por qué iba a hacer algo así? Creía que nadie lo había hecho. Después de recoger los huesos del anciano (su rostro expresó el desagrado que le provocó el procedimiento), volvió a la cabaña para echar un último vistazo. Era cierto, se había incendiado, pero para él estaba claro que un relámpago había caído en un árbol cercano y éste había prendido fuego a buena parte del bosque. La cabaña sólo se había quemado a medias.

Se puso de pie con una expresión concluyente.

—¿Se quedará a cenar? —pregunté, al ver que parecía que iba a marcharse.

Jamie tradujo la invitación, pero Sequoyah negó con la cabeza. Había hecho lo que le habían pedido; ahora tenía otras cosas que hacer. Saludó con un gesto a los otros indios y luego se dispuso a partir.

Pero algo hizo que se detuviera. Se dio la vuelta.

—Tisqua dice —recordó, con el cuidado de alguien que ha memorizado un discurso en una lengua desconocida— que no-se-olvide-de-las-armas. —Luego hizo un gesto de determinación y se marchó.

La tumba estaba marcada con un pequeño montículo de piedras y una cruz de madera realizada con ramas de pino. Sequoyah no sabía cuál era el nombre de su conocido y nosotros no teníamos ni idea de su edad, ni de las fechas de su nacimiento y su muerte. Ni siquiera sabíamos si era cristiano, pero la cruz parecía una buena idea.

Fue un funeral breve, en el que participamos yo misma, Jamie, Ian, Bree, Roger, Lizzie y su padre, los Bug y Bobby Higgins, de quien yo estaba bastante segura que había asistido sólo porque Lizzie estaría presente. El padre de ella también parecía pensar lo mismo, a juzgar por las miradas de sospecha que le dirigía.

Roger recitó un breve salmo frente a la tumba, luego hizo una pausa, se aclaró la garganta y tan sólo dijo:

—Señor, te encomendamos el alma de nuestro hermano...

—Ephraim —murmuró Brianna, mirando hacia abajo en señal de modestia.

Una sensación subterránea de risa traspasó la multitud, aunque en realidad nadie se echó a reír. Roger lanzó una mirada asesina a Bree, pero vi que la comisura de su boca también temblaba.

—... De nuestro hermano, cuyo nombre Tú conoces —concluyó Roger con dignidad, y cerró el libro de salmos que había pedido prestado a Hiram Crombie, quien había rechazado la invitación a asistir al funeral.

La noche anterior ya no quedaba luz cuando Sequoyah concluyó su relato, y yo me vi obligada a posponer el trabajo dental de la señorita Ratona para la mañana siguiente. Ella, que estaba blanca como el papel, no puso objeciones, y el que la acompañó a una cama que se le había preparado en el suelo de la cocina fue Bobby Higgins, que podía o no estar enamorado de Lizzie, pero que de todas formas parecía apreciar profundamente los encantos de la señorita Ratona.

Una vez terminada la extracción de dientes, les sugerí a ella y a sus amigos que se quedaran un poco más, pero ellos, al igual que Sequoyah, tenían asuntos que atender en otra parte, y con muchos agradecimientos y pequeños regalos, partieron a media tarde, con un intenso olor a whisky y dejándonos a cargo de disponer de los restos mortales del difunto Ephraim.

Todos descendieron por la colina después del servicio, pero Jamie y yo nos quedamos atrás, agradeciendo la oportunidad de estar unos minutos a solas. La casa había estado repleta de indios la noche anterior; hubo muchas conversaciones alrededor del fuego, y cuando finalmente nos metimos en la cama, nos limitamos a acurrucarnos abrazados y nos quedamos dormidos, apenas intercambiando la cortesía de un «buenas noches».

El cementerio estaba situado en un montículo, a cierta distancia de la casa; era un sitio bonito y tranquilo. Rodeado de pinos cuyas agujas doradas cubrían la tierra, y cuyas ramas susurrantes proporcionaban un constante y suave murmullo. Parecía un lugar reconfortante.

—Pobrecillo —dije, poniendo un último guijarro en la tumba de Ephraim—. ¿Cómo crees que terminó así?

—Dios sabrá. —Jamie sacudió la cabeza—. Siempre habrá hombres que detestan la compañía de sus congéneres. Tal vez él era uno de ellos. O quizá alguna adversidad hizo que se hundiera en la espesura, y luego... se quedó allí. —Se encogió levemente de hombros y me lanzó una pequeña sonrisa—. A veces me pregunto cómo cualquiera de nosotros llegamos a estar donde estamos, Sassenach. ¿Tú no?

—Antes, sí. Pero después de un tiempo, descubrí que no había ninguna posibilidad de encontrar una respuesta, de modo que dejé de hacerlo.

Él me miró distraído.

—Pero lo has hecho. —Jamie levantó una mano y se echó atrás un mechón que el viento le había soltado de la coleta—. Entonces tal vez no debería preguntártelo, pero lo haré de todas formas. ¿Te molesta, Sassenach? Me refiero a que estemos aquí. ¿Alguna vez desearías estar... de regreso?

Sacudí la cabeza.

—No. Jamás.

Y era cierto.

Pero, en ocasiones, me despertaba en medio de la noche, pensando: «¿Es éste el sueño?» ¿Me gustaría volver a despertarme para encontrarme con el olor fuerte y cálido de la calefacción central y el Old Spice de Frank? Y cuando me dormía otra vez con el aroma del humo de leña y el almizcle de la piel de Jamie, sentía un ligero y sorprendente arrepentimiento.

Si Jamie fue consciente de que estaba pensando eso, no lo expresó; en cambio, se inclinó y me dio un suave beso en la frente. Me cogió del brazo y caminamos juntos hacia el bosque, alejándonos de la casa y el claro que estaban más abajo.

—A veces siento el olor de los pinos —dijo, inhalando profunda y lentamente el aire acre— y por un instante pienso que estoy en Escocia. Pero entonces vuelvo en mí y me doy cuenta de que por aquí no hay helechos, ni grandes montañas yermas, ni tampoco los páramos que conocía, sino una espesura que me es extraña.

Me pareció percibir cierto aire de nostalgia en su voz, pero no pena. No obstante, él había preguntado, y también lo haría yo.

—¿Y tú deseas alguna vez estar... de regreso?

—Ah, sí —dijo, sorprendiéndome. A continuación, se rió al ver la expresión de mi rostro—. Pero no tanto como para no desear más estar aquí, Sassenach.

Contempló por encima del hombro el minúsculo cementerio, con su pequeña colección de montículos de piedra y cruces, con alguna roca mayor ocasional para marcar una tumba en concreto.

—Sassenach, ¿sabías que algunos creen que la última persona que yace en un cementerio se convierte en su guardián? Debe montar guardia hasta que muere otra persona y ocupa su lugar... Sólo entonces puede descansar.

—Supongo que nuestro misterioso Ephraim estaría bastante sorprendido al encontrarse en semejante posición, después de haber yacido bajo un árbol totalmente solo. —Sonreí—. Pero yo me pregunto: ¿qué es lo que protege el guardián de un cementerio? ¿Y de quién lo protege?

Jamie se echó a reír.

—Oh... de los vándalos, tal vez. De profanadores. O de hechiceros.

—¿Hechiceros? —pregunté sorprendida; pensaba que la palabra «hechicero» era un sinónimo de «sanador».

—Para determinados hechizos se requieren huesos, Sassenach. O las cenizas de un cuerpo quemado. O tierra de una tumba. —Hablaba en un tono ligero, pero no bromeando—. Sí, hasta los muertos necesitan quien los defienda.

—¿Y quién mejor para hacerlo que un fantasma residente? —pregunté—. Sí.

Ascendimos por una alameda de álamos temblones, cuya luz nos bañaba en colores verdes y plateados, y yo me detuve para raspar una gota de savia carmesí que estaba pegada a un tronco blanco como el papel. Qué extraño, pensé, preguntándome por qué la visión había hecho que me detuviera. Y entonces lo recordé, y me volví para mirar de nuevo el cementerio.

No era un recuerdo, sino un sueño... o una visión. Un hombre, golpeado y destrozado, poniéndose de pie en medio de una alameda como aquélla, incorporándose por la que sabía que sería la última vez, su último combate, dejando al descubierto unos dientes rotos y manchados de sangre, del mismo color rojo que la savia de los álamos. Tenía la cara negra, con el color de la muerte, y yo supe que había empastes de plata en sus dientes.

Pero la roca de granito permaneció callada y serena, rodeada de las agujas doradas de los pinos, que señalaban el descanso de un hombre que alguna vez se había llamado a sí mismo Dientes de Nutria.

El momento pasó y desapareció. Salimos de la alameda para entrar en otro claro, a una altura superior a la del cementerio.

Me sorprendió ver que alguien había estado talando árboles, limpiando el terreno. A un lado había una pila generosa de leños cortados, y más cerca se veía un montón de raíces arrancadas, aunque había muchas más todavía hundidas en la tierra, que asomaban entre los tupidos brotes de acedera y centaura.

—Mira, Sassenach. —Jamie se volvió hacia mí cogiéndome del codo.

—Oh, Dios mío.

El terreno era tan elevado que ante nosotros se desplegaba un panorama asombroso. Los árboles caían más abajo, y podíamos ver más allá de nuestra montaña, y de la siguiente, hacia un horizonte azul matizado por el aire de las montañas y las nubes que se elevaban desde los valles.

—¿Te gusta? —El tono de orgullo de su voz era palpable.

—Por supuesto que me gusta. ¿Qué...? —Me volví, haciendo un gesto a los troncos, a los tocones.

—La nueva casa estará aquí, Sassenach —dijo sencillamente.

—¿La nueva casa? ¿Es que vamos a construir otra?

—Bueno, no sé si lo haremos nosotros, o tal vez nuestros hijos... o nuestros nietos —añadió con una pequeña sonrisa—. Pero se me ocurrió que si pasara algo, y te advierto que no creo que eso ocurra, pero por si acaso... Bueno, estaría más tranquilo si supiera que he iniciado algo. Sólo por si acaso.

Lo contemplé durante un momento, tratando de entender.

—Si sucediera algo —dije lentamente, y me volví para mirar hacia el este, donde la silueta de nuestra casa apenas se distinguía entre los árboles y el humo de la chimenea se elevaba entre el suave verdor de los castaños y los abetos—. Te refieres a que si... se prendiera fuego. —Esa idea con palabras hizo que se me formara un nudo en el estómago.

Entonces me di cuenta de que la idea también lo asustaba a él. Pero, como era propio de Jamie, él se había limitado a emprender cualquier acción que estuviera en sus manos para cuando llegara el día del desastre.

—¿Te gusta? —repitió, con sus resueltos ojos azules—. Me refiero al lugar. Si no, puedo elegir otro.

—Es hermoso —contesté, sintiendo que las lágrimas pugnaban por salir de mis ojos—. Sencillamente hermoso, Jamie.

Acalorados después de la subida, nos sentamos a la sombra de una cicuta gigante, a admirar nuestra futura vista. Y, una vez roto el silencio sobre las funestas posibilidades del futuro, descubrimos que podíamos hablar de ello.

—No es tanto la idea de que muramos —dije—. O no del todo. Lo que me provoca escalofríos es el hecho de que ningún hijo nos sobreviva.

—Bueno, entiendo lo que quieres decir, Sassenach. Aunque tampoco estoy a favor de que muramos, y tengo la intención de impedirlo —me aseguró—. De todas formas, piénsalo. No significa que ellos mueran. Tal vez simplemente podrían... irse.

Di una profunda inspiración, intentando aceptar aquella hipótesis sin pánico.

—Irse. Volver, quieres decir. Roger y Bree... Y Jemmy, supongo. Suponiendo que él pueda... viajar a través de las piedras.

Asintió con sobriedad, con los brazos cruzados alrededor de las rodillas.

—¿Después de lo que hizo con el ópalo? Sí, creo que debemos suponer que sí puede. —Asentí, recordando lo que había hecho con el ópalo; lo había cogido y se había quejado de que cada vez estaba más caliente en su mano, hasta que explotó, dispersándose en cientos de fragmentos afilados como agujas. Sí, era cierto, debíamos suponer que él también podía viajar en el tiempo. Pero ¿y si Brianna tenía otro hijo? Para mí estaba claro que ella y Roger lo deseaban, o, como mínimo, que él lo deseaba y ella estaba dispuesta a tenerlo.

La idea de perderlos resultaba muy dolorosa, pero al parecer debía enfrentarme a esa posibilidad.

—Lo que nos deja una alternativa, supongo —dije, intentando ser valiente y objetiva—. Si estuviéramos muertos, ellos se marcharían, puesto que, sin nosotros, no tendrían una verdadera razón para quedarse aquí. Pero si nosotros no morimos... ¿Se marcharán de todas formas? Quiero decir, ¿nosotros los mandaremos? Por la guerra... No estarán a salvo aquí.

—No —respondió él. Tenía la cabeza inclinada y unos pelos rojizos sueltos se habían apartado de su coronilla; se trataba de uno de esos mechones que tanto Bree como Jemmy habían heredado—. No lo sé —dijo por fin, y levantó la cabeza, mirando la tierra y el cielo a lo lejos—. Nadie lo sabe, Sassenach. Debemos enfrentarnos a lo que ocurra lo mejor que podamos.

Se volvió y puso su mano sobre la mía, con una sonrisa que expresaba tanto dolor como alegría.

—Ya hay suficientes fantasmas entre nosotros, Sassenach. Si los males del pasado no pueden afectarnos, tampoco lo harán los temores del futuro. Simplemente debemos dejarlo todo atrás y seguir adelante.

Posé una mano sobre su pecho con mucha suavidad, no a modo de invitación, sino porque quería sentirlo. Tenía la piel fría por el sudor, pero él había ayudado a cavar la tumba; el calor de sus esfuerzos resplandecía en los músculos que estaban más abajo.

—Tú fuiste uno de mis fantasmas —comenté—. Durante mucho tiempo. Y durante mucho tiempo traté de dejarte atrás.

—¿Ah, sí? —Su mano descansó un momento sobre mi espalda, moviéndose de forma inconsciente. Conocía aquella caricia... la necesidad de tocar, solo para asegurarse de que el otro estaba de verdad allí, presente en carne y hueso.

—Pensé que no podría vivir, siempre recordando... No podría soportarlo. —Sentí un nudo en la garganta al pensar en ello.

—Lo sé —afirmó en voz baja, y levantó una mano para tocarme el cabello—. Pero tenías hijos... Tenías un marido. No habría sido justo que les dieras la espalda.

—No era justo darte la espalda a ti. —Parpadeé, y las lágrimas cayeron desde las comisuras de mis ojos.

Él acercó mi cabeza a la suya, sacó la lengua y, con delicadeza, me lamió las mejillas. Ese gesto me sorprendió tanto que me eché a reír en mitad de un sollozo y estuve a punto de atragantarme.

—Te amo, como la carne ama a la sal —citó, y también rió, en voz muy baja—. No llores, Sassenach. Estás aquí; yo también. Nada importa, excepto eso.

Recliné la frente contra su mejilla y lo rodeé con los brazos. Mis manos se apoyaron en su espalda y lo acaricié desde los omóplatos hasta el afilado segmento dorsal con delicadeza, trazando la totalidad de su cuerpo, su silueta, en lugar de las cicatrices que moteaban su piel.

Él me abrazó con fuerza y dejó escapar un profundo suspiro.

—¿Sabías que esta vez llevamos casados casi el doble de tiempo que la anterior?

Me eché hacia atrás y fruncí el ceño, aceptando la distracción.

—¿No estábamos casados en el medio?

Aquello lo pilló por sorpresa; también frunció el ceño, y se pasó un dedo poco a poco por el bronceado puente de la nariz, pensativo.

—Bueno, sin duda, ésa es una buena pregunta para un sacerdote —dijo—. Diría que sí... Pero, en ese caso, ¿no somos los dos bígamos?

—Lo fuimos, pero ahora no lo somos —lo corregí con una ligera inquietud—. Aunque en realidad tampoco lo fuimos. El padre Anselm me lo dijo.

—¿Anselm?

—El padre Anselm... Un sacerdote franciscano de la abadía de St. Anne. Pero es probable que no lo recuerdes; estabas muy enfermo en aquella época.

—Ah, sí lo recuerdo —asintió—. Venía por las noches y se quedaba conmigo cuando no podía dormir. —Sonrió, con el gesto un poco torcido; no quería recordar mucho aquellos tiempos—. Tú le gustabas mucho, Sassenach.

—¿Ah? ¿Y a ti? —pregunté, queriendo distraerlo del recuerdo de St. Anne—. ¿A ti no te gustaba?

—Ah, me gustabas bastante en aquella época —me aseguró—. Aunque es probable que me gustes más ahora.

—¿En serio? —Me erguí, arreglándome la ropa—. ¿Y cuál es la diferencia?

Él ladeó la cabeza, entornando los ojos para evaluarme mejor.

—Bueno, te tiras menos pedos cuando duermes —empezó a decir con seriedad; a continuación, riendo, esquivó una piña que pasó junto a su oreja izquierda.

Agarré un pedazo de madera, pero antes de que pudiera lanzárselo a la cabeza, él se abalanzó hacia delante y me cogió los brazos. Me empujó sobre la hierba y se desplomó encima de mí, sujetándome sin esfuerzo alguno.

—¡Quita, bruto! ¡Yo no me tiro pedos mientras duermo!

—¿Y cómo puedes saberlo, Sassenach? Duermes tan profundamente que no te despiertas ni siquiera con el ruido de tus propios ronquidos.

—Ah, ¿quieres hablar de ronquidos? Tú...

—Eres orgullosa como Lucifer —dijo, interrumpiéndome. Aún sonreía, pero sus palabras eran más serias—. Y eres valiente. Siempre has sido más audaz de lo que era conveniente; ahora eres feroz como un pequeño tejón.

—De modo que soy arrogante y feroz. Eso no se parece mucho a un catálogo de virtudes femeninas —comenté, resoplando, mientras luchaba para salir de debajo de él.

—Bueno, también eres amable —matizó él, reflexionando—. Muy amable. Aunque inclinada a hacerlo en tus propios términos. Pero eso no está nada mal —añadió, y recapturó hábilmente el brazo que yo había conseguido liberar. Me puso la muñeca sobre la cabeza—. Femeninas —murmuró, con el ceño fruncido por la concentración—. Virtudes femeninas... —Su mano libre se deslizó entre los dos cuerpos y me apretó un pecho.

—¡Aparte de eso!

—Eres muy limpia —prosiguió con gesto de aprobación. Me soltó la muñeca y me pasó una mano por el cabello, que, por cierto, estaba limpio y olía a girasol y a caléndula—. Jamás he visto a una mujer que se lavara tanto como tú... Excepto, tal vez, Brianna.

»No eres una gran cocinera —prosiguió, entornando los ojos, reflexivo—. Aunque nunca has envenenado a nadie, excepto cuando tenías intención de hacerlo. Y diría que coses bastante bien, aunque te gusta mucho más si se trata de la piel de alguien.

—¡Muchas gracias!

—Dime más virtudes —sugirió—. Tal vez se me haya escapado alguna.

—¡Ejem! Dulce, paciente... —No sabía qué más decir.

—¿Dulce? Por Dios. —Sacudió la cabeza—. Eres la persona más despiadada y sanguinaria...

Levanté la cabeza y casi logré morderle la garganta. Él se echó hacia atrás, riendo.

—No, tampoco eres muy paciente.

Dejé de luchar por el momento y me dejé caer de espaldas, con el cabello despeinado y extendido sobre la hierba.

—Entonces, ¿cuál te parece que es mi rasgo más atractivo? —pregunté.

—Crees que soy gracioso —dijo él sonriendo.

—Yo... no... —gruñí, debatiéndome como una loca. Él se limitó a echarse encima de mí, sin prestar atención a mis golpes y mis movimientos, hasta que quedé exhausta y permanecí tumbada debajo de él, jadeando.

—Y —reflexionó— te gusta mucho hacer el amor conmigo, ¿verdad?

—Eh... —Quise contradecirlo, pero la honestidad prevaleció. Además, sabía muy bien que era verdad—. Me estás aplastando —dije en tono de indignación—. Haz el favor de levantarte.

—¿Verdad? —repitió él, sin moverse.

—¡Sí! ¡De acuerdo! ¡Sí! ¡Sal de una vez, maldita sea!

Él no se levantó, sino que inclinó la cabeza y me besó. Yo tenía los labios cerrados con fuerza, decidida a no rendirme, pero él también estaba decidido, y si las cosas se ponían serias... La piel de su cara estaba caliente, la felpa de su barba me raspaba ligeramente, y su boca ancha y dulce... Mis piernas se abrieron con abandono y él se acomodó sólidamente entre ellas, con el pecho desnudo oliendo a almizcle, sudor y serrín atrapado en el pelo hirsuto y rojizo... Yo seguía acalorada por la lucha, pero la hierba a nuestro alrededor estaba húmeda y fresca... Un minuto, y, si lo deseaba, podría tomarme allí mismo.

Él sintió que yo cedía y suspiró, dejando que su propio cuerpo se relajara; ya no me tenía prisionera, sino que sólo me abrazaba. Entonces levantó la cabeza y me rodeó el rostro con una mano.

—¿Quieres saber qué es? —preguntó, y vi en sus oscuros ojos azules que decía la verdad. Asentí en silencio—. Por encima de todas las criaturas de la Tierra —susurró—, tú eres fiel.

Pensé en comentar algo sobre los perros san bernardo, pero había una ternura tan grande en su expresión que no dije nada; en cambio, me limité a mirarlo, parpadeando frente a la luz verde que se filtraba entre las agujas que había sobre nosotros.

—Bueno —dije por fin, con un profundo suspiro—. Tú también. Eso está muy bien, ¿verdad?

21

¡Ignición!

A pesar de que la señora Bug había preparado pollo estofado para la cena, eso por sí solo no era suficiente para explicar el aire de contenida excitación que traían Bree y Roger cuando llegaron. Ambos sonreían, las mejillas de ella estaban sonrojadas y los ojos de él brillaban tanto como los de ella.

De modo que cuando Roger anunció que tenían grandes novedades, era razonable que la señora Bug se lanzara directamente a la conclusión más obvia.

—¡Vais a tener otro hijo! —exclamó, dejando caer una cuchara en su entusiasmo. Juntó las manos con una palmada y se hinchó como un globo—. ¡Ah, qué alegría! Ya era hora —añadió, soltando las manos para señalar a Roger con el dedo—. ¡Yo ya estaba pensando en añadir un poco de jengibre y azufre a tus gachas, jovencito, para ponerte otra vez en forma! Pero veo que sabes muy bien cómo hacer las cosas. Y a ti, *a bhailach*, ¿qué te parece? ¡Vas a tener un hermanito!

Jemmy la miró con la boca abierta.

—Eh... —dijo Roger ruborizándose.

—Ah, desde luego, también podría ser una hermanita —admitió la señora Bug—. Pero son buenas noticias, buenas noticias, en cualquier caso. ¡Toma, *a luaidh*, toma una golosina para celebrarlo, y nosotros brindaremos!

Evidentemente desconcertado, Jem cogió el caramelo de melaza que le ofrecían y se lo metió en la boca de inmediato.

—Pero él no... —comenzó a decir Bree.

—*Gdacias, señoda* Bug —dijo Jem con rapidez, y se llevó una mano a la boca por temor a que su madre, alegando falta de cortesía, intentara requisar la golosina que estaba comiendo antes de cenar.

—Ah, un pequeño dulce no le hará daño —la tranquilizó la señora Bug, recogiendo la cuchara que había dejado caer y limpiándola con su delantal—. Llama a Arch, *a muirninn*, y le contaremos la buena nueva. ¡Que la Virgen te proteja, muchacha, pensé que jamás te animarías! Todas las mujeres comentaban que no sabían si tú te habías enfriado con tu marido o si era él, tal vez, el que había perdido la chispa vital, pero al parecer...

—Bueno, al parecer —intervino Roger, levantando la voz para que lo oyeran.

—¡No estoy embarazada! —gritó finalmente Bree. El silencio consiguiente resonó como un trueno.

—Ah —dijo Jamie en voz baja. Cogió una servilleta y se sentó, mientras metía un extremo por el cuello de su camisa—. Bueno, entonces, ¿vamos a comer? —Extendió una mano hacia Jem, quien saltó el banco a su lado, sin dejar de chupar con ansia su caramelo de melaza.

La señora Bug, momentáneamente convertida en piedra, revivió con un sonoro «¡Ejem!». Y con un gesto de profunda indignación, se volvió hacia el aparador y sacó una pila de platos de peltre, lo que causó un gran estrépito.

Roger, que seguía ruborizado, parecía muy divertido por la situación, a juzgar por el gesto de su boca. Brianna estaba roja hasta las orejas, y jadeaba como una orca.

—Siéntate, cariño —le pedí vacilante, con la cautela de alguien que manipula un enorme artefacto explosivo—. Habéis dicho que teníais buenas noticias, ¿verdad?

—¡Ya no importa! —Ella seguía de pie, con furia en la mirada—. Al parecer, a nadie le importa, puesto que no estoy embarazada. Después de todo, ¿qué otra cosa puedo hacer que a alguien le parezca interesante? —Se pasó una mano violenta por el cabello y, al encontrarse con la cinta que se lo sujetaba, tiró de ella y la lanzó al suelo.

—Vamos, querida... —comenzó a decir Roger. Yo podría haberle dicho que aquello era un error. Los Fraser, cuando estaban enfurecidos, solían ignorar las palabras endulzadas y, en cambio, tenían la costumbre de lanzarse a la yugular de la persona más cercana que fuera suficientemente incauta como para hablarles.

—¡No me vengas con ésas! —replicó ella, volviéndose hacia él—. ¡Tú también crees lo mismo! ¡Piensas que todo lo que hago es una pérdida de tiempo, excepto lavar la ropa, preparar la cena o zurcir tus malditos calcetines! ¡Y tú también me culpas por no quedarme embarazada, crees que es culpa mía! ¡Bueno, pues no lo es, y tú lo sabes!

—¡No! Yo no creo eso para nada. Brianna, por favor... —Él extendió una mano hacia ella, aunque se lo pensó mejor y la apartó, creyendo, sin duda, que su esposa se la arrancaría del brazo.

—¡Vamos a comer, mamá! —intervino Jemmy de manera muy conveniente. Un largo chorro de saliva teñida de melaza fluía de la comisura de su boca y caía sobre la pechera de la camisa. Al ver esa escena, su madre atacó a la señora Bug como un tigre.

—¡Fíjese en lo que ha hecho, vieja entrometida! ¡Ésa era la última camisa limpia que le quedaba! ¡Y cómo se atreve a hablar de nuestra vida privada con todo el mundo! ¿Por qué piensa que es asunto suyo, maldita chismosa...?

Roger, al advertir la inutilidad de sus protestas, la rodeó con los brazos desde atrás, la levantó del suelo y la llevó hasta la puerta trasera, en una partida acentuada por las incoherentes quejas de Bree y los gruñidos de dolor de Roger, cuyas rodillas ella había comenzado a patear reiteradamente, con una considerable fuerza y precisión.

Me acerqué a la puerta y la cerré con delicadeza, silenciando los sonidos del altercado que tenía lugar en el patio.

—En eso ha salido a ti, ¿sabes? —dije con expresión de reproche, mientras me sentaba enfrente de Jamie—. Señora Bug, huele de maravilla. ¡Comamos de una vez!

La señora Bug sirvió el estofado en silencio, pero se negó a sentarse a la mesa con nosotros; en cambio, se puso un abrigo y salió corriendo por la puerta delantera, dejándonos solos para recoger y limpiar. En mi opinión, fue una decisión muy conveniente.

Comimos tranquilos, en un silencio apenas interrumpido por el tintineo de las cucharas y por las preguntas de Jemmy respecto a por qué la melaza era tan pegajosa, cómo entraba la leche en la vaca y cuándo llegaría su hermanito.

—¿Qué le voy a decir a la señora Bug? —pregunté, en una breve pausa entre preguntas.

—¿Por qué debes decirle algo, Sassenach? No has sido tú quien la ha insultado.

—Bueno, no. Pero apostaría a que Brianna no va a disculparse...

—¿Por qué debería hacerlo? —Se encogió de hombros—. Después de todo, ha sido una provocación. Además, no creo que sea la primera vez que alguien le dice a la señora Bug que es una chismosa y una entrometida. Se le pasará, se lo contará todo a Arch y mañana volverá a estar bien.

—Bueno —dije sin estar muy segura—, es posible. Pero Bree y Roger...

Me sonrió, con sus ojos azules entornados en forma de pequeños triángulos.

—No actúes como si tú tuvieras que arreglar cada desastre, *mo chridhe.* —Estiró el brazo y me dio una palmadita en la mano—. Roger Mac y la muchacha deben resolverlo entre ellos; además, me ha parecido que él tiene la sartén por el mango.

Jamie se echó a reír, y yo me uní a él, con cierta reticencia.

—Bueno, será mi responsabilidad si Brianna le ha roto la pierna —comenté, a la vez que me levantaba para buscar nata para el café—. Lo más probable es que vuelva arrastrándose para que yo se la cure.

En ese preciso momento se oyó un golpe en la puerta trasera. Mientras me preguntaba por qué Roger llamaría a la puerta, fui a abrir y vi asombrada el pálido rostro de Thomas Christie.

No sólo estaba pálido, sino también sudoroso, y tenía una mano envuelta en un paño manchado de sangre.

—No querría molestarla, señora —dijo muy rígido—. Quizá... debería volver en otro momento más oportuno.

—Tonterías —intervine con rapidez—. Pase a la consulta; todavía hay un poco de luz.

Evité mirar a Jamie directamente a los ojos, pero le dirigí una mirada de reojo cuando me agaché para mover el banco. Estaba inclinado hacia delante, poniendo un platillo sobre mi café, con los ojos fijos en Tom Christie y un aire pensativo de especulación que me recordaba al de un lince observando unos patos que volaban sobre su cabeza. No era una expresión de urgencia, pero, sin duda alguna, estaba tomando nota.

Christie, por su parte, no tomaba nota de nada, excepto de su mano lastimada, lo que era razonable. Las ventanas de mi consulta estaban orientadas al este y al sur, para aprovechar al máximo la luz de la mañana, pero incluso cerca del crepúsculo había un suave resplandor en la estancia, debido al reflejo del sol poniente sobre las brillantes hojas de la castañeda. Todo estaba bañado en una luz dorada, salvo la cara de Christie, de un intenso tono verdoso.

—Siéntese —ofrecí, al mismo tiempo que me apresuraba a alcanzarle una banqueta. Se le doblaron las rodillas cuando se agachó; cayó con más fuerza de la que hubiera deseado, golpeándose la mano, y soltó una exclamación de dolor.

Presioné con el pulgar las venas de la muñeca, para contener la hemorragia, y retiré el paño de la herida. Por su aspecto, esperaba uno o dos dedos cortados, y me sorprendió encontrar un simple tajo en la base del pulgar, en un ángulo descendente y que llegaba hasta la muñeca. Era lo bastante profundo como para haberle abierto la mano, y seguía sangrando de manera copiosa, pero no se había cortado ninguna vena importante, y, por suerte, sólo se había hecho un rasguño en el tendón; podría curarlo con una o dos suturas.

Levanté la mirada para decírselo, pero en ese momento vi que se le ponían los ojos en blanco.

—¡Socorro! —grité, soltando la mano y cogiéndole los hombros cuando se desplomaba hacia atrás.

El estruendo de un banco volcado y el ruido sordo de unas pisadas apresuradas respondieron a mi llamada, y Jamie entró en la estancia en un abrir y cerrar de ojos. Al verme doblegada por el peso de Christie, cogió al hombre por el pescuezo y lo empujó hacia delante como un muñeco de trapo, mientras le ponía la cabeza entre las piernas.

—¿Se encuentra muy mal? —preguntó, mirando la mano lastimada de Christie en el suelo—. ¿Lo pongo sobre la mesa?

—No lo creo. —Yo había colocado la mano bajo la mandíbula de Christie y le estaba tomando el pulso—. No está malherido; sólo se ha desmayado. Sí, mira, ya vuelve en sí. Mantenga la cabeza baja un poco más —le dije a Christie, que jadeaba como un motor de vapor, pero ya había espabilado un poco—; dentro de un momento se sentirá mejor.

Jamie apartó la mano del cuello del hombre y se la limpió en el kilt con una expresión de leve desagrado. Christie estaba empapado en un abundante sudor frío; mi propia mano estaba pringada con esa sustancia, pero cogí el paño caído y me la limpié con un poco más de tacto.

—¿Le gustaría tumbarse? —pregunté, inclinándome para mirar a Christie a la cara. Seguía teniendo mal color, pero negó con la cabeza.

—No, señora, me encuentro bien. Sólo me he indispuesto un momento —dijo con voz ronca, pero bastante convicción, de modo que me contenté con apretar el paño con fuerza en la herida para contener la sangre que goteaba.

Jemmy merodeaba con los ojos muy abiertos, pero no mostraba especial alarma; la sangre no era nada nuevo para él.

—¿Le traigo una copita, Tom? —preguntó Jamie, mientras observaba al paciente con bastante recelo—. Sé que las bebidas fuertes no le sientan bien, pero hay un momento para todo, ¿verdad?

Christie torció un poco la boca, pero sacudió la cabeza.

—Yo... no. Tal vez... un poco de vino.

—«Un poco de vino para mi estómago», ¿eh? Sí, de acuerdo. Anímese, amigo, ahora se lo traigo. —Jamie le palmeó el hombro en un gesto de aliento, y se marchó rápidamente, llevándose a Jemmy de la mano.

La boca de Christie se frunció en una mueca. Yo ya había advertido antes que, al igual que algunos protestantes, Tom Christie consideraba que la Biblia era un documento dirigido específicamente a sí mismo y confiado a su cuidado personal para su prudente distribución a las masas. Por eso, le desagradaba muchísimo escuchar a católicos como Jamie, por ejemplo, citando frases de la Biblia en una actitud informal. También me había percatado de que Jamie era consciente de ello, y que aprovechaba cada oportunidad que se le presentaba para hacer una de esas citas.

—¿Qué le ha ocurrido? —pregunté, tanto para distraer a Christie como para averiguarlo.

Él alejó la mirada del umbral vacío y observó su mano izquierda; luego la apartó de nuevo y palideció.

—Un accidente —rezongó—. Estaba cortando juncos; el cuchillo resbaló. —La mano derecha se flexionó ligeramente cuando lo dijo, y yo la miré.

—¡Con razón! —exclamé—. Mantenga esta mano levantada. —Le puse la mano izquierda vendada por encima de la cabeza, la solté, y busqué la otra.

Christie llevaba un tiempo padeciendo un problema en la mano derecha llamado contractura de Dupuytren, o al menos sería llamado así una vez que el barón de Dupuytren lo describiera sesenta o setenta años más tarde. Causada por un engrosamiento y acortamiento del tejido fibroso que mantiene en su lugar los tendones de la mano cuando los dedos se flexionan, el resultado era un arqueamiento del dedo anular hacia la palma de la mano. En casos avanzados, afectaba al meñique y, a veces, también al dedo corazón. El caso de Tom Christie había empeorado bastante desde la última vez que pude examinarla.

—¿No se lo dije? —pregunté de forma retórica mientras tiraba con suavidad de los dedos arqueados. El dedo corazón todavía podía estirarse a medias; el dedo anular y el meñique apenas podían separarse de la palma—. Le dije que empeoraría. Con razón se le resbaló el cuchillo; me sorprende que pudiera cogerlo.

Un ligero rubor apareció debajo de la cortada barba entrecana y apartó la mirada.

—Podría habérselo curado sin problemas hace unos meses —comenté, mientras giraba la mano para evaluar el ángulo de la contractura—. Habría sido muy sencillo. Ahora tal vez sea más complicado, pero creo que todavía se puede corregir.

Si hubiera sido un hombre menos imperturbable, habría dicho que se retorcía de vergüenza. Pero en realidad apenas se movió un poco, mientras el rubor de su cara era más intenso.

—Yo... no deseo...

—No me importa lo que usted desee —le dije, poniéndole la garra en el regazo—. Si no me permite operarle la mano, estará prácticamente inutilizada en menos de seis meses. Apenas puede escribir con ella ahora; ¿tengo razón?

Sus ojos grises y alarmados se clavaron en los míos.

—Puedo escribir —respondió, pero me di cuenta de que la beligerancia de su voz ocultaba una profunda incomodidad.

Tom Christie era un hombre educado, un académico, era el maestro del Cerro. Muchos de sus habitantes acudían a él para que los ayudara en la redacción de cartas o documentos legales. Él se sentía muy orgulloso de ello; yo sabía que amenazarlo con la pérdida de esa habilidad era el mejor argumento que tenía, y no era una amenaza vana.

—Por poco tiempo —dije, y lo miré fijamente para hacerle ver que hablaba en serio. Tragó saliva, pero antes de que pudiera responder, Jamie volvió con una jarra de vino.

—Le conviene hacerle caso —aconsejó a Christie, dejando la jarra sobre la encimera—. Sé cómo se siente al tratar de escribir con un dedo rígido. —Levantó su propia mano y la flexionó, con una expresión atribulada—. Si mi esposa pudiera arreglarme esto con su cuchillito, pondría la mano sobre la mesa en este mismo instante.

El problema de Jamie era casi lo opuesto al de Christie, aunque el efecto era muy similar. El dedo anular había sufrido un golpe tan fuerte que las articulaciones se habían paralizado; no podía doblarlo. En consecuencia, los dedos de ambos lados tenían un movimiento limitado, aunque las articulaciones estaban intactas.

—La diferencia es que tu mano no empeorará —le dije a Jamie—. La suya, sí.

Christie hizo un pequeño movimiento y se metió la mano derecha entre los muslos, como para ocultarla.

—Sí, bueno —dijo, incómodo—. Seguramente eso puede esperar un poco.

—Al menos hasta que mi esposa le solucione la otra —observó Jamie, sirviendo una taza de vino—. Tome... ¿Puede sostenerla, Tom, o prefiere que yo...? —Hizo un gesto de interrogación, sujetando la taza como si fuera a dar de beber a Christie, que de inmediato sacó la mano de entre los pliegues de su ropa.

—Me las arreglaré —replicó, y cogió el vino, sosteniendo la taza entre el pulgar y el índice con una torpeza que hizo que se ruborizara todavía más. Su mano izquierda seguía en el aire, sobre el hombro. Tenía un aspecto estúpido, y él era consciente de ello.

Jamie sirvió otra taza y me la tendió, sin prestar atención a Christie. Yo habría pensado que era un gesto natural por su parte, si no tuviera presente la complicada historia que había entre ambos. Siempre había una alambrada de espinos entre Jamie y Tom Christie, aunque ambos se las arreglaban para ocultarla bajo una apariencia de cordialidad.

Ante cualquier otro hombre, la exhibición de Jamie de su propia mano lastimada habría sido exactamente lo que parecía: un gesto tranquilizador y de camaradería en la adversidad. Con Tom Christie, el gesto podía considerarse tranquilizador, pero también había una amenaza implícita, aunque tal vez Jamie no podía evitarlo.

La verdad era que la gente acudía a Jamie en busca de ayuda con más frecuencia que a Christie. Jamie causaba un gran respeto y admiración, a pesar de su mano inmovilizada. Christie no gozaba de mucha popularidad; podía perder su posición social con bastante facilidad si perdía la capacidad para escribir. Y, tal y como yo había expresado con tanta brusquedad, la mano de Jamie no empeoraría.

Los ojos de Christie se achinaron un poco sobre la taza. La amenaza no se le había escapado, tanto si era intencionada como si no. Christie era suspicaz por naturaleza, y tendía a ver amenazas incluso cuando no eran intencionadas.

—Creo que ya está un poco mejor; deje que me haga cargo de ella.

Le cogí la mano izquierda con suavidad y procedí a quitarle la venda. Ya no sangraba. Le metí la mano en un cuenco de agua hervida con ajo, añadí unas gotas de etanol puro para una desinfección total, y me dispuse a preparar mi instrumental.

Comenzaba a oscurecer, de modo que encendí la lámpara de alcohol que Brianna había hecho para mí. A la luz brillante y firme de su llama, vi que la cara de Christie había perdido su momentáneo enrojecimiento. No estaba tan pálido como antes, pero parecía incómodo como un ratón de campo en una convención de tejones, y sus ojos siguieron el movimiento de mis manos mientras yo disponía mis suturas, las agujas y las tijeras, todo limpio y resplandeciente bajo la luz.

Jamie no se marchó, sino que se quedó apoyado en la encimera sorbiendo su vino, presumiblemente, por si Christie volvía a perder el conocimiento.

Un débil temblor recorrió la mano y el brazo de Christie, pese a encontrarse apoyados sobre la mesa. Comenzaba a sudar de nuevo; sentí el olor agrio y amargo de su transpiración. Fue ese aroma semiolvidado, pero inmediatamente familiar, lo que me hizo percibir la dificultad: era miedo. ¿Tenía miedo a la sangre? Quizá. ¿Le daba miedo el dolor? Sin duda.

Mantuve los ojos fijos en mi tarea, inclinando un poco más la cabeza para impedirle que viera la expresión de mi rostro. Debería haberme dado cuenta antes; supuse que lo habría hecho de no tratarse de un hombre. Su palidez, el desvanecimiento... no se debían a la pérdida de sangre, sino a la impresión de ver esa pérdida.

Yo estaba acostumbrada a aplicar suturas a hombres y a muchachos; el trabajo en la montaña era duro, y eran pocas las semanas en las que no me encontraba con heridas de hacha, cortes de azadas, tajos de almocafres, mordeduras de cerdos, laceraciones en el cuero cabelludo provocadas al caer encima de algo, o alguna otra calamidad menor que requiriera sutura. En la gran mayoría de los casos, mis pacientes se comportaban con total naturalidad, aceptando estoicamente mis cuidados, y luego regresaban al trabajo. Pero como me di cuenta en ese momento, casi todos los hombres eran de las Highlands, y muchos de ellos, además, exsoldados.

Tom Christie era un hombre de ciudad, de Edimburgo. Había estado prisionero en Ardsmuir por simpatizar con los jacobitas, pero jamás había sido un combatiente. Había sido comisario. De hecho, lo más probable es que ni siquiera hubiera visto una verdadera batalla militar, y mucho menos se había implicado en los cotidianos conflictos físicos con la naturaleza que conllevaba la agricultura en las Highlands.

Sentí la presencia de Jamie, que seguía de pie en la sombra, sorbiendo vino y observando con un desapasionamiento en cierto sentido irónico. Levanté la mirada; su expresión no se alteró, aunque él me miró a los ojos y asintió levemente.

Tom Christie se estaba mordiendo el labio; pude escuchar el débil susurro de su respiración. Él no alcanzaba a ver a Jamie, pero sabía que estaba allí; era obvio por la tensión de su espalda. Tal vez Christie tuviera miedo, aunque también había algo de valentía en él.

Le habría dolido menos si hubiera sido capaz de relajar los músculos tensos del brazo y de la mano. Pero en esas circunstancias yo no podía sugerírselo. Podría haberle insistido a Jamie para que se marchara, pero ya casi había terminado. Con un suspiro, mezcla de exasperación y perplejidad, corté el último nudo y dejé las tijeras a un lado.

—Muy bien —dije, pasando por última vez el ungüento de equinácea por la herida y buscando una venda limpia—. Manténgalo limpio. Le prepararé un poco más de ungüento; envíe a Malva a buscarlo. Vuelva dentro de una semana y le quitaré los puntos. —Vacilé, mirando a Jamie. No estaba del todo contenta con utilizar su presencia como chantaje, pero era por el bien de Christie—. Entonces me ocuparé de la mano derecha, ¿de acuerdo? —dije con firmeza.

Él seguía sudando, aunque le había vuelto un poco de color a la cara. Me miró y luego, involuntariamente, miró a Jamie.

Éste sonrió un poco.

—Vamos, Tom —dijo—. No es para preocuparse. Apenas es un corte. Yo he pasado por cosas peores. —Pronunció estas palabras en un tono informal, pero de un modo semejante a si hubieran sido escritas en letras llameantes: «Yo he pasado por cosas peores.»

El rostro de Jamie seguía a la sombra, pero sus ojos eran claramente visibles, entornados con su sonrisa.

Tom Christie no se había relajado y seguía manteniendo una postura rígida. Me dirigió una mirada equivalente a la de Jamie y cerró su agarrotada mano derecha sobre la izquierda, que estaba vendada.

—Sí —dijo, respirando profundamente—. De acuerdo. Lo haré. —Se incorporó de repente, con lo cual volcó la banqueta a un costado, y avanzó hacia la puerta, un poco tambaleante, como un hombre que ha bebido un trago demasiado fuerte.

Se detuvo en la puerta, buscando el pomo. Cuando lo encontró, se dio la vuelta y miró a Jamie.

—Por lo menos... —dijo, respirando con tanta fuerza que tropezaba con las palabras—. Por lo menos será una cicatriz honorable. ¿Verdad, Mac Dubh?

Jamie se irguió de repente, pero Christie ya había salido y caminaba por el pasillo con un paso lo bastante firme como para hacer vibrar los platos de peltre en el anaquel de la cocina.

—¡Maldito... mequetrefe! —exclamó en un tono entre la furia y el asombro. Su mano izquierda se cerró en un puño de manera involuntaria, y pensé que era bueno que Christie se hubiese marchado tan rápido.

No estaba nada segura de qué había ocurrido exactamente, pero me alegré de que el hombre ya no estuviera allí. Me sentía como un puñado de grano atrapado entre dos piedras de moler, ambos tratando de aplastarle la cara al otro, sin prestar atención al desventurado cereal que estaba en el medio.

—Jamás había oído a Tom Christie llamarte Mac Dubh —observé con cautela, al tiempo que me volvía para ordenar los utensilios quirúrgicos.

Christie, desde luego, no hablaba gaélico, pero yo nunca lo había oído ni siquiera usar el nombre gaélico que los demás hombres de Ardsmuir todavía empleaban para dirigirse a Jamie. Christie siempre lo llamaba «señor Fraser» o «Fraser» en momentos de aparente cordialidad.

Jamie hizo un sonido de desdén típicamente escocés, levantó la jarra medio llena de Christie, y la vació de golpe.

—No, claro que no... Puñetero *sassenach*. —Entonces echó un vistazo a mi cara y me dirigió una sonrisa torcida—. No me refería a ti, Sassenach.

Yo ya lo sabía; había pronunciado aquella palabra con una entonación del todo distinta, una amargura que me hizo recordar que «*sassenach*», cuando se utilizaba de la manera correcta, no era un término amable.

—¿Por qué lo llamas así? —pregunté con curiosidad—. ¿Y qué ha querido decir exactamente con eso de la «cicatriz honorable»?

Él bajó la mirada, y durante un momento no contestó, aunque los dedos rígidos de su mano derecha tamborilearon en silencio contra su muslo.

—Tom Christie es un buen hombre —dijo por fin—. Pero ¡por Dios que también es un obstinado hijo de perra! —Luego levantó la vista y me sonrió, un poco arrepentido—. Durante ocho años vivió en una celda con cuarenta hombres que hablaban en gaélico, y él no se rebajaba a dejar que una sola palabra de ese bárbaro lenguaje pasara por sus labios. No, señor. Hablaba en inglés, sin importar con quién, y si su interlocutor no sabía inglés, entonces permanecía allí, mudo como una piedra, hasta que venía alguien a traducir lo que había dicho.

—¿Alguien como tú?

—A veces. —Miró hacia la ventana, como si quisiera ver a Christie, pero ya había caído la noche, y los cristales sólo devolvían el tenue reflejo de la consulta y nuestras formas fantasmagóricas.

—Roger dijo que Kenny Lindsay había mencionado algo sobre las... pretensiones del señor Christie —comenté con delicadeza.

Jamie me lanzó una mirada mordaz al escuchar aquello.

—Ah, ¿en serio? De modo que supongo que Roger Mac tenía dudas sobre coger a Christie como inquilino. Kenny no habría dicho nada, a menos que se le preguntara.

Yo estaba más o menos acostumbrada a la velocidad y a la precisión de sus deducciones, de modo que no lo contradije.

—Nunca me has hablado de ello —agregué, mientras me acercaba a él. Puse las manos sobre su pecho, alzando la vista para mirarlo a la cara.

Él puso sus manos sobre las mías y suspiró tan profundamente que sentí el movimiento de su pecho. Luego me rodeó con los brazos y me atrajo hacia sí, de modo que mi rostro descansara sobre la cálida tela de su camisa.

—Sí, bueno. En realidad no era importante, ¿sabes?

—Y tú quizá no querías pensar en Ardsmuir.

—No —dijo en voz baja—. Ya he tenido bastante del pasado.

Mis manos ya estaban sobre su espalda, y, de pronto, me di cuenta de qué era lo que Christie probablemente había querido decir. Sentí las marcas de las cicatrices a través del lino, nítidas contra las puntas de mis dedos como las líneas de una red de pesca, que le atravesaban la piel.

—¡Cicatrices honorables! —exclamé, levantando la cabeza—. ¡Ese bastardo! ¿A eso se refería?

Jamie sonrió al ver mi indignación.

—Sí —intervino secamente—. Por eso me llamó Mac Dubh, para recordarme lo de Ardsmuir. Él vio cómo me azotaron allí.

—Ese... ese... —Estaba tan enfadada que apenas podía hablar—. ¡Ojalá le hubiera cosido su puñetera mano a las pelotas!

—¿Tú, una médica que ha jurado que jamás haría daño? Estoy asombrado, Sassenach.

Ahora se reía, pero a mí no me parecía nada gracioso.

—¡Maldito cobarde! Le da miedo la sangre, ¿lo sabías?

—Bueno, sí, lo sabía. Es imposible vivir pegado al sobaco de otro hombre durante tres años sin aprender muchísimas cosas de él que no querrías saber, y mucho menos algo así. —Se había calmado un poco, aunque aún se notaba cierta ironía en la comisura de su boca—. Cuando me trajeron después de los azotes, él se puso blanco como el sebo, y comenzó a vomitar en un rincón; luego se tumbó con la cabeza contra la pared. En realidad, yo no le estaba prestando mucha atención, pero recuerdo que pensé que era un poco grosero por su parte; yo era el que estaba ensangrentado, ¿por qué se comportaba él como una muchachita mareada?

Yo resoplé.

—¡No bromees con eso! ¿Cómo se atreve? ¿Y qué ha querido decir, en cualquier caso?... Yo sé muy bien lo que ocurrió en Ardsmuir y ésas sí que son... Quiero decir, está claro que son cicatrices honorables, y todos los que estaban allí lo sabían.

—Sí, puede ser —dijo; ya no quedaba rastro de la risa anterior—. Esa vez. Pero cuando hicieron que me incorporara, todos se dieron cuenta de que ya me habían azotado antes, ¿entiendes? Y ninguno de los hombres que estaban allí dijo una palabra sobre aquellas cicatrices... Hasta ahora.

Ese comentario me cogió desprevenida.

La flagelación no era sólo un acto brutal; era una ignominia. Su propósito consistía en desfigurar de manera permanente, además de lastimar, anunciando así el pasado de un criminal con la misma eficacia que una mejilla marcada o una oreja arrancada. Y Jamie prefería que le arrancasen la lengua a revelar las razones de sus cicatrices, incluso aunque todos supusieran que lo habían azotado por algún acto vergonzoso.

Yo estaba tan acostumbrada a que Jamie siempre se dejara la camisa puesta en presencia de cualquier otra persona que jamás había reparado en la obviedad de que los hombres de Ardsmuir sabían lo de sus cicatrices en su espalda. De todas formas, todos fingían que no existían, excepto Tom Christie.

—Ejem —dije—. Bueno... Maldito sea ese tipo. ¿Por qué habrá dicho algo así?

Jamie dejó escapar una gran carcajada.

—Porque no le ha gustado que yo viera cómo sudaba. Supongo que quería vengarse.

—Ejem —volví a decir, y crucé los brazos sobre mi pecho—. Ya que lo has mencionado, ¿por qué lo has hecho? Si sabías que no soportaba la sangre, quiero decir, ¿por qué te has quedado a observarlo de esa manera?

—Porque sabía que no gimotearía ni se desmayaría si me quedaba —respondió—. Te dejaría meterle agujas al rojo vivo en los ojos antes de chillar delante de mí.

—Ah, entonces ¿te has dado cuenta de eso?

—Por supuesto, Sassenach. ¿Por qué creías que me he quedado? No es que no aprecie tu talento, pero verte coser heridas no es muy agradable cuando estás haciendo la digestión. —Dirigió una breve mirada al paño abandonado y manchado de sangre, e hizo una mueca—. ¿Crees que el café ya se habrá enfriado?

—Lo calentaré.

Guardé las tijeras limpias en el estuche, luego esterilicé la aguja que había usado, le enhebré un nuevo hilo de sutura y lo enrollé en su jarra de alcohol, mientras seguía tratando de entender lo que había ocurrido. Lo puse todo en el armario y me volví hacia Jamie.

—Tú no temes a Tom Christie, ¿verdad? —pregunté.

Jamie parpadeó estupefacto y, a continuación, se echó a reír.

—Por Dios, no. ¿Qué te hace pensar eso, Sassenach?

—Bueno... Por la forma en que os comportáis a veces... Sois como carneros salvajes dándose cabezazos para ver quién es más fuerte.

—Ah, eso. —Hizo un gesto con la mano, restándole importancia—. Mi cabeza es muchísimo más dura que la de Tom, y él lo sabe bien. Pero no por eso va a ceder y a seguirme como un corderito.

—Pero ¿y qué crees que haces tú? No estabas torturándolo sólo para comprobar que podías hacerlo, ¿o sí?

—No. —Sonrió suavemente—. Un tipo lo bastante testarudo como para hablar en inglés a hombres de las Highlands en una prisión durante ocho años es lo bastante testarudo para luchar a mi lado durante los ocho años siguientes; eso es lo que creo. De todas formas, estaría bien que se diera cuenta de ello.

Inspiré hondo y suspiré, sacudiendo la cabeza.

—No entiendo a los hombres.

Aquello hizo que soltara una profunda carcajada.

—Sí los entiendes, Sassenach, pero desearías no hacerlo.

La consulta estaba limpia otra vez, lista para cualquier emergencia que pudiera surgir. Jamie se acercó a la lámpara, pero lo detuve cogiéndolo del brazo.

—Me prometiste que serías honesto conmigo —dije—. Pero ¿estás totalmente seguro de que estás siéndolo? ¿Acaso no estabas pinchando a Tom Christie sólo porque él te desafía?

Jamie se quedó inmóvil, con los ojos claros y desprotegidos a pocos centímetros de los míos. Levantó una mano y acarició mi mejilla con su palma tibia sobre mi piel.

—Sólo hay dos personas en este mundo a las que jamás les mentiría, Sassenach —dijo en voz baja—. Tú eres una de ellas. Y yo soy la otra.

Me besó con mucha suavidad en la frente, luego se inclinó a mi lado y apagó el farol de un soplido.

—Por supuesto que puedo estar equivocado —aclaró en la oscuridad, y vi su silueta contra el suave rectángulo de luz de la puerta cuando se enderezó—, pero jamás lo haría a propósito.

Roger se movió un poco y gimió.

—Creo que me has roto la pierna.

—Claro que no —repuso su esposa, que ya estaba más calmada, pero todavía dispuesta a discutir—. Pero, si quieres, te besaré en ella.

—Estaría bien.

A continuación se oyó un crujido en el colchón, cuando ella subió a la cama y adoptó la posición necesaria para proceder a realizar ese tratamiento, lo que hizo que se encontrara con una Brianna desnuda cabalgándole el pecho y una visión que hizo que deseara haber encendido una vela.

De hecho, Bree le estaba besando las espinillas, lo que le hacía cosquillas. Aunque, dadas las circunstancias, Roger pensó que sería mejor soportarlo. Extendió ambas manos; a falta de luz, utilizaría el braille.

—Cuando tenía alrededor de catorce años —rememoró con voz soñadora—, en una de las tiendas de Inverness hicieron una exhibición de lo más audaz en su escaparate. Un maniquí de mujer vestido sólo con ropa interior.

—¿Mmm?

—Sí, una faja rosada, ligas, todo, con un corpiño a juego. Todo el mundo se escandalizó. Se formaron comités de protesta y se convocó a todos los sacerdotes de la ciudad. Al día siguiente lo retiraron, pero a esas alturas, la totalidad de la población masculina de Inverness ya había pasado por delante del escaparate, esforzándose por observarlo sin que fuera evidente. Hasta este mismo instante, siempre había pensado que era la imagen más erótica que había visto jamás.

Brianna dejó su cometido durante un momento, y a él le pareció, por los movimientos que percibía, que estaba mirándolo por encima del hombro.

—Roger —dijo ella con aire reflexivo—, creo que eres un pervertido.

—Sí, pero un pervertido con muy buena visión nocturna.

Eso hizo que ella riera (su objetivo desde que había conseguido que dejara de echar espuma por la boca). Él se incorporó ligeramente y dio un rápido beso a cada lado de su objeto de deseo, que se erguía delante de su cara, antes de volver a hundirse satisfecho en la almohada.

Ella le besó la rodilla, luego bajó la cabeza y apoyó la mejilla en su muslo, de modo que la mayor parte de su cabello se derramó sobre sus piernas, fresco y suave como una nube de hilos de seda.

—Lo siento —dijo en voz baja, después de un momento.

Él gruñó, restándole importancia, y acarició la redondez de su cadera.

—No importa. Aunque es una lástima; quería verles las caras cuando se enteraran de lo que has hecho.

Brianna resopló un poco, y la pierna de Roger se sacudió al sentir su aliento tibio.

—De todas formas, sus caras eran bastante impresionantes. —Bree parecía un poco triste—. Y después de aquello habría sido un verdadero anticlímax.

—Tienes razón —admitió él—. Pero ya se lo mostrarás mañana, cuando estén de humor para apreciarlo.

Ella suspiró y volvió a besarle la rodilla.

—No he querido hacerlo —afirmó un momento después—. Decir que era culpa tuya.

—Sí, sí querías —dijo él en voz baja, sin dejar de acariciarla—. Está bien. Tal vez tengas razón.

Era probable que así fuera. No iba a fingir que no le había dolido escucharlo, pero no se iba a enfadar; no ayudaría a ninguno de los dos.

—Eso no lo sabes. —Bree se levantó de pronto, perfilada como un obelisco frente al pálido rectángulo de la ventana, y, pasando hábilmente una pierna por encima de su cuerpo tendido, se deslizó a su lado—. Podría ser yo. O ninguno de los dos. Tal vez sólo se trate de que aún no es el momento adecuado.

Él la rodeó con un brazo y la acercó a su cuerpo a modo de respuesta.

—Sea cual sea la causa, no debemos culparnos el uno al otro.

Brianna asintió y se acurrucó un poco más. Estaría bien, aunque Roger no sabía cómo evitar culparse a sí mismo.

Los hechos eran bastante claros; ella se había quedado embarazada de Jemmy una noche; si había sido con él o con Stephen Bonnet, nadie lo sabía, pero sólo hizo falta una vez. Mientras que, por otra parte, ellos dos llevaban varios meses intentándolo, y parecía que Jem terminaría siendo hijo único. Era posible que a él le faltara la «chispa vital», como habían especulado la señora Bug y sus amigas.

«¿Quién es tu papá?» La frase con acento irlandés resonó burlona en el fondo de su mente.

Roger tuvo un explosivo ataque de tos y se acomodó, decidido a no obsesionarse con aquella pequeña cuestión.

—Bueno, yo también lo lamento —confesó, cambiando de tema—. Tal vez tengas razón con respecto a que actúo como si prefiriera que cocinases y limpiases en lugar de andar experimentando con tu pequeño juego de química.

—Sólo porque es cierto —replicó ella sin rencor.

—Lo que me preocupa no es tanto que no cocines, sino que puedas prender fuego a la casa.

—Bueno, te encantará el siguiente proyecto, ya lo verás —dijo ella, dándole codazos en el hombro—. La mayor parte tiene que ver con agua.

—Ah... bien —contestó Roger, aunque con un tono de duda en su voz—. ¿La mayor parte?

—También hay un poco de tierra.

—¿Nada que se queme?

—Sólo madera... Un poco. Nada especial.

Ella estaba pasándole los dedos por el pecho, lentamente. Él le atrapó la mano y le besó las yemas de los dedos; eran lisas, pero duras, encallecidas por el continuo trabajo cosiendo para que todos tuvieran ropa.

—«¿Quién puede encontrar a una mujer virtuosa?» —citó él—. «Su valor excede en mucho al de las joyas. Busca lana y lino. Y con voluntad trabaja con sus manos. Ella se cubre de tapices; de seda y púrpura es su vestido.»

—Me encantaría encontrar alguna planta de la que se pudiera extraer un verdadero púrpura —dijo ella con expresión nostálgica—. Echo de menos los colores intensos. ¿Recuerdas el vestido que me puse para la fiesta del día en que el hombre llegó a la Luna? ¿El negro de rayas fluorescentes rosa y verde claro?

—Sí, era bastante vistoso. —En el fondo, él pensaba que los colores pastel de los hilados artesanales le sentaban mucho mejor. Bree, con sus faldas de color óxido y marrón, y sus chaquetas grises y verdes, parecía un adorable y exótico liquen.

Embargado por un repentino deseo de verla, Roger extendió la mano, buscando a tientas en la mesa situada junto a la cama. Cuando regresaron, ella lo metió en la cajita negra. Después de todo, lo había diseñado para usarlo en la oscuridad; un giro de la tapa dejó salir una de esas varitas pequeñas y cerosas, y su mano sintió el frío de la diminuta cinta de metal curtido que estaba pegada a un costado.

Un pequeño chirrido hizo que su corazón diera un vuelco por su sencilla familiaridad, y la pequeña llama apareció con un ligero aroma a azufre: magia.

—No los malgastes —dijo ella, pero sonrió pese a su protesta, encantada al verlo, como lo había estado cuando le enseñó por primera vez lo que había conseguido.

Llevaba el cabello suelto y limpio. Acababa de lavárselo, y resplandecía sobre la pálida redondez de sus hombros, mientras algunos mechones caían con suavidad sobre su pecho, canela y ámbar, y caoba y dorado, iluminado por la llama.

—«No tiene temor de la nieve por su familia, porque toda su familia está vestida de escarlata» —dijo él en voz baja, rodeándola con la mano libre, envolviéndose un dedo con un mechón del pelo de Bree, tal y como había visto que hacía ella cuando hilaba.

Las largas pestañas de ella se entrecerraron, como los ojos de un gato al sol, pero la sonrisa permaneció en aquella amplia pero delicada boca, aquellos labios que herían y luego curaban. La luz resplandeció en su piel, dando un brillo broncíneo al minúsculo lunar marrón que tenía debajo de la oreja derecha. Podría observarla eternamente, pero la cerilla estaba apagándose. Justo antes de que la llama le tocara los dedos, ella se inclinó hacia delante y la apagó de un soplido.

Y en la oscuridad humeante, susurró en su oído:

—«El corazón de su marido está en ella confiado. Ella le hará el bien y no el mal todos los días de su vida.» Ya ves.

• • •

22

Encantamiento

Tom Christie no volvió a la consulta, pero sí envió a su hija Malva a buscar el ungüento. Era una muchacha de cabello oscuro, delgada y callada, que parecía inteligente. Prestó mucha atención mientras yo la interrogaba sobre el aspecto de la herida —todo bien de momento: un poco de enrojecimiento, pero sin supuración; tampoco había franjas rojizas en el brazo— y le daba instrucciones sobre cómo aplicar el ungüento y cambiar las vendas.

—Bien —dije, dándole el tarro—. Si tuviera fiebre, ven a buscarme. Si no, dile que vuelva dentro de una semana, para quitarle los puntos.

—Sí, señora, así lo haré —contestó ella, pero siguió mirando los montoncitos de hierbas secas en los estantes junto con las gasas y el instrumental de cirugía.

—¿Necesitas algo más, querida? ¿Tienes alguna pregunta, quizá? —Parecía que había comprendido mis instrucciones a la perfección, pero era posible que quisiera preguntar algo más personal. Después de todo, no tenía madre...

—Bueno, sí —afirmó, y señaló la mesa con un gesto—. Sólo quería saber... ¿Qué es lo que escribe en ese libro negro, señora?

—¿Esto? Ah, son mis anotaciones quirúrgicas, y las recetas... es decir, los ingredientes de la medicina. ¿Ves? —Giré el libro y lo abrí para que ella pudiera ver la página donde había hecho un boceto de los dientes de la señorita Ratona.

Los ojos grises de Malva brillaron de curiosidad, y la muchacha se inclinó hacia delante para leer, con las manos cuidadosamente dobladas hacia atrás, como si temiera tocar el libro sin querer.

—Está bien —dije, algo divertida por su cautela—. Puedes hojearlo, si lo deseas.

Lo empujé en su dirección y ella dio un paso hacia atrás alarmada. Me miró, con una expresión de duda, pero cuando le sonreí, soltó un minúsculo suspiro de emoción y extendió la mano para pasar una página.

—¡Ah, mire! —La página que había encontrado no era una de las mías, sino de las de Daniel Rawlings; mostraba la extracción de un bebé muerto del útero, mediante la utilización de diversas herramientas de dilatación y legrado. Eché un vistazo a la página y aparté la mirada de inmediato. Rawlings no era un artista, pero tenía una habilidad brutal para reproducir la realidad de una situación.

Sin embargo Malva no parecía muy afectada por los dibujos; tenía los ojos bien abiertos y llenos de interés.

También yo comencé a interesarme, al observar de reojo cómo miraba varias páginas al azar. Como era natural, prestaba más atención a los dibujos... Pero también se detenía a leer las descripciones y las recetas.

—¿Por qué apunta las cosas que ya ha hecho? —preguntó, mirándome con las cejas levantadas—. Las recetas, lo entiendo; supongo que puede olvidar algunas cosas. Pero ¿para qué hace estos dibujos y apunta detalles sobre cómo cortó un dedo gangrenado por la escarcha? ¿Lo haría de una manera diferente en otra ocasión?

—Bueno, es posible —respondí, apartando el tallo de romero seco al que había estado quitándole las hojas—. La cirugía no es siempre igual. Todos los cuerpos son un poco diferentes, e incluso aunque el procedimiento básico sea más o menos el mismo una docena de veces, habrá una docena de cosas que ocurran de manera distinta; en ocasiones, cosas muy pequeñas y, en otras, cosas grandes. Pero yo guardo un registro de todo lo que he hecho por varias razones —añadí.

Aparté mi taburete y rodeé la mesa para colocarme junto a ella. Pasé unas cuantas páginas más y me detuve en el registro de los achaques de la anciana Grannie MacBeth, una lista tan extensa que la había copiado en orden alfabético para mi comodidad, y que empezaba con *Artritis: todas las articulaciones*, para seguir con *Desvanecimientos*, *Dispepsia* y *Dolor de oídos*, y así durante casi dos páginas más, hasta llegar a *Matriz: prolapsada*.

—En parte es para saber qué medidas se han tomado con una persona concreta, y qué sucedió, de modo que si necesitan algún tratamiento posterior, puedo volver a buscar una descripción precisa de su estado anterior. Para comparar, ¿entiendes?

Ella asintió con entusiasmo.

—Sí, ya veo. Así sabría si mejoran o empeoran. ¿Y qué más?

—Bueno, la razón más importante —dije con lentitud, buscando las palabras adecuadas— es para que otro doctor, alguien que tuviera que intervenir más tarde, pudiera leer el registro y ver cómo he hecho tal cosa o tal otra. Podría encontrar una manera de hacer algo que no conociera, o un modo mejor.

—¡Ah! ¿Quiere decir que con esto alguien podría aprender cómo hacer lo que usted ha hecho? —Tocó una página con un dedo, con mucho cuidado—. ¿Sin trabajar como aprendiz de un doctor?

—Bueno, lo mejor es tener a alguien que te enseñe —aclaré, divertida por su entusiasmo—. Y hay cosas que en realidad no se pueden aprender de un libro. Pero si no hay nadie que pueda enseñarte... —Miré por la ventana la verde espesura de las montañas—. Es mejor que nada —concluí.

—¿Usted dónde aprendió? —preguntó con curiosidad—. ¿De este libro? Veo que hay otra letra, además de la suya. ¿De quién era?

Tendría que haberme dado cuenta de hacia dónde iba. Pero no había contado con que Malva fuera tan rápida.

—Ah... Yo aprendí con un montón de libros —respondí—. Y con otros doctores.

—Otros doctores —repitió, mirándome con fascinación—. Entonces ¿usted se considera una doctora? No sabía que las mujeres pudieran serlo.

En ese tiempo, ninguna mujer se llamaba a sí misma médica o cirujana, ni tampoco eran aceptadas como tales.

Tosí.

—Bueno... Después de todo, es sólo un nombre. Muchas personas la conocen como mujer sabia, o mujer hechicera. O *banlichtne* —añadí—. Pero en realidad es lo mismo. Sólo importa que sé algo que podría ayudarlos.

—*Ban*... —Pronunció la palabra desconocida—. Nunca lo había oído antes.

—Es gaélico, la lengua de las Highlands. Significa «sanadora», o algo así.

—Ah, gaélico. —Una leve expresión de sarcasmo cruzó su rostro. Supuse que había heredado la actitud de su padre respecto al antiguo idioma de los escoceses de las Highlands. Pero era evidente que ella también vio algo en mi propia cara, puesto que borró el desdén de sus facciones y se inclinó de nuevo sobre el libro—. Entonces, ¿quién escribió las otras partes?

—Un hombre llamado Daniel Rawlings —dije, mientras alisaba la página, con mi habitual sentimiento de afecto hacia mi predecesor—. Era un doctor de Virginia.

—¿Él? —Malva levantó la mirada, sorprendida—. ¿El mismo Daniel Rawlings que está enterrado en el cementerio de la montaña?

—Ah... Sí, él. —Pero no pensaba compartir con la señorita Christie la historia de cómo Rawlings había ido a parar a aquel sitio. Miré por la ventana, calculando la luz que quedaba—. ¿Tu padre no querrá que le prepares la cena?

—¡Ah! —Al oír eso, se incorporó y también miró por la ventana, con una leve expresión de alarma—. Sí, es cierto. —Dirigió una mirada apenada al libro, pero luego se alisó la falda y se enderezó la gorra, lista para marcharse—. Le agradezco que me haya mostrado su libro, señora Fraser.

—Me alegro de haberlo hecho —le aseguré sinceramente—. Puedes regresar a verlo en otro momento. De hecho... ¿A ti te interesaría...? —Vacilé, pero seguí adelante, alentada por su mirada de profunda curiosidad—. Mañana voy a quitarle un bulto en la oreja a Grannie MacBeth. ¿Te gustaría acompañarme y ver cómo lo hago? Me sería de gran ayuda tener otro par de manos —añadí, al ver que el interés de sus ojos se nublaba con una duda repentina.

—Sí, señora Fraser... ¡Me encantaría! —dijo—. Es sólo que mi padre... —Se la veía incómoda al decirlo, pero entonces pareció decidirse—. Bueno... Iré. Estoy segura de que podré convencerlo.

—¿Serviría que yo le enviara una nota? ¿O que fuera a hablar con él? —Súbitamente, deseaba que viniera conmigo.

Ella sacudió un poco la cabeza.

—No, señora, no habrá problemas, estoy segura. —De repente se echó a reír; se le formaron hoyuelos en la cara y sus ojos grises resplandecieron—. Le diré que he echado un vistazo a su libro negro y que no hay ningún encantamiento en él, sino sólo recetas de tés y purgantes. Aunque me parece que no le voy a explicar nada de los dibujos —añadió.

—¿Encantamientos? —pregunté con incredulidad—. ¿Eso creía él?

—Sí —aseguró—. Me advirtió de que no lo tocara, por miedo a quedar hechizada.

—Hechizada —murmuré desconcertada.

Bueno, después de todo, Thomas Christie era maestro de escuela. De hecho, pensé que tal vez incluso tuviera razón. Malva volvió a mirar el libro cuando la acompañé hasta la puerta, con una evidente expresión de fascinación en la cara.

• • •

23

Anestesia

Cerré los ojos, puse la mano a unos veinte centímetros de mi cara y la agité suavemente frente a mi nariz, como uno de los *parfumeurs* que había visto en París, catando fragancias.

El olor me golpeó en la cara como una ola de mar y más o menos con el mismo efecto. Me temblaron las rodillas, unas líneas negras cruzaron mi campo de visión y dejé de distinguir entre arriba y abajo.

Tras lo que pareció un instante, recobré la conciencia. Estaba tumbada en el suelo de la consulta mientras la señora Bug me miraba horrorizada.

—¡Señora Claire! ¿Se encuentra usted bien, *mo gaolach*? La he visto caer...

—Sí —gruñí. Sacudí un poco la cabeza, al mismo tiempo que me apoyaba en un codo—. Pon... Póngale el corcho. —Señalé el gran frasco abierto que estaba sobre la mesa, con el corcho a un lado—. ¡No acerque la cara!

Con el rostro apartado y retorcido en una mueca de temor, ella cogió el corcho y lo introdujo en el frasco, con el brazo bien extendido.

—¡Uf! ¿Qué es esto? —preguntó mientras se echaba hacia atrás y hacía muecas. Estornudó con fuerza en su delantal—. ¡Jamás había olido algo semejante...! ¡Y sabe Dios que he olido muchas cosas desagradables en esta habitación!

—Eso, mi querida señora Bug, es éter. —El mareo ya casi había desaparecido y había sido sustituido por la euforia.

—¿Éter? —Miró fascinada el aparato de destilación que estaba sobre la encimera, donde el baño de alcohol burbujeaba suavemente en su gran esfera de cristal sobre una llama baja, mientras el aceite de vitriolo (que más tarde sería conocido como ácido sulfúrico) descendía con suma lentitud por el tubo inclinado, con un olor maligno y picante que acechaba bajo los aromas habituales de raíces y hierbas de la consulta—. ¡Qué extraño! ¿Y qué es el éter, entonces?

—Hace que la gente se quede dormida para que no sientan dolor cuando les practico una incisión —le expliqué, entusiasmada por mi éxito—. ¡Y sé muy bien con quién lo voy a utilizar en primer lugar!

• • •

—¿Tom Christie? —repitió Jamie—. ¿Se lo has dicho?

—Se lo he dicho a Malva. Ella tratará de convencerlo, de ablandarlo un poco.

Jamie dejó escapar un breve bufido al oír aquello.

—Podrías hervir a Christie en leche durante quince días y él seguiría tan duro como una piedra de afilar. Y si crees que hará caso al parloteo de su hija sobre un líquido mágico que conseguirá que se duerma...

—No, ella no va a hablarle del éter; de eso me encargaré yo —le aseguré—. Sólo le dará la lata con lo de la mano, para convencerlo de que es necesario que se la opere.

—Mmm. —Jamie, al parecer, todavía tenía sus dudas, aunque, aparentemente, no sólo por Thomas Christie—. Este éter, Sassenach... ¿No podrías matarlo con esto?

En realidad, me preocupada bastante esa misma posibilidad. Había efectuado numerosas operaciones en las que se usaba éter, y en general era un anestésico seguro. Pero un éter casero, administrado de forma manual... Además, era cierto que la gente fallecía a causa de accidentes con la anestesia, incluso en los ámbitos más protegidos, con anestesistas especializados y todo tipo de instrumentos de reanimación a mano. Y no podía quitarme de la cabeza a Rosamund Lindsay, cuya muerte accidental seguía acosándome en sueños cada cierto tiempo. Pero poder contar con un anestésico fiable, poder practicar cirugía sin dolor...

—Es posible —admití—. No lo creo, pero siempre hay un riesgo. De todas formas, vale la pena.

Jamie me lanzó una mirada algo predispuesta.

—¿Ah, sí? ¿Tom está de acuerdo con eso?

—Bueno, ya lo averiguaremos. Se lo explicaré todo con mucho cuidado, y si él no lo acepta... bueno, pues que no lo acepte. Pero ¡espero que sí lo haga!

Jamie torció la comisura de los labios y sacudió la cabeza con una actitud tolerante.

—Estás como el pequeño Jem con un juguete nuevo, Sassenach. Ten cuidado, no vaya a ser que pierdas las ruedas.

Podría haberle respondido con alguna frase indignada, pero ya estábamos viendo la cabaña de los Bug, y Arch estaba sentado en el escalón de la puerta, fumando plácidamente una pipa de barro. Se la sacó de la boca y empezó a levantarse cuando nos vio, pero Jamie lo disuadió con un gesto.

—*Ciamar a tha thu, a charaid?*

Arch respondió con su acostumbrado «Mmm», teñido de un tono de cordialidad y bienvenida. Una blanca ceja enarcada en mi dirección y un movimiento del humo de la pipa hacia el sendero me indicaron que su esposa no estaba en la casa, si es que yo la estaba buscando.

—No, sólo iré al bosque a inspeccionar un poco —dije, levantando mi cesta vacía como prueba—. Aunque la señora Bug ha olvidado su bordado... ¿Puedo ir a buscarlo?

Él asintió con una sonrisa que le arrugó los ojos y movió sus enjutas nalgas cortésmente para dejarme pasar a la cabaña. Detrás de mí, oí un «¿Mmm?» de invitación, y sentí el movimiento de las tablas de la entrada cuando Jamie se sentó al lado del señor Bug.

No había ventanas, de modo que me vi obligada a esperar a que mis ojos se adaptaran a la penumbra. En cualquier caso, era una cabaña pequeña, y no tardé más de medio minuto en distinguir lo que había: poco más que la estructura de la cama, una cómoda para las mantas y una mesa con dos bancos. El cesto de costura colgaba de un gancho en la otra pared, y crucé la habitación para cogerlo.

Desde el porche, a mi espalda, llegaba el murmullo de una conversación masculina, intercalado por el sonido bastante poco frecuente de la voz del señor Bug. Podía hablar, pero la señora Bug era tan locuaz que, cuando ella estaba presente, las contribuciones de su esposo consistían en poco más que una sonrisa y los ocasionales «Mmm» de aceptación o desacuerdo.

—El joven Christie... —estaba diciendo en ese momento, con un tono de voz meditativo—. ¿Te parece un tipo raro, *a Sheaumais*?

—Sí, bueno, es de las Lowlands —contestó Jamie encogiéndose de hombros.

Un divertido «Mmm» del señor Bug indicó que esa explicación era suficiente, y, a continuación, le dio una calada a la pipa.

Abrí el costurero para asegurarme de que el bordado estuviera dentro; de hecho, no estaba, y me vi obligada a buscar por la cabaña, entornando los ojos en la penumbra. Ah... Allí estaba; una oscura mancha de algo blando en un rincón. Se había caído de la mesa, y alguien lo había echado a un lado.

—¿Ese Christie es más extraño de lo normal? —oí que preguntaba Jamie con indiferencia.

Miré a través de la puerta justo a tiempo para ver que Arch Bug asentía con un gesto, aunque sin hablar, puesto que estaba enfrascado en una feroz batalla con su pipa. Sin embargo, levantó la mano derecha y la movió, mostrando los muñones de los dos dedos que le faltaban.

—Sí —contestó finalmente, soltando una triunfante voluta blanca de humo con la palabra—. Ha venido a preguntarme si me había dolido mucho cuando me hicieron esto.

Su cara se arrugó como una bolsa de papel y el hombre jadeó un poco, lo que en su lenguaje era equivalente a una gran carcajada.

—¿Ah, sí? ¿Y qué le has dicho, Arch? —preguntó Jamie sonriendo.

Arch chupó su pipa con aire reflexivo, ahora muy cooperativo, y luego frunció los labios y expulsó una pequeña voluta perfecta de humo.

—Bueno, le he dicho que en su momento no me dolió nada. —Hizo una pausa y sus ojos azules relampaguearon—. Claro que eso pudo deberse a que estaba frío como un pescado de la impresión. Cuando recobré el conocimiento, me ardía un poco. —Levantó la mano y la miró sin ningún tipo de sentimiento; luego me miró a través de la puerta—. Usted no piensa usar un hacha con el pobrecillo de Tom, ¿verdad? Me ha dicho que va a operarle la mano la semana que viene.

—No lo creo. ¿Puedo verla? —Salí al porche y me incliné hacia Arch, quien me dejó cogerle la mano, pasando la pipa a la izquierda.

El dedo índice y el corazón estaban limpiamente cortados, justo a la altura de los nudillos. Era una herida muy antigua; tanto que había perdido ese desagradable aspecto habitual en las mutilaciones recientes, en las que la mente aún ve lo que debería haber, e intenta reconciliar la realidad con la expectativa. De todas formas, el cuerpo humano es de una plasticidad asombrosa, y hace lo que puede para compensar las partes que faltan; en el caso de una mano mutilada, es frecuente que el resto sufra una sutil deformación muy útil para aprovechar al máximo las funciones que quedan.

Palpé la mano con cuidado, fascinada. Los metacarpianos de las falanges cortadas estaban intactos, pero el tejido circundante había encogido y se había retorcido, haciendo que retrocediera un poco parte de la mano, de modo que los dos dedos restantes y el pulgar pudieran sujetar mejor los objetos. Yo había visto a Arch usar esa mano con mucha habilidad, cogiendo una copa para beber o blandiendo el mango de una pala.

Las cicatrices sobre los muñones se habían aplanado y palidecido, formando una superficie lisa y encallecida. Las articulaciones de los otros dedos estaban abultadas por la artritis, y la mano en su totalidad estaba tan cambiada que ya no parecía una mano; sin embargo, no era del todo repulsiva. Al contacto con la mía, se sentía fuerte y caliente, y ofrecía, de hecho, un extraño atractivo, similar al de un trozo de madera gastado por el paso del tiempo.

—¿Esto lo hicieron con un hacha? —dije, preguntándome cómo había conseguido exactamente infligirse semejante herida a sí mismo, considerando que él era diestro. Un resbalón podría haberle provocado un tajo en un brazo o una pierna, pero para cortar dos dedos de la misma mano así... Cuando me di cuenta de lo que había ocurrido le apreté la mano con más fuerza de manera involuntaria—. Oh, no.

—Sí —dijo él, y exhaló una voluta de humo. Levanté la vista y lo miré directamente a sus brillantes ojos azules.

—¿Quién fue? —pregunté.

—Los Fraser —contestó. Me presionó la mano con delicadeza, luego retiró la suya y la giró hacia un lado y hacia otro. Miró a Jamie—. No los Fraser de Lovat —lo tranquilizó—, sino Bobby Fraser de Glenhelm y su sobrino. Se llamaba Leslie.

—¿Ah, sí? Bueno, menos mal —respondió Jamie con una ceja enarcada—. No me habría gustado enterarme de que habían sido parientes cercanos míos.

Arch dejó escapar una risita apenas audible. Sus ojos aún brillaban en su piel arrugada, pero había algo en esa risa que, súbitamente, me hizo querer dar un paso atrás.

—No, claro que no —dijo el anciano—. A mí tampoco. Pero de todas formas esto ocurrió más o menos durante la época en que tú naciste, *a Sheaumais*, o un poco antes. Y ya no quedan Fraser en Glenhelm.

La mano en sí no me había alterado en absoluto, pero la visión de cómo habría quedado así me estaba provocando un pequeño mareo. Me senté junto a Jamie, sin esperar invitación.

—¿Por qué? —pregunté sin rodeos—. ¿Cómo?

Arch dio una calada a la pipa y expulsó otra voluta de humo. Chocó contra los restos de la primera, y ambas se desintegraron en una neblina de humo fragante. Frunció el ceño y se miró la mano que había posado sobre la pierna.

—Ah, bueno. Fue decisión mía. Éramos arqueros, ¿sabe? —me explicó—. Todos los hombres de mi clan fuimos educados para serlo desde muy pequeños. Yo tuve mi primer arco a los tres años, y a los seis ya era capaz de atravesar el corazón de un urogallo a más de diez metros.

Hablaba con un aire de orgullo sencillo, entornando un poco los ojos al ver una pequeña bandada de palomas que buscaban comida bajo unos árboles cercanos, como si calculara con qué facilidad habría alcanzado alguna.

—Mi padre me habló de los arqueros —dijo Jamie—. En Glenshiels. Muchos de ellos eran Grant, y algunos Campbell, me dijo. —Se inclinó hacia delante, con las manos sobre las rodillas, interesado por la historia, pero precavido.

—Sí, éramos nosotros. —Arch dio una fuerte calada y el humo le coronó la cabeza—. De noche nos arrastrábamos entre los helechos —explicó—, y nos escondíamos entre las rocas sobre el río de Glenshiels, debajo de los helechos y los serbales. Usted podría haber estado a medio metro de distancia sin vernos —comentó, dirigiéndose a mí—, por lo tupidos que eran aquellos arbustos.

»Estábamos un poco apretados —añadió en tono confidencial y mirando a Jamie—. No nos podíamos poner de pie para mear, y cenábamos, con un poco de cerveza, antes de salir al otro lado de la montaña. Estábamos todos en cuclillas, como las mujeres cuando orinan. Tratando como locos de mantener los arcos secos dentro de las camisas, con lo que llovía y el agua metiéndose por el cuello.

»Pero, cuando amanecía —prosiguió alegremente—, nos poníamos de pie a la primera señal y soltábamos las flechas. La verdad es que era un espectáculo muy hermoso ver nuestras flechas cayendo desde las colinas sobre aquellos pobres diablos acampados allí, junto al río. Sí, tu padre también combatió allí, *a Sheaumais* —añadió, señalando a Jamie con la pipa—. Él era uno de los que estaban junto al río. —Un espasmo de risa muda lo atravesó.

—Entonces —respondió Jamie secamente—, los Fraser y tú no os podéis ni ver.

El viejo Arch sacudió la cabeza, sin alterarse un ápice.

—Exacto —aclaró. Volvió la atención hacia mí, un poco más sereno.

»Cuando los Fraser capturaban a un Grant solo en sus tierras, tenían la costumbre de darle a elegir. Podía perder el ojo derecho, o los dos dedos de la mano derecha. De cualquiera de esas dos maneras, jamás podría volver a dirigir un arco contra ellos.

Poco a poco, se frotó la mano mutilada contra la rodilla, extendiéndola como si los fantasmas de sus dedos se abrieran y anhelaran el roce y el zumbido del hilo. Luego sacudió la cabeza, como si quisiera deshacerse de la visión, y formó un puño. Se volvió hacia mí.

—Usted no tiene intención de cortarle los dedos a Christie, ¿verdad, señora Fraser?

—No —respondí alarmada—. Claro que no. ¿Acaso él cree que...?

—No sabría decirlo, pero parecía muy preocupado por la posibilidad de que se los amputaran.

—Mmm —murmuré. Tendría que hablar con Tom Christie.

Jamie se había puesto en pie para marcharse, y yo lo imité automáticamente, sacudiéndome la falda y tratando de quitarme de la cabeza la imagen de la mano de un joven, sujetada contra el suelo, y un hacha cayendo sobre ella.

—Has dicho que no había Fraser en Glenhelm, ¿verdad? —le preguntó Jamie al señor Bug con expresión reflexiva—. Leslie, el sobrino... no sería por casualidad el heredero de Bobby Fraser, ¿verdad?

—Sí, era él. —La pipa del señor Bug se había apagado. La giró y la golpeó contra el borde del porche, haciendo que salieran hábilmente los restos de tabaco.

—Los mataron a los dos juntos, ¿verdad? Recuerdo que mi padre me lo contó una vez. Me dijo que los encontraron en un arroyo, con la cabeza destrozada.

Arch Bug lo miró parpadeando, con las pestañas bajas para protegerse del brillo del sol.

—Bueno, mira, *a Sheaumais* —dijo—. Un arco es como una buena esposa; conoce a su dueño y responde a su roce. Un hacha, en cambio... —Movió la cabeza—. Un hacha es una puta: cualquier hombre puede usarla, y funciona bien en cualquier mano.

Sopló en la pipa para quitarle la ceniza, limpió el cuenco con su pañuelo y se la guardó con cuidado, con la mano izquierda. Nos sonrió a los dos, con los restos de sus dientes afilados y amarilleados por el tabaco.

—Id con Dios, *Seaumais mac Brian*.

• • •

Más tarde, esa misma semana, fui a la cabaña de los Christie para quitarle los puntos de sutura de la mano izquierda a Tom y explicarle lo del éter. Su hijo, Allan, estaba en el patio, afilando un cuchillo con una piedra de afilar que manejaba con un pedal. Me sonrió y me saludó con un gesto, pero no habló, puesto que no podía oír nada con el fuerte zumbido de la piedra.

Un momento después se me ocurrió que tal vez ese sonido había despertado los recelos de Tom Christie.

—He decidido que voy a dejar la otra mano como está —dijo fríamente, mientras cortaba el último punto y se lo sacaba.

Bajé las pinzas y lo miré.

—¿Por qué?

Un tono rojo pálido apareció en sus mejillas, y él se puso de pie, levantó la mandíbula y me miró por encima del hombro, para no mirarme a los ojos.

—He rezado, y he llegado a la conclusión de que si esta enfermedad es voluntad de Dios, no estaría bien tratar de cambiarla.

Con gran dificultad, reprimí un fuerte impulso de exclamar «¡Qué estupidez!».

—Siéntese —comencé, respirando profundamente—. Y dígame, por favor, por qué cree que Dios desea que usted vaya por ahí con una mano torcida.

Entonces me miró, sorprendido y aturdido.

—¡Pues porque no estoy en posición de cuestionar los designios del Señor!

—¿Ah, no? —pregunté en voz baja—. Pues me pareció que eso fue justo lo que usted hizo el domingo pasado. ¿O no fue a usted al que oí preguntando en qué estaba pensando el Señor cuando permitió que todos esos católicos brotaran como setas?

El color rojo pálido adoptó un tono mucho más oscuro.

—Estoy seguro de que me entendió mal, señora Fraser. —Se puso un poco más derecho, de manera que casi estaba inclinado hacia atrás—. La cuestión es que no voy a necesitar su ayuda.

—¿Es porque soy católica? —pregunté, acomodándome de nuevo sobre el taburete y cruzando las manos sobre mi rodilla—. ¿Cree tal vez que me aprovecharé de usted y lo bautizaré por la Iglesia de Roma cuando baje la guardia?

—¡Ya estoy bautizado como es debido! —replicó—. Y le agradecería que se reservara sus comentarios papistas.

—Llegué a un acuerdo con el papa —dije, devolviéndole la mirada—. Yo no emito bulas sobre cuestiones doctrinarias, y él no hace operaciones quirúrgicas. Ahora bien, con respecto a la mano...

—La voluntad del Señor... —comenzó a decir tozudamente.

—¿Fue la voluntad del Señor que su vaca cayera por el desfiladero y se rompiera una pata el mes pasado? —lo interrumpí—. Porque, en ese caso, entonces usted debería haberla dejado morir allí, en lugar de ir a buscar a mi marido para que lo ayudara a sacarla, y luego dejar que yo le curara la pata. Por cierto, ¿cómo está?

Podía ver a la vaca en cuestión por la ventana, pastando con placidez al borde del huerto. Era evidente que ni su ternero, ni el vendaje que le había puesto para sujetar el hueso fracturado le preocupaban lo más mínimo.

—Está bien, gracias. —Christie parecía un poco sofocado, aunque el cuello de su camisa estaba abierto—. Eso es...

—Bueno, entonces —intervine—, ¿cree que el Señor piensa que usted merece menos asistencia médica que su vaca? A mí me parece poco probable, teniendo en cuenta lo que Él piensa de los gorriones y todo eso.

A esas alturas sus carrillos habían adoptado un tono púrpura oscuro. Aferró la mano enferma a la sana, como si quisiera mantenerla a salvo de mí.

—Veo que ha oído algunas cosas de la Biblia —comenzó a decir, con un tono pomposo.

—De hecho, la he leído —repuse—. Leo bastante bien, gracias.

Hizo caso omiso al último comentario, con un pequeño brillo triunfal en la mirada.

—¿Ah, sí? Entonces estoy seguro de que habrá leído la carta de san Pablo a Timoteo, donde dice: «La mujer debe escuchar en silencio...»

En realidad, yo ya me había encontrado con san Pablo y sus opiniones sobre las mujeres, y tenía bastantes ideas al respecto.

—Supongo que san Pablo también se encontró con una mujer que podía ganarle una discusión —dije compasiva—. Y le fue más fácil tratar de frenar a todas las mujeres que argumentar con éxito. Esperaba más de usted, señor Christie.

—¡Eso es una blasfemia! —exclamó sofocando un grito, evidentemente escandalizado.

—No —contraataqué—, a menos que usted diga que san Pablo en realidad es Dios... Y si es así, entonces yo diría que eso sí es una blasfemia. Pero no nos detengamos en sutilezas —proseguí, al ver que los ojos comenzaban a salírsele de las órbitas—. Permítame... —Me levanté del banco y di un paso hacia delante, situándome a una distancia en que podía tocarlo. Él retrocedió tan deprisa que chocó contra la mesa y la ladeó, mandando al suelo y con un fuerte ruido el costurero de Malva, una jarra de cerámica llena de leche y un plato de peltre.

Me agaché rápidamente y cogí el costurero, a tiempo de impedir que se mojara con la leche derramada. Con la misma rapidez, Christie había cogido un trapo de la chimenea y había empezado a limpiar la leche. Nuestras cabezas no se golpearon por muy poco, pero por último chocamos, yo perdí el equilibrio y caí sobre él. Tom me agarró los brazos de manera instintiva, al mismo tiempo que dejaba caer el trapo, luego me soltó de inmediato, se echó hacia atrás, y me dejó balanceándome sobre mis rodillas.

Él también estaba de rodillas y respiraba con dificultad, aunque a cierta distancia de mí.

—Creo que la verdad —dije con severidad, señalándolo con un dedo— es que tiene miedo.

—¡No!

—Sí. —Me levanté, dejé el costurero sobre la mesa y pasé el trapo con el pie por encima del charco de leche derramada—. Tiene miedo de que le haga daño, pero no lo haré —le aseguré—. Tengo una medicina que se llama éter. Hará que se quede dormido y usted no sentirá nada.

Él parpadeó.

—Y tal vez tenga miedo de perder algunos dedos, o la capacidad que le queda de mover la mano.

Él seguía arrodillado junto a la chimenea, mirándome.

—No puedo garantizarle con total seguridad que eso no ocurrirá —intervine—. En realidad, no creo que ocurra, pero el hombre propone y Dios dispone, ¿verdad?

Christie asintió con mucha parsimonia, pero no dijo nada. Inspiré profundamente para terminar con aquella discusión.

—Creo que puedo curarle la mano —añadí—. No puedo garantizárselo. A veces pasan cosas: infecciones, accidentes, algo inesperado. Pero...

Extendí una mano hacia él, señalando con un gesto el miembro lisiado. Moviéndose como un pájaro hipnotizado y atrapado en la mirada de una serpiente, él extendió el brazo y dejó que lo cogiera. Le apreté la muñeca e hice que se pusiera en pie; él se incorporó sin oponer resistencia y permaneció delante de mí, permitiéndome que le tomara la mano.

La coloqué entre las mías y empujé hacia atrás los dedos agarrotados, froté el pulgar con suavidad sobre la aponeurosis palmar que le atrapaba los tendones. Podía sentirla con claridad, podía ver en mi mente con exactitud cómo afrontar el problema, dónde presionar con el escalpelo, cómo se partiría la piel encallecida. La extensión y la profundidad de la incisión en forma de «Z» que le liberaría la mano y le devolvería sus facultades.

—Ya lo he hecho antes —aclaré en voz baja, apretando los dedos para palpar los huesos sumergidos—. Puedo hacerlo otra vez, si Dios quiere. Y si usted me lo permite.

Él era apenas cinco centímetros más alto que yo; le sostuve la mirada, al igual que la mano. Sus ojos eran de un gris claro y brillante, y recorrieron mi rostro con miedo y recelo; pero había otra cosa. De pronto fui consciente de su respiración, lenta y constante, y sentí el calor de su aliento en mi mejilla.

—De acuerdo —accedió al fin, con voz ronca. Apartó su mano de la mía, no de repente, sino casi a regañadientes, y la acunó en la mano sana—. ¿Cuándo?

—Mañana —contesté—. Si hace buen tiempo. Necesito luz —le expliqué, al ver la expresión de alarma en sus ojos—. Venga por la mañana, en ayunas.

Cogí mis instrumentos, le hice una torpe reverencia y me marché, sintiéndome un poco extraña.

Allan Christie me saludó con un gesto alegre de la mano al verme partir y siguió afilando.

—¿Crees que vendrá? —Ya habíamos desayunado y aún no había señales de Thomas Christie. Después de una noche en la que había dormido muy mal y había soñado reiteradamente con máscaras de éter y desastres quirúrgicos, no estaba segura de si quería que viniera o no.

—Sí, vendrá. —Jamie estaba leyendo un ejemplar del *North Carolina Gazette* de hacía cuatro meses mientras masticaba la última tostada de canela de la señora Bug—. Mira, han publicado una carta del gobernador a lord Dartmouth, diciendo que somos una panda indisciplinada de bastardos sediciosos, maquinadores y ladrones; en ella pide al general Gage que mande cañones para amenazarnos y obligarnos a comportarnos como es debido. Me pregunto si MacDonald sabe que esto es de dominio público.

—¿En serio? —pregunté con aire ausente. Me levanté y cogí la máscara de éter que había estado contemplando todo el desayuno—. Bueno, si viene, supongo que debo estar lista.

Además de la máscara de éter que Bree había hecho para mí, en mi consulta tenía el frasco de goteo, junto con todo el instrumental que necesitaría para la operación propiamente dicha. Me dirigí allí e, insegura, cogí el frasco, le quité el corcho y pasé una mano por el cuello, haciendo que los vapores se acercaran a mi nariz. El resultado fue un tranquilizador mareo que me nubló la visión durante un instante. Cuando se me aclaró la mente, volví a tapar el frasco con el corcho y lo dejé donde estaba, un poco más segura de mí misma.

Justo a tiempo. Oí voces procedentes de la parte trasera de la casa y pasos en el vestíbulo.

Me di la vuelta con curiosidad y vi cómo Christie me miraba desde la entrada con el ceño fruncido y la mano curvada sobre el pecho en actitud protectora.

—He cambiado de idea —dijo, frunciendo el ceño para enfatizar su postura—. He considerado la cuestión, he orado, y no le permitiré que emplee sus inmundas pociones conmigo.

—¡Qué hombre más estúpido! —exclamé ofendida. Me puse de pie y fruncí el ceño yo también—. ¿Qué le ocurre?

Pareció desconcertado, como si una serpiente a sus pies en la hierba hubiera osado dirigirse a él.

—A mí no me pasa absolutamente nada —replicó con brusquedad. Levantó la barbilla en un gesto agresivo, mostrándome su erizada barba corta—. ¿Qué le sucede a usted, señora?

—¡Y yo que creía que sólo los hombres de las Highlands eran tozudos como mulas!

Al parecer, se sintió insultado por la comparación, pero antes de que pudiera seguir atacándome, Jamie asomó la cabeza por la consulta, atraído por las voces.

—¿Hay algún problema? —preguntó en tono cortés.

—¡Sí! Él se niega...

—Sí. Ella insiste...

Las palabras se superpusieron y ambos nos interrumpimos, mirándonos con furia. Jamie pasó la mirada de mi persona a la del señor Christie, y luego la fijó en el aparato que estaba sobre la mesa. Miró al techo, como implorando consejo del cielo, y luego se pasó un dedo por debajo de la nariz, con expresión pensativa.

—Sí —dijo finalmente—. Bueno, veamos. ¿Quiere que sane su mano, Tom?

Christie mantuvo su actitud testaruda, con la mano enferma contra el pecho, como si la estuviera protegiendo. Pero después de un momento, asintió despacio.

—Sí —contestó. Me dirigió una mirada bastante recelosa—. Pero ¡no voy a aceptar ninguna tontería papista al respecto!

—¿Papista? —Jamie y yo hablamos al mismo tiempo. Él parecía un poco intrigado; yo, profundamente exasperada.

—Sí. ¡Y no crea que puede engatusarme, Fraser!

Jamie me lanzó una mirada de «te lo dije, Sassenach», pero se dispuso a intentarlo.

—Bueno, siempre ha sido usted un estúpido, Tom —dijo con serenidad—. Pero puedo decirle por experiencia que duele bastante.

Me pareció que Christie palidecía un poco.

—Mire, Tom. —Jamie señaló con un gesto la bandeja con los instrumentos: dos escalpelos, una sonda, tijeras, fórceps y dos agujas de sutura, ya enhebradas con tripa y flotando en una jarra de alcohol. Brillaban de forma débil a la luz del sol—. La verdad es que ella tiene intención de hacerle un corte en la mano.

—Lo sé —replicó Christie, aunque sus ojos se alejaron del siniestro grupo de bordes afilados.

—Sí, lo sabe. Pero no tiene la más mínima idea de cómo es. Yo, sí. ¿Ve esto?

Jamie levantó la mano derecha, mostrándole la palma a Christie, y la movió. En esa postura, el sol de la mañana hizo que las finas cicatrices blancas que le atravesaban los dedos brillaran contra la piel bronceada.

—Esto dolió muchísimo —le aseguró—. No le conviene hacer algo así. Y puede decidir no hacerlo.

Christie apenas miró la mano. Por supuesto, pensé, debía de estar familiarizado con su aspecto; había vivido con Jamie tres años.

—Ya he tomado mi decisión —concluyó con dignidad. Se sentó en la silla y extendió la mano sobre la servilleta, con la palma hacia arriba. Su cara había perdido todo el color, y tenía la mano libre tan apretada que le temblaba.

Jamie lo miró con el ceño fruncido durante un momento; luego suspiró.

—Sí. Aguarde un poco, entonces.

Era evidente que ya no tenía sentido seguir discutiendo, y ni siquiera me molesté en intentarlo. Bajé la botella de whisky medicinal que tenía en el anaquel y le serví una cantidad generosa en una taza.

—«Tome un poco de vino para el estómago» —dije, poniéndosela con firmeza en su mano abierta—. Nuestro amigo, san Pablo. Si está bien beber por el bien del estómago, estoy segurísima de que puede beber también por el bien de la mano.

Su boca, cerrada con fuerza a causa del miedo, se abrió sorprendida. Christie paseó la mirada de la taza a mí, y luego otra vez a la taza. Tragó saliva, asintió y se la llevó a los labios.

Pero antes de que terminara, Jamie regresó con un libro verde, pequeño y bastante estropeado, que puso sin ceremonia alguna en su mano.

Christie parecía sorprendido, pero sostuvo el libro y entornó los ojos para ver de qué se trataba. Las palabras «SANTA BIBLIA» estaban impresas en la torcida cubierta. *Versión del rey Jacobo.*

—Uno busca ayuda donde puede, ¿verdad? —preguntó Jamie con cierta brusquedad.

Christie lo miró, asintió y una sonrisa muy leve atravesó su barba.

—Se lo agradezco, señor —dijo. Sacó unas gafas del abrigo y se las puso, abrió el libro con sumo cuidado y empezó a pasar las hojas en busca de una inspiración adecuada para soportar la operación sin anestesia.

Miré a Jamie, él me devolvió la mirada y se encogió de hombros. No era sólo una biblia. Era la biblia que una vez había pertenecido a Alexander MacGregor.

Jamie dio con ella cuando era muy joven, cuando el capitán Jonathan Randall lo encarceló en Fort William. Después de que lo hubieran azotado, y mientras esperaba a que lo azotaran de nuevo, atemorizado y dolorido, lo dejaron incomunicado, sin más compañía que sus pensamientos... y esa biblia, que le había dado el cirujano de la guarnición, por si le podía servir de consuelo.

Alex MacGregor había sido otro joven prisionero escocés, que había preferido morir por su propia mano antes que soportar más atenciones por parte del capitán Randall. Su nombre estaba escrito en el interior del libro, en una letra meticulosa y bastante grande. Aquella pequeña biblia estaba familiarizada con el temor y el sufrimiento, y si bien no era éter, esperaba que todavía pudiera poseer su mismo poder calmante.

Christie había encontrado algo que le venía bien. Se aclaró la garganta, se puso derecho en la silla y colocó la mano sobre la toalla, con la palma hacia arriba y una expresión tan resuelta, que me pregunté si se había decidido por el pasaje en el que los macabeos presentan voluntariamente sus manos y lenguas para su amputación a manos del rey pagano.

No obstante, tras echar un discreto vistazo por encima de su hombro, vi que estaba en algún lugar entre los salmos.

—Cuando lo crea conveniente, señora Fraser —dijo con suma cortesía.

Si él no quería estar inconsciente, yo necesitaría algún preparativo adicional. La fortaleza viril era perfecta, y también la inspiración bíblica, pero eran relativamente escasas las personas que podían permanecer sentadas sin moverse mientras les cortan la mano en trozos, y no creía que Thomas Christie fuera una de ellas.

Tenía una generosa cantidad de tiras de lino para las vendas. Le remangué la camisa, luego usé algunas de las tiras para atarle firmemente el antebrazo a la mesa, y puse una banda adicional para mantener los dedos agarrotados lejos del área de la operación.

Aunque Christie parecía algo escandalizado por la idea de beber alcohol al mismo tiempo que leía la Biblia, Jamie —y, posiblemente, también la visión de los escalpelos que lo aguardaban— lo había convencido de que las circunstancias lo justificaban. Ya había consumido un par de onzas cuando le aseguré bien la mano y le empapé la palma con bastante cantidad de alcohol puro; ahora tenía un aspecto mucho más relajado que cuando había entrado en la sala.

No obstante, esa sensación de relajación desapareció de inmediato en cuanto hice la primera incisión.

Su respiración se aceleró y se convirtió en un gemido agudo, su espalda se arqueó, se levantó de la silla y empujó la mesa, que se movió por el suelo con un chirrido. Le agarré la muñeca justo a tiempo antes de que se le saltaran las vendas, y Jamie lo cogió de los dos hombros, obligándolo a sentarse de nuevo.

—Vamos, vamos, tranquilo —dijo Jamie, agarrándolo con fuerza—. Todo va a salir bien, Tom. Sí, va a salir bien.

La cara de Christie estaba chorreando sudor y sus ojos se veían enormes tras los cristales de sus gafas. Tragó saliva, echó un rápido vistazo a la mano de la que salía abundante sangre, y luego apartó la mirada, blanco como el papel.

—Si va a vomitar, por favor, hágalo aquí, señor Christie —dije, acercándole un cubo vacío con el pie. Todavía tenía una mano sobre su muñeca y con la otra apretaba con fuerza un manojo de hilas esterilizadas sobre la incisión.

Jamie seguía hablándole como si se tratara de un caballo aterrorizado. Christie estaba rígido, pero jadeaba muchísimo y todos sus miembros temblaban, incluido aquel en el que yo tenía que trabajar.

—¿Me detengo? —le pregunté a Jamie, evaluando de una mirada el estado de Christie. Sentía su pulso golpeando en la muñeca que tenía agarrada. Todavía no estaba en estado de shock, pero no se sentía nada bien.

Jamie sacudió la cabeza, con la mirada fija en el rostro de Christie.

—No. No estaría bien desperdiciar tanto whisky, ¿no te parece? Además, él no querrá pasar por todo esto de nuevo. Tom, tome otra copita, le hará bien. —Llevó la taza a los labios de Christie y éste tragó sin vacilar.

Jamie le había soltado los hombros cuando Christie se calmó. Ahora cogió su antebrazo con una mano y apretó con fuerza. Con la otra, levantó la biblia, que había caído al suelo, y la abrió.

—«La diestra del Señor es poderosa» —leyó, entornando los ojos para mirar el libro por encima del hombro de Christie—. «La diestra del Señor hace proezas.» Bueno, eso es apropiado, ¿no? —Miró al paciente, que se había hundido en la silla y tenía la mano libre apretada contra el vientre.

—Continúe —le pidió él con voz ronca.

—«No, no moriré, seguiré viviendo para contar las obras del Señor» —prosiguió Jamie en voz baja pero firme—. «El Señor me ha castigado duramente pero no ha permitido que muriera.»

Al parecer, esa última frase le resultó reconfortante a Christie; su respiración se calmó un poco.

Yo no tenía tiempo para mirarlo, y su brazo, sujetado por Jamie, estaba duro como la madera. Aun así, empezó a murmurar junto a Jamie, repitiendo algunas palabras.

—«Abridme las puertas de la justicia... Te doy gracias porque me has escuchado...»

Yo ya tenía la aponeurosis a la vista, y el engrosamiento era claramente visible. Con un movimiento del escalpelo le quité el borde; luego practiqué un corte implacable, que atravesó el tejido fibroso... El bisturí llegó al hueso y Christie dejó escapar un grito ahogado.

—«El Señor es Dios; él nos ilumina; formen la procesión con ramos en la mano hasta los cuernos del altar...» —Me pareció oír un tono divertido en la voz de Jamie al leer esa parte, y sentí que la posición de su cuerpo cambiaba para mirarme.

En realidad, era cierto que daba la impresión de que yo estaba realizando un sacrificio; las manos no sangran con tanta abundancia como las heridas de la cabeza, pero hay muchos capilares pequeños en la palma, y yo tenía que enjugar la sangre con una mano mientras trabajaba con la otra; la mesa y el suelo a mi alrededor estaban llenos de hilas bañadas en sangre.

Jamie pasaba las páginas hacia delante y hacia atrás, escogiendo pequeños fragmentos de las Escrituras, pero Christie lo seguía de cerca y recitaba las palabras al mismo tiempo que él. Le eché un rápido vistazo; todavía tenía mal color, y el pulso latía como un trueno, pero respiraba mejor. Era evidente que recitaba de memoria; los cristales de sus gafas estaban empañados.

Yo ya había dejado al descubierto el tejido afectado, y estaba cortando las diminutas fibras de la superficie del tendón. Los dedos agarrotados se retorcieron y los tendones expuestos se movieron de repente con un resplandor plateado, como un pez que salta en el agua. Agarré los dedos, que se retorcían, y los presioné con fuerza.

—No se mueva —exigí—. Necesito las dos manos, no puedo sujetar la suya.

No tenía tiempo de levantar la mirada, pero percibí que él asentía, y le solté los dedos. Con los tendones brillando suavemente en la carne, quité los últimos restos de la aponeurosis, rocié la herida con una mezcla de alcohol y agua destilada para desinfectarla y me dispuse a limpiar las incisiones. Las voces de los hombres no eran más que susurros, un rumor grave al que no había prestado atención, absorta como estaba en la tarea. Pero cuando me relajé un poco y empecé a suturar la herida, volví a escuchar.

—«El Señor es mi pastor, nada me faltará...»

Levanté la mirada, al mismo tiempo que me limpiaba el sudor de la frente con la manga, y vi que Thomas Christie sujetaba la pequeña biblia con la mano libre, cerrada y apretada contra el cuerpo. Tenía la mandíbula clavada con fuerza en el pecho, los ojos cerrados y la cara distorsionada por el dolor.

Jamie seguía sosteniéndole el brazo vendado, pero había puesto la otra mano sobre el hombro de Christie y tenía la cabeza inclinada junto a la suya; sus ojos también estaban cerrados cuando susurró las palabras: «Sí, aunque camine por el valle de la muerte, nada temeré...»

Até el nudo de la última sutura, corté el hilo, y, con el mismo movimiento, corté las vendas de lino con las tijeras y solté el aliento que estaba conteniendo. Las voces de los hombres se interrumpieron de repente.

Levanté la mano, la envolví con una venda limpia y empujé con suavidad los dedos agarrotados hacia atrás, enderezándolos.

Los ojos de Christie se abrieron poco a poco. Detrás de sus lentes se veían unas pupilas enormes y oscuras, y se miró la mano, parpadeando. Le sonreí y se la palmeé.

—«La bondad y la gracia me acompañarán a lo largo de mi vida» —dije en voz baja—, «y habitaré en la Casa del Señor para siempre».

24

Sin tocar

El pulso de Christie era rápido, pero fuerte. Solté la muñeca que estaba sosteniendo y apoyé la palma de la mano en su frente.

—Tiene un poco de fiebre —le dije—. Tenga, tómese esto. —Le puse una mano detrás de la espalda para ayudarlo a incorporarse en la cama, lo que lo alarmó. Se sentó agitando las mantas y respirando con fuerza mientras empujaba la mano lastimada.

Tuve el tacto de fingir que no había notado su turbación, que achaqué a que él sólo iba vestido con una camisa y yo llevaba ropa de dormir. Mi indumentaria era bastante discreta, y, además, llevaba un ligero chal que me cubría el camisón de lino, pero estaba bastante segura de que él no había estado cerca de ninguna mujer en *deshabillé*, como mínimo, desde la muerte de su esposa.

Murmuré algo incoherente, sosteniéndole la infusión de consuelda mientras bebía, y luego le coloqué los cojines de una manera cómoda e impersonal.

En lugar de enviarlo a su cabaña, yo había insistido en que se quedara a pasar la noche en casa, para poder vigilarlo por si se producía alguna infección postoperatoria. Como era un hombre de naturaleza tan intransigente, no confiaba en que siguiera mis instrucciones y, en cambio, comenzara a atender a los cerdos, a cortar madera o a frotarse la espalda con la mano herida. No pensaba perderlo de vista hasta que la incisión tuviera mejor aspecto, lo que debería ocurrir al día siguiente, si todo iba bien.

Todavía tembloroso por la impresión de la cirugía, no había puesto objeciones y la señora Bug y yo le preparamos una cama en la habitación de los Wemyss. El señor Wemyss y Lizzie habían ido a casa de los McGillivray.

No me quedaba láudano, pero le di a Christie una infusión de valeriana con hierba de San Juan y durmió casi toda la tarde. No quiso cenar, pero la señora Bug, a quien el señor Christie le caía bien, se pasó la mayor parte de la noche sirviéndole ponche, postres dulces y otros elixires alimenticios con una gran cantidad de alcohol. En consecuencia, estaba bastante mareado, además de ruborizado, y no protestó cuando le cogí la mano vendada y acerqué la vela para examinarla.

La mano estaba hinchada, lo que era normal, aunque no en exceso. De todas formas, la venda estaba muy fuerte y le apretaba la piel, cosa que resultaba incómoda. La recorté con la tijera y, sujetando con cuidado la gasa bañada en miel que le cubría la herida, levanté la mano y la olí.

Olía a miel, a sangre, a hierbas, y al aroma suavemente metálico de la carne recién cortada; pero no estaba presente el hedor dulzón del pus. Bien. Presioné con delicadeza cerca de la venda, buscando señales de un gran dolor o franjas de un rojo intenso en la piel y, a excepción de una blandura razonable, sólo encontré una mínima inflamación.

De todas formas, tenía fiebre; habría que dejarlo en observación. Cogí un poco más de venda y cubrí la herida con mucho cuidado. Luego le hice un bonito lazo en la muñeca.

—¿Por qué nunca lleva usted un pañuelo o un gorro, como es debido? —me espetó de repente.

—¿Qué? —Levanté la mirada, sorprendida. Por un momento había olvidado al hombre adosado a la mano. Me llevé la mano libre a la cabeza—. ¿Por qué debería hacerlo?

En ocasiones, antes de acostarme, me hacía una trenza en el pelo, pero esa noche, no. Me lo había cepillado, y lo llevaba suelto alrededor de los hombros, con el agradable olor de la infusión de hisopo y flor de ortiga que le había añadido para mantener los piojos a raya.

—¿Por qué, dice? —Su voz aumentó de volumen un poco—. «Toda mujer que ora o profetiza con la cabeza descubierta afrenta a su cabeza; porque lo mismo es que si se hubiese rapado.»

—Ah, ¿ya estamos otra vez con Pablo? —murmuré, centrando la atención en la mano—. ¿No se le ha ocurrido que ese hombre estaba un poco obsesionado con las mujeres? Además, en este preciso momento no estoy rezando, y quiero ver cómo evoluciona la herida, antes de arriesgarme a profetizar. De todas formas, por ahora parece que...

—Su cabello. —Levanté la mirada, y vi que me miraba con una expresión reprobadora—. Es... —Hizo un vago movimiento alrededor de su cabeza rapada. —Es...

Enarqué las cejas.

—Hay mucho —concluyó sin demasiada energía.

Lo observé un momento. Luego le solté la mano y busqué la pequeña biblia verde, que estaba sobre la mesa.

—Era Corintios, ¿no? Mmm, ah, sí, aquí está. —Me puse derecha y leí el versículo—: «La naturaleza misma, ¿no os enseña que al varón le es deshonroso dejarse crecer el cabello? Por el contrario, a la mujer dejarse crecer el cabello le es honroso; porque en lugar de velo le es dado el cabello.» —Cerré el libro de golpe y lo dejé donde estaba—. ¿Le gustaría pasar al otro lado del rellano y contarle a mi marido lo deshonroso que es su cabello? —pregunté cortésmente. Jamie ya se había acostado; llegaba un ronquido suave y rítmico desde nuestra habitación—. ¿O supone usted que él ya lo sabe?

Christie ya estaba enrojecido por el alcohol y la fiebre; al oír aquello, un profundo rubor lo inundó desde el pecho hasta el nacimiento del pelo. Boqueó sin emitir sonido alguno. No esperé a que él decidiera qué decir, sino que volví a prestar atención a su mano.

—Ahora —dije con firmeza—, debe hacer ejercicio con regularidad, para asegurarse de que los músculos no se contracturen cuando sanen. Al principio será doloroso, pero debe hacerlo. Déjeme enseñárselo.

Le cogí el dedo anular, justo debajo de la primera articulación, y, manteniéndolo derecho, doblé la primera articulación un poco hacia delante.

—¿Ve? Vamos, hágalo usted. Cójalo con la otra mano y luego trate de doblar sólo esa articulación. Sí, perfecto. ¿Siente un tirón hasta la palma de la mano? Eso es lo que quería. Ahora pruebe con el meñique... sí. ¡Sí, muy bien!

Levanté la mirada y le sonreí. El rubor había disminuido un poco, pero Christie todavía parecía totalmente desconcertado. No me sonrió, sino que apartó la mirada de inmediato, centrándola en la mano.

—Bien. Ahora ponga la mano abierta sobre la mesa... Sí, de esa forma... Y trate de levantar sólo el cuarto dedo y el meñique. Sí, sé que no es fácil. Pero siga intentándolo. ¿Tiene hambre, señor Christie?

Se había oído un fuerte gruñido procedente del estómago, que lo había alarmado a él tanto como a mí.

—Supongo que podría comer un poco —masculló avergonzado, mientras contemplaba su mano poco cooperadora con el ceño fruncido.

—Le prepararé algo. Siga un poco más con los ejercicios, ¿le parece?

La casa estaba en completo silencio. Como hacía calor, los postigos estaban abiertos, y por las ventanas penetraba la luz de la luna, de modo que no había necesidad de encender una vela. Una sombra apareció en la oscuridad de mi consulta y me siguió por el pasillo hasta la cocina: era *Adso*, que había interrumpido su caza nocturna de ratones con la esperanza de una presa más fácil.

—Hola, gato —dije, cuando él se deslizó entre mis piernas hacia la alacena—. Si crees que obtendrás un poco de jamón, te equivocas. Aunque sí podría darte un plato de leche.

La jarra de leche era de barro cocido, blanca con un aro azul, una silueta achaparrada y pálida flotando en la oscuridad. Serví un poco en un plato para *Adso*, y luego me dispuse a preparar una cena ligera, consciente de que lo que los escoceses consideraban una cena ligera era comida suficiente para saciar a un caballo.

—Jamón, patatas fritas, potaje de harina frío, pan y manteca —dije para mis adentros, colocándolo todo sobre una enorme bandeja de madera—. Pudin de conejo, tomate en conserva, unas cuantas uvas pasas para el pastel... ¿Qué más? —Bajé la mirada hacia los suaves sonidos que procedían de las sombras a mis pies—. También le serviría leche, pero supongo que no querrá. Bueno, podríamos seguir con lo mismo; eso le ayudará a dormir. —Busqué la jarra de whisky y la puse en la bandeja.

Un débil aroma a éter flotaba en el aire oscuro del pasillo cuando regresé hacia la escalera. Olfateé con recelo. ¿Acaso *Adso* había volcado el frasco? No, decidí que el olor no era tan intenso, sólo algunas moléculas rebeldes que se habían filtrado por el borde del corcho.

Me sentía aliviada, pero al mismo tiempo lamentaba que el señor Christie se hubiera negado a permitirme usar el éter; aliviada porque no había forma de saber si habría dado resultado y de qué manera; lo lamentaba porque me habría gustado mucho añadir el don de la inconsciencia a mi lista de habilidades. Era un regalo precioso para mis futuros pacientes, y uno que me hubiera encantado ofrecer al señor Christie.

Más allá del hecho de que la intervención le había causado un gran dolor, era mucho más difícil operar a una persona consciente. Los músculos estaban tensos, el sistema estaba rebosante de adrenalina, el ritmo cardíaco se aceleraba demasiado haciendo que la sangre manara a chorros en lugar de fluir... Por duodécima vez desde aquella mañana, recreé en mi mente todo lo que había hecho, preguntándome si habría habido alguna manera mejor de afrontar los hechos.

Para mi sorpresa, Christie todavía estaba haciendo los ejercicios; tenía la cara cubierta por una pátina de sudor y la boca en un rictus de desagrado, pero seguía, empecinado, doblando las articulaciones.

—Muy bien —dije—. Pero por ahora ya es suficiente. No quiero que empiece a sangrar de nuevo. —Cogí una compresa en un gesto automático y le limpié el sudor de la frente.

—¿Hay alguien más en la casa? —preguntó, apartando la cabeza de mis manos, malhumorado—. La he oído hablar con alguien abajo.

—Ah —dije un poco avergonzada—. Sólo el gato. —*Adso*, que me había seguido a la planta superior, saltó a la cama y comenzó a sobar las mantas con las patas, mientras sus grandes ojos verdes se clavaban en el plato de jamón.

Christie miró al gato con ojos de profunda sospecha, que luego dirigió a mí.

—No, no pertenece a mi familia —dije de manera cortante, al mismo tiempo que levantaba a *Adso* y lo tiraba al suelo sin miramientos—. Es un gato. Hablar con él es un poco menos ridículo que hablar conmigo misma, eso es todo.

Una expresión de sorpresa atravesó el rostro de Christie; tal vez sorpresa porque le había leído la mente, o quizá por mi estupidez, pero las arrugas de sospecha de sus ojos se alisaron un poco.

Le corté la comida con brusca eficiencia, pero él insistió en que se las arreglaría para comer. Lo hizo con torpeza, con la mano izquierda, con los ojos sobre el plato y las cejas arrugadas en un gesto de concentración.

Cuando terminó, bebió una taza de whisky como si fuera agua, la dejó vacía sobre la bandeja, y me miró.

—Señora Fraser —dijo, en un tono preciso—. Soy un hombre educado. No creo que usted sea una bruja.

—Ah, ¿no? —exclamé divertida—. ¿De modo que no cree usted en las brujas? Pero, como sabe, en la Biblia se las menciona.

Reprimió un eructo con el puño y me miró con recelo.

—Yo no he dicho que no crea en brujas. Sí que creo. He dicho que usted no lo es.

—Me alegro de escucharlo —respondí, tratando de no sonreír.

Christie estaba completamente ebrio; aunque su habla era incluso más cuidadosa de lo habitual, su acento había comenzado a ser evidente. Por lo general, suprimía las inflexiones de su Edimburgo natal todo lo que podía, pero ahora el acento escocés volvía cada vez con más fuerza.

—¿Un poco más? —No aguardé respuesta, sino que le serví una buena dosis de whisky en la taza vacía. Los postigos estaban abiertos y la habitación estaba fresca, pero el sudor seguía brillando en los pliegues de su cuello. Se notaba que estaba dolorido y le resultaría difícil volver a dormir sin ayuda.

Esta vez se lo bebió a sorbos, observándome mientras yo recogía los restos de la cena. A pesar del alcohol y de tener el estómago lleno, estaba cada vez más inquieto, pues movía las piernas bajo la manta y retorcía los hombros. Me pareció que tal vez necesitaba el orinal, y estaba tratando de decidir si debía ofrecérselo o limitarme a marcharme de allí lo antes posible para que él se las arreglara solo. Supuse que la última alternativa sería la mejor.

Pero estaba equivocada. Antes de que pudiera excusarme, él dejó la taza sobre la mesa y se sentó derecho en la cama.

—Señora Fraser —dijo, clavándome unos ojos redondos y brillantes como cuentas—. Quiero pedirle disculpas.

—¿Por qué? —pregunté alarmada.

Cerró los labios con fuerza.

—Por... mi comportamiento de esta mañana.

—Ah. Bueno... No se preocupe. Soy consciente de que la idea de que lo durmieran debía de parecerle... muy peculiar.

—No me refería a eso. —Levantó la mirada rápidamente, y luego volvió a bajarla—. Me refería... a que yo... no podía quedarme quieto.

Vi cómo el rojo subido volvía a inundarle las mejillas y sentí una repentina punzada de compasión. Estaba avergonzado de verdad.

Dejé la bandeja y me senté despacio en el taburete a su lado, preguntándome qué podría decir para aliviarlo y al mismo tiempo no empeorar las cosas.

—Señor Christie —comencé—, nunca esperaría que nadie se quedara quieto mientras le están abriendo la mano. Simplemente, la naturaleza humana no es así.

Me lanzó una mirada rápida y feroz.

—¿Ni siquiera su marido?

Parpadeé desconcertada, no tanto por sus palabras como por su tono de amargura. Roger me había hablado un poco sobre lo que Kenny Lindsay le había explicado acerca de Ardsmuir. No era ningún secreto que Christie había sentido envidia del liderazgo de Jamie en aquel entonces, pero... ¿qué tenía que ver aquello con esto?

—¿Qué le ha hecho decir eso? —pregunté en voz baja. Le cogí la mano lastimada, aparentando que comprobaba el vendaje. En realidad, lo hice para tener algo que mirar que no fueran sus ojos.

—Es cierto, ¿verdad? La mano de su marido. —Me apuntó con la barbilla en actitud belicosa—. Él dijo que usted se la había curado. Y él no se movió ni se retorció de dolor entonces, ¿verdad?

Bueno, no, era cierto. Jamie había orado, maldecido, sudado, llorado... y gritado una o dos veces. Pero no se había movido.

No obstante, la mano de Jamie no era una cuestión que yo quisiera discutir con Thomas Christie.

—Cada persona es distinta —afirmé, mirándolo tan directamente como pude—. Yo no esperaría...

—Usted no esperaría que ningún hombre tuviera el temple de su marido. Sí, lo sé. —El desagradable tono rojizo había vuelto a arder en sus mejillas, y él se miró la mano vendada. Los dedos de la mano sana estaban apretados en un puño.

—No es eso lo que he querido decir —protesté—. ¡De ninguna manera! He suturado heridas y reparado huesos de muchos hombres buenos... Casi todos los hombres de las Highlands son muy valientes... —Una fracción de segundo demasiado tarde caí en la cuenta de que Christie no era de las Highlands.

Dejó escapar un grave gruñido desde el fondo de la garganta.

—Hombres de las Highlands —repitió—. ¡Ejem! —añadió en un tono que dejaba bien claro que le habría gustado escupir en el suelo, de no ser porque se encontraba en presencia de una dama.

—¿Bárbaros? —pregunté, reaccionando a su tono. Me miró y vi que su boca se curvaba; él también acababa de darse cuenta de algo demasiado tarde. Apartó la mirada y respiró hondo... Sentí el olor a whisky cuando exhaló.

—Su marido... es... sin duda, un caballero. Procede de una familia noble, aunque manchada por la traición. —La «r» de «traición» retumbó como un trueno; no había duda, estaba totalmente borracho—. Pero también es... también... —Frunció el ceño, buscando una palabra más apropiada, y luego se dio por vencido—. Uno de ellos. Casi con seguridad usted lo sabe bien. ¿Y está con él, una inglesa?

—Uno de ellos —repetí, algo divertida—. ¿Quiere decir un hombre de las Highlands, o un bárbaro?

Me lanzó una mirada que mezclaba triunfo y confusión.

—Es lo mismo, ¿no?

Supuse que en cierto sentido tendría razón. Si bien yo había conocido montañeses ricos y educados, como Colum y Dougal MacKenzie —por no mencionar al abuelo de Jamie, el traicionero lord Lovat, a quien Christie se refería—, el hecho era que todos ellos poseían los instintos de un pirata vikingo. Y, para ser totalmente honesta, Jamie también.

—Ah... Bueno, sí tienden a ser un poco... —empecé a decir. Me pasé un dedo por debajo de la nariz—. Bueno, han sido educados para ser combatientes, supongo. ¿Es eso lo que usted quiere decir?

Él dio un suspiro profundo y sacudió un poco la cabeza, aunque me pareció que no era para expresar su desacuerdo, sino su desesperación al pensar en los hábitos y las costumbres de las Highlands.

El señor Christie era bastante educado. Era el hijo de un mercader de Edimburgo que había sido autodidacta. Como tal, tenía pretensiones —dolorosas— de ser un caballero. Pero era evidente que jamás sería un bárbaro propiamente dicho. Me di cuenta de por qué los escoceses de las Highlands lo desconcertaban y lo irritaban al mismo tiempo. Me pregunté cómo habría sido para él encontrarse prisionero junto a una horda de bárbaros zafios, violentos, extravagantes y católicos, y ser tratado como si fuera uno de ellos.

Se había recostado un poco sobre la almohada, con los ojos cerrados y la boca apretada. Sin abrir los ojos, de pronto preguntó:

—¿Sabía usted que su marido tiene cicatrices de azotes?

Abrí la boca para responder en tono cortante que llevaba casi treinta años casada con Jamie, cuando me di cuenta de que la pregunta implicaba algo sobre la naturaleza del concepto del matrimonio que tenía el propio Christie y que yo no quería examinar muy de cerca.

—Lo sé —dije, en cambio, brevemente, con una mirada rápida hacia la puerta abierta—. ¿Por qué?

Christie abrió los ojos, que estaban un poco desenfocados, y con un leve esfuerzo posó su mirada sobre mí.

—¿Sabe por qué? —preguntó, arrastrando las palabras—. ¿Qué hizo?

Sentí que se me acaloraban las mejillas.

—En Ardsmuir —continuó Christie antes de que yo pudiera responder y apuntándome con un dedo. Lo agitó en el aire, casi en tono acusador—. Admitió que tenía una pieza de tartán. Estaba prohibido.

—¿Sí? —pregunté de un modo reflejo, intrigada—. Quiero decir, ¿en serio?

Christie movió la cabeza poco a poco, hacia atrás y hacia delante. Parecía un búho grande y borracho. Sus ojos se clavaron en mí con furia.

—No era suya —añadió—. Era de un joven.

Abrió la boca para hablar un poco más, pero lo único que salió de ella fue un suave eructo, que lo sorprendió. Cerró la boca y parpadeó, luego volvió a intentarlo.

—Fue un acto de una extra... extraordinaria nobleza y... y valentía. —Me miró y sacudió un poco la cabeza—. In... incompren... sible.

—¿Incomprensible? ¿Se refiere a cómo lo hizo? —Bien sabía yo cómo; Jamie era tan extremadamente tozudo que llegaba al final de cualquier acción que se propusiera, sin importar qué clase de infierno obstaculizara su camino, ni lo que le pasara en el proceso. Pero, casi con seguridad, Christie también lo sabía.

—No cómo. —La cabeza de Christie se inclinó un poco y él la enderezó con esfuerzo—. Sino por qué.

—¿Por qué? —Quise decir: «Porque es un héroe, por eso; no puede evitarlo», pero en realidad no habría sido correcto. Además, yo no sabía por qué lo había hecho Jamie; no me lo había explicado, y me preguntaba por qué—. Él haría cualquier cosa para proteger a uno de sus hombres —dije, en cambio.

La mirada de Christie estaba un poco vidriosa, pero seguía siendo de inteligencia; me miró durante un largo rato, sin hablar, mientras los pensamientos surcaban lentamente su mente detrás de sus ojos. Una tabla del suelo del pasillo crujió, y me esforcé para escuchar la respiración de Jamie. Sí, podía oírla, suave y regular; seguía dormido.

—¿Él cree que yo soy uno de «sus hombres»? —preguntó Christie por fin. Su voz era casi un susurro, pero cargado de incredulidad y escándalo—. Porque no lo soy. ¡Se lo ass... aseguro!

Comencé a pensar que aquel último vaso de whisky había sido un gran error.

—No —contesté con un suspiro, reprimiendo la necesidad de cerrar los ojos y frotarme la frente—. Estoy segura de que no. Si se refiere a eso —añadí, señalando con un gesto la pequeña biblia—, estoy segura de que fue un gesto de amabilidad. Lo haría por cualquier desconocido; usted también lo haría, ¿verdad?

Él respiró profundamente durante un rato, mirándome con enfado, pero luego asintió con la cabeza una sola vez y se echó hacia atrás como si estuviera agotado. Toda su beligerancia se había desvanecido de pronto, como el aire de un globo, y parecía más pequeño y algo triste.

—Lo siento —dijo en voz baja.

Levantó la mano vendada y luego la dejó caer. No estaba segura de si esa disculpa era por sus comentarios sobre Jamie o por lo que él consideraba su falta de valentía aquella mañana. De todas formas, me pareció que lo mejor era no seguir averiguándolo, y me incorporé, alisándome el camisón de lino sobre los muslos.

Levanté un poco el edredón y lo acomodé. Luego apagué la vela. Él había pasado a ser una silueta oscura contra las almohadas, con una respiración lenta y ronca.

—Se ha portado usted muy bien —susurré, y le palmeé el hombro—. Buenas noches, señor Christie.

Mi bárbaro particular estaba dormido, pero se despertó, como un gato, cuando me metí en la cama. Estiró un brazo y me acercó a él, adormilado.

—¿Mmm?

Me acurruqué contra su cuerpo y los músculos de mis muslos comenzaron a relajarse automáticamente a causa de su calor.

—Mmm.

—Ah. ¿Cómo se encuentra el pequeño Tom? —Se echó un poco hacia atrás y sus grandes manos descendieron por mi trapecio y empezaron a masajear los nudos de mi cuello y mis hombros.

—Ah. Detestable, quisquilloso, crítico y muy borracho. Aparte de eso, bien. Ah, sí. Más, por favor... un poco más arriba, ah, sí. Aaah.

—Sí, bueno, él es así... Salvo por la ebriedad. Si sigues gimiendo así, Sassenach, pensará que estoy frotándote otra cosa.

—No me importa —dije con los ojos cerrados, para apreciar mejor las exquisitas sensaciones que vibraban a través de mi columna vertebral—. Ya he tenido bastante de Tom Christie por el momento. Además, lo más probable es que esté inconsciente, con todo lo que ha bebido.

De todas formas, reduje mis reacciones vocales, por el bien del descanso de mi paciente.

—¿De dónde ha salido esa biblia? —pregunté, aunque la respuesta era obvia. Seguramente Jenny la había enviado desde Lallybroch; su último envío había llegado unos días antes, cuando yo estaba en Salem.

Jamie respondió a la pregunta que yo había hecho con un suspiro que agitó mi cabello.

—Me asustó un poco verla entre los libros que me mandó mi hermana. No pude decidir qué hacer con ella, ¿sabes?

No me extrañaba que lo hubiera agitado.

—¿Por qué la envió? ¿Te lo dijo? —Mis hombros comenzaban a relajarse, y el dolor que sentía entre ellos disminuyó un poco. Sentí que Jamie se encogía de hombros detrás de mí.

—La mandó junto con otros libros; dijo que estaba ordenando el desván y encontró una caja, así que decidió enviármelos. Me dijo que los habitantes de Kildennie habían decidido emigrar a Carolina del Norte; allí son todos MacGregor, ¿sabes?

—Ah, ya veo. —Jamie me había comentado en una ocasión que tenía la intención de encontrar algún día a la madre de Alex MacGregor y entregarle la biblia, junto con la información de que su hijo había sido vengado. Había hecho algunas preguntas después de los hechos de Culloden, pero había averiguado que ambos padres estaban muertos. Sólo quedaba una hermana viva, que se había casado y se había marchado de su hogar; nadie sabía exactamente dónde estaba, ni siquiera si seguía en Escocia.

—¿Crees que Jenny o Ian encontraron por fin a la hermana? ¿Y que ella vivía en esa aldea?

Se encogió de hombros otra vez y, con un último apretón, me soltó.

—Es posible. Ya conoces a Jenny; dejaría que fuera yo quien decidiera buscar a la mujer.

—¿Y lo harás? —Me di la vuelta para mirarlo.

Alex MacGregor se había colgado para no caer en las garras de Jack Randall *el Negro*. Éste estaba muerto; había fallecido en Culloden. Pero de los recuerdos de Jamie sobre Culloden sólo habían quedado fragmentos, por el traumatismo que había supuesto la batalla y la fiebre que había padecido más tarde. Se había despertado, herido, con el cuerpo de Jack Randall encima del suyo... Pero no sabía qué había ocurrido. Aun así, suponía yo, Alex MacGregor sí había sido vengado, fuera o no a manos de Jamie.

Se lo pensó un instante, y sentí el pequeño movimiento provocado por el tamborileo de los dos dedos rígidos de su mano derecha contra su muslo.

—Preguntaré por ahí —dijo por fin—. Se llamaba Mairi.

—Ya veo —intervine—. Bueno, no puede haber más de, eh... trescientas o cuatrocientas mujeres que se llamen Mairi en Carolina del Norte.

Eso hizo que riera y comenzamos a quedarnos dormidos, con el acompañamiento de los estentóreos ronquidos de Tom Christie al otro lado del vestíbulo.

Podrían haber sido minutos u horas más tarde cuando me desperté de pronto, y escuché. La habitación estaba a oscuras, el fuego de la chimenea se había apagado y los postigos se agitaban débilmente. Me incorporé, tratando de despertarme lo suficiente como para levantarme y visitar a mi paciente... pero entonces oí una inspiración larga y aguda, seguida de un atronador ronquido.

Me di cuenta de que no era él lo que me había despertado. Era el repentino silencio a mi lado. Jamie estaba tumbado, rígido, a un lado, y apenas respiraba.

Extendí una mano despacio, para que el roce no lo sobresaltara, y la coloqué sobre su pierna. Llevaba varios meses sin tener pesadillas, pero reconocí las señales.

—¿Qué ocurre? —susurré.

Inspiró más hondo de lo habitual, y por un momento su cuerpo pareció replegarse sobre sí mismo. No me moví, sino que dejé la mano encima de su pierna, sintiendo la leve flexión del músculo bajo mis dedos, un tenue indicio de huida.

Pero no huyó. Agitó los hombros con un movimiento breve y violento, luego exhaló y se acomodó en el colchón. No habló durante un rato, pero su peso me aproximó a él, como una luna atraída por su planeta. Permanecí en silencio, con la mano sobre él y mi cadera contra la suya, carne de su carne.

Jamie miró hacia arriba, hacia las sombras entre las vigas. Podía ver la línea de su perfil, y el brillo de sus ojos, cuando parpadeaba de vez en cuando.

—A oscuras... —susurró por fin—, en Ardsmuir, estábamos a oscuras. A veces había luna, o la luz de las estrellas, pero incluso en esos momentos no se podía ver nada en el suelo. Sólo negrura... Pero sí podíamos oír.

Oír la respiración de los cuarenta hombres de la celda y percibir sus movimientos. Ronquidos, toses, el sonido de un sueño intranquilo... y los ruidos furtivos de los que seguían despiertos.

—Transcurrían semanas y no pensábamos en ello. —Su voz era cada vez más fluida—. Siempre teníamos hambre y frío. Éramos piel y huesos. Entonces no pensábamos mucho; sólo en cómo poner un pie delante del otro, levantar otra piedra... No queríamos pensar, ¿sabes? Y es fácil no hacerlo. Durante un tiempo.

Pero cada cierto tiempo, algo cambiaba. La niebla del agotamiento se disipaba, de repente, sin aviso previo.

—A veces sabías qué lo había causado: tal vez una historia que alguien había explicado, o la carta de la esposa o la hermana de alguien. A veces aparecía de la nada; nadie decía ni una palabra, pero te despertabas y lo sentías, en medio de la noche, como el olor de una mujer acostada a tu lado.

Recuerdos, anhelos... necesidades. Se volvieron hombres tocados por el fuego... que pasaban de una sorda aceptación al recuerdo repentino y doloroso de la pérdida.

—Todos se volvían un poco locos durante un tiempo. Casi siempre había peleas. Y por la noche, en la oscuridad...

Por la noche escuchaban sonidos de desesperación, sollozos ahogados o movimientos sigilosos. Algunos hombres, finalmente, se buscaban entre sí... A veces para ser rechazados con gritos y golpes. Pero en otras ocasiones, no.

No estaba segura de lo que intentaba decirme, ni de cuál era la relación con Thomas Christie. O, quizá, con lord John Grey.

—¿Alguno de ellos alguna vez... te tocó? —le pregunté a modo de tentativa.

—No. Ninguno hubiera pensado siquiera en tocarme —dijo en voz muy baja—. Yo era su jefe. Me querían... y jamás se les hubiera ocurrido tocarme.

Respiró profunda y entrecortadamente.

—¿Y tú querías que lo hicieran? —susurré. Sentí mi propio pulso en la punta de mis dedos, latiendo contra su piel.

—Lo anhelaba —afirmó con una voz tan suave que apenas pude oírlo, aunque estaba muy cerca—. Más que la comida. Más que el sueño... Aunque a veces lo que deseaba con más desesperación era dormir, y no sólo por el cansancio. Porque cuando dormía, a veces te veía a ti.

»Pero no era el anhelo de una mujer, aunque Cristo sabe que eso ya era bastante doloroso. Era sólo... que ansiaba el roce de una mano. Sólo eso.

La piel ardía de necesidad, hasta que él sintió que estaba tornándose transparente, y que el crudo dolor de su corazón podía verse a través de su pecho.

Dejó escapar un pequeño sonido de preocupación.

—¿Recuerdas aquellas imágenes del Sagrado Corazón? ¿Las que vimos en París?

Las recordaba. Pinturas del Renacimiento y la nitidez de las vidrieras que brillaban en los pasillos de Notre-Dame. El «Varón de Dolores» del que habló Isaías, con el corazón a la vista y atravesado, repleto de amor.

—Yo me acordaba de eso, y pensaba que el que había imaginado esa visión de Nuestro Señor probablemente era un hombre muy solitario por el simple hecho de que lo entendió muy bien.

Levanté la mano y la puse con delicadeza sobre el suave valle de su pecho. La sábana no le cubría y su piel estaba fresca.

Jamie cerró los ojos, suspirando, y me apretó la mano con fuerza.

—A veces me venía esa idea a la cabeza, y yo pensaba que sabía cómo debía de haberse sentido Jesús, tan necesitado y sin nadie que quisiera tocarlo.

25

Cenizas en el aire

Jamie comprobó sus alforjas una vez más, aunque últimamente lo hacía con tanta frecuencia que ya era poco más que una costumbre. De todas formas, cada vez que abría la del lado izquierdo, volvía a sonreír. Brianna se la había reorganizado y había cosido unos lazos de cuero para que sujetaran las pistolas, con la empuñadura hacia arriba, listas para sacarlas en caso de emergencia, así como una serie de compartimentos, dispuestos de manera muy astuta para que la bolsa con las municiones, el cuerno de la pólvora, un cuchillo extra, un rollo de sedal de pesca, otro de cordel para montar trampas, un costurero con alfileres, agujas e hilo, un paquete de comida, una botella de cerveza y una camisa limpia cuidadosamente doblada estuvieran bien a mano.

En el exterior de la alforja había una pequeña bolsa que contenía lo que a Bree le gustaba denominar un «botiquín de primeros auxilios», aunque él no sabía con seguridad en qué lo podía auxiliar. En su interior había varias bolsitas de té de olor amargo, una lata de bálsamo y varias tiras de su cinta adhesiva, cosas que no parecía que tuvieran utilidad para ninguna situación problemática que él pudiera imaginar, pero que tampoco molestaban.

Sacó una pastilla de jabón que ella había añadido, junto con otras fruslerías innecesarias, y las ocultó con cuidado debajo de un cubo, por miedo a que ella se ofendiera.

Justo a tiempo; oyó su voz exhortando a Roger sobre la necesidad de un número suficiente de calcetines limpios en sus alforjas. Cuando aparecieron por una esquina del granero, él ya había ajustado todas las hebillas.

—¿Listo, *a charaid*?

—Ah, sí —asintió Roger, y dejó en el suelo las alforjas que cargaba sobre el hombro. Se volvió hacia Bree, que tenía a Jemmy en brazos, y le dio un beso fugaz.

—¡Voy contigo, papá! —exclamó Jem esperanzado.

—Esta vez no, amiguito.

—¡Quiero ver indios!

—Tal vez más adelante. Cuando seas mayor.

—¡Puedo hablar en indio! ¡El tío Ian me ha enseñado! ¡Quiero ir!

—Esta vez no —repitió Bree con firmeza, pero Jem no tenía ganas de obedecer y empezó a retorcerse para que lo bajaran.

Jamie gruñó e hizo que callara mirándolo fijamente.

—Ya has oído a tus padres —dijo.

Jem se enfurruñó e hizo pucheros, pero dejó de gritar.

—Algún día tienes que decirme cómo lo haces —intervino Roger, observando a su hijo.

Jamie se echó a reír y se inclinó hacia Jemmy.

—¿Le das un beso de despedida a tu abuelo?

Jem, que había olvidado generosamente su desilusión, extendió los brazos y se agarró al cuello de Jamie. Éste levantó al muchachito de los brazos de Brianna, lo abrazó y lo besó. Jem olía a gachas, tostadas y miel: era un conocido peso tibio y pesado en sus brazos.

—Pórtate bien y cuida a tu madre, ¿vale? Y cuando seas un poco mayor, tú también vendrás con nosotros. Ven y despídete de *Clarence*; puedes decirle las palabras que te enseñó el tío Ian. —Si Dios quería, serían palabras apropiadas para un niño de tres años. Ian tenía un sentido del humor de lo más irresponsable.

«O quizá —pensó, sonriendo para sí— tan sólo esté recordando algunas de las cosas que yo mismo enseñé a los hijos de Jenny, incluido Ian, a decir en francés.»

Ya había ensillado y colocado las bridas del caballo de Roger, y *Clarence*, la mula, iba cargada hasta las orejas. Brianna estaba examinando la cincha y las correas de los estribos mientras Roger colgaba las alforjas, más para mantenerse ocupada que porque fuera necesario. Se mordía el labio inferior; trataba de que su preocupación no fuera evidente, aunque no engañaba a nadie.

Jamie levantó a Jem para que palmeara el hocico de la mula, con la intención de dejar a la muchacha y a su marido un momento de intimidad. *Clarence* era un buen animal y soportaba con una paciencia infinita las entusiastas palmadas y frases mal pronunciadas en cherokee de Jem, pero cuando el pequeño giró en brazos de Jamie para dirigirse a *Gideon*, su abuelo se echó hacia atrás de repente.

—No, muchachito, será mejor que no toques a ese maldito cabrón. Te arrancará la mano si lo haces.

Gideon movió las orejas y pateó el suelo con impaciencia. El gran semental se moría de ganas por ponerse en marcha y tener otra oportunidad de matarlo.

—¿Por qué conservas a ese animal? —preguntó Brianna, al ver que *Gideon* resoplaba y mostraba su dentadura amarilla con antelación. Le quitó a Jemmy de los brazos y se alejó del caballo.

—¿Qué, el pequeño *Gideon*? Ah, nos llevamos bien. Además, él es la mitad de las mercancías que llevo para comerciar.

—¿En serio? —Lanzó una mirada llena de sospecha al enorme caballo castaño—. ¿Estás seguro de que no iniciarás una guerra si les das a los indios un caballo como éste?

—Ah, no tengo intención de entregárselo a ellos —le aseguró—. Al menos, no directamente.

Gideon tenía muy mal genio, y era uno de esos caballos que una y otra vez empujaban con la cabeza hacia atrás; tenía una boca que parecía de hierro y una fuerza de voluntad equiparable. Sin embargo, estas características eran, al parecer, muy atractivas para los indios, tanto como el inmenso pecho del corcel, su largo aliento y su sólida musculatura. Cuando Aire Quieto, el sachem, el representante en tiempos de paz, de una de las aldeas le había ofrecido tres pieles de ciervo por la oportunidad de aparear su yegua manchada con *Gideon*, de repente Jamie se dio cuenta de que con ese animal tenía algo valioso.

—Fue una gran suerte que no tuviera tiempo de castrarlo —afirmó, palmeando a *Gideon* con familiaridad en el lomo y echándose hacia atrás rápidamente cuando el corcel giró la cabeza para morderlo—. Se gana lo que gasta, y más como semental de los ponis indios. Es lo único que le he pedido que hiciera que él no ha rechazado.

Brianna se había puesto colorada como un tomate; no obstante, se echó a reír, con lo que adquirió un tono rojizo aún más intenso.

—¿Qué es castrar? —preguntó Jem.

—Tu madre te lo explicará. —Jamie le sonrió, pasó la mano por el cabello del pequeño y se volvió hacia Roger—: ¿Listo, muchacho?

Roger Mac asintió, puso un pie en el estribo y, con un giro, montó sobre su cabalgadura. Era un fiable caballo zaíno, bastante viejo, que respondía al nombre de *Agripa* y que solía gruñir y resollar, aunque, a pesar de ello, era fuerte y útil para un jinete como Roger, bastante competente, pero que tenía importantes reservas sobre los caballos.

Éste se inclinó desde la montura para dar un último beso a Brianna, y los dos hombres emprendieron la marcha. Jamie ya se había despedido antes de Claire como correspondía, en la intimidad.

Ella estaba en la ventana de su dormitorio, esperando para saludarlos cuando pasaran, con un cepillo en la mano. Llevaba el cabello suelto en una nube rizada alrededor de su cabeza, y el sol de la mañana incidía en él como llamas a través de un espino. Jamie tuvo una sensación extraña al verla así, semidesnuda, sólo con su camisón. Sintió un intenso deseo, a pesar de que habían hecho el amor hacía menos de una hora. Era algo muy semejante al miedo, como si jamás fuera a volver a verla.

De manera inconsciente, echó un vistazo a su mano izquierda y vio el fantasma de la cicatriz en la base del pulgar, aquella «C» tan descolorida que ya casi era invisible. No la había notado ni había pensado en ella desde hacía muchos años, y de pronto sintió que el aire no le alcanzaba para respirar.

No obstante, hizo un gesto de saludo y su esposa le lanzó un beso, riendo. Por Dios, la había marcado; al ver la oscura franja del mordisco de amor que le había dejado en el cuello, un intenso rubor le inundó la cara. Clavó los tacones en el lomo de

Gideon, haciendo que el corcel soltara un chillido y girara la cabeza para tratar de morderle la pierna.

Luego los dos hombres emprendieron la marcha. Jamie miró hacia atrás sólo una vez, en dirección al sendero, y vio que ella todavía estaba allí, en la ventana, enmarcada por la luz. Claire levantó una mano, como en un gesto de bendición, y luego los árboles la ocultaron de la vista.

El tiempo era bueno, aunque un poco frío para principios de otoño; el aliento de los caballos creaba nubecillas de vaho mientras descendían del Cerro a través del diminuto asentamiento que había pasado a llamarse Cooperville y avanzaban hacia el norte a lo largo del camino de los grandes búfalos. Levantó la vista al cielo; todavía era demasiado pronto para que nevara, aunque no era extraño que lloviera con fuerza en esa época. Sin embargo, sólo había unas cuantas nubes; nada preocupante.

No hablaban mucho, cada uno absorto en sus pensamientos. Roger Mac, gran parte del tiempo era una compañía agradable. No obstante, Jamie echaba de menos a Ian; le habría gustado hablar con él sobre cómo estaba la situación con Tsisqua. Ian entendía la mente de los indios mejor que la mayoría de los hombres blancos, y si bien Jamie comprendía bastante bien el gesto de Pájaro de enviarle los huesos del ermitaño —prueba de que su buena voluntad hacia los colonos seguía vigente, en el caso de que el rey le mandara armas—, la opinión de Ian le habría resultado muy útil.

Y a pesar de que era necesario presentar a Roger Mac en las aldeas por el bien de las relaciones futuras... Bueno, Jamie se sonrojó ante la idea de tener que explicarle lo que había ocurrido...

Maldito Ian. El muchacho, simplemente, se había ido unos días antes con su perro durante la noche. Ya lo había hecho en otras ocasiones, y, sin duda, regresaría como se había marchado. Era evidente que la oscuridad que había traído del norte de vez en cuando era demasiado para él, y entonces desaparecía en el bosque, para regresar mudo y retraído, pero un poco más en paz consigo mismo.

Jamie lo comprendía; estar solo era, en cierta manera, un bálsamo para la soledad. Y fuera cual fuese el recuerdo del que el muchacho estaba huyendo —o estaba buscando— en el bosque...

«¿Alguna vez te ha hablado de ellos? —le había preguntado Claire preocupada—. ¿De su esposa? ¿De su hijo?»

No. Ian no explicaba nada del tiempo que había permanecido con los mohawk, y el único objeto que había traído del norte era un brazalete realizado con conchas blancas y azules de *wampum*. Jamie lo había visto de reojo en la faltriquera de Ian una vez, pero no el tiempo suficiente como para distinguir el dibujo.

«Que el bendito Miguel te defienda, muchacho —pensó en silencio respecto a Ian—. Y que los ángeles te curen.»

Entre una cosa y otra, Jamie y Roger Mac no mantuvieron una verdadera conversación hasta que se detuvieron para almorzar. Comieron los alimentos frescos que les habían preparado sus mujeres, y disfrutaron de ellos. Quedaba bastante para la cena; al día siguiente se arreglarían con galletas de maíz y cualquier cosa que encontraran en el camino y fuera fácil de cazar y cocinar. Y, un día después, las mujeres de Pájaro de Nieve los agasajarían como si fueran reyes, en su calidad de representantes del rey de Inglaterra.

—La última vez prepararon pato relleno con boniato y maíz —dijo Jamie—. Es de buena educación comer todo lo que puedas, te lo advierto, sin importar qué te sirvan: tú eres el invitado.

—Entiendo. —Roger sonrió débilmente y, a continuación, contempló la salchicha envuelta a medio comer que tenía en la mano—. Respecto a eso... Me refiero a ser invitados. Creo que hay un pequeño problema... con Hiram Crombie.

—¿Hiram? —Jamie se sorprendió—. ¿Qué tiene que ver Hiram en esto?

Roger torció un poco la boca, sin saber si reír o no.

—Bueno, es sólo que... Tú sabes que todos llaman «Ephraim» a los huesos que enterramos. Fue culpa de Bree, pero ya está hecho. —Jamie asintió con curiosidad—. Bueno. Ayer Hiram se me acercó y me dijo que había estado reflexionando sobre este tema, rezando y todo eso, y que había llegado a la conclusión de que, si era cierto que algunos de los indios eran parientes de su esposa, entonces era razonable que algunos de ellos también debieran salvarse.

—¿Ah, sí? —comentó Jamie divertido.

—Sí. Y dice que él considera que es su obligación llevar a esos salvajes la palabra de Cristo. Puesto que, ¿de qué otra manera podrían escucharla?

Jamie se frotó el labio superior con el pulgar, debatiéndose entre la diversión y la desesperación por la idea de que Hiram Crombie invadiera las aldeas de los cherokee con el libro de salmos en la mano.

—Mmfm. Bueno, pero... ¿Acaso vosotros, los presbiterianos, quiero decir, no creéis que todo está predestinado? Me refiero a que algunos se salvarán y otros se condenarán y no hay nada que se pueda hacer al respecto... Y que ésa es la razón por la que los católicos irán todos al infierno...

—Ah... Bueno... —Roger vaciló, evidentemente, tratando de no ser tan brusco como Jamie—. Mmfm. Supongo que habrá algunas diferencias de opinión entre los presbiterianos. Pero sí, eso es más o menos lo que piensan Hiram y sus seguidores.

—Sí. Bueno, si cree que algunos de los indios están predestinados a salvarse, ¿por qué predicarles?

Roger se frotó el entrecejo.

—Mira —continuó—, es la misma razón por la que los presbiterianos rezan y van al templo. Incluso aunque estén seguros de que se van a salvar, sienten que quieren alabar a Dios por ello, y... y aprender a mejorar, vivir como Dios desea que lo hagan. Como gratitud por esa salvación, ¿sabes?

—En realidad, yo creo que al dios de Hiram Crombie no le gustaría mucho el estilo de vida de los indios —comentó Jamie, inundado por el nítido recuerdo de cuerpos desnudos iluminados por el resplandor de las brasas y el olor de las pieles.

—Cierto —dijo Roger, imitando el tono seco de Claire con tal exactitud que Jamie se echó a reír.

—Sí, ya entiendo cuál puede ser la dificultad —arguyó, y así era, aunque le seguía pareciendo gracioso—. De modo que Hiram planea ir a las aldeas cherokee a predicar, ¿es así?

Roger asintió, tragando un pedazo de salchicha.

—Para ser más exactos, desea que lo lleves hasta allí y que hagas las presentaciones. Dice que no espera que tú traduzcas las oraciones.

—Santo Dios. —Jamie se tomó un momento para valorar la idea; luego negó con decisión con la cabeza—. No.

—Desde luego que no. —Roger sacó el corcho de una botella de cerveza y se la ofreció—. Creía que debía explicártelo, para que puedas decidir qué le dirás cuando él te lo pida.

—Muy considerado de tu parte —dijo Jamie. Cogió la botella y le dio un largo sorbo.

La bajó, tomó aire... y se quedó inmóvil. Vio que la cabeza de Roger Mac de repente giraba y advirtió que él también lo había percibido en la fresca brisa.

Roger Mac se volvió hacia él con sus negras cejas fruncidas.

—¿Hueles a quemado? —preguntó.

• • •

Roger fue el primero en oírlos: un estentóreo aquelarre de gritos y cacareos, estridentes como brujas. Luego un fuerte batir de alas cuando los vieron, y las aves huyeron volando hacia lo alto, en su mayoría cuervos, y, entre ellos, uno o dos negros y enormes.

—¡Oh, Dios mío! —exclamó en voz baja.

A un lado de la casa había dos cuerpos colgando de un árbol. Bueno, lo que quedaba de ellos. Supo que se trataba de un hombre y una mujer, pero sólo por la ropa. Había un pedazo de papel clavado en la pierna del hombre, tan arrugado y manchado que lo vio sólo porque uno de sus bordes se agitó con la brisa.

Jamie lo arrancó, lo desdobló lo imprescindible como para leerlo y lo arrojó al suelo. «Muerte a los reguladores», decía. Roger vio las palabras durante un instante, antes de que el viento se lo llevara.

—¿Dónde están los niños? —preguntó Jamie, volviéndose de pronto hacia él—. Estas personas tenían hijos. ¿Dónde están?

Las cenizas estaban frías, y se esparcían en el aire, pero a Roger lo inundó un olor a quemado que le obstruyó la respiración y le irritó la garganta, de manera que las palabras le raspaban como si fueran gravilla, sin sentido como la raspadura de los guijarros bajo los pies. Trató de hablar, se aclaró la voz y escupió.

—Escondidos, quizá —consiguió decir, y extendió el brazo hacia el bosque.

—Sí, puede ser. —Jamie se puso de pie de repente, gritó en dirección al bosque y, sin esperar ninguna respuesta, se lanzó hacia los árboles, mientras volvía a gritar.

Roger lo siguió, desviándose a un lado cuando alcanzaron el borde del bosque, que ascendía por la colina detrás de la casa. Ambos voceaban palabras de serenidad que se desvanecían de inmediato en el silencio.

Roger tropezó entre los árboles, sudando, jadeando, chillando sin prestar atención al dolor de su garganta, apenas deteniéndose para escuchar si alguien contestaba. En varias ocasiones percibió cierto movimiento con el rabillo del ojo y se lanzó hacia el lugar en cuestión, pero no encontró nada más que el viento agitando una franja de juncias secas o una enredadera colgante que se balanceaba como si alguien hubiera pasado por allí.

Imaginó a medias que estaba viendo a Jem, que jugaba al escondite, y la visión de un pie moviéndose a gran velocidad, del sol brillando en una cabecita, le devolvió las fuerzas para volver a gritar, una y otra vez. Hasta que, por fin, tuvo que admitir que los niños no podrían haberse alejado tanto, y regresó, trazando un círculo, en dirección a la cabaña, llamándolos con graznidos intermitentes, roncos y entrecortados.

Cuando llegó al jardín, vio que Jamie estaba agachándose para coger una roca que arrojó con gran fuerza a un par de cuervos que se habían posado sobre el árbol, y miraban con ojos brillantes a su presa. Los cuervos graznaron y se alejaron batiendo las alas, pero sólo hasta un árbol más allá, donde se posaron para seguir vigilando los cadáveres.

El día era frío, pero ambos estaban empapados en sudor y el cabello mojado les colgaba sobre la nuca. Jamie se limpió la cara con la manga, sin dejar de jadear.

—¿C... cuántos... niños? —Roger también tenía la respiración agitada, y la garganta tan irritada que sus palabras fueron apenas un susurro.

—Tres, por lo menos. —Jamie tosió, carraspeó y escupió—. Creo que el mayor tiene doce años. —Se quedó de pie, mirando los cuerpos. Luego se santiguó y sacó la daga para bajarlos.

No tenían nada con lo que cavar; lo mejor que pudieron hacer fue abrir un pozo amplio y superficial en el mantillo del bosque, y erigir un pequeño túmulo de rocas, tanto para desalentar a los cuervos como para tener un gesto de decencia.

—¿Eran reguladores? —preguntó Roger, haciendo una pausa para secarse la cara con la manga.

—Sí, pero... —Jamie se quedó sin palabras—. Esto no tiene nada que ver con ese asunto. —Sacudió la cabeza y se dio la vuelta para reunir más rocas.

Al principio, Roger pensó que aquello era una roca, que se encontraba semioculta entre las hojas que habían volado hacia la pared quemada de la cabaña, pero cuando la tocó, aquella cosa se movió, haciendo que él se pusiera de pie con un grito similar al de cualquiera de aquellos cuervos.

Jamie llegó a su lado en cuestión de segundos, a tiempo para ayudarlo a sacar a la niñita de entre las hojas y las ramitas.

—Shhh, *a muirninn*, shhh —la apremió Jamie, aunque en realidad la niña no estaba llorando. Tenía unos ocho años, y la ropa y el cabello estaban tan quemados y la piel tan ennegrecida y agrietada que parecía de piedra, excepto por los ojos.

—Oh, Dios mío, oh, Dios mío —decía Roger sin cesar, entre dientes, pese a que era evidente que, si se trataba de una oración, no había respuesta posible.

Estaba acunándola contra su pecho, y ella tenía los ojos entornados, mirándolo con algo que no se parecía en nada al alivio ni a la curiosidad, sino a una serena fatalidad.

Jamie vertió agua de su cantimplora en un pañuelo; le introdujo una punta entre los labios para humedecerlos, y Roger vio que la garganta de la niña se movía de manera instintiva cuando ella chupaba.

—Te pondrás bien —le susurró—. Estarás bien, *a leannan.*

—¿Quién te ha hecho esto, *a nighean*? —preguntó Jamie, con la misma suavidad.

Roger se dio cuenta de que la niña comprendía; la pregunta agitó la superficie de sus ojos como el viento en una laguna; pero luego pasó de largo, dejándolos otra vez en calma. Ella no hablaba, por más preguntas que le hicieran; sólo los miraba sin curiosidad en los ojos, y seguía chupando el pañuelo húmedo con un aire soñador.

—¿Te han bautizado, *a leannan*? —le preguntó Jamie por fin, y Roger se sobresaltó al escucharlo. Con la impresión que había sentido al encontrarla, en realidad no había analizado su estado.

—*Elle ne peut pas vivre* —dijo Jamie en voz baja, mirando a Roger a los ojos. «Ella no sobrevivirá.»

La primera reacción de Roger fue negar la evidencia. Por supuesto que sobreviviría; debía hacerlo. Pero le faltaban grandes pedazos de piel, y la carne viva estaba cubierta por una costra, aunque seguía supurando. Alcanzaba a divisar el borde blanco del hueso de la rodilla, y, literalmente, pudo ver el corazoncito latiendo, un bulto rojizo y traslúcido que se movía en el corte de la caja torácica. Era ligera como los ídolos de paja, esos huecos que se practicaban en las gavillas del trigo para ahuyentar a los malos espíritus, y Roger cobró conciencia, con gran dolor, de que la niña parecía que flotara en sus brazos como si se tratara de una mancha de aceite en el agua.

—¿Duele, cariño? —le preguntó.

—¿Mamá? —susurró ella. Luego cerró los ojos y ya no dijo nada más, excepto «¿Mamá?» cada cierto tiempo.

Al principio, él había pensado en llevarla de regreso al Cerro, a Claire. Pero hasta allí había más de un día de camino; no llegaría viva. Era imposible.

Tragó saliva; la revelación se cerró en torno a su garganta como una horca. Miró a Jamie y vio la misma y asqueada comprensión en sus ojos. Jamie también tragó saliva.

—¿Tú... sabes cómo se llama? —Roger apenas podía respirar, y tuvo que hacer un esfuerzo para pronunciar esas palabras. Jamie negó con la cabeza y luego se incorporó, con los hombros encorvados.

La niña había dejado de chupar el pañuelo, pero seguía murmurando «¿Mamá?» intermitentemente. Jamie le sacó el pañuelo de los labios y lo escurrió para que cayeran algunas gotas sobre su frente ennegrecida, al tiempo que susurraba las palabras del bautismo.

Luego los dos se miraron, aceptando la necesidad de ese rito. Jamie estaba pálido, y las gotas de sudor brillaban en su labio superior entre los pelos de su barba roja. Respiró hondo, armándose de valor, y levantó las manos en un gesto de ofrenda.

—No —lo interrumpió Roger con suavidad—. Lo haré yo. —Ella era suya; antes que entregársela a otra persona, habría preferido que le arrancaran un brazo. Buscó el pañuelo y Jamie se lo puso en la mano, manchado de hollín y todavía húmedo.

Jamás había pensado en una cosa semejante, y no podía hacerlo en ese momento. No era necesario; sin vacilar, la acunó más próxima al cuerpo y le cubrió la nariz y la boca con el pañuelo; luego apretó con fuerza el pañuelo con la mano, sintiendo el pequeño bulto de la nariz atrapado entre el pulgar y el dedo índice.

El viento se agitó entre las hojas y una lluvia dorada cayó sobre ellos, susurrando en su piel, rozándole la cara con un hálito de frescura. Ella debía de tener frío, pensó, y deseó cubrirla, pero tenía las dos manos ocupadas.

Estaba rodeándola con el otro brazo, y la mano descansaba sobre el pecho; podía sentir el diminuto corazón bajo los dedos. Saltó, latió velozmente, se detuvo por un momento, luego volvió a latir dos veces más... y paró. Tembló un momento; él notó cómo trataba de encontrar la fuerza suficiente para latir una última vez, y sufrió la momentánea ilusión de que no sólo lo haría, sino que atravesaría por la fuerza la frágil pared de su pecho y saltaría hacia su mano, en su deseo de vivir.

Pero el momento pasó, como la ilusión, y sobrevino una gran quietud. Cerca, muy cerca, graznó un cuervo.

Ya casi habían terminado de enterrarla cuando el sonido de cascos y el cascabeleo de unos arreos anunciaron la llegada de visitantes. Muchos visitantes.

Roger, preparado para esfumarse por el bosque, miró a su suegro, pero Jamie negó con la cabeza, respondiendo a la pregunta implícita.

—No, no regresarían. ¿Para qué? —Con una lúgubre mirada contempló las ruinas humeantes del asentamiento, el jardín pisoteado y los montículos de las tumbas. La niñita todavía yacía cerca, cubierta con el manto de Roger. Él aún no había podido colocarla bajo tierra; la visión de ella con vida era todavía muy reciente.

Jamie se incorporó y estiró la espalda. Roger vio cómo comprobaba que tenía a mano el rifle, arrimado al tronco de un árbol. Luego se acomodó, apoyándose en la chamuscada tabla que había usado a modo de pala, y esperó.

El primer jinete salió del bosque con su caballo resollando y sacudiendo la cabeza por el olor a quemado. El jinete hizo que girara con habilidad y que se acercara a ellos, inclinándose hacia delante para ver quiénes eran.

—Ah, ¿es usted, Fraser? —El rostro arrugado de Richard Brown mostraba una triste jovialidad. Contempló las maderas carbonizadas y humeantes, luego dio la vuelta y miró a sus camaradas—. Ya me parecía que usted no sólo ganaba dinero vendiendo whisky...

Los hombres —Roger contó seis— se movieron en sus monturas, resoplando divertidos.

—Un poco de respeto por los muertos, Brown. —Jamie señaló las tumbas con un movimiento de la cabeza y la cara de Brown se tensó. Miró bruscamente a Jamie, y luego a Roger.

—¿Están ustedes dos solos? ¿Qué hacen aquí?

—Cavando tumbas —contestó Roger. Tenía ampollas en las palmas; se frotó una mano poco a poco en un lado de los pantalones—. ¿Qué hacen ustedes aquí?

Brown se irguió con brusquedad en la montura, pero fue su hermano Lionel quien respondió.

—Venimos de Owenawisgu —contestó, señalando los caballos con la cabeza. Roger miró en esa dirección y vio que había cuatro caballos de carga, portando pieles, y que algunos de los otros caballos llevaban abultadas alforjas—. Hemos olido el fuego y hemos venido a ver qué ocurría. —Miró las tumbas—. ¿Era Tige O'Brian?

Jamie asintió.

—¿Los conocían?

Richard Brown se encogió de hombros.

—Sí. Esto está de camino de Owenawisgu. Me he detenido aquí una o dos veces y he cenado con ellos. —Con retraso, se quitó el sombrero y, con la palma de la mano, se alisó unos mechones de pelo sobre la incipiente calvicie de su coronilla—. Que descansen en paz.

—¡¿Quién los quemó, si no fueron ustedes?! —gritó uno de los hombres más jóvenes del grupo. El hombre, también un Brown a juzgar por los hombros estrechos y la enorme mandíbula como un farol, sonrió de manera inapropiada. Era obvio que creía que todo aquello era una broma.

El papel chamuscado había volado con el viento; se agitó contra una roca cerca de los pies de Roger. Éste lo levantó y, dando un paso hacia delante, lo golpeó contra la montura de Lionel Brown.

—¿Saben algo de esto? —preguntó—. Estaba clavado en el cuerpo de O'Brian. —Parecía enfadado, lo sabía y no le importaba. Le dolía la garganta, y su voz era ronca y ahogada.

Lionel Brown echó un vistazo al papel con las cejas levantadas; luego se lo pasó a su hermano.

—No. Lo ha escrito usted mismo, ¿verdad?

—¿Qué? —Miró fijamente al hombre, parpadeando a causa del viento.

—Indios —dijo Lionel Brown, haciendo un gesto en dirección a la casa—. Esto lo han hecho los indios.

—¿Ah, sí? —Roger percibió los sentimientos en la voz de Jamie: escepticismo, cautela y furia—. ¿Qué indios? ¿Aquellos a quienes ustedes les compraron las pieles? Ellos se lo explicaron, ¿verdad?

—No seas tonto, Nelly. —Richard Brown mantuvo un tono grave en la voz, pero su hermano se sobresaltó al oírlo. Brown acercó un poco más el caballo. Jamie se mantuvo firme en su sitio, aunque Roger vio cómo sus manos apretaban con fuerza la tabla.

—Han acabado con toda la familia, ¿no? —preguntó, mirando el cuerpecito debajo del abrigo.

—No —contestó Jamie—. No hemos encontrado a los dos hijos mayores. Sólo a la pequeña.

—Indios —repitió Lionel Brown con tozudez, detrás de su hermano—. Ellos se los llevaron.

Jamie respiró hondo y tosió a causa del humo.

—Sí —dijo—. Preguntaré en las aldeas, entonces.

—No los encontrará —repuso Richard Brown. Arrugó la nota al apretar el puño de repente—. Si se los llevaron los indios, no los ocultarán cerca de aquí. Los venderán lejos, en Kentucky.

Se produjo un murmullo general de aprobación entre los hombres, y Roger sintió que la marca que había estado ardiendo a fuego lento en su pecho toda la tarde estallaba en llamas.

—Los indios no escribieron eso —replicó, señalando con el pulgar la nota que se encontraba en la mano de Brown—. Y si hubiera sido una venganza contra O'Brian por ser un regulador, no se habrían llevado a los niños.

Brown lo miró poco a poco, con los ojos entornados. Roger sintió que Jamie cambiaba de posición, preparándose.

—No —dijo Brown con suavidad—. Es cierto. Por eso Nelly ha supuesto que la habían escrito ustedes. Digamos que los indios vinieron y secuestraron a los pequeños, pero entonces llegaron ustedes y decidieron coger lo que quedaba. De modo que prendieron fuego a la cabaña, colgaron a O'Brian y a su esposa, clavaron esa nota, y aquí están. ¿Qué opina usted de ese razonamiento, señor MacKenzie?

—Le preguntaría cómo sabe que los colgaron, señor Brown.

El rostro de Brown se tensó, y Roger sintió la mano de Jamie sobre su brazo a modo de advertencia, de manera que sólo entonces se dio cuenta de que tenía los puños apretados.

—Las cuerdas, *a charaid* —dijo Jamie con calma.

Las palabras le llegaron despacio. Él miró. Era cierto, las sogas que habían cortado de los cuerpos estaban junto al árbol donde habían caído. Jamie seguía hablando, su voz seguía calmada, pero Roger no pudo escuchar lo que decía. El viento lo ensordecía, y justo debajo del zumbido oyó el golpeteo suave e intermitente del latido de un corazón. Podría haber sido el suyo... o el de ella.

—Bájese del caballo —dijo, o le pareció que había dicho. El viento le pegó en la cara, cargado de hollín, y las palabras quedaron atrapadas en su garganta. Notó un agrio sabor a ceniza en la boca; tosió y escupió, mientras los ojos se le llenaban de lágrimas.

Vagamente tuvo conciencia de un dolor en el brazo, y el mundo volvió a cobrar forma. Los hombres más jóvenes estaban mirándolo, con expresiones que iban de sonrisitas de suficiencia a recelo. Richard Brown y su hermano se esforzaban por evitar mirarlo, concentrándose, en cambio, en Jamie, que seguía apretándole el brazo.

Con esfuerzo, Roger se sacudió la mano de Jamie, al mismo tiempo que hacía un mínimo gesto de asentimiento a su suegro para asegurarle que no estaba a punto de volverse loco, aunque el corazón seguía latiéndole, y la sensación de la horca alrededor del cuello era tan intensa que no podría haber hablado, incluso si hubiera podido formar las palabras.

—Nosotros los ayudaremos. —Brown señaló al pequeño cuerpo en el suelo y comenzó a pasar una pierna por encima de la montura, pero Jamie lo detuvo con un gesto mínimo.

—No, nos las arreglaremos.

Brown se detuvo y quedó en una posición incómoda, a medio desmontar. Cerró los labios con fuerza y volvió a acomodarse sobre el caballo. Tiró de las riendas y se alejó sin despedirse. Los otros lo siguieron, mirando hacia atrás con curiosidad.

—No han sido ellos. —Jamie había cogido su rifle y lo sostenía en la mano, mientras contemplaba el bosque por el que había desaparecido el último de los hombres—. Pero sí saben algo más de lo que quieren decir.

Roger asintió, sin poder hablar. Caminó lentamente hacia el árbol de la horca, pateó las cuerdas y golpeó el puño contra el tronco, dos, tres veces. Permaneció allí, jadeando, con la frente apretada contra la rugosa corteza. El dolor de los nudillos en carne viva lo alivió un poco.

Una hilera de diminutas hormigas se escabullía entre las láminas de corteza, ocupadas en un tema importante y absorbente. Roger las observó un rato, hasta que pudo volver a tragar saliva. Luego se irguió y fue a enterrarla, frotándose el cardenal del brazo, que le dolía hasta el hueso.

CUARTA PARTE

Secuestro

26

Con un ojo en el futuro

9 de octubre de 1773

Roger dejó caer las alforjas junto al pozo y se asomó.

—¿Dónde está Jem? —preguntó.

Su esposa, manchada de barro, lo miró y se apartó un mechón de pelo del rostro cubierto de sudor.

—Hola a ti también —dijo—. ¿Has tenido un buen viaje?

—No —respondió él—. ¿Dónde está Jem?

Ella enarcó las cejas y clavó la pala en el fondo del hoyo; luego extendió la mano hacia él para que la ayudara a salir.

—Está en casa de Marsali. Él y Germain están jugando al *bruum* con los cochecitos que les hiciste... o eso hacían cuando lo he dejado.

El nudo que se le había formado en el estómago dos semanas antes comenzó a relajarse poco a poco. Roger asintió y un repentino espasmo en la garganta le impidió hablar. Luego extendió el brazo y cogió a Brianna, aplastándola contra su cuerpo, a pesar de su grito de alarma y del barro que manchaba su ropa.

La apretó con fuerza, al mismo tiempo que sentía los latidos de su propio corazón martilleando en su oído, y no quiso —no pudo— soltarla hasta que ella se retorció y consiguió liberarse. Brianna continuó con las manos sobre los hombros de Roger, pero inclinó la cabeza hacia un lado, con una ceja enarcada.

—Yo también te he echado de menos —dijo—. Pero ¿qué ocurre? ¿Qué ha pasado?

—Cosas terribles. —El incendio, la muerte de la niñita... todo aquello había adquirido un tinte onírico durante el viaje, y el horror se había convertido en algo surrealista a través de la monótona actividad de cabalgar, caminar, con el constante silbido del viento y el crujido de las botas sobre la gravilla, la arena y las agujas de pino, el barro y el absorbente borrón de verdes y amarillos en el que se habían perdido bajo un cielo interminable.

Pero ya había llegado a casa, ya no se encontraba a la deriva en la espesura. Y el recuerdo de la niña que había dejado el corazón en su mano de pronto se había tornado tan real como el momento en que había fallecido.

—Pasa. —Brianna lo observaba de cerca, preocupada—. Necesitas algo caliente, Roger.

—Estoy bien —respondió él, pero la siguió sin protestar.

Se sentó a la mesa mientras ella ponía la tetera al fuego y le explicó lo ocurrido, con la cabeza entre las manos, contemplando el mantel raído, con sus hogareñas salpicaduras y sus cicatrices de quemaduras.

—No dejaba de pensar que debía de haber algo... alguna manera. Pero no. Incluso en el momento en que yo... le puse la mano en la cara... estaba seguro de que en realidad nada de aquello estaba ocurriendo. Aunque al mismo tiempo... —Se enderezó en la silla y se miró las palmas de las manos. Al mismo tiempo, había sido la experiencia más nítida de su vida. No se atrevía a pensar en ello, excepto de una manera fugaz, pero sabía que jamás podría olvidar ni el más mínimo detalle. La garganta se le volvió a cerrar de repente.

Brianna escudriñó su rostro y vio cómo su mano tocaba la irregular cicatriz de la cuerda en su garganta.

—¿Puedes respirar? —quiso saber, nerviosa.

Él negó con la cabeza, pero no era cierto; sí, estaba respirando, aunque sentía que una mano enorme le había aplastado la garganta, y que la laringe y la tráquea se habían convertido en una masa sanguinolenta.

Agitó una mano para indicar que pronto pasaría, aunque él mismo lo dudaba. Ella se puso detrás de él, le apartó las manos de la garganta y pasó sus propios dedos sobre la cicatriz, con mucha suavidad.

—Te pondrás bien —dijo en voz baja—. Sólo respira. No pienses. Sólo respira.

Los dedos estaban fríos y las manos olían a tierra. Había lágrimas en los ojos de Roger. Parpadeó, en su intento por ver la estancia, la chimenea, la vela, los platos y la penumbra, para convencerse de dónde estaba. Una gota de cálida humedad rodó por su mejilla.

Trató de decirle a Brianna que se encontraba bien, que no estaba llorando, pero ella sólo lo apretó con más fuerza, cogiéndolo por el pecho con un brazo, mientras la otra mano seguía acariciando con su frescura el doloroso nudo de su garganta. Los pechos de ella se posaron suaves contra su espalda, y él pudo sentir, más que escuchar, su tarareo, ese pequeño sonido sin melodía que ella hacía cuando estaba nerviosa, o cuando se concentraba mucho.

Por fin, los espasmos comenzaron a remitir y la sensación de ahogo lo abandonó. Su pecho se hinchó con el increíble alivio de una profunda respiración, y ella lo soltó.

—¿Qué... es... lo que estás cavando? —preguntó él con esfuerzo. Roger se volvió para mirarla y sonrió, haciendo un mayor esfuerzo—. ¿Un foso para asar... un... hipo... pótamo?

La sombra de una sonrisa cruzó el rostro de Brianna, aunque sus ojos aún estaban ensombrecidos por la preocupación.

—No —contestó—. Es un horno para cerámica.

Durante un instante, él intentó hacer un comentario ingenioso sobre el hecho de que se trataba de un agujero muy grande para hacer algo tan pequeño, pero no se sentía de humor.

—Ah —comentó Roger.

Cogió la taza caliente de infusión de nébeda que ella le había puesto en la mano y la acercó a su cara, dejando que el aromático vapor le calentara la nariz y depositara su humedad en la fría piel de sus mejillas.

Brianna se sirvió otra taza para ella y se sentó al otro lado de la mesa.

—Me alegra que estés de vuelta —dijo en voz baja.

—Sí, yo también me alegro. —Él trató de beber un sorbo; todavía estaba hirviendo—. ¿Un horno?

Roger le había hablado de los O'Brian. Tenía que hacerlo, pero no quería proseguir. Ahora no. Ella se dio cuenta y no insistió.

—Ajá. Para el agua. —Seguramente la expresión de Roger fue de confusión, puesto que la sonrisa de Brianna se volvió más genuina—. Te dije que tenía que ver con tierra, ¿no? Además, fue idea tuya.

—¿En serio? —A esas alturas casi nada podía sorprenderlo, pero no recordaba que hubiera tenido ninguna idea brillante que estuviera relacionada con el agua.

El problema para conducir el agua a las casas era el transporte. Dios sabía que había una cantidad suficiente del líquido elemento: fluía por las cañadas, caía en cascadas, goteaba desde los salientes, brotaba de los manantiales, se filtraba bajo los acantilados... pero para conducirla hacía falta algún método de contención.

—El señor Wemyss le explicó a Fräulein Berrisch, que es su novia (Frau Ute los presentó), lo que yo estaba haciendo, y ella le comentó que el coro de hombres de Salem estaba trabajando en el mismo problema, así que...

—¿El coro? —Intentó tomar otro sorbo, y le pareció que ya se podía beber—. ¿Por qué el coro...?

—Así es como lo llaman. Tienen el coro de los solteros, el coro de las solteras, el coro de los casados... pero no sólo cantan juntos; se asemeja más a un grupo social, y cada coro tiene que hacer determinadas tareas para la comunidad. Sea como sea —continuó, haciendo un gesto con la mano—, están tratando de conducir el agua al pueblo, y tienen el mismo problema: no hay metal para hacer cañerías.

»¿Recuerdas que me hablaste de la cerámica que se fabricaba en Salem? Bueno, trataron de hacer cañerías con troncos, pero es muy difícil y lleva mucho tiempo, porque primero hay que perforar el centro, y luego, además, se necesitan abrazaderas de metal para unir los troncos. Y después de un tiempo se pudren. Pero entonces se les ocurrió la misma idea que a ti: ¿por qué no hacer cañerías de terracota?

A medida que hablaba, Brianna se iba animando. Su nariz ya no estaba roja por el frío, pero tenía las mejillas sonrosadas y los ojos brillaban por lo que estaba explicando. Gesticulaba mucho con las manos al hablar, y a Roger se le ocurrió que eso era herencia de su madre.

—... Dejamos a los críos con mamá y la señora Bug, y Marsali y yo fuimos a Salem...

—¿Marsali? Pero si no puede montar a caballo. —Marsali estaba en un avanzado estado de gestación, hasta el punto de que sólo estar cerca de ella lo ponía nervioso, por temor a que se pusiera de parto en cualquier momento.

—Todavía le falta un mes. Además, no fuimos a caballo; llevamos el carro, e intercambiamos miel, sidra y venado por queso y edredones, y... ¿has visto mi nueva tetera? —Orgullosa, señaló con un gesto la vasija; era un objeto achaparrado, con un esmalte marrón rojizo y unas figuras amarillas pintadas alrededor como si se tratara de garabatos. Era una de las cosas más feas que Roger había visto en su vida, y al contemplarla, sus ojos se llenaron de lágrimas a causa de la alegría de encontrarse en casa.

—¿No te gusta? —preguntó ella, frunciendo un poco el ceño.

—Sí, es maravillosa —respondió él con voz ronca. Buscó un pañuelo y se sonó la nariz para ocultar su emoción—. Me encanta. Estabas diciéndome... ¿Marsali?

—Te estaba hablando de los cañerías de agua. Pero... también hay algo respecto a Marsali. —La arruga se hizo más profunda—. Me temo que Fergus no se está comportando muy bien.

—¿No? ¿Y qué hace? ¿Tiene un romance apasionado con la señora Crombie?

La sugerencia fue recibida con una mirada fulminante, pero no duró.

—Ha estado saliendo mucho, para empezar, dejando a la pobre Marsali con los niños y ocupándose de todo el trabajo.

—Algo completamente normal en esta época —observó él—. La mayoría de los hombres lo hacen. Tu padre lo hace. Yo lo hago. ¿No lo habías notado?

—Soy consciente de ello —respondió ella, lanzándole una mirada hasta cierto punto malévola—. Pero lo que quiero decir es que la mayoría de los hombres se encargan del trabajo arduo, como arar y plantar, y dejan que sus esposas se ocupen de las cuestiones domésticas, como cocinar, hilar, tejer, hacer la colada, preparar las conservas y... bueno, todo eso. Pero Marsali se ocupa de todo: de los niños, del trabajo en el campo y también de la germinación de la cebada. E incluso cuando Fergus está en casa, se vuelve muy irritable y bebe demasiado.

A Roger le pareció que ésa debía de ser la conducta normal de un padre de tres niños pequeños y salvajes y el marido de una mujer en un estado muy avanzado de gestación, pero no dijo nada.

—No pensaba que Fergus fuera un holgazán —dijo con suavidad. Bree negó con la cabeza, sin dejar de fruncir el entrecejo, y le sirvió un poco más de infusión.

—No, en realidad, no es un haragán. Le resulta difícil llevar a cabo las tareas con una sola mano; de hecho, no puede hacer algunas de las faenas más pesadas... pero tampoco quiere encargarse de los niños, ni cocinar o lavar mientras Marsali las hace. Papá e Ian lo ayudan con la labranza, pero... Además, a veces desaparece durante días enteros... En ocasiones acepta pequeños trabajos aquí o allá, hace de intérprete para algún viajero... pero la mayor parte del tiempo se marcha sin más. Y... —Brianna lo miró, vacilando sobre si debía continuar.

—¿Y? —la alentó él. La infusión estaba dando resultado; el dolor de garganta ya casi había desaparecido.

Ella bajó la mirada y trazó dibujos invisibles sobre la mesa de roble.

—Marsali no me lo ha dicho... pero creo que él la maltrata.

Roger sintió un repentino peso en el corazón. Su primera reacción fue descartar la idea sin más... pero él había visto demasiado mientras vivió con el reverendo. Demasiadas familias, en apariencia satisfechas y respetables, en las que las esposas se burlaban de su propia «torpeza», tratando de restar importancia a los ojos con hematomas, las narices rotas o las muñecas dislocadas. Demasiados hombres que, para hacer frente a la presión que suponía mantener a una familia, recurrían al alcohol.

—¡Maldita sea! —exclamó, sintiéndose repentinamente exhausto. Se frotó la frente, donde se había iniciado una jaqueca—. ¿Por qué lo crees? —preguntó con brusquedad—. ¿Tiene ella alguna marca?

Bree asintió con tristeza sin levantar la vista, aunque su dedo se había detenido.

—En el brazo —contestó, rodeando su propio antebrazo con una mano, a modo de ejemplo—. Pequeños hematomas redondos, como marcas de dedos. Se los vi cuando extendió el brazo para sacar del carro un cubo de panales de miel y se le subió la manga.

Él asintió, deseando que hubiera algo más fuerte que una infusión en su jarra.

—¿Crees, entonces, que debería hablar con él?

En ese momento, ella levantó la vista y lo miró con cariño, aunque aún estaba preocupada.

—Sabes que casi ningún hombre se ofrecería a hacer una cosa así.

—Bueno, no es algo que considere especialmente divertido —admitió él—, pero no puedes permitir que esa clase de cosas continúen, con la esperanza de que se arreglen solas. Alguien tiene que decir algo.

Sin embargo, sólo Dios sabía qué... o cómo. Empezaba a arrepentirse de su propuesta, tratando de pensar qué demonios podría decir. «Vaya, Fergus, amigo, me he enterado de que pegas a tu esposa. Pórtate bien y deja de hacerlo, ¿de acuerdo?»

Vació el resto de la jarra y se levantó a buscar el whisky.

—Se ha terminado —aclaró Brianna cuando advirtió cuál era su intención—. El señor Wemyss ha estado acatarrado.

Roger dejó la botella vacía con un suspiro. Ella le tocó el brazo con suavidad.

—Nos han invitado a cenar a la Casa Grande. Podríamos ir temprano. —Era una buena sugerencia. Jamie siempre tenía una botella de un excelente whisky de malta oculta en algún lugar.

—Sí, de acuerdo. —Cogió el manto de Brianna del perchero y se lo puso sobre los hombros—. ¿Te parece que debería hablarle a tu padre de lo de Fergus? ¿O es mejor que me ocupe yo? —Tuvo la esperanza repentina e indigna de que Jamie considerase que era asunto suyo y que resolviera la cuestión.

Al parecer, eso era, justamente, lo que Brianna temía. Ella negó con la cabeza, al mismo tiempo que se ahuecaba el cabello medio seco.

—No, creo que papá le rompería el cuello. Y Fergus no le serviría de nada a Marsali si está muerto.

—Mmfm. —Roger aceptó lo inevitable y abrió la puerta para que ella saliera.

La gran casa blanca brillaba en la colina frente a ellos, tranquila a la luz del atardecer, y el enorme abeto rojo que estaba detrás era una presencia imponente, pero benigna. Roger sintió, no por primera vez, que de alguna manera aquel árbol estaba vigilando la casa y, en su actual estado mental, esa idea lo ayudó a serenarse.

Se desviaron un poco para que él pudiera admirar más de cerca el nuevo pozo y para que Bree lo informara del funcionamiento interno de un horno de esa clase. Roger no logró seguir todos los detalles, y sólo pudo comprender que la cuestión principal consistía en que el interior del horno alcanzara una temperatura muy elevada, pero de todas formas, la disquisición de Brianna le pareció muy reconfortante.

—... Ladrillos para la chimenea —estaba diciendo ella, mientras señalaba el extremo más alejado del pozo, que medía dos metros y medio de largo y, en su estado actual, no parecía más que un agujero para albergar un ataúd enorme. Había hecho un excelente trabajo; las esquinas estaban unidas como si hubiera empleado alguna clase de instrumento, y las paredes se habían alisado a conciencia. Él se lo dijo y ella sonrió encantada, mientras se colocaba un mechón rojo detrás de la oreja.

—Tiene que ser mucho más profundo —afirmó—. Tal vez otro metro más. Pero esta tierra es fácil de cavar; es blanda, pero no se deshace demasiado. Espero poder terminar el pozo antes de que empiece a nevar, aunque no estoy segura. —Se pasó un nudillo por debajo de la nariz, y miró el agujero con los ojos entornados y una expresión dubitativa—. También tengo que cardar e hilar más lana para la tela de las camisas de invierno para ti y para Jem; además, la semana que viene debo recolectar fruta y hacer conservas, y...

—Yo me encargaré del pozo.

Brianna se puso de puntillas y lo besó justo debajo de la oreja, y él se echó a reír, sintiéndose mejor de repente.

—Este invierno, no —dijo ella, cogiéndolo del brazo satisfecha—, pero en algún momento... me preguntaba si podría desviar parte del aire caliente del horno y hacer que circulara por debajo del suelo de la cabaña. ¿Sabes lo que es un hipocausto romano?

—Sí. —Él desvió la mirada hacia los cimientos de su residencia, una sencilla base hueca de piedra sin labrar sobre la que se habían construido las paredes de troncos. La idea de calefacción central en una tosca cabaña de montaña hizo que tuviera ganas de echarse a reír, pero el plan no era tan descabellado—. ¿Qué harías? ¿Pasar cañerías de agua caliente entre las piedras de los cimientos?

—Sí. Siempre suponiendo que pueda obtener cañerías de calidad, lo que todavía no es seguro. ¿Qué te parece?

Él desvió la mirada del proyecto propuesto a la colina, y luego hacia la Casa Grande. Incluso a esa distancia podía vislumbrarse un montículo de tierra, prueba del talento de la cerda blanca para escarbar en el suelo.

—Creo que corres un serio peligro de que esa gran sodomita blanca traslade sus afectos hacia nosotros si construyes una madriguera cómoda y caliente debajo de nuestra casa.

—¿Sodomita? —preguntó ella distraída—. ¿Es eso físicamente posible?

—Es una descripción metafísica —le informó—. Y ya viste lo que intentó hacerle al mayor MacDonald.

—A esa cerda no le gusta nada el mayor MacDonald —reflexionó Bree—. Me pregunto por qué.

—Haz esa pregunta también a tu madre; a ella tampoco le cae muy bien.

—Ah, bueno, eso... —Se detuvo de pronto, con los labios apretados, y miró hacia la Casa Grande con aire pensativo. La sombra de alguien que se movía en el interior cruzó la ventana de la consulta—. Mira. Ve a buscar a papá y toma algo con él, y mientras tanto yo le contaré a mamá lo de Marsali y Fergus. Tal vez ella tenga alguna idea útil.

—No sé si se trata exactamente de una cuestión médica —puntualizó él—. Pero anestesiar a Germain sin duda sería un buen comienzo.

27

El cobertizo de malteado

Cuando ascendía por el sendero, el viento me trajo el aroma dulce y mohoso del grano húmedo. No se parecía en nada a la embriagadora acritud de la malta prensada, al olor tostado, en cierto sentido semejante al café, de la germinación, ni tampoco al hedor de la destilación, pero sí anunciaba, sin ninguna duda, la presencia de whisky. Elaborar *uisgebaugh* desprendía un intenso aroma, razón por la que el claro del whisky se encontraba ubicado a más de un kilómetro y medio de la Casa Grande. De todas formas, con frecuencia, cuando el viento ayudaba y estaba formándose la malta, a través de las ventanas abiertas de la consulta entraba un aroma suave y penetrante de alcohol.

La elaboración de whisky tenía su propio ciclo, con el que sintonizaban, de manera inconsciente, todos los habitantes del Cerro, tanto si estaban directamente relacionados con él como si no. Por eso, yo sabía, sin necesidad de preguntar, que la cebada ya había comenzado a germinar en el cobertizo de malteado y que, por tanto, Marsali estaría allí, removiendo y esparciendo el grano antes de que se encendiera el fuego para maltearla.

Para asegurar la máxima dulzura, había que dejar que el grano germinara, pero no en exceso, o la malta tendría un sabor amargo y se estropearía. No debían transcurrir más de veinticuatro horas desde el inicio de la germinación, y yo había advertido el inicio del aroma fecundo y húmedo de grano la tarde anterior. Ya había llegado el momento.

Aquél era el mejor lugar para mantener una conversación privada con Marsali, ya que el claro del whisky era el único sitio en el que podía encontrarla lejos del habitual barullo de los niños. Con frecuencia creía que ella valoraba la soledad del trabajo mucho más que la cantidad de whisky que Jamie le ofrecía por cuidar el grano, por más que eso también fuera muy valioso.

Brianna me comentó que Roger le había hecho la galante oferta de hablar con Fergus, pero me pareció que yo debía charlar primero con Marsali, para descubrir qué era lo que ocurría.

Valoré qué debía decirle. No sabía si preguntarle directamente: «¿Fergus te pega?» A mí me costaba creerlo, a pesar de que estaba demasiado familiarizada con las salas de urgencias repletas de las consecuencias de las disputas domésticas.

No es que creyera que Fergus fuera incapaz de recurrir a la violencia; él había visto y experimentado lo propio desde una edad muy temprana, y haber crecido entre hombres de las Highlands en plena rebelión y en los tiempos posteriores tal vez no habría inculcado en ningún joven un interés profundo por las virtudes de la paz. Por otro lado, Jenny Murray había intervenido bastante en su educación, e imaginaba que ningún hombre que hubiera vivido durante más de una semana con la hermana de Jamie podría levantarle jamás la mano a una mujer. Además, según mis propias observaciones, Fergus era un padre muy cariñoso, y, por lo general, el trato entre él y Marsali era tan amable que parecía...

Oí un repentino alboroto más arriba. Antes de que pudiera levantar la mirada, algo enorme chocó contra las ramas y me bañó en una ducha de polvo y agujas secas de pino. Di un salto hacia atrás y levanté la cesta en un gesto instintivo de defensa, pero de inmediato me di cuenta de que en realidad no me estaban atacando. Germain estaba tumbado en el sendero delante de mí, con los ojos saliéndosele de las órbitas mientras trataba de recuperar el aire.

—¿Qué demonios...? —comencé a decir bastante irritada. Luego me di cuenta de que él sujetaba algo junto al pecho, un nido con cuatro huevos verdosos que, milagrosamente, no se habían roto en la caída.

—Para... *maman* —jadeó él sonriéndome.

—Muy bonito —dije.

Yo conocía lo suficiente a los chicos jóvenes (bueno, en realidad, de cualquier edad) para darme cuenta de la total inutilidad de los reproches en situaciones como ésa, y teniendo en cuenta que no había roto ni los huevos ni tampoco sus propias piernas, me limité a coger el nido y a sostenerlo mientras él recobraba el aliento y mi corazón volvía a restablecer el ritmo habitual. Una vez recuperado, se puso en pie, sin prestar atención a la tierra, el barro y las agujas de pino que lo cubrían de los pies a la cabeza.

—*Maman* está en el cobertizo —anunció, extendiendo las manos para coger su tesoro—. ¿Tú vienes también, *grandmère*?

—Sí. ¿Dónde están tus hermanas? —pregunté con recelo—. ¿No se suponía que tenías que cuidar de ellas?

—*Non* —contestó alegremente—. Están en casa; ése es el sitio de las mujeres.

—Ah, ¿en serio? ¿Y quién te ha dicho eso?

—No me acuerdo. —Ya recuperado del todo, saltó delante de mí, cantando una canción, cuyo estribillo parecía ser «*Na tuit, na tuit, na tuit, Germain*!».

Marsali estaba en el claro del whisky; su gorro, su capa y su vestido colgaban de una rama del caqui de hojas amarillas. Cerca había una vasija de barro llena de brasas, humeante y preparada.

Poco tiempo antes habían construido unas paredes adecuadas para la sala de malteado, convirtiéndola en un cobertizo en el que se podía almacenar el grano húmedo; primero para su germinación, y después para tostarlo poco a poco con un fuego suave que se encontraba debajo del suelo. Habían retirado la ceniza y el carbón, y ya habían dispuesto leña de roble para prender un nuevo fuego en el espacio que había debajo del suelo de pilotes, pero aún no estaba encendido. De todas formas, hacía bastante calor en el cobertizo, algo que percibí a varios metros de distancia. Cuando el grano germinaba, emitía tanto calor que el cobertizo resplandecía.

Del interior llegaba el sonido rítmico de alguien que raspaba algo. Marsali estaba removiendo el grano con una pala de madera, asegurándose de que se extendiera de una manera uniforme antes de encender el fuego. La puerta estaba abierta, pero, por supuesto, no había ventanas; en la distancia, apenas pude vislumbrar una sombra mortecina que se movía.

El ruido del grano había enmascarado nuestros pasos. Marsali levantó la vista, alarmada, cuando mi cuerpo impidió que penetrara luz por la puerta.

—¡Madre Claire!

—Hola —dije alegremente—. Germain me ha dicho que estabas aquí. Me ha parecido que podría venir...

—*Maman*! ¡Mira, mira, mira lo que he traído! —Germain se abrió paso con entusiasmo y decisión, mostrando su trofeo. Marsali le sonrió, cogió unas hebras del rubio cabello de su hijo y se las puso detrás de una oreja.

—Ah, ¿sí? Bueno, eso es maravilloso, ¿no? Llevémoslo afuera, ¿te parece?, así podré verlo mejor.

Ella salió del cobertizo, suspirando de placer por el contacto con el aire fresco. Estaba desnuda, excepto por la camisa, y la muselina estaba tan empapada de sudor que pude ver no sólo los oscuros círculos de sus areolas, sino también la diminuta protuberancia del ombligo salido hacia fuera, en la zona en que la tela se adhería a la inmensa curva de su vientre.

Marsali se sentó con otro gran suspiro de alivio, extendiendo las piernas, con los dedos de los pies en punta. Tenía los pies un poco hinchados, y eran visibles unas venas azules, dilatadas bajo la piel transparente de las piernas.

—¡Ah, qué bien poder sentarse! Bueno, *a chisle*, enséñame lo que has traído.

Aproveché la oportunidad para rodearla por detrás mientras Germain mostraba su trofeo, y busqué, sin que ella se diera cuenta, hematomas o alguna otra marca siniestra.

Estaba delgada... pero Marsali, sencillamente, era así, más allá del bulto del embarazo, y siempre lo había sido. Sus brazos eran finos, pero fibrosos y duros, lo mismo que sus piernas. Había manchas de cansancio debajo de los ojos; pero, después de todo, tenía tres hijos que no dejaban que durmiera demasiado, además de las incomodidades propias del embarazo. Su cara estaba sonrosada y húmeda, con un aspecto totalmente saludable.

Había un par de hematomas pequeños en la parte inferior de las piernas, pero no les di importancia; las mujeres embarazadas se golpeaban con facilidad, y con los numerosos obstáculos que había en una cabaña situada en las montañas salvajes, eran pocas las personas del Cerro —ya fueran hombres o mujeres— que no sufrían alguna ocasional contusión.

¿O acaso tan sólo estaba buscando excusas, porque no quería admitir la posibilidad de lo que había sugerido Brianna?

—Uno para mí —estaba explicando Germain, tocando los huevos—, y uno para Joan, y uno para Félicité, y uno para *Monsieur L'Oeuf* —y señaló la hinchazón con forma de melón del estómago de ella.

—Ah, vaya, qué muchachito tan dulce —dijo Marsali, cogiéndolo y besándole la frente manchada—. Sin duda alguna, tú eres mi polluelo.

La sonrisa de placer de Germain se convirtió en una mirada de reflexión cuando entró en contacto con el vientre protuberante de su madre. Lo palmeó con cuidado.

—Cuando el huevo empolle ahí dentro, ¿qué harás con el cascarón? —preguntó—. ¿Me lo podré quedar?

Marsali se puso colorada, tratando de contener la risa.

—La gente no viene de los huevos —dijo—. Gracias a Dios.

—¿Estás segura, *maman*? —Germain contempló su vientre, dubitativo, y a continuación lo tocó con suavidad—. Parece un huevo.

—Es cierto, pero no lo es. Eso es sólo la forma en que papá y yo llamamos a los pequeñitos antes de que nazcan. Tú también fuiste *Monsieur L'Oeuf* una vez.

—¿En serio? —Germain quedó atónito ante aquella revelación.

—Sí. Y tus hermanas también.

Germain frunció el ceño. Su rubio flequillo enmarañado casi le llegaba a la nariz.

—No, no es cierto. Ellas eran *Mademoiselles L'Oeuf*.

—*Oui, certainement* —afirmó Marsali riendo—. Y tal vez éste también lo sea... Pero *Monsieur* es más fácil de decir. Mira.

Se inclinó hacia atrás un poco y empujó con una mano un costado del vientre. Luego agarró la mano de Germain y la colocó en el mismo sitio. Incluso desde donde yo estaba pude ver cómo se movía la piel cuando el bebé pateó vigorosamente como respuesta al empujón.

Germain apartó la mano de inmediato, alarmado, y después volvió a ponerla en el vientre de su madre, con una expresión de fascinación, y empujó.

—¡Hola! —dijo en voz muy alta, acercando la cara al vientre de su madre—. *Comment ça va* ahí dentro, *Monsieur L'Oeuf?*

—Está bien —le aseguró su madre—. Él o ella. Pero los bebés no hablan al principio; eso lo sabes. Félicité aún no sabe decir otra cosa que «mamá».

—Ah, sí.

Germain perdió el interés en su inminente hermano, y se agachó para recoger una piedra de aspecto interesante. Marsali levantó la cabeza, entornando los ojos por el sol.

—Deberías ir a casa, Germain. *Mirabel* querrá que la ordeñen, y todavía me quedan algunas cosas por hacer aquí. Ve a ayudar a papá, ¿de acuerdo?

Mirabel era una cabra que se había unido recientemente a la familia, y por ello aún resultaba interesante. A Germain le entusiasmó la sugerencia.

—*Oui, maman. Au'voir, grandmère*! —Luego apuntó, tiró la piedra contra el cobertizo, falló, se volvió y se lanzó hacia el sendero.

—¡Germain! —le gritó su madre—. *Na tuit*!

—¿Qué significa eso? —pregunté con curiosidad—. Es gaélico, ¿verdad?... ¿O francés?

—Es gaélico —respondió Marsali sonriendo—. Significa «¡No te caigas!». —Sacudió la cabeza con fingida consternación—. Ese muchachito no podría mantenerse alejado de los árboles ni aunque su vida dependiera de ello.

Germain había dejado el nido con los huevos. Ella lo colocó con mucho cuidado en el suelo, y, en ese momento, vi los pálidos óvalos amarillos en el antebrazo... Estaban desapareciendo, pero eran como Brianna los había descrito.

—¿Cómo se encuentra Fergus? —pregunté entonces, como si no viniera al caso.

—Bastante bien —respondió, con una expresión de recelo.

—¿En serio? —Eché una mirada deliberada a su brazo; luego la miré a los ojos. Ella se sonrojó y giró el brazo con rapidez, ocultando las marcas.

—¡Sí, está bien! —repitió—. Todavía no se le da muy bien lo de ordeñar, pero aprenderá pronto. Desde luego, con una mano le cuesta, pero él...

Me senté en el tronco a su lado, le cogí la muñeca y se la giré.

—Brianna me lo ha explicado —argüí—. ¿Esto te lo ha hecho él?

—Ah. —Marsali parecía avergonzada, apartó la muñeca y apretó el antebrazo contra el vientre para ocultar las marcas—. Bueno, sí. Sí, ha sido él.

—¿Quieres que hable a Jamie sobre esto?

Su rostro adquirió un tono rojo intenso, y se incorporó alarmada.

—¡Por Dios, no! ¡Papá rompería el cuello a Fergus! Y en realidad no ha sido culpa suya.

—Desde luego que ha sido culpa suya —repliqué con firmeza. Yo había visto demasiadas mujeres maltratadas en las salas de urgencias de Boston, y todas sostenían que en realidad no había sido culpa de sus maridos o sus novios. Aunque a menudo las mujeres tenían algo que ver, aun así...

—¡Que no, no lo fue! —insistió Marsali. El rubor de su rostro se intensificó—. Yo... él... quiero decir, él me agarró el brazo, sí, pero sólo porque yo... eh... bueno, yo estaba tratando de partirle un palo en la cabeza en ese momento. —Apartó la mirada, aún más sonrojada.

—Ah. —Me froté la nariz, en cierto sentido atónita—. Ya veo. ¿Y por qué tratabas de hacer eso? ¿Acaso él iba a... atacarte?

Marsali suspiró, hundiendo un poco los hombros.

—No. Bueno, Joanie derramó la leche y él le gritó, y ella lloró, y... —Se encogió un poco de hombros, con aspecto incómodo—. Supongo que habría algún diablillo sentado en mi hombro.

—Pero Fergus no es de los que gritan a sus hijos, ¿verdad?

—¡Ah, no, no lo es! —se apresuró a responder—. Él casi nunca... bueno, no solía hacerlo, pero con tantos... bueno, esta vez no puedo culparlo. Le llevó un trabajo descomunal ordeñar a la cabra, y después de que toda la leche se hubiera derramado... creo que yo también habría comenzado a gritar.

Tenía los ojos clavados en el suelo, evitando los míos, y estaba retorciendo la costura de la camisa, mientras pasaba el pulgar una y otra vez por el hilo.

—Desde luego que los niños pequeños pueden poner tu paciencia a prueba —admití, invadida por el nítido recuerdo de un incidente en el que había estado implicada Brianna cuando apenas tenía dos años de edad: una llamada telefónica que me había distraído, una gran fuente de macarrones con albóndigas y el maletín abierto de Frank. Por lo general, Frank trataba a Bree con la paciencia de un santo (a mí, un poco menos), pero en aquella ocasión en particular, sus gritos de ira sacudieron las ventanas.

Y ahora que lo recordaba, yo le había lanzado una albóndiga a él con una furia cercana a la histeria. También lo hizo Bree, aunque con regocijo, en lugar de por venganza. Si en aquel momento yo hubiera estado cerca de los fogones, es muy probable que le hubiera arrojado la cacerola entera. Me pasé un dedo por debajo de la nariz, sin saber con certeza si debía lamentar el episodio o reírme de él. Nunca conseguí eliminar las manchas de la alfombra.

Era una pena no poder compartirlo con Marsali, que ignoraba todo, no sólo sobre macarrones y maletines, sino también sobre Frank. Ella seguía con la mirada gacha, removiendo las hojas secas de un roble con un dedo del pie.

—En realidad fue culpa mía —dijo, y se mordió el labio.

—No, no es cierto. —Le apreté el brazo para tranquilizarla—. Esa clase de cosas no son culpa de nadie; a veces hay accidentes y la gente se altera... pero al final todo se soluciona.

Ella asintió, pero la sombra seguía en su cara, y tenía el labio inferior hacia dentro.

—Sí, es sólo que... —comenzó, y luego se interrumpió.

Me senté y esperé con paciencia, tratando de no presionarla. Ella quería (necesitaba) hablar. Y yo precisaba escucharla, antes de decidir qué decirle a Jamie, si es que debía hacerlo. Era evidente que algo andaba mal entre ella y Fergus.

—Yo... en estos momentos, mientras trabajaba, estaba pensando en ello. No lo habría hecho, no creo que lo hubiera hecho, sólo que me recordó tanto... fue sólo que tuve la impresión de que era lo mismo que antes...

—¿Lo mismo que qué? —pregunté, cuando era evidente que se había desviado.

—Yo derramé la leche —dijo rápidamente— cuando era pequeña. Tenía hambre y extendí el brazo para coger la jarra y se cayó.

—¿Ah, sí?

—Sí. Y él me gritó. —Sus hombros se encorvaron un poco, como si percibieran el recuerdo de un golpe.

—¿Quién te gritó?

—No lo sé con seguridad. Podría haber sido mi padre, Hugh, pero también Simon, el segundo marido de mi madre. En realidad, no lo recuerdo; sólo tengo claro que estaba tan asustada que me hice pis encima, y eso lo enfureció todavía más. —El rubor le inundó el rostro, y contrajo los dedos de los pies—. Mi madre gritó, porque aquella leche era el único alimento que quedaba, un poco de pan y leche, y la leche se había perdido... pero él gritó que no podía soportar el ruido, porque Joan y yo estábamos dando alaridos... y me abofeteó, y mamá se abalanzó sobre él, y él la empujó y ella se cayó contra la chimenea y se golpeó la cara contra la repisa; vi la sangre que le salía de la nariz.

Aspiró y se frotó su propia nariz con un nudillo, parpadeando, con los ojos todavía clavados en las hojas.

—Entonces él salió dando un portazo, y Joanie y yo corrimos hacia mamá, gritando como locas, porque creímos que estaba muerta... pero ella se apoyó con las manos y las rodillas, y nos dijo que no pasaba nada, que no pasaría nada... Se balanceaba hacia un lado y hacia otro, con el gorro caído y mocos sanguinolentos que chorreaban de su cara hacia el suelo... Me había olvidado de todo aquello. Pero cuando Fergus empezó a gritarle a la pobre Joanie... Fue igual que Simon. O quizá Hugh. Él, fuera quien fuese.

Marsali cerró los ojos y lanzó un profundo suspiro mientras se inclinaba hacia delante, para acunar su vientre abultado.

Extendí la mano y le aparté el cabello húmedo de la cara, echándoselo hacia atrás, para despejarle la frente.

—Echas de menos a tu madre, ¿verdad? —dije en voz baja. Por primera vez, sentí un poco de compasión por su madre, Laoghaire, y también por Marsali.

—Oh, sí —respondió ella con sencillez—. Muchísimo. —Marsali suspiró de nuevo, y cerró los ojos mientras apoyaba su mejilla en mi mano. Acerqué su cabeza a mí, abrazándola y acariciándole el cabello en silencio.

Eran las últimas horas de la tarde y las sombras se habían tornado largas y frías en la madera de roble. El calor había abandonado a la muchacha, que se estremeció un poco en el aire fresco y se le puso la piel de gallina en los finos brazos.

—Toma —dije, levantándome y quitándome la capa de los hombros—. Ponte esto. Será mejor que no cojas frío.

—Ah, no, no es necesario. —Se incorporó, sacudiéndose el pelo hacia atrás, y se limpió la cara con la mano—. No me queda mucho que hacer aquí, y luego tengo que ir a casa para preparar la cena...

—Yo lo haré —dije con firmeza, y le cubrí los hombros con la capa—. Tú descansa un poco.

El aire en el interior del diminuto cobertizo estaba suficientemente cargado como para que resultara mareante, lleno del fecundo almizcle del grano germinado y del polvo fino y punzante de la cáscara de cebada. El calor me sentó bien después del fresco aire exterior, pero pocos momentos después empecé a sentir la piel húmeda debajo del vestido y la camisa. Me quité el vestido por encima de la cabeza y lo colgué de un clavo junto a la puerta.

No importaba; ella tenía razón, no quedaba mucho que hacer. El trabajo me haría entrar en calor, y luego acompañaría a Marsali a casa. Prepararía la cena para toda la familia y dejaría que descansara... y, ya que estaba, tal vez intercambiaría algunas palabras con Fergus y averiguaría más acerca de lo que estaba ocurriendo.

Fergus podía encargarse de la cena, pensé con el ceño fruncido mientras cavaba en las oscuras pilas de grano pegajoso. Pero, evidentemente, ese maldito holgazán francés no era capaz de hacer nada. Ordeñar la cabra era lo máximo que estaba dispuesto a compartir del «trabajo de las mujeres».

Entonces pensé en Joan y Félicité, y me sentí un poco más caritativa hacia Fergus. Joan tenía tres años y Félicité uno y medio, y cualquier persona que estuviera sola en una casa con aquellas dos contaba con mi más completa compasión, más allá de las tareas que ese individuo hiciera.

Joan era una niña dulce, y cuando estaba sola tenía un temperamento bastante tranquilo y dócil... hasta cierto punto. Félicité era la viva imagen de su padre: morena, de huesos fuertes, y decidida a alternar períodos de seductora languidez con una pasión descontrolada. Juntas... Jamie se refería a ellas casualmente como las gatitas del infierno. Si ellas estaban en casa, lo más habitual era que Germain prefiriera vagar solo por el bosque... Aunque tampoco era un alivio para Marsali estar allí a solas, haciendo el trabajo pesado.

«Pesado» era el calificativo adecuado, pensé, mientras volvía a hundir la pala y tiraba de ella. El grano en germinación era húmedo, y cada palada pesaba casi un kilo. Al darle la vuelta, el cereal mostraba un color oscuro, irregular y lleno de manchas, que indicaba la humedad de las capas inferiores. El grano al que aún no se le había dado la vuelta tenía un color más claro, incluso con escasa luz. Sólo quedaban unos cuantos montículos de grano claro en el otro extremo.

Me dediqué a ellos con ganas, dándome cuenta, al mismo tiempo, de que estaba esforzándome por no pensar en la historia que Marsali me había explicado. No quería que Laoghaire me cayera bien, y por ahora lo estaba logrando. Pero tampoco quería sentir compasión por ella, y eso me estaba costando cada vez más.

Era evidente que no había tenido una vida fácil. Bueno, lo mismo había ocurrido con todos los que vivían en las Highlands en aquel momento, pensé jadeando mientras lanzaba una palada de cereal a un lado. Ser madre no era fácil en ninguna parte, pero al parecer, ella había hecho un buen trabajo.

Estornudé a causa del polvo del grano, me detuve para limpiarme la nariz con la manga y continué trabajando.

En realidad, después de todo, no había intentado quitarme a Jamie, me dije, mientras trataba de mantener la compasión y una altruista objetividad. De hecho, había sido lo contrario... o al menos, ella podría entenderlo así.

El filo de la pala raspó con fuerza contra el suelo cuando recogí los últimos restos de grano. Mandé el cereal volando a un lado, y luego usé la zona plana de la hoja para golpear parte del grano volcado en el rincón vacío y aplanar los montículos más elevados.

Yo conocía todas las razones que él me había dado para casarse con ella, y las creía. Sin embargo, la mención de aquel nombre conjuraba toda clase de visiones, empezando con Jamie besándola ardientemente en una alcoba del castillo de Leoch, para concluir con él luchando con su camisón en la oscuridad de su lecho marital, con sus manos calientes y entusiastas sobre los muslos de ella; eso me hacía resoplar como una orca, y sentía que la sangre latía con fuerza en mis sienes.

Tal vez, reflexioné, en realidad yo no era tan altruista. Más bien, a veces era bastante egoísta y rencorosa.

Esa retahíla de autocrítica fue interrumpida por el sonido de voces y movimiento en el exterior. Salí a la puerta del cobertizo, entornando los ojos al entrar en contacto con la deslumbrante luz del sol de la tarde.

No pude verles las caras, ni siquiera distinguir con certeza cuántos eran. Algunos iban a caballo y otros a pie, formando negras siluetas recortadas frente al sol poniente. Percibí un movimiento de reojo. Marsali se había puesto en pie y retrocedía hacia el cobertizo.

—¿Quiénes son ustedes, señores? —preguntó levantando la barbilla.

—Viajeros sedientos, señora —respondió una de las siluetas negras, poniendo su caballo delante de los otros—. En busca de hospitalidad.

Las palabras eran bastante corteses; la voz, no. Salí del cobertizo sin soltar la pala.

—Bienvenidos —intervine, sin esforzarme en parecer acogedora—. Quédense donde están, caballeros; nos complacería traerles algo de beber. Marsali, trae el barril, por favor.

Había un pequeño barril de whisky sin destilar que dejábamos cerca precisamente para esas ocasiones. El corazón me latía con fuerza en los oídos, y apretaba tanto el mango de la pala que podía sentir las vetas de la madera.

Era muy poco frecuente ver a tantos desconocidos juntos en las montañas. En ocasiones, nos encontrábamos con un grupo de cherokee que salían a cazar, pero esos hombres no eran indios.

—No se moleste, señora —dijo otro de los hombres, al mismo tiempo que desmontaba—. Yo la ayudaré a traerlo. Aunque me parece que precisaremos más de un barril.

La voz era inglesa, y extrañamente familiar. No era un acento culto, pero la dicción era cuidadosa.

—Sólo tenemos un barril preparado —respondí, mientras me desplazaba poco a poco hacia un lado y mantenía los ojos fijos en el hombre que había hablado. Era de baja estatura y muy delgado, y se movía con un paso duro y espasmódico, como una marioneta.

Estaba avanzando hacia mí, lo mismo que el resto. Marsali había llegado a la pila de leña, y estaba buscando algo detrás de los troncos de roble y nogal. Podía oír su áspera respiración. El barril estaba oculto en la pila. Además, yo sabía que cerca también había un hacha.

—Marsali —dije—. Quédate ahí. Iré a ayudarte.

Un hacha era un arma más eficaz que una pala, pero dos mujeres contra... ¿cuántos hombres? ¿Diez... una docena... más? Parpadeé y mis ojos se llenaron de lágrimas que brillaban por el sol, y vi a varios más que salían del bosque. A ésos pude verlos con claridad; uno de ellos me sonrió y tuve que esforzarme por no apartar la mirada. Su sonrisa se amplió.

El hombre, de baja estatura, también estaba acercándose. Lo miré y sentí una breve punzada que me indicaba que lo reconocía. ¿Quién demonios era? Lo conocía. Lo había visto antes... Y, sin embargo, no podía ponerle ningún nombre a esa mandíbula ancha como un farol y a las cejas estrechas.

Apestaba a sudor rancio, a tierra pegada a la piel y al hedor de la orina seca; todos olían de la misma manera, y el olor flotaba en el aire, salvaje como el hedor de las comadrejas.

Él se dio cuenta de que lo había reconocido; sus delgados labios se apretaron durante un momento, luego se relajaron.

—Señora Fraser —dijo, y mi inquietud se hizo más profunda cuando vi la mirada en sus pequeños ojos astutos.

—Creo que usted me lleva ventaja, señor —respondí, con tanta valentía como pude—. ¿Nos conocemos?

Él no respondió. Un lado de la boca se curvó ligeramente hacia arriba, pero lo distrajeron los dos hombres que se habían adelantado a coger el barril cuando Marsali lo sacó rodando de su escondite. Uno de ellos ya había agarrado el hacha en la que yo había pensado, y estaba a punto de cortar la parte superior del barril, cuando el hombre flaco le gritó:

—¡Soltadlo!

El hombre lo miró, con la boca abierta y sin comprender.

—¡He dicho que lo soltéis! —repitió el flaco, mientras los demás pasaban de mirar el barril a mirar el hacha y viceversa, confundidos—. Nos lo llevaremos. ¡No puedo permitir que os quedéis aturdidos por el alcohol en este momento!

Volviéndose hacia mí, como si continuara una conversación, preguntó:

—¿Dónde está el resto?

—No hay más que eso —respondió Marsali con el ceño fruncido, recelosa, pero, al mismo tiempo, furiosa—. Llévenselo si quieren.

La atención del hombre flaco se centró en ella por primera vez, pero no fue más que una ojeada antes de volverse hacia mí.

—No se moleste en mentirme, señora Fraser. Sé bien que hay más, y me lo llevaré.

—No hay más. ¡Dame eso, zopenco! —Con mucha habilidad, Marsali le quitó el hacha al hombre que la sostenía—. ¿Así es como agradecéis un buen recibimiento? ¿Robando? ¡Bueno, coged lo que habéis venido a buscar y marchaos!

Yo no podía hacer otra cosa que seguir el ejemplo de Marsali, aunque unas campanas de alarma sonaban en mi cabeza cada vez que miraba al hombre flaco y pequeño.

—Ella tiene razón —afirmé—. Compruébenlo ustedes mismos. —Señalé el cobertizo, y las tinas de malta y el caldero que estaban cerca, abiertos y claramente vacíos—. Apenas estábamos empezando el malteado. Faltan varias semanas hasta que tengamos una nueva partida de whisky.

Sin el más mínimo cambio de expresión, él dio un veloz paso hacia delante y me abofeteó con fuerza en la cara.

El golpe no fue lo bastante fuerte como para derribarme, pero hizo que echara la cabeza hacia atrás y me dejó los ojos llenos de lágrimas. Yo estaba más sorprendida que herida, aunque tenía un intenso sabor a sangre en la boca y sentía que mis labios comenzaban a hincharse.

Marsali lanzó un agudo grito de sorpresa e ira, y oí que algunos de los hombres murmuraban sorprendidos. Se habían acercado y nos rodeaban.

Llevé la palma de la mano a mi boca ensangrentada y advertí, algo distante, que estaba temblando. Pero mi cerebro se había alejado a una distancia segura y estaba haciendo y descartando suposiciones con tanta rapidez que volaban.

¿Quiénes eran esos hombres? ¿Cuán peligrosos eran? ¿Qué estaban dispuestos a hacer? El sol estaba poniéndose... ¿Cuánto faltaría hasta que nos echaran de menos a Marsali o a mí y alguien viniera a buscarnos? ¿Sería Fergus, o Jamie? Incluso Jamie, si venía solo...

No tenía dudas de que esos hombres eran los mismos que habían quemado la casa de Tige O'Brian, y que probablemente también eran responsables de los ataques a ese lado de la Línea del Tratado. De modo que eran crueles, pero su principal propósito era el robo.

Noté un gusto a cobre en la boca, el característico sabor metálico de la sangre y el miedo. Apenas había transcurrido un segundo después de que hiciera esos cálculos, y mientras bajaba la mano, llegué a la conclusión de que lo mejor era darles lo que quisieran, y contar con que una vez obtenido el whisky se marcharían.

Pero no tuve oportunidad de decirlo. El flaco me agarró la muñeca y me la retorció con fuerza. Sentí que los huesos se movían y se rompían con un dolor desgarrador, y caí de rodillas entre las hojas, incapaz de emitir otra cosa que un leve y jadeante sonido.

Marsali dejó escapar un ruido más fuerte y saltó como una serpiente. Hizo girar el hacha desde el hombro con todo el impulso de su tamaño, y la hoja se hundió profundamente en el hombro del individuo que se encontraba a su lado. Tiró del hacha hasta liberarla y la sangre caliente me roció la cara.

Ella lanzó un alarido agudo, y el hombre también gritó, y entonces se generaron movimientos en el claro cuando los hombres avanzaron con un rugido, como una ola que caía. Yo me abalancé hacia delante, le agarré las rodillas al flaco y le di un fuerte cabezazo en la entrepierna. Él resolló, casi sin aire, y cayó sobre mí, aplastándome contra el suelo.

Me retorcí hasta que pude liberarme de su cuerpo agarrotado, pensando sólo que tenía que llegar hasta Marsali e interponerme entre ella y los hombres... pero éstos ya se encontraban encima de ella. Un grito quedó partido por la mitad por el sonido de puños contra la carne y el ruido sordo de los cuerpos que golpeaban contra la pared del cobertizo.

El recipiente de terracota estaba a mi alcance. Lo cogí, sin prestar atención a su calor abrasador, y lo lancé directamente al grupo de hombres. Golpeó con fuerza la espalda de uno de ellos y se partió en pedazos, rociándolos a todos con brasas. Los hombres gritaron y retrocedieron, y pude ver cómo Marsali se había desplomado contra el cobertizo, con el cuello inclinado sobre un hombro y los ojos en blanco, con las piernas abiertas y la camisa desgarrada desde el cuello, dejando al descubierto sus pesados pechos sobre la protuberancia del vientre.

En ese momento alguien me golpeó en un lado de la cabeza y volé hacia un lado, resbalé en las hojas y caí redonda en el suelo. Una gran calma descendió sobre mí y mi visión se redujo en un proceso que pareció muy lento, como un gran iris cerrándose en espiral. Delante de mí vi el nido en el suelo, a escasos centímetros de la nariz, con sus finas ramas entretejidas con astucia, y los cuatro huevos verdosos redondos y frágiles, perfectos, en su centro. Entonces, una suela aplastó los huevos y el iris se cerró.

• • •

El olor a quemado me despertó. Debí de haber estado inconsciente tan sólo durante unos instantes; el matorral de hierba seca cerca de mi cara apenas comenzaba a desprender humo. Una brasa caliente resplandecía en un nido de carbón y comenzaba a liberar chispas. Algunos hilos incandescentes atravesaron las hojas marchitas y el matorral estalló en llamas, justo en el momento en que unas manos me cogieron del brazo y del hombro y me obligaron a levantarme.

Todavía aturdida, me debatí en brazos de mi captor cuando él me levantó, pero fui trasladada sin miramientos a uno de los caballos. Luego me alzó y me colgó por encima de la montura con una fuerza que me dejó sin aliento. Apenas tuve el ánimo suficiente como para agarrarme de las riendas, justo cuando alguien golpeó las ancas del animal y salimos en un trote doloroso.

Entre el mareo y los empellones, mi visión era enloquecedora, como un espejo roto, pero pude echar un último vistazo a Marsali, que yacía floja como una muñeca de trapo entre una docena de minúsculas fogatas, formadas por los carbones esparcidos, que comenzaban a encenderse y a arder.

Traté de llamarla, pero mi voz ahogada se perdió en el estrépito de las monturas y los gritos de los hombres, que hablaban con gran nerviosismo.

—¿Estás loco, Hodge? No te conviene llevarte a esa mujer. ¡Déjala!

—No. —La voz del hombre pequeño sonó irritada, pero controlada, muy cerca de mí—. Ella nos mostrará dónde está el whisky.

—¡El whisky no nos servirá de nada si nos matan, Hodge! ¡Es la esposa de Jamie Fraser, por el amor de Dios!

—Sé quién es. ¡Avanza de una vez!

—Pero él... ¡Tú no lo conoces, Hodge! Yo lo vi una vez...

—Ahórrame tu opinión. ¡Avanza, he dicho!

Esto último fue seguido de un repentino y fuerte *pam*, y un grito de dolor. «La culata de un revólver —pensé—. En la cara», añadí mentalmente, tragando saliva cuando oí los gemidos húmedos y jadeantes de un hombre con la nariz rota.

Una mano me agarró del cabello e hizo que girara la cabeza con gran dolor. La cara del hombre flaco me contempló, con los ojos entornados, calculando. Sólo parecía que quisiera asegurarse de que seguía viva, puesto que no dijo nada y volvió a soltarme la cabeza con indiferencia, como si fuera una piña que había recogido por el camino.

Alguien estaba guiando el caballo en el que yo iba; además, había varios hombres a pie. Escuché cómo se gritaban entre sí, casi corriendo para no quedarse rezagados mientras los caballos ascendían, tropezando y gruñendo como cerdos en la maleza.

Yo no podía respirar, salvo jadeando, y cada paso me sacudía de un lado a otro sin piedad, pero no tenía tiempo para prestar atención a las incomodidades físicas. ¿Marsali estaba muerta? Sin duda alguna, lo parecía, pero no había visto sangre, y me aferré a ese pequeño factor por el escaso —y temporal— consuelo que me proporcionaba.

Incluso aunque aún no estuviera muerta, pronto lo estaría. Ya fuera por las heridas, el golpe, un aborto espontáneo... Oh, Dios mío, oh, Dios mío, pobrecillo *Monsieur L'Oeuf*...

Mis manos se aferraron inútilmente a los estribos de cuero, desesperada. ¿Quién la encontraría? ¿Y cuándo?

Faltaba poco más de una hora para la cena cuando llegué al cobertizo del malteado. ¿Qué hora sería en ese momento? Podía ver algunas partes del suelo que temblaban bajo el caballo, pero el cabello se me había soltado y me caía en la cara cada vez que trataba de levantar la cabeza. De todas formas, había empezado a refrescar, y había una quietud en la luz que me hizo pensar que el sol estaba cerca del horizonte. Al cabo de pocos minutos, la luz comenzaría a disminuir.

Y entonces ¿qué? ¿Cuánto tiempo transcurriría antes de que empezaran a buscarnos? Fergus notaría la ausencia de Marsali cuando no apareciera para preparar la cena. Pero ¿saldría a buscarla, con las dos pequeñas a su cuidado? No, seguro que mandaría a Germain. Eso hizo que mi corazón diera un vuelco y se me subiera a la garganta. Que un chico de cinco años encontrara a su madre...

Todavía me llegaba el olor a quemado. Olfateé una vez, dos veces, otra vez, esperando que fueran imaginaciones mías. Por encima del polvo y del sudor del caballo, del intenso olor del estribo de cuero y del olorcillo a plantas aplastadas, podía oler claramente el humo. El claro o el cobertizo —o ambas cosas— estaban ardiendo. Alguien vería el humo y se acercaría. Pero ¿llegaría a tiempo?

Cerré los ojos con fuerza, tratando de dejar de pensar, buscando cualquier distracción para evitar ver en mi mente la escena que debía de estar teniendo lugar detrás de mí.

Oí unas voces tranquilas cerca. Otra vez el hombre al que llamaban Hodge. Yo debía de ir montada en su caballo; él caminaba cerca de la cabeza, al otro lado del animal. Había otra persona protestando a su lado, pero sin generar un efecto mayor que el anterior.

—Sepáralos —estaba diciendo con voz tranquila—. Divide a los hombres en dos grupos... tú te ocuparás de uno; el resto vendrá conmigo. Reúnete conmigo dentro de tres días en Brownsville.

Maldición. Contaba con que lo perseguirían y pensaba dividir al grupo y confundir las huellas. Traté de pensar de forma frenética en algo que pudiera dejar caer como forma de indicarle a Jamie en qué dirección me habían llevado. Pero no tenía nada encima, excepto la camisa, el corsé y las medias... Mis zapatos se habían caído cuando me arrastraron hasta el caballo. Parecía que las medias eran la única posibilidad, aunque las ligas estaban muy ceñidas y totalmente fuera de mi alcance en ese momento.

A mi alrededor, oía el ruido de hombres y caballos en movimiento, gritando y empujando cuando el grupo principal se dividió. Hodge chistó al caballo y empezamos a avanzar con más celeridad.

Mi cabello, que flotaba en el aire, se enganchó en una rama cuando pasamos cerca de un arbusto, permaneció allí pegado durante un segundo y luego se rompió con un doloroso ¡*ping*! al partirse la rama, rebotando a la altura del pómulo y casi golpeándome en el ojo. Dije algo muy grosero, y alguien —tal vez Hodge— me asestó un golpe de desaprobación en el trasero.

Pronuncié algo mucho, pero mucho más grosero, aunque en voz baja y con los dientes apretados. Mi único consuelo era la idea de que no sería muy difícil seguir a una banda como ésa, que dejaba un amplio rastro de ramas rotas, huellas de cascos y piedras levantadas.

Yo había visto a Jamie rastrear cosas pequeñas y huidizas, así como grandes y pesadas, y había visto cómo examinaba la corteza de los árboles y las ramas de los arbustos en su camino, en busca de arañazos o delatores mechones de... pelo.

No había nadie caminando junto al caballo por el que colgaba mi cabeza. Sin perder el tiempo, empecé a arrancarme pelos de la cabeza. Tres, cuatro, cinco... ¿Serían suficientes? Estiré la mano y la arrastré a través de un acebo; los cabellos largos y rizados flotaron en la brisa que el caballo levantaba al avanzar, pero se quedaron enredados en el irregular follaje de la planta.

Repetí el procedimiento cuatro veces. Seguramente él vería al menos una de las señales, y sabría qué rastro seguir si no perdía el tiempo siguiendo primero el otro. No había nada que pudiera hacer, excepto rezar, y me dediqué a ello en cuerpo y alma, empezando por una plegaria por Marsali y *Monsieur L'Oeuf*, que lo necesitaban mucho más que yo.

Continuamos ascendiendo un trecho bastante extenso; ya había oscurecido del todo cuando llegamos a lo que parecía la cumbre de un cerro, y yo estaba casi inconsciente, la sangre latía en mi cabeza y el corsé me apretaba el cuerpo con tanta fuerza que sentía que cada una de sus tiras me estaba dejando una marca en la piel.

Apenas me quedó energía para impulsarme hacia atrás cuando el caballo se detuvo. Caí al suelo, y de inmediato me acurruqué sobre mí misma; luego me senté, mareada y jadeante, y me froté las manos, que se habían hinchado de estar tanto tiempo colgando hacia abajo.

Los hombres se habían reunido en un grupo muy unido, absortos en su conversación, pero demasiado cerca como para pensar en escabullirme entre los arbustos. Uno de ellos estaba a escasos metros de distancia y no me quitaba la vista de encima.

Miré hacia atrás, en la dirección de donde habíamos venido, temiendo y, al mismo tiempo esperando, ver el resplandor del fuego más abajo. El fuego llamaría la atención de alguien, alguien ya sabría a esas alturas lo que había ocurrido, incluso podría estar dando la voz de alarma, organizando la búsqueda. Y, sin embargo, Marsali...

¿Ya estaría muerta, junto con el bebé?

Tragué saliva y me esforcé para que mi visión se adaptara a la oscuridad, tanto para evitar las lágrimas como por la esperanza de ver algo. Aunque, en realidad, la vegetación se había hecho más tupida a nuestro alrededor y yo no veía absolutamente nada, excepto algunas variaciones en la negrura.

No había nada de luz; la luna no había salido todavía, y la luz de las estrellas era aún débil, pero mis ojos habían tenido tiempo más que suficiente para adaptarse y, aunque no era un gato, podía distinguir lo suficiente como para hacerme una idea aproximada de mi entorno. Estaban discutiendo, dirigiéndome miradas cada cierto tiempo. Tal vez una docena de hombres... ¿Cuántos había al principio? ¿Veinte? ¿Treinta?

Flexioné los dedos, temblando. Tenía la muñeca muy lastimada, pero no era eso lo que me preocupaba en ese momento.

Para mí estaba claro —y quizá también para ellos— que no podían lanzarse directamente sobre las reservas de whisky, incluso aunque yo pudiera encontrarlas durante la noche. Tanto si Marsali había sobrevivido como si no —sentí que la garganta se me cerraba ante ese pensamiento—, lo más probable era que Jamie se diera cuenta de que el whisky era el objetivo de los intrusos y lo mantuviera vigilado.

Si las cosas no hubieran sucedido de ese modo, en una situación ideal, los hombres me habrían obligado a llevarlos hasta las reservas, hubieran cogido el whisky y habrían huido, con la esperanza de escapar antes de que el robo fuera descubierto. ¿Dejándonos a Marsali y a mí vivas para dar la alarma y poder describirlos? Quizá sí, quizá no. Pero en el pánico posterior al ataque de Marsali, el plan original se había desbaratado. ¿Y ahora qué?

—Te digo que no tiene sentido —estaba exclamando uno de los hombres con mucha vehemencia. Por el tono de la voz, supuse que sería el caballero de la nariz rota, resuelto pese a su lesión—. Mátala ahora. Déjala aquí; nadie la encontrará antes de que las bestias hayan dispersado sus huesos.

—¿Sí? Pero si nadie la encuentra, creerán que sigue con nosotros, ¿verdad?

—Pero si Fraser nos alcanza y ella no está con nosotros, ¿a quién culpará...?

Dejaron de hablar, y cuatro o cinco de ellos me rodearon. A duras penas logré ponerme en pie y mi mano se cerró de modo reflejo en el objeto más cercano que se parecía a un arma: una roca, por desgracia, pequeña.

—¿Cuánto hay de aquí a las reservas de whisky? —preguntó Hodge. Se había quitado el sombrero y sus ojos brillaban como los de una rata en la sombra.

—No lo sé —respondí, tratando de no perder la calma, ni la roca. El labio todavía me dolía y estaba hinchado por el golpe que me había dado, y me costaba pronunciar las palabras—. No sé dónde estamos.

Eso era cierto, aunque podía hacer una suposición razonable. Habíamos viajado unas cuantas horas, la mayor parte del camino en dirección ascendente, y los árboles que nos rodeaban eran abetos y pinos de Canadá; podía oler la punzante y clara resina. Nos encontrábamos en la parte alta de la ladera, y probablemente cerca de un pequeño paso que atravesaba un lado de la montaña.

—Mátala —lo instó uno de ellos—. No nos sirve de nada, y si Fraser la encuentra con nosotros...

—¡Cierra la boca! —Hodge contestó al que había hablado con tal violencia que el otro hombre se echó hacia atrás de manera involuntaria. Una vez acallada la amenaza, Hodge decidió no prestarle atención y me agarró del brazo—. No te hagas la lista conmigo, mujer. Me dirás lo que quiero saber. —No se molestó en decir qué ocurriría si no le hacía caso; algo frío me atravesó la parte superior del pecho y el caliente ardor del corte apareció un segundo después, cuando la sangre empezó a brotar.

—¡Por los clavos de Roosevelt! —exclamé, más por la sorpresa que por el dolor. Me sacudí para soltarme—. ¡Ya te lo he dicho, ni siquiera sé dónde estamos, idiota! ¿Cómo esperas que te diga dónde se encuentran las cosas?

Él parpadeó alarmado, y levantó el cuchillo, receloso, como en un acto reflejo, como si pensara que yo iba a atacarlo. Al darse cuenta de que no era así, frunció el ceño.

—Te diré lo que sí sé —dije, y sentí el fugaz consuelo de oír que mi voz era firme y serena—. Las reservas de whisky se encuentran a unos ochocientos metros del cobertizo de malteado, más o menos hacia el noroeste. Están en una cueva, bien ocultas. Podría conduciros allí si empezamos desde la fuente donde me habéis capturado; eso es todo lo que puedo deciros.

Eso también era cierto. Podía encontrarlas con bastante facilidad. Pero ¿dar indicaciones? «Atravesad un hueco en la espesura hasta que veáis un grupo de robles donde Brianna mató a una zarigüeya, luego girad a la izquierda hasta una roca más o menos cuadrada sobre la que crece una especie particular de helecho...» La idea de que lo único que les impedía matarme allí mismo era que necesitaban mis servicios como guía era, desde luego, una consideración secundaria.

Era un corte muy superficial; no sangraba mucho, pero tenía las manos y la cara heladas, y pequeños destellos entraban y salían de los bordes de mi visión. Nada me mantenía en pie, salvo la vaga convicción de que, si se daba el caso, prefería morir de pie.

—Déjame decirte, Hodge, que no te conviene tener nada que ver con ella... nada. —Un hombre de gran tamaño se había unido al pequeño grupo que me rodeaba. Se inclinó por encima del hombro de Hodge, mirándome, y asintió. En la oscuridad, todos tenían una piel oscura, pero ese hombre tenía un acento africano; tal vez se trataba de un exesclavo o de un traficante de esclavos—. Esa mujer... he oído hablar de ella. Es una hechicera. Las conozco: son como serpientes. No la toques, ¿me oyes? ¡Te lanzará una maldición!

Logré emitir una risita, que sonó bastante desagradable, como respuesta, y el hombre que estaba cerca de mí retrocedió un poco. Me sentí vagamente sorprendida; ¿de dónde había salido aquello?

Pero ya respiraba mejor y los destellos habían desaparecido. El hombre alto estiró el cuello al ver la oscura línea de sangre en mi camisa.

—¿Has hecho que sangre? Maldición, Hodge, ahora estás perdido. —Había un claro tono de alarma en su voz, y él se echó un poco hacia atrás, haciendo alguna clase de señal con la mano en mi dirección.

Sin la menor idea de qué me había llevado a hacer algo así, solté la roca, me pasé los dedos de la mano derecha por la herida, y con un veloz movimiento, extendí el brazo y los pasé por la mejilla del hombre flaco. Repetí la risa desagradable.

—Una maldición, ¿eh? —dije—. ¿Qué te parece esto? Vuelve a tocarme y morirás en menos de veinticuatro horas.

Las líneas de sangre se veían oscuras en la palidez de su rostro. Estaba tan cerca de mí que pude oler la acritud de su aliento y ver la furia que crecía en su cara.

«¿Qué demonios crees que estás haciendo, Beauchamp?», pensé, sorprendida de mí misma. Hodge llevó el puño hacia atrás para golpearme, pero el hombre grande lo agarró de la muñeca con un grito de temor.

—¡No lo hagas! ¡Nos matarás a todos!

—¡Te mataré a ti ahora mismo, hijo de puta!

Hodge seguía sosteniendo el cuchillo en la otra mano, y con él apuñaló torpemente al hombre de mayor tamaño, gruñendo con furia. El hombretón dejó escapar un grito ahogado por el impacto, pero no fue un golpe muy fuerte; retorció la muñeca que tenía en la mano y Hodge soltó un chillido como el de un conejo atrapado por un zorro.

En ese momento intervinieron todos los demás, empujando y gritando, buscando armas. Yo me volví y empecé a correr, pero no di más que unos pasos antes de que uno de ellos me agarrara, rodeándome con los brazos y tirando de mí con fuerza, haciendo que chocara con su propio cuerpo.

—Usted no va a ninguna parte, señora —dijo mientras jadeaba en mi oído.

Era cierto. No era más alto que yo, pero sí mucho más fuerte. Me debatí para soltarme, pero él me había rodeado con ambos brazos y me sujetó con más fuerza. Entonces me quedé paralizada, con el corazón latiendo de furia y miedo, para no darle una excusa para vapulearme. Él estaba nervioso; yo podía sentir los latidos de su corazón y oler el sudor fresco sobre el hedor de su ropa rancia y su cuerpo.

No alcanzaba a ver qué sucedía, pero me parecía que no estaban peleando entre sí, sino simplemente gritándose. Mi captor se acomodó un poco y se aclaró la garganta.

—Ahh... ¿De dónde es usted, señora? —preguntó con suma cortesía.

—¿Qué? —dije muy sorprendida—. ¿De dónde soy? Eh... De... Inglaterra. Nací en Oxfordshire, y más tarde viví en Boston.

—Ah. Yo también soy del norte.

Reprimí el impulso de responder «encantada de conocerlo», puesto que no lo estaba, y la conversación llegó a su punto final.

La pelea se había detenido tan abruptamente como había empezado. Con numerosos gruñidos y bramidos, el resto retrocedió ante los alaridos de Hodge, puesto que él estaba al mando y a ellos les convenía hacer lo que él dijera o aceptar las consecuencias.

—Habla en serio —murmuró mi captor, sin dejar de estrecharme contra su sucio pecho—. Será mejor que no haga que se enfade, señora, créame.

—Mmm —murmuré, aunque suponía que el consejo era bienintencionado. Había tenido la esperanza de que el conflicto fuera ruidoso y prolongado para, así, aumentar las posibilidades de que Jamie nos alcanzara—. ¿Y de dónde es este tal Hodge? —pregunté entonces. Me seguía resultando muy conocido; estaba segura de que lo había visto en alguna parte... pero ¿dónde?

—¿Hodgepile? Ahhh... De Inglaterra, supongo —contestó el joven que me agarraba. Parecía sorprendido—. ¿No tiene acento inglés?

¿Hodge? ¿Hodgepile? Eso me sonaba de algún lado, sin duda alguna, pero...

Había bastantes rezongos y gente arremolinándose, pero, en poco tiempo, reanudamos el viaje. Esta vez, gracias a Dios, me permitieron montar a horcajadas, aunque con las manos atadas a la montura.

Avanzábamos con mucha lentitud; había una especie de sendero, pero incluso a la débil luz de la luna creciente, el camino era difícil. Hodgepile ya no guiaba mi montura; el joven que me había vuelto a capturar sostenía las riendas, tirando y haciendo avanzar a través de los arbustos al cada vez más reticente caballo. Podía echarle un vistazo cada cierto tiempo. Era delgado, de cabello abundante y desordenado, que le colgaba por debajo de los hombros y hacía que se asemejara a un león.

La amenaza de una muerte inminente ya no era tan manifiesta, pero yo seguía con un nudo en el estómago y los músculos de mi espalda estaban tensos a causa del miedo. Hodgepile se saldría con la suya por el momento, pero en realidad los hombres no habían llegado a un acuerdo; uno de los que estaban a favor de matarme y dejar mi cadáver para las mofetas y las comadrejas tranquilamente podría decidir poner fin a la controversia abalanzándose sobre mí desde la oscuridad.

Oí la aguda y autoritaria voz de Hodgepile más adelante. Al parecer, iba y venía por la columna, intimidando, molestando, mordisqueando como un perro pastor, mientras trataba de mantener en movimiento a su rebaño.

Sí que se movían, aunque para mí era evidente que los caballos estaban cansados. El que yo montaba arrastraba las patas y tiraba de las riendas con irritación. Dios sabía de dónde habían salido aquellos merodeadores, o cuánto habrían viajado antes de llegar al claro del whisky. Los hombres también empezaban a reducir el paso, invadidos por una gradual niebla de fatiga, a medida que desaparecía la adrenalina de la huida y el conflicto. Yo sentía que esa lasitud me invadía a mí del mismo modo, y luché contra ella, esforzándome por mantenerme alerta.

Todavía estábamos a principios de otoño, pero yo sólo llevaba encima la camisa y el corsé, y nos encontrábamos a bastante altitud como para que el aire se enfriara con rapidez al anochecer. Temblaba constantemente a causa del frío, y la herida de mi pecho ardía cuando los pequeños músculos se flexionaban debajo de la piel. No era un corte profundo ni mucho menos, pero ¿y si se infectaba? Sólo podía esperar vivir lo suficiente como para que eso fuera un problema.

Por mucho que lo intentaba, no era capaz de dejar de pensar en Marsali, ni evitar que mi mente se perdiera en hipótesis médicas, imaginando desde un traumatismo cerebral con inflamación intracraneal hasta quemaduras e inhalación de humo. Yo podría hacer algo —tal vez hasta una cesárea de emergencia— si estuviera con ella. Nadie más podría hacerlo.

Apreté las manos con fuerza en el borde de la montura, forzando la cuerda que las ataba. ¡Tenía que estar allí!

Pero no lo estaba y tal vez no lo estaría nunca.

Las discusiones y los rezongos prácticamente habían cesado cuando la oscuridad del bosque se cerró sobre nosotros, pero había una pesada sensación de intranquilidad en el grupo. En parte, creí que se debía al recelo y al miedo a que los persiguieran, pero, sobre todo, pensé que era a causa de desavenencias internas. El motivo de la pelea no se había solucionado, sino que se había pospuesto hasta un momento más adecuado. Había una sensación de conflicto inminente en el aire.

Un conflicto directamente relacionado conmigo. Como no había podido ver con claridad durante la discusión, no estaba segura de quiénes sostenían las distintas opiniones, pero la división en sí era clara: un grupo, encabezado por Hodgepile, estaba a favor de mantenerme con vida, al menos hasta que pudiera llevarlos hasta el whisky. Un segundo grupo prefería no correr riesgos y cortarme el cuello. Y una opinión minoritaria, expresada por el caballero del acento africano, consistía en soltarme, y cuanto antes, mejor.

Era evidente que tenía el deber de acercarme a ese caballero y tratar de manipular sus creencias a mi favor. ¿Cómo? Maldecir a Hodgepile había sido un buen comienzo, y todavía me sorprendía haberlo hecho. Pero no pensaba que fuera aconsejable dedicarme a maldecirlos a todos en grupo; eso acabaría con el efecto.

Me moví en la montura, que empezaba a irritarme la piel. No era la primera vez que veía hombres que se echaban atrás, espantados por lo que creían que era. El temor supersticioso podía ser un arma eficaz, pero muy peligrosa de usar. Si los asustaba de verdad, acabarían con mi vida sin dudarlo.

Ya habíamos llegado al paso. En esa zona había pocos árboles entre las rocas, y cuando salimos al otro lado de la montaña, el cielo, vasto y brillante, y con una multitud de estrellas, se abrió ante mí.

Debí de dejar escapar un grito ahogado al contemplar esa vista, puesto que el joven que guiaba mi caballo hizo una pausa y levantó la cabeza hacia el cielo.

—Ah —dijo en voz baja. Observó el cielo durante un instante, y luego volvió a concentrarse en la tierra cuando otro caballo nos rozó y el jinete se volvió para mirarme fijamente mientras lo hacía—. ¿Hay estrellas como éstas en el sitio de donde usted viene? —preguntó mi escolta.

—No —respondí, todavía aturdida por el hechizo de la muda grandeza que procedía del cielo—. No tan brillantes.

—No, es cierto, no lo eran —dijo él, sacudiendo la cabeza, y tiró de las riendas. Parecía un comentario extraño, pero no pude deducir nada de él. Podría haber seguido con la conversación (necesitaba todos los aliados de los que pudiera disponer), pero se oyó un grito que procedía de la parte de delante. Evidentemente, nos disponíamos a acampar.

Me desataron y me bajaron del caballo. Hodgepile se abrió paso entre la muchedumbre y me agarró del hombro.

—Si trata de huir, mujer, deseará no haberlo hecho. —Me apretó con fuerza, hundiendo los dedos en mi carne—. La necesito viva... No la necesito entera.

Sin soltarme el hombro, levantó su cuchillo y presionó un lado de la hoja contra mis labios, me introdujo la punta en la nariz y luego se acercó lo suficiente como para que pudiera sentir su repugnante aliento en mi cara.

—Lo único que no le voy a cortar es la lengua —susurró. La hoja del cuchillo salió poco a poco de mi nariz, descendió por mi barbilla, corrió por la línea de mi cuello y trazó un círculo por la curva de mi pecho—. Entiende lo que quiero decir, ¿verdad?

Esperó hasta que conseguí asentir, luego me soltó y desapareció en la oscuridad.

Si su intención era ponerme nerviosa, lo había logrado. Yo estaba sudando a pesar del frío, y seguía estremeciéndome cuando una alta sombra se cernió a mi lado, me cogió una mano y puso algo en ella.

—Me llamo Tebbe —murmuró—. Recuérdelo... Tebbe. Recuerde que la traté bien. Dígales a sus espíritus que no le hagan daño a Tebbe, que él la ha tratado bien.

Asentí una vez más, aturdida, y me quedé sola de nuevo, ahora con un pedazo de pan en la mano. Lo comí deprisa, observando que, si bien estaba muy rancio, en un principio había sido un buen pan oscuro de centeno, como el que elaboraban las mujeres alemanas de Salem. ¿Acaso los hombres habrían atacado una casa cerca de allí, o simplemente lo habrían comprado?

Alguien había arrojado una montura al suelo cerca de mí; una cantimplora colgaba de la perilla, y me puse de rodillas para beber. El pan y el agua —que sabía a lona y a madera— tenían mejor sabor que cualquier otra cosa que hubiera comido en mucho tiempo. Me di cuenta de que estar cerca de la muerte mejora bastante el apetito. No obstante, esperaba algo más elaborado como última cena.

Hodgepile regresó unos pocos minutos después, con una cuerda. No se molestó en volver a amenazarme; evidentemente, era consciente de que lo había entendido. Se limitó a atarme de pies y manos y me empujó al suelo. Nadie me habló, pero alguien, en un impulso de amabilidad, arrojó una manta sobre mí.

El campamento estuvo listo en poco tiempo. No encendieron ningún fuego, de modo que no cocinaron nada; al parecer, los hombres se alimentaron de la misma manera improvisada que yo, dejaron los caballos atados a escasa distancia y luego se diseminaron por el bosque para descansar.

Esperé hasta que los movimientos cesaran, luego cogí la manta con los dientes y me arrastré desde el punto donde me habían ubicado, avanzando como un gusano hasta otro árbol, a unos diez metros de distancia.

No estaba pensando en escapar, pero si uno de los bandidos que estaban a favor de deshacerse de mí confiaba en aprovechar la oscuridad para lograr su objetivo, yo no tenía intención de quedarme allí como una cabra atada. Con suerte, si alguno se aproximaba con sigilo hasta el punto en el que había estado, yo tendría el tiempo suficiente para gritar pidiendo ayuda.

Sabía, sin el menor asomo de duda, que Jamie vendría. Mi trabajo consistía en sobrevivir hasta entonces.

Jadeando sudorosa, cubierta de hojas aplastadas y con las medias destrozadas, me acurruqué debajo de un enorme carpe y me cubrí con la manta. Así, oculta, intenté desatar con los dientes los nudos de la cuerda que me rodeaba las muñecas, pero las había atado Hodgepile, y lo había hecho con una meticulosidad militar. Más allá de tratar de roer la cuerda misma como una ardilla, no conseguía avanzar.

Militar. Ese pensamiento hizo que recordara de repente quién era y dónde lo había visto antes. ¡Arvin Hodgepile! Había sido el actuario del almacén de la Corona en Cross Creek. Lo había visto un instante, hacía tres años, cuando Jamie y yo llevamos el cuerpo de una chica asesinada al sargento de la guarnición.

El sargento Murchison había muerto... y yo creía que Hodgepile también, en la conflagración que había destruido el almacén y su contenido. De modo que era un desertor. O bien había tenido tiempo de escapar del almacén antes de que estallara en llamas, o en realidad no estaba presente cuando aquello ocurrió. En cualquier caso, había sido lo bastante astuto como para darse cuenta de que podía aprovechar la oportunidad para desaparecer del ejército de Su Majestad, dejando que lo dieran por muerto.

Lo que había estado haciendo desde entonces también era evidente: había estado recorriendo el campo, robando, asaltando y matando... y reuniendo, en el camino, a un número de acompañantes con un pensamiento similar.

Aunque en ese preciso instante no parecía que compartieran las mismas ideas. Si bien ahora Hodgepile podía ser el autoproclamado líder de la pandilla, era bastante obvio que no llevaba mucho tiempo en ese puesto. No estaba acostumbrado a mandar, no sabía cómo manejar a sus hombres, salvo mediante las amenazas. Había conocido a muchos comandantes buenos y malos en mis tiempos, y reconocía la diferencia.

Podía escuchar a Hodgepile incluso en ese momento, gritando en alguna discusión lejana con alguien. Ya había visto antes a gente de su calaña, hombres malvados que podían, por un breve lapso, intimidar a los que tenían cerca mediante estallidos de violencia imprevisible. Pero no solían durar mucho tiempo... y yo dudaba que Hodgepile durara mucho más.

No duraría más que el tiempo que tardara Jamie en encontrarnos. Ese pensamiento me calmó como un trago de buen whisky. Seguramente Jamie ya estaría buscándome.

Me acurruqué con más fuerza bajo mi manta, temblando un poco. Jamie necesitaría luz para buscarme por la noche... Antorchas. Eso haría que él y su grupo fueran vulnerables si eran visibles desde el campamento. El campamento en sí, en cambio, no era visible; no había ninguna hoguera encendida, y los caballos y los hombres estaban dispersos por el bosque. Yo sabía que habían apostado centinelas; oía cómo se movían entre los árboles cada cierto tiempo, conversando en voz baja.

Pero Jamie no era tonto, me dije, tratando de alejar las visiones de emboscadas y masacres. Él sabría, por la frescura de los excrementos de los caballos, si estaba acercándose, y no se encaminaría directamente hacia el campamento con las antorchas encendidas. Si había rastreado al grupo hasta allí, entonces...

El sonido de unas suaves pisadas hizo que me quedara paralizada. Procedían de la dirección de mi primer lugar de descanso, y me oculté debajo de la manta como un ratón de campo con una comadreja a la vista.

Los pasos avanzaban y retrocedían con lentitud, como si alguien estuviera tanteando el camino a través de las hojas secas y las agujas de pino, buscándome. Contuve el aliento, aunque estaba segura de que nadie podía oírlo con el viento nocturno susurrando a través de las ramas.

Me esforcé por ver en la oscuridad, pero no pude distinguir otra cosa que una pálida silueta moviéndose entre los árboles, a unos diez metros de distancia. De repente se me ocurrió una idea: ¿podría ser Jamie? Si se había acercado lo suficiente como para localizar el campamento, era probable que se aproximara a pie, buscándome. Sentí un fuerte impulso de gritar, pero no me atreví. Si era Jamie, llamarlo revelaría su presencia a los bandidos. Si yo podía oír a los centinelas, sin duda ellos también podían oírme a mí.

Pero si no era Jamie, sino uno de los bandidos, que trataba de matarme sin hacer ruido...

Solté el aliento muy poco a poco, con cada músculo de mi cuerpo tenso y temblando. Hacía bastante frío, pero estaba bañada en sudor; podía oler mi propio cuerpo, el hedor del miedo mezclado con los aromas más fríos de la tierra y la vegetación.

La silueta se había esfumado, las pisadas habían desaparecido, y mi corazón golpeaba como un timbal. Las lágrimas que había contenido durante tantas horas brotaron calientes sobre mi cara, y sollocé, estremeciéndome en silencio.

La noche era inmensa a mi alrededor y la oscuridad estaba cargada de amenaza. Más arriba, las estrellas brillaban vigilantes en el cielo y, en algún momento, me dormí.

28

Maldiciones

Me desperté justo antes del amanecer, sucia, sudorosa, y con un fuerte dolor de cabeza. Los hombres ya estaban moviéndose, gruñendo por la falta de café o de desayuno.

Hodgepile se agachó a mi lado y me miró con los ojos entornados. Echó un vistazo al árbol bajo el que me había dejado la noche anterior y el profundo surco en el mantillo que había trazado al arrastrarme hacia mi ubicación actual. No dijo nada, pero su mandíbula inferior se comprimió en un gesto de desagrado.

Sacó el cuchillo del cinturón y sentí que la sangre abandonaba mi rostro. Sin embargo, no hizo más que arrodillarse y cortarme las ataduras, en lugar de seccionarme un dedo como forma de expresar sus emociones.

—Partimos dentro de cinco minutos —me informó, y se marchó sin decir nada más. Yo estaba temblando y sentía náuseas a causa del miedo; además, estaba tan rígida que casi no podía ponerme de pie. Pero logré incorporarme y, tambaleándome, recorrí la breve distancia que había hasta un pequeño arroyo. El aire era húmedo, y ahora tenía frío con mi enagua empapada de sudor, pero me eché un poco de agua fría en las manos y en la cara, y eso hizo que me sintiera un poco mejor y alivió el latido que notaba detrás del ojo derecho. Apenas tuve tiempo de arreglarme un poco, quitarme los harapos de las medias y pasarme los dedos mojados por el cabello, antes de que Hodgepile reapareciera para llevarme de nuevo con él.

Esta vez me pusieron sobre un caballo, pero no me ataron, gracias a Dios. Sin embargo, no permitieron que llevara las riendas; uno de los bandidos guiaba mi cabalgadura.

Era la primera oportunidad que tenía de echar un buen vistazo a mis captores, a medida que salían del bosque y se sacudían para arreglarse un poco, tosiendo, escupiendo y orinando en los árboles sin prestar atención a mi presencia. Además de Hodgepile, conté a doce hombres. Me resultó fácil identificar a Tebbe, puesto que, aparte de su gran altura, era mulato. Había otro mestizo —mitad negro, mitad indio—, pero era bajo y corpulento. Tebbe no me dirigió la mirada, sino que siguió con sus asuntos con la cabeza gacha y el entrecejo fruncido.

Qué desilusión; yo no sabía qué había ocurrido entre los hombres durante la noche, pero era evidente que la presión de Tebbe para que me soltaran ya no era tan insistente. Tenía la muñeca atada con un pañuelo con manchas de óxido; tal vez eso tenía algo que ver.

El joven que había guiado mi caballo la noche anterior también fue fácil de identificar, gracias a su pelo largo y tupido, pero él no se acercó, y también evitó mi mirada. Para mi sorpresa, era indio. No cherokee; ¿un tuscarora, tal vez? No me había dado cuenta de ello ni por su manera de hablar ni por sus rizos. Estaba claro que también era mestizo.

El resto de la pandilla estaba constituida por hombres más o menos blancos, aunque, en cualquier caso, era un grupo bastante variado. Tres de ellos no eran más que adolescentes desaliñados y desgarbados, casi imberbes. Éstos sí me miraron, con los ojos desorbitados y las mandíbulas abiertas, y codeándose entre sí. Los contemplé hasta que conseguí mirar a uno de ellos a los ojos y éste adquirió un subido tono escarlata debajo de sus ralas patillas y apartó la mirada.

Por suerte, la camisa que llevaba tenían mangas; me cubría bastante desde el cuello hasta la pantorrilla; pero no podía negar que me sentía incómoda y expuesta. La camisa estaba húmeda y se ceñía floja a la curva de mis pechos, una sensación de la que era incómodamente consciente. Deseé haber conservado la manta.

Los hombres giraban lentamente a mi alrededor, cargando los caballos, y tuve la sensación desagradable de que era el centro de atención, como el centro de una diana. Mi única esperanza era que me consideraran vieja y con aspecto de bruja, para que el hecho de que estuviera tan desarreglada les resultara repelente, en lugar de interesante; tenía el pelo suelto, despeinado y enmarañado alrededor de los hombros, como el de una bruja, y me sentía arrugada como una vieja bolsa de papel.

Me mantuve rígida y erguida en la montura, lanzando miradas furiosas a cualquiera que se atreviera a mirar siquiera en mi dirección. Un hombre parpadeó con cara de sueño al ver mi pierna desnuda, con una débil expresión de especulación, pero se desdijo de una manera evidente cuando se encontró con mis ojos clavados en los suyos.

Eso me proporcionó una momentánea sensación de lúgubre satisfacción, seguida casi de inmediato por la sorpresa. Los caballos habían comenzado a moverse, y cuando el mío, obediente, siguió al hombre que iba por delante, otros dos tipos aparecieron bajo un gran roble. Conocía a ambos.

Harley Boble estaba atando las cuerdas de una albarda, frunciendo el ceño al mismo tiempo que comentaba algo a otro hombre más corpulento. Boble era un excazador de ladrones, que ahora, al parecer, se había convertido en ladrón. Era pequeño y muy desagradable, y seguramente yo no le caía muy bien, debido a un suceso que había tenido lugar en una reunión algún tiempo atrás.

Yo no estaba nada contenta de verlo allí, aunque tampoco me sorprendió encontrarlo en semejante compañía. No obstante, cuando vi a su compañero, mi estómago vacío se contrajo y comencé a sentir un picor en la piel, como un caballo espantando moscas.

El señor Lionel Brown, de Brownsville.

Él levantó la mirada, me vio y se apresuró a darse la vuelta, con los hombros encorvados. Pero debió de darse cuenta de que lo había reconocido, porque volvió a girar la cara hacia mí, con sus delgados rasgos en una expresión de recelo y desafío. Tenía la nariz hinchada y descolorida, un bulto rojo oscuro visible incluso en esa luz grisácea. Me contempló un momento, luego asintió con la cabeza como en una especie de reticente reconocimiento, y, una vez más, se dio la vuelta.

Me animé a echar un vistazo por encima del hombro cuando nos internamos en el bosque, pero no pude volver a verlo. ¿Qué haría él allí? En su momento no había reconocido su voz, pero era evidente que había sido él quien había discutido con Hodgepile sobre si era aconsejable llevarme con ellos. ¡Con razón! Él no era el único preocupado por nuestro mutuo reconocimiento.

Lionel Brown y su hermano, Richard eran comerciantes, fundadores y patriarcas de Brownsville, un diminuto asentamiento en las colinas a unos setenta kilómetros del Cerro. Una cosa era que filibusteros como Boble o Hodgepile merodearan por la campiña, robando e incendiando, y otra muy distinta que los Brown de Brownsville les facilitaran un lugar para sus expolios. Lo último que querría el señor Lionel Brown era que yo consiguiera llegar hasta Jamie para explicarle en qué andaba metido.

Y era muy probable que intentara impedírmelo. El sol estaba ascendiendo y empezaba a calentar el aire, pero de pronto sentí frío, como si me hubieran arrojado a una fuente.

Los rayos de luz brillaban a través de las ramas, dorando los restos del rocío nocturno que cubrían los árboles y plateando los bordes goteantes de las hojas. En los árboles cantaban las aves, y un escribano saltaba y se rascaba en una franja de sol, sin prestar atención al paso de hombres y caballos. Todavía era demasiado temprano para moscas y mosquitos, y la suave brisa de la mañana me acariciaba la cara. Definitivamente, era una de esas perspectivas en las que sólo el hombre era vil.

La mañana transcurrió en calma, pero yo era consciente de la tensión que reinaba entre los hombres (aunque no más de la que yo padecía).

«Jamie Fraser, ¿dónde estás?», pensé, concentrándome con fuerza en el bosque que nos rodeaba. Cada susurro distante, cada ruido de ramita rota podría ser un presagio del rescate, y yo tenía los nervios destrozados de manera evidente por la ansiedad.

¿Dónde? ¿Cuándo? ¿Cómo? No tenía ni riendas, ni armas, y si —cuando— tuviera lugar un ataque sobre el grupo, mi mejor —bueno, la única posible— estrategia era bajarme del caballo y echar a correr. A medida que avanzábamos, yo iba analizando cada grupo de hamamelis, cada bosquecillo de abetos, divisando puntos de apoyo, trazando un sendero zigzagueante entre retoños y rocas.

No era sólo para un ataque de Jamie y sus hombres para lo que estaba preparándome; no podía ver a Lionel Brown, pero sabía que estaba cerca. Un punto entre mis omóplatos se tensó en un nudo, anticipando un cuchillo.

También prestaba atención a posibles armas potenciales: rocas de un tamaño adecuado, ramas que pudieran cogerse desde el suelo... Y cuando echara a correr, tenía la intención de no permitir que nadie me detuviera. Pero seguimos avanzando lo más rápido que podían los caballos, y los hombres miraban por encima del hombro una y otra vez, con las manos en las armas. En cuanto a mí, me veía obligada a renunciar a cada posible arma a medida que pasábamos por su lado y la perdíamos de vista.

Para mi gran desilusión, llegamos al desfiladero cerca del mediodía sin ningún incidente.

Yo lo había visitado una vez con Jamie. La catarata caía desde veinte metros de altura por una pared de granito, salpicada del arcoíris y rugiendo con la voz del arcángel Miguel. Frondas de amaranto y añil silvestre cubrían las cascadas, y había álamos amarillos sobre el río, debajo de la catarata, tan tupidos que tan sólo algún que otro resplandor furtivo de la superficie del agua lograba atravesar la exuberante vegetación de la orilla. Hodgepile, desde luego, no había ido hasta allí para admirar la belleza panorámica de aquel lugar.

—Desmonte. —Una voz ronca habló cerca de mi codo; bajé la mirada y me topé con Tebbe—. Haremos que los caballos crucen a nado. Usted venga conmigo.

—Yo la llevaré. —Mi corazón me subió a la garganta al oír una gruesa voz nasal. Era Lionel Brown, que se abría paso a través del follaje de una planta trepadora, con sus ojos oscuros clavados en mí.

—Tú, no. —Tebbe se volvió hacia Brown, con el puño cerrado.

—Tú, no —repetí con firmeza—. Voy con él. —Me bajé del caballo y de inmediato me refugié detrás de la amenazadora corpulencia del gran mulato, observando a Brown desde debajo del brazo de Tebbe.

No me hacía la más mínima ilusión respecto a las intenciones de Brown. Él no se arriesgaría a asesinarme en presencia de Hodgepile, pero podía —y lo haría— ahogarme con suma facilidad, y luego sostener que había sido un accidente. El río era poco profundo en esa zona, pero tenía mucha fuerza; desde donde yo me encontraba oía su rugido contra las rocas cerca de la orilla.

Los ojos de Brown miraron a la derecha y luego a la izquierda para calcular si valía la pena intentarlo, pero Tebbe encorvó sus inmensos hombros y Brown decidió que no. Resopló, escupió a un lado y se marchó furioso, rompiendo ramitas.

Tal vez no volviera a tener una oportunidad tan buena como ésa. Sin esperar a que se desvaneciera el ruido de la enfurruñada partida de Brown, deslicé una mano sobre el codo del gran hombre y le apreté el brazo.

—Gracias —dije en voz baja—. Por lo que hiciste anoche. ¿Tu herida es muy profunda?

Él me miró, con una evidente expresión de temor en el rostro. Estaba claro que el hecho de que yo lo tocara lo había desconcertado; sentí la tensión en su brazo mientras él trataba de decidir si apartarse de mí o no.

—No —contestó por fin—. Estoy bien. —Vaciló un momento, pero luego sonrió inseguro.

Lo que Hodgepile intentaba hacer era obvio; estaban guiando a los caballos, de uno en uno, por un estrecho sendero que bordeaba la escarpadura. Nos encontrábamos a casi dos kilómetros de la catarata, pero su fuerte estrépito seguía resonando en el aire. Los lados del desfiladero caían en picado hasta el agua, a más de quince metros de altura, y la orilla opuesta era también empinada y estaba repleta de vegetación.

Una gruesa maraña de arbustos ocultaba el borde de la orilla, pero pude ver que el río se abría y se hacía más lento a medida que se reducía su profundidad. Al no haber corrientes peligrosas, era posible conducir a los caballos río abajo y pasar a la otra orilla en algún otro punto. Cualquiera que hubiera logrado seguirnos hasta el desfiladero perdería el rastro y le costaría mucho encontrarlo al otro lado.

Con esfuerzo, dejé de mirar hacia atrás en busca de señales de una persecución inminente. Mi corazón latía a toda velocidad. Si Jamie estaba cerca, esperaría y atacaría a mis captores cuando entraran en el agua, donde serían más vulnerables. Incluso aunque él aún no estuviera cerca, el mismo cruce del río crearía una gran confusión. Si alguna vez tenía la oportunidad de escapar, era ésa...

—No deberías ir con ellos —le comenté a Tebbe—. Tú también morirás.

El brazo que estaba bajo mi mano se agitó convulsivamente. Él me miró con los ojos muy abiertos. Tenía las escleróticas amarillas de ictericia, y el iris irregular, lo que confería a su mirada una extraña cualidad turbia.

—Le he dicho la verdad, ¿sabes? —señalé, alzando la barbilla a Hodgepile, que era visible en la distancia—. Morirá. Así como todos los que lo acompañan. Pero no es necesario que tú también mueras.

Él murmuró algo entre dientes y se llevó un puño al pecho. Llevaba algo colgado de un hilo, debajo de la camisa; no sabía si era una cruz o algún amuleto más pagano, pero parecía que estaba reaccionando bien a la sugestión.

Tan cerca del río, el ambiente era muy húmedo y olía a vegetación y a agua.

—El agua es mi amiga —dije, tratando de conseguir un aire de misterio apropiado para una hechicera. No mentía bien, pero lo hacía para sobrevivir—. Cuando entremos en el río, suéltame. Surgirá un caballo de agua y me llevará con él.

Sus ojos se abrieron cuanto era posible. Era evidente que había oído hablar de los kelpies, o de algo parecido. A pesar de la distancia que nos separaba de la catarata, si se querían escuchar, se oían voces aun con el estruendo del agua.

—Yo no voy a ningún sitio con un caballo de agua —dijo él con convicción—. Sé cómo son. Te llevan al fondo, hacen que te ahogues y luego te engullen.

—A mí no me comerá —lo tranquilicé—. No es necesario que te acerques a él. Sólo apártate cuando estemos en el agua. Mantente lejos.

Si lo hacía, yo estaría bajo el agua, nadando para salvar la vida, en un abrir y cerrar de ojos. Estaba dispuesta a apostar que la mayoría de los bandidos de Hodgepile no sabían nadar; en la montaña eran pocos los que sabían. Flexioné los músculos de las piernas, preparándome, y el dolor y la tensión desaparecieron en un torrente de adrenalina.

La mitad de los hombres ya estaban al otro lado con los caballos. Pensé que podía hacer que Tebbe se demorase hasta que el resto ya estuviera en el agua. Incluso aunque no me ayudara deliberadamente en mi huida, si podía liberarme de él, estaba segura de que no trataría de atraparme.

Tiró de mi brazo sin ganas, y yo de repente me detuve.

—¡Ay! Espera, he pisado una espina.

Levanté un pie y a continuación me examiné la planta. Debido a la tierra y la resina que se habían adherido a ella, nadie hubiese sido capaz de saber con seguridad si me había clavado una bardana, la espina de una zarzamora, o incluso el clavo de una herradura.

—Tenemos que seguir, mujer. —Yo no sabía si era mi proximidad, el estruendo del agua, o la idea de caballos de agua lo que alteraba a Tebbe, pero estaba tan nervioso que sudaba; su olor había pasado del simple almizcle a algo más intenso y acre.

—Un momento —dije, fingiendo que buscaba algo en el pie—. Casi lo tengo.

—Déjelo. Yo la llevaré.

Tebbe respiraba con gran dificultad, primero mirándome a mí y luego el borde del desfiladero donde el sendero desaparecía entre la maleza, como si temiera que Hodgepile regresara.

Pero no fue Hodgepile el que salió de entre los arbustos, sino Lionel Brown, con un gesto decidido en la cara y dos hombres jóvenes detrás de él, igualmente resueltos.

—Yo la llevaré —dijo sin preámbulos, agarrándome del brazo.

—¡No! —exclamó Tebbe y, como un acto reflejo, me agarró el otro brazo y tiró.

A continuación, se produjo un tira y afloja bastante poco digno, con Tebbe y Brown tirando cada uno de uno de mis brazos. Antes de que me partieran como un hueso, por suerte, Tebbe cambió de táctica. Me soltó el brazo, aunque me cogió el cuerpo y me estrechó entre sus brazos, al mismo tiempo que pateaba a Brown con un pie.

El resultado de esa maniobra fue que Tebbe y yo cayéramos hacia atrás en una desordenada maraña de brazos y piernas, mientras Brown también perdía el equilibrio, aunque al principio yo no me di cuenta. Sólo advertí un fuerte grito y ruidos de caída, seguidos de un golpe y el estrépito de piedras que descendían por una ladera rocosa.

Me solté de Tebbe y empecé a arrastrarme, para ver al resto de los hombres agrupados en torno a una franja de los arbustos aplastada de manera amenazadora al borde del desfiladero. Uno o dos estaban buscando cuerdas y gritando órdenes contradictorias, por lo que deduje que el señor Brown había caído por el desfiladero, aunque todavía no lo daban por muerto.

Cambié con rapidez de rumbo, con la intención de zambullirme de cabeza en la vegetación, pero me topé con un par de botas resquebrajadas, que pertenecían a Hodgepile. Me agarró del cabello y tiró, haciendo que soltara un alarido y lo atacara de modo reflejo. Le di en el estómago. Él lanzó un gemido y quedó con la boca abierta, tratando de recuperar el aliento, pero no me soltó el pelo, que apretaba con mucha fuerza.

Mirándome con furia, me soltó y me empujó hacia el borde del desfiladero con la rodilla. Uno de los más jóvenes estaba aferrado a los arbustos, buscando con cuidado algún punto de apoyo en la pendiente, con una cuerda atada en la cintura y otra enrollada en el hombro.

—¡Maldita cabrona! —gritó Hodgepile, clavándome los dedos en el brazo mientras se inclinaba sobre los arbustos aplastados—. ¿Qué pensaba hacer, so puta?

Daba brincos en el borde del desfiladero como Rumpelstiltskin,[4] agitando los puños e insultando indistintamente a su maltrecho socio y a mí, mientras se iniciaba la operación de rescate. Tebbe se había retirado a una distancia prudente, desde donde miraba todo con una expresión ofendida.

Por fin subieron a Brown, que estaba gimiendo con fuerza, y lo colocaron sobre la hierba. Los hombres que aún no estaban en el río se reunieron a su alrededor, enfadados y nerviosos.

—¿Va a curarlo, hechicera? —preguntó Tebbe, mirándome con escepticismo. No sabía si quería provocar dudas sobre mis habilidades, o sólo sobre si ayudaría a Brown, pero asentí con cierta indecisión, y di un paso adelante.

—Supongo que sí. —Un juramento era un juramento, aunque me pregunté si alguna vez Hipócrates se había encontrado en una situación semejante. Casi con toda seguridad; los antiguos griegos también eran bastante violentos.

Los hombres me dejaron pasar sin problemas; una vez que habían sacado a Brown del desfiladero, era obvio que no tenían ni idea de qué hacer.

Lo examiné con rapidez. Además de múltiples cortes, contusiones y una gruesa capa de polvo y barro, el señor Lionel Brown se había fracturado la pierna izquierda al menos por dos sitios, se había roto la muñeca izquierda, y probablemente se había aplastado un par de costillas. Sólo una de las fracturas de la pierna era abierta, pero tenía muy mal aspecto; un extremo irregular del fémur asomaba a través de la piel y los pantalones, rodeado de un charco rojo que no dejaba de aumentar.

Por desgracia, no se había cercenado la arteria femoral, porque en ese caso ya habría muerto. De todas formas, parecía que por el momento Brown había dejado de ser una amenaza personal para mí, lo que estaba muy bien.

---

[4] Protagonista de un cuento de hadas adaptado más tarde por los hermanos Grimm. *(N. del t.)*

Como no disponía de ninguna clase de equipo ni tampoco de medicinas, salvo varios pañuelos sucios para el cuello, una rama de pino y algo de whisky de una cantimplora, mis atenciones eran necesariamente limitadas.

Me las arreglé —con no poca dificultad y una buena cantidad de whisky— para más o menos enderezar el fémur y entablillarle el muslo sin que muriera por el shock, que no era poco, dadas las circunstancias.

Pero era una tarea difícil y yo murmuraba entre dientes, algo que hacía sin darme cuenta, hasta que levanté la mirada y vi que Tebbe estaba en cuclillas al otro lado del cuerpo de Brown, contemplándome con interés.

—Ah, lo está maldiciendo —dijo en tono de aprobación—. Sí, es una buena idea.

Los ojos del señor Brown se abrieron de inmediato y casi se le salieron de las órbitas. Estaba prácticamente fuera de sí a causa del dolor, y, a esas alturas, del todo ebrio, aunque no tanto como para pasar por alto ese comentario.

—Haz que pare —dijo con voz ronca—. ¡Ven, Hodgepile, haz que pare! ¡Haz que retire la maldición!

—Ya voy, ¿qué hace? ¿Qué ha dicho, mujer? —Hodgepile se había calmado un poco, pero aquello reavivó su mal humor. Extendió el brazo y me agarró la muñeca justo cuando estaba tanteando el torso lastimado de Brown. Era la muñeca que me había torcido con tanta fuerza el día anterior, y una punzada de dolor me ascendió por el antebrazo.

—¡Si quieres saberlo, creo que he dicho «por los clavos de Roosevelt»! —repliqué—. ¡Suéltame!

—¡Es lo mismo que dijo cuando te maldijo! ¡Aléjala de mí! ¡No dejes que me toque! —Asustado, Brown intentó arrastrarse lejos de mí, una mala idea para un hombre con fracturas recientes. Palideció como un muerto bajo las manchas de barro, y puso los ojos en blanco.

—¡Mirad! ¡Está muerto! —exclamó uno de los curiosos—. ¡Lo ha hecho ella! ¡Ella lo ha hechizado!

En ese instante se formó un alboroto entre la aprobación verbalizada de Tebbe y sus partidarios, mis propias protestas y los gritos de preocupación de los amigos y los conocidos del señor Brown, uno de los cuales se puso en cuclillas junto al cuerpo y acercó el oído al pecho.

—¡Está vivo! —exclamó el hombre—. ¡Tío Lionel! ¿Estás bien?

Lionel Brown gimió con fuerza y abrió los ojos, aumentando aún más el alboroto. El joven que lo había llamado «tío» sacó de su cinturón un cuchillo de grandes dimensiones y me apuntó con él. Tenía los ojos tan abiertos que se le veía toda la esclerótida.

—¡Atrás! —me amenazó—. ¡No lo toque!

Levanté las manos, con las palmas hacia fuera, en un gesto de negación.

—¡Muy bien! —repliqué—. ¡No lo haré!

En realidad, ya era poco lo que podía hacer por Brown. Había que mantenerlo caliente, seco e hidratado, pero algo me decía que Hodgepile no estaría abierto a tales sugerencias.

No lo estaba. Con unos furiosos y reiterados alaridos, sofocó la incipiente rebelión y luego declaró que cruzaríamos el desfiladero, y con rapidez.

—Ponedlo en una camilla —dijo con impaciencia, como respuesta a las protestas del sobrino de Brown—. En cuanto a usted... —Se lanzó sobre mí, mirándome con furia—. ¿No se lo dije? ¡Le dije que nada de trucos!

—Mátala —pidió Brown desde el suelo, con voz ronca—. Mátala ahora.

—¿Matarla? Eso no va a ocurrir, amigo. —Los ojos de Hodgepile relampaguearon de maldad—. Para mí, ella no representa un riesgo mayor viva que muerta... y me resulta mucho más beneficiosa viva. Pero la meteré en cintura.

Él siempre tenía el cuchillo cerca. Lo sacó en un instante y me agarró la mano. Antes de que yo pudiera siquiera respirar, sentí que la hoja presionaba y me hacía un corte en la base del dedo índice.

—Recuerda lo que le dije, ¿verdad? —jadeó, con una expresión suave de anticipación—. No la necesito entera.

Sí, lo recordaba; sentí un vacío en el estómago, y la garganta tan seca que no pude hablar. Me ardía la piel donde él me había cortado, y el dolor relampagueaba a través de mis nervios; la necesidad de dar un tirón y alejarme de la hoja era tan fuerte que los músculos de mi brazo se agarrotaron.

Pude imaginar con nitidez el muñón chorreante, la impresión del hueso roto, la carne arrancada, el horror de la pérdida irreparable.

Pero detrás de Hodgepile, Tebbe se había puesto en pie. Su mirada extraña y borrosa se había centrado en mí, con una expresión de temor y fascinación. Vi que su mano se cerraba en un puño, que la garganta se le movía cuando tragó saliva, y sentí que la saliva también regresaba a la mía. Si quería conservar su protección, debía mantener su fe en mí.

Clavé los ojos en los de Hodgepile, y me incliné hacia él. Mi piel tembló y se estremeció, y la sangre rugió en mis oídos con más fuerza que las cataratas, pero abrí los ojos todo lo que pude. Los ojos de una bruja, como alguien había dicho.

Con extrema lentitud, levanté la mano libre, todavía húmeda por la sangre de Brown, y extendí los dedos ensangrentados hacia la cara de Hodgepile.

—Lo recuerdo —respondí en un ronco susurro—. ¿Tú recuerdas lo que dije yo?

Él lo recordaba. Vi el brillo de la decisión en sus ojos, pero antes de que pudiera empujar con el cuchillo, el indio joven de cabello tupido saltó hacia delante y le agarró la mano con un grito de horror. Distraído, Hodgepile dejó de apretarme y yo me solté.

En un instante, Tebbe y dos hombres más saltaron hacia delante, con las manos en los cuchillos y en las culatas de las pistolas.

El delgado rostro de Hodgepile estaba lleno de furia, pero el momento de violencia incipiente había quedado atrás. Él bajó su propio cuchillo y la amenaza disminuyó.

Abrí la boca para decir algo que pudiera desestabilizar la situación un poco más, pero me lo impidió un grito de pánico del sobrino de Brown.

—¡No dejes que hable! ¡Nos maldecirá a todos!

—Al demonio con eso —exclamó Hodgepile, cuya furia se había convertido en mera irritación.

Yo había usado varios pañuelos para atar la tablilla de Brown. Hodgepile se agachó y cogió uno del suelo, formó una pelota con él y dio un paso adelante.

—Abre la boca —pidió lacónicamente y, agarrándome la mandíbula con una mano, me la abrió y me metió el paño hecho una bola. Lanzó una mirada desafiante a Tebbe, quien había realizado un rápido movimiento hacia mí—. No voy a matarla, pero no dirá una palabra más. Ni a él —señaló a Brown con un gesto, y luego a Tebbe—, ni a ti. Ni a mí. —Volvió a mirarme y, para mi sorpresa, vi cierta inquietud en sus ojos—. A nadie.

Tebbe parecía inseguro, pero Hodgepile ya estaba atando su propio pañuelo alrededor de mi cabeza, amordazándome por completo.

—Ni una palabra —repitió, lanzando una mirada al resto—. Ahora, ¡vamos!

Cruzamos el río. Para mi sorpresa, Lionel Brown sobrevivió, pero fue un trayecto muy lento, y, cuando acampamos a tres kilómetros del desfiladero, en el extremo opuesto, el sol ya había descendido.

Todos estaban mojados, y encendieron una fogata sin discusiones. El disentimiento y la desconfianza seguían presentes, pero el río y el agotamiento los habían amortiguado. Todos estaban demasiado cansados como para seguir peleando.

Me habían atado las manos, aunque no con demasiada fuerza, y me habían dejado los pies libres. Me acerqué hasta un tronco caído cerca del fuego y me senté, completamente exhausta. Estaba mojada y sentía frío, mis músculos temblaban de cansancio y, por primera vez, me pregunté si Jamie me encontraría.

Tal vez había seguido al grupo equivocado de bandidos. Quizá los había encontrado y atacado, y lo habían herido o matado en la lucha. Yo tenía los ojos cerrados, pero volví a abrirlos, tratando de evitar las visiones que ese pensamiento conjuraba. Todavía seguía preocupada por Marsali, pero no tenía modo de saber si la habrían encontrado a tiempo o no; en cualquier caso, su suerte estaba echada.

Como mínimo, el fuego ardía bien. Helados, mojados y deseosos de comida caliente, los hombres habían traído un inmenso montón de leña. Un negro de baja estatura que se mantenía en silencio estaba avivando el fuego, mientras dos de los adolescentes revisaban los paquetes en busca de comida. Pusieron una olla al fuego con un pedazo de carne salada, y el joven indio de la melena como un león echó harina de maíz en un cuenco con un poco de manteca de cerdo. Otro poco de manteca chisporroteaba en una plancha de hierro al derretirse y convertirse en grasa. Olía muy bien.

La saliva me inundó la boca, aunque de inmediato fue absorbida por la bola de tela, y a pesar de la incomodidad, el olor de la comida me animó un poco. Mi corsé, que se había soltado por el viaje de las últimas veinticuatro horas, había vuelto a ajustarse cuando los cordones mojados se secaron y se encogieron. Me picaba la piel debajo de la tela, pero las finas varillas de la estructura me daban una cálida sensación de apoyo en aquel momento.

Los dos sobrinos de Brown (Aaron y Moses, según había oído) entraron en el campo cargando una camilla improvisada que se hundía en el medio. La colocaron con alivio junto al fuego, lo que provocó un fuerte alarido del trasladado.

Aunque Brown había sobrevivido tras cruzar el río, en realidad no le había sentado nada bien. Desde luego, yo les había dicho que había que mantenerlo hidratado. La idea me irritó, por cansada que estuviera, y lancé un amortiguado resoplido por debajo de la mordaza.

Uno de los muchachos me oyó, y trató de buscar el nudo de la mordaza, pero dejó caer la mano de inmediato cuando Hodgepile le ladró:

—¡Déjala!

—Pero... ¿no tiene que comer, Hodge? —El muchacho me miró con inquietud.

—No, ahora no. —Hodgepile se puso en cuclillas delante de mí y me miró de arriba abajo—. Ya has aprendido la lección, ¿verdad?

No me moví. Sólo me quedé sentada y lo miré, con el mayor desprecio que pude mostrar en mis ojos. El corte de mi dedo ardía, las palmas habían empezado a transpirar... pero lo miré fijamente.

Él trató de devolverme la mirada, pero no pudo; no conseguía mantener los ojos quietos. Eso lo enfureció todavía más, y sus mejillas adquirieron un profundo tono rojizo.

—¡Deje de mirarme!

Parpadeé lentamente una vez, y seguí mirándolo, con lo que esperaba que pareciera un desapasionamiento interesado. Nuestro señor Hodgepile estaba bastante crispado. Círculos oscuros debajo de los ojos, fibras musculares rodeándole la boca como líneas talladas en madera. Manchas húmedas de sudor en las axilas. La intimidación constante debe de resultar agotadora.

De inmediato, se puso en pie, me agarró del brazo y me obligó a incorporarme.

—La pondré donde no pueda mirarme, puta —murmuró, e hizo que me marchara al otro lado del fuego a empujones.

Algo alejado del campamento, encontró un árbol que le gustaba. Me desató las manos y volvió a anudarlas con un lazo que me rodeaba la cintura y me estrechaba las manos contra el cuerpo. Luego me empujó hasta que me hizo sentar, formó una tosca horca con un nudo corredizo y me la colocó alrededor del cuello; a continuación, ató el extremo libre al árbol.

—Así no podrá alejarse —dijo, apretando el rugoso cáñamo contra mi cuello—. No sería bueno que se perdiera. Podría comerla un oso, y entonces ¿qué, eh?

Eso hizo que recuperara el humor; se rió sin poder contenerse, y seguía lanzando risitas cuando se marchó. Pero se volvió para echarme una última mirada. Yo me senté erguida, contemplándolo, y el humor lo abandonó de repente. Se dio la vuelta y se alejó, con los hombros tan duros como la madera.

A pesar del hambre, de la sed y de la incomodidad general, en realidad tuve una profunda, aunque momentánea, sensación de alivio. Aunque no estaba sola, al menos nadie me observaba, e incluso aquel ápice de intimidad resultaba un bálsamo. Me encontraba a casi veinte metros de la hoguera, fuera de la vista de todos los hombres. Me apoyé en el tronco del árbol y los músculos de mi cara y de mi cuerpo cedieron todos a la vez, y me sobrecogió un escalofrío, aunque no hacía frío.

Pronto. Sin duda Jamie me encontraría pronto. A menos que... alejé la duda de mi mente como si fuera un escorpión venenoso. Lo mismo hice con cualquier pensamiento sobre qué le habría ocurrido a Marsali, o lo que podría suceder si él nos encontraba... No, cuando él nos encontrara. No sabía cómo lo haría, pero lo haría. Nos encontraría.

El sol ya casi se había puesto; las sombras aumentaban bajo los árboles y la luz desaparecía lentamente del cielo, haciendo que los colores se difuminaran y que los objetos sólidos perdieran profundidad. En alguna parte, no lejos de allí, se oía el flujo del agua y los ocasionales cantos de los pájaros en los árboles lejanos, que comenzaron a callarse a medida que la noche empezó a ser más fría, reemplazados por los crecientes chirridos de unos grillos más próximos. Mis ojos percibieron un veloz movimiento, y a unos pocos metros vi un conejo gris como el crepúsculo, retorciendo la nariz, sentado sobre las patas traseras debajo de un arbusto que se hallaba a unos metros de distancia.

La normalidad de la escena hizo que me ardieran los ojos. Parpadeé para alejar las lágrimas, y el conejo desapareció.

Verlo había hecho que recuperara un poco el ánimo. Ensayé algunos experimentos para verificar mis ataduras. Tenía las piernas libres, lo que era bueno. Podía levantarme hasta una postura no muy digna en cuclillas, y moverme como un pato alrededor del árbol. Todavía mejor: tenía la posibilidad de orinar en privado al otro lado.

Sin embargo, no podía incorporarme del todo, ni acceder al nudo de la cuerda que rodeaba el tronco del árbol: o bien la cuerda resbalaba o se atascaba en la corteza, pero en cualquier caso, el nudo siempre quedaba al otro lado del tronco, que tenía unos noventa centímetros de diámetro.

Había unos sesenta centímetros de cuerda entre el tronco y la horca en torno a mi cuello, lo suficiente como para poder tumbarme, o girar a un lado o al otro. Era bastante evidente que Hodgepile conocía bien los métodos para dominar a los cautivos; pensé en la casa de los O'Brian y en los dos cuerpos que había allí. Y en los dos hijos mayores que habían desaparecido. Un pequeño estremecimiento volvió a recorrer mi cuerpo.

¿Dónde estaban? ¿Los habrían vendido a alguna de las tribus indias como esclavos? ¿O llevado a un burdel para marineros de los pueblos costeros? ¿O a un barco, para que luego los usaran en las plantaciones de azúcar de las Indias?

No me hacía ninguna ilusión que a mí me aguardara alguno de esos destinos pintorescos y desagradables. Yo era demasiado vieja, ruidosa y notoria. No, el único valor que tenía para Hodgepile era que sabía dónde estaban las reservas de whisky. Una vez que él estuviera a la distancia suficiente como para olfatearlo, me cortaría el cuello sin vacilar.

El aroma de carne asada flotó en el aire y me inundó la boca con más saliva, un alivio bienvenido, pese al rugido de mi estómago, puesto que la mordaza me secaba la boca.

Una sacudida de pánico hizo que los músculos se tensaran. No quería pensar en la mordaza. O en las cuerdas alrededor de las muñecas y el cuello. Sería demasiado fácil sucumbir al pánico del aislamiento y agotarme en una lucha inútil. Tenía que conservar mis fuerzas; no sabía cuándo ni cómo podría precisarlas, pero seguramente lo haría. «Pronto —recé—. Ójala sea pronto.»

Los hombres se habían dispuesto para cenar. Estaban tan lejos que no podía escuchar detalles concretos de su conversación, sino sólo alguna frase o palabra suelta que me llegaba con la brisa nocturna. Giré la cabeza para que el viento me apartara el pelo de la cara, y descubrí que por encima del lejano desfiladero podía ver una franja larga y estrecha de cielo, que había adquirido un tono azul intenso y extraterrenal, como si la frágil capa de atmósfera que cubría la tierra se volviera aún más delgada, y la oscuridad del espacio más allá brillara a través de ella.

Las estrellas comenzaron a aparecer, una a una, y logré perderme en su observación, contándolas a medida que surgían, una a una... tocándolas como haría con las cuentas de un rosario, y recitando para mí misma las constelaciones y estrellas que conocía, cosa que resultaba reconfortante, incluso a pesar de que no tenía la menor idea de si esos nombres tenían alguna relación con los cuerpos celestes que veía. Alfa Centauro, Deneb, Sirio, Betelgeuse, las Pléyades, Orión...

Logré calmarme hasta tal punto que dormité un poco, pero me desperté algo después, cuando ya había oscurecido del todo. La luz del fuego proyectaba un vacilante resplandor a través de los arbustos, trazando en mis pies sombras rosadas. Me moví y me desperecé lo mejor que pude, tratando de aliviar la tensión de la espalda, y preguntándome si Hodgepile ya se sentía a salvo y por eso había dejado que hicieran una fogata tan grande.

Un fuerte gemido llegó hasta mí con el viento: era Lionel Brown. Hice una mueca, pero no había nada que pudiera hacer por él en mi situación actual.

Oí ruidos de movimientos y murmullos; alguien estaba ayudándolo.

—... caliente como un revólver... —dijo una voz ligeramente preocupada.

—¿... traigo a la mujer...?

—No —replicó una voz clara. Hodgepile. Suspiré.

—... agua. No hace falta ayuda para eso...

Yo estaba escuchando con tanta atención lo que ocurría junto al fuego, que pasó un buen rato hasta que advertí unos ruidos en los arbustos más cercanos. No eran animales; sólo los osos harían tanto ruido, y éstos no reían. Las risas disminuyeron; no sólo se amortiguaron, sino que empezaron a interrumpirse.

También había susurros, aunque no alcancé a distinguir casi ninguna palabra. De todas formas, como el ambiente era de una excitada conspiración juvenil, supe que debían de ser algunos de los miembros más jóvenes de la pandilla.

—... ¡Vamos, venga! —pude oír, pronunciado en un tono vehemente y acompañado de un estrépito, que indicaba que alguien había sido empujado contra un árbol. Luego otro ruido, que indicaba una revancha.

Más crujidos. Susurro, susurro, risita, bufido. Me senté erguida, preguntándome en nombre de Dios qué tramarían.

Entonces oí «no tiene las piernas atadas...» y mi corazón dio un pequeño vuelco.

—Pero y si... —Balbuceo, balbuceo.

—No importa. No puede gritar.

Eso último lo oí con mucha claridad, y empujé con los pies para tratar de incorporarme, pero me lo impidió la horca que me rodeaba el cuello. La sentí como una barra de hierro contra la tráquea, y caí hacia atrás, viendo manchones rojos como sangre en el costado de los ojos.

Sacudí la cabeza e inspiré con fuerza, tratando de deshacerme del mareo, mientras la adrenalina corría por mis venas. Sentí una mano en el tobillo y pateé con violencia.

—¡Eh! —dijo él en voz alta, sorprendido.

Apartó la mano de mi tobillo y se echó hacia atrás. Mi visión estaba aclarándose; ya podía verlo, pero la luz del fuego estaba detrás de él; era uno de los muchachitos, pero no más que una silueta agachada y sin rostro frente a mí.

—Chisss —dijo, y rió nervioso, extendiendo una mano hacia mí.

Lancé un profundo gruñido desde detrás de la mordaza, y él se detuvo, paralizado en la mitad del gesto. Entonces oí un crujido en los arbustos. Eso pareció recordarle que su amigo —o sus amigos— estaban observándolo, y él volvió a extender el brazo con renovada determinación, palmeándome el muslo.

—No se preocupe, señora —susurró, mientras se acercaba en cuclillas—. No quiero hacerle daño.

Resoplé, y él volvió a vacilar, pero entonces otro crujido desde los arbustos hizo que su decisión fuera más segura, y me agarró de los hombros, tratando de tumbarme. Me debatí con fuerza al tiempo que lo pateaba con pies y rodillas, y él me soltó, perdió el equilibrio y cayó de lado.

Una amortiguada explosión de risas desde el arbusto hizo que se pusiera en pie como un resorte. Extendió el brazo con decisión, me agarró los tobillos y tiró con fuerza, haciendo que cayera hacia atrás. Luego se subió encima de mí, sujetándome con su peso.

—¡Silencio! —ordenó en mi oído.

Sus manos trataban de llegar a mi garganta, y yo me retorcí y me debatí bajo su peso, intentando quitármelo de encima. Pero me apretó el cuello, y me detuve cuando empecé a ver todo negro de nuevo.

—Silencio —repitió, ahora en voz más baja—. Cállese, señora, ¿de acuerdo? —Yo emitía pequeños ruidos de asfixia, que él debió de interpretar como un asentimiento, puesto que aflojó la presión—. No voy a hacerle daño, señora, en serio —susurró, tratando de mantenerme contra el suelo con una mano mientras metía la otra entre los dos—. ¿Puede quedarse quieta, por favor?

Pero no acepté, y él finalmente me puso el antebrazo en la garganta y se apoyó en él. No lo hizo con tanta fuerza como para conseguir que me desvaneciera otra vez, pero sí como para obligarme a detenerme un poco. Era delgado y musculoso, pero muy fuerte, y a base de decisión, logró subirme la camisa y clavar la rodilla entre mis muslos.

Estaba respirando casi con tanto esfuerzo como yo, y pude oler el hedor cabrío de su excitación. Me había soltado la garganta y sus manos me agarraban febrilmente los pechos de una manera que dejaba bastante claro que el único pecho que había tocado hasta entonces era casi con toda seguridad el de su madre.

—Silencio, no se asuste, señora, está todo bien, yo no... oh. Oh, Dios. Yo... ah... oh. —Su mano estaba tanteando entre mis muslos, pero se detuvo un momento cuando se apartó un instante y se bajó los pantalones.

Luego se derrumbó pesadamente sobre mí y sus caderas bombearon con frenesí en un enloquecido embate, sin tener contacto alguno, salvo el de la fricción, puesto que, como era evidente, no tenía la menor idea de en qué consistía la anatomía femenina. Me quedé inmóvil, paralizada por el aturdimiento, y entonces sentí un líquido caliente debajo de los muslos cuando él se perdió en un éxtasis jadeante.

Toda la tensión y el nerviosismo lo abandonaron de repente, y cayó sobre mi pecho como un globo desinflado. Pude sentir su joven corazón golpeando como un martillo, y su sien bañada en sudor contra mi mejilla.

La intimidad de ese contacto me resultaba tan intolerable como la presencia cada vez más blanda encajada entre mis piernas, de modo que me volví bruscamente hacia un lado y me lo quité de encima. El tipo de repente regresó a la vida y se puso de rodillas tirando de sus pantalones caídos.

Se balanceó adelante y atrás durante un momento, después cayó de pies y manos y se arrastró hasta mí.

—Lo siento mucho, señora —susurró.

No me moví lo más mínimo, y después de una pausa, él extendió una mano tentativa y me palmeó suavemente el hombro.

—De verdad que lo siento —repitió, sin dejar de susurrar, y luego desapareció, dejándome tumbada sobre un charco, preguntándome si un ataque tan incompetente podía ser considerado una violación legítima.

Un crujido distante en los arbustos, acompañado por gritos amortiguados de joven deleite masculino, hicieron que me decidiera firmemente por el sí. Por Dios, el resto de aquellas asquerosas bestias se abalanzarían sobre mí en cualquier momento. Paralizada por el pánico, me senté erguida, teniendo la horca presente.

El resplandor del fuego era irregular y titilante, apenas suficiente para distinguir los troncos de los árboles y la pálida capa de agujas y musgo en el suelo. Sin embargo, eran visibles las protuberancias de las piedras de granito a través de la capa de hojas y el montículo ocasional de una rama caída. La falta de posibles armas no tenía ninguna importancia, puesto que mis manos seguían firmemente atadas.

El peso del joven asaltante había empeorado las cosas; los nudos se habían ceñido con más fuerza durante la lucha, y mis manos latían por la falta de circulación. Sentía que las yemas de los dedos empezaban a adormecerse. Por todos los diablos. ¿Acaso iba a perder varios dedos por la gangrena, como resultado de ese absurdo?

Por un instante, consideré si sería aconsejable adoptar una actitud complaciente con el siguiente y horrible muchachito, con la esperanza de que me quitara la mordaza. Si lo hacía, al menos podría rogarle que aflojara las cuerdas... y luego pediría socorro a gritos, con la esperanza de que Tebbe se presentara e impidiera nuevos ataques, por miedo a mi venganza sobrenatural.

A continuación se oyó un crujido en los arbustos. Apreté los dientes en la mordaza y levanté la mirada, pero vi que la silueta oscura delante de mí no pertenecía a uno de aquellos jóvenes.

El único pensamiento que me vino a la mente cuando me di cuenta de quién era el nuevo visitante fue «Jamie Fraser, desgraciado, ¿dónde estás?».

Me quedé paralizada, como si el hecho de permanecer inmóvil pudiera hacer que fuera invisible. El hombre se puso en cuclillas para mirarme a la cara.

—Ya no te ríes tanto, ¿verdad? —dijo en tono tranquilo. Era Boble, el excazador de ladrones—. Tú y tu marido creísteis que era muy divertido, ¿no? Lo que me hicieron aquellas alemanas. Y luego el señor Fraser me dijo que pensaban hacer salchichas conmigo, con cara de santo. Os pareció divertido, ¿verdad?

Para ser honesta, había sido divertido. Pero él estaba en lo cierto: yo ya no me reía. Echó el brazo hacia atrás y me dio una bofetada.

El golpe hizo que mis ojos se llenaran de lágrimas, pero el fuego lo iluminó desde un lado y pude ver la sonrisa en su rostro rechoncho. Me invadió una fría aprensión, que hizo que me estremeciera. Él se dio cuenta, y su sonrisa fue mayor. Sus caninos eran cortos y romos, de modo que, en contraste, destacaban los incisivos, largos y amarillentos, semejantes a los de un roedor.

—Supongo que crees que esto es todavía más divertido —dijo, poniéndose en pie y buscando la bragueta—. Espero que Hodge no te mate enseguida, así podrás contárselo a tu marido. Apuesto a que él disfrutará de la broma, con el sentido del humor que tiene.

El semen del muchacho seguía húmedo y pegajoso en mis muslos. Me eché hacia atrás instintivamente, tratando de ponerme en pie, pero el nudo corredizo que tenía en el cuello me lo impidió. Mi visión se oscureció durante un instante, cuando la cuerda se apretó sobre la carótida, pero luego se aclaró y me encontré con la cara de Boble a pocos centímetros de la mía, y con su aliento caliente sobre mi piel.

Me agarró la barbilla y frotó su rostro contra el mío, mordiéndome los labios y raspándome la mejilla con fuerza con la barba de pocos días. Luego se echó hacia atrás, dejándome la cara mojada con su saliva, me empujó contra el suelo y se subió encima de mí.

Pude sentir la violencia que había en él, latiendo como si se tratara de un corazón a la vista, lista para estallar. Sabía que no podía escapar ni impedírselo; sabía que me lastimaría si le daba la más mínima excusa. Lo único que podía hacer era mantenerme inmóvil y soportarlo.

No pude. Me debatí debajo de él y giré a un lado, levantando las rodillas cuando él me apartó la enagua. Lo golpeé de refilón en el muslo, y él echó la mano hacia atrás de modo reflejo y me dio un puñetazo en la cara, fuerte y rápido.

Un repentino dolor rojo y negro floreció desde el centro de mi cara, me llenó la cabeza y me cegó, provocándome una momentánea inmovilidad. «Maldito hijo de puta —pensé con total claridad—, ahora te matará.» El segundo golpe cayó sobre mi mejilla e hizo que girara la cabeza a un lado. Tal vez me había movido, tratando en vano de resistirme. O quizá no.

De repente, él se arrodilló sobre mí, a horcajadas, y empezó a golpearme y a abofetearme con golpes sordos y pesados, todavía demasiado remotos para generar dolor. Me retorcí y llevé el hombro hacia arriba, tratando de protegerme la cara contra el suelo, y en ese momento su peso desapareció.

Estaba de pie, dándome patadas e insultándome, jadeando entre sollozos, mientras su bota se clavaba en mi costado, en mi espalda, en mis muslos y en mis nalgas. Empecé a resollar, intentando recuperar la respiración. Mi cuerpo se retorcía y temblaba con cada golpe, al tiempo que se deslizaba en el suelo cubierto de hojas, y me aferré a esa sensación de arrastrarme, tratando con fuerza de hundirme, de que la tierra me tragara.

Entonces se detuvo. Oí sus resoplidos al procurar hablar.

—Maldición... maldición... oh, maldición... pu... puta...

Yací inerte, tratando de desaparecer en la oscuridad que me rodeaba, sabiendo que iba a patearme en la cabeza. Podía sentir cómo se romperían mis dientes, cómo los frágiles huesos de mi cráneo se astillarían y se hundirían en la pulpa mojada y blanda de mi cerebro, y temblé y apreté los dientes en una inútil resistencia contra el impacto. Sonaría como un melón aplastado, un ruido sordo, pegajoso y hueco. ¿Lo oiría?

No sucedió. Se produjo otro ruido, un crujido veloz y fuerte que no tenía sentido. Un sonido débil y carnoso, piel contra piel en un ritmo suave como un chasquido, y luego él dejó escapar un gemido y unas gotas cálidas de fluido cayeron sobre mi cara y mis hombros, salpicándome la piel desnuda en las partes en que la tela de mi camisa se había desgarrado.

Me quedé como congelada. En algún rincón lejano de mi mente, una observadora distante se preguntó si aquello era, de hecho, lo más asqueroso que había presenciado jamás. Bueno, no, no lo era, desde luego. Algunas de las cosas que había visto en L'Hôpital des Anges, por no mencionar la muerte del padre Alexander, o el ático de los Beardsley... el hospital de campaña en Amiens... por todos los cielos, no, aquello ni siquiera se le asemejaba.

Permanecí rígida, con los ojos cerrados, recordando experiencias desagradables del pasado y deseando estar en alguno de aquellos sucesos, en lugar de allí.

Él se inclinó sobre mí, me agarró el cabello y me golpeó la cabeza contra el árbol varias veces, respirando con dificultad.

—Te enseñaré... —murmuró, luego soltó la mano y oí el ruido de sus pasos que se alejaban, tambaleantes.

Cuando por fin abrí los ojos, estaba sola.

Seguí sola, pero podría haber sido peor. Al parecer, el violento ataque de Boble había asustado a los muchachos.

Giré hacia un lado y me quedé inmóvil, respirando. Estaba muy cansada, y completamente desolada.

«Jamie —pensé—, ¿dónde estás?»

No tenía miedo de lo que pudiera ocurrir a continuación; no podía ver más allá del momento en el que me encontraba, una sola respiración, un solo latido. No pensaba y no quería sentir. Todavía no. Sólo me quedé quieta y respiré.

Muy lentamente, empecé a notar pequeñas cosas. Un trozo de corteza que se me había enganchado en el pelo y que me raspaba la mejilla. La suavidad de las gruesas hojas secas debajo de mí, acunando mi cuerpo. La sensación del esfuerzo cuando mi pecho se elevaba, en un trabajo cada vez mayor.

Un minúsculo nervio comenzó a agitarse cerca de un ojo.

De repente, me di cuenta de que, con la mordaza en la boca y los tejidos nasales que se estaban congestionando con gran rapidez por la sangre y la inflamación, corría un serio peligro de ahogarme. Giré hacia un lado lo máximo que pude sin estrangularme y me froté la cara contra el suelo; luego —con una desesperación creciente—, clavé los talones en el suelo y me retorcí hacia arriba, raspándome la cara con fuerza contra la corteza del árbol, tratando, sin éxito, de aflojar o quitar la mordaza.

La corteza me arañó el labio y la mejilla, pero el pañuelo atado alrededor de mi cabeza estaba tan ajustado que me cortó las comisuras de la boca, obligándola a abrirse de modo que la saliva se filtraba constantemente en la bola de tela que tenía en el interior. Tuve arcadas por las cosquillas del paño empapado en la garganta, y sentí que el vómito me ardía en el fondo de la nariz.

«¡No vas, no vas, no vas, no vas, no vas, NO VAS a vomitar!» Arrastré burbujas de aire a través de mi nariz ensangrentada, sentí un intenso sabor a cobre cuando el aire descendió por mi garganta, unas arcadas más intensas, me doblé en dos... y vi una luz blanca en el borde de mi campo visual, cuando la horca me apretó la garganta.

Caí hacia atrás y mi cabeza golpeó con fuerza el árbol. Pero casi no lo noté; la cuerda volvió a aflojarse, gracias a Dios, y logré inspirar una, dos, tres valiosas veces ese precioso aire lleno de sangre.

Tenía la nariz hinchada de pómulo a pómulo, y estaba inflamándose cada vez más. Clavé los dientes en la mordaza y soplé por la nariz, tratando de limpiarla, aunque sólo fuera por un momento. La sangre, teñida de bilis y cálida, me salpicó la barbilla y el pecho, y yo succioné aire con fuerza, logrando que entrara un poco en mis pulmones.

Soplar, inspirar. Soplar, inspirar. Soplar... pero mis conductos nasales ya estaban casi cerrados por la inflamación, y estuve a punto de llorar de pánico y frustración, puesto que no podía coger aire.

«¡Por Dios, no llores! ¡Morirás si lloras, por el AMOR de Dios, no llores!»

Soplar... soplar... Resoplé con la última reserva de aire rancio en mis pulmones, y pude liberar un espacio mínimo, suficiente para volver a llenarlos.

Contuve el aliento, tratando de mantenerme consciente el tiempo suficiente como para descubrir una manera de respirar; tenía que haber una manera de respirar.

No permitiría que un infeliz como Harley Boble me matara. Eso no estaba bien; no podía estarlo.

Sentada a medias, me junté lo máximo que pude al árbol para aflojar todo lo posible la fuerza de la horca en mi cuello, y dejé que la cabeza cayera hacia delante, lo que hizo que la sangre de la nariz goteara hacia abajo. Eso resultó en cierto sentido de ayuda, pero no duró demasiado.

Sentí que se me endurecían los párpados; sin duda, tenía la nariz rota, y todos los tejidos alrededor de la parte superior de la cara estaban inflamándose con la sangre y la linfa producida por el traumatismo capilar, presionándome los ojos y limitando todavía más la entrada de aire.

Mordí la mordaza en una agonía de frustración, y luego, desesperada, comencé a masticarla, triturando la tela con los dientes, tratando de aplastarla, de comprimirla, de hacer que de alguna manera se moviera en el interior de la boca... Me mordí el interior de la mejilla y sentí el dolor, pero no le presté atención; no era importante, nada importaba salvo respirar. Por Dios, no podía respirar. «Por favor, ayúdame a respirar, por favor...»

Me mordí la lengua, sofoqué un grito de dolor... y me di cuenta de que había conseguido atravesar la mordaza con la lengua, cuyo extremo llegaba a una esquina de la boca. Empujando todo lo posible con la punta de la lengua, había logrado formar un pequeño canal de aire por el que no pasaba más que una mínima brizna de oxígeno... pero era aire, y eso era lo único que importaba.

Tenía la cabeza ladeada a un costado, lo que me causaba dolor, con la frente presionada contra el árbol, pero me inquietaba hacer el más mínimo movimiento, por miedo a perder esa fina línea vital de aire si la mordaza se desplazaba al mover la cabeza. Permanecí inmóvil, sentada, con las manos apretadas, haciendo unas respiraciones largas, gorgoteantes y horriblemente superficiales, y preguntándome cuánto tiempo podría soportarlo; los músculos del cuello ya temblaban por el esfuerzo.

Las manos estaban latiendo otra vez. A pesar de que suponía que jamás habían dejado de hacerlo, no había tenido tiempo de prestarles atención. En ese momento lo hice, y agradecí las punzadas de dolor que dibujaban los contornos de cada una con fuego líquido, puesto que me distraían de la mortal rigidez que descendía por mi nuca y me llegaba al hombro.

Los músculos del cuello saltaron en un espasmo; jadeé, perdí aire y curvé el cuerpo como un arco, clavando los dedos en las cuerdas que me ataban para procurar con todas mis fuerzas recuperarlo.

Una mano se posó en mi brazo. No lo había oído llegar. Giré a ciegas y mi cabeza golpeó contra él. No me importaba quién era o qué quería, siempre que me quitara la mordaza. Una violación parecía un intercambio perfectamente razonable por la supervivencia.

Gemí de desesperación, bufando y esparciendo gotas de sangre y moco cuando sacudí la cabeza con violencia, tratando de indicar que me estaba asfixiando; dado el nivel de incompetencia sexual que se había demostrado hasta el momento, era posible que el tipo ni siquiera se diera cuenta de que no podía respirar, y que se limitara a proceder con su asunto, sin percibir que su violación podría convertirse en necrofilia.

Estaba tocándome la cabeza. ¡Gracias a Dios, gracias a Dios! Con un esfuerzo sobrehumano, permanecí inmóvil, mientras sentía un gran mareo, al mismo tiempo que se producían unos chisporroteos en el interior de mis globos oculares. Entonces, la tira de tela salió, y yo empujé el paño apelotonado que tenía en la boca de modo reflejo, sentí una náusea instantánea, y vomité, tragando aire y haciendo arcadas al mismo tiempo.

No había comido; tan sólo un hilo de bilis me irritó la garganta y goteó por mi barbilla. Me atraganté, tragué y respiré, cogiendo aire en bocanadas inmensas, glotonas, que amenazaban con hacerme estallar los pulmones.

Él estaba diciendo algo, susurrando con impaciencia. No me importaba, no podía entenderlo. Lo único que oía era el grato silbido de mi propia respiración, y los sordos latidos de mi corazón. Cuando por fin se redujo la velocidad de la frenética carrera para mantener el oxígeno recorriendo mis hambrientos tejidos, el corazón golpeó con tanta fuerza que me sacudió el cuerpo.

Entonces oí una o dos palabras y levanté la cabeza para mirarlo.

—¿Qué? —pregunté con dificultad. Tosí y moví la cabeza tratando de aclararla. Me dolía mucho—. ¿Qué ha dicho?

Sólo alcanzaba a ver una silueta desencajada, melenuda como un león y de hombros huesudos frente al débil resplandor del fuego.

—He dicho que si el nombre de Ringo Starr significa algo para usted —susurró, acercándose más.

A esas alturas, yo ya era inmune a la sorpresa. Me limité a limpiarme el labio partido muy suavemente contra el hombro, y respondí con total serenidad:

—Sí.

Él había estado conteniendo el aliento; me di cuenta de ello sólo cuando oí su suspiro al soltarlo, y vi que sus hombros se encorvaban.

—Oh, Dios mío —dijo entre dientes—. Oh, Dios mío.

De pronto se abalanzó sobre mí y me atrapó en un fuerte abrazo. Yo me eché hacia atrás y empecé a ahogarme cuando la horca que me rodeaba el cuello volvió a ajustarse, pero él no lo advirtió, absorto en sus propias emociones.

—Oh, Dios mío —repitió, y hundió la cara en mi hombro, casi sollozando—. Oh, Dios mío. Lo sabía, sabía que usted tenía que serlo, lo sabía, pero no podía creerlo. Oh, Dios, oh, Dios, ¡oh, Dios! No pensé que jamás encontraría a otro, nunca...

—Qq... —dije arqueando la espalda.

—¿Qué...? ¡Mierda! —Me soltó y agarró la cuerda de mi cuello. Intentó sujetarla y me pasó el nudo por encima de la cabeza, y a pesar de que casi me arranca una oreja, no me importó—. Mierda, ¿se encuentra bien?

—Sí —carraspeé—. De... sáteme.

Él olfateó, se limpió la nariz en la manga y miró por encima del hombro.

—No puedo —susurró—. El siguiente que venga se dará cuenta.

—¿El siguiente? —grité lo más alto que se puede gritar con un susurro atragantado—. ¿Qué quiere decir con el siguiente...?

—Bueno, ya sabe... —De repente, pareció darse cuenta de que yo podía tener objeciones respecto a esperar dócilmente como un pavo atado al siguiente violador de la lista—. Quiero decir... bueno, no importa. ¿Quién es usted?

—Sabe muy bien quién soy —gruñí con furia, y empujándolo con mis manos atadas—. Soy Claire Fraser. ¡Quién demonios es usted, qué está haciendo aquí, y si quiere que le diga una palabra más, le conviene desatarme en este mismo instante!

Él volvió a girar la cabeza para mirar con recelo por encima del hombro, y tuve la vaga impresión de que tenía miedo a sus denominados camaradas. Pude ver su perfil; era el joven indio de pelo abundante, el que yo había tomado por tuscarora. Un indio... se estableció una conexión en lo más profundo de mis enmarañadas sinapsis.

—Por todos los diablos —dije, y me limpié un chorro de sangre de la comisura de la boca—. Dientes de *Futria*. De Nutria. Usted es uno de los suyos.

—¿Qué? —Su cabeza giró para mirarme con unos ojos como platos—. ¿Quién?

—Oh, demonios, ¿cuál era su verdadero nombre? Robert... Robert algo...

Yo estaba temblando de furia, terror, impresión y agotamiento, y rebuscando entre los vestigios confusos de lo que solía ser mi mente. Pero por más destruida que estuviera, recordaba bien a Dientes de Nutria. Tuve el recuerdo nítido y repentino de haber estado sola en la oscuridad, una noche como ésa, empapada por la lluvia y completamente sola, cogiendo en mis manos una calavera que había sido enterrada mucho tiempo atrás.

—Springer —dijo, y me agarró el brazo, nervioso—. Springer... ¿Era él? ¿Robert Springer?

Al menos tuve el ánimo suficiente para cerrar la mandíbula, echar la barbilla hacia delante y levantar las manos atadas delante de él. Ni una palabra más hasta que me liberara.

—Mierda —volvió a murmurar, y con otra apresurada mirada por encima del hombro, buscó su cuchillo.

No era hábil con él. Si necesitaba otra prueba de que no era un indio verdadero de la época... pero me liberó las manos sin cortarme, y yo me doblé en dos con un gemido, con las manos metidas bajo las axilas mientras la sangre volvía a fluir por ellas. Las sentía como globos hinchados y tensos a punto de estallar.

—¿Cuándo? —preguntó con furia, sin prestar atención a mi aflicción—. ¿Cuándo vino? ¿Dónde encontró a Bob? ¿Dónde está?

—En 1946 —respondí, apretándome los brazos hasta las manos palpitantes—. La primera vez. En 1968, la segunda. En cuanto al señor Springer...

—La segunda... ¿Ha dicho la segunda vez? —Su voz se hizo más fuerte por el asombro. Se interrumpió de inmediato, mirando hacia atrás con expresión de culpa, pero el ruido de los hombres que jugaban a los dados y discutían en torno al fuego era más que fuerte como para ahogar una simple exclamación.

—La segunda vez —repitió en voz más baja—. Entonces, ¿lo ha hecho? ¿Ha regresado?

Asentí, cerrando los labios con fuerza y balanceándome adelante y atrás. Con cada latido, me daba la impresión de que las uñas se me saldrían de los dedos.

—¿Y usted? —pregunté, aunque estaba bastante segura de que ya lo sabía.

—En 1968 —dijo confirmándolo.

—¿En qué año apareció? —pregunté—. Quiero decir: ¿cuánto tiempo hace que está aquí? Eh... ahora, quiero decir.

—Oh, Dios mío. —Se sentó en cuclillas y pasó la mano por su pelo largo y enredado—. Por lo que sé, he estado aquí seis años. Pero usted ha dicho... segunda vez. Si consiguió regresar, ¿por qué demonios está otra vez aquí? Ah... espere. Usted no volvió a su casa, fue a parar a otra época, pero no a la original, ¿es así? ¿Dónde empezó?

—En Escocia, en 1946. Y no, sí regresé a casa —dije, sin querer entrar en detalles—. Pero mi marido estaba aquí. Regresé a propósito, para estar con él. —Una decisión que en ese momento no parecía ser muy acertada—. Y hablando de mi esposo —añadí, comenzando a sentir que recuperaba algo de cordura, después de todo—. No estaba bromeando. Él va a venir. No le conviene que los encuentre conmigo cautiva, se lo aseguro. Pero si usted...

Él no prestó atención a eso último, sino que se inclinó ansioso hacia mí.

—Pero ¡eso significa que usted sabe cómo funciona! ¡Puede navegar!

—Algo así —respondí con impaciencia—. Veo que usted y sus compañeros no sabían navegar, según sus palabras, ¿verdad? —Me masajeé una mano con la otra, apretando los dientes para soportar las fuertes palpitaciones de la sangre. Podía sentir los surcos que la cuerda había dejado en mi piel.

—Creíamos que sí. —La amargura teñía su voz—. Piedras sonoras, gemas. Eso fue lo que usamos. Raymond dijo... Pero no dio resultado. O tal vez... tal vez sí. —Estaba haciendo deducciones; podía percibir el entusiasmo en su voz—. Usted conoció a Bob Springer... A Dientes de Nutria, quiero decir. Entonces, ¡él sí lo logró! Y si él lo hizo, tal vez los otros también. Mire, yo creía que estaban todos muertos. Pensaba... pensaba que estaba solo. —Su voz se ahogó, y a pesar de la urgencia de la situación y de mi irritación hacia él, sentí una punzada de compasión. Sabía muy bien lo que se sentía estando solo de esa manera, anclado en el tiempo.

En cierta manera me molestó tener que desilusionarlo, pero no tenía sentido ocultarle la verdad.

—Me temo que Dientes de Nutria está muerto.

De pronto dejó de moverse y se sentó muy quieto. El débil resplandor del fuego a través de los árboles perfiló su contorno; podía ver su rostro. Algunos cabellos largos flotaron con la brisa. Era lo único que se movía.

—¿Cómo? —preguntó por fin, con una voz pequeña y ahogada.

—Lo mataron los iroqueses —expliqué—. Los mohawk.

Mi mente comenzaba a funcionar otra vez. Aquel hombre, fuera quien fuese, había llegado seis años antes. En 1767. Pero Dientes de Nutria, el que una vez había sido Robert Springer, había muerto más de una generación antes. Habían empezado juntos, pero terminaron en épocas distintas.

—Mierda —dijo, aunque la evidente aflicción de su voz estaba mezclada con algo parecido al asombro—. Debió de ser un mal rollo, en especial para Bob. Él adoraba a esos tíos.

—Sí, supongo que quedó de lo más desilusionado —respondí bastante secamente.

Sentía los párpados gruesos y pesados. Me costaba mantenerlos abiertos, aunque todavía podía ver. Eché un vistazo al resplandor del fuego, pero no alcancé a distinguir nada, más allá del débil movimiento de las sombras en la distancia. Si realmente había una hilera de hombres aguardando mis servicios, al menos tenían la deferencia de mantenerse fuera de la vista. Lo dudé, y agradecí en silencio no tener veinte años menos; en caso contrario, seguro que sí los habría.

—Yo conocí a algunos iroqueses... Por Dios, ¡yo mismo fui a buscarlos! ¿No es increíble? De eso trataba todo, ¿sabe?, encontrar las tribus iroquesas y hacer que...

—Sí, sé lo que tenían en mente —lo interrumpí—. Mire, en realidad, éste no es el momento ni el lugar para una discusión prolongada. Creo que...

—Esos iroqueses son unos tíos muy desagradables —afirmó, dándome un golpe en el pecho con un dedo para mayor énfasis—. Es increíble lo que le hacen a...

—Lo sé. Mi marido hace lo mismo. —Lo miré desafiante, lo que, a juzgar por la forma en la que se sobresaltó, probablemente fue más efectivo gracias al estado de mi cara. Eso esperaba; me dolía mucho poner esa expresión—. Ahora, lo que le conviene hacer —proseguí, cargando mi voz con la mayor autoridad posible— es volver junto a la hoguera, esperar un rato, luego marcharse con actitud despreocupada, escabullirse y conseguir dos caballos. He oído un arroyo cerca. —Hice un breve gesto a la derecha—. Nos encontraremos allí. Una vez que estemos a salvo, le diré todo lo que sé.

De hecho, suponía que no podía decirle nada muy útil, pero él no lo sabía. Oí cómo tragaba saliva.

—No lo sé... —dijo inseguro, mirando a su alrededor otra vez—. Hodge es algo retorcido. Mató a un tipo hace unos días. Ni siquiera le dijo nada, simplemente se le acercó, sacó el arma y ¡*pum*!

—¿Por qué?

Se encogió de hombros, sacudiendo la cabeza.

—Ni siquiera lo sé. Sólo... *pum*, ¿sabe?

—Sí —le aseguré, con el genio y la cordura pendiendo de un hilo—. Mire, no nos preocupemos por los caballos entonces. Sólo larguémonos.

Con mucha dificultad conseguí sostenerme sobre una rodilla; esperaba poder ponerme en pie después, pero ni siquiera sabía si lograría caminar. Tenía los músculos de las piernas muy agarrotados en las zonas donde Boble me había pateado; tratar de ponerme en pie hizo que temblaran y sufrieran espasmos que me paralizaban.

—¡Mierda, ahora no! —En su nerviosismo, el joven me agarró del brazo y me tiró al suelo a su lado. Me golpeé con fuerza la cadera y solté un grito de dolor.

—¿Todo bien por allí, Donner? —La voz procedía de la oscuridad en algún lugar detrás de mí. El tono era despreocupado (evidentemente, uno de los hombres se había alejado del campamento para orinar), pero el efecto en el joven indio fue como una corriente eléctrica. Se arrojó cuan largo era sobre mí, golpeándome la cabeza con el suelo y quitándome el aliento.

—¡Bien... en serio... grandioso! —le gritó a su compañero, jadeando de manera exagerada, al parecer tratando de parecer un hombre a punto de satisfacer su lujuria. En realidad, era como si estuviera padeciendo un ataque de asma, pero yo no me quejé. No pude.

Me habían golpeado varias veces en la cabeza, y por lo general lo veía todo negro cuando eso ocurría. Pero en esa ocasión vi estrellas de colores, y permanecí floja y divertida, como si estuviera tranquilamente sentada más allá de donde se encontraba mi destartalado cuerpo. Entonces Donner puso una mano sobre mi pecho y yo regresé a tierra de inmediato.

—¡Suéltame en este mismo instante! —siseé—. ¿Qué crees que estás haciendo?

—Eh, eh, nada, nada, lo siento —se apresuró a responder. Quitó la mano, pero no se apartó. Se retorció un poco y me di cuenta de que el contacto lo había excitado, ya fuera a propósito o no.

—¡Levántate! —dije en un susurro furioso.

—Eh, no pretendo nada, quiero decir, no voy a hacerle daño ni nada. Es sólo que no he estado con una mujer desde...

Agarré unos mechones de su pelo, levanté la cabeza y le mordí la oreja con fuerza. Él chilló y se apartó de mí.

El otro hombre ya había regresado al fuego. Pero al oír esto, se volvió y gritó:

—¡Por Dios, Donner, ¿tan buena es?! ¡Tendré que comprobarlo por mí mismo!

Eso dio lugar a una risotada en los hombres que estaban en torno a la hoguera, pero por suerte las risas disminuyeron, y ellos volvieron a sus asuntos. Y yo a los míos, que consistían en tratar de escapar.

—No tenía por qué hacer eso —gimió Donner en voz baja, llevándose la mano a la oreja—. ¡No iba a hacerle nada! ¡Por Dios, usted tiene buenas tetas, pero es lo bastante vieja como para ser mi madre!

—¡Cállate! —dije, haciendo fuerza con los pies contra el suelo hasta sentarme. El esfuerzo hizo que la cabeza me diera vueltas; unas diminutas luces de colores se encendieron y apagaron en el borde de mi visión. A pesar de ello, cierta parte de mi mente ya había vuelto a trabajar activamente.

Él tenía razón en algo. No podíamos partir en ese mismo instante. Después de atraer tanta atención, los otros esperarían que él regresara al cabo de unos minutos; si no lo hacía, empezarían a buscarlo... y necesitábamos más que unos minutos de ventaja.

—No podemos marcharnos ahora —susurró, frotándose la oreja—. Se darán cuenta. Espere hasta que se duerman. Luego vendré a buscarla.

Vacilé. Estaba en peligro de muerte cada momento que pasaba cerca de Hodgepile y su pandilla de salvajes. La prueba eran los encuentros de las dos últimas horas. Donner tenía que regresar a la hoguera para mostrar su presencia... pero yo podía escabullirme. ¿Valía la pena correr el riesgo de que alguien llegara y descubriera que me había ido, antes de poner suficiente distancia de por medio? Era más seguro aguardar a que se durmieran. Pero ¿me atrevía a esperar tanto?

Y, además, estaba el propio Donner. Él quería hablar conmigo, y yo, sin duda, deseaba tener una conversación con él. La posibilidad de encontrarme con otro viajero del tiempo...

Donner fue consciente de mi vacilación, pero la malinterpretó.

—¡No irá a ninguna parte sin mí! —Me cogió la muñeca alarmado, y antes de que yo pudiera soltarme, me la ató con un poco de cuerda.

Yo me debatí y tiré, siseando para que él comprendiera, pero estaba asustado por la idea de que yo huyera sin él, y no quiso escucharme. Impedida por mis heridas, y sin querer llamar demasiado la atención, pude demorar, pero no impedir, sus decididos esfuerzos por volver a atarme.

—De acuerdo. —Estaba sudando; una gota cálida cayó en mi rostro cuando se inclinó para examinar las ataduras. Al menos, no había vuelto a ponerme la horca alrededor del cuello; en cambio, me sujetó al árbol con una cuerda en torno a la cintura.

—Debería haberme dado cuenta de lo que era usted —murmuró, concentrado en la tarea—. Incluso antes de que dijera «por los clavos de Roosevelt».

—¿Qué demonios quieres decir con eso? —repliqué retorciéndome—. ¡No hagas eso, me asfixiaré! —Estaba tratando de volver a introducirme el paño en la boca, pero al parecer percibió el pánico en mi voz, porque vaciló.

—Ah —dijo inseguro—. Bueno, supongo que... —Una vez más, miró hacia atrás por encima del hombro, pero entonces se decidió y tiró la mordaza al suelo—. De acuerdo, pero quédese callada. Lo que quería decir era que usted actúa como si no tuviera miedo a los hombres, a diferencia de la mayoría de las mujeres de esta época. Debería mostrarse más temerosa.

Y con esa frase de despedida, se levantó y se quitó las hojas secas de la ropa antes de regresar a la hoguera.

Llega un momento en el que el cuerpo, simplemente, ya no da más de sí. Se aferra al sueño, sin prestar atención a la amenaza que pueda deparar el futuro. Yo lo había visto antes: los soldados jacobitas que se dormían en las trincheras donde caían, los pilotos británicos que dormían en los aviones mientras el personal de tierra cargaba el combustible, pero que volvían a estar alertas justo a tiempo para el despegue. Incluso entre mujeres durante partos muy prolongados y que se dormían en mitad de las contracciones.

De esa misma manera, me quedé dormida.

Pero esa clase de sueño no es ni profundo ni tranquilo. Me desperté cuando una mano me cubrió la boca.

El cuarto hombre no fue ni incompetente ni brutal. Era grande y de cuerpo blando, y había amado a su esposa muerta. Lo supe porque lloró en mi hombro y al final me llamó por su nombre. Era Martha.

Volví a salir del sueño poco después, en un instante, totalmente consciente, con el corazón latiéndome con fuerza. Pero no era mi corazón... era un tambor.

Llegaron sonidos de alarma desde el fuego, hombres que se despertaban asustados.

—¡Indios! —gritó alguien, y la luz se fue apagando y osciló cuando alguien pateó el fuego para apagarlo.

No era un tambor indio. Me senté y escuché con atención. Era un tambor que sonaba como un latido, lento y rítmico, y luego aceleraba a un martilleo veloz, como el frenético avance de una bestia que es perseguida.

Yo podría haberles dicho que los indios jamás usaban tambores como armas; los celtas, sí. Era el sonido de un *bodhran*.

«¿Qué será lo siguiente? —pensé, en cierto sentido histérica—. ¿Gaitas?»

Era Roger, sin duda; sólo él podía hacer hablar a un tambor de esa manera. Era Roger, y Jamie estaba cerca. Me esforcé por ponerme en pie. Quería, necesitaba moverme con urgencia. Tiré de la cuerda que me ataba la cintura en un frenesí de impaciencia, pero no podía moverme.

Otro tambor empezó a sonar, más lento, menos habilidoso, pero igualmente amenazador. Parecía que el sonido se moviera; sí, estaba desplazándose. Disminuía y regresaba con toda la fuerza. Apareció un tercer tambor, y ahora los latidos daban la impresión de proceder de todas partes, rápidos, lentos, burlones.

Alguien disparó un arma en el bosque, asustado.

—¡Alto, aguardad! —se oyó la voz de Hodgepile, fuerte y furiosa, pero en vano. Se produjo una explosión de disparos, casi ahogados por los tambores. Oí un ruido cerca de mi cabeza, y un montón de agujas me rozaron al caer. Se me ocurrió que estar de pie mientras por todos lados estaban disparando a ciegas era peligroso, y de inmediato me lancé al suelo, haciendo un surco entre las agujas secas, tratando de mantener el tronco del árbol entre mi cuerpo y el grupo más numeroso de hombres.

Los tambores creaban una maraña de sonido que se aproximaba y se alejaba. El sonido era perturbador incluso para quien sabía lo que era. Estaban rodeando el campamento, o al menos eso parecía. ¿Debía gritar si se acercaban lo suficiente?

Pero me ahorré la angustia de la decisión; los hombres hacían tanto ruido alrededor de la hoguera que no podrían haberme oído aunque hubiera gritado hasta quedarme ronca. Estaban lanzando voces de alarma, haciendo preguntas, chillando órdenes... a las que, al parecer, nadie prestaba atención, a juzgar por los sonidos de confusión.

Alguien dio tumbos por los arbustos cercanos, alejándose de los tambores. Uno, dos más: sonidos de jadeos y pisadas. «¿Donner?» La idea se me ocurrió de pronto y me incorporé, pero luego volví a tumbarme cuando otro disparo silbó por encima de mi cabeza.

Los tambores se detuvieron bruscamente. El caos reinaba alrededor del fuego, aunque pude oír la voz nasal de Hodgepile que se elevaba por encima del resto, tratando de organizar a sus hombres con gritos y amenazas. Entonces, los tambores volvieron a sonar, ahora mucho más cerca.

Estaban aproximándose, juntándose en el bosque a mi izquierda, y el burlón pulso *tip-tap-tip-tap* había cambiado. Ahora tronaban. Ya sin habilidad, sólo pura amenaza, acercándose.

Las armas se dispararon lo bastante cerca de mí como para ver las chispas de los cañones y oler el humo, denso y cálido, en el aire. A pesar de que habían dispersado las brasas del fuego, todavía ardían, proyectando un resplandor amortiguado a través de los árboles.

—¡Allí están! ¡Puedo verlos! —gritó alguien desde la hoguera, y se oyó otro estallido de fuego de mosquete, en la dirección de los tambores.

En ese momento, un alarido espantoso se elevó de la oscuridad a mi derecha. Yo había oído a los escoceses gritando antes de entrar en una batalla, pero ese aullido de las Highlands hizo que se pusieran de punta todos los pelos de mi cuerpo. «Jamie.» A pesar del miedo, me senté erguida y me asomé alrededor del árbol que me protegía, a tiempo para ver cómo los demonios salían del bosque.

Los conocía —sabía que los conocía—, pero me intimidó verlos, tiznados de ceniza y chillando con una locura infernal, mientras la luz del fuego emitía reflejos rojos en las hojas de los cuchillos y las hachas.

Los tambores se habían detenido bruscamente con el primer grito, y luego otro grupo de alaridos surgió a la izquierda, cuando los percusionistas se lanzaron al ataque. Me apreté lo máximo que pude contra el árbol, con el corazón en la garganta, petrificada por el miedo a que las espadas atacaran cualquier cosa que se moviera en la oscuridad.

Alguien se lanzó hacia mí, dando tumbos en la oscuridad. ¿Donner? Carraspeé su nombre con la esperanza de llamar su atención, y la delgada silueta giró hacia mí, vacilando; luego me vio y se abalanzó.

No era Donner, sino Hodgepile. Me cogió del brazo, obligándome a levantarme, incluso en el mismo instante en que cortaba la cuerda que me sujetaba al árbol. Jadeaba con fuerza por el esfuerzo, o por el miedo.

Me di cuenta de inmediato de sus intenciones; sabía que sus posibilidades de escapatoria eran mínimas; llevarme de rehén era su única esperanza, pero maldita fuera si se lo permitía. No volvería a ser su rehén nunca más.

Lo pateé con fuerza y le acerté en un costado de la rodilla. El golpe no lo derribó, pero lo distrajo un segundo. Me lancé sobre él con la cabeza inclinada, lo golpeé de lleno en el pecho e hice que saltara por los aires.

El impacto me dolió mucho y me tambaleé, con los ojos llenos de lágrimas por el dolor. Él ya había vuelto a levantarse y corrió hacia mí. Pateé, erré y me caí de costado.

—¡Vamos, maldita sea! —siseó, tirando con fuerza de mis manos atadas. Agaché la cabeza, me eché hacia atrás y lo arrastré en mi caída. Rodé y me retorcí en el suelo, tratando con todas mis fuerzas de rodearlo con las piernas, con la idea de cogerle las costillas y aplastarlas hasta que ese sucio gusano muriera, pero él consiguió liberarse y se puso encima de mí, al mismo tiempo que me golpeaba la cabeza e intentaba someterme.

Me acertó en un oído y me estremecí. Cerré los ojos de forma instintiva, pero de pronto su peso desapareció, y cuando volví a abrirlos, vi a Jamie alzando a Hodgepile a varios centímetros del suelo. Las piernas de Hodgepile se agitaban locamente en un inútil esfuerzo por escapar, y yo sentí un deseo demente de echarme a reír.

De hecho, quizá me reí de verdad, porque Jamie volvió la cabeza de inmediato para mirarme; pude ver el blanco de sus ojos antes de que él centrara la atención de nuevo en Hodgepile. Estaba recortado contra el débil resplandor de las brasas, vi su perfil durante un segundo; luego, su cuerpo se flexionó con esfuerzo cuando inclinó la cabeza.

Mantuvo a Hodgepile contra el pecho, con un brazo doblado. Parpadeé. Mis ojos estaban entornados a causa de la hinchazón, y no estaba segura de qué estaba haciendo. Entonces oí un pequeño gruñido de esfuerzo y un grito estrangulado de Hodgepile, y vi que el codo doblado de Jamie bajaba de golpe.

La oscura curva de la cabeza de Hodgepile se movió hacia atrás... y más hacia atrás aún. Pude distinguir la nariz afilada como la de una marioneta y el ángulo de la mandíbula... un ángulo de una altura imposible, con la base de la mano de Jamie clavada con fuerza debajo. Se oyó un ¡*pop*! amortiguado que sentí en el fondo de mi estómago, cuando los huesos del cuello de Hodgepile se separaron y la marioneta quedó floja.

Jamie dejó caer el cuerpo del títere, se acercó a mí y me ayudó a ponerme en pie.

—¿Estás viva, estás entera, *mo nighean donn*? —preguntó en gaélico en tono impaciente. Me estaba palpando, sus manos rozaron todo mi cuerpo, y al mismo tiempo trataba de mantenerme erguida (parecía que mis rodillas se hubieran convertido de repente en agua) y de localizar la cuerda que me ataba las manos.

Yo lloraba y reía, escupiendo lágrimas y sangre, chocando contra él con mis manos atadas, procurando con torpeza encajarlas entre las suyas para que pudiera cortar la cuerda.

Dejó de tantear y me aferró con tanta fuerza contra él que gemí de dolor cuando presionó mi rostro contra su tartán. Él estaba diciendo algo, en tono de urgencia, pero no pude traducirlo. La energía vibraba a través de él, cálida y violenta, como la corriente en un cable vivo, y fui vagamente consciente de que era casi un salvaje; no podía hablar en inglés.

—Estoy bien —jadeé, y él me soltó.

Hubo unos destellos en el claro, más allá de los árboles; alguien había juntado las brasas esparcidas y estaba volviendo a encenderlas. La cara de Jamie estaba negra y sus ojos azules relampaguearon en una repentina llamarada cuando giró la cabeza y la luz incidió de lleno en su rostro.

Seguía la lucha; ya nadie gritaba, pero pude oír algunos gruñidos y el ruido sordo de los cuerpos trabados en combate. Jamie me levantó las manos, sacó su daga y cortó la cuerda; las manos cayeron como pesas de plomo. Él me contempló un instante, como tratando de encontrar las palabras, luego movió la cabeza, me acarició la cara un momento y desapareció hacia la lucha.

Yo caí al suelo aturdida. El cuerpo de Hodgepile yacía cerca, con los miembros torcidos. Le eché un vistazo, y me vino a la mente una imagen clara de un collar que Bree había tenido cuando era niña. Estaba hecho de cuentas de plástico que se separaban cuando tirabas de ellas. Deseé no haberlo recordado.

El rostro tenía la mandíbula desencajada y hoyuelos en las mejillas; parecía sorprendido, con los ojos bien abiertos bajo la vacilante luz. Sin embargo, había algo extraño en él, y entorné los ojos tratando de descifrar qué era. Entonces me di cuenta de que tenía la cabeza al revés.

Pudieron ser unos segundos o varios minutos los que permanecí allí sentada, contemplándolo, con los brazos alrededor de las rodillas y la mente en blanco. Luego, el sonido de unas suaves pisadas hizo que levantara la cabeza.

Arch Bug salió de la oscuridad, alto, delgado y negro frente al destello de una fogata cada vez más fuerte. Advertí que sostenía un hacha con fuerza en la mano izquierda; también estaba negra, y en el aire flotaba un olor a sangre que se tornó más intenso y denso cuando él se acercó.

—Todavía quedan algunos vivos —dijo, y sentí que algo frío y duro me tocaba la mano—. ¿Quiere vengarse de ellos, *a bana-mhaighistear*?

Bajé la mirada y me di cuenta de que estaba ofreciéndome una daga, con el mango hacia mí. Me había levantado, pero no recordaba haberlo hecho.

No podía hablar ni tampoco moverme; sin embargo, mis dedos se curvaron sin que mi voluntad interviniera, mi mano subió para coger el cuchillo mientras yo la observaba, con una ligera curiosidad. Entonces la mano de Jamie cayó sobre la daga y me la quitó, y vi cómo desde una gran distancia la luz se posaba en esa mano, enseñando, en un húmedo resplandor, la sangre que le llegaba hasta más arriba de la muñeca. Había también unas gotas brillantes y rojas, atrapadas en el vello rizado de su brazo.

—Ella ha hecho un juramento —le dijo a Arch, y me di cuenta vagamente de que seguía hablando en gaélico, aunque lo entendí con total claridad—. No puede matar, salvo que sea por misericordia o para salvar su propia vida. Yo soy el que mata por ella.

—Y yo —añadió una alta silueta a su lado, en voz muy baja. Era Ian.

Arch asintió, expresando su comprensión, aunque su cara seguía en penumbra. Había alguien más a su lado: Fergus. Lo reconocí al instante, pero me llevó un momento dar un nombre a aquel rostro pálido y cuerpo enjuto.

—Señora —dijo, y su voz se hizo más débil por la impresión—. Milady. Entonces Jamie me miró, y su propio rostro se transformó. Vi que se le ensanchaban los orificios nasales cuando percibió el olor de sudor y semen en mi ropa.

—¿Cuál de ellos? —dijo—. ¿Cuántos? —Estaba hablando en inglés, y su tono de voz era muy práctico, como lo sería si estuviera preguntando el número de invitados que esperábamos para una cena; su tono sencillo me ayudó a reanimarme.

—No sé —dije—. Ellos... estaba oscuro.

Él asintió, me apretó el brazo con fuerza y se volvió.

—Matadlos a todos —le ordenó a Fergus, sin perder el tono decalma.

Los ojos de Fergus se veían enormes y oscuros, hundidos en la cabeza, ardiendo. Él se limitó a asentir y cogió el hacha pequeña que llevaba en el cinturón. Había salpicaduras en la pechera de su camisa, y el extremo de su garfio estaba oscuro y pegajoso.

En cierto sentido, pensé que debía decir algo, pero no lo hice. Me quedé de pie apoyada en el árbol y no dije nada.

Jamie miró la daga que tenía en la mano como para asegurarse de que se encontrara en buen estado; no era así. Limpió la hoja en el muslo sin fijarse en la sangre que estaba secándose en el mango de madera, y luego regresó al claro.

Yo me quedé inmóvil. Hubo otros sonidos, pero no les presté más atención que al susurro del viento a través de las hojas altas; era un pino de Canadá, su olor era limpio y refrescante, y caía sobre mí en una lluvia de resinas fragantes, tan poderosas que sentí su sabor en el paladar, aunque era difícil que penetrara en las membranas taponadas de mi nariz. Tras el aroma del árbol, sentí el gusto de la sangre y de los trapos empapados, y el hedor de mi propia piel cansada.

Había amanecido. Unos pájaros cantaban en el bosque lejano, y la luz cayó suave como la ceniza de leña en el suelo.

Permanecí completamente inmóvil y no pensé en nada, excepto en lo agradable que sería estar metida en agua caliente hasta el cuello, lavarme hasta arrancarme la piel de la carne, y dejar que la sangre fluyera roja y limpia por mis piernas, formando suaves nubecillas que me ocultaran.

29

Perfectamente

Después se habían marchado. Los habían dejado allí, sin enterrarlos y sin ninguna oración fúnebre. En cierta manera, eso era peor que la matanza. Roger había acompañado al reverendo a más de un lecho de muerte o accidente, lo había ayudado a reconfortar a los familiares, había estado allí cuando el espíritu abandonaba el cuerpo y el anciano recitaba palabras de gracia. Era lo que había que hacer cuando alguien moría: volverse hacia Dios y al menos reconocer el hecho.

Y, sin embargo... ¿cómo podía uno ponerse en pie sobre el cuerpo de un hombre que uno mismo había matado y mirar a Dios a la cara?

No podía sentarse. A pesar de que el cansancio lo cubría como si se tratara de arena mojada, era incapaz de sentarse.

Se quedó en pie y cogió el atizador, pero permaneció con la herramienta en la mano, contemplando el fuego que crepitaba en su chimenea. Era perfecto, brasas de un color negro satinado con una corteza de ceniza y, debajo, el calor rojo asfixiado. Si lo tocaba, las brasas se romperían y las llamas se levantarían... sólo para apagarse inmediatamente, a falta de combustible. Añadir más madera era un desperdicio, ya que era muy tarde.

Dejó el atizador y caminó de una pared a la otra como si fuera una abeja exhausta que no dejara de zumbar en el interior de una botella, aunque sus alas estuvieran maltrechas y tristes.

A Fraser no le había molestado. Pero, en cualquier caso, Fraser incluso había dejado de pensar en los bandidos; simplemente estaban muertos. Todos sus pensamientos se habían centrado en Claire, y eso, sin duda, era comprensible.

La había guiado por aquel claro a través de la luz de la mañana, como si fueran un Adán bañado en sangre y una Eva maltrecha, contemplando el conocimiento del bien y del mal. Y luego la había envuelto en su tartán, la había cogido en brazos y había caminado hasta su caballo.

Los hombres lo habían seguido en silencio, llevándose los caballos de los bandidos detrás de los suyos. Una hora más tarde, cuando el sol ya les calentaba las espaldas, Fraser había hecho girar su caballo colina abajo y los había conducido hacia un arroyo. Había desmontado, había ayudado a Claire a bajar y luego había desaparecido con ella entre los árboles.

Los hombres intercambiaron miradas de desconcierto, pero nadie dijo nada. Entonces, el viejo Arch Bug desmontó de su mula y comentó en tono despreocupado:

—Bueno, ella querrá lavarse, ¿no?

Un suspiro de comprensión recorrió el grupo y la tensión disminuyó de inmediato, disolviéndose en las actividades menores y familiares de desmontar, manear los caballos, comprobar los arreos, escupir y orinar. Poco a poco fueron buscándose entre sí, tratando de encontrar algo que decir, intentando hallar alivio en los quehaceres cotidianos.

Él vio que Ian lo miraba, pero todavía había demasiada tensión entre ellos. Ian se volvió, pasó una mano por el hombro de Fergus y lo abrazó; luego lo apartó con un pequeño chiste grosero sobre lo mal que olía. El francés le lanzó una diminuta sonrisa y alzó el garfio oscuro a modo de saludo.

Kenny Lindsay y el viejo Arch Bug estaban compartiendo tabaco, llenando las pipas con aparente tranquilidad. Tom Christie se acercó hasta ellos, pálido como un fantasma, pero con la pipa en la mano. No era la primera vez que Roger corroboraba que fumar favorecía las relaciones sociales.

Pero Arch lo había visto de pie, cerca de su caballo, sin saber qué hacer, y se le había acercado a animarlo con la serenidad de su voz. En realidad, no tenía idea de qué le había dicho Arch, y mucho menos de lo que le había respondido, pero sí sintió que el mero acto de la conversación le permitía respirar de nuevo y calmar los temblores que lo sacudían como olas.

De pronto, el anciano interrumpió lo que estaba diciendo e hizo un gesto en dirección al hombro de Roger.

—Ve, muchacho. Él te necesita.

Roger giró y vio a Jamie de pie al otro lado del claro, de espaldas, apoyado en un árbol y con la cabeza gacha, pensativo. ¿Le había hecho alguna señal a Arch? Entonces Jamie miró a su alrededor y clavó sus ojos en los de Roger. Sí, quería que él fuera hacia allí, y de pronto Roger se encontró de pie al lado de Fraser, sin el recuerdo de haber atravesado el trecho que los separaba.

Jamie extendió la mano y estrechó la suya, y él se mantuvo allí, devolviéndole el apretón.

—Una palabra, *a cliamhuinn* —dijo Jamie, y lo soltó—. No debería hablar de esto ahora, pero tal vez luego sea mal momento; no hay mucho tiempo que perder. —Él también parecía tranquilo, pero no como Arch. Había algo roto en su voz. Roger sintió el tacto áspero de la cuerda al oírlo, y se aclaró la garganta.

—Adelante, dilo.

Jamie respiró hondo y se encogió un poco de hombros, como si la camisa le fuera estrecha.

—El niño. No está bien que te lo pregunte, pero debo hacerlo. ¿Sentirías lo mismo por él si estuvieras seguro de que no es tuyo?

—¿Qué? —Roger se limitó a parpadear, sin comprender—. ¿El niñ...? ¿Te refieres a Jem?

Jamie asintió con los ojos clavados en Roger.

—Bueno, yo... en realidad no lo sé —respondió Roger totalmente desconcertado—. ¿Por qué? ¿Y por qué justo en este momento?

—Piensa.

Estaba pensando, preguntándose qué demonios ocurría. Fraser se dio cuenta e inclinó la cabeza, reconociendo que debía explicarse un poco más.

—Ya lo sé... Es poco probable, ¿verdad? Pero es posible. Ella podría estar embarazada por lo que ocurrió anoche, ¿entiendes?

Sí lo entendió, como un puñetazo en el esternón. Antes de que pudiera recuperar el aire para hablar, Fraser continuó:

—Tal vez uno o dos días podría... —Apartó la mirada y un suave rubor apareció en su cara traspasando las manchas del hollín con el que se había pintado la cara—. Podría haber dudas...

como las hay en tu casa. Pero... —Jamie tragó, pero aquel «pero» resultaba doloroso.

Jamie desvió la mirada involuntariamente y los ojos de Roger la siguieron. Más allá de una cortina de arbustos y enredaderas teñidas de rojo, había una pequeña charca con un remolino de agua, y Claire estaba de rodillas al otro lado, desnuda, examinando su reflejo. La sangre tronó en las orejas de Roger y él apartó la vista de inmediato, pero la imagen quedó grabada a fuego en su mente.

Lo primero que pensó fue que no parecía humana. Con el cuerpo salpicado de hematomas negros y la cara irreconocible, se parecía a algo extraño y primitivo, a una exótica criatura del bosque. Pero más allá de su aspecto, fue su actitud lo que lo impresionó. Estaba distante e inmóvil, igual que un árbol permanece estático, aun cuando el aire agita sus hojas.

Volvió a mirar, sin poder evitarlo. Ella se agachó sobre el agua, examinándose el rostro. El cabello mojado y enredado estaba suelto en su espalda, y ella lo echó hacia atrás con la palma de la mano, manteniéndolo apartado mientras estudiaba sus rasgos maltrechos con un interés desapasionado.

Se tanteó con cuidado aquí y allá, abriendo y cerrando las mandíbulas mientras con las yemas de los dedos se exploraba los contornos de la cara. Asegurándose, pensó él, de que no hubiera dientes sueltos o huesos rotos. Claire cerró los ojos y trazó las líneas de las cejas y la nariz, la mandíbula y los labios, con una mano tan firme y delicada como la de un pintor. Entonces agarró con decisión la punta de la nariz y tiró con fuerza de ella.

Roger se encogió instintivamente cuando la sangre y las lágrimas surcaron el rostro de Claire, pero ella no emitió ningún sonido. El estómago de Roger ya se había convertido en una pelota pequeña y dolorosa; en ese momento se le subió a la garganta, presionando a la cicatriz de la cuerda.

Ella se sentó en cuclillas, respirando profundamente, con los ojos cerrados y las manos ocultando el centro de la cara.

De pronto, Roger fue consciente de que estaba desnuda y él seguía mirando. Apartó la mirada con fuerza, con la sangre caliente en el rostro, y miró a Fraser, con la esperanza de que no lo hubiera notado. Y así fue; él ya no estaba allí.

Roger miró a su alrededor y lo vio casi de inmediato. Su alivio por el hecho de que no se hubiera dado cuenta de que estaba mirando fue superado enseguida por una sacudida de adrenalina cuando vio lo que Fraser estaba haciendo.

Estaba de pie junto a un cuerpo que se encontraba en el suelo.

La mirada de Fraser recorrió brevemente el perímetro, tomando nota de la posición de sus hombres, y Roger casi pudo sentir el esfuerzo con el que Jamie reprimía sus propios sentimientos. Entonces, sus brillantes ojos azules se clavaron en el hombre que tenía a sus pies, y Roger vio cómo inspiraba muy despacio.

Lionel Brown.

Sin tener la más mínima intención de hacerlo, Roger cruzó el claro. Ocupó su sitio a la derecha de Jamie sin ningún pensamiento consciente, con la atención centrada en el hombre que se encontraba en el suelo.

Brown tenía los ojos cerrados, pero no estaba dormido. Su cara estaba hinchada y llena de hematomas, además de sudorosa por la fiebre, pero sus rasgos maltrechos delataban una expresión de pánico apenas reprimido. Y, en opinión de Roger, estaba plenamente justificado.

Brown, el único superviviente de las actividades nocturnas, todavía estaba vivo sólo porque Arch Bug había detenido al joven Ian Murray a escasos centímetros cuando estaba a punto de aplastarle el cráneo con un tomahawk, no porque le molestara matar a un hombre herido, sino sólo por un frío pragmatismo.

—Tu tío tendrá preguntas —había dicho Arch, mirando a Brown con los ojos entornados—. Dejemos que éste viva lo bastante como para contestarlas.

Ian no había dicho nada, pero se había soltado el brazo del apretón de Arch Bug, había girado en redondo y había desaparecido en las sombras del bosque como el humo.

El rostro de Jamie era mucho menos expresivo que el de su cautivo, pensó Roger. Ni él mismo podía discernir los pensamientos de Fraser por su expresión... pero no era necesario. El hombre estaba inmóvil como una piedra, pero de todas formas había algo lento e inexorable que palpitaba en su interior. El mero hecho de encontrarse de pie a su lado era terrorífico.

—¿Qué te parece, amigo? —preguntó Fraser por fin, volviéndose hacia Arch, que estaba al otro lado de la camilla, con su cabello cano y manchado de sangre—. ¿Puede seguir viajando, o el trayecto lo matará?

Bug se inclinó hacia delante y examinó sin emoción alguna a Brown, que se hallaba tumbado.

—Yo digo que sobrevivirá. Tiene la cara roja, no blanca, y está despierto. ¿Quieres que lo llevemos con nosotros, o prefieres preguntar ahora?

Durante un breve instante se quitó la máscara, y Roger, que había estado observando el rostro de Fraser, vio en sus ojos justo lo que deseaba hacer. Si Lionel Brown lo hubiera visto también, habría saltado de la camilla y habría salido corriendo, con la pierna rota o sin ella. Pero sus párpados se mantenían tozudamente cerrados, y como Jamie y el viejo Arch hablaban en gaélico, Brown ignoraba lo que decían.

Dejando sin respuesta la pregunta de Arch, Jamie se inclinó y puso la mano sobre el pecho de Brown. Roger pudo ver el pulso en el cuello de Lionel y su respiración, rápida y poco profunda. Pero seguía con los párpados cerrados, aunque los globos oculares se movían de lado a lado, frenéticos, debajo de ellos.

Jamie permaneció inmóvil durante lo que pareció bastante rato y lo que debió de ser una eternidad para Brown. Luego emitió un pequeño sonido que podría haber sido tanto una risa de desprecio como un bufido de asco, y se levantó.

—Nos lo llevamos. Ocúpate de mantenerlo con vida —dijo en inglés—. Por ahora.

Brown siguió haciéndose el dormido durante todo el trayecto hasta el Cerro, a pesar de las sanguinarias especulaciones que varios miembros de la partida hacían en voz lo bastante alta para que él pudiera escucharlas. Roger ayudó a desabrocharle las correas de la parihuela al final del viaje. Su ropa y las mantas que lo envolvían estaban empapadas de sudor, y el olor del miedo era palpable a su alrededor.

Claire hizo un movimiento hacia el herido, frunciendo el ceño, pero Jamie la detuvo agarrándola del brazo. Roger no oyó lo que Jamie le dijo a Claire, pero ella asintió y entró con él en la Casa Grande. Un momento después, apareció la señora Bug sin decir ni una palabra, y se ocupó de Lionel Brown.

Murdina Bug no era como Jamie ni como el viejo Arch; sus pensamientos podían descifrarse claramente en sus pálidos labios o en el tormentoso entrecejo. Pero Lionel Brown aceptó el agua que ella le ofrecía, y con los ojos bien abiertos, la miró como si fuera la luz de su salvación. A Roger le pareció que a ella le habría gustado matar a Brown como a una de las cucarachas que exterminaba sin piedad en su cocina. Pero Jamie deseaba mantenerlo vivo, de modo que sobreviviría.

Por ahora.

Un ruido en la puerta hizo que la atención de Roger volviera de inmediato al presente. ¡Brianna!

Pero Bree no estaba allí cuando él abrió la puerta; sólo el ruido de unas ramitas y bellotas agitadas por el viento. Dirigió la mirada al oscuro sendero, esperando verla, pero aún no había señales de ella. Por supuesto, se dijo, probablemente Claire la necesitaba.

«Yo también.»

Reprimió el pensamiento, pero se quedó en la puerta, mirando hacia fuera, con el viento zumbando en sus oídos. Brianna había ido de inmediato a la Casa Grande, en el momento en que él llegó para decirle que su madre estaba a salvo. Roger no le había explicado mucho más, pero ella se había dado cuenta de algunas de las cosas que habían sucedido —había sangre en la ropa de Roger— y apenas había hecho una pausa para asegurarse de que ninguna gota de esa sangre le pertenecía a él antes de salir corriendo.

Roger cerró la puerta con cuidado y se cercioró de que la corriente no hubiera despertado a Jemmy. Sintió el impulso inmenso de levantar al niño y, a pesar de que tenía arraigada la idea paternal de que no había que molestar a un niño que dormía, sacó a Jem de la cama nido; tenía que hacerlo.

Jem yacía pesado y aturdido en sus brazos. Se agitó, levantó la cabeza y parpadeó, con sus ojos azules vidriosos a causa del sueño.

—Está bien —susurró Roger palmeándole la espalda—. Papá está aquí.

Jem suspiró y dejó caer la cabeza sobre el hombro de Roger con la fuerza de un cañón. Pareció que se hinchaba de nuevo por un segundo, pero luego se llevó el pulgar a la boca y entró en ese peculiar estado de flojera común en los niños cuando duermen. Su piel pareció fundirse cómodamente con la de Roger, con una confianza tan completa que ni siquiera tenía que proteger su cuerpo; papá se ocuparía de ello.

Roger cerró los ojos para evitar las lágrimas que comenzaban a aparecer, y apretó la boca contra la suave calidez del cabello de Jemmy.

La luz del fuego creaba sombras negras y rojas en la parte interior de sus párpados; mirándolas, podía mantener las lágrimas a raya. No importaba lo que viera en ellas. Tenía el recuerdo de una serie de momentos horripilantes y vívidos del amanecer, pero podía contemplarlos con indiferencia... por ahora. Era la confianza adormilada en sus brazos la que lo conmovía, así como el eco de sus propias palabras susurradas.

¿Era tal vez un recuerdo? Quizá no era más que un deseo... que una vez lo despertaran mientras estaba dormido, sólo para volverse a dormir otra vez en unos brazos fuertes, mientras oía «Papá está aquí».

Inspiró profundamente, al mismo tiempo que su respiración se acomodaba al ritmo de la de Jem, lo que hizo que se calmara. Parecía importante no llorar, incluso aunque no hubiera nadie cerca que pudiera verlo o le importara.

Cuando se alejaron de la camilla de Brown, Jamie lo había mirado con un interrogante en sus ojos.

—Espero que no pienses que sólo me preocupo por mí mismo —le había dicho en voz baja.

Su vista se había dirigido a la abertura entre los arbustos por donde había desaparecido Claire, entornando un poco los ojos, como si no soportara mirar, pero tampoco pudiera mantener la vista alejada.

—Por ella —dijo, tan bajo que Roger casi no pudo oírlo—. ¿Crees que ella preferiría... quedarse con la duda, si llegáramos a ese punto?

Roger inspiró profundamente con la nariz clavada en el cabello de su hijo, y deseó, por el amor de Dios, haber dicho lo correcto, allí, entre los árboles.

—No lo sé —respondió—. Pero para ti... si hay lugar para la duda... yo digo que la aceptes.

Si Jamie estaba dispuesto a seguir ese consejo, Bree debería regresar a casa pronto.

—Estoy bien —dije con firmeza—. Perfectamente.

Bree me miró entornando los ojos.

—Claro que sí —intervino—. Parece que te haya pasado por encima una locomotora. Dos locomotoras.

—Sí —asentí, y me toqué el labio partido con mucho cuidado—. Bueno, sí, pero a excepción de eso...

—¿Tienes hambre? Siéntate, mamá. Te prepararé un poco de té, y después quizá algo para comer.

Yo no tenía hambre, no quería té, y en especial no deseaba sentarme después de un largo día a lomos de un caballo. Pero Brianna ya estaba sacando la tetera de su estantería sobre el aparador, y yo no podía encontrar las palabras apropiadas para disuadirla. De pronto, parecía que me había quedado sin habla. Me volví hacia Jamie, desesperada.

Él, de alguna manera, adivinó mis sentimientos, aunque no hubiera podido leer gran cosa en mi cara, dado su estado actual. Dio un paso hacia delante y le quitó la tetera a Brianna, murmurando algo en voz demasiado baja como para que yo pudiera oírlo. Ella lo miró con el entrecejo fruncido, me miró a mí, y luego otra vez a él, sin dejar de fruncir el ceño. Entonces su cara cambió un poco y se acercó a mí, examinándome las facciones.

—¿Un baño? —preguntó en tono quedo—. ¿Te lavo el pelo?

—Ah, sí —contesté, y mis hombros se encorvaron de alivio y gratitud—. Por favor.

En ese momento sí me senté y dejé que me pasara la esponja por manos y pies, y que me lavara el cabello en una palangana con agua caliente sacada del caldero que se encontraba en el fuego. Lo hizo en silencio, canturreando en voz muy baja, y yo comencé a relajarme gracias al roce tranquilizador de sus dedos largos y fuertes.

Había dormido parte del trayecto por lo exhausta que estaba, apoyada en el pecho de Jamie. Pero en realidad no hay manera de descansar por completo sobre un caballo, y en esos momentos empecé a dormitar, siendo tan sólo consciente de una manera distante de que el agua del recipiente había adquirido un tono rojo mugriento y borroso, lleno de arenilla y trozos de hojas.

Antes me había puesto una camisa limpia; la sensación del gastado lino contra mi piel era todo un lujo, fresco y suave.

Bree seguía canturreando en voz baja. ¿Qué era...? Creo que *Mr. Tambourine Man*. Una de esas dulces canciones tontas de los sesent...

1968.

Dejé escapar un gemido y la mano de Bree me cogió la cabeza impidiendo que me cayera.

—¿Mamá? ¿Estás bien? ¿He tocado algo que...?

—¡No! No, estoy bien —dije contemplando los remolinos de tierra y sangre. Respiré hondo mientras mi corazón latía con fuerza—. Perfectamente. Sólo que... me estaba quedando dormida. Eso es todo.

Ella soltó un resoplido, pero quitó las manos y fue a buscar una jarra de agua para enjuagarme el cabello, dejándome aferrada al borde de la mesa, mientras trataba de no estremecerme.

«Usted actúa como si no tuviera miedo a los hombres. Debería mostrarse más temerosa.» Ese eco particularmente irónico llegó a mí con total claridad, junto con el perfil de la cabeza de aquel joven, con su melena de león recortada por la luz del fuego. No podía recordar su rostro, pero ¿estaba segura de que había visto ese pelo?

Después, Jamie me había cogido del brazo, y me había sacado de debajo del árbol en el que yo me había refugiado, llevándome hacia el claro. El fuego se había dispersado durante la pelea; había piedras ennegrecidas y franjas de hierba chamuscada y aplastada aquí y allá... entre los cuerpos. Él me había llevado de uno a otro, poco a poco. Por fin, había hecho una pausa y había dicho en voz baja:

—¿Ves que están muertos?

Sí lo veía, y entendí por qué me lo había mostrado: para que no temiera su regreso o su venganza. Pero no se me ocurrió contarlos, ni mirarles las caras de cerca. Incluso si hubiera estado segura de cuántos había... Me estremecí otra vez, y Bree me puso una toalla tibia alrededor de los hombros, murmurando palabras que no oí a causa de las preguntas que clamaban en mi cabeza.

¿Donner estaba entre los muertos? ¿O me había hecho caso cuando le dije que si era listo debía huir? No me había parecido un joven muy astuto.

Pero sí un cobarde.

El agua caliente fluyó por mis oídos, ahogando el sonido de las voces de Jamie y Brianna por encima de mi cabeza; apenas pude entender una o dos palabras, pero cuando volví a sentarme erguida, con el agua chorreando por el cuello, sujetando la toalla en mi pelo, Bree estaba dirigiéndose con vacilación hacia su manto, que estaba colgado en un gancho junto a la puerta.

—¿Estás segura de que te encuentras bien, mamá? —El entrecejo se le había vuelto a fruncir, pero esta vez logré articular unas palabras de confirmación.

—Gracias, cariño, ha sido maravilloso —dije con absoluta sinceridad—. Lo único que quiero ahora es dormir —añadí con un poco menos de convicción.

Seguía sintiéndome muy cansada, pero ya me había despertado del todo. Lo que quería era... bueno, en realidad no sabía bien qué quería, pero una falta total de compañía solícita estaba en la lista. Además, antes había visto de reojo a Roger, manchado de sangre, pálido y tambaleante a causa del agotamiento; yo no era la única víctima de los recientes sucesos desagradables.

—Vete a tu casa, muchacha —afirmó Jamie en voz baja. Descolgó la capa del gancho y se la colocó sobre los hombros, dándole unas suaves palmadas—. Da de comer a tu marido. Llévalo a la cama y reza una plegaria por él. Yo me ocuparé de tu madre, ¿de acuerdo?

Los ojos azules de Bree, dominados por la preocupación, oscilaron entre nosotros dos, pero yo la miré con lo que esperaba que fuera una expresión tranquilizadora (aunque me dolía hacerlo), y tras un instante de vacilación, ella me abrazó con fuerza, me besó en la frente con mucha delicadeza y se marchó.

Jamie cerró la puerta y se quedó apoyado en ella, con las manos detrás. Yo estaba acostumbrada a la impasible expresión con la que él solía enmascarar sus pensamientos cuando estaba preocupado o enfadado, pero ahora no la tenía, y lo que veía en su cara me inquietó muchísimo.

—No debes preocuparte por mí —dije en el tono más tranquilizador que pude—. No estoy traumatizada ni nada de eso.

—¿No? —preguntó él con recelo—. Bueno... tal vez sea cierto y no debería preocuparme, si supiera qué quieres decir con eso.

—Ah. —Me sequé la cara mojada con mucha suavidad, y me pasé la toalla por la nuca—. Bueno. Quiero decir... muy herida... o terriblemente impresionada. Es una palabra griega, creo... la raíz, es decir, «trauma».

—¿Ah, sí? Y tú no estás... traumatizada, dices.

Entornó los ojos, mientras me examinaba con la crítica atención que se suele emplear cuando se contempla la posibilidad de adquirir un costoso pura sangre.

—Estoy bien —afirmé, echándome un poco hacia atrás—. Sólo... me encuentro bien. Sólo un poco... desconcertada.

Él dio un paso hacia mí y yo me eché hacia atrás con brusquedad, mientras me daba cuenta un poco tarde de que estaba apretando la toalla en mi pecho a modo de escudo. Me obligué a bajarla, y sentí que la sangre me cosquilleaba de manera desagradable en algunos puntos de la cara y el cuello.

Él permaneció inmóvil, contemplándome con los ojos entornados. Entonces bajó la mirada al suelo entre nosotros, y permaneció allí de pie, como si estuviera absorto en sus pensamientos, y luego flexionó sus grandes manos. Una, dos veces. Muy lentamente. Y yo oí —con total claridad— el sonido de las vértebras de Arvin Hodgepile separándose.

La cabeza de Jamie se levantó de golpe con un gesto de alarma, y advertí que yo estaba de pie, al otro lado de la silla, con la toalla hecha un ovillo y presionada en la boca. Mis codos, rígidos y lentos, se movían como si fueran bisagras oxidadas, pero bajé la toalla. Tenía los labios casi igual de rígidos, pero logré hablar.

—Estoy un poco desconcertada, sí —dije sin tapujos—. Ya mejoraré, no te preocupes. No quiero que te preocupes.

El inquieto escrutinio de su mirada flaqueó de pronto como el cristal de una ventana golpeada por una piedra, que está a punto de romperse. Él cerró los ojos. Tragó saliva una vez y volvió a abrirlos.

—Claire —dijo en voz muy baja, y los fragmentos rotos y astillados se vieron claramente, afilados y dentados, en sus ojos—. A mí me han violado. ¿Y tú me dices que no debo preocuparme por ti?

—¡Oh, Dios mío, maldita sea! —Lancé la toalla al suelo, y enseguida deseé no haberlo hecho. Me sentía desnuda, de pie con mi enagua; odiaba el cosquilleo de mi piel con una repentina pasión que hizo que me golpeara el muslo para aplacarlo—. ¡Maldita sea, maldita sea, maldita sea! No quiero que tengas que pensar en ello otra vez. ¡No! —Y, sin embargo, sabía desde el principio que esto ocurriría.

Cogí con fuerza el respaldo de la silla con ambas manos, al mismo tiempo que me obligaba a mirarlo a los ojos, deseando lanzarme a esas brillantes esquirlas para protegerlo de ellas.

—Mira —dije serenando la voz—. No quiero... no quiero que recuerdes cosas que conviene olvidar.

Jamie torció la comisura de su boca al oír aquello.

—Dios mío —afirmó, en un tono parecido al desconcierto—. ¿Pensabas que podría olvidar aquello?

—Tal vez no —respondí rindiéndome. Lo miré con los ojos llenos de lágrimas—. Pero... ¡Dios mío, Jamie, deseaba tanto que lo olvidaras!

Él extendió una mano con gran delicadeza y con la yema del dedo índice me tocó la mía, mientras mi mano seguía aferrada a la silla.

—No te preocupes —intervino en voz baja, y retiró el dedo—. Ahora no tiene importancia. ¿Quieres descansar un poco, Sassenach? ¿O comer algo?

—No. No quiero... no.

De hecho, no podía decidir qué quería hacer. No deseaba hacer nada, salvo abrirme la piel, salir de ella y huir, lo cual no parecía factible. Respiré hondo una o dos veces, con la esperanza de calmarme y recuperar aquella agradable sensación de completo agotamiento.

¿Debía preguntarle por Donner? Pero ¿qué podía preguntarle? «¿Por casualidad mataste a un hombre de cabello largo y enmarañado?» Todos, hasta cierto punto, se parecían. Donner había sido —o posiblemente todavía era— indio, pero nadie lo habría notado en la oscuridad, en el fragor de la batalla.

—¿Cómo... cómo está Roger? —pregunté, a falta de otra cosa mejor que decir—. ¿E Ian? ¿Fergus?

Jamie se sobresaltó un poco, como si hubiera olvidado su existencia.□—¿Ellos? Los muchachos están bien. Ninguno resultó herido en la pelea. Hemos tenido suerte.

Vaciló, luego dio un paso hacia mí, con cuidado, mirándome a los ojos. Yo no grité ni salí corriendo, y él dio otro paso, acercándose tanto que pude percibir el calor de su cuerpo. Ya no estaba sobresaltada y tenía algo de frío con la camisa húmeda, de modo que me relajé un poco, balanceándome en su dirección, y noté que la tensión de sus propios hombros se relajaba ligeramente al ver mi movimiento.

Me tocó la cara con mucho cuidado. La sangre palpitaba justo debajo de la tierna superficie, y tuve que hacer un gran esfuerzo por no apartarme con un sobresalto de su roce. Él se dio cuenta y retiró la mano un poco, de modo que revoloteó justo por encima de mi piel. Podía sentir el calor de su palma.

—¿Se curará? —preguntó mientras las yemas de sus dedos se movían sobre el corte de mi ceja izquierda; luego descendieron por el campo minado de la mejilla y se detuvieron en el rasguño de la mandíbula, donde la bota de Harley Boble había estado cerca de tocar un punto que me hubiera roto el cuello.

—Por supuesto que sí. Ya lo sabes; has visto cosas peores en el campo de batalla. —Habría sonreído para reconfortarlo, pero no quería abrir de nuevo la profunda herida de mi labio, así que hice una especie de mueca similar a la de un pez que boquea. Aquello lo cogió desprevenido e hizo que sonriera.

—Sí, lo sé. —Agachó un poco la cabeza, con timidez—. Es sólo... —Su mano seguía revoloteando por encima de mi cara, y tenía una expresión de ansiedad en la suya—. Oh, Dios mío, *mo nighean donn* —dijo en voz baja—. Oh, Dios mío, tu hermosa cara.

—¿No puedes soportar mirarla? —pregunté, apartando mi propia mirada y sintiendo una pequeña y aguda punzada al pensarlo, al tiempo que intentaba convencerme de que no importaba. Después de todo, se curaría.

Sus dedos tocaron mi mentón, con suavidad pero con firmeza, y lo levantaron, de modo que tuve que volver a mirarlo. Su boca se apretó un poco mientras su mirada recorría con lentitud mi cara maltrecha, haciendo un inventario de los daños. Tenía los ojos suaves y oscuros a la luz de la vela, con los rabillos tensos a causa del dolor.

—No —dijo en voz baja—. No puedo soportarlo. Mirarte me desgarra el corazón. Y me llena de tal furia que creo que debo matar a alguien o estallaré. Pero por el Dios que te ha creado, Sassenach, no voy a yacer contigo si no puedo mirarte a la cara.

—¿Yacer conmigo? —dije sin entender—. ¿Qué...? ¿Quieres decir? ¿Ahora?

Su mano se alejó de mi mentón, pero él me miró con firmeza, sin parpadear.

—Bueno... sí. Ahora.

Si no hubiese tenido la mandíbula tan hinchada, la boca se me habría abierto del asombro.

—Ah... ¿Por qué?

—¿Por qué? —repitió él. Entonces bajó la mirada y se encogió de hombros como hacía cuando se sentía avergonzado o turbado—. Yo... bueno... me parece... necesario.

Yo sentí una muy inapropiada necesidad de reír.

—¿Necesario? ¿Crees que es como si me hubiera caído del caballo y ahora tuviera que volver a montar en él?

Levantó la cabeza y me lanzó una mirada furiosa.

—No —respondió apretando los dientes. Tragó saliva con fuerza y de manera visible, refrenando de forma evidente sus fuertes sentimientos—. ¿Estás... estás muy mal, entonces?

Lo miré fijamente a través de mis párpados hinchados.

—¿Es eso acaso una especie de broma...? —pregunté, pero entonces me di cuenta de a qué se refería. Sentí que el calor inundaba mi cara y mis golpes palpitaban. Respiré hondo para estar segura de que podía hablar sin vacilar—: Me han molido a palos, Jamie, y han abusado de mí de varias maneras desagradables. Aunque sólo uno... hubo sólo uno que realmente... Él... él no fue... rudo.

Tragué saliva, pero el duro nudo de mi garganta no cedió. Las lágrimas hicieron que la luz de la vela se viera más borrosa, y no alcanzaba a verle la cara. Aparté los ojos, parpadeando.

—¡No! —añadí, en un tono bastante más alto del que quería—. No estoy... mal.

Entre dientes, él dijo algo breve y explosivo en gaélico y se alejó de la mesa. Su banqueta cayó al suelo con un estruendo, y él la pateó. Luego volvió a patearla, una y otra vez, y la pisó con tanta violencia que algunos pedacitos de madera salieron volando por la cocina y golpearon el armario de los pasteles con pequeños silbidos.

Me senté completamente inmóvil, demasiado sorprendida y aturdida como para angustiarme. «¿No tendría que habérselo dicho?», me pregunté. Pero él lo sabía, sin duda. Cuando me encontró me lo preguntó: «¿Cuántos?», dijo. Y después: «Matadlos a todos.»

Pero... saber algo era una cosa, y conocer los detalles era otra muy distinta. Yo lo sabía, y lo observé con un extraño sentimiento de culpa mientras él pateaba las astillas de la banqueta y caminaba deprisa hacia la ventana. Estaba cerrada, pero Jamie se quedó inmóvil, con las manos sobre el alféizar, dándome la espalda con los hombros convulsionados. No pude ver si estaba llorando.

Se estaba levantando viento; una pequeña borrasca venía del oeste. Los postigos se agitaron y el fuego sofocado por la noche expulsó nubecillas de hollín cuando el viento descendió por la chimenea. Luego la ventisca amainó y no se oyó ningún sonido más que el pequeño y repentino ¡*crac*! de una brasa en la chimenea.

—Lo lamento —dije por fin en voz baja.

Jamie se dio la vuelta y me miró con furia. No estaba llorando, pero había estado haciéndolo; tenía las mejillas húmedas.

—¡No te atrevas a lamentarlo! —rugió—. ¡No pienso aceptarlo! ¿Me oyes? —Dio un paso de gigante hacia la mesa y descargó el puño sobre la madera, con fuerza suficiente como para hacer saltar el salero y volcarlo—. ¡No lo lamentes!

Había cerrado los ojos de forma instintiva, pero me obligué a abrirlos de nuevo.

—De acuerdo —dije. Yo también había vuelto a sentirme terriblemente exhausta, y muy cerca del llanto—. No lo haré.

Luego se produjo un silencio tenso. Oí las castañas que caían en el bosquecillo detrás de la casa, desplazadas por el viento. Una, y luego otra, y otra, en una lluvia de pequeños golpes amortiguados. Entonces Jamie respiró hondo, estremeciéndose, y se limpió la cara con la manga.

Puse los codos sobre la mesa y apoyé la cabeza en las manos; me resultaba demasiado pesada como para seguir sosteniéndola.

—Necesario —dije, más calmada en dirección a la mesa—. ¿A qué te referías con necesario?

—¿No se te ha ocurrido que podrías estar embarazada?

Jamie había recuperado el control, y dijo aquello con la misma calma con la que me habría preguntado si iba a servir tocino con las gachas del desayuno.

Levanté la vista, alarmada.

—No lo estoy. —Pero mis manos bajaron de modo reflejo hacia mi vientre—. No lo estoy —repetí con más fuerza—. No puedo estarlo.

Aunque sí podía... había una posibilidad. Era muy remota, pero existía. Por lo general, yo utilizaba algún método anticonceptivo para estar segura... pero evidentemente...

—No lo estoy —insistí—. Lo sabría.

Él se limitó a mirarme con las cejas enarcadas. En realidad, no podía saberlo, era demasiado pronto. Demasiado pronto... Lo bastante pronto como para que si en realidad lo estuviera, y hubiera más de un hombre... existieran dudas. El beneficio de la duda, eso era lo que me estaba ofreciendo, a mí y a sí mismo.

Un profundo estremecimiento se forjó en las profundidades de mi matriz y se extendió de forma instantánea hacia el resto de mi cuerpo, poniéndome la carne de gallina a pesar del calor que hacía en la habitación.

«Martha», había susurrado aquel hombre, cuyo peso me apretaba contra las hojas.

—Mierda, mierda —dije en voz muy baja. Extendí las manos sobre la mesa, tratando de pensar.

«Martha.» Y su olor rancio, la carnosa presión de los muslos húmedos y desnudos, raspándome con el pelo...

—¡No! —Apreté las piernas y las nalgas con tanta fuerza por el asco, que me levanté algunos centímetros de mi asiento.

—Es posible... —comenzó a decir Jamie, tozudo.

—No lo estoy —repetí con la misma tozudez—. Pero incluso si... no puedes, Jamie.

Él me miró y yo percibí un brillo de temor en sus ojos. Eso, me di cuenta con una sacudida, era exactamente lo que él temía. O una de las cosas.

—Quiero decir que no podemos —añadí con rapidez—. Estoy casi segura de que no estoy embarazada... Pero no estoy para nada segura de no haber estado expuesta a alguna enfermedad repugnante. —Aquello era otra cosa en la que no había pensado hasta ese momento, y la carne de gallina volvió a surcar mi piel con toda su fuerza. Un embarazo era poco probable; la gonorrea o la sífilis, no—. No podemos. Al menos hasta que nos apliquemos penicilina.

Empecé a levantarme del asiento incluso antes de terminar de hablar.

—¿Adónde vas? —preguntó él sorprendido.

—¡A la consulta!

El pasillo estaba oscuro, y el fuego de mi consulta estaba apagado, pero eso no me detuvo. Abrí de un golpe la puerta del armario y comencé a tantear apresuradamente. Una luz cayó sobre mi hombro, iluminando la resplandeciente hilera de botellas. Jamie había encendido una cerilla y me había seguido.

—En nombre de Dios, ¿qué estás haciendo, Sassenach?

—Penicilina —contesté, cogiendo uno de los frascos y la bolsa de cuero donde guardaba mis jeringas de colmillos de serpiente.

—¿Ahora?

—¡Sí, ahora, maldita sea! Enciende la vela, ¿quieres?

Lo hizo, y la luz vaciló y aumentó su intensidad hasta convertirse en una esfera cálida y amarilla que se reflejaba en los tubos de cuero de mis jeringas de fabricación casera. Por suerte, tenía una cantidad suficiente de penicilina a mano. El líquido en el frasco era rosado; muchas de las colonias de *Penicillium* de esa partida estaban cultivadas en vino rancio.

—¿Estás segura de que dará resultado? —preguntó Jamie en voz baja, desde las sombras.

—No —respondí con los labios apretados—. Pero es lo que hay. —La visión de espiroquetas multiplicándose en silencio en mi torrente sanguíneo, segundo a segundo, hizo que me temblara la mano. Reprimí el temor de que la penicilina fuera defectuosa. Había obrado milagros en graves infecciones superficiales. No había razón alguna por la que...

—Déjame hacerlo, Sassenach.

Jamie me quitó la jeringa de la mano; mis dedos estaban resbaladizos y torpes. Los suyos estaban firmes, y su rostro, sereno a la luz de la vela cuando llenó la jeringa.

—Pónmela primero a mí —dijo entregándomela.

—¿Que... tú? Pero tú no necesitas... Quiero decir... tú odias las inyecciones —terminé débilmente.

Lanzó un pequeño bufido y bajó las cejas para mirarme.

—Escucha, Sassenach, si quiero combatir mis propios temores y los tuyos, y sí que lo quiero, entonces no voy a amilanarme por unos pinchazos, ¿no crees? ¡Hazlo! —Se puso de lado y se inclinó hacia delante. Apoyó un codo sobre la mesa y se levantó un poco el kilt, dejando al descubierto una musculosa nalga.

No estaba segura de si echarme a reír o llorar. Podría haber seguido discutiendo con él, pero cuando lo vi ahí con el culo al aire y testarudo como una mula, decidí que sería inútil. Estaba resuelto, y ambos tendríamos que vivir con las consecuencias.

Sintiéndome repentina y extrañamente calmada, levanté la jeringa y la apreté con suavidad para eliminar cualquier burbuja de aire.

—Muévete un poco —dije, dándole codazos—. Relaja esta parte; no quiero que se rompa la aguja.

Él inspiró con un siseo; la aguja era gruesa, y había suficiente alcohol producto del vino como para que le ardiera bastante, como descubrí un minuto más tarde cuando me apliqué mi propia inyección.

—¡Ay! ¡Uy! ¡Oh, por los clavos de Roosevelt! —exclamé, apretando los dientes mientras retiraba la aguja de mi muslo—. ¡Dios, cómo duele!

Jamie me dedicó una sonrisa torcida, sin dejar de frotarse el trasero.

—Sí, bueno. El resto no será peor que esto, espero.

El resto... De pronto me sentí hueca y mareada, como si llevara una semana sin comer.

—¿Tú... estás seguro? —pregunté, dejando la jeringa sobre la mesa.

—No —dijo—. No lo estoy. — Entonces respiró hondo y me miró con una expresión de incertidumbre a la luz vacilante de la vela—. Pero quiero intentarlo. Debo hacerlo.

Yo me alisé el camisón de lino por encima del muslo donde me había aplicado la inyección, mirándolo mientras lo hacía. Él había arrojado todas sus máscaras mucho tiempo antes; la duda, la furia y el temor estaban presentes, grabados visiblemente en las desesperadas líneas de su rostro. Por una vez, pensé, mi propia expresión era más difícil de leer, enmascarada bajo los moretones.

Algo suave me rozó la pierna y bajé la mirada para ver que *Adso* me había traído un ratón muerto, sin duda, como muestra de apoyo. Empecé a sonreír, sentí cosquillas en el labio, y entonces miré a Jamie y dejé que el labio se partiera cuando sonreí. El sabor de la sangre caliente alcanzó mi lengua.

—Bueno... Has corrido siempre que te he necesitado; supongo que esta vez también te correrás.

Por un instante, Jamie me miró con una expresión de total desconcierto, sin captar el chiste tonto. Hasta que por fin lo entendió y la sangre le inundó la cara. Sus labios temblaron, incapaces de decidirse entre la sorpresa y la risa.

Creí que se había dado la vuelta para ocultar el rostro, sin embargo en realidad sólo lo había hecho para revisar el armario. Encontró lo que buscaba y entonces volvió a darse la vuelta sosteniendo una botella de mi mejor moscatel, oscura y brillante. La sostuvo entre el codo y el cuerpo, y a continuación cogió otra.

—Sí, lo haré —dijo, tendiendo su mano libre hacia mí—. Pero si crees que alguno de nosotros lo hará estando sobrio, Sassenach, estás muy equivocada.

Una ráfaga de viento que entró por la puerta abierta despertó a Roger de un sueño intranquilo. Se había quedado dormido en el banco de madera, con las piernas arrastrando en el suelo, y Jemmy acurrucado, pesado y caliente, en su pecho.

Levantó la mirada parpadeando, desconcertado, cuando Brianna se inclinó para coger al niño de sus brazos.

—¿Está lloviendo fuera? —preguntó él al advertir un ligero olor a humedad y ozono en su manto. Se irguió en el asiento y se frotó la cara con la mano para despabilarse, palpando la pelusa de una barba de cuatro días.

—No, pero pronto lloverá. —Puso a Jemmy en su cama, lo tapó y colgó el manto antes de regresar a donde estaba Roger. Olía a noche, y él sintió la mano fría de ella sobre su mejilla ruborizada. Le rodeó la cintura e inclinó la cabeza contra el cuerpo de ella, suspirando.

A Roger le hubiera gustado permanecer así para siempre... o al menos, el siguiente par de horas. Ella le acarició la cabeza suavemente durante un instante, pero luego se apartó y se agachó para encender la vela en la chimenea.

—Debes de tener hambre. ¿Te preparo algo?

—No. Quiero decir... sí, por favor.

Cuando los últimos restos de aturdimiento lo abandonaron, se dio cuenta de que en realidad sí estaba hambriento. Tras detenerse en el arroyo aquella mañana, no habían vuelto a parar, ya que Jamie estaba ansioso por regresar a casa. No recordaba cuándo había comido por última vez, pero no había sentido hambre hasta aquel instante.

Se abalanzó con voracidad sobre el pan con mantequilla y mermelada que ella le acercó, famélico. Comió sin pensar en nada más, y pasaron varios minutos hasta que se le ocurrió preguntar, tragando un último bocado grueso, mantecoso y dulce:

—¿Cómo está tu madre?

—Bien —contestó ella en una excelente imitación de Claire con su más rígido acento inglés—. Perfectamente. —Brianna hizo una mueca, y Roger se rió en voz baja, lanzando una mirada automática a la cama.

—¿En serio?

Bree lo miró enarcando una ceja.

—¿Es que tú lo crees?

—No —admitió él serenándose—. Pero no creo que te lo dijera si no fuera así. No quiere que te preocupes.

Ella emitió un ruido bastante grosero con la glotis como respuesta a esa idea, y le dio la espalda, apartando del cuello su largo cabello.

—¿Me ayudas con los cordones?

—Te pareces a tu padre cuando haces ese ruido, sólo que un poco más agudo. ¿Has estado practicando?

Se puso en pie y le desató los cordones. También le desabrochó el corsé, y en un impulso, deslizó las manos por el vestido abierto, posándolas sobre la cálida curva de sus caderas.

—Todos los días. ¿Y tú? —Ella se reclinó contra él, y sus manos ascendieron, hasta que le cubrieron los pechos instintivamente.

—No —admitió—. Duele. —Había sido sugerencia de Claire que Roger tratara de cantar, levantando y bajando la voz a un tono más agudo y más grave que el normal, con la esperanza de que se aflojaran sus cuerdas vocales, para así tal vez recuperar un poco de su resonancia original.

—Cobarde —dijo ella, pero su voz era casi tan suave como el pelo que le rozaba la mejilla.

—Sí, lo soy —respondió él con la misma suavidad.

Sí que le dolía, pero no era el dolor físico lo que en realidad le molestaba. Era sentir el eco de su antigua voz en los huesos, su facilidad y su poder, y luego oír los burdos ruidos que emergían de su garganta con tanta dificultad. Graznidos, gruñidos y chillidos. Como un cerdo asfixiándose en un grito, pensó con desdén.

—Ellos son los cobardes —añadió Bree sin alzar la voz, pero con un tono firme. Se tensó un poco en brazos de Roger—.

¡Su cara... su pobre cara! ¿Cómo pudieron hacerle eso? ¿Cómo puede alguien hacer algo así?

Roger tuvo una visión repentina de Claire, desnuda junto a la charca, muda como las piedras, con los pechos manchados con la sangre procedente de su nariz. Se echó hacia atrás y apartó las manos con fuerza.

—¿Qué? —inquirió Brianna alarmada—. ¿Qué ocurre?

—Nada. —Él sacó las manos de su vestido y retrocedió—. Yo... eh, ¿queda algo de leche?

Ella lo miró sin comprender, pero salió al cobertizo trasero y volvió con una jarra de leche. Él se la tomó con entusiasmo, consciente de los ojos de ella clavados en él, mientras se desvestía y se ponía el camisón.

Brianna se sentó en la cama y comenzó a cepillarse el cabello para trenzarlo antes de dormir. En un impulso, él extendió el brazo y le quitó el cepillo. Sin hablar, pasó una mano por el espesor de su cabello, levantándolo y apartándoselo de la cara.

—Eres hermosa —susurró, y sintió que sus ojos volvían a llenarse de lágrimas.

—Tú también.

Ella levantó los brazos hasta los hombros de Roger e hizo que se arrodillara lentamente frente a ella. Lo miró a los ojos como buscando algo, y él hizo lo que pudo por devolverle la mirada. Entonces Brianna sonrió un poco y buscó con las manos la cinta que ataba el pelo de él.

Al soltarlo, el cabello cayó alrededor de sus hombros en una polvorienta maraña negra que olía a quemado, a sudor rancio y a caballos. Protestó cuando Bree cogió su cepillo, pero ella no le prestó atención y lo obligó a inclinar la cabeza sobre sus piernas mientras le quitaba del pelo los restos de pino y abrojos, desenredándolo con cuidado. Él agachó la cabeza un poco más, y luego más aún, hasta que por fin apoyó la frente en las piernas de su mujer, oliendo su aroma.

A Roger le vinieron a la mente las pinturas medievales de pecadores arrodillados, con las cabezas gachas en confesión y arrepentimiento. Los presbiterianos no confesaban de rodillas... pero los católicos todavía sí. Así, en la oscuridad... en el anonimato.

—No me has preguntado qué ha ocurrido —susurró por fin, a las sombras de los muslos de ella—. ¿Te lo ha explicado tu padre?

Él la oyó respirar, pero su voz era serena cuando respondió:

—No.

No dijo nada más y la habitación quedó en silencio, excepto por el sonido del cepillo en su pelo, y las crecientes ráfagas de viento en el exterior.

¿Cómo estaría Jamie?, se preguntó de pronto. ¿De verdad lo haría? ¿Trataría de...? Intentó alejar ese pensamiento, incapaz de soportarlo. En cambio, vio la imagen de Claire saliendo del alba, con la cara convertida en una máscara hinchada. Seguía siendo ella, pero remota como un planeta distante en una órbita que despega a los extremos más lejanos del profundo espacio... ¿cuándo volvería a aparecer? Agachándose para tocar a los muertos, a instancias de Jamie, para que ella misma constatara el precio de su honor.

No era la posibilidad de un niño, pensó de repente. Era miedo... Pero no de eso. Era el miedo de Jamie a perderla, a que ella se fuera, a que se trasladara a un espacio oscuro y solitario sin él, a menos que él pudiera hacer algo que la atara, que la mantuviera a su lado. Pero, por Dios, qué riesgo tan grande... con una mujer tan herida y maltratada, ¿cómo podía correr ese riesgo?

¿Cómo podría no hacerlo?

Brianna apartó el cepillo, pero dejó una mano posada suavemente sobre su cabeza, acariciándola. Él mismo conocía ese temor demasiado bien; recordaba el abismo que se había formado entre ambos, y la valentía que había hecho falta para salvarlo. Que les había hecho falta a los dos.

Quizá él era una especie de cobarde... pero no de ese tipo.

—Brianna —dijo, y sintió el nudo en la garganta, el de la cicatriz de la cuerda. Ella captó la necesidad en su voz y lo miró cuando él levantó la cabeza. Llevó la mano hacia la cara de Roger y él la cogió con fuerza, apretándola contra su mejilla, frotándola contra esa mano.

—Brianna —requirió de nuevo.

—¿Qué? ¿Qué ocurre? —Su voz era suave, pero estaba llena de urgencia.

—Brianna, ¿quieres escucharme?

—Sabes que sí. ¿De qué se trata? —Ella tenía el cuerpo junto al suyo, queriendo atenderlo, y él deseó ese consuelo con tanta fuerza que la habría tumbado allí mismo, sobre la alfombra, delante del fuego, y hubiera metido la cabeza entre sus pechos, aunque todavía no.

—Sólo... escucha lo que tengo que decir. Y luego... por favor... dime que he hecho lo correcto.

«Dime que me amas todavía», quiso decir, pero no pudo.

—No tienes que contarme nada —susurró ella. Tenía los ojos oscuros y suaves, infinitamente llenos de un perdón que él aún no se había ganado. Y, en algún lugar detrás de ellos, él vio otro par de ojos que lo contemplaban ebrios y perplejos, que de inmediato se tornaron temerosos cuando él levantaba el brazo para asestar el golpe mortal.

—Sí, debo hacerlo —respondió él en voz queda—. Apaga la vela, ¿de acuerdo?

No en la cocina, donde todavía estaban esparcidos los restos del naufragio emocional. No en la consulta, con todos aquellos recuerdos ásperos. Jamie vaciló, pero luego hizo un gesto hacia la escalera, enarcando una ceja. Yo asentí, y lo seguí hasta nuestro dormitorio.

Parecía familiar y a la vez extraño, igual que cuando entras en un lugar por primera vez. Tal vez era sólo mi nariz lesionada lo que hacía que oliera raro, o quizá ese olor sólo existía en mi imaginación, frío y algo rancio, ya que estaba todo barrido y limpio. Jamie avivó el fuego y surgió una luz que se proyectó en las paredes de madera, mientras los olores del humo y la resina ayudaban a llenar la sensación de vacío de la estancia.

Ninguno de los dos miramos en dirección a la cama. Él encendió la vela que estaba sobre el lavabo, luego acercó nuestras dos banquetas a la ventana y abrió los postigos a la agitada noche. Había traído dos tazas de peltre; las llenó y las depositó sobre el amplio alféizar, junto con las botellas.

Yo permanecí junto a la puerta, observando sus preparativos, sintiéndome muy extraña. Mis sentimientos eran muy contradictorios. Por un lado, tenía la impresión de que él era un completo desconocido. Ni siquiera podía imaginar ni recordar sentirme a gusto tocándolo. Su cuerpo ya no era una agradable extensión del mío, sino algo ajeno, inaccesible.

Al mismo tiempo, unas alarmantes punzadas de lujuria me atravesaban sin advertencia previa. Había estado ocurriendo todo el día. No se parecía en nada al lento ardor del deseo habitual, ni a la chispa instantánea de la pasión. Ni siquiera a aquel anhelo cíclico y mecánico del útero de necesidad de copular que pertenecía completamente al cuerpo. Aquello daba miedo.

Él se agachó para poner otro leño en el fuego, y yo casi me tambaleé. La sangre había abandonado mi cabeza. La luz brillaba en el vello de sus brazos, en los oscuros huecos de su cara...

Era esa sensación pura e impersonal de un apetito voraz —algo que me poseía, pero que no formaba parte de mí— lo que me aterrorizaba. Y ese temor era lo que me hacía evitar su roce, más que el distanciamiento que sentía.

—¿Estás bien, Sassenach? —Él había visto mi cara y se acercó a mí, frunciendo el ceño. Levanté una mano para detenerlo.

—Bien —dije, casi sin aire. Me senté deprisa; tenía las rodillas flojas, y cogí una de las tazas que él acababa de llenar—. Salud...

Sus cejas se alzaron, pero tomó el asiento opuesto al mío.

—Salud —repitió en voz baja, y chocó su taza contra la mía. El vino era pesado y tenía un olor dulce en mi mano.

Mis dedos estaban fríos; los dedos de mis pies también, así como la punta de la nariz. Eso también cambiaba sin advertencia previa. Al cabo de un minuto tal vez me sentiría sofocada, sudorosa y ruborizada. Pero por el momento tenía frío, y me estremecí con la brisa que procedía de la ventana, cargada de lluvia.

El olor del vino era lo bastante intenso como para generar un impacto incluso en mis dañadas mucosas, y la dulzura resultó ser un alivio tanto para los nervios como para el estómago. Tomé la primera taza con rapidez, y me serví otra, tratando de crear rápidamente una pequeña capa de olvido entre la realidad y yo misma.

Jamie bebía más despacio, pero volvió a llenar su copa cuando yo lo hice. El baúl de cedro de las mantas, calentado por el fuego, comenzaba a desprender su familiar fragancia por la habitación. Él me miraba cada cierto tiempo, pero no decía nada. El silencio entre nosotros no era precisamente embarazoso, pero sí inquietante.

«Tengo que decir algo», pensé. Pero ¿qué? Tomé el segundo vaso mientras me devanaba los sesos.

Por fin, extendí la mano con suma lentitud y le toqué la nariz, donde una fractura que se había curado tiempo atrás presionaba la piel y formaba una delgada línea blanca.

—¿Sabes que nunca me has explicado cómo te rompiste la nariz? —pregunté—. ¿Quién te la curó?

—Ah, ¿eso? Nadie. —Sonrió, tocándosela con timidez—. Tuve suerte de que fuera una fractura limpia, porque en su momento no le presté la menor atención.

—Lo supongo. Has dicho... —Me interrumpí, recordando de repente lo que había dicho.

Cuando volví a encontrarlo en su imprenta de Edimburgo, le pregunté cuándo se la había roto. Él respondió: «Unos tres minutos después de la última vez que te vi, Sassenach.» En la víspera de Culloden, en aquella colina rocosa escocesa, debajo del círculo de piedras erectas.

—Lo siento —dije en voz baja—. No querrás pensar en ello, ¿verdad?

Él me agarró la mano libre con fuerza y me miró.

—Puedes saberlo —intervino. Su voz era muy baja, pero él clavó sus ojos en los míos—. Todo. Todo lo que alguna vez he sufrido. Si lo deseas, si eso te ayuda, lo reviviré todo para ti.

—Oh, Dios mío, Jamie —lamenté en voz queda—. No, no necesito saber; lo único que preciso es saber que sobreviviste a ello. Que estás bien. Pero... —Vacilé—. ¿Me atrevo yo a contártelo a ti? —Lo que yo había sufrido, quería decir, y él lo sabía. Entonces apartó la vista, aunque me sostuvo la mano entre las suyas, acunándola y frotando su palma con suavidad sobre mis nudillos lastimados.

—¿Necesitas hacerlo?

—Creo que sí. Algún día. Pero no ahora... no, a menos que... tú necesites escucharlo. —Tragué saliva—. Primero.

Sacudió levemente la cabeza, pero siguió sin mirarme.

—Ahora no —susurró—. Ahora no.

Aparté la mano y me tomé el resto del vino que tenía en la copa, áspero, cálido y almizclado con el punto característico del hollejo de las uvas. Yo había dejado de pasar de caliente a frío; ahora sólo sentía calidez en todo el cuerpo, y lo agradecía.

—Tu nariz —dije, y serví otra taza—. Cuéntamelo, por favor.

Jamie se encogió un poco de hombros.

—Sí, bueno. Había dos soldados ingleses que estaban subiendo la colina, como una patrulla de reconocimiento. Creo que no esperaban hallar a nadie; ninguno de los dos tenía cargado el mosquete, o yo hubiera muerto allí mismo.

Hablaba en un tono de absoluta despreocupación. Sentí un pequeño escalofrío, pero no a causa del frío.

—Me vieron, ¿sabes?, y luego uno de ellos te vio a ti, allí arriba. Él gritó y empezó a seguirte, y entonces yo me arrojé sobre él. No me importaba lo que pasara si conseguía que tú estuvieras a salvo, de modo que me abalancé sobre él y le hundí la daga en un costado. Pero su caja de municiones giró hacia mí y el cuchillo quedó clavado en ella, y... y mientras yo trataba de liberarlo y de evitar que me mataran —añadió con una sonrisa torcida—, su compañero se acercó y me golpeó en la cara con la culata de su mosquete.

Su mano libre se cerró mientras hablaba, agarrando el mango de una daga en su mente.

Me sobresalté porque ahora ya sabía lo que se sentía. Tan sólo con oírlo, mi nariz comenzó a palpitar. Respiré, me la toqué con cuidado con la base de la mano, y serví más vino.

—¿Cómo escapaste?

—Le quité el mosquete y los aporreé a los dos con él hasta matarlos.

Habló en voz baja, casi monótona, pero había una extraña resonancia que hizo que mi estómago se moviera incómodo. Todavía era muy reciente para mí la visión de las gotas de sangre brillando a la luz del alba en el vello de su brazo. Demasiado reciente ese matiz de... ¿qué era?, ¿satisfacción?, en su voz.

De pronto me sentí demasiado inquieta como para quedarme sentada. Un momento antes había estado tan exhausta que mis huesos se derretían; ahora necesitaba moverme. Me puse de pie y me incliné sobre el alféizar. Se avecinaba una tormenta; el viento era fresco y echaba hacia atrás mi cabello recién lavado mientras los rayos estallaban a lo lejos.

—Lo lamento, Sassenach —dijo Jamie en tono de preocupación—. No debería habértelo contado. ¿Estás molesta?

—¿Molesta? No, no por eso —respondí con un tinte lacónico.

¿Por qué le había preguntado por su nariz? ¿Por qué en ese momento? ¿Por qué ahora, cuando había vivido felizmente en la ignorancia durante los últimos años?

—Entonces, ¿qué es lo que te molesta? —preguntó él en voz baja.

Lo que me molestaba era que el vino había cumplido muy bien su cometido de anestesiarme, y que ahora yo había acabado con ese efecto. Todas las imágenes de la noche anterior habían vuelto a mi mente, convertidas en un nítido Technicolor por aquella sencilla afirmación, aquellas palabras pronunciadas en un tono tan indiferente: «Le quité el mosquete y los aporreé a los dos con él hasta matarlos.» Y su eco tácito: «Yo soy el que mata por ella.»

Sentí deseos de vomitar. En cambio, bebí más vino, sin paladearlo, tragándolo lo más deprisa que pude. Oí a lo lejos que Jamie volvía a preguntarme qué era lo que me molestaba, y me di la vuelta para enfrentarme a él.

—Lo que me molesta... ¡«Molesta», qué palabra tan estúpida! Lo que hace que me enfurezca es que yo podría haber sido cualquiera, cualquier cosa, un sitio cálido y esponjoso... ¡Por Dios, no era más que un agujero para ellos!

Golpeé el alféizar con el puño y luego, enfadada por ese golpecito impotente, levanté la taza, me di la vuelta y la arrojé contra la pared.

—No fue así con Jack Randall *el Negro*, ¿verdad? —exigí saber—. Él te conocía, ¿no? Él te vio cuando te usó; no habría sido lo mismo si tú hubieras sido otro; él te quería a ti.

—Por Dios, ¿crees que aquello fue mejor? —espetó Jamie, y me miró con los ojos muy abiertos. Me detuve, jadeando y sintiéndome mareada.

—No. —Me desplomé sobre la banqueta y cerré los ojos, notando que la habitación daba vueltas y vueltas a mi alrededor, con luces de colores como las de un carrusel detrás de los ojos—. No. Para nada. Creo que Jack Randall era un condenado sociópata, un pervertido de primer nivel, y éstos... éstos... —Agité una mano, incapaz de encontrar una palabra adecuada—. Éstos eran sólo... hombres.

Pronuncié la última palabra con un tono de desprecio evidente.

—Hombres —repitió Jamie con un timbre de voz extraño.

—Hombres —volví a decir. Abrí los ojos y lo miré. Me ardían los ojos, y pensé que debían de estar enrojecidos, como los de una comadreja a la luz de una antorcha—. He sobrevivido a una maldita guerra mundial —dije en voz baja y venenosa—. He perdido a un hijo. He perdido a dos maridos. He pasado hambre junto a un ejército, me han golpeado y herido, me han tratado con condescendencia, me han traicionado, me han encarcelado y atacado. ¡Y he sobrevivido, mierda! —Mi voz estaba elevándose cada vez más, pero no podía evitarlo—. ¿Y ahora debería estar destrozada porque unos infelices (patéticas excusas de hombres) metieron sus desagradables y pequeñitos apéndices entre mis piernas y los agitaron?

Me puse en pie, agarré el borde de la jofaina y la volqué, haciendo que todo saliera volando con un gran estrépito: la palangana, el aguamanil y el candelabro con la vela encendida, que se apagó de inmediato.

—Bueno, pues no será así —terminé, más serena.

—¿Desagradables y pequeñitos apéndices? —preguntó estupefacto.

—El tuyo no —aclaré—. No me refería al tuyo. En realidad, al tuyo le tengo bastante cariño. —Entonces me senté y comencé a llorar.

Él me rodeó con sus brazos, lenta y suavemente. Yo no me sobresalté ni traté de apartarme, y apretó mi cabeza contra la suya, acariciando mi cabello húmedo y enredado, al tiempo que metía sus dedos en él.

—Dios santo, eres muy valiente —murmuró.

—No —dije con los ojos cerrados—. No lo soy.

Le agarré la mano y la llevé a mis labios mientras cerraba los ojos. Sin ver, froté mi maltrecha boca en sus nudillos. Estaban hinchados, tan llenos de hematomas como los míos. Toqué su piel con la lengua; sabía a jabón, a polvo y a plata de los rasguños y los tajos, marcas dejadas por huesos y dientes rotos. Apreté con los dedos las venas debajo de la piel de su muñeca y su brazo, suavemente resistentes, y las sólidas líneas de los huesos. Tanteé sus venas, deseando entrar en su torrente sanguíneo, desplazarme por él, disuelta e incorpórea, y encontrar refugio en las cámaras de su corazón. Pero no pude.

Subí la mano por su manga, explorando, aferrándome, volviendo a conocer su cuerpo. Le toqué el vello de la axila y lo acaricié, sorprendida por lo suave que era.

—¿Sabes? —pregunté—. Creo que jamás te había tocado ahí.

—Creo que no —respondió, con una risa nerviosa—. Lo recordaría. ¡Ah! —Un arrebato de carne de gallina explotó sobre la suave piel de esa zona, y yo presioné la frente en su pecho.

—Lo peor —dije con la boca en su camisa— es que los conocí. A cada uno de ellos. Y los recordaré. Y me sentiré culpable de que estén muertos por mi culpa.

—No —replicó él con suavidad pero con firmeza—. Están muertos por mi culpa, Sassenach. Y por culpa de su propia maldad. Si hay alguna culpa, que recaiga sobre ellos. O sobre mí.

—Sólo sobre ti, no —respondí, con los ojos todavía cerrados. Estaba oscuro, y era un alivio. Pude oír mi voz, distante pero clara, y me pregunté vagamente de dónde procedían las palabras—. Tú eres sangre de mi sangre, hueso de mis huesos. Tú mismo lo has dicho: lo que haces recae también sobre mí.

—Entonces, que tu voto me redima —susurró.

Hizo que me levantara y me aproximó a él, como un sastre que coge un trozo de una seda frágil y pesada, con lentitud, extendiendo bien los dedos, pliegue sobre pliegue. Me llevó por la habitación y me colocó sobre la cama con suma delicadeza, a la luz del vacilante fuego.

Él quería ser dulce, muy dulce. Lo había planeado con cuidado, preocupándose a cada paso del largo camino a casa. Ella estaba rota; debía ser astuto, tomarse su tiempo. Ser muy cuidadoso cuando volviera a pegar los pedacitos rotos.

Y entonces llegó a ella y descubrió que ella no deseaba nada dulce, ningún cortejo. Deseaba que fuera directo. Brevedad y violencia. Si estaba rota, entonces lo cortaría con sus bordes afilados, con la misma insensatez de un borracho con una botella hecha añicos.

Durante un momento, o dos, se debatió, tratando de abrazarla y besarla con ternura. Ella se retorció como una anguila en sus brazos, y después rodó encima de él, serpenteando y mordiendo.

Él había pensado que la tranquilizaría —que ambos lo harían— con el vino. Sabía que perdía el control de sí misma cuando bebía, pero ahora no lograba comprender qué era lo que estaba reprimiendo, pensó con tristeza, al mismo tiempo que trataba de agarrarla sin hacerle daño.

Él, más que nadie, debería haberlo sabido. No era miedo o pena o dolor... era furia.

Ella le arañó la espalda; él sintió el rasguño de las uñas rotas, y pensó vagamente que eso era bueno: ella peleaba. Ése fue el último de sus pensamientos; luego su propia furia se apoderó de él. Una furia y una lujuria que recayeron sobre él como un trueno negro sobre una montaña, una nube que lo ocultaba todo y que lo ocultaba a él de todo, hasta que la amable familiaridad se perdió y él quedó solo, extraño en la oscuridad.

El que agarraba podía ser tanto el cuello de ella como el de cualquiera. Sintió los pequeños huesos, nudosos en la oscuridad, y los chillidos de los conejos que había matado con sus manos. Se despertó como un torbellino, asfixiado por el polvo y los restos de sangre.

La ira hirvió y estalló en sus testículos, y él cabalgó espoleado por ella. Que su relámpago quemara y abrazara todo rastro del intruso en su matriz, y si ambos terminaban ardiendo hasta los huesos y hasta convertirse en cenizas, que así fuera.

• • •

Cuando recobró el sentido, yacía con todo su peso encima de ella, aplastándola contra la cama. La respiración se atragantó en sus pulmones con un sollozo; sus manos aferraron los brazos de ella con tanta fuerza que sintió que sus huesos eran ramitas a punto de romperse.

Se había perdido. No estaba seguro de dónde terminaba su cuerpo. Su mente se sacudió un poco, aterrorizada por la posibilidad de haber perdido para siempre su función. No. Sintió una gota fría y repentina en el hombro, y las partes separadas de él se juntaron de inmediato como bolitas dispersas de azogue, de manera que quedó tembloroso y consternado.

Todavía estaba unido a ella. Sintió deseos de huir como una codorniz asustada, pero consiguió moverse lentamente, soltando los dedos uno a uno de los brazos de ella, apartando el cuerpo con suavidad, aunque el esfuerzo le parecía inmenso, como si su peso fuera el de las lunas y los planetas. Casi esperó verla aplastada, sin vida, sobre las sábanas. Pero el elástico arco de sus costillas se elevó, cayó y volvió a elevarse de manera tranquilizadora.

Le cayó otra gota en la nuca, y él encorvó los hombros sorprendido. Ese movimiento llamó la atención de ella, que levantó la mirada. Él, alarmado, se encontró con sus ojos. Ella compartía su sorpresa, la de dos desconocidos que están desnudos. Sus ojos se alejaron de los de él y se dirigieron hacia el techo.

—Hay una gotera en el techo —susurró—. Veo una mancha de humedad.

—Ah.

Él ni siquiera se había dado cuenta de que estaba lloviendo. Sin embargo, la habitación estaba oscura con el resplandor de la lluvia, y se oía un fuerte repiqueteo contra el tejado, un sonido que parecía provenir del interior de su sangre, como el pulso del *bodhran* en la noche, como el latido de su corazón en el bosque.

Él se estremeció, y como no se le ocurría ninguna otra idea, le besó la frente. Los brazos de ella surgieron como un cepo y lo agarraron con ferocidad, y él también la aferró, con tanta fuerza que sintió la respiración que salía de sus pulmones, incapaz de soltarla. Pensó en lo que había dicho Brianna sobre gigantescos astros que giraban en el espacio, en eso que se llamaba gravedad; ¿y qué había de grave al respecto? En ese momento se dio cuenta: una fuerza tan grande como para equilibrar en el aire un cuerpo de una inmensidad inconcebible, o hacer que dos de esos cuerpos chocaran entre sí en una explosión de destrucción y polvo de estrellas.

Le había hecho hematomas; había marcas rojas y oscuras en los brazos, donde habían estado sus dedos. Se pondrían negras antes del final del día. Las marcas de otros hombres se tornaban negras y púrpuras, azules y amarillas, como borrosos pétalos atrapados bajo la blancura de su piel.

Él sintió que sus muslos y sus nalgas estaban agotados por el esfuerzo, y tuvo un fuerte calambre que hizo que soltara un gemido y se retorciera para aflojarlo. Su piel estaba húmeda, como la de ella, y se separaron poco a poco y con vacilación.

Ella tenía los ojos hinchados y amoratados, nublados como la miel silvestre, a escasos centímetros de los suyos.

—¿Cómo te sientes? —preguntó ella en voz baja.

—Fatal —respondió él con total honestidad. Tenía la voz ronca, como si hubiera estado gritando. Por Dios, quizá lo había hecho. La boca de ella había vuelto a sangrar; había una mancha roja en su barbilla, y él notó un sabor metálico en su propia boca.

Se aclaró la garganta, como queriendo alejar la mirada de sus ojos, pero era incapaz. Pasó el pulgar por la mancha de sangre, limpiándola con torpeza.

—¿Y tú? —preguntó, y las palabras le rasparon la garganta—. ¿Tú cómo te sientes?

Ella se había retraído un poco ante su tacto, pero sus ojos seguían fijos en los de él. Tuvo la sensación de que ella estaba mirando más allá de él, a través de él, pero entonces el foco de su mirada regresó y lo miró directamente, por primera vez desde que la había llevado a casa.

—A salvo —susurró, y cerró los ojos. Tomó un largo aliento y su cuerpo se relajó por completo de una vez, cayendo flojo y pesado como una liebre agonizante.

La sostuvo, rodeándola con ambos brazos, como si estuviera salvándola de morir ahogada, pero sintió que se hundía de todas formas. Tuvo deseos de gritar que no se marchara, que no lo dejase solo, sin embargo ella desapareció en las profundidades del sueño, y se quedó añorándola, deseando que estuviera curada, temeroso de su huida, e inclinó la cabeza, ocultando la cara en su cabello y en su olor.

El viento golpeó los postigos abiertos y, en el exterior oscuro, un búho ululó y otro respondió, ocultándose de la lluvia.

Entonces él gritó sin hacer ruido, con los músculos tensos hasta sentir dolor para que el grito no lo sacudiera, para que ella no se despertara y lo viera, y lloró al vacío con una respiración irregular, con la almohada mojada debajo de su cara. Luego permaneció allí, exhausto más allá de la idea del cansancio, demasiado lejos para dormir o incluso para recordar cómo era eso. Su único consuelo era ese peso pequeño y frágil que yacía cálido sobre su corazón, respirando.

Entonces las manos de ella se levantaron y descansaron sobre él, y las lágrimas se enfriaron en su cara, congelándose, frente a la blancura de ella, tan limpia como la nieve muda que cubre los restos calcinados y la sangre, y exhala un aliento de paz sobre el mundo.

30

El cautivo

Era una mañana tranquila y cálida, la última del veranillo de San Martín. En las proximidades, un pájaro carpintero golpeaba madera, y algún insecto, tras la casa, producía un sonido semejante al del arañazo del metal en la hierba alta. Bajé la escalera poco a poco, sintiéndome, en cierto sentido, incorpórea y deseando serlo, puesto que el cuerpo me dolía casi en su totalidad.

La señora Bug no había venido esa mañana; tal vez no se sentía bien. O quizá aún no estaba segura de cómo enfrentarse al hecho de verme, o de qué decirme cuando lo hiciera. Mi boca se tensó, algo de lo que me di cuenta sólo porque el corte del labio, que aún no había cicatrizado del todo, me ardió un poco.

Traté de relajar los músculos de la cara. A continuación, me dispuse a bajar del anaquel de la cocina los utensilios necesarios para preparar café. Había una hilera de diminutas hormigas negras desfilando por el borde del estante, y bastantes más sobre la pequeña caja de hojalata en la que guardaba el azúcar en terrones. Las ahuyenté con unos cuantos movimientos firmes de mi delantal, y anoté mentalmente que debía encontrar un poco de hierba de San Benito para usarla como repelente.

Esa idea, por nimia que fuera, de inmediato me hizo sentir mejor y más segura. Desde el momento en que Hodgepile y sus hombres se habían presentado en el cobertizo de malteado, yo había estado totalmente a merced de alguna persona, lo que me impedía cualquier clase de acción independiente. Por primera vez en varios días —parecía mucho más—, podía decidir qué iba a hacer. Y esa libertad me parecía muy valiosa.

Muy bien, pensé. ¿Qué haría, entonces? Bueno... tomaría café. ¿Comería alguna tostada? No. Me examiné con cuidado la boca con la lengua; tenía varios dientes sueltos a un lado, y los músculos de las mandíbulas me dolían tanto que la idea de masticar era impensable. Sólo café, entonces, y mientras lo tomaba, decidiría cómo sería mi día.

Tras sentirme satisfecha con ese plan, volví a guardar la taza de madera y preparé ceremoniosamente la única taza de porcelana que tenía con su platito, un objeto muy delicado, pintado a mano con violetas, que Yocasta me había regalado.

Jamie había encendido el fuego poco antes y el agua estaba hirviendo; vertí la cantidad suficiente para calentar la cafetera, la removí un poco y abrí la puerta trasera para vaciarla fuera. Por suerte, miré antes de hacerlo.

Ian estaba sentado con las piernas cruzadas en el umbral trasero, con una pequeña piedra de afilar en una mano y un cuchillo en la otra.

—Buenos días, tía —dijo alegremente, y pasó el cuchillo por la piedra, que emitió aquel sonido metálico que había oído antes—. ¿Te sientes mejor?

—Sí, estoy bien —le aseguré. Él enarcó una ceja con expresión de duda.

—Bueno, espero que sea mejor de lo que aparentas.

—No tan bien —intervine cortante, y él se echó a reír.

Apartó el cuchillo y la piedra, y se puso de pie. Era mucho más alto que yo; casi de la misma estatura que Jamie, aunque más delgado. Había heredado la delgadez de su padre, así como su sentido del humor... y su dureza.

Me cogió de los hombros y me orientó hacia la luz del sol, frunciendo los labios mientras me examinaba de cerca. Yo lo miré parpadeando, imaginándome el aspecto que tendría. Aún no me había atrevido a mirarme al espejo, pero sabía que los hematomas estarían pasando de un tono negro y rojo a un colorido diverso de azules, verdes y amarillos. Si a ello se le añadían unas cuantas inflamaciones rugosas, manchas negras por el labio partido y toda clase de costras, no cabía ninguna duda de que yo no era la viva imagen de la salud.

Pero los suaves ojos color avellana de Ian examinaron mi cara sin ninguna sorpresa o angustia evidentes. Por último, me soltó y me dio una suave palmadita en el hombro.

—Te pondrás bien, tía —dijo—. Sigues siendo la misma, ¿no?

—Sí —asentí, y sin ningún tipo de advertencia, las lágrimas acudieron a mis ojos. Yo sabía lo que él había querido decir, y por qué lo había dicho, y era cierto.

Sentí como si de forma inesperada mi centro se hubiera vuelto líquido; tuve la sensación de que estaba saliendo de mí, no de pena, sino de alivio. Yo seguía siendo la misma. Frágil, maltratada, herida y recelosa, pero la misma al fin y al cabo. Sólo cuando lo reconocí me di cuenta de lo mucho que había temido no serlo, encontrarme con una persona irremediablemente transformada, despojada de alguna parte vital.

—Me encuentro bien —le aseguré a Ian, secándome los ojos con rapidez con el borde del delantal—. Sólo un poco...

—Sí, lo sé —respondió, y me quitó la cafetera de la mano. Luego arrojó el agua a la hierba—. Es un poco extraño, ¿no? Regresar, quiero decir.

Cogí la cafetera y, al hacerlo, le apreté la mano con fuerza. Él había vuelto dos veces de un cautiverio; había sido rescatado de los extraños barracones de Geillis Duncan en Jamaica, sólo para más tarde elegir el exilio con los mohawk. Ese viaje lo había convertido en un hombre, y yo me preguntaba qué partes de sí mismo se habrían quedado en el camino.

—¿Quieres desayunar, Ian? —le pregunté, olfateando y palpándome con cuidado la nariz hinchada.

—Desde luego —respondió él con una sonrisa—. Pasa y siéntate, tía. Yo lo prepararé.

Entré detrás de él, llené la cafetera y esperé a que se hiciera el café; luego me senté a la mesa, con el sol que penetraba por la puerta abierta incidiendo en mi espalda, y observé cómo Ian revisaba la alacena. Sentía la mente abotagada e incapaz de pensar, pero una sensación de paz comenzó a llenarme suavemente, como la luz vacilante a través de los castaños. Incluso parecían agradables las pequeñas palpitaciones que sentía en algunas zonas de mi cuerpo, como una sensación de curación que se iba produciendo en silencio.

Ian colocó sobre la mesa un montón de alimentos y se sentó frente a mí.

—¿Todo bien, tía? —volvió a preguntar enarcando una ceja, como hacía su padre.

—Sí. Pero es como si estuviera dentro de una pompa de jabón, ¿sabes? —Lo observé mientras vertía el café, pero él tenía la mirada centrada en el pedazo de pan que estaba untando con mantequilla. Aunque no estaba segura, creí ver una ligera sonrisa en sus labios.

—Algo así —dijo en voz baja.

El calor del café me calentó las manos a través de la porcelana y alivió las mucosas irritadas de mi nariz y mi paladar. Me sentía como si hubiera gritado durante horas, pero no recordaba nada semejante. ¿O lo había hecho con Jamie la noche anterior?

En realidad, no quería pensar en la noche anterior; era parte de la pompa de jabón. Jamie se había marchado cuando desperté, y no estaba segura de si eso me entristecía o alegraba.

Ian no habló, sino que se afanó por comerse con mucha seriedad media hogaza de pan con mantequilla y miel, tres bollos de pasas, dos gruesas lonchas de jamón y una jarra de leche. Me di cuenta de que Jamie ya había ordeñado; él siempre usaba la jarra azul, mientras que el señor Wemyss empleaba la blanca. Me pregunté dónde se encontraría Wemyss (no lo había visto, y la casa parecía vacía), aunque en realidad no me importaba. Se me ocurrió que tal vez Jamie les había dicho tanto al señor Wemyss como a la señora Bug que no vinieran durante un tiempo, presintiendo que yo necesitaría estar sola.

—¿Más café, tía?

Asentí con un gesto. Ian se levantó de la mesa, bajó la licorera del anaquel y sirvió un chorro generoso de whisky en mi taza antes de llenarla de café.

—Mamá siempre decía que esto era bueno para todos los males —dijo.

—Tu madre tenía razón. ¿Quieres un poco?

Olfateó los aromáticos vapores, pero negó con la cabeza.

—No, creo que no, tía. Necesito tener la cabeza fresca esta mañana.

—¿Sí? ¿Por qué?

Las gachas de la olla no estaban rancias, pero llevaban tres o cuatro días allí. Como era natural, nadie había estado allí para comérselas. Observé, con actitud crítica, el pegote duro adherido a mi cuchara; de inmediato decidí que aún estaban suficientemente blandas para comérmelas, y las rocié con miel.

—El tío Jamie tiene intención de interrogarlo —respondió dirigiéndome una mirada cauta, al mismo tiempo que cogía más pan.

—¿Ah, sí? —quise saber, con una voz bastante inexpresiva. No obstante, antes de que pudiera preguntarle a qué se refería, el sonido de pasos en el sendero anunció la llegada de Fergus.

Tenía el aspecto de haber dormido en el bosque; bueno, pensé, era evidente que eso había ocurrido. O, mejor dicho, no había dormido; los hombres apenas se habían detenido para descansar en su persecución de la pandilla de Hodgepile. Fergus se había afeitado, pero tenía un aspecto descuidado y triste, algo sorprendente en alguien que solía acicalarse de una manera a veces fastidiosa, y su apuesto rostro estaba demacrado, con sus profundos ojos llenos de sombras.

—Milady —murmuró e, inesperadamente, se agachó para besarme la mejilla, con una mano sobre mi hombro—. *Comment ça va?*

—*Très bien, merci* —respondí, sonriendo un poco—. ¿Cómo están Marsali y los niños? ¿Y nuestro héroe, Germain?

Yo le había preguntado a Jamie por Marsali en el camino de regreso, y él me había asegurado que se encontraba bien. Germain, con la habilidad de un mono, había trepado a un árbol nada más oír la llegada de los hombres de Hodgepile. Desde esa ubicación lo había visto todo, y en cuanto los hombres se alejaron, bajó del árbol, arrastró a su madre semiinconsciente para alejarla del fuego, y corrió en busca de ayuda.

—Ah, Germain —dijo Fergus, con una débil sonrisa que borró de forma momentánea las sombras de la fatiga—. *Notre p'tit guerrier*. Dice que *grandpère* le ha prometido que le regalará una pistola, para que dispare a los malos.

Pensé que no había ninguna duda de que *grandpère* lo había dicho en serio. Germain no podía manejar un mosquete, ya que era un poco más bajo que el arma, pero una pistola, sí. En el estado mental en que me encontraba, el hecho de que Germain tuviera apenas seis años no me pareció particularmente importante.

—¿Has desayunado, Fergus? —Le acerqué la olla.

—*Non. Merci.* —Se sirvió galletas, jamón y café, aunque noté que comía sin demasiado apetito.

Nos quedamos todos sentados en silencio, tomando café y escuchando a los pájaros. Unas ratonas carolinenses habían construido un nido tardío bajo el alero de la casa y los padres revoloteaban a su alrededor, justo encima de nuestras cabezas. Yo oía los chillidos agudos de las crías, y vi una alfombrilla de ramitas y algunas cáscaras de huevo sobre las tablas de madera del porche. Ya estaban a punto de salirles las plumas; justo a tiempo, antes de que empezara a hacer frío.

La visión de las cáscaras moteadas hizo que recordara a *Monsieur L'Oeuf*. Sí, eso era lo que haría, decidí, con una pequeña sensación de alivio ante la idea de tener algo firme en mente. Iría a visitar a Marsali. Y tal vez también a la señora Bug.

—¿Has visto a la señora Bug esta mañana? —pregunté, volviéndome hacia Ian. Su cabaña, poco más que un cobertizo con techo de maleza, se encontraba justo detrás de la de los Bug; debía de haber pasado por allí de camino a la casa.

—Ah, sí —respondió algo sorprendido—. Estaba barriendo cuando he pasado. Me ha ofrecido el desayuno, pero le he dicho que lo tomaría aquí. Sabía que el tío Jamie tenía jamón, ¿sabes? —Sonrió, levantando su cuarto panecillo con jamón a modo de ejemplo.

—¿De modo que se encuentra bien? Pensaba que quizá estuviera enferma; por lo general, viene muy temprano.

Ian asintió, y dio un enorme bocado al panecillo.

—Sí. Supongo que estará ocupada, cuidando al *ciomach*.

Mi frágil sensación de bienestar desapareció. Un *ciomach* era un cautivo. En mi euforia y aturdimiento, de alguna manera había conseguido olvidar la existencia de Lionel Brown.

El comentario de Ian acerca de que Jamie tenía pensado hacer algunas preguntas esa mañana entró en un contexto, lo mismo que la presencia de Fergus. Y el cuchillo que Ian estaba afilando.

—¿Dónde está Jamie? —pregunté con debilidad—. ¿Lo has visto?

—Ah, sí —respondió Ian sorprendido. Tragó saliva y señaló la puerta con un gesto del mentón—. Está en la leñera, haciendo unas tablillas nuevas. Dice que hay una gotera en el tejado.

Aún no había acabado de hablar cuando desde el tejado se oyó un ruido de martillazos. Por supuesto, pensé. Primero, lo primero. Pero, por otra parte, suponía que, después de todo, Lionel Brown no iría a ninguna parte.

—Tal vez... debería ir a ver al señor Brown —dije, tragando saliva. Ian y Fergus se miraron.

—No, tía, será mejor que no —acotó Ian con toda serenidad, pero con un aire autoritario que no estaba acostumbrada a ver en él.

—¿A qué te refieres? —Lo miré fijamente, pero se limitó a seguir comiendo, aunque algo más despacio.

—Milord ha dicho que no vaya —aclaró Fergus, poniendo una cucharada de miel en su café.

—¿Que ha dicho qué? —pregunté con incredulidad.

Ninguno de los dos se atrevía a mirarme; en cambio, me dio la impresión de que se acercaban mutuamente, generando una especie de resistencia vacilante, pero tenaz. Yo sabía que cualquiera de ellos haría lo que yo les pidiera, excepto desafiar a Jamie. Si él creía que yo no debía ir a ver a Brown, estaba claro que no podría contar con la ayuda de Ian, ni con la de Fergus.

Solté la cuchara en mi cuenco de gachas, con los pegotes aún adheridos a ella.

—¿Por casualidad os ha comentado por qué cree que no debería visitar al señor Brown? —pregunté con calma, dadas las circunstancias.

Ambos hombres parecían sorprendidos; luego intercambiaron otra mirada, esta última más larga.

—No, milady —respondió Fergus con un tono neutral. Se produjo un breve silencio, durante el cual ambos parecían estar reflexionando. Entonces Fergus miró a Ian y se encogió de hombros, delegando la decisión en él.

—Bueno, verás, tía —dijo Ian con cuidado—. Tenemos la intención de interrogar a ese tipo.

—Y vamos a obtener las respuestas que buscamos —aclaró Fergus, con la mirada centrada en la cuchara con la que removía el café.

—Y cuando el tío Jamie esté convencido de que nos ha dicho todo lo que sabe...

Ian había colocado su cuchillo recién afilado en la mesa, junto a su plato. Lo levantó y, con actitud pensativa, lo pasó a lo largo de una salchicha fría, que se abrió de inmediato, con una aromática explosión de salvia y ajo. Luego levantó los ojos y los clavó directamente en los míos. Y yo me di cuenta de que, si bien yo tal vez seguía siendo la misma, Ian ya no era el muchacho de antes. En absoluto.

—Entonces, ¿lo mataréis? —inquirí, sintiendo los labios adormecidos.

—Ah, sí —contestó Fergus en voz muy baja—. Creo que sí. —También él me miró a los ojos. Tenía un aspecto sombrío y triste, y su mirada era dura como una piedra.

—Él... es decir... no ha sido él —señalé—. No podría haberlo hecho. Ya se había roto la pierna cuando... —Sentí que no me quedaba aire suficiente como para terminar la frase—. Y Marsali. No fue él... Creo que él no...

Algo cambió detrás de los ojos de Ian cuando captó lo que yo quería decir. Sus labios se cerraron con fuerza durante un instante.

—Mejor para él, entonces —dijo lacónicamente.

—Mejor para él —repitió Fergus—. Pero creo que de todas formas no tiene importancia. Hemos matado a los demás, ¿por qué debería sobrevivir él? —Se levantó de la mesa y dejó su café sin probarlo—. Creo que me marcharé, primo.

—¿Sí? Yo también. —Ian apartó su plato y me saludó con un gesto—. ¿Puedes decirle al tío Jamie que nos hemos adelantado, tía?

Asentí como atontada, y observé cómo se marchaban, desapareciendo uno detrás del otro bajo el gran castaño que se cernía sobre el sendero que conducía a la cabaña de los Bug. En un gesto mecánico, me levanté y comencé a recoger poco a poco los restos del improvisado desayuno.

En realidad, no estaba segura de si el señor Brown me preocupaba mucho o no. Por un lado, por principios, estaba en desacuerdo con la tortura y el asesinato a sangre fría. Por el otro... si bien era cierto que Brown no me había violado ni me había lastimado, había estado a favor de que me mataran. Y yo no tenía la menor duda de que me habría ahogado en el desfiladero si Tebbe no hubiese intervenido.

No, pensé, limpiando mi taza con cuidado y secándola con mi delantal, tal vez no estaba tan preocupada por Brown.

De todas formas, me sentía intranquila y molesta. Me di cuenta de que quienes me preocupaban eran Ian y Fergus. Y Jamie. La cuestión era que matar a alguien en el fragor del combate era una cosa muy diferente a ejecutarlo, y yo lo sabía. ¿Y ellos?

Bueno, Jamie, sí.

«Y que tu voto me redima.» Él me había susurrado eso la noche anterior. De hecho, eran las últimas palabras que recordaba. Bueno, muy bien, pero para mí sería muchísimo mejor que él no sintiera la necesidad de redención. Y en cuanto a Ian y Fergus...

Fergus había combatido en la batalla de Prestonpans, a los diez años de edad. Yo todavía recordaba la cara del pequeño huérfano francés, manchado de hollín y aturdido por la impresión y el cansancio, mirándome desde lo alto de un cañón. «He matado a un soldado inglés, madame —me había dicho—. Ha caído y le he clavado mi cuchillo.»

Y a Ian, con quince años, llorando porque creía que de manera accidental había acabado con la vida de un intruso en la imprenta de Jamie en Edimburgo. Dios sabía lo que había hecho desde entonces; desde luego, él no lo explicaba. Tuve la visión repentina del garfio de Fergus manchado de sangre, y de Ian, recortado contra la oscuridad. «Y yo —había dicho, como eco de las palabras de Jamie—. Soy yo el que mata por ella.»

Era el año 1773. Y «el 18 de abril del 75»... El disparo que se oyó en todo el mundo ya se estaba cargando. Hacía calor en la habitación, pero me estremecí convulsivamente. En el nombre de Dios, ¿de qué creía yo que los estaba protegiendo a cualquiera de ellos? A cualquiera.

Un repentino rugido proveniente del tejado interrumpió mis pensamientos.

Salí al patio y levanté la vista, cubriéndome los ojos para evitar el sol matutino. Jamie estaba sentado a horcajadas sobre la viga principal, balanceándose adelante y atrás, con una mano en la barriga.

—¿Qué está pasando ahí arriba? —pregunté.

—Me he clavado una astilla —fue su lacónica respuesta, evidentemente pronunciada entre dientes.

Quería reír, aunque sólo fuera para liberar un poco de tensión, pero no lo hice.

—Bueno, baja. Te la quitaré.

—¡No he terminado aún!

—¡No me importa! —exclamé impaciente—. ¡Baja ahora mismo! Quiero hablar contigo.

Una bolsa de clavos cayó en la hierba con un repentino estrépito, seguida de inmediato por el martillo.

Entonces, primero, lo primero.

Técnicamente podía decirse que era una astilla. Era un pedacito de madera de cedro de más de cinco centímetros de largo, y él se lo había clavado hasta el fondo debajo de la uña del dedo corazón, casi hasta la primera articulación.

—¡Por los clavos de Roosevelt!

—Sí —admitió él. Su aspecto era pálido—. Se podría decir eso mismo.

El fragmento que asomaba era demasiado corto como para cogerlo con los dedos. Lo arrastré hasta la consulta y, usando unas pinzas, tiré de la astilla en un santiamén. Jamie estaba jurando como un animal (sobre todo en francés, que es una lengua excelente para jurar).

—Vas a perder la uña —observé, sumergiendo el dedo herido en un pequeño recipiente con alcohol y agua. La sangre brotaba como la tinta de un calamar.

—Al diablo con la uña —dijo él apretando los dientes—. ¡Córtame el maldito dedo y terminemos con esto de una vez! *Merde de chèvre*!

—Los chinos tenían la costumbre (y supongo que todavía la tienen, ahora que lo pienso) de clavar astillas de bambú bajo las uñas de la gente para hacer que hablara.

—¡Por Dios! *Tu me casses les couilles*!

—Sin duda, una técnica muy eficaz —respondí, sacando su mano del recipiente y cubriendo el dedo con fuerza con una tira de lino—. ¿Estabas probándola, antes de aplicársela a Lionel Brown? —Trataba de hablar en tono ligero, sin apartar los ojos de la mano. Sentí su mirada sobre mí, y resopló.

—En nombre de todos los santos y los arcángeles, ¿qué te ha estado diciendo el pequeño Ian, Sassenach?

—Que tenías intención de interrogar a ese hombre... y conseguir respuestas.

—Es cierto, y lo haré —respondió él lacónicamente—. ¿Entonces?

—Al parecer, Fergus e Ian creen que estarías dispuesto a utilizar todos los medios que hicieran falta —afirmé con delicadeza—. Y ellos están más que dispuestos a colaborar.

—Supongo que sí. —Los primeros dolores se habían suavizado un poco. Jamie respiraba con más calma, y su rostro comenzaba a recuperar el color—. Fergus está en su derecho. Su esposa fue atacada.

—Ian parecía... —Vacilé, buscando la palabra adecuada. Ian me pareció tan sereno que daba miedo—. ¿No has llamado a Roger para que te ayude con... el interrogatorio?

—No, aún no. —Torció la boca—. Roger Mac es un buen combatiente, pero no de los que pueden intimidar a un hombre, salvo que esté muy furioso. No sabe fingir.

—Mientras que tú, Ian y Fergus...

—Ah, sí —dijo secamente—. Los tres somos astutos como zorros. Sólo tienes que mirar a Roger Mac para darte cuenta de lo segura que debía de ser su época; a él y a la muchacha. Reconforta un poco... —añadió, torciendo la boca aún más—. Saber que las cosas van a mejorar, quiero decir.

Me di cuenta de que estaba tratando de cambiar de tema, lo que no era buena señal. Lancé un pequeño resoplido, pero me dolió la nariz.

—Y tú no estás verdaderamente furioso. ¿Es eso lo que me estás diciendo?

Él lanzó un resoplido mejor, pero no respondió. Inclinó la cabeza a un lado, observándome mientras yo extendía un trozo de gasa y comenzaba a frotarlo con hojas secas de consuelda. No sabía cómo decirle lo que me molestaba, pero él se daba cuenta de que había algo.

—¿Vas a matarlo? —pregunté directamente, con la mirada fija en el frasco de la miel. Era de cristal marrón, y la luz resplandecía a través de él como si fuera una enorme bola de ámbar claro.

Jamie permaneció inmóvil, observándome. Podía sentir su mirada de especulación, aunque no levanté la vista.

—Creo que sí —respondió.

Mis manos habían empezado a temblar, y las apreté contra la superficie de la mesa para que se calmaran.

—Hoy no —añadió—. Si lo mato, lo haré como es debido.

No estaba segura de querer saber a qué se refería con eso, aunque él me lo explicó de todas formas.

—Si lo mato, será en campo abierto ante testigos que sepan la verdad de lo que ha ocurrido, y de pie. No aceptaré que se diga que he matado a un hombre indefenso, más allá de cuál haya sido su crimen.

—Ah. —Tragué saliva, sintiéndome algo enferma, y cogí una pizca de sanguinaria para añadir al ungüento que estaba preparando. Tenía un ligero aroma astringente, lo que al parecer era bueno—. Pero... ¿es posible que lo dejes vivir?

—Tal vez. Supongo que podría cobrarle un rescate a su hermano... Depende.

—¿Sabes? Hablas como tu tío Colum. Él habría pensado lo mismo.

—¿En serio? —La comisura de sus labios se elevó ligeramente—. ¿Debo tomarlo como un cumplido, Sassenach?

—Supongo que sí.

—Bueno —dijo en un tono reflexivo. Los dedos rígidos tamborilearon sobre la mesa, e hizo un pequeño gesto de dolor cuando el movimiento sacudió el dedo herido—. Colum tenía un castillo. Y soldados armados a sus órdenes. Es posible que yo tuviera algunas dificultades para defender esta casa contra un ataque.

—¿Eso es lo que quieres decir con «defender»?

Me sentí muy intranquila al escuchar esas palabras. La idea de atacantes armados asaltando la casa no se me había ocurrido; y me di cuenta de que la previsión de Jamie de encerrar a Brown fuera de nuestra residencia tal vez no tenía el único propósito de no ofender mi sensibilidad.

—Entre otras cosas.

Mezclé un poco de miel con las hierbas molidas y luego añadí al mortero una pizca de grasa de oso purificada.

—Supongo —intervine, con la vista fija en la preparación— que no tiene ningún sentido entregar a Lionel Brown a las... autoridades...

—¿Qué autoridades tienes en mente, Sassenach? —preguntó secamente.

Buena pregunta. En esa región del campo aún no se había creado ni regulado un condado, pero había un movimiento en marcha para hacerlo. Si Jamie entregaba a Brown al *sheriff* del condado más cercano para que lo juzgaran... Bueno, tal vez eso no fuese una buena idea. Brownsville estaba justo en la frontera del condado más próximo, y el *sheriff* actual, de hecho, se llamaba Brown.

Me mordí los labios, reflexionando. En tiempos de estrés, yo aún solía responder como lo que era: una inglesa civilizada, acostumbrada a confiar en las garantías del gobierno y la ley. Jamie tenía razón en un punto: si bien el siglo XX tenía sus propios peligros, algunas cosas habían mejorado. Pero nosotros estábamos casi en 1774, y al gobierno colonial ya se le veían las fisuras, señales del derrumbe inminente.

—Supongo que podríamos llevarlo a Cross Creek. —Farquard Campbell, juez de paz allí, era amigo de Yocasta Cameron, la tía de Jamie—. O a New Bern. —El gobernador Martin y gran parte del Consejo Real se encontraban en New Bern, a casi quinientos kilómetros de distancia—. ¿Y qué hay de Hillsborough? —Era el centro del Tribunal del Circuito.

—Mfmm.

Esa respuesta denotaba muy poco interés por perder varias semanas de trabajo para arrastrar al señor Brown a cualquiera de esos tribunales, y mucho menos confiar un asunto importante al poco fiable —y a menudo corrupto— sistema judicial. Levanté la vista y lo miré a los ojos, divertidos pero sombríos. Si yo estaba reaccionando como lo que era, Jamie también.

Y Jamie era un terrateniente de las Highlands, acostumbrado a seguir sus propias leyes y a luchar sus propias batallas.

—Pero... —empecé.

—Sassenach —intervino él con mucha suavidad—. ¿Y qué hay de los otros?

Los otros. Dejé de moverme, paralizada por el repentino recuerdo: una gran banda de figuras negras saliendo del bosque con el sol por detrás. Pero ese grupo se había dividido en dos, con la intención de volver a encontrarse en Brownsville tres días más tarde; de hecho, hoy.

Por el momento, se podía suponer que en Brownsville aún nadie se había enterado de lo ocurrido... de que Hodgepile y sus hombres estaban muertos, y de que Lionel Brown en estos momentos estaba cautivo en el Cerro. Pero dada la rapidez con que las noticias se difundían en las montañas, una semana después sería del dominio público.

Aturdida por la impresión, por alguna razón había olvidado el hecho de que todavía quedaban unos cuantos bandidos sueltos; y si bien no sabía quiénes eran, ellos sí conocían mi identidad y dónde encontrarme. ¿Se darían cuenta de que no podría identificarlos? ¿O estarían dispuestos a correr el riesgo?

Era evidente que Jamie no estaba dispuesto a correr el riesgo de marcharse del Cerro para escoltar a Lionel Brown a ninguna parte, más allá de si decidía dejarlo con vida.

La idea de los otros, por otra parte, había hecho que volviera a pensar en algo importante. Puede que no fuera el mejor momento para mencionarlo, pero, bueno, nunca lo sería. Respiré hondo y recuperé el ánimo.

—Jamie.

El tono de mi voz lo arrancó de inmediato de lo que fuera que estaba pensando; me miró fijamente, con una ceja enarcada.

—Yo... tengo que contarte algo.

Palideció un poco, pero extendió el brazo de inmediato y me agarró la mano. También respiró hondo y asintió.

—Sí.

—Ah —comencé, dándome cuenta de que él creía que había llegado de manera repentina a un punto en el que tenía que explicarle algún detalle truculento de mis experiencias—. No... no es eso. No exactamente. —Pero le apreté la mano y se la retuve mientras le hablaba de Donner.

—Otro —dijo. En cierto sentido, parecía un poco impresionado—. ¿Otro?

—Otro —confirmé—. La cuestión es que yo... eh... no recuerdo haberlo visto... haberlo visto muerto.

Volví a revivir la sobrecogedora sensación de aquel amanecer. Tenía recuerdos muy nítidos y precisos, pero eran inconexos, tan fragmentados que no tenían relación con el todo. Una oreja. Recordaba una oreja, gruesa y con forma de sombrero, como una seta del bosque. Tenía exquisitos matices púrpura, marrones e índigos oscurecidos en las esculpidas espirales de las partes internas, casi traslúcidos en el borde. Era perfecta a la luz de un rayo de sol que atravesaba las ramas de un abeto y la tocaba.

Recordaba tan bien la oreja, que casi podía alcanzarla y tocarla... pero no sabía a quién pertenecía. ¿El cabello era castaño, negro, rojizo, liso, ondulado o gris? Y el rostro... no sabía. Si había mirado, no había visto.

Jamie clavó la vista en mí.

—Y crees que tal vez no lo esté...

—Es posible. —Sentí en la boca sabor a polvo, agujas de pino y sangre, y aspiré el aroma reconfortante y fresco del suero de la leche—. Yo se lo advertí, ¿sabes? Le dije que tú ibas a venir, y que sería mejor que no lo encontraras conmigo. Cuando atacasteis el campamento, tal vez huyera. Me dio la impresión de que, sin duda, era un cobarde. Pero no lo sé.

Él asintió y soltó un profundo suspiro.

—¿Crees que tú podrías... recordar? —pregunté con vacilación—. Cuando me enseñaste los muertos. ¿Los miraste?

—No —respondió él en voz baja—. No estaba mirando nada salvo a ti.

Sus ojos se habían fijado en nuestras manos unidas. En ese instante los levantó y me examinó la cara, preocupado y analizando. Yo alcé su mano y apoyé la mejilla en sus nudillos, cerrando los ojos un instante.

—Estaré bien —dije—. La cuestión es que... —añadí, y me detuve.

—¿Sí?

—Si realmente huyó... ¿Adónde supones que habrá ido?

—A Brownsville —contestó resignado—. Y si es así, Richard Brown ya sabe qué ha sido de Hodgepile y de sus hombres, y es probable que crea que su hermano también ha muerto.

—Ah. —Tragué saliva y cambié ligeramente de tema—. ¿Por qué le has dicho a Fergus que no me permitan ver a Brown?

—Yo no he dicho eso. Pero creo que es mejor que no lo veas; eso sí es cierto.

—¿Por qué?

—Porque has hecho un juramento —explicó algo sorprendido al ver que no comprendía de inmediato—. ¿Puedes ver a un hombre herido y dejar que sufra?

El ungüento ya estaba listo. Le quité las vendas del dedo, que había dejado de sangrar, y metí la mayor cantidad de bálsamo que pude debajo de la uña dañada.

—Probablemente no —dije, con la mirada fija en mi trabajo—. Pero ¿por qué...?

—Si tú lo curas, lo atiendes y luego yo decido que ha de morir... —Sus ojos se posaron sobre mí, con aire de interrogación—. ¿Cómo te sentirías?

—Bueno, eso sería un poco incómodo —intervine, respirando hondo para calmarme. Envolví la uña con una delgada tira de lino y la até con cuidado—. De todas formas...

—¿Quieres atenderlo? ¿Por qué? —Parecía curioso, pero no estaba enfadado—. ¿Tan fuerte es tu juramento?

—No. —Apoyé las manos sobre la mesa para sostenerme; de pronto parecía que las rodillas se me hubieran aflojado—. Porque me alegro de que estén muertos —susurré, bajando la mirada. Tenía las manos en carne viva, y había sido torpe en mis atenciones a Jamie porque mis dedos seguían hinchados; había unas marcas de un subido tono púrpura en la piel de mis muñecas—. Y estoy muy... —¿Qué? Atemorizada; tenía miedo de los hombres, miedo de mí misma. Contenta, de una manera espantosa—. Avergonzada —dije—. Terriblemente avergonzada. —Lo miré—. Detesto que me ocurra esto.

Él extendió la mano hacia mí, aguardando. Se daba cuenta de que era mejor no tocarme; yo no podía soportar el roce de nadie en ese momento. No la cogí, al menos no de inmediato, aunque deseaba hacerlo. Aparté la mirada y enseguida le hablé a *Adso*, que se había materializado en la encimera y me miraba con sus profundos ojos verdes.

—Si yo... Sigo pensando... Si fuera a verlo, si lo ayudara... ¡Por Dios, no quiero hacerlo! ¡Para nada! Pero si pudiera... tal vez eso... serviría, de alguna manera. —En ese instante sí levanté la mirada, sintiéndome acosada—. Para... redimirme.

—¿Por alegrarte de que estén muertos... y por querer que él también muera? —sugirió Jamie con delicadeza.

Asentí, sintiéndome como si con esas palabras me hubiera quitado un objeto pequeño y muy pesado de encima. No recordaba haberle cogido la mano, pero él estaba apretando con fuerza la mía. Las vendas estaban empapándose de sangre de su dedo herido, pero él no le prestaba atención.

—¿Tú quieres matarlo? —pregunté.

Él sostuvo mi mirada durante bastante tiempo antes de responder.

—Ah, sí —dijo en voz muy baja—. Pero por ahora, su vida es garantía de la tuya. Tal vez de la de todos nosotros. De modo que lo dejaré vivir. Por ahora. Pero le haré preguntas... y obtendré las respuestas.

Después de que él se marchara, permanecí sentada en la consulta durante bastante tiempo. Mientras me recuperaba lentamente de la impresión, me había sentido a salvo, rodeada de amigos y en mi hogar, junto a Jamie. Pero ahora debía aceptar el hecho de que nada ni nadie estaba a salvo; ni yo, ni mi casa, ni mis amigos, y, sin duda, tampoco Jamie.

—Pero, claro, tú nunca lo estás, ¿verdad, condenado escocés? —dije en voz alta, y solté una débil carcajada.

Débil, sí, pero me hizo sentir mejor. Me levanté con una resolución repentina y comencé a ordenar las alacenas, colocando los frascos según su tamaño, limpiando los restos esparcidos de hierbas y desechando soluciones que se hubieran puesto rancias o lo pareciera.

Había decidido ir a visitar a Marsali pero, durante el desayuno, Fergus me había dicho que Jamie la había enviado junto a los niños y a Lizzie a casa de los McGillivray, donde la cuidarían y estaría a salvo. Si la cantidad garantizaba seguridad, la casa de los McGillivray era, sin duda, el lugar más seguro.

Ubicada cerca de Woolam's Creek, la residencia de los McGillivray lindaba con el taller de toneles de Ronnie Sinclair, y albergaba a una bulliciosa masa de cordial humanidad, incluyendo no sólo a Robin y a Ute McGillivray, a su hijo, Manfred, y a su hija, Senga, sino también a Ronnie, que vivía con ellos. A la habitual multitud se añadían, en períodos intermitentes, Heinrich Strasse, el prometido de Senga McGillivray, y sus parientes alemanes de Salem, y, por parte de Inga y Hilda, sus maridos y sus hijos, así como los familiares de sus esposos.

A eso había que sumar los hombres que se congregaban a diario en el taller de Ronnie, que era una parada conveniente en el camino de ida y vuelta hacia el molino de Woolam, y era probable que nadie advirtiera siquiera la presencia de Marsali y su familia en medio de toda esa muchedumbre. Seguramente nadie intentaría hacerle daño allí. Pero que yo fuera a visitarla...

El tacto y la delicadeza de las Highlands era una cosa, y la hospitalidad y la curiosidad de ese lugar, otra muy distinta. Si yo me quedaba en casa tranquila, lo más probable era que me dejaran en paz... al menos por un tiempo. Si, en cambio, me acercaba a casa de los McGillivray... Me estremecí ante la idea, y decidí con rapidez que tal vez visitaría a Marsali al día siguiente. O al otro. Jamie me había asegurado que ella se encontraba bien, sólo un poco aturdida y maltrecha.

La casa que me rodeaba estaba en silencio, sin el fondo moderno de hornos, ventiladores, cañerías y refrigeradores. No había soplidos de luces piloto ni zumbidos de compresores. Sólo el crujido ocasional de las vigas o las tablas del suelo, y el chirrido amortiguado y poco frecuente de una avispa construyendo su nido bajo el alero.

Examiné el mundo ordenado de mi consulta: hileras de brillantes jarras y frascos, cribas de lino repletas de sagú secándose, y masas de lavanda, ramos de ortiga y milenrama, y romero colgando más arriba. El frasco de éter, reflejando la luz del sol. *Adso*, acurrucado sobre la encimera, con la cola enroscada alrededor de sus patas, con los ojos entornados en una contemplación ronroneante.

Hogar. Un pequeño escalofrío me recorrió la columna. No quería otra cosa más que estar sola, a salvo y sola, en mi propio hogar.

A salvo. Durante un día, o tal vez dos, el hogar seguiría estando a salvo. Pero luego...

Me di cuenta de que llevaba un rato de pie e inmóvil, observando sin expresión alguna una caja de hierbas moras amarillentas, redondas y resplandecientes como canicas. Muy venenosas y que provocaban una muerte lenta y dolorosa. Mis ojos se elevaron hacia el éter, veloz y misericordioso. Si Jamie decidía matar a Lionel Brown... Pero no. En un lugar abierto, había dicho, de pie y con testigos. Poco a poco, cerré la caja y volví a guardarla en el anaquel.

Entonces, ¿qué?

Siempre había tareas domésticas que hacer, pero nada urgente, al no tener a nadie que reclamara ser alimentado, vestido o cuidado. Como me sentía muy extraña, vagué por la casa durante un rato, y por fin entré en el estudio de Jamie, donde revisé los libros de su estante, y al final me decidí por *Tom Jones*, de Henry Fielding.

No sabía cuánto tiempo hacía que no leía una novela, ¡y durante el día! Sintiéndome agradablemente perversa, me senté junto a la ventana abierta de la consulta y, con decisión, entré en un mundo alejado del mío.

Perdí la noción del tiempo, puesto que tan sólo me movía para ahuyentar insectos ambulantes que entraban por la ventana, o rascar de forma ausente la cabeza de *Adso* cuando se frotaba contra mí. En el fondo de mi mente revoloteaban algunos pensamientos ocasionales sobre Jamie y Lionel Brown, pero los alejaba del mismo modo que a las saltarillas y los mosquitos que aterrizaban en la página abierta, colándose por la ventana. Fuera lo que fuese lo que ocurriera en la cabaña de los Bug, ya había sucedido, o bien iba a tener lugar y yo, simplemente, no podía pensar en ello. Mientras leía, la pompa de jabón volvió a crecer a mi alrededor, dominada por una perfecta quietud.

El sol ya había empezado a descender por el cielo cuando unas débiles punzadas de hambre comenzaron a resultarme incómodas. Fue justo en el momento en que levanté la mirada, preguntándome si quedaría algo de jamón, cuando vi a un hombre en el umbral de la consulta.

Di un alarido y me puse en pie de un salto, lanzando a Henry Fielding por el aire.

—¡Le ruego que me disculpe, señora! —exclamó Thomas Christie, que parecía casi tan asustado como yo—. No me he dado cuenta de que no me había oído.

—No. Yo... estaba leyendo. —Hice un gesto estúpido hacia el libro que había caído al suelo. El corazón me latía a toda velocidad, y la sangre fluía por todo mi cuerpo, aparentemente al azar, de modo que mi cara se ruborizó, los oídos me palpitaban y tenía un cosquilleo en las manos, todo fuera de control.

Él se agachó y recogió el libro, alisando la cubierta con la cuidadosa actitud de una persona que aprecia los libros, aunque el volumen en cuestión estaba bastante maltrecho y su cubierta mostraba desperfectos en forma de aros donde se habían apoyado vasos o botellas. Jamie lo había conseguido del propietario de un pub de Cross Creek, en un trueque parcial por una cantidad de leña; algún cliente se lo había dejado unos meses antes.

—¿No hay nadie aquí que cuide de usted? —preguntó, mirando a su alrededor con el ceño fruncido—. ¿Quiere que vaya a buscar a mi hija?

—No. Quiero decir... no necesito a nadie. Estoy muy bien. ¿Y usted? —pregunté con rapidez, frustrando cualquier otra expresión de preocupación por su parte.

Él me miró la cara y luego se apresuró a alejar la mirada. Con los ojos cuidadosamente clavados en la zona de mi clavícula, dejó el libro sobre la mesa y extendió la mano derecha, envuelta en un paño.

—Le pido que me disculpe, señora. No quisiera molestarla, sólo que...

Yo ya estaba retirando la venda de la mano. Se había abierto el corte de la mano derecha; probablemente, pensé con un pequeño nudo en el estómago, en el transcurso de la pelea con los bandidos. La herida no era grave, pero había restos de tierra y polvo, y tenía los bordes rojos y separados, con superficies en carne viva cubiertas por una película de pus.

—Debería haber venido de inmediato —intervine, pero no en tono de reproche. Sabía muy bien por qué no lo había hecho y, en realidad, yo no me habría encontrado en estado de atenderlo.

Él se encogió de hombros, pero no se molestó en responder. Hice que se sentara y fui a buscar mi instrumental. Por suerte, me quedaba un poco del ungüento antiséptico que había preparado para la astilla de Jamie. Eso, una rápida limpieza con alcohol y una venda limpia...

Él estaba pasando las páginas de *Tom Jones* con los labios fruncidos, muy concentrado. Era evidente que Henry Fielding serviría de anestesia para la tarea que me aguardaba; no tendría necesidad de conseguir una biblia.

—¿Lee usted novelas? —pregunté, sin ánimo de ser grosera, sino sólo sorprendida por el hecho de que él pudiera aprobar algo tan frívolo.

Vaciló.

—Sí. Yo... sí. —Respiró hondo mientras yo sumergía su mano en el recipiente, que sólo contenía agua, saponaria y una cantidad muy pequeña de alcohol, y exhaló con un suspiro.

—¿Ha leído *Tom Jones*? —pregunté, manteniendo una conversación para que se relajara.

—No precisamente, aunque conozco la trama. Mi esposa...

Se detuvo con brusquedad. Jamás había mencionado a su esposa antes; imaginaba que era el alivio de no tener que pasar dolor lo que hacía que estuviera tan dispuesto a charlar. Pero pareció darse cuenta de que tenía que terminar la frase, y continuó a regañadientes:

—Mi esposa... leía novelas.

—¿Ah, sí? —murmuré, preparándome para la tarea del desbridamiento—. ¿Le gustaban?

—Supongo que sí.

Había en su voz algo extraño que me hizo desviar los ojos de mi tarea. Él captó la mirada y apartó la suya, ruborizándose.

—Yo... no aprobaba la lectura de novelas. En aquel entonces.

Se quedó callado un momento, manteniendo la mano firme. Luego espetó:

—Quemé sus libros.

Aquélla se parecía más a la clase de respuesta que esperaba de él.

—Seguramente a ella no le gustó mucho —intervine en un tono suave, y él me lanzó una mirada de sorpresa, como si la cuestión de la reacción de su esposa fuera tan irrelevante que ni siquiera valiera la pena mencionarla—. Y... ¿qué hizo que cambiara de opinión? —pregunté, concentrándome en los restos que estaba quitando de la herida con la ayuda de una pinza. Astillas y pedacitos de corteza. ¿Qué habría estado haciendo? Blandiendo alguna clase de garrote, pensé. ¿Una rama? Respiré hondo, concentrándome en el trabajo para no pensar en los cuerpos en el claro.

Christie movió las piernas con nerviosismo; ahora le dolía un poco.

—Yo... en Ardsmuir.

—¿Qué? ¿Leía en prisión?

—No. Allí no teníamos libros. —Dió una profunda inspiración, me miró, y luego apartó los ojos para fijarlos en una esquina de la habitación, donde una araña emprendedora había aprovechado la ausencia temporal de la señora Bug para comenzar a tejer una telaraña—. En realidad, yo nunca la he leído. Pero el señor Fraser solía relatar la historia a los otros prisioneros. Posee una muy buena memoria —añadió con algo de rencor.

—Sí, en efecto —murmuré—. No voy a hacer ninguna sutura; será mejor dejar que la herida se cure sola. Me temo que la cicatriz no será tan pulcra —añadí con pesar—, pero creo que sanará bien.

Extendí una gruesa capa de ungüento sobre la herida y apreté los bordes lo más fuerte que pude sin cortar la circulación. Bree había estado experimentando con una especie de tiritas caseras, y había creado algo bastante útil, con forma de pequeñas mariposas, a base de lino almidonado y resina de pino.

—Entonces a usted le gustaba Tom Jones, ¿no? Yo habría supuesto que no sería un personaje admirable para usted. Quiero decir que no era un gran ejemplo de moralidad.

—Claro que no —respondió él sin rodeos—. Pero me di cuenta de que la ficción —añadió, pronunciando la palabra con mucha delicadeza, como si fuera algo peligroso— tal vez no era, como yo creía, tan sólo un incentivo para la pereza y las fantasías perversas.

—¿Ah, no? —quise saber, divertida, pero tratando de no sonreír a causa de mi labio—. ¿Cuáles cree usted que son sus características positivas?

—Sí, bueno. —Frunció el ceño, pensativo—. Me pareció de lo más relevante que algo que en esencia no es más que un conjunto de mentiras, de todas formas pudiera ejercer un efecto beneficioso. Puesto que así era —concluyó, aún algo sorprendido.

—¿En serio? ¿Y qué efecto era ése?

Inclinó la cabeza, reflexionando.

—Era una distracción, claro. En esas condiciones, la distracción no es mala —me aseguró—. Claro que, desde luego, es más deseable evadirse a través de la oración...

—Ah, desde luego —murmuré.

—Pero más allá de esa consideración... hacía que los hombres se acercaran entre sí. Uno no pensaría que tales hombres, escoceses de las Highlands, campesinos, encontraran una conexión especial con... semejantes situaciones, semejantes personas. —Señaló con su mano libre el libro, refiriéndose, creo, a personas como el caballero Allworthy y lady Bellaston—. Pero hablaban de ello durante horas enteras; al día siguiente, mientras trabajábamos, se preguntaban por qué Ensign Northerton había hecho lo que había hecho con la señorita Western, y discutían acerca de si ellos se habrían comportado de esa manera o no. —Su cara se iluminó un poco, recordando—. Y, en todos los casos, algún hombre negaba con la cabeza y decía: «¡Al menos, a mí jamás me han tratado de esa manera!» ¡Podría estar pasando hambre o frío, estar cubierto de llagas, permanentemente separado de su familia y de sus circunstancias habituales, pero aun así podía consolarse pensando que nunca había sufrido las vicisitudes que padecían esos seres imaginarios!

Sonrió, algo muy raro en él, meneando la cabeza por la idea, y a mí me pareció que la sonrisa mejoraba mucho su aspecto.

Ya había terminado mi trabajo y dejé su mano sobre la mesa.

—Gracias —dije en voz baja.

Él se sobresaltó.

—¿Qué? ¿Por qué?

—Supongo que esa herida tal vez haya sido el resultado de un c... combate que tuvo lugar por mi causa —dije. Le toqué la mano ligeramente—. Yo... eh... bueno. —Respiré hondo—. Gracias.

—Ah. —Él parecía del todo desconcertado y bastante avergonzado—. Yo... eh... —Echó el banco hacia atrás y se puso de pie aturullado.

Yo también me levanté.

—Tendrá que ponerse más ungüento todos los días —señalé, retomando un tono serio—. Prepararé más; puede venir a buscarlo, o mandar a Malva.

Él asintió, pero no dijo nada. Era evidente que había agotado sus reservas de sociabilidad para aquel día. Vi que sus ojos volvían a posarse en la cubierta del libro y, en un impulso, se lo ofrecí.

—¿Le gustaría llevárselo prestado? Debería leerlo usted mismo; estoy seguro de que Jamie no pudo recordar todos los detalles.

—¡Ah! —Cerró los labios con fuerza, sorprendido, y frunció el ceño, como si sospechara que era una clase de trampa. Pero cuando insistí, aceptó el libro y lo cogió con una expresión de avidez contenida que hizo que me preguntara cuánto tiempo había transcurrido desde que había visto un libro que no fuera la Biblia.

Hizo un gesto de agradecimiento y se puso el sombrero, dispuesto a marcharse. En un impulso momentáneo, le pregunté:

—¿Ha tenido alguna vez la oportunidad de pedir disculpas a su esposa?

Fue un error. Su cara se tensó y adquirió un gesto de frialdad, y sus ojos se estrecharon como los de una serpiente.

—No —respondió lacónicamente. Por un instante pensé que dejaría el libro y que se negaría a cogerlo. Pero, en cambio, cerró los labios con fuerza, se colocó el volumen bajo el brazo y se fue sin más palabras de despedida.

31

A la cama

No se presentó nadie más. Cuando cayó la noche, yo ya había empezado a sentirme bastante tensa, sobresaltándome con los ruidos, observando las sombras cada vez más profundas bajo los castaños, en busca de hombres al acecho o de algo peor. Se me ocurrió que debía cocinar algo. Seguramente Jamie e Ian vendrían a casa a cenar, ¿no? O tal vez debía bajar a la cabaña y reunirme con Roger y Bree.

Pero me daba miedo la idea de estar expuesta a cualquier clase de atención, por bienintencionada que fuera, y si bien aún no me animaba a mirarme al espejo, estaba bastante segura de que mi aspecto asustaría a Jemmy; o, al menos, provocaría muchísimas preguntas. No quería tener que tratar de explicarle lo que me había ocurrido. Suponía que Jamie le había dicho a Brianna que no se acercara durante un tiempo, lo que era una buena idea. En realidad, no podía fingir que me encontraba bien. Todavía no.

Empecé a dar vueltas por la cocina sin saber qué hacer, cogiendo cosas y dejándolas sin sentido. Abrí los cajones del aparador y los cerré; luego volví a abrir el segundo, donde Jamie guardaba las pistolas.

La mayoría había desaparecido. Sólo quedaba la de adornos dorados que no disparaba bien, con unas pocas municiones y un minúsculo cuerno de pólvora, de los que se utilizaban en aquellos estrambóticos duelos con pistolas.

Con las manos algo temblorosas, lo cargué y eché un poco de pólvora en el percutor.

Cuando se abrió la puerta trasera, un poco más tarde, yo estaba sentada a la mesa, con un ejemplar del *Quijote* delante de mí, sosteniendo la pistola con ambas manos y apuntando a la puerta.

Ian se quedó momentáneamente paralizado.

—Jamás dispararías a nadie con esa arma a tanta distancia, tía —dijo en voz baja mientras entraba.

—Pero nadie lo sabría, ¿verdad?

Dejé la pistola sobre la mesa, con mucho cuidado. Tenía las palmas húmedas y me dolían los dedos.

Él asintió, comprendiendo, y se sentó.

—¿Dónde está Jamie? —pregunté.

—Se está lavando. ¿Te encuentras bien, tía? —Sus suaves ojos de color avellana realizaron una evaluación informal, pero cuidadosa, de mi estado.

—No, pero me las apañaré. —Vacilé y luego pregunté—: Y... ¿el señor Brown? ¿Él... os ha dicho algo?

Ian emitió un sonido de desprecio.

—Se meó encima cuando el tío Jamie sacó la daga del cinturón para limpiarse las uñas. No lo tocamos, tía, no te preocupes.

En ese momento apareció Jamie, recién afeitado, con la piel fría y limpia por el agua de la fuente y el cabello pegado en las sienes. A pesar de ello, parecía mortalmente cansado; las arrugas del rostro se habían hecho más profundas y tenía sombras en los ojos. Pero estas últimas disminuyeron en cierto sentido cuando me vio con la pistola.

—Está todo calculado, *a nighean* —dijo en voz baja, tocándome el hombro mientras se sentaba junto a mí—. He puesto hombres para que vigilen la casa, sólo por si acaso. Aunque yo no esperaría problemas hasta dentro de unos días.

Solté un largo suspiro.

—Podrías habérmelo dicho.

Él me miró sorprendido.

—Pensé que lo sabrías. Supongo que no creerías que te dejaría sin protección, Sassenach.

Negué con la cabeza, incapaz de hablar durante unos instantes. Si hubiera estado en condiciones de pensar con lógica, desde luego que no. Pero en realidad había pasado la mayor parte de la tarde en una especie de terror callado e innecesario, imaginando y recordando...

—Lo siento, muchacha —dijo él suavemente, y posó una mano grande y fría sobre la mía—. No debería haberte dejado sola. Pensé que...

Volví a mover la cabeza, pero puse la otra mano sobre la suya y apreté con fuerza.

—No, tenías razón. No podría haber soportado ninguna compañía, salvo a Sancho Panza.

Él miró el *Quijote* y luego a mí, con las cejas enarcadas. El libro estaba en castellano, un idioma que yo no hablaba.

—Bueno, hay partes en las que se parece al francés, y además conozco la historia —dije.

Respiré hondo, tratando de encontrar algo de solaz en el calor del fuego, en la vacilante luz de la vela y en la proximidad de ellos dos, grandes, sólidos, pragmáticos y —al menos en apariencia— imperturbables.

—¿Hay algo de comer, tía? —preguntó Ian, levantándose para mirar.

Como yo no tenía apetito y estaba demasiado nerviosa para centrarme en algo, no había cenado ni había preparado nada, pero siempre había comida en la casa, y Jamie e Ian no tardaron en coger los restos de un pastel de perdiz frío, varios huevos duros, un plato de encurtidos y media hogaza de pan, que cortaron en rebanadas y tostaron sobre el fuego con un tenedor, para luego untarlas con mantequilla e imponérmelas de una manera que no admitía discusión.

Una tostada caliente con mantequilla resulta muy reconfortante, incluso si se mastica con mucho cuidado con una mandíbula dolorida. Con comida en el estómago, comencé a sentirme mucho más tranquila, y fui capaz de preguntar qué habían averiguado con Lionel Brown.

—Echó toda la culpa a Hodgepile —me dijo Jamie, poniendo encurtidos sobre un trozo de pastel—. Lo que es natural, desde luego.

—Tú no has conocido a Arvin Hodgepile —repuse con un pequeño estremecimiento—. No has hablado con él, quiero decir.

Él me lanzó una mirada penetrante, pero no volvió a tocar el tema; en cambio, dejó que Ian me contara la versión de Lionel Brown.

Todo comenzó cuando él y su hermano Richard fundaron su propio comité de seguridad. Había insistido en que la intención era ofrecer un servicio público, puro y simple. Jamie resopló, pero no lo interrumpió.

La mayoría de los hombres de Brownsville se habían incorporado al comité, mientras que la mayor parte de los colonos y los granjeros cercanos no lo habían hecho. Hasta ahí, todo bien. El comité había intervenido en unos cuantos asuntos de menor importancia, impartiendo justicia en casos de ataques, robos y cosas similares, y en las ocasiones en que se habían apropiado de uno o dos cerdos o de un ciervo muerto como pago por sus servicios, nadie se había quejado demasiado.

—Todavía hay muchos rencores sobre la Regulación —explicó Ian, frunciendo el ceño mientras cortaba otra rebanada de pan—. Los Brown no se unieron a la Regulación; no era necesario, puesto que su primo era el *sheriff*, y la mitad de los miembros del tribunal son Brown o están casados con Brown. —En otras palabras, la corrupción estaba de su lado.

Las ideas reguladoras seguían teniendo mucho peso en el campo, incluso a pesar de que los principales líderes del movimiento, como Hermon Husband y James Hunter, habían abandonado la colonia. En los momentos posteriores a Alamance, la mayoría de los reguladores se cuidaban de expresar su afinidad, pero varias familias de reguladores que vivían cerca de Brownsville sí habían manifestado en voz alta críticas respecto a la influencia de los Brown en la política y los negocios de la zona.

—¿Tige O'Brian era uno de ellos? —pregunté, sintiendo que la tostada con mantequilla se convertía en un pequeño bulto duro en mi estómago. Jamie me había explicado lo que les había ocurrido a los O'Brian, y yo había visto la cara de Roger cuando regresó.

Jamie asintió, sin apartar la vista del pastel.

—En ese momento apareció Arvin Hodgepile —dijo, y dio un feroz bocado.

Hodgepile, que había escapado hábilmente de la dura vida del ejército británico fingiendo su muerte en el incendio del almacén de Cross Creek, se había propuesto ganarse el sustento de maneras poco edificantes. Y, dado que la escoria tiende a juntarse con escoria, había terminado con una pequeña pandilla de matones de mentalidad similar a la suya.

La banda había iniciado sus actividades de una manera bastante sencilla, asaltando a cualquiera que se cruzara en su camino, robando en tabernas, y cosas así. Sin embargo, esa clase de comportamiento suele llamar la atención, y con tantos alguaciles, *sheriffs*, comités de seguridad y otros organismos siguiéndole los pasos, la pandilla se había retirado de las laderas y había subido a la montaña, donde podía encontrar asentamientos y poblados aislados. También había comenzado a matar a sus víctimas, para evitar que identificaran a sus miembros y los persiguieran.

—O, como mínimo, a la mayoría —murmuró Ian. Miró su huevo a medio comer un instante, y luego lo dejó.

En su paso por el ejército en Cross Creek, Hodgepile había entablado diversos contactos con muchos mercaderes fluviales y contrabandistas costeros. Algunos comerciaban con pieles; otros, con cualquier cosa que fuera rentable.

—Y se les ocurrió —continuó Jamie, respirando hondo— que las chicas, las mujeres y los niños pequeños son más rentables que casi todo lo demás; excepto el whisky, quizá. —Jamie torció la comisura de los labios, aunque no se trataba de una sonrisa.

—Nuestro señor Brown insiste en que él no tuvo nada que ver con todo aquello —añadió Ian con un tono cínico en la voz—. Tampoco su hermano, ni su comité.

—Pero ¿cómo se involucraron los Brown con la banda de Hodgepile? —pregunté—. ¿Y qué hacían con la gente que secuestraban?

La respuesta a la primera pregunta fue que se trató del resultado feliz de un robo malogrado.

—¿Recuerdas la vieja casa de Aaron Beardsley?

—Sí —respondí, frunciendo la nariz de modo reflejo por el recuerdo de aquella maloliente pocilga. A continuación, emití un pequeño gemido y puse las manos en mi maltratado apéndice.

Jamie me miró y puso otro pedazo de pan a tostar.

—Bueno —continuó, ignorando mis protestas al señalar que estaba llena—. Los Brown se la quedaron, desde luego, cuando adoptaron a la muchachita. La limpiaron, la equiparon de nuevo y siguieron usándola como establecimiento comercial.

Los cherokee y los catawba se habían acostumbrado a acudir a ese sitio —a pesar de lo horroroso que era— en la época en la que Aaron Beardsley trabajaba como comerciante con los indios, y siguieron haciendo negocios con la nueva administración: un arreglo muy beneficioso y rentable para todos los implicados.

—Y eso fue lo que Hodgepile dedujo —acotó Ian. La pandilla de Hodgepile, con sus habituales y directos métodos de hacer negocios, había entrado en el lugar, había matado a la pareja que lo administraba, y había comenzado a saquear sistemáticamente las instalaciones. La hija de la pareja, que tenía once años de edad, y que, por suerte, se hallaba en el granero cuando llegó la pandilla, había escapado montada en una mula y había cabalgado a toda velocidad hasta Brownsville en busca de ayuda. Por suerte, se había encontrado con los miembros del comité de seguridad, que regresaban de algún asunto, y los había llevado de vuelta justo a tiempo para enfrentarse a los ladrones.

Entonces tuvo lugar lo que en años posteriores se conocería como «tablas mexicanas». Los Brown tenían la casa rodeada. Hodgepile, sin embargo, tenía a Alicia Beardsley Brown, la niña de dos años que legalmente era la propietaria del establecimiento, y a quien los Brown habían adoptado después de la muerte de su supuesto padre.

Hodgepile contaba con suficiente comida y municiones dentro del puesto comercial como para soportar un sitio de varias semanas; los Brown no deseaban abrir fuego contra su valiosa propiedad para expulsarlo, ni tampoco poner en riesgo la vida de la niña invadiendo el lugar. Después de uno o dos días, en los que se intercambiaron algunos disparos esporádicos y los miembros del comité se pusieron cada vez más nerviosos por tener que acampar en el bosque que rodeaba el lugar, ondeó una bandera de tregua en la ventana de la planta alta, y Richard Brown había entrado para hablar con Hodgepile.

El resultado fue una especie de recelosa fusión. La pandilla de Hodgepile continuaría con sus operaciones, manteniéndose alejada de cualquier asentamiento que estuviera bajo protección de los Brown, pero llevaría el botín de sus robos al puesto comercial, donde lo podría vender sin llamar la atención y a un buen precio, mientras que Hodgepile y su gente se llevarían una buena tajada de las ganancias.

—El botín —dije, aceptando una nueva rebanada de pan con mantequilla que me ofrecía Jamie—, ¿con eso te refieres a cautivos?

—A veces. —Cerró los labios con fuerza mientras llenaba una jarra de sidra y me la entregaba—. Y dependiendo de dónde se encontraban. Cuando cogían cautivos en las montañas, vendían algunos a los indios, a través del puesto. Los que secuestraban en el piamonte se los vendían a los piratas fluviales, o los llevaban a la costa para venderlos a las Indias Occidentales; allí obtenían el mejor precio, ¿sabes? Por un muchacho de catorce años les pagaban, como mínimo, cien libras.

Sentía los labios entumecidos, y no sólo por la sidra.

—¿Durante cuánto tiempo? —pregunté asombrada—. ¿Cuántos? —Niños, jóvenes, chicas, arrancados de sus hogares y vendidos como esclavos a sangre fría. Sin nadie que pudiera seguirlos. Incluso si algunos lograban escapar, no tenían ningún hogar, ni nadie que les pudiera dar cobijo.

Jamie suspiró. Parecía cansado más allá de lo que las palabras eran capaces de expresar.

—Brown no lo sabe. Dice... Dice que él no tenía nada que ver con ello.

—¡Y una mierda que no! —exclamé, en un ataque de furia que eclipsó momentáneamente el horror—. Él estaba con Hodgepile cuando vinieron aquí. Él sabía que tenían intención de llevarse el whisky. Y debió de estar con ellos antes, cuando... hicieron otras cosas.

Jamie asintió.

—Sostiene que trató de impedir que te llevaran.

—Es cierto —espeté—. Y luego trató de hacer que me mataran, para evitar que te contara que él había estado allí. ¡Y después él mismo intentó asfixiarme! Supongo que eso no te lo ha dicho.

—No, no me lo ha dicho. —Ian intercambió una breve mirada con Jamie, y me di cuenta de que habían cerrado un acuerdo tácito entre ellos. Se me ocurrió que tal vez yo acababa de sellar el destino de Lionel Brown. Si así era, no estaba segura de sentirme culpable.

—¿Qué... qué piensas hacer con él? —pregunté.

—Creo que tal vez lo ahorque —respondió Jamie después de una breve pausa—. Pero necesito más respuestas. Y debo pensar cuál es la mejor manera de manejar este asunto. No te preocupes por ello, Sassenach; tú no volverás a verlo.

Con esas palabras, se puso en pie y se desperezó, haciendo sonar los músculos. Luego estiró los hombros, desperezándose con un suspiro. Me dio la mano y me ayudó a incorporarme.

—Sube a la cama, Sassenach. Yo iré dentro de un momento. Tengo que hablar un poco más con Ian.

Las tostadas calientes con mantequilla, la sidra y la conversación habían hecho que por el momento me sintiera mejor. Pero estaba tan cansada que apenas pude arrastrarme por la escalera, y tuve que sentarme en la cama, balanceándome, un poco adormilada, con la esperanza de reunir la fuerza suficiente como para quitarme la ropa. Transcurrieron unos instantes hasta que me di cuenta de que Jamie estaba merodeando por el umbral.

—¿Sí...? —dije vagamente.

—No sabía si querías que me quedara contigo esta noche —preguntó con timidez—. Si prefieres descansar sola, puedo usar la cama de Joseph. O, si lo deseas, puedo dormir a tu lado, en el suelo.

—Ah —intervine, inexpresiva, tratando de sopesar aquellas alternativas—. No. Quédate. Quiero decir que prefiero que duermas conmigo. —Desde mi intensa fatiga, pude mostrar algo parecido a una sonrisa—. Como mínimo, puedes calentar la cama.

Cuando dije eso, una expresión de lo más peculiar cruzó su cara de manera fugaz, y parpadeé, sin estar segura de haberla visto. Pero sí; había una mezcla de vergüenza y diversión consternada en sus facciones. Era el aspecto que tendría si lo condujeran a la pira: heroicamente resignado.

—¿Qué demonios has estado haciendo? —pregunté, lo bastante sorprendida como para sacudirme el sopor.

La vergüenza estaba ganando terreno; las puntas de sus orejas habían enrojecido, y pude ver un rubor en sus mejillas, incluso a la pálida luz de la vela que había dejado sobre la mesa.

—No iba a decírtelo —murmuró, evitando mi mirada—. Hice que el pequeño Ian y Roger guardaran silencio.

—Ah, han estado mudos como tumbas —le aseguré. Aunque aquella afirmación explicaba, tal vez, las extrañas miradas ocasionales de Roger, últimamente—. ¿De qué se trata?

Él suspiró, raspando el suelo con el borde de la bota.

—Sí, bueno. Es Tsisqua, ¿sabes? Su intención era ser hospitalaria la primera vez, pero cuando Ian les dijo que... bueno, no fue una buena idea, dadas las circunstancias, sólo que... Y entonces, cuando fuimos por segunda vez, allí estaban de nuevo, sólo que eran otras dos, y cuando intenté que se marcharan, dijeron que Pájaro había dicho que era para honrar mi promesa, porque, ¿de qué vale una promesa que no cuesta nada mantener? Y maldita sea si sé si habla en serio o si sólo piensa que o bien me rendiré y él tendrá siempre las de ganar, o le conseguiré las armas que quiere para terminar con todo este asunto de una manera u otra... ¿O tal vez sea todo un chiste a mi costa? Incluso Ian dice que él no sabe a qué se debe, y si él...

—Jamie —dije—. ¿De qué estás hablando?

Él me lanzó una mirada furtiva, y a continuación apartó los ojos otra vez.

—Ah... mujeres desnudas —espetó, y enrojeció como una franela nueva. Lo miré un momento. Los oídos seguían zumbándome un poco, pero no tenía ningún problema con mi audición. Lo apunté con un dedo, con cuidado, porque tenía las manos hinchadas y con hematomas.

—Tú —intervine en tono comedido—, ven aquí ahora mismo. Siéntate justo allí —señalé la cama a mi lado— y cuéntame con monosílabos qué has estado haciendo exactamente.

Lo hizo y, como resultado, cinco minutos más tarde yo estaba tumbada sobre la cama, riéndome a más no poder, gimiendo por el dolor de mis costillas fisuradas, y sin poder contener las lágrimas que me surcaban las sienes y entraban en mis orejas.

—Oh, Dios, oh, Dios, oh, Dios —gemí—. No lo soporto. En serio. Ayúdame a sentarme.

Extendí la mano, y lancé un alarido de dolor cuando sus dedos se cerraron alrededor de mi muñeca lastimada, pero por último logré incorporarme, me incliné sobre una almohada que tenía apretada contra el estómago y la sujeté con más fuerza cuando sentí un nuevo ataque de risa.

—Me alegro de que te parezca gracioso, Sassenach —dijo Jamie con sequedad. Se recuperó un poco, aunque seguía ruborizado—. ¿Estás segura de que no estás histérica?

—No, para nada. —Cogí aire mientras me secaba las lágrimas con un pañuelo de lino; luego resoplé, con una alegría incontenible—. ¡Ah! Ay, Dios, duele.

Suspirando, me sirvió una taza de agua de la botella que se encontraba sobre la mesilla, y la sostuvo para que bebiera. Estaba fría, pero llevaba mucho tiempo allí y tenía un sabor un poco rancio; pensé que debía de hallarse allí quizá desde antes de que...

—Ya está —dije, apartando la taza y humedeciéndome los labios con mucha delicadeza—. Me encuentro bien. —Respiré con dificultad, sintiendo cómo se reducía el ritmo de los latidos—. Bien. Al menos ahora sé por qué siempre cuando regresabas de las aldeas cherokee te encontrabas en un estado tan intenso de... —Sentí que volvían las carcajadas y entonces me doblé en dos, gimiendo mientras trataba de reprimirlas—. Oh, por los clavos de Roosevelt. Y yo que creía que estabas todo el tiempo pensando en mí, y que eso te generaba una lujuria salvaje.

Él también resopló, aunque suavemente. Dejó la taza, se incorporó y echó hacia atrás la colcha. Luego me miró con ojos claros y francos.

—Claire —intervino con suma gentileza—. Era por ti. Siempre ha sido por ti, y siempre lo será. Métete en la cama y apaga la vela. Tan pronto haya cerrado los postigos y la puerta, y apagado la chimenea, vendré a darte calor.

—Mátame. —Los ojos de Randall brillaban a causa de la fiebre—. Mátame —dijo—. Es lo que mi corazón desea.

Se despertó de golpe, escuchando el eco de las palabras en su cabeza, viendo los ojos, el cabello salpicado de lluvia y la cara de Randall, mojada como la de un ahogado.

Se frotó con fuerza su propia cara con la mano, sorprendido de sentir la piel seca, y la barba, que era apenas una sombra. La sensación de humedad, la picazón de las patillas de un mes, seguía siendo tan fuerte que se levantó, moviéndose en silencio por instinto, y se acercó a la ventana, donde la luz de la luna brillaba a través de las grietas del postigo. Vertió un poco de agua en el lavabo, movió la palangana bajo un rayo de luz y miró en ella para librarse de esa persistente sensación de que se trataba de otra persona, de que se encontraba en otro lugar.

El rostro en el agua no era más que un óvalo sin rasgos distinguibles, pero estaba afeitado, y el cabello le colgaba suelto sobre los hombros, no lo llevaba recogido para la batalla. Y, sin embargo, parecía la cara de un desconocido.

Inquieto, dejó el agua en el cuenco y, después de un instante, regresó poco a poco a la cama.

Ella estaba dormida. Él ni siquiera había pensado en ella cuando se despertó, pero verla lo tranquilizó. Ese rostro que conocía, por maltrecho e hinchado que estuviera.

Puso la mano sobre la cabecera, reconfortado por la solidez de la madera. A veces, cuando se despertaba, el sueño permanecía, y él sentía que el mundo real era fantasmal, que se desdibujaba a su alrededor. A veces temía ser un fantasma.

Pero las sábanas estaban frías contra su piel, y el calor de Claire lo serenó. Él extendió la mano hacia ella y ella giró en su dirección, acurrucándose de espaldas en sus brazos con un pequeño gemido de satisfacción, con su redondeado trasero sólidamente apoyado contra él.

Ella volvió a dormirse casi de inmediato; en realidad, no se había despertado. Él sintió el impulso de despertarla, de hacer que le hablara, sólo para asegurarse de que podía verlo y oírlo. Pero se limitó a abrazarla con fuerza, y por encima de los rizos de su cabeza, vigiló la puerta, como si pudiera abrirse y Jack Randall fuera a aparecer allí, empapado y chorreando agua.

«Mátame —había dicho—. Es lo que mi corazón desea.»

Su corazón latía poco a poco, lo que causaba un eco en la oreja que tenía apoyada en la almohada. Algunas noches se quedaba dormido mientras lo escuchaba, reconfortado por ese golpe grueso y monótono. Otras, como ésa, en cambio, oía el silencio mortal entre los latidos, ese silencio que con paciencia nos espera a todos.

Había subido el edredón, pero volvió a retirarlo, de modo que Claire estuviese tapada, pero que su propia espalda quedase descubierta, abierta al fresco de la habitación, para que el calor no consiguiera que se durmiera y evitar que recuperara el mismo sueño. Para que las ganas de dormir combatieran contra el frío, y que al menos lo empujaran por el precipicio de la conciencia, haciendo que cayera en las profundidades de un olvido negro.

Porque no deseaba saber qué había querido decir Randall con esas palabras.

32

Ahorcarlo sería demasiado bueno para él

Por la mañana, la señora Bug ya había regresado a la cocina, y el aire era cálido y fragante gracias al aroma de algo que estaba cocinándose en los fogones. Ella estaba igual que siempre, y más allá de un breve vistazo a mi cara y un «¡tst!», daba la impresión de que no quería armar ningún escándalo. O bien era más sensible de lo que yo creía, o Jamie había hablado con ella.

—Tenga, *a muirninn*, coma mientras esté caliente. —La señora Bug pasó un poco de pavo guisado con verduras de la bandeja a mi plato, y, con gran habilidad, colocó encima un huevo frito.

Le di las gracias con un gesto, y cogí el tenedor con muy poco entusiasmo. Seguía teniendo molestias en la mandíbula, de modo que comer era una actividad lenta y dolorosa.

El huevo pasó bien, pero el olor a cebolla quemada le pareció demasiado fuerte y aceitoso a mi nariz. Separé un pequeño trozo de patata y lo aplasté contra el paladar, disolviéndolo con la lengua en lugar de masticarlo, y luego hice que bajara con un sorbo de café.

Más con la esperanza de distraerme que porque realmente quisiera saberlo, le pregunté:

—¿Y cómo se encuentra el señor Brown esta mañana?

La señora Bug cerró los labios con fuerza y golpeó las patatas fritas con una espátula, como si fueran los sesos de Brown.

—Mucho mejor de lo que debería —contestó—. Ahorcarlo sería demasiado bueno para él; no es más que un montón de mierda llena de gusanos.

Escupí el pedacito de patata que había estado tratando de disolver y me apresuré a tomar otro sorbo de café. Llegó hasta el fondo y sentí que volvía a subir. Eché el banco hacia atrás y corrí hacia la puerta, alcanzándola justo a tiempo para vomitar en el umbral, lanzando arcadas de café, bilis y huevo frito.

En el fondo de mi conciencia percibí la presencia de la señora Bug, que caminaba nerviosa por la entrada, y, con un gesto, le indiqué que se alejara. Ella vaciló durante un instante, pero luego volvió a entrar en la cocina, mientras yo me incorporaba y avanzaba hacia la fuente.

El interior de mi cabeza sabía a café y a bilis, y el fondo de la nariz me picaba muchísimo. Sentía como si la nariz me sangrara otra vez, pero cuando la toqué con cuidado, descubrí que no era así. Me enjuagué la boca con agua, lo que ayudó a que el gusto desagradable fuera menor, pero no sirvió para ahogar el pánico que había surgido en mi interior después de la náusea.

Tuve la impresión repentina, clara y extraña de que me faltaba la piel. Las piernas me temblaban, y me senté en el tronco donde cortábamos leña para el fuego, sin prestar atención a las astillas.

«No puedo —pensé—. Sencillamente, no puedo.»

Permanecí allí sentada en el tronco unos instantes, sin voluntad para incorporarme. Podía sentir la matriz con mucha claridad. Un peso pequeño y redondo en la base del abdomen, que parecía que estuviera ligeramente hinchado y muy tierno.

Nada, pensé, con toda la determinación que pude reunir. Todo normal. Siempre estaba así en ese punto concreto de mi ciclo. Y después de lo que habíamos hecho Jamie y yo... Bueno, era natural que fuera consciente del funcionamiento de mis órganos internos. Cierto; la noche anterior no lo habíamos hecho; yo sólo quería que me abrazara. Por otro lado, me reí muchísimo. Solté una pequeña carcajada en ese momento, recordando la confesión de Jamie. Me dolió y me agarré las costillas, pero me sentí un poco mejor.

—Bueno, maldita sea —dije en voz alta, y me levanté—. En cualquier caso, tengo cosas que hacer.

Impulsada por esa audaz declaración, cogí la canasta y el cuchillo para recoger hierbas, le dije a la señora Bug que me marchaba y me encaminé a casa de los Christie.

Quería examinar la mano de Tom y luego invitar a Malva a que me acompañara a buscar ginseng y otras hierbas útiles que pudiéramos encontrar. Era una buena alumna, observadora y rápida, y tenía buena memoria para las plantas. Y tenía la intención de enseñarle cómo preparar cultivos de penicilina. Examinar una cantidad generosa de basura húmeda y llena de moho me tranquilizaría. Decidí no prestar atención a la náusea y volví mi maltrecho rostro hacia el sol.

Tampoco iba a preocuparme por lo que Jamie pensara hacer con Lionel Brown.

33

Intervención de la señora Bug

A la mañana siguiente, yo ya me había recuperado bastante. El estómago ya no me molestaba y me sentía mucho más fuerte emocionalmente; justo a tiempo, puesto que era evidente que las advertencias que Jamie le había hecho a la señora Bug sobre no agobiarme ya no surtían efecto.

Todo me dolía menos, y mis manos casi habían vuelto a la normalidad, pero seguía muy cansada, y, de hecho, era bastante agradable permanecer sentada mientras me traían tazas de café —cada vez había menos té, y tendrían que transcurrir muchos años hasta que pudiéramos conseguir más— y platos de pastel de arroz con pasas.

—¿Así que está del todo segura de que su cara volverá a parecerse a una cara? —La señora Bug me pasó un bollo recién hecho que goteaba mantequilla y miel, y me examinó dudosa, con los labios fruncidos.

Sentí la tentación de preguntarle a qué se parecía lo que tenía en la parte delantera de mi cabeza, pero estaba bastante segura de que no quería oír la respuesta. En cambio, me contenté con un breve «Sí» y con pedir un poco más de café.

—Una vez conocí a una mujer de Kirkcaldy a la que una vaca le pateó la cara —dijo, observándome todavía con mirada crítica mientras servía el café—. Perdió todos los dientes delanteros, pobre criatura, y a partir de aquel momento tuvo la nariz siempre apuntando a un lado, así. —A modo de ilustración, empujó a un lado y con mucha fuerza su propia nariz, que era pequeña y redondeada, al mismo tiempo que introducía el labio superior debajo del inferior para simular la falta de dientes.

Me toqué con cuidado el puente de la nariz, pero estaba tranquilizadoramente recta, aunque hinchada.

—Y, además, estaba William McCrea, de Balgownie, el que combatió en Sheriffsmuir con mi Arch. Se metió en el camino de una pica inglesa que le arrancó la mitad de la mandíbula, ¡y también buena parte de la nariz! Arch me dijo que se le podía ver todo el gaznate y la tapa de los sesos; pero sobrevivió. Sobre todo, gracias a la avena —añadió—, y al whisky.

—Qué gran idea —dije, bajando el bollo mordisqueado—. Creo que iré a buscar un poco.

Con la taza en la mano, me escabullí lo más rápido que pude por el pasillo hacia la consulta, perseguida por los gritos de la señora Bug, que había recordado también a Dominic Mulroney, un irlandés que chocó de cabeza contra la puerta de una iglesia de Edimburgo, y eso que estaba sobrio en ese momento...

Cerré la puerta de la consulta detrás de mí, abrí la ventana y tiré afuera los restos de café; luego bajé la botella del anaquel y llené la taza hasta el borde.

Tenía pensado preguntarle a la señora Bug sobre la salud de Lionel Brown, pero... tal vez aquello podía esperar. Me di cuenta de que las manos me habían vuelto a temblar, y tuve que apoyarlas sobre la mesa durante un instante para estabilizarlas, antes de poder sostener la taza. Respiré hondo y tragué un poco de whisky. Luego di otro sorbo. Sí, así estaba mejor.

Pequeñas olas de pánico sin sentido solían asaltarme de improviso. No había tenido ninguna aquella mañana, y esperaba que hubieran desaparecido. Sin embargo, por lo que parecía, no era así.

Bebí un poco más de whisky, me limpié el sudor frío de las sienes y miré a mi alrededor en busca de algo útil que pudiera hacer. Malva y yo habíamos empezado a preparar penicilina el día anterior, y, además, habíamos elaborado tinturas nuevas con eupatorio, diente de perro y un poco de ungüento de genciana. Terminé pasando poco a poco las páginas de mi gran cuaderno de casos, bebiendo whisky y deteniéndome en las entradas en las que se describían diversas y espantosas complicaciones del parto.

Era consciente de lo que estaba haciendo, pero sentía que no podía evitarlo. Yo no estaba embarazada, de eso estaba segura. Sin embargo, sentía el útero tierno, inflamado, y todo mi ser alterado.

Ah, ahí había una anécdota graciosa: Daniel Rawlings, en una de sus entradas, describía a una esclava de mediana edad que sufría una fístula rectovaginal que le generaba un goteo constante de materia fecal a través de la vagina.

Esas fístulas eran causadas por palizas durante el parto, y eran más comunes en las chicas muy jóvenes, en las que la presión de un parto prolongado podía provocar esa clase de desgarros, o también en las mujeres mayores, cuyos tejidos habían perdido su elasticidad. Por supuesto que en estas últimas era probable que la afección estuviera acompañada de un colapso perineal, que permitía que el útero, la uretra —y posiblemente también el ano— se derrumbaran sobre el suelo pélvico.

—Qué suerte tengo de no estar embarazada —dije en voz alta, cerrando el libro con fuerza. Tal vez me convendría intentarlo con el *Quijote*.

En resumen, me sentí mucho más aliviada cuando, poco antes del mediodía, Malva Christie se presentó y llamó a la puerta.

Echó un rápido vistazo a mi cara, pero, al igual que el día anterior, se limitó a aceptar mi aspecto sin hacer comentario alguno.

—¿Cómo está la mano de tu padre? —pregunté.

—Ah, bien, señora —respondió rápidamente—. Se la examiné tal y como usted me indicó, pero no tiene franjas rojas, ni pus, y sólo hay una pequeña zona roja cerca del corte. Hice que flexionara los dedos como usted dijo —añadió, con un pequeño hoyuelo en la mejilla—. Él no quería hacerlo, y se comportó como si le estuviera clavando espinas, pero al final lo hizo.

—¡Muy bien! —exclamé, y le di una palmadita en el hombro, lo que hizo que se sonrojara de placer—. Creo que eso se merece una galleta con miel —añadí, al ser consciente del delicioso aroma del horneado que había estado flotando por el vestíbulo desde la cocina durante la última hora—. Ven conmigo.

Pero cuando entramos en el pasillo y giramos hacia la cocina, advertí un ruido extraño detrás de nosotras; era una especie de golpeteo y roce en el exterior, como si un animal grande y pesado estuviera avanzando por las tablas huecas de los escalones de la entrada.

—¿Qué es eso? —preguntó Malva, mirando alarmada por encima del hombro.

Un fuerte gemido le respondió, junto con un estruendo que sacudió la puerta delantera cuando algo se desplomó contra ella.

—¡Jesús, María y José! —La señora Bug había salido de la cocina y estaba santiguándose—. ¿Qué es eso?

Mi corazón había empezado a latir a toda velocidad a causa de los ruidos, y la boca se me secó. Algo grande y oscuro bloqueaba la línea de luz debajo de la puerta, y podía oírse una respiración estentórea, con gemidos.

—Bueno, sea lo que sea, está enfermo o herido. Retrocedan. —Me sequé las manos en el delantal, tragué saliva, di unos pasos hacia delante y abrí la puerta.

Por un momento no lo reconocí; no era más que un montón de carne, cabello desordenado y ropa andrajosa manchada de tierra. Pero entonces consiguió apoyar una rodilla en el suelo y levantó la cabeza, jadeando, enseñándome una cara blanca como el papel, llena de hematomas y repleta de sudor.

—¿Señor Brown? —pregunté con incredulidad.

Tenía los ojos vidriosos; no estaba segura de que me hubiera visto, pero no cabía duda de que había reconocido mi voz, puesto que se lanzó hacia delante y estuvo a punto de derribarme. Yo tuve la astucia de echarme hacia atrás, pero él me agarró un pie y empezó a gritar.

—¡Piedad! Señora, apiádese de mí. ¡Se lo ruego!

—¿Qué, en nombre de...? Suélteme. ¡Suélteme, he dicho! —Sacudí el pie, tratando de apartarlo, pero él se había pegado como una lapa, y seguía gritando «¡Piedad!», en una especie de canturreo ronco y desesperado.

—Ah, cállese la boca —dijo la señora Bug irritada. Recuperada de la impresión de su entrada, no se la veía para nada intimidada por su aspecto, pero sí muy enfadada.

Lionel Brown no se calló, sino que siguió implorando misericordia a pesar de mis intentos de serenarlo, que la señora Bug interrumpió inclinándose a mi lado con un gran mazo para carne en la mano y golpeándole la cabeza con él. Brown puso los ojos en blanco y cayó redondo sin decir ninguna palabra más.

—Lo siento mucho, señora Fraser —se disculpó la señora Bug—. ¡No sé cómo ha conseguido escaparse, y mucho menos cómo ha llegado hasta aquí!

Yo tampoco sabía cómo se había escapado, pero era bastante evidente cómo había llegado; reptando, arrastrando la pierna rota. Tenía las manos y las piernas llenas de arañazos y de sangre, los pantalones, destrozados, y estaba cubierto de manchas de barro, hierba y hojas.

Me agaché y le quité una hoja de olmo del cabello, tratando de decidir qué iba a hacer con él. Lo obvio, suponía.

—Ayúdenme a llevarlo a la consulta —dije suspirando mientras me inclinaba para agarrarlo por debajo de los brazos.

—¡No puede hacer eso, señora Fraser! —La señora Bug estaba escandalizada—. ¡El señor Fraser fue muy claro al respecto: este sinvergüenza no debe molestarla, dijo; es más, usted ni siquiera puede verlo!

—Bueno, me temo que ya es un poco tarde para eso —respondí, arrastrando el cuerpo inerte—. No podemos dejarlo tirado en la entrada, ¿no? ¡Ayúdenme!

Al parecer, la señora Bug no veía ninguna razón por la que no se pudiera dejar al señor Brown tirado en la entrada, pero cuando Malva —que se había apoyado en la pared con los ojos abiertos, durante el alboroto— se acercó para ayudar, la señora Bug cedió con un suspiro, dejó su arma a un lado y me echó una mano.

Para cuando lo trasladamos a la mesa de la consulta, él ya había recuperado la consciencia y estaba gimiendo:

—¡No deje que me mate...! ¡Por favor, no deje que me mate!

—¿Quiere hacer el favor de callarse? —espeté, profundamente irritada—. Deje que examine su pierna.

Nadie había mejorado el entablillado original que yo le había puesto de manera improvisada, y el trayecto desde la cabaña de los Bug no le había hecho ningún bien; la sangre brotaba a través de las vendas. Yo estaba muy asombrada de que hubiera logrado sobrevivir, teniendo en cuenta sus otras heridas. Tenía la piel pegajosa y respiraba con dificultad, pero su fiebre no era demasiado alta.

—¿Puede traer un poco de agua caliente, por favor, señora Bug? —pregunté, tanteando con delicadeza el miembro fracturado—. ¿Y tal vez un poco de whisky? Habrá que darle algo para el shock.

—De ninguna manera —respondió la señora Bug, dirigiéndole al paciente una mirada de intenso desprecio—. Deberíamos ahorrarle al señor Fraser la molestia de encargarse de este pedazo de mierda, si él no tiene la cortesía de morirse solo. —Ella seguía con el mazo en la mano, y lo levantó con un gesto amenazador, haciendo que el señor Brown se encogiera de miedo, en un movimiento que hizo que le doliera la muñeca rota y comenzara a gritar.

—Yo traeré el agua —dijo Malva, y desapareció.

Sin prestar atención a mis intentos de examinarle las heridas, Brown me agarró la muñeca con la mano sana y me la apretó con una fuerza sorprendente.

—No deje que me mate —suplicó con voz ronca, clavándome sus ojos inyectados en sangre—. ¡Por favor, se lo ruego!

Vacilé. En realidad, yo no había olvidado la existencia del señor Brown, pero en cierta manera había conseguido no recordarla durante uno o dos días. Me había alegrado mucho de no tener noticias suyas.

Él advirtió mi vacilación, se mojó los labios y lo intentó de nuevo.

—¡Sálveme, señora Fraser! ¡Se lo imploro! ¡Él sólo le hará caso a usted!

Con cierta dificultad, separé mi mano de su muñeca.

—¿Por qué, exactamente, cree que alguien quiere matarlo? —pregunté con cuidado.

Brown no se rió, pero su boca se curvó con amargura al escuchar mi pregunta.

—Él ha dicho que lo hará. Yo no lo dudo. —Parecía un poco más calmado, y respiró hondo, tembloroso—. Por favor, señora Fraser —suplicó en voz más baja—. Se lo ruego... sálveme.

Miré a la señora Bug, y leí la verdad en sus brazos cruzados y sus labios cerrados con fuerza. Ella lo sabía.

En ese momento entró Malva, con una taza de agua caliente en una mano y la jarra de whisky en la otra.

—¿Qué debo hacer? —preguntó, jadeando.

—Eh... en la alacena —dije, tratando de concentrarme—. ¿Sabes qué aspecto tiene la consuelda? —Yo había cogido la muñeca de Brown y automáticamente había empezado a comprobar el pulso. Estaba muy acelerado.

—Sí, señora. ¿Pongo un poco en remojo? —Ya había dejado la jarra y la taza sobre la mesa, y estaba buscando en la alacena.

Miré a Brown a los ojos, tratando de ser objetiva.

—Usted me habría matado si hubiera podido —aclaré en voz muy baja. Mi propio pulso iba a la misma velocidad que el suyo.

—No —respondió él, pero sus ojos se apartaron de los míos. Sólo durante una fracción de segundo, pero lo hicieron—. ¡No, jamás lo habría hecho!

—Le dijo a H-Hodgepile que me matara. —Mi voz se estremeció al pronunciar ese nombre, y un arrebato de ira creció de pronto dentro de mí—. ¡Sabe que es así!

Su muñeca izquierda estaba probablemente rota, y nadie había intentado inmovilizarla; la piel estaba inflamada y llena de hematomas. De todas formas, él apretó mi mano con su mano sana, desesperado por convencerme. Desprendía un olor cálido, nauseabundo y salvaje, como...

Me solté la mano con furia, mientras sentía que el asco se arrastraba por mi piel. Me froté la palma en el delantal, con fuerza, tratando de no vomitar.

No había sido él, eso lo sabía. No había podido ser él; se había roto la pierna aquella misma tarde. No era posible que él hubiera sido aquella presencia pesada e inexorable en la noche, la de aquellos asquerosos empujones. Y, sin embargo, tuve la sensación de que sí había sido él. Noté gusto a bilis en la saliva y un repentino mareo.

—¿Señora Fraser? ¡Señora Fraser! —Malva y la señora Bug hablaron al unísono y, antes de que pudiera darme cuenta de lo que ocurría, la señora Bug me ayudó a sentarme sobre un banco, manteniéndome recta, y Malva acercó una taza de whisky a mis labios.

Bebí, con los ojos cerrados, tratando de perderme momentáneamente en el aroma limpio y punzante y el sabor ardiente de la bebida.

Recordé la furia de Jamie la noche en la que me había traído a casa. Si en aquel instante Brown hubiera estado en la habitación con nosotros, no había duda de que lo habría matado. ¿Lo haría ahora, con la sangre más fría? No lo sabía. Era evidente que Brown creía que sí.

Oí el sollozo de Brown, un sonido grave y desesperado. Tragué lo que quedaba de whisky, aparté la taza y me incorporé en el asiento, abriendo los ojos. Me sorprendió un poco el hecho de que yo también estuviera llorando.

Me levanté, y me sequé la cara con el delantal. Tenía un reconfortante olor a mantequilla, canela y salsa fresca de manzana, y su aroma me calmó las náuseas.

—La infusión está lista, señora Fraser —susurró Malva, tocándome la manga. Tenía los ojos clavados en Brown, que se había acurrucado sobre la mesa, totalmente abatido—. ¿Quiere un poco?

—No —dije—. Dásela a él. Luego tráeme algunas vendas, y vete a casa.

No tenía idea de cuáles eran las intenciones de Jamie; no sabía qué haría yo cuando lo averiguara. No sabía qué pensar, ni cómo sentirme. Lo único que sabía con certeza era que tenía a un hombre herido delante. Y, por el momento, eso debería bastar.

Durante un tiempo, logré olvidarme de quién era él. Le prohibí que hablara, apreté los dientes y me concentré en la tarea que tenía frente a mí. Él lloriqueó, pero permaneció inmóvil. Limpié, vendé y ordené, administrando un alivio impersonal. Pero cuando la tarea llegó a su fin, seguía allí con aquel hombre, con la conciencia de un desagrado que aumentaba cada vez que lo tocaba.

Por fin acabé y fui a lavarme, frotándome meticulosamente las manos con un paño empapado en trementina y alcohol, limpiándome debajo de cada uña a pesar de la irritación. Me di cuenta de que estaba comportándome como si él tuviera alguna infección maligna y contagiosa, pero no podía evitarlo.

Lionel Brown me observaba con aprensión.

—¿Qué piensa hacer?

—Aún no lo he decidido.

Eso era más o menos cierto. No había sido un proceso de decisión consciente, aunque el rumbo de mis acciones —o la falta de él— ya estaba determinado. Jamie (maldito fuera) tenía razón. No obstante, no veía ningún motivo para decírselo a Lionel Brown. Aún no.

Él estaba abriendo la boca, sin duda para seguir implorándome, pero lo detuve con un gesto cortante.

—Había un hombre con ustedes que se llamaba Donner. ¿Qué sabe de él?

Fuera lo que fuese lo que esperaba, no era aquello. Abrió un poco la boca.

—¿Donner? —repitió inseguro.

—No se atreva a decirme que no lo recuerda —dije, con un nerviosismo que hizo que mi voz pareciera feroz.

—Ah, no, señora —me aseguró rápidamente—. Lo recuerdo bien, ¡muy bien! ¿Qué...? —Su lengua rozó la parte irritada de su boca—. ¿Qué quiere saber de él?

Lo principal que quería averiguar era si estaba muerto o no, pero eso, casi con seguridad, Brown no lo sabía.

—Empecemos por su nombre completo —propuse, sentándome con cautela junto a él—, y luego ya iremos avanzando.

Resultó que, aparte de su nombre, no había mucho más que Brown supiera sobre Donner. Me dijo que era wendigo.

—¿Qué? —pregunté con incredulidad, pero a Brown no le pareció extraño.

—Eso fue lo que él dijo —insistió, en un tono que indicaba que le dolía que dudara de él—. Es indio, ¿no?

Sí que lo era. Para ser precisos, era el nombre de un monstruo de la mitología de alguna tribu del norte, aunque no recordaba cuál. Había una asignatura en un curso de la escuela secundaria de Brianna que trataba sobre los mitos de los nativos americanos, y cada alumno debía explicar e ilustrar una historia específica. A Bree le había tocado el wendigo.

Yo lo recordaba sólo debido al dibujo que ella había hecho del monstruo y que no pude olvidar durante bastante tiempo. Lo había dibujado con una técnica revertida: el dibujo básico estaba realizado con un lápiz blanco, que se veía a través de una cobertura de carboncillo. Los árboles aparecían y desaparecían en un remolino de nieve y viento, despojados de hojas y con agujas volando a su alrededor, mientras que el espacio que había entre ellos era parte de la noche. La imagen desprendía una atmósfera de urgencia, espesura y movimiento. Había que contemplarla durante varios minutos hasta distinguir el rostro que acechaba entre las ramas. Yo había soltado un grito y había dejado caer el papel al verlo, para gran satisfacción de Bree.

—Supongo —dije, reprimiendo con firmeza el recuerdo de la cara del wendigo—. ¿De dónde vino? ¿Vivía en Brownsville?

Se había alojado en Brownsville, pero sólo durante unas semanas. Hodgepile lo había traído de alguna otra parte, junto con los demás hombres. Brown no se había fijado en él; no había creado problemas.

—Se quedó en casa de la viuda Baudry —continuó informándome Brown, en un tono que denotaba una esperanza renovada—. Quizá le explicara algo a ella. Podría averiguarlo, si usted quiere. Cuando regrese a casa. —Me lanzó una mirada de lo que, en mi opinión, pretendía ser confianza perruna, pero que se asemejaba más a un tritón agonizante.

—Mmm —dije, dirigiéndole una mirada de escepticismo—. Ya veremos.

Se pasó la lengua por los labios, tratando de despertar mi compasión.

—¿Podría tomar un poco de agua, señora?

Supuse que no podía dejarlo morir de sed, pero ya estaba cansada de atenderlo personalmente. Lo quería fuera de mi consulta y de mi vista lo antes posible. Asentí con un gesto brusco y salí al pasillo, desde donde llamé a la señora Bug y le dije que trajera agua.

Era una tarde cálida y yo me sentía irritada y confusa después de trabajar con Lionel Brown. Sin ninguna advertencia previa, un sofoco ascendió de manera repentina por mi pecho y mi cuello y cubrió mi rostro como cera caliente, tanto que empecé a sudar detrás de las orejas. Murmurando una excusa, dejé al paciente con la señora Bug y me apresuré a salir a tomar aire.

Había una fuente fuera. No era más que un pozo poco profundo, rodeado de piedras. Había un gran cucharón de barro encajado entre dos piedras; lo levanté y, arrodillándome, saqué agua en cantidad suficiente para beberla y pasármela por el rostro ardiente.

Los sofocos no eran desagradables en sí mismos; eran bastante interesantes; en realidad, de la misma manera que un embarazo; esa extraña sensación que tiene lugar cuando el cuerpo de una hace algo totalmente inesperado, sin que se pueda controlar de manera consciente. Me pregunté por un momento si los hombres se sentirían así con sus erecciones.

En ese momento, un sofoco me parecía una buena noticia. Sin duda, me dije, no podría estar sufriendo sofocos si estuviera embarazada, ¿verdad? Recordé el dato bastante incómodo de que el aumento hormonal de los primeros días del embarazo también podía causar toda clase de fenómenos térmicos peculiares, igual que los de la menopausia. No cabía duda de que yo estaba padeciendo la clase de ataques emocionales que eran comunes en los embarazos... o en la menopausia... o después de una violación...

—No seas ridícula, Beauchamp —dije en voz alta—. Sabes muy bien que no estás embarazada.

Al escuchar esas palabras tuve una sensación extraña: nueve partes de alivio y una de pesar. Bueno, tal vez nueve mil novecientas noventa y nueve partes de alivio y una de pesar. Pero este último seguía presente.

El abundante sudor que a veces sucedía a los sofocos, por otra parte, no era tan agradable. Tenía empapada la raíz del cabello, y si bien el agua fresca en mi cara era una sensación maravillosa, seguía sintiendo oleadas de calor, que se abrían como un velo sobre el pecho, la cara, el cuello y el cuero cabelludo. Llevada por un impulso, me eché medio cucharón de agua dentro del corpiño, exhalando de alivio cuando el líquido empapó la tela y chorreó entre mis pechos y por mi vientre, haciéndome cosquillas entre las piernas antes de caer al suelo.

Mi aspecto era lamentable, pero a la señora Bug no le molestaría... y al diablo con lo que pensara el maldito Lionel Brown. Mientras me secaba las sienes con un extremo del delantal, emprendí el regreso a casa.

La puerta estaba entreabierta, como yo la había dejado. La abrí y la luz pura e intensa de la tarde brilló a través de mí, iluminando a la señora Bug en el acto de apretar una almohada contra la cara de Lionel Brown con todas sus fuerzas.

Me quedé parpadeando un momento, tan sorprendida que ni siquiera me di cuenta exactamente de lo que estaba viendo. Entonces me abalancé sobre ella con un grito incoherente y le agarré la mano.

Pero ella tenía una fuerza terrible, y estaba tan concentrada en lo que hacía que no se movió ni un centímetro; las venas de la frente le sobresalían, y tenía la cara púrpura a causa del esfuerzo. Tiré con fuerza de su brazo, sin lograr que lo soltara, y, en mi desesperación, la empujé con toda mi energía.

Ella se tambaleó, perdió el equilibrio, y yo tiré del borde de la almohada, apartándola a un lado y separándola de la cara de Brown. Ella me devolvió el empujón, con la intención de completar la tarea; sus manos regordetas se hundieron hasta las muñecas en la masa de la almohada.

Tomé impulso y me abalancé sobre ella. Caímos con un fuerte estrépito contra la mesa, volcamos el banco y fuimos a parar al suelo, entrelazadas, entre restos de platos rotos, el olor a infusión de menta y un orinal caído.

Rodé, jadeé, tratando de recuperar el aliento, y el dolor de mis costillas fisuradas me paralizó durante un instante. Luego apreté los dientes y me aparté de ella, intentando desenredarme de un remolino de faldas, hasta que logré incorporarme.

La mano de Brown colgaba floja a un lado de la mesa. Le agarré la mandíbula, le eché la cabeza hacia atrás, y apreté mi boca contra la suya. Solté el poco aire que me quedaba en su interior, jadeé y volví a soplar, al mismo tiempo que buscaba frenéticamente un pulso en su cuello.

Él estaba caliente; los huesos de la mandíbula y el hombro parecían normales, pero sus músculos tenían una falta de tensión terrible y sus labios se aplanaban de una manera obscena bajo los míos mientras yo apretaba y soplaba. La sangre de mis labios partidos, que se habían abierto en la lucha, salpicaba por todas partes, de modo que me vi obligada a chupar con rabia para mantenerlos cerrados, respirando con fuerza a través de las comisuras, luchando con mis costillas a fin de tener aire suficiente para volver a soplar.

Sentí algo detrás de mí —la señora Bug— y le lancé una patada. Ella hizo un esfuerzo por cogerme del hombro, pero me debatí y sus dedos resbalaron. Giré a toda velocidad y la golpeé lo más fuerte que pude en el estómago, y ella cayó al suelo con un fuerte ¡uf! No tenía tiempo para perderlo con ella; volví a girar y me lancé de nuevo sobre Brown.

El pecho debajo de mi mano se levantó cuando soplé, lo que en un principio me tranquilizó un poco. Pero cayó bruscamente cuando me detuve. Me eché hacia atrás y lo golpeé con ambos puños, que cayeron sobre la flexible dureza del esternón con tanta fuerza que se formaron más hematomas en mis manos, y también se habrían formado en Brown si él hubiera sido capaz de tener algún moretón más.

Pero no era así. Soplé y golpeé, y volví a soplar, hasta que un sudor sanguinolento descendió a chorros por mi cuerpo, sentí los muslos pegajosos, me zumbaron los oídos y vi puntos negros delante de mis ojos, a causa de la hiperventilación. Finalmente, me detuve. Me quedé allí, jadeando con fuerza, con el cabello mojado cayendo sobre mi cara y las manos latiendo con la misma fuerza que mi corazón.

Aquel infeliz estaba muerto.

Me froté las manos en el delantal, y luego lo usé para limpiarme la cara. Tenía la boca hinchada y con gusto a sangre; escupí en el suelo. Me sentía totalmente calmada; el aire tenía esa peculiar quietud que suele acompañar a las muertes tranquilas. Una ratona carolinense empezó a cantar en el bosquecillo cercano: «¡Tiketl, tiketl, tiketl!»

Oí un pequeño crujido y me di la vuelta. La señora Bug había enderezado el banco y se había sentado. Estaba inclinada hacia delante, con las manos cruzadas sobre las piernas y el entrecejo un poco fruncido, mientras miraba fijamente el cuerpo sobre la mesa. La mano de Brown colgaba floja, con los dedos un poco doblados.

La sábana que le cubría el cuerpo estaba manchada, por eso olía a orinal. De modo que él había muerto antes de que yo iniciara mis esfuerzos por resucitarlo.

Otra oleada de calor me invadió, cubriéndome la piel como cera caliente. Podía oler mi propio sudor. Cerré los ojos, volví a abrirlos, y me volví hacia la señora Bug.

—¿Por qué demonios ha hecho eso? —pregunté en tono informal.

—¿Que ha hecho qué? —Jamie me miró sin comprender; luego clavó los ojos en la señora Bug, que estaba sentada a la mesa de la cocina, con la cabeza gacha y las manos entrelazadas delante.

Sin esperar a que yo repitiera lo que le había dicho, avanzó por el pasillo hasta la consulta. Oí que sus pasos se detenían de inmediato. Hubo un instante de silencio, y luego un sentido juramento en gaélico. Los regordetes hombros de la señora Bug se alzaron hasta sus orejas.

Las pisadas regresaron, más lentamente. Él entró y caminó hasta la mesa donde ella se encontraba.

—Ah, mujer, ¿cómo te has atrevido a poner tus manos sobre un hombre que era mío? —preguntó en voz muy baja y en gaélico.

—Ah, señor —susurró ella. Tenía miedo de levantar la mirada; se encogió debajo de su gorro y su rostro era casi invisible—. No... no era mi intención. ¡En verdad se lo digo, señor!

Jamie me dirigió una mirada.

—Lo ha asfixiado —repetí—. Con una almohada.

—Creo que no puedes hacer algo así sin voluntad —dijo en un tono de voz que podría haber afilado cuchillos—. ¿En qué estabas pensando, *a boireannach*, cuando lo has hecho?

Sus hombros redondos comenzaron a temblar de miedo.

—¡Oh, señor, oh, señor! Sé que he hecho mal... sólo que... fue sólo su lengua perversa. Todo el tiempo que lo he cuidado, él se encogía y temblaba, sí, cuando usted o el joven venían a hablarle, o incluso con Arch... pero conmigo... —Tragó saliva; la piel de su cara parecía súbitamente flácida—. Yo no soy más que una mujer y él podía decirme lo que pensaba, y lo hacía. Eran amenazas, señor, e insultos terribles. Dijo... dijo que su hermano vendría... él y sus hombres vendrían para liberarlo, y que nos matarían a todos y quemarían nuestras casas sobre nuestras cabezas. —La papada le temblaba al hablar, pero consiguió levantar la mirada hacia Jamie—. Sabía que usted jamás permitiría que eso ocurriera, señor, y traté de no prestarle atención. Y cuando él consiguió irritarme lo suficiente, le dije que estaría muerto mucho antes de que su hermano se enterara de dónde se encontraba. Pero entonces ese maldito bellaco ha escapado, y no tengo idea de cómo lo ha hecho, porque habría jurado que no estaba en condiciones ni siquiera de levantarse de la cama, y mucho menos de llegar tan lejos, pero lo ha hecho, y se ha encomendado a la piedad de su esposa, y ella lo ha aceptado; yo misma habría arrastrado sus malditos huesos, pero ella no ha querido saber nada... —En ese momento me lanzó una breve mirada de resentimiento, pero casi de inmediato miró a Jamie con una expresión de ruego—. Y ella ha empezado a curarlo, ya que es una dama dulce y amable, señor, y yo me he dado cuenta por su cara de que, después de haberlo curado así, ella no soportaría verlo muerto. Y él también se ha dado cuenta, esa mierdecita, y cuando ella ha salido, él se ha mofado de mí, diciendo que ya estaba a salvo, que él la había engañado para que lo atendiera, y que ella jamás dejaría que lo mataran, y que nada más quedar libre regresaría con un grupo de hombres para impartir venganza, y entonces... —Cerró los ojos, balanceándose un poco, y se llevó una mano al pecho—. No he podido evitarlo, señor —dijo—. No he podido.

Jamie había estado prestándole atención con una expresión de ira, pero en ese momento me miró fijamente y, al parecer, encontró en mis maltrechas facciones una prueba que corroboraba lo que ella decía. Jamie cerró los labios con fuerza.

—Vete a casa —le dijo a la señora Bug—. Cuéntale a tu marido lo que has hecho, y mándamelo.

Luego giró en redondo y se dirigió a su estudio. Sin mirarme, la señora Bug se levantó con torpeza y salió, caminando como si fuera ciega.

—Tenías razón, lo siento. —Permanecí rígida en la puerta del estudio, con la mano en la jamba. Jamie estaba sentado con los codos sobre el escritorio y la cabeza apoyada en las manos, pero levantó la mirada al oírme y parpadeó.

—¿No te había prohibido que te disculparas, Sassenach? —preguntó, y me dedicó una sonrisa torcida. Luego, sus ojos recorrieron mi cuerpo y una expresión de preocupación le nubló la cara.

»Santo Dios, Claire parece que estés a punto de desplomarte —dijo levantándose deprisa—. Ven a sentarte.

Me sentó en su silla y se quedó revoloteando a mi alrededor.

—Llamaría a la señora Bug para que te trajese algo —intervino—, pero la he mandado a casa... ¿Quieres una taza de té, Sassenach?

Yo tenía ganas de llorar, pero, en cambio, me eché a reír, parpadeando para evitar las lágrimas.

—No queda. Hace meses que no tenemos té. Me encuentro bien. Tan sólo un poco... un poco impresionada.

—Sí, supongo que es eso. Tienes un poco de sangre. —Se sacó un pañuelo arrugado del bolsillo, se agachó y me limpió la boca, con las cejas fruncidas por la preocupación.

Yo me quedé quieta y lo dejé hacer, sintiendo una repentina oleada de cansancio. De pronto no quería otra cosa que acostarme y dormir para no despertar jamás. Y si me despertaba, quería que el hombre muerto que había en mi consulta desapareciera. También deseaba que no nos quemaran la casa con nosotros dentro.

«Pero aún no es el momento», pensé de pronto, y esa idea —por idiota que fuera— me resultó extrañamente reconfortante.

—¿Esto te hará las cosas más difíciles con Richard Brown? —pregunté, luchando contra el agotamiento y tratando de pensar con sensatez.

—No lo sé —admitió—. He estado intentando reflexionar. Ojalá estuviésemos en Escocia —dijo con remordimiento—. Tendría más claro lo que Brown podría hacer si fuera escocés.

—Ah, ¿en serio? Digamos que esto le hubiera acaecido a tu tío Colum, por ejemplo —sugerí—. ¿Qué crees que haría él?

—Trataría de matarme y de recuperar a su hermano —respondió sin demora—. Si supiera que lo tengo yo. Y si el tal Donner ha regresado a Brownsville, seguro que Richard ya lo sabe.

Tenía toda la razón, y darme cuenta de ello hizo que unos pequeños dedos de aprensión treparan rápidamente por mi espalda.

Era evidente que mi cara mostraba mi preocupación, ya que sonrió un poco.

—No te inquietes, Sassenach —intervino—. Los hermanos Lindsay salieron rumbo a Brownsville la mañana después de que regresaramos. Kenny está vigilando el pueblo, y Evan y Murdo están esperando en ciertos puntos del camino, con caballos descansados. Si Richard Brown y su condenado comité de seguridad vinieran aquí, nos enteraríamos con la suficiente antelación.

Eso era tranquilizador, y me incorporé un poco en la silla.

—Está bien. Pero... incluso aunque Donner hubiese logrado regresar, no sabría que tuviste cautivo a Lionel Brown; podrías haberlo matado d... durante la lucha.

Me lanzó una mirada con sus ojos azules entornados, pero se limitó a asentir.

—Ojalá fuera así —respondió con una ligera mueca—. Nos habría ahorrado algunos problemas. No obstante, entonces no hubiera podido averiguar lo que estaban haciendo, y necesitaba saberlo. Pero si Donner regresó, ya le habrá contado a Richard Brown lo sucedido, los habrá llevado al lugar para recuperar los cadáveres y no habrá visto a su hermano entre ellos.

—Y entonces atará cabos y vendrá a buscarlo aquí.

En ese momento, el ruido de la puerta que se abría me hizo saltar, y mi corazón comenzó a latir con fuerza, pero lo sucedió el sonido mullido y suave de unos pies con mocasines en el pasillo que anunciaba al joven Ian, quien se asomó al estudio con una cara que necesitaba respuestas.

—Acabo de ver a la señora Bug que salía de la casa a toda prisa —comentó con el ceño fruncido—. No ha querido detenerse a hablar conmigo y estaba muy extraña. ¿Qué ocurre?

—¿Qué no ocurre? —pregunté, y me reí, haciendo que me mirara muy fijamente.

Jamie suspiró.

—Siéntate —pidió, empujando un banco hacia Ian con el pie—, y te lo contaré.

Ian escuchó con gran atención, aunque su boca se abrió un poco cuando Jamie llegó al momento en el que la señora Bug aplastaba una almohada contra la cara de Brown.

—¿Él sigue aquí? —preguntó al final del relato. Se encorvó un poco y miró receloso por encima del hombro, como si esperara que Brown apareciera por la puerta de la consulta en cualquier momento.

—Bueno, no creo que vaya a ningún lado por su propio pie —observé con aspereza.

Ian asintió, pero se levantó a mirar de todas formas. Regresó un momento más tarde con aire pensativo.

—No tiene ninguna marca —le dijo a Jamie mientras se sentaba.

Jamie asintió.

—Sí, y las vendas son nuevas. Tu tía acababa de atenderlo.

Intercambiaron una mirada, obviamente pensando lo mismo.

—No es evidente que lo hayan matado, tía —explicó Ian, al advertir que yo no entendía por dónde iba—. Podría haber muerto solo.

—Supongo que podría ser así si no hubiera tratado de aterrorizar a la señora Bug... —Me pasé una mano con cuidado por la frente, donde se insinuaba un dolor de cabeza.

—¿Cómo te sientes...? —empezó a preguntarme Ian en tono de preocupación, pero de pronto empecé a cansarme de que todos me preguntaran lo mismo.

—No tengo la menor idea —respondí bruscamente, dejando caer la mano. Miré mi puño, curvado sobre mi regazo—. Él... creo que no era un hombre malvado —proseguí. Había una mancha de sangre en mi delantal—. Tan sólo... muy débil.

—Entonces es mejor que esté muerto —replicó Jamie de manera despreocupada y sin ninguna maldad. Ian expresó su acuerdo con un gesto de asentimiento—. Bueno —prosiguió—, le estaba diciendo a tu tía que si Brown fuera escocés, yo sabría cómo lidiar con él, pero entonces me he dado cuenta de que, aunque no es escocés, sí que lo es en cuanto a que hace negocios al modo escocés. Él y su comité. Son como una Guardia.

—Es cierto —asintió Ian, levantando sus cejas ralas. Parecía interesado—. Jamás he visto una, pero mamá me habló... de la que te arrestó, tío Jamie, y que ella y Claire la persiguieron. —Me sonrió, y su rostro demacrado se transformó de pronto, mostrando algunos rasgos del muchacho que había sido.

—Bueno, yo era más joven entonces —señalé—. Y más valiente.

Jamie hizo un pequeño ruido con la garganta que podría haber sido de diversión.

—No se privan de nada —dijo—. Quiero decir, matan y queman...

—En lugar de extorsionar de manera continua.

Comenzaba a darme cuenta de hacia dónde apuntaba con todo aquello. Ian había nacido después de Culloden; jamás había visto una Guardia, una banda organizada de hombres armados que recorrían el país, cobrando a los jefes de las Highlands por proteger a los arrendatarios, la tierra y el ganado... Y si no se les pagaba, pasaban de inmediato a confiscar ellos mismos los bienes y el ganado. Yo sí las había visto. Y, a decir verdad, también había oído algunos rumores de matanzas e incendios ocasionales... aunque, por lo general, sólo para dar ejemplo y fomentar la cooperación.

Jamie asintió.

—Bueno, Brown no es escocés, como ya he dicho. Pero los negocios son los negocios, ¿no? —Había una expresión contemplativa en su cara, y se echó un poco hacia atrás, con las manos entrelazadas alrededor de una rodilla—. ¿En cuánto tiempo puedes llegar a Anidonau Nuya, Ian?

Después de que Ian se marchara, nos quedamos en el estudio. Había que encargarse del estado de mi consulta, pero aún no estaba lista para enfrentarme a ello. Más allá de un pequeño comentario sobre que era una lástima que aún no hubiera tenido tiempo de construir una cámara de hielo, Jamie tampoco hizo ninguna referencia más.

—Pobre señora Bug —dije, comenzando a dominarme—. No tenía ni idea de que él había estado asediándola de aquella manera. Debió de pensar que era una mujer frágil. —Me eché a reír débilmente—. Eso sí que fue un error. Ella tiene una fuerza terrible; me he quedado asombrada.

Pero en realidad no debería haberme asombrado; ya había visto a la señora Bug caminar durante casi dos kilómetros con una cabra adulta sobre los hombros. No obstante, por alguna razón, una jamás equipara la fuerza necesaria para las tareas cotidianas de la granja a la capacidad de desplegar una furia homicida.

—Yo también —replicó Jamie cortante—. No porque tuviera la fuerza para hacerlo, sino por el hecho de que se animara a impartir justicia por su cuenta. ¿Por qué no se lo explicó a Arch si no quería decírmelo a mí?

—Supongo que es por lo que ella misma dijo: creía que no estaba en posición de decir nada. Tú le habías asignado la tarea de cuidarlo, y ella movería cielo y tierra para hacer cualquier cosa que tú le pidieras. Me atrevería a decir que estaba enfrentándose bastante bien a esa tarea, pero cuando él empezó a actuar de esa forma, ella... perdió los estribos. A veces ocurre; lo he visto.

—También yo —murmuró. Fruncía el ceño ligeramente, de manera que la arruga entre sus cejas se hacía más profunda, y me pregunté qué incidentes violentos estaría rememorando—. Pero no se me hubiera ocurrido que...

Arch Bug entró de una manera tan silenciosa que no lo oí; sólo me di cuenta de que estaba allí cuando vi que Jamie levantaba la mirada y se ponía tenso. Me di la vuelta y descubrí un hacha en la mano de Arch. Abrí la boca para hablar, pero él avanzó hasta Jamie dando zancadas, sin prestar atención a nada de lo que lo rodeaba. Estaba claro que, para él, no había nadie en la estancia excepto Jamie. Llegó hasta el escritorio y colocó el hacha sobre él, casi con delicadeza.

—Mi vida por la de ella, jefe —dijo en gaélico y en voz baja. Luego se echó hacia atrás y se puso de rodillas, inclinando la cabeza.

Había recogido su suave cabello cano en una estrecha trenza y lo había atado hacia arriba para dejar la nuca al descubierto. Su piel tenía un tono marrón, como el de una nuez, y estaba llena de arrugas por haber pasado mucho tiempo a la intemperie, pero seguía siendo gruesa por encima de la tira blanca del cuello de la camisa.

Un ruido casi imperceptible que llegó desde la puerta hizo que apartara la vista de la escena. La señora Bug estaba allí, aferrándose al pomo para sostenerse, y era evidente que lo necesitaba. Llevaba el gorro torcido y unas sudorosas hebras de cabello gris como el acero se pegaban a su cara, del color de la nata cortada.

Sus ojos oscilaron hacia mí cuando me moví, pero luego volvieron a clavarse en su marido arrodillado y en Jamie, que se había puesto en pie y miraba a Arch y a su esposa. Se frotó el puente de la nariz poco a poco con un dedo, contemplando a Arch.

—Ah, sí —dijo suavemente—. Debo cortarte la cabeza, ¿no? Aquí, en mi propia habitación, y hacer que tu esposa limpie la sangre; ¿o mejor en el jardín, y te cuelgo del pelo en el dintel como advertencia para Richard Brown? Levántate, viejo canalla.

Todo lo que había en la habitación se congeló durante un instante (lo bastante largo como para que yo advirtiera un pequeño lunar negro en el centro del cuello de Arch) y entonces el viejo se levantó con suma lentitud.

—Estás en tu derecho —dijo en gaélico—. Yo soy tu subordinado, *a ceann-cinnidh*, he jurado por mi hierro; estás en tu derecho. —Se quedó de pie, muy erguido, pero con los ojos caídos, clavados en el escritorio donde estaba su hacha, cuyo filo era una línea plateada contra el metal gris y opaco de la punta.

Jamie tomó aire para responder, pero entonces se detuvo, observando al viejo de cerca. De repente, algo cambió en él; estaba siendo consciente de algo.

—*A ceann-cinnidh?* —preguntó, y Arch Bug asintió en silencio.

El aire de la sala se había hecho más denso en un abrir y cerrar de ojos, y sentí que los pelos de la nuca se me erizaban.

«*A ceann-cinnidh*», había dicho Arch. O «jefe». Una palabra, y estábamos en Escocia. Era fácil notar la diferencia de actitud entre los nuevos arrendatarios de Jamie y sus hombres de Ardsmuir, la diferencia de una lealtad de acuerdo y otra de reconocimiento. Esto era distinto: una lealtad más antigua, que había gobernado las Highlands durante mil años. El juramento de la sangre y el hierro.

Me percaté de que Jamie sopesaba el presente y el pasado, y se daba cuenta de dónde se ubicaba Arch entre ambos. Lo vi en su cara, en la exasperación que se convertía en comprensión, y vi que sus hombros se encorvaban un poco, aceptando la situación.

—Por tu palabra, entonces, estoy en mi derecho —dijo en voz baja, también en gaélico. Se incorporó, cogió el hacha y la sostuvo con el mango hacia fuera—. Y por ese derecho, te devuelvo la vida de tu mujer... y la tuya.

La señora Bug dejó escapar un pequeño sollozo. Arch no la miró, sino que extendió la mano y cogió el hacha, con una grave inclinación de la cabeza. Luego se dio la vuelta y salió de la sala sin decir una palabra más, aunque yo vi que los dedos de su mano mutilada rozaban la manga de su esposa, muy suavemente, al pasar.

La señora Bug se irguió y se apresuró a meter los pelos sueltos debajo de su gorro, con dedos temblorosos. Jamie no la miró; volvió a sentarse y cogió la pluma y una hoja de papel, aunque a mí me pareció que no tenía intenciones de escribir nada. Sin querer avergonzarla, fingí un profundo interés por la estantería de libros, cogiendo la pequeña serpiente de madera de cerezo de Jamie como si quisiera examinarla más de cerca.

Con la gorra bien puesta, ella entró en la estancia e hizo una reverencia delante de él.

—¿Le traigo algo de comer, señor? Hay tarta de cereales recién hecha. —Habló con gran dignidad y con la cabeza recta.

Él levantó la cabeza del papel y le sonrió.

—Sí, está bien —dijo—. *Gun robh math agaibh, a nighean.*

Ella asintió con un gesto elegante y se volvió. Pero en la puerta hizo una pausa y miró al interior. Jamie levantó las cejas.

—Yo estuve allí, ¿sabe? —preguntó, clavándole la mirada—. Cuando los *sassenach* mataron a su abuelo, allí, en Tower Hill. Corrió mucha sangre. —Frunció los labios, examinándolo con los ojos entornados y enrojecidos, y luego se relajó.

»Él estaría orgulloso de usted —concluyó, y desapareció con un susurro de enaguas y cintas del delantal.

Jamie me miró sorprendido, y yo me encogí de hombros.

—No ha sido necesariamente un cumplido, ¿sabes? —dije, y sus hombros comenzaron a sacudirse con una risa muda.

—Lo sé —respondió por fin, y se pasó un nudillo por debajo de la nariz—. ¿Sabes, Sassenach, que a veces echo de menos al viejo bastardo? —Sacudió la cabeza—. Alguna vez debería preguntarle a la señora Bug si es cierto lo que él dijo al final. Me refiero a lo que cuentan que dijo.

—¿Qué?

—Le dio su salario al verdugo y le indicó que hiciera un buen trabajo... «Porque me enfadaré mucho si no lo haces.»

—Bueno, sin duda parece una frase que muy bien podría haber dicho él. —Sonreí un poco—. ¿Qué crees que estarían haciendo los Bug en Londres?

Jamie sacudió la cabeza y se volvió hacia mí, levantando la barbilla de manera que el sol brilló como el agua sobre su mandíbula y su mejilla.

—Sólo Dios lo sabe. ¿Crees que tiene razón, Sassenach? ¿Que soy como él?

—En apariencia, no —afirmé con una pequeña sonrisa. El difunto Simon, lord Lovat, había sido bajo de estatura y rechoncho, aunque con un cuerpo fuerte a pesar de su edad. También se parecía mucho a un malévolo pero muy astuto sapo.

—No —admitió Jamie—. Gracias a Dios. Pero ¿en lo demás? —El brillo humorístico seguía en sus ojos, pero hablaba en serio; quería saberlo.

Lo estudié, pensativa. No había rastros del Viejo Zorro en sus rasgos cálidos y bien definidos —que en su mayoría había heredado de los MacKenzie, la familia de su madre—, ni tampoco en su estatura ni en sus anchos hombros, pero detrás de esos sesgados ojos azul oscuro, cada cierto tiempo percibía el débil eco de la mirada profunda de lord Lovat, brillando de interés y humor sardónico.

—Tienes algo de él —admití—. A veces, bastante. No posees una ambición desmedida, pero... —Entorné un poco los ojos mientras pensaba—. Iba a decir que no eres tan despiadado como él —proseguí—, pero en realidad sí que lo eres.

—¿Ah, sí? —Él no pareció ni sorprendido ni dolido al oírlo.

—Puedes serlo —dije, y sentí en la médula de mis huesos el crujido que hizo el cuello de Arvin Hodgepile al romperse. Era una tarde cálida, pero de pronto se me puso la carne de gallina en los brazos, para desaparecer poco después.

—¿Crees que tengo una naturaleza retorcida? —preguntó seriamente.

—En realidad, no lo sé —respondí dubitativa—. No eres tramposo como él, pero eso puede deberse a que tienes un sentido del honor del que él carecía. Tú no usas a la gente como lo hacía él.

Jamie sonrió, pero con menos humor que antes.

—Ah, sí que lo hago, Sassenach —replicó—. Sólo que trato de que no se note.

Se sentó un momento, con los ojos clavados en la pequeña serpiente de madera que yo tenía en la mano, pero me pareció que no era eso lo que miraba. Por fin, movió la cabeza y dirigió los ojos hacia mí mientras torcía la boca en un gesto irónico.

—Si hay un cielo y mi abuelo está allí (y me atrevo a dudarlo), estará riéndose a carcajadas hasta perder la cabeza. O lo haría, si no la tuviera encajada debajo del brazo.

34

Las pruebas del caso

Y de este modo, varios días más tarde, entramos en Brownsville. Jamie iba con todas sus galas de las Highlands, con la daga estriada de oro de Hector Cameron en la cintura y una pluma en la gorra. Montaba a *Gideon*, que tenía las orejas hacia atrás y los ojos inyectados en sangre, como era habitual.

A su lado, Pájaro que Canta en la Mañana, jefe en tiempos de paz de los cherokee de Pájaro de Nieve. Según me había contado Ian, Pájaro era del clan de los Pelos Largos, y tenía todo el aspecto. Su cabello no sólo era largo y estaba untado con grasa de oso, lo que hacía que brillara, sino que también estaba magníficamente adornado con una coletilla alta que le salía de la coronilla y le caía por la espalda, para terminar en una docena de minúsculas trenzas decoradas —como el resto de su atuendo— con conchas de *wampum*, cuentas de vidrio, pequeñas campanillas de bronce, plumas de periquito y un yen chino que sólo Dios sabía de dónde había sacado. Colgada sobre la montura, su posesión más reciente y preciada: el rifle de Jamie.

Al otro lado de Jamie iba yo: la prueba A. Sobre mi mula *Clarence*, vestida y con un manto de lana azul —que resaltaba la palidez de mi piel y que realzaba de una manera hermosa el amarillo y verde de los hematomas de mi cara, que estaban curándose—, con mi collar de perlas de agua dulce en el cuello como apoyo moral.

Ian cabalgaba detrás de nosotros con los dos hombres que Pájaro había traído como comitiva, con un aspecto más de indio que de escocés, con los semicírculos tatuados que descendían por sus bronceados pómulos y su cabello marrón y largo engrasado y recogido en un moño, con una pluma de pavo encajada en el medio. Al menos no se había rapado el cuero cabelludo al estilo mohawk; ya tenía un aspecto bastante amenazador.

Y en una parihuela detrás del caballo de Ian iba la prueba B: el cadáver de Lionel Brown. Lo habíamos dejado en el almacén para que se mantuviera fresco junto a la mantequilla y los huevos, y Bree y Malva habían hecho todo lo que habían podido, cubriendo el cuerpo con moho para que absorbiera el líquido, añadiendo la mayor cantidad de hierbas aromáticas fuertes que pudieron encontrar, y luego envolviendo el desagradable paquete en el pellejo de un ciervo, con correas de cuero crudo al mejor estilo indio. A pesar de todas sus atenciones, ninguno de los caballos estaba muy contento de encontrarse cerca del cadáver, pero la montura de Ian aceptaba la situación con triste resignación, y se limitaba a resoplar a intervalos y a agitar la cabeza, de modo que el arnés se sacudía en un lúgubre contrapunto con el sordo ruido de los cascos.

No hablamos mucho.

En cualquier asentamiento de montaña, la llegada de visitantes era causa de conmoción y numerosos comentarios. Nuestra pequeña comitiva hizo que la gente saliera de sus casas, asombrada y con la boca abierta. Para cuando llegamos a la casa de Richard Brown, que hacía las veces de taberna local, teníamos una pequeña banda de seguidores, en su mayoría hombres y muchachos.

El sonido de nuestra llegada hizo que saliera una mujer —que reconocí como la señora Brown— a la tosca entrada. Se llevó la mano a la boca y volvió a entrar con rapidez en la casa.

Esperamos en silencio. Era un fresco y luminoso día de otoño, y la brisa me agitaba los pelos de la nuca. Me había recogido el cabello, a petición de Jamie, y no llevaba gorro. Tenía la cara a la vista, con la verdad escrita en ella.

¿Lo sabrían? Sintiéndome extrañamente distante, como si estuviera observándolo todo desde fuera de mi propio cuerpo, paseé la mirada por los rostros de la multitud.

No podían saberlo. Jamie me lo había asegurado; yo lo sabía. A menos que Donner hubiera escapado y hubiera ido a contarles lo sucedido la última noche. Pero no lo había hecho. En caso contrario, Richard Brown habría venido por nosotros.

Lo único que sabían era lo que se veía en mi cara. Y eso era demasiado.

Clarence percibió la histeria que bullía bajo mi piel como un charco de mercurio; golpeó el suelo con las patas una vez, y sacudió la cabeza como si quisiera ahuyentar a las moscas de sus orejas.

La puerta se abrió y Richard Brown salió. Había varios hombres armados detrás de él.

Brown estaba pálido, desaliñado; tenía la barba mal afeitada y el cabello grasiento. Sus ojos estaban rojos y empañados, y un hedor a cerveza lo acompañaba. Había estado bebiendo mucho, y era evidente que intentaba animarse lo suficiente como para lidiar con cualquier amenaza que nosotros representáramos.

—Fraser —dijo, y se detuvo parpadeando.

—Señor Brown. —Jamie acercó un poco a *Gideon*, para que sus ojos estuvieran a la altura de los hombres del porche, a no más de dos metros de Richard Brown.

»Diez días atrás —empezó Jamie con voz firme—, una banda de hombres vino a mis tierras. Ellos robaron mi propiedad, atacaron a mi hija, que está embarazada, me quemaron el cobertizo de malteado, destruyeron mi grano, y secuestraron y abusaron de mi esposa.

La mitad de los hombres había estado observándome; ahora todos me miraban. Oí el chasquido pequeño y metálico de un arma que alguien había amartillado. Mantuve el rostro inmóvil, con las manos firmes sobre las riendas, y los ojos fijos en la cara de Richard Brown.

Su boca comenzó a moverse, pero Jamie levantó una mano, ordenando silencio.

—Los seguí con mis hombres y los maté —dijo en el mismo tono sereno—. Encontré a su hermano entre ellos. Lo tomé prisionero, pero no lo maté.

Todos parecieron tomar aliento al unísono, y empezaron a oírse murmullos inquietos en la multitud detrás de nosotros. Los ojos de Richard Brown se clavaron en el bulto de la parihuela, y su cara palideció bajo la barba rala.

—Usted... —graznó—. ¿Nelly?

Ése era mi pie. Tomé aliento profundamente e hice avanzar a *Clarence*.

—Su hermano sufrió un accidente antes de que mi marido nos encontrara —dije. Tenía la voz ronca, pero lo bastante clara. Me obligué a proyectarla para que todos me oyeran—. Quedó muy malherido después de una caída. Tratamos de curarlo. Pero murió.

Jamie dejó pasar un momento antes de continuar.

—Se lo hemos traído para que pueda enterrarlo. —Hizo un pequeño gesto e Ian, que había desmontado, cortó las cuerdas que sujetaban la parihuela. Él y los dos cherokee la arrastraron hasta el porche y la dejaron en la calle llena de surcos. Luego regresaron en silencio a sus caballos.

Jamie inclinó la cabeza bruscamente y movió las riendas de *Gideon*. Pájaro lo siguió, tranquilo e impasible como un buda. Yo no sabía si entendía el inglés lo bastante como para haber seguido el discurso de Jamie, pero no importaba. Él entendía su papel, y lo había llevado a cabo a la perfección.

Tal vez los Brown obtenían buenas ganancias con los asesinatos, el robo y la esclavitud, pero sus ingresos principales provenían del comercio con los indios. Con su presencia junto a Jamie, Pájaro había hecho una clara advertencia de que los cherokee consideraban más importante su relación con el rey de Inglaterra y su agente que el comercio con los Brown. Si Jamie o su propiedad volvían a sufrir algún daño, esa rentable conexión se interrumpiría.

Yo no sabía todo lo que Ian le había dicho a Pájaro cuando le había pedido que se uniese a la partida, pero me parecía muy probable que, además, existiera un acuerdo tácito de que no se llevaría a cabo ninguna investigación formal en nombre de la Corona sobre el destino de cualquier cautivo que pudiera haber caído en manos de los indios.

Después de todo, eran negocios.

Golpeé a *Clarence* en las costillas y me puse detrás de Pájaro, manteniendo la mirada en el yen chino que resplandecía en mitad de su espalda, colgando de su cabello con un hilo escarlata. Sentí el impulso casi incontrolable de mirar hacia atrás y aferré las riendas, clavándome las uñas en las palmas.

Después de todo, ¿estaba muerto Donner? No se encontraba con los hombres de Richard Brown, me había fijado.

En realidad, no sabía si quería que estuviera muerto o no. El deseo de conocer más cosas sobre él era muy fuerte, pero la necesidad de acabar con todo aquel asunto, de dejar atrás de una vez para siempre aquella noche en la ladera de la montaña, con todos los testigos en el silencio de la tumba, era aún más intenso.

Oí que Ian y los dos cherokee se alineaban detrás de nosotros y, al cabo de escasos momentos, Brownsville se perdió de vista, aunque el aroma a cerveza y humo de chimenea permaneció en mis orificios nasales. Hice que *Clarence* se pusiera al lado de Jamie; Pájaro se había rezagado para cabalgar junto a sus hombres y junto a Ian; estaban riéndose de algo.

—¿Éste es el fin de todo? —le pregunté a Jamie. Mi voz parecía baja en el aire frío, y no estaba segura de que me hubiera oído. Pero lo había hecho, y sacudió ligeramente la cabeza.

—Estas cosas nunca se acaban —comentó en voz baja—. Pero estamos vivos. Y eso es lo importante.

[illegible] que [illegible] que más [illegible]
[illegible] de la
[illegible] que [illegible]
[illegible] manos de [illegible]
Después [illegible] era importante.
Cuando [illegible] me puse [illegible] de la
[illegible] la realidad [illegible] que resplandecía en
[illegible]
[illegible]
[illegible]
Entonces [illegible] se [illegible]
[illegible]
[illegible] que [illegible] pero la
[illegible]
[illegible]
[illegible] de la [illegible] más [illegible]
O que [illegible] de las [illegible]
[illegible] parte de [illegible]
[illegible]
[illegible] al lado de
[illegible]
[illegible]
[illegible] de [illegible]
[illegible] la cabeza.
[illegible]
[illegible] importante.

QUINTA PARTE

Grandes desesperanzas

35

Laminaria

Después de regresar a salvo de Brownsville, empecé a dar pasos firmes para reanudar mi vida normal. Entre ellos se encontraba una visita a Marsali, que había regresado de su estancia con los McGillivray. Yo ya había visto a Fergus, quien me había asegurado que ella se había recuperado de sus heridas y que se sentía bien, pero necesitaba comprobarlo con mis propios ojos.

La casa estaba en buen estado, aunque eran perceptibles las señales de abandono; algunas tablas del tejado habían volado, una esquina de la entrada estaba hundida y la lona engrasada que cubría la única ventana que había se había roto por la parte superior, y habían arreglado el desperfecto de una manera tosca con un trapo, que habían introducido en el agujero. Se trataba de cosas pequeñas, pero que debían solucionarse antes de que llegara la nieve. Y no faltaba mucho: lo sentía en la atmósfera, en la forma en la que el cielo luminoso y azul de finales de otoño iba convirtiéndose en el brumoso gris del invierno inminente.

Nadie salió corriendo a recibirme, pero sabía que todos estaban en casa; de la chimenea salía una nube de humo y pavesas, y se me ocurrió pensar que al menos Fergus parecía capaz de conseguir suficiente leña para el fuego. Proferí un alegre «¡Hola!» y abrí la puerta.

Tuve la sensación de inmediato. Por lo general, no confiaba en la mayor parte de mis impresiones, pero esa vez tuve una extraña corazonada. Es esa sensación que tienes, si eres médico, cuando entras en una consulta y sabes que algo va muy mal. Antes de que hagas la primera pregunta, antes de que hayas examinado los primeros signos vitales. No ocurre con frecuencia, y preferirías que no sucediera nunca, pero es así. Lo sabes, y ya está.

Lo que hizo que me diera cuenta fue ver a los niños, así como todo lo demás. Marsali estaba sentada junto a la ventana, cosiendo, y las dos niñas jugaban en silencio a sus pies. Germain

—dentro de la casa, algo nada habitual en él— estaba sobre la mesa, balanceando las piernas y mirando con el entrecejo fruncido un libro de dibujos destartalado que él apreciaba mucho. Jamie se lo había traído desde Cross Creek. Ellos también lo sabían.

Marsali levantó la cabeza cuando entré, y vi que la expresión de su rostro se crispaba al ver mi cara; incluso a pesar de que había mejorado mucho.

—Me encuentro bien —dije de repente, deteniendo su exclamación—. Son sólo hematomas. ¿Cómo estás tú?

Dejé el bolso y le rodeé la cara con las manos, girándola suavemente hacia la luz. Tenía unos hematomas muy feos en una mejilla y en la oreja, y había en la frente otro que estaba desapareciendo, pero no tenía cortes, y sus ojos, claros y sanos, me devolvieron la mirada. Su piel tenía buen color, sin señales de ictericia, ni tampoco podía percibirse el ligero aroma de la disfunción hepática.

«Ella se encuentra bien, es el bebé», pensé, y bajé las manos hasta su vientre sin preguntar nada. Sentí que se me helaba el corazón cuando palpé el bulto y lo levanté con cuidado. Y casi me mordí la lengua por la sorpresa cuando una pequeña rodilla se movió como reacción a mi roce.

Eso me hizo sentir muchísimo mejor; había pensado que el bebé estaba muerto. Pero un rápido vistazo a la cara de Marsali me impidió expresar mi alivio en voz alta. Ella se debatía entre la esperanza y el temor, confiando en que yo le dijera que lo que ella sabía que era cierto en realidad no lo era.

—¿El bebé se ha movido mucho durante los últimos días? —pregunté, manteniendo la serenidad de mi voz mientras iba a buscar el estetoscopio. Se lo había mandado hacer a un orfebre de Wilmington, y consistía en una pequeña campana con un extremo plano; primitivo, pero eficaz.

—No tanto como antes —respondió Marsali, echándose hacia atrás para permitirme escuchar su vientre—. Pero es normal, ¿no? Quiero decir, cuando están casi listos para salir. Joanie se quedó quieta como una muer... como una piedra de afilar toda la noche antes de romper aguas.

—Bueno, sí, a veces sí —admití, haciendo caso omiso a lo que había estado a punto de decir—. Supongo que estará descansando.

Ella sonrió a modo de respuesta, pero su sonrisa desapareció como un copo de nieve al caer sobre una parrilla cuando me acerqué y puse la oreja en el extremo aplanado del tubo metálico, al mismo tiempo que apoyaba la abertura ancha y en forma de campana en su barriga.

Me costó un poco encontrar los latidos, y cuando por fin lo hice, eran demasiado lentos para lo que es habitual. Además, el ritmo era irregular, y se me puso la carne de gallina al escucharlo.

Proseguí con el examen, haciendo preguntas y bromas, y deteniéndome para contestar a las preguntas de los otros niños, que trataban de acercarse, se pisaban mutuamente y se empujaban los unos a los otros. Todo ese tiempo, mi mente corría a gran velocidad, imaginándome diversas posibilidades, todas ellas malas.

El bebé se movía, sí, pero mal. Había latidos, pero su sonido no era normal. Todo lo que ocurría en ese vientre me parecía que no iba bien. Pero ¿qué era? Una posibilidad, muy peligrosa, era que el cordón umbilical se hubiera enredado alrededor de su cuello.

Levanté un poco más el vestido, tratando de oír mejor, y vi grandes hematomas; las feas salpicaduras verdes y amarillas de los que estaban curándose, y otros que todavía eran negros y rojizos, floreciendo como rosas mortales sobre la curva del vientre. Mis dientes se clavaron en mi labio al verlos; aquellos bastardos la habían pateado. Era un milagro que no hubiera perdido al bebé en ese momento.

Sentí una repentina ira bajo el esternón; era como un objeto grande y sólido que lo empujaba con fuerza suficiente como para reventármelo.

¿Marsali estaba sangrando? No. Tampoco sentía dolor alguno, salvo la piel sensible por los hematomas. No tenía calambres. No había contracciones. La presión sanguínea parecía normal, al menos por lo que podía ver.

Un accidente con el cordón umbilical seguía siendo posible... e incluso probable. Pero también que la placenta se hubiera separado de manera parcial, implantándose en el útero. ¿Una ruptura en el útero? O algo poco frecuente: un mellizo muerto, un bulto anormal... Lo único que sabía con seguridad era que había que sacar al bebé, traerlo a un mundo donde pudiera respirar, y lo antes posible.

—¿Dónde está Fergus? —pregunté, en el mismo tono sereno.

—No lo sé —contestó ella en mi mismo tono de absoluta calma—. No ha venido a casa desde anteayer. No te metas eso en la boca, *a chuisle.*—Levantó la mano hacia Félicité, que estaba masticando un extremo de vela, pero no pudo alcanzarla.

—¿Ah, no? Bueno, ya lo encontraremos.

Le quité el trozo de vela a la niña. Félicité no protestó, consciente de que ocurría algo, pero sin saber qué. Buscando que la tranquilizaran, agarró la pierna de su madre e intentó trepar hasta el inexistente regazo de Marsali.

—No, *bébé* —dijo Germain, que cogió a su hermana de la cintura y la arrastró hacia atrás—. Tú ven conmigo, *a piuthar*. ¿Quieres leche? —añadió, tratando de convencerla—. Vamos al almacén, ¿de acuerdo?

—¡Quiero a mamá! —Félicité agitó brazos y piernas, tratando de escapar, pero Germain levantó su cuerpecito regordete en sus brazos.

—Vosotras, niñas, venid conmigo —dijo con voz firme, y avanzó con torpeza hacia la puerta, con Félicité gruñendo y retorciéndose en sus brazos y Joanie correteando detrás de él.

En la puerta hizo una pausa para mirar a Marsali, con sus enormes ojos marrones bien abiertos y asustados.

—Adelante, *a muirninn* —exclamó Marsali sonriendo—. Llévalas a ver a la señora Bug. Yo estaré bien. —Luego, mientras cruzaba las manos sobre el vientre y su sonrisa desaparecía, murmuró—: Germain es un muchachito dulce.

—Muy dulce —asentí—. Marsali...

—Lo sé —respondió sencillamente—. ¿Crees que podría sobrevivir? —preguntó, y bajó la mirada mientras se pasaba una mano suave sobre el vientre.

Yo no estaba nada segura, pero, por el momento, el bebé estaba vivo. Vacilé, sopesando en mi mente las diferentes posibilidades. Cualquier cosa que hiciera conllevaría riesgos importantes, para ella, para el bebé, o para ambos.

¿Por qué no habría venido antes? Me reproché a mí misma haber aceptado primero la palabra de Jamie y luego la de Fergus de que ella se encontraba bien, pero no había tiempo para esa clase de reproches y, por otra parte, tampoco habría cambiado nada.

—¿Puedes caminar? —pregunté—. Tenemos que ir a la Casa Grande.

—Sí, desde luego. —Se levantó con cuidado, sujetando mi brazo. Recorrió la cabaña con la mirada, como si estuviera memorizando todos los detalles, y luego me clavó sus ojos límpidos—. Hablaremos por el camino.

• • •

Había opciones, la mayoría de ellas espantosas. Si existía riesgo de desprendimiento de la placenta, podía hacer una cesárea de emergencia y tal vez salvar al bebé, pero Marsali moriría. Inducir el parto implicaría arriesgar la vida del bebé, pero era mucho más seguro para Marsali. Por supuesto —y decidí reservarme ese comentario—, una inducción del parto aumentaba el riesgo de hemorragia, y si eso ocurría...

Tal vez pudiera detener la hemorragia y salvar a Marsali, pero no me sería posible ayudar al bebé, que también correría peligro. Además estaba el éter... una idea tentadora, pero decidí desecharla. Era éter, pero aún no lo había utilizado, y no tenía una idea clara de su concentración o su efectividad, ni tampoco tenía los conocimientos de un anestesista para calcular sus efectos en una situación arriesgada como un parto peligroso. En una operación menor, podría tomármelo con calma, examinar la respiración del paciente y, llegado el caso, echarme atrás si las cosas fueran mal. Pero si estaba en medio de una cesárea y se presentaban problemas, no habría escapatoria.

Marsali parecía hacer gala de una calma prodigiosa, como si estuviera escuchando lo que ocurría en su interior en lugar de mis explicaciones y mis hipótesis. Pero cuando llegamos a la Casa Grande y nos encontramos con el joven Ian, que bajaba la colina con un montón de conejos muertos agarrados de las orejas, ella prestó atención.

—¡Hola, prima! ¿Cómo va todo? —preguntó él con alegría.

—Necesito a Fergus, Ian —dijo sin preámbulos—. ¿Puedes encontrarlo?

La sonrisa desapareció del rostro de Ian cuando se dio cuenta de la palidez de Marsali y de que yo la estaba atendiendo.

—Dios santo, ¿es que va a nacer el bebé? Pero ¿por qué...? —Miró hacia el sendero detrás de nosotras, evidentemente preguntándose por qué habíamos salido de la cabaña de Marsali.

—Ve a buscar a Fergus, Ian —lo interrumpí—. Ahora mismo.

—Ah. —Tragó saliva, con un aspecto repentinamente juvenil—. Ah, sí. Ya voy. ¡Ahora mismo!

Comenzó a alejarse, pero se dio la vuelta en redondo y dejó caer los conejos en mi mano. Luego salió del sendero y empezó a correr cuesta abajo, lanzándose entre árboles y esquivando troncos caídos. *Rollo*, que no quería perderse nada, pasó saltando como una mancha gris y corrió por la colina detrás de su amo.

—No te preocupes —dije a Marsali, dándole una palmadita en el brazo—. Lo encontrarán.

—Ah, sí —asintió ella mientras los observaba—. Pero si no lo encuentran a tiempo...

—Lo harán —repliqué con firmeza—. Vamos.

Le pedí a Lizzie que buscara a Brianna y a Malva Christie (se me ocurrió que quizá necesitaría más manos), y mandé a Marsali a descansar en la cocina acompañada de la señora Bug, mientras yo preparaba la consulta. Ropa de cama y almohadas limpias extendidas sobre la mesa de reconocimiento; una cama habría sido mejor, pero necesitaba tener mis utensilios a mano.

Y el material de trabajo propiamente dicho: los instrumentos quirúrgicos, cuidadosamente ocultos debajo de una toalla limpia; la máscara de éter, forrada con gruesas gasas limpias; el frasco cuentagotas... ¿Podría confiarle a Malva la administración del éter, en el caso de que yo tuviera que intervenir de urgencia? Me pareció que era posible; la chica era muy joven y no tenía ningún tipo de formación, pero poseía una notable sangre fría, y no era remilgada. Llené el cuentagotas, apartando la cara del aroma dulce y denso que emanaba el líquido, y añadí un algodón retorcido en el extremo para evitar que el éter se evaporara y nos asfixiara a todos, o que se prendiera fuego. Eché una rápida ojeada a la chimenea, pero el fuego estaba apagado.

¿Y si el parto se prolongaba y luego las cosas salían mal? ¿Y si tenía que actuar por la noche, a la luz de una vela? No era posible; el éter era muy inflamable. Me imaginé practicando una cesárea de emergencia en la más absoluta oscuridad, a tientas, pero alejé de inmediato esa imagen de mi mente.

—Si tenéis un poco de tiempo libre, éste sería un momento perfecto para intervenir —murmuré, dirigiendo ese comentario colectivamente a santa Brígida, a san Raimundo y a santa Margarita de Antioquía, santos patronos del parto y de las futuras madres, así como a cualquier ángel guardián que estuviera revoloteando cerca: el mío, el de Marsali o el del bebé.

Es evidente que alguien me escuchó. Cuando conseguí subir a Marsali a la mesa, descubrí con un alivio inmenso que el cuello del útero había comenzado a dilatarse, pero no había ningún tipo de señal de sangrado. No descarté el riesgo de hemorragia, sin embargo las probabilidades eran mucho menores.

Por su aspecto, su presión parecía correcta y los latidos del corazón del bebé se habían estabilizado, aunque había dejado de moverse, negándose a reaccionar a los tanteos y los empujones.

—Supongo que estará profundamente dormido —dije, sonriéndole a Marsali—. Descansando.

Ella me dedicó una sonrisa mínima y rodó hasta ponerse de costado, gruñendo como un cerdo.

—A mí también me convendría descansar, después de la caminata. —Suspiró y acomodó la cabeza en la almohada. *Adso*, apoyando la moción, saltó a la mesa y se acurrucó entre sus pechos, mientras frotaba su cara con afecto contra ella.

Lo habría echado de allí, pero al parecer a Marsali le reconfortaba su presencia. Comenzó a rascarle las orejas hasta que el gato se hizo un ovillo debajo de su mentón, ronroneando sin cesar. Bueno, yo había ayudado a dar a luz en ambientes mucho menos asépticos que ése, a pesar del felino, y había muchas probabilidades de que éste fuera un proceso lento; seguramente *Adso* se marcharía antes de que su presencia se convirtiera en una molestia.

Empezaba a sentirme más tranquila, pero aún no del todo segura. Todavía tenía aquella sutil sensación de que algo iba mal. En el camino había reconsiderado las distintas opciones con las que contaba; dada la ligera dilatación del cuello del útero y la estabilización de los latidos, pensé que podríamos intentar el método más conservador de inducción del parto, para no causar un estrés innecesario a la madre o al bebé. Si se presentaba alguna emergencia... bueno, nos enfrentaríamos a ella cuando fuera necesario.

Sólo esperaba que el contenido de la jarra se pudiera usar; nunca había tenido ocasión de abrirla antes. «Laminaria», decía la etiqueta, escrita con la fluida caligrafía de Daniel Rawling. Era una pequeña jarra de cristal de color verde oscuro, herméticamente cerrada y muy ligera. Cuando la abrí, desprendió un leve aroma a yodo, pero ningún olor a putrefacción, gracias a Dios.

La laminaria es un alga. Cuando está seca, son tiras de un color verde marronáceo y tiene el grosor del papel. Pero, a diferencia de muchas otras algas secas, la laminaria no se arruga con facilidad. Y tiene una capacidad asombrosa para absorber agua.

Si se introduce en el cuello del útero, absorbe la humedad de las membranas mucosas y aumenta de tamaño, de manera que el cuello del útero se abre más, lo que, finalmente, provoca que se inicie el parto. Yo había visto cómo se usaba la laminaria, incluso en mi época, aunque en los tiempos modernos era más frecuente que se utilizara para ayudar a la expulsión de un bebé muerto del útero. Ése fue otro pensamiento que empujé al fondo de mi mente, mientras escogía un buen pedazo de alga.

Era un trabajo sencillo de hacer, y una vez terminé, ya no quedaba más que esperar. Y ser optimista. La consulta estaba muy tranquila, llena de luz y de los sonidos de las golondrinas que se apiñaban bajo el alero.

—Espero que Ian encuentre a Fergus —dijo Marsali después de un rato.

—Estoy segura de que lo hará —respondí, distraída, intentando encender mi pequeño brasero con pedernal y acero. Tendría que haberle pedido a Lizzie que le dijera a Brianna que trajera las cerillas—. ¿De modo que Fergus no ha estado mucho en casa últimamente?

—No. —Su voz parecía amortiguada, y levanté la vista para ver que tenía la cabeza inclinada sobre *Adso*, y la cara oculta en su pelaje—. Casi no lo he visto desde que... desde que vinieron esos hombres al cobertizo de malteado.

—Ah.

No supe qué responder. No tenía ni idea de que Fergus se había esfumado, aunque sabiendo lo que sabía de los hombres del siglo XVIII, me pareció que entendía el motivo.

—Ese tonto francés está avergonzado —dijo Marsali con total naturalidad, confirmando mi suposición. Volvió la cara, mostrando un ojo azul sobre la curva de la cabeza de *Adso*—. Cree que ha sido culpa suya, ¿sabes? Me refiero al hecho de que yo estuviera allí. Cree que si él pudiera proporcionar lo que necesitamos, yo no tendría que haber ido a encargarme del malteado.

—Hombres —intervine, sacudiendo la cabeza, y ella se echó a reír.

—Sí, hombres... Evidentemente, él no me dijo cuál era el problema. ¡Es mucho mejor desaparecer a reflexionar sobre el asunto y dejar que yo me ocupe de tres críos salvajes! —Puso los ojos en blanco.

—Sí, bueno, eso es típico de los hombres —intervino la señora Bug en tono tolerante, entrando con una vela encendida—. No hay nada de sensato en ellos, pero tienen buenas intenciones. La he oído golpear ese acero como si estuviera custodiando a un moribundo, señora Claire. ¿Por qué no ha venido a buscar un poco de fuego como cualquier persona razonable? —Tocó con la vela las astillas del brasero, que se encendieron de inmediato.

—Para practicar —respondí con tranquilidad, añadiendo leña al pequeño fuego—. Tengo la esperanza de poder aprender a prender fuego en menos de quince minutos.

Marsali y la señora Bug resoplaron al unísono, burlándose.

—¡Bendita sea, cordero de Dios! ¡Quince minutos no es nada! Si yo más de una vez me he pasado una hora o más tratando de conseguir una chispa con yesca húmeda; en Escocia, sobre todo, puesto que en invierno allí no hay nada seco. ¿Por qué piensa que la gente tarda tanto en apagar un fuego?

Eso provocó una vehemente discusión sobre la mejor manera de apagar el fuego antes de dormir, incluyendo una conversación acerca de la bendición más apropiada que hay que recitar mientras se hace. Aquello duró lo suficiente como para que yo pudiera conseguir un calor decente en el brasero y colocar sobre él una pequeña tetera. Una infusión de hojas de frambuesa alentaría las contracciones.

Al parecer, la mención de Escocia le había recordado algo a Marsali, puesto que se levantó apoyándose sobre un codo.

—Madre Claire... ¿Crees que a papá le importaría que tomara prestada una hoja de papel y un poco de tinta? Me gustaría escribir a mi madre.

—Me parece una idea excelente. —Fui en busca de papel y tinta, con el corazón latiéndome un poco más deprisa. Marsali estaba muy tranquila; yo no. Algo que yo ya había visto antes; no estaba segura de si era fatalismo, fe religiosa o algo puramente físico, pero era común que las mujeres a punto de dar a luz perdieran cualquier sentido de miedo o recelo, volcándose hacia el interior y mostrando un ensimismamiento que equivalía a la indiferencia, debido tan sólo a que no podían prestar atención a nada que estuviera fuera del universo limitado por su vientre.

En cualquier caso, mantuve silencio sobre mis propios temores y transcurrieron dos o tres horas de paz y tranquilidad. Marsali escribió a Laoghaire, pero también breves notas para cada uno de sus hijos. «Sólo por si acaso», dijo lacónicamente, entregándome las notas para que las guardara. Noté que no le escribía a Fergus, pero sus ojos se clavaban en la puerta cada vez que se oía algún ruido.

Lizzie regresó para informar de que no encontraba a Brianna por ninguna parte, pero Malva Christie apareció con cara de excitación, y enseguida comenzó a trabajar, leyendo en voz alta fragmentos de *Las aventuras de Peregrine Pickle*, de Tobias Smollett. Luego entró Jamie, cubierto de polvo del camino. Me besó en los labios y besó a Marsali en la frente. Asimiló la poco ortodoxa situación y me miró, enarcando un poco las cejas.

—¿Cómo te encuentras, *a muirninn*? —le preguntó.

Ella hizo una mueca y sacó la lengua. Él se echó a reír.

—No has visto a Fergus por ninguna parte, ¿verdad? —pregunté.

—Sí, lo he visto —contestó él, ligeramente sorprendido—. ¿Lo necesitáis?

Aquella pregunta iba dirigida tanto a Marsali como a mí.

—Sí —respondí con firmeza—. ¿Dónde está?

—En el molino de los Woolam. Ha estado trabajando de intérprete para un viajero francés, un artista que ha venido en busca de pájaros.

—Conque pájaros, ¿eh? —La idea pareció ofender a la señora Bug, que dejó su labor de costura y se sentó muy recta—. ¿De modo que nuestro Fergus habla la lengua de las aves? Bueno, vaya a buscar al hombrecito ahora mismo. ¡Que el francés se ocupe de sus propios pájaros!

Un poco desconcertado ante aquella vehemencia, Jamie permitió que lo hiciera salir al pasillo y hasta la puerta de entrada. Una vez que nadie pudo escucharnos, se detuvo.

—¿Qué ocurre con la muchacha? —exigió saber en voz baja, y lanzó una mirada hacia la consulta, donde la voz clara y aguda de Malva había reanudado la lectura. Se lo expliqué lo mejor que pude.

—Tal vez no sea nada, así lo espero. Pero... ella quiere que Fergus esté presente. Me ha dicho que últimamente nunca está con ella porque se siente culpable de lo que ocurrió en el cobertizo de malteado.

Jamie asintió.

—Bueno, es razonable.

—¿Cómo? ¿Qué quieres decir, por el amor de Dios? —exigí saber, exasperada—. ¡No fue culpa suya!

Él me miró con una expresión que daba a entender que yo había pasado por alto algo que era obvio y evidente para cualquiera.

—¿Crees que eso cambia algo? ¿Y si la muchacha muriera... o si el bebé tuviera algún problema? ¿Crees que él no se culparía de ello?

—No debería —respondí—. Pero está claro que lo hace. Tú no... —Me detuve con brusquedad, porque de hecho él sí. Me lo había explicado con toda claridad la noche que me rescató.

Él vio que el recuerdo cruzaba mi cara, y la insinuación de una sonrisa, débil y dolorosa, apareció en sus ojos. Extendió la mano y pasó un dedo por mi ceja, atravesada por un corte que estaba cicatrizando.

—¿Crees que yo no sentí lo mismo? —preguntó en voz baja.

Moví la cabeza, no como gesto de negación, sino de desesperación.

—Un hombre debe proteger a su esposa —se limitó a decir, alejándose—. Iré a buscar a Fergus.

La laminaria había hecho su lento y paciente trabajo, y Marsali comenzaba a tener algunas contracciones ocasionales, aunque en realidad no estábamos de lleno en ello. La luz empezaba a disminuir cuando Jamie regresó con Fergus... y con Ian, a quien había encontrado en el camino.

Fergus iba sin afeitar, cubierto de polvo, y era evidente que llevaba días sin bañarse, pero la cara de Marsali se iluminó como el sol cuando lo vio. Yo no sabía qué le había explicado Jamie; estaba triste y preocupado, pero al ver a Marsali, se lanzó sobre ella como una flecha hacia el blanco, abrazándola con tal intensidad que a Malva se le cayó el libro al suelo y los miró fijamente, asombrada.

Me relajé un poco por primera vez desde que había entrado en casa de Marsali aquella mañana.

—Bueno —dije respirando hondo—. Tal vez convendría que comiéramos algo, ¿no?

Dejé solos a Fergus y a Marsali, mientras los demás comíamos y, cuando regresé a la consulta, los encontré con las cabezas juntas, hablando en voz baja. No quería interrumpirlos, pero era necesario.

Por un lado, el cuello del útero había dilatado bastante, y no había señales de sangrado anormal, lo que era un importante alivio. Por el otro... el corazón del bebé había vuelto a latir de manera extraña. «Casi con seguridad, se trata de un problema con el cordón», pensé.

Tenía muy presentes los ojos de Marsali, clavados en mi cara mientras yo escuchaba con el estetoscopio, y me esforcé todo lo que pude para evitar que mi rostro denotara nada.

—Te estás portando muy bien —le aseguré, apartándole el pelo de la frente y sonriéndole mientras la miraba a los ojos—. Creo que es hora de intervenir para que las cosas avancen un poco.

Había unas cuantas hierbas que podían ayudar al parto, aunque no usaría la mayoría de ellas si existía algún riesgo de hemorragia. Por otra parte, a esas alturas, yo ya estaba lo bastante intranquila como para querer acelerar el proceso todo lo posible. La infusión de hojas de frambuesa podría ayudar y, al mismo tiempo, no era tan fuerte como para inducir grandes o repentinas contracciones. Me pregunté si debía añadirle cimífuga racemosa.

—El bebé tiene que salir con rapidez —le dijo Marsali a Fergus, con la más absoluta calma. Evidentemente, no había tenido tanto éxito como pensaba a la hora de ocultar mi preocupación.

Ella tenía su rosario consigo, y en ese momento se lo enrolló alrededor de una mano, con la cruz colgando.

—Ayúdame, *mon cher*.

Él levantó la mano del rosario y la besó.

—*Oui, cherie*. —Entonces se santiguó y se puso a trabajar.

Fergus había pasado los primeros diez años de su vida en el burdel donde había nacido. Por tanto, sabía mucho más sobre mujeres —en algunos aspectos— que cualquier otro hombre que yo conociera. Aun así, me asombró ver cómo buscaba los lazos en la camisa de Marsali, y cómo la bajaba, dejando los pechos al descubierto.

Marsali no parecía en absoluto sorprendida; se limitó a recostarse y a volverse un poco hacia él, empujándolo con el bulto del vientre.

Él se arrodilló sobre una banqueta al lado de la cama y, poniendo una mano con ternura, pero de manera ausente, sobre el bulto, inclinó la cabeza hacia los pechos de Marsali, con los labios ligeramente fruncidos. En ese momento pareció que fue consciente de que los estaba mirando con la boca abierta, y me devolvió la mirada por encima del vientre.

—Ah. —Me sonrió—. Usted no... Bueno, supongo que usted jamás ha visto esto, ¿verdad, milady?

—En realidad, no. —Yo me debatía entre la fascinación y la sensación de que debía apartar la vista—. ¿Qué...?

—Cuando los dolores del parto tardan en aparecer, chupar los pechos de la mujer hace que la matriz se mueva, lo que acelera la salida del bebé —explicó mientras rozaba con el pulgar un pezón marrón oscuro, que se elevó, redondo y duro como una cereza en primavera—. En el burdel, si alguna de *les filles* tenía dificultades, otra le hacía esto. Yo se lo he hecho a *ma douce* antes, cuando nació Félicité. Resulta de ayuda, ya lo verá.

Y, sin más demora, cogió el pecho con ambas manos y se metió el pezón en la boca; acto seguido, empezó a succionarlo con cuidado, pero con gran concentración, cerrando los ojos.

Marsali suspiró, y su cuerpo pareció relajarse con la fluidez de una mujer embarazada, como si de repente estuviera tan flácida como una medusa varada en la playa.

Yo estaba más que desconcertada, pero no podía marcharme, por si ocurría algo que requiriese mi ayuda.

Vacilé durante un instante; luego saqué un banco y me senté en él, tratando de no hacer mucho ruido. En realidad, ninguno de ellos parecía estar preocupado lo más mínimo por mi presencia, si es que la notaban. Pero yo me sentía incómoda, y me aparté un poco para no mirarlos.

La técnica de Fergus me asombraba y me interesaba a partes iguales. Él tenía toda la razón; amamantar a un bebé hace que el útero se contraiga. Las parteras que había conocido en L'Hôpital des Anges de París también me lo habían dicho; si una mujer acababa de parir, había que darle al bebé para que lo amamantara, lo que haría que la hemorragia fuera más lenta. Aunque ninguna había mencionado la técnica como un medio de inducir el parto.

«En el burdel, si alguna de *les filles* tenía dificultades, otra le hacía esto», había dicho él.

Su madre había sido una de *les filles*, aunque él no la había conocido. Imaginé a una prostituta parisina de cabello oscuro, probablemente joven, gimiendo por los dolores del parto, y a una amiga arrodillada para succionar sus pezones tiernamente, acariciando unos pechos suaves e hinchados y susurrando palabras de aliento, mientras los fuertes gritos de los clientes satisfechos resonaban a través del suelo y de las paredes.

¿Habría muerto su madre? ¿En el parto de él, o de algún hijo posterior? ¿Estrangulada por algún cliente borracho, golpeada por el ayudante de la madame? ¿O era sólo que no lo había deseado, que no había querido hacerse responsable de un hijo bastardo y, por tanto, lo había dejado a la compasión de las otras mujeres, como otro de los hijos sin nombre de la calle, el bebé de nadie?

Marsali se movió en la cama y levanté la mirada para asegurarme de que se encontraba bien. Lo estaba. Sólo se había movido para rodear con sus brazos los hombros de Fergus, inclinando su cabeza hacia la de él. Se había quitado el gorro; su cabello dorado estaba suelto y brillaba en contraste con la reluciente negrura del de él.

—Fergus... Creo que es posible que muera —susurró con una voz casi inaudible por encima del viento entre los árboles.

Él soltó el pezón, pero movió los labios con delicadeza por la superficie del pecho, mientras murmuraba:

—Tú siempre crees que vas a morir, *p'tite puce*; todas la mujeres lo creen.

—Sí, y eso es porque muchas sí se mueren —respondió ella de un modo en cierto sentido brusco, y abrió los ojos. Él sonrió, con los ojos aún cerrados, succionando con cuidado su pezón.

—Tú no —dijo en voz baja, pero con mucha tranquilidad. Pasó la mano por su barriga, primero con suavidad, y luego más fuerte. Vi que el bulto se hacía más firme y adquiría de repente una forma redondeada y sólida. Marsali exhaló un aliento profundo y repentino, y Fergus apretó el lado de la mano en la base del bulto, presionando con fuerza el hueso pubiano, y la mantuvo allí hasta que la contracción cedió.

—Ah —jadeó ella.

—*Tu... non* —susurró él con mayor suavidad—. Tú no. No permitiré que te marches.

Cerré las manos presionando el relleno de mi falda. Parecía que estaba teniendo una buena contracción, y no estaba ocurriendo nada terrible.

Fergus reanudó su actividad, haciendo una pausa cada cierto tiempo para murmurarle algo ridículo en francés a Marsali. Me levanté y me deslicé poco a poco hacia el pie de la cama improvisada sobre la mesa. No, nada inapropiado. Eché una rápida mirada a la encimera para asegurarme de que todo estuviera listo, y lo estaba.

Tal vez las cosas saldrían bien. Había una mancha de sangre en la sábana, pero era normal a esas alturas. Todavía estaba el preocupante latido del bebé, y la posibilidad de un accidente con el cordón, pero no había nada que pudiera hacer al respecto en ese momento. Marsali había tomado una decisión, y era la correcta.

Fergus había reanudado sus succiones. Salí en silencio al pasillo y dejé la puerta entornada para que tuvieran intimidad. Si ella presentaba una verdadera hemorragia, yo estaría a su lado en un segundo.

Todavía tenía la jarra de hojas de frambuesa en la mano. Supuse que podría preparar la infusión, aunque sólo fuera para sentirme útil.

Al no encontrar a su esposa en su casa, el viejo Arch Bug había subido hasta nuestra casa con los niños. Félicité y Joan estaban profundamente dormidas sobre el banco, y Arch fumaba su pipa junto a la chimenea, haciendo aros de humo para Germain, que lo contemplaba absorto. Mientras tanto, Jamie, Ian y Malva Christie parecían estar enfrascados en una agradable discusión literaria sobre los méritos de Henry Fielding, Tobias Smollett y...

—¿Ovidio? —pregunté, captando las últimas palabras de un comentario—. ¿En serio?

—«Mientras seas feliz, tendrás amigos» —citó Jamie—; «pero si la fortuna te es adversa, te quedarás solo». ¿No crees que eso es lo que les ocurre al pobre Tom Jones y al pequeño Perry Pickle?

—Pero ¡seguramente los buenos amigos no abandonarían a un hombre sólo porque éste tuviera problemas! —objetó Malva—. ¿Qué clase de amigos son ésos?

—De la clase más habitual, me temo —señalé—. Por suerte, hay unos pocos de la otra clase.

—Sí, es cierto —intervino Jamie, que sonrió a Malva—. Los escoceses de las Highlands son los amigos más sinceros, aunque sólo sea porque son los peores enemigos.

La cara de Malva adquirió un ligero tono rosado, pero se dio cuenta de que la estaban provocando.

—Ejem —tosió, y levantó la nariz, para mirar por encima de ella—. Mi padre dice que los escoceses de las Highlands son luchadores tan feroces porque no hay casi nada de valor en esas tierras, y las peores batallas siempre se libran por los motivos más bajos.

Todos se retorcieron de risa al escuchar sus palabras, y Jamie se levantó para acercarse a mí, dejando que Ian y Malva reanudaran sus discusiones.

—¿Cómo se encuentra la muchacha? —preguntó en tono quedo, sacando agua caliente de la tetera para mí.

—No estoy segura —respondí—. Fergus está... eh... atendiéndola.

Jamie enarcó las cejas.

—¿Cómo? —preguntó—. Pensaba que no había mucho que un hombre pudiera hacer en esas circunstancias, una vez que el proceso ha comenzado.

—Ah, te sorprenderías —le aseguré—. ¡Yo lo he hecho!

Él pareció intrigado, pero no pudo hacer más preguntas por la exigencia de la señora Bug de que todos dejaran de hablar de esos malvados que estaban en las páginas de los libros y que no hacían nada bueno, y que se sentaran a la mesa.

Yo también me senté a cenar, pero en realidad no pude comer nada, distraída como estaba por mi preocupación por Marsali. La infusión de hojas de frambuesa ya se había asentado mientras comíamos; la serví y la llevé a la consulta, donde entré, no sin antes llamar discretamente a la puerta.

Fergus estaba sonrojado y sin aliento, pero con los ojos brillantes. No tuve forma de convencerlo de que fuera a comer, e insistió en que se quedaría junto a Marsali. Parecía que sus esfuerzos estaban dando resultado; las contracciones de Marsali ya eran regulares, aunque todavía muy distantes unas de otras.

—Serán más rápidas cuando rompa aguas —me dijo. Ella también estaba un poco ruborizada, y tenía la expresión de alguien que está escuchando lo que ocurre dentro de su cuerpo—. Siempre es así.

Volví a controlar los latidos; no se habían producido grandes cambios; el ritmo seguía siendo irregular, pero no más débil. Me excusé. Jamie estaba en su estudio, al otro lado del pasillo. Entré y me senté a su lado, para estar cerca cuando me necesitaran.

Estaba escribiendo su habitual carta a su hermana, haciendo una pausa cada cierto tiempo para frotarse la mano derecha acalambrada antes de continuar. Arriba, la señora Bug estaba acostando a los niños. Oí los sollozos de Félicité, y a Germain intentando calmarla con una canción.

Al otro lado del pasillo, oí pequeños movimientos y murmullos, alguien que cambiaba de lugar y el crujido de la mesa. Y en las profundidades de mi oído interior, como un eco de mi propio pulso, el latido suave y veloz del corazón de un bebé.

Era tan fácil que todo acabara mal...

—¿Qué estás haciendo, Sassenach?

Levanté la mirada, asombrada.

—No estoy haciendo nada.

—Parece que intentes mirar a través de la pared y que no te guste nada lo que ves.

—Ah. —Bajé la mirada y me di cuenta de que había estado retorciendo y alisando la tela de mi falda con los dedos. Había un enorme pedazo arrugado en el tejido de color beis—. Reviviendo mis fracasos, supongo.

Él me miró durante un instante, se levantó y acudió a mi lado, apoyó las manos en la base de la nuca y me masajeó los hombros con una mano fuerte y cálida.

—¿Qué fracasos? —preguntó.

Cerré los ojos y eché la cabeza hacia delante, tratando de no gemir por las sensaciones de dolor de los músculos contracturados y el alivio exquisito y simultáneo.

—Ah —dije, y suspiré—. Los pacientes que no pude salvar, los errores, los desastres, los accidentes, los niños que nacieron muertos...

Esa última frase quedó flotando en el aire, y sus manos hicieron una pausa en su trabajo, para luego reanudarlo con más fuerza.

—Seguramente ha habido ocasiones en las que no has podido hacer nada, ¿verdad? Ni tú, ni nadie. Hay cosas que nadie puede arreglar, ¿no?

—Tú jamás crees eso cuando se trata de ti. ¿Por qué debería creerlo yo?

Hizo una pausa en su masaje, y yo le dirigí la mirada por encima del hombro. Separó la cabeza para contradecirme, y luego se dio cuenta de que no podía. Movió la cabeza, suspiró y retomó su actividad.

—Sí, bueno, supongo que eso es bastante cierto —comentó, con muy mala cara.

—Es lo que los griegos llamaban *hibris*, ¿no crees?

Jamie emitió un pequeño bufido, que podría ser de diversión.

—Sí. Y tú sabes adónde conduce eso.

—A una solitaria roca bajo el sol, con un buitre mordisqueándote el hígado —repuse, y me eché a reír.

Jamie también rió.

—Sí, bueno, una solitaria roca bajo un sol ardiente es un buen lugar para tener compañía, diría yo. Y no me refiero al buitre.

Sus manos dieron un último apretón a mis hombros, pero no las apartó. Recliné la cabeza en su cuerpo, con los ojos cerrados, buscando consuelo en su compañía. En el momentáneo silencio que se produjo, oímos unos leves sonidos del otro lado del pasillo, donde se hallaba la consulta. Un gemido amortiguado de Marsali al presentarse otra contracción, y una suave pregunta en francés de Fergus.

Creí que en realidad no deberíamos escucharlos, pero a ninguno de los dos se nos ocurría nada que decir para ocultar los sonidos de su conversación privada.

Hubo un murmullo de Marsali, una pausa, y luego un comentario vacilante de Fergus.

—Sí, como hicimos antes de Félicité —llegó la voz de Marsali, amortiguada pero nítida.

—*Oui*, pero...

—Entonces, pon algo contra la puerta —dijo ella en tono impaciente.

Oímos pisadas y la puerta de la consulta que se abría. Fergus estaba allí de pie, con su oscuro cabello desordenado, la camisa desabotonada y su apuesto rostro sonrojado bajo la sombra de la barba incipiente. Él nos vio y una expresión extraña le pasó por la cara. Orgullo, vergüenza y algo indefiniblemente... francés. Le dedicó a Jamie una sonrisa torcida y encogió un hombro con suprema indiferencia escocesa; luego cerró la puerta con fuerza. Oímos el ruido de una pequeña mesa que se movía y el pequeño golpe que hizo cuando la empujó contra la puerta.

Jamie y yo intercambiamos una mirada de desconcierto.

Pudimos escuchar algunas risitas del otro lado de la puerta cerrada, acompañadas por un enorme crujido.

—No irá a... —empezó a decir Jamie con expresión de incredulidad—. ¿O sí?

Era evidente que sí, a juzgar por los débiles crujidos rítmicos que empezaban a oírse en la consulta.

Sentí que una ligera oleada de calor me inundaba, junto con una leve sensación de impresión... y el impulso más fuerte de echarme a reír.

—Bueno... eh... alguna vez he oído que... en ocasiones puede facilitar el parto. Si el bebé venía con retraso, las *maîtresses sage femme* de París a veces pedían a las mujeres que emborrachasen a sus maridos y... eh...

Jamie miró la puerta de la consulta con un gesto de sorpresa, mezclado con un vacilante respeto.

—Y él ni siquiera se ha tomado una copita. Bueno, si es eso lo que piensa hacer, ese cabrón tiene huevos, hay que admitirlo.

Ian, que apareció por el pasillo justo a tiempo para oír esa parte del diálogo, se detuvo de inmediato. Escuchó un momento los ruidos que provenían de la consulta, miró a Jamie, luego a mí y luego la puerta de la consulta; entonces movió la cabeza y se dio la vuelta, de regreso a la cocina.

Jamie extendió el brazo y, con suma delicadeza, cerró la puerta del estudio.

Sin comentario alguno, volvió a sentarse, cogió su pluma y empezó a escribir empecinadamente. Yo me acerqué a la pequeña estantería y permanecí de pie, contemplando la colección de lomos destartalados, pero sin ser consciente de lo que miraba.

Las viejas historias a veces no eran más que eso, aunque en otras ocasiones no lo eran.

Era poco común que me detuviera en reminiscencias personales cuando estaba tratando con pacientes; ni tenía tiempo, ni podía prestarles atención. Pero en ese momento disponía de ambas cosas en abundancia. Y me llegó un recuerdo muy nítido de la noche anterior al nacimiento de Bree.

La gente suele decir que las mujeres olvidan cómo es dar a luz, porque si lo recordaran, ninguna lo haría más de una vez. Yo, personalmente, no tenía ningún problema en recordarlo.

La sensación de una enorme inercia. Ese período interminable cerca del fin, cuando parece que ese fin jamás llegará, que una está anclada en una especie de pozo de alquitrán prehistórico, y que cada pequeño movimiento es una lucha destinada al fracaso. Cada centímetro cuadrado de piel está a punto de estallar, al igual que los nervios.

Una no olvida. Se limita a llegar a un punto en que ya no le importa qué sentirá en el momento del parto; cualquier cosa es mejor que estar embarazada un instante más.

Yo había alcanzado ese punto alrededor de dos semanas antes de la fecha en que se esperaba el parto. La fecha llegó... y pasó. Una semana después, me encontraba histérica y, al mismo tiempo, aletargada.

Frank estaba físicamente más cómodo que yo, pero en cuanto a nervios, no había grandes diferencias entre ambos. Los dos estábamos aterrorizados; no sólo por el parto, sino también por lo que podría ocurrir después. Como era habitual en él, Frank reaccionaba al terror ensimismándose, retirándose a un lugar donde pudiera controlar todo lo que ocurría, al no permitir que nada, ni nadie, entrara en él.

Pero yo no tenía ánimos para respetar las barreras de nadie, y estallé en lágrimas de pura desesperación cuando un alegre obstetra me informó de que no estaba nada dilatada y «podrían pasar varios días más; tal vez una semana».

Tratando de calmarme, Frank empezó a masajearme los pies. Luego la espalda, la nuca, los hombros; todas las partes que yo le permitía tocarme. Y, poco a poco, comencé a sentirme agotada y permanecí allí inmóvil, dejando que él me tocara. Y... y los dos estábamos aterrorizados, y necesitábamos tranquilizarnos con urgencia, y ninguno sabía qué palabras usar para lograrlo.

Y él me hizo el amor, lenta y suavemente, y nos quedamos dormidos abrazados... y despertamos en un estado de pánico varias horas más tarde, cuando rompí aguas.

—¡Claire! —Supongo que Jamie había gritado mi nombre más de una vez; yo estaba tan perdida en el recuerdo que había olvidado por completo dónde me encontraba.

—¿Qué? —Me volví, con el corazón latiendo con fuerza—. ¿Ha ocurrido algo?

—No, aún no. —Me miró con el entrecejo fruncido. Luego se levantó y se acercó a mí—. ¿Te encuentras bien, Sassenach?

—Sí. Yo... estaba pensando.

—Sí, me he dado cuenta de ello —dijo secamente. Vaciló y, luego, justo cuando un gemido bastante alto atravesaba la puerta, me tocó el codo—. ¿Tienes miedo? —preguntó en voz baja—. De que tú también estés embarazada, quiero decir.

—No —respondí, y percibí el tono de desolación en mi voz con la misma claridad que él—. Sé que no lo estoy. —Lo miré; su cara estaba nublada por una expresión de lágrimas no vertidas—. Estoy triste porque no lo estoy, porque ya no volveré a estarlo.

Parpadeé con fuerza y vi en su rostro las mismas emociones que yo sentía: alivio y arrepentimiento, mezclados de tal manera que era imposible decir cuál era la principal. Me rodeó con los brazos y apoyé la frente contra su pecho, pensando en el alivio que suponía saber que yo también estaba acompañada en esa roca.

Permanecimos en silencio durante un rato, sólo respirando. Entonces se produjo un repentino cambio en los subrepticios ruidos que llegaban de la consulta. Hubo un pequeño grito de sorpresa, una exclamación más fuerte en francés, y luego el sonido de unos pies que aterrizaban de manera pesada en el suelo, junto con la inconfundible salpicadura del líquido amniótico.

Era cierto: las cosas habían empezado a ir con más rapidez. En menos de una hora vi aparecer la coronilla de un cráneo lleno de pelusilla negra.

—Tiene mucho pelo —informé, lubricando el perineo con aceite—. ¡Ten cuidado, no empujes demasiado fuerte! Aún no. —Tanteé la curva del cráneo emergente con la mano—. Tiene la cabeza realmente grande.

—Jamás lo habría adivinado —dijo Marsali, con la cara roja y jadeando—. Gracias por decírmelo.

Casi no tuve tiempo de reír antes de que la cabeza se deslizara con facilidad en mis manos, boca abajo. Sí que tenía el cordón umbilical alrededor del cuello, pero no apretado, ¡gracias a Dios! Metí un dedo debajo y lo aflojé, y no fue necesario que dijera «¡Empuja!», antes de que Marsali tomara un aliento enorme y lanzara al bebé contra mi estómago como una bala de cañón.

Era como si de pronto me hubieran entregado un cerdo engrasado, y agité los brazos como una loca, tratando de poner a la criatura boca arriba y ver si él —o ella— respiraba.

Mientras tanto, oí los chillidos de excitación de Malva y de la señora Bug, y unos pesados pasos que corrían por el pasillo desde la cocina.

Encontré la cara del bebé, me apresuré a liberarle los orificios nasales y la boca, insuflé un poco de aire en el interior de su boca y chasqueé un dedo contra la planta de uno de sus pies. El pie se echó hacia atrás de modo reflejo, y la boca se abrió dejando escapar un lozano alarido.

—*Bon soir, Monsieur L'Oeuf* —dije, comprobando rápidamente que fuera un *monsieur*.

—*Monsieur?* —El rostro de Fergus se partió en una sonrisa de oreja a oreja.

—*Monsieur* —confirmé; envolví con rapidez al bebé en una franela y lo puse en brazos de su padre para dedicarme a atar y a cortar el cordón umbilical y luego a atender a la madre.

Marsali, a Dios gracias, se encontraba bien; agotada y con mucho sudor, pero sonriendo. Las personas que se hallaban en la habitación también sonreían. El suelo estaba lleno de charcos, la ropa de cama, empapada, y el ambiente cargado con los fecundos olores del parto, pero nadie parecía ser consciente de ello debido a la emoción generalizada.

Masajeé el vientre de Marsali para alentar la contracción del útero, mientras la señora Bug le traía una enorme jarra de cerveza.

—¿Él está bien? —preguntó, después de beber con mucha sed—. ¿De verdad está bien?

—Bueno, tiene dos brazos, dos piernas y una cabeza —respondí—. No he tenido tiempo de contar los dedos de las manos y los pies.

Fergus puso el bebé sobre la mesa, al lado de Marsali.

—Compruébalo tú misma, *ma chère* —dijo. Abrió la manta y parpadeó. Luego se inclinó más cerca y frunció el ceño.

Ian y Jamie dejaron de hablar al verlo.

—¿Algún problema? —preguntó Jamie, acercándose. Un repentino silencio cayó sobre la sala. La mirada de Malva pasaba de una cara a otra, desconcertada.

—*Maman?*

Germain estaba en el umbral, balanceándose y con cara de sueño.

—¿Ya está aquí? *C'est monsieur?*

Sin esperar respuesta ni autorización, avanzó y se inclinó sobre las ropas de cama manchadas de sangre, con la boca un poco abierta mientras contemplaba a su hermano recién nacido.

—Parece raro —comentó, y frunció ligeramente el ceño—. ¿Qué le pasa?

Fergus estaba de pie, paralizado, como todos nosotros. Pero cuando oyó esas palabras, miró a Germain, luego volvió a contemplar al bebé, y de nuevo a su primer hijo.

—*Il est un nain* —respondió, casi con naturalidad. Apretó el hombro de Germain con tanta fuerza que provocó un grito de alarma del niño, luego giró en redondo y se marchó. Oí que la puerta principal de la casa se abría y una corriente fría se colaba por el pasillo y llegaba hasta la sala.

«*Il est un nain.*» «Es un enano.»

Fergus no había cerrado la puerta, y el viento apagó las velas, dejándonos en una semioscuridad, tan sólo iluminada por el resplandor del brasero.

36

Lobos de invierno

El pequeño Henri-Christian parecía encontrarse perfectamente; sólo que era enano. Aunque tenía un poco de ictericia, un suave tono dorado en la piel que confería a sus redondeadas mejillas un resplandor delicado, semejante a los pétalos de un narciso. Con su mechón lacio y negro en el extremo de la cabeza, podría haber sido un bebé chino, de no ser por sus ojos azules, inmensos y redondos.

En cierta manera, suponía que debía estarle agradecida. Sólo el nacimiento de un enano podía alejar la atención del Cerro de mi persona y los acontecimientos del mes anterior. La cuestión era que la gente ya no contemplaba mi rostro ni intentaba encontrar torpemente algo que decirme. Tenían mucho que decir: a mí, entre ellos, y, lo que ocurría con no poca frecuencia, a Marsali, en los momentos en que ni Bree ni yo llegábamos a tiempo para detenerlos.

Suponía que le dirían las mismas cosas a Fergus, si lo veían. Él había regresado, tres días después del nacimiento del bebé, mudo y con una expresión oscura en el rostro. Se había quedado lo suficiente para aprobar el nombre que había elegido Marsali para el pequeño, así como para mantener una breve conversación en privado con ella. Luego había vuelto a marcharse.

Si ella sabía dónde estaba, no lo decía. Por el momento, ella y los niños se quedaron en la Casa Grande con nosotros. Marsali sonreía y prestaba atención a sus otros hijos como hacían las madres, aunque parecía que estuviera escuchando en busca de algo que no estaba allí. Me pregunté si serían las pisadas de Fergus.

Una cosa buena: siempre mantenía a Henri-Christian cerca, llevándolo en los brazos, o dejándolo a sus pies, en su cesta de ramas entretejidas. Yo había visto a otros padres que habían dado a luz a hijos con algún defecto; por lo general, su reacción consistía en alejarse, incapaces de lidiar con la situación. Marsali se enfrentaba a ella de otra manera: adoptando una feroz actitud protectora con él.

Cada cierto tiempo llegaban visitantes que fingían que tenían que hablar con Jamie sobre algo o pedirme algún tónico o ungüento, aunque, en realidad, esperaban poder echar un vistazo al bebé. Por eso, no fue extraño que Marsali se pusiera tensa y sujetara a Henri-Christian contra el pecho cuando la puerta trasera se abrió y una sombra atravesó el umbral.

Pero se relajó un poco al ver que el visitante era el joven Ian.

—Hola, prima —dijo él, sonriéndole—. ¿Te encuentras bien? ¿Y el niño?

—Muy bien —respondió ella en tono firme—. ¿Has venido a ver a tu nuevo primo?

Vi que Marsali lo observaba con recelo.

—Sí, y además le he traído un regalito. —Levantó una de sus grandes manos y se tocó la camisa, que estaba un poco abultada a causa de lo que llevaba dentro—. Tú también te encuentras bien, ¿verdad, tía Claire?

—Hola, Ian —intervine, poniéndome de pie y dejando a un lado la camisa que había estado arreglando—. Sí, estoy bien. ¿Una cerveza?

Me alegré de verlo; yo había estado haciendo compañía a Marsali mientras ella cosía (o más bien, montaba guardia para ahuyentar a la clase de visitantes menos bienvenidos), mientras la señora Bug se ocupaba de las gallinas. Pero había dejado una decocción de ortiga preparándose en la consulta, y tenía que comprobar su estado. Podía confiar en que Ian cuidaría de Marsali.

Después de dejarles un pequeño refrigerio, me escapé a la consulta y pasé un agradable cuarto de hora sola con las hierbas, trasvasando infusiones y poniendo un puñado de romero a secar, rodeada del penetrante aroma y la tranquilidad de las plantas. En esos días era difícil tener un momento de soledad como ése, puesto que los niños aparecían por todas partes, como las setas. Sabía que Marsali estaba ansiosa por volver a su propia casa, pero me asustaba la idea de permitírselo antes de que Fergus estuviera de vuelta para ayudarla, aunque sólo fuera un poco.

—Maldito cabrón —dije entre dientes—. Bestia egoísta.

Era evidente que yo no era la única que lo pensaba. Cuando regresaba por el pasillo, apestando a romero y a raíz de ginseng, oí que Marsali le manifestaba una opinión similar a Ian.

—Sí, entiendo que esté angustiado, ¿quién no lo estaría? —estaba diciendo, con la voz cargada de dolor—. Pero ¿por qué tuvo que huir y dejarnos solos? ¿Has hablado con él, Ian? ¿Ha dicho algo?

De modo que era eso. Ian había partido en uno de sus misteriosos viajes; debía de haberse encontrado con Fergus en algún lugar y se lo estaba contando a Marsali.

—Sí —respondió, tras un instante de vacilación—. Sólo unas palabras. —Me quedé atrás, puesto que no deseaba interrumpirlos, pero desde donde estaba pude verle la cara; la ferocidad de sus tatuajes contrastaba con la compasión que nublaba sus ojos. Él se inclinó sobre la mesa y extendió los brazos—. ¿Puedo cogerlo, prima? Por favor.

La espalda de Marsali se tensó, pero al final le entregó el bebé, que se sacudió y pateó un poco en su pañal, aunque no tardó en acomodarse en el hombro de Ian, chasqueando suavemente la lengua. Ian inclinó la cara, sonriendo, y rozó con los labios la cabeza grande y redonda de Henri-Christian.

Le dijo algo en voz baja al bebé, en un idioma que a mí me pareció mohawk.

—¿Qué es lo que has dicho? —preguntó Marsali con curiosidad.

—Es una especie de bendición. —Palmeó la espalda de Henri-Christian con mucha suavidad—. Consiste en pedirle al viento que le dé la bienvenida, al cielo que le dé refugio, y al agua y a la tierra que le proporcionen alimento.

—Ah —murmuró Marsali—. Eso es muy bonito, Ian. —Pero después tensó los hombros, poco dispuesta a que la distrajeran—. Has dicho que has hablado con Fergus.

Ian asintió con los ojos cerrados. Tenía la mejilla apoyada en la cabeza del bebé. Permaneció en silencio un momento, pero vi que la garganta se le movía, que su gran nuez subía y bajaba mientras tragaba saliva.

—Tuve un hijo, prima —susurró, tan bajo que apenas conseguí oírlo.

Marsali sí lo oyó, y quedó paralizada; la aguja que había cogido resplandeció en su mano. Luego, con un movimiento muy lento, volvió a bajarla.

—¿Ah, sí? —preguntó en el mismo tono. Entonces se levantó, rodeó la mesa con un suave crujido de sus faldas, se sentó a su lado en el banco, lo bastante cerca como para que él pudiera sentirla allí, y posó su pequeña mano sobre el codo de él.

Él no abrió los ojos, pero respiró hondo, y con el bebé cerca de su corazón, comenzó a hablar, en una voz casi tan suave como el crepitar del fuego.

Se despertó de su sueño sabiendo que algo iba realmente mal. Rodó hacia la parte trasera de la plataforma de la cama, donde tenía sus armas a mano, pero antes de que pudiera coger el cuchillo o la lanza, volvió a oír el sonido que debía de haberlo despertado. Provenía de detrás de él; no era más que un ligero jadeo, pero en el sonido percibió dolor y miedo.

El fuego ardía poco a poco; no alcanzaba a ver más que el extremo oscuro de la cabeza de Wako'teqehsnonhsa, recortada contra un resplandor rojizo, y el bulto doble del hombro y la cadera bajo las pieles. Ella no se movió ni volvió a emitir ese sonido, pero algo en aquellas curvas estáticas y oscuras le atravesó el corazón como un tomahawk dando en el blanco.

Le sujetó el hombro con fuerza, deseando que estuviera bien. Sus huesos eran pequeños y duros a través de la carne. Él no encontraba las palabras apropiadas; había olvidado el kahnyen'kehaka, de modo que pronunció las primeras palabras que le vinieron a la mente.

—Muchacha... amor... ¿estás bien? Que el bendito Miguel nos defienda, ¿te encuentras bien?

Ella sabía que él estaba allí, pero no se volvió. Algo —una onda extraña, como la de una piedra arrojada al agua— la atravesó, y la respiración volvió a atragantársele, con un sonido pequeño y seco.

Él no esperó, sino que saltó desnudo de debajo de las pieles y empezó a pedir ayuda. La gente empezó a salir a tientas en dirección a la luz mortecina de la galería de la casa comunal; eran formas abultadas que corrían hacia él en una niebla de preguntas. Él no podía hablar; no era necesario. Al cabo de pocos instantes, Tewaktenyonh estaba allí, con su cara anciana y fuerte marcada por una triste calma, y las mujeres de la casa comunal pasaron corriendo, haciéndolo a un lado mientras se llevaban a Emily, cubierta con la piel de un ciervo.

Él las siguió hacia el exterior, pero ellas no le prestaron atención y desaparecieron hacia la casa de las mujeres, que se encontraba en el otro extremo de la aldea. Dos o tres hombres salieron, las miraron, se encogieron de hombros y volvieron a entrar. Hacía frío, era muy tarde, y era evidente que se trataba de un asunto de mujeres.

Él también entró, pero sólo lo suficiente como para ponerse algo de ropa. No podía quedarse en la casa comunal, con la cama vacía sin ella y oliendo a sangre. También había sangre en su piel, pero no se detuvo a lavarse.

Fuera, las estrellas habían desaparecido, pero el cielo seguía negro. Hacía un frío que calaba los huesos, y el aire estaba muy quieto.

El cuero que colgaba sobre la puerta de su casa comunal se movió y entró *Rollo*, gris como un espectro. El enorme perro estiró las garras y se desperezó, gruñendo con la rigidez provocada por la hora y el frío. Luego sacudió su pesado pelaje, resopló echando una nubecilla de aliento blanco, y avanzó poco a poco hasta colocarse a un lado de su amo. Se sentó dejando caer todo su peso de golpe, con un suspiro de resignación, y se recostó contra la pierna de Ian.

El chico permaneció de pie un instante más, mirando hacia la casa donde se encontraba su Emily. Su cara ardía, febril de urgencia. Él mismo ardía, con fuerza y luz, como un carbón, pero sentía que su calor se desvanecía en el frío cielo, y su corazón poco a poco se volvía negro. Por fin, se golpeó la palma contra el muslo y se dirigió hacia el bosque, andando deprisa, con el gran perro caminando a su lado.

—Ave María, llena eres de gracia... —No pensó hacia dónde se dirigía, rezando entre dientes, pero en voz alta, en busca del solaz de su propia voz en la muda oscuridad.

Se preguntó si no tendría que estar orándole a uno de los espíritus mohawk. ¿Estarían enfadados porque le hablaba a su antiguo Dios, a la madre de Dios? ¿Se vengarían por esa afrenta, descargando su furia en su esposa y su hijo?

«El niño está muerto.» No sabía de dónde había salido esa idea, pero supo que era cierto, como si alguien hubiera pronunciado las palabras en voz alta. Era una evidencia desapasionada, que aún no servía de pábulo a la pena. Sólo era un hecho que conocía con certeza, y le horrorizaba saberlo.

Siguió avanzando hacia el bosque, caminando, después corriendo, y sólo reduciendo la velocidad cuando era necesario, para tomar aire. El aire era frío como el acero, y estaba quieto; olía a putrefacción y a trementina, pero los árboles susurraron un poco en el momento en que él pasó. Emily podía oírlos cuando hablaban, conocía sus voces secretas.

—Sí, ¿y para qué sirve eso? —murmuró, con el rostro enfocado al vacío sin estrellas entre las ramas—. Vosotros no decís nada que valga la pena saber. No sabéis cómo se encuentra ella ahora, ¿verdad?

Cada cierto tiempo oía los pasos del perro, que crujían entre las hojas muertas, justo detrás de él, y que resonaban con golpes sordos en las franjas de tierra desnuda. A veces tropezaba, con los pies perdidos en la oscuridad; una vez se cayó y se golpeó, volvió a ponerse en pie y siguió corriendo torpemente. Había dejado de rezar; su mente ya no podía formar más palabras, no podía elegir entre las sílabas fragmentadas de sus diferentes lenguas, y el aliento le quemaba con fuerza en la garganta mientras corría.

Sintió el cuerpo de ella contra el suyo en el frío, sus grandes pechos en sus manos, sus nalgas pequeñas y redondeadas devolviendo sus embates, pesadas y dispuestas mientras él la atravesaba. Oh, Dios, él sabía que no debía hacerlo, ¡lo sabía! Y aun así lo había hecho, noche tras noche, loco por aquel apretón fuerte y resbaladizo, mucho después del día en que supo que debía parar, egoísta, insensato, enloquecido y perverso de lujuria...

Corría y, en lo alto, los árboles de ella murmuraban una condena a su paso.

Tuvo que parar, sollozando, para recuperar el aliento. El cielo había pasado del negro al color que adquiere antes de la luz. El perro lo empujó con el hocico, gimiendo suavemente en su garganta, con sus ojos ambarinos inexpresivos y oscuros en la inexistente luz de esa hora.

El sudor le recorría el cuerpo por debajo de la camisa de piel, empapándole el manchado taparrabos entre las piernas. Sus partes pudendas estaban frías, encogidas contra su cuerpo, y él podía sentir su propio olor, un hedor rancio de miedo y pérdida.

Rollo levantó las orejas y volvió a gemir, alejándose un paso, regresando y volviendo a alejarse, con la cola encogida por los nervios. «Vamos —estaba diciendo, con la misma claridad que si usara palabras—. ¡Vamos, ahora!»

De haber estado solo, Ian podría haberse tumbado sobre las hojas heladas, hundir la cara en la tierra y permanecer allí. Pero la fuerza de la costumbre lo impulsó; estaba acostumbrado a hacer caso al perro.

—¿Qué? —murmuró, pasándose la manga por el rostro húmedo—. ¿Qué ocurre?

Rollo gruñó desde lo más profundo de su garganta. Estaba quieto y rígido, con los pelos del lomo erizados. Ian lo vio, y un lejano temblor de alarma se hizo presente a través de la niebla del agotamiento y la desesperación. Se llevó la mano al cinturón, y al no encontrar nada allí se golpeó la zona, incrédulo. Por Dios, ¡ni siquiera llevaba un cuchillo de despellejar!

Rollo volvió a gruñir, con más intensidad. Una advertencia para que lo oyeran. Ian se dio la vuelta y miró, pero no vio más que los oscuros troncos de los cedros y los pinos. El suelo sobre el que se posaban era una masa de sombras, y el aire entre ellos estaba lleno de neblina.

Un mercader francés que se había acercado a la hoguera había llamado a esa hora, a esa luz, *l'heure du loup*, la hora del lobo. Y no le faltaba razón; era un momento adecuado para cazar, cuando la noche empieza a alejarse y se levanta la débil brisa que surge antes del amanecer, trayendo el olor de la presa.

Su mano pasó al otro lado del cinturón, donde debía estar la bolsa de *taseng*: grasa de oso con hojas de menta, para ocultar el olor de un hombre mientras cazaba o era cazado. Pero ese lado también estaba vacío, y sintió que el corazón le latía rápidamente y con fuerza, mientras el viento frío le secaba el sudor del cuerpo.

Rollo había mostrado los dientes y su gruñido era como un trueno grave y continuado. Ian se agachó y cogió una rama de pino del suelo. Era de un buen tamaño, aunque menos resistente de lo que le habría gustado, e incómoda, llena de ramitas pequeñas y largas.

—A casa —le susurró al perro.

No tenía ni idea de dónde estaba, ni en qué dirección se encontraba la aldea, pero *Rollo* sí. El animal retrocedió poco a poco, sin apartar los ojos de las sombras grises. ¿Se movían esas sombras?

Empezó a caminar más deprisa, todavía hacia atrás, tanteando la elevación del suelo a través de las suelas de sus mocasines, presintiendo la presencia de *Rollo* por el crujido de las patas del animal, y el débil gemido que aparecía cada cierto tiempo a sus espaldas. Allí, sí. ¡Una sombra se había movido! Una silueta gris, muy lejana y que había visto durante un tiempo demasiado breve como para reconocerla, pero estaba allí, y era reconocible aunque sólo fuera por su presencia.

Si había uno, había más; no cazaban solos. Pero aún no estaban cerca; se dio la vuelta y empezó a correr, aunque no presa del pánico, a pesar del miedo que sentía en la boca del estómago. Un avance rápido y firme, el paso que su tío le había enseñado, que devoraría los empinados e interminables kilómetros de las montañas escocesas, con un esfuerzo constante sin agotarse. Debía reservar energía para la lucha.

Ian contempló la idea torciendo la boca con ironía, y partiendo ramitas de pino mientras caminaba. Un instante antes había querido morir, y quizá querría volver a hacerlo, si Emily... Pero ahora no. Si Emily... y además, estaba el perro. *Rollo* no lo abandonaría; debían defenderse el uno al otro.

Había agua cerca; oyó su borboteo a pesar del viento. Pero el viento llevó también otro sonido, un aullido largo y sobrenatural que hizo que su cara volviera a empaparse de un sudor frío. Otro le respondió, al oeste. Todavía lejos, pero ahora sí estaban cazando, comunicándose entre sí. Su ropa estaba manchada de la sangre de ella.

Ian se volvió, buscando el agua. Era un pequeño arroyo, de escasos metros de anchura. Se lanzó a él sin vacilar, rompiendo el hielo que se aferraba a las orillas, sintiendo la punzada de frío en sus piernas y en su piel cuando el agua empapó las polainas y le llenó los mocasines. Se detuvo durante una fracción de segundo para quitarse los mocasines y evitar que se los llevara la corriente; se los había hecho Emily. Eran de cuero de alce.

Rollo había cruzado el arroyo en dos gigantescos saltos, y se detuvo en la otra orilla para sacudirse antes de seguir adelante. Pero permaneció cerca de la orilla. Ian, en cambio, estaba en el agua, chapoteando a la altura de las espinillas, con la idea de aguantar así todo el tiempo que pudiera. Los lobos cazaban atraídos tanto por el viento como por el olor, pero no era necesario facilitarles las cosas.

Se había metido por el cuello de la camisa los mocasines mojados, y unos chorros helados le corrían por el pecho y el vientre, empapándole el taparrabos. Los pies estaban entumecidos; ya no podía sentir las redondeadas piedras del lecho del arroyo, pero, cada cierto tiempo, uno de sus pies se escurría sobre alguna, resbaladiza por las algas, y él debía agacharse para recuperar el equilibrio.

Oyó los lobos con más claridad; eso era bueno: el viento había cambiado, ahora soplaba en su dirección, aproximando sus voces. ¿O es que estaban más cerca?

Más cerca. *Rollo* se movía de forma salvaje, arriba y abajo en la otra orilla, gimiendo y gruñendo, urgiéndolo con breves aullidos. Un sendero de ciervos terminaba en el arroyo de aquel lado; Ian salió del agua en ese instante, jadeando y sacudiéndose. Tuvo que intentarlo varias veces antes de lograr ponerse los mocasines. El cuero empapado estaba duro, y sus manos y pies se negaban a trabajar. Tuvo que dejar el garrote en el suelo y usar ambas manos.

Acababa de ponerse el segundo cuando *Rollo* se abalanzó de inmediato a la orilla, rugiendo en tono desafiante. Ian se dio la vuelta en el barro helado y cogió su garrote, justo a tiempo para ver una silueta gris, casi del tamaño de *Rollo*, al otro lado del agua, con sus pálidos ojos alarmantemente próximos.

Chilló y lanzó el garrote en un acto reflejo. El palo cruzó el arroyo y golpeó el suelo cerca de las patas del lobo, y aquella cosa se desvaneció como por arte de magia. Se quedó paralizado un instante, observando. ¿No lo habría imaginado?

No. *Rollo* estaba inquieto, gruñendo con los dientes descubiertos, y con salpicaduras de espuma en el hocico. Había piedras en el borde del arroyo; Ian cogió una, otra, juntó unas cuantas, y otra más, levantando los faldones de la camisa para crear una bolsa.

El lobo más lejano volvió a aullar; el más cercano respondió, tan cerca, que de inmediato a Ian se le erizaron los pelos de la nuca. Lanzó una roca en dirección a la llamada, se dio la vuelta y empezó a correr, con el montón de piedras apretado con fuerza contra su vientre.

El cielo se había iluminado y comenzaba a amanecer. El corazón y los pulmones luchaban por la necesidad de aire y, sin embargo, Ian tenía la impresión de que corría con tanta lentitud que flotaba por encima del suelo del bosque. Podía ver cada árbol, cada aguja de los abetos por los que pasaba, cortas y gruesas, con un suave tono verde y plateado bajo la luz.

Respirar le costaba cada vez más y su visión se nublaba cuando las lágrimas, producto del esfuerzo, le cubrían los ojos. Las alejaba con un parpadeo y los ojos volvían a llenarse. La rama de un árbol le golpeó en la cara y lo cegó. El intenso aroma inundó su nariz.

—¡Cedro Rojo, ayúdame! —jadeó; el kahnyen'kehaka alcanzó sus labios como si él jamás hubiera hablado inglés o invocado a Cristo y a Su Madre.

«Detrás de ti.» Era una voz suave, tal vez no más que la voz de su propio instinto, pero él se dio la vuelta de inmediato, con la piedra en la mano, y la arrojó con toda su fuerza. Otra, y otra, y otra, lo más deprisa que pudo. Oyó un crujido, un golpe y un grito, y *Rollo* se dio la vuelta bruscamente, patinando, listo para lanzarse al ataque.

—¡Vamos, vamos, vamos! —Cogió al gran perro del collar mientras corría, arrastrándolo, obligándolo a que lo acompañara.

Ya podía oírlos, o eso creía. El viento del amanecer crujía entre los árboles, que susurraban en lo alto, indicándole una dirección y luego otra, guiándolo en su carrera. Él no veía nada excepto color, casi ciego a causa del esfuerzo, pero sentía el abrazo de los árboles, fresco en su mente; el roce punzante de la pícea y del abeto, la piel del álamo blanco, lisa como la de una mujer, pegajosa de sangre.

«Ven aquí, pasa por aquí», le pareció que oía, y siguió el sonido del viento.

Pudo escuchar un aullido por detrás, seguido de unos chillidos pequeños, así como por otro de reconocimiento. ¡Cerca, demasiado cerca! Lanzaba piedras hacia atrás mientras corría, sin mirar; no tenía tiempo de darse la vuelta para apuntar.

Entonces se acabaron las piedras y soltó el pliegue vacío de la camisa, con los brazos batiendo mientras corría, oyendo un fuerte jadeo que podía ser su propia respiración, o la del perro, o el ruido de las bestias que lo perseguían.

¿Cuántos eran? ¿Hasta dónde debía llegar? Comenzaba a tambalearse; unas franjas negras y rojas le atravesaban la visión. Si la aldea no estaba cerca, no tenía ninguna oportunidad.

Se sacudió hacia un lado, golpeó la flexible rama de un árbol, que se inclinó bajo su peso, y luego lo empujó de vuelta hacia arriba, dejándolo más o menos de pie. Pero había perdido impulso y el sentido de la orientación.

—¿Adónde? —preguntó, jadeando, a los árboles—. ¿Hacia dónde?

Si existió alguna respuesta, Ian no la oyó. Un rugido, seguido de un golpe a su espalda, dio lugar a una enloquecida lucha interrumpida una y otra vez por los gruñidos y los alaridos de perros peleando.

—¡Rollo! —Se dio la vuelta y corrió a través de un montículo de enredaderas secas, donde encontró al perro y al lobo retorciéndose y mordiéndose en una agitada bola de pelo y dientes.

Se abalanzó hacia delante, pateando y gritando, pegando sin ningún sentido, feliz al fin de tener algo a lo que golpear, de pelear, aunque fuera la última batalla. Algo le desgarró la pierna, pero sólo sintió la impresión del impacto cuando clavó la rodilla con fuerza en el costado del lobo. El animal soltó un chillido y rodó para apartarse, aunque volvió a echarse encima de él de inmediato.

Saltó, y sus garras impactaron en su pecho. Ian cayó hacia atrás, se golpeó la cabeza de refilón contra algo, perdió el aliento durante un instante y volvió en sí para encontrar su mano levantada bajo las mandíbulas babeantes, intentando alejarlas de su garganta.

Rollo saltó sobre el lomo del lobo e Ian se soltó, derrumbándose bajo el peso de la piel maloliente y la carne retorcida. Extendió una mano, buscando cualquier cosa —un arma, una herramienta donde agarrarse— y asió algo con fuerza.

Lo arrancó de su lecho de moho y lo golpeó contra la cabeza del lobo. Fragmentos de dientes ensangrentados volaron por el aire y cayeron sobre su cara. Volvió a atacar, sollozando, y luego otra vez.

Rollo estaba gimiendo con un lamento agudo; no, era él mismo quien gemía. Golpeó una vez más la roca sobre el cráneo destrozado, pero el lobo había dejado de luchar; yacía sobre sus muslos, moviendo las patas espasmódicamente, mientras los ojos se le ponían vidriosos antes de morir. Se lo quitó de encima en un frenesí de repulsión. Los dientes de *Rollo* se clavaron en la garganta estirada del lobo y se la arrancaron, en una última lluvia de sangre y carne caliente.

Ian cerró los ojos y permaneció inmóvil. No creía que pudiera moverse, ni tampoco pensar.

Después de un rato, le resultó factible abrir los ojos y, como mínimo, respirar. Tenía la espalda apoyada en un gran árbol; había caído contra el tronco cuando el lobo lo atacó, y ahora lo estaba sosteniendo. Entre las retorcidas raíces había un hoyo lleno de barro, de donde había tomado la piedra.

Todavía la tenía en la mano; parecía como si se le hubiera pegado a la piel; no podía separar los dedos. Cuando miró, se dio cuenta de que se debía a que la piedra se había roto; unos afilados fragmentos le habían cortado la mano y los pedazos de piedra estaban pegados a su piel con la sangre que estaba secándose. Con la ayuda de la otra mano, llevó hacia atrás los dedos apretados y apartó los pedazos rotos de la piedra de su palma. Arrancó moho de las raíces del árbol, formó una bola con él, la cogió en la mano y dejó que sus curvados dedos volvieran a cerrarse.

Un lobo aulló a cierta distancia. *Rollo*, que se había tumbado junto a Ian, levantó la cabeza con un suave ¡*buf*! El aullido volvió a producirse. Parecía albergar una pregunta, un tono de preocupación.

Por primera vez, Ian miró el cuerpo del lobo. Durante un instante le pareció que se movía, y sacudió la cabeza para aclararse la visión. Luego volvió a mirar de nuevo.

Estaba moviéndose. El distendido vientre se elevó poco a poco y luego volvió a hundirse. Ya había luz, e Ian pudo ver los diminutos bultos de los pezones rosados, que se vislumbraban a través de los pelos del vientre. No era una jauría. Era una pareja. Pero ya no. El lobo volvió a aullar en la distancia, e Ian se inclinó hacia un lado y vomitó.

Come Tortugas se acercó a él un poco más tarde, cuando estaba sentado con la espalda apoyada en el tronco del cedro rojo junto al lobo muerto y con el bulto de *Rollo* apretado contra su cuerpo. Come Tortugas se sentó en cuclillas, a corta distancia, sosteniéndose sobre los talones, y observó.

—Buena caza, Hermano del Lobo —dijo por fin a modo de saludo. Ian sintió que el nudo de sus omóplatos se relajaba un poco. La voz de Come Tortugas tenía un tono quedo, pero no era de pesar. Así que Emily había sobrevivido.

—Ella, cuyo hogar comparto —dijo, intentando no pronunciar su nombre; mencionarlo en voz alta podría exponerla a los malos espíritus que rondaban por las cercanías—, ¿se encuentra bien?

Come Tortugas cerró los ojos y levantó las cejas y los hombros. Ella estaba viva y fuera de peligro. De todas formas, un hombre no podía decir lo que podría suceder. Ian no mencionó al bebé; Come Tortugas tampoco.

Come Tortugas llevaba un arma, un arco y su cuchillo, por supuesto. Se sacó el cuchillo del cinturón y se lo entregó a Ian con naturalidad.

—Querrás las pieles —dijo—. Para envolver a tu hijo, cuando nazca.

Ian se sintió atravesado por un golpe, como el de la lluvia repentina sobre la piel desnuda. Come Tortugas vio su cara y movió la cabeza a un lado, evitando sus ojos.

—Este bebé es una hija —dijo en tono despreocupado—. Tewaktenyonh se lo ha dicho a mi esposa cuando ha venido en busca de una piel de conejo para envolver el cuerpo.

Los músculos de su vientre se tensaron y palpitaron; creyó que la piel le iba a estallar, pero no lo hizo. Se le secó la garganta y tragó saliva una vez, con dolor; luego se sacudió el moho y extendió la mano herida para recibir el cuchillo. Se inclinó poco a poco para despellejar a la loba.

Come Tortugas estaba examinando con interés los restos manchados de sangre de la piedra partida cuando el aullido de un lobo hizo que se pusiera en pie y observara a lo lejos.

El aullido resonó en todo el bosque, y los árboles se movieron en lo alto, murmurando incómodos ante el sonido de pérdida y desolación. El cuchillo descendió rápidamente por la pálida piel del vientre, dividiendo las dos hileras de pezones.

—Su compañero debe de estar cerca —dijo Hermano del Lobo sin levantar la vista—. Ve y mátalo.

Marsali lo contempló casi sin respirar. La tristeza de sus ojos seguía presente, a pesar de que se había reducido un poco, abrumada por la compasión. La ira la había abandonado; ella había vuelto a coger a Henri-Christian y sostenía el gordo bulto de su bebé con ambos brazos contra el pecho, apoyando la mejilla en la redonda curva de su cabeza.

—Ah, Ian —dijo en voz baja—. *Mo charaid, mo chridhe.*

Él permaneció sentado, mirándose las manos, ligeramente cerradas sobre su regazo, y pareció que no la había oído. Pero finalmente se movió, como una estatua que vuelve a la vida. Sin levantar la mirada, buscó en su camisa y sacó un paquete pequeño y bien envuelto, atado con un cordel a base de pelo, y decorado con una cuenta de *wampum*.

Lo desenvolvió e, inclinándose hacia delante, extendió la piel curada de un lobo nonato sobre los hombros del bebé. Su mano grande y huesuda alisó la pálida piel, cubriendo durante un instante la mano de Marsali, que sujetaba al niño.

—Créeme, prima —dijo en voz muy baja—, tu esposo sufre, pero regresará. —Luego se levantó y se marchó, mudo como un indio.

37

Le maître des champignons

La pequeña cueva de piedra caliza que usábamos como establo albergaba en ese momento tan sólo a una cabra nodriza con dos cabritillos recién nacidos. Todos los animales nacidos en primavera ya eran lo bastante grandes como para llevarlos a pastar al bosque con sus madres. Pero la cabra todavía precisaba cuidados, y le dábamos las sobras de la cocina y un poco de maíz partido.

Llovía desde hacía varios días, y había amanecido con nubes y humedad, de manera que las hojas goteaban y el aire tenía un intenso olor a resina y a mantillo empapado. Por suerte, las nubes tranquilizaban a los pájaros; los arrendajos y los sinsontes aprendían deprisa, y se pasaban el día vigilando las idas y las venidas de las personas que transportaban alimentos; se lanzaban en picado sobre mí cada vez que ascendía por la colina con mi cuenco.

Yo siempre estaba alerta, pero aun así, un audaz arrendajo voló desde una rama como un relámpago azul y aterrizó en el interior del cuenco. Me asusté y, antes de que pudiera reaccionar, me di cuenta de que el ave me había robado un pedazo de pastel de maíz y había huido con tanta rapidez que casi pensé que lo había imaginado, excepto por los acelerados latidos de mi corazón. Por suerte, no había dejado caer el cuenco; oí un chillido triunfal en los árboles, y corrí para entrar en el establo antes de que los amigos del arrendajo practicaran la misma táctica.

Me sorprendió descubrir que la puerta holandesa tenía el cerrojo corrido en el panel superior y estaba unos cuatro o cinco centímetros entreabierta. No había peligro de que las cabras se escaparan, desde luego, pero los zorros y los coyotes eran más que capaces de trepar por encima del panel inferior, de modo que, por lo general, dejábamos ambos paneles bien cerrados durante la noche. Tal vez el señor Wemyss lo había olvidado; él se encargaba de limpiar la paja usada y de arreglar el ganado durante la noche.

Pero apenas abrí la puerta me di cuenta de que el señor Wemyss no tenía la culpa. Oí un tremendo ruido de heno a mis pies, y algo grande se desplazó en la oscuridad.

Dejé escapar un agudo grito de alarma y esta vez sí solté el cuenco, que cayó con un gran estrépito, esparciendo comida por el suelo y despertando a la cabra nodriza, que empezó a balar como una loca.

—*Pardon, milady*!

Llevándome la mano a mi exaltado corazón, salí al umbral, lo que hizo que la luz del exterior cayera sobre Fergus, que estaba acurrucado en el suelo, con paja saliéndole del cabello.

—Ah, de modo que aquí estás —dije con frialdad.

Él parpadeó y tragó saliva, frotándose con la mano la cara, oscura a causa de la incipiente barba.

—Yo... sí —dijo. Parecía que no tenía más que añadir a aquello. Lo miré con furia, meneé la cabeza y me agaché para recoger las pieles de patata y otras cosas que habían caído del cuenco. Él hizo un movimiento para ayudarme, pero lo detuve con un gesto perentorio.

Permaneció inmóvil, observándome sentado, mientras se rodeaba las rodillas con las manos. Había poca luz dentro del establo, y el agua goteaba constantemente de las plantas que crecían en la ladera, creando una cortina de gotas que atravesaban la puerta abierta.

La cabra había dejado de hacer ruido, puesto que me había reconocido, pero había comenzado a estirar el cuello a través de las rejas de su corral, con su lengua de color arándano extendida como la de un oso hormiguero, intentando alcanzar un corazón de manzana que había rodado cerca. Lo recogí y se lo ofrecí, tratando de pensar por dónde empezar y qué decir cuando lo hiciera.

—Henri-Christian se encuentra bien —dije, a falta de otra cosa—. Está engordando...

Dejé que mi comentario se fuera apagando, y me incliné sobre la barra para dejar el maíz y los restos en el comedero de madera.

Silencio sepulcral. Aguardé un momento y luego me di la vuelta, con una mano sobre la cadera.

—Es un bebé muy dulce —proseguí.

Lo oí respirar, pero no dijo nada. Con un resoplido audible, abrí de un empujón el panel inferior, de modo que penetrara la luz gris del exterior e iluminara a Fergus. Estaba sentado, apartando la cara en un gesto testarudo. A pesar de que yo me encontraba a cierta distancia de él, podía olerlo; apestaba a sudor agrio y a hambre.

Suspiré.

—Los enanos de esa clase tienen una inteligencia completamente normal. Lo he examinado con mucho cuidado, y tiene todos los reflejos y las reacciones habituales en un bebé. No existe ninguna razón por la que no se pueda educar y ser capaz de trabajar... en algo.

—En algo —repitió Fergus con desesperación y desdén—. Algo. —Por fin giró la cara y pude ver sus ojos apagados—. Con todo respeto, milady, usted no ha visto cómo es la vida de un enano.

—¿Y tú sí? —pregunté, no tanto como un desafío sino con curiosidad.

Cerró los ojos contra la luz matutina, asintiendo.

—Sí —susurró, y tragó saliva—. En París.

El burdel de París en el que él había crecido era grande, con una clientela variada, famoso por poder ofrecer algo para casi todos los gustos.

—En la casa había *les filles, naturellement*, y *les enfants*. Son, por supuesto, los que dan de comer al establecimiento. Pero siempre están quienes desean algo... exótico, y están dispuestos a pagar por ello. De modo que cada cierto tiempo la madame mandaba buscar a los que trataban con ese tipo de especialidades. *La maîtresse des Scorpions... avec les flagellantes, tu comprends? Ou Le Maître des Champignons*.

—¿El amo de las setas? —espeté.

—*Oui*. El amo de los enanos.

Los ojos se le habían hundido en la cabeza, con una mirada introspectiva; tenía el rostro demacrado. Estaba recordando imágenes y gente que había estado ausente de sus pensamientos durante muchos años... y no estaba disfrutando con el recuerdo.

—*Les chanterelles*, las llamábamos —dijo en voz baja—. A las mujeres. A los varones, *les morels*. —Setas exóticas, valoradas por la rareza de sus siluetas retorcidas y el extraño sabor de su carne—. A *les champignons* no se los trataba mal —prosiguió abstraído—. Eran valiosos, ¿sabe? *Le maître* los compraba de bebés a sus padres; una vez nació uno en el burdel, y la madame estaba encantada por su buena suerte. O a veces los sacaba de las calles.

Bajó la mirada hacia su mano, cuyos dedos largos y delicados se movían inquietos, doblando la tela de sus pantalones.

—Las calles —repitió—. Aquellos que escapaban de los burdeles... terminaban como mendigos. Conocí a uno bastante bien. Se llamaba Luc. A veces nos ayudábamos mutuamente... —La sombra de una sonrisa le cruzó la boca, y movió su mano intacta con el hábil gesto de alguien que revisa los bolsillos ajenos.

»Pero Luc estaba solo —continuó en tono despreocupado—. No tenía ningún protector. Un día lo encontré en el callejón, con el cuello cortado. Se lo expliqué a la madame, y ella de inmediato envió al portero a buscar el cuerpo y se lo vendió a un doctor del *arrondissement* vecino.

No pregunté qué quería hacer el médico con el cuerpo de Luc. Yo había visto las manos anchas, secas, de los enanos, vendidas como talismanes de adivinanzas y protección. Y también otras partes.

—Empiezo a darme cuenta de por qué un burdel puede ser un lugar seguro —dije, tragando saliva con fuerza—. Pero aun así...

Fergus había estado sentado con la cabeza apoyada sobre su mano, mirando la paja. Cuando pronuncié aquellas palabras, levantó la mirada hacia mí.

—Yo me he separado las nalgas por dinero, milady —dijo con naturalidad—. Y no me preocupaba lo más mínimo, salvo cuando era doloroso. Pero luego conocí a milord, y vi que había un mundo más allá del burdel y las calles. El hecho de que mi hijo pudiera regresar a esos lugares... —Se detuvo bruscamente, incapaz de hablar. Cerró los ojos de nuevo, y negó con la cabeza con lentitud.

—Fergus, Fergus, querido. No puedes creer que Jamie, que nosotros, permitiríamos que algo así sucediera —intervine, muy angustiada.

Inspiró profundamente, tembloroso, y, con el pulgar, se secó las lágrimas que pendían de sus pestañas. Abrió los ojos y me lanzó una sonrisa de infinita tristeza.

—No, ustedes no, milady. Pero usted no vivirá siempre, ni tampoco milord. Ni yo. Pero el niño será un enano siempre. Y *les petits* no pueden defenderse bien. Aquellos que los buscan los cogerán, los tomarán y los consumirán. —Se limpió la nariz con la manga y se incorporó un poco—. Si eso ocurriera, deberían considerarse afortunados —añadió con la voz endurecida—. Fuera de las ciudades no se los considera valiosos. Los campesinos creen que el nacimiento de un niño como ése es, en el mejor de los casos, un castigo por los pecados de los padres. —Una sombra más oscura cruzó su cara, y cerró con fuerza los labios—. Tal vez sea cierto. Mis pecados... —Pero se interrumpió de repente y volvió la cabeza—. En el peor de los casos... —Su voz era suave, y su cabeza miraba hacia otro lado, como si susurrara secretos a las sombras de la cueva—. En el peor de los casos, se los considera monstruos, niños nacidos de algún demonio que ha yacido con la madre. La gente los apedrea, los quema... y a veces también a la madre. En las aldeas de las montañas de Francia, a un bebé enano lo dejarían para los lobos. ¿Es que usted no sabe ya todo esto, milady? —preguntó, volviéndose de repente para mirarme.

—Yo... supongo que sí —dije, y estiré la mano hacia la pared, sintiendo, con urgencia, la necesidad de apoyo. Fui consciente de ello de la manera abstracta en la que uno piensa en las costumbres de los aborígenes y los salvajes... gente a la que nunca conocerá uno, con cierta distancia en las páginas de los libros de geografía y de historia antigua.

Él tenía razón; yo lo sabía. La señora Bug se había santiguado al ver al bebé, y luego hizo la señal de los cuernos como protección contra el diablo, con una pálida expresión de horror en la cara.

Impresionados como estábamos, y luego preocupados por Marsali, y con la ausencia de Fergus, yo no me había alejado de la casa durante una semana o más. No tenía la menor idea de qué decía la gente del Cerro. Estaba claro que Fergus sí.

—Ellos... se acostumbrarán a él —dije, con el mayor coraje que pude reunir—. La gente verá que no es un monstruo. Tal vez les lleve algún tiempo, pero, te lo prometo, finalmente lo verán.

—¿Sí? Y si lo dejan vivir, ¿qué hará él entonces? —Se puso en pie de repente. Extendió la mano izquierda y, con un tirón, liberó la cinta de cuero que sujetaba su garfio. Éste cayó con un ruido sordo en la paja y dejó al descubierto el estrecho muñón de su muñeca, con la pálida piel arrugada y roja por la presión del envoltorio—. Yo no puedo cazar, no puedo hacer el trabajo de un hombre. ¡No sirvo para nada salvo para tirar del arado, como una mula! —Su voz tembló de furia y de desprecio por sí mismo—. Si yo no puedo trabajar como un hombre, ¿cómo lo hará un enano?

—Fergus, no es...

—¡No puedo mantener a mi familia! Mi esposa debe trabajar día y noche para alimentar a los niños, debe ponerse en el camino de la escoria y la basura que la maltrataron, que... ¡Incluso si viviera en París, ya estoy demasiado viejo y lisiado para prostituirme! —Sacudió el muñón delante de mí con el rostro convulsionado; luego se volvió y giró su brazo mutilado, golpeándolo contra la pared, una y otra vez.

—¡Fergus! —Le cogí el otro brazo, pero él se desasió.

—¡¿Qué trabajo hará?! —gritó mientras las lágrimas le surcaban el rostro—. ¿Cómo vivirá? *Mon Dieu*! *Il est aussi inutile que moi*!

Se inclinó, levantó el garfio del suelo y lo lanzó con toda la fuerza que pudo contra la pared de arena caliza. Tintineó brevemente al golpear y cayó sobre la paja, asustando a la nodriza y a su cría.

Fergus se había marchado, y la puerta holandesa estaba abierta, batiendo. La cabra lo llamó con un largo ¡*maaah*! de desaprobación.

Me agarré a la reja del corral, al advertir que era la única cosa sólida en un mundo que se desmoronaba poco a poco. Cuando pude, me incliné y tanteé con cuidado hasta que toqué el metal del garfio, que todavía conservaba el calor del cuerpo de Fergus. Lo recogí y le quité los pedacitos de paja y estiércol con el delantal, mientras aún resonaban las últimas palabras de Fergus.

«¡Dios mío! ¡Él es tan inútil como yo!»

38

Un demonio en la leche

Los ojos de Henri-Christian casi bizquearon por el esfuerzo de centrarse en el ovillo de hilo que Brianna estaba mostrándole.

—Me parece que sus ojos seguirán siendo azules —dijo Brianna, observándolo, pensativa—. ¿Qué crees que estará mirando? —Él estaba tumbado sobre su regazo, con las rodillas levantadas casi hasta la barbilla, y con una expresión de interrogación en sus suaves ojos azules, fijos en algo que estaba mucho más lejos que ella.

—Ah, los pequeñitos todavía ven el cielo, decía mi mamá. —Marsali estaba hilando, probando la nueva rueca de Brianna, pero echó una rápida mirada a su hijo menor y sonrió—. Tal vez tengas un ángel sentado en tu hombro, ¿sabes? O un santo detrás de ti.

Eso hizo que tuviera una sensación extraña, como si, de hecho, hubiera alguien detrás de ella, pero no inquietante, sino más bien como una leve impresión de seguridad. Abrió la boca para decir «Tal vez sea mi padre», pero se contuvo a tiempo.

—¿Quién es el santo patrono de la colada? —preguntó en su lugar—. A él sí que lo necesitamos. —Estaba lloviendo; llovía desde hacía varios días, y había pequeños montones de ropa dispersos por toda la estancia o colgada en los muebles; prendas húmedas en diversos estados de secado, cosas muy sucias destinadas al caldero de lavado en cuanto el tiempo mejorara, prendas menos sucias que podían cepillarse o sacudirse, para llevarlas unos días más y una pila siempre creciente de cosas que había que remendar.

Marsali se rió, hilando con habilidad.

—Tendrías que hablar con papá sobre este tema. Él conoce más santos que nadie. ¡Esta rueca es maravillosa! No había visto nada igual antes. ¿Cómo se te ocurrió algo así?

—Ah... vi una en alguna parte. —Bree hizo un gesto con la mano, restándole importancia. Era cierto, había visto una en un museo de arte folclórico. Construirla le había llevado muchísimo tiempo; primero había tenido que crear un tosco torno, y luego humedecer la madera y tornearla para terminar de fabricar la rueca. No obstante, no había sido muy difícil—. Ronnie Sinclair me ayudó mucho; él sabe qué se puede hacer con la madera y qué no. Es increíble lo habilidosa que eres, y eso que ésta es la primera vez que la usas.

Marsali resopló, restando importancia al cumplido.

—He hilado desde los cinco años, *a piuthar*. Lo único distinto es que con esto puedo hacerlo sentada, en vez de caminar arriba y abajo hasta que me caiga de cansancio.

Su pie, cubierto con una media, asomaba por debajo del vestido, moviéndose de un lado a otro sobre el pedal de la máquina, que emitía un agradable sonido, aunque apenas audible a causa del parloteo que procedía del otro lado de la estancia, donde Roger estaba tallando otro automóvil para los niños.

Los *bruums* tenían un gran éxito entre los pequeños, y la demanda era incesante. Brianna observó divertida cómo Roger mantenía a raya la curiosidad de Jem con un hábil movimiento del codo, mientras fruncía el entrecejo en plena concentración. Mostraba la punta de la lengua entre los dientes, y las virutas de madera ensuciaban la chimenea y su ropa. Además, cómo no, tenía una en el cabello, que formaba un rizo pálido contra su oscuridad.

—¿Ése cuál es? —preguntó ella, levantando la voz para que él la oyera. Roger la miró, y sus ojos brillaron con un verde moho contra la mortecina luz de la lluvia que entraba por la ventana situada detrás de él.

—Creo que es una camioneta Chevrolet '57 —dijo con una sonrisa—. Toma, *a nighean*. Éste es tuyo. —Quitó la última astilla de su creación y le pasó el bloque a Félicité, cuya boca y ojos se abrieron como platos.

—¿Es un *bruum*? —preguntó, llevándoselo al regazo—. ¿Mi *bruum*?

—Es una camioneta —le informó Jemmy con un amable gesto de condescendencia—. Lo ha dicho papá.

—Una camioneta es un *bruum* —le aseguró Roger a Félicité, viendo que la duda hacía que arrugara la frente—. Sólo que más grande.

—¡Es un *bruum* grande!, ¿ves? —Félicité pateó a Jem en la espinilla. Él soltó un alarido y trató de tirarle del pelo, pero recibió un golpe en el estómago por parte de Joan, que siempre defendía a su hermana.

Brianna se tensó, lista para intervenir, pero Roger sofocó el incipiente motín separando, hasta donde le llegaban los brazos, a Jem y a Félicité, y fulminando con la mirada a Joan, que retrocedió.

—A ver, vosotros. Ninguna pelea, o guardaremos los *bruums* hasta mañana.

Eso los calmó de inmediato, y Brianna advirtió que Marsali se relajaba y reanudaba el ritmo de su hilado. La lluvia golpeaba el tejado, sólida y constante; era un buen día para estar dentro, a pesar de la dificultad de entretener a los niños, que estaban aburridos.

—¿Por qué no jugáis a algo bonito y tranquilo? —preguntó, sonriéndole a Roger—. Como... oh... ¿Indianápolis 500?

—Ah, eres de gran ayuda —respondió él, lanzándole una mirada asesina, pero obedeció, e hizo que los niños trazaran una pista de carreras con tiza sobre el suelo de la chimenea.

—Qué pena que Germain no esté aquí —añadió despreocupadamente—. ¿Adónde ha ido con esta lluvia, Marsali? —El *bruum* de Germain que, según Roger, era un Jaguar X-KE, aunque hasta donde Brianna sabía, era exactamente igual que los otros (un bloque de madera con una rudimentaria cabina y ruedas), se encontraba en la repisa, aguardando el regreso de su dueño.

—Está con Fergus —respondió Marsali con voz serena, sin interrumpir el ritmo de su hilado. Sin embargo, cerró los labios con fuerza, y resultó fácil percibir el tono de tensión en su voz.

—¿Y cómo está Fergus? —Roger la miró con amabilidad, pero resuelto.

El hilo saltó, rebotó en la mano de Marsali y se enredó, formando un grosor visible. Ella hizo una mueca y no respondió hasta que el hilo empezó a correr otra vez con fluidez entre sus dedos.

—Bueno, yo diría que para ser un hombre que tiene una sola mano, pelea bastante bien —dijo por fin, con cierta ironía en sus palabras.

Brianna miró a Roger, que le devolvió la mirada enarcando una ceja.

—¿Con quién se ha peleado? —preguntó, tratando de parecer despreocupada.

—No suele contármelo —respondió Marsali sin cambiar el tono—. Aunque ayer fue con el marido de una mujer que le preguntó por qué no había estrangulado a Henri-Christian al nacer. Se ofendió —añadió como de pasada, sin aclarar si el que se había ofendido era Fergus, el marido, o ambos.

Se llevó el hilo a la boca y lo cortó con fuerza.

—Entiendo —murmuró Roger. Tenía la cabeza gacha mientras marcaba la línea de salida, de manera que el cabello le caía sobre la frente, oscureciendo su rostro—. Aunque supongo que no habrá sido el único.

—No. —Marsali comenzó a enrollar el hilo en la devanadora, con un ceño aparentemente permanente entre sus cejas rubias—. Aunque supongo que es mejor eso que los que señalan y susurran. Ésos creen que Henri-Christian es la semilla del diablo —concluyó con valentía, aunque con un ligero temblor en la voz—. Creo que quemarían al pequeño, y a mí y a mis otros hijos también, si creyeran que pueden hacerlo.

Brianna sintió un vuelco en el estómago, y abrazó, en su regazo, al objeto de la discusión.

—¿Qué clase de idiota podría pensar algo así? —exclamó—. ¡Y mucho menos decirlo en voz alta!

—Mucho menos hacerlo, quieres decir.

Marsali puso el hilado a un lado y se levantó, se inclinó hacia delante y cogió a Henri-Christian para llevárselo al pecho. Con las rodillas aún curvadas, su cuerpo tenía la mitad de tamaño que el de un bebé normal, y con esa cabeza grande, redonda y su mechón de pelo oscuro, Brianna tuvo que admitir que parecía... raro.

—Papá ha hablado con algunos —dijo Marsali. Tenía los ojos cerrados, y se balanceaba poco a poco adelante y atrás, acunando a Henri-Christian—. Si no fuera por eso... —Tragó saliva y su delgada garganta se movió.

—¡Papá, papá, vamos! —Jem, impaciente por aquella incomprensible conversación entre adultos, tiró de la manga de Roger.

Éste observaba a Marsali con preocupación, pero, ante aquel recordatorio, parpadeó y miró a su hijo normal, aclarándose la garganta.

—Sí —dijo, cogiendo el coche de Germain—. Bueno, mirad. Ésta es la línea de salida...

Brianna puso la mano sobre el brazo de Marsali. Era delgado, pero fuerte y musculoso. Su piel clara estaba bronceada por el sol, y tenía algunas diminutas pecas. Al ver ese brazo, tan pequeño y valiente, se le formó un nudo en la garganta.

—Ya pararán —susurró—. Se darán cuenta de que...

—Sí, tal vez. —Marsali cubrió con una mano el trasero pequeño y redondo de Henri-Christian y se lo acercó al cuerpo. Sus ojos seguían cerrados—. O tal vez no. Pero si Germain está con Fergus, él tendrá más cuidado con quién se pelea. Preferiría que no lo mataran, ¿sabes?

Inclinó la cabeza por encima del bebé y empezó a darle el pecho. Era evidente que no quería seguir hablando. Brianna le palmeó el brazo, un poco incómoda, y se sentó junto a la rueca.

Ella había oído las habladurías, desde luego, o al menos algunas. En especial, inmediatamente después del nacimiento de Henri-Christian, que había causado bastante revuelo en todo el Cerro. Más allá de las primeras expresiones manifiestas de compasión, había habido muchos murmullos, que mencionaban sucesos recientes y la maligna influencia que podría haberlos provocado; desde el ataque a Marsali y el incendio del cobertizo de malteado, hasta el secuestro de su madre, la matanza en el bosque y el nacimiento del enano. Ella había oído a una muchacha imprudente murmurar, a una distancia desde la que era audible, acerca de «... brujería, claro, ¿qué podría esperarse?»; entonces se había dado la vuelta con rapidez para mirar con furia a la chica, que había palidecido y se había escabullido junto a sus dos amigas. La muchacha le había devuelto la mirada una vez y luego se había alejado, compartiendo con las otras dos risitas de desprecio.

Pero nadie le había faltado al respeto, ni a ella ni a su madre. Era evidente que algunos arrendatarios temían a Claire, aunque mucho más a su padre. El tiempo y la costumbre parecían haber calmado las cosas, pero sólo hasta el nacimiento de Henri-Christian.

Trabajar con el pedal resultaba relajante; el zumbido de la rueca se desvanecía con el sonido de la lluvia y las disputas de los niños.

Como mínimo, Fergus había regresado. Cuando Henri-Christian nació, se marchó de casa y estuvo muchos días fuera. «Pobre Marsali», pensó, regañando mentalmente a Fergus. Había dejado que se enfrentara sola a la impresión. Y todo el mundo se había sorprendido, incluso ella. Quizá no podía culpar a Fergus.

Tragó saliva, imaginando, como hacía siempre que veía a Henri-Christian, cómo se sentiría ella si hubiera tenido un hijo con alguna deformidad terrible. Cada cierto tiempo encontraba a alguno —niños con labio leporino, los rasgos deformados causados por lo que su madre decía que era sífilis congénita, niños retrasados— y en cada ocasión se santiguaba y le agradecía a Dios que Jemmy fuera normal.

Pero, por otra parte, también lo eran Germain y sus hermanas. Algo como lo ocurrido podía producirse de manera inesperada. A pesar de sí misma, echó un vistazo al pequeño anaquel donde guardaba sus objetos personales y la jarra con las semillas de dauco. Había vuelto a tomarlas desde el nacimiento de Henri-Christian, aunque no se lo había mencionado a Roger. Se preguntó si él lo sabía; Roger no había dicho nada.

Marsali estaba cantando en voz baja, entre dientes. «¿Culpa ella a Fergus? —se preguntó—. ¿O a sí misma?» Hacía bastante tiempo que no veía a Fergus lo suficiente como para hablar. Parecía que Marsali no tenía una actitud crítica hacia él, y era cierto que acababa de decir que no quería que lo mataran. Brianna sonrió involuntariamente ante el recuerdo. Sin embargo, existía una innegable sensación de distancia cuando lo mencionaba.

El hilo se tensó de pronto, y ella pedaleó con más fuerza, tratando de compensarlo, pero se enganchó en la rueca y se rompió. Murmurando para sí misma, se detuvo y dejó que la rueca redujera la velocidad, y justo en ese instante se dio cuenta de que alguien llevaba bastante rato llamando a la puerta, y que el ruido del interior de la casa había solapado los golpes.

Abrió y se encontró a uno de los hijos de los pescadores totalmente empapado en la entrada, pequeño, huesudo y salvaje como un gato montés. Había varios así entre las familias arrendatarias, tan parecidos que le resultaba difícil distinguirlos.

—¿Aidan? —adivinó—. ¿Aidan McCallum?

—*Buenoz díaz, zeñora* —dijo el pequeño, moviendo la cabeza con nerviosismo al reconocerla—. ¿*Eztá* el *paztor*?

—¿El *paz*...? Ah. Sí, creo que sí. ¿Quieres pasar?

Reprimiendo una sonrisa, abrió más la puerta y le indicó que entrara. El crío quedó muy impresionado al ver a Roger, en cuclillas en el suelo, jugando al *bruum* con Jemmy, Joan y Félicité, todos chirriando y rugiendo de tal manera que no habían advertido la presencia del recién llegado.

—Tienes una visita —dijo ella, levantando la voz para interrumpir el jaleo—. Quiere ver al pastor.

Roger se quedó paralizado en mitad de la carrera, y alzó la vista con un gesto de interrogación.

—¿Al qué? —dijo, incorporándose con las piernas cruzadas y su propio coche en la mano. Luego vio al niño y sonrió—. Ah. ¡Aidan, *a charaid*! ¿Qué ocurre?

Aidan frunció el entrecejo, concentrándose. Era evidente que le habían encomendado un mensaje específico y que se lo había aprendido de memoria.

—Madre dice que venga, por favor —recitó—, para *zacar* al diablo que *ze* ha metido en la leche.

En esos instantes, llovía con menos fuerza, pero de todas formas estaban casi totalmente empapados cuando llegaron a la residencia de los McCallum. Si es que podía recibir un nombre tan digno, pensó Roger, golpeando el sombrero para quitar el agua mientras seguía a Aidan por el sendero estrecho y resbaladizo que terminaba en la cabaña, ubicada en un saliente alto e incómodo de la ladera de la montaña.

Orem McCallum se las había arreglado para erigir las paredes de su inestable cabaña, pero luego había perdido pie y había caído en un barranco lleno de rocas, donde se rompió el cuello menos de un mes después de su llegada al Cerro; dejó a su esposa embarazada y a su pequeño hijo en ese dudoso refugio.

Los otros hombres se habían apresurado a construir el tejado, pero la cabaña, en su totalidad, le recordaba a Roger un montón de gigantescos palillos chinos, ubicados de manera precaria en la ladera y esperando, sin duda, a la siguiente inundación de primavera para deslizarse por la montaña tras los pasos de su constructor.

La señora McCallum era joven y de piel pálida, y tan delgada que su vestido se agitaba a su alrededor como un saco de harina vacío. «Por Dios —pensó él—, ¿qué tendrán para comer?»

—Señor, le agradezco que haya venido. —Inclinó la cabeza en una ansiosa reverencia—. Lamento mucho haberle hecho venir con la lluvia y todo eso... pero ¡no sabía qué más podía hacer!

—No hay ningún problema —la tranquilizó él—. Eh... Pero Aidan dice que usted necesita un pastor. Yo no lo soy, usted ya lo sabe.

Ella se mostró un poco desconcertada al escuchar aquello.

—Ah. Bueno, tal vez no exactamente, señor. Pero se dice que, como su padre era pastor, usted sabe mucho de la Biblia y todo eso.

—Un poco, sí —respondió él con cautela, preguntándose qué clase de emergencia podría requerir conocimientos de la Biblia—. Eh... esto... ¿un diablo en la leche, dice usted?

Miró con discreción al bebé que se encontraba en la cuna y luego la parte delantera del vestido de la mujer, preguntándose, en un primer momento, si no estaría refiriéndose a su propia leche materna, lo que sería un problema para el que, sin duda, no estaba preparado. Por suerte, al parecer, el problema residía en el interior de un gran cubo de madera ubicado sobre la destartalada mesa, cubierto con una muselina con unas piedrecitas atadas en las esquinas para que no entraran moscas.

—Sí, señor. —La señora McCallum señaló el cubo con un gesto, claramente temerosa de acercarse más—. Lizzie Wemyss, la de la Casa Grande, me lo trajo anoche. Dijo que debía darle un poco a Aidan y también debía tomar un poco yo. —Miró a Roger con una expresión de desesperanza.

Él entendía sus reservas; incluso en su propia época, la leche se consideraba una bebida sólo para los niños y los inválidos; como esa mujer provenía de una aldea de pescadores en la costa escocesa, lo más probable era que jamás hubiera visto una vaca antes de llegar a América. Roger estaba seguro de que ella sabía lo que era la leche, y que, técnicamente, era bebible, pero era posible que nunca la hubiera probado.

—Sí, eso es correcto —la tranquilizó—. En mi familia todos tomamos leche; hace que los pequeños crezcan altos y fuertes. —Y tampoco le iba mal a una madre que estaba amamantando y que sobrevivía con raciones tan frugales, que, sin duda alguna, era lo que Claire había pensado.

Ella asintió dudosa.

—Bueno... sí, señor. No estaba segura... pero el muchacho tenía hambre y ha dicho que quería tomarla. De modo que he ido a servirle un poco, pero... —Miró el cubo con una expresión de sospecha y temor—. Bueno, si no es un diablo lo que ha entrado en ella, es alguna otra cosa. ¡Está embrujada, señor, estoy segura!

Roger no supo qué fue lo que hizo que mirara a Aidan en ese instante, pero captó una fugaz mirada de profundo interés que se desvaneció de inmediato, dejando al muchacho con una expresión de una sobrenatural solemnidad.

Por eso, con un extraño presentimiento, se inclinó hacia delante y levantó con cuidado el paño. Pero, al hacerlo, soltó un grito y se echó hacia atrás, y el paño con las piedras salió volando y chocó contra la pared.

Los malévolos ojos verdes que lo miraban con furia desde el centro del cubo desaparecieron y la leche hizo ¡glup! mientras un rocío de cremosas gotas salió en una erupción como si el cubo fuera un volcán en miniatura.

—¡Mierda! —exclamó.

La señora McCallum se había alejado todo lo posible y contemplaba el cubo aterrorizada, cubriéndose la boca con ambas manos. Aidan también se había llevado una mano a la boca y sus ojos estaban muy abiertos, pero de él procedía un débil sonido como de burbujeo.

El corazón de Roger latía con fuerza, impulsado por la adrenalina... y por el fuerte deseo de retorcer el delgado pescuezo de Aidan McCallum. Se limpió las salpicaduras de leche de la cara con un gesto deliberado, y luego, apretando los dientes, metió la mano con cuidado en el cubo.

Tuvo que intentarlo varias veces antes de poder agarrar a la cosa, que se parecía, sobre todo, a un enorme y musculoso moco animado. Sin embargo, al cuarto intento lo logró y, en un gesto triunfal, sacó del cubo a una rana toro grande e indignada, que salpicó leche en todas las direcciones.

La rana hundió con fuerza sus patas traseras en la resbaladiza palma de Roger y consiguió soltarse, lanzándose en un enorme salto que cubrió la mitad de la distancia hasta la puerta y que provocó un fuerte alarido de la señora McCallum. El bebé, alarmado, se despertó y se sumó a la algarabía general, mientras que la rana bañada en leche chapoteaba con rapidez hasta llegar a la puerta y salir a la lluvia, dejando salpicaduras amarillas en su trayecto.

Aidan, en un gesto de prudencia, la siguió a gran velocidad.

La señora McCallum se había sentado en el suelo, se había cubierto la cabeza con el delantal y estaba volviéndose histérica. El bebé chillaba sin cesar, y la leche goteaba poco a poco desde el borde de la mesa, al unísono con el tamborileo de la lluvia exterior. Roger vio que había goteras en el tejado; unas franjas largas y húmedas oscurecían los troncos descortezados detrás de la señora McCallum, y ella estaba sentada en medio de un charco.

Con un profundo suspiro, Roger sacó al bebé de la cuna, sorprendiéndolo lo suficiente como para que dejara de gritar. El pequeño lo miró, parpadeó, y se llevó un puño a la boca. Roger no tenía ni idea de cuál era su sexo; era un montón anónimo de trapos, con una cara pequeñita y famélica y una expresión de recelo.

Sosteniéndolo con un brazo, se arrodilló y rodeó con el otro los hombros de la señora McCallum, palmeándola suavemente con la esperanza de calmarla.

—Ya ha pasado —dijo—. No era más que una rana, ¿sabe?

Ella había estado gimiendo como un alma en pena y soltando pequeños alaridos intermitentes, y prosiguió de este modo, aunque disminuyó la frecuencia de los gritos, y los gemidos se disolvieron, por último, en un llanto más o menos normal, pero se negó a quitarse de la cara el delantal.

A Roger se le habían contracturado los muslos por permanecer durante tanto tiempo en cuclillas; por otra parte, estaba empapado. Con un suspiro, se acomodó en el charco al lado de ella y se quedó sentado, palmeándole el hombro cada cierto tiempo para que ella supiera que seguía allí.

Al menos, el bebé parecía bastante feliz; estaba chupándose el puño, sin preocuparse por el ataque de histeria de su madre.

—¿Cuántos años tiene el pequeño? —preguntó él en tono familiar. Sabía su edad aproximada, porque había nacido una semana después de la muerte de Orem McCallum, pero tenía que decir algo. Y era muy pequeño y ligero, al menos comparado con los recuerdos que tenía de Jemmy a esa edad.

Ella balbuceó algo inaudible, pero el llanto fue disminuyendo y convirtiéndose en una serie de hipos y suspiros. Entonces dijo algo.

—¿Qué ha dicho, señora McCallum?

—¿Por qué? —susurró la mujer, debajo de la tela ajada—. ¿Por qué Dios me ha traído aquí?

Bueno, ésa era una pregunta muy buena; él se la había formulado a sí mismo en más de una ocasión, pero aún no había obtenido ninguna respuesta convincente.

—Bueno... confiamos en que Dios tiene alguna clase de plan —dijo con cierta incomodidad—. Sólo que no sabemos cuál es.

—Un buen plan —afirmó, y emitió un sollozo—. ¡Traernos a todos hasta aquí, hasta este lugar terrible, y luego quitarme a mi hombre y dejarme aquí para que muera de hambre!

—Oh... No es un sitio tan terrible —interrumpió Roger, incapaz de refutar nada más en su afirmación—. Están los bosques... los arroyos, las montañas... Es... eh... muy bonito. Cuando no llueve. —La estupidez de sus palabras consiguió que ella se echara a reír, aunque la risa no tardó en convertirse en más llanto.

—¿Qué? —Roger la rodeó con un brazo y la acercó un poco, tanto para ofrecerle consuelo, como para entender lo que decía desde su improvisado refugio.

—Echo de menos el mar —comentó en voz muy baja, y apoyó su cabeza cubierta con el delantal en el hombro de Roger, como si estuviera muy cansada—. Nunca volveré a verlo.

Era probable que tuviera razón, y él no supo qué contestar. Permanecieron sentados un instante más en un silencio tan sólo roto por las succiones del bebé en su puño.

—No permitiré que muera de hambre —dijo él por fin, con mucha calma—. Eso es todo lo que puedo prometerle, pero lo haré. No morirán de hambre. —Con los músculos contracturados, se puso de pie a duras penas y cogió una de las manos pequeñas y rugosas que yacían flojas sobre la falda de ella—. Vamos, levántese. Puede dar de comer al pequeño mientras yo ordeno todo esto un poco.

Había dejado de llover cuando se marchó, y las nubes habían comenzado a abrirse, mostrando manchas de un cielo azul pálido. Se detuvo en un recodo del sendero empinado y lleno de barro para admirar el arcoíris: era un arcoíris completo que iba de un lado del cielo al otro, con sus colores neblinosos hundiéndose en el verde oscuro y mojado de la empapada ladera que se encontraba frente a él.

Todo estaba en silencio, excepto por el goteo del agua que caía de las hojas y el borboteo de agua que descendía por un canal rocoso junto al sendero.

—Un pacto —dijo suavemente y en voz alta—. ¿Cuál es la promesa, entonces? Un imposible al final del arcoíris. —Sacudió la cabeza y siguió su camino, agarrándose a ramas y arbustos para no resbalar por la ladera; no quería terminar como Orem McCallum, un amasijo de huesos en el fondo de un barranco.

Hablaría con Jamie, y también con Tom Christie y con Hiram Crombie. Entre ellos podrían hacer correr la voz, y asegurarse de que la viuda McCallum y sus hijos tuvieran sustento suficiente. La gente era generosa y compartía sus provisiones con aquellos que lo necesitaban, pero había que pedírselo.

Miró hacia atrás por encima del hombro; la torcida chimenea apenas era visible por encima de los árboles, pero no salía humo de ella. Podían conseguir leña suficiente, le había dicho ella, pero como todo estaba mojado, tendrían que transcurrir varios días hasta que pudieran prenderla. Necesitaban un cobertizo para la leña, y troncos cortados, lo bastante grandes como para que ardieran un día entero, no las ramitas y las ramas caídas que Aidan podía transportar.

Como si ese pensamiento lo hubiera invocado, en ese momento lo vio. El muchacho estaba pescando, en cuclillas sobre una roca junto a un charco, unos diez metros más abajo, dando la espalda al sendero. Sus omóplatos asomaban a través de la gastada tela de su camisa, pálidos como diminutas alas de ángel.

El sonido del agua ocultó los pasos de Roger mientras descendía por las rocas. Con mucha suavidad, puso la mano alrededor de la pálida y delgadísima nuca, y los huesudos hombros se encogieron a causa de la sorpresa.

—Aidan —dijo—, quiero hablar contigo.

La víspera del Día de Todos los Santos, la oscuridad era absoluta. Nos acostamos acompañados por el ulular del viento y el golpeteo de la lluvia y, cuando nos despertamos al día siguiente, encontramos blancura y copos de nieve grandes y blandos que caían sin cesar en un silencio absoluto. No hay quietud más perfecta que la soledad del centro de una tormenta de nieve.

Son unos momentos difíciles, cuando se aproximan los seres queridos que han fallecido. El mundo se convierte en una introspección, y el aire frío se carga de sueños y misterio. El cielo pasa de una negrura helada y nítida, donde un millón de estrellas brillan con intensidad, cercanas, a la nube rosada y grisácea que envuelve la tierra con la promesa de la nieve.

Cogí una de las cerillas de Bree de su caja y la encendí, excitada ante el diminuto salto de la instantánea llama, y me agaché para aproximarla a la hoguera. La nieve caía; había llegado el invierno, la temporada del fuego. Velas y fuego de chimenea, esa cariñosa y sorprendente paradoja, esa destrucción contenida, pero jamás domada, que se ha mantenido a raya para calentar y encantar, pero siempre, todavía, con esa pequeña sensación de peligro.

El aire estaba cargado del dulce y pesado aroma de las calabazas asadas. Después de haber dominado la noche con el fuego, las pieles ahuecadas pasaban a un destino más pacífico, en forma de abono, para unirse al suave descanso de la tierra antes de la renovación. Yo había levantado la tierra de mi jardín el día anterior, y había plantado las semillas de invierno para que durmieran y crecieran, soñando con su enterrado nacimiento.

Éste es el momento en el que regresamos a la matriz del mundo, soñando con la nieve y el silencio. Para despertarnos con la impresión de los lagos congelados bajo una menguante luz de luna y el frío sol que arde suave y azul en las ramas de los árboles cubiertos de hielo, para regresar de nuestras breves y necesarias labores a la comida y las narraciones, al calor de la luz del fuego en la oscuridad.

En la oscuridad, en torno a una hoguera, es posible decir todas las verdades, y también escucharse, sin ningún tipo de peligro.

Me puse mis medias de lana, mis enaguas y mi chal más grueso, y bajé a avivar el fuego de la cocina. Me quedé allí, observando las nubes de vapor que ascendían desde el aromático caldero, y sentí que me volvía hacia mi interior. El mundo podía alejarse, y nosotros nos curaríamos.

39

Yo soy la resurrección

Noviembre de 1773

Unos fuertes golpes en la puerta despertaron a Roger justo antes del amanecer. A su lado, Brianna emitió un ruido inarticulado que significaba que si él no se levantaba a abrir la puerta, lo haría ella, pero él lo lamentaría, al igual que la desafortunada persona que se encontraba al otro lado de la puerta.

Resignado, apartó el edredón y se pasó una mano por el cabello enredado. Sintió frío en las piernas desnudas y un helado aliento de nieve en el aire.

—La próxima vez que me case, escogeré a una muchacha que se despierte con alegría por las mañanas —dijo a la silueta acurrucada debajo de las mantas.

—Hazlo —respondió una voz amortiguada desde debajo de la almohada. Esa voz confusa no hizo nada por ocultar su entonación hostil.

Los golpes se repitieron y Jemmy —que sí se despertaba alegre por las mañanas— saltó de su cama como un resorte, con el aspecto de un diente de león pelirrojo que ha echado semillas.

—Alguien llama —le dijo a Roger.

—Ah, ¿sí? Mmfm. —Reprimiendo el impulso de gruñir, se levantó y corrió el cerrojo de la puerta.

Hiram Crombie estaba fuera, con un aspecto más adusto del habitual bajo la lechosa luz de la mañana. Roger pensó que tampoco era de los que se despertaban alegres.

—La anciana madre de mi esposa ha fallecido durante la noche —le informó a Roger sin preámbulos.

—¿Que ha fallado qué? —preguntó Jemmy con interés, asomando su despeinada cabeza de detrás de la pierna de Roger. Se frotó un ojo con el puño, y bostezó con fuerza—. El señor Stornaway falló cuando tiró una piedra. Germain y yo lo vimos.

—La suegra del señor Crombie ha muerto —explicó Roger, poniendo una mano sobre la cabeza de Jem para calmarlo y tosiendo a modo de disculpa hacia Crombie—. Lo lamento, señor Crombie.

—Sí. —Crombie pareció indiferente al pésame—. Murdo Lindsay me ha dicho que usted sabe algo de las Escrituras, para el entierro. Mi esposa se preguntaba si podría venir y decir unas palabras frente a la tumba.

—Murdo ha dicho... ¡ah! —La familia holandesa, era eso. Jamie lo había obligado a hablar delante de las tumbas—. Sí, desde luego. —Se aclaró la garganta en un gesto reflejo; su voz estaba muy ronca, lo que era habitual por las mañanas, y seguiría así hasta que pudiera tomar algo caliente. Con razón Crombie lo miraba con expresión de duda—. Desde luego —repitió con más énfasis—. ¿Hay algo que... eh... podamos hacer para ayudar?

Crombie negó con la cabeza.

—Supongo que las mujeres ya la habrán preparado —dijo, dirigiendo una mirada al bulto que Brianna formaba en la cama—. Empezaremos a cavar después del desayuno. Con suerte, la habremos enterrado antes de que empiece a nevar. —Señaló con un duro gesto de la mandíbula el cielo opaco del color gris suave de la piel del vientre de *Adso*, luego asintió, se dio la vuelta y se marchó sin más dilación.

—¡Papá... mira! —Roger bajó la mirada y vio a Jem, con los dedos metidos en las comisuras de los labios y tirando de ellas hacia abajo para imitar la «U» invertida de la expresión habitual de Crombie. Con las pequeñas cejas arrugadas en un gesto feroz, el parecido era alarmante. Roger, sorprendido, se echó a reír, luego jadeó y se atragantó, y empezó a toser hasta que quedó doblado sobre su estómago, con serias dificultades para respirar.

—¿Te encuentras bien? —Brianna había salido a la superficie y estaba sentada en la cama, con los ojos entornados de sueño, pero con un aspecto de preocupación.

—Sí, bien. —Las palabras salieron acompañadas de un dificultoso resuello, casi inaudibles. Roger tomó aliento y carraspeó con fuerza, expectorando un repelente pegote en su mano, por no tener un pañuelo cerca.

—¡Puaj! —dijo la tierna esposa de su corazón, echándose hacia atrás.

—¡Déjame verlo, papá! —exclamó su hijo y heredero, asomándose para echar un vistazo—. ¡Puaj!

Roger salió de la casa y se limpió la mano en la hierba mojada junto a la puerta. Hacía frío y era muy temprano, pero no cabía duda de que Crombie estaba en lo cierto; volvería a nevar. El aire tenía aquella característica sensación suave y amortiguada.

—Entonces, ¿la anciana señora Wilson ha fallecido? —Brianna había salido tras él, con un chal alrededor de los hombros—. Qué pena. Imagina haber venido de tan lejos para morir en un lugar extraño, incluso antes de que hayas podido instalarte.

—Bueno, como mínimo ella tenía a su familia con ella. Supongo que no habría querido que la dejaran sola en Escocia y morir allí.

—Mmm. —Bree se apartó unos pelos de las mejillas. Se había hecho una gruesa trenza para dormir, pero buena parte del pelo se había escapado de su cautiverio y se estaba ondulando alrededor de su cara, a causa del aire frío y húmedo—. ¿Crees que debería ir?

—¿A presentar nuestros respetos? Crombie ha dicho que ya habían sacado a la señora.

Ella resopló, y de sus orificios nasales salieron unas blancas nubes de vaho que, durante un momento, hicieron que Roger pensara en dragones.

—No pueden ser más de las siete de la mañana; ¡todavía está oscuro, maldita sea! Y no creo que su esposa y su hermana hayan preparado a la anciana a la luz de las velas. Para empezar, no creo que Hiram quisiera afrontar el gasto de una vela extra. No, le molestaba pedir un favor, por lo que ha intentado sacarte de quicio haciendo que vieras a tu esposa como una holgazana desaseada.

Muy perspicaz, pensó Roger divertido, en especial teniendo en cuenta que ella no había visto la elocuente mirada que Crombie había dirigido a su silueta.

—¿Qué es una holgazana desaseada? —preguntó Jemmy, que captaba de inmediato cualquier cosa que pareciera vagamente impropia.

—Una señora que no es una señora —le informó Roger—. Y que, además, no cuida su casa.

—Ésa es una de las palabras que hará que la señora Bug te lave la boca con jabón si la escucha de tu boca —añadió su esposa con una agudeza poco gramatical.

Roger aún iba en camisón de dormir, y se le estaban congelando las piernas y los pies. Jem también estaba saltando descalzo, pero sin el menor signo de frío.

—Mamá no es así —dijo con firmeza, cogiendo la mano de Jem—. Vamos, amigo, vayamos al excusado mientras mamá prepara el desayuno.

—Gracias por el voto de confianza —comentó Brianna bostezando—. Más tarde iré a casa de los Crombie con una jarra de miel o alguna cosa.

—Yo también voy —anunció Jemmy de inmediato.

Brianna vaciló un momento, luego miró a Roger y enarcó las cejas. Jem nunca había visto a una persona muerta.

Roger levantó un hombro. Había sido una muerte pacífica, y Dios sabía que era parte de la vida en la montaña. No creía que ver el cuerpo de la señora Wilson fuera a provocar pesadillas al niño, aunque, conociendo a Jem, era muy probable que sí tuviera una serie de preguntas bastante vergonzosas que pronunciaría en voz alta. Se le ocurrió que sería conveniente darle una serie de explicaciones a modo de preparación.

—De acuerdo —le dijo a Jem—. Pero primero tenemos que ir a la Casa Grande después de desayunar, para pedirle una biblia prestada al abuelo.

• • •

Cuando entró en la cocina, encontró a Jamie desayunando, con el cálido olor a avena de las gachas recién hechas envolviéndolo como una manta. Antes de que pudiera explicar lo que lo traía, la señora Bug lo obligó a sentarse con un cuenco para él, una jarra de miel, un plato de sabroso tocino frito, tostadas calientes chorreantes de mantequilla y una taza de algo oscuro y fragante que parecía café. Jem estaba a su lado, ya manchado de miel y con mantequilla hasta las orejas. Durante un instante, se preguntó si Brianna no sería quizá un poco perezosa, aunque lo cierto era que de ninguna manera era una holgazana desaseada.

Entonces miró a Claire, que se encontraba al otro lado de la mesa, con el cabello despeinado y enredado, parpadeando con cara de sueño frente a su tostada, y llegó a la generosa conclusión de que tal vez no fuera una decisión consciente por parte de Bree, sino más bien una influencia genética.

Pero Claire se despertó de inmediato cuando él le explicó lo que iba a hacer allí, entre bocados de tocino y tostadas.

—¿La vieja señora Wilson? —preguntó con interés— ¿De qué ha fallecido? ¿Crombie te lo ha dicho?

Roger sacudió la cabeza mientras se tragaba su avena.

—Sólo me ha dicho que ha fallecido durante la noche. Supongo que la han encontrado muerta. Habrá sido el corazón; debía de tener por lo menos ochenta años.

—Era unos cinco años mayor que yo —replicó Claire—. Ella me lo dijo.

—Ah. Mmfm. —Como aclararse la garganta le dolía, tomó un sorbo del líquido caliente y oscuro de su taza. Era una mezcla de achicoria y bellota tostada, pero no estaba mal.

—Espero que no le hayas dicho cuántos años tienes, Sassenach. —Jamie extendió la mano y atrapó la última tostada. La señora Bug, siempre atenta, se llevó el plato para volver a llenarlo.

—No soy tan descuidada —dijo Claire, pasando el dedo índice con cuidado por una mancha de miel y lamiéndolo—. Ellos ya creen que he hecho una especie de pacto con el diablo; si les dijera mi edad, estarían seguros de ello.

Roger soltó una risita, pero pensó que ella tenía razón. Las marcas de su terrible experiencia ya casi habían desaparecido; los hematomas se confundían con el resto de la piel y el puente de la nariz había sanado sin problemas. Incluso aunque estaba desarreglada y tenía los ojos hinchados a causa del sueño, era una mujer atractiva, con una piel hermosa, un exuberante cabello grueso y rizado, y una elegancia de rasgos imposible de encontrar entre los pescadores de las Highlands. Por no mencionar los ojos, dorados como el jerez y asombrosos.

Si a esas dotes naturales se añadían las prácticas de alimentación e higiene del siglo XX —ella conservaba todos los dientes, blancos y rectos—, parecía unos buenos veinte años más joven que el resto de las mujeres de su edad. Esa idea le resultó reconfortante; tal vez Bree también habría heredado de su madre el arte de envejecer con belleza. Después de todo, él siempre podría prepararse su propio desayuno.

Jamie había terminado de comer y había ido en busca de la biblia. Regresó y la puso junto al plato de Roger.

—Iremos contigo al entierro —dijo, señalando el libro—. Señora Bug, ¿puede preparar una pequeña cesta para los Crombie?

—Ya lo he hecho —lo informó ella, y puso una gran cesta cubierta con una servilleta sobre la mesa, rebosante de manjares—. ¿La llevará usted? Debo ir a contárselo a Arch y a coger mi chal bueno; nos vemos en la tumba, ¿de acuerdo?

En ese instante apareció Brianna, bostezando pero arreglada, y se dedicó a adecentar a Jem mientras Claire desaparecía en busca de su gorro y su chal. Roger cogió la biblia, con la intención de hojear los salmos en busca de algo adecuadamente sombrío, pero al mismo tiempo esperanzador.

—¿Tal vez el 23? —se preguntó a sí mismo—. Algo bonito y breve. Es todo un clásico. Y, además, menciona la muerte.

—¿Vas a pronunciar un panegírico? —preguntó Brianna con interés—. ¿O un sermón?

—Oh, Dios, no había pensado en ello —dijo consternado. Se aclaró la garganta para probar—. ¿Hay más café?

Roger había asistido a un gran número de funerales celebrados por el reverendo, y tenía muy presente que los familiares del difunto consideraban que el acontecimiento era un fracaso absoluto si las plegarias no duraban al menos media hora. Es cierto que a veces no se está en situación de exigir nada, y los Crombie no podían esperar que...

—¿Por qué tienes una biblia protestante, papá? —Bree hizo una pausa mientras desenredaba un pedazo de tostada del cabello de Jemmy, y se asomó por encima del hombro de Roger.

Sorprendido, éste cerró el libro, pero ella estaba en lo cierto; *Versión del rey Jacobo*, decía, en una letra que casi había desaparecido.

—Me la dieron —dijo Jamie en un tono informal.

Roger levantó la mirada; había algo extraño en la voz de Jamie. Brianna también lo advirtió; le dirigió a su padre una mirada breve y aguda, pero él mantuvo una expresión tranquila en el rostro mientras comía un último bocado de tocino y se limpiaba los labios.

—¿Quieres un poco de whisky en el café, Roger Mac? —preguntó, haciendo un gesto hacia la taza de Roger, como si fuera lo más natural del mundo ofrecer whisky para desayunar.

De hecho, a Roger la idea lo atrajo bastante, teniendo en cuenta las perspectivas inmediatas, pero negó con la cabeza.

—No, gracias; estaré bien así.

—¿Estás seguro? —Brianna trasladó a él su aguda mirada—. Tal vez deberías tomar un poco... Para la garganta.

—Estaré bien —repitió lacónicamente.

Roger también estaba preocupado por su voz; no necesitaba que se lo recordaran los pelirrojos. Los tres estaban lanzándole miradas pensativas que, según él interpretaba, significaban que tenían serias dudas sobre su capacidad para hablar. El whisky podría calmarle la garganta, pero dudaba que lo ayudara mucho en las plegarias... y lo último que quería era presentarse en un funeral apestando a una bebida fuerte delante de un gran número de abstemios estrictos.

—Vinagre —le aconsejó la señora Bug, inclinándose para llevarse su plato—. Vinagre caliente es lo que necesitas. Corta la flema, ¿sabes?

—Apuesto a que sí —dijo Roger, sonriendo a pesar de su recelo—. Pero creo que no me apetece, señora Bug, gracias. —Se había despertado con un ligero dolor de garganta, y esperaba que el desayuno se lo calmara. No había sido así, y la idea de tomar vinagre caliente hizo que se le inflamaran las amígdalas.

En cambio, extendió la taza para que le sirvieran más café de achicoria y se dispuso a pensar en la tarea que lo aguardaba.

—Bien... ¿Alguien sabe algo sobre la anciana señora Wilson?

—Está muerta —intervino Jemmy con seguridad. Todos se echaron a reír, y Jem pareció confundido, pero luego se unió a las carcajadas generales, aunque no tenía ni idea de qué era lo que les resultaba tan gracioso.

—Buen comienzo, amiguito. —Roger estiró el brazo y sacudió las migas de la parte delantera de la camisa de Jemmy—. Ése podría ser un tema a tratar. El reverendo tenía un sermón decente que estaba en alguna parte de las Epístolas... el precio del pecado es la muerte, pero el regalo de Dios es la vida eterna. Lo pronunció varias veces. ¿Qué te parece? —Miró a Brianna enarcando una ceja, quien reflexionó y cogió la biblia.

—Tal vez funcione. ¿Esto tiene algún índice?

—No. —Jamie dejó la taza de café—. Pero está en Romanos, capítulo seis.

Al ver las miradas de sorpresa que se clavaron en él, se ruborizó ligeramente y señaló la biblia con la cabeza.

—Tenía ese libro en la prisión —aclaró—. Lo leí. Ven, *a bhailach*; ¿estáis listos?

El tiempo estaba empeorando, con nubes que amenazaban descargar cualquier cosa, desde una lluvia helada hasta la primera nevada de la temporada, y ocasionales corrientes de viento frío soplaban sobre mantones y faldas, haciendo que aumentaran de tamaño como si se tratara de velas. Los hombres se aferraban a sus sombreros y las mujeres se acurrucaban dentro de sus capuchas, todos avanzando con tenacidad con las cabezas gachas, como ovejas contra el viento.

—Un tiempo perfecto para un funeral —murmuró Brianna, ajustándose la capa tras una de esas corrientes.

—Mmfm —respondió Roger automáticamente; era obvio que no sabía qué había dicho ella, pero sí se había percatado del hecho de que había hablado. Tenía el entrecejo arrugado y los labios cerrados con fuerza, y estaba muy pálido. Ella le puso una mano en el brazo y se lo apretó para tranquilizarlo, y él la miró con una sonrisa débil, relajando la expresión.

Un gemido sobrenatural atravesó el aire y Brianna se puso tensa, agarrándose al brazo de Roger. El grito aumentó hasta convertirse en un chillido, y luego se fragmentó en una serie de jadeos cortos y bruscos, que bajaban en una escala descendente de sollozos, como un cuerpo muerto rodando por una escalera. Brianna sintió que se le ponía la carne de gallina a la altura de la columna vertebral y que se le formaba un nudo en el estómago. Miró a Roger; él parecía casi tan pálido como ella, aunque le apretó la mano en un gesto tranquilizador.

—Debe de ser la *bean-treim* —comentó su padre con calma—. No sabía que hubiera una.

—Yo tampoco —dijo su madre—. ¿Quién supones que será? —Ella también se había alarmado al oírlo, pero ahora tenía un gesto de simple interés.

Roger había contenido el aliento; lo soltó con un pequeño estertor, y se aclaró la garganta.

—Una plañidera —dijo. Las palabras salieron con dificultad y él volvió a aclararse la garganta, esta vez con mucha más vehemencia—. Mujeres que lloran junto al ataúd.

La voz volvió a elevarse en el bosque, esta vez con un sonido más deliberado. A Brianna le pareció que había palabras en el lamento, pero no pudo distinguirlas. *Wendigo*. Esa palabra llegó a su mente por su propia cuenta y ella se estremeció convulsivamente. Jemmy gimió, tratando de esconderse dentro del abrigo de su abuelo.

—No hay nada que temer, *a bhailach.* —Palmeó a Jemmy en la espalda. El pequeño no parecía muy convencido, y se metió el pulgar en la boca, arrimándose con los ojos bien abiertos al pecho de Jamie cuando los lamentos se desvanecieron en forma de gemidos.

—Bueno, vamos; así la conoceremos, ¿de acuerdo? —Jamie se hizo a un lado y se internó en el bosque, en dirección a la voz.

No había nada que hacer excepto seguirlo. Brianna apretó el brazo de Roger, pero luego se separó de él y se acercó a su padre para que Jemmy pudiera verla y se tranquilizara.

—Está todo bien, amiguito —dijo en voz baja.

El día era ahora más frío; su aliento formaba nubes blancas de vapor. La punta de la nariz de Jemmy estaba enrojecida y sus ojos tenían un tono rosado cerca de los extremos; ¿estaría resfriándose?

Extendió la mano para tocarle la frente, pero justo en ese instante la voz reanudó sus gritos. Aunque esta vez parecía que había cambiado algo. Era un sonido agudo y flojo, no el fuerte lamento que habían oído antes. E inseguro, como un aprendiz de fantasma, bromeó ella para su interior.

De hecho, sí que era una aprendiza, aunque no de fantasma. Su padre se agachó para pasar por debajo de las ramas bajas de un pino, y cuando ella lo siguió, apareció en un claro delante de dos mujeres sorprendidas. O, en realidad, una mujer y una adolescente con las cabezas cubiertas con chales. Las conocía, pero ¿cómo se llamaban?

—*Maduinn mhath, maighistear* —dijo la mujer mayor, recuperándose de la sorpresa y haciéndole una reverencia a Jamie—. Buenos días tenga usted, señor.

—Y usted también, señora mía —respondió él, también en gaélico.

—Buenos días, señora Gwilty —dijo Roger con su voz ronca y suave—. Y también para usted, *a nighean* —añadió, inclinándose delante de la niña. Olanna, así se llamaba; Brianna recordó la cara redonda igual que la «O» con la que empezaba su nombre. Era... ¿la hija de la señora Gwilty? ¿O la sobrina?

—Ah, bonito niño —canturreó la muchacha, extendiendo un dedo para tocar la redondeada mejilla de Jem. Él se echó un poco hacia atrás y succionó su pulgar con más fuerza, mirándola con recelo desde debajo de su gorro de lana azul.

Las mujeres no hablaban inglés, pero el gaélico de Brianna ya le alcanzaba para seguir la conversación, si bien no para unirse a ella con fluidez. La señora Gwilty explicó que estaba enseñando a su sobrina cómo ser una adecuada *coronach*.

—Y harán un buen trabajo entre ustedes dos, estoy seguro —dijo Jamie cortésmente.

La señora Gwilty suspiró, y dirigió una mirada de desdén a su sobrina.

—Mmfm —contestó—. Tiene una voz como un pedo de murciélago, pero es la única mujer que queda en la familia, y yo no viviré para siempre.

Roger emitió un ruidillo ahogado que convirtió enseguida en una convincente tos. La cara redonda y agradable de Olanna, que ya estaba sonrojada por el frío, se llenó de manchas rojas, pero ella no dijo nada; se limitó a bajar la vista y a acurrucarse mejor debajo del chal. Era una prenda hilada a mano, de color marrón oscuro, según comprobó Brianna; el de la señora Gwilty era de buena lana y estaba teñido de negro y, a pesar de que estaba un poco raído en los bordes, ella seguía llevándolo con la dignidad de su profesión.

—Hemos venido, apesadumbrados, a darles nuestro pésame —dijo Jamie, expresando de manera formal sus condolencias—. ¿La que se ha ido es...? —Hizo una delicada pausa interrogativa.

—La hermana de mi padre —respondió la señora Gwilty sin dilación—. Ay de ella, que debe ser enterrada entre desconocidos. —Tenía la cara delgada, sus enjutas carnes estaban profundamente hundidas, y había grandes manchas negras alrededor de sus ojos. Clavó esos ojos en Jemmy, que de inmediato cogió el borde de la gorra y se lo encasquetó encima de la cara.

Cuando vio que los ojos sin fondo giraban en su dirección, Brianna tuvo que reprimir la tentación de hacer lo mismo.

—Espero... que su alma encuentre consuelo. Puesto que... su familia está aquí —dijo Claire en su titubeante gaélico. Sonaba muy raro con el acento inglés de su madre, y Brianna vio cómo su padre se mordía el labio para no sonreír.

—No estará mucho tiempo sin compañía —soltó Olanna y, luego, al ver que Jamie estaba mirándola, se ruborizó como una remolacha y enterró la nariz bajo el chal.

Pero esa extraña declaración parecía que tenía sentido para su padre, quien asintió.

—¿Sí? ¿Quién está enfermo?

Jamie miró a su madre con gesto interrogativo, pero ella sacudió la cabeza ligeramente. Si había alguien enfermo, no le habían pedido ayuda.

El largo y agrietado labio superior de la señora Gwilty se apretó contra sus espantosos dientes.

—Seaumais Buchan —respondió con una lúgubre satisfacción—. Está postrado con fiebre y morirá de dolor de pecho en menos de una semana, pero por suerte le hemos ganado.

—¿Qué? —dijo Claire frunciendo el ceño, desconcertada. La señora Gwilty la miró con los ojos entornados.

—La última persona enterrada en una tumba debe montar guardia en ella, Sassenach —le explicó Jamie en inglés—. Hasta que otra venga a ocupar su lugar.

Volviendo sin dificultad al gaélico, añadió:

—Es una mujer afortunada, y más todavía por tener a tal *bean-treim* que la siga. —Se metió una mano en el bolsillo y le entregó una moneda, que la señora Gwilty miró; luego parpadeó y volvió a mirarla.

—Ah —dijo satisfecha—. Bueno, la niña y yo haremos todo lo que podamos. Adelante, *a nighean*, quiero escucharte.

Olanna, a quien su tía acababa de obligar a cantar en público, estaba aterrorizada. Pero la mirada admonitoria de su tía no le dejaba escapatoria. Cerrando los ojos, hinchó el pecho, echó los hombros hacia atrás y emitió un penetrante «*IIIIIIIIIIIIIiiiiiii iiiIIIIIIiiiIII-ah-Ii-ah-Ii-ah*», antes de interrumpirse, jadeando y recuperando el aliento.

Roger se estremeció como si ese sonido fueran astillas de bambú que se le clavaban debajo de las uñas, y Claire se quedó con la boca abierta. Jemmy había encogido los hombros hasta las orejas y se aferraba al abrigo de su abuelo como una pequeña mancha azul. Incluso Jamie parecía un poco alarmado.

—Nada mal —dijo juiciosamente la señora Gwilty—. Tal vez no sea un completo desastre. ¿Es posible que Hiram le pidiera que dijese unas palabras? —añadió con una mirada de desdén hacia Roger.

—Es cierto —respondió éste, aún ronco, pero con toda la firmeza que pudo—. Me siento muy honrado.

La señora Gwilty no respondió, sino que se limitó a mirarlo de arriba abajo y luego, negando con la cabeza, se dio la vuelta y levantó los brazos.

—¡*eieieieieieieieiEIEIEIEIEIEIEIeieieieiEIEIEIEIEIEIeieieiA YAYAYiiiiiii*! —gimió con una voz que hizo que Brianna sintiera cristales de hielo en la sangre—. ¡*Ay, ay, aaaaaaayayayayay*! ¡*EIEIeieiuayeieieiEIEIeieiuayeieieiEIEIeieieeieiejeieiei*! ¡Ay de la casa de Crombie...! ¡Ay!

Dándose la vuelta como era debido, Olanna se sumó con un lamento en contrapunto. Con poco tacto, pero de manera práctica, Claire se metió los dedos en los oídos.

—¿Cuánto les has dado? —le preguntó a Jamie en inglés.

Él sacudió ligeramente los hombros y se apresuró a apartarla de allí, cogiéndola con firmeza del codo.

Al lado de Brianna, Roger tragó saliva con un sonido apenas audible bajo el alboroto.

—Deberías haber tomado ese trago —le dijo ella.

—Lo sé —respondió él con voz ronca, y estornudó.

—¿Habías oído hablar de Seaumais Buchan? —le pregunté a Jamie mientras atravesábamos la tierra empapada del jardín de los Crombie—. ¿Quién es?

—Ah, he oído hablar de él, sí —respondió, rodeándome con el brazo para ayudarme a saltar por encima de un charco fétido de lo que parecía orina de cabra—. Uf. Dios, eres una mujercita bastante sólida, Sassenach.

—Es la cesta —respondí sin prestar mucha atención—. Creo que la señora Bug ha puesto municiones de plomo. O tal vez sea sólo una tarta de frutas. ¿Quién es, entonces? ¿Uno de los pescadores?

—Sí. El tío abuelo de Maisie MacArdle, la que se casó con el fabricante de botes. ¿Te acuerdas de ella? Pelirroja y con una nariz muy larga, con seis hijos.

—Vagamente. ¿Cómo puedes recordar todas esas cosas? —pregunté, pero él se limitó a sonreír y me ofreció el brazo. Lo cogí y avanzamos con expresión adusta por el barro y el heno esparcido en el jardín, como un terrateniente y su esposa asistiendo al funeral.

La puerta de la cabaña estaba abierta a pesar del frío, para permitir que saliera el espíritu de la finada. Por suerte, también dejaba entrar un poco de luz, puesto que la cabaña era bastante tosca y no tenía ventanas. Además, estaba repleta de gente, y la mayoría no se había bañado ni una sola vez en los cuatro meses anteriores.

Pero yo estaba bastante acostumbrada a las cabañas claustrofóbicas y a los cuerpos sin lavar y, puesto que sabía que uno de los cuerpos presentes probablemente estaba limpio, pero, sin duda, muerto, ya había empezado a respirar por la boca antes de que una de las hijas de Crombie, con un chal en la cabeza y los ojos rojos, nos invitara a pasar.

La abuelita Wilson estaba tendida sobre la mesa con una vela junto a la cabeza, envuelta en la mortaja que ella, sin duda, había tejido en su noviazgo; el lino estaba amarillento y agrietado por el transcurso del tiempo, pero parecía limpio y suave a la luz de la vela, con los bordes bordados con un sencillo patrón de hojas de parra. Había sido conservado con mucho cuidado y traído de Escocia a costa de quién sabía cuántos esfuerzos.

Jamie hizo una pausa en la puerta, se quitó el sombrero y murmuró un pésame formal, que los Crombie, hombre y mujer, aceptaron con gestos de asentimiento y gruñidos, respectivamente. Yo les entregué la cesta de comida, e hice, asimismo, un gesto con lo que esperaba que fuera una apropiada expresión de digna compasión, al mismo tiempo que no perdía de vista a Jemmy.

Brianna había hecho todo lo posible por explicárselo, pero yo no tenía ni idea de qué pensaría él de toda esa situación... o del cadáver. Lo habían convencido, con bastante dificultad, de que saliera de debajo de la gorra, y ahora estaba mirando a su alrededor con interés, con el remolino del pelo de punta.

—¿Aquélla es la señora muerta, abuela? —me susurró en voz muy fuerte, señalando el cuerpo.

—Sí, cariño —dije, dirigiendo una mirada incómoda hacia la anciana señora Wilson.

Pero la mujer tenía buen aspecto; la habían preparado muy bien, con su mejor gorro y con una venda debajo de la mandíbula para mantenerle la boca cerrada y los párpados secos también cerrados, para que no reflejaran el resplandor de la vela. No creía que Jemmy hubiera conocido a la anciana en vida, de modo que no había ninguna razón en especial por la que el niño pudiera disgustarse al verla muerta. Por otra parte, él se había dedicado a cazar desde que podía caminar; sin duda, entendía el concepto de la muerte. Además, un cadáver era definitivamente decepcionante después de nuestro encuentro con la *bean-treim*. Aun así...

—Vamos a presentar nuestros respetos, muchacho —le dijo Jamie en voz baja, y lo puso en el suelo. Luego me di cuenta de que estaba mirando hacia la puerta, donde Roger y Bree murmuraban sus propias condolencias, y comprendí que estaba esperando que ellos se acercaran y pudieran observarlo para saber qué hacer a continuación.

Llevó a Jemmy a través de la apretada multitud, que se abrió paso con respeto, hasta la mesa, donde puso la mano sobre el pecho del cadáver. Ah, de modo que era esa clase de funeral.

En algunos funerales de las Highlands, la costumbre era que todos tocaran el cuerpo, de forma que la persona fallecida no los acosara luego. Yo dudaba que la abuelita Wilson tuviera interés alguno en acosarme, pero tampoco estaba de más tomar precauciones; y por otra parte, tenía el inquietante recuerdo de un cráneo con coronas de plata en los dientes, y mi encuentro con quien podría haber sido su poseedor, visto bajo una cadavérica luz en una negra noche en la montaña. En contra de mi voluntad, eché un vistazo a la vela, pero parecía una vela normal de cera de abeja marrón, agradablemente aromática y algo inclinada en su candelabro de cerámica.

Cobrando ánimo, me incliné y posé una mano con suavidad sobre la mortaja. Había una bandeja de barro cocido que contenía un pedazo de pan y una pizca de sal en el pecho de la mujer, así como un pequeño cuenco de madera lleno de un líquido oscuro (¿vino?) en la mesa a su lado. Con la vela de cera de abeja, la sal y la *bean-treim*, daba la impresión de que Hiram Crombie estaba tratando de portarse bien con su difunta suegra, aunque tampoco me habría sorprendido que él, con el propósito de ahorrar, volviera a usar la sal después del funeral.

No obstante, tenía la impresión de que algo iba mal; había un aire de incomodidad que se arrastraba entre las botas agrietadas y los pies envueltos en harapos de la multitud, como la corriente de frío que entraba por la puerta. Al principio se me ocurrió que podría deberse a nuestra presencia, pero no era eso; de hecho, había oído una breve exhalación de aprobación cuando Jamie se acercó al cuerpo.

Mi esposo le susurró algo a Jemmy, y luego lo levantó, con las piernas en el aire, para que tocara el cadáver. Él no vaciló en ningún momento, y observó con interés la cara cerosa de la fallecida.

—¿Para qué es eso? —preguntó en voz alta, tratando de alcanzar el pan—. ¿Acaso se lo va a comer?

Jamie le agarró la muñeca y plantó su mano con firmeza en la mortaja.

—Eso es para el comedor de pecados, *a bhailach*. Déjalo, ¿de acuerdo?

—¿Qué es un...?

—Luego. —Nadie discutía con Jamie cuando usaba ese tono de voz, y Jemmy se quedó callado con el pulgar de nuevo en la boca mientras Jamie lo bajaba. Vino Bree y lo levantó en sus brazos, recordando en el último momento que también ella debía tocar el cadáver, así que murmuró:

—Que Dios le dé descanso.

Después, Roger dio un paso adelante y se generó un murmullo de interés entre la multitud.

Estaba pálido, pero compuesto. Su rostro era delgado y bastante ascético, aunque por lo general la suavidad de sus ojos y su boca, siempre en movimiento y dispuesta a reírse, le restaban severidad. Pero aquél no era momento de risas, y sus ojos estaban sombríos a la luz mortecina.

Puso una mano sobre el pecho de la muerta e inclinó la cabeza. Yo no sabía con seguridad si estaba rezando por el reposo de su alma o por inspiración, pero permaneció en esa posición durante más de un minuto. La multitud lo observó con respeto y en silencio, salvo por algunas toses y algunas gargantas que se aclaraban. Pensé que Roger no era el único que estaba pillando un resfriado... y de pronto volví a recordar a Seaumais Buchan.

«Está postrado con fiebre y morirá de dolor de pecho en menos de una semana.» Eso había dicho la señora Gwilty. Neumonía, quizá... o bronquitis, o incluso tisis. Y nadie me lo había dicho.

Sentí una ligera punzada al pensar en ello, formada a partes iguales por irritación, culpa e incomodidad. Sabía que los nuevos arrendatarios aún no confiaban en mí; yo había pensado que debía dejar que se acostumbraran a mí antes de empezar a visitarlos sin avisar. Muchos de ellos probablemente jamás habían visto a una persona inglesa antes de venir a las colonias, y yo era muy consciente de su actitud tanto hacia los *sassenachs* como hacia los católicos.

Pero era evidente que ahora teníamos a un hombre agonizante casi en el umbral de mi casa, y yo no me había enterado de su existencia, y mucho menos de su enfermedad.

¿Debía ir a verlo tan pronto acabara el funeral? Pero ¿dónde demonios vivía aquel hombre? No podía ser muy cerca; conocía a todos los pescadores que se habían asentado en la montaña; los MacArdle debían de estar al otro lado del Cerro. Eché un fugaz vistazo a la puerta, tratando de juzgar cuánto tardarían las amenazadoras nubes en soltar su carga de nieve.

Se oyeron movimientos y murmullos en voz baja en el exterior: había llegado más gente, procedente de las cañadas cercanas, que estaba apiñándose en la puerta. Capté las palabras *dèan caithris* en tono interrogativo, y de pronto me di cuenta de qué era lo extraño de la situación.

No había velatorio. La costumbre era que lavaran y tumbaran el cuerpo, pero que lo mostraran durante uno o dos días, para permitir que todos los que residían en la zona pudieran acudir a presentar sus respetos. Escuchando con atención, percibí un claro tono de descontento y sorpresa; a los vecinos tanta prisa les parecía inapropiada.

—¿Por qué no hay velatorio? —le susurré a Jamie.

Él hizo un gesto con un hombro hacia la puerta y al cielo oscurecido que se veía más allá.

—Caerá mucha nieve antes de que anochezca, *a Sorcha* —explicó—. Y, a juzgar por su aspecto, es probable que siga así durante varios días. Yo no querría tener que cavar una tumba y enterrar un ataúd en medio de todo eso. Y si nieva durante muchos días, ¿dónde pondrán el cuerpo mientras tanto?

—Eso es cierto, Mac Dubh —dijo Kenny Lindsay, que lo había escuchado. Recorrió con la mirada a la gente que nos rodeaba, se acercó un poco y bajó la voz—. Pero también es verdad que Hiram Crombie no tenía mucho cariño a la vieja bru... digo, a su suegra. —Levantó ligeramente la barbilla, haciendo un gesto hacia el cadáver—. Algunos dicen que está ansioso por meter a la vieja bajo tierra de una vez, antes de que ella cambie de idea, ¿sabéis?

Sonrió un poco y Jamie ocultó su propia sonrisa bajando la mirada.

—Además, así ahorraría algo de comida, supongo. —La reputación de tacañería de Hiram era muy conocida, lo que era mucho decir entre los ahorrativos, aunque hospitalarios, escoceses de las Highlands.

Fuera empezó a generarse un nuevo bullicio con la llegada de más visitantes. Se había producido una especie de atasco en la puerta cuando alguien había empujado para entrar, a pesar de que la casa estaba abarrotada de gente, y el único espacio de suelo libre que quedaba era el que estaba debajo de la mesa sobre la que reposaba la señora Wilson.

Los que estaban junto a la puerta se apartaron a regañadientes y la señora Bug entró en la cabaña, ataviada con su mejor gorro y su chal, con Arch a su lado.

—Ha olvidado el whisky, señor —informó a Jamie, entregándole una botella cerrada con un corcho. Luego miró a su alrededor, divisó de inmediato a los Crombie y les hizo una ceremoniosa reverencia, murmurando su pésame. A continuación se enderezó y recorrió la sala con la mirada, con un aire de expectativa. Era evidente que los festejos ya podían comenzar.

Hiram Crombie hizo un gesto a Roger.

Roger se puso un poco derecho, devolvió el gesto y empezó. Habló con sencillez durante unos minutos, expresando generalidades sobre el valor de la vida, la inmensidad de la muerte y la importancia de parientes y vecinos en momentos como ése. Todo aquello agradó a los asistentes, quienes manifestaron su aprobación con ligeros movimientos de la cabeza y se acomodaron a la espera de un entretenimiento decente.

Roger hizo una pausa para toser y sonarse la nariz, luego pasó a lo que parecía ser una versión del servicio fúnebre presbiteriano, o al menos a lo que él recordaba de éste, de su vida con el reverendo Wakefield.

Eso también era aceptable, a juzgar por la actitud de los presentes. Bree pareció relajarse un poco, y bajó a Jemmy.

Todo iba bien... y, sin embargo, yo percibía una ligera sensación de incomodidad. En parte se debía, desde luego, a que podía ver a Roger. El calor cada vez mayor de la cabaña estaba haciendo que le goteara la nariz; él tenía su pañuelo a mano, con el que se limpiaba furtivamente y luego se detenía cada cierto tiempo a sonarse con la mayor discreción posible.

Pero la flema suele ir de mal en peor. El resfriado se agudizó y comenzó a afectar su vulnerable garganta. El tono de asfixia en su voz, siempre presente, comenzaba a empeorar de manera perceptible. Tenía que carraspear cada vez más a menudo para poder seguir hablando.

A mi lado, Jemmy se agitaba, inquieto, y vi de reojo que Bree le ponía una mano en la cabeza para calmarlo. Él la miró, pero estaba muy nervioso y su atención seguía clavada en Roger.

—Demos gracias a Dios por la vida de esta mujer —dijo, e hizo una pausa para aclararse la garganta otra vez. Me encontré haciéndolo yo también por pura empatía nerviosa—. Ella es una servidora de Dios, fiel y sincera, y ahora lo alaba ante Su trono junto a los san... —Vi que su cara se nublaba por la repentina duda de si la congregación aprobaba el concepto de los santos o si consideraría que esa mención era una herejía típica de los católicos romanos. Roger tosió y continuó—: Junto a los ángeles.

Los ángeles eran inocuos, evidentemente; los rostros que me rodeaban estaban sombríos, pero no se habían ofendido. Exhalando de forma visible, Roger cogió la pequeña biblia verde y la abrió por una página señalada.

—Recitemos juntos un salmo en alabanza de Aquel que... —Echó un vistazo a la página y, demasiado tarde, se percató de la dificultad de traducir al vuelo un salmo en inglés al gaélico.

Se aclaró la garganta con un ruido parecido a una explosión y media docena de gargantas lo imitaron en un acto reflejo. A mi otro lado, Jamie murmuró «Dios mío», en una plegaria sincera.

Jemmy tiró de la falda de su madre, susurrando algo, pero ella lo hizo callar de inmediato. Vi que Bree miraba a Roger con anhelo, con el cuerpo tenso por el deseo de ayudarlo, aunque fuera por telepatía.

Sin ninguna alternativa, Roger comenzó a leer el salmo, con muchas vacilaciones. La mitad de la multitud le había tomado la palabra cuando él los invitó a «decir juntos», y estaban recitando el salmo de memoria, mucho más rápido de lo que él podía leerlo.

Cerré los ojos, incapaz de mirar, pero no había forma de evitar oírlo, puesto que la congregación corría por el salmo a gran velocidad y luego callaba, esperando con adusta paciencia a que Roger llegara a duras penas hasta el final. Lo que hizo, a fuerza de tenacidad.

—Amén —dijo Jamie en voz alta. Y solo.

Abrí los ojos y vi que todos estaban mirándonos, con expresiones que iban de una ligera sorpresa a una furiosa hostilidad. Jamie cogió aire y soltó el aliento muy lentamente.

—Jesús, Cristo —intervino en voz muy baja.

Una gota de sudor surcó la mejilla de Roger, y se la secó con la manga de su abrigo.

—¿Alguien querría decir unas palabras sobre la difunta? —preguntó, posando la mirada en los rostros de la gente. Sólo el silencio y el gemido del viento le contestaron.

Se aclaró la garganta, y alguien dejó escapar una risita.

—Abuelita... —susurró Jemmy tirándome de la falda.

—Chisss.

—Pero, abuela... —El tono de su voz hizo que bajara la mirada hacia él.

—¿Necesitas ir al retrete? —susurré, agachándome a su lado. Él negó con la cabeza y la sacudió con tal violencia que la gruesa mata de cabello dorado y rojizo se movió adelante y atrás sobre su frente.

—Oh, Dios, nuestro Padre Celestial, que nos guías por los cambios de los tiempos hasta el descanso y la bendición de la eternidad, acércate a nosotros en este momento para reconfortarnos y animarnos.

Vi que Roger había vuelto a posar la mano sobre el cadáver y había decidido poner fin a la ceremonia. Por el obvio alivio de su cara y su voz, supuse que habría vuelto a una plegaria conocida del Libro de Oración Común, con la que estaba lo bastante familiarizado como para traducirla al gaélico con cierta fluidez.

—Haznos saber que Tus hijos son valiosos para Tus ojos... —Se detuvo con un visible esfuerzo; los músculos de su garganta se movieron, tratando en vano de aclarar la obstrucción en silencio, pero no le sirvió de nada.

—Err... ¡*RRM*! —Un sonido, que no era exactamente una risa, atravesó la sala, y Bree hizo un ruido con su propia garganta, como un volcán a punto de escupir lava.

—¡Abuelita!

—¡Chisss!

—... Tus ojos. Que ellos... vivan contigo toda la eternidad y que Tu misericordia...

—¡Abuelita!

Jemmy se retorcía como si tuviera una colonia de hormigas en los pantalones, con una expresión de terrible urgencia en la cara.

—Yo soy la Resurrección y la vida, dice el Señor; el que cree en Mí, aunque esté muerto... rr... mm... vivirá... —A punto de finalizar, Roger estaba haciendo un último esfuerzo por terminar la plegaria con elegancia, forzando más allá del límite su voz, cada vez más ronca y agrietándose cada dos palabras, pero firme y fuerte.

—¡Espera un minuto! —siseé—. ¡Ahora salimos...!

—¡No, abuela! ¡Mira!

Seguí su dedo extendido y, por un momento, creí que estaba señalando a su padre. Pero no.

La vieja señora Wilson había abierto los ojos.

• • •

Se produjo un instante de silencio, mientras todos los ojos se clavaban a la vez en la difunta. Después se oyó un grito ahogado y colectivo, y se produjo un instintivo movimiento hacia atrás, con chillidos de desesperación y alaridos de dolor cuando algunos empezaron a pisar los pies de otros y la gente se apretó contra los troncos duros y resistentes de las paredes.

Jamie levantó a Jemmy del suelo justo antes de que lo aplastaran, tomó aire y gritó «*Sheas*!» lo más fuerte que pudo. Tal fue el volumen de su voz que la multitud se paralizó durante un instante, lo suficiente como para que él pusiera a Jemmy en brazos de Bree y se abriera paso a codazos hasta la mesa.

Roger ya había cogido al otrora cadáver de la señora y estaba ayudándola a incorporarse, mientras su mano tiraba débilmente del vendaje que le rodeaba las mandíbulas. Yo me abrí paso tras Jamie, apartando a la gente de mi camino sin piedad.

—Déjenle un poco de aire, por favor —dije levantando la voz. El aturdido silencio estaba dando paso a un creciente murmullo de excitación, que se truncó cuando empecé a deshacerle el vendaje. Todos en la sala aguardaron con un estremecimiento mientras el cadáver comenzaba a mover sus entumecidas mandíbulas.

—¿Dónde estoy? —preguntó con voz vacilante. Su mirada recorrió la sala con una expresión de incredulidad, hasta posarse por fin en la cara de su hija.

—¿Mairi? —preguntó en tono de duda, y la señora Crombie corrió hacia ella y cayó de rodillas, estallando en lágrimas, al mismo tiempo que aferraba las manos de su madre.

—*A Màthair*! *A Màthair*! —gritó. La vieja puso una temblorosa mano sobre el cabello de su hija, como si no estuviera segura de que fuera real.

Yo, mientras tanto, había hecho todo lo que podía para comprobar los signos vitales de la anciana, que no eran tan vitales después de todo, pero sí bastante decentes para una persona que había estado muerta apenas un instante antes. La respiración era muy superficial y dificultosa, su color era como el de la avena preparada una semana atrás, su piel estaba fría y húmeda a pesar del calor de la estancia, y no pude encontrarle el pulso, aunque era evidente que debía tenerlo. ¿No?

—¿Cómo se siente? —le pregunté.

Ella se llevó la temblorosa mano al vientre.

—Me duele aquí —susurró.

Puse una mano en su abdomen y lo sentí de inmediato: un pulso donde no debería haber ninguno. Era irregular, entrecortado y con sacudidas, pero sin duda allí estaba, lo que me tranquilizó.

—Por los clavos de Roosevelt —dije no en voz muy alta, pero la señora Crombie dejó escapar un grito ahogado y vi que su delantal se retorcía. Sin duda, estaba haciendo la señal de los cuernos debajo de la prenda.

Yo no tenía tiempo para pedir disculpas. Me puse en pie y cogí a Roger de la manga, llevándolo aparte.

—Tiene un aneurisma aórtico —le dije en voz muy baja—. Debe de haber estado desangrándose internamente durante bastante tiempo, lo que le hizo perder la conciencia y enfriarse como si estuviera muerta. Va a reventar muy pronto, y entonces morirá de verdad.

Él tragó saliva de manera audible, con el rostro muy pálido, pero sólo dijo:

—¿Sabes cuánto tiempo le queda?

Miré a la señora Wilson; su cara tenía el mismo tono gris que el cielo cargado de nieve, y sus ojos se enfocaban y desenfocaban como la titilante llama de una vela en el viento.

—Ya veo —dijo Roger, aunque yo no había hablado. Respiró hondo y se aclaró la garganta.

La multitud, que había estado murmurando como una bandada de gansos nerviosos, de inmediato permaneció en silencio. Todos los ojos presentes se clavaron en el retablo que tenían delante.

—Ésta, nuestra hermana, ha sido devuelta a la vida, como nos pasará a todos nosotros algún día, por la gracia de Dios —dijo Roger con suavidad—. Para nosotros es una señal de fe y esperanza. Pronto volverá a partir a los brazos de los ángeles, pero ha regresado un momento para traernos la seguridad del amor de Dios.

Se detuvo momentáneamente, buscando algo más que decir. Carraspeó e inclinó la cabeza hacia la señora Wilson.

—¿Deseabas decir algo, oh, madre? —le susurró en gaélico.

—Sí, lo deseo. —La señora Wilson parecía estar recuperando energía, y, con ella, indignación. Un débil tono rosado apareció en sus mejillas cerosas cuando miró con furia a la multitud—. ¿Qué clase de velatorio es éste, Hiram Crombie? —preguntó, taladrando con la mirada a su yerno—. No veo comida ni bebida... ¿Y qué es esto? —Su voz se elevó en un chillido furioso en cuanto sus ojos advirtieron el plato de pan y sal que Roger había apartado apresuradamente cuando la había ayudado a incorporarse—. ¡Ay..! —Miró con ojos iracundos a la multitud reunida y se dio cuenta de lo que ocurría. Sus ojos hundidos se abrieron aún más—. ¡Ay... tacaño desvergonzado! ¡Esto no es ningún velatorio! ¡Pensabas enterrarme con nada más que un mendrugo de pan y unas gotas de vino para el comedor de pecados, y bastante raro es que hayas aportado siquiera eso! ¡Sin duda, ibas a robarme la mortaja de mi cadáver también para hacer ropa para tus mocosos hijos! ¿Y dónde está el broche con el que dije que quería que me enterraran?

Una nudosa mano se cerró sobre su hundido pecho, atrapando un puñado de lino mustio.

—¡Mairi! ¡Mi broche!

—¡Aquí está, madre, aquí está! —La pobre señora Crombie, descompuesta, estaba rebuscando en su bolsillo, sollozando y gimiendo—. ¡Lo guardé para que estuviera a salvo... quiero decir, para ponértelo antes de... antes de...

Sacó un horrible bulto con granates que su madre le arrancó de las manos y se llevó al pecho, mientras miraba a su alrededor con un profundo recelo. Obviamente sospechaba que sus vecinos estaban esperando la oportunidad para robárselo de su cadáver. Oí una inspiración ofendida de la mujer que estaba detrás de mí, pero no tenía tiempo de volverme para ver quién era.

—Vamos, vamos —dije, empleando mi tono más tranquilizador—. Estoy segura de que todo irá bien. —«Aparte del hecho de que va a morirse dentro de unos minutos, claro», pensé, desechando el histérico impulso de echarme a reír. En realidad, tal vez muriera dentro de unos segundos, si la presión sanguínea seguía aumentando.

Yo tenía los dedos en el pulso fuerte y pesado de su abdomen, que delataba un fatal debilitamiento de la aorta abdominal. Debía de haber empezado a filtrarse para hacerle perder la conciencia de tal modo que pareciera muerta. Al final, reventaría y eso sería todo.

Roger y Jamie estaban haciendo todo lo posible por tranquilizarla, murmurando en inglés y en gaélico y palmeándole la espalda. Ella parecía responder a ese tratamiento, aunque seguía respirando como una máquina de vapor.

El hecho de que Jamie sacara la botella de whisky del bolsillo ayudó un poco más.

—Bueno, así está mejor —dijo la señora Wilson, algo aplacada, cuando él se apresuró a quitar el corcho y agitó la botella debajo de su nariz para que ella pudiera apreciar su calidad—. ¿Habéis traído también comida? —La señora Bug se había abierto paso hasta la mesa, llevando la cesta por delante como un ariete—. ¡Ejem! ¡Jamás pensé que viviría para ver papistas más amables que mi propia gente!

Este último comentario iba dirigido a Hiram Crombie, que hasta entonces no había hecho más que boquear sin encontrar nada que decir en respuesta a la diatriba de su suegra.

—Pero... pero... —tartamudeó él escandalizado, desgarrado entre la impresión, la furia y la necesidad de justificarse ante sus vecinos—. ¡Más amables que tu propia gente! ¡Vaya! ¿No te he dado yo un hogar durante los últimos veinte años? ¿No te he alimentado y vestido como si fueras mi propia madre? ¡He soportado tu lengua perversa y tu mal carácter, y jamás...!

Jamie y Roger saltaron al mismo tiempo para tratar de hacer que callara, pero en cambio se interrumpieron mutuamente. En la confusión, Hiram vio la oportunidad de seguir diciendo lo que pensaba y la aprovechó. También lo hizo la señora Wilson, que tampoco era lenta para los insultos.

El pulso en su vientre estaba palpitando bajo mi mano, y tuve que hacer un esfuerzo para evitar que saltara de la mesa y golpeara a Hiram con la botella de whisky. Los vecinos no daban crédito a lo que veían.

Roger decidió hacerse con el control de la situación y agarró a la señora Wilson de sus escuálidos hombros con firmeza.

—Señora Wilson —dijo con voz ronca pero lo bastante fuerte como para ahogar la indignada refutación de Hiram a la descripción de su personalidad que la anciana acababa de hacer—. ¡Señora Wilson!

—¿Eh? —Ella se detuvo para respirar, y lo miró parpadeando, confundida durante un instante.

—¡Basta! ¡Y usted también! —Roger clavó la mirada en Hiram, que volvía a abrir la boca, pero la cerró de nuevo—. No pienso permitir esto —continuó, y golpeó la mesa con la biblia—. No es correcto, y no lo permitiré, ¿me oyen? —Paseó una mirada fulminante de uno a otro combatiente, con sus negras cejas fruncidas en una expresión de ferocidad.

La sala permaneció en silencio excepto por la pesada respiración de Hiram, los pequeños sollozos de la señora Crombie y los jadeos débiles y asmáticos de la señora Wilson.

—Bien —dijo Roger sin dejar de mirar con furia a su alrededor para impedir cualquier nueva interrupción. Puso una mano sobre la de la señora Wilson, delgada y llena de manchas.

—Señora Wilson, ¿no sabe usted que en este mismo momento se encuentra ante Dios?

Me lanzó una mirada y yo asentí; sí, definitivamente, iba a morir. La cabeza estaba bamboleándose sobre el cuello y el brillo de furia de sus ojos comenzaba a desvanecerse, incluso mientras él pronunciaba esas palabras.

—Dios está cerca de nosotros —dijo levantando la cabeza para dirigirse a la congregación en general. Repitió esas palabras en gaélico, y se oyó una especie de suspiro colectivo. Roger entornó los ojos para mirarlos—. No profanaremos este momento sagrado con ira y amargura. Ahora, hermana... —Roger le apretó la mano con suavidad—. Pon en orden tu alma. Dios...

Pero la señora Wilson ya no lo oía. Su arrugada boca se abrió en una expresión de espanto.

—¡El comedor de pecados! —gritó, mirando horrorizada a su alrededor. Cogió el plato de la mesa que estaba junto a ella y esparció sal sobre su sudario—. ¿Dónde está el comedor de pecados?

Hiram se puso rígido como si le hubieran tocado el trasero con un atizador al rojo vivo, luego se dio la vuelta y se dirigió a la puerta, mientras la multitud le abría paso. Después de su salida hubo algunos murmullos de especulación, que se detuvieron bruscamente cuando se oyó un penetrante alarido en el exterior, seguido de inmediato por otro, mientras el primero se desvanecía.

Un «¡oooh!» de sobrecogimiento surgió de la multitud. La señora Wilson parecía satisfecha. Las *bean-treim* habían empezado a ganarse su paga.

Entonces se oyó un ruido cerca de la puerta y la muchedumbre se abrió como las aguas del mar Rojo, dejando libre un estrecho sendero que llegaba hasta la mesa. La señora Wilson se sentó muy erguida, blanca como una muerta y respirando con muchísima dificultad. El pulso en su abdomen vacilaba y saltaba bajo mis dedos. Roger y Jamie la tenían cogida de los brazos para que no se cayera.

Un silencio total cayó sobre la sala; lo único que se oía eran los alaridos de las *bean-treim*... y unos pasos lentos y arrastrados, blandos sobre el suelo en el exterior, y de pronto más fuertes sobre las tablas del suelo. Había llegado el comedor de pecados.

Era un hombre alto, o lo había sido alguna vez. Era imposible determinar su edad; o los años o la enfermedad le habían comido la carne, de modo que sus anchos hombros y su columna vertebral se habían encorvado, y su escuálida cabeza se inclinaba hacia delante, coronada por una calvicie incipiente y algunas canas.

Miré a Jamie enarcando las cejas. Nunca había visto a ese hombre antes. Él se encogió de hombros; tampoco lo conocía. Cuando el comedor de pecados se acercó, vi que tenía el cuerpo torcido; parecía hundido en un costado, tal vez con las costillas aplastadas por algún accidente.

Todos los ojos estaban clavados en aquel hombre, pero él no miraba a nadie, sino que mantenía los suyos fijos en el suelo. El pasillo hasta la mesa era estrecho, pero la gente se encogía y se echaba hacia atrás cuando él pasaba, teniendo cuidado para no rozarlo. Sólo cuando llegó a la mesa levantó la cabeza y vi que le faltaba un ojo, que se lo debía haber arrancado un oso, a juzgar por la ribeteada masa de tejido cicatrizado.

El otro sí estaba sano; se detuvo sorprendido al ver a la señora Wilson, y echó una mirada a su alrededor, obviamente inseguro, sin saber qué hacer.

Ella consiguió soltarse el brazo que Roger le estaba sujetando y empujó hacia él el plato que contenía el pan y la sal.

—Adelante —dijo en un tono agudo y un poco asustada.

—Pero usted no está muerta. —Era una voz suave y educada que sólo delataba su desconcierto, pero la multitud reaccionó como si hubiera sido el siseo de una serpiente y se encogió todavía más, si es que eso era posible.

—Bueno, ¿y qué? —El nerviosismo hizo que la señora Wilson temblara con más fuerza; podía sentir una pequeña vibración constante a través de la mesa—. Le han pagado para que se coma mis pecados. ¡Hágalo de una vez! —Un pensamiento le vino a la mente y levantó la cabeza de repente, mirando a su yerno con los ojos entornados—. Le has pagado, ¿verdad, Hiram?

Hiram, aún sonrojado a causa de la discusión anterior, se puso casi morado al escuchar aquello, y se llevó la mano a un costado; a la cartera, pensé, no al corazón.

—Bueno, no pienso pagarle hasta que haga su trabajo —replicó—. ¿Qué manera de actuar es ésa?

Al ver que estaba a punto de producirse un nuevo revuelo, Jamie soltó a la señora Wilson y rebuscó deprisa en su escarcela, de la que sacó un chelín de plata que arrojó por encima de la mesa al comedor de pecados, pero, según pude observar, teniendo mucho cuidado para no tocarlo.

—Ya le hemos pagado —dijo hoscamente con un gesto—. Puede hacer su trabajo, señor.

El hombre miró a la sala y la multitud inspiró de manera audible, incluso por encima de los alaridos de «AAAAAAAAAAAAAAAYYYYYYY de la casa de los CROOOOMMMMMMBIIIEEEEEEEE» que provenían de fuera.

Se había situado a no más de treinta centímetros de mí, tan cerca que pude percibir su olor dulzón y agrio; un sudor rancio y a suciedad de la ropa, y algo más, un débil aroma que hablaba de llagas purulentas y heridas sin cicatrizar. Giró la cabeza y me miró directamente, con un ojo marrón claro, de color ambarino y muy parecido a los míos. Esa mirada me produjo una extraña sensación en la boca del estómago, como si por un momento estuviera mirándome en un espejo distorsionado y hubiera encontrado ese rostro cruelmente deformado en lugar del mío.

Él no cambió de expresión y, aun así, sentí que ocurría algo entre nosotros. Luego volvió la cabeza y extendió una mano larga, arrugada y muy sucia para coger el pedazo de pan.

Una especie de suspiro recorrió la sala cuando comió, masticando poco a poco el pan con las encías, puesto que tenía pocos dientes. Sentí que el pulso de la señora Wilson era ahora mucho más ligero y rápido, como el de un colibrí. Ella colgaba, casi flácida, de los hombres que la sostenían, y los marchitos párpados de sus ojos se cerraban mientras observaba.

Él rodeó la copa de vino con ambas manos, como si fuera un cáliz, y se lo bebió todo con los ojos cerrados. Dejó la copa sobre la mesa y miró a la señora Wilson con curiosidad. Supuse que hasta entonces jamás había visto a un cliente vivo, y me pregunté cuánto tiempo llevaría ejerciendo ese extraño oficio.

La señora Wilson lo miró a los ojos con una cara inexpresiva, como la de un niño. Su pulso abdominal rebotaba como una piedra, con unos pocos latidos ligeros, una pausa, y luego un ruido fuerte que sentí en la palma como un golpe. Entonces reanudó sus erráticos brincos.

El comedor de pecados le hizo una reverencia muy lentamente. Luego se dio la vuelta y avanzó hacia la puerta, con una velocidad asombrosa para un espécimen tan endeble.

Varios de los muchachos y los jóvenes que estaban cerca de la puerta corrieron tras él, gritando; uno o dos de ellos cogieron palos de madera de la cesta de leña que estaba junto a la chimenea. Pero había otros que se debatían sin saber qué hacer; miraban por la puerta abierta, donde los gritos y los ruidos de las piedras arrojadas se mezclaban con los alaridos de las *bean-treim*, pero sus ojos eran ineluctablemente atraídos por la señora Wilson.

Ella parecía... serena; quizá ésa era la única palabra. No fue ninguna sorpresa sentir que el pulso debajo de mi mano se limitaba a detenerse. En algún lugar más recóndito, en mis propias profundidades, sentí que comenzaba el vertiginoso empuje de la hemorragia, una calidez arrasadora que me arrastraba con ella, haciendo que viera puntos negros y provocara un zumbido en mis oídos. Yo sabía que, en todos los aspectos, ella había muerto para siempre. Sentí cómo se iba. Y, sin embargo, oí su voz más allá del estrépito, muy suave, pero calmada y clara.

—Te perdono, Hiram —dijo—. Has sido un buen muchacho.

Mi visión se había oscurecido, pero todavía podía oír y percibir las cosas débilmente. Algo me agarró, me apartó, y un momento después volví en mí, inclinándome contra Jamie en un rincón, sostenida por sus brazos.

—¿Te encuentras bien, Sassenach? —decía él en tono urgente, sacudiéndome un poco y palmeándome las mejillas.

Las *bean-treim*, con sus negros ropajes, habían alcanzado la puerta. Pude verlas fuera, de pie como pilares idénticos de oscuridad, mientras la nieve que caía comenzaba a arremolinarse a su alrededor y un frío viento penetraba en la estancia, seguido de unos copos pequeños, duros y secos, que resbalaban y rebotaban contra el suelo. La voz de las mujeres subía y bajaba, mezclándose con el viento. Junto a la mesa, Hiram Crombie estaba tratando de prender el broche de granates de su suegra en la mortaja, aunque sus manos se sacudían y su delgado rostro estaba surcado de lágrimas.

—Sí —dije débilmente; luego repetí el «sí» con un poco más de fuerza—. Ahora todo está bien.

SEXTA PARTE

En la montaña

40

Primavera de aves

Marzo de 1774

Era primavera, y los largos meses de desolación se derretían en las vertientes de agua, con arroyuelos que caían de cada colina y cascadas en miniatura que saltaban de piedra en piedra.

En el aire flotaba el murmullo de las aves, una cacofonía de melodías que reemplazaban a las solitarias llamadas de los gansos que volaban a gran altura.

Los pájaros están solitarios en invierno: un único cuervo posado con aire melancólico en un árbol desnudo, una lechuza que cierra las alas para protegerse del viento en las elevadas y oscuras sombras de un granero. O van en bandadas, en un enorme estruendo de alas que los conducen a gran altura y distancia, surcando el cielo como un puñado de semillas de pimienta lanzadas al aire, marcando su rumbo en forma de «V», como si se tratara de flechas de afligido coraje que parten hacia la promesa de una supervivencia lejana y problemática.

En invierno, las aves de rapiña se alejan y aíslan; los pájaros cantores huyen; todo el color de las aves queda reducido a la brutal simplificación del depredador y la presa; sombras grises vuelan en lo alto, con no más que una pequeña gota de sangre que cae a tierra para marcar el tránsito de la vida, dejando un rastro de plumas dispersas flotando en el viento.

Pero cuando florece la primavera, los pájaros se embriagan de amor y los arbustos se llenan de sus canciones. Ya avanzada la noche, la oscuridad reduce su volumen, pero no los enmudece, y pequeñas conversaciones melodiosas se inician a todas horas, invisibles y extrañamente íntimas en la negrura nocturna, como si estuviéramos escuchando por casualidad a dos desconocidos haciendo el amor en la habitación contigua.

Me acerqué a Jamie, escuchando la canción dulce y clara de un zorzal en el gran abeto rojo que estaba detrás de la casa. Todavía hacía frío por la noche, pero no con la fuerza y la amargura del invierno; era, más bien, el fresco dulce de la tierra cuando la nieve se derrite, y de las nuevas hojas, un frío que cosquilleaba en la sangre y hacía que los cuerpos cálidos se buscaran y se acurrucaran.

Un atronador ronquido resonó desde el otro lado del rellano... otro indicio de la primavera. Era el mayor MacDonald, que había llegado cubierto de barro y golpeado por el viento la noche anterior, portando noticias poco gratas del mundo exterior.

Jamie se agitó un poco con el sonido, soltó un gruñido, una pequeña ventosidad y permaneció inmóvil. Había estado levantado hasta tarde, conversando con el mayor, si es que «conversación» era la palabra apropiada.

Oí a Lizzie y a la señora Bug en la cocina de la planta baja, hablando al mismo tiempo que golpeaban cacharros y puertas con la esperanza de que nos levantáramos. El tentador aroma del desayuno empezó a subir por la escalera, junto con el amargo olor de la achicoria asada, que aromatizaba la densa calidez de las gachas con mantequilla.

La respiración de Jamie había cambiado. Me di cuenta de que estaba despierto, aunque seguía inmóvil y con los ojos cerrados. No sabía si eso denotaba el impulso de continuar con el placer físico del sueño o una marcada inclinación por no levantarse a lidiar con el mayor MacDonald.

Él respondió a mis dudas de inmediato, rodando hacia mí, envolviéndome en sus brazos y moviendo la parte inferior del cuerpo contra el mío de una manera que dejaba bastante claro que, si bien tenía en mente un placer físico, ya no estaba dormido.

Pero aún no había llegado al punto del habla coherente, y frotó la boca contra mis oídos, haciendo pequeños sonidos de interrogación con la garganta. Bueno, el mayor todavía estaba dormido, y faltaba un buen rato para que el café estuviera listo. Hice un sonido similar al suyo, busqué un poco de crema de almendras en la mesilla de noche y empecé a hurgar con lentitud y placer a través de las capas de la ropa de cama y de los camisones para aplicarla.

Un poco más tarde, unos bufidos y unos golpes al otro lado del pasillo anunciaron la resurrección del mayor MacDonald. Los deliciosos aromas del jamón y las patatas con cebolla se sumaron al conjunto de los estímulos olfativos, pero el dulce olor de la crema de almendras era más fuerte.

—Como un relámpago engrasado —dijo Jamie, con un amodorrado aire de satisfacción. Todavía estaba en la cama, tumbado de lado, observándome mientras me vestía.

—¿Qué? —Aparté la mirada del espejo para observarlo—. ¿Quién?

—Yo, supongo. ¿O no has sentido la fuerza del rayo al final? —Jamie rió casi en silencio, con un susurro de las sábanas.

—Ah, has vuelto a hablar con Bree. —Me volví hacia el espejo—. Esa frase es una metáfora de la velocidad extrema, no de la brillantez lubricada.

Le sonreí desde el espejo al tiempo que me cepillaba los enredos del cabello. Jamie había empezado a deshacer mi trenza mientras lo untaba, y los esfuerzos posteriores la deshicieron por completo. Bien pensado, tenía un ligero parecido a los efectos de la electrocución.

—Bueno, yo también puedo ser rápido —afirmó con juicio mientras se sentaba y se pasaba una mano por el cabello—. Pero no a primera hora de la mañana. Hay peores maneras de despertarse, ¿verdad?

—Sí, mucho peores. —El sonido de los carraspeos y los escupitajos nos llegó desde el otro lado del rellano, seguido del inconfundible tintineo de una persona con una vejiga muy vigorosa que empleaba un orinal—. ¿Te ha dicho si se quedará mucho tiempo?

Jamie negó con la cabeza. Levantándose lentamente, se desperezó como un gato y luego se acercó ataviado sólo con la camisa para rodearme con los brazos. Yo aún no había atizado el fuego, y hacía frío en la habitación; su cuerpo me proporcionó un calor agradable.

Apoyó la barbilla en mi cabeza y contempló nuestros reflejos juntos en el espejo.

—Debo partir —dijo en voz baja—. Tal vez mañana. —Me puse un poco tensa, con el cepillo en la mano.

—¿Adónde? ¿A ver a los indios?

Él asintió, con sus ojos fijos en los míos.

—MacDonald ha traído periódicos donde aparecen cartas del gobernador Martin a diversas personas, como a Tryon en Nueva York o al general Gage, pidiendo ayuda. Está perdiendo el control de la colonia, si es que alguna vez lo tuvo, y está pensando seriamente en proporcionar armas a los indios. Aunque menos mal que esa parte de la información no ha llegado a los periódicos.

Me soltó y abrió el cajón donde guardaba las camisas y los calcetines limpios.

—Menos mal —repetí, recogiéndome el cabello y buscando una cinta para atarlo.

Habíamos leído pocos periódicos durante el invierno, pero de todas formas, el desacuerdo entre el gobernador y la Asamblea estaba muy claro; él había recurrido a prórrogas continuas, disolviendo la Asamblea reiteradamente para evitar que aprobara una legislación opuesta a sus intereses.

Podía imaginarme muy bien cuál sería la reacción pública a la revelación de que estaba considerando proporcionar armas a los cherokee, los catawba y los creek, e incitarlos contra su propia gente.

—Creo que en realidad no hará nada semejante —dije, encontrando la cinta azul que buscaba—. Porque si lo hubiera hecho, si lo hace, quiero decir, la revolución empezaría en Carolina del Norte justo ahora, en lugar de en Massachusetts o Filadelfia dentro de dos años. Pero ¿por qué demonios está publicando esas cartas en el periódico?

Jamie se echó a reír y sacudió la cabeza para apartarse los pelos rebeldes de la cara.

—No es él. Evidentemente están interceptando la correspondencia del gobernador. Según MacDonald, a él no le gusta todo esto.

—Apuesto a que no. —El correo, desde siempre, no era muy seguro. De hecho, Fergus empezó a trabajar con nosotros cuando Jamie lo contrató para que robara cartas en París—. ¿Cómo está Fergus? —pregunté.

Jamie hizo una pequeña mueca mientras se subía las medias.

—Creo que mejor. Marsali dice que pasa más tiempo en casa, lo que está bien. Y está ganando un poco de dinero enseñando francés a Hiram Crombie. Pero...

—¿Hiram? ¿Francés?

—Ah, sí. —Me sonrió—. Hiram tiene la idea fija de que debe ir a predicar a los indios, y cree que le irá mejor si sabe algo de francés, además de inglés. Ian también está enseñándole un poco de tsalagi. Pero hay tantas lenguas indias que jamás las aprenderá todas.

—¿Acaso los prodigios nunca se acabarán? —murmuré—. ¿Crees que...?

En ese momento, los gritos de la señora Bug desde la escalera me interrumpieron.

—¡Si ciertas personas quieren dejar que un buen desayuno se arruine, estoy segura de que nadie se lo impedirá!

Como un mecanismo de relojería, la puerta del mayor MacDonald se abrió de inmediato y sus pies bajaron con entusiasmo y estrépito por la escalera.

—¿Listo? —le pregunté a Jamie. Él cogió mi cepillo y se arregló con un par de pasadas, luego abrió la puerta e hizo una reverencia, dejándome entrar con toda ceremonia.

—Eso que tú dices, Sassenach —intervino mientras me seguía por la escalera—, de que va a comenzar dentro de dos años... Ya ha empezado hace bastante. Lo sabes, ¿verdad?

—Ah, sí —respondí en un tono un poco sombrío—. Pero no quiero pensar en ello con el estómago vacío.

Roger se puso derecho para medir la altura. El borde del pozo para el horno en el que estaba metido le llegaba justo debajo de la barbilla. El metro ochenta que se necesitaba estaría a la altura de los ojos, de modo que sólo faltaban unos pocos centímetros, lo que era alentador. Apoyó la pala en la pared de tierra, se agachó, cogió un cubo de madera lleno de tierra y lo levantó por encima del borde.

—¡Tierra! —gritó. Pero no hubo respuesta. Se puso de puntillas, buscando con una mirada amenazadora a sus supuestos ayudantes. Se suponía que Jemmy y Germain se turnarían para vaciar los cubos y devolvérselos, pero los chicos tenían la costumbre de desvanecerse repentinamente cuando los necesitaba.

—¡Tierra! —volvió a gritar lo más fuerte que pudo. Los pequeños bandidos no podían haber ido muy lejos; él tardaba menos de dos minutos en llenar un cubo.

Este grito sí obtuvo respuesta, pero no por parte de los críos. Una fría sombra cayó sobre Roger, que entornó los ojos y vio la silueta de su suegro, agachándose para agarrar el asa del cubo. Jamie avanzó dos pasos y lanzó la tierra sobre un montón que iba creciendo poco a poco, luego regresó y saltó al interior del pozo para devolverlo.

—Has hecho un hoyo muy bonito —dijo mientras se daba la vuelta para examinarlo—. Aquí podrías asar un buey.

—Lo necesitaré. Me muero de hambre. —Roger se pasó la manga de la camisa por la frente; era un día primaveral fresco y despejado, pero él estaba sudando a mares.

Jamie había cogido la pala y estaba mirando la hoja con interés.

—Jamás había visto algo así. ¿Es obra de la muchacha?

—Sí, con un poco de ayuda de Dai Jones.

Habían bastado unos treinta segundos de trabajo con una pala del siglo XVIII para convencer a Brianna de que era posible realizar algunas mejoras. Habían tardado tres meses en conseguir un pedazo de hierro que el herrero pudiera adaptar según las instrucciones de ella y en convencer a Dai Jones (que era galés y, por tanto, por definición, tozudo) de que lo hiciera. Las palas normales eran de madera, y se parecían a una teja atada a un palo.

—¿Puedo probar? —Encantado, Jamie hundió la punta de la nueva pala en la tierra que se encontraba a sus pies.

—Adelante.

Roger pasó de la parte profunda del pozo a la más superficial. Jamie estaba en el área donde iría el fuego, según Brianna, a la que luego se le añadiría una chimenea. Los objetos que hubiera que cocer se dispondrían en la parte más larga y relativamente menos profunda del pozo, y se cubrirían. Después de una semana cavando, Roger estaba menos inclinado a pensar que la lejana posibilidad de las cañerías justificaba todo el trabajo necesario, pero Bree quería intentarlo y, al igual que con su padre, era muy difícil resistirse a su voluntad, aunque sus métodos eran distintos.

Jamie cavaba con rapidez, lanzando paladas de tierra en el cubo con pequeñas exclamaciones de deleite y admiración, ante la facilidad y la rapidez con la que se podía extraer la tierra. A pesar de que no tenía una opinión muy buena sobre esa actividad en concreto, Roger se sintió orgulloso por la herramienta que había creado su esposa.

—Primero las pequeñas cerillas —dijo Jamie bromeando—, ahora palas. ¿En qué pensará luego?

—Tengo miedo de preguntárselo —respondió Roger con un tono de pesar que hizo que Jamie riera.

Cuando estuvo lleno el cubo, Roger lo levantó y se lo llevó para vaciarlo, mientras Jamie llenaba el segundo. Y, sin un acuerdo verbal, prosiguieron con el trabajo: Jamie cavaba y Roger llevaba el cubo. Terminaron casi de inmediato.

Jamie salió del pozo y se unió a Roger en el borde, contemplando su obra con satisfacción.

—Y si no funciona bien como horno —observó Jamie—, puede convertirlo en un almacén para los alimentos.

—El que guarda, halla —dijo Roger mientras contemplaban el agujero, sintiendo el frío de la brisa a través de sus camisas empapadas ahora que habían dejado de moverse.

—¿Crees que tú y la muchacha podríais regresar? —preguntó Jamie. En un primer momento habló en un tono tan natural que Roger no supo a qué se refería, al menos hasta que vio la cara de su suegro, con esa calma imperturbable que, por lo general, escondía un sentimiento muy intenso.

—Regresar —repitió con aire vacilante. Seguramente no se referiría a... Pero claro, era eso—. ¿Quieres decir a través de las piedras?

Jamie asintió, en apariencia fascinado por la tierra húmeda e irregular de las paredes del pozo, donde las raíces de la hierba se estaban secando en nudos y sobresalían los bordes abruptos de las rocas.

—Lo he pensado —respondió Roger después de una pausa—. Los dos lo hemos pensado. Pero... —No pudo encontrar la manera de explicarse y dejó que su voz se apagara.

Jamie volvió a asentir, como si se hubiera explicado a la perfección. Roger supuso que Jamie y Claire habrían hablado sobre ese tema, incluso de la misma manera en que lo había hecho él con Bree, sopesando los pros y los contras. Los peligros del paso... y él no subestimaba esos peligros, más aún a raíz de lo que Claire le había explicado sobre Donner y sus camaradas. ¿Y si él conseguía pasar y Bree y Jem no? Ni siquiera podía pensar en ello.

Además, si todos sobrevivían al paso, estaba el dolor de la separación, y él estaba dispuesto a admitir que sería doloroso también para él. Más allá de sus limitaciones y sus inconvenientes, el Cerro era su hogar.

Pero en oposición a todas estas consideraciones estaban los peligros del presente, puesto que los cuatro jinetes del Apocalipsis cabalgaban a sus anchas en este mundo: las pestilencias y el hambre eran muy frecuentes. Y el caballo pálido y su jinete tenían la costumbre de presentarse inesperadamente y con bastante asiduidad.

En ese momento se dio cuenta de que Jamie estaba refiriéndose a eso.

—Por la guerra, quieres decir.

—Los O'Brian —respondió Jamie en voz baja—. Eso volverá a ocurrir, ¿sabes? Muchas veces.

Estaban en primavera, no en otoño, pero el viento frío que le rozó los huesos era el mismo que había hecho volar hojas marrones y doradas por la cara de la niñita. Roger tuvo una repentina visión en la que aparecían ellos dos, Jamie y él mismo, de pie junto al borde de ese mismo hoyo cavernoso, como desaliñados deudos frente a una tumba. Dio la espalda al pozo y contempló, en cambio, el verde floreciente de los castaños.

—¿Sabes? —dijo después de un momento de silencio—. La primera vez que supe lo que era Claire... lo que somos nosotros, la primera vez que me enteré de todo aquello, pensé: «¡Qué fascinante!» Quiero decir, poder ver la historia en el momento en que está forjándose. Si he de ser del todo honesto, tal vez vine aquí tanto por eso como por Bree. Me refiero a lo que pensaba entonces.

Jamie soltó una breve carcajada, y también se dio la vuelta.

—Ah, sí, ¿y lo es? Fascinante, quiero decir.

—Más de lo que hubiera imaginado —le aseguró Roger con enorme sequedad—. Pero ¿por qué me lo preguntas ahora? Te dije hace un año que nos quedaríamos.

Jamie asintió frunciendo los labios.

—Es cierto. La cuestión es... que estoy pensando que tal vez deba vender una o más de las piedras preciosas.

Eso sorprendió un poco a Roger. Él nunca había pensado en ello de manera consciente... pero saber que las piedras estaban allí, en caso de necesidad... Hasta ese momento no se había dado cuenta de la seguridad que le proporcionaba ese conocimiento.

—Son tuyas, estás en tu derecho de venderlas —respondió con cautela—. Pero ¿por qué ahora? ¿Se han complicado las cosas?

Jamie le lanzó una mirada extremadamente irónica.

—Complicado —repitió—. Sí, por decirlo de alguna manera. —Y procedió a describir la situación de una manera sucinta.

Los bandidos habían acabado no sólo con el whisky, cuya elaboración había precisado toda una temporada, sino también con el cobertizo de malteado, que hasta ahora no habían podido empezar a reconstruir. Eso significaba que ese año no habría excedentes del agradable elixir para vender o intercambiar por cosas que pudieran necesitar. Había veintidós familias nuevas de arrendatarios en el Cerro que había que tener en cuenta, la mayoría de las cuales estaban enfrentándose a un lugar y a una profesión que jamás habrían imaginado, tratando de sobrevivir lo suficiente para aprender cómo ganarse la vida.

—Y, además —añadió Jamie con un tono sombrío—, está MacDonald... Hablando del rey de Roma...

El mayor había salido a la puerta, con su rojo abrigo resplandeciente bajo el sol de la mañana. Iba ataviado para viajar, pensó Roger, con botas y espuelas, y llevaba puesta la peluca, con el sombrero en la mano.

—Al parecer, una visita fugaz.

Jamie hizo un ruido casi inaudible, pero bastante zafio.

—Lo suficiente como para informarme de que debo organizar la compra de treinta mosquetes, con municiones y pólvora, pagándolos de mi bolsillo. Una suma que la Corona me devolverá algún día —agregó, con un cinismo que dejaba bien claro lo remota que estaba esa posibilidad.

—Treinta mosquetes. —Roger pensó en esa perspectiva, frunciendo los labios en un silbido mudo. Jamie ni siquiera había podido reemplazar el rifle que le había regalado a Pájaro por su ayuda en el asunto de Brownsville.

Jamie se encogió de hombros.

—Y después están los asuntos menores, como la dote que le he prometido a Lizzie Wemyss, que va a casarse este verano. Y la madre de Marsali, Laoghaire... —Miró con recelo a Roger, sin saber con seguridad cuánto sabía de Laoghaire. Más de lo que a Jamie le gustaría, pensó Roger, y tuvo el tacto de mantener una expresión impasible—. Le debo algo de dinero para la manutención. Nosotros sí podemos vivir con lo que tenemos, pero el resto... Debo vender tierras o las piedras. Y no pienso desprenderme de las tierras. —Sus dedos tamborileaban inquietos sobre su muslo, pero luego se detuvieron al levantar la mano para saludar al mayor, que los acababa de ver al otro lado del claro.

—Ya veo. Bueno, entonces... —Estaba claro que había que hacerlo; era estúpido quedarse de brazos cruzados si uno tenía una fortuna en piedras preciosas sólo porque tal vez algún día podrían hacer falta para un propósito rocambolesco y arriesgado. Aun así, la idea hizo que Roger se sintiera un poco hueco, como si estuviera descendiendo en rápel por un acantilado y alguien hubiera cortado la cuerda de seguridad.

Jamie espiró.

—Bueno. Le mandaré una a su señoría a Virginia a través de Bobby Higgins. Como mínimo, él me ofrecerá un buen precio.

—Sí, es... —Roger se interrumpió de pronto, con la atención desviada por el hecho que estaba teniendo lugar delante de él.

El mayor, que evidentemente había desayunado bien y estaba de buen ánimo, había bajado por los escalones y avanzaba a paso acelerado hacia ellos, sin haberse percatado de la presencia de la cerda blanca, que había salido de su guarida debajo de los cimientos y estaba paseándose por el lado de la casa, pensando en su propio desayuno. En cuestión de segundos vería al mayor.

—¡Oiga! —gritó Roger, y sintió que algo se le desgarraba en la garganta. El dolor fue tan intenso que lo paralizó y se llevó las manos a la garganta, que había quedado repentinamente muda.

—¡Cuidado con el cerdo! —estaba gritando Jamie, mientras movía los brazos y señalaba. El mayor inclinó la cabeza hacia delante, con la mano tras la oreja, hasta que oyó los reiterados gritos de «¡Cerdo!» y miró a su alrededor justo a tiempo para ver cómo la cerda blanca iniciaba un pesado trote, moviendo los colmillos de lado a lado.

Habría sido mejor que girara en redondo y regresara a la seguridad de los escalones de la entrada, pero le entró pánico y empezó a correr a toda velocidad, alejándose del cerdo y abalanzándose sobre Jamie y Roger, quienes de inmediato corrieron en distintas direcciones.

Al mirar hacia atrás, Roger vio que el mayor estaba ganando terreno al cerdo con sus largas zancadas, con el claro objetivo de la cabaña. Pero entre el mayor y la cabaña se encontraba el hoyo abierto del horno subterráneo, oculto por la hierba.

—¡El pozo! —gritó Roger, pero pronunció la frase con un graznido atragantado. Sin embargo, al parecer, MacDonald lo oyó, porque giró la cara enrojecida en su dirección, con los ojos bien abiertos. Debió de sonarle a «¡El cerdo!», ya que miró hacia atrás por encima del hombro y vio que la cerda trotaba cada vez más deprisa, con sus ojitos rosados clavados en él con una expresión asesina.

La distracción fue casi fatal, puesto que las espuelas del mayor se engancharon y cayó hacia delante, despatarrándose sobre el pasto; soltó el sombrero —que había sostenido durante toda la persecución— y lo lanzó al aire.

Roger vaciló un instante, pero luego regresó corriendo para ayudarlo con un juramento reprimido. Vio que Jamie también volvía a toda velocidad, con la pala en ristre, aunque incluso una pala de metal parecía lastimosamente inadecuada para lidiar con un puerco de doscientos treinta kilos.

MacDonald ya estaba intentando ponerse en pie; antes de que cualquiera de ellos pudiera alcanzarlo, se lanzó a la carrera como si el mismo diablo estuviera pisándole los talones. Agitando los brazos y con la cara morada, corrió para salvar su vida, saltando a través de la hierba... y desapareció. Un instante estaba allí y al siguiente se había esfumado como por arte de magia.

Jamie miró a Roger con los ojos bien abiertos, y luego al cerdo, que se había detenido al otro extremo del pozo. Después, avanzando con delicadeza, sin alejar la vista del cerdo, se deslizó hacia el pozo mirando de reojo, como si tuviera miedo de ver lo que había en el fondo.

Roger se acercó a Jamie y también miró hacia abajo. El mayor MacDonald había caído en el extremo más profundo, donde permanecía curvado como un erizo, con los brazos aferrando la peluca, que se había mantenido en su sitio por milagro, aunque estaba bastante llena de tierra y briznas de hierba.

—¡¿MacDonald?! —gritó Jamie—. ¿Se ha hecho daño, buen hombre?

—¿Está ahí la cerda? —preguntó el mayor con voz temblorosa, aún acurrucado.

Roger miró al otro lado del foso donde se encontraba la cerda, ahora un poco más lejos, con el hocico hacia abajo en medio de la hierba crecida.

—Eh... sí. —Para su sorpresa, no le costaba hablar, aunque su voz seguía siendo ronca. Se aclaró la garganta y habló un poco más fuerte—. Pero no se preocupe. Está ocupada comiéndose su sombrero.

41

El armero

Jamie acompañó a MacDonald hasta Coopersville, donde se despidió de él en el camino de Salisbury, cargado con comida, un sombrero flexible y poco elegante para que pudiera protegerse de las inclemencias del tiempo y una pequeña botella de whisky para que fortaleciera su lastimado espíritu. Luego, con un suspiro interior, se dirigió a la casa de los McGillivray.

Robin estaba trabajando en la forja, rodeado del olor a metal caliente, astillas de madera y aceite para armas. Había un joven delgaducho con la cara chupada manipulando los fuelles de cuero, aunque su expresión soñadora delataba cierta falta de atención a la tarea.

Robin se percató de la sombra que proyectó Jamie al entrar y levantó la vista, le dedicó un mínimo saludo con la cabeza y regresó al trabajo.

Estaba golpeando barras de hierro con un martillo y convirtiéndolas en tiras aplanadas; a su lado, sostenido por dos bloques de madera, aguardaba el cilindro de hierro en torno al cual envolvería esas tiras para formar el cañón de un arma. Jamie avanzó con cuidado, fuera del alcance de las chispas, y se sentó sobre un cubo a esperar.

El que estaba con los fuelles era el prometido de Senga... Heinrich. Heinrich Strasse. Encontró el nombre sin vacilar entre los cientos que guardaba en la mente, y junto al nombre acudió a su mente todo lo que sabía sobre la historia, la familia y los conocidos del joven Heinrich, datos que aparecían en su imaginación en torno al rostro delgado y soñador del muchacho, en una constelación de afinidades sociales, ordenada y compleja a la vez, como los dibujos de un cristal de nieve.

Siempre veía a la gente de esa manera, pero eran pocas las ocasiones en las que era consciente de ello. Aunque había algo en la cara de Strasse que reforzaba las imágenes mentales: el largo eje de la frente, la nariz y la barbilla, enfatizado por un caballuno labio superior, con profundos surcos, y un eje horizontal más corto, pero no menos definido, con unos ojos largos y estrechos y unas cejas oscuras y planas sobre ellos.

Podía deducir los orígenes del muchacho —el mediano de nueve hermanos, pero el mayor de los varones, hijo de un padre autoritario y una madre que lidiaba con ellos mediante subterfugios y una maldad callada— asomando en un delicado despliegue de cabellos en la puntiaguda coronilla; su religión —luterana, pero sin prestarle mucha atención—, en la forma de un ramillete de pelos como de encaje bajo una barbilla igualmente puntiaguda; su relación con Robin —cordial, pero recelosa, como correspondía a un nuevo yerno que también era su aprendiz—, extendiéndose como un abanico de lanzas desde la oreja derecha, y la que tenía con Ute —una mezcla de terror, intimidación y desesperación—, en la izquierda.

Esa ocupación le resultaba muy entretenida, y se vio obligado a apartar la mirada, fijando su interés en la mesa de trabajo de Robin para no incomodarlo.

El armero no era una persona ordenada; sobre la mesa tenía esquirlas de madera y metal junto a un montón de clavos, puntas de trazar, martillos, bloques de madera, pequeños trozos de un paño granate sucio y pedacitos de carboncillo. Había unos cuantos papeles, sujetos con una culata que se había roto durante su fabricación, cuyos sucios bordes se agitaban con el aire caliente de la forja. Él no les habría prestado atención si no hubiera reconocido el estilo de los dibujos; habría identificado esa precisión y la delicadeza de esas líneas en cualquier parte.

Frunciendo el ceño, se levantó y sacó los papeles de debajo de la culata. Eran dibujos de un arma, ejecutados desde ángulos diferentes; un rifle, ahí estaba el corte transversal del cañón, y las ranuras y los enganches se veían con claridad; pero era un rifle de lo más peculiar. En uno de los bocetos se veía entero, razonablemente familiar, excepto unos extraños bultos con forma de cuernos en el cañón. Pero en el siguiente... el arma estaba plasmada como si alguien la hubiera partido con la rodilla; estaba del todo abierta, con la culata y el cañón apuntando hacia abajo en direcciones opuestas, unidos tan sólo por... ¿qué clase de bisagra era aquélla? Cerró un ojo, reflexionando.

El cese del estrépito de la forja y el fuerte siseo del metal caliente en el sumidero lo arrancaron de su fascinación con los dibujos e hicieron que levantara la vista.

—¿Su hija le ha mostrado esos dibujos? —preguntó Robin, señalando los papeles con un gesto. Se levantó el faldón de la camisa desde debajo del mandil y se limpió su sudorosa cara con una expresión de diversión.

—No. ¿Qué está tramando? ¿Quiere que usted fabrique un arma?

Devolvió las hojas al armero, que las reorganizó, resoplando con interés.

—Ella no puede de ninguna manera pagar algo así, Mac Dubh, a menos que Roger Mac haya descubierto un tesoro desde la semana pasada. No, sólo me ha estado explicando sus ideas para mejorar el arte de la fabricación de rifles y me ha preguntado cuánto costaría hacer algo así. —El cínico gesto que acechaba en las comisuras de los labios de Robin se amplió hasta convertirse en una franca sonrisa, y él le devolvió los papeles a Jamie—. Se nota que es su hija, Mac Dubh. ¿Qué otra muchacha pasaría tiempo pensando en armas, en lugar de en vestidos o en niños?

Había más que una leve crítica implícita en ese comentario (sin duda, Brianna había sido bastante más directa de lo que se consideraba apropiado), pero Jamie lo dejó pasar. Necesitaba ganarse la buena voluntad de Robin.

—Bueno, toda mujer tiene sus caprichos —observó con ligereza—. Incluso la pequeña Lizzie, supongo... aunque Manfred se ocupará de ello, estoy seguro. ¿Está en Salisbury? ¿O en Hillsboro?

Robin McGillivray no era, de ninguna manera, un hombre estúpido. El cambio repentino de tema hizo que frunciera una ceja, pero no dijo nada. En cambio, mandó a Heinrich a la casa a buscar cerveza y esperó a que el muchacho desapareciera antes de volverse hacia Jamie con actitud expectante.

—Necesito treinta mosquetes, Robin —dijo sin preámbulos—. Y pronto... dentro de tres meses.

El asombro del armero hizo que su rostro adoptara una cómica impasibilidad. Parpadeó y cerró la boca de inmediato, retomando su expresión sarcástica habitual.

—¿Está creando un ejército propio, Mac Dubh?

Jamie se limitó a sonreír y no contestó. Si corría el rumor de que tenía la intención de armar a sus arrendatarios y crear su propio comité de seguridad como respuesta a los bandidos de Richard Brown, no haría ningún daño y hasta podría ser algo bueno. En cambio, dejar que se supiera que el gobernador estaba tramando armar a los salvajes en secreto, por si necesitaba reprimir un alzamiento armado en las provincias, y que él, Jamie Fraser, era el agente de tal acción, sí era una forma excelente de hacer que lo mataran y de que le quemaran la casa hasta los cimientos, por no hablar de otros problemas que pudieran surgir.

—¿Cuántos puede conseguirme, Robin? ¿Y en cuánto tiempo?

El armero entornó los ojos mientras pensaba, y luego lo miró de reojo.

—¿Paga en metálico?

Jamie asintió y vio cómo los labios de Robin se fruncían en un mudo silbido de sorpresa. Robin sabía, igual que los demás, que Jamie no tenía dinero... y mucho menos la pequeña fortuna necesaria para montar tantas armas.

Podía ver la especulación en la mirada de Robin en cuanto a cómo planeaba conseguir semejante cantidad de dinero, pero el armero no dijo nada. En cambio, hundió los dientes superiores en el labio inferior, reflexionando, y luego se relajó.

—Puedo encontrar seis, tal vez siete, entre Salisbury y Salem. Brugge —añadió, refiriéndose al armero moravo— podría hacer uno o dos, si supiera que son para usted... —Al ver que

Jamie negaba con un mínimo movimiento de la cabeza, asintió resignado—. Sí, bueno, tal vez siete, entonces. Y Manfred y yo podríamos fabricar unos tres más... Sólo precisa mosquetes, ¿verdad? Nada especial... —Señaló el dibujo de Brianna con la cabeza con un pequeño destello de su humor anterior.

—Nada especial —respondió Jamie con una sonrisa—. Ésos son diez, entonces.

Aguardó. Robin suspiró y cambió de posición.

—Preguntaré por ahí —dijo—. Pero no será fácil. En especial, si usted no quiere que se mencione su nombre en relación con... Y supongo que no.

—Usted tiene una inteligencia y una discreción poco comunes, Robin —le aseguró Jamie muy serio, haciendo que riera.

Y era verdad. Robin McGillivray había combatido a su lado en Culloden y había convivido tres años con él en Ardsmuir; Jamie le confiaría la vida... y lo estaba haciendo en ese momento. Comenzó a desear que, después de todo, la cerda se hubiera comido a MacDonald, pero alejó ese indigno pensamiento y tomó la cerveza que había llevado Heinrich, charlando sobre trivialidades hasta que fue cortés marcharse.

Había montado a *Gideon* para acompañar a MacDonald, pero tenía la intención de dejarlo en el granero de Dai Jones. A través de un difícil regateo, *Gideon* montaría a la yegua manchada de John Woolam, y cuando llegara el tiempo de la cosecha, en otoño, Jamie mandaría unos cuarenta y cinco kilos de cebada y una botella de whisky a Dai por su ayuda.

Después de intercambiar unas lacónicas frases con Dai (era incapaz de discernir si el herrero era verdaderamente un hombre de pocas palabras o si tan sólo se desesperaba al intentar hacer entender a los escoceses su sonsonete galés), dio una palmada de aliento a *Gideon* y lo dejó comiendo grano y poniéndose en forma para la llegada de la yegua manchada.

Dai le había ofrecido comida, pero Jamie la rehusó; tenía un poco de hambre, pero ansiaba la paz de la caminata de ocho kilómetros hasta su casa. Hacía un buen día, el cielo tenía un color azul pálido, se oía el murmullo de las hojas primaverales en lo alto y a él le vendría bien un poco de soledad.

Tomó la decisión cuando le pidió a Robin que le consiguiera armas. De todas formas, debía reflexionar sobre la situación.

Había sesenta y cuatro aldeas cherokee; cada una con su propio cacique, su propio jefe de paz y su jefe de guerra. Su poder alcanzaba a sólo cinco de esas aldeas: las tres del pueblo de Pájaro de Nieve y las dos que pertenecían a los cherokee de Overhill. Aunque suponía que éstos seguirían a los líderes de Overhill, más allá de lo que él dijera.

Roger Mac no sabía mucho sobre los cherokee o cuál podría ser su papel en la inminente lucha. Sólo había podido decirle que no habían actuado en masa; algunas aldeas decidieron combatir y otras no; algunas lucharon para un bando y otras para otro.

Bueno, era indiferente. No era probable que nada de lo que él dijera o hiciera cambiara el curso de la guerra, y eso era reconfortante. Pero no podía obviar la idea de que estaba llegando el momento en que debería asumir una posición. Por lo que todos sabían, él era un leal súbdito de Su Majestad, un *tory* que se deslomaba por los intereses del rey Jorge III, sobornando a los salvajes y distribuyendo armas con la intención de reprimir los ánimos amotinados de reguladores, *whigs* y aspirantes a republicanos.

En algún momento esa fachada tendría que derrumbarse y dejarlo al descubierto como un rebelde recalcitrante y un traidor. Pero ¿cuándo? Se preguntó ociosamente si cuando eso ocurriera pondrían un precio a su cabeza, y a cuánto ascendería.

Las cosas tal vez no serían tan difíciles con los escoceses. Por rencorosos y tozudos que fueran, él era uno de ellos, y el aprecio que sentían por él podría moderar el escándalo que supondría el hecho de que se pasase al bando rebelde cuando llegase el momento.

No, eran los indios los que le preocupaban, puesto que se había presentado ante ellos como agente del rey. ¿Cuánto tiempo precisaría para explicarles su cambio de idea? Y, más aún, ¿cómo hacerlo de manera que ellos lo compartieran? Quizá lo vieran como la peor de las traiciones o, en el mejor de los casos, como un comportamiento muy sospechoso. No creía que lo fueran a matar, pero ¿cómo, en nombre de Dios, podría convencerlos de que se sumaran a la causa de la rebelión, cuando ellos gozaban de una relación estable y próspera con Su Majestad?

Oh, Dios, y además estaba John. ¿Qué podría decirle a su amigo, cuando llegara el momento? ¿Debía convencerlo con lógica y retórica de que él también se pasara de bando? Siseó entre dientes y negó con la cabeza, consternado, tratando —y fallando totalmente en el intento— de imaginar a John Grey, un soldado de toda la vida, exgobernador real, la imagen misma de la lealtad y el honor, declarándose de pronto a favor de la rebelión y la república.

Siguió así un tiempo, preocupándose por estas cosas, pero poco a poco descubrió que la caminata lo tranquilizaba y que la placidez del día le animaba el corazón.

Tendría tiempo, antes de cenar, de llevar a pescar al pequeño Jem, pensó; el sol brillaba con intensidad, pero había una humedad bajo los árboles que prometía larvas de moscas en el agua. Sintió que las truchas saldrían a la superficie poco antes del crepúsculo.

Con el ánimo más tranquilo, se alegró cuando encontró a su hija un poco más adelante, cerca del Cerro. Su corazón dio un pequeño vuelco al ver su cabello suelto y cobrizo, flotando glorioso sobre su espalda.

—*Ciamar a tha thu, a nighean?* —preguntó, saludándola con un beso en la mejilla.

—*Tha mi gu math, mo athair*. —Ella sonrió, pero Jamie notó una pequeña arruga en el entrecejo que turbaba la lisa piel de su frente, como una mosca en un estanque de truchas—. Te estaba esperando —dijo ella cogiéndolo del brazo—. Quería hablar contigo antes de que vayas a visitar a los indios mañana.

El tono de Brianna hizo que olvidara cualquier pensamiento sobre peces al instante.

—Ah, ¿sí?

Ella asintió con un gesto, pero al parecer le costaba encontrar las palabras adecuadas para lo que quería decir, lo que lo alarmó aún más. De todas formas, no podía ayudarla sin tener ninguna idea de qué se trataba todo aquello, de modo que caminó a su lado, mudo pero alentándola. Cerca, había un sinsonte practicando su repertorio de cantos. Era el pájaro que vivía en la pícea roja de detrás de la casa; lo sabía porque se detenía de vez en cuando, en mitad de sus trinos y gorjeos, para hacer una fantástica imitación del maullido nocturno de *Adso*.

—Cuando hablaste con Roger sobre los indios —dijo Brianna por fin, y volvió la cabeza para mirarlo—, ¿él mencionó algo llamado el Camino de las Lágrimas?

—No —respondió Jamie con curiosidad—. ¿Qué es?

Ella hizo una mueca y encorvó los hombros de una manera que le resultó desconcertantemente conocida.

—Ya me lo parecía. Me dijo que te había contado todo lo que sabía sobre los indios y la revolución; tampoco es que sepa tanto, ésa no era su especialidad; pero esto ocurrió... sucederá más adelante, después de la revolución. De modo que él tal vez no lo considerara importante... Y quizá no lo sea...

Vaciló, como si quisiera que él le dijera que no lo era. Pero Jamie se limitó a aguardar y ella suspiró, bajando la mirada a sus pies mientras caminaba. Estaba calzada con sandalias y sin medias, y los dedos largos y desnudos de sus pies estaban sucios por el suave polvo del camino de las carretas. La imagen de sus pies siempre lo llenaba de una mezcla de orgullo por su forma elegante, y una débil sensación de vergüenza por su tamaño... pero como él era el responsable de ambas cosas, suponía que no tenía motivos para quejarse.

—Dentro de unos sesenta años —dijo ella por fin, con la vista en el suelo—, el gobierno americano sacará a los cherokee de su tierra y los trasladará a otro sitio. Será un largo trecho, hasta un lugar llamado Oklahoma. Son por lo menos mil seiscientos kilómetros, y cientos y cientos de ellos perecerán de inanición en el camino. Por eso lo llamaban, o lo llamarán, el Camino de las Lágrimas.

A Jamie lo impresionó que hubiera un gobierno capaz de algo así, y lo dijo. Su hija le lanzó una mirada de furia.

—Lo harán con engaños. Convencerán a algunos de los líderes cherokee de que acepten, haciéndoles promesas, pero sin cumplir su palabra.

Jamie se encogió de hombros.

—Así es como actúa la mayoría de los gobiernos —observó él con ligereza—. ¿Por qué me explicas eso, muchacha? Yo, gracias a Dios, estaré muerto y a salvo antes de que nada de eso suceda.

Él vio una sombra que cruzaba la cara de su hija ante la mención de su muerte, y lamentó haberle causado angustia con esa frivolidad. Pero antes de que pudiera disculparse, ella tensó los hombros y prosiguió.

—Te lo digo porque me pareció que debías saberlo —intervino—. No todos los cherokee se marcharon; algunos se ocultaron en la montaña; el ejército no los encontró.

—¿Sí?

Ella volvió la cabeza y lo miró con esos ojos que eran también los suyos, con una franqueza conmovedora.

—¿No te das cuenta? Mamá te contó lo que ocurriría... en Culloden. Tú no pudiste evitarlo, pero salvaste Lallybroch. Y a tus hombres, tus arrendatarios. Porque lo sabías.

—Oh, Dios mío —exclamó él, dándose cuenta de lo que había querido decir, como si lo hubieran golpeado. Los recuerdos lo cubrieron como una inundación, el terror, la angustia y la incertidumbre de aquella época, la sorda desesperación que lo había ayudado a sobrevivir a aquel último día fatal—. Quieres que se lo cuente a Pájaro.

Ella se frotó la cara con la mano y negó con la cabeza.

—No lo sé. No sé si deberías explicárselo; tampoco sé si él te haría caso o no si lo hicieras. Pero Roger y yo hablamos sobre ello, después de que le preguntaras acerca de los indios. Y no he dejado de pensar en ello... y, bueno, simplemente no me parecía bien saberlo y no hacer nada. De modo que pensé que tenía que contártelo.

—Sí, ya veo —dijo él en tono sombrío.

Jamie ya había notado antes esa costumbre de las personas de buenos sentimientos de aliviar su incomodidad pasándole a otro la necesidad de actuar, pero evitó mencionarlo. Después de todo, ella no podía explicárselo a Pájaro.

Como si la situación a la que se enfrentaba con los cherokee no fuera ya bastante difícil, pensó con ironía, ¿ahora debía ocuparse de salvar a generaciones futuras y desconocidas de salvajes? El sinsonte pasó zumbando junto a su oreja, demasiado cerca, cacareando como una gallina.

Fue tan incongruente que se echó a reír. Entonces se dio cuenta de que no quedaba nada que hacer. Como mínimo por ahora.

Brianna estaba mirándolo con curiosidad.

—¿Qué vas a hacer?

Él se desperezó, lenta y sensualmente, sintiendo que los músculos de la espalda se estiraban sobre los huesos, siendo consciente de cada uno de ellos, vivos y firmes. El sol descendía en el cielo, estaban empezando a preparar la cena, y, por el momento, por esa última noche no tenía que hacer nada. Aún no.

—Voy a pescar —dijo sonriéndole a su adorable, extraña y problemática hija—. Trae al pequeño, ¿de acuerdo? Yo iré a buscar las cañas.

Señor James Fraser, del Cerro de Fraser.
A mi señor John Grey, plantación de Mount Josiah. Este segundo día de abril, Anno Domini 1774.

Mi señor:

Partiré por la mañana a visitar a los cherokee, de modo que dejaré esta nota a mi esposa, para que se la confíe al señor Higgins en su próxima visita y para que éste te la entregue en mano junto con el paquete que la acompaña.

Me atrevo a abusar de tu amabilidad y tu preocupación por mi familia, pidiéndote el favor de que me ayudes a vender el objeto que te confío. Sospecho que tus contactos podrían permitirte obtener un precio mejor que yo, y que lo harás discretamente.

A mi regreso, espero poder confiarte las razones de mi acción, así como algunas reflexiones que tal vez te interesen. Mientras tanto, considérame siempre

Tu más afectuoso amigo y humilde servidor,

J. Fraser

42

Ensayo con vestuario

Bobby Higgins me miró con inquietud con su jarra de cerveza en la mano.

—Le ruego que me disculpe, señora —dijo—, pero no estará usted pensando en practicar alguna clase de medicina conmigo, ¿verdad? Los gusanos han desaparecido, de ello estoy seguro. Y lo... lo otro —añadió, sonrojándose ligeramente y retorciéndose sobre el banco—, eso también está bien. He comido tantas alubias que todo el tiempo tengo gases, ¡y ya no tengo ardores!

Jamie siempre mencionaba mi transparencia como característica de mi personalidad, pero aquella claridad por parte de Bobby era sorprendente.

—Me fascina saberlo —dije, esquivando su pregunta por el momento—. Se te ve muy bien, Bobby.

Era cierto; el aspecto demacrado y enfermizo ya era cosa del pasado. Tenía la piel firme y sana, y los ojos brillantes. El ojo ciego no se había puesto lechoso ni se movía sin control de una manera perceptible; tal vez aún conservara alguna capacidad residual de detectar la luz y las siluetas, lo que hacía que quedara reforzado mi diagnóstico original de una retina parcialmente desplazada.

Asintió con recelo y tomó un sorbo de cerveza, sin alejar los ojos de mí.

—Me encuentro realmente bien, señora —añadió.

—Espléndido. No sabes cuánto pesas, ¿verdad, Bobby?

La mirada de recelo desapareció, y fue sustituida por un modesto orgullo.

—Pues sí lo sé, señora. El mes pasado trasladé algunos vellones de lana al puerto fluvial para su señoría, y había un comerciante que tenía una balanza para pesar sus productos: tabaco o arroz, o bloques de índigo, lo que fuera. Algunos de nosotros empezamos a apostar sobre cuánto pesábamos y... bueno, sesenta y cinco kilos con treinta, señora.

—Muy bien —dije en tono de aprobación—. El cocinero de lord John debe de estar dándote bien de comer.

Yo recordaba que cuando lo vi por primera vez daba la impresión de que no pesaba más de cincuenta kilos. Sesenta y cinco seguía siendo poco para un hombre de cerca de un metro ochenta, pero era una gran mejoría. Y también era una suerte que él supiera su peso con tanta exactitud.

Por supuesto que si yo no actuaba con rapidez, él ganaría cinco o diez kilos más; la señora Bug se había propuesto superar al cocinero indio de lord John (de quien habíamos oído hablar mucho) y, con este fin, no dejaba de llenar el plato de Bobby con huevos, cebollas, venado y una porción de pastel de cerdo que había sobrado, por no decir nada de la aromática cesta de bollos que ya le había servido.

Lizzie, que estaba sentada a mi lado, cogió uno y lo untó con mantequilla. Advertí no sin aprobación que también ella parecía más sana y algo sonrosada. De todas formas, debía recordar tomar una muestra de su sangre para comprobar el nivel de los parásitos de la malaria. Sería excelente hacerlo mientras estuviera inconsciente. Por desgracia, no tenía manera de saber su peso exacto, pero no podían ser más de cuarenta y cinco kilos; era una mujer pequeña y de huesos ligeros.

Mientras que Bree y Roger se ubicarían al otro lado de la balanza... Roger debía de pesar al menos ochenta y cuatro kilos; Bree, probablemente, sesenta y ocho. Cogí un bollo mientras pensaba en la mejor manera de llevar a cabo mi plan. Roger lo haría si se lo pidiera, desde luego, pero Bree... Tendría que ser cuidadosa con ella. A los diez años le habían extirpado las amígdalas con éter y no le había gustado la experiencia. Si descubría lo que estaba tramando y empezaba a expresar sus opiniones sin tapujos, podría alarmar al resto de mis conejillos de Indias.

Entusiasmada por mi éxito en la elaboración de éter, había subestimado demasiado la dificultad de convencer a cualquiera de aplicárselo. Puede que fuera un tipo raro, tal y como Jamie había dicho en una ocasión, pero el señor Christie no era el único en resistirse a la idea de quedar inconsciente.

Yo había creído que el atractivo de la ausencia total de dolor sería universal, pero en realidad no lo era para aquellos que jamás la habían experimentado. No tenían ningún contexto en el que ubicar una idea semejante, y si bien no todos creían que el éter era un complot papista, sí consideraban que la oferta de ahorrarles el sufrimiento, de alguna manera, se contradecía con la visión divina del universo.

De todas formas, yo ejercía cierta influencia sobre Bobby y Lizzie para estar bastante segura de que podría convencerlos de que lo intentaran, o agobiarlos hasta que lo hicieran. Si luego ellos hacían un informe positivo de la experiencia... aunque mejorar las relaciones públicas era sólo la mitad de la tarea.

La verdadera necesidad consistía en probar el éter con diversos sujetos y tomar cuidadosa nota de los resultados. El susto del parto de Henri-Christian me había demostrado lo mal preparada que estaba. Necesitaba tener alguna idea de cuánto podía administrar por unidad de peso corporal, cuánto podría durar tal o cual dosis y cuán profundo sería el estupor resultante. Lo que menos quería era estar metida hasta los codos en el abdomen de alguien y que de pronto esa persona se despertara con un alarido.

—Está haciéndolo otra vez, señora. —Bobby frunció el entrecejo mientras masticaba lentamente, mirándome con los ojos entornados.

—¿Qué? ¿Qué estoy haciendo? —pregunté fingiendo inocencia, mientras me servía un poco de pastel de cerdo.

—Observándome. Igual que un halcón observa a un ratón justo antes de abalanzarse sobre él. ¿No es cierto? —le preguntó a Lizzie.

—Sí, es verdad —admitió Lizzie, mirándome con una sonrisa—. Pero ella siempre lo hace. Tú serías un ratón muy grande, Bobby. —Como era escocesa, pronunció de una manera muy peculiar la palabra «ratón», lo que hizo que Bobby se echara a reír y se atragantara con su bollo.

La señora Bug se detuvo para darle unos golpes en la espalda, y lo dejó morado y jadeando.

—Bueno, ¿y qué problema tiene ahora? —preguntó mientras daba la vuelta para examinarlo con una mirada crítica—. No tienes diarrea de nuevo, ¿verdad, muchacho?

—¿De nuevo? —pregunté.

—Ah, no, señora —graznó él—. ¡Dios me libre! Sólo fue aquella vez que comí manzanas verdes. —Se atragantó, tosió y se enderezó en la silla, aclarándose la garganta—. ¿Podríamos, por favor, no hablar de mis intestinos, señora? —preguntó en un tono lastimero—. Al menos, mientras estemos desayunando...

Sentí que Lizzie tenía ganas de reír a mi lado, pero mantuvo los ojos sobre el plato en actitud de recato para no avergonzarlo todavía más.

—Por supuesto. —Sonreí—. Supongo que te quedarás unos cuantos días, ¿verdad, Bobby?

Había llegado el día anterior, con el habitual surtido de cartas y periódicos de lord John, y un paquete que contenía un regalo maravilloso para Jemmy: una caja de sorpresas con música y con un payaso con resorte, enviada especialmente desde Londres gracias a los buenos oficios de Willie, el hijo de lord John.

—Ah, sí, señora —me aseguró, con la boca llena por el bollo—. Su señoría me ha dicho que estuviera pendiente por si el señor Fraser tenía alguna carta para llevarle de regreso, así que debo esperarlo, ¿verdad?

—Desde luego.

Jamie e Ian habían ido a visitar a los cherokee una semana antes; era probable que tardaran otra en regresar. Tiempo suficiente para mis experimentos.

—¿Hay algo que pueda hacer para echarle una mano, señora? —preguntó Bobby—. Quiero decir, puesto que yo estoy aquí y el señor Fraser y el señor Ian, no. —Había un pequeño tono de satisfacción en sus palabras; se llevaba bien con Ian, pero sin duda prefería tener toda la atención de Lizzie para él solo.

—Bueno —dije, tomando una cucharada de gachas—, ahora que lo mencionas, Bobby...

Cuando terminé mi explicación, Bobby seguía teniendo un aspecto saludable, aunque el color se había esfumado de sus mejillas.

—Dormirme —repitió con vacilación. Miró a Lizzie, que también parecía un poco insegura, pero estaba mucho más acostumbrada a que le dijeran que hiciera cosas poco razonables como para protestar.

—Sólo estarás dormido un momento —le aseguré—. Lo más probable es que ni te des cuenta.

Su cara expresaba un escepticismo considerable, y me di cuenta de que estaba intentando encontrar alguna excusa. Pero yo había previsto esa estratagema y jugué mi carta de triunfo.

—No soy sólo yo quien necesita evaluar las dosis —dije—. No puedo operar a alguien y suministrarle éter al mismo tiempo... o, al menos, sería muy difícil. Malva Christie va a ser mi ayudante, y necesita practicar.

—Ah —exclamó Bobby con aire pensativo—. La señorita Christie. —Una expresión suave y soñadora le cruzó la cara—. Bueno, yo no querría dejar inconsciente a la señorita Christie, desde luego.

Lizzie emitió uno de aquellos típicos ruidos escoceses desde el fondo de la garganta, con el que logró transmitir burla, desdén y una total desaprobación en dos sílabas glóticas.

Bobbie levantó la cabeza con actitud de interrogación, con un pedazo de pastel en su tenedor.

—¿Has dicho algo?

—¿Quién, yo? —preguntó Lizzie—. Claro que no.

Se levantó bruscamente y sacudió con cuidado y sobre el fuego las migas de pan que le habían quedado en el delantal. Luego se volvió hacia mí.

—¿Cuándo piensa hacerlo? —preguntó con firmeza, añadiendo un tardío «señora».

—Mañana por la mañana —respondí—. Hay que actuar con el estómago vacío, de modo que será a primera hora, antes de desayunar.

—¡Bien! —dijo, y salió corriendo.

Bobby la miró parpadeando y luego se volvió hacia mí desconcertado:

—¿He dicho algo malo?

La señora Bug clavó sus ojos en los míos; lo había entendido todo a la perfección.

—Nada, muchacho —comentó, poniendo una nueva cucharada de huevos revueltos en su plato—. Come. Necesitarás energía.

Brianna, que era muy hábil con las manos, había hecho la mascarilla según mis indicaciones, con láminas de roble entretejidas. Era bastante sencilla, una especie de jaula doble con bisagras para que las dos mitades se abrieran y dejaran espacio para la inserción de una gruesa capa de algodón hidrófilo entre ambas y luego volvieran a cerrarse. Todo estaba realizado de modo que entrara como la máscara de un *catcher* de béisbol sobre la nariz y la boca del paciente.

—Pon éter suficiente para empapar bien el algodón —le indiqué a Malva—. Nos conviene que haga efecto enseguida.

—Sí, señora. Oh, huele muy raro, ¿verdad? —Malva olfateó con cautela, con la cara vuelta mientras ponía gotas de éter en la mascarilla.

—Sí. Ten cuidado y no lo huelas demasiado —advertí—. No nos conviene que te desmayes en medio de una operación.

Ella se echó a reír, pero obedeció y alejó la mascarilla un poco más.

Lizzie había tenido la valentía de ofrecerse para ser la primera, con la clara intención de que Bobby desviara su atención de Malva hacia ella. Y estaba dando resultado; ella yacía en una pose lánguida sobre la mesa, sin el gorro, y su cabello suave y pálido quedaba convenientemente esparcido en la almohada. Bobby se había sentado a su lado y le cogía la mano.

—Muy bien. —Yo tenía un diminuto reloj de arena a mano, lo mejor que había podido conseguir para medir el tiempo con precisión—. Colócala con cuidado sobre su cara. Lizzie, tú sólo respira hondo, y cuenta conmigo: uno... dos... Santo Dios, no ha tardado mucho, ¿verdad?

Lizzie había dado una profunda inspiración, sus costillas se habían levantado... y luego había quedado floja como un lenguado muerto nada más terminar de exhalar. Le di la vuelta deprisa al reloj y me acerqué para tomarle el pulso: todo bien.

—Espera un momento; cuando empiece a volver en sí sentirás una especie de vibración en la piel —le expliqué a Malva—. Pon la mano sobre su hombro... Ahí está, ¿lo notas?

Malva asintió, casi temblando de excitación.

—Dos o tres gotas, entonces.

Las añadió, conteniendo su propia respiración, y Lizzie volvió a relajarse con un suspiro similar al de una fuga de aire en una rueda pinchada.

Los ojos azules de Bobby estaban redondos, pero se aferró con ferocidad a la otra mano de la joven.

Medí el tiempo que tardaba en despertar una o dos veces más, y luego hice que Malva la durmiera un poco más profundamente. Cogí la lanceta que tenía a mano y le pinché el dedo a Lizzie. Bobby reprimió un grito cuando la sangre empezó a manar, y desplazó la mirada de las gotas carmesí al rostro angelical y pacífico de la muchacha.

—¡Caramba, no siente nada! —exclamó—. ¡Mire, no ha movido ni un solo músculo!

—Exacto —asentí, con un profundo sentimiento de satisfacción—. No sentirá nada de nada hasta que vuelva en sí.

—La señora Fraser me ha dicho que podríamos abrir a alguien en canal —informó Malva a Bobby, presumiendo—. Abrirlo y llegar a la parte enferma, ¡y él no sentiría nada!

—Bueno, hasta que despertara —aclaré divertida—. Me temo que en ese momento sí lo sentiría. Pero, de todas formas, esto es maravilloso —añadí en voz más baja, contemplando el rostro inconsciente de Lizzie.

La mantuve dormida mientras examinaba la muestra de sangre que acababa de extraerle y luego le indiqué a Malva que le quitara la mascarilla. Menos de un minuto después, Lizzie comenzó a agitar los párpados. Miró a su alrededor con curiosidad y luego se volvió hacia mí.

—¿Cuándo va a empezar, señora?

A pesar de que tanto Bobby como Malva le aseguraron que hacía quince minutos parecía muerta como una piedra, Lizzie se negaba a creerlo, y afirmaba con indignación que aquello era imposible, aunque no sabía cómo explicar el pinchazo en el dedo y la mancha de sangre.

—¿Recuerdas la mascarilla que te he puesto en la cara? —le pregunté—. ¿Y que te he dicho que respiraras profundamente?

Asintió desconcertada.

—Sí, es cierto, y durante un momento he sentido que me ahogaba... pero ¡luego estaban todos ustedes mirándome!

—Bueno, supongo que la única forma de convencerla es mostrándoselo —dije, sonriendo a las tres caras jóvenes y sonrojadas—. ¿Bobby?

Entusiasmado por demostrarle la verdad a Lizzie, él saltó sobre la mesa con brío y se tumbó, aunque el pulso de su delgada garganta empezó a golpear con fuerza mientras Malva vertía éter en la mascarilla. Soltó un gemido profundo y convulsivo en el momento en que se la puso en la cara. Frunciendo el ceño, respiró hondo una vez más y se relajó.

Lizzie se llevó ambas manos a la boca, mirándolo fijamente.

—¡Jesús, María y José! —exclamó.

Malva soltó una risita, fascinada.

Lizzie me miró con los ojos bien abiertos, y luego a Bobby. Se agachó junto a su oído y gritó su nombre, sin resultado alguno; luego le levantó la mano y se la agitó con suavidad. El brazo cayó flojo, ella lanzó una ligera exclamación y le soltó la mano. Parecía muy nerviosa.

—¿No puede volver a despertarse?

—No, hasta que le quitemos la mascarilla —le dijo Malva, alardeando.

—Sí, pero tampoco conviene dejar a la gente así más tiempo del necesario —añadí—. No es bueno que se la anestesie demasiado.

Malva, obediente, devolvió a Bobby al límite de la conciencia y volvió a dormirlo varias veces más, mientras yo tomaba nota de los tiempos y las dosis. Durante la última de éstas, levanté la mirada y la vi mirando a Bobby con una expresión intensa, como si estuviera concentrada en algo. Lizzie se había retirado a un rincón de la consulta, obviamente incómoda por ver inconsciente a Bobby, y se había sentado en un taburete para trenzarse el cabello y meterlo bajo el gorro.

Me puse en pie y le quité a Malva la mascarilla de la mano. Luego la aparté.

—Has hecho un trabajo maravilloso —le dije en voz baja—. Gracias.

Malva sacudió la cabeza, muy orgullosa.

—¡Oh, señora! Ha sido... Jamás he visto algo igual. Qué sensación tan extraña, ¿no es cierto? Como si lo hubiésemos matado para luego devolverle la vida.

Extendió las manos, mirándolas casi sin darse cuenta, como si estuviera preguntándose cómo había logrado una maravilla así, y luego las cerró formando pequeños puños y me dedicó una sonrisa de conspiración.

—Creo que entiendo por qué mi padre dice que es obra del diablo. Si estuviera aquí y viera cómo es... —Dirigió una mirada a Bobby, que empezaba a moverse—. Diría que sólo Dios tiene derecho a hacer algo así.

—¿En serio? —pregunté un poco secamente.

A juzgar por el brillo de sus ojos, la reacción probable de su padre a lo que habíamos estado haciendo era uno de los principales atractivos del experimento. Por un momento, casi sentí lástima por Tom Christie.

—Eh... Tal vez entonces será mejor que no le hables de esto a tu padre —le sugerí. Ella sonrió, mostrando sus pequeños y afilados dientes blancos, y puso los ojos en blanco.

—Puede estar tranquila, señora —me aseguró—. Me prohibiría que volviera a verla de inmediato...

Bobby abrió los ojos, movió la cabeza hacia un lado, y vomitó, poniendo fin a la discusión. Lizzie dejó escapar un grito y se apresuró a acudir a su lado, atendiéndolo, limpiándole la cara y acercándole un poco de coñac para que bebiera. Malva, con una ligera actitud de superioridad, se apartó y la dejó hacer.

—Qué raro —repitió Bobby tal vez por décima vez, pasándose una mano por la boca—. He visto una cosa de lo más terrible, sólo durante un instante, y entonces he tenido náuseas y he vomitado.

—¿Qué cosa terrible? —preguntó Malva interesada. Él la miró, receloso y desconcertado.

—A decir verdad, no lo sé, señorita. Sólo sé que era... oscura, más o menos. Una forma, podría decirse; me ha parecido que era una mujer. Pero... terrible —terminó desesperado.

Bueno, eso no era nada bueno. Las alucinaciones eran un efecto secundario poco común, pero jamás habría esperado que ocurrieran con una dosis tan pequeña.

—Bueno, supongo que habrá sido alguna clase de pesadilla —dije con voz suave, serenándolo—. ¿Sabes? Esto es como dormir, en cierta forma, de modo que es natural que sueñes cada cierto tiempo.

Para mi sorpresa, Lizzie sacudió la cabeza.

—Oh, no, señora —aclaró—. No se parece en nada a dormir. Cuando uno duerme, entrega su alma a los ángeles para que se la cuiden y para que no se acerquen los malos espíritus. Pero esto... —Con el entrecejo fruncido, contempló el frasco de éter, ahora de nuevo bien cerrado, y luego me miró a mí—. En realidad, quería saber... ¿Adónde va el alma?

—Eh... Bueno, yo diría que simplemente se queda en el cuerpo —respondí—. Es necesario. Quiero decir... no estás muerta.

Tanto Bobby como Lizzie negaron con la cabeza con determinación.

—No, no es así —dijo Lizzie—. Cuando duermes, tú sigues ahí. Con eso —añadió, señalando la mascarilla y con una ligera inquietud en su expresión—, no.

—Eso es cierto, señora —me aseguró Bobby—. Uno no sigue ahí.

—¿Cree que es posible que uno vaya al limbo, con los niños no bautizados y todo eso? —preguntó Lizzie nerviosa.

Malva resopló de forma muy poco femenina.

—El limbo no es un lugar verdadero —replicó—. Es sólo una idea inventada por el papa.

Lizzie abrió bien la boca, escandalizada por semejante blasfemia, pero, por suerte, Bobby la distrajo mareándose y pidiendo que lo tumbaran.

Parecía que Malva deseara continuar la discusión, pero más allá de repetir «el papa...» una o dos veces, no hizo más que quedarse en pie, balanceándose adelante y atrás con la boca abierta, parpadeando un poco. Miré a Lizzie y descubrí que ella también tenía los ojos vidriosos. Dejó escapar un enorme bostezo y parpadeó, con los ojos llenos de lágrimas.

Tuve la sensación de que yo también empezaba a sentirme un poco desvaída.

—¡Por Dios! —Cogí la máscara de éter y la llevé deprisa a una banqueta lejos de todos nosotros—. Esperad a que me libre de esto o nos marearemos todos.

Abrí la máscara, saqué la bola de algodón húmedo y la saqué con la mano extendida. Había abierto las dos ventanas de la consulta, para que se ventilara y evitar que todos termináramos asfixiados, pero el éter era muy persistente. Al ser más pesado que el aire, tendía a descender hacia el suelo de una estancia y a acumularse allí, a menos que hubiera un ventilador u otro dispositivo que lo dispersara. Se me ocurrió que tendría que operar al aire libre si lo usaba durante un período prolongado.

Dejé el algodón sobre una piedra para que se secara y regresé con la esperanza de que todos estuvieran demasiado aturdidos como para continuar con sus especulaciones filosóficas. No quería que siguieran con ese pensamiento; si se corría la voz en el Cerro de que el éter separaba a las personas de sus almas, jamás conseguiría que nadie aceptara que se lo aplicara, por muy mala que fuera la situación.

—Bueno, gracias a todos por vuestra ayuda —dije, aliviada al encontrarlos a todos razonablemente alerta—. Habéis hecho algo muy útil y valioso. Podéis seguir con vuestros trabajos; yo me encargo de ordenar todo esto.

Malva y Lizzie vacilaron un instante, puesto que ninguna de las chicas quería dejar a Bobby con la otra, pero ante el ímpetu con el que las estaba echando, comenzaron a caminar hacia la puerta.

—¿Cuándo se casa, señorita Wemyss? —preguntó Malva de forma despreocupada y lo bastante alto como para que Bobby la oyera, aunque era evidente que lo sabía; toda la gente del Cerro lo sabía.

—En agosto —respondió Lizzie con frialdad, levantando su naricilla un centímetro—. Justo después de la siega... señorita Christie. —«Y entonces seré la señora de McGillivray», decía su expresión satisfecha. «Y usted... señorita Christie, no tendrá ningún admirador.» No era que Malva no atrajera la atención de los jóvenes, sino que su padre y su hermano se ocupaban de alejarlos.

—Le deseo que sea muy feliz —dijo Malva. Echó una mirada a Bobby Higgins, luego miró otra vez a Lizzie, y sonrió con una expresión recatada bajo su blanco gorro almidonado.

Bobby se quedó sentado sobre la mesa un momento, observando a las muchachas.

—Bobby —lo llamé, sorprendida por su expresión pensativa—. La figura que has visto cuando estabas anestesiado... ¿La has reconocido?

Él me miró, y luego sus ojos se deslizaron otra vez hacia el umbral vacío, como si no pudieran alejarse de allí.

—Ah, no, señora —aseguró, en un tono tan firme y convincente que supe que estaba mintiendo—. ¡Para nada!

43

Personas desplazadas

Se habían detenido en el borde del pequeño lago que los indios llamaban Torrentes Caudalosos para que los caballos pudieran beber. Hacía mucho calor, de manera que manearon los animales, se desnudaron y entraron en el agua, que procedía de un manantial y estaba agradablemente fría. Lo bastante como para aturdir los sentidos y, como mínimo durante un instante, disipar las lóbregas reflexiones de Jamie sobre la nota que le había entregado MacDonald de parte de John Stuart, el superintendente indio del Departamento del Sur.

La carta expresaba bastantes elogios y alababa su celeridad y su diligencia a la hora de atraer a los cherokee de Pájaro de Nieve a la influencia británica, pero luego seguía insistiendo en la necesidad de emprender acciones más intensas, haciendo alusión al propio golpe que había dado Stuart al dirigir las elecciones de los líderes de los choctaw y los chickasaw, en un congreso que él mismo había convocado dos años antes.

> [...] La competencia y el ansia de los candidatos por obtener medallas y comisiones eran tan fuertes como pueda imagi-

narse, y equivalían a las disputas de los más ambiciosos e interesados en honores y promociones de los grandes estados. Di todos los pasos necesarios para informarme de los candidatos, y en los puestos vacantes coloqué a los más valiosos entre ellos y los más proclives a responder al propósito de mantener el orden y la adhesión de esta nación a los intereses británicos. Le apremio a que usted intente conseguir resultados similares entre los cherokee.

—Ah, sí —dijo en voz alta, saliendo de las corrientes y sacudiéndose el agua del cabello—. Entonces, se supone que debo deponer a Tsisqua, sin duda mediante un asesinato, y sobornarlos a todos para que nombren jefe de paz a Tallador de Pipas, ¡vaya! —Tallador de Pipas era el indio más pequeño y tímido que Jamie había visto jamás. Volvió a hundirse en un remolino de burbujas, lanzando maldiciones a la presunción de Stuart. Sus palabras se elevaban en temblorosas burbujas de mercurio, para desaparecer por arte de magia con la brillante luz de la superficie.

Volvió a salir, jadeando, tomó aire y contuvo el aliento.

—¿Qué ha sido eso? —preguntó una voz alarmada cerca de él—. ¿Ellos?

—No, no —contestó otra, baja y urgente—. Sólo hay dos; los veo a ambos, allí, ¿los ves?

Jamie abrió la boca y respiró hondo como un céfiro, esforzándose por escuchar más allá del martilleo sordo de su corazón.

Los había entendido, pero durante un instante no pudo identificar su lenguaje. Eran indios, sí, pero no cherokee; eran... tuscarora, eso.

Hacía años que no hablaba con ningún tuscarora; la mayoría se había trasladado al norte después de la epidemia de sarampión que había acabado con la vida de tantos, para unirse a sus «padres» mohawk en las tierras gobernadas por la Liga Iroquesa.

Aquellos dos discutían en susurros, pero lo bastante cerca como para que pudiera entender la mayor parte de lo que decían; no estaban a más de unos pocos metros, escondidos por un tupido matorral de arbustos y espadañas que llegaban casi a la altura de la cabeza de un hombre.

¿Dónde estaba Ian? Oyó unas salpicaduras distantes al otro lado del lago y, volviendo la cabeza con suavidad, vio con el rabillo del ojo que Ian y *Rollo* estaban jugando en el agua, con el perro sumergido hasta el cuello, chapoteando arriba y abajo. Si uno no se fijaba con atención (y la bestia no percibía a los intrusos y ladraba), la imagen era muy similar a la de dos hombres nadando.

Los indios habían llegado a la conclusión de que era así: dos caballos y, por tanto, dos hombres, y los dos a buena distancia. Con muchos crujidos y ruidos de hojas, comenzaron a avanzar en dirección a los caballos.

Jamie se planteó si no sería mejor dejar que trataran de llevarse a *Gideon* y ver hasta dónde llegaban. Pero también podían irse con el caballo de Ian y la mula de carga, y Claire se enfadaría mucho si les permitía llevarse a *Clarence*. Sintiéndose muy en desventaja, se deslizó desnudo a través de los juncos, haciendo muecas cuando éstos le raspaban la piel, y se arrastró entre las espadañas hasta el barro de la orilla.

Si los indios hubieran tenido la idea de mirar hacia atrás, habrían visto el movimiento de las plantas —él esperaba que Ian fuera consciente—, pero estaban concentrados en su tarea. A esas alturas ya podía verlos, agazapados en las hierbas altas en el borde del bosque, lanzando miradas hacia un lado y hacia otro, aunque nunca en la dirección correcta.

Estaba seguro de que eran sólo dos. Y por la forma en que se movían, jóvenes e inseguros. No pudo ver si iban armados.

Manchado de barro, se arrastró un poco más, hundió el vientre en la maleza cerca del lago y avanzó retorciéndose rápidamente hacia el refugio de un zumaque. Lo que precisaba era un garrote, y rápido.

En esas circunstancias, lo único que tenía a mano eran ramitas pequeñas y ramas podridas. A falta de otra cosa, cogió una piedra de un tamaño generoso, pero entonces encontró lo que buscaba: una rama de cornejo que había roto el viento y que estaba a su alcance, todavía pegada al árbol. Los indios ya estaban acercándose a los caballos; *Gideon* los vio y levantó la cabeza bruscamente. Siguió masticando, pero con las orejas medio echadas hacia atrás en un claro gesto de sospecha. *Clarence*, siempre sociable, también se dio cuenta y levantó la cabeza, torciendo las orejas y poniéndose alerta.

Jamie aprovechó la oportunidad, y cuando *Clarence* relinchó para dar la bienvenida, arrancó la rama del árbol y se abalanzó sobre los intrusos, gritando «*Tulach Ard*!» tan alto como pudo.

Unos ojos bien abiertos se toparon con los suyos. Uno de los hombres dio un salto y su largo cabello voló hacia todas partes. El otro lo siguió, pero tenía una cojera pronunciada y cayó de rodillas cuando algo cedió en su pierna. Se levantó de inmediato, pero demasiado lento; Jamie le golpeó las piernas aferrando el garrote con las dos manos y con tal furia que lo tumbó, luego saltó encima de él y le asestó un cruel puñetazo en los riñones.

El hombre emitió un sonido estrangulado y se quedó paralizado, inmovilizado a causa del dolor. Jamie había dejado caer la roca... No, allí estaba. La levantó y golpeó al hombre con fuerza detrás de la oreja, por si acaso. Luego empezó a correr detrás del otro, que se había lanzado hacia el bosque, pero había tenido que desviarse por un arroyuelo bordeado de rocas que le bloqueaba el camino. Empezó a avanzar a saltos entre los juncos; Jamie vio que dirigía una mirada aterrorizada hacia el agua, donde Ian y *Rollo* se acercaban a él, nadando como castores.

El indio probablemente habría llegado al santuario del bosque si uno de sus pies no se hubiera hundido de repente en el barro blando. Se tambaleó hacia un lado y Jamie se le echó encima, con sus propios pies resbalando en el barro, y lo sujetó.

El hombre era joven y musculoso, y se retorcía como una anguila. Jamie, más grande y más fuerte que él, consiguió doblegarlo, y los dos cayeron juntos y rodaron entre los juncos y el barro, arañándose y golpeándose. El indio consiguió agarrar el largo cabello de Jamie y tiró de él, haciendo que los ojos se le llenaran de lágrimas. Jamie le dio un fuerte golpe en las costillas para obligarlo a soltarlo y, cuando lo hizo, le propinó un cabezazo en la cara.

Sus frentes chocaron con un ruido feo, y un dolor cegador le atravesó la cabeza. Los dos hombres se separaron, jadeando, y Jamie rodó hasta ponerse de rodillas, mientras la cabeza le daba vueltas y los ojos se le llenaban de lágrimas, tratando de ver.

Sintió que todo se volvía gris y se desdibujaba, y oyó un alarido de terror. *Rollo* soltó un único ladrido grave y profundo y luego emitió un gruñido sordo y continuado. Jamie cerró un ojo, se llevó una mano a la frente, que le latía de dolor, y consiguió distinguir a su oponente, tumbado sobre el barro, con *Rollo* encima de él y mostrándole la dentadura bajo sus labios negros, listo para atacar.

Luego oyó ruido de pies corriendo por el agua e Ian llegó a su lado jadeando.

—¿Estás bien, tío Jamie?

Él apartó la mano de su cabeza y miró los dedos. No había sangre, aunque habría jurado que tenía abierta la frente.

—No —contestó—. Pero estoy mejor que él. Oh, Dios mío.

—¿Has matado al otro?

—Creo que no. Oh, Dios.

Apoyándose en pies y manos, se arrastró un escaso trecho y vomitó. A su espalda oyó que Ian interrogaba con firmeza al indio, preguntándole en cherokee quiénes eran y si había otros con ellos.

—Son tuscarora —dijo Jamie. Todavía le latía la cabeza, pero se sentía un poco mejor.

—¿Ah, sí? —Ian pasó de inmediato a la lengua de los kahnyen'kehaka.

El joven cautivo, ya aterrorizado a causa de *Rollo*, parecía que iba a morirse de miedo cuando vio los tatuajes de Ian y lo oyó hablar en mohawk. Los kahnyen'kehaka eran de la misma familia de los tuscarora, y era evidente que el joven podía entender lo que Ian le decía, puesto que respondió tartamudeando de miedo. Estaban solos. ¿Su hermano había muerto?

Jamie se enjuagó la boca con agua y se salpicó la cara. Así estaba mejor, aunque sobre el ojo izquierdo comenzaba a salirle un chichón del tamaño de un huevo de pato.

—¿Tu hermano?

Sí, dijo el joven, su hermano. Si no tenían intención de matarlo, ¿podía verlo? Su hermano estaba herido.

Ian miró a Jamie en busca de su aprobación, y luego le indicó a *Rollo* que se apartase con una palabra. El maltrecho cautivo se puso en pie con bastante dificultad, dolorido y tambaleándose, y empezó a caminar por la orilla, seguido del perro y los dos escoceses desnudos.

Era cierto que el otro hombre estaba herido; podía verse la sangre que manaba a través de un tosco vendaje que él mismo se había puesto en la pierna. Lo había hecho con la camisa, y tenía el pecho desnudo. Era muy escuálido, y parecía a punto de morir de inanición. Jamie miró a uno y luego al otro; ninguno de los dos podía tener más de veinte años, pensó, y era probable que fueran todavía más jóvenes, con las caras hundidas por el hambre y las ropas casi hechas jirones.

Los caballos se habían alejado un poco, inquietos por la pelea, pero la ropa que los escoceses habían dejado colgada de los arbustos seguía allí. Ian se puso los pantalones y fue a buscar comida y bebida a las alforjas mientras Jamie se vestía más despacio, al mismo tiempo que interrogaba al joven, que, nervioso, examinaba a su hermano.

Eran tuscarora, le confirmó el joven, que tenía un nombre largo cuyo significado era, aproximadamente, «el resplandor de la luz sobre el agua de un arroyo». El otro era su hermano, «el ganso que alienta al líder en pleno vuelo», más conocido como Ganso.

—¿Qué le ha pasado? —Jamie se puso la camisa por encima de la cabeza, haciendo una mueca por el movimiento, y señaló el corte en la pierna de Ganso, causado por algo parecido a un hacha.

Luz sobre el Agua respiró hondo y cerró los ojos un momento. Él, por su parte, también tenía un importante chichón en la frente.

—Los tsalagi —dijo—. Nosotros éramos cuarenta; el resto ha muerto o se los han llevado. ¡Por favor, no nos entregue a ellos, mi señor!

—¿Los tsalagi? ¿Quiénes?

Luz sacudió la cabeza; no lo sabía. Su grupo había decidido quedarse cuando la aldea se trasladó al norte, pero no había prosperado; no había hombres suficientes para defender una aldea y cazar y, sin defensores, otros les robaban las cosechas y se llevaban a sus mujeres.

Cuando empobrecieron, también ellos recurrieron al robo y a la mendicidad para sobrevivir durante el invierno. Varios perecieron a causa del frío y las enfermedades, y los que se habían quedado se trasladaban de un lado a otro, encontrando cada cierto tiempo algún lugar donde instalarse durante algunas semanas, pero luego los cherokee, que eran mucho más numerosos, los echaban.

Algunos días atrás, una partida de guerreros cherokee los había atacado por sorpresa, había matado a la mayoría y se había llevado a algunas de las mujeres.

—Se llevaron a mi esposa —dijo Luz con voz temblorosa—. Volvemos... para recuperarla.

—Nos matarán, por supuesto —intervino Ganso débilmente, pero con cierto humor—. Pero eso no tiene importancia.

—Claro que no. —Sonrió Jamie, a su pesar—. ¿Sabes adónde la llevaron?

Los hermanos conocían el rumbo que habían tomado los atacantes, y los habían seguido hasta encontrar su aldea. En aquella dirección, dijeron, señalando hacia delante. Ian miró a Jamie y asintió.

—Pájaro —dijo—. O Zorro, tal vez.

Zorro Corredor era el cacique de la aldea; un buen guerrero, aunque en cierto sentido carente de imaginación, una cualidad que Pájaro poseía en abundancia.

—¿Deberíamos ayudarlos? —preguntó Ian en inglés. Enarcó las cejas a modo de interrogación, pero Jamie se dio cuenta de que se trataba de una pregunta retórica.

—Sí, supongo que sí. —Se frotó la frente con cuidado; la piel sobre el chichón ya se había estirado y le dolía—. Pero primero comamos un poco.

La cuestión no era si podría hacerse o no; tan sólo cómo. Tanto Jamie como Ian descartaron de inmediato cualquier sugerencia de que los hermanos intentaran recuperar a la mujer de Luz secuestrándola.

—Os matarán —les aseguró Jamie.

—No nos importa —dijo Luz categóricamente.

—Claro que no —replicó Jamie—. Pero ¿qué hay de tu esposa? Ella se quedaría sola, y no estaría mejor que ahora.

Ganso asintió, haciendo gala de buen criterio.

—Tiene razón, ¿sabes? —comentó a su furioso hermano.

—Podríamos pedirla —sugirió Jamie dirigiéndose a su sobrino—. Una esposa para ti. Pájaro te tiene en gran estima; probablemente te la entregaría.

Era una broma, pero sólo a medias. Si nadie había tomado aún a la joven por esposa, era posible convencer a la persona que la poseía como esclava de que se la entregara a Ian, a quien tenían mucho respeto.

Ian le dedicó una sonrisa superficial, pero negó con la cabeza.

—No, nos conviene pagar rescate por ella. O... —Miró reflexivamente a los dos indios, que ingerían con apetito toda la comida que quedaba en las alforjas—. ¿No podríamos pedirle a Pájaro que los adopte?

Era una idea que había que tener en cuenta. Puesto que una vez que recuperaran a la joven, por el medio que fuera, ella y los hermanos volverían a estar en la misma y desesperada situación: errantes y hambrientos.

Pero los hermanos fruncieron el ceño y negaron con la cabeza.

—La comida está bien —dijo Ganso lamiéndose los dedos—. Pero vimos cómo mataban a nuestra familia y a nuestros amigos. Si no lo hubiéramos visto con nuestros propios ojos, sería posible. Pero...

—Sí, ya veo —intervino Jamie, y por un instante sintió una leve sorpresa por el hecho de que, en efecto, sí lo veía. Era evidente que había pasado más tiempo entre los indios del que creía.

Los hermanos intercambiaron una mirada, obviamente comunicándose algo. Una vez tomada la decisión, Luz hizo un gesto de respeto hacia Jamie.

—Somos sus esclavos —señaló con algo de recato—. Es usted quien debe decidir qué hacer con nosotros. —Hizo una sutil pausa y aguardó.

Jamie se frotó la cara con una mano, pensando que, tal vez, después de todo, no había permanecido tanto tiempo con los indios. Ian no sonrió, pero pareció emitir un gruñido de diversión.

MacDonald le había contado historias de campañas durante la guerra entre los franceses y los indios; los soldados que cogían prisioneros indios, por lo general, o los mataban para vender su cabellera o los vendían como esclavos. Esas campañas habían tenido lugar apenas diez años antes; desde entonces, la paz con frecuencia había sido difícil, y Dios sabía que los distintos indios acostumbraban a tomar como esclavos a sus prisioneros, a menos que decidieran adoptarlos o matarlos.

Jamie había capturado a los dos tuscarora, de modo que, siguiendo la costumbre, ellos eran ahora sus esclavos.

Entendía muy bien lo que Luz sugería: que él mismo adoptase a los hermanos y, sin duda, también a la mujer, una vez que la rescatara. ¿Y cómo, en nombre de Dios, de pronto era responsable de todo eso?

—Bueno, no hay mercado para sus cabelleras en este momento —señaló Ian—. Aunque supongo que podrías vendérselos a Pájaro. Pero no deben de valer mucho, tan escuálidos y maltrechos como están.

Los hermanos lo miraron impasibles, aguardando su decisión. Luz eructó de repente, y pareció sorprendido por el sonido. Ian sí rió con un pequeño sonido chirriante.

—No, no podría hacer tal cosa, y vosotros tres lo sabéis perfectamente —replicó Jamie irritado—. Debería haberte golpeado con más fuerza y ahorrarme tantos problemas —le dijo a Ganso, que le sonrió con amabilidad y una boca sin dientes.

—Sí, tío —dijo, haciendo una profunda reverencia.

Jamie respondió con un ruido de descontento, pero ninguno de los dos indios le prestó atención.

Tendrían que ser las medallas, entonces. MacDonald le había llevado un baúl repleto de medallas, botones dorados, brújulas de bronce baratas, hojas de acero para cuchillos y otras baratijas atractivas. Como los caciques conseguían su poder a través de su popularidad, y ésta estaba directamente relacionada con su capacidad de hacer regalos, los agentes indios británicos ejercían influencia entregando cosas de este tipo con generosidad a aquellos caciques que manifestaban su buena disposición a aliarse con la Corona.

Sólo había llevado dos bolsas de esa clase de sobornos; el resto lo había dejado en su casa para utilizarlo en el futuro. Estaba seguro de que lo que llevaba encima le alcanzaría para pagar el rescate de la esposa de Luz, pero si lo gastaba en eso, se quedaría con las manos vacías para los otros caciques, lo que no estaba nada bien.

Bueno, entonces debería mandar a Ian de regreso para que llevara más. Pero no hasta pactar el rescate; para eso necesitaba su ayuda.

—Bien —dijo, poniéndose en pie y luchando contra el mareo—. Pero no los adoptaré. —Lo que menos necesitaba en ese momento eran tres bocas más que alimentar.

44

Scotchee

Pactar el rescate fue, como Jamie suponía, una simple cuestión de regateo. Y, finalmente, el precio de la señora Luz fue bajo: seis medallas, cuatro cuchillos y una brújula. Era cierto que él no la había visto hasta que concluyó el trato; en caso contrario, tal vez habría ofrecido aún menos: era una muchacha bajita, picada de viruela, de unos catorce años y un poco bizca.

De todas formas, reflexionó, sobre gustos no hay nada escrito, y tanto Luz como Ganso se habían mostrado dispuestos a morir por ella. Sin duda tenía un gran corazón, o alguna otra cualidad excelente, como un buen talento en la cama y predisposición a ejercerlo.

Jamie se escandalizó al darse cuenta de lo que estaba pensando, y miró a la chica con más detenimiento. Ahora que se fijaba, de una manera nada obvia, desprendía aquel extraño atractivo, aquel notable don, poseído tan sólo por unas pocas mujeres, que superaba esas cuestiones superficiales del aspecto, la edad o la inteligencia, y que hacían que los hombres tuvieran el irrefrenable deseo de cogerlas y...

Ahogó de raíz la imagen que estaba apareciendo en su mente. Él había conocido a algunas mujeres así, la mayoría francesas. Y en más de una ocasión había pensado que el origen francés de su propia esposa era la causa de que ella poseyese esa cualidad tan deseable y tan peligrosa a la vez.

Se dio cuenta de que Pájaro también observaba a la muchacha con aire pensativo, y evidentemente lamentaba haberla vendido por tan poco. Por suerte, se presentó una distracción que desvió su atención de ese asunto: el regreso de una expedición de caza que llevaba invitados.

Los invitados eran cherokee, de la banda de Overhill, de las lejanas montañas de Tennessee. Junto a ellos había un hombre del que Jamie había oído hablar con frecuencia, pero al que jamás había visto en persona hasta ese momento, un tal Alexander Cameron, al que los indios llamaban «Scotchee».

Cameron, un hombre cetrino de mediana edad y con el rostro envejecido por el transcurso del tiempo, se distinguía de los indios sólo por su tupida barba y por la silueta alargada de su nariz. Había vivido con los cherokee desde los quince años, tenía una esposa cherokee, y era muy apreciado por ellos. También era un agente indio, muy cercano a John Stuart. Y su presencia en aquel lugar, a más de trescientos kilómetros de su hogar, hizo que la nariz alargada del propio Jamie se retorciera de interés.

Un interés que era francamente mutuo. Cameron lo examinó con ojos profundos en los que la inteligencia y la astucia se combinaban a partes iguales.

—¡El pelirrojo Matador de Osos! —exclamó, estrechando con calidez la mano de Jamie, y luego abrazándolo al estilo indio—. He oído tantas historias sobre ti, ¿sabes?, que me moría por conocerte para averiguar si eran ciertas.

—Lo dudo —dijo Jamie—. En la última que yo he oído, mataba a tres osos juntos, al último, subido a un árbol, hasta donde él me había perseguido después de arrancarme el pie de un mordisco.

Cameron dirigió la mirada a los pies de Jamie, luego volvió a levantarla y se echó a reír a carcajadas; todas las arrugas de su rostro se curvaron expresando un regocijo tan irresistible que Jamie sintió cómo crecía su propia sonrisa.

Desde luego, por el momento no era correcto hablar de negocios. La expedición de caza había llevado un búfalo del bosque y estaba preparándose un gran festín; ya le habían quitado el hígado para cocerlo y devorarlo de inmediato; estaban asando la tira de carne tierna del lomo con cebollas enteras, y también el corazón, según le dijo Ian, que sería compartido entre ellos cuatro: Jamie, Cameron, Pájaro y Zorro Corredor, como una señal de honor.

Después de comer el hígado, se retiraron a la casa de Pájaro a beber cerveza durante una o dos horas, mientras las mujeres preparaban el resto de la comida. Y, siguiendo los apremios de la naturaleza, Jamie tuvo que salir.

Estaba orinando cómodamente contra un árbol, cuando oyó unos suaves pasos a su espalda y Alexander Cameron apareció a su lado, desabrochándose la bragueta de sus pantalones de montar.

Entonces pareció natural —aunque estaba claro que ésa había sido la intención de Cameron— dar un paseo juntos bajo el fresco aire del anochecer, y conversar sobre cosas que interesaban a ambos; John Stuart, por ejemplo, y las actitudes y los procedimientos del Departamento del Sur. Y también sobre los indios, comparando las personalidades y las formas de tratar con los distintos caciques, especulando sobre cuál de ellos sería un verdadero líder, y sobre si se convocaría un gran congreso durante ese año.

—Supongo que te preguntarás por el motivo de mi presencia aquí —dijo Cameron con toda naturalidad.

Jamie se encogió levemente de hombros, admitiendo su interés, pero al mismo tiempo dando a entender que tenía la cortesía de no querer meterse en los asuntos de Cameron.

Cameron rió.

—Sí, bueno —dijo—. Tampoco es ningún secreto. Se trata de James Henderson... Has oído hablar de él, ¿verdad?

Sí. Henderson había sido el juez principal de la Corte Superior de Carolina del Norte, hasta que la Regulación lo había obligado a marcharse, bajando por la ventana de su tribunal y huyendo de una muchedumbre enardecida.

El exjuez, un hombre adinerado que tenía en alta estima el valor de su propio pellejo, se había retirado de la vida pública y se había dedicado a aumentar su fortuna. Con ese fin, se proponía comprar una enorme extensión de tierra a los cherokee, ubicada en Tennessee, y establecer poblados.

Jamie examinó a Cameron con atención, captando de inmediato la complejidad de la situación. Por un lado, las tierras en cuestión se encontraban mucho más allá de la Línea del Tratado. Que Henderson instigara esa clase de negociaciones era un indicio de lo mucho que se había debilitado el poder de la Corona en los últimos años. Estaba claro que a Henderson le daba igual violar el tratado de Su Majestad, y no esperaba que hubiera ninguna interferencia con sus asuntos si lo hacía.

Eso era una cosa. Pero, además, los cherokee poseían la tierra en comunidad, como todos los indios. Los jefes podían vender tierra a los blancos, y lo hacían, sin minucias legales tales como una escritura clara, pero esas ventas todavía estaban sujetas a una aprobación o desaprobación *ex post facto* de su pueblo. Esa aprobación no afectaba a la venta, que ya se habría llevado a cabo, pero podía suponer la caída de un jefe, así como muchísimos problemas para el hombre que intentara tomar posesión de una tierra pagada con buena fe... o lo que pasaba por buena fe en esa clase de tratos.

—John Stuart sabe todo esto, desde luego —señaló Jamie, y Cameron asintió con un ligero aire de satisfacción.

—No oficialmente, te lo advierto —dijo.

Desde luego que no. El superintendente de Asuntos Indios no podía tolerar oficialmente un pacto de esa clase. Al mismo tiempo, extraoficialmente lo aprobaría de buen grado, puesto que esa compra no haría otra cosa que ayudar al objetivo del departamento de aumentar la influencia británica sobre los indios.

Jamie se preguntó si Stuart obtendría alguna ganancia personal de la venta. El superintendente tenía una buena reputación y no se le conocían actos de corrupción, pero bien podría tener un interés oculto en el tema. Aunque también era posible que no tuviera intereses económicos, sino que oficialmente hiciera la vista gorda sólo para beneficio de los propósitos del departamento.

Cameron, en cambio... No podía decirlo, desde luego, pero le habría sorprendido mucho que Cameron no se quedara con alguna parte del pastel.

No sabía cuáles eran los verdaderos intereses de Cameron, si tenían que ver con los indios con quienes vivía o con los británicos en cuyo seno había nacido. Dudaba que nadie lo supiera... tal vez ni siquiera el mismo Cameron. Pero más allá de sus intereses a largo plazo, sus objetivos inmediatos sí estaban claros. Deseaba que los cherokee del territorio aprobaran la venta, o al menos que les fuera indiferente. De esa forma, mantendría una buena relación entre sus caciques títeres y sus seguidores, y Henderson podría seguir adelante con sus planes para la zona sin temor a sufrir molestias indeseadas por parte de los indios.

—Yo, por supuesto, no diré nada durante uno o dos días —le dijo Cameron, y él asintió.

Había un ritmo natural en esa clase de negocios. Pero, desde luego, Cameron se lo había contado en ese momento para que él pudiera colaborar cuando el tema saliera a colación, a su debido tiempo.

Cameron daba por sentado que lo ayudaría. No hubo ninguna promesa explícita de que él también obtendría alguna parte del pastel de Henderson, pero no era necesario; esa clase de oportunidades era el beneficio extra que conllevaba ser agente indio, y la razón por la que tales nombramientos se consideraban una especie de premio.

Dado lo que Jamie sabía sobre el futuro cercano, él no tenía ni expectativas ni interés alguno en la compra de Henderson; por otra parte, aquella cuestión sí le proporcionaba una buena oportunidad para pedir algo a cambio.

Tosió un poco.

—¿Has visto a esa muchacha tuscarora que le he comprado a Pájaro?

Cameron se echó a reír.

—Sí. Y él está de lo más desconcertado respecto a tus motivos; dice que te negaste a aceptar a ninguna de las muchachas que mandó para que te calentaran la cama. Ella no es muy atractiva... aunque, sin embargo...

—No es eso —le aseguró Jamie—. Para empezar, está casada. He traído a dos muchachos tuscarora; pertenece a uno de ellos.

—Ah, ¿sí? —La nariz de Cameron se retorció de interés, olfateando una historia.

Jamie había estado esperando esta oportunidad desde el momento en que vio a Cameron y se le ocurrió la idea, y se la transmitió bien, con el satisfactorio resultado de que Cameron aceptó llevarse a los tres jóvenes tuscarora y auspiciar su adopción por parte de la banda de Overhill.

—No será la primera vez —le dijo a Jamie—. Cada vez hay más... restos de lo que antes eran aldeas, incluso pueblos enteros... vagando por el campo, muertos de hambre y desahuciados. ¿Has oído hablar de los dogash?

—No.

—Es natural —dijo Cameron, sacudiendo la cabeza—. Quedan sólo diez, más o menos. Vinieron a donde estábamos nosotros el invierno pasado; se ofrecieron como esclavos, sólo para poder sobrevivir al frío. No... no te preocupes, amigo —le aseguró a Jamie al ver su expresión—. Tus chicos y la muchacha no serán esclavos; te doy mi palabra.

Jamie le dio las gracias con un gesto, complacido con toda la negociación. Se habían alejado un poco de la aldea y estaban charlando cerca del borde de un desfiladero, donde el bosque se abría de repente a un panorama de unas onduladas cordilleras montañosas que se extendían como surcos arados en un campo infinito de los dioses, con sus lomos oscuros y melancólicos bajo un cielo estrellado.

—¿Cómo puede haber suficiente gente para domesticar toda esta espesura? —se preguntó, repentinamente conmovido por la visión. Y, sin embargo, el aire estaba cargado del olor a humo de leña y de carne cocinándose. Había gente que vivía allí, por escasos y dispersos que fueran.

Cameron meneó la cabeza para contemplar el paisaje.

—Vienen —dijo—. Y siguen viniendo. Mis propios padres vinieron de Escocia. Tú también —añadió, con un breve destello de dientes en su barba—. Y estoy seguro de que no tienes intención de regresar.

Jamie sonrió, pero no respondió, aunque tuvo una extraña sensación en el vientre ante esa idea. No deseaba regresar. Se había despedido de Escocia en la barandilla del *Artemis*, sabiendo que, probablemente, era la última vez que veía aquel lugar. Sin embargo, hasta ese momento nunca había aceptado del todo la idea de que jamás volvería a poner un pie en esa tierra.

Unos gritos de «¡Scotchee, Scotchee!» llamaron su atención y Jamie se volvió para seguir a Cameron de regreso a la aldea, siempre consciente del vacío glorioso y terrorífico que dejaba a sus espaldas... y del vacío aún más desolado en su interior.

Aquella noche, después del festín, fumaron en un ritual para cerrar la negociación de Jamie con Pájaro y como bienvenida a Cameron. Cuando la pipa dio dos veces la vuelta a la hoguera, comenzaron a contar historias; historias de incursiones, de batallas.

Cansado después de todo lo que había hecho durante el día, con la cabeza todavía palpitando, relajado por la comida y la cerveza de pícea, y ligeramente intoxicado por el humo, en un primer momento, la intención de Jamie había sido sólo escuchar. Tal vez se debiera a sus pensamientos sobre Escocia, evocados por el comentario de Cameron. La cuestión era que en su mente se agitó un recuerdo, y cuando se produjo un nuevo silencio expectante, le sorprendió escuchar su propia voz relatando lo ocurrido en Culloden.

—Y allí, cerca de un muro, vi a un hombre llamado MacAllister, que yo conocía, asediado por una horda de enemigos. Peleaba con escopeta y espada, pero ambas le fallaron; la hoja estaba rota y el escudo destrozado sobre su pecho.

El humo de la pipa llegó hasta Jamie, quien la cogió y le dio una profunda calada, como si respirara el aire del páramo, cubierto de lluvia y del humo de aquel día.

—Sus enemigos se acercaron para matarlo, y él levantó un pedazo de metal, un saliente de un carro, y acabó con la vida de seis personas —dijo, levantando los dedos de ambas manos a modo de ilustración—. A seis de ellos, antes de que por fin lo derribaran.

Su relato recibió sonidos de admiración y chasquidos de aprobación.

—Y tú, Matador de Osos, ¿cuántos hombres mataste tú en esa batalla?

El humo ardió en su pecho y detrás de sus ojos, y por un instante sintió en la boca el amargo humo del fuego del cañón, en lugar del dulce tabaco. Vio —sí, vio— a Alistair McAllister, muerto a sus pies, rodeado de cuerpos ataviados de rojo, con un lado de la cabeza aplastado y la redondeada curva de su hombro brillando a través de la tela de su camisa, tan empapada que se le pegaba al cuerpo.

Estaba allí, en el páramo, y la sensación de humedad y frío no era más que un resplandor en su piel; la lluvia le resbalaba por la cara, su propia camisa chorreaba y humeaba con el calor de su ira.

Y de pronto ya no se encontraba en Drumossie, y percibió, un segundo más tarde, las respiraciones contenidas a su alrededor. Vio el rostro de Robert Árbol Alto, con todas sus arrugas hacia arriba por el asombro, y sólo entonces miró hacia abajo y se encontró con sus diez dedos flexionándose, y los cuatro de la mano derecha volviendo a extenderse, como si tuvieran voluntad propia. El pulgar vaciló indeciso. Observó este fenómeno con fascinación hasta que por fin recuperó la conciencia, cerró la mano derecha cuanto pudo y la cubrió con la izquierda, como si quisiera sofocar el recuerdo que le habían colocado repentinamente en la palma de la mano.

Levantó la mirada y se encontró con Árbol Alto, que lo miraba fijamente, y vio cómo esos ojos oscuros y viejos se endurecían. Entonces el viejo cogió la pipa, dio una calada con fuerza y echó el humo hacia él, al mismo tiempo que hacía una reverencia. Árbol Alto repitió el gesto dos veces más, y entre los hombres reunidos surgió un susurro de callada aprobación por el honor.

Jamie cogió la pipa y devolvió el honor del gesto, y luego se la pasó al siguiente en la ronda, negándose a seguir hablando.

No lo presionaron; al parecer, reconocían y respetaban la impresión que había sufrido.

Impresión. Ni siquiera eso. Lo que sentía era aturdimiento y perplejidad. Con cautela, a regañadientes, echó un fugaz vistazo a aquella imagen de Alistair. Por Dios, seguía allí.

Se dio cuenta de que estaba conteniendo el aliento para no oler el hedor de la sangre y las entrañas abiertas. Respiró y sintió un humo suave y el olor cobrizo de cuerpos aguerridos, y tuvo deseos de llorar, dominado por un repentino anhelo de inhalar el aire frío y duro de las Highlands, repleto del aroma de la turba y la aliaga.

Alexander Cameron le dijo algo, pero Jamie no pudo responder. Ian, al ver su dificultad, se inclinó hacia delante para intervenir, y todos se echaron a reír. Ian le dirigió una mirada de curiosidad, pero luego retomó la conversación, comenzando a relatar la historia de un célebre partido de lacrosse en el que él había participado junto a los mohawk, lo que permitió que Jamie permaneciera inmóvil, envuelto en humo.

Catorce hombres. Y no recordaba ni una sola de sus caras. Y ese pulgar azaroso, que se movía inseguro. ¿Qué había querido decir con eso? ¿Que había peleado con otro más, pero que no estaba seguro de qué había ocurrido con aquel hombre?

Le daba miedo pensar incluso en el recuerdo. No estaba seguro de qué hacer con él, pero, al mismo tiempo, era consciente de una sensación de admiración y respeto. Y a pesar de todo, agradecía haber recuperado aquello tan pequeño.

Era muy tarde, y la mayoría de los hombres se habían retirado a sus hogares o dormía cómodamente alrededor del fuego. Ian se había alejado de la hoguera y no había regresado. Cameron sí seguía allí, fumando su propia pipa, aunque la compartía con Pájaro.

—Hay algo que quisiera deciros —los interrumpió Jamie bruscamente, en medio de un silencio adormilado—. A ambos.
—Pájaro enarcó las cejas en un lento gesto de interrogación, aturdido por el tabaco.

Hasta ese instante, Jamie no supo que tenía la intención de decírselo. Había pensado que tal vez sería mejor esperar, buscar el momento adecuado... si es que decía algo. Tal vez fuera la cercanía de la casa, la oscura intimidad de la hoguera o la ebriedad del tabaco. Tal vez tan sólo la compasión de un exiliado por aquellos que sufrirían el mismo destino. Pero ya había hablado; no tenía otra alternativa que contarles lo que sabía.

—Las mujeres de mi familia son... —Se detuvo, porque no conocía la palabra en cherokee—. Aquellas que ven en sueños lo que va a ocurrir. —Dirigió una fugaz mirada a Cameron, que pareció que tomaba esa declaración con naturalidad, puesto que asintió, y cerró los ojos para conducir el humo hasta sus pulmones.

—Es decir, ¿que tienen el poder de la visión? —preguntó, en cierto sentido interesado.

Jamie asintió; era una explicación tan buena como cualquier otra.

—Han visto algo respecto a los tsalagi. Tanto mi mujer como mi hija lo han visto.

Pájaro comenzó a prestar más atención al escuchar esas palabras. Los sueños eran importantes; que más de una persona compartiera el mismo sueño era extraordinario y, por tanto, extremadamente importante.

—Os lo digo con pesar —continuó Jamie, y hablaba en serio—. Dentro de sesenta años echarán a los tsalagi de sus tierras y los conducirán a otro sitio. Muchos morirán en el viaje, por lo que el camino que tomen será llamado... —Trató de recordar el vocablo cherokee para «lágrimas», pero no lo encontró, y terminó con la frase—: el sendero donde llorarán.

Los labios de Pájaro se fruncieron como si estuviera inhalando humo, pero la pipa seguía en su mano sin que nadie le prestara atención.

—¿Quién hará algo así? —preguntó—. ¿Quién es capaz de hacerlo?

Jamie inspiró profundamente; ésa era la dificultad. Y no obstante, una vez planteada la cuestión, no era tan difícil como había pensado.

—Serán hombres blancos —contestó—. Pero no los hombres del rey Jorge.

—¿Los franceses? —preguntó Cameron con cierto aire de incredulidad, pero frunció el ceño, tratando de entender cómo podría ocurrir aquello—. ¿O se referirán a los españoles? Los españoles están mucho más cerca, pero no son tantos. —España todavía ocupaba el campo al sur de Georgia y partes de las Indias Occidentales, pero los ingleses tenían una posición muy firme en Georgia; al parecer, las probabilidades de que los españoles consiguieran avanzar hacia el norte eran realmente escasas.

—No. Ni los españoles ni los franceses.

Jamie deseó que Ian se hubiera quedado allí, por más de una razón. Pero el muchacho se había marchado, de modo que él tendría que luchar con el tsalagi, que era una lengua interesante, pero sólo podía emplearla de manera fluida para hablar de cosas concretas... y de un futuro muy limitado.

—Lo que me han dicho... lo que mis mujeres dicen... —Se esforzó por encontrar palabras razonables—. Una cosa que ven en sus sueños es que todo esto sucederá en lo que respecta a muchas personas, pero tal vez no ocurra con unos pocos, o a uno solo.

Pájaro parpadeó confundido... lo que era comprensible. En tono grave, Jamie volvió a tratar de explicarse.

—Hay cosas grandes y cosas pequeñas. Una cosa grande es como una gran batalla, o el surgimiento de un jefe importante... Aunque él es un solo hombre, asciende gracias a las voces de muchos. Si mis mujeres sueñan sobre estas cosas grandes, entonces sucederán. Pero en cualquier cosa grande están implicadas muchas personas. Algunos dicen esto; otros, aquello. —Hizo un gesto con la mano moviéndola en zigzag, y Pájaro asintió—. Bien. Si muchas personas dicen «Haced esto» —apuntó con los dedos con fuerza hacia la izquierda—, entonces ocurre. Pero ¿qué hay de las personas que dicen «haced aquello»? —y apuntó con un dedo el otro lado—. Esas personas pueden escoger un camino diferente.

Pájaro emitió el sonido que empleaba cuando estaba alarmado.

—Entonces, ¿tal vez algunos no vayan? —preguntó Cameron directamente—. ¿Podrían escapar?

—Eso espero —se limitó a responder Jamie.

Permanecieron sentados en silencio durante un rato, cada hombre contemplando el fuego, cada uno viendo sus propias visiones... del futuro, o del pasado.

—Esa esposa tuya —dijo Pájaro por fin, reflexionando—. ¿Has pagado mucho por ella?

—Me costó casi todo lo que tenía —respondió Jamie con un tono irónico que hizo que los otros se echaran a reír—. Pero lo vale.

Era muy tarde cuando se dirigió a la casa de huéspedes; la luna se había puesto y el cielo tenía un aspecto de profunda calma, con las estrellas cantando para sí en una noche infinita. Le dolía cada uno de los músculos del cuerpo, y estaba tan cansado que tropezó en el umbral. Pero sus instintos seguían alerta, y sintió, más que vio, a alguien moviéndose en las sombras de la litera.

Por Dios, Pájaro no se daba por vencido. Bueno, esa noche no importaba; podía tumbarse desnudo con una docena de mujeres jóvenes y de todas formas dormiría profundamente. Demasiado cansado para que su presencia lo irritara, trató de buscar palabras que reflejaran un cortés agradecimiento por su presencia. Entonces ella se puso en pie.

La luz del fuego reveló a una mujer mayor, con trenzas grises y un vestido de gamuza blanca adornado con pintura y púas de puercoespín. Reconoció a Llama en el Bosque, ataviada con sus mejores galas. El sentido del humor de Pájaro se le había ido de las manos: le había mandado a su madre.

Lo poco que sabía de tsalagi se le olvidó de pronto. Abrió la boca, pero no dijo nada. Ella esbozó una sonrisa y extendió la mano.

—Ven y túmbate, Matador de Osos —dijo. Su voz era amable y ronca—. He venido a peinar las serpientes de tu pelo.

Lo guió hasta el lecho sin que él ofreciera resistencia e hizo que se acostara con la cabeza sobre su regazo. Y sí; ella deshizo las trenzas y extendió el cabello de Jamie sobre sus rodillas, con un roce que le alivió las palpitaciones de la cabeza y el doloroso chichón de su entrecejo.

Él no tenía ni idea de la edad de aquella mujer, pero sintió que sus dedos eran musculosos e incansables, practicando círculos pequeños y rítmicos en su cuero cabelludo, en sus sienes, detrás de sus orejas y cerca del hueso en la base del cráneo. Ella había arrojado cannabis y alguna otra planta al fuego; el hueco de la chimenea tiraba bien, y él alcanzó a ver un humo blanco que se elevaba en una vacilante columna muy lenta, pero con una sensación de constante movimiento.

La mujer estaba canturreando entre dientes, con palabras muy poco claras como para distinguirlas. Jamie observó las formas mudas que creaba el humo, y sintió que sus miembros se llenaban de arena mojada, que su cuerpo era un saco de arena colocado para detener una inundación.

—Habla, Matador de Osos —dijo ella en voz muy baja, interrumpiendo su canturreo. Tenía un peine de madera en la mano; él sintió sus dientes, gastados por el uso, que le acariciaban el cuero cabelludo.

—No puedo recordar vuestras palabras —comentó, buscando cada vocablo en tsalagi, y hablando, por tanto, muy lentamente.

Ella soltó una pequeña risita como respuesta.

—Las palabras no importan, y tampoco la lengua en la que hables —intervino—. Tú sólo habla. Yo entenderé.

Y entonces él comenzó a hablar de manera entrecortada, en gaélico, puesto que era el único idioma que al parecer no le exigía esfuerzo alguno. Entendía que debía hablar de lo que le llenaba el corazón, de modo que empezó por Escocia... y Culloden. Habló de pena, de pérdida, de miedo.

Y mientras hablaba pasó del pasado al futuro, donde vio a aquellos tres espectros cerniéndose sobre él una vez más, frías criaturas que salían de la niebla, mirándolo con sus ojos vacíos.

Había otro entre ellos, Jack Randall, confuso, a ambos lados de él. Esos ojos no estaban vacíos, sino vivos y alerta, en una cara borrosa. ¿Había matado realmente a aquel hombre? Si lo había hecho, ¿lo había seguido el espíritu? Y si no era así, ¿era la idea de una venganza insatisfecha lo que lo acosaba, incitándolo con un recuerdo imperfecto?

Pero al hablar, sintió de alguna manera que se elevaba un poco por encima del cuerpo, y se vio a sí mismo descansando, con los ojos abiertos, clavados en lo alto, con su oscuro cabello llameando en un halo alrededor de la cabeza, manchado con la plata de su edad. Y entonces se dio cuenta de que él, simplemente, *estaba*. En un lugar intermedio, separado. Y muy solo. En paz.

—Mi corazón no alberga ningún mal —dijo, oyendo su voz, lenta, como si viniera de muy lejos—. Este mal no me toca. Puede haber más, pero éste no. Aquí no. Ahora no.

—Entiendo —susurró la anciana, y continuó peinándolo mientras el humo blanco se elevaba en silencio por el agujero hasta el cielo.

• • •

45

Una mancha en la sangre

Junio de 1774

Me senté en cuclillas y me estiré, cansada pero satisfecha. Me dolía la espalda, las rodillas me crujían como bisagras, tenía las uñas llenas de tierra y algunos cabellos se me pegaban a la nuca y a las mejillas, pero los nuevos cultivos de judías trepadoras, cebollas, nabos y rábanos ya estaban plantados, las coles estaban sin hierbas y seleccionadas, y también había arrancado una docena de grandes arbustos de cacahuete y los había puesto a secar en las empalizadas del huerto, a salvo de ardillas merodeadoras.

Levanté la mirada hacia el sol, que todavía estaba sobre los castaños. Aún me quedaba un poco de tiempo para realizar un par de tareas más antes de cenar. Me incorporé y contemplé mi pequeño reino, tratando de decidir cuál sería la mejor manera de pasar el tiempo que me quedaba libre. ¿Arrancar la nébeda y la melisa que amenazaban con engullir el otro extremo del huerto? ¿Cargar con cestas el estiércol que se acumulaba en pilas detrás del granero? No, ésa era una tarea reservada a los hombres.

¿Hierbas? Los tres arbustos de lavanda francesa ya me llegaban a las rodillas y estaban muy tupidos con sus azules copos en delgados tallos, y la aquilea estaba bastante florecida, con diáfanas umbelas blancas, rosadas y amarillas. Me rasqué con un dedo debajo de la nariz, que me picaba, tratando de recordar si aquélla era la fase de la luna apropiada para cortarla. De todas formas, para cosechar la lavanda y el romero debía esperar a la mañana, que era el momento en el que el sol hacía ascender los volátiles aceites; no era tan potente si se recogían más tarde.

Así pues, me ocuparía de la menta. Busqué la azada que había dejado apoyada contra la cerca, y entonces vi una cara que me miraba con recelo a través de las empalizadas, y retrocedí con el corazón dándome un vuelco.

—¡Ah! —El visitante también había dado un salto hacia atrás, igualmente alarmado—. ¡*Bitte*, señora! No quería asustarla.

Era Manfred McGillivray, que me miraba con timidez a través de las hojas colgantes de las campanillas y el boniato silvestre. Ya había venido antes esa mañana, con un paquete envuelto con lona que contenía varios mosquetes para Jamie.

—No te preocupes. —Me agaché para recoger la azada que había dejado caer—. ¿Buscas a Lizzie? Está...

—No, señora. Es decir, yo... ¿Podría hablar un momento con usted, señora? —preguntó de repente—. Es decir, ¿a solas?

—Por supuesto. Pasa; podemos hablar mientras paso la azada.

Él asintió y dio la vuelta para entrar por la verja. Me pregunté para qué me necesitaría. Llevaba un abrigo y unas botas, todo cubierto de polvo, y los pantalones muy arrugados. Supuse que había cabalgado durante bastante tiempo, no sólo desde la cabaña de su familia. Además, era evidente que aún no había entrado en la casa; la señora Bug le habría quitado el polvo a la fuerza.

—¿De dónde vienes? —le pregunté, ofreciéndole el cazo de mi cubo de agua. Él lo aceptó, bebió con avidez y luego se limpió la boca con la manga.

—Gracias, señora. Vengo de Hillsboro; he ido a buscar los... eh... las cosas para el señor Fraser.

—¿En serio? Eso parece muy lejos —dije con amabilidad.

Una expresión de profunda incomodidad pasó por su cara. Era un muchacho bien parecido, bronceado y apuesto como un joven fauno bajo su mata de pelo oscuro y rizado, pero en aquel momento tenía un aspecto casi como el de un furtivo: miraba constantemente por encima del hombro en dirección a la casa, como si temiera ser interrumpido.

—Yo... eh... bueno, señora, eso tiene que ver, un poco, con lo que quería comentarle.

—¿Sí? Bueno... —Hice un gesto cordial, indicándole que podía desembuchar, y me volví para empezar a pasar la azada, de manera que no se sintiera tan cohibido. Comenzaba a sospechar lo que quería preguntarme, aunque no estaba segura de que Hillsboro tuviera algo que ver con ello.

—Tiene que ver... ah... bueno, tiene que ver con la señorita Lizzie —comenzó a decir, poniendo las manos detrás de la espalda.

—¿Sí? —pregunté, tratando de alentarlo, casi segura de que mis suposiciones eran correctas.

Eché un vistazo al otro extremo del huerto, donde las abejas zumbaban alegremente entre las umbelas altas y amarillas de las plantas de dauco. Bueno, al menos aquello era mejor que el concepto que tenían sobre los condones en el siglo XVIII.

—No puedo casarme con ella —soltó.

—¿Qué? —Dejé de pasar la azada y me erguí, mirándolo. Tenía los labios cerrados con fuerza, y en ese momento me di cuenta de que lo que yo había considerado timidez había sido un intento por ocultar la profunda infelicidad que ahora se reflejaba claramente en las líneas de su rostro.

—Será mejor que entres y te sientes. —Lo llevé al pequeño banco que Jamie había hecho para mí, ubicado a la sombra de un negro gomero que colgaba sobre la parte norte del huerto.

Se sentó con la cabeza gacha y las manos entre las rodillas. Me quité mi sombrero de ala ancha, me limpié la cara con el delantal y me recogí el cabello con cuidado, al mismo tiempo que inhalaba la frescura de las píceas y los abetos que crecían en la ladera, que se encontraba más arriba.

—¿De qué se trata? —le pregunté con tranquilidad, al ver que él no sabía por dónde empezar—. ¿Tienes miedo de que tal vez no la ames?

Él me dirigió una mirada de alarma, y volvió de nuevo la mirada a la estudiada contemplación de sus rodillas.

—Ah, no, señora. Quiero decir... No la amo, pero eso no importa.

—¿No?

—No. Quiero decir... estoy seguro de que terminaríamos encariñándonos. Me lo ha dicho *meine Mutter*. Y sí me gusta mucho —se apresuró a añadir, como si temiera que aquello sonara ofensivo—. Papá dice que es una buena chica, y a mis hermanas les cae muy bien.

Emití un sonido que no quería decir nada. Yo siempre había tenido mis dudas sobre esa unión, y comenzaba a pensar que eran justificadas.

—¿Es que... hay alguna otra persona? —pregunté con delicadeza.

Manfred sacudió la cabeza lentamente, y oí cómo tragaba saliva con fuerza.

—No, señora —dijo con voz grave.

—¿Estás seguro?

—Sí, señora. —Tomó un largo aliento—. Quiero decir, la hubo. Pero eso ya terminó.

Esa revelación me desconcertó. Si él ya había decidido renunciar a esa otra chica misteriosa (ya fuera por miedo a su madre, o por cualquier otra razón), ¿qué le impedía seguir adelante con la boda con Lizzie?

—La otra chica... ¿por casualidad es de Hillsboro?

Las cosas iban aclarándose poco a poco. La primera vez que lo había visto a él y a su familia en la Reunión, sus hermanas habían intercambiado miradas de complicidad al mencionar las visitas de Manfred a Hillsboro. Ellas ya lo sabían, aunque Ute lo desconociera.

—Sí. Por eso fui a Hillsboro... Quiero decir, tenía que ir por las... eh... Pero también tenía intención de ver... a Myra... y decirle que iba a casarme con la señorita Wemyss y que ya no podría volver a verla.

—Myra. —De modo que, como mínimo, tenía nombre. Me recliné, taconeando el suelo mientras reflexionaba—. Tenías la intención... entonces, ¿al final no la viste?

Él volvió a negar con la cabeza, y vi una lágrima que caía y de pronto se extendía en el hilado polvoriento de sus pantalones.

—No, señora —contestó con la voz ahogada—. No pude. Estaba muerta.

—Oh, querido —dije suavemente—. Oh, lo lamento mucho. —Las lágrimas caían sobre sus rodillas, manchándole la tela, y sus hombros se sacudían, pero él no emitió sonido alguno.

Me acerqué y lo abracé, apretándolo con fuerza contra mi hombro. Su pelo era suave y mullido, y, en contacto con mi cuello, noté que su piel estaba sonrojada y caliente. Yo no sabía cómo lidiar con su pena; él era demasiado grande como para reconfortarlo con el mero roce, demasiado joven —tal vez— para que las palabras lo consolaran. En aquel momento no había nada que pudiera hacer por él, excepto abrazarlo.

Aun así, sus brazos rodearon mi cintura, y él se aferró a mí durante varios minutos después de que sus lágrimas se secaran. Yo seguí abrazándolo en silencio, palmeándole la espalda y sin dejar de vigilar a través de las vacilantes sombras verdes de las empalizadas cubiertas de enredaderas, por si a alguna otra persona se le ocurría venir a buscarme al huerto.

Finalmente, me soltó y se irguió en el asiento. Busqué un pañuelo y, al no encontrarlo, me quité el delantal y se lo pasé para que se limpiara la cara.

—No es necesario que te cases de inmediato —dije, cuando él ya parecía recuperado—. Es correcto que te tomes un tiempo para... curarte. Y podemos encontrar alguna excusa para posponer la boda; hablaré con Jamie...

Pero él estaba moviendo la cabeza y una mirada de triste determinación reemplazaba sus lágrimas.

—No, señora —dijo con la voz baja, pero de manera clara—. No puedo.

—¿Por qué no?

—Myra era una prostituta, señora. Murió del mal francés.

En ese momento me miró y vi el terror en sus ojos, detrás de la pena.

—Y creo que yo también lo tengo.

—¿Estás seguro? —Jamie bajó el casco que estaba recortando y miró a Manfred con una expresión sombría.

—Yo sí estoy segura —dije con aspereza. Había obligado a Manfred a que me enseñara la evidencia; de hecho, yo misma le había hecho un raspado en la lesión para examinar la muestra en el microscopio; luego lo llevé a ver a Jamie, casi sin darle tiempo a subirse los pantalones.

Jamie miró fijamente a Manfred, tratando de decidir qué decir. El chico, con el rostro púrpura por la doble presión de la confesión y el examen, bajó su propia mirada hacia los restos del casco que se encontraban en el suelo.

—Lo lamento mucho, señor —murmuró—. Yo... no tenía la intención de...

—Supongo que nadie tiene esa intención —dijo Jamie. Respiró hondo y soltó una especie de gruñido que hizo que Manfred encorvase los hombros y tratara de hundir la cabeza como una tortuga en su ropa.

—Ha hecho lo correcto —señalé, tratando de ser lo más positiva posible, dada la situación—. Me refiero... al decir la verdad.

Jamie resopló.

—Bueno, también podría contagiar a la pequeña Lizzie, ¿no? Eso es peor que sólo ir con una puta.

—Supongo que algunos hombres no dirían nada y esperarían que la suerte los acompañara.

—Sí, algunos sí. —Miró a Manfred con los ojos entornados, buscando, evidentemente, algún indicio manifiesto de que el chico pudiera ser un villano de esas características.

Gideon, al que le molestaba que se jugueteara con sus patas y que, por tanto, estaba de mal humor, piafó con violencia y estuvo a punto de aplastar el pie de Jamie. Echó la cabeza atrás y emitió un ruido que a mí me pareció el equivalente al gruñido de Jamie.

—Sí, bueno. —Jamie dejó de mirar con furia a Manfred y cogió el cabestro de *Gideon*—. Ve con él a la casa, Sassenach. En cuanto termine esto, llamaremos a Joseph y veremos qué se puede hacer.

—De acuerdo —dije con vacilación, sin estar segura de si era conveniente hablar delante de Manfred. No quería darle demasiadas esperanzas hasta que tuviera la oportunidad de examinar el raspado con el microscopio.

Las espiroquetas de la sífilis eran muy características, pero no creía que tuviera en mis manos una muestra que me permitiera verlas con un microscopio simple como el mío. Y si bien suponía que mi penicilina casera tal vez podría eliminar la infección, no tenía manera de saberlo con seguridad, a menos que pudiera verlas, y entonces comprobar que hubieran desaparecido de su sangre.

Me contenté con decir:

—Tengo penicilina, ¿sabes?

—Lo sé muy bien, Sassenach. —Jamie volvió su mirada siniestra de Manfred a mí. Yo le había salvado la vida con la penicilina en dos ocasiones, pero él no había disfrutado con ello. Después de soltar un ruido escocés de desdén, se agachó y volvió a levantar la enorme pezuña de *Gideon*.

Manfred parecía traumatizado como un soldado con estrés postraumático, y no pronunció ninguna palabra de camino a la casa. Vaciló en la puerta de la consulta, mirando con inquietud el resplandeciente microscopio en la caja abierta de instrumental quirúrgico, y luego paseó la mirada por los cuencos tapados en los que yo cultivaba las colonias de penicilina.

—Pasa —dije, pero me vi obligada a extender la mano y a cogerlo de la manga antes de que diera un paso hacia el umbral. En ese momento se me ocurrió que él nunca antes había puesto un pie en la consulta; nosotros estábamos a casi diez kilómetros de la casa de los McGillivray, y Frau McGillivray era capaz de lidiar con las afecciones poco importantes de su familia.

Yo no me sentía demasiado caritativa con respecto a Manfred en ese momento, pero le alcancé un banco y le pregunté si le apetecía una taza de café. Se me ocurrió que tal vez le vendría bien algo más fuerte, si iba a tener que hablar con Jamie y Joseph Wemyss, pero supuse que sería mejor que mantuviera la mente clara.

—No, señora —dijo pálido, y tragó saliva—. Quiero decir, gracias, pero no.

Parecía muy joven y muy asustado.

—Arremángate, por favor. Voy a extraerte un poco de sangre, pero no te dolerá mucho. ¿Cómo conociste a la... eh... joven? Myra se llamaba, ¿verdad?

—Sí, señora. —Los ojos se le llenaron de lágrimas al escuchar su nombre; supongo que el pobre la amaba de verdad; o al menos eso creía él.

Había conocido a Myra en una taberna de Hillsboro. Parecía una chica amable, me dijo, y era muy bonita, y cuando ella le pidió al joven armero que la invitara a una copa de ginebra, él se sintió inmensamente atractivo y obedeció.

—Entonces bebimos juntos un rato, y ella se reía de lo que yo le decía, y...

Al parecer, le costaba explicar cómo la cuestión había avanzado a partir de ese momento, pero se había despertado en su cama. Aquello había sellado el tema en lo que a él concernía, y a partir de ese momento había aprovechado cada excusa para ir a Hillsboro.

—¿Cuánto duró este romance? —pregunté interesada. Como carecía de una jeringa decente para extraer sangre, me limité a pincharle la vena del lado interior del codo con una lanceta y vertí la sangre en una pequeña ampolla.

Al parecer, casi dos años.

—Sabía que no podía casarme con ella —explicó con seriedad—. *Meine Mutter* jamás... —Se interrumpió, al mismo tiempo que adoptaba la expresión de un conejo asustado que oye sabuesos cerca—. *Mein Gott*! ¡Mi madre!

Yo también me preguntaba por ese aspecto concreto del asunto. Ute McGillivray no estaría nada contenta de enterarse de que su orgullo y su alegría, su único hijo, había contraído una enfermedad vergonzosa que, por si eso fuera poco, provocaría la anulación del compromiso que ella había organizado con tanto cuidado y que muy probablemente generaría un escándalo que se difundiría por toda la región. El hecho de que en la mayoría de los casos era una enfermedad fatal quizá se convertiría en una preocupación secundaria.

—¡Me matará! —dijo, deslizándose del banco y bajándose la manga deprisa.

—No lo creo. Aunque supongo que...

En ese delicado momento se oyó la puerta trasera y voces en la cocina. Manfred se puso tenso mientras sus oscuros rizos se agitaban con alarma. Entonces, unos pesados pasos resonaron en el pasillo camino de la consulta, y él se lanzó al otro lado de la sala, pasó una pierna por encima del alféizar y desapareció, corriendo como un ciervo hacia los árboles.

—¡Vuelve aquí, imbécil! —grité por la ventana abierta.

—¿A qué imbécil te refieres, tía? —Me volví y descubrí que los pesados pasos correspondían al joven Ian, y que eran pesados porque llevaba a Lizzie Wemyss en brazos.

—¡Lizzie! ¿Qué ocurre? Ven, ponla sobre la mesa. —Comprendí de inmediato lo que ocurría: la malaria había vuelto otra vez. Ella estaba floja, como una marioneta, pero de todas formas temblaba de frío y los músculos, al contraerse, hacían que se sacudiera como si fuera gelatina.

—La he encontrado en el cobertizo de los productos lácteos —dijo Ian, tumbándola con cuidado sobre la mesa—. El sordo Beardsley ha venido corriendo como si lo persiguiera el diablo, me ha visto y me he arrastrado hacia allí. Estaba tirada en el suelo, con el tarro de leche junto a ella.

Era muy preocupante; hacía bastante tiempo que no tenía ataques, pero ya era la segunda vez que el ataque se producía demasiado deprisa como para que pudiera pedir ayuda, haciendo que se derrumbara casi de inmediato.

—En el último anaquel del armario —le dije a Ian, mientras me apresuraba a poner a Lizzie de costado y desabrocharle las tiras del vestido—. Aquel bote azulado... no, el grande.

Ian lo cogió sin hacer preguntas y le quitó la tapa mientras me lo traía.

—¡Por Dios, tía! ¿Qué es? —Arrugó la nariz por el olor del ungüento.

—Bayas de acebo y corteza de quino en grasa de ganso, entre otras cosas. Coge un poco y empieza a frotárselo en los pies.

Con una expresión de desconcierto, sacó delicadamente una cucharada de la crema gris púrpura e hizo lo que le había indicado. Los pequeños pies descalzos de Lizzie desaparecieron entre sus grandes manos.

—¿Crees que se recuperará, tía? —La miró a la cara con expresión de preocupación. El aspecto de Lizzie bastaba para inquietar a cualquiera; su piel estaba sudorosa y del color del suero de la leche, y tan flácida que los escalofríos hacían que le temblaran las delicadas mejillas.

—Es probable. Cierra los ojos, Ian.

Yo le había aflojado la ropa y en ese momento le quité el vestido, las enaguas y el corsé. La cubrí con una manta raída antes de pasarle la última prenda interior por encima de la cabeza; tenía sólo dos, y no quería estropearle una con el ungüento.

Ian me había obedecido y tenía los ojos cerrados, pero seguía frotando los pies de Lizzie con el ungüento. Tenía el entrecejo fruncido, y la expresión de preocupación le confirió un leve, pero sorprendente parecido con Jamie. Atraje la jarra hacia mí, saqué un poco de ungüento y, tanteando debajo de la manta, comencé a extendérselo por las axilas, y luego por la espalda y el vientre. Podía palpar el hígado con suma claridad, una masa grande y firme debajo de las costillas. Estaba inflamado, y también sensible, a juzgar por las muecas de dolor de Lizzie cuando la toqué. Sin duda, allí había un daño que ya llevaba tiempo produciéndose.

—¿Puedo abrir los ojos?

—Ah... sí, por supuesto. Ponle un poco más en las piernas, Ian, por favor.

Al mismo tiempo que le entregaba la jarra, advertí un movimiento en el umbral. Uno de los gemelos Beardsley estaba allí, agarrado a la jamba, con sus oscuros ojos clavados en Lizzie. Debía de ser Kezzie; Ian había dicho que «el sordo Beardsley» había ido a buscar ayuda.

—Se pondrá bien —le dije, levantando la voz, y él asintió una vez; luego desapareció, no sin antes dirigir una mirada fulminante a Ian.

—¿A quién le gritabas antes, tía Claire? —Ian levantó la mirada, evidentemente tanto para preservar la modestia de Lizzie como en un gesto de cortesía hacia mí; la manta estaba corrida hacia atrás y sus grandes manos extendían el ungüento en la piel por encima de la rodilla. Sus pulgares se movían en delicados círculos alrededor de las pequeñas curvas redondeadas de las rótulas. La piel de Lizzie era tan fina que daba la impresión de que podía verse el perlado hueso.

—¿Quién...? Ah. Manfred McGillivray —dije, recordando de pronto—. ¡Maldición! ¡La sangre! —Di un salto y me limpié las manos deprisa en el delantal. Gracias a Dios, le había puesto el corcho a la ampolla; la sangre en su interior continuaba líquida, pero no permanecería así durante mucho tiempo más.

—Sigue con las manos y los brazos, por favor, Ian. Tengo que ocuparme de esto deprisa.

Él obedeció mientras yo me apresuraba a verter una gota de sangre en varios portaobjetos, pasando uno limpio encima de cada uno para crear una mancha plana. ¿Qué clase de colorante necesitaría para las espiroquetas? No había forma de saberlo; debería probarlos todos.

Le expliqué la cuestión de forma inconexa a Ian mientras sacaba frascos de colorante del armario, preparaba las soluciones y empapaba los portaobjetos.

—¿Sífilis? Pobre muchacho; debe de estar aterrorizado.

Ian colocó el brazo de Lizzie, brillante por el ungüento, debajo de la manta y la ajustó con cuidado a su alrededor.

Por un momento me sorprendió esa muestra de compasión, pero luego me acordé. Ian había estado expuesto a la sífilis unos años antes, después de que Geillis Duncan lo secuestrara. Yo no estaba segura de si él había contraído la enfermedad, pero, por si acaso, le había dado una dosis de la última partida de penicilina del siglo XX que me quedaba.

—¿No le has dicho que podías curarlo, tía?

—No he tenido la oportunidad. Aunque, para ser honesta, no estoy absolutamente segura de poder hacerlo. —Me senté en una banqueta y cogí la otra mano de Lizzie para tomarle el pulso.

—¿No? —Ian enarcó las cejas al escuchar aquello—. Me dijiste que yo estaba curado.

—Y lo estás —le aseguré—. Si es que alguna vez tuviste la enfermedad. —Lo miré fijamente—. Jamás has tenido una llaga en tu pene, ¿verdad?, o en ninguna otra parte...

Él negó con la cabeza, mudo, mientras una oscura ola de sangre coloreaba sus delgadas mejillas.

—Bien. Pero la penicilina que te di... era algo que había traído de... bueno, de antes. Era purificada; muy fuerte y potente. En cambio, ahora nunca sé con seguridad, cuando uso ésta —señalé con un gesto los recipientes de cultivo que estaban sobre la encimera—, si es lo bastante fuerte como para que funcione; ni siquiera si la cepa es la correcta...

Me froté la nariz con la palma de la mano; el ungüento de bayas de acebo tenía un olor muy intenso.

—No siempre funciona.

Yo ya me había encontrado con más de un paciente con una infección que no respondía a alguno de mis preparados de penicilina; aunque en muchos casos sí había tenido éxito en un segundo intento. En algunos casos aislados, el paciente se había recuperado por sí solo antes de que el segundo preparado estuviera listo. En un solo caso el paciente había muerto, a pesar de que le había aplicado dos combinaciones diferentes de penicilina.

Ian asintió lentamente, con los ojos fijos en el rostro de Lizzie. Las primeras tandas de escalofríos habían terminado, y ella estaba inmóvil; la manta apenas se movía sobre la suave curva de sus pechos.

—Entonces, si no estás segura... no dejarás que se case con ella, ¿verdad?

—No lo sé. Jamie ha dicho que hablaría con el señor Wemyss para averiguar qué pensaba él de este tema.

Me levanté y saqué el primer portaobjetos de su baño rosáceo, lo sacudí para quitarle las gotas que tenía pegadas y, después de limpiar la parte inferior, lo coloqué con cuidado en la plataforma de mi microscopio.

—¿Qué estás buscando, tía?

—Unas cosas llamadas espiroquetas. Son una clase particular de gérmenes que causan la sífilis.

—Ah, sí.

A pesar de la gravedad de la situación, el tono de escepticismo de su voz me hizo sonreír. Yo ya le había mostrado microorganismos, pero al igual que Jamie y que casi todos, él simplemente no podía creer que algo casi invisible pudiera causar daño. La única persona que al parecer había aceptado la idea con entusiasmo era Malva Christie y, en su caso, yo creía que esa aceptación sólo se debía a su fe en mí. Si yo le decía algo, ella me creía, lo que era todo un alivio después de años de enfrentarme a un gran número de escoceses que me miraban con distintos grados de sospecha.

—¿Crees que habrá ido a su casa? Manfred, quiero decir.

—No lo sé —contesté sin prestar atención, moviendo lentamente el portaobjetos de un lado a otro, buscando.

Pude distinguir los glóbulos rojos, unos pálidos discos rosados que flotaban más allá de mi campo de visión, avanzando poco a poco en el colorante acuoso. No había ninguna espiral mortal visible, sin embargo eso no significaba que no estuvieran allí, sino que era posible que el colorante que había utilizado no las mostrara.

Lizzie se agitó y gimió. Miré hacia atrás y vi que sus párpados se abrían.

—Tranquila, muchacha —dijo Ian en voz baja, con una sonrisa—. Estás mejor, ¿verdad?

—¿Verdad? —comentó ella débilmente.

De todas formas, las comisuras de su boca se elevaron un poco, sacó una mano de debajo de la manta y empezó a tantear con ella. Él la cogió y se la palmeó.

—Manfred —intervino Lizzie, girando la cabeza hacia los lados, con los ojos entornados—. ¿Manfred está aquí?

—Eh... No —respondí, intercambiando una rápida mirada de consternación con Ian. ¿Cuánto había escuchado?—. No, estaba aquí, pero ahora... se ha marchado.

—Ah. —Al parecer, perdió el interés y volvió a cerrar los ojos.

Ian la miró, sin dejar de acariciarle la mano. Su rostro expresaba una profunda compasión... aunque tal vez también cierto cálculo.

—¿Llevo a la muchacha a la cama? —preguntó en voz baja, como si ella estuviera dormida—. ¿Y luego voy a buscar a...? —Movió la cabeza hacia la ventana abierta, enarcando una ceja.

—Sí, por favor, Ian. —Vacilé, y sus ojos de un profundo color avellana se clavaron en los míos, ablandados por la preocupación y la sombra del recuerdo de un dolor—. Ella se pondrá bien —dije, tratando de insuflar certeza a mis palabras.

—Sí —respondió él firmemente, y se agachó para cogerla, envolviéndola con la manta—. Si yo tengo algo que decir al respecto.

46

Donde las cosas se tuercen

Manfred McGillivray no regresó. Ian sí, con un ojo morado, los nudillos en carne viva y la lacónica noticia de que Manfred había anunciado su firme intención de ahorcarse, y de buena nos librábamos si ese fornicador hijo de puta cumplía su palabra; ojalá que se le salieran sus podridas entrañas como a Judas Iscariote, a ese zurullo maloliente. Luego subió corriendo la escalera, para permanecer en completo silencio frente a la cama de Lizzie durante un rato.

Al oírlo, rogué para que las palabras de Manfred no fueran más que el producto de una desesperación temporal... y me maldije por no haberle dicho de inmediato y con la mayor firmeza posible que podía curarse, tanto si era cierto como si no. Seguramente no...

Lizzie estaba semiinconsciente, postrada con las fiebres abrasadoras y las convulsiones palúdicas de la malaria, de modo que no era conveniente informarla de la deserción de su prometido, ni de su causa. Aun así, yo tenía que formularle algunas preguntas bastante delicadas tan pronto como fuera posible, puesto que siempre existía la probabilidad de que ella y Manfred hubieran adelantado sus votos matrimoniales, y en ese caso...

—Bueno, en realidad hay algo positivo en todo esto —observó Jamie sombríamente—. Los gemelos Beardsley estaban preparándose para perseguir a nuestro muchachito sifilítico y castrarlo, pero ahora que se han enterado de que piensa ahorcarse, han decidido que con eso es suficiente.

—Gracias a Dios por los pequeños milagros —dije, hundiéndome en la silla—. Casi con toda seguridad lo habrían hecho. —Los Beardsley, en especial Josiah, eran excelentes rastreadores... y no solían hacer amenazas vanas.

—Ah, claro que sí —me aseguró Jamie—. Estaban afilando los cuchillos con suma seriedad cuando los he encontrado, y les he dicho que no se molestaran.

Suprimí una sonrisa involuntaria al imaginarme a los Beardsley, inclinados cada uno a un lado de una piedra de afilar, ambos con el ceño fruncido en un idéntico gesto de venganza en sus rostros delgados y oscuros; no obstante, el repentino lapso de humor se desvaneció.

—Oh, Dios mío, debemos contárselo a los McGillivray.

Jamie asintió, palideciendo ante la idea, pero echó atrás su taburete.

—Será mejor que vaya de inmediato.

—Pero no antes de que haya comido algo. —La señora Bug le puso un plato delante con un gesto firme—. No le conviene enfrentarse a Ute McGillivray con el estómago vacío.

Jamie vaciló, pero evidentemente le pareció que su argumento era válido, puesto que cogió el tenedor y se lanzó sobre el ragú de cerdo con una sombría determinación.

—Jamie...

—¿Sí?

—Tal vez sí deberías dejar que los Beardsley buscaran a Manfred. No para hacerle daño, no es eso lo que quiero decir... Pero tenemos que encontrarlo. Morirá si no lo tratamos.

Él hizo una pausa, con un bocado de ragú a medio camino hacia su boca, y me contempló con el entrecejo fruncido.

—Sí, y si lo encuentran también morirá, Sassenach. —Sacudió la cabeza, y el tenedor completó su trayectoria. Masticó y tragó, sin duda acabando de concretar su plan mientras lo hacía—. Joseph está en Bethabara. Habrá que decírselo, y lo que corresponde es que yo vaya a buscarlo para que me acompañe a casa de los McGillivray. Pero... —Vaciló, claramente imaginándose al señor Wemyss, el más manso y tímido de los hombres, y para nada un aliado útil—. No. Yo iré a explicárselo a Robin. Tal vez él mismo comience a buscar al muchacho... o quizá Manfred se lo haya pensado mejor y ya haya regresado a su casa.

Era un pensamiento optimista, y lo despedí con cierta esperanza. Pero regresó cerca de la medianoche, mudo y con la cara sombría, y me di cuenta de que Manfred no había regresado.

—¿Se lo has dicho a ambos? —pregunté, corriendo el edredón para que se metiera a mi lado. Olía a caballo y a noche, un olor fresco y penetrante.

—Le pedí a Robin que saliera conmigo y se lo he contado. Pero no he tenido la valentía de decírselo a Ute a la cara —admitió. Me sonrió, acurrucándose bajo la manta—. Espero que no pienses que soy un cobarde, Sassenach.

—No, claro que no —le aseguré, y me incliné para apagar la vela—. La discreción es la mejor parte del valor.

Unos atronadores golpes en la puerta nos despertaron justo antes del amanecer. *Rollo*, que había estado durmiendo en el rellano, bajó corriendo la escalera, rugiendo amenazas. Lo seguía de cerca Ian, que había estado sentado junto a la cama de Lizzie, montando guardia mientras yo dormía. Jamie saltó de la cama, cogió una pistola cargada de lo alto del ropero y corrió a sumarse a la pelea.

Impresionada y aturdida —había dormido menos de una hora—, me incorporé en la cama, mientras el corazón me latía con fuerza en el pecho. *Rollo* dejó de ladrar un instante y oí que Jamie gritaba «¿Quién es?» a través de la puerta.

La respuesta fueron unos renovados golpes que resonaron por la escalera y parecieron sacudir la casa, acompañados de una aguda voz femenina tan alta que hubiera hecho justicia a una de las composiciones más épicas de Wagner. Era Ute McGillivray.

Comencé a luchar para salir de debajo de las mantas. Mientras tanto, una confusión de voces, ladridos renovados, el chirrido del cerrojo al ser levantado... y luego más voces confusas, pero todas mucho más altas. Corrí hacia la ventana y miré al exterior; Robin McGillivray estaba de pie en el jardín, donde acababa de desmontar de una de sus mulas.

Parecía mucho más viejo y algo desinflado, como si su alma lo hubiera abandonado, llevándose toda su fuerza y dejándolo vacío. Apartó la cabeza del escándalo que estaba produciéndose en la entrada y cerró los ojos. El sol estaba asomando, y la luz pura y clara puso al descubierto todas las arrugas y los hoyuelos que le había dejado el cansancio, así como una terrible infelicidad.

Como si hubiera presentido que lo estaba mirando, abrió los ojos y levantó la cara hacia la ventana. Tenía los ojos rojos y estaba despeinado. Me vio, pero no respondió a mi intento de saludo con la mano. En cambio, apartó la mirada, volvió a cerrar los ojos y permaneció allí de pie, aguardando.

El escándalo había pasado al interior de la casa y ahora parecía ascender por la escalera, transportado por una oleada de objeciones escocesas y alaridos alemanes, coronados con los entusiastas ladridos de *Rollo*, siempre dispuesto a animar las fiestas.

Cogí la bata del perchero, pero apenas había logrado introducir un brazo en ella cuando la puerta de la recámara se abrió de repente y golpeó con tanta fuerza contra la pared que rebotó e impactó sobre el pecho de Ute. Ella, nada intimidada, volvió a abrirla con otro golpe y se abalanzó sobre mí como un torbellino, con el gorro torcido y los ojos relampagueantes.

—¡Tú! *Weibchen*! ¡Cómo te atreves a insultar, a contar esas mentiras de mi hijo! ¡Te mataré, te arrancaré el pelo, *a nighean na galladh*! ¡Tú...!

Se lanzó sobre mí y yo me aparté, evitando a duras penas que me agarrara del brazo.

—¡Ute! ¡Frau McGillivray! ¡Escúcheme...!

El segundo intento fue más exitoso; cogió la manga de mi bata y la retorció, arrastrando la prenda de mi hombro con un sobrecogedor ruido de tela desgarrada, al mismo tiempo que trataba de clavarme las uñas de la mano libre en la cara.

Me eché hacia atrás y grité con todas mis fuerzas; durante un instante espantoso, mi mente recordó una mano golpeándome la cara, manos que tiraban de mí...

La golpeé, con la fuerza del terror inundando mis miembros, sin dejar de gritar, mientras el minúsculo resto de racionalidad que quedaba en mi cerebro lo observaba todo desconcertado, asombrado, pero completamente incapaz de detener el pánico animal, la rabia irracional que surgía de una fuente profunda e inesperada.

Comencé a atacar; daba golpes a ciegas mientras gritaba... preguntándome, incluso mientras lo hacía, por qué estaba actuando de ese modo.

Un brazo me sujetó la cintura y me levantó del suelo. Una nueva punzada de pánico me atravesó, y de pronto me encontré sola, intacta. Estaba en la esquina de la habitación, junto al armario, balanceándome como si estuviera ebria, jadeando. Jamie se encontraba delante de mí, con los hombros tensos y los codos levantados, protegiéndome.

Me habló con mucha calma, pero yo había perdido la capacidad de entender el sentido de sus palabras. Apreté las manos contra la pared y su solidez me reconfortó un poco.

El corazón seguía martilleándome en los oídos; me asustaba el sonido de mi propia respiración, semejante a los jadeos que había emitido cuando Harley Boble me había roto la nariz. Cerré la boca con fuerza, tratando de parar. Contener la respiración parecía que funcionaba, lo que me permitió realizar breves inhalaciones por la nariz ya curada.

El movimiento de la boca de Ute atrajo mi atención y lo miré fijamente, tratando de recuperar mi orientación en el tiempo y el espacio. Oía sus palabras pero no podía comprenderlas. Respiré y dejé que las palabras fluyeran sobre mí como agua, captando sus emociones —ira, razón, protesta, apaciguamiento, estridencia, gruñidos—, pero no su significado específico.

Entonces tomé un profundo aliento, me pasé la mano por la cara (me sorprendió advertir que estaba mojada), y de pronto todo volvió a la normalidad. Pude oír y comprender.

Ute me estaba mirando, con la furia y el desprecio evidentes en la cara, pero enmudecidos por un horror cada vez más concreto.

—Estás loca —dijo asintiendo—. Ya lo veo. —Casi pareció calmarse en ese instante—. Bueno, de acuerdo.

Se volvió hacia Jamie, recogiéndose automáticamente mechones de su cabello rubio canoso y metiéndoselo debajo de su enorme gorro. La cinta se había desgarrado, y una parte de ella pendía sobre uno de sus ojos, en una escena absurda.

—De acuerdo. Ella está loca. Eso es lo que diré, pero mi hijo... ¡mi hijo!... se ha ido. De modo que... —Permaneció allí, jadeando con esfuerzo, examinándome, y luego movió la cabeza. A continuación se volvió hacia Jamie una vez más—. Salem está cerrado para vosotros —dijo con brusquedad—. Mi familia, los que nos conocen... no comerciarán con vosotros. Ni tampoco lo harán aquellos con los que yo pueda hablar y contarles la maldad que nos habéis hecho. —Sus ojos se volvieron hacia mí, con un azul frío, gélido, y sus labios se curvaron en un duro gesto de desprecio bajo el trozo de cinta rota—. Te rechazo —dijo—. Tú no existes, tú. —Se dio la vuelta y salió de la habitación, obligando a Ian y a *Rollo* a apartarse rápidamente para dejarle el paso libre. Sus pasos resonaron con fuerza en el pasillo; se trataba de un paso pesado y medido, como el tañido de una campana.

Vi que la tensión de los hombros de Jamie disminuía poco a poco. Llevaba todavía su camisón de dormir (había una mancha húmeda entre sus omóplatos) y la pistola en la mano.

La puerta de la casa se cerró con un gran estrépito. Todos permanecieron inmóviles y mudos.

—En realidad, no le habrías disparado, ¿verdad? —pregunté, aclarándome la garganta.

—¿Qué? —Jamie se volvió para mirarme. Luego captó la dirección de mi mirada y bajó los ojos hacia la pistola que llevaba en la mano, como si se preguntara de dónde había salido—. Ah —dijo—. No —y negó con la cabeza. A continuación la dejó encima del armario—. He olvidado que la tenía. Aunque sólo Dios sabe cuánto me gustaría disparar a esa maldita bruja —añadió—. ¿Estás bien, Sassenach?

Se inclinó para mirarme, con los ojos suavizados por la preocupación.

—Me encuentro bien. No sé qué... Pero ya estoy mejor. Ya ha pasado.

—Ah —dijo él en un susurro, y apartó la mirada, bajando las pestañas para ocultar sus ojos. Entonces, ¿él también lo había sentido?... ¿Se había encontrado de pronto... de vuelta allí? Yo sabía que a veces le ocurría. Recordaba haberme despertado en París y haberlo visto a él también allí, mirando por una ventana abierta, agarrándose con tanta fuerza al marco que podía ver sus músculos tensos a la luz de la luna.

—Estoy bien —repetí tocándolo, y él me dedicó una sonrisa breve y tímida.

—Deberías haberla mordido —le decía Ian a *Rollo* con firmeza—. Tiene un culo del tamaño de un tonel... ¿Cómo has podido fallar?

—Tendría miedo de morir envenenado —dije, saliendo de mi rincón—. ¿Creéis que hablaba en serio?... quiero decir, desde luego que hablaba en serio. Pero ¿suponéis que puede hacerlo? Me refiero a impedir que comercien con nosotros.

—Con Robin sí puede —aseguró Jamie mientras una expresión sombría le cruzaba la cara—. En cuanto al resto... ya lo veremos.

Ian megó con la cabeza, frunciendo el ceño, y se frotó el puño despacio contra el muslo.

—Creo que debería haberle roto el cuello a Manfred —dijo, lamentándolo de verdad—. Podríamos haberle dicho a Frau Ute que se había caído de una roca, y nos habríamos ahorrado unos cuantos problemas.

—¿Manfred? —La fina voz hizo que todos nos volviéramos al unísono, para ver quién había hablado.

Lizzie estaba en el umbral, delgada y pálida como un fantasma, con los ojos enormes y vidriosos por la fiebre reciente.

—¿Qué ocurre con Manfred? —preguntó. Se balanceó peligrosamente y apoyó una mano en el marco, para no caerse—. ¿Qué le ha sucedido?

—Ha cogido la sífilis y se ha marchado —respondió Ian con aspereza, acercándose—. Espero que no le hayas entregado tu virginidad.

Finalmente, Ute McGillivray no logró cumplir del todo su amenaza, aunque hizo bastante daño. La dramática desaparición de Manfred, la ruptura de su compromiso con Lizzie y las razones para hacerlo generaron un escándalo terrible, cuyos rumores se extendieron desde Hillsboro y Salisbury, donde él trabajaba como armero itinerante, hasta Salem y High Point.

Pero gracias al empeño de Ute, la historia resultaba aún más confusa de lo normal para cotilleos de ese tipo; algunos decían que Manfred había cogido la sífilis, y otros que yo lo había tachado falsa y maliciosamente de sifilítico, por algún estrambótico desacuerdo con sus padres. Otros, en una actitud más amable, no creían que tuviera sífilis, y sugerían que, sin duda, yo me había equivocado.

Aquellos que sí creían que había contraído la enfermedad estaban divididos respecto a cómo había llegado a ese punto; la mitad de ellos estaban convencidos de que se había contagiado de alguna prostituta, mientras que buena parte del resto especulaba que se había infectado de la pobre Lizzie, cuya reputación sufrió muchísimo hasta que Ian, Jamie, los gemelos Beardsley e incluso Roger empezaron a defender el honor de la muchacha con sus puños. A raíz de esto, no es que la gente dejara de hablar, sino que dejó de hacerlo en cualquier lugar donde cualquiera de sus defensores pudiera oírlo.

Por supuesto que los numerosos parientes de Ute en Wachovia, Salem, Bethabara y Bethania creyeron en su versión de la historia, y las lenguas no dejaban de moverse. No todo Salem dejó de comerciar con nosotros, pero muchos de sus habitantes sí lo hicieron. Y en más de una ocasión, me encontré con la inquietante experiencia de saludar a algunos moravos que conocía bien y ver que ellos desviaban la mirada con un silencio pétreo, o me daban la espalda. Eso ocurrió con tanta frecuencia que dejé de ir a Salem.

Lizzie, más allá de cierta mortificación inicial, no parecía terriblemente disgustada por la ruptura del compromiso. Desconcertada, confundida y triste —dijo— por Manfred, pero no desolada por haberlo perdido. Y, puesto que ella ya casi no se alejaba del Cerro, no se enteraba de lo que la gente decía de ella. Lo que sí la preocupaba era perder a los McGillivray y, en especial, a Ute.

—¿Sabe, señora? —me confesó con nostalgia—. Jamás había tenido una madre, puesto que la mía murió cuando yo nací. Y luego *Mutti*, que me pidió que la llamara así cuando le dije que me casaría con Manfred, me comentó que yo era su hija, igual que Hilda, Inga y Senga. Me colmaba de atenciones, me atosigaba y se reía de mí, igual que con las otras. Y aquello era... tan bonito, tener toda esa familia. Y ahora los he perdido.

Robin, que sentía un cariño sincero por ella, le había mandado a escondidas, y a través de Ronnie Sinclair, una nota breve en la que lamentaba lo ocurrido. Pero desde la desaparición de Manfred, ni Ute ni las chicas habían venido a verla, ni le habían mandado ningún mensaje.

De todas formas, Joseph Wemyss era quien parecía más visiblemente afectado por aquel asunto. No dijo nada, puesto que, como era evidente, no quería empeorar las cosas para Lizzie, pero se derrumbó como una flor privada de lluvia. Más allá del dolor que sentía por Lizzie, y de su angustia por la pérdida de su reputación, él también echaba de menos a los McGillivray, echaba de menos la alegría y la comodidad de pasar a formar de pronto parte de una familia grande, después de tantos años de soledad.

Lo peor, sin embargo, era que si bien Ute no había podido cumplir del todo con su amenaza, sí había podido influir sobre sus parientes más cercanos, incluidos el pastor Berrisch y su hermana, Monika, que, según me contó Jamie en privado, tenían prohibido volver a ver o a hablar con Joseph.

—El pastor la mandó a Halifax, con los parientes de su esposa —dijo moviendo tristemente la cabeza—. Para olvidar.

—Dios mío.

Y de Manfred no había ni el menor rastro. Jamie había hecho correr la voz a través de sus vías habituales, pero nadie lo había visto desde su huida del Cerro. Yo pensaba en él —o rezaba por él— todos los días, asediada por imágenes de su persona merodeando solo por el bosque, mientras las mortales espiroquetas se multiplicaban en su sangre día tras día. O, mucho peor, consiguiendo llegar a las Indias Occidentales en algún barco, parando en cada puerto para ahogar sus penas en los brazos de incautas prostitutas, a quienes les contagiaría la muda y fatal infección... y ellas, a su vez...

O, en ocasiones, por la horrible imagen de un montón de ropas podridas colgando de la rama de un árbol en las profundidades del bosque, sin otros deudos que los cuervos que venían a arrancarle la carne de los huesos. Y, a pesar de todo, no había odio en mi corazón hacia Ute McGillivray, quien debía de estar pensando las mismas cosas.

El único aspecto positivo de este atolladero era que Thomas Christie, en una actitud opuesta a lo que yo esperaba de él, había permitido que Malva siguiera viniendo a la consulta, con la única condición de que, si yo pensaba implicar a su hija en un futuro experimento con éter, lo avisara a él con antelación.

—Mira. —Me eché hacia atrás, y le indiqué con un gesto que observara a través de la lente del microscopio—. ¿Las ves?

Sus labios se cerraron con fuerza en un gesto de muda fascinación. Había costado no poco esfuerzo encontrar una combinación de colorante y luz de sol reflejada que revelara las espiroquetas, pero por fin lo había logrado. No eran muy nítidas, pero se podían ver si se sabía lo que se estaba buscando... y a pesar de mi total convicción sobre mi diagnóstico original, me alivió verlas.

—¡Ah, sí! Espirales pequeñitas. ¡Las veo! —Me miró parpadeando—. ¿Me está diciendo en serio que estas cositas minúsculas han convertido a Manfred en sifilítico?

Malva era demasiado cortés como para expresar abiertamente su escepticismo, pero podía verlo en sus ojos.

—Sí, eso es. —Yo ya había explicado varias veces la teoría de los gérmenes y las enfermedades a diversos incrédulos oyentes dieciochescos y, a la luz de esa experiencia, tenía pocas esperanzas de encontrar una recepción favorable. La respuesta habitual era una mirada inexpresiva, una risa indulgente, o un resoplido de rechazo, y casi esperaba una versión cortés de una de aquellas reacciones por parte de Malva. Pero, para mi sorpresa, ella pareció captar el concepto de inmediato, o al menos fingió hacerlo.

—Bueno, muy bien. —Puso ambas manos sobre la encimera y observó las espiroquetas otra vez—. Estas pequeñas bestias causan la sífilis. ¿Cómo lo hacen? ¿Y por qué esas cositas diminutas de mis dientes que usted me enseñó no hacen que yo enferme?

Le expliqué, lo mejor que pude, el concepto de «bichos buenos» o «indiferentes» en oposición al de «bichos malos», que al parecer captó con facilidad; pero mi explicación sobre las células, y el concepto de que el cuerpo está constituido por ellas la dejó con el entrecejo fruncido y mirándose confusa la palma de la mano, tratando de distinguir las células de manera independiente. No obstante, hizo caso omiso a sus dudas, y envolviéndose la mano en el delantal, reanudó sus preguntas.

¿Los bichos causaban todas las enfermedades? La penicilina... ¿por qué funcionaba con algunos gérmenes, pero no con todos? ¿Y cómo pasaban los gérmenes de una persona a otra?

—Algunos viajan por el aire, y ésa es la razón por la que debes evitar que la gente tosa o estornude encima de ti, y otros por el agua, y por ese motivo no debes beber agua de un arroyo que alguien haya usado como retrete... y algunas otras... bueno, por otros medios. —Yo no estaba segura de cuánto sabría ella sobre el sexo entre humanos (vivía en una granja y, evidentemente, sabía cómo se comportaban los cerdos, las gallinas y los caballos), y no tenía muchos deseos de iluminarla en ese aspecto, por miedo a que su padre se enterara. Tenía la impresión de que él preferiría que ella se ocupara del éter.

Naturalmente, ella captó mis evasivas.

—¿Otros medios? ¿Qué otros medios hay?

Suspiré para mi interior y se lo expliqué.

—¿Que hacen qué? —preguntó incrédula—. Los hombres, me refiero. ¡Como un animal! ¿Y por qué una mujer le permitiría a un hombre hacer algo así?

—Bueno, son animales, ¿sabes? —dije, reprimiendo las ganas de reír—. Las mujeres también. Y en cuanto a por qué una lo permitiría... —Me froté la nariz, tratando de buscar una manera elegante de expresarlo. Pero ella ya se me había adelantado con rapidez y estaba atando cabos.

—Por dinero —respondió consternada—. ¡Eso es lo que hacen las prostitutas! ¡Dejan que les hagan esas cosas por dinero!

—Bueno, sí... pero las mujeres que no son prostitutas...

—Los hijos, sí, ya me lo ha dicho. —Asintió, pero estaba claro que estaba pensando en otras cosas, con su pequeña y suave frente arrugada a causa de la concentración—. ¿Cuánto dinero obtienen? —preguntó—. Creo que yo pediría muchísimo para dejar que un hombre...

—No lo sé —dije algo desconcertada—. Diferentes cantidades, supongo. Depende.

—¿Depende...? Ah, ¿quiere decir que si él fuera feo se le podría hacer pagar más? O si ella fuera fea... —Me dedicó una rápida mirada de interés—. Bobby Higgins me habló de una prostituta que conoció en Londres a la que le habían destrozado el rostro con vitriolo. —Miró el armario donde yo guardaba el ácido sulfúrico bajo llave y se estremeció. Sus delicados hombros temblaron a causa de la repulsión que le causaba la idea.

—Sí, a mí también me lo contó. El vitriolo es lo que llamamos un cáustico... un líquido que quema. Es por eso por lo que...

Pero su mente ya había regresado al asunto que la fascinaba.

—¡Pensar que Manfred McGillivray hizo una cosa así! —Volvió sus ojos grises y redondos hacia mí—. Bueno, y Bobby. Él también debe de haberlo hecho, ¿verdad?

—Sí, creo que los soldados acostumbran a...

—Pero la Biblia —dijo ella, entornando los ojos en un gesto de reflexión— dice que uno no debe adorar ídolos como si fueran prostitutas. ¿Eso significa que los hombres andaban por ahí metiendo sus miembros en...? ¿Acaso los ídolos tenían aspecto de mujeres?

—Estoy segura de que no significa eso —dije rápidamente—. Es más bien una metáfora, ¿sabes? Eh... sentir lujuria por algo, creo que significa... no, eh...

—Lujuria —repitió pensativa—. Eso es desear algo malo con muchas ganas, ¿no?

—Sí, podría decirse así. —El calor me subía por la piel, bailando como un minúsculo velo. Necesitaba aire fresco, con rapidez, o me sonrojaría como un tomate y estaría bañada en sudor. Me levanté para salir, pero me di cuenta de que no debía dejarla con la impresión de que el sexo tenía que ver sólo con dinero o con bebés, aunque fuera así para algunas mujeres—. Hay otra razón para el coito, ¿sabes? —añadí, hablando por encima de mi hombro mientras me dirigía hacia la puerta—. Cuando amas a alguien, quieres darle placer. Y esa persona quiere hacer lo mismo contigo.

—¿Placer? —Su voz se elevó a mis espaldas, incrédula—. ¿Quiere decir que a algunas mujeres les gusta?

47

Abejas y varas

No estaba espiando, de ninguna manera. Una de mis colmenas había enjambrado y yo estaba buscando las abejas fugitivas.

Los nuevos enjambres no solían trasladarse muy lejos y se detenían con frecuencia; por lo general, descansaban horas enteras en la horcadura de un árbol o en un tronco abierto, donde formaban una bola de zumbidos y bullicio. Si se localizaba a las abejas antes de que decidieran colectivamente dónde se instalarían, muchas veces era posible convencerlas de que entraran en una colmena tentadora y vacía que llevaba en una cesta, y de ese modo volver a capturarlas.

El problema con las abejas es que no dejan huellas. Por eso yo iba de un lado a otro por la ladera de la montaña, a un kilómetro y medio de la casa, con una colmena vacía colgada sobre el hombro con una cuerda, tratando de seguir las instrucciones de Jamie en cuanto a la caza y pensar como una abeja.

Había enormes y florecientes franjas de galax, estramonio y otras flores silvestres en la ladera, mucho más arriba, pero también había un tronco seco de lo más atractivo —para las abejas— un poco más abajo, asomando entre los tupidos brotes.

La colmena era pesada, y la pendiente, empinada. Era más fácil bajar que subir. Alcé la cuerda, que comenzaba a rasparme la piel del hombro, y comencé a deslizarme hacia abajo entre zumaques y arbustos, tensando los pies para no tropezar con las rocas y agarrándome de las ramas para no resbalar.

Como estaba concentrándome en mis pies, no presté atención especial al lugar donde me encontraba. Aparecí en un hueco entre los arbustos desde el que se veía el tejado de una cabaña, unos metros más abajo. ¿De quién sería? De los Christie, pensé. Me pasé la manga por el sudor que me caía del mentón; hacía calor y no llevaba cantimplora. Tal vez podría parar allí y pedir agua de camino a casa.

Por fin llegué hasta el tronco caído y me desilusioné al no encontrar señales de abejas. Me quedé inmóvil, con la cara sudorosa y escuchando, con la esperanza de captar el delator zumbido de las abejas. Oí sonidos parecidos de una serie de insectos voladores, y el amable estrépito de un grupo de diminutos insectos trepadores en la cuesta, más arriba. Pero ninguna abeja.

Suspiré y me di la vuelta para rodear el tronco, pero entonces hice una pausa porque mis ojos captaron algo blanco más abajo.

Thomas Christie y Malva estaban en el pequeño claro situado en la parte trasera de la cabaña. Yo había captado el color de su camisa al moverse, pero ahora él estaba quieto, con los brazos cruzados.

Su atención parecía centrarse en su hija, que estaba cortando ramas de uno de los fresnos a un lado del claro. «¿Para qué?», me pregunté.

Me parecía que había algo muy peculiar en la escena, aunque no podía discernir exactamente qué era. ¿Alguna postura corporal? ¿Cierta tensión entre ellos?

Malva se volvió y caminó hacia su padre, con varias ramas largas y delgadas en la mano. Tenía la cabeza gacha, arrastraba los pies, y cuando se las entregó, de pronto entendí lo que ocurría.

Estaban demasiado lejos como para que los oyera, pero al parecer él estaba diciéndole algo, señalando con gestos bruscos el tocón que utilizaban para cortar leña. Ella se arrodilló al lado, inclinó la cabeza, y se levantó la falda, dejando al descubierto sus nalgas desnudas.

Sin vacilar, él levantó las ramas y las golpeó con fuerza contra el trasero de su hija, luego volvió a azotarla en otra dirección, marcando su piel con nítidas líneas en zigzag que pude ver incluso a tanta distancia. Repitió el castigo varias veces con una deliberación estudiada cuya violencia era aún más sorprendente por su falta de emoción aparente.

Ni siquiera se me ocurrió mirar hacia otro lado. Me quedé totalmente paralizada entre los arbustos, demasiado aturdida incluso para ahuyentar a los mosquitos que se arremolinaban alrededor de mi cara.

Christie soltó las varas, se dio la vuelta y se metió en la casa antes de que yo pudiera hacer otra cosa que parpadear. Malva se sentó en cuclillas y se sacudió la falda, se la bajó y se alisó la tela con delicadeza sobre el trasero cuando se levantó. Tenía la cara roja, pero no lloraba ni parecía angustiada.

«Está acostumbrada.» El pensamiento se presentó de improviso. Vacilé, sin saber qué hacer. Antes de que pudiera decidirme, Malva se arregló el gorro, dio media vuelta y entró en el bosque con aire de determinación, precisamente en mi dirección.

Me escondí detrás de un gran tulípero, incluso antes de ser consciente de que había tomado una decisión. Ella no estaba herida, y yo estaba segura de que no quería enterarse de que alguien había visto el incidente.

Malva pasó a escasos metros de mí, resoplando un poco durante el ascenso y murmurando de una manera que me hizo pensar que estaba muy enfadada, más que disgustada.

Me asomé con cuidado por detrás del tulípero, pero no pude ver más que su gorro durante un instante fugaz, sobresaliendo entre los árboles. No había cabañas allá arriba, y ella no llevaba ninguna cesta ni herramientas para recolectar frutos. Tal vez sólo quería estar sola, reponerse. No me sorprendería que así fuera.

Esperé hasta que se perdió de vista, y luego empecé a bajar lentamente la ladera. No me detuve en la cabaña de Christie, aunque tenía mucha sed. Ya había perdido todo el interés en las abejas errantes.

Encontré a Jamie a cierta distancia de la casa, charlando con Hiram Crombie. Los saludé con un gesto y esperé a que Crombie terminara lo que había venido a hacer, para poder contarle a Jamie lo que había presenciado.

Por suerte, Hiram no mostró interés en quedarse; yo lo ponía nervioso. Le expliqué a Jamie de inmediato lo que había visto, y me irritó el hecho de que él no compartiera mi preocupación. Si Tom Christie consideraba necesario azotar a su hija, era asunto suyo.

—Pero podría... podría ser que... tal vez no sea sólo un azote. Tal vez... le haga otras cosas.

Me lanzó una mirada de sorpresa.

—¿Tom? ¿Tienes alguna razón para pensarlo?

—No —admití a regañadientes. El tema de Christie me hacía sentir incómoda, pero probablemente eso sólo se debía a que Tom y yo no nos llevábamos bien. No era tan estúpida como para pensar que una tendencia hacia el fanatismo religioso implicaba que una persona no actuaría con crueldad, pero... para ser justos, tampoco implicaba que lo hiciera—. Pero es posible que no deba azotarla de esa manera, ¿no? Sobre todo a su edad.

Él me miró con un ligero disgusto.

—Tú no entiendes nada, ¿verdad? —dijo, repitiendo exactamente mi pensamiento.

—Yo estaba a punto de decirte lo mismo a ti —respondí, igualando su mirada. Jamie no apartó la vista, sino que la sostuvo, convirtiéndola lentamente en una mirada de irónica diversión.

—Entonces, ¿es diferente? —preguntó—. ¿En tu mundo? —Su voz tenía justo el filo suficiente como para obligarme a recordar que no estábamos en mi mundo, y que jamás lo estaríamos. De pronto sentí que se me ponía la carne de gallina y se me erizaba el fino vello rubio del brazo.

—En tu época, ¿un hombre no le pegaría a una mujer? ¿Ni siquiera por una buena causa?

¿Qué podía contestarle? No podía mentirle, incluso aunque quisiera; él conocía mi cara demasiado bien.

—Algunos sí lo hacen —admití—. Pero no es lo mismo. En mi época, como tú dices, un hombre que golpea a su mujer es un criminal. Pero —añadí, para ser justa—, si un hombre golpea a su mujer en mi época, lo más probable es que use los puños.

Una mirada de asombro y repulsión le cruzó la cara.

—¿Qué clase de hombre haría algo así? —preguntó con incredulidad.

—Uno malo.

—Eso diría yo, Sassenach. ¿Y no crees que existe cierta diferencia? —preguntó—. ¿Te parecería lo mismo que yo te aplastara la cara en lugar de darte un *tawse* en el trasero?

La sangre se acumuló de repente en mis mejillas. Una vez Jamie me había pegado con una correa, y yo no lo había olvidado. En aquel momento sentí deseos de matarlo, y que me hiciera recordarlo tampoco me sentó muy bien. Al mismo tiempo, yo no era tan idiota como para equiparar sus acciones a las de un maltratador de mujeres de la época moderna.

Jamie me miró con una ceja enarcada, y entonces comprendió lo que yo estaba recordando. Sonrió.

—Ah —dijo.

—Ah, sin duda —aclaré muy enfadada. Había conseguido olvidar aquel episodio extremadamente humillante, y no me gustó en absoluto que él me lo recordara.

Él, por otra parte, estaba disfrutando con el recuerdo. Me observó de una manera que me resultó insoportable, sin dejar de sonreír.

—Dios mío, chillaste como una *ban-sidhe*.

Comencé a sentir claramente que la sangre me palpitaba en las sienes.

—¡Y tenía una buena razón para hacerlo, maldita sea!

—Ah, sí —dijo, y su sonrisa se hizo aún mayor—. Es cierto. Pero recuerda que fue culpa tuya —añadió.

—¡Culpa m...!

—Sí —concluyó firmemente.

—Pero ¡si me pediste disculpas! —grité, completamente encolerizada—. ¡Sabes que lo hiciste!

—No, no es cierto. Y además fue culpa tuya —insistió, obstinado y por completo carente de lógica—. No habrías recibido una zurra tan dura si me hubieras hecho caso desde el principio, cuando te dije que te arrodillaras y...

—¡Hacerte caso! ¿Crees que yo me hubiera entregado mansamente para que tú...?

—Jamás te he visto hacer nada mansamente, Sassenach. —Me cogió del brazo para que pasara por encima de los escalones de la empalizada, pero yo me solté resollando de indignación.

—¡Bestia escocesa! —Tiré la colmena al suelo delante de sus pies, me recogí las faldas furiosa y pasé por encima de la empalizada.

—Bueno, no he vuelto a hacerlo —protestó él detrás de mí—. Lo prometí, ¿no?

Me volví desde el otro lado y lo fulminé con la mirada.

—¡Sólo porque te amenacé con arrancarte el corazón si llegabas siquiera a intentarlo!

—Bueno, aun así. Podría haberlo hecho, y lo sabes, ¿o no, Sassenach? —Dejó de sonreír, pero había un claro brillo en sus ojos.

Tomé aliento varias veces, tratando al mismo tiempo de controlar mi irritación y de pensar en alguna réplica demoledora. Fallé en ambos intentos, y con un breve y digno «¡Ejem!», me di la vuelta.

Oí el crujido de su kilt cuando recogió la colmena, saltó por encima de la empalizada y vino detrás de mí, alcanzándome en una o dos zancadas. Yo no lo miré; las mejillas seguían ardiéndome.

El hecho que más me enfurecía era que sí lo sabía. Lo recordaba todo demasiado bien. Él había usado la hebilla de su cinturón de tal manera que no pude sentarme con comodidad durante varios días; y si alguna vez decidía hacerlo de nuevo, no había nada que pudiera impedírselo.

En la mayoría de los casos, yo era capaz de ignorar el hecho de que legalmente era propiedad suya. Pero era un hecho, y él lo sabía.

—¿Y qué hay de Brianna? —pregunté—. ¿Pensarías lo mismo si de pronto el joven Roger decidiera pegarle a tu hija con el cinturón o con una vara?

En un principio la idea le resultó graciosa.

—Creo que tendría que luchar como un demonio si lo intentara —dijo—. Es una muchacha bastante difícil, ¿no? Y me temo que tiene las mismas ideas que tú sobre lo que constituye la obediencia conyugal. Pero de todas maneras —añadió al mismo tiempo que se echaba la colmena al hombro—, nunca se sabe lo que ocurre dentro de un matrimonio, ¿no crees? Tal vez a ella le gustaría que él lo intentara.

—¿Le gustaría? —Lo miré asombrada—. ¿Cómo puedes pensar que a alguna mujer podría gustarle...?

—¿Ah, no? ¿Y qué hay de mi hermana?

Me detuve de inmediato en medio del sendero, mirándolo fijamente.

—¿Qué ocurre con tu hermana? No estarás diciendo que...

—Sí. —Había recuperado el destello en su rostro, pero no me pareció que estuviera bromeando.

—¿Ian pegaba a Jenny?

—¿Puedes dejar de decirlo así? —inquirió con suavidad—. Parece que Ian le pegara con los puños, o le dejara morados los ojos. Yo te di una buena paliza, pero no te hice sangrar, por el amor de Dios. —Sus ojos recorrieron rápidamente mi cara; todo se había curado, al menos en el exterior. La única marca que quedaba era una diminuta cicatriz que me cruzaba una ceja (y era invisible, a menos que alguien separara los pelitos y observara con detenimiento)—. Ian tampoco lo haría.

Estaba estupefacta. Había vivido varios meses muy cerca de Ian y Jenny Murray, y jamás había percibido el más mínimo indicio de que él poseyera una naturaleza violenta. De hecho, era imposible imaginar que nadie intentara algo así con Jenny Murray, que tenía una personalidad aún más fuerte que la de su hermano, si es que eso era posible.

—Bueno, y ¿qué le hacía? Y ¿por qué?

—Bueno, le pegaba con el cinturón a veces —dijo—, sólo si ella lo obligaba.

Respiré hondo.

—¿Si ella lo obligaba? —pregunté con calma, dadas las circunstancias.

—Bueno, ya conoces a Ian —dijo encogiéndose de hombros—. Él no es de los que harían algo así, a menos que Jenny lo forzara a hacerlo.

—Jamás he visto nada semejante entre ellos dos —repliqué, mirándolo con furia.

—Bueno, seguramente no lo haría delante de ti, ¿no?

—Y ¿sí delante de ti?

—Bueno, no precisamente —admitió—. Pero yo no iba muy a menudo a la casa, después de Culloden. Aunque, de vez en cuando, sí iba de visita, y me daba cuenta de que ella estaba... preparándose para algo. —Se frotó la nariz y entornó los ojos al entrar en contacto con el sol, buscando las palabras apropiadas—. Ella lo molestaba —dijo por fin, encogiéndose de hombros—. Se metía con él por cualquier cosa, hacía pequeños comentarios sarcásticos. —Su rostro se relajó un poco al encontrar una descripción adecuada—. Actuaba como una niña consentida a la que le venía bien un *tawse*.

Esa descripción me resultaba del todo increíble. Jenny Murray tenía una lengua aguda, y pocas inhibiciones respecto a usarla contra cualquiera, incluido su marido. Ian, la bondad personificada, se limitaba a reírse de ella. Pero, sencillamente, no podía aceptar la idea de que ella se comportara de la manera que él había descrito.

—Bueno, como te decía, yo ya lo había visto una o dos veces. Ian la miraba con atención, pero se quedaba tranquilo. Hasta que, una vez, yo había salido a cazar, cerca del atardecer, y atrapé un pequeño ciervo en la colina, justo detrás del *broch.* ¿Conoces el lugar del que hablo?

Asentí, aún asombrada.

—Era lo bastante cerca como para llevar el animal hasta la casa sin ayuda, de modo que lo dejé en el cobertizo para ahumar las pieles y lo colgué allí. No había nadie por allí; más tarde me enteré de que todos los niños habían ido al mercado de Broch Mhorda acompañados por los sirvientes. Entonces supuse que la casa estaba completamente vacía, y entré en la cocina para buscar algo para comer y una taza de mantequilla antes de marcharme.

Como creyó que no había nadie en casa, entró y lo alarmaron unos ruidos que procedían del dormitorio de la planta superior.

—¿Qué clase de ruidos? —pregunté fascinada.

—Bueno... alaridos —respondió él encogiéndose de hombros—. Y risas. Algunos empujones y golpes, el ruido de un banco que se caía... Si no hubiera sido por las carcajadas, habría pensado que había ladrones en la casa. Pero reconocí la voz de Jenny y la de Ian, y... —La voz de Jamie se fue apagando, y sus orejas se sonrojaron por el recuerdo—. Entonces... hubo algo más... como voces más altas, y luego el chasquido de un cinturón sobre un trasero, y el tipo de alarido que se puede oír a seis campos de distancia.

Tomó un largo aliento y se encogió de hombros.

—Bueno, quedé un poco desconcertado, y en un principio, no supe qué hacer.

Asentí, comprendiendo, al menos, eso último.

—Supongo que sería una situación bastante incómoda, sí. Pero... aquello... continuó, ¿no?

Jamie asintió. En esos momentos, sus orejas habían adquirido un tono rojo intenso, y estaba sonrojado, aunque puede que aquello solo se debiera al calor.

—Sí. —Me miró—. Escucha, Sassenach, si hubiera pensado que él estaba haciéndole daño, habría subido por aquella escalera en un segundo. Pero... —Ahuyentó a una abeja inquisitiva con un movimiento de cabeza—. Había... parecía... ni siquiera sé cómo decirlo. En realidad, no era que Jenny no dejara de reír, porque no era exactamente eso lo que ocurrió, sino que yo sentí que ella disfrutaba. En cuanto a Ian... bueno, Ian sí estaba riéndose. No muy fuerte, ¿sabes?; era sólo... algo en su voz.

Espiró y se pasó los nudillos por la mandíbula, limpiándose el sudor.

—Me quedé paralizado en el lugar, con un trozo de pastel en la mano, escuchando. Volví en mí sólo cuando las moscas comenzaron a aterrizar en mi boca abierta, y a esas alturas ellos... ah... ya estaban... ejem. —Encorvó los hombros como si la camisa le fuera muy ceñida.

—¿Quieres decir haciendo el amor? —pregunté secamente.

—Supongo que sí —respondió en un tono remilgado—. Yo me marché. Hice todo el camino a pie hasta Foyne, y aquella noche me quedé en casa de la abuela MacNab. —Foyne era un poblado minúsculo, a unos veinticinco kilómetros de Lallybroch.

—¿Por qué? —pregunté.

—Bueno, tuve que hacerlo —dijo con lógica—. No podía ignorar aquello. O bien caminaba y comenzaba a pensar en ello, o bien cedía a la tentación y me masturbaba, y eso sí que no podía hacerlo... después de todo era mi hermana.

—¿Quieres decir que no puedes pensar y realizar una actividad sexual al mismo tiempo? —pregunté riendo.

—Claro que no —aclaró él (confirmando así una idea que había tenido durante mucho tiempo), y luego me miró como si estuviera loca—. ¿Tú sí?

—Yo sí que puedo.

Él enarcó una ceja, claramente poco convencido.

—Bueno, no digo que siempre lo haga —admití—, pero es posible. Las mujeres estamos acostumbradas a hacer más de una cosa a la vez; es necesario, por los hijos. De todas formas, volvamos a Jenny y a Ian. ¿Por qué demonios...?

—Bueno, como te decía, estuve caminando y pensando sobre ese tema —admitió Jamie—. A decir verdad, no podía dejar de pensar en ello. La abuela MacNab se dio cuenta de que estaba dándole vueltas a algo, y me acosó durante la cena hasta que... eh... bueno, hasta que se lo conté.

—Ya veo. ¿Y qué dijo ella? —pregunté fascinada. Yo había conocido a la abuela MacNab, una persona mayor y llena de brío con modales muy francos, y mucha experiencia sobre la debilidad humana.

—Se echó a reír como si le hicieran cosquillas en el culo —contestó, mientras uno de los lados de su boca se curvaba hacia arriba—. Pensé que le iba a dar algo.

De todas formas, la anciana se repuso, se secó las lágrimas con el delantal y le explicó la cuestión despacio y con amabilidad, como si estuviera dirigiéndose a un tonto.

—Me dijo que era por la pierna de Ian —me contó Jamie, mirándome para ver si entendía a lo que me refería—. Dijo que una cosa así no cambiaría nada para Jenny, pero sí para él —añadió, sonrojándose aún más—. Comentó que los hombres no tienen la menor idea de lo que las mujeres piensan en la cama, pero creen que sí lo saben, y eso causa problemas.

—Ya decía yo que la abuela MacNab me caía bien —murmuré—. ¿Y qué más?

—Bueno, dijo que era probable que Jenny sólo estuviera dejándole bien claro a Ian, y tal vez a sí misma también, que ella seguía pensando que él era un hombre, con pierna o sin ella.

—¿Qué? ¿Por qué?

—Porque, Sassenach —repuso con aspereza—, cuando eres un hombre, buena parte de tus obligaciones consiste en poner límites y pelearte con cualquiera que los cruce. Tus enemigos, tus arrendatarios, tus hijos... tu esposa. No siempre puedes pegarles o azotarlos, pero cuando puedes hacerlo, al menos queda claro quién está al mando.

—Pero eso es... —comencé a decir, pero me interrumpí, frunciendo el ceño mientras lo consideraba.

—Y si eres un hombre, estás al mando. Tú eres quien mantiene el orden, te guste o no. Es así —dijo; luego me tocó el codo, al mismo tiempo que hacía un gesto hacia un claro en el bosque—. Tengo sed. ¿Nos detenemos un momento?

Lo seguí por un estrecho sendero a través del bosque hacia lo que llamábamos el Manantial Verde, un burbujeante flujo de agua sobre una pálida piedra de ofita, ubicado en una hondonada fresca y umbría rodeada de musgo. Nos arrodillamos, nos salpicamos la cara y bebimos con un suspiro de alivio y gratitud. Jamie se echó un puñado de agua en el interior de la camisa, cerrando los ojos de dicha. Yo me reí, pero me quité el pañuelo empapado de sudor y lo humedecí con el agua del manantial para limpiarme el cuello y los brazos con él.

La caminata hasta el manantial había causado una interrupción de la conversación, y yo no estaba segura de cómo reanudarla, o incluso de si debía hacerlo. En cambio, me limité a quedarme sentada a la sombra, con los brazos alrededor de las rodillas, moviendo de forma distraída los dedos de los pies en el musgo.

Jamie tampoco parecía sentir necesidad de hablar por el momento. Se recostó cómodamente en una roca con la tela mojada de su camisa pegada al pecho, y nos quedamos inmóviles, escuchando el bosque.

Yo no estaba segura de qué decir, pero eso no significaba que hubiera dejado de pensar en la conversación. De una extraña manera, creía entender a lo que la abuela MacNab se había referido, aunque no estaba segura de si estaba de acuerdo con ella.

Pero estaba pensando más en lo que había dicho Jamie sobre la responsabilidad de un hombre. ¿Sería cierto? Tal vez sí, aunque yo nunca me lo había planteado de esa manera. Era cierto que él era un baluarte, no sólo para mí o para su familia, sino también para sus arrendatarios, pero ¿era ésa la verdadera razón por la que asumía ese papel? «Poner límites y pelearte con cualquiera que los cruce.» Me pareció que sí.

Había límites entre él y yo, sin duda alguna; podría dibujarlos sobre el musgo. Lo que no equivalía a decir que nosotros no «cruzábamos» los límites del otro; lo hacíamos con frecuencia, y con resultados dispares. Yo tenía mis propias defensas y medios para mantenerlas. Pero él sólo me había golpeado una vez por transgredir sus límites, y fue al principio. Entonces, ¿lo había visto como una pelea necesaria? Suponía que sí; eso era lo que estaba diciéndome.

Él, por su parte, había seguido su propia línea de pensamiento, que tomaba un camino diferente.

—Es extraño —dijo reflexivamente—. Laoghaire hacía que me enojara a menudo, pero jamás se me ocurrió pegarle.

—Bueno, qué desconsiderado de tu parte —señalé irguiéndome. Me disgustaba que hablara de Laoghaire, fuera cual fuese el contexto.

—Ah, es cierto —respondió con seriedad, sin ser consciente de mi sarcasmo—. Creo que se debía a que ella no me importaba tanto como para pensarlo, y mucho menos para hacerlo.

—¿No te importaba lo bastante como para pegarle? Sí que fue afortunada, sí.

Él captó el tono de irritación en mi voz; aguzó la mirada y la posó en mi rostro.

—No para lastimarla —dijo. Vi que un nuevo pensamiento cruzaba su rostro.

Sonrió un poco, se levantó y se acercó a mí. Extendió las manos e hizo que me pusiera en pie; luego me cogió de la muñeca, que levantó con delicadeza sobre mi cabeza, y la apoyó contra el tronco del pino bajo el que yo había estado sentada, obligándome a inclinar la espalda contra la madera.

—No para lastimarla —dijo otra vez con suavidad—. Para ser su dueño. Yo no quería ser su dueño. Contigo, *mo nighean donn*... de ti sí sería dueño.

—¿Mi dueño? —pregunté—. Y ¿qué quieres decir con eso exactamente?

—Lo que he dicho. —Todavía había un brillo sarcástico en sus ojos, pero su voz era seria—. Eres mía, Sassenach, y yo haría cualquier cosa que considerase necesaria para dejarlo bien claro.

—Ah, claro. ¿Y eso incluye pegarme con regularidad?

—No, eso no lo haría. —La comisura de sus labios se elevó un poco, y él aumentó la presión en mi muñeca atrapada. Sus ojos eran de un color azul oscuro, y estaban a centímetros de los míos—. No es necesario... porque podría hacerlo, Sassenach... y eso lo sabes bien.

Hice fuerza contra su apretón de modo reflejo. Recordé con nitidez aquella noche en Doonesbury, la sensación de pelear contra él con todas mis fuerzas, sin resultado alguno. La espantosa sensación de que me aplastara contra la cama, indefensa y expuesta, dándome cuenta de que podía hacer lo que quisiera conmigo, y de que lo haría.

Me debatí con violencia, tratando de escapar del recuerdo que me sujetaba, tanto como de su apretón sobre mi carne. No lo logré, pero sí conseguí girar la muñeca y clavar las uñas en su mano.

Él no se movió ni apartó la mirada. Su otra mano me tocó suavemente; no más que un roce en el lóbulo de la oreja, pero eso fue suficiente. Él sí podía tocarme en cualquier lugar, y de cualquier manera.

Era evidente que las mujeres sí somos capaces de experimentar el pensamiento racional y la excitación sexual al mismo tiempo, porque, al parecer, a mí me estaba ocurriendo justo eso.

Mi cerebro ensayaba indignadas refutaciones a toda clase de cosas, incluyendo como mínimo la mitad de todo lo que había dicho durante los últimos minutos.

Al mismo tiempo, el otro extremo de mi columna vertebral estaba no sólo vergonzosamente excitado ante la idea de la posesión física; estaba terrible y delirantemente ardiendo de deseo por la idea, y hacía que mi pelvis se balanceara hacia delante y rozara la suya.

Él seguía sin prestar atención a mis uñas clavadas en su piel. La otra mano subió y cogió mi mano libre antes de que yo pudiera hacer nada violento con ella; flexionó sus dedos alrededor de los míos y los mantuvo cautivos, junto a mi cuerpo.

—Si tú, Sassenach, me pidieras que te liberara... —susurró—, ¿qué crees que haría?

Respiré hondo; lo bastante como para que mis senos rozaran su pecho, tan cerca como estaba, y entonces me di cuenta. Me quedé quieta, respirando, observando sus ojos, y sentí que mi agitación se desvanecía poco a poco, convirtiéndose en una sensación de convicción, pesada y cálida, en la boca del estómago.

Había supuesto que mi cuerpo se balanceaba como respuesta al suyo... y lo hacía. Pero el suyo se movía junto al mío de manera inconsciente; el ritmo del pulso que veía en su garganta era el latido del corazón que resonaba en mi muñeca, y el balanceo de su cuerpo seguía al mío, casi sin tocarnos, moviéndonos apenas un poco más que las hojas en lo alto, suspirando en la brisa.

—No te lo pediría —susurré—. Te lo diría. Y tú lo harías. Tú harías lo que yo te dijera.

—¿Sí? —Seguía apretándome la mano con fuerza, y su cara estaba tan cerca de la mía que sentí su sonrisa, más que verla.

—Sí —dije.

Yo había dejado de dar tirones con mi muñeca atrapada; en cambio, solté la otra mano de la suya (no hizo movimiento alguno para detenerme) y lo rocé con el pulgar desde el lóbulo de la oreja hasta el lado del cuello. Él dejó escapar un breve jadeo fuerte e intenso, y un minúsculo estremecimiento lo recorrió, haciendo que se le pusiera la carne de gallina tras mi roce.

—Sí, lo harías —volví a decir en voz muy baja—. Porque yo también soy tu dueña... hombre. ¿No?

Su mano me soltó con brusquedad y se deslizó hacia abajo; sus largos dedos se entrelazaron con los míos y sentí su palma grande y tibia contra la mía.

—Ah, sí —dijo, también en voz muy baja—. Sí. —Bajó la cabeza un último centímetro y sus labios rozaron los míos, susurrando, de modo que sentí las palabras tanto como las oí—. Y eso lo sé muy bien, *mo nighean donn*.

48

Orejas de Judas

A pesar de que no compartía su preocupación, Jamie había prometido a su esposa que investigaría el asunto, y pocos días más tarde encontró la oportunidad de hablar con Malva Christie.

Cuando regresaba de casa de Kenny Lindsay, se topó con una serpiente enroscada en el polvo del camino frente a él. Era una criatura bastante grande, pero con franjas de colores intensos, no venenosa. De todas formas, Jamie no pudo evitarlo; sentía aversión por las serpientes, y no deseaba cogerla con las manos, ni tan siquiera pisarla. Puede que no pareciera dispuesta a lanzarse a su falda, pero podría hacerlo. Mientras tanto, la serpiente permanecía tenazmente enroscada entre las hojas, sin moverse tras sus gritos o sus fuertes pisotones.

Dio un paso a un lado, encontró un aliso y cortó una gran rama, con la que obligó a la pequeña bestia a salir del sendero y meterse en el bosque. La serpiente, ofendida, se arrastró a gran velocidad hacia un durillo y, de inmediato, se oyó un fuerte alarido al otro lado del mismo.

Jamie corrió hacia allí y encontró a Malva Christie haciendo un importante esfuerzo, aunque fallido, para aplastar a la nerviosa serpiente con una gran cesta.

—Está bien, muchacha, deja que se vaya. —Le agarró el brazo, haciendo que un gran número de setas cayeran en cascada de su cesta, y la serpiente se alejó indignada en busca de un entorno más sosegado.

Él se agachó y recogió las setas, mientras la chica jadeaba y se abanicaba con un extremo del delantal.

—Gracias, señor —dijo, mientras su busto se alzaba y volvía a descender—. Las serpientes me aterrorizan.

—*Och*, bueno, pero ésa no es más que una serpiente pequeña —puntualizó, fingiendo indiferencia—. Según me han dicho, son muy buenas cazando ratones.

—Tal vez, pero su mordisco es muy feo. —Se estremeció ligeramente.

—No te ha mordido, ¿verdad? —Él se puso en pie e introdujo un último puñado de setas en la cesta, y ella se lo agradeció con una reverencia.

—No, señor. —Se arregló la cofia—. Pero al señor Crombie, sí. Gully Dornan llevó una de ésas en una caja a la última reunión dominical, sólo para gastar una broma, porque sabía que el texto era «Ellos se enfrentarán a serpientes venenosas y no sufrirán daño alguno». Creo que su intención era soltarla en medio de la plegaria. —Sonrió mientras lo contaba, evidentemente recordando el suceso—. Pero el señor Crombie lo vio con la caja y se la quitó, sin saber qué había en ella. Bueno, de modo que... Gully estaba sacudiendo la caja, para mantener despierta a la serpiente, y cuando el señor Crombie la abrió, la bicha salió como un payaso de una caja de sorpresas y mordió al señor Crombie en el labio.

Jamie no pudo evitar sonreír al escuchar la historia.

—¿En serio? No recuerdo haber oído nada sobre ello.

—Bueno, el señor Crombie estaba muy furioso —dijo ella tratando de explicarlo con tacto—. Supongo que nadie quiso difundir el suceso por miedo a que él estallara de ira.

—Sí, ya veo —respondió él secamente—. Y supongo que por eso tampoco fue a que mi mujer le examinara la herida.

—Ah, él jamás haría eso, señor —le aseguró ella negando con la cabeza—. Ni siquiera si se cortara la nariz por equivocación.

—¿No?

La joven recogió la cesta, y miró a Jamie con timidez.

—Bueno... no. Hay gente que dice que su mujer es una bruja, ¿lo sabía?

Él sintió una desagradable tensión en el vientre, aunque no le sorprendió oírlo.

—Ella es una Sassenach —respondió con calma—. La gente siempre dice cosas así de una desconocida, especialmente si es mujer. —La miró de reojo, pero ella había bajado la mirada con modestia hacia el contenido de su cesta—. ¿Tú también lo crees?

Ella levantó la mirada y abrió mucho sus ojos grises.

—¡No, señor! ¡De ninguna manera!

Respondió con tanta vehemencia que él sonrió, pese a la seriedad de la cuestión.

—Bueno, supongo que te habrías dado cuenta, con el tiempo que pasas en su consulta...

—¡Ah, no deseo otra cosa que ser como ella, señor! —le aseguró, aferrando el asa de su cesta con un entusiasmo próximo a la adoración—. ¡Es tan amable y dulce, y sabe tantas cosas! Quiero aprender todo lo que ella pueda enseñarme, señor.

—Sí... Claire me ha comentado muchas veces que le encanta tener una alumna como tú, muchacha. Eres una gran ayuda para ella. —Se aclaró la garganta, preguntándose cuál sería la mejor manera de pasar de esa conversación cordial a la grosera pregunta de si su padre estaba molestándola de alguna forma impropia—. Esto... ¿A tu padre no le importa que pases tanto tiempo con mi esposa?

Una nube ensombreció el rostro de la muchacha, y sus largas pestañas negras descendieron y ocultaron sus ojos de color gris claro.

—Ah. Bueno. Él... no me dice que no vaya...

Jamie emitió un sonido evasivo con la garganta y le sugirió con un gesto que se adelantara hacia el sendero, donde caminó junto a ella sin hacer más preguntas, permitiendo que recuperara la compostura.

—¿Qué crees que hará tu padre una vez que te cases y abandones su casa? —preguntó, azotando descuidadamente un arbusto de linaria con su palo—. ¿Hay alguna mujer que podría interesarle? Supongo que necesitaría tener a alguien a su lado.

Sus labios se cerraron con fuerza al escucharlo y un suave rubor le cubrió las mejillas.

—No tengo intención de casarme por el momento, señor. Nos las arreglaremos bien.

Su respuesta fue suficientemente breve como para hacer que investigara un poco más.

—¿No? Pero con seguridad tendrás pretendientes... Muchos muchachos te persiguen; yo los he visto.

El rubor de su piel adquirió un tono más subido.

—¡Por favor, señor, no le diga semejante cosa a mi padre!

Eso hizo que sonara una alarma en su mente... aunque también podría significar tan sólo que Tom Christie era un padre estricto, cuidadoso de la virtud de su hija. Y a él le hubiera sorprendido muchísimo enterarse de que Christie era blando, permisivo o de alguna manera irresponsable en aquel aspecto.

—Claro que no —dijo en voz baja—. Sólo bromeaba. Así que tu padre es un hombre con mucho carácter...

Entonces ella le lanzó una mirada muy directa.

—Pensé que usted lo conocía, señor.

Jamie se echó a reír y, después de un momento de vacilación, ella se rió también, con un pequeño gorjeo semejante al sonido de los pajarillos que estaban en los árboles.

—Sí, claro —arguyó él, recuperándose—. Tom es un buen hombre... aunque un poco estricto.

Miró a la chica para ver qué efecto habían causado sus palabras. Malva seguía sonrojada, pero se produjo un intento de sonrisa en sus labios. Eso era bueno.

—Bueno. —Él retomó la conversación con actitud despreocupada—. ¿Ya tienes bastantes orejas de Judas? —Señaló la cesta de la muchacha—. Ayer vi bastantes cerca del Manantial Verde.

—¿Ah, sí? —Ella levantó la mirada, interesada—. ¿Dónde?

—Yo voy en esa dirección —comentó—. Ven conmigo, si quieres, y te lo enseñaré.

Caminaron bordeando el Cerro, hablando de cuestiones sin importancia. Él la llevaba cada cierto tiempo al tema de su padre, y advirtió que Malva no parecía tener ninguna reserva con respecto a él, tan sólo un prudente respeto por sus flaquezas y su temperamento.

—¿Y tu hermano? —preguntó él, pensativo, en un momento determinado—. ¿Crees que está contento? ¿O querrá irse, tal vez, hacia la costa? Él no es granjero, ¿verdad?

Ella resopló un poco, pero negó con la cabeza.

—No, señor, no lo es.

—¿Qué hacía entonces? Quiero decir, creció en una plantación, ¿no?

—Ah, no, señor. —Ella lo miró sorprendida—. Él creció en Edimburgo. Y yo también.

Jamie se quedó asombrado al escuchar esa respuesta. Era cierto; tanto ella como Allan tenían un acento educado, pero él creía que se debía a que Christie era profesor y muy estricto respecto a aquellas cosas.

—¿Cómo es eso, muchacha? Tom me dijo que se casó aquí, en las colonias.

—Ah, eso es cierto, señor —se apresuró a contestar ella—. Pero su esposa no era una esclava; volvió a Escocia.

—Ya veo —dijo él con tacto, al ver que su cara se sonrojaba mucho más y sus labios se cerraban con fuerza. Tom le había dicho que su esposa había muerto; bueno, Jamie suponía que era cierto, pero en Escocia, después de abandonarlo. Con lo orgulloso que era Christie, era natural que no hubiera confesado que su esposa lo había dejado. Pero...

—¿Es cierto, señor, que lord Lovat era su abuelo? ¿Al que llamaban el Viejo Zorro?

—Ah, sí. —Él sonrió—. Provengo de una larga estirpe de traidores, ladrones y bastardos, ¿sabes?

Ella se echó a reír al oírlo, y de una manera muy amable le rogó que le contara más detalles de su sórdida historia familiar; evidentemente, para evitar que él le hiciera más preguntas sobre la suya.

De todas formas, aquel «pero» permaneció en su mente, incluso mientras hablaban, cada vez con menos entusiasmo, en la subida a través del bosque oscuro y aromático.

Pero. Tom Christie había sido arrestado dos o tres días después de la batalla de Culloden, y había permanecido prisionero durante los diez años posteriores, antes de ser conducido a América. Jamie no sabía la edad exacta de Malva, pero creía que debía de tener unos dieciocho años, aunque su educación hacía que pareciera mayor.

Entonces debía de haber sido concebida muy poco después de la llegada de Christie a las colonias. Por otra parte, era natural que un hombre hubiera aprovechado la primera oportunidad de casarse que se le presentara después de vivir tantos años sin una mujer. Y, al parecer, más tarde la esposa se lo había pensado mejor y se había marchado. Christie le había dicho a Roger Mac que su esposa había fallecido a causa de la gripe; bueno, los hombres tenían su orgullo, y Dios sabía que Tom Christie tenía más que la mayoría.

Pero Allan Christie... ¿De dónde había salido él? El joven tendría entre veinte y treinta años; era posible que hubiera sido concebido antes de Culloden. Pero en ese caso... ¿quién era su madre?

—Tú y tu hermano —preguntó él de repente, en la siguiente pausa que se produjo en la conversación—. ¿Tuvisteis la misma madre?

—Sí, señor —respondió ella con expresión de sorpresa.

—Ah —exclamó él, y dejó el tema.

Bueno, entonces Christie se había casado antes de Culloden. Y la mujer, fuera quien fuese, había ido a buscarlo a las colonias. Eso implicaba bastante determinación y devoción, e hizo que pensara en Christie con mucho más interés. Pero esa devoción no había servido para soportar las adversidades de la vida en las colonias; o tal vez ella encontró a Tom tan cambiado a causa del tiempo y las circunstancias, que la devoción se ahogó en desilusión y ella se marchó.

Él podía entenderlo sin problemas y, de pronto, lo embargó un inesperado sentimiento de compasión hacia Tom Christie. Recordaba demasiado bien sus propios sentimientos cuando Claire volvió a buscarlo. La increíble alegría de su presencia... y el profundo temor de que ella no reconociera al hombre que había conocido en el que se encontraba delante de ella.

O todavía peor, si ella hubiera descubierto algo que la hubiera hecho huir. Por mucho que conociera a Claire, no estaba seguro de si ella se habría quedado si él le hubiera hablado de inmediato de su matrimonio con Laoghaire. Si Laoghaire no le hubiera disparado y casi lo hubiera matado, casi con seguridad Claire habría huido, y entonces la habría perdido para siempre. Ese pensamiento fue como un pozo negro que acabara de abrirse a sus pies.

Por supuesto, si ella se hubiera marchado, él habría muerto, reflexionó. Y jamás habría ido a ese lugar, ni habría conseguido sus tierras, ni habría visto a su hija; ni tan siquiera habría cogido a su nieto en sus brazos. Bien pensado, quizá el hecho de encontrarse al borde de la muerte no era siempre una desgracia... si no se llegaba a morir.

—¿Le molesta el brazo, señor? —Volvió a la realidad de inmediato y se dio cuenta de que estaba de pie, como un tonto, con una mano agarrándose el antebrazo en el punto donde lo había atravesado la bala de la pistola de Laoghaire, mientras Malva lo miraba preocupaba.

—Ah, no —se apresuró a responder, bajando la mano—. Me ha picado un mosquito. Esta primavera los mosquitos han aparecido más temprano. Dime —dijo, buscando un tema neutro de conversación—. ¿Te gusta la vida en la montaña?

Por muy estúpida que fuera la pregunta, ella se lo pensó muy bien antes de contestar.

—A veces me siento sola —respondió, y dirigió la mirada hacia el bosque, donde unas franjas de luz solar se derramaban en las hojas, en los arbustos y en las rocas, llenando el aire con una fragmentada luz verde—. Pero es... —Buscó la palabra—. Bonito —concluyó con una pequeña sonrisa, reconociendo lo inadecuado de la palabra.

Habían llegado al pequeño claro donde el agua brotaba sobre un saliente de lo que su hija le había dicho que era ofita, la piedra a cuyo suave color verde debía su nombre el manantial; a la piedra y a la gruesa capa de brillante musgo que crecía a su alrededor.

Él le indicó con un gesto que se arrodillara y bebiera en primer lugar. Ella obedeció, llevándose las manos ahuecadas hacia la cara y cerrando los ojos de dicha por el sabor del agua fría y dulce. Tragó, ahuecó las manos y volvió a beber, casi con fruición. Era bastante bonita, pensó él divertido, con ese delicado mentón y los lóbulos de sus tiernas orejas rosadas asomando por debajo de la cofia. Su madre debió de ser adorable, pensó, y la muchacha tenía suerte de no haber heredado muchas de las duras facciones de su padre, salvo aquellos ojos grises.

Ella se sentó en cuchillas, respirando hondo, y se apartó, mientras le indicaba a Jamie que se arrodillara y cogiera agua. No hacía mucho calor, pero la subida hasta el manantial era empinada, y él tomó el agua fría con mucho deleite.

—Jamás he estado en las Highlands —dijo Malva secándose la cara mojada con una punta de su pañuelo—. Pero algunos dicen que este sitio es muy parecido. ¿Usted también lo cree, señor?

Jamie se sacudió el agua de los dedos, y se secó la boca con el dorso de la mano.

—Un poco. Algunas partes. El Great Glen y el bosque... sí, se asemejan bastante. —Señaló con el mentón los árboles que lo rodeaban, susurrantes y con aroma a resina—. Pero aquí no hay helechos. Ni turba, desde luego. Ni brezo; ésa es la mayor diferencia.

—He escuchado algunas historias... de hombres ocultos entre el brezo. ¿Alguna vez lo ha hecho usted, señor? —En sus mejillas aparecieron unos pequeños hoyuelos, y Jamie no supo si lo estaba provocando o sólo buscaba un tema de conversación.

—En ocasiones —intervino él, y le sonrió mientras se levantaba y se quitaba agujas de pino del kilt—. Para cazar ciervos, ¿sabes? Ven, te mostraré las orejas de Judas.

Las setas crecían en gruesas capas al pie de un roble, a no más de tres metros del manantial. Algunas ya tenían abiertas las laminillas, que habían comenzado a oscurecerse y a curvarse; las esporas se habían esparcido por el terreno cercano, en un polvo marrón oscuro que se encontraba sobre la capa lustrosa y crujiente de las hojas secas del año anterior. Pero las setas más frescas todavía estaban brillantes. Tenían un intenso color anaranjado y eran muy carnosas.

Él la dejó allí, despidiéndose con unas palabras cordiales, y regresó por el estrecho sendero mientras se preguntaba por la mujer que había amado y abandonado a Tom Christie.

49

El veneno del viento del norte

Julio de 1774

Brianna hundió el extremo afilado de la pala en el barro de la orilla y sacó un pedazo de arcilla del mismo color que un helado de chocolate. Aunque pensar en comida en esos momentos no era lo más conveniente, se dijo mientras arrojaba la arcilla a la corriente. Se levantó el vestido empapado y se pasó el antebrazo por la frente para enjugarse el sudor. No había comido nada desde media mañana y ya era casi la hora del té. Tampoco tenía intención de detenerse antes de la cena. Roger estaba en la montaña, ayudando a Amy McCallum a reconstruir la chimenea, y los críos habían ido a la Casa Grande para que la señora Bug les diera pan con mantequilla y miel y, básicamente, los consintiera. Ella tendría que esperar para comer; todavía le quedaba mucho por hacer.

—¿Necesitas ayuda, muchacha?

Brianna miró hacia arriba, con los ojos entornados y la mano en la frente para protegerlos del sol. Su padre estaba de pie sobre la orilla, contemplando sus esfuerzos con una mirada que parecía divertida.

—¿Acaso crees que preciso ayuda? —preguntó con irritación, pasándose el dorso de una mano manchada de barro por la mandíbula.

—Pues sí.

Volvía de pescar; iba descalzo y tenía las piernas mojadas. Apoyó la caña en un árbol y se descolgó la nasa que llevaba en el hombro, cuyas cañas entretejidas crujieron con el peso de lo que había pescado. Luego se agarró a una ramita para no perder el equilibrio y comenzó a deslizarse por la resbaladiza orilla, mientras sus pies descalzos chapoteaban en el barro.

—¡Espera... quítate la camisa! —Brianna comprendió su error un segundo tarde. Una mirada de alarma pasó por el rostro de él durante un instante y luego desapareció—. Quiero decir... el barro... —se apresuró a añadir ella, sabiendo que era demasiado tarde—. Luego habrá que lavarla...

—Ah, sí, claro. —Sin vacilar, se levantó la camisa, se la quitó y le dio la espalda, para buscar una rama adecuada de donde colgarla.

Después de todo, las cicatrices no eran tan impresionantes. Ella las había visto antes sólo de manera fugaz, las había imaginado muchas veces, y la realidad era mucho menos nítida. Eran cicatrices viejas, que formaban una red plateada y borrosa que cruzaba las sombras de sus costillas siguiendo su movimiento cuando Jamie subió los brazos. Se movía con naturalidad. Sólo la tensión de sus hombros sugería lo contrario.

La mano de Brianna se cerró de forma involuntaria, buscando un lápiz ausente, sintiendo el trazo de la línea que capturaría esa diminuta sensación de incomodidad, la nota que desentonaba y que atraería al observador para que mirara la escena más de cerca, más cerca aún, preguntándose qué era lo que se ocultaba detrás de esa escena de gracia pastoril...

«No descubrirás la desnudez de tu padre», pensó, y abrió la mano, apretándola con fuerza en su muslo. Pero él ya estaba bajando por la orilla, con los ojos fijos en las raíces enmarañadas y en las piedras que sobresalían de la tierra debajo de sus pies.

Se deslizó los últimos centímetros, y llegó a su lado con un chapuzón y los brazos extendidos para mantener el equilibrio. Ella rió, tal y como pretendía Jamie, y él también sonrió. Brianna pensó en intentar hablar de ello, en pronunciar algún tipo de disculpa... pero él se negaba a mirarla a los ojos.

—Entonces, ¿la movemos o la rodeamos? —Con la atención centrada en la roca incrustada en la orilla, él apoyó su peso contra ella y trató de empujarla.

—¿Crees que es posible desplazarla? —Ella avanzó por el agua hasta que llegó a su lado mientras se recolocaba el bajo de su camisa, que se había metido entre las piernas y había ajustado con un cinturón—. Rodearla implicaría cavar tres metros más de zanja.

—¿Tanto? —Él la miró sorprendido.

—Sí. Quiero hacer una muesca aquí, que llegue hasta aquella curva; así podré instalar una pequeña noria y obtener una buena caída. —Ella se inclinó hacia delante, y señaló corriente abajo—. Otro buen sitio para hacerlo sería allí abajo, ¿ves allí, donde la orilla se hace más alta?, pero aquí es mejor.

—Sí, de acuerdo. Aguarda un momento. —Regresó a la orilla, subió con cierto esfuerzo y luego desapareció en el bosque, de donde regresó con varias ramas de roble de distintas longitudes que aún tenían algunos restos de sus brillantes hojas—. No necesitamos sacarla del lecho del arroyo, ¿verdad? —preguntó—. Sólo desplazarla uno o dos metros, para que puedas atravesar la orilla por detrás de ella, ¿no?

—Exacto. —Unas gotas de sudor, atrapadas en sus tupidas cejas, le surcaban los lados de la cara. Brianna había estado cavando durante casi una hora; los brazos le dolían de haber levantado pesadas paladas de barro, y tenía ampollas en las manos. Con una sensación de profunda gratitud, entregó la pala y se hizo atrás en el arroyo, agachándose para salpicarse agua fría en los brazos llenos de rasguños y en su ruborizado rostro.

—Un trabajo duro —observó su padre, gruñendo mientras cavaba con brío debajo de la roca—. ¿No podrías haberle pedido a Roger Mac que lo hiciera?

—Está ocupado —contestó ella, percibiendo la brusquedad de su tono, pero sin ganas de disimularlo.

Su padre le dirigió una mirada penetrante, aunque no dijo nada. Tan sólo se limitó a ocuparse de ubicar correctamente los pedazos de roble. Atraídos por el magnetismo de la presencia de su abuelo como si fueran virutas de hierro, Jemmy y Germain aparecieron como por arte de magia, ofreciendo su ayuda a gritos.

Brianna les había pedido que la ayudaran, y ellos lo habían hecho... durante unos minutos, antes de que se alejaran al haber descubierto un puercoespín que se escondía en lo alto de los árboles. Claro que una vez que Jamie estuvo al mando, ellos se lanzaron de lleno a la tarea, sacando tierra como locos de la orilla con maderas planas, riéndose, empujándose, metiéndose en medio, e introduciendo puñados de barro en los pantalones del otro.

Jamie, siendo como era, ignoró la molestia, y se limitó a dirigir sus esfuerzos. En el último momento, les ordenó que salieran del arroyo para que la roca no los aplastara.

—De acuerdo, muchacha —dijo volviéndose hacia ella—. Sujeta aquí. —La roca se había soltado de la arcilla que la rodeaba y ahora sobresalía de la orilla, con las ramas de roble encajadas en el barro de la parte inferior asomando a cada lado, y otra detrás.

Ella cogió el madero que él le había señalado, mientras él tiraba de los otros dos.

—A la de tres... una... dos... ¡empuja!

Jem y Germain, asomados en lo alto, se sumaron canturreando «Una... dos... ¡empuja!» como un pequeño coro griego. Brianna tenía una ampolla en el pulgar y la madera le raspó las arrugas de la piel, tensadas por el agua, pero de pronto tuvo ganas de echarse a reír.

—Una... dos... ¡empu...! —Con un desplazamiento repentino, un remolino de barro y una cascada de tierra suelta de la orilla, la roca cedió y cayó en el arroyo salpicándolos a ambos hasta la altura del pecho, lo que hizo que los dos niños lanzaran gritos de alegría.

Jamie sonreía de oreja a oreja y Brianna también, a pesar del vestido mojado y de los niños llenos de barro. La roca estaba cerca de la otra orilla del arroyo y —tal como ella había calculado—, la corriente desviada ya estaba erosionando el hueco recién creado en la orilla más próxima, donde un fuerte remolino disolvía la fina arcilla en torbellinos y espirales.

—¿Ves eso? —Ella hizo un gesto hacia la corriente, secándose la cara manchada de barro con el hombro de la camisa—. No sé hasta dónde llegará el agua, pero si lo dejo así durante uno o dos días, luego quedará mucho menos que cavar.

—¿Tú sabías que ocurriría eso? —Su padre la miró con el rostro encendido, y rió—. ¡Vaya, qué inteligente eres, pequeña!

La alegría por el reconocimiento de su logro la ayudó bastante a que se redujera el resentimiento por la ausencia de Roger. Y la presencia de una botella de sidra en la nasa de Jamie, que se había mantenido fría por el contacto con las truchas que había pescado, la ayudó mucho más. Se sentaron amigablemente en la orilla, pasándose la botella y admirando el avance de la erosión del remolino en el barro.

—Esta arcilla parece buena —observó ella, inclinándose hacia delante para recoger un poco de barro mojado de la orilla que estaba desmenuzándose. Lo apretó en la mano, lo que hizo que un agua grisácea chorreara por el brazo, y abrió la mano para mostrarle cómo el barro conservaba la forma, en la que se veían claramente las impresiones de sus dedos.

—¿Es buena para tu horno? —preguntó él, analizándola obedientemente.

—Vale la pena intentarlo.

Brianna había realizado varios experimentos no del todo exitosos con el horno, creando una sucesión de bandejas y cuencos deformados, la mayoría de los cuales o bien habían estallado en el interior del horno, o se habían hecho añicos tan pronto como los había sacado de allí. Apenas uno o dos habían sobrevivido, deformados y con los bordes chamuscados, y se les había dado un uso dudoso. No obstante, era una escasa recompensa a sus esfuerzos por atizar y vigilar el horno durante días.

Precisaba los consejos de alguien que tuviera conocimientos de hornos y de alfarería. Pero como en los últimos tiempos las relaciones entre Salem y el Cerro estaban bastante tensas, no sabía dónde encontrarlo. Ya fue bastante extraño que pudiera hablar directamente con el hermano Mordecai sobre su cerámica (¡menudo escándalo que una papista hablara a un hombre con el que no estaba casada!).

—Maldito Manfred —dijo su padre al escuchar sus quejas. Ya estaba enterado de ese tema, pero no lo había mencionado antes. Luego añadió, vacilando—: ¿Te resultaría de ayuda que yo investigara? Algunos de los hermanos todavía me dirigen la palabra, y tal vez me permitan hablar con Mordecai. Si tú me dijeras qué necesitas saber... Tal vez podrías anotarlo.

—¡Oh, papá, te adoro! —Agradecida, ella se inclinó para besarlo, y él se echó a reír, contento de hacerle un favor.

Llena de júbilo, tomó un poco más de sidra, y unas idílicas visiones de cañerías de arcilla endurecida comenzaron a bailar en su cerebro. Ronnie Sinclair ya le había construido una cisterna de madera tras un gran número de quejas y obstáculos por su parte. Necesitaba ayuda para levantarla y colocarla en el sitio adecuado. Luego, si pudiera conseguir apenas unos seis metros de unas cañerías resistentes...

—¡Mamá, ven a ver esto! —La impaciente voz de Jem atravesó la neblina de sus ensoñaciones. Con un suspiro mental, ella trató de recordar en qué punto había interrumpido sus reflexiones, y guardó el proceso con cuidado en un rincón de su cabeza, donde, con un poco de suerte, tal vez fermentaría.

Le devolvió la botella a su padre y avanzó por la orilla hasta donde los niños se encontraban sentados en cuclillas, creyendo que le enseñarían algún renacuajo, una mofeta que había muerto ahogada o alguna de las otras maravillas de la naturaleza que solían atraer la atención de los pequeños.

—¿Qué es? —preguntó.

—¡Mira, mira! —Jemmy la vio y se puso en pie, señalando la roca a sus pies.

Estaban en la Roca Plana, una zona prominente del arroyo. Como su nombre indicaba, se trataba de una losa aplanada de granito, lo bastante grande como para que cupieran tres hombres al mismo tiempo, erosionada por el agua, de manera que sobresalía por encima de los remolinos que formaba la corriente. Era uno de los lugares favoritos de los pescadores.

Alguien había hecho una pequeña hoguera; había una mancha negra en la roca, con lo que parecían los restos de ramitas carbonizadas en el centro. Era demasiado pequeño para cocinar pero, en cualquier caso, Brianna no le habría prestado atención. Su padre, en cambio, miraba los restos del fuego con el entrecejo fruncido, de una manera que hizo que avanzara hacia la roca y se detuviera a su lado para examinarlos.

Los objetos que estaban entre las cenizas no eran ramitas.

—Huesos —concluyó ella de inmediato, y se acuclilló para mirarlos de cerca—. ¿De qué clase de animal son? —Incluso mientras lo decía, su mente estaba analizando y rechazando hipótesis (ardilla, zarigüeya, conejo, ciervo, cerdo), incapaz de dar sentido a las formas.

—Son huesos de dedos, muchacha —puntualizó él, bajando la voz mientras echaba un vistazo a Jemmy, que había perdido interés por el fuego y se deslizaba por el barro de la orilla, ensuciándose todavía más los pantalones—. No los toques —añadió de manera innecesaria mientras que ella retiraba la mano, asqueada de manera repentina.

—¿De un ser humano, dices? —Instintivamente, Brianna se limpió la mano en un costado del muslo, aunque no había tocado nada.

Él asintió y se acuclilló a su lado, estudiando los restos carbonizados. También había unos bultos ennegrecidos, aunque a ella la pareció que eran restos de alguna planta; uno era verdoso, tal vez un tallo de algo que no se había quemado por completo.

Jamie se inclinó un poco más y olfateó los restos quemados. En un gesto instintivo, Brianna respiró hondo por la nariz, imitándolo; luego resopló, tratando de librarse del olor. Era desconcertante; un intenso olor a quemado, superpuesto a algo amargo, como de tiza, lo que a su vez se sumaba a una especie de hedor acre que le recordó a los medicamentos.

—¿De dónde habrá salido esto? —preguntó, también en voz baja, aunque Jemmy y Germain habían empezado a arrojarse bolas de barro y no le habrían prestado atención incluso si hubiera gritado.

—No he visto a nadie últimamente al que le faltara la mano, ¿y tú?

Jamie levantó la vista, dirigiéndole una media sonrisa, pero ella no se la devolvió.

—A nadie que caminara por ahí; pero si ya no camina... —Tragó saliva, tratando de ignorar el sabor en cierto sentido imaginario de las hierbas amargas y los huesos chamuscados—. ¿Dónde está el resto? Del cuerpo, quiero decir.

Aquella palabra, «cuerpo», pareció dar una nueva y espantosa perspectiva a todo aquello.

—Yo me pregunto dónde está el resto de ese dedo. —Jamie miraba con el ceño fruncido el borrón ennegrecido.

Movió un nudillo en su dirección, y ella vio lo mismo que él: un borrón más pálido dentro del círculo del fuego, donde había volado parte de las cenizas. Brianna, sin dejar de tragar saliva, observó tres dedos. Dos estaban intactos, con los huesos blancos, de un tono grisáceo, con un aspecto espectral entre las cenizas. Pero faltaban dos falanges del tercer dedo; sólo quedaba el último, el más delgado.

—¿Un animal? —Ella miró a su alrededor en busca de huellas, pero no había rastros de patas en la superficie de la roca, tan sólo las manchas de barro que habían dejado los pies descalzos de los niños.

En la boca de su estómago comenzaban a agitarse unas borrosas visiones de canibalismo, aunque la muchacha rechazó la idea de inmediato.

—No creerás que Ian... —Se detuvo bruscamente.

—¿Ian? —Su padre levantó la mirada asombrado—. ¿Por qué haría Ian algo así?

—No creo que lo hiciera —dijo ella aferrándose al sentido común—. Para nada. Sólo era una idea... he oído que los iroqueses, a veces... a veces... —Señaló los huesos carbonizados, incapaz de seguir explicando su pensamiento—. Eh... ¿tal vez un amigo de Ian? Eh... ¿Que esté de visita?

El rostro de Jamie se oscureció un poco, pero sacudió la cabeza.

—No, esto huele a las Highlands. Lo cierto es que los iroqueses queman a sus enemigos o bien los cortan en pedacitos. Pero no así. —Señaló los huesos con el mentón, como hacían en las Highlands—. Esto es un tema privado, ¿sabes? Tal vez lo hiciera una bruja o uno de sus chamanes. No un guerrero.

—Últimamente no he visto a ningún indio en el Cerro. ¿Y tú?

Él miró el borrón quemado un momento más, frunciendo el ceño, y luego sacudió la cabeza.

—No, ni tampoco a nadie a quien le faltaran dedos.

—¿Estás seguro de que son humanos? —Examinó los huesos, buscando otras posibilidades—. ¿No pueden ser de un oso pequeño? ¿O de un coyote grande?

—Quizá —respondió él inexpresivamente, pero Brianna se dio cuenta de que era sólo para tranquilizarla. Él estaba seguro.

—¡Mamá! —El ruido de pies descalzos sobre la roca a sus espaldas fue sucedido de un tirón en su manga—. ¡Mamá, tenemos hambre!

—Pues claro que tenéis hambre —dijo ella levantándose para atender su petición, pero aún observando, abstraída, los restos chamuscados—. No habéis comido nada desde hace casi una hora. ¿Qué...? —Su mirada se desvió lentamente del fuego hacia su hijo, y luego se enfocó enseguida, examinando a los dos críos que estaban sonriéndole cubiertos de barro de los pies a la cabeza—. ¡Miraos! —dijo con una desesperación atenuada por la resignación—. ¿Cómo habéis podido ensuciaros tanto?

—Ah, eso es fácil, muchacha —le aseguró su padre, sonriéndole, al mismo tiempo que se ponía de pie—. Y también se arregla de una manera muy sencilla. —Se agachó, cogió a Germain de la parte de atrás de la camisa y de los pantalones, lo levantó con cuidado y lo arrojó al estanque.

—¡Yo también! ¡Yo también! ¡Yo también, abuelo! —Jemmy estaba bailando de excitación, lanzando salpicaduras de barro en todas las direcciones.

—Ah, sí. Tú también. —Jamie se agachó, cogió a Jem de la cintura y lo arrojó hacia arriba en el aire con un susurro de su camisa, antes de que Brianna pudiera gritar.

—¡No sabe nadar!

Esta protesta coincidió con una enorme salpicadura cuando Jem golpeó el agua y se hundió de inmediato como una roca.

Ella estaba corriendo hacia el borde, dispuesta a zambullirse detrás de él, cuando su padre la detuvo poniéndole una mano en el brazo.

—Espera un momento —dijo—. ¿Cómo sabrás si sabe nadar o no, si no dejas que lo intente?

Germain ya estaba avanzando como una flecha hacia la orilla, con su reluciente cabello rubio oscurecido por el agua. Jemmy salió a la superficie detrás de él, chapoteando y salpicando, y Germain se zambulló, se volvió como una nutria y se puso a su lado.

—¡Patalea! —le gritó a Jemmy, moviendo los pies y haciendo mucha espuma para mostrarle cómo debía hacerlo—. ¡Ponte de espaldas!

Jemmy dejó de agitarse, se puso de espaldas y pateó como un loco. Tenía el pelo pegado a la cara y el sudor provocado por sus esfuerzos debió de oscurecer cualquier resto de visión, pero siguió pateando con valentía ante los gritos de aliento de Jamie y Germain.

El estanque no medía más de tres metros de ancho, y él llegó a la parte poco profunda del otro lado en cuestión de segundos, tocando tierra entre las rocas al chocar de cabeza contra una de ellas.

Se detuvo, se agitó débilmente en las aguas poco profundas, luego se puso en pie de un salto, lanzando agua para todas partes, y se apartó el pelo mojado de la cara. Parecía asombrado.

—¡Sé nadar! —gritó—. ¡Mamá, sé nadar!

—¡Eso es maravilloso! —exclamó ella, debatiéndose entre compartir su orgullo y su éxtasis, el impulso de ir corriendo a casa y contárselo a Roger, y terribles visiones de Jemmy empezando a saltar sin prestar atención al peligro en lagunas sin fondo y rápidos llenos de rocas, bajo la temeraria ilusión de que podía nadar de verdad. Pero ya se había mojado los pies; ya no había vuelta atrás—. ¡Ven aquí! —Brianna se inclinó en su dirección, aplaudiendo—. ¿Puedes nadar hasta aquí? ¡Vamos, ven!

Él la miró durante un instante con cara de no entender nada, y luego recorrió con los ojos las aguas onduladas del estanque. La llama del entusiasmo de su rostro se apagó.

—Lo he olvidado —dijo, y su boca se curvó hacia abajo, cargada de un repentino temor—. ¡Me he olvidado de cómo se hace!

—¡Tírate y patea! —le gritó Germain, servicial, desde la roca donde se encontraba—. ¡Puedes hacerlo, primo!

Jemmy avanzó uno o dos pasos en el agua, pero se detuvo con los labios temblando, mientras el terror y la confusión comenzaban a abrumarlo.

—¡Quédate ahí, *a chuisle*! ¡Ya voy! —gritó Jamie, y se zambulló limpiamente en el estanque, como una línea larga y pálida bajo el agua, con burbujas que le surgían desde el pelo y los pantalones. Salió a la superficie delante de Jemmy, tomó aire con fuerza y sacudió la cabeza, apartándose de la cara los mechones rojos mojados.

»Vamos, hombre —dijo girando de rodillas en las aguas poco profundas para ponerse de espaldas a Jemmy. Miró hacia atrás y se palmeó su propio hombro—. Sujétate a mí, ¿de acuerdo? Nadaremos juntos.

Y lo hicieron, pataleando y salpicando en un estilo perruno poco elegante, mientras los chillidos de entusiasmo de Jemmy eran repetidos por Germain, que había saltado al agua para patalear al lado de ellos.

Una vez en lo alto de la roca, los tres se tumbaron totalmente empapados, jadeando y riendo, mientras el agua formaba charcos a su alrededor.

—Bueno, ahora al menos estáis más limpios —dijo ella juiciosamente, apartando los pies del arroyo, que crecía cada vez más—. Lo admito.

—Claro que lo estamos. —Jamie se sentó, a la vez que escurría su larga coleta—. Se me ocurre, muchacha, que tal vez haya una manera mejor de hacer lo que deseas.

—¿Qué...? Ah, ¿te refieres al agua?

—Sí, eso. —Olfateó, y se pasó el dorso de la mano por debajo de la nariz—. Te lo enseñaré si vienes a casa después de la cena.

—¿Qué es eso, abuelo? —Jemmy se había puesto en pie, con el pelo rojo mojado de punta, y estaba mirando con curiosidad la espalda de Jamie. Extendió un dedo vacilante y trazó la línea de una de aquellas largas y sinuosas cicatrices.

—¿Qué? Ah... eso. —El rostro de Jamie se volvió inexpresivo durante un instante—. Es... ah...

—Unas personas malas hirieron al abuelo una vez —lo interrumpió ella con firmeza, agachándose para recoger a Jemmy—. Pero eso sucedió hace mucho tiempo. Ahora se encuentra bien. ¡Pesas una tonelada!

—Papá dice que el *grandpère* tal vez sea un silkie —comentó Germain, observando con interés la espalda de Jamie—. Como lo fue su padre. ¿Acaso los malos te encontraron con tu piel de silkie y trataron de cortártela? En ese caso él, desde luego, volvería a convertirse en ser humano —explicó seriamente, mirando a Jemmy— y podría matarlos con su espada.

Jamie estaba mirando a Germain. Parpadeó, y se secó la nariz otra vez.

—Ah —dijo—. Sí. Eh. Sí, supongo que es más o menos así. Si tu papá lo dice.

—¿Qué es un silkie? —preguntó Jemmy, desconcertado pero interesado. Se agitó en los brazos de Brianna, pidiendo que lo dejara en el suelo, y ella lo colocó sobre la roca.

—No lo sé —admitió Germain—. Pero tienen pelo. ¿Qué es un silkie, *grandpère?*

Jamie cerró los ojos para protegérselos del sol del crepúsculo y se frotó la cara con la mano, sacudiendo un poco la cabeza. A Brianna le pareció que sonreía, pero no pudo asegurarlo.

—Ah, bueno —dijo él, sentándose más erguido, abriendo los ojos y echándose el pelo mojado hacia atrás—. Un silkie es una criatura que es humana cuando está en tierra, pero que se convierte en foca cuando está dentro del mar. Y una foca —añadió, interrumpiendo a Jemmy, que había abierto la boca para preguntar— es una bestia grande y reluciente que ladra como un perro, es grande como un buey y hermosa como la oscuridad de la noche. Vive en el mar, pero a veces sale a las rocas de la orilla.

—¿Tú las has visto, *grandpère*? —preguntó Germain entusiasmado.

—Ah, muchas veces —le aseguró Jamie—. Hay muchas focas en las costas de Escocia.

—Escocia —repitió Jemmy. Tenía los ojos bien abiertos.

—*Ma mère* dice que Escocia es un buen lugar —comentó Germain—. A veces llora cuando habla de ello, pero yo no estoy seguro de si me gustaría.

—¿Por qué no? —preguntó Brianna.

—Está lleno de gigantes y caballos de agua y... cosas —respondió Germain frunciendo el ceño—. No quiero encontrarme con nada de eso. Y gachas, dice *maman*, pero aquí también las hay.

—Cierto, y creo que ya es hora de que vayamos a casa a comer un poco. —Jamie se puso en pie y se estiró, gruñendo de placer. El sol de las últimas horas de la tarde incidía en las rocas y el agua con una luz dorada, y hacía que brillaran las mejillas de los muchachos y el vello reluciente de los brazos de su padre.

Jemmy también se estiró y gruñó, en una reverente imitación, y Jamie se echó a reír.

—Vamos, pececillo. ¿Quieres que te lleve a casa? —Se agachó de modo que Jemmy pudiera subir a su espalda, luego se irguió, equilibrando el peso del muchacho, y extendió la mano para coger la de Germain.

Jamie advirtió que la atención de Brianna volvía por un momento al borrón ennegrecido en el borde de la roca.

—Déjalo, muchacha —dijo en voz baja—. Es alguna clase de hechizo. Será mejor que no lo toques.

Luego salió de la roca y avanzó hacia el sendero, con Jemmy sobre su espalda y Germain firmemente cogido de la nuca, ambos niños riendo a medida que avanzaban por el barro resbaladizo del camino.

Brianna recuperó la pala y la camisa de Jamie de la orilla, y alcanzó a los muchachos en el sendero hacia la Casa Grande. Una brisa comenzaba a soplar entre los árboles, haciendo que tuviera frío al llevar el vestido mojado, pero el calor de la caminata fue suficiente para que se sintiera reconfortada.

Germain canturreaba para sí mismo, todavía de la mano de su abuelo, y su rubia cabecita oscilaba adelante y atrás como un metrónomo.

Jemmy suspiró, cansado y feliz, con las piernas alrededor de la columna de Jamie y los brazos en su cuello, y apoyó la mejilla enrojecida por el sol en la espalda llena de cicatrices de su abuelo. Luego se le ocurrió algo, puesto que levantó la cabeza y besó a Jamie con fuerza entre los omóplatos.

El padre de Brianna dio un respingo y casi soltó a Jem; luego emitió un gemido agudo que hizo que ésta riera.

—¿Eso te ha hecho sentir mejor? —preguntó Jem seriamente, levantándose y tratando de mirar la cara de Jamie por encima del hombro.

—Ah, sí, muchacho —le aseguró su abuelo haciendo una mueca—. Mucho mejor.

Los mosquitos y otros insectos atacaban con fuerza. Brianna ahuyentó una nubecilla de la cara y aplastó un mosquito que aterrizó en la nuca de Germain.

—¡Ay! —exclamó él encorvando los hombros, pero luego, sin inmutarse, volvió a cantar—: *Alouette...*

La camisa de Jemmy estaba confeccionada con un lino fino y raído, cortado de una de las viejas camisas de Roger. La tela se había secado y se había adaptado a la forma de su cuerpo, a su trasero cuadrado y firme, y a sus hombros pequeños y tiernos que reflejaban la anchura de los hombros más viejos y firmes a los que se aferraba. Ella apartó la vista de los pelirrojos y la posó en Germain, que caminaba, delgado y con gracia, como una caña a través de las sombras y la luz, sin dejar de cantar, y pensó en lo maravillosamente hermosos que eran.

—¿Quiénes eran los malos, abuelo? —preguntó Jemmy amodorrado, moviendo la cabeza al ritmo de los pasos de Jamie.

—*Sassunaich* —respondió Jamie brevemente—. Soldados ingleses.

—*Canaille* ingleses —añadió Germain, interrumpiendo su canto—. Son los mismos que le cortaron la mano a papá.

—¿Sí? —Jemmy levantó la cabeza prestando atención durante un instante, y luego volvió a caer entre los omóplatos de Jamie con un golpe que hizo que su abuelo gruñera—. ¿Los mataste con tu espada, abuelo?

—A algunos.

—Yo mataré al resto cuando sea mayor —declaró Germain—. Si es que queda alguno.

—Supongo que sí los habrá. —Jamie se colocó el peso de Jemmy un poco más arriba, soltando la mano de Germain para ceñir con más fuerza las flojas piernas de Jemmy.□—Yo también —murmuró Jemmy, cuyos párpados se cerraban—. Yo también los mataré.

En un recodo del sendero, Jamie le pasó a Brianna a su hijo, profundamente dormido, y recuperó la camisa. Se la puso y se apartó el pelo de la cara al pasar la cabeza. Le sonrió, luego se inclinó hacia delante y le besó la frente con suavidad, poniendo una mano sobre la cabeza redonda y roja de Jemmy, en el punto en el que se apoyaba sobre su hombro.

—No te preocupes, muchacha —dijo en voz baja—. Hablaré con Mordecai y con tu hombre. Tú cuida a éste.

«Éste es un tema privado», le había dicho su padre, dándole a entender que ella debía mantenerse al margen. Y tal vez lo hubiera hecho de no ser por un par de cosas. Una, que Roger había regresado bastante después del anochecer, silbando una canción que, según dijo, le había enseñado Amy McCallun. Y dos, aquel otro comentario sin importancia que su padre había hecho sobre el fuego de la Roca Plana: que olía a las Highlands.

Brianna tenía un olfato muy agudo, y aquello le olía a gato encerrado. También había reconocido —tarde— lo que había hecho que Jamie realizara ese comentario. El extraño olor del fuego, ese aroma a medicina era yodo; olía a alga quemada. Ella había olido un fuego hecho con restos de un naufragio en la costa cerca de Ullapool, en su propia época, cuando Roger la llevó a ese lugar para hacer un picnic.

Sin duda había algas en la costa, y no era imposible que alguien, en algún momento, hubiera llevado unas cuantas al interior. Pero tampoco se podía descartar que algunos pescadores hubieran llevado algas de Escocia, del mismo modo que ciertos inmigrantes llevaban tierra en una jarra, o un puñado de guijarros, para recordar la región que habían dejado atrás.

Un hechizo, le había dicho su padre. Y la canción que Roger había aprendido de Amy McCallum se llamaba *El hechizo de Deasil*, según le dijo.

Todo aquello no probaba nada en especial. Sin embargo, sólo por curiosidad, Brianna le mencionó el pequeño fuego y su contenido a la señora Bug.

Ésta sabía bastante sobre toda clase de hechizos de las Highlands. Al escuchar su descripción, arrugó el entrecejo en actitud reflexiva, y, a continuación, frunció los labios.

—¿Huesos, dices? ¿De qué clase? ¿Huesos de animal o de un hombre?

Brianna sintió como si alguien le hubiera metido una babosa por la espalda.

—¿De un hombre?

—Ah, sí. Hay algunos hechizos que requieren tierra de una tumba, ¿sabes?, y otros exigen polvo de huesos, o las cenizas de un cadáver.

La mención de las cenizas le recordó algo a la señora Bug, que sacó un gran cuenco de cerámica de las cenizas calientes de la chimenea y examinó su interior. La levadura del pan se había secado unos días antes, y habían puesto un cuenco con harina, agua y miel con la esperanza de que el aire creara una levadura nueva.

La pequeña y regordeta escocesa examinó el cuenco con el ceño fruncido, movió la cabeza y lo volvió a dejar en su sitio murmurando un breve verso en gaélico. «Naturalmente —pensó Brianna, algo divertida—, tiene que haber alguna oración para generar levadura.» ¿Qué santo patrono estaría a cargo de ello?

—De todas formas, eso que has dicho —intervino la señora Bug, volviendo a cortar los nabos y al tema de conversación original— respecto a que estaba en la Roca Plana... Algas, huesos y una roca plana. Eso es un hechizo de amor, muchacha. Se llama el Veneno del Viento del Norte.

—Qué nombre tan peculiar para un hechizo de amor —dijo Brianna mirando a la señora Bug, que se echó a reír.

—*Och*. Veamos, ¿podré recordarlo? —preguntó retóricamente la anciana. Se limpió las manos en el delantal y, después de doblarlas a la altura de la cintura en un gesto vagamente teatral, recitó:

> Un conjuro de amor para ti, agua extraída por una caña,
> el calor de aquel a quien amas con amor para extraer de ti.
>
> Levántate temprano el Día del Señor, ve a la roca plana de la orilla,
> lleva contigo ruibarbo silvestre y la hierba de Santa María.
>
> Una pequeña cantidad de brasas en la falda de tu *kirtle*,
> un puñado especial de algas en una pala de madera.
>
> Tres huesos de un anciano recién arrancados de la tumba,
> nueve tallos de helecho real recién cortados con un hacha.
>
> Quémalos en un fuego hecho de ramitas
> y conviértelos en ceniza;
> rocíalos en el carnoso pecho de tu amado, contra el veneno del viento del norte.
>
> Rodea el *rath* de la procreación, el circuito de las cinco vueltas,
> y yo te juro y te garantizo
> que ese hombre nunca te abandonará.

La señora Bug separó las manos y cogió otro nabo, lo cortó en cuatro trozos, con un movimiento hábil y veloz, y arrojó los pedazos al interior de la olla.

—Espero que no necesites algo así para ti.

—No —murmuró Brianna mientras sentía que aquella cosa fría y pequeña seguía bajando por su espalda—. ¿Cree usted que... los pescadores podrían utilizar un conjuro como ése?

—Bueno, no estoy segura, pero sin duda algunos conocen ese hechizo; es bastante popular, aunque yo misma no conozco a nadie que lo haya puesto en práctica. Hay formas más fáciles de lograr que un joven se enamore de ti, muchacha —añadió, señalando a Brianna con un dedo pequeño y regordete en un gesto de advertencia—. Prepárale un buen plato de nabos cocinados con leche y servidos con mantequilla, por ejemplo.

—Lo tendré presente —prometió Brianna sonriendo, y se excusó.

Tenía intención de ir a su casa; allí había una docena de cosas que hacer, desde hilar y tejer hasta desplumar y eviscerar la media docena de gansos muertos que había colgado en el cobertizo. En cambio, y casi sin darse cuenta, avanzó hacia la colina, a lo largo del sendero cubierto de maleza que daba al cementerio.

Seguramente no sería Amy McCallum quien había dejado aquel hechizo, pensó. Habría tardado varias horas en bajar la montaña desde su cabaña y, además, tenía un bebé del que ocuparse. Pero también podía llevar al bebé en brazos. Y nadie sabría si había salido de la cabaña, salvo, tal vez, Aidan, y el pequeño no hablaba con nadie excepto con Roger, a quien adoraba.

El sol ya casi había caído, y en el diminuto cementerio se respiraba una atmósfera melancólica, con las largas sombras de los árboles que lo protegían cayendo oblicuas, frías y oscuras a través del pequeño grupo de toscas lápidas, montículos y cruces de madera. Los pinos y las cicutas murmuraban inquietos en lo alto, con la brisa cada vez más fuerte del anochecer.

La sensación de frío de su columna vertebral se había extendido, cubriendo una amplia zona entre sus omóplatos. Ver la tierra removida debajo de la lápida de madera con la palabra *Ephraim* escrita en ella no hizo que se sintiera mejor.

50

Bordes afilados

Debería haberse dado cuenta. En realidad, sí lo había advertido. Pero ¿qué podría haber hecho? Y, lo que era más importante, ¿qué debía hacer ahora?

Roger avanzó lentamente subiendo la ladera de la montaña, casi sin prestar atención a su belleza. Casi, pero no del todo. Desolado en el crudo invierno, el protegido saliente donde asomaba la destartalada cabaña de Amy McCallum entre los laureles era un estallido de color y vida en primavera y verano, tan nítido que Roger no pudo dejar de notar las explosiones de rosados y rojos, interrumpidas por las suaves franjas del suave cornejo y las alfombras de coronitas, con sus diminutas flores azules oscilando sobre sus delgados tallos por encima del torrente del arroyo, que descendía serpenteante detrás del rocoso sendero.

Debieron de haber escogido el lugar en verano, reflexionó cínicamente. Les habría parecido encantador en esa época. Él no había conocido a Orem McCallum, pero era evidente que aquel hombre no había sido más práctico que su esposa, o alguno de los dos se hubiera dado cuenta de los peligros que entrañaba aquella remota ubicación.

De todas formas, Amy no era la culpable de la situación actual; no debía atribuirle a ella su propia falta de juicio.

Tampoco se culpaba a sí mismo; aunque sí debería haberse dado cuenta antes de lo que ocurría; de lo que se decía.

«Todo el mundo sabe que usted pasa más tiempo en la montaña con la viuda McCallum que con su propia esposa.»

Eso era lo que Malva Christie había dicho, con su pequeño mentón levantado en un gesto de desafío. «Cuénteselo a mi padre, y yo les diré a todos que he visto cómo besaba a Amy McCallum. Todos me creerán.»

Revivió de nuevo el asombro que había sentido al escuchar esas palabras; un asombro al que siguió la furia. Hacia la muchacha y su estúpida amenaza, pero mucho más hacia sí mismo.

Había estado trabajando en el claro del whisky y, cuando regresó a la cabaña para cenar, había girado un recodo del sendero y los había sorprendido a ambos, a Malva y a Bobby Higgins, fundidos en un abrazo. Se habían separado de inmediato como un par de ciervos asustados, con los ojos bien abiertos, tan alarmados que resultaba gracioso.

Él había sonreído, pero antes de que pudiera disculparse o desvanecerse con mucho tacto entre la maleza, Malva había dado un paso hacia él, con los ojos todavía abiertos, pero con la llama de la determinación en ellos.

«Cuénteselo a mi padre —había dicho—, y yo les diré a todos que he visto cómo besaba a Amy McCallum.»

Él había quedado tan desconcertado por sus palabras que casi no había advertido la presencia de Bobby, hasta que el joven soldado puso una mano sobre el brazo de ella, le murmuró algo y la alejó. Ella se había vuelto a regañadientes, con una última, recelosa y amenazadora mirada hacia Roger, y una exclamación de despedida que había hecho que se tambaleara: «Todo el mundo sabe que usted pasa más tiempo en la montaña con la viuda McCallum que con su propia esposa. Todos me creerán.»

Maldición, era cierto, y era culpa suya, maldita sea. Con la excepción de uno o dos comentarios sarcásticos, Bree no había protestado por esas visitas; ella había aceptado —o había parecido aceptar— que alguien tenía que ir cada cierto tiempo a ver a los McCallum, asegurarse de que tuvieran comida y fuego, y hacerles compañía durante unos momentos, un pequeño respiro en la monotonía de la soledad y el trabajo.

Él había hecho esas cosas con frecuencia, acompañando al reverendo en sus visitas a los ancianos, a los viudos, a los enfermos de la congregación; llevándoles comida, deteniéndose un instante a charlar... a escuchar. «Es lo que hay que hacer por los vecinos —se dijo—, ser amable con ellos.»

Pero tendría que haber prestado más atención. Ahora recordaba la mirada pensativa de Jamie por encima de la mesa de la cena, el aliento contenido a punto de decir algo cuando Roger le había pedido a Claire un ungüento para la irritación del pequeño Orrie, y luego la mirada de Claire a Brianna, y Jamie que cerraba la boca sin decir lo que tuviera en mente.

«Todos me creerán.» Si la chica había dicho eso, entonces ya se hablaba del asunto. Era probable que Jamie lo hubiera oído; sólo le quedaba la esperanza de que no lo hubiera oído Bree.

La chimenea torcida apareció entre los laureles; el humo era casi una voluta transparente que hacía que el aire claro sobre la viga central del tejado pareciera temblar, como si la cabaña estuviera encantada y pudiera desvanecerse con un parpadeo.

Lo peor era que él sabía precisamente cómo había ocurrido. Él sentía debilidad por las madres jóvenes, una terrible ternura hacia ellas, el deseo de cuidarlas. El hecho de que supiera muy bien por qué albergaba semejante impulso —el recuerdo de su propia madre, que había fallecido salvándole la vida durante los bombardeos alemanes— no le resultaba de ninguna utilidad.

Era una ternura que casi le había costado su propia vida en Alamance, cuando el estúpido y bastardo William Buccleigh

MacKenzie había confundido la preocupación de Roger por Morag MacKenzie con... bueno, de acuerdo, la había besado, pero sólo en la frente y, por el amor de Dios, ella era la tatarabuela de la tatarabuela de su tatarabuela... y la supina estupidez de que el tatarabuelo del tatarabuelo de... etcétera casi lo hubiera matado por molestar a su esposa... le había costado la voz, y él tendría que haber aprendido la lección, pero al parecer no lo había hecho, o por lo menos no lo bastante bien.

Repentinamente furioso consigo mismo —y con Malva Christie, aquella mocosa cotilla—, cogió una piedra del sendero y la lanzó por la montaña, hacia el arroyo. La piedra chocó con otra en el agua, rebotó dos veces y desapareció en el caudaloso torrente.

Sus visitas a los McCallum debían cesar de inmediato; Roger se daba cuenta de ello. Habría que encontrar otra manera de que ellos... pero él debía regresar una vez más para explicárselo. Amy lo entendería... Pero ¿cómo podía explicar a Aidan qué era la reputación, y por qué el cotilleo era un pecado mortal, y por qué Roger ya no podía volver más a pescar con él o a enseñarle a construir cosas...?

Mientras maldecía una y otra vez entre dientes, salvó la última subida corta y empinada, y apareció en el descuidado jardín. Pero antes de poder anunciar su presencia, la puerta de la cabaña se abrió de inmediato.

—¡Roger Mac! —Amy McCallum casi cayó desde el escalón hasta sus brazos, jadeando y sollozando—. ¡Ha venido! ¡Ha venido! Recé para que alguien viniera, pero no pensé que alguien lo haría a tiempo, y creí que él moriría. Pero ¡usted ha venido, alabado sea Dios!

—¿Qué ocurre? ¿De qué se trata? ¿Está enfermo el pequeño Orrie? —Le sujetó los brazos para ayudarla a recuperar el equilibrio, y ella negó con la cabeza, con tanta vehemencia que se le cayó la cofia.

—Aidan —dijo jadeando—. Es Aidan.

Aidan McCallum yacía doblado en dos sobre la mesa de mi consulta, blanco como el papel, emitiendo pequeños gemidos entrecortados. Mis primeras esperanzas (manzanas verdes o grosellas silvestres) se desvanecieron al examinarlo de cerca. Estaba bastante segura de qué era lo que tenía allí, pero la apendicitis tiene los mismos síntomas que otras enfermedades. De todas formas, hay un aspecto muy claro en un caso clásico.

—¿Podría hacer que se tumbase, sólo durante un momento? —Miré a su madre, que revoloteaba sobre él a punto de llorar, pero fue Roger quien asintió y se acercó para poner las manos en las rodillas y los hombros de Aidan, convenciéndolo con palabras de calma para que se estirara.

Le puse el pulgar en el ombligo, el meñique sobre el hueso de la cadera derecha, y presioné su abdomen con fuerza con el dedo corazón, preguntándome durante un segundo mientras lo hacía si McBurney ya habría descubierto y bautizado este punto de diagnóstico. El punto de McBurney era un síntoma específico para el diagnóstico de una apendicitis aguda. Presioné el vientre de Aidan en ese lugar y luego aflojé la presión; él soltó un alarido, se arqueó hasta salirse de la mesa, y se dobló en dos como una navaja.

Un apéndice inflamado, sin duda alguna. Sabía que me encontraría con uno en algún momento. Y con una mezcla de desesperación y entusiasmo, me di cuenta de que había llegado el momento de usar el éter. No había dudas ni alternativas; si no le extirpaba el apéndice, reventaría.

Levanté la mirada. Roger estaba sosteniendo a la pequeña señora McCallum con una mano bajo el codo. Ella apretaba al bebé contra su pecho, envuelto en sus ropitas. Tendría que quedarse; Aidan la necesitaría.

—Roger... trae a Lizzie para que cuide del pequeño, por favor. Y luego corre lo más rápido que puedas a casa de los Christie. Necesito que Malva venga a ayudarme.

Una expresión extraña que no alcancé a interpretar cruzó su rostro, pero se esfumó al instante, y yo no tenía tiempo de preocuparme de ello; no obstante, Roger desapareció de inmediato, y yo centré la atención en la señora McCallum, haciéndole las preguntas que necesitaba antes de abrir el vientre de su hijo.

Fue Allan Christie quien abrió la puerta tras los bruscos golpes de Roger. Con su rostro de búho como una versión más oscura y delgada del de su padre, parpadeó lentamente tras preguntarle por el paradero de Malva.

—Bueno... ha ido al arroyo. A recoger juncos. —Frunció el ceño—. ¿Para qué la busca?

—La señora Fraser necesita que vaya a ayudarla... con algo. —Se produjo un movimiento en el interior de la casa, y se abrió la puerta trasera. Tom Christie entró con un libro en la mano, marcando con dos dedos la página que había estado leyendo.

—MacKenzie —dijo, con un brusco movimiento de la cabeza a modo de reconocimiento—. ¿Ha dicho que la señora Fraser necesita a Malva? ¿Para qué? —Él también frunció el ceño, y los dos Christie se convirtieron en un par de búhos de granero que observan a un posible ratón.

—El pequeño Aidan McCallum ha enfermado gravemente y a ella le vendría bien contar con la ayuda de Malva. Iré a ver si la encuentro.

La arruga en el ceño de Christie se hizo más profunda y abrió la boca para decir algo, pero Roger ya había dado media vuelta y estaba corriendo hacia los árboles antes de que cualquiera de ellos pudiera impedírselo.

La encontró con bastante rapidez, aunque cada momento que pasó buscándola le pareció una eternidad. ¿Cuánto tardaba un apéndice en reventar? Ella estaba en el arroyo con agua hasta las rodillas, las faldas levantadas y su cesta para los juncos flotando a su lado, atada a una cinta del delantal. Al principio no lo oyó, debido al murmullo del agua. Cuando él gritó su nombre más fuerte, ella levantó la cabeza, alarmada, y cogió con fuerza el cuchillo que llevaba para cortar juncos.

La mirada de alarma se desvaneció cuando vio quién era, aunque siguió mirándolo con recelo y sin soltar el cuchillo, como él pudo comprobar. Su petición fue recibida con bastante interés.

—¿El éter? ¿En serio? ¿Va a abrirlo? —preguntó ella entusiasmada, vadeando el arroyo en su dirección.

—Sí, vamos; ya le he dicho a tu padre que la señora Fraser te necesita. No hace falta que pasemos por tu casa.

La expresión de su cara cambió al escucharlo.

—¿Se lo ha dicho? —Su frente se arrugó durante un instante. Luego se mordió los labios y negó con la cabeza.

»No puedo —dijo, levantando la voz por encima del sonido del arroyo.

—Sí puedes —replicó él, lo más alentadoramente posible, y extendió la mano para ayudarla—. Vamos; te echaré una mano con tus cosas.

Malva negó con la cabeza con mayor determinación, y su rosado labio inferior sobresalió un poco más.

—No. Mi padre... no lo aceptará. —Dirigió una mirada a la cabaña, y Roger también se volvió en esa dirección, pero no había ningún problema; ni Allan ni Tom lo habían seguido. Aún...

Él se quitó los zapatos de una patada y entró en el helado arroyo, mientras las duras y resbaladizas piedras rodaban bajo sus pies. Los ojos de Malva se abrieron más y ella abrió la boca cuando él se inclinó y cogió la cesta, la arrancó de la cinta del delantal y la arrojó hacia la orilla. Luego le quitó el cuchillo de la mano, se lo guardó en el cinturón, la agarró a ella de la cintura, la levantó del suelo y chapoteó con la chica hasta la orilla, sin prestar atención a sus patadas y sus chillidos.

—Vendrás conmigo —gruñó mientras la dejaba en el suelo—. ¿Quieres ir andando o te llevo en volandas?

Le pareció que Malva estaba más fascinada que horrorizada por esa proposición, pero volvió a negar con la cabeza, alejándose de él.

—¡No puedo... en serio! Me dará una paliza si se entera de que he estado manipulando el éter.

Eso hizo que se detuviera durante un instante. ¿Lo haría? Tal vez, pero estaba en juego la vida de Aidan.

—Entonces, no se enterará —dijo—. O si lo hace, me ocuparé de que no te haga daño. Ven, por el amor de Dios... ¡No hay tiempo que perder!

Su pequeña boca rosada se cerró con fuerza en un gesto de testarudez. Pero no había tiempo para escrúpulos. Él se inclinó para acercar su cara a la de ella y la miró a los ojos.

—Vendrás conmigo —aseguró, cerrando los puños—, o les contaré a tu padre y a tu hermano lo de Bobby Higgins. Di lo que quieras sobre mí... no me importa. Pero si crees que tu padre te dará una paliza por ayudar a la señora Fraser, ¿qué te parece que hará si se entera de que has estado morreándote con Bobby?

Roger no sabía si la palabra «morrear» tenía sentido en el siglo XVIII, pero era evidente que Malva lo había entendido. Y si hubiera sido tan alta como él, lo habría derribado de un golpe, a juzgar por la peligrosa luz que asomó en sus enormes ojos grises.

Pero era mucho más pequeña y, después de un instante de reflexión, se agachó, se secó las piernas con la falda, y se puso las sandalias deprisa.

—Déjela —dijo brevemente, al ver cómo se inclinaba para coger la cesta—. Y devuélvame el cuchillo.

Tal vez fuera sólo el impulso de tener algún control sobre la chica hasta que estuvieran en la consulta (por supuesto, no le tenía miedo), pero se llevó la mano al cuchillo que guardaba en el cinturón y repuso:

—Después, cuando hayas terminado.

Ella no se molestó en discutir, sino que avanzó a gran velocidad por la orilla, adelantándose a él, en dirección a la Casa Grande, con las suelas de sus sandalias golpeándole las plantas de los pies.

Palpé con los dedos el pulso braquial en la axila de Aidan y conté. Tenía la piel muy caliente, con una temperatura de tal vez treinta y ocho con cuatro o treinta y ocho con ocho grados. El pulso era fuerte, aunque rápido... y fue ralentizándose a medida que perdía el conocimiento. Sentí que Malva contaba entre dientes, tantas gotas de éter, una pausa de cierto tiempo antes de la siguiente... Yo misma perdí la cuenta de las pulsaciones, pero no importaba; estaba comparándolas con las mías, sintiendo mi propio pulso, que empezaba a palpitar con el mismo ritmo, y era normal, constante.

Él respiraba bien. Su pequeño abdomen ascendía y descendía suavemente bajo mi mano, y sentí cómo los músculos se relajaban uno a uno, todos excepto el vientre tenso e inflamado, con las costillas arqueándose por encima de manera evidente cuando respiraba. Tuve la repentina ilusión de poder empujar con la mano a través de las paredes del abdomen y tocar el apéndice inflamado; pude verlo en mi mente, latiendo maliciosamente en la seguridad oscura de su mundo sellado. Había llegado el momento.

La señora McCallum dejó escapar un pequeño gemido cuando cogí el escalpelo, y uno más fuerte cuando lo apreté en la piel pálida, que aún brillaba debido al alcohol con el que la había frotado, como el vientre de un pez que cede al cuchillo.

La piel se separó con facilidad y la sangre brotó de una manera extraña y mágica, saliendo aparentemente de la nada. El niño casi no tenía grasa; los músculos estaban justo allí, de un color rojo intenso, y resistentes al tacto. Había otras personas en la estancia, pero apenas era consciente; todos mis sentidos estaban concentrados en el pequeño cuerpo que se encontraba bajo mis manos. Alguien se detuvo junto a mi hombro. ¿Bree?

—Dame un retractor... sí, eso. —Sí, era Bree.

Una mano de largos dedos, empapada en desinfectante, cogió el artilugio con forma de garra y me lo puso en la mano izquierda, que lo aguardaba. Echaba de menos los servicios de una buena enfermera de cirugía, pero nos las arreglaríamos.

—Sostén esto, justo aquí. —Encajé la hoja entre las fibras del músculo, separándolas fácilmente, y luego encontré el resplandor grueso y suave del peritoneo, lo levanté y lo corté.

Sus entrañas estaban muy calientes, viscosas y mojadas alrededor de los dos dedos con que las estaba tanteando. El fango blando de los intestinos, los bultos pequeños y más o menos firmes de materia que sentí a través de sus paredes, el roce de los huesos contra mis nudillos; era tan pequeño que no había mucho espacio para maniobrar. Yo tenía los ojos cerrados, concentrándome exclusivamente en el tacto. El intestino ciego tenía que encontrarse justo debajo de mis dedos; allí estaba la curva del intestino delgado; podía sentirla, inerte pero viva, como una serpiente dormida. ¿Detrás? ¿Más abajo? Palpé con cuidado, abrí los ojos y observé la herida de cerca. No sangraba mucho, pero seguía inundada. ¿Tendría que destinar cierto tiempo a cauterizar las pequeñas hemorragias? Miré a Malva; ella estaba frunciendo el ceño, concentrada; sus labios se movían en silencio, contando, y estaba midiendo el pulso con una mano en la nuca de Aidan.

—Hierro de cauterizar... uno pequeño. —De momento, una pausa. Al ser consciente de lo inflamable que era el éter, había apagado la chimenea con agua y había colocado el brasero al otro lado del pasillo, en el estudio de Jamie. Pero Bree se movía con rapidez; lo tuve en la mano en pocos segundos. Un poco de humo salió de su vientre y el chisporroteo de la carne quemada se sumó al olor espeso y cálido de la sangre. Levanté la mirada para devolverle el hierro a Bree, y vi la cara de la señora McCallum, mirando con los ojos muy abiertos.

Limpié la sangre con un trapo de lino, volví a mirar... mis dedos todavía sostenían lo que yo creía que era... muy bien.

—Muy bien —dije en voz alta, en tono triunfal—. ¡Te atrapé! —Con mucho cuidado, pasé un dedo por debajo de la curva del intestino ciego y levanté una parte para mirar a través de la herida; el apéndice inflamado asomó debajo como un gusano gordo y furioso, púrpura a causa de la inflamación.

—Ligadura.

Ya lo tenía. Podía ver la membrana a un lado del apéndice y los vasos sanguíneos que la alimentaban. En primer lugar, habría que atarlos y cerrarlos; luego podría atar el apéndice y extirparlo. Era difícil por su pequeño tamaño, pero en realidad no habría problemas...

Había tanto silencio en la estancia que podía oír los diminutos siseos y chisporroteos del carbón del brasero que se encontraba al otro lado del pasillo. Me caían gotas de sudor por detrás de las orejas y entre los pechos, y fui ligeramente consciente de que tenía los dientes hundidos en el labio inferior.

—Fórceps.

Apreté con fuerza la sutura en bolsa y, después de coger el fórceps, empujé el pedazo cerrado del apéndice con cuidado hacia el intestino ciego. Volví a introducirlo con decisión en el abdomen y respiré.

—¿Cuánto tiempo, Malva?

—Algo más de diez minutos, señora. Se encuentra bien. —Alejó los ojos de la mascarilla de éter el tiempo suficiente como para dirigirme una veloz sonrisa, luego cogió el cuentagotas y sus labios volvieron a contar en silencio.

Lo cerré con celeridad. En la herida suturada extendí una gruesa capa de miel, le envolví el cuerpo con un vendaje ajustado, puse unas mantas calientes sobre su cuerpo y respiré.

—Quítale la mascarilla —le dije a Malva, irguiéndome.

Ella no respondió, y la miré. Había levantado la mascarilla; la estaba sujetando con ambas manos delante de ella, como un escudo. Pero ya no estaba mirando a Aidan; sus ojos estaban clavados en su padre, de pie y rígido en el umbral.

Tom Christie miró a su hija, luego el pequeño cuerpo desnudo que se hallaba sobre la mesa y otra vez a su hija. Ella retrocedió un paso insegura, sin soltar aún la mascarilla de éter. Él giró la cabeza y me lanzó una penetrante y feroz mirada con sus ojos grises.

—¿Qué ocurre aquí? —exigió saber—. ¿Qué le está haciendo a ese niño?

—Salvándole la vida —respondí con aspereza. Yo aún vibraba a causa de la intensidad de la operación, y no estaba de humor para bromas—. ¿Necesita algo?

Christie cerró sus finos labios con fuerza, pero antes de que pudiera responder, su hijo Allan entró en la sala y, tras situarse junto a su hermana de un par de zancadas, la agarró de la muñeca.

—¡Vamos, zopenca! —le gritó con grosería, tirando de ella—. No tienes nada que hacer aquí.

—Suéltala —intervino Roger con decisión, y cogió a Allan del hombro para apartarlo.

Allan se dio la vuelta y golpeó a Roger en el vientre, con un golpe breve y fuerte. Éste soltó un gemido hueco, como el graznido de un cuervo, pero no se dobló. En cambio, le asestó un puñetazo en la mandíbula a Christie. Allan se deslizó hacia atrás y derribó la mesita con el instrumental: los bisturís y los retractores cayeron al suelo en un estrépito de metal y la jarra de ligaduras de tripa en alcohol reventó contra las tablas, extendiendo pedacitos de cristal y líquido por todas partes.

Un sordo golpe contra el suelo me obligó a bajar la mirada. Amy McCallum, afectada por los vapores del éter y la emoción, se había desmayado.

Yo no tenía tiempo de actuar; Allan se repuso con un salvaje puñetazo, Roger se agachó, encajó el empuje del cuerpo del Christie más joven, y los dos se tambalearon hacia atrás, se golpearon contra el alféizar y cayeron por la ventana abierta, entrelazados.

Tom Christie gruñó y corrió hacia la ventana. Malva, aprovechando la oportunidad, se dirigió con rapidez hacia la puerta. Oí sus pasos apresurados por el pasillo que conducía a la cocina, y lo que supuse que sería la puerta trasera.

—¿Qué demonios...? —preguntó Bree mirándome.

—A mí no me mires —respondí—. No tengo la menor idea.

Y era cierto. Aunque sí pensé, con desesperación, que haber implicado a Malva en la operación tenía bastante que ver con ello. Tom Christie y yo habíamos logrado algo parecido a un acercamiento después de la operación de su mano, pero eso no significaba que hubiera cambiado su punto de vista sobre lo sacrílego del éter.

Bree de repente se puso derecha y se tensó. Un gran número de gruñidos, jadeos e incoherentes insultos indicaban que la pelea seguía su curso, pero Allan Christie en un tono de voz más alto había llamado adúltero a Roger.

Brianna dirigió una dura mirada a la silueta acurrucada de Amy McCallum, y yo pronuncié una palabra malsonante para mí misma. Ya había escuchado algunos comentarios acerca de las visitas de Roger a los McCallum, y Jamie había estado a punto de comentarle algo a Roger sobre el tema, pero yo lo había disuadido para que no interfiriera, asegurándole que hablaría con Bree sobre ese asunto con el mayor tacto posible. Aún no había tenido la oportunidad de hacerlo, y ahora...

Con una última mirada poco amable a Amy McCallum, Brianna salió por la puerta con la evidente intención de participar en la pelea. Yo fruncí el ceño, y debí de dejar escapar un gemido porque Tom Christie se apartó con brusquedad de la ventana.

—¿Está enferma, señora?

—No —contesté con cierta languidez—. Sólo... Mire, Tom, lamento haberle causado problemas por pedirle a Malva que viniera a ayudarme. Creo que ella tiene un verdadero talento para curar... pero no fue mi intención convencerla de que hiciera algo que usted no aprobaría.

Me dirigió una mirada lúgubre, que luego trasladó al cuerpo inerte de Aidan. De inmediato la mirada se tornó más intensa.

—¿Ese niño está muerto? —preguntó.

—No, no —respondí—. Le he administrado éter; está dor...

Mi voz calló en la garganta cuando me di cuenta de que Aidan había escogido precisamente ese momento para dejar de respirar.

Con un alarido incoherente, aparté a Tom Christie de un empujón y me abalancé sobre el pequeño, uniendo mi boca a la suya y presionando con fuerza el centro de su pecho con la base de mi mano.

El éter de sus pulmones fluyó por mi cara cuando aparté la boca, lo que hizo que sintiera que todo me daba vueltas. Me aferré al borde de la mesa con la mano libre y volví a poner la boca en la suya. De ninguna manera podía desmayarme.

Mi visión comenzó a desvanecerse y la estancia empezó a dar vueltas poco a poco a mi alrededor. Pero me aferré con tenacidad a la conciencia, soplando con fuerza en sus pulmones, sintiendo que el diminuto pecho que se encontraba debajo de mi mano se elevaba suavemente, para después caer.

No pudo haber transcurrido más de un minuto, pero fue un minuto de pesadilla; todo giraba a mi alrededor y la sensación de la piel de Aidan era la única ancla sólida en un remolino de caos. Amy McCallum se agitó en el suelo a mi lado y, balanceándose, consiguió ponerse de rodillas; luego cayó sobre mí con un alarido, zarandeándome, tratando de alejarme de su hijo. Oí la voz de Tom Christie, que le ordenaba que se calmara; debió de conseguir apartarla, porque de pronto sentí que ya no estaba sujetándome la pierna.

Soplé dentro de Aidan de nuevo y, esta vez, el pecho bajo mi mano se estremeció. El niño tosió, se ahogó, volvió a toser, y empezó a respirar y a llorar al mismo tiempo. Me puse en pie, mientras la cabeza me daba vueltas, y tuve que agarrarme a la mesa para no caerme.

Vi un par de siluetas negras y distorsionadas, con unas bocas que se abrían hacia mí, llenas de agudos colmillos. Parpadeé tambaleándome, y empecé a tragar aire en profundas bocanadas. Volví a parpadear, y las figuras se convirtieron en Tom Christie y Amy McCallum. Él estaba cogiéndola de la cintura, conteniéndola.

—Está bien —dije con una voz extraña y lejana—. El niño se encuentra bien. Deje que se acerque a él.

Ella se abalanzó sobre Aidan con un sollozo, cogiéndolo en sus brazos. Tom Christie y yo nos quedamos mirándonos mutuamente por encima de los restos del naufragio. Fuera, todo se había calmado.

—¿Acaba usted de resucitar a ese niño? —preguntó. Su voz era casi imperceptible, aunque sus cejas peludas se habían elevado.

Me pasé una mano por la boca, saboreando todavía la pegajosa dulzura del éter.

—Supongo —dije.

—Ah.

Él me miró fijamente y sin expresión en el rostro. La sala hedía a alcohol, lo que hacía que me ardieran los orificios nasales. Tenía algunas lágrimas en los ojos, que me limpié con el delantal. Finalmente, él hizo un movimiento con la cabeza, como asintiendo, y se dio la vuelta para marcharse.

Tenía que atender a Aidan y a su madre, pero no podía dejar que Christie partiera sin tratar de arreglar esta cuestión lo mejor que pudiera para comodidad de Malva.

—Tom... Señor Christie. —Corrí tras él y lo cogí de la manga. Él se dio la vuelta, sorprendido y con el ceño fruncido—. Malva... ha sido culpa mía. Yo le he pedido a Roger que la trajera. Usted no... —Vacilé, pero no se me ocurría ninguna manera delicada de decirlo—. Usted no la castigará, ¿verdad?

La arruga del entrecejo se hizo más profunda durante un instante, aunque después se relajó. Negó con la cabeza poco a poco, y con una pequeña reverencia separó la manga de mi mano.

—A su servicio, señora Fraser —dijo en voz baja, y con una última mirada a Aidan, que en ese momento quería comer, se marchó.

Brianna aplicó la esquina húmeda de un pañuelo en el labio inferior de Roger, partido en un lado, hinchado y sangrando, a causa de algún impacto de Allan Christie.

—Es culpa mía —dijo por tercera vez—. Debería haber pensado en algo sensato que decirles.

—Cállate —replicó ella, comenzando a perder su poca paciencia—. Si sigues hablando, el labio no parará de sangrar. —Era lo primero que le decía desde la pelea.

Balbuceando una disculpa, él le quitó el pañuelo y lo presionó contra su boca. Pero no podía permanecer inmóvil; se levantó y se acercó a la puerta abierta de la cabaña para mirar hacia fuera.

—Allan no está rondando por aquí, ¿verdad? —Ella se acercó a mirar por encima de su hombro—. Si está, déjalo en paz. Yo iré...

—No, no está —la interrumpió Roger. Sin alejar la mano de su boca, señaló con un gesto la Casa Grande, en el otro extremo del claro, en la cuesta—. Es Tom.

En efecto, Tom Christie estaba en los escalones de la entrada; quieto, al parecer absorto en sus pensamientos. Mientras lo observaban, sacudió la cabeza como un perro mojado y, con aire decidido, se dirigió a su propia casa.

—Iré a hablar con él. —Roger arrojó el pañuelo sobre la mesa.

—Ah, no, no lo harás. —Ella lo agarró del brazo cuando él se volvió hacia la puerta—. ¡No te metas, Roger!

—No voy a pelearme con él —dijo, palmeándole la mano con un gesto que evidentemente le parecía tranquilizador—. Pero tengo que hablar con él.

—No, no tienes que hacerlo. —Ella le apretó el brazo con más fuerza y tiró de él, intentando que se acercara de nuevo a la chimenea—. No harás más que empeorar las cosas. Déjalos en paz.

—No es cierto —intervino él, mientras la irritación comenzaba a ser evidente en su cara—. ¿Qué quieres decir con que empeoraré las cosas? ¿Qué crees que soy?

Ésa no era una pregunta que ella quisiera contestar en ese preciso momento. Nerviosa aún por la tensión de la operación de Aidan, la pelea y la punzante molestia del insulto de Allan, Brianna no tenía la suficiente confianza en sí misma como para hablar, y mucho menos para hacerlo con tacto.

—No vayas —repitió, obligándose a bajar el tono de voz y a hablar con calma—. Todos están disgustados. Como mínimo espera a que se hayan tranquilizado. Mejor aún, espera a que regrese papá. Él puede...

—Sí, él puede hacerlo todo mejor que yo; eso ya lo sé —respondió Roger sin ninguna expresión—. Pero he sido yo quien le ha prometido a Malva que no le ocurriría nada malo. Voy a ir. —Roger tiró de su manga con suficiente fuerza como para que ella pudiera sentir el desgarro de la costura en la axila.

—¡Bien! —Brianna lo soltó y le propinó un golpe en el brazo—. ¡Ve! Ocúpate de todo el mundo excepto de tu propia familia. ¡Ve! ¡Maldita sea, ve!

—¿Qué? —Él se detuvo, debatiéndose entre la ira y el desconcierto.

—¡Ya me has oído! ¡Ve! —Brianna golpeó el suelo con los pies, y la jarra de semillas de dauco, que estaba demasiado cerca del borde del anaquel, cayó y se hizo añicos al impactar contra el suelo, esparciendo pequeñas semillas negras semejantes a granos de pimienta—. ¡Mira lo que has hecho!

—¡Lo que he...!

—¡No importa! No importa. ¡Vamos, vete de aquí! —Ella estaba resoplando como una orca, haciendo esfuerzos por contener las lágrimas. Tenía las mejillas ardiendo y ruborizadas, y los ojos rojos, inyectados en sangre, tan calientes que creía que podría abrasarlo con la mirada... desearía poder haberlo hecho, desde luego.

Él se movió, inseguro, claramente tratando de decidir si quedarse y reconciliarse con su descontenta esposa, o salir corriendo para proteger a Malva Christie como un caballero andante. Dio un vacilante paso hacia la puerta, ella se abalanzó sobre la escoba y, lanzando chillidos estúpidos y agudos de furia incoherente, la blandió sobre su cabeza.

Él se agachó, pero Brianna lo atrapó en la segunda vuelta, golpeándolo en las costillas. Roger se detuvo de inmediato, sorprendido por el impacto, pero se recuperó con suficiente celeridad como para atrapar la escoba en la siguiente vuelta. Tiró hasta arrancársela de la mano y, con un gruñido de esfuerzo, la partió sobre su rodilla con un estrépito.

Arrojó los pedazos al suelo a los pies de ella y la miró con furia, enfadado pero dueño de sí mismo.

—¿Qué te ocurre, por el amor de Dios?

Ella se estiró cuan larga era y le devolvió la mirada.

—Lo que he dicho. Pasas tanto tiempo con Amy McCallum que todo el mundo cree que tienes un romance con ella...

—¿Que yo qué? —Su voz se quebró por la furia, pero una mirada huidiza lo delató.

—De modo que tú también has oído los rumores, ¿verdad? —Ella no se sentía satisfecha por haberlo atrapado; se asemejaba más bien a una sensación de furia enfermiza.

—No es posible que creas que es verdad, Bree —dijo él, con una voz que oscilaba entre la negación indignada y el ruego.

—Sé que no es cierto —declaró ella, y le enfureció ser consciente de que su voz sonara tan temblorosa como la de él—. ¡No es ésa la puñetera cuestión, Roger!

—La cuestión —repitió él con el entrecejo fruncido y una mirada afilada y oscura.

—La cuestión —intervino ella tragando aire— es que nunca estás aquí. Malva Christie, Amy McCallum, Marsali, Lizzie... ¡Incluso has ido a ayudar a Ute McGillivray, por el amor de Dios!

—¿Y quién va a hacerlo si no? —preguntó él con aspereza—. Tu padre o tu primo podrían, sí, pero han ido a ver a los indios. Yo estoy aquí. Y no es cierto que nunca esté en casa —añadió, tras pensarlo—. Estoy aquí casi todas las noches, ¿no?

Ella cerró los ojos y apretó los puños, sintiendo que las uñas se le clavaban en las palmas.

—Ayudas a todas las mujeres menos a mí —dijo abriendo los ojos—. ¿Por qué?

Roger le dedicó una mirada larga y dura, y ella se preguntó durante un instante si existían las esmeraldas negras.

—Tal vez no crea que me necesites —replicó y se marchó.

51

La vocación

El agua estaba tranquila como si se tratara de plata fundida, y el único movimiento que existía era el de las sombras de las nubes del atardecer. Pero antes o después se agitaría; se podía presentir. O tal vez, pensó Roger, lo que sentía era la actitud expectante de su suegro, agazapado como un leopardo en la orilla del estanque de las truchas, con la caña y el anzuelo listos ante la primera señal de movimiento.

—Como el estanque de Bethesda —dijo divertido.

—¿Ah, sí? —respondió Jamie sin mirarlo, con la atención fija en el agua.

—Aquel en el que un ángel se metía y agitaba las aguas cada cierto tiempo. Entonces todos permanecían sentados alrededor, aguardando para zambullirse cuando el agua comenzara a ondular.

Jamie sonrió, pero no se movió. La pesca era algo serio.

Eso era bueno; prefería que Jamie no lo mirara. Pero tendría que darse prisa si tenía la intención de decir algo; Fraser ya estaba soltando el sedal para lanzarlo una o dos veces, para practicar.

—Creo... —Se detuvo para corregirse—. No, no lo creo. Lo sé. Quiero... —Se le acabó el aire de repente, lo que lo irritó; lo que menos deseaba era parecer dubitativo ante lo que iba a decir. Cogió una gran bocanada de aire, y las siguientes palabras salieron como disparadas por una pistola—: Tengo intención de hacerme pastor.

Ahí estaba. Lo había dicho en voz alta. Levantó la mirada de manera involuntaria; desde luego, el cielo no se le había caído encima. Estaba neblinoso y punteado de colas de nubes, pero a través de ellas se veía su calma azulada y la sombra de una luna temprana flotaba justo por encima de la ladera de la montaña.

Jamie lo miró con aire reflexivo, pero no parecía impresionado ni perplejo, lo que era reconfortante.

—Pastor. ¿Predicador, quieres decir?

—Bueno... sí. También eso.

Su admisión lo desconcertó. Suponía que tendría que predicar, aunque la mera idea lo asustaba.

—¿También eso? —repitió Fraser, mirándolo de reojo.

—Sí. Quiero decir... los pastores predican, desde luego. —Desde luego. Y ¿sobre qué? ¿Cómo?—. Pero eso no es... quiero decir, no es lo principal. No es la razón por la que... tengo que hacerlo. —Estaba poniéndose nervioso, tratando de explicar con claridad algo que ni siquiera podía explicarse él mismo de una manera adecuada.

Suspiró y se frotó la cara con una mano.

—Sí.. Supongo que recordarás el funeral de la abuela Wilson. Y los McCallum...

Jamie se limitó a asentir con un gesto, pero a Roger le pareció ver un atisbo de comprensión en sus ojos.

—He hecho... algunas cosas parecidas a esto cuando ha sido necesario. Y... —Torció una mano, sin ni siquiera saber cómo empezar a describir hechos como su encuentro con Hermon Husband en la orilla del Alamance, o las conversaciones que había mantenido con su padre fallecido a altas horas de la noche.

Volvió a suspirar, inició el movimiento para arrojar un guijarro al agua y se detuvo, justo a tiempo, cuando vio que la mano de Jamie se tensaba alrededor de la caña de pescar. Roger tosió, sintiendo la habitual aspereza en su garganta, y cerró la mano en torno al guijarro.

—Predicar, sí. Supongo que me las arreglaré. Pero son las otras cosas... Dios mío, parece una locura, y realmente creo que tal vez esté loco. Pero son los entierros y los bautizos y el... el... tal vez el hecho de poder ayudar, aunque sólo sea escuchando y orando.

—Quieres cuidar de ellos —dijo Jamie en voz baja, y no era una pregunta. Roger esbozó una sonrisa sin alegría, y cerró los ojos para protegerlos del brillo del sol al reflejarse en el agua.

—No quiero hacerlo —contestó—. Es lo último que se me hubiera ocurrido. Yo crecí en la casa de un pastor; quiero decir, sé cómo es. Pero alguien tiene que hacerlo, y creo que la persona más indicada soy yo.

Ninguno de los dos habló durante un rato. Roger abrió los ojos y observó el agua. Las algas cubrían las rocas, ondeando en la corriente como mechones de pelo de sirenas. Fraser se agitó un poco y echó la caña hacia atrás.

—¿Dirías que los presbiterianos creen en los sacramentos?

—Sí —respondió Roger sorprendido—. Desde luego que sí. ¿Acaso tú jamás has...? —Bueno, no. Supuso que Fraser jamás había hablado sobre esas cuestiones con alguien que no fuera católico—. Sí que creemos —repitió. Hundió una mano suavemente en el agua y se la pasó por la frente, de forma que el agua fresca se deslizara por su cara y por el cuello de su camisa.

—Me refiero a las Órdenes Sagradas. —El anzuelo, un minúsculo puntito rojo, flotaba en el agua—. ¿No necesitas que te ordenen?

—Ah, ya veo. Sí, es cierto. Hay una academia presbiteriana en el condado de Mecklenburg. Iré allí y hablaré con ellos sobre este tema. Aunque me parece que no me llevará mucho tiempo; sé latín y griego, y por lo que pueda valer... —Sonrió a pesar de sí mismo—. Tengo un título de la Universidad de Oxford. Lo creas o no, una vez fui un hombre culto.

La boca de Jamie se curvó en una esquina cuando echó el brazo hacia atrás y torció la muñeca. El sedal navegó, describiendo una amplia curva, y el anzuelo se asentó en el agua. Roger parpadeó; en efecto, la superficie del estanque comenzaba a estremecerse, con diminutas ondulaciones que se esparcían del creciente remolino de cachipollas y libélulas.

—¿Has hablado con tu esposa sobre ello?

—No —contestó Roger, mirando al otro lado del estanque.

—¿Por qué no? —No había ningún tono de acusación en la pregunta; era más bien curiosidad. ¿Por qué, después de todo, había preferido hablar primero con su suegro en lugar de hacerlo con su esposa?

«Porque tú sabes lo que es ser un hombre —pensó—, y ella no.» Lo que dijo, sin embargo, fue otra versión de la verdad:

—No quiero que me considere un cobarde.

Jamie lanzó un pequeño «ejem», casi de sorpresa, pero no respondió de inmediato, concentrándose, en cambio, en enrollar el sedal. Sacó la mosca empapada del anzuelo, luego vaciló contemplando la colección que guardaba en el sombrero, hasta que por fin eligió una verde y delicada con un mechón curvo de plumas negras.

—¿Crees que lo haría? —Sin esperar respuesta, Fraser se puso en pie y movió el hilo de detrás hacia delante, haciendo que la mosca flotara en el centro del estanque y aterrizara con cuidado sobre el agua.

Roger lo observó mientras la atraía hacia sí mismo, moviéndola sobre el agua en un baile espasmódico. El reverendo había sido pescador. De repente, vio el lago Ness y sus burbujeantes rápidos, su agua marrón claro fluyendo sobre las rocas, a papá de pie con sus maltrechas botas de pescar, tirando del sedal. Sintió que lo ahogaba la nostalgia. De Escocia. De su padre. De un día más —sólo uno— de paz.

Las montañas y el verde bosque se elevaban misteriosos y salvajes a su alrededor, y un cielo neblinoso se desplegaba sobre la hondonada como alas de ángeles, silenciosas e iluminadas por el sol. Sin embargo no resultaba pacífico; allí nunca había paz.

—¿Crees en lo que te hemos dicho Claire, Brianna y yo sobre la guerra que tendrá lugar?

Jamie soltó una breve carcajada, con la mirada centrada en el agua.

—Tengo ojos, hombre. No hace falta un profeta ni una bruja para ver lo que se avecina.

—Eso —dijo Roger, lanzándole una mirada de curiosidad— es una extraña manera de expresarlo.

—¿Sí? ¿No es lo que dice la Biblia? «¿Cuando viereis que la abominación de la desolación está donde no debiera, entonces, dejad que los que están en Judea huyan a los montes?»

«El que lee, entienda.» La memoria le proporcionó la parte del verso que faltaba, y Roger cobró conciencia, con una leve sensación de frío en los huesos, de que era cierto que Jamie veía lo que se avecinaba, y también lo reconocía. No empleaba figuras retóricas; estaba describiendo precisamente lo que veía... porque lo había visto antes.

Los chillidos de alegría de unos niños atravesaron el agua y Fraser movió un poco la cabeza para escuchar. En sus labios apareció una ligera sonrisa, y luego bajó la mirada hacia el agua en movimiento y pareció que se quedaba paralizado. Las cuerdas formadas por sus cabellos se agitaron contra la piel bronceada de su nuca, de la misma manera en que se movían las hojas de los fresnos de la montaña.

Roger sintió el deseo repentino de preguntarle a Jamie si tenía miedo, pero guardó silencio. Ya sabía la respuesta.

«No importa.» Respiró hondo y sintió la misma respuesta a la misma pregunta, pero formulada hacia sí mismo. No parecía que procediera de ningún lugar, sino que se encontraba en su interior, como si hubiera formado parte de él desde el nacimiento y la hubiera sabido siempre.

«No importa. Lo harás de todas formas.»

Permanecieron un tiempo en silencio. Jamie lanzó el hilo con la mosca verde dos veces más, luego movió la cabeza y murmuró algo, la enrolló, la cambió por una mosca artificial y volvió a lanzarla. Los niños corrieron por la otra orilla, desnudos como anguilas, riendo, y desaparecieron entre los arbustos.

«Muy extraño», pensó Roger. Se sentía bien. Todavía no tenía la menor idea de lo que pensaba hacer exactamente, todavía veía la nube que iba hacia ellos, y no sabía mucho más sobre qué había en su interior. Pero aun así se sentía bien.

Jamie había capturado un pez. Recogió el sedal con rapidez y lo arrojó, resplandeciente y agitándose, sobre la orilla, donde le asestó un fuerte golpe con una roca antes de introducirlo en la cesta.

—¿Quieres hacerte cuáquero? —preguntó con seriedad.

—No. —Roger se sorprendió por la pregunta—. ¿Por qué lo dices?

Jamie hizo aquel extraño y minúsculo gesto, como encogiéndose de hombros a medias, que utilizaba a veces cuando algo lo incomodaba, y no volvió a hablar hasta después de lanzar el hilo de nuevo.

—Has dicho que no querías que Brianna pensara que eras un cobarde. Yo combatí junto a un sacerdote una vez. —Una comisura de su boca se movió hacia arriba, con ironía—. Es cierto que el monseñor no era un gran espadachín y que no era capaz de acertar a un granero con una pistola... pero ponía bastante entusiasmo.

—Ah. —Roger se rascó un lado de la mandíbula—. Sí, entiendo a qué te refieres. No, creo que yo no puedo combatir con un ejército. Pero tomar las armas en defensa de... de aquellos que lo necesitan... eso sí puede aceptarlo mi conciencia.

—Entonces está bien.

Jamie enrolló el resto del hilo, sacudió el agua de la mosca y volvió a enganchar el anzuelo en su sombrero. Dejando el sedal a un lado, buscó en la cesta y sacó una botella de cerámica. Se sentó con un suspiro, la descorchó con los dientes, escupió el corcho en su mano y le ofreció la botella a Roger.

—Es algo que Claire me dice cada cierto tiempo —explicó y citó—: «La malta hace más de lo que Milton puede hacer para justificar los caminos de Dios ante el hombre.»

Roger enarcó una ceja.

—¿Has leído a Milton?

—Algo. Ella tiene razón.

—¿Conoces los versos siguientes? —Roger se llevó la botella a los labios—: «La cerveza, amigo, la cerveza es lo que tienen que beber los hombres a los que les duele pensar.»

Una sonrisa atravesó los ojos de Fraser.

—Entonces esto debe de ser whisky —dijo—. Sólo que huele a cerveza.

Estaba fría, era oscura y agradablemente amarga, y se pasaron la botella el uno al otro, sin decir mucho, hasta que la cerveza se terminó. Jamie volvió a poner el corcho y metió la botella vacía en la cesta.

—Tu esposa... —dijo Jamie reflexivamente, al mismo tiempo que se levantaba y se colgaba la correa de la cesta en el hombro.

—¿Sí?

Roger levantó el maltrecho sombrero, repleto de anzuelos y moscas, y se lo pasó a Jamie. Éste le dio las gracias con un gesto y se lo puso en la cabeza.

—Ella también tiene ojos.

52

El pastor de la comunidad

Las luciérnagas iluminaban la hierba y los árboles, y flotaban a través del pesado aire en una profusión de chispas frías y verdes. Una se detuvo sobre la rodilla de Brianna. Ésta observó sus pulsaciones, apagándose y encendiéndose, mientras escuchaba que su esposo le decía que tenía la intención de ser pastor.

Estaban sentados en los escalones de la entrada de su cabaña a la hora en que el crepúsculo dejaba paso a la noche. Al otro lado del gran claro resonaban desde los arbustos los chillidos de niños pequeños que jugaban, agudos y alegres como murciélagos en plena cacería.

—Esto... podrías decir algo —sugirió Roger. Tenía la cabeza orientada hacia ella y la miraba. Todavía había bastante luz para verle la cara, expectante, ligeramente nerviosa.

—Bueno... dame un minuto. En realidad, no me esperaba algo así, ¿sabes?

Eso era en parte cierto. No cabía duda de que de manera consciente no había pensado en una cosa semejante; sin embargo, ahora que él había manifestado sus intenciones (y eso era lo que había hecho, pensó; no había pedido permiso), no se sentía en absoluto sorprendida. Era menos un cambio que el reconocimiento de algo que llevaba un tiempo allí y, en cierta manera, era un alivio que saliera a la luz y ver de qué se trataba.

—Bueno —dijo, después de un prolongado momento de reflexión—. Creo que eso es bueno.

—Lo crees. —El alivio de su voz era evidente.

—Sí. Es preferible ayudar a todas esas mujeres porque te lo ha dicho Dios, que hacerlo porque prefieres pasar más tiempo con ellas que conmigo.

—¡Bree! No puedes pensar que yo... —Se inclinó un poco más hacia ella y examinó su rostro con ansiedad—. No lo piensas, ¿verdad?

—Bueno, sólo en ocasiones —admitió ella—. En los peores momentos. La mayor parte del tiempo, no.

Él parecía tan nervioso que ella extendió la mano y le acarició la larga curva de la mejilla; su barba mal afeitada era invisible con esa luz, pero pudo sentir las suaves cosquillas que le hacía en la mano.

—¿Estás seguro? —preguntó en voz baja. Roger asintió, y ella vio cómo su garganta se movía cuando tragaba saliva.

—Estoy seguro.

—¿Tienes miedo?

Él sonrió un poco al escuchar esa pregunta.

—Sí.

—Yo te ayudaré —dijo Brianna con firmeza—. Tú dime cómo, y yo te ayudaré.

Él tomó un largo aliento mientras su cara se iluminaba, aunque su sonrisa delataba su preocupación.

—No sé cómo —replicó él—. Cómo hacerlo, quiero decir. Y mucho menos qué podrías hacer tú. Eso es lo que me asusta.

—Es posible —intervino ella—. Pero ya lo has estado haciendo, ¿verdad? ¿Tienes que cumplir con alguna formalidad? ¿O sencillamente puedes anunciar que eres pastor, como esos predicadores televisivos, y empezar a hacer la colecta de inmediato?

Él sonrió por la broma, pero su respuesta fue seria.

—Malditos católicos. Siempre pensáis que nadie más tiene derecho a los sacramentos. Pero nosotros también lo tenemos. Estoy pensando en asistir a la academia presbiteriana y ver qué hace falta para que me ordenen. Y en cuanto a hacer la colecta, supongo que eso significa que jamás seré rico.

—Bueno, de todas formas, yo tampoco esperaba eso —le aseguró ella muy seria—. No te preocupes; no me casé contigo por tu dinero. Si necesitamos más, yo lo ganaré.

—¿Cómo?

—No lo sé. Probablemente no será vendiendo mi cuerpo. No, después de lo que le ocurrió a Manfred.

—Ni se te ocurra bromear sobre eso —dijo él. Roger posó una mano grande y tibia sobre las suyas.

La voz aguda y penetrante de Aidan McCallum flotó en el aire, y a ella de repente se le ocurrió algo.

—A tu... tu... eh... rebaño... —La palabra hizo que sonriera, a pesar de la seriedad de la pregunta—. ¿Le importará que yo sea católica? —Se volvió súbitamente hacia él, cuando le vino otra idea a la cabeza—. Tú no... no irás a pedirme que me convierta, ¿verdad?

—No —dijo él con rapidez y con firmeza—. Ni en un millón de años. En cuanto a lo que ellos puedan pensar... o decir... —Roger hizo una mueca en la que se mezclaba consternación y determinación—. Si no están dispuestos a aceptarlo, bueno... pueden irse al infierno, eso es todo.

Brianna estalló en carcajadas y él la imitó, con una risa quebrada, pero no contenida.

—El Gato del Pastor es un gato irreverente —lo provocó—. ¿Cómo dirías eso en gaélico?

—No tengo ni idea. Pero el Gato del Pastor es un gato aliviado —añadió, aún sonriendo—. No sabía qué pensarías sobre este tema.

—Todavía no estoy totalmente segura de lo que pienso —admitió ella, y le apretó la mano con cariño—. Pero soy consciente de que tú eres feliz.

—¿Se me nota? —Él sonrió, y la última luz del anochecer se reflejó durante un instante en sus ojos, de un verde profundo y tenue.

—Se te nota. Estás como... iluminado por dentro. —Ella sintió un nudo en la garganta—. Roger... no te olvidarás de mí y de Jem, ¿verdad? No sé si puedo competir con Dios.

Él se quedó estupefacto al oírla.

—No —dijo, mientras su mano apretaba la de Brianna con suficiente fuerza como para que el anillo se le clavara en la carne—. Jamás.

Permanecieron sentados en silencio durante un instante, con las luciérnagas descendiendo como una lenta lluvia verde y su muda canción de apareamiento iluminando la hierba y los árboles que iban oscureciéndose. La cara de Roger iba desapareciendo a medida que la luz se esfumaba, aunque ella todavía podía ver la línea de su mandíbula, en un gesto de determinación.

—Te lo juro, Bree —dijo—. Más allá de lo que esté llamado a hacer ahora, y sólo Dios sabe qué es, primero fui llamado a ser tu marido. Tu marido y el padre de tus hijos, por encima de todas las cosas... y siempre lo seré. Haga lo que haga, no será con el sacrificio de mi familia. Te lo prometo.

—Lo único que quiero es que me ames —afirmó ella en voz baja a la oscuridad—. No por lo que yo pueda hacer o por mi aspecto, o porque yo te amo, sino sólo porque soy.

—¿Un amor perfecto, incondicional? —quiso saber él con la misma voz—. Algunos te dirían que sólo Dios puede amar de esa forma... pero puedo intentarlo.

—Yo tengo fe en ti —dijo ella, y sintió que su calor le llegaba al corazón.

—Espero que siempre la tengas —concluyó él. Levantó la mano de ella y se la llevó a los labios, le besó los nudillos en un saludo formal, con su cálido aliento contra su piel.

Como para probar la resolución de su declaración anterior, la voz de Jem se elevó y descendió con la brisa del anochecer, como si fuera una sirena pequeña y urgente:

—Papppiii-Paaappiii-PAAAPPPIII...

Roger suspiró hondo, se inclinó y la besó en un contacto momentáneo, suave y profundo. Luego se levantó para enfrentarse a la emergencia del momento.

Brianna permaneció sentada, escuchando. Del otro lado del claro le llegó el sonido de voces masculinas, agudas y graves; había exigencia y pregunta, confirmación y entusiasmo. No era una emergencia; Jem quería que lo subieran a un árbol demasiado alto para escalarlo solo. Luego risas, el enloquecedor crujido de las hojas... Por el amor de Dios, Roger también estaba en el árbol. Estaban todos allí arriba, ululando como búhos.

—¿De qué te ríes, *a nighean*? —Su padre apareció en medio de la noche, oliendo a caballo.

—De todo —respondió ella, apartándose para dejarle sitio a su lado. Era cierto. Todo parecía repentinamente brillante: la luz de la vela que se filtraba por las ventanas de la Casa Grande, las luciérnagas en la hierba, el resplandor en la cara de Roger cuando le explicó su deseo. Ella todavía podía sentir el roce de la boca de él en la suya; le hervía en la sangre.

Jamie extendió la mano y atrapó una luciérnaga al vuelo. La sostuvo un momento en el oscuro hueco de su palma, donde se apagaba y se encendía, con una luz fresca que se colaba entre los dedos. A lo lejos, ella oyó un breve fragmento de la voz de su madre, que llegaba a través de la ventana abierta; Claire estaba cantando *Clementine*.

Ahora los muchachos —y Roger— estaban aullando a la luna, aunque ésta no era más que una pálida hoz en el horizonte. Brianna sintió que el cuerpo de su padre también se sacudía con una risa muda.

—Me recuerda a Disneylandia —dijo ella como en un impulso.

—¿Ah, sí? ¿Dónde está eso?

—Es un parque de atracciones... para niños —añadió, sabiendo que, si bien había parques de atracciones en lugares como Londres y París, éstos eran exclusivamente para adultos. Nadie pensaba en entretener a los niños en esa época, más allá de sus propios juegos y de algún que otro juguete—. Papá y mamá me llevaban allí todos los veranos —dijo, deslizándose sin esfuerzo en los días cálidos y brillantes y las noches tibias de California—. En todos los árboles había luces brillantes... las luciérnagas me las han recordado.

Jamie abrió la mano; la luciérnaga, de repente libre, palpitó una o dos veces, luego abrió las alas con un diminuto zumbido y se elevó en el aire, flotando y alejándose.

—«Vivía un minero, de cuarenta y nueve años y su hija, Clementine...»

—¿Cómo era ese lugar? —preguntó él con curiosidad.

—Ah... era maravilloso. —Sonrió para sus adentros, rememorando las luces brillantes de la Calle Mayor, la música, los espejos y los hermosos caballos adornados con cintas del Carrusel del Rey Arturo—. Había... juegos, así los llamábamos. Un barco, donde podías flotar por un río a través de la jungla, y ver cocodrilos, hipopótamos, cazadores de cabezas...

—¿Cazadores de cabezas? —preguntó él intrigado.

—No de verdad —le aclaró ella—. Todo es de fantasía... pero es... bueno, un mundo en sí mismo. Cuando estás allí, el mundo real, en cierta manera, desaparece; nada malo puede ocurrir allí. Lo llaman «El lugar más feliz de la Tierra» y, durante un rato, parece exactamente eso.

—«Era ligera como un hada, y calzaba un número nueve. Cajas de arenque sin tapa, así estaban hechas las sandalias de Clementine.»

—Y había música por todas partes, todo el tiempo —dijo sonriendo—. Bandas, grupos de música tocando instrumentos de viento, tambores y cosas... marchaban por la calle, y tocaban en pabellones...

—Sí, eso ocurre en los parques de atracciones. O por lo menos ocurría en el que estuve una vez. —Ella también pudo percibir la sonrisa en su voz.

—Ajá. Y hay personajes de dibujos animados... ya te hablé de los dibujos animados... caminando por ahí. Puedes estrecharle la mano al ratón Mickey, o...

—¿A quién?

—Al ratón Mickey. —Ella se echó a reír—. Un ratón grande, como un ser humano, que lleva guantes.

—¿Una rata gigante? —preguntó él algo desconcertado—. ¿Y llevan a los niños a jugar con ella?

—No es una rata, es un ratón —lo corrigió ella—. Y en realidad es una persona disfrazada de ratón.

—¿Ah, sí? —quiso saber él, aunque no parecía del todo convencido.

—Sí. Y también hay un enorme tiovivo con caballos pintados, y un ferrocarril que atraviesa las cavernas del Arcoíris, donde hay grandes joyas que sobresalen de las paredes, y arroyos de colores con agua roja y azul... y bares con zumo de naranja. ¡Ah, los bares de zumo de naranja! —gimió suavemente, recordando con éxtasis aquella dulzura fría, áspera y abrumadora.

—Entonces ¿era bonito? —preguntó él en voz baja.

—«Te he perdido para siempre, lo lamento mucho... Clementine.»

—Sí —respondió Brianna, suspiró y guardó silencio durante un instante. Luego apoyó la cabeza en el hombro de su padre y puso la mano sobre su brazo fuerte y sólido—. ¿Sabes qué? —dijo, y él emitió un pequeño ruido de interrogación a modo de respuesta—. Sí que era bonito... era fabuloso... pero lo que más me gustaba de todo aquello era que, cuando estábamos allí, estábamos sólo nosotros tres, y todo era perfecto. Mamá no se preocupaba por sus pacientes, papá no estaba trabajando en un informe... nunca estaban enfadados el uno con el otro. Cuando estábamos allí ambos reían... todos reíamos siempre...

Jamie no respondió, sino que inclinó la cabeza para que descansara sobre la de su hija. Ella volvió a suspirar profundamente.

—Jemmy nunca conocerá Disneylandia... pero en cambio tendrá una familia que ríe... y millones de lucecitas en los árboles.

SÉPTIMA PARTE

Rodar cuesta abajo

53

Principios

Cerro de Fraser, Carolina del Norte,
Tercer día de julio, Anno Domini de 1774. Señor James Fraser
A su señoría John Grey, plantación de Mount Josiah, colonia de Virginia

Mi querido amigo:

Las palabras no me alcanzan para expresar mi gratitud por tu amable comportamiento al hacerme llegar una orden de pago sobre tu propia cuenta bancaria como adelanto por la eventual venta de los objetos que te confié. Por supuesto que, al entregarme ese documento, el señor Higgins mostró el mayor tacto, pero aun así, deduje de su actitud ansiosa y de sus esfuerzos por ser discreto que tal vez creas que estamos pasando estrecheces. Me apresuro a asegurarte que ése no es el caso; por el momento, tenemos suficiente en cuanto a vituallas, ropas y provisiones diversas.

Te anuncié que te explicaría los detalles sobre este tema, y veo que debo hacerlo, aunque sólo sea para aclararte que mi familia y mis arrendatarios no son presa de una hambruna galopante.

Al margen de una pequeña obligación legal que requiere dinero en efectivo, me estoy ocupando de cierto negocio que está relacionado con la adquisición de algunas armas de fuego. Tenía la esperanza de obtenerlas por medio de los buenos oficios de un amigo, pero como veo que esa posibilidad se ha desvanecido, debo encontrar la manera de llevar adelante el negocio por otras vías.

Mi familia y yo estamos invitados a una barbacoa en honor a la señorita Flora MacDonald, la heroína del Alzamiento; tengo entendido que conoces a esa dama. Recuerdo que me contaste una vez que la conociste en Londres, cuando ella estuvo encarcelada allí. El encuentro tendrá lugar el mes que viene en River Run, la plantación de mi tía. Como al evento asistirán muchos escoceses —algunos de los cuales vienen de muy lejos—, tengo la esperanza de que, con dinero en mano, pueda intentar obtener las armas necesarias a través de otros medios. Si alguno de tus contactos tiene alguna sugerencia útil al respecto, te agradeceré que me lo hagas saber.

Te escribo estas líneas deprisa, pues el señor Higgins tiene otras cosas que hacer, pero mi hija me dice que te envíe una caja de cerillas de su propia invención. Ha instruido muy bien al señor Higgins en su empleo, de modo que, si no prenden accidentalmente durante el camino de regreso, podrá demostrarte su uso.

Tu humilde y obediente servidor,

James Fraser

P. D. Necesito treinta mosquetes, con tanta pólvora y munición como sea posible. No es necesario que sean de último modelo, pero deben estar bien conservados y funcionar correctamente.

—¿Otras vías? —pregunté, mientras miraba cómo enarenaba la carta antes de doblarla—. ¿Te refieres a contrabandistas? Y, de ser así, ¿estás seguro de que lord John entenderá lo que quieres decir?

—A eso me refiero, y sí, lo comprenderá —me aseguró Jamie—. Conozco a algunos contrabandistas que introducen esa clase de artículos por los Outer Banks. Pero los que él conoce deben de ser los que entran por Roanoke; allí hay más actividad, a causa del bloqueo en Massachusetts. Las mercaderías entran por Virginia y se dirigen al norte por tierra.

Cogió una vela de cera de abejas a medio quemar de la repisa, la acercó a las ascuas del hogar y luego vertió un poco de cera parda sobre el pliegue de la carta. Me incliné hacia delante y presioné el dorso de la mano en la cera tibia, dejando la marca de mi alianza en ella.

—Maldito Manfred McGillivray —dijo Jamie sin especial vehemencia—. Me costará el triple, y tendré que conseguirlas de un contrabandista.

—Pero ¿aun así preguntarás por él? En la barbacoa, digo.

Flora MacDonald, la mujer que había salvado a Carlos Estuardo de los ingleses después de Culloden, ataviándolo con ropa de mujer y llevándolo a un encuentro con los franceses en la isla de Skye, era una leyenda viva para los escoceses de las Highlands, y su reciente llegada a las colonias había generado un gran revuelo; las noticias habían llegado incluso al Cerro. Todos los escoceses conocidos del valle de Cape Fear y unos cuantos más de aún más lejos estarían presentes en la barbacoa que se celebraría en su honor. No habría mejor ocasión que ésa para hacer correr la voz sobre un joven que había desaparecido.

Jamie, sorprendido, levantó la vista para mirarme.

—Por supuesto que lo haré, Sassenach. ¿Qué te crees que soy?

—Creo que eres muy amable —le dije, besándole la frente—. Aunque un poco temerario. Y creo que te cuidaste de decirle a lord John para qué necesitas treinta mosquetes.

Soltó un pequeño bufido, y recogió con cuidado la arena de la mesa con la palma de la mano.

—Ni yo mismo estoy seguro, Sassenach.

—¿Qué quieres decir con eso? —pregunté sorprendida—. ¿No tienes intención de dárselos a Pájaro, después de todo?

No contestó enseguida, sino que los dos dedos rígidos de su mano derecha tamborilearon suavemente sobre la mesa. A continuación, se encogió de hombros, tendió la mano hacia la pila de periódicos y libros contables y sacó un papel, que me alcanzó. Era una carta de John Ashe, que, como él, había sido comandante de la milicia durante la guerra de la Regulación.

—El cuarto párrafo —dijo, al ver cómo fruncía el ceño mientras leía los últimos roces entre el gobernador y la Asamblea. Busqué el lugar indicado en la página, y sentí un leve estremecimiento premonitorio.

«Se propone la creación de un congreso continental en el que participen delegados de cada una de las colonias —leí—. La cámara baja de la Asamblea de Connecticut ya ha dado pasos para postular a los suyos, que actuarán mediante comités de correspondencia. Algunos caballeros que usted conoce bien proponen que Carolina del Norte haga lo mismo, y se reunirán a mediados de agosto para ocuparse de ello. Amigo mío, me gustaría que se nos uniera, pues estoy convencido de que su corazón y su mente deben de estar con nosotros en lo que respecta a la libertad; sin duda, un hombre como usted no es amigo de la tiranía.»

—«Algunos caballeros que usted conoce bien» —repetí, apartando la carta—. ¿Sabes a quiénes se refiere?

—Puedo adivinarlo.

—Mediados de agosto. ¿Crees que será antes o después de la barbacoa?

—Después. Uno de los otros me comunicó la fecha del encuentro. Será en Halifax.

Dejé la carta. Era una tarde tranquila y calurosa, y el fino lino de mi camisa estaba húmedo, igual que la palma de mis manos.

—Uno de los otros —repetí. Jamie me lanzó una breve mirada con una media sonrisa, y levantó la carta.

—Del comité de correspondencia.

—Ah, por supuesto —asentí—. Podrías habérmelo dicho. —Como era de esperar, Jamie había encontrado la forma de introducirse en el comité de correspondencia de Carolina del Norte, el centro de intriga política donde se estaban sembrando las semillas de la rebelión, mientras hacía ver que desempeñaba su cargo de agente para asuntos indios de la Corona británica, ocupándose de armar a los indios para sofocar justamente esas semillas de rebelión.

—Mira, Sassenach —dijo—, ésta es la primera vez que me piden que me reúna con ellos, aunque sea en privado.

—Ya veo —comenté en voz baja—. ¿Irás? ¿Ha... ha llegado el momento?

El momento de dar el salto, de declararse abiertamente *whig*, aunque aún no rebelde. El momento de cambiar su lealtad pública, a riesgo de ser señalado como traidor. Otra vez.

Suspiró hondo y se frotó el cabello con la mano. Había estado pensando; los pelos cortos de diversos remolinos diminutos estaban de punta.

—No lo sé —contestó al fin—. Faltan dos años, ¿no? Brianna dijo el 4 de julio de 1776.

—No —intervine—. Faltan dos años para que declaren la independencia, pero la lucha ya debe de haber comenzado. Para esa fecha, será demasiado tarde.

Contempló las cartas extendidas sobre el escritorio y movió la cabeza con un aire sombrío.

—Sí, entonces tendrá que ser pronto.

—Tal vez se pueda hacer de una manera relativamente segura —dije titubeando—. Eso que me contaste de que Henderson está comprando tierras en Tennessee; si nadie lo detiene, no veo por qué ningún miembro del gobierno tuviera que inquietarse lo suficiente como para venir aquí a tratar de expulsarnos por la fuerza. Y, sin duda, no lo harán si se enteran de que lo único que hiciste fue reunirte con los *whigs* locales.

Jamie me lanzó una pequeña sonrisa irónica.

—No es el gobierno lo que me preocupa, Sassenach. Es la gente que tenemos cerca. No fue el gobernador el que colgó a los O'Brian y les quemó la casa, ¿entiendes? Tampoco fueron Richard Brown ni los indios. Eso no se hizo ni para imponer la ley ni para ganar nada; fue por odio, y casi con seguridad lo hizo alguien que los conocía.

Sus palabras consiguieron que un escalofrío aún más intenso me recorriera la columna vertebral. Sí, era cierto que había desacuerdos políticos en el Cerro, pero aún no había llegado el momento de los puñetazos, y menos aún el de los incendios y los asesinatos. Pero llegaría.

Yo lo recordaba demasiado bien. Refugios antiaéreos y cartillas de racionamiento, los vigilantes que rondaban las calles para asegurarse de que las luces estuvieran apagadas cuando tenían que estarlo, y el espíritu de cooperación contra un temible enemigo. Y las historias que llegaban de Alemania, de Francia. Personas sobre las que se informaba, que eran denunciadas a las SS, arrebatadas de sus hogares; otras, escondidas en buhardillas y graneros, sacadas subrepticiamente de sus países.

En la guerra, gobiernos y ejércitos eran una amenaza, pero a menudo quienes te condenaban o te salvaban eran tus vecinos.

—¿Quién? —pregunté simplemente.

—Podría intentar enterarme —dijo encogiéndose de hombros—. ¿Los McGillivray? ¿Richard Brown? ¿Los amigos de Hodgepile, si es que los tenía? ¿Los amigos de algún otro de los que matamos? ¿El indio que conociste? ¿Donner, si sigue vivo? ¿Gerald Forbes? Quiere vengarse de Brianna, y ella y Roger Mac harían bien en recordarlo. ¿Hiram Crombie y los suyos?

—¿Hiram? —pregunté dubitativa— Es cierto que no le caes muy bien, y yo tampoco, pero...

—Bueno, lo dudo —admitió—. Pero es posible, ¿no? Su gente no apoya en absoluto a los jacobitas; tampoco aprobaría ningún esfuerzo que se hiciera por derrocar al rey desde este lado del charco.

Asentí con la cabeza. Crombie y los demás tuvieron que jurar lealtad al rey Jorge antes de que se les permitiera viajar a América. También Jamie tuvo que haber hecho ese mismo juramento, como requisito para ser indultado. Y, aún más necesariamente, debía romperlo. Pero ¿cuándo?

Dejó de tamborilear con los dedos, que permanecieron inmóviles sobre la carta que se encontraba frente a él.

—Confío en que tengas razón, Sassenach.

—¿Acerca de qué? ¿De lo que va a ocurrir? Sabes que la tengo —dije algo sorprendida—. Bree y Roger también te lo contaron. ¿Por qué lo dices?

Jamie se pasó una mano lentamente por el cabello.

—Nunca he luchado por principios —dijo, reflexionando, y negó con la cabeza—. Sólo por necesidad. Me pregunto si será mejor así.

No parecía disgustado, tan sólo curioso con cierto desapego. Aun así, aquello me resultó en cierto sentido perturbador.

—Pero esta vez sí que hay un principio de por medio —repliqué—. De hecho, tal vez sea la primera guerra que se libra por principios.

—¿No por algo sórdido como el comercio y las tierras? —sugirió Jamie alzando una ceja.

—No digo que el comercio y la tierra no tengan nada que ver —repuse, preguntándome en qué momento preciso me había convertido en defensora de la revolución americana, un período histórico que solo conocía gracias a los libros de texto de Brianna—. Pero va mucho más allá de eso, ¿no te parece? «Sostenemos como evidentes estas verdades: que todos los hombres son creados iguales; que son dotados por su Creador de ciertos derechos inalienables; que entre éstos están la vida, la libertad y la búsqueda de la felicidad.»

—¿Quién dijo eso? —preguntó interesado.

—Lo dirá Thomas Jefferson, en nombre de la nueva república. Se llamará la Declaración de Independencia.

—Todos los hombres —repitió—. ¿Crees que en esa definición incluye a los indios?

—No sabría decirlo —respondí, bastante irritada de que me pusiera en ese brete—. No lo conozco. Si me lo presentan, se lo preguntaré, ¿te parece?

—No tiene importancia —dijo, levantando los dedos—. Se lo preguntaré; tendré ocasión de hacerlo. Y mientras no llega ese momento, se lo preguntaré a Brianna. —Me dirigió una mirada—. Pero en lo que respecta a principios, Sassenach...

Se reclinó en su silla, cruzó los brazos sobre el pecho y cerró los ojos.

—«Aunque sólo cien de nosotros quedaran con vida —recitó con precisión—, nunca, bajo ninguna circunstancia, regresaremos al dominio inglés. En verdad, no luchamos por la gloria, la riqueza ni los honores, sino por la libertad; sólo por ella, a la que ningún hombre honesto renuncia sino al morir.»

»La declaración de Arbroath —afirmó, abriendo los ojos y lanzándome una sonrisa torcida—. Escrita hace unos cuatrocientos años. De modo que principios, ¿no?

Se incorporó, pero se quedó en pie junto a la maltrecha mesa que usaba como escritorio, contemplando la carta de Ashe.

—En lo que respecta a mis principios... —dijo como para sí mismo, pero entonces me miró, como si se hubiera dado cuenta de repente de que estaba allí—. Sí, creo que entregaré los mosquetes a Pájaro. Aunque tal vez tenga ocasión de arrepentirme, y dentro de dos o tres años me encuentre con que esas armas me apuntan a mí. Pero los tendrá y hará con ellos lo que mejor le parezca para defenderse a sí mismo y a su pueblo.

—El precio del honor, ¿verdad?

Me miró con el fantasma de una sonrisa.

—Considéralo un pago por la sangre derramada.

54

La barbacoa de Flora MacDonald

Plantación River Run
6 de agosto de 1774

¿Qué se le podía decir a un icono? O, para el caso, ¿al esposo de un icono?

—Me desmayaré, sé que lo haré. —Rachel Campbell se abanicaba con la suficiente fuerza como para crear una brisa perceptible—. ¿Qué le diré?

—¿«Buenos días, señora MacDonald»? —sugirió su marido, con una leve sonrisa asomando en una comisura de su boca marchita.

Rachel le dio un golpe con el abanico, que él esquivó riendo. Por más que fuera treinta y cinco años mayor que ella, Farquard Campbell trataba a su esposa de una manera informal y burlona que no se correspondía con la habitual dignidad de su porte.

—Me desmayaré —volvió a decir Rachel, quien, evidentemente, estaba decidida a emplear ese recurso como estrategia social.

—Bueno, por supuesto que debes hacer lo que mejor te parezca, *a nighean*, pero si lo haces, quien tendrá que levantarte del suelo será el señor Fraser; te aseguro que mis vetustos miembros no están en condiciones de hacerlo.

—¡Ah! —Rachel le echó una rápida mirada a Jamie, que le sonrió, antes de ocultar su rubor detrás del abanico. Aunque era evidente que le gustaba su propio marido, no ocultaba su admiración por el mío.

—A sus órdenes, señora —dijo Jamie con gravedad, inclinándose.

Ella soltó una risita. No quería ofender a la mujer, pero era evidente que se había reído. Intercambié una mirada con Jamie, y oculté mi sonrisa detrás de mi propio abanico.

—¿Y qué le dirá usted, señor Fraser?

Jamie frunció los labios y, entornando los ojos, miró pensativo el sol que brillaba entre los olmos que bordeaban el parque de River Run.

—Bueno, supongo que podría decir que me alegro de que haga buen tiempo. La última vez que nos vimos, llovía.

Rachel se quedó con la boca abierta y se le cayó el abanico, que rebotó sobre el césped. Su marido se inclinó para recogerlo, gruñendo de manera audible, pero ella no tenía tiempo para prestarle atención.

—¿Usted la conoció? —exclamó con los ojos muy abiertos por la excitación—. ¿Cuándo? ¿Dónde? Con el prín... ¿Con él?

—Ah, no. —Jamie sonrió—. En Skye. Fui allí con mi padre por un asunto de unas ovejas. En Portree nos encontramos por casualidad con Hugh MacDonald, de Armadale; es el padrastro de la señorita Flora, ¿sabe?, y él había llevado consigo a la muchacha para que se divirtiera.

—¡Ah! —Rachel estaba encantada—. ¿Y es tan bella y refinada como dicen?

Jamie frunció el ceño, pensativo.

—Bueno, no —dijo—. Pero en ese momento tenía un terrible resfriado y, sin duda alguna, sin la nariz roja habría tenido mejor aspecto. ¿Refinada? No, yo no diría eso. Me arrebató un pastel que tenía en la mano y se lo comió.

—¿Y qué edad tenían ambos en ese momento? —pregunté, al ver que la boca de Rachel adoptaba una expresión horrorizada.

—Ah, tal vez unos seis años —dijo alegremente—. O siete. Ni siquiera lo recordaría si no fuera porque le di un puntapié en la espinilla cuando me quitó el pastel, y ella me tiró del pelo.

En cierto sentido recuperada de la sorpresa, Rachel comenzó a insistirle a Jamie para que le explicara más anécdotas, insistencia que él desviaba con bromas.

Por supuesto que había ido preparado para la ocasión; todos los presentes intercambiaban historias humorísticas, llenas de admiración y nostálgicas, acerca de los días anteriores a Culloden. Era curioso que la derrota de Carlos Estuardo y su ignominiosa huida fuera lo que había hecho una heroína de Flora MacDonald y lo que unía a estos exiliados de las Highlands de una forma que nunca hubiera ocurrido (ni se hubiese sostenido) si aquél hubiese triunfado.

Pensé de pronto que lo más probable era que Carlos siguiera con vida en Roma, matándose en silencio con la bebida. Sin embargo, a fines prácticos, hacía mucho tiempo que había muerto para todos aquellos que lo amaban o lo odiaban. El ámbar del tiempo lo había sellado para siempre en ese momento de su vida. *Bliadha Tearlach* significaba «el año de Carlos» y, aún hoy, la gente sigue llamándolo de esa manera.

Por supuesto que lo que provocaba toda esa efusión de sentimientos era la llegada de Flora. «Qué extraño para ella», pensé con una punzada de compasión, y me pregunté por primera vez qué diantre podía decirle.

Ya había conocido a personas famosas; entre ellos, nada menos que al *Bonnie Prince*, Carlos. Pero siempre había sido cuando ellos, y yo misma, vivíamos nuestra existencia normal, cuando aún no habían pasado por los eventos que los harían famosos, y cuando, por lo tanto, todavía eran personas como las demás. La excepción era Luis, pero claro, él era un rey. Hay ciertas normas de etiqueta para tratar con los reyes, ya que, al fin y al cabo, nadie se aproxima a ellos como si fuesen personas normales. Ni siquiera si...

Abrí mi abanico con un chasquido, sintiendo que una cálida oleada de sangre me inundaba el rostro y el cuerpo. Respiré hondo, procurando no abanicarme de forma tan frenética como Rachel, aunque deseaba hacerlo.

En todos los años que habían transcurrido desde que tuvieron lugar, nunca había recordado de manera específica esos dos o tres minutos de intimidad física con Luis de Francia. Dios sabía que no lo había hecho deliberadamente, ni tampoco por casualidad.

Sin embargo, el recuerdo había formado parte de mi persona de manera tan rápida como una mano que hubiese salido de entre la multitud para agarrarme del brazo. Agarrarme del brazo, levantarme la falda y penetrar en mi interior de una forma mucho más invasora y chocante que la experiencia misma.

El aire que me rodeaba estaba impregnado de un aroma a rosas, y oí el crujido del miriñaque cuando Luis cargó su peso sobre él y escuché su suspiro de placer. La habitación estaba a oscuras, tan sólo alumbrada por una vela; titiló en el límite de mi campo visual y luego la apagó el hombre que estaba entre mis...

—¡Por Dios, Claire! ¿Te encuentras bien? —Gracias a Dios, no había llegado a caerme. Había trastabillado, hasta quedar con la espalda apoyada en el muro del mausoleo de Hector MacDonald, y Jamie, al verme, había dado un salto para sujetarme.

—Suelta —dije, sin aliento, pero imperativa—. ¡Suéltame!

Percibió la nota de horror en mi voz y aflojó la presión, pero no quiso soltarme del todo por temor a que fuera a caerme. Con la energía que proporciona el pánico, me incorporé y me solté.

Seguía oliendo a rosas. No era el aroma empalagoso del aceite de rosas, sino el de las rosas frescas. Cuando volví en mí, me di cuenta de que estaba de pie junto a un gran escaramujo de color amarillo, al que un soporte ayudaba a trepar por el mármol blanco del mausoleo.

Saber que las rosas eran de verdad era un consuelo, pero seguía sintiendo que estaba de pie, sola, al borde de un vasto abismo, separada de cualquier otra alma del universo. Jamie estaba lo bastante cerca como para que pudiera tocarlo, pero era como si se encontrara a una distancia inconmensurable.

Entonces, él me tocó y pronunció mi nombre, y la brecha que nos separaba se cerró tan repentinamente como se había abierto. Casi caí en sus brazos.

—¿Qué ocurre, *a nighean*? —susurró, estrechándome contra su pecho—. ¿Qué te ha inquietado? —Su propio corazón martilleaba bajo mi oreja; lo había asustado.

—Nada —dije, experimentando una abrumadora sensación de alivio al darme cuenta de que estaba a salvo y en el presente. Luis había regresado a las sombras y volvía a ser sólo un recuerdo desagradable pero inofensivo. La agobiante sensación de violación, de dolor, de pérdida, de aislamiento, retrocedió, y ya no era más que una sombra en mi mente. Lo mejor de todo era que Jamie aún estaba allí, sólido, físico y oliendo a sudor, whisky y caballos. No lo había perdido.

Otras personas, curiosas y solícitas, se apiñaban en torno a nosotros. Rachel me abanicaba con entusiasmo, y la brisa que producía me calmaba; estaba empapada en sudor, lo que hacía que se me adhirieran mechones de pelo al cuello.

—Estoy muy bien —murmuré, repentinamente abochornada—. Sólo me he mareado un poco... hace calor...

Se alzó un coro de voces que se ofrecían para ir a buscarme vino, un vaso de ponche o limonada, o una pluma quemada, pero yo preferí la petaca de whisky que Jamie sacó de su faltriquera. Era del que había envejecido durante tres años en barriles de jerez, y me sentí inquieta cuando su aroma alcanzó mi nariz, ya que recordé la noche en que nos emborrachamos juntos después de que él me rescatara de Hodgepile y sus hombres. Dios mío, ¿es que iba a ser arrojada de nuevo a aquel pozo?

Pero no fue así. El whisky me proporcionó una sensación cálida y reconfortante, y con el primer sorbo me sentí bien.

Revivir el pasado. Había oído a mis colegas de profesión debatir sobre ese fenómeno, discutiendo sobre si era lo mismo que el trauma de haber vivido una guerra y, en caso de que así fuera, si existía de verdad o si simplemente debía ser considerado como un estado causado por los «nervios».

Me estremecí un poco y tomé otro trago. Era indudable que existía. Me sentía mucho mejor, pero estaba conmovida hasta lo más profundo, y aún notaba que mis huesos eran líquidos. Por detrás de los leves ecos de la experiencia misma, había un pensamiento mucho más perturbador. Ya había ocurrido una vez, cuando Ute McGillivray me atacó. ¿Era de esperar que volviera a ocurrir?

—¿Te llevo al interior, Sassenach? Tal vez deberías tumbarte un rato.

Jamie, tras apartar a los que querían ayudarme y ordenarle a un esclavo que me trajese un taburete, zumbaba sobre mí como un abejorro ansioso.

—No, ya estoy bien —le aseguré—. Jamie...

—Dime.

—Tú... cuando... te ocurre que...

Respiré hondo, bebí otro sorbo de whisky y volví a intentarlo.

—A veces, me despierto por la noche y te veo; luchas, creo que con Jack Randall. ¿Sueñas tú con eso alguna vez?

Se me quedó mirando durante un instante; su rostro era inexpresivo, aunque en sus ojos se veía la turbación. Miró en una y otra dirección, pero ahora estábamos completamente solos.

—¿Por qué? —preguntó en voz baja.

—Necesito saberlo.

Respiró, tragó saliva y asintió con la cabeza.

—Sí, a veces. Son sueños... Después... todo está bien. Me despierto, me doy cuenta de dónde estoy, rezo una pequeña plegaria y... todo está bien. Pero de vez en cuando... —Cerró los ojos durante un momento, y luego volvió a abrirlos—. Estoy despierto. Pero sin embargo estoy ahí, con Jack Randall.

—Ah. —Suspiré, sintiéndome al mismo tiempo muy triste por él y, en cierto modo, tranquilizada—. Entonces no me estoy volviendo loca.

—¿Tú crees? —preguntó secamente—. Bueno, me alegro de oírlo, Sassenach.

Se había colocado muy cerca, y el tejido de su kilt me rozaba el brazo, de manera que pudiera apoyarme en él si me volvía a marear de repente. Me miró con detenimiento, como para asegurarse de que no iba a desplomarme, y después de tocarme el hombro con un breve «quédate aquí», se marchó.

No fue lejos; sólo hasta las mesas dispuestas bajo los árboles en el límite del parque. Sin prestar atención a los esclavos que preparaban la comida para la barbacoa, se inclinó sobre un plato de cangrejos hervidos y cogió algo de un pequeño cuenco. Regresó y se inclinó para agarrarme la mano. Se frotó los dedos unos con otros, dejando caer una pizca de sal en la palma de mi mano abierta.

—Listo —susurró—. Consérvala contigo, Sassenach. Sea quien sea, no volverá a molestarte.

Cerré la mano sobre los granos húmedos, sintiéndome absurdamente reconfortada. ¡Nadie como un escocés de las Highlands para saber con exactitud qué hacer ante un caso de fantasmas a plena luz del día! Dicen que la sal mantiene a los fantasmas en sus tumbas. Y aunque Luis aún viviera, el otro hombre, ese peso aplastante en la oscuridad, sin duda había fallecido.

Se produjo un súbito alboroto cuando se oyó una voz proveniente del río: ya habían avistado el barco. Todos se pusieron de puntillas al mismo tiempo, sin aliento y expectantes.

Sonreí, pero yo también me sentí contagiada de ese vértigo. Entonces, comenzaron a sonar las gaitas y las lágrimas no derramadas volvieron a hacer que se me cerrara la garganta.

La mano de Jamie me apretó el hombro inconscientemente, y en cuanto levanté la vista, vi que él también volvía la mirada hacia el río.

Bajé los ojos, parpadeando para controlarme y, cuando mi visión se aclaró, vi los granos de sal en el suelo, esparcidos con cuidado frente a las puertas del mausoleo.

• • •

Era mucho más baja de lo que había imaginado. La gente famosa siempre lo es. Ataviados con sus mejores galas, todos se apiñaron en un mar de tartán, demasiado impactados como para mostrarse corteses. Logré ver la parte superior de su cabeza y el cabello oscuro dispuesto en un peinado alto adornado con rosas blancas, antes de que desapareciera detrás de sus admiradores.

A su esposo, Allan, sí lo veía. Era un hombre robusto y bien parecido, con el cabello negro veteado de gris recogido en una coleta; supuse que estaba de pie tras ella, e inclinaba la cabeza y sonreía, devolviendo la marea de elogios y bienvenidas en gaélico.

A pesar de mí misma, sentí, como los demás, muchísimas ganas de mirar. Pero pude permanecer en mi sitio. Estaba con Yocasta en la terraza; la señora MacDonald más tarde se acercó a nosotras.

Jamie y Duncan se abrían paso con firmeza entre la muchedumbre, formando una cuña encabezada por Ulises, el mayordomo negro de Yocasta.

—¿De verdad es ella? —murmuró Brianna, pegada a mi hombro, con la mirada fija y llena de interés en la ardiente multitud de la que los hombres habían sacado a la invitada de honor, escoltándola desde el muelle y por el jardín hacia la terraza—. Es más baja de lo que creía. Es una pena que Roger no esté aquí. ¡Se moriría por verla! —Roger estaba pasando un mes en la academia presbiteriana de Charlotte, donde examinaban sus calificaciones para la ordenación.

—Tal vez la vea en alguna otra ocasión —murmuré a mi vez—. Parece que ha comprado una plantación cerca de Barbecue Creek, junto a Mount Pleasant. —Y permanecerían en la colonia durante al menos uno o dos años más, pero no lo dije en voz alta; la gente de allí sólo sabía que los MacDonald habían emigrado para quedarse.

Pero yo había visto la alta piedra conmemorativa en Skye, donde Flora MacDonald había nacido y donde algún día moriría, desilusionada con América.

Aquélla no era la primera vez que me encontraba con alguien cuyo destino ya conocía, naturalmente, pero siempre era una experiencia perturbadora. La multitud se abrió y apareció ella, pequeña y bonita, riendo con Jamie. Él la había cogido del brazo, la guió hasta la terraza e hizo un gesto en dirección a mí.

Ella levantó la mirada con un gesto de expectativa, me miró directamente a los ojos y parpadeó; durante un momento, su sonrisa se desvaneció. La recuperó al cabo de un instante, y me hizo una reverencia que yo le devolví, pero el episodio hizo que me preguntara qué habría visto en mi cara.

De todas formas, se volvió para saludar a Yocasta y presentar a sus hijas, ya mayores, Anne y Fanny, así como a un hijo, un yerno y a su propio esposo; para el momento de las presentaciones era perfectamente dueña de sí misma, y me saludó con una sonrisa encantadora y amable.

—¡Señora Fraser! Estoy tan contenta de conocerla al fin. He oído tantas cosas sobre su bondad y sus habilidades, que confieso que estoy impresionada de estar ante usted.

Lo dijo con tanta calidez y sinceridad, mientras me tomaba de las manos, que no pude por menos que responder a sus palabras, a pesar de que en mi interior me preguntaba con cinismo quién le habría hablado de mí. Mi reputación en Cross Creek y Campbelton era de sobra conocida, pero de ninguna manera era alabada por todos.

—Tuve el honor de que me presentaran al doctor Fentiman en el baile que se celebró en Wilmington para recaudar fondos para nosotros; cuánta amabilidad, ¡cuánta amabilidad por parte de todos! Desde que llegamos nos han tratado tan bien... y él estaba totalmente admirado por su...

Me habría gustado saber qué era lo que había admirado Fentiman —cierto recelo se interponía en nuestra relación, aunque habíamos alcanzado una reconciliación—, pero en ese momento, su marido le habló al oído, indicándole que fuera a conocer a Farquard Campbell y a otros destacados caballeros y, lamentándolo con una mueca, me estrechó las manos y partió, luciendo una vez más su brillante sonrisa pública.

—Ajá... —afirmó Bree en voz baja—. Por suerte para ella, aún conserva casi todos los dientes.

De hecho, eso era exactamente lo que yo estaba pensando, y reí, fingiendo con rapidez un ataque de tos al ver que Yocasta volvía deprisa la cabeza hacia nosotras.

—Así que es ésa. —El joven Ian apareció a mi otro lado; contemplaba a la invitada de honor con una expresión de profundo interés. Se había vestido para la ocasión con kilt, chaleco y chaqueta; llevaba el cabello recogido en una coleta y hubiera mostrado un aspecto de lo más civilizado de no haber sido por los tatuajes que tenía entre los pómulos y el puente de la nariz.

—Es ella —asintió Jamie—. Fionnaghal, la que es Bella.

Había una sorprendente nota de nostalgia en su voz, y lo miré sorprendida.

—Bueno, así se llama en realidad —dijo con suavidad—. Fionnaghal. Sólo los ingleses la llaman Flora.

—¿Te molaba cuando eras pequeño, papá? —preguntó Brianna riendo.

—Si ¿qué?

—Si te atraía —expliqué, agitando mis pestañas delicadamente por encima de mi abanico.

—¡*Och*, no digáis tonterías! —exclamó—. ¡Sólo tenía siete años, por el amor de Dios! —Pero las puntas de las orejas se le habían puesto coloradas.

—Yo estuve enamorado a los siete años —observó Ian con aire soñador—. De la cocinera. ¿Has oído que Ulises ha dicho que ha traído un espejo, tío? Se lo dio el príncipe Tearlach, y tiene su escudo de armas grabado en el reverso. Ulises lo ha puesto en la sala, custodiado por los dos criados.

Las personas que no estaban entre la multitud que rodeaba a los MacDonald iban entrando por la puerta doble, formando una hilera que, entre animadas conversaciones, iba del vestíbulo a la sala.

—*Seaumais*!

La imperiosa voz de Yocasta interrumpió las chanzas. Jamie miró a Brianna con seriedad, y acudió a la llamada. Duncan estaba charlando con un pequeño grupo de hombres importantes; reconocí a Gerald Forbes, el abogado, así como a Cornelius Harnett y al coronel Moore. Ulises no estaba en ningún lado, y tal vez se encontrara entre bambalinas, ocupándose de los aspectos logísticos de una barbacoa para doscientas personas, de modo que Yocasta había quedado aislada durante un momento. Puso la mano sobre el brazo de Jamie y se marchó de la terraza, dirigiéndose hacia Allan MacDonald, quien, separado de su esposa por la muchedumbre que la rodeaba, estaba de pie bajo un árbol, con aire vagamente ofendido.

Los observé cruzar el parque, divertida por el histrionismo de Yocasta. Su criada personal, Fedra, la seguía, aunque era evidente que bien podría haber sido ella la que guiara a su ama. Pero de haber sido así, el efecto no hubiera sido el mismo. Juntos, hacían que la gente se volviera a mirarlos: Yocasta, alta y esbelta, grácil a pesar de su edad, impactante con su cabello blanco arreglado en un alto peinado y su vestido de seda azul; Jamie, con su estatura vikinga y su tartán Fraser de color carmesí, ambos con los huesos prominentes y la gracia felina de los MacKenzie.

—Colum y Dougal estarían orgullosos de su hermana menor —dije moviendo la cabeza.

—¿Ah, sí? —Ian habló en tono ausente, sin escuchar. Seguía contemplando a Flora MacDonald, que, entre los aplausos de todos, ahora aceptaba un ramo de flores de uno de los nietos de Farquard Campbell.

—No estás celosa, ¿verdad, mamá? —se burló Brianna, al ver cómo miraba en la misma dirección.

—Claro que no —dije con cierta satisfacción—. Al fin y al cabo, yo también conservo todos mis dientes.

Aunque no lo había visto debido a la agitación inicial, el mayor MacDonald se encontraba entre los asistentes a la fiesta, ataviado con una llamativa chaqueta nueva de uniforme de un vívido escarlata y un sombrero cargado de pasamanería. Se lo quitó y me dedicó una profunda reverencia con aspecto alegre, sin duda alguna porque yo no venía acompañada de animales domésticos. *Adso* y la cerda blanca se habían quedado en el Cerro.

—A sus órdenes, señora —dijo—. La he visto hablando con la señorita Flora. Es encantadora, ¿verdad? Y también es una mujer guapa y animada.

—Sí que lo es —coincidí—. De modo, que ya la conoce...

—Ah, sí —respondió, con una expresión de profunda satisfacción en su rostro curtido—. No me atrevería a decir que somos amigos, pero creo que podría afirmar, con modestia, que nos conocemos. Acompañé a la señora MacDonald y a su familia desde Wilmington, y tuve el honor de ayudarlos a que se instalaran en su residencia actual.

—¿De veras? —Lo miré con interés. El mayor no era la clase de persona que se impresionara ante las celebridades. Era un individuo que apreciaba sus costumbres. Igual que el gobernador Martin, evidentemente.

El mayor contemplaba a Flora MacDonald como si la considerara de su propiedad, registrando con aprobación la forma en que la gente se agolpaba en torno a ella.

—Ha accedido con mucha amabilidad a hablar hoy —me dijo, balanceándose un poco sobre los talones de sus botas—. ¿Cuál le parece que sería el mejor lugar, señora? ¿Desde la terraza, dado que es el punto más elevado? ¿O quizá cerca de la estatua del parque, que, al estar en el centro, permitiría que la multitud la rodee, lo que permitiría que un mayor número de personas oyeran sus palabras?

—Creo que, con este calor, si la ponen en el parque cogerá una insolación —repliqué, torciendo mi propio sombrero de paja de ala ancha para cubrirme la nariz. La temperatura sin duda rondaba los treinta grados, y la humedad, el noventa por ciento. Mis finas enaguas colgaban empapadas sobre mis extremidades inferiores—. ¿Qué tipo de declaraciones hará?

—Sólo un breve discurso sobre el tema de la lealtad, señora —dijo sin mucho énfasis—. Ah, ahí está su esposo, hablando con Kingsburgh; con su permiso, señora. —Volvió a inclinarse, se enderezó, se puso el sombrero y se alejó por el parque en dirección a Jamie y a Yocasta, que todavía estaban junto a Allan MacDonald, a quien llamaban «Kingsburgh» a la manera escocesa, por el nombre de su finca en Skye.

Comenzaban a traer comida: cabezas de oveja hervidas; soperas de guiso; una enorme tina de sopa a la Reina, en clara referencia a la invitada de honor; bandejas de pescado, pollo y conejo frito; lonchas de venado al vino tinto; salchichas ahumadas; pasteles de Forfar; estofado de verduras y carne asada; pavos asados; pastel de paloma; platos de col con puré; puré de nabos; manzanas asadas rellenas de calabaza desecada; tartaletas de calabacín, de maíz y de setas; gigantescas cestas rebosantes de bollos frescos, pasteles y otros panes... Yo sabía muy bien que todo aquello no era más que el preludio de la barbacoa, cuyo suculento aroma flotaba en el aire: una gran cantidad de puercos, tres o cuatro reses vacunas, dos ciervos y el plato fuerte, un bisonte de los bosques, obtenido sólo Dios sabía cómo o dónde.

Un murmullo de placentera expectativa se elevó en torno a mí cuando los asistentes comenzaron a aflojarse los cinturones de forma metafórica, y se dirigieron a las mesas con la firme decisión de cumplir con el deber que la ocasión les exigía.

Jamie aún se mantenía bien pegado a la señora MacDonald; le servía un plato de algo que desde lejos parecía ensalada de brócoli. Levantó la vista, me vio e hizo un gesto para indicarme que me dirigiera hacia ellos, pero yo negué con la cabeza y señalé con mi abanico las mesas del buffet, donde los invitados se iban poniendo manos a la obra como saltamontes en un campo de cebada.

No quería perderme la oportunidad de preguntar por Manfred McGillivray antes de que el estupor de la saciedad embargara a los comensales, así que me interné en la lid, aceptando los bocados que me ofrecían diversos sirvientes y esclavos, deteniéndome a charlar con los conocidos que veía y, en particular, con los provenientes de Hillsboro. Sabía que Manfred había pasado mucho tiempo allí, recibiendo encargos para construir armas, entregando los productos terminados y haciendo pequeñas tareas de reparación. Se me ocurrió que lo más probable es que hubiera ido allí. Pero ninguno de aquellos con los que hablé lo había visto, aunque casi todos lo conocían.

—Agradable mozo —me dijo un caballero, en una pausa mientras bebía—. Lo echamos mucho de menos. Con excepción de Robin, son pocos los armeros que hay entre este lugar y Virginia.

Yo sabía que era cierto, y por eso me pregunté si Jamie estaría teniendo suerte en su búsqueda de los mosquetes que necesitaba. Tal vez tuviera que recurrir a los contrabandistas que sir John conocía.

Acepté un pastelillo de la bandeja que me ofreció un esclavo que pasaba por mi lado y seguí adelante, mascando y charlando. Se hablaba mucho de una serie de inflamados artículos que habían aparecido recientemente en el *Chronicle*, el periódico local, cuyo propietario, un tal Fogarty Simms, era mencionado con considerable simpatía.

—Simms es un tipo con coraje —dijo el señor Goodwin moviendo la cabeza—. Pero no creo que pueda seguir resistiendo. Hablé con él la semana pasada y me dijo que teme por su pellejo. Lo han amenazado, ¿sabes?

El tono de los comentarios me hizo suponer que el señor Simms era leal a la Corona, lo cual, según las diversas versiones que me dieron, parecía que era cierto. Se hablaba de que estaba a punto de salir un periódico rival, que apoyaría los proyectos de los simpatizantes de los *whigs*, sus incautas denuncias de tiranía y llamadas a derrocar al rey. Nadie sabía exactamente quién se encontraba detrás de la empresa, pero se decía, con gran indignación ante la idea, que traerían a un impresor del norte, donde las gentes eran muy dadas a tan perversas ideas.

El consenso general era que aquellas personas se estaban buscando una patada en el trasero que les hiciera recuperar el sentido.

Yo no me había sentado a comer formalmente, pero una hora después de avanzar con lentitud entre huestes de atareadas quijadas y manadas errantes de bandejas de aperitivos, me sentía como si me encontrara en un banquete de la corte francesa. Aquellas ocasiones duraban tanto, que se colocaban orinales discretamente bajo los asientos de los invitados, y se hacía caso omiso de aquellas personas que de vez en cuando se desplomaban y se deslizaban bajo la mesa.

La presente ocasión era más informal, pero no mucho menos prolongada. Después de pasar una hora con los entrantes, la humeante barbacoa se trasladó desde los pozos cercanos a los establos hasta el parque sobre parihuelas de madera cargadas a hombros de los esclavos. La visión de inmensas piezas de carne de vacuno, cerdo, venado y bisonte, relucientes de aceite y de vinagre, y rodeados por cientos de calcinados cuerpos, más pequeños, de paloma y de codorniz, fue recibida con aplausos por los comensales, que a esas alturas ya estaban bañados en sudor por sus esfuerzos, pero no por ello perdían el entusiasmo.

Yocasta, sentada junto a su invitada, parecía complacida por el sonido con el que los invitados expresaban su agradecimiento por su hospitalidad, y se inclinó hacia Duncan, sonriéndole y posando una mano sobre su brazo mientras le decía algo. Duncan ya no parecía nervioso, gracias a que se había tomado uno o dos litros de cerveza y casi una botella entera de whisky, y también parecía que estaba divirtiéndose. Le dedicó una amplia sonrisa a Yocasta, aventurándose después a hacerle una observación a la señora MacDonald, quien se echó a reír por lo que fuera que él le hubiese dicho.

No me quedaba más remedio que admirarla; estaba asediada por todos lados por personas que querían decirle algo, pero mantenía un admirable aplomo, mostrándose amable con todo el mundo, por más que eso significara, a veces, permanecer sentada durante diez minutos con un bocado de comida en el tenedor suspendido en el aire, mientras escuchaba alguna historia interminable. Al menos estaba a la sombra, y Fedra, vestida de muselina blanca, no se movía de su lado, abanicándola y ahuyentando las moscas con un gran abanico a base de hojas de palma.

—¿Limonada, señora? —Un agobiado esclavo que brillaba a causa del sudor me mostró una bandeja, y otra más, de donde cogí un vaso. El sudor me caía a chorros, las piernas me dolían y tenía la garganta seca de tanto hablar. En ese instante no me importaba qué contuviera el vaso, siempre que se tratase de algo líquido.

Pero al probarlo, cambié de opinión al instante; era zumo de limón con agua de cebada, y aunque en efecto se trataba de líquido, sentí más deseos de echármelo por el cuello de mi vestido que de beberlo. Me acerqué, procurando pasar inadvertida, a una mata de codeso con intención de verter allí mi trago, pero antes de que pudiera hacerlo, me lo impidió la aparición de Gerald Forbes, que salió de detrás de la planta.

Se sobresaltó tanto al verme como yo al verlo a él; retrocedió con un respingo y lanzó una veloz mirada por encima del hombro. Miré en esa dirección y vi a Robert Howe y a Cornelius Harnett, que se alejaban, cada uno por un lado. Resultaba evidente que los tres habían estado hablando tras la mata de codeso.

—Señora Fraser —dijo con una pequeña reverencia—. A sus órdenes.

Le respondí con una reverencia y un vago murmullo cortés. Hubiera querido deslizarme y seguir mi camino, pero él se inclinó hacia mí, evitando mi fuga.

—Me han dicho que a su esposo le ha dado por coleccionar armas de fuego, señora Fraser —me dijo en un tono bajo y muy poco amistoso.

—¿De veras? —Yo llevaba un abanico abierto, al igual que el resto de las mujeres que estaban allí. Lo agité frente a mi nariz con aire lánguido, ocultando la mayor parte de mi expresión—. ¿Y quién le ha dicho semejante cosa?

—Uno de los caballeros con los que él se puso en contacto para tal fin —dijo Forbes.

El abogado era fornido y le sobraban unos cuantos kilos; tal vez el matiz rojo de sus mejillas se debiera más a eso que al disgusto. O quizá no.

—Si me permite abusar de su bondad, señora, le aconsejaría que ejerciera su influencia sobre él y que le sugiriera que ése no es el camino más prudente.

—Para empezar —intervine, inspirando profundamente el aire caliente y húmedo—, ¿qué camino cree usted que está tomando mi marido?

—Uno poco recomendable, señora —dijo—. Como prefiero ver el asunto a la luz más favorable que puedo, doy por sentado que busca las armas para armar a su propia compañía de milicianos, lo cual es legítimo aunque preocupante; cuán deseable o no sea tal proceder se verá en sus acciones posteriores. Pero sus relaciones con los cherokee son bien conocidas, y se rumorea que es posible que las armas terminen en manos de los salvajes, con el fin de que éstos las vuelvan contra los súbditos de Su Majestad que pretendan oponerse a la tiranía, los abusos y la corrupción, tan difundidos entre los funcionarios que gobiernan (si es que puede emplearse un término tan amplio para referirse a sus acciones) esta colonia.

Le dirigí una larga mirada por encima de mi abanico.

—Si no fuera porque ya sé que es usted abogado, sus palabras me lo habrían confirmado. Me ha parecido entender que sospecha que mi marido quiere darles armas a los indios y que eso no le agrada. Por otro lado, si sus deseos fueran, en cambio, armar a su propia milicia, eso podría ser algo bueno, siempre y cuando ésta actúe según sus designios. ¿Es así?

Un chispazo de diversión cruzó sus ojos hundidos, e inclinó la cabeza hacia mí a modo de reconocimiento.

—Su perspicacia me asombra, señora —dijo Forbes.

Yo asentí y cerré el abanico.

—Muy bien. Pero ¿podría preguntarle cuáles son sus designios? No le preguntaré qué le hace pensar que Jamie debería acatarlos.

Se echó a reír y sus pesadas facciones, ya sonrojadas por el calor, enrojecieron aún más bajo su elegante peluca.

—Deseo justicia, señora; la caída de los tiranos y la causa de la libertad —respondió—. Lo mismo que quiere cualquier hombre honesto.

«... Sólo por la libertad, a la que ningún hombre honesto renuncia, sino al morir.» La frase resonó en mi cabeza, y mi expresión debió de mostrarlo, porque Forbes me miró fijamente.

—Tengo en alta estima a su marido, señora —me dijo en voz baja—. ¿Le explicará lo que le acabo de decir? —Hizo una reverencia, se volvió y se marchó, sin esperar mi asentimiento.

No había bajado la voz al hablar de tiranos y de libertad; vi que las cabezas de quienes estaban cerca se volvían hacia él y que, a su paso, se formaban grupos que murmuraban.

Distraída, tomé un sorbo de limonada y me vi obligada a tragar el repugnante líquido. Luego fui en busca de Jamie, que seguía cerca de Allan MacDonald, pero se había alejado un poco y conversaba en privado con el mayor MacDonald.

Las cosas iban más deprisa de lo que yo había supuesto. Creía que las ideas republicanas aún eran minoritarias en esa parte de la colonia, pero el hecho de que Forbes hablara tan abiertamente en una reunión pública daba a entender que iban ganando terreno.

Me volví para mirar al abogado y vi que dos hombres, con los rostros tensos por la ira y la sospecha, le salían al paso. Estaba demasiado lejos para escuchar qué decían, pero sus posturas y sus expresiones eran muy claras. Intercambiaban palabras con creciente vehemencia, y eché un vistazo en dirección a Jamie; la última vez que había asistido a una barbacoa como aquélla en River Run, los días previos a la guerra de la Regulación, se había producido una pelea en el parque, y ahora tenía la impresión de que era muy posible que algo así volviera a ocurrir. El alcohol, el calor y la política caldeaban los ánimos en cualquier reunión, y más aún en una a la que principalmente asistían escoceses de las Highlands.

Y tal vez se habría producido una pelea (puesto que más hombres se estaban congregando en torno a Forbes y sus dos oponentes, cerrando los puños, preparándose) de no ser porque el gran gong de Yocasta retumbó desde la terraza, haciendo que todos levantaran la vista sobresaltados.

El mayor estaba de pie sobre un barril de tabaco, con las manos en alto, sonriendo a la multitud con el rostro enrojecido por el calor, la cerveza y el entusiasmo.

—*Ceud mile fàilte*! —exclamó, y le respondieron aplausos entusiastas—. ¡Y damos la bienvenida cien mil veces a nuestros honorables invitados! —continuó en gaélico, señalando a los MacDonald, que ahora estaban a su lado, asintiendo con la cabeza y sonriendo ante los aplausos. Por su actitud, se me ocurrió que estaban acostumbrados a aquella clase de recepción.

Tras unas cuantas observaciones preliminares parcialmente ahogadas por los gritos vehementes, Jamie y Kingsburgh levantaron con cuidado a la señora MacDonald, quien, tras tambalearse un poco sobre el barril, recuperó el equilibrio apoyándose en las cabezas de ambos, sonriendo ante las risas de los asistentes.

Dedicó una sonrisa radiante a la multitud, que se la devolvió de manera unánime, y calló de inmediato para escucharla.

Tenía una voz clara y aguda, y era evidente que estaba acostumbrada a hablar en público, algo bastante inusual en una mujer de esa época. Yo estaba demasiado lejos para escuchar cada una de sus palabras, pero no me costó captar la base de su discurso.

Tras dar las gracias con amabilidad a sus anfitriones, a la comunidad escocesa que los había recibido a ella y a su familia con tanta calidez y generosidad, y a los asistentes, se embarcó en una apasionada exhortación contra lo que llamó «las facciones», instando a sus oyentes a que participaran en la sofocación de ese peligroso movimiento, que no podía sino causar gran agitación y amenazar la paz y la prosperidad que tantos de ellos habían alcanzado en esa bella tierra tras arriesgarlo todo por obtenerlas.

Y entonces me di cuenta con una leve conmoción de que tenía razón. Había oído a Bree y a Roger discutir el tema; ¿por qué los escoceses de las Highlands, que tanto habían sufrido bajo el dominio de Inglaterra, tenían que luchar en el bando inglés, como tantos de ellos harían en su momento?

—Porque tienen algo que perder y muy poco que ganar —había explicado Roger con paciencia—. Y saben mejor que otros cómo es luchar contra los ingleses. ¿Acaso crees que los que sobrevivieron a la limpieza de las Highlands que encabezó Cumberland, lograron marcharse a América y reconstruyeron sus vidas desde la nada están ansiosos por volver a sufrir esa experiencia?

—Pero ¿cómo no van a querer luchar por la libertad? —había alegado Bree.

Él la miró con aire cínico.

—Ya tienen libertad, mucha más de la que nunca han tenido en Escocia. Saben muy bien que se arriesgan a perderla si hubiera una guerra. Y, además —añadió—, no olvides que casi todos han formulado un juramento de lealtad a la Corona. No lo van a violar a la ligera, y menos aún por algo que parece ser otra conmoción política disparatada y, sin duda, de breve recorrido. Es como... —Arrugó la frente, buscando una analogía adecuada—. Como los Panteras Negras o el movimiento por los derechos civiles. Cualquiera puede entenderlos desde el punto de vista del idealismo, pero para mucha gente de clase media, todo el asunto era amenazador y aterrador, y sólo querían que pasara para que la vida siguiera transcurriendo en paz.

El problema era, por supuesto, que la vida nunca transcurría en paz... y aquella disparatada conmoción en particular no iba a pasar.

Distinguí a Brianna entre el gentío; con los ojos entornados, especulaba pensativa mientras Flora MacDonald hablaba de las virtudes de la lealtad con su voz aguda y clara.

Oí una suerte de bufido muy cerca de mí, y al volverme vi a Gerald Forbes, cuyas pesadas facciones expresaban desaprobación. Vi que ahora tenía refuerzos: tres o cuatro caballeros estaban muy cerca de él, mirando a uno y otro lado, aunque procuraban disimularlo. A juzgar por el ánimo del gentío, pensé, tenían una desventaja numérica de aproximadamente doscientos a uno, y a medida que la bebida los afectaba y que el discurso proseguía, los doscientos se veían cada vez más empecinados en sus opiniones.

Desvié la vista y volví a ver a Brianna, dándome cuenta de que ahora también ella contemplaba a Gerald Forbes, quien le devolvía la mirada. Ambos eran más altos que los que los rodeaban, y se clavaban la vista por encima del gentío que los separaba; él, con animosidad, ella, con desdén. Ella lo había rechazado, sin tacto alguno, cuando él le pidió la mano hacía algunos años. No cabía duda de que Forbes no estaba enamorado entonces, pero tenía un considerable grado de autoestima, y no era del tipo de personas que se toman tal desaire público con resignación filosófica.

Brianna volvió la cabeza con frialdad, como si no se hubiera percatado de que estaba allí, y murmuró algo a la mujer que tenía junto a ella. Oí que él gruñía otra vez y que les decía algo en voz baja a sus compatriotas, tras lo cual todos ellos se marcharon, volviéndole la espalda con insolencia a la señora MacDonald, que seguía hablando.

Se abrieron paso entre la apretada multitud, seguidos de jadeos y murmullos de indignación, aunque nadie se ofreció a detenerlos; la ofensa que implicaba su partida quedó sofocada por el prolongado estallido de aplausos que celebró la conclusión del discurso. Sonaron las gaitas, se dispararon tiros al aire y se oyeron vítores organizados de «hip, hip, ¡hurra!», conducidos por el mayor MacDonald. En el generalizado alboroto nadie habría notado la partida de unos pocos *whigs* disgustados.

Encontré a Jamie a la sombra del mausoleo de Hector, desenredándose el pelo con los dedos antes de recogérselo otra vez.

—Ha sido un éxito atronador, ¿verdad? —pregunté.

—Vaya —repuso él, vigilando con recelo a un caballero evidentemente ebrio que intentaba cargar su mosquete—. Mira a ese hombre, Sassenach.

—Es demasiado tarde para que dispare a Gerald Forbes. ¿Has visto cómo se ha marchado?

Jamie asintió con la cabeza, atándose la coleta con el cordel de cuero.

—Ha sido lo más parecido que ha podido hacer a una declaración abierta sin subirse al barril junto a Fionnaghal.

—Lo que lo habría convertido en un excelente blanco. —Estudié al caballero del rostro enrojecido, que en ese momento se vertía pólvora sobre los zapatos—. Me parece que no tiene balas.

—Bueno, mejor —Jamie le restó importancia con un gesto—. El mayor MacDonald está en forma, ¿verdad? Me dijo que ha organizado que la señora MacDonald ofrezca discursos como éste en distintos puntos de la colonia.

—Doy por sentado que con él como representante...

Podía vislumbrar el brillo de la chaqueta roja de MacDonald entre la multitud de admiradores de la terraza.

—Supongo.

A Jamie no parecía agradarle esa perspectiva. De hecho, se lo veía bastante sombrío a causa de sus pensamientos oscuros. El relato de mi conversación con Gerald Forbes no mejoraría su ánimo, pero de todas formas se lo conté.

—Bueno, era inevitable —dijo, encogiéndose un poco de hombros—. Tenía la esperanza de mantener el asunto en secreto, pero tal y como están las cosas con Robin McGillivray, no tengo más remedio que buscar donde pueda, por más que eso haga que se conozcan mis intenciones. Y que se hable de ellas. —Volvió a moverse inquieto—. ¿Te encuentras bien, Sassenach? —me preguntó de pronto, mirándome.

—Sí. Pero tú no, ¿verdad? ¿Qué ocurre?

Sonrió un poco.

—Ah, no es nada. Nada que no supiera ya. Pero es distinto, ¿no? Uno cree que está preparado, pero cuando se encuentra cara a cara con lo que debe hacer, daría cualquier cosa para que no fuera así.

Miró hacia el parque, alzando el mentón para señalar a la multitud. Un mar de tartán cubría el césped, y las sombrillas de las damas estaban abiertas para hacer frente al sol, como un campo de coloridas flores. A la sombra, en la terraza, tocaba un gaitero, y el sonido de su *piobreachd* proporcionaba un contrapunto agudo y penetrante al zumbido de las conversaciones.

—Ya sabía que algún día debería enfrentarme solo a unos cuantos de ellos. Que pelearía con amigos y parientes. Pero al encontrarme aquí parado, con la mano de Fionnaghal sobre mi cabeza como si me bendijera, cuando los he mirado a todos a la cara y he visto cómo recibían sus palabras, cómo se los veía cada vez más resueltos... de pronto ha sido como si una gran cuchilla hubiera caído del cielo y me hubiera separado de ellos para siempre. El momento se acerca... y no puedo detenerlo.

Tragó saliva y apartó la mirada. Le tendí la mano queriendo ayudarlo, queriendo aliviarlo... y sabiendo que no podía hacerlo.

A fin de cuentas, por mi culpa se encontraba allí, en ese pequeño Getsemaní.

De todas maneras, aceptó mi mano sin mirarme, y me la estrechó con tanta fuerza que sentí que los huesos se oprimían entre sí.

—¿«Señor, aparta de mí este cáliz»? —pregunté.

Asintió con la cabeza, con la mirada aún puesta en el suelo y los pétalos caídos de las rosas amarillas. Después me miró sonriendo un poco, pero con tanto dolor en los ojos que contuve el aliento, con el corazón conmovido.

Aun así, sonreía, y tras enjugarse la frente con la mano, estudió sus dedos mojados.

—Bueno —dijo—. Es sólo agua, no sangre. Viviré.

«Tal vez no», pensé de pronto, asustada. Pelear junto al bando ganador era una cosa; sobrevivir, otra muy distinta.

Notó mi expresión y dejó de apretarme la mano, pensando que me estaba haciendo daño. Y así era, pero no físicamente.

—«Pero no se haga mi voluntad, sino la Tuya» —dijo en voz muy baja—. Al casarme contigo escogí mi destino, aunque no lo sabía en ese momento. Pero ya lo he elegido y ahora no puedo echarme atrás, aunque quisiera hacerlo.

—¿Lo harías? —pregunté mirándolo a los ojos, y vi la respuesta en ellos.

Él negó con la cabeza.

—¿Y tú? Porque tú escogiste tanto como yo.

También yo negué con la cabeza, y sentí, cuando me miró con los ojos ahora despejados como el brillante cielo, que su cuerpo se relajaba un poco. Durante una décima de segundo, estuvimos solos y juntos en el universo. Entonces, un grupo de muchachas se acercó lo suficiente como para oír lo que decíamos y cambiamos a un tema menos arriesgado.

—¿Has tenido noticias del pobre Manfred?

—¿Así que ahora es el pobre Manfred? —me preguntó con una mirada cínica.

—Bueno, tal vez sea un joven perro inmoral, y haya causado muchos problemas, pero no por ello merece morir.

Me pareció que no estaba totalmente de acuerdo con mi opinión, pero dejó las cosas como estaban, limitándose a decir que había preguntado, pero que no había obtenido ningún resultado.

—Verás como aparece —me aseguró—. Sin duda, en el lugar menos apropiado.

—¡Ay! ¡Ay! ¡Ay! ¡Que yo haya llegado a ver este día! ¡Gracias, señor, de corazón! —Era la señora Bug, dominada por el calor, la cerveza y la felicidad, abanicándose tanto que parecía que iba a darle un ataque. Jamie le sonrió.

—¿Has podido escuchar bien, *mo chridhe*?

—¡Ah, sí, señor! —le aseguró ella con fervor—. ¡Cada palabra! Arch me ha buscado un buen lugar, junto a los tiestos de florecillas, donde he podido escuchar el discurso sin que me aplastaran. —Había estado a punto de morir de excitación cuando Jamie le ofreció llevarla a la barbacoa. Claro que Arch iba a ir y llevaría a cabo algunas tareas en Cross Creek, pero la señora Bug no había salido del Cerro desde que llegó allí muchos años atrás.

A pesar de mi inquietud por la atmósfera de honda lealtad que nos rodeaba, su efervescente deleite era contagioso, y no pude por menos que sonreír mientras Jamie y yo nos turnábamos para responder a sus preguntas; era la primera vez que veía esclavos negros de cerca, y le parecían de una exótica belleza. ¿Eran muy caros? ¿Y había que enseñarles a vestirse y a hablar como es debido? Porque había oído decir que África era un lugar pagano, donde las gentes iban desnudas por completo y se mataban entre sí con lanzas, como se hacía con los jabalíes y, hablando de desnudeces, la estatua esa del muchacho soldado en el parque era un escándalo, ¿no nos parecía? ¡Detrás de ese escudo no llevaba ni un trapo! ¿Y por qué tenía a los pies esa cabeza de mujer? Y ¿me había fijado? ¡Sus cabellos eran serpientes! ¡Qué cosa tan horrible! ¿Y quién era el tal Hector Cameron que estaba sepultado en esa tumba? Y estaba construida en mármol blanco, como las tumbas de Holyrood, ¡imagínese! Ah, ¿de modo que era el difunto marido de la señora Innes? Y ¿cuándo se había casado ella con el señor Duncan, a quien había conocido y que era un hombre tan dulce, de mirada bondadosa? Qué pena que hubiera perdido el brazo, ¿había sido en alguna batalla? Y... ¡ah, miren! ¡El marido de la señora MacDonald, hombre de bella estampa, por cierto, iba a hablar también!

Jamie lanzó una mirada sombría hacia la terraza. En efecto, Allan MacDonald subía al podio, que en su caso era un mero taburete, pues sin duda el barril habría parecido una exageración, y cierta cantidad de personas, muchas menos que las que habían escuchado a su esposa, pero de todas formas, un número respetable, se arremolinaban a su alrededor con expresión atenta.

—¿Por qué no van a escucharlo? —La señora Bug ya iba de camino, revoloteando como un colibrí.

—Oigo perfectamente desde aquí —le aseguró Jamie—. Ve tú, *a nighean*.

La anciana se retiró, zumbando de excitación. Con cuidado, Jamie se llevó las manos a las orejas para cerciorarse de que seguían en su lugar.

—Has sido muy amable al traerla —le dije riendo—. Debía de hacer medio siglo que la pobre no se divertía tanto.

—No —concluyó él con una sonrisa—. Es probable que...

Se detuvo de inmediato, frunciendo el ceño al ver algo por encima de mi hombro. Me volví para mirar, pero él ya había comenzado a andar, y me apresuré para alcanzarlo.

Era Yocasta, blanca como la leche y desgreñada como nunca la había visto. Se tambaleaba ante la puerta lateral, y se habría caído de no haber sido porque Jamie se acercó a toda prisa y la sostuvo cogiéndole la cintura con un brazo.

—Santo Dios, tía. ¿Qué te ocurre? —Él habló en voz baja para no llamar la atención y, mientras lo hacía, la llevaba de regreso al interior de la casa.

—Dios mío, Dios misericordioso, mi cabeza —susurró. Su mano se abría como una araña sobre su cara, cubriéndole el ojo izquierdo de manera que los dedos apenas si le tocaban la piel—. Mi ojo.

La venda de lino que usaba en público estaba arrugada y manchada de humedad; las lágrimas le manaban, pero no estaba llorando. Estaba lagrimando: un ojo estaba lleno de agua, y mucho. Los ojos le lloraban, pero el izquierdo era el peor; el borde del lino estaba empapado y la mejilla relucía mojada.

—Debo examinar ese ojo —le dije a Jamie, tocándole el codo, y buscando en vano algún sirviente a mi alrededor—. Llévala al recibidor. —Era el lugar más cercano y todos los invitados estaban fuera o cruzaban por el vestíbulo para ir a ver el espejo del príncipe.

—¡No! —Fue casi un grito—. ¡No, ahí no!

Jamie me miró con una ceja enarcada por el desconcierto, pero le habló a ella en tono tranquilizador:

—Bueno, tía, no te preocupes. Te llevaré a tu habitación. Vamos, pues. —Se inclinó y la alzó en brazos como si fuera una niña, con sus faldas de seda cayendo sobre su brazo con el sonido de un torrente de agua.

—Llévala. Ya voy.

Yo había visto a una esclava llamada Angelina que pasaba por el otro extremo del vestíbulo, y me apresuré a alcanzarla. Le di mis órdenes, tras lo cual me precipité de regreso a la escalera, deteniéndome durante un instante a contemplar el pequeño recibidor.

No había nadie allí, aunque la presencia de copas de ponche vacías y el fuerte olor a tabaco de pipa indicaban que era probable que Yocasta se hubiera instalado en ese aposento antes. Su costurero estaba abierto, y de su interior salía alguna prenda a medio coser que colgaba hacia un lado como un conejo muerto.

«Niños, quizá», pensé; también habían sacado varios carretes de hilo que, esparcidos, mostraban sus colores por el pavimento de madera. Vacilé, pero el instinto fue más fuerte que yo, y recogí apresuradamente los carretes de hilo y volví a introducirlos en la cesta. Puse el tejido sobre el conjunto, pero retiré la mano de inmediato y solté una exclamación.

La sangre brotaba de un pequeño tajo en un lado de mi pulgar. Me lo metí en la boca y succioné con fuerza para aplicar presión a la herida, mientras seguía hurgando con más cuidado en las profundidades del costurero para ver con qué me había cortado.

Un cuchillo, pequeño pero eficaz. Era posible que lo usara para cortar los hilos de bordar. Suelto, en el fondo del costurero, había un estuche de cuero repujado para guardarlo. Deslicé el cuchillo en su estuche, cogí la aguja que había ido a buscar y cerré la tapa abatible de la cesta de labores antes de dirigirme a toda prisa hacia la escalera.

Allan MacDonald había terminado su breve discurso; desde fuera llegaron fuertes aplausos, mezclados con gritos y vítores de aprobación en gaélico.

—Malditos escoceses —murmuré entre dientes—. ¿Es que nunca aprenderán?

Pero no tenía tiempo para contemplar las implicaciones del talento de los MacDonald para enardecer a una multitud. Cuando llegué a lo alto de la escalera, detrás de mí venía un esclavo, resollando bajo el peso de mi caja de medicamentos, mientras que otro comenzaba a subir, con más cuidado, una olla con agua caliente de la cocina.

Yocasta estaba en su gran sillón, doblada, gimiendo, con los labios tan fuertemente cerrados que no se le veían. Se le había caído la cofia y pasaba ambas manos incansablemente por su cabello desordenado, como si buscara algo a lo que agarrarse de manera inútil. Jamie le masajeaba la espalda, susurrándole en gaélico; cuando entré, levantó la mirada con un alivio evidente.

Yo sospechaba desde hacía tiempo que el motivo de la ceguera de Yocasta era el glaucoma, una creciente presión en el interior del globo ocular que, de no tratarse, puede llegar a dañar el nervio óptico. Ahora, estaba del todo segura de que era así. Es más, sabía qué forma de la enfermedad la aquejaba; era evidente que estaba sufriendo un ataque de glaucoma de ángulo cerrado, el tipo más peligroso.

Aún no existía tratamiento para el glaucoma; la patología misma todavía no se identificaría hasta algunos años después. Incluso aunque se supiera la existencia de la enfermedad, ya era demasiado tarde: su ceguera era permanente. Sin embargo, había algo que yo podía hacer con la situación inmediata, y temí que fuera necesario.

—Pon un poco de esto a hervir —le dije a Angelina, cogiendo el frasco de cúrcuma canadiense de mi caja y colocándoselo en las manos—. Y tú —le dije al otro esclavo, un hombre cuyo nombre no conocía—, pon el agua al fuego hasta que vuelva a hervir, busca unos trapos limpios y mételos en la olla hirviendo.

Mientras hablaba, saqué la pequeña lámpara de alcohol que llevaba en mi caja. El fuego de la chimenea casi se había extinguido, pero aún quedaban unas ascuas; tras inclinarme a encender la mecha, abrí la caja de agujas que había cogido de la sala y cogí la aguja más grande: un trozo de acero de casi ocho centímetros de largo que se empleaba para reparar alfombras.

—No irás a... —comenzó a decir Jamie, y se interrumpió, tragando.

—Debo hacerlo —señalé brevemente—. No hay más remedio. Cógele las manos.

Estaba casi tan pálido como Yocasta, pero asintió y se apoderó de los dedos que buscaban a tientas, apartándole las manos de la cabeza.

Levanté la venda de lino. El ojo izquierdo, inyectado en sangre, estaba inflamado de manera perceptible bajo el párpado. En torno a él afloraban las lágrimas, que rebosaban en un constante manar. Incluso sin tocarlo, percibí la presión en el interior del globo ocular, y la repulsión me hizo apretar los dientes.

No podía hacer otra cosa. Con una rápida oración a santa Clara, patrona de las afecciones de la vista, además de mi propia santa tutelar, pasé la aguja por la llama de la lámpara y mojé con alcohol un trapo, con el que le quité el hollín.

Tragando un repentino exceso de saliva, separé los párpados del ojo afectado con una mano, encomendé mi alma a Dios y clavé con fuerza la aguja en la esclerótica, cerca del borde del iris.

Cerca de mí percibí una tos, el sonido de un líquido al derramarse sobre el suelo, y un hedor a vómito, pero no podía distraerme. Saqué la aguja con cuidado, aunque con tanta rapidez como me fue posible. En un instante, Yocasta se había puesto rígida, paralizándose por completo, con sus manos aferradas a las de Jamie. No se movió en absoluto, sino que emitió unos breves y conmocionados jadeos, como si temiera moverse, aunque sólo fuera para respirar.

Del ojo salió un fluido, el humor vítreo, un poco turbio, apenas suficientemente espeso como para distinguirlo cuando manó sobre la superficie de la esclerótica. Yo seguía manteniéndole abiertos los párpados; con mi mano libre, cogí uno de los trapos sumergidos en la infusión de cúrcuma canadiense, lo escurrí para eliminar el exceso de líquido, sin prestar atención al lugar donde caía, y se lo apliqué en el rostro con suavidad. Yocasta jadeó al sentir su calor sobre la piel, soltó sus manos y asió el trapo.

Entonces la solté, permitiéndole que se apoderara del trapo caliente y que se lo apretara contra el ojo izquierdo cerrado; el calor la aliviaría un poco.

Oí el sonido de unos pies ligeros que subían por la escalera y cruzaban el vestíbulo; era Angelina, que entró jadeando, con un puñado de sal en una mano y una cuchara en la otra. Eché la sal de su húmeda palma en la olla de agua caliente, y le indiqué que removiera hasta que se disolviera.

—¿Has traído el láudano? —le pregunté en voz baja. Yocasta, con los ojos cerrados, estaba recostada en su silla, rígida como una estatua. Apretaba los párpados con fuerza, y tenía los puños cerrados sobre las rodillas.

—No he podido encontrar el láudano, señora —me susurró Angelina, dirigiéndole una mirada de temor a Yocasta—. No sé quién lo habrá cogido; los únicos que tienen la llave son el señor Ulises y la propia señora Cameron.

—Ulises te ha abierto el gabinete de los medicamentos; ¿sabe ya que la señora Cameron está enferma?

Angelina asintió con firmeza, haciendo que la cinta de su cofia revoloteara.

—¡Ah, sí, señora! Si se enterara sin que yo se lo hubiera dicho, se enfurecería. Dice que, si ella quiere verlo, que lo busque de inmediato; si no, me ha indicado que le dijera a la señora Cameron que no se preocupara, que él se encargaría de todo.

Al oír esto, Yocasta lanzó un largo suspiro y sus apretados puños se aflojaron un poco.

—Que Dios lo bendiga —murmuró con los ojos cerrados—. Sin duda se hará cargo de todo. Estaría perdida sin él, ¡perdida!

Su cabello blanco estaba empapado a la altura de las sienes, y el sudor descendía hasta las puntas y caía sobre sus hombros, haciendo que aparecieran manchas en la seda azul oscuro de su vestido.

Angelina le desató el vestido y el corsé a Yocasta, y se los quitó. Después, le pedí a Jamie que la acostara, vestida con su justillo y con una gruesa capa de toallas alrededor de la cabeza. Llené una de mis jeringas hechas con colmillo de serpiente con agua salada tibia y, mientras Jamie, de mala gana, le mantenía los párpados abiertos, le irrigué el ojo con cuidado, con la esperanza de evitar que el pinchazo se infectara. La herida en sí era un diminuto punto escarlata en la esclerótica, sobre el que se veía una pequeña ampolla conjuntival. Noté que Jamie no podía mirarla sin pestañear, y le sonreí.

—Se pondrá bien —dije—. Puedes marcharte si quieres.

Jamie asintió y se dispuso a irse, pero Yocasta extendió la mano para detenerlo.

—No, quédate, *a chuisle*... si quieres. —Dijo esto último sólo para guardar las formas; lo había cogido de la manga, aferrándolo con tanta fuerza que los dedos se le pusieron blancos.

—Sí, tía, por supuesto —respondió él con calma, y puso su mano sobre la de ella, oprimiéndola para tranquilizarla. Aun así, ella no lo soltó hasta que él se sentó a su lado.

—¿Quién más está aquí? —preguntó, volviendo la cabeza a uno y otro lado con aire de preocupación, tratando de oír los sonidos delatores de la respiración y el movimiento—. ¿Ya se han ido los esclavos?

—Sí, han ido a ayudar a servir la comida —le dije—. Sólo quedamos Jamie y yo.

Cerró los ojos y tomó aire, respirando con un profundo estremecimiento; sólo entonces comenzó a relajarse un poco.

—Bien. Debo decirte algo, sobrino, que nadie más debe escuchar. Sobrina —intervino, señalándome con una mano larga y blanca—, comprueba si estamos realmente solos.

Obediente, me asomé al vestíbulo. No se veía a nadie, aunque desde una habitación al otro lado del vestíbulo llegaban voces; risas, tremendos siseos y golpes producidos por muchachas que parloteaban mientras se arreglaban el cabello y sus vestidos. Retiré la cabeza y cerré la puerta, y los sonidos del resto de la casa cesaron al instante, amortiguados hasta convertirse en un murmullo distante.

—¿Qué ocurre, tía? —Jamie aún la sostenía de la mano, cuyo dorso acariciaba una y otra vez con un grueso pulgar, con el ritmo tranquilizador que le había visto emplear con animales que estaban nerviosos. No obstante, no era tan eficaz con su tía como con un caballo o un perro.

—Era él. ¡Está aquí!

—¿Quién está aquí, tía?

—¡No lo sé! —Sus ojos giraron, desesperados, en una y otra dirección, en un vano intento por ver, no sólo a través de la oscuridad, sino también a través de las paredes.

Jamie me miró alzando las cejas, aunque se daba cuenta, tanto como yo, de que ella no deliraba, por muy incoherente que pareciera su afirmación. Ella era consciente de cómo sonaba; podía ver en su rostro el esfuerzo por recomponerse.

—Ha venido a buscar el oro —dijo bajando la voz—. El oro del francés.

—¿Ah, sí? —preguntó Jamie con cautela. Me lanzó una mirada con una ceja enarcada, pero negué con la cabeza. No estaba alucinando.

Yocasta suspiró con impaciencia y movió la cabeza, pero de pronto se detuvo, emitió una sofocada exclamación de dolor y se cogió la cabeza con ambas manos, como si quisiera mantenerla en su lugar.

Respiró hondo durante un instante, cerrando los labios con fuerza. Luego bajó las manos despacio.

—Comenzó anoche —dijo—. El dolor en el ojo.

Había despertado por la noche sintiendo que el ojo le latía con un dolor que se le extendió gradualmente por el lado de la cabeza.

—Ya me había ocurrido antes, ¿sabes? —explicó. Se incorporó hasta sentarse en la cama; su aspecto había mejorado un poco, aunque seguía sosteniendo el paño caliente en el ojo—. Cuando empecé a perder la vista. A veces, era en un ojo; otras, en los dos. En cualquier caso, siempre sabía cómo seguiría.

Pero Yocasta MacKenzie Cameron Innes no era una mujer que permitiera que una mera indisposición corporal interfiriese en sus planes, y menos aún que interrumpiera lo que prometía ser el acontecimiento social más importante de la historia de Cross Creek.

—Me disgusté mucho. ¡Justo el día en que venía Flora MacDonald!

Pero ya estaba organizado todo; las reses ya estaban condimentadas y asándose en sus fosos, barriles de cervezas fuertes y suaves aguardaban junto a los establos, y el aire que procedía de la cocina estaba repleto de la fragancia a pan caliente y judías. Los esclavos estaban bien aleccionados, y ella confiaba en que Ulises se ocuparía de todo. Pensó que lo único que tendría que hacer sería mantenerse en pie.

—No quería tomar opio ni láudano —explicó—, porque sin duda harían que me durmiera. De modo que me limité al whisky.

Era una mujer alta, y estaba más que habituada a una ingesta de bebidas espirituosas que habrían derribado a un hombre moderno. Para cuando llegaron los MacDonald, ya se había bebido la mayor parte de una botella; pero el dolor empeoraba.

—Y entonces el ojo empezó a lagrimear de tal manera que todos se habrían dado cuenta de que algo iba mal, y yo no quería que eso ocurriera. De modo que me vine a mi sala de estar; había tenido la precaución de meter un botellín de láudano en mi cesta de labores, por si no me bastaba con el whisky.

»Fuera, la gente se reunía como piojos, tratando de ver o de decir algo a la señorita MacDonald, pero me pareció que no había nadie en la sala de estar, como mínimo en la medida en que me lo permitían el martilleo que sentía en la cabeza y el ojo, que parecía a punto de estallar. —Dijo esto último con toda naturalidad, pero vi que Jamie daba un respingo; era evidente que el recuerdo de lo que yo había hecho con la aguja aún estaba fresco en su cabeza. Tragó saliva y se pasó los nudillos con fuerza por la boca.

Yocasta explicó cómo, tras sacar la botella y beber unos sorbos del botellín de láudano, se sentó un momento a esperar que surtiera efecto.

—No sé si alguna vez has tomado esa cosa, sobrino, pero produce una sensación extraña, como si una fuese a disolverse por los bordes. Si tomas una gota de más, aunque estés ciega, comienzas a ver cosas que no están ahí, y también a oírlas.

Entre el efecto del láudano, el de la bebida y el ruido de la multitud, no oyó ninguna pisada, y cuando la voz sonó cerca de ella, pensó durante un momento que se trataba de una alucinación.

—«Así que aquí estás, muchacha», me dijo —nos contó Yocasta, y su rostro se puso aún más blanco al recordar—. «Me recuerdas, ¿verdad?»

—Supongo que sí lo recordarías, tía —afirmó secamente Jamie.

—Así es —repuso ella con igual sequedad—. Había oído esa voz en dos ocasiones con anterioridad. Una, en la Reunión, cuando se casó tu hija; la otra, hace más de veinte años, en una posada cerca de Coigach, en Escocia.

Se quitó el paño mojado de la cara y lo introdujo, sin vacilar, en el cuenco de agua tibia. Sus ojos estaban rojos e hinchados, inflamados, destacando frente a la piel pálida y, en su ceguera, parecían de una gran vulnerabilidad, pero Yocasta era dueña de sí misma otra vez.

—Sí, sí lo conocía —repitió.

Se había dado cuenta enseguida de que conocía la voz, pero durante un momento no pudo identificar a quién pertenecía. Y entonces recordó y, conmocionada, se aferró a un brazo de su sillón.

—«¿Quién eres?» —preguntó con todas las fuerzas que pudo reunir.

El corazón le latía al ritmo del palpitar de su cabeza y de su ojo, y sus sentidos nadaban en whisky y láudano. Tal vez fuera el láudano lo que parecía transformar el ruido de la gente en el rumor de un mar cercano, el sonido de las pisadas de un esclavo en el vestíbulo en el estrépito de los zuecos del propietario de la posada, ascendiendo por la escalera de su establecimiento.

—Yo estaba ahí. De verdad que estaba ahí. —A pesar del sudor que le corría por el rostro, vi que tenía la carne de gallina—. En la posada de Coigach. Olí el mar, oí a los hombres, Hector y Dougal, ¡los oía! Discutían en algún lugar a mi espalda. Y el hombre enmascarado; lo vi —dijo, y volvió sus ojos ciegos hacia mí.

Esta vez, un escalofrío recorrió mi propia nuca. Hablaba con tal convicción que durante un instante pareció que en realidad me veía.

—Detenido al pie de la escalera, tal como lo vi hace veinticinco años, con un cuchillo en la mano y mirándome por los agujeros de su máscara.

Y le dijo: «Sabes bien quién soy, muchacha», y a ella le pareció ver cómo sonreía, aunque, de una manera confusa, sabía que sólo estaba oyendo su voz; nunca le había visto la cara, ni siquiera cuando aún conservaba la vista.

Estaba sentada en la cama, doblada, con los brazos cruzados sobre el pecho como para defenderse; su enmarañado cabello blanco le caía en desorden sobre la espalda.

—Ha regresado —dijo, y un súbito temblor convulsivo hizo que se estremeciera—. Ha venido en busca del oro; cuando lo encuentre, me matará.

Jamie posó la mano sobre el brazo de ella, procurando serenarla.

—Nadie te matará mientras yo esté aquí, tía —aseguró—. De modo que ese hombre estuvo en tu sala de estar, y tú le reconociste la voz. ¿Qué más te dijo?

Ella seguía temblando, aunque un poco menos. Pensé que sería tanto como reacción a las elevadas dosis de láudano y de whisky como por temor.

Sacudió la cabeza en un esfuerzo por recordar.

—Dijo... dijo que había regresado para devolverle el oro a su legítimo propietario. Que nosotros sólo lo teníamos en fideicomiso y que, aunque no nos reclamaría lo que Hector y yo gastamos, no era mío y nunca lo había sido. Que le dijera dónde estaba, y que él se ocuparía de lo demás. Y después puso su mano sobre mí. —Dejó de abrazarse y le tendió un brazo a Jamie—. En mi muñeca. ¿Ves las marcas? ¿Las ves, sobrino? —Parecía nerviosa, y se me ocurrió de pronto que tal vez ella misma dudara de la existencia de su visitante.

—Sí, tía —dijo quedamente Jamie, tocándole la muñeca—. Hay marcas.

Las había; tres manchas amoratadas de forma oval.

—Me apretó, y después me retorció la muñeca con tal fuerza que creí que me la había roto. Luego me soltó, pero no se alejó. Permaneció junto a mí, y sentí el calor de su aliento y su hedor a tabaco en la cara.

Yo le sostenía la otra muñeca, y notaba su pulso en ella. Era fuerte y rápido, pero de vez en cuando se saltaba un latido. Aunque no era de extrañar; me pregunté con qué frecuencia, y en qué cantidad, tomaría láudano.

—De modo que metí la mano en mi costurero, desenvainé el pequeño cuchillo y le tiré un puntazo a las pelotas —concluyó.

Jamie, sorprendido, se echó a reír.

—¿Y acertaste?

—Sí que lo hizo —dije antes de que Yocasta pudiese responder—. Vi sangre seca en la hoja.

—Bueno, eso le enseñará a no andar atemorizando a una indefensa mujer ciega, ¿verdad? —Jamie le dio una palmadita en la mano—. Bien hecho, tía. Entonces, ¿se ha ido?

—Así es. —El recuerdo de su éxito la había serenado mucho; soltó la mano que yo le cogía para incorporarse en las almohadas. Se quitó la toalla que aún llevaba en el cuello y, con una fugaz mueca de desagrado, la dejó caer al suelo.

Al ver que era evidente que se sentía mejor, Jamie me miró y se puso en pie.

—Iré a ver si hay alguien cojeando por ahí —dijo, pero cuando llegó a la puerta, se detuvo y se volvió hacia Yocasta—: Tía, ¿has dicho que ya te habías encontrado dos veces con ese sujeto? ¿En la posada de Coigach, cuando los hombres bajaron el oro a tierra, y también en la Reunión, hace cuatro años?

Yocasta asintió, apartándose el pelo húmedo de la cara.

—Así es. Fue el último día. Entró en mi tienda cuando yo estaba sola. Me di cuenta de que había alguien, aunque al principio no habló, y yo pregunté quién era. Entonces, se rió y dijo: «De modo que lo que cuentan es verdad. Estás totalmente ciega.»

Ella se levantó para enfrentarse al visitante invisible, reconociendo su voz, pero aún sin saber dónde la había oído antes.

—¿Así que no me conoces, señora Cameron? Fui amigo de tu esposo, aunque hace muchos años que no nos vemos. Fue en la costa de Escocia, una noche de luna.

Al recordar, ella se pasó la lengua por los labios resecos.

—Y, de pronto, recordé. Y le dije: «Tal vez esté ciega, pero lo conozco bien, señor. ¿Qué quiere?» Pero ya se había marchado. Y al cabo de un instante, oí las voces de Fedra y Ulises, que se acercaban a la tienda; él los había visto y escapó. Les pregunté, pero habían estado inmersos en una discusión, y no lo vieron salir. Entonces decidí estar siempre acompañada hasta que nos marcháramos de allí, y él no volvió a acercarse. Hasta ahora.

Jamie frunció el ceño y se frotó lentamente el puente largo y recto de la nariz con un nudillo.

—¿Por qué no me lo dijiste en su momento?

Un toque de humor asomó al semblante maltrecho de Yocasta, y se rodeó la muñeca lastimada con los dedos.

—Creí que lo había imaginado.

Fedra encontró la botella de láudano en el lugar donde Yocasta la había dejado caer, bajo su sillón. Y también un pequeño rastro de gotas de sangre, que yo, con las prisas, no había visto. Pero el reguero se disipaba antes de llegar a la puerta; fuera cual fuese la herida que Yocasta había infligido, era superficial.

Duncan, a quien habíamos mandado a buscar sin llamar la atención, se apresuró a dirigirse a Yocasta para tranquilizarla, con el único resultado de que ésta le ordenó que regresara de inmediato para ocuparse de los invitados.

Yocasta recibió a Ulises con un poco más de cordialidad. Cuando me asomé a la habitación para ver cómo seguía, vi que él estaba sentado en la cama cogiendo la mano a su ama, con tal expresión de bondad en el semblante, por lo general impasible, que, conmovida, regresé al vestíbulo sin hacer ruido para no molestarlos. Él, sin embargo, me vio y me saludó con la cabeza.

Hablaban en voz baja, y él inclinó la cabeza, tocada con una rígida peluca blanca, hacia ella, que movió la suya y emitió un quejido. Él le estrechó la mano con más fuerza. Se había quitado los guantes blancos; en su mano fuerte y oscura, la de Yocasta se veía larga y pálida.

Ella respiró hondo para serenarse. Luego le dijo unas palabras más, le oprimió la mano y se recostó. Él se puso en pie y se quedó mirando la cama durante un momento. Después se irguió y, sacando los guantes del bolsillo, salió al vestíbulo.

—¿Tendría la bondad de buscar a su marido, señora Fraser? —me dijo en voz baja—. Mi ama quiere decirle algo.

La fiesta continuaba, pero los ánimos se habían calmado un poco. Cuando seguimos a Ulises al interior de la casa, los comensales nos saludaban, pero no intentaban detenernos. Nos condujo por la escalera que bajaba al cuarto de servicio, una diminuta estancia contigua a la cocina de invierno, con anaqueles repletos de ornamentos de plata, recipientes llenos de betún, vinagre, cera y añil, un costurero que contenía alfileres, agujas e hilos, pequeñas herramientas para trabajos de reparación, y lo que parecía una sólida provisión privada de coñac, whisky y licores diversos.

Sacó las botellas de su anaquel, metió la mano en el espacio vacío que dejaron, y apretó la madera del muro con sus manos enguantadas de blanco. Se oyó un chasquido y un pequeño panel se deslizó con un suave sonido de arrastre.

Ulises se hizo a un lado, invitando en silencio a Jamie a que mirara. Éste levantó una ceja y se inclinó para atisbar el interior del escondite. La estancia era oscura y sombría, sólo alumbrada por la luz escasa que se filtraba por las ventanas que se abrían en lo alto de los muros de la cocina.

—Está vacía —dijo.

—Sí, señor. Y no debería estarlo. —La voz de Ulises era baja y respetuosa, pero firme.

—¿Y qué había aquí? —pregunté, mirando por la puerta para ver si alguien nos escuchaba. La cocina parecía haber sufrido un bombardeo, pero sólo quedaba allí un pinche de cocina, un muchacho un poco tonto que canturreaba en voz baja mientras fregaba unas ollas.

—Parte de un lingote de oro —respondió Ulises con voz queda.

El oro francés que Hector Cameron había traído consigo de Escocia, diez mil libras en lingotes marcados con la real flor de lis, era la base de la prosperidad de River Run. Naturalmente, aquello no se podía saber. Hector primero y, después de su muerte, Ulises, iban cogiendo lingotes, cuyo blando metal amarillo raspaban hasta formar una pequeña y anónima pila de polvo. Ésta podía ser llevada a alguno de los almacenes próximos o, para mayor seguridad, a lugares tan lejanos como las ciudades costeras de Edenton, Wilmington o New Bern, para cambiarla, con precaución, en pequeñas cantidades que no suscitaran comentarios, por dinero en efectivo o vales de compra que podían ser empleados sin problemas en cualquier lugar.

—Quedaba más o menos medio lingote —dijo Ulises, haciendo un gesto hacia el hueco de la pared—. Me di cuenta de que faltaba oro hace unos meses. Por supuesto que, desde entonces, utilizo un nuevo escondite.

Jamie contempló la cavidad vacía, y se volvió hacia Ulises.

—¿Y el resto?

—La última vez que miré estaba a buen recaudo, señor.

Gran parte del oro se encontraba en el interior del mausoleo de Hector Cameron, oculto en un ataúd y custodiado, era de suponer, por su espíritu. Era posible que uno o dos esclavos, además de Ulises, tuvieran noticia de ello, pero el miedo a los fantasmas bastaba para mantenerlos a distancia. Recordé la línea de sal esparcida en el suelo a la entrada del mausoleo y me estremecí un poco, a pesar del sofocante calor que hacía en el sótano.

—Claro que hoy no he tenido tiempo de mirarlo —añadió el mayordomo.

—No, claro. ¿Duncan lo sabe? —preguntó Jamie señalando el escondite con la cabeza. Ulises asintió.

—Cualquiera puede haberlo robado. Son tantos los que vienen a esta casa... —Los inmensos hombros del mayordomo se encogieron levemente—. Pero ahora que ese hombre del mar ha regresado, el tema cambia, ¿verdad, señor?

—Sí, así es. —Jamie meditó sobre ese aspecto durante un momento, tamborileando suavemente dos dedos contra su pierna.

—Bien, pues. Tú te quedarás durante un tiempo, ¿verdad, Sassenach? Debes examinar el ojo de mi tía, ¿no?

Asentí con la cabeza. Siempre y cuando mi tosca operación no le causara una infección, había poco o nada que pudiese hacerse por el ojo en sí. Pero era necesario observarlo, limpiarlo e irrigarlo hasta tener la certeza de que había sanado.

—Nos quedaremos un tiempo —dijo Jamie volviéndose hacia Ulises—. Enviaré a los Bug al Cerro, para que vean cómo van las cosas y se ocupen de la siega. Nosotros permaneceremos aquí y vigilaremos.

La casa estaba llena de huéspedes, pero dormí en el vestidor de Yocasta para poder observarla. El alivio de la presión de su ojo había hecho que el insoportable dolor cediera, y ella se había sumido en un profundo sueño. Sus constantes vitales eran lo bastante tranquilizadoras como para que me pareciera que yo también podía dormir.

Pero como era consciente de que tenía un paciente a mi cargo, mi sueño era ligero y me despertaba cada cierto tiempo para entrar de puntillas en su habitación. Duncan dormía como un tronco, agotado por los acontecimientos del día, sobre un jergón a los pies de la cama. Mientras encendía una vela en la chimenea y me acercaba al lecho, oía su pesada respiración.

Yocasta seguía dormida, boca arriba, con los brazos cruzados sobre el cubrecama. Tenía la cabeza echada hacia atrás, y la aristocrática severidad de sus facciones y la larga nariz recordaban a las estatuas sepulcrales de la capilla de Saint Denis.

Sonreí al pensar que era curioso que Jamie adoptara esa misma posición, tumbado boca arriba, con las manos cruzadas y recto como una flecha. Brianna, no: desde niña, se movía mucho cuando dormía. Como yo.

El hecho de pensarlo me produjo una leve e inesperada sensación de placer. Por supuesto que sabía que había heredado cosas mías, pero se parecía tanto a Jamie que notarlas siempre me resultaba sorprendente.

Apagué la vela de un soplido, pero no regresé de inmediato a la cama. Había ocupado el catre de Fedra en el vestidor, que era un lugar cálido, encerrado y pequeño. El calor del día y el consumo de alcohol me habían dejado la boca como el algodón y una vaga jaqueca; cogí la jarra de agua que estaba junto a la cama de Yocasta, pero estaba vacía.

No necesitaba volver a encender la vela. Uno de los faroles del vestíbulo seguía encendido, y un débil resplandor recortaba la puerta. La abrí en silencio y miré fuera. En el pasillo se veían hileras de cuerpos yacentes; eran los sirvientes que dormían a las puertas de las habitaciones, y el aire latía suavemente con los ronquidos y la respiración pesada de una multitud de personas sumergidas en las distintas fases del sueño.

Sin embargo, en el extremo del pasillo se distinguía una pálida figura erguida frente a la alta ventana del mirador que daba al río.

No se volvió, aunque debió de oírme. Me puse a su lado y miré por la ventana. Fedra sólo llevaba puesta una camisa y se había quitado la tela con la que se cubría el cabello, que le caía sobre los hombros en una suave y espesa melena. Era raro que una esclava tuviese esa cabellera, pensé; la mayor parte de las mujeres llevaban el pelo muy corto bajo sus tocados o turbantes, puesto que carecían tanto del tiempo como de los útiles necesarios para arreglárselo. Pero Fedra era la doncella de Yocasta, y era de suponer que eso le permitiría algún tiempo de ocio y, como mínimo, un peine.

—¿Quieres que te deje tu cama? Me quedaré levantada un rato; puedo dormir en el diván —le ofrecí en voz baja.

Fedra me miró y sacudió la cabeza.

—Ah, no, señora —contestó con suavidad—. Se lo agradezco mucho; no tengo sueño. —Vio la jarra que yo llevaba e hizo ademán de cogerla—. ¿Voy a buscarle un poco de agua, señora?

—No, no, yo lo haré. Me apetece tomar el aire. —Pero me quedé a su lado, mirando hacia fuera.

Era una noche hermosa, repleta de estrellas que se veían bajas y brillantes sobre el río, como un suave hilo de plata que se enrollaba en la oscuridad. Había luna, una delgada hoz que ya llegaba a su punto más bajo sobre la curva del horizonte; una o dos pequeñas hogueras ardían junto a los árboles de la orilla.

La ventana estaba abierta y por ella entraban miríadas de insectos; una pequeña nube danzaba en torno al farol que teníamos a nuestras espaldas, y pequeñas cosas aladas me rozaban la cabeza y los brazos. Los grillos cantaban; eran tantos que su canto era un sonido insistente y constante, como el provocado por un arco al pasarlo por las cuerdas de un violín.

Fedra se dispuso a cerrarla. Dormir con la ventana abierta se consideraba muy poco saludable y lo más probable es que lo fuera, dado que en aquel ambiente pantanoso eran muchas las enfermedades que se transmitían a través de los mosquitos.

—Me ha parecido oír algo. Ahí fuera —dijo señalando la oscuridad.

—Ah, debe de ser mi marido —comenté—. O Ulises.

—¿Ulises? —repitió con una expresión sobresaltada.

Jamie, Ian y Ulises habían organizado turnos de vigilancia, y sin duda andarían entre las sombras, rodeando la casa en silencio y vigilando el mausoleo de Hector, por si acaso. Pero Fedra, que nada sabía del oro que había desaparecido ni del misterioso visitante, tampoco tenía noticia de que se había reforzado la vigilancia, a no ser indirectamente, de la forma en que los esclavos siempre sabían las cosas; sin duda, había sido ese sexto sentido el que la había urgido a mirar por la ventana.

—Sólo se mantienen alerta —dije en el tono más tranquilizador posible—. Ya sabes, con tanta gente... —Los MacDonald, y con ellos bastantes invitados, habían ido a pasar la noche a la plantación de Farquard Campbell, pero todavía quedaba mucha gente en la propiedad.

Fedra asintió, pero parecía apesadumbrada.

—Sólo es que siento que algo no va bien —dijo—. No sé qué.

—El ojo de tu ama... —empecé a decir, pero ella negó con la cabeza.

—No, no. No sé, pero hay algo en el aire; lo he estado sintiendo. No me refiero sólo a esta noche... ocurre algo. Alguna cosa se aproxima. —Me miró; aunque no encontraba la forma de decir lo que sentía, yo lo entendí perfectamente.

Tal vez sólo eran las emociones, agudizadas por el inminente conflicto. Se sentía en el ambiente. Pero también podía tratarse de otra cosa; algo subterráneo, apenas percibido, pero presente, como la tenue forma de una serpiente marina que se atisba apenas un instante, y luego desaparece, creando una leyenda.

—Mi abuela vino de África —dijo Fedra con voz queda, contemplando la noche—. Hablaba con los huesos. Decía que, cuando algo malo estaba a punto de ocurrir, se lo contaban.

—¿De veras? —En semejante atmósfera, silenciosa a excepción de los ruidos de la noche, provocados por la multitud de almas que nos rodeaban, tal afirmación no parecía tener nada de irreal—. ¿Te enseñó a... a hablar con los huesos?

Negó con la cabeza, pero la comisura de sus labios se plegó en una pequeña expresión secreta que me hizo pensar que sabía más de lo que estaba dispuesta a decir.

Se me acababa de ocurrir un pensamiento poco agradable. No veía cómo Stephen Bonnet podía estar relacionado con los acontecimientos actuales; no cabía duda de que no era el hombre que, surgiendo del pasado de Yocasta, le había hablado, y tampoco era su estilo robar con disimulo. Pero sí tenía motivos para creer que podía haber oro en algún lugar de River Run y, a juzgar por lo que Roger nos había explicado acerca del encuentro de Fedra con el fornido irlandés en Cross Creek...

—Aquel irlandés que te encontraste cuando saliste con Jemmy —dije, apretando más la pulida superficie de la jarra—, ¿lo has vuelto a ver?

Ella pareció sorprenderse. Era evidente que Bonnet era lo último en lo que estaba pensando.

—No, señora —contestó—. No lo he vuelto a ver. —Pensó durante un instante, bajando los párpados. Su piel era del color del café con leche, y su cabello... creí que en algún lugar de su árbol genealógico debía de haber algún hombre blanco—. No señora —repitió con dulzura antes de volver a fijar su mirada atribulada en la noche silenciosa y en la luna que se ponía—. Sólo sé... que algo no va bien.

Junto a los establos, cantó un gallo, con un sonido sobrecogedor y fuera de lugar, en medio de la noche.

55

Wendigo

20 de agosto de 1774

La luz de la terraza era perfecta.

—Comenzamos con esta habitación —le había dicho Yocasta a su sobrina nieta, alzando el rostro, con los párpados cerrados sobre los ojos ciegos, a la luz del sol que penetraba a raudales por las puertas dobles que daban a la terraza—. Quería una habitación para pintar y escogí este lugar, donde la luz entraría clara como el cristal por la mañana y como agua serena por la tarde. Y a partir de ahí construimos la casa. —Las manos de la anciana, cuyos dedos aún eran largos y fuertes, tocaron el caballete, los botes de pigmentos y los pinceles, con afectuosa melancolía, como si acariciase la estatua de algún amante fallecido hacía tiempo; una pasión que se recuerda, aunque aceptando que se ha esfumado para siempre.

Y Brianna, con el cuaderno de bocetos y el lápiz en la mano, había dibujado, con tanta rapidez y disimulo como pudo, para captar esa fugaz expresión de dolor al que se ha sobrevivido.

Aquel boceto estaba guardado junto a los otros en el fondo de la caja, a la espera del día en que decidiera terminarlo, y procurara captar esa luz inmisericorde, así como las profundas líneas grabadas en el rostro de su tía abuela, con aquellos huesos fuertes y severos a la luz de un sol que no podía ver.

Sin embargo, por el momento, la pintura de la que se ocupaba tenía más que ver con los negocios que con el amor o con el arte. No había ocurrido nada sospechoso desde la barbacoa en honor a Flora MacDonald, pero por si acaso, sus padres habían decidido permanecer un poco más de tiempo allí. Dado que Roger estaba aún en Charlotte, desde donde le había escrito una carta que conservaba oculta en el fondo de la caja junto con sus esbozos, no había ningún motivo por el cual ella no pudiera también quedarse. Al enterarse de que permanecería allí durante un tiempo, dos o tres conocidos de Yocasta, plantadores adinerados, habían encargado retratos de ellos mismos o de sus familias. Se trataba de una fuente de ingresos muy bien recibida.

—Nunca entenderé cómo lo haces —dijo Ian, moviendo la cabeza frente al lienzo que se encontraba en el caballete—. Es maravilloso.

A decir verdad, tampoco ella entendía cómo lo hacía; no parecía que fuera necesario. Ya había respondido algo así ante elogios como ése, dándose cuenta de que, por lo general, los oyentes entendían su respuesta como falsa modestia o condescendencia. De modo que prefirió sonreír, permitiendo que su rostro mostrara un brillo de placer.

—Cuando era pequeña, mi padre me sacaba a pasear por el prado, donde solíamos ver a un viejo con un caballete, pintando. Yo le pedía a papá que nos detuviésemos para mirarlo, y él y el viejo conversaban. La mayoría de las veces me limitaba a mirar, pero una vez reuní valor para preguntarle cómo lo hacía y, bajando la vista hacia mí, sonrió y dijo: «El único truco, pequeña, es ver lo que estás mirando.»

Ian pasó la mirada de ella al cuadro, y viceversa, como si estuviera comparando el retrato con la mano que lo había realizado.

—Tu padre... —dijo interesado. Ian bajó la voz, lanzando una mirada hacia la puerta que daba al vestíbulo. Se oían voces, pero no cerca—. No te refieres al tío Jamie, ¿verdad?

—No.

Brianna sintió el dolor familiar que siempre le producía pensar en su primer padre, pero lo alejó. No le molestaba hablarle a Ian acerca de él, pero no quería hacerlo en ese sitio, donde había esclavos por todas partes y un constante flujo de visitantes que podían aparecer de improviso en cualquier momento.

—Mira. —Echó un vistazo por encima del hombro para asegurarse de que nadie anduviera por allí, pero los esclavos estaban hablando en voz alta en el recibidor, discutiendo sobre un cepillo para zapatos que se había perdido. Levantó la tapa del pequeño compartimento donde guardaba sus pinceles adicionales, y sacó algo de debajo de la lámina de fieltro que lo forraba—. ¿Qué te parece? —le preguntó a Ian, tendiéndole dos miniaturas, una en cada mano, para que las examinase.

La expresión de expectativa en el rostro de él se transformó en una de decidida fascinación, y extendió una mano con lentitud para levantar una de las diminutas pinturas.

—Caramba —exclamó. Era la que representaba a la madre de ella, con el cabello cayendo en rizos sueltos sobre los hombros desnudos, y con el pequeño y firme mentón levantado con una autoridad que desmentía la generosa curva de su boca.

—Los ojos... me parece que no están del todo bien —dijo Bree, mirando con atención la miniatura—. Al trabajar a una escala tan pequeña... no pude hallar el color exacto. Los de papá fueron mucho más fáciles.

Los azules eran simplemente más sencillos. Una pequeña mancha de cobalto, realzada con blanco, y después la tenue sombra verde que intensificaba el azul y desaparecía... bueno, y además, su padre era así. Fuerte, vívido y franco.

Pero obtener un marrón de verdadera profundidad y sutileza, por no hablar de algo que siquiera se aproximase al topacio ahumado de los ojos de su madre, siempre claros, pero que cambiaban como la luz en un arroyo de truchas que la turba tiñe de marrón, requería más capas de pintura de las que era posible incluir en el diminuto espacio de una miniatura. Tendría que intentarlo otra vez, en un retrato más grande.

—¿Crees que se parecen?

—Son fantásticos. —Ian miró de uno al otro antes de volver a depositar con cuidado el retrato de Claire en su lugar—. ¿Ya los han visto tus padres?

—No. Quería tener la seguridad de que están bien antes de enseñárselos a nadie. Pero si es así... he pensado que se los puedo mostrar a los que vienen a posar, y tal vez así me encarguen miniaturas. Podría trabajar sobre ellas en casa, en el Cerro; no necesito más que mi caja de pinturas y los pequeños discos de marfil. Podría pintar a partir de los bocetos; no haría falta que vinieran a posar una y otra vez.

Señaló con un breve gesto de explicación el lienzo en el que estaba trabajando, más bien grande, que mostraba a Farquard Campbell, enfundado en su traje bueno y muy parecido a un hurón disecado. Estaba rodeado de muchos hijos y nietos que, en realidad, aún no eran más que meras manchas blanquecinas. Su estrategia consistía en hacer que las madres arrastrasen a sus niños de uno en uno, para poder esbozar deprisa sus miembros y sus facciones en un manchón adecuado antes de que su inquietud natural o alguna rabieta lo impidieran.

Ian echó un vistazo al lienzo, pero su atención se centró de nuevo en las miniaturas de los padres de ella. Se quedó mirándolas, con una ligera sonrisa en su rostro largo y en cierto sentido prosaico. Luego, al presentir que ella lo miraba, levantó la vista alarmado.

—¡Ah, no! ¡Ni lo sueñes!

—Vamos, Ian, déjame hacerte sólo un bosquejo —suplicó—. No te dolerá, ¿sabes?

—*Och*, eso es lo que tú te crees —repuso él, retrocediendo como si el lápiz que ella había cogido fuera alguna especie de arma—. Los kahnyen'kehaka creen que tener la imagen de alguien te da poder sobre él. Por eso los hechiceros llevan máscaras, para que los demonios que causan las enfermedades no descubran su verdadero aspecto y no puedan saber a quién lastimar, ¿entiendes?

Lo dijo en un tono tan serio que ella se lo quedó mirando, para ver si bromeaba. Por lo visto, no era así.

—A ver, Ian, estoy segura que mi madre te explicó lo de los gérmenes, ¿verdad?

—Sí, claro que lo hizo —dijo en un tono que mostraba que no estaba nada convencido—. Me enseñó unas cosas que nadaban y me contó que vivían en mis dientes. —Su rostro mostró una momentánea expresión de repugnancia ante la idea, pero dejó la cuestión para volver al tema que trataban—. Una vez, un viajero francés llegó al pueblo, un filósofo de la naturaleza. Los dejó a todos atónitos con sus dibujos de aves y animales. Pero después cometió el error de ofrecerse para hacer un retrato de la esposa del jefe de guerra. Apenas pude lograr sacarlo con vida de allí.

—Pero tú no eres mohawk —dijo ella pacientemente—. Y si lo fueras, no te daría miedo que yo tuviera poder sobre ti; ¿o sí?

Él le dirigió una mirada que la atravesó como un cuchillo traspasa la mantequilla.

—No —respondió—. No, claro que no. —Pero había tan poca convicción en su voz como cuando hablaba de los gérmenes.

Aun así, fue al taburete donde se sentaban los modelos, que se encontraba a la luz procedente de las puertas abiertas que daban a la terraza, y se sentó, alzando el mentón y apretando las mandíbulas como quien hace frente con heroísmo a la propia ejecución.

Reprimiendo una sonrisa, Brianna cogió el cuaderno de bocetos y dibujó tan rápido como pudo antes de que él cambiara de idea. Era un modelo difícil; sus rasgos carecían de la sólida, definida estructura ósea que tenían tanto los padres de ella como Roger. Pero, con todo, era un rostro que nada tenía de blando, incluso si se hacía abstracción de los tatuajes que se curvaban desde el puente de la nariz y cruzaban sus mejillas.

Su rostro era joven y fresco y, sin embargo, la firmeza de su boca (se dio cuenta con interés de que estaba ligeramente torcida; ¿cómo no lo había visto antes?) parecía pertenecer a alguien mucho mayor; la rodeaban líneas que los años ahondarían, pero que ya estaban bien marcadas.

Los ojos... no tenía esperanzas de captarlos con precisión. Grandes y de color avellana, eran lo único en él que podía decirse que fuera bello y, sin embargo, bellos era lo último que uno diría acerca de ellos. Como la mayor parte de los ojos, no eran de un solo color, sino de muchos: los colores del otoño, húmeda tierra oscura y crujientes hojas de roble, y la caricia del sol poniente sobre la hierba seca.

El color era un desafío, pero podía enfrentarse a él. Sin embargo, la expresión cambiaba en un instante de algo inocente y amistoso a algo que uno no querría encontrarse en un callejón oscuro.

En ese momento, su expresión estaba en algún lugar entre esos dos extremos, pero se desplazó de pronto hacia el último cuando su atención se centró a espaldas de ella, en las puertas abiertas que daban a la terraza.

Sobresaltada, Brianna miró por encima del hombro. Allí había alguien; podía vislumbrar el borde de su sombra, pero se mantenía donde no podía verlo. Quienquiera que fuese, comenzó a silbar con un sonido tentativo, agitado.

Durante un instante, todo fue normal. Pero de pronto, el mundo osciló: el intruso silbaba *Yellow submarine*.

La sangre abandonó la cabeza de Brianna y la joven se tambaleó, aferrándose al borde de una mesa para no caer. Apenas percibió que Ian se levantaba del taburete como un gato, cogía uno de los cuchillos de paleta que ella empleaba para mezclar las pinturas y se deslizaba en silencio hacia el vestíbulo.

Ahora tenía las manos frías y entumecidas; también los labios. Trató de silbar una frase de respuesta, pero sólo logró exhalar un poco de aire. Irguiéndose, se dominó y cantó las últimas palabras de la canción. Apenas consiguió seguir la melodía, pero la letra era inconfundible.

Un silencio absoluto cayó sobre la terraza; el silbido se detuvo.

—¿Quién eres? —preguntó Brianna—. Entra.

La sombra se alargó poco a poco, proyectando sobre las piedras de la terraza una cabeza que la luz que brillaba entre unos rizos hacía parecer la de un león. La cabeza asomó con cautela por la esquina de la puerta. Bree vio con asombro que se trataba de un indio, aunque su vestimenta, con excepción de un collar de *wampum*, era casi toda europea y estaba hecha andrajos. Estaba flaco y sucio, y sus ojos, muy juntos, se clavaron en ella con interés y algo parecido a la avidez.

—¿Estás sola? —preguntó en un susurro ronco—. Me ha parecido oír voces.

—Ya ves que sí. ¿Quién demonios eres?

—Ah... Wendigo. Wendigo Donner. Te llamas Fraser, ¿verdad? —Ya había entrado en la habitación, aunque no dejaba de mirar a uno y otro lado.

—Ése es mi apellido de soltera, sí. ¿Eres...? —Se detuvo, ya que no sabía cómo preguntárselo.

—Sí —dijo él en voz baja, recorriéndola con la mirada con una naturalidad que ningún hombre del siglo XVIII hubiese exhibido ante una dama—. De modo que lo eres, ¿verdad? Eres su hija, tienes que serlo. —El indio hablaba con cierta intensidad, a la vez que se acercaba.

Brianna no creía que aquel indio quisiera hacerle daño; sólo estaba muy interesado. Pero Ian no se detuvo a esperar; durante un instante, la luz que penetraba por la puerta se oscureció y, al momento siguiente, atrapó a Donner por la espalda. Su graznido de alarma quedó sofocado por el brazo que le ceñía la garganta y el cuchillo cuya punta se apoyó bajo la oreja.

—¿Quién eres, imbécil, y qué quieres? —preguntó Ian, apretando el brazo con el que rodeaba la garganta de Donner. El indio emitía pequeños sonidos semejantes a maullidos y los ojos se le salían de las órbitas.

—¿Cómo quieres que conteste si lo estás ahogando? —Esta llamada a la razón hizo que Ian aflojase la presión, aunque de mala gana. Donner tosió y se frotó con urgencia la garganta, dirigiendo una mirada de resentimiento a Ian.

—Eso no era necesario. No le estaba haciendo nada. —Los ojos de Donner fueron de Ian a Brianna. Lo señaló con la cabeza—. ¿También él...?

—No, pero lo sabe. Siéntate. Conociste a mi madre cuando... cuando la raptaron, ¿verdad?

Las pobladas cejas de Ian se levantaron al escuchar esto, y empuñó con más fuerza la espátula para mezclar pinturas. Era flexible, pero tenía una buena punta.

—Sí. —Donner se sentó con mucho cuidado en el taburete, vigilando a Ian con recelo—. Casi me atrapan. Tu madre me dijo que su hombre tenía muy malas pulgas y que no me convenía estar allí cuando apareciese, pero no la creí. Sin embargo cuando oí esos tambores, tío, salí corriendo, y vaya si hice bien. —Tragó saliva y palideció—. Regresé por la mañana. Dios mío, lo que vi...

Ian murmuró algo entre dientes y en una lengua que a Brianna le pareció mohawk. Sonaba muy poco amistoso y era evidente que Donner entendió lo suficiente como para apartar un poco el taburete y encorvar los hombros.

—Eh, tío, yo no le hice nada, ¿vale? —Miró a Brianna con expresión de súplica—. No le hice nada. Quería ayudarla a escapar. Pregúntaselo y verás que fue así. Pero Fraser y los suyos aparecieron antes que yo. Por Dios, ¿por qué iba a querer lastimarla? Era la primera que me encontraba aquí... ¡la necesitaba!

—¿La primera? —preguntó Ian, frunciendo el ceño—. La primera...

—Quiere decir la primera... viajera —explicó Brianna. El corazón le latía con rapidez—. ¿Para qué la necesitabas?

—Para que me explicara cómo... regresar. —Volvió a tragar saliva, y se llevó la mano al collar de *wampum* que le rodeaba el cuello—. Tú... ¿viniste del otro lado o naciste aquí? Me imagino que viniste —añadió, sin esperar respuesta—. Ahora no son tan altas como tú; son todas bajitas. A mí me gustan las mujeres grandes. —Donner sonrió de una manera que pretendía ser halagadora.

—Vine —respondió Brianna—. ¿Qué demonios haces aquí?

—Trato de acercarme lo suficiente como para hablar con tu madre. —Donner miró inquieto por encima de su hombro; había esclavos en el jardín de la cocina, y sus voces eran audibles—. Durante un tiempo me escondí con los cherokee, hasta que se me ocurrió que cuando pasara el peligro iría al Cerro de Fraser a hablar con ella, pero la vieja de allí me dijo que estaban todos aquí. Menuda distancia tuve que recorrer —agregó con un vago aire de resentimiento—. Cuando traté de entrar, aquel negro grandote me echó dos veces. Supongo que no iba vestido de la forma adecuada. —Su rostro se torció en una especie de mueca que quería ser una sonrisa—. Hace tres días que merodeo por aquí, procurando verla, encontrarla sola fuera. Pero después te vi hablando con ella ahí en la terraza, y oí que la llamabas «mamá». Al ver lo robusta que eres, se me ocurrió que debías de ser... bueno, imaginé que, incluso si no reconocías la canción, no perdía nada con probar.

—¿Así que quieres regresar al lugar de donde provienes? —preguntó Ian. Era evidente que le parecía una excelente idea.

—¡Ah, sí! —exclamó Donner emocionado—. ¡Claro que sí!

—¿Por dónde entraste? —preguntó Brianna. La sorpresa de su aparición se estaba desvaneciendo, y estaba siendo reemplazada por la curiosidad—. ¿Escocia?

—No; ¿tú entraste por ahí? —preguntó con ansiedad. Casi antes de que ella hubiera asentido con la cabeza, siguió—: Tu madre dijo que vino, luego regresó y después vino otra vez. ¿Podéis ir y venir como si fuera, ya sabes, una puerta giratoria?

Brianna negó con la cabeza con firmeza, estremeciéndose al recordar.

—Dios mío, no. Es horrible y muy peligroso, incluso si uno tiene una gema.

—¿Gema? —Donner saltó al escuchar aquello—. ¿Hay que tener una gema para hacerlo?

—No es imprescindible, pero parece que ofrece cierta protección. Y puede que exista alguna manera de usar gemas para... para algo así como orientarse, aunque en realidad no sabemos nada sobre este tema. —Titubeó porque quería hacerle más preguntas, pero aún más buscar a Claire—. Ian, ¿podrías ir a por mamá? Creo que está en la huerta con Fedra.

Su primo miró al visitante con los ojos entornados y negó con la cabeza.

—No te dejaré sola con este tipo. Ve tú; yo lo vigilaré.

Habría discutido con él de no haber sido porque su larga experiencia con varones escoceses le había enseñado a reconocer la obstinación inquebrantable de la que podían hacer gala. Además, los ojos de Donner se fijaban en ella de una forma que hacía que se sintiera un poco incómoda. Se dio cuenta de que le miraba la mano, el anillo con su rubí tallado en cabujón. Estaba bastante segura de poder rechazarlo si hacía falta, pero aun así...

—Vuelvo enseguida —dijo mientras metía con prisa un pincel olvidado en el tarro de trementina—. ¡No te vayas!

Quedé conmocionada, aunque no tanto como podría haberlo estado. Tenía la impresión de que Donner podía seguir con vida. De hecho, a pesar de todo, esperaba que así fuera. De todas maneras, en cuanto lo vi cara a cara en el recibidor de Yocasta, enmudecí. Él estaba hablando cuando yo entré, pero calló al verme. Por supuesto que no se puso en pie, ni tampoco hizo observación alguna sobre el hecho de que yo hubiese sobrevivido; sólo me saludó con un movimiento de la cabeza y prosiguió con lo que estaba diciendo.

—Para detener al hombre blanco. Salvar nuestras tierras, nuestro pueblo.

—Pero viniste a la época equivocada —señaló Brianna—. Llegaste demasiado tarde.

Donner le lanzó una mirada inexpresiva.

—No, no lo es. Se suponía que tenía que llegar en 1766 y así lo hice. —Entonces se dio un violento golpe en la cabeza con la palma de la mano—. ¡Mierda! ¿Por qué tuvo que ocurrírseme hacer algo así?

—¿Estupidez congénita? —sugerí educadamente tras recuperar la voz—. Eso, o drogas alucinógenas.

La mirada inexpresiva vaciló un poco, y la boca de Donner se estremeció.

—Ah, sí. Hubo algo de eso.

—Pero si llegaste en 1766 y ésa era tu intención —objetó Bree—, ¿qué hay de Robert Springer, Dientes de Nutria? Según la historia acerca de él que le contaron a mamá, su idea era advertir a las tribus nativas de la llegada de los blancos, para que evitaran que colonizaran la región. Sólo que llegó demasiado tarde para hacerlo. ¡No obstante, debió de venir cuarenta o cincuenta años antes que tú!

—¡No, tía, ése no era el plan! —estalló Donner. Se puso en pie, pasándose ambas manos violentamente por el cabello en su agitación, y haciendo que se le erizara como una zarza—. ¡Dios mío, no!

—¿Así que no era esto? ¿Cuál era el puñetero plan, entonces? —pregunté—. Teníais un plan, ¿verdad?

—Sí, sí que lo teníamos. —Dejó caer las manos y miró a su alrededor, como si temiera que lo oyeran. Se pasó la lengua por los labios—. Bob quería hacer eso que has dicho, pero los demás dijeron que no, que no funcionaría. Demasiados grupos, demasiada presión para comerciar con los blancos... que no había forma de que diera resultado, ¿sabes? No podríamos detenerlo; tan sólo quizá hacer que las cosas salieran un poco mejor.

El plan oficial del grupo había tenido metas un poco menos ambiciosas. Los viajeros llegarían en la década de 1760 y, en el transcurso de los siguientes diez años, aprovechando la confusión y los cambios, el movimiento de tribus y aldeas que se produciría con el fin de la guerra franco-india, se infiltrarían en diversos grupos indios cercanos a la Línea del Tratado en las colonias y en los territorios canadienses.

Luego, emplearían los poderes de persuasión que estuvieran a su alcance para convencer a las naciones indias de que combatieran del lado de los británicos en la inminente revolución, de modo que se asegurasen la victoria de Gran Bretaña.

—Los ingleses actúan como si los indios fuesen naciones soberanas, ¿sabéis? —explicó con una fluidez que sugería que se trataba de una teoría aprendida de memoria—. Ganan, siguen comerciando y todas esas cosas, lo cual está bien, pero no intentan ni expulsar a los indios, ni erradicarlos. Los colonos —hizo un gesto de desprecio hacia la puerta abierta— son unos hijos de puta codiciosos que llevan cien años metiéndose a la fuerza en tierra india. Y no van a detenerse.

Bree frunció las cejas, pero me di cuenta de que la idea la intrigaba. Evidentemente, no era tan descabellado como parecía.

—¿Y qué les hizo suponer que iban a tener éxito? —pregunté—. Sólo unos pocos hombres para... Oh, Dios mío —dije al ver que su rostro cambiaba—. Por los clavos de Roosevelt... No fuisteis los únicos, ¿verdad?

Donner negó con la cabeza sin decir ninguna palabra.

—¿Cuántos? —preguntó Ian. Su voz parecía tranquila, pero vi que tenía las manos aferradas a las rodillas.

—No lo sé. —Donner se sentó de golpe, desplomándose como un saco de grano—. En el grupo éramos unos doscientos o trescientos. Pero la mayor parte de ellos no pudo oír las piedras. —Levantó un poco la cabeza y miró a Brianna—. ¿Tú las oyes?

Ella asintió con la cabeza, juntando las rojizas cejas.

—Pero... ¿crees que hubo... otros viajeros... además de tus amigos y tú?

Donner se encogió de hombros indefenso.

—Creía que así era, sí. Pero Raymond dijo que sólo podían viajar cinco cada vez. De modo que nos entrenamos en células de cinco, por así decirlo. Lo mantuvimos en secreto; en el grupo grande, nadie sabía quién podía viajar y quién no, y Raymond era el único que los conocía a todos.

Tenía que preguntar.

—¿Qué aspecto tenía Raymond? —Desde que había oído ese nombre, una posibilidad había comenzado a agitarse en mi mente.

Donner parpadeó, puesto que no esperaba aquella pregunta.

—Caramba, no lo sé —dijo desconcertado—. Me parece que era un tipo bajo con el pelo canoso. Lo llevaba largo, igual que todos nosotros. —Se pasó la mano entre los enmarañados rizos como para ilustrar lo que había dicho mientras fruncía el ceño para hacer memoria.

—¿Su frente... era... más bien... amplia? —Sabía que no debía inducir sus respuestas, pero no pude contenerme y me pasé los índices por la frente para ilustrar mis palabras.

Me miró confuso durante un instante.

—No, no lo recuerdo —contestó, negando con la cabeza con aire desesperado—. Fue hace mucho; ¿cómo voy a recordar una cosa así?

Suspiré.

—Bueno, cuéntame qué ocurrió cuando entraste por las piedras.

Donner se pasó la lengua por los labios, parpadeando por el esfuerzo de recordar. Me di cuenta de que no se trataba de una estupidez innata; no le gustaba pensar en ello.

—Sí. Bueno, éramos cinco, como ya he dicho. Yo, Rob, Jeremy y Atta. Ah, y Jojo. Entramos por la isla y...

—¿Qué isla? —preguntamos Brianna, Ian y yo, a coro.

—Ocracoke —respondió sorprendido—. Es el portal más septentrional del grupo del triángulo de las Bermudas. Queríamos acercarnos lo máximo posible a...

—El triángulo de las Ber... —comenzamos Brianna y yo, pero nos interrumpimos y nos quedamos mirándonos.

—¿Sabes dónde hay varios de esos portales? —quise saber, esforzándome por conservar la calma.

—¿Cuántos son? —intervino Brianna, sin esperar a que él me contestase. En cualquier caso, la respuesta que nos dio era confusa, lo que no me sorprendió. Raymond les había comentado que había muchos sitios como ése en el mundo, pero que solían agruparse. Había otro grupo en el Caribe y uno más en el nordeste, cerca de la frontera con Canadá. Otro en el desierto del suroeste, en Arizona, creía, y otro más al sur, en México. También al norte de Gran Bretaña, así como en la costa de Francia, desde donde continuaban hasta el extremo de la península Ibérica. Es probable que hubiese otros, pero ésos fueron todos los que mencionó.

No todos los portales estaban marcados con círculos de piedras, aunque aquellos que se encontraban en sitios donde vivía gente desde hacía tiempo solían estarlo.

—Raymond decía que ésos eran los más seguros —comentó, encogiéndose de hombros—. No sé por qué.

El lugar en Ocracoke no estaba rodeado por un círculo de piedras completo, aunque sí estaba señalado, según dijo, por cuatro piedras. Una de ellas tenía marcas que según Raymond eran africanas; tal vez hechas por esclavos.

—Es como si estuviese metido en el agua —dijo, encogiéndose de hombros otra vez—. Quiero decir que lo atraviesa un pequeño arroyo. Ray comentó que no sabía si la presencia de agua cambiaba algo, pero creía que sí. Aunque no sabemos qué. ¿Vosotros lo sabéis?

Brianna y yo negamos con la cabeza. Teníamos los ojos tan abiertos que parecíamos un par de lechuzas. Pero el ceño de Ian, ya fruncido, se tornó todavía más amenazador al escuchar estas palabras. ¿Se habría enterado de algo durante el tiempo que había permanecido con Geillis Duncan?

Los cinco, encabezados por Raymond, habían avanzado en coche hasta donde pudieron, pero el camino que conducía a los

Outer Banks estaba en muy mal estado y solía ser arrasado por las tormentas, de modo que se vieron obligados a dejar el vehículo a unos cuantos kilómetros de su destino, y a cruzar a pie entre los pinos achaparrados del bosque costero e inesperados tramos de arenas movedizas. Era a finales de otoño...

—Samhain —dijo Brianna en voz suficientemente queda como para no distraer a Donner de su relato.

A finales de otoño, prosiguió, y el tiempo era malo. Había estado lloviendo durante varios días, y la marcha se hacía difícil en el terreno, a veces resbaladizo y en otras ocasiones, pantanoso. El viento era intenso y olas que presagiaban tormenta azotaban las playas; podían oírlas incluso desde el apartado lugar donde se encontraba el portal.

—Todos teníamos miedo; bueno, casi todos: Rob, no. Pero era muy emocionante —dijo, comenzando a mostrar una chispa de entusiasmo—. Los árboles se inclinaban hasta casi tocar el suelo y el cielo tenía un tono verde. El viento era tan intenso que siempre se sentía un gusto a sal en la boca, porque el agua del océano volaba por el aire, mezclada con la lluvia. Bueno, estábamos empapados hasta los gayumbos.

—¿Hasta los qué? —preguntó Ian frunciendo el ceño.

—Calzoncillos... ya sabes, calzones. Ropa interior —aclaró Brianna, agitando la mano en un gesto de impaciencia—. Sigue.

Una vez llegaron al lugar, Raymond verificó que todos llevaban los pocos útiles que serían imprescindibles (yesqueros, tabaco y una pequeña cantidad de monedas de la época), tras lo cual dio a cada uno una gargantilla de *wampum* y una pequeña escarcela de piel que, según dijo, era un amuleto de hierbas ceremoniales.

—Ah, ya sabes de lo que hablo —dijo al ver la expresión de mi rostro—. ¿Qué utilizaste tú?

—Nada —respondí, ya que no quería que se desviara de su historia—. Continúa. ¿Cómo planeabais aparecer en la época que queríais?

—Ah. Bueno. —Suspiró, hundiéndose en su taburete—. No lo hicimos. Ray dijo que serían doscientos años, más o menos. No era como si pudiésemos navegar con un timón... tenía la esperanza de que vosotros sabríais cómo hacerlo. Me refiero a llegar a una época específica. Porque, hombre, me gustaría regresar allí en algún momento anterior a que nos metiéramos con Ray y los demás.

Siguiendo las instrucciones de Ray, habían caminado entre las piedras a lo largo de un recorrido señalado y recitando unas palabras. Donner no tenía ni idea de qué significaban las palabras, ni a qué idioma pertenecían. Sin embargo, al terminar el recorrido, habían avanzado en fila india hacia la piedra con las marcas africanas, intentando pasar cuidadosamente por la izquierda.

—Y entonces, ¡pam! —Se golpeó con el puño en la palma de la mano—. El primero de la hilera ¡desapareció, tío! Nos quedamos anonadados. Quiero decir, se suponía que debía ser así, pero... desapareció —repitió, moviendo la cabeza—. Sólo... desapareció.

Atónitos ante la evidencia de que funcionaba, repitieron el recorrido y la recitación y, cada vez que lo hacían, el primero de la fila desaparecía. Donner fue el cuarto.

—Dios mío —dijo, quedándose pálido al recordar—. Dios mío, nunca había sentido nada como eso antes, y espero no volver a sentirlo nunca más.

—El amuleto, esa escarcela que tenías —dijo Brianna ignorando su palidez. Su propio rostro estaba encendido, resplandeciente por el interés—. ¿Qué ocurrió con ella?

—No lo sé. Tal vez se me cayó, o quizá fue a parar a otro lado. Me desmayé, y cuando recuperé el sentido ya no la llevaba encima. —Era un día cálido y sofocante, pero se echó a temblar—. Jojo... Él estaba conmigo. Sólo que había muerto.

La noticia me golpeó como una cuchillada justo debajo de las costillas. En los cuadernos de notas de Geillis Duncan había listas de personas encontradas cerca de los círculos de piedra... algunas vivas y otras muertas. No necesitaba que nadie me lo dijera para saber que pasar por las piedras era peligroso, pero este recordatorio hizo que se me aflojaran las rodillas, y me senté en la desvencijada otomana de Yocasta.

—Los otros —dije, tratando de mantener la calma en mi voz—. ¿También...?

Él negó con la cabeza. Aún sudaba y se estremecía, pero ahora el sudor ocultaba el rostro; tenía muy mal aspecto.

—Jamás he vuelto a verlos —comentó.

No sabía qué era lo que había matado a Jojo; no se detuvo a mirar, aunque tenía la vaga idea de que quizá tuviera marcas de quemaduras en su camisa. Tras encontrar muerto a su amigo y ver que ninguno de los otros estaba por allí, huyó, presa del pánico, por el bosque achaparrado y las marismas, hasta que, tras errar muchas horas, se derrumbó y pasó la noche entre las ásperas hierbas que cubrían las dunas. Pasó hambre durante tres días, encontró y comió una nidada de huevos de tortuga y finalmente se las arregló para llegar en una canoa robada a tierra firme, donde, desde que llegó, erró sin rumbo, trabajando aquí y allá en tareas de servicio, y refugiándose en la bebida cuando podía permitírselo. Finalmente, a lo largo del año anterior, se había unido a Hodgepile y a su pandilla.

El propósito de las gargantillas de *wampum* era, dijo, permitir que los conspiradores se identificaran entre sí en el caso de que se encontrasen en algún lugar, pero él nunca vio a nadie más que la llevara.

Sin embargo, Brianna no prestó atención a esta confusa parte del relato; pensaba en lo que había ocurrido después.

—¿Crees que Dientes de Nutria, Springer, perjudicó de forma deliberada a tu grupo tratando de viajar a otra época?

Wendigo la miró con la boca entreabierta.

—La verdad es que nunca se me ha pasado por la cabeza. Él fue el primero en entrar. Él fue el primero en entrar... —repitió con cierta sorpresa.

Brianna comenzó a hacerle otra pregunta, pero la interrumpieron unas voces que se acercaban a la habitación desde el vestíbulo. Donner, con los ojos abiertos en una expresión de alarma, se puso en pie en un instante.

—Mierda —exclamó—. Es él. ¡Tenéis que ayudarme!

Antes de que pudiera averiguar qué le hacía suponer que lo haríamos o quién era «él», la austera figura de Ulises apareció en la puerta.

—Tú —le dijo con una voz de enojo a Donner, que comenzó a temblar—. ¿No te he dicho que te marcharas? ¿Cómo te atreves a entrar en casa de la señora MacInnes y a molestar a sus amistades?

Se apartó, y le hizo una seña con la cabeza a alguien que estaba junto a él. Quien se asomó era un caballero pequeño, redondo, de aire colérico, que iba vestido con un traje arrugado.

—Es él —dijo señalándolo con un dedo acusador—. Ése es el canalla que me ha robado la cartera esta mañana en la posada de Jacobs. ¡Me la ha quitado del bolsillo mientras desayunaba mi jamón!

—¡No he sido yo! —Donner hizo una poco convincente muestra de ultraje, sin embargo la culpa se leía en su rostro, y cuando Ulises lo agarró del cuello y le registró los bolsillos sin ninguna ceremonia, la cartera apareció, para gran regocijo de su propietario.

—¡Ladrón! —exclamó, blandiendo el puño—. Te he estado siguiendo toda la mañana. Maldito salvaje, garrapata, piojoso, comedor de perros... Ah, lo siento, discúlpenme, señoras —añadió, dedicándonos una reverencia a Brianna y a mí antes de proseguir con su execración de Donner.

Brianna me miró levantando las cejas, pero yo me encogí de hombros. No había manera de evitar que Donner sufriera la justiciera indignación de su víctima, incluso aunque yo hubiera querido intentarlo de verdad. A petición del caballero, Ulises hizo traer a dos mozos de cuadra y un par de grilletes, y Donner partió acompañado de ellos, jurando que él no lo había hecho, que era una trampa, que no había sido él, que él era amigo de las damas. «¡De verdad, tío, pregúntaselo a ellas...!», para, a continuación ser trasladado a la cárcel de Cross Creek.

Un profundo silencio se instaló tras su partida. Al cabo de un momento, Ian sacudió la cabeza como si intentara ahuyentar moscas y, dejando por fin la espátula para mezclar pinturas, tomó el cuaderno de bocetos en el que Brianna le había pedido a Donner que tratara de dibujar los pasos del recorrido seguido por los hombres. La incomprensible maraña de círculos y líneas onduladas parecía un dibujo de Jemmy.

—¿Qué clase de nombre es *Weddigo*? —preguntó Ian dejando el plano.

Brianna había estado agarrando el lápiz con tanta fuerza que tenía los nudillos blancos. Abrió la mano y lo dejó, y vi que le temblaban un poco las manos.

—Wendigo —lo corrigió Brianna—. Es un espíritu de los caníbales ojibway que vive en el bosque. Aúlla en las tormentas y se alimenta de personas.

Ian se la quedó mirando.

—Agradable sujeto —señaló.

—¿Verdad que sí?

Yo misma me sentía más que un poco alterada. Además de la conmoción provocada por la aparición de Donner, sus revelaciones y su posterior arresto, pequeñas sacudidas de la memoria no dejaban de cruzar mi mente de manera incontrolable, vívidas imágenes de la primera vez que lo vi, a pesar de mis esfuerzos por bloquearlas. Noté sabor a sangre en la boca y el hedor de hombres sin lavar, entre el aroma de las flores que procedía de la terraza.

—Supongo que se tratará de un nombre de guerra —dije, procurando parecer despreocupada—. Seguramente no lo bautizaron así.

—¿Te encuentras bien, mamá? —Brianna me miraba con el ceño fruncido—. ¿Quieres algo? ¿Un vaso de agua?

—Whisky —dijimos Ian y yo a la vez, y me eché a reír, a pesar de mi inquietud. Cuando lo trajeron, ya me había repuesto.

—¿Qué crees que le ocurrirá, Ulises? —le pregunté cuando me ofreció la bandeja. El rostro impasible y apuesto del mayordomo no expresaba más que un leve desagrado por el reciente visitante. Frunció el ceño al ver los restos de tierra que los zapatos de Donner habían dejado sobre el pavimento de madera.

—Supongo que lo ahorcarán —respondió—. El señor Townsend, como se llama el caballero, llevaba diez libras en la cartera que le robaron. —Más que suficiente para merecer la horca. En el siglo XVIII el robo no estaba bien visto; incluso una libra podía bastar para merecer la pena capital.

—Bien —dijo Ian con evidente aprobación.

Sentí que el estómago me daba un vuelco. Donner no me gustaba, sentía desconfianza hacia él y, a decir verdad, no me parecía que, en términos generales, su muerte fuese a suponer una gran pérdida para el género humano. Pero era un viajero como yo; ¿no nos imponía eso alguna obligación de ayudarlo? O algo tal vez más importante: ¿no tendría alguna información que aún no nos había comunicado?

—El señor Townsend se ha ido a Campbelton —añadió el mayordomo, ofreciéndole la bandeja a Ian—. Le pedirá al señor Farquard que despache pronto el caso, pues debe partir a Halifax y quiere ofrecer su testimonio cuanto antes.

Farquard Campbell era juez de paz, y posiblemente también lo único parecido a una autoridad judicial en el condado desde que la corte del circuito había dejado de operar.

—Pero imagino que no lo van a ahorcar antes de mañana... —dijo Brianna.

Por lo general no tomaba whisky, pero en ese momento aceptó un vaso; a ella también la había turbado el encuentro. Observé que había dado la vuelta al anillo que llevaba en el dedo, y, ausente, frotaba el enorme rubí con el pulgar.

—No —intervino Ian, mirándola con suspicacia—. No tendrás intención de... —Me echó un vistazo—. ¡No! —agregó, horrorizado, al ver la indecisión en mi rostro—. Ese sujeto es un ladrón y un sinvergüenza, y aunque no lo hayas visto quemando y matando con tus propios ojos, tía, sabes bien que lo hizo. ¡Por el amor de Dios, que lo cuelguen y terminemos con esto!

—Bueno... —dije titubeando.

El sonido de pisadas y voces en el vestíbulo me evitó responder. Jamie y Duncan, que habían ido a Cross Creek, ya habían regresado. Sentí una abrumadora oleada de alivio al ver a Jamie en la puerta, tostado por el sol y rubicundo, polvoriento por la cabalgata.

—¿Ahorcar a quién? —preguntó alegremente.

La opinión de Jamie era la misma que la de Ian: que colgaran a Donner, ya que era mejor así. Sin embargo, logramos convencerlo, a regañadientes, de que Brianna o yo debíamos hablar con Donner al menos una vez más, para asegurarnos de que no hubiera ninguna otra cosa que nos pudiera decir.

—Hablaré con el carcelero —comentó sin entusiasmo—. Pero, cuidado —añadió, señalándome con un dedo acusador—, ninguna de vosotras debe tan siquiera acercarse a él, a menos que Ian o yo estemos con vosotras.

—¿Qué crees que hará? —Brianna se enfadó, molesta por su tono—. ¡Mide casi la mitad que yo, por el amor de Dios!

—Y una serpiente de cascabel es todavía más pequeña —repuso su padre—. Me gustaría creer que no te meterías en una habitación con una sólo porque tú pesas más.

Ian dejó escapar una risita burlona, y Brianna le propinó un fuerte codazo en las costillas.

—En cualquier caso —concluyó Jamie sin prestarles atención—, traigo noticias. Y una carta de Roger Mac —agregó. La sacó de su camisa, sonriéndole a Bree—. A no ser que estés demasiado ocupada y no puedas leerla...

Ella encendió una vela y la agarró. Ian hizo ademán de quitársela y ella le alejó la mano de una palmada, riendo, y salió a la carrera para leerla en privado.

—¿Qué clase de noticias? —pregunté. Ulises había dejado la bandeja y la botella; serví un poco en mi vaso vacío y se lo alcancé a Jamie.

—Alguien ha visto a Manfred McGillivray —repuso—. *Slàinte.* —Vació el vaso con aire de satisfacción.

—¿Ah, sí? ¿Dónde? —Ian no parecía nada contento con la noticia. En cuanto a mí, estaba entusiasmada.

—En un burdel; ¿dónde, si no?

Por desgracia, su informador no había sido capaz de precisar la ubicación exacta de dicho burdel, posiblemente porque en el momento del hecho se encontraba demasiado borracho como para saber dónde estaba, según había comentado Jamie, pero aun así, tenía la razonable certeza de que era en Cross Creek o en Campbelton. También por desgracia, el episodio había tenido lugar hacía varias semanas. Manfred bien podía haberse marchado a otro lugar.

—Al menos es un punto de partida —dije esperanzada.

La penicilina era efectiva, aun para casos avanzados de sífilis, y a mí todavía me quedaban algunos preparados de la medicina en la cocina.

—Cuando vayas a la cárcel, te acompañaré. Después de hablar con Donner, podemos ir a buscar el burdel.

El aire de satisfacción de Jamie disminuyó de manera considerable.

—¿Qué? ¿Por qué?

—No creo que Manfred siga allí, tía —intervino Ian, claramente divertido—. Para empezar, dudo que tenga dinero para ello.

—Ja, ja —me burlé—. Tal vez haya dicho dónde se aloja, ¿no? Además, quiero saber si mostraba algún síntoma.

En mi época, podían pasar diez, veinte o hasta treinta años entre la aparición del chancro inicial y el desarrollo de nuevos síntomas de sífilis, pero en estos tiempos, la sífilis era una enfermedad mucho más fulminante. Sus víctimas podían morir al cabo de un año de ser infectadas. Y Manfred se había marchado hacía más de tres meses; Dios sabía cuándo había contraído la infección inicial.

Jamie parecía poco entusiasmado con la idea de ir a buscar burdeles; a Ian se lo veía mucho más interesado.

—Te ayudaré a buscarlo —se ofreció—. Fergus puede venir también. Sabe mucho acerca de las putas; es probable que hablen con él.

—¿Fergus? ¿Fergus está aquí?

—Así es —dijo Jamie—. Ésa era la otra noticia. En este momento le está presentando sus respetos a mi tía.

—Pero ¿por qué está aquí?

—Bueno, habrás oído lo que comentaban en la barbacoa, ¿no? Lo del impresor Simms y sus problemas, ¿recuerdas? Al parecer, las cosas están mucho peor, y él está pensando en venderlo todo antes de que alguien prenda fuego a su local y a su propia persona. Se me ocurrió que tal vez ésta fuera una actividad más apropiada que la agricultura para Fergus y Marsali. De modo que mandé que lo buscaran, para que hable con Simms.

—¡Es una idea brillante! —exclamé—. Sólo que... ¿con qué dinero lo compraría Fergus?

Jamie tosió e intentó evadir el tema.

—Bueno... Supongo que se puede llegar a algún tipo de acuerdo. En especial si Simms está ansioso por vender.

—Muy bien —dije con resignación—. Creo que prefiero no enterarme de los detalles escabrosos. Pero, Ian... —Me volví hacia él, y lo fulminé con la mirada—. Nada más lejos de mi intención que ofrecerte consejos sobre moralidad, pero tú no, repito, tú no vas a interrogar a ninguna prostituta de una forma profunda y personal. ¿Está claro?

—¡Tía! —exclamó, fingiendo que estaba escandalizado—. ¡Qué ideas se te ocurren! —Aunque una amplia sonrisa se dibujó en su rostro tatuado.

56

Brea y plumas

Cuando llegó el momento, finalmente permití que Jamie fuera solo a la cárcel para concertar una visita con Donner. Me había asegurado que sería más fácil sin mi presencia, y yo tenía muchas otras cosas que hacer en Cross Creek. Además de lo habitual, como sal, azúcar, alfileres y otros utensilios domésticos que debían ser renovados, necesitaba, con mayor urgencia, más quina para Lizzie. El ungüento de bayas de acebo funcionaba para el tratamiento de los ataques de malaria, pero no se aproximaba ni de lejos a la eficacia de la corteza de quino para prevenirlos.

De todas formas, las restricciones de los británicos al comercio estaban surtiendo efecto. Desde luego, el té era imposible de conseguir (algo que era de esperar, ya que no había habido nada durante casi un año), pero tampoco se podía obtener azúcar, excepto a un precio exorbitante, lo mismo que ocurría con los alfileres de acero.

En cambio, sí podía conseguir sal. Cargué una libra en mi cesta y me dirigí al muelle. El día era caluroso y húmedo; lejos de la suave brisa del río, el aire estaba inmóvil y espeso como si fuera melaza. La sal se había solidificado en sus bolsas de arpillera, y el vendedor se vio obligado a cortar terrones con un cincel.

Me pregunté cómo irían las investigaciones de Ian y Fergus; tenía un plan para el burdel y sus habitantes, pero antes debíamos hallarlo.

No le había mencionado mi idea a Jamie. Si funcionaba, habría tiempo suficiente. Una calle lateral ofrecía sombra en forma de grandes olmos plantados de manera que sus copas se alzaban sobre la senda. Me cobijé bajo uno de ellos, y advertí que me hallaba a las puertas del distrito elegante de Croos Creek, con un total de unas diez casas. Desde donde me encontraba pude ver la modesta morada del doctor Fentiman, a la que distinguía una pequeña insignia colgante realizada con un tablón sobre el que estaba pintado un caduceo. Cuando me presenté allí, el doctor no estaba en casa, pero su criada, una joven poco agraciada, bien arreglada y con una marcada bizquera, me hizo pasar y me guió hasta la consulta.

Era una estancia sorprendentemente fresca y agradable, con grandes ventanas y un pavimiento cubierto con una gastada lona de cuadros azules y amarillos, que estaba amueblada con un escritorio, dos cómodas sillas y una tumbona en la que los pacientes se podían reclinar para ser examinados. El doctor tenía un microscopio en el escritorio, a través del cual miré con interés. Era de muy buena calidad, aunque no tanto como el mío, pensé con cierta satisfacción.

Sentía una gran curiosidad por ver el resto de su equipo, y estaba debatiéndome acerca de si hurgar en sus cajones sería o no abusar de la hospitalidad del doctor, cuando éste llegó, volando con las alas que le ofrecía el coñac.

Tarareaba para sí mismo y llevaba el sombrero bajo un brazo y su desvencijado maletín médico colgado del otro. Al verme, dejó caer ambos en el suelo con descuido y, con expresión radiante, se apresuró a cogerme la mano. Se inclinó sobre ésta, y apoyó sus labios húmedos y fervorosos en mis nudillos.

—¡Señora Fraser! ¡Estimada señora, qué gusto verla! No la aqueja ninguna dolencia, ¿verdad?

Yo corría peligro de marearme por los efluvios alcohólicos de su aliento, pero mantuve una expresión tan cordial como me fue posible, y mientras me limpiaba la mano en el vestido con disimulo, le aseguré que me encontraba muy bien, al igual que todos los miembros de mi familia.

—Ah, espléndido, espléndido —dijo, dejándose caer con considerable brusquedad en un taburete, y dedicándome una enorme sonrisa que reveló sus molares manchados de tabaco. Su inmensa peluca se le había corrido hacia un lado, obligándolo a atisbar por debajo de ella como un lirón escondido bajo una cubretetera, pero él no pareció darse cuenta—. Espléndido, espléndido.

Supuse que un gesto más bien vago que hizo con la mano significaba que me invitaba a tomar asiento, y eso fue lo que hice. Había traído conmigo un pequeño presente para endulzar al buen doctor y lo saqué de mi cesta, aunque a decir verdad, me dio la impresión de que estaba lo bastante entonado como para requerir poca atención adicional antes de exponerle el motivo de mi visita.

En cualquier caso, quedó encantado con mi obsequio. Se trataba de un ojo que alguien había perdido en una pelea en Yanceyville y que el joven Ian había tenido la consideración de recoger para mí, conservándolo en un frasco de alcohol de vino. Como conocía los gustos del doctor Fentiman, supuse que lo apreciaría. Así fue, y pasó algún tiempo repitiendo «¡Espléndido!».

Por último se fue apagando, parpadeó, sostuvo el frasco a la luz y le fue dando la vuelta, observándolo con gran admiración.

—¡Espléndido! —volvió a comentar—. ¡Le aseguro, señora Fraser, que tendrá un lugar de honor en mi colección!

—¿Tiene usted una colección? —pregunté fingiendo gran interés. Había oído hablar de ella.

—¡Ah, sí, ah, sí! ¿Le interesaría verla?

No había posibilidad de negarse; ya se había levantado y avanzaba tambaleándose hacia una puerta en la parte trasera de su estudio. Daba a un gran gabinete, sobre cuyos anaqueles había treinta o cuarenta recipientes de cristal llenos de alcohol que contenían objetos que sin duda podían ser descritos como «interesantes».

Iban de lo grotesco a lo impresionante de verdad. Sacándolos de uno en uno, me enseñó un dedo gordo con una verruga del tamaño y el color de una seta comestible, una lengua que había sido partida a lo largo, al parecer en vida de su propietario, pues ambas mitades parecían bien curadas, un gato de seis patas, un cerebro con grandes deformaciones («Perteneciente a un ahorcado por asesinato», me informó con orgullo. «No me sorprende», murmuré pensando en Donner, y preguntándome qué aspecto tendría su cerebro) y muchos bebés, presumiblemente nacidos antes de tiempo y que mostraban una serie de atroces deformidades.

—Ahora bien —dijo, cogiendo un gran cilindro de cristal con manos temblorosas—, ésta es la pieza más valiosa de mi colección, sin lugar a dudas. Hay un médico muy distinguido en Alemania, Herr Doktor Blumenbach, que tiene una colección de cráneos de fama mundial, y me está persiguiendo o, en realidad, acosando, se lo aseguro, para convencerme de que me desprenda de ella.

«Ésta» eran los descarnados cráneos y la columna vertebral de un bebé de dos cabezas. De hecho, era fascinante. También era algo que convencería a cualquier mujer en edad de concebir de renunciar al sexo de manera inmediata.

Por tétrica que fuera la colección del doctor, me ofrecía una excelente oportunidad para plantear el tema que me había llevado allí.

—Es realmente asombroso —dije, inclinándome para examinar las órbitas vacías de los flotantes cráneos. Vi que eran independientes y completos; lo que se había dividido era la médula espinal, y los cráneos pendían juntos en el fluido; eran de un blanco fantasmal, y se inclinaban el uno hacia el otro, de modo que las redondeadas cabezas se tocaban con delicadeza, como si compartieran algún secreto. Sólo se separaban cuando un movimiento del frasco hacía que se tambalearan un momento, flotando—. Me pregunto qué causa semejante fenómeno.

—Ah, sin duda, alguna conmoción terrible sufrida por la madre —me aseguró el doctor Fentiman—. Las mujeres embarazadas son muy vulnerables a cualquier clase de excitación o aflicción, ¿sabe? Hay que mantenerlas aisladas, confinadas, bien lejos de toda influencia nociva.

—Claro —murmuré—. Pero ¿sabe?, algunas malformaciones, como tal vez ésa, por ejemplo, pueden ser resultado de que la madre padezca sífilis.

Era cierto; reconocí la característica malformación de la mandíbula, el cráneo estrecho y el aspecto hundido de la nariz. Aquella criatura había sido conservada con toda su carne y estaba curvada con aire plácido en su frasco. Su tamaño y la ausencia de cabello sugerían que era muy posible que fuera prematura; yo esperaba, por el bien de la propia criatura, que no hubiera nacido con vida.

—Sífi... sífilis —repitió el doctor, tambaleándose un poco—. Ah, sí. Sí, sí. Obtuve esa criatura en particular de una, eh... —Se le ocurrió, tarde, que tal vez la sífilis no fuera un tema adecuado para discutir con una dama. Cerebros de asesinos y niños de dos cabezas, sí, pero enfermedades venéreas, no. En el gabinete había un frasco que contenía algo que me pareció, con razonable certeza, el escroto de un negro aquejado de elefantiasis. Advertí que tampoco me lo había mostrado.

—¿De una prostituta? —apunté con expresión compasiva—. Sí, supongo que desgracias como ésta deben de ser comunes entre esas mujeres.

Para mi fastidio, se escurrió del tema deseado.

—No, no. De hecho... —Echó un vistazo por encima del hombro, como si temiera que lo estuvieran escuchando, se inclinó hacia mí y dijo en un ronco susurro—: Un colega me dio ese espécimen en Londres hace algunos años. ¡Se rumorea que es el hijo de un noble extranjero!

—Ah, vaya —exclamé desconcertada—. Qué... interesante.

En ese incómodo momento entró la criada con el té o, mejor dicho, con una repulsiva mezcla de bellotas tostadas y manzanilla, hervidas en agua, y la conversación viró hacia temas sociales. Temí que el té lo despejara antes de que yo lograra encarrilarlo en la dirección apropiada, pero por suerte, la bandeja incluía una botella de clarete, que le serví con generosidad.

Procuré hacer que regresara a temas médicos inclinándome a admirar los frascos que habían quedado sobre su escritorio. El más cercano a mí contenía la mano de una persona que había sufrido un caso tan avanzado de la enfermedad de Dupuytren que dicho apéndice era poco más que un nudo de dedos contraídos. Me hubiese gustado que Tom Christie lo viera. Desde su operación me evitaba, pero por cuanto yo sabía, la mano todavía le funcionaba bien.

—¿No es notable la variedad de condiciones que puede mostrar el cuerpo humano? —comenté.

El doctor sacudió la cabeza. Había descubierto el estado de su peluca y le dio la vuelta; su semblante marchito con ella le daba el aspecto de un solemne chimpancé... excepto por el rubor de capilares rotos que iluminaban su nariz como un farol.

—Notable —repitió como un eco—. Y, sin embargo, lo que es igual de notable es la capacidad de recuperación que el cuerpo puede demostrar ante las heridas más terribles.

Era cierto, pero yo quería llevar las cosas a otro terreno.

—Sí, claro. Pero...

—Lamento mucho no poder enseñarle cierto espécimen; ¡habría sido una destacada pieza para mi colección, se lo aseguro! Pero, ay, el caballero insistió en llevárselo consigo.

—¿Que él hizo qué? —Bueno, al fin y al cabo, yo misma les había entregado a varios niños sus apéndices o amígdalas en un frasco después de operarlos. Me pareció que no era del todo insensato que alguno quisiera conservar un miembro amputado.

—Sí, de lo más asombroso. —Tomó un sorbo de clarete con aire pensativo—. Era un testículo... confío en que me perdone por mencionarlo —agregó, demasiado tarde. Dudó durante un momento, pero al fin fue incapaz de resistirse al deseo de describir el episodio—. El caballero había sufrido una herida en el escroto, un accidente de lo más desafortunado.

—Desde luego —señalé, experimentando un repentino cosquilleo en la base de la columna vertebral. ¿Se trataría del misterioso visitante de Yocasta? Para mantener la cabeza despejada, había evitado el clarete, pero ahora, sintiendo que lo necesitaba, me serví un poco—. ¿Le contó cómo ocurrió el desdichado incidente?

—Ah, sí. Dijo que fue un accidente de caza. Es lo que dicen todos. —Me miró con expresión chispeante. Tenía la punta de la nariz muy sonrojada—. Supongo que fue un duelo. ¡Obra, quizá, de un rival celoso!

—Quizá. —«¿Un duelo?», pensé. En esa época, la mayor parte de los duelos eran con pistola, no con espada. El clarete era muy bueno, y me sentí un poco más serena—. Usted... ¿le extirpó el testículo? —Debía de haberlo hecho si es que tenía intención de añadirlo a su atroz colección.

—Sí —respondió, y se estremeció levemente al recordarlo—. La herida de bala no había sido atendida en absoluto. Dijo que se la habían hecho varios días antes. Me vi obligado a extirparle un testículo, aunque por suerte pudo conservar el otro.

—Estoy segura de que eso le reconfortaría. —«¿Herida de bala? No, imposible», pensé. «No puede ser... y sin embargo...»—. ¿Ocurrió hace poco?

—Ah, no. —Se reclinó en su asiento, bizqueando un poco al intentar recordar—. Fue en primavera, hace dos años... ¿Mayo? Sí, tal vez en mayo.

—¿Por casualidad no se trataba de un caballero que se apellidaba Bonnet? —Me sorprendí al notar la naturalidad de mi tono—. Creo haber oído que un tal Stephen Bonnet sufrió un... accidente de esa clase.

—Bueno, no quiso darme su nombre, ¿sabe?; es muy frecuente cuando la naturaleza de la herida puede causar vergüenza pública. En casos así, no insisto.

—Pero lo recuerda, ¿verdad? —Me di cuenta de que estaba sentada en el borde de mi silla, y que mi mano apretaba la copa de clarete. La dejé con cierto esfuerzo.

—Mmm... hum. —Maldición, se estaba amodorrando; podía ver cómo se le empezaban a cerrar los párpados—. Un caballero alto, bien vestido. Tenía un... caballo de lo más hermoso...

—¿Un poco más de té, doctor Fentiman? —Le ofrecí una nueva taza, tratando de impedir que se durmiera—. Cuénteme más. Debió de ser una operación de lo más delicada.

De hecho, a pesar de que a los hombres no les gusta saber que extirpar un testículo es una operación sencilla, en realidad lo es. Aunque practicarla en un paciente consciente tal vez fuera más difícil.

Al hablarme de la operación, Fentiman recobró parte de su entusiasmo.

—... Y la bala atravesó el testículo de lado a lado; dejó un agujero perfecto... le aseguro que se podía mirar a través de él. —Era evidente que lamentaba la pérdida de tan interesante espécimen, y me costó un poco hacer que me explicara qué había sido del caballero a quien había pertenecido—. Bueno, eso fue lo raro. ¿Sabe?, el caballo... —dijo con vaguedad—. Hermoso animal... con las crines largas, como una mujer, muy fuera de lo común.

Un caballo frisón. El doctor recordaba que al plantador Phillip Wylie le gustaban esos animales, y así se lo había dicho a su paciente, sugiriéndole que, ya que no tenía dinero y que, además, sería incapaz de montar con comodidad durante un tiempo, podía considerar la posibilidad de venderle su caballo. El hombre se mostró de acuerdo y solicitó al doctor que se lo preguntase a Wylie, que estaba en el pueblo para asistir a las sesiones del tribunal.

El doctor Fentiman había tenido la amabilidad de salir en busca de Wylie, dejando a su paciente reclinado con comodidad en la tumbona con una taza de tintura de láudano.

Phillip Wylie se había mostrado muy interesado por el caballo («Sí, apuesto a que sí», dije, pero el doctor no se dio cuenta), y se apresuró a ir a verlo. El caballo estaba allí, pero el paciente no, ya que se había marchado a pie durante la ausencia del doctor, llevándose media docena de cucharas de plata, una pitillera esmaltada, el frasco de láudano y seis chelines, que eran todo el dinero que el doctor tenía en casa.

—No puedo imaginar cómo se las arregló —dijo Fentiman, abriendo mucho los ojos al pensarlo—. ¡En semejante estado!

—Debo decir que parecía más preocupado por la condición del paciente que por su propia pérdida. Fentiman era un terrible borracho, pensé; nunca lo había visto del todo sobrio. Aunque no era mal médico—. Pero —añadió en tono filosófico— lo que termina bien está bien, ¿no es así, mi querida señora?

Con lo que quería decir que Phillip Wylie le había comprado el caballo a un precio más que suficiente para compensar sus pérdidas y dejarle, además, considerables ganancias.

—Claro —dije, preguntándome cómo se tomaría Jamie la noticia.

Le había ganado el semental a Phillip Wylie —puesto que, sin duda, se trataba de *Lucas*—, en una reñida partida de cartas en River Run, sólo para que, pocas horas después, Stephen Bonnet se lo robara.

A fin de cuentas, supuse que a Jamie le gustaría saber que el semental estaba en buenas manos, aunque no fueran las suyas. En cuanto a las noticias de Bonnet... «Mala hierba nunca muere», había sido su cínico comentario cuando nadie pudo descubrir el cuerpo de Bonnet después de que Brianna le disparara.

Ahora Fentiman ya bostezaba sin disimulo. Parpadeó, con los ojos lacrimosos, y se puso a buscar un pañuelo en sus bolsillos antes de inclinarse a hurgar en su maletín, que había dejado caer al suelo junto a su asiento.

Saqué mi pañuelo y se lo tendí; entonces las vi en el maletín abierto.

—¿Qué son? —le pregunté, señalándolas. Claro que sabía qué eran, pero quería saber de dónde las había sacado. Eran jeringas, dos pequeñas y hermosas jeringas de latón. Estaban compuestas de dos elementos: un émbolo con asas curvadas y un tubo cilíndrico que se estrechaba hasta formar una aguja roma muy larga.

—Eh... esto... es... —Turbado, tartamudeó como un escolar al que sorprenden fumando en el baño. Entonces, se le ocurrió algo y se relajó—. Oídos —dijo en un tono cantarín—. Para limpiar los oídos. Sí, sin duda eso es lo que son. ¡Lavativas para los oídos!

—Ah, ¿de veras? —Cogí una; él trató de detenerme, pero sus reflejos eran lentos, y sólo consiguió agarrar el volante de mi manga—. Qué ingenioso —dije, accionando el émbolo. Era un poco duro, pero no estaba mal, en especial si se tenía en cuenta que la alternativa era una hipodérmica improvisada con un tubo de cuero al que se le ha añadido un colmillo de serpiente de cascabel. Claro que una punta roma no serviría, pero cortarla en un ángulo afilado sería sencillo—. ¿Dónde las ha conseguido? Me gustaría mucho encargar una para mí.

Boquiabierto, me dirigió una mirada horrorizada.

—Yo... eh... en realidad me parece que no... —protestó débilmente.

En ese preciso instante, su doncella apareció en el vano de la puerta con el don de la oportunidad.

—Ha llegado el señor Brennan; su mujer está a punto de dar a luz —anunció de forma lacónica.

—¡Ah! —El doctor Fentiman se puso en pie de un salto, cerró su maletín de golpe y lo recogió con gesto brusco.

—Mil disculpas, estimada señora... debo marcharme... un asunto de la mayor urgencia... ¡Un gusto haberla visto! —Salió a la carrera, estrechando el maletín contra su pecho, con tanta prisa que pisó su sombrero.

La sirvienta recogió el sombrero aplastado con aire de resignación y, sin darle mayor importancia, hizo que recuperara su forma con el puño.

—¿Va a marcharse ahora, señora? —preguntó en un tono que dejaba claro que, me gustara o no, debía hacerlo.

—Sí —dije, poniéndome en pie—. Pero dígame... —Extendí la mano abierta con la jeringa de latón—. ¿Sabe qué es esto y de dónde lo ha sacado el doctor Fentiman?

Era difícil saber hacia dónde miraba, pero inclinó la cabeza como para examinarla, con un interés poco mayor al que mostraría si le ofrecieran un pescado pasado en el mercado a precio rebajado.

—Ah, eso. Sí, señora. Es una jeringa para penes. Creo que la hizo traer de Filadelfia.

—Ah, una jeringa para penes... Entiendo —dije, parpadeando un poco.

—Sí, señora. Es para tratar las purgaciones, la gonorrea. El doctor trata a menudo a los caballeros que acuden a casa de la señora Sylvie.

Respiré hondo.

—¿A casa de la señora Sylvie? Ah. Y ¿sabría decirme dónde se encuentra el... establecimiento de la señora Sylvie?

—Detrás de la taberna de Silas Jameson —repuso, mirándome por primera vez con una ligera curiosidad, como si se preguntara qué clase de idiota no sabía aquello—. ¿Necesita alguna otra cosa, señora?

—Ah, no —contesté—. Con eso me basta, gracias.

Hice ademán de entregarle la jeringa para penes, pero entonces se me ocurrió algo. Al fin y al cabo, el doctor tenía dos.

—Le doy un chelín por ella —dije, mirando al ojo que me pareció que apuntaba en mi dirección.

—Hecho —respondió enseguida. Hizo una pausa antes de añadir—: Si va a emplearla con su marido, antes asegúrese de que esté totalmente borracho.

Ya había cumplido con mi principal misión, pero ahora tenía una nueva posibilidad que explorar antes de tomar por asalto la casa de mala nota de la señora Sylvie.

Había pensado en visitar a un vidriero y explicarle por medio de dibujos cómo hacer el cilindro y el émbolo de una aguja hipodérmica, para dejar a Bree el problema de fabricar una aguja hueca y agregársela. Por desgracia, aunque el único vidriero de Cross Creek era capaz de hacer cualquier clase de botellas, jarras y copas de uso doméstico, con un vistazo a sus mercancías me quedó claro que lo que yo necesitaba se encontraba mucho más allá de sus habilidades.

Pero ¡ya no debía preocuparme por ello! Aunque las jeringas de metal carecían de algunas de las cualidades deseables del cristal, también tenían la indudable ventaja de que no se rompían, y aunque las agujas desechables hubieran sido lo ideal, simplemente podía esterilizar todo el material después de cada uso.

Las jeringas del doctor Fentiman terminaban en puntas gruesas y romas. Sería necesario calentarlas y estirarlas mucho para afinarlas, pero pensé que cualquier idiota con una forja podría hacerlo. Después, habría que cortar el extremo de latón en un ángulo oblicuo, y limar la punta hasta que estuviera en condiciones de perforar la piel con facilidad... «Un juego de niños», pensé feliz, apenas reprimiendo mis ganas de saltar por el camino arenoso. Lo único que me faltaba era una buena provisión de quina.

Pero mis esperanzas de obtener la corteza de quino se esfumaron cuando, al llegar a la calle principal, vi la botica del señor Bogues. La puerta estaba abierta, con las moscas colándose, y el peldaño de la entrada, por lo general inmaculado, mostraba una cantidad de pisadas de barro que sugería que algún ejército hostil había descendido a la tienda.

La impresión de saqueo y pillaje quedó reforzada por la escena que vi en el interior: la mayor parte de los anaqueles estaban vacíos u ocupados por restos esparcidos de hojas secas y cacharros rotos. Miranda, la hija de los Bogues, de diez años de edad, vigilaba con aire lúgubre una pequeña colección de frascos y botellas, así como un caparazón de tortuga vacío.

—¡Miranda! —exclamé—. ¿Qué ha ocurrido?

Su rostro se iluminó al verme, y el gesto de disgusto de su pequeña boca rosada se invirtió para convertirse en una sonrisa.

—¡Señora Fraser! ¿Quiere un poco de marrubio? Nos queda casi una libra... y está barato, a sólo tres céntimos la onza.

—Dame una onza —dije, aunque en realidad tenía muchísimo creciendo en mi propio huerto—. ¿Dónde están tus padres?

La boca se volvió a torcer, y su labio inferior tembló.

—Mamá está atrás, haciendo las maletas. Y papá ha ido a venderle a *Jack* al señor Raintree.

Jack era el caballo de tiro del boticario, así como la mascota particular de Miranda. Me mordí el interior del labio.

—El señor Raintree es un buen hombre —dije, buscando alguna forma de consolarla—. Tiene buenos pastos para sus caballos, y un establo abrigado; creo que *Jack* será feliz allí, tendrá amigos.

Asintió, cerrando los labios con fuerza, pero dos gruesas lágrimas se le escaparon y le rodaron por las mejillas.

Eché un rápido vistazo hacia atrás para asegurarme de que nadie entraba, me dirigí al otro lado del mostrador, me senté sobre un barril y la hice subir a mi regazo, donde enseguida se derrumbó, aferrándose a mí y llorando, aunque con un evidente esfuerzo por evitar que la oyeran en su casa, que estaba detrás de la tienda.

Le di unas palmadas en la espalda y la acurruqué, sintiendo una inquietud que iba más allá de la mera compasión por aquella niña. Era evidente que los Bogues cerraban su negocio. ¿Por qué razón?

Como yo bajaba de la montaña con tan poca frecuencia, no tenía ni idea de cuáles podían ser las simpatías políticas de Ralston Bogues. Al no ser escocés, no había acudido a la barbacoa en honor a Flora MacDonald. Pero sabía que la tienda siempre había sido próspera y que, a juzgar por cómo vestían los niños, la familia tenía un estatus bastante decente; Miranda y sus dos hermanos menores siempre llevaban zapatos. Los Bogues habían vivido allí, como mínimo, desde que nació Miranda, y, posiblemente, más aún. Que se marcharan de esta manera significaba que algo serio había ocurrido o estaba a punto de ocurrir.

—¿Sabes adónde vais? —le pregunté a Miranda, que ahora estaba sentada sobre mi rodilla, resollando y secándose la cara con mi delantal—. Tal vez el señor Raintree pueda escribirte para explicarte cómo le va a *Jack*.

Pareció un poco más esperanzada al escucharlo.

—¿Cree que puede enviar una carta a Inglaterra? Queda muy lejos.

¿Inglaterra? Sí que ocurría algo serio.

—Ah, sin duda —dije, metiéndole en la cofia algunos mechones de pelo que se le habían escapado—. El señor Fraser le escribe todas las noches a su hermana, que está en Escocia. ¡Y está aún más lejos que Inglaterra!

—Ah. Bueno. —Más contenta, se bajó de mi regazo y se alisó el vestido—. ¿Cree que podré escribirle a *Jack*?

—Estoy segura de que el señor Raintree le leerá la carta si lo haces —le aseguré—. ¿De modo que sabes escribir?

—Ah, sí, señora —dijo con entusiasmo—. Papá dice que leo y escribo mejor que él a mi edad. Y, además, en latín. Me enseñó a leer los nombres de todas las sustancias para que le buscara la que él podría necesitar. ¿Ve aquél? —Me señaló con cierto orgullo un gran jarro de boticario decorado con elegantes rótulos azules y dorados—. *Electuary limonensis*. ¡Y aquel otro dice *Ipecacuanha*!

Admiré sus habilidades, pensando que al menos ahora sabía cuáles eran las simpatías políticas de su padre. Los Bogues debían de ser leales a la Corona, y por eso regresaban a Inglaterra. Lamentaba su partida, pero sabiendo lo que sabía del futuro inmediato, también me alegraba de que se pusieran a salvo. Al menos era probable que Bogues obtuviera una suma razonable a cambio de su tienda; en poco tiempo, a todos los leales a la Corona les confiscarían sus propiedades, y podían considerarse dichosos si escapaban de ser arrestados o algo peor.

—¡Miranda! ¿Has visto el zapato de Georgie? He encontrado uno bajo el baúl, pero... ¡Ah, señora Fraser! Discúlpeme, no sabía que hubiera alguien aquí. —La aguda mirada de Melanie Bogues advirtió que yo estaba detrás del mostrador, los ojos enrojecidos de su hija y las manchas de humedad en mi vestido, pero no dijo nada, limitándose a darle una palmadita en el hombro a Miranda al pasar.

—Miranda me ha contado que se marchan a Inglaterra —expliqué, incorporándome y saliendo de la parte posterior del mostrador—. Lamentaremos su partida.

—Es usted muy amable, señora Fraser. —Sonrió sin alegría—. También nosotros lamentamos tener que irnos. Le aseguro que no me entusiasma la perspectiva de la travesía.

Hablaba con la emoción sincera de alguien que ya había realizado dicha travesía y preferiría que la hirvieran viva antes de hacerla otra vez.

Sentí una intensa compasión, pues yo misma había tenido que efectuar ese mismo trayecto. Hacerlo con tres niños, dos de ellos varones de menos de cinco años... era difícil de imaginar.

Quería preguntarle qué los había impulsado a tomar tan drástica decisión, pero no se me ocurría cómo sacar el tema delante de Miranda. Era evidente que había sucedido algo. Melanie se veía asustadiza como un conejo, y un poco más inquieta de lo que podía justificar incluso tener que mudarse de una casa en la que vivían tres niños. No dejaba de lanzar rápidas miradas por encima del hombro, como si temiera que alguien fuera a atacarla a traición.

—¿Acaso el señor Bogues...? —comencé a decir, pero me interrumpió una sombra que se proyectó sobre el umbral. Melanie dio un respingo y se llevó la mano al pecho, mientras yo me volvía para ver quién era.

El vano de la puerta estaba ocupado por una mujer baja y rechoncha, ataviada con una combinación de prendas. Durante un instante, pensé que era una india, pues no llevaba cofia y tenía trenzado el cabello oscuro, pero cuando entró en la tienda me di cuenta de que era blanca. O, mejor dicho, rosada; sus toscas facciones estaban tomadas por el sol, y la punta de su nariz respingona era de un intenso color rojo.

—¿Cuál de ustedes es Claire Fraser? —preguntó, pasando la mirada de mí a Melanie Bogues.

—Soy yo —dije, reprimiendo el instintivo impulso de retroceder un paso. Su comportamiento no era amenazador, pero irradiaba semejante aire de poder físico, que me resultaba bastante intimidante—. ¿Quién es usted? —pregunté yo, más desconcertada que grosera, y ella no pareció ofenderse.

—Jezebel Hatfield Morton —contestó, entornando los ojos y mirándome con atención—. En el muelle me han dicho que usted estaría aquí. —En marcado contraste con el suave acento inglés de Melanie Bogues, tenía la tosca entonación que yo asociaba con las gentes que han pasado tres o cuatro generaciones en el campo sin hablar con nadie más que con los mapaches, las zarigüeyas y sus propios parientes.

—Eh... sí —dije; no tenía sentido negarlo—. ¿Necesita que la ayude en algo?

No parecía necesitar ayuda; si hubiese estado más sana, habría reventado las costuras de la camisa de hombre que llevaba. Melanie y Miranda la miraban con los ojos muy abiertos. Fuera cual fuese el peligro al que temía Melanie, no era la señorita Morton.

—No, ayuda, no —aclaró entrando más en la tienda. Movió la cabeza hacia un lado, examinándome con algo parecido a la fascinación—. Pero sí he pensado que tal vez usted sabría dónde anda ese granuja de Isaiah Morton.

Mi boca se abrió del todo y la cerré con rapidez. No era, pues, la señorita Morton, sino la señora Morton. Es decir, la primera señora de Isaiah Morton. Isaiah Morton había combatido en la milicia de Jamie durante la primera guerra de la Regulación, y solía mencionar a su primera esposa; cuando lo hacía, su cuerpo se cubría de un sudor frío.

—Yo... eh... creo que está trabajando en algún lugar del norte —respondí—. ¿Guilford? ¿O quizá Paleyville?

En realidad, era Hillsboro, pero eso apenas importaba, dado que en ese momento no se encontraba allí. Estaba, de hecho, en Cross Creek, adonde había ido a buscar un embarque de barricas para su patrón, un cervecero. Hacía apenas una hora que lo había visto en la tienda del tonelero, acompañado de la segunda señora de Morton y de la hija de ambos. Jezebel Hatfield Morton no parecía la clase de persona que se muestra civilizada ante cosas como ésa.

Emitió un sonido bajo y gutural que denotaba disgusto.

—Es una maldita comadreja escurridiza. Pero ya le echaré el guante, no se preocupe. —Hablaba con una distraída seguridad que no auguraba nada bueno para Isaiah.

Me pareció que lo más prudente era callar, pero no pude evitar preguntarle:

—¿Para qué lo quiere?

Isaiah poseía cierto encanto rústico, pero cuando se miraba de manera objetiva, apenas podía decirse que fuera el tipo de hombre que pudiera llenar a una mujer, y mucho menos a dos.

—¿Para qué lo quiero? —La idea le pareció divertida, y se pasó un sólido puño por debajo de la nariz enrojecida—. No lo quiero. Pero a mí no me deja ningún hombre por alguna desvergonzada con cara de leche cuajada. Cuando lo atrape, tengo intención de ensartar su cabeza en un palo y clavar su mugriento pellejo a mi puerta.

Realizada por otra persona, aquella afirmación habría parecido mera retórica. Pero en boca de la dama en cuestión se trataba de un inequívoco anuncio de sus intenciones. Miranda abrió los ojos como platos, y su madre la imitó al instante.

Jezebel H. Morton me miró con los ojos entornados, y se rascó con aire pensativo bajo un inmenso pecho, dejando la húmeda tela de su camisa adherida a su carne.

—Me han dicho que usted le salvó la vida a ese desgraciado en Alamance. ¿Es verdad?

—Eh... sí. —La observé con recelo, atenta a cualquier movimiento ofensivo. Su cuerpo bloqueaba la puerta; si se abalanzaba sobre mí me metería corriendo por la puerta que daba a la vivienda de los Bogues.

La mujer llevaba desenvainado un cuchillo tan grande como para destripar a un puerco. Estaba metido en un enredado cinturón de *wampum* que cumplía la función de sujetar una masa arrugada que, me pareció, había sido en algún momento una enagua de franela roja, mal cortada a la altura de las rodillas. Sus sólidas piernas estaban desnudas, al igual que sus pies. Del cinturón le colgaban una pistola y un cuerno de pólvora, pero gracias a Dios, no intentó coger ninguna de sus armas.

—Qué pena —dijo de forma desapasionada—. Pero bueno, si hubiera muerto, yo habría perdido la oportunidad de matarlo, así que supongo que es mejor de esta forma. No se preocupe por mí; si no lo encuentro, uno de mis hermanos lo hará.

Al parecer, había terminado por el momento, puesto que se relajó un poco y miró a su alrededor, reparando por primera vez en los estantes vacíos.

—¿Qué ocurre aquí? —preguntó con expresión de interés.

—Lo vendemos todo —murmuró Melanie, tratando de situarse frente a Miranda a modo de escudo—. Nos marchamos a Inglaterra.

—¿Ah, sí? —Jezebel pareció en cierto sentido interesada—. ¿Qué ha ocurrido? ¿Han matado a su marido? ¿O lo han untado de brea y lo han emplumado?

Melanie se quedó pálida.

—No —susurró. Su garganta se movió cuando tragó saliva y su asustada mirada se dirigió a la puerta. De modo que ésa era la amenaza. A pesar del calor agobiante, de pronto sentí frío.

—Ajá. Bueno, si le interesa saber si lo harán, tal vez lo mejor sea que vaya a Center Street —sugirió Jezebel en tono servicial—. Están preparándose para hacer pollo asado con alguno.

Se huele la brea caliente por todo el pueblo, y de todas las tabernas salen bandas de gente.

Melanie y Miranda chillaron al unísono y corrieron hacia la puerta, abriéndose paso de un empellón por el espacio que les dejaba la inamovible Jezebel. Yo me desplacé con rapidez en esa misma dirección, y apenas evité una colisión cuando Ralston Bogues entró justo a tiempo para detener a su histérica esposa.

—Miranda, ve a ocuparte de tus hermanos —dijo con calma—. Tranquila, Melanie, todo va bien.

—Brea —jadeó ella aferrándose a él—. Ella ha dicho...

—No es para mí —la interrumpió él, y observé que su cabello goteaba y su rostro estaba pálido—. No me buscan a mí. Aún no. Se trata del impresor.

Con suavidad, se soltó el brazo que ella le agarraba y se metió detrás del mostrador, mirando de manera fugaz y con curiosidad a Jezebel.

—Coge a los niños y ve a casa de Ferguson —le dijo a Melanie, agarrando una escopeta de caza de detrás del mostrador—. Regresaré tan pronto como pueda. —Sacó el cuerno de pólvora y una caja de balas de un cajón.

—¡Ralston! —exclamó ella en un susurro imperioso mientras contemplaba la espalda de Miranda, que se retiraba—. ¿Adónde vas?

A él le tembló una comisura de los labios, pero no respondió.

—Ve a casa de Ferguson —repitió, con la mirada fija en la caja que tenía en la mano.

—¡No! ¡No te vayas! ¡Quédate con nosotros, quédate conmigo! —Le cogió el brazo, frenética.

Él se desasió y siguió cargando su escopeta con obstinación.

—Ve, Mellie.

—¡No lo haré! —Se volvió hacia mí y me urgió—: ¡Señora Fraser, dígaselo! ¡Por favor, dígale que es un error, un terrible error! No debe ir.

Abrí la boca, sin saber qué decir a uno u otro, pero no tuve ocasión de decidir.

—No creo que la señora Fraser lo considere un error, Mellie —repuso Ralston Bogues sin dejar de mirarse las manos. Se echó al hombro la correa de la caja de balas y amartilló la escopeta—. En este preciso instante, su marido es el único que los retiene. Él solo.

Me miró, me saludó con la cabeza y se marchó.

• • •

Jezebel tenía razón: olía a brea en todo el pueblo. Esto no era raro en verano, y sobre todo junto a los muelles, pero ahora el espeso hedor caliente que me quemaba las fosas nasales olía a amenaza. Yo jadeaba, no sólo por la brea y el miedo, sino también por el esfuerzo que representaba seguir el paso a Ralston Bogues, el cual, aunque no corría, andaba tan deprisa como le era posible.

Jezebel también tenía razón en cuanto a la gente que salía de las tabernas. En la esquina de Center Street se apiñaba una multitud entusiasmada. Vi que se componía, en su mayor parte, de hombres, aunque había unas cuantas mujeres de las clases más bajas, verduleras y criadas.

El boticario vaciló al verlos. Unos pocos rostros se volvieron hacia él; uno o dos tiraron de la manga a quienes tenían más cerca, señalándolo. Las expresiones de sus rostros no eran muy amistosas.

—¡Vete de aquí, Bogues! —gritó un hombre—. No es asunto tuyo. ¡Aún!

Otro se inclinó, cogió una piedra y se la arrojó. El guijarro repiqueteó inofensivamente sobre la acera de madera, a unos metros de Bogues, pero sirvió para llamar la atención. Algunos de los que estaban entre la multitud se volvieron y empezaron a avanzar despacio en nuestra dirección.

—¡Papá! —dijo una vocecilla asustada a mi espalda. Me volví y vi a Miranda, sin cofia y con el cabello en desorden y cayéndole por la espalda. Tenía el rostro del color de la remolacha de tanto correr.

No había tiempo para pensar. La levanté en volandas y la lancé en dirección a su padre. Éste, sorprendido, dejó caer la escopeta y cogió a la niña por debajo de los brazos.

Un hombre se precipitó a recoger el arma, pero yo me incliné y la agarré antes que él. Retrocedí, estrechándola contra mi pecho, desafiándolo con la mirada.

No lo conocía, pero él a mí sí; sus ojos titubearon al verme, y miró por encima del hombro. Yo oía la voz de Jamie y también muchas otras, todas tratando de gritar más que las de los demás. La respiración aún me silbaba en el pecho; no podía hablar. No obstante, el tono era de discusión; confrontación, pero sin derramamiento de sangre. El hombre vaciló, se volvió y se perdió otra vez entre la multitud, cada vez más numerosa.

Bogues había tenido la sensatez de mantener en brazos a su hija, que lo abrazaba con fuerza del cuello y hundía el rostro en su camisa. El boticario me dirigió una mirada e hizo un pequeño gesto, como indicándome que le devolviera la escopeta. Negué con la cabeza y la así con más fuerza. La culata estaba tibia y resbaladiza.

—Llévese a Miranda a casa —dije—. Yo... haré algo.

Estaba cargada y amartillada. Un disparo. Lo mejor que podía hacer era crear una distracción momentánea; tal vez resultaría de ayuda.

Me abrí paso a empellones entre la muchedumbre, intentando apuntar hacia abajo la escopeta, que llevaba medio oculta entre las faldas, para no derramar la pólvora. De pronto, el olor a brea fue más intenso. Una caldera estaba volcada frente a la imprenta, y un pegajoso charco negro humeaba y hedía al sol.

Brasas encendidas y ennegrecidos trozos de carbón estaban esparcidos por la calle, a los pies de la gente; un ciudadano de bien, en quien reconocí al señor Townsend, pateaba con ahínco una improvisada hoguera, frustrando los intentos que un par de jóvenes hacían por reavivarla.

Busqué a Jamie y lo vi precisamente donde Ralston Bogues había dicho que se encontraba: frente a la puerta de la imprenta, aferrando una escoba manchada de brea, con la luz de la batalla en sus ojos.

—¿Aquél es su marido? —Jezebel Morton me había alcanzado y observaba con interés por encima de mi hombro—. Es grandote, ¿no?

Había brea salpicada delante de la imprenta, y también sobre Jamie. Tenía un gran pegote en el cabello, y vi que su brazo estaba enrojecido en un lugar donde le había rozado un gran chorro. Aun así, sonreía. En el suelo se hallaban otras dos escobas embadurnadas de brea; una de ellas se había roto, casi sin duda sobre la cabeza de alguno. Se estaba divirtiendo, al menos por el momento.

Al principio no vi al impresor Fogarty Simms. Pero entonces un rostro atemorizado apareció durante un instante en la ventana, sólo para ocultarse cuando una piedra surgida de la multitud golpeó contra el marco y rompió el cristal.

—¡Sal, Simms, maldito cobarde! —vociferó uno—. ¿O prefieres que te ahumemos hasta que salgas?

—¡Ahumémoslo! ¡Ahumémoslo! —Entusiastas gritos surgieron de la multitud y un joven se inclinó cerca de mí con intención de recoger un tizón encendido. En el momento en que lo hacía, le di un pisotón en la mano.

—¡Ay, Dios! —Lo soltó y cayó de rodillas, apretándose la mano entre los muslos y boqueando de dolor—. ¡Oh, Dios, qué dolor!

Me alejé andando de lado y me abrí paso entre la gente. ¿Me podría acercar lo suficiente para entregar el arma a Jamie? ¿O eso empeoraría las cosas?

—¡Apártese de la puerta, Fraser! ¡No tenemos nada contra usted!

Reconocí esa voz educada; era el abogado Gerald Forbes. Pero no iba ataviado como era habitual en él; llevaba toscas prendas de tejido casero. De modo que no se trataba de un ataque espontáneo. Había venido preparado para hacer un trabajo sucio.

—¡Eh! ¡Eso será en lo que a ti respecta, Forbes! ¡Yo sí tengo algo contra él! —El que había hablado era un hombre fornido ataviado con un delantal de carnicero, de rostro enrojecido por la indignación. Uno de sus ojos estaba morado e hinchado—. ¡Mira lo que me ha hecho! —Con una carnosa mano, se señaló primero el ojo y después la parte frontal de su vestimenta, lo que daba a entender claramente que una escoba untada de brea le había acertado en medio del pecho. Blandió su inmenso puño en dirección a Jamie—. ¡Me las pagará, Fraser!

—¡Sí, pero con la misma moneda, Buchan!

Cogiendo la escoba a modo de lanza, Jamie amagó un golpe. Buchan emitió un grito y retrocedió, con una expresión de cómica alarma que hizo estallar en risas a la multitud.

—¡Regresa, hombre! ¡Si lo que quieres es hacer el salvaje, te hace falta un poco más de pintura!

Buchan se había dado la vuelta como en actitud de huida, pero la muchedumbre le impedía el paso. Jamie le lanzó un certero escobazo que le manchó los fondillos del pantalón. Al ser consciente del golpe, Buchan dio un salto, aterrado, y luego se alejó, abriéndose paso a trompicones entre nuevas risas y rechiflas.

—¿Alguien más quiere hacer el salvaje? —preguntó Jamie en voz alta. Introdujo su escoba en el humeante charco y la balanceó con fuerza ante él, trazando un amplio arco con el palo. Gotas de brea caliente surcaron el aire, y los hombres gritaron y se empujaron para hacerse a un lado, pisándose y derribándose unos a otros.

Sentí un empujón y golpeé con fuerza un barril que estaba en medio de la calle. Me habría caído si Jezebel no me hubiera asido del brazo y me hubiera sostenido, en principio, sin ningún esfuerzo.

—Su marido es muy valiente —dijo en tono aprobador, con los ojos centrados en Jamie—. ¡Creo que un hombre como ése me podría gustar!

—Sí —dije frotándome un codo dolorido—. A mí también... A veces.

Tales sentimientos no parecían ser universales.

—¡Entrégalo, Fraser, u os emplumaremos a los dos! ¡Malditos *tories*!

El grito provenía de detrás de mí y, al darme la vuelta, vi que quien había hablado venía preparado: llevaba en una mano una almohada de plumas cuyo extremo ya había desgarrado, de modo que éstas volaban con cada uno de sus gestos.

—¡Brea y plumas para todos!

Me volví y, esta vez, el grito provenía de arriba. Levanté la mirada y vi que un joven abría de par en par los postigos de la planta superior de una casa al otro lado de la calle. Trataba de arrojar un colchón de plumas por la ventana, pero su intento era combatido con vehemencia por el ama de casa a quien pertenecía el colchón, y que le golpeaba la cabeza con un cucharón. La mujer se le había subido a la espalda, y emitía chillidos de condena.

Cerca de mí, un joven comenzó a cacarear como un pollo y a aletear con los brazos, para gran diversión de sus amigos, que comenzaron a hacer lo mismo, ahogando cualquier intento de razonar... aunque no es que existiera mucha razón entre ellos.

En el extremo más distante de la calle se oyó un coro de voces.

—¡*Tory*! ¡*Tory*! ¡*Tory*!

La situación cambiaba, y no para mejor. Levanté a medias la escopeta, sin saber qué hacer, pero segura de que debía hacer algo. Un momento más y entrarían en la imprenta.

—Dame la escopeta, tía —dijo una voz queda a mi espalda, y al volverme, vi al joven Ian, que respiraba con esfuerzo. Se la entregué sin dudarlo un instante.

—*Reste de retour*! —gritó Jamie en francés—. *Oui, le tout*! ¡Que nadie dé ni un paso más! —Puede que estuviera gritando a la multitud, pero miraba a Ian.

¿Qué demonios pretendía...? Entonces vi a Fergus, que daba violentos codazos para conservar su lugar en primera fila. El joven Ian, que iba a levantar la escopeta, titubeó y la mantuvo junto a su pecho.

—¡Tiene razón, que nadie se mueva! —ordené—. No dispares, todavía no.

En ese momento me di cuenta de que un disparo apresurado haría más mal que bien. Como lo que había ocurrido con Bobby Higgins y la masacre de Boston. No quería masacre alguna en Cross Creek y, en particular, ninguna que tuviera a Jamie en su centro.

—No lo haré, pero tampoco permitiré que se lo lleven —musitó Ian—. Si pretenden atraparlo... —Se interrumpió, pero tenía la mandíbula tensa, y percibí el penetrante olor de su sudor, que superaba incluso el hedor de la brea.

Gracias a Dios, se produjo una distracción momentánea. Unos gritos provenientes de lo alto hicieron que la mitad de la gente se volviera para ver qué ocurría.

Un segundo hombre, sin duda el propietario de la casa, había aparecido en la ventana de la de enfrente, alejando al primero de un tirón antes de darle un puñetazo. Luego, los dos, peleando, se perdieron de vista. Al cabo de pocos segundos, los ruidos del altercado y los chillidos de la mujer cesaron, y el colchón de plumas quedó colgando a medias de la ventana en un mustio anticlímax.

El coro de «¡*Tory*! ¡*Tory*! ¡*Tory*!» se había extinguido en la fascinación que produjo el conflicto en la planta alta, pero luego volvió, matizado de voces que le exigían al impresor que saliera y se entregara.

—¡Sal, Simms! —bramó Forbes. Vi que había conseguido otra escoba y que se acercaba a la puerta de la imprenta. Jamie también fue consciente de ello, y su boca se torció en un gesto de desdén.

Silas Jameson, el propietario de una taberna local, estaba detrás de Forbes, agachado como un luchador, con una sonrisa malévola en sus toscas facciones.

—¡Sal, Simms! —repitió—. ¿Qué clase de hombre se refugia detrás de las faldas de un escocés, eh?

La voz de Jameson era lo bastante alta como para que todos lo oyeran, y la mayoría de los presentes se echaron a reír, incluido Jamie.

—¡Un hombre prudente! —gritó éste, agitando el borde de su kilt en dirección a Jameson—. ¡En su momento, este tartán ha protegido a más de un pobre muchacho!

—¡Y apuesto a que también a más de una muchacha! —gritó alguna alma procaz desde el gentío.

—¿Qué, te crees que llevo a tu esposa bajo las faldas? —Jamie respiraba con dificultad y tenía la camisa y el cabello empapados en sudor, pero no dejó de sonreír cuando se levantó un poco el kilt—. ¿Quieres venir a buscarla?

—¿Hay lugar para mí también ahí debajo? —preguntó con interés una de las verduleras.

Una oleada de risas cruzó la multitud. Su ánimo, veleidoso como el de toda turba, ya viraba de la amenaza a la diversión. Respiré hondo, temblando, y sintiendo el sudor que corría entre mis pechos. Jamie los estaba dominando, pero caminaba por una cuerda floja.

Si estaba decidido a proteger a Simms, y así era, no había poder en el mundo capaz de hacer que lo entregara. Si la chusma quería apoderarse de Simms, y así era, debían pasar por encima de Jamie. «Y lo harán en cualquier momento», pensé.

—¡Sal de ahí, Simms! —voceó alguien con acento de las Highlands—. ¡No puedes pasarte el día escondido en el trasero de Fraser!

—¡Mejor tener un impresor en el culo que un abogado! —gritó Jamie a modo de respuesta, señalando a Forbes con la escoba—. Son más pequeños, ¿no crees?

Eso hizo que estallaran en carcajadas. Mientras que Forbes era un hombre robusto, Fogarty Simms era un sujeto diminuto. El rostro de Forbes se ruborizó, y vi que algunos lo miraban de soslayo. Forbes rondaba los cuarenta, nunca se había casado, y se comentaban ciertas cosas de él...

—¡No quisiera tener a un abogado en el culo! —gritó Jamie, feliz, aguijoneando a Forbes con la escoba—. ¡Son capaces de robarte la mierda y después cobrarte por la administración de una lavativa!

La boca de Forbes se abrió y la cara se le puso morada. Dio un paso atrás y, al parecer, gritó algo como respuesta, pero nadie pudo escuchar sus palabras, que quedaron ahogadas por las rugientes risotadas de la multitud.

—¡Y después te la vendería como abono! —vociferó Jamie en cuanto fue consciente de que podía hacerse oír otra vez. En un grácil movimiento, dio la vuelta a la escoba y, con el mango, le asestó un golpe a Forbes en el vientre.

La muchedumbre aulló con regocijo, y Forbes, que no era un luchador, perdió la cabeza y cargó contra Jamie, enarbolando su escoba como si fuese una pala. Jamie, que era evidente que había estado esperando un movimiento poco sensato de ese tipo, se apartó como si se tratara de un bailarín, puso la zancadilla a Forbes y le asestó un golpe entre los hombros con la escoba untada de brea, lo que hizo que cayera despatarrado en el charco de brea tibia, para deleite de todos los presentes.

—¡Toma, tía, coge esto!

De pronto me encontré de nuevo con la escopeta entre mis manos.

—¿Qué?

Completamente desconcertada, me volví y vi que Ian se colocaba con rapidez detrás de la gente, haciendo señas a Fergus para que lo siguiera. Al cabo de pocos segundos, y sin que la muchedumbre fuera consciente de ello, llegaron a la casa de cuya ventana colgaba el colchón de plumas.

Ian se agachó y entrelazó las manos; como si llevaran años ensayándolo, Fergus se subió al improvisado estribo y se impulsó hacia arriba, estirando su gancho en dirección al colchón de plumas. Lo alcanzó y quedó colgando de él durante un instante, asiéndose con desesperación al gancho con su única mano para evitar que se le saliera.

Ian saltó, cogió a Fergus de la cintura y tiró hacia abajo. Entonces, la tela del colchón se rasgó bajo el peso de ambos. Fergus e Ian cayeron a tierra y una perfecta catarata de plumas de ganso se derramó sobre ellos. En un instante, el aire espeso y húmedo la arremolinó en una delirante nevada que llenó la calle y cubrió a la sorprendida multitud con puñados de pegajoso plumón.

Parecía que el aire estaba hecho de plumas; estaban por todas partes: irritando ojos, narices y gargantas, y adhiriéndose a cabellos, ropas y pestañas. Me quité un poco de plumón de un ojo lloroso y retrocedí a toda prisa, alejándome de las personas que, medio cegadas, se tambaleaban cerca de mí, chillando y empujándose.

Yo había estado mirando a Fergus y a Ian, pero cuando cayó la tormenta de plumas, a diferencia de todos los presentes, miré hacia la imprenta y vi que Jamie metía el brazo por la puerta, asía a Fogarty Simms del brazo y lo sacaba de su local.

Jamie le dio a Simms un empellón que hizo que se alejara a trompicones, y se volvió a recoger su escoba para ocultar la retirada del impresor. Ralston Bogues, que acechaba a la sombra de un árbol, apareció con un garrote en la mano y corrió tras Simms para protegerlo, mirando hacia atrás y blandiendo su arma cada cierto tiempo para que a nadie se le ocurriese perseguirlos.

Esta acción no pasó del todo desapercibida; aunque la mayor parte de los hombres estaban ocupados en dispersar la cegadora nube de plumas que los rodeaba, unos pocos vieron lo que había ocurrido, dieron la voz de alarma y trataron de abrirse paso entre la multitud para perseguir al impresor.

Era el momento justo... dispararía por encima de sus cabezas y haría que se agacharan, dando a Simms la oportunidad de escapar. Levanté la escopeta, decidida, y puse el dedo en el gatillo.

Alguien me arrebató la escopeta con tal habilidad que durante un instante no me di cuenta de que ya no la tenía y me quedé mirando, incrédula, mis manos vacías. Entonces oí un bramido a mi espalda, lo bastante fuerte como para que todos los que estaban cerca mantuvieran un silencio atónito.

—¡Isaiah Morton! ¡Vas a morir, muchacho!

La escopeta se disparó junto a mi oído con un ¡*bum*! ensordecedor y una cegadora nube de hollín. Ahogada, tosiendo, me froté la cara con el delantal y recuperé la vista a tiempo para ver la baja y regordeta figura de Isaiah Morton a una manzana de distancia, corriendo a tanta velocidad como se lo permitían sus piernas. En un instante, Jezebel Hatfield Morton fue tras él, arrollando sin miramientos a todo aquel que se interponía en su camino. Dio un ágil salto por encima del embreado y emplumado Forbes, que aún estaba a cuatro patas con expresión azorada y, tras abrirse paso a través del resto de la multitud, corrió por la calle con un revuelo de sus cortas enaguas de franela, moviéndose a una velocidad sorprendente para alguien de su tamaño. Morton, seguido de aquella implacable furia que le pisaba los talones, dobló la esquina y desapareció.

Yo misma me sentía un poco aturdida. Los oídos aún me zumbaban, pero levanté la mirada cuando alguien me tocó el brazo.

Jamie me miraba con un ojo cerrado, como si no estuviera seguro de lo que creía que veía. Decía algo que no pude entender, pero los gestos que hacía ante mi rostro, unidos a cierto temblor de las comisuras de sus labios, me ayudaron a adivinar con toda claridad el probable sentido de sus palabras.

—Ja —dije con frialdad. Mi propia voz sonaba baja y lejana, y me pasé de nuevo el delantal por la cara—. ¡Mira quién habla!

Parecía un muñeco de nieve blanco y negro, con las oscuras salpicaduras de brea de su camisa y los puñados de plumón que se le adherían a cejas, cabello y barba de dos días. Dijo algo más, pero no pude oírlo con claridad. Moví la cabeza y me señalé el oído para explicar que, por el momento, estaba sorda.

Sonrió, me cogió de los hombros y acercó su frente a la mía, hasta que ambas chocaron con un leve ¡*zonk*! Sentí que temblaba un poco, pero no supe si era de risa o de agotamiento. Se irguió, me besó en la frente y me agarró del brazo.

Gerald Forbes estaba sentado en medio de la calle, despatarrado y con su cuidado peinado totalmente deshecho. Tenía un costado negro desde el hombro hasta la rodilla. Había perdido un zapato, y algunas personas procuraban despegarle las plumas. Al pasar frente a él llevándome del brazo, Jamie lo evitó describiendo un gran círculo y lo saludó con una amable inclinación de cabeza.

Forbes levantó la vista indignado, y dijo algo entre dientes, con sus toscas facciones torcidas en una expresión de desagrado. Pensé que, a fin de cuentas, valía la pena que no pudiera oírlo.

Ian y Fergus se habían marchado junto a la mayor parte de los alborotadores, con la indudable intención de seguir causando desórdenes en algún otro lado. Jamie y yo nos retiramos al Sycamore, una posada sobre River Street, para recuperar fuerzas y tomar un refrigerio. La hilaridad de Jamie fue cediendo poco a poco, a medida que le quitaba la brea y las plumas, pero se apagó de una manera significativa cuando escuchó el relato de mi visita a la consulta del doctor Fentiman.

—¿Que sirve para hacer qué? —Jamie había dado un pequeño respingo cuando le expliqué lo del testículo de Stephen Bonnet. Pero en el momento en que le hice una descripción de las jeringas para el pene, cruzó las piernas de manera involuntaria.

—Bueno, lo que hay que hacer es introducir la parte parecida a una aguja, naturalmente, y supongo que después hay que verter una solución de algo así como cloruro de mercurio por la uretra.

—Por la, eh...

—¿Quieres que te lo enseñe? —pregunté—. Me he dejado la cesta en casa de los Bogues, pero puedo ir a buscarla y...

—No. —Se inclinó hacia delante y plantó los codos con firmeza sobre las rodillas—. ¿Crees que escuece mucho?

—No creo que tenga nada de agradable.

Se estremeció durante un instante.

—No, diría que no.

—Y tampoco creo que en realidad sirva de nada —añadí pensativa—. Sería una pena pasar por una cosa como ésa y no curarse, ¿no te parece?

Me estaba observando con el aire aprensivo de quien acaba de darse cuenta de que el paquete de aspecto sospechoso que tiene a su lado emite un tictac.

—¿Qué...? —empezó a decir, y me apresuré a terminar.

—De modo que no tienes ningún problema en ir a casa de la señora Sylvie y conseguir su autorización para que trate a sus chicas, ¿verdad?

—¿Quién es la señora Sylvie? —preguntó suspicaz.

—La propietaria del burdel local —contesté respirando hondo—. Me lo contó la criada del doctor Fentiman. Ahora que lo pienso, tal vez haya más de un burdel en el pueblo, pero creo que, sin duda, la señora Sylvie sabrá quién es la competencia, si es que existe, así que ella te lo podrá decir...

Jamie se pasó una mano por el rostro, tirando de sus párpados inferiores, de manera que sus ojos inyectados en sangre destacaban aún más.

—Un burdel —repitió—. Quieres que vaya a un burdel...

—Bueno, por supuesto que, si lo prefieres, yo iría contigo —dije—, pero creo te las arreglarás mejor solo. Lo haría yo misma —añadí con cierta aspereza—, pero es posible que no me hagan caso.

Jamie cerró un ojo mientras me examinaba con el otro, que tenía el aspecto de haber sido lijado.

—Ah, yo creo que sí lo harían —repuso—. Así que esto era lo que tenías en mente cuando insististe en que te acompañara al pueblo, ¿verdad? —preguntó en un tono de ligera amargura.

—Bueno... sí —admití—. Aunque, en realidad, era cierto que necesitaba comprar quina. Además —añadí, con lógica—, si yo no hubiese venido, no te habrías enterado de lo de Bonnet. Ni, para el caso, de lo de Lucas.

Dijo algo en gaélico que interpreté, en términos generales, como una indicación de que podía vivir totalmente feliz sin saber nada de ninguno de ellos.

—Además, estás bien acostumbrado a los burdeles —señalé—. Tenías una habitación en uno, en Edimburgo.

—Sí, es cierto —admitió—. Pero por entonces no estaba casado o, mejor dicho, sí lo estaba, pero... bueno, lo que quiero decir es que en ese momento me venía muy bien que la gente pensara que... —Se interrumpió y me miró con un gesto suplicante—. Sassenach, ¿de veras quieres que todo Cross Creek crea que yo...?

—Bueno, no lo creerán si voy contigo, ¿verdad?

—Dios mío.

En ese instante hundió la cabeza entre las manos y se masajeó con fuerza el cuero cabelludo, probablemente con la idea de que aquello lo ayudaría a idear alguna manera de frustrar mis planes.

—¿Dónde está tu compasión por el prójimo? —pregunté—. No querrás que algún pobre infeliz deba someterse a una sesión con la jeringa del doctor Fentiman sólo porque tú...

—Siempre y cuando no deba someterme yo, no tengo problema con que mi prójimo deba pagar el precio del pecado —me aseguró levantando la cabeza—; creo que se lo merece.

—Bien, coincido contigo —admití—. Pero no se trata tan sólo de ellos. Es por las mujeres. No sólo las prostitutas; ¿qué hay de las esposas y los hijos de los hombres infectados? No dejarás que mueran de sífilis si es posible salvarlos, ¿no?

En ese momento, ya había adoptado el aspecto de un animal perseguido, y ese razonamiento no lo mejoró.

—Pero... la penicilina no siempre funciona —señaló—. ¿Y si no les hace efecto a las prostitutas?

—Es una posibilidad —admití—. Pero entre probar algo que tal vez no funcione y no probar nada en absoluto...

Al ver que sus ojos seguían expresando duda, dejé de apelar a la razón y recurrí a mi mejor arma:

—¿Y qué me dices del joven Ian?

—¿Qué tiene que ver él? —repuso con recelo, pero pude ver que mis palabras habían hecho que le viniera una imagen inmediata a la mente. Los burdeles no eran desconocidos para Ian... gracias a Jamie, por muy involuntaria que hubiera sido la presentación—. Ian es un buen muchacho —dijo muy serio—. Él nunca...

—Podría hacerlo —señalé—. Y lo sabes.

Yo no tenía ni idea de cómo era la vida privada de Ian, si es que existía. Pero tenía veintiún años, estaba libre de compromisos y, por lo que podía verse, era un macho en perfecto estado de salud. Por lo tanto...

Me di cuenta de que Jamie había llegado, aunque de mala gana, a esa misma conclusión. Cuando se casó conmigo, a los veintitrés años, aún era virgen. El joven Ian, debido a factores que escapaban al control de todos, había sido introducido en los asuntos carnales a una edad mucho más temprana. Y no se trataba de una inocencia que pudiera ser recuperada.

—Mmfm —murmuró Jamie.

Levantó la toalla y se restregó la cabeza con fuerza antes de tirarla. Después se recogió el cabello en una gruesa y húmeda coleta y tendió la mano, buscando el cordel para atarla.

—Si vamos a hacerlo, lo mejor será que lo hagamos cuanto antes —dije, mirándolo con aprobación—. Creo que es preferible que yo también vaya. Buscaré mi caja.

No respondió, sino que, con una expresión adusta, se dedicó a tratar de ponerse presentable. Por suerte, no había llevado ni chaleco ni chaqueta durante el alboroto callejero, de modo que pudo ocultar lo peor del daño de su camisa.

—Sassenach —dijo y, al volverme, noté que me miraba con un brillo en los ojos, inyectados en sangre.

—¿Sí?

—Pagarás por esto.

El establecimiento de la señora Sylvie era una casa de dos plantas de aspecto de lo más corriente, pequeña y más bien maltrecha. Las tejas de madera se curvaban en los extremos, y le daban un ligero aspecto de sorpresa desaliñada, como una mujer a la que pillan de improviso con los rulos recién quitados.

Jamie emitió unos guturales sonidos de desaprobación ante el umbral hundido y el jardín lleno de maleza, pero creí que no era más que una forma de ocultar su incomodidad.

No sé muy bien cómo esperaba que fuera la señora Sylvie, ya que la única madame que había conocido había sido una inmigrante francesa de Edimburgo bastante elegante. Pero la propietaria de la más popular de las casas de mancebía de Cross Creek era una mujer de unos veinticinco años, con una cara poco llamativa y unas orejas muy prominentes.

De hecho, al principio di por sentado que se trataba de la criada, y sólo cuando Jamie la saludó con cortesía llamándola «señora Sylvie» me di cuenta de que quien había abierto la puerta era la propia madame. Miré a Jamie de soslayo, preguntándome de qué la conocía, pero cuando volví a mirar me di cuenta de que él había reparado en la buena calidad de su vestido y en el gran broche que llevaba en el pecho.

Lo miró a él, luego a mí, y frunció el ceño.

—¿Podemos pasar? —pregunté, dando un paso al interior sin esperar respuesta—. Soy la señora Fraser y éste es mi marido —aclaré, señalando con un gesto a Jamie, que ya estaba sonrojado hasta las orejas.

—¿Ah, sí? —dijo la señora Sylvie con recelo—. Bueno, si es para los dos, tendrán que pagar una libra extra.

—¿Cómo...? ¡Ah! —La sangre caliente inundó mi rostro en el momento en que me di cuenta, tarde, de lo que quería decirme. Jamie, que lo había entendido enseguida, ya estaba como una remolacha.

—No hay ningún problema —me tranquilizó ella—. Claro que no es lo habitual, pero a Dottie no le importaría, ¿sabe? Es que prefiere a las mujeres.

Jamie emitió un profundo gruñido que expresaba que, dado que había sido idea mía ir al burdel, yo debía ocuparme de salir de aquella situación.

—Me temo que no nos hemos explicado bien —dije en el tono más encantador que pude—. Sólo... queremos, eh... entrevistar a sus... —Me interrumpí, buscando la palabra apropiada; «empleadas» no me sonaba bien.

—Chicas —intervino Jamie con naturalidad.

—Eh, sí. Chicas.

—¿Ah, sí? —Los pequeños ojos brillantes de la madame nos contemplaron unos instantes—. ¿Son metodistas? —preguntó poco después—. ¿O baptistas de la Luz Divina? Bueno, en tal caso, serán dos libras. Por la molestia.

Jamie rió.

—Nada caro, no, señor —observó—. ¿O ése es el precio por cada chica?

La boca de la señora Sylvie tembló ligeramente.

—Es evidente que por cada chica —replicó.

—¿Dos libras por alma? Sí, bueno, ¿quién puede ponerle precio a la salvación? —Ahora, el tono de Jamie era de broma, y ella, que evidentemente se había dado cuenta de que no éramos ni clientes potenciales ni misioneros a domicilio, pareció divertida, pero evitó demostrarlo.

—Yo podría hacerlo —replicó en tono seco—. Las putas le ponen precio a todo, aunque no conocen el valor de nada; o al menos eso dicen.

Jamie asintió con la cabeza.

—Sí. Y ¿cuál sería entonces el valor de la vida de una de sus chicas, señora Sylvie?

La mirada de diversión desapareció de sus ojos, pero conservaron su brillo, ahora ferozmente recelosos.

—¿Me está amenazando, señor? —Se irguió cuanto pudo y puso la mano sobre una campanilla que había en una mesa cercana a la puerta—. Le aseguro que estoy bien protegida. Sería muy sabio por su parte marcharse de inmediato.

—Si quisiera hacerle daño, mujer, no traería a mi esposa para que lo viera —dijo Jamie en tono apacible—. No soy tan pervertido.

La mano de ella, que aferraba con fuerza el cabo de la campanilla, se aflojó un poco.

—Se sorprendería de la clase de gente que puede venir por aquí —comentó—. Pero le aclaro —añadió, apuntándole con un dedo— que yo no hago ese tipo de cosas, ni lo sueñe; aunque las he visto.

—También yo —intervino Jamie, que ya había abandonado su tono burlón—. Dígame, ¿ha oído hablar, tal vez, de un escocés llamado Mac Dubh?

Su expresión cambió al oír aquel nombre; era evidente que había oído hablar de él. Yo estaba desconcertada, pero evité mostrarlo.

—Sí —respondió. Su mirada se había vuelto más intensa—. Era usted, ¿verdad?

Jamie hizo una reverencia, muy serio.

La señora Sylvie frunció la boca durante un momento; entonces pareció que volvía a ser consciente de mi presencia.

—¿Se lo contó? —preguntó.

—Lo dudo —dije, mirando a Jamie de reojo. Él evitó mi mirada con diligencia.

La señora Sylvie soltó una risita.

—Una de mis chicas fue con un hombre al Sapo. —Se refería a un antro de la peor clase, ubicado junto al río y llamado el Sapo y la Cuchara—. Y él la maltrató. La llevó al bar y se la ofreció a los que estaban allí. Ella me dijo que supo que moriría. ¿Sabía que es posible ser violada hasta morir? —Aquella pregunta iba dirigida a mí, en un tono que aunaba indiferencia y desafío.

—Sí, lo sé —dije con aspereza. Un ligero escalofrío me estremeció, y las palmas de mis manos comenzaron a sudar.

—Pero allí había un escocés corpulento que, al parecer, no estaba de acuerdo con la propuesta. Pero era él solo, contra la multitud...

—Tu especialidad —le dije en voz baja a Jamie, que tosió.

—Sugirió que se jugaran a la chica a las cartas. Así que jugaron una partida de brag y ganó él.

—¿En serio? —pregunté en tono cortés. Hacer trampa en las cartas era otra de sus especialidades, aunque yo trataba de que no la ejerciera, ya que estaba convencida de que algún día le costaría la vida. No era extraño que no me hubiera explicado aquella aventura en particular.

—De modo que cogió a Alice, la envolvió en su capa y la trajo de regreso aquí. La dejó en la puerta.

Miró a Jamie con una vacilante admiración.

—Bien. ¿Acaso ha venido a cobrar una deuda? Cuente con mi agradecimiento, si es que sirve de algo.

—Sirve de mucho, señora —dijo en voz baja—. Pero no venimos a cobrar nada, sino a tratar de salvar a sus chicas de algo peor que unos borrachos facinerosos.

Las delgadas cejas de la señora Sylvie se levantaron con aire interrogativo.

—De la sífilis —dije sin más trámite. Su boca se abrió.

A pesar de su relativa juventud, la señora Sylvie no era fácil de convencer. Aunque el temor a la sífilis estaba presente en la vida de una prostituta, mi explicación sobre las espiroquetas no la impresionó, y rechazó con firmeza mi propuesta de inyectarle penicilina a su personal, compuesto, al parecer, de sólo tres chicas.

Jamie permitió que la negociación continuara hasta que resultó evidente que estábamos en un callejón sin salida. Entonces intentó otro enfoque.

—No es que mi esposa sugiera esto sólo por la bondad de su corazón, ¿sabe? —intervino.

En ese momento ya nos había invitado a pasar a un prolijo y pequeño recibidor decorado con cortinas de guinga, y Jamie se inclinó con cuidado para no forzar las uniones de la delicada silla que ocupaba.

—El hijo de un amigo acudió a mi mujer diciendo que había contraído sífilis de una puta de Hillsboro. Ella vio el chancro; no cabe duda de que el muchacho padece esta enfermedad. Pero se asustó y se marchó antes de que pudiera tratarlo. Lo estamos buscando desde entonces, y ayer nos enteramos de que lo habían visto aquí, en su establecimiento.

La señora Sylvie perdió el control de sus facciones durante un instante.

—¿Quién? —preguntó con voz ronca—. ¿Un muchacho escocés? ¿Qué aspecto tenía?

Jamie me lanzó una breve mirada interrogativa, y describió a Manfred MacGillivray. Cuando terminó, el rostro de la joven madame estaba blanco como el papel.

—Vino aquí —aclaró—. En dos ocasiones. Oh, Dios. —Tras respirar hondo un par de veces, volvió al ataque—: Pero estaba limpio. Lo obligué a mostrármelo; siempre lo hago.

Le expliqué que, aunque el chancro se curara, la enfermedad permanecía en la sangre y emergía más tarde. ¿Acaso no conocía ella a putas que hubieran contraído la sífilis sin que hubiese existido un chancro visible?

—Sí, claro. Pero eso es porque no se cuidaron como es debido —dijo con terquedad—. Siempre lo hago, y mis chicas también. Insisto en que así sea.

Me di cuenta de que se empecinaba en la negación. Antes que admitir que tal vez albergara una infección mortífera, insistiría en que tal cosa era imposible y, poco tiempo después, se convencería a sí misma de que así era y nos echaría.

Jamie también fue consciente de ello.

—Señora Sylvie —dijo, interrumpiendo sus múltiples justificaciones. Ella lo miró parpadeando—. ¿Hay una baraja en la casa?

—¿Qué? Sí, por supuesto.

—Tráigala, entonces —dijo con una sonrisa—. ¿Qué prefiere, gleek, loo o brag?

Ella le dirigió una larga y dura mirada, apretando los labios. Después, se relajó un poco.

—¿Sin trampas? —preguntó con un pequeño brillo en los ojos—. ¿Y qué apostamos?

—Sin trampas —le aseguró Jamie—. Si gano, mi esposa les pone una inyección a todas.

—¿Y si pierde?

—Un barril de mi mejor whisky.

Ella titubeó durante un instante, mirándolo atentamente, calculando sus posibilidades. Él aún tenía un pegote de brea en el cabello y plumas en la chaqueta, pero sus ojos eran de un azul profundo y carecían de maldad. La señora Sylvie suspiró y le tendió la mano.

—Hecho —dijo.

• • •

—¿Has hecho trampas? —pregunté, asiéndolo del brazo para no tropezar. Ya había oscurecido y el único alumbrado de las calles de Cross Creek eran las estrellas.

—No ha sido necesario —respondió él, con un bostezo—. Tal vez sea una buena puta, pero no sabe jugar a las cartas. Debería haber escogido el loo, que es más que nada cuestión de suerte, mientras que para el brag hace falta habilidad. Aunque es más fácil hacer trampas en el loo —añadió parpadeando.

—¿Qué, exactamente, hace que una puta sea buena? —le pregunté con curiosidad. Nunca me había parado a pensar qué calificaciones requería tal oficio, pero suponía que debía de existir alguna, más allá de la necesaria anatomía y la disposición de compartirla.

Jamie se echó a reír al oír aquello, pero se rascó la cabeza pensativo.

—Bueno, ayuda tener una genuina afición por los hombres, aunque sin tomárselos muy en serio. Y si le gusta acostarse con ellos, eso tampoco viene mal. Ay. —Yo había tropezado con una piedra y, al apretarle el brazo con más fuerza, le toqué la quemadura que le había producido la brea.

—Ah, perdona. ¿Duele? Tengo un poco de bálsamo; puedo ponértelo cuando lleguemos a la posada.

—No, sólo son unas ampollas; pasarán.

Se frotó el brazo con cuidado y, encogiéndose de hombros para restar importancia a su incomodidad, me tomó del codo para rodear la esquina y salir a la calle principal. Ya habíamos decidido que, dado que tal vez se nos hiciera tarde, nos alojaríamos en la posada del Rey, de MacLanahan, para no hacer el largo camino de regreso a River Run.

El olor a brea caliente todavía flotaba en ese extremo del pueblo, y la brisa nocturna levantaba pequeños remolinos de plumas junto al camino; de vez en cuando, una pluma flotaba junto a mi oreja como una lenta polilla.

—Me pregunto si seguirán quitándole plumas a Gerald Forbes. —Jamie sonrió.

—Tal vez su esposa le ponga una funda y lo use como almohada —sugerí—. No, espera, no tiene esposa. Tendrán que...

—... Decir que es un gallo y meterlo en un gallinero a cuidar a las gallinas —sugirió Jamie con una risita—. Es todo un gallito, aunque no creo que tuviera mucho éxito como gallo.

No estaba borracho (habíamos tomado un café muy aguado con la señora Sylvie tras las inyecciones), pero sí muy cansado;

ambos lo estábamos. De pronto, nos encontramos en ese estado de agotamiento en que hasta el chiste más malo parece tremendamente gracioso, y nos tambaleamos, chocando entre nosotros y riendo con chistes cada vez peores hasta que tuvimos lágrimas en los ojos.

—¿Qué es eso? —preguntó Jamie de pronto, sobresaltado, inspirando profundamente por la nariz—. ¿Qué se está quemando?

Sin duda debía ser algo grande. Por encima de los techos de las casas cercanas se veía un resplandor en el cielo, y un punzante aroma a madera quemada cubrió de pronto el olor más espeso de la brea caliente. Jamie corrió hacia la esquina de la calle, seguido de cerca por mí.

La imprenta del señor Simms estaba envuelta en llamas; era evidente que sus enemigos políticos, al no poder hacerse con su persona, habían decidido desahogar su mal humor en sus propiedades.

Un grupo de hombres se arremolinaba en la calle, al igual que esa misma mañana. Otra vez se oían gritos de «¡*tory*!», y algunos blandían antorchas. Otros corrían hacia el incendio, gritando. Oí que alguien bramaba «¡malditos *whigs*!», y ambos grupos chocaron en un enredo de empujones y puñetazos.

Jamie me cogió del brazo y me arrastró a la vuelta de la esquina, de donde veníamos, y fuera de la vista. El corazón me latía con fuerza y estaba sin aliento; nos metimos bajo un árbol y permanecimos allí jadeando.

—Bueno —dije tras un breve silencio interrumpido por los gritos de la multitud—. Supongo que Fergus tendrá que encontrar un nuevo oficio. Sé que hay una botica que se vende barata.

Jamie emitió un pequeño sonido que no llegó a ser una risa.

—Sería mejor que se asociara con la señora Sylvie —apuntó—. Ése es un negocio en el que no influye la política. Vamos, Sassenach, tomaremos el camino largo.

Cuando por fin llegamos a la posada, nos encontramos al joven Ian en el porche, esperándonos ansioso.

—¿De dónde demonios venís? —preguntó con seriedad, de una manera que de pronto me recordó a su madre—. Tío Jamie, os hemos estado buscando por todo el pueblo. Fergus ha dicho que sin duda habías quedado en medio del tumulto y que ya estarías malherido o muerto. —Señaló con la cabeza en dirección a la imprenta. El resplandor comenzaba a apagarse, aunque aún había suficiente luz como para ver su rostro, que mostraba unas cejas fruncidas en gesto de desaprobación.

—Estábamos realizando obras de caridad —le aseguró Jamie en un tono piadoso—. Visitando a los enfermos, tal como ordenó Cristo.

—¿Ah, sí? —repuso Ian con considerable cinismo—. También dijo que hay que visitar a los presos; es una pena que no hayáis comenzado por ahí.

—¿Qué? ¿Por qué? —inquirió Jamie.

—Porque el desgraciado de Donner ha escapado, por eso —le informó Ian, que parecía experimentar un sombrío placer al dar una mala noticia—. Ha sido durante la pelea de esta tarde. El carcelero salió para participar en la diversión y dejó la puerta sin cerrar con llave; el desgraciado no tuvo más que abrirla y marcharse.

Jamie respiró hondo y después exhaló con lentitud, tosiendo un poco a causa del humo.

—Bueno —dijo—. De modo que hemos perdido una imprenta y un ladrón, pero hemos ganado cuatro putas. ¿Te parece un intercambio justo, Sassenach?

—¿Putas? —exclamó Ian sobresaltado—. ¿Qué putas?

—Las de la señora Sylvie —intervine, estudiándolo. Me pareció ver que adoptaba cierta actitud de disimulo, aunque tal vez sólo fuera la luz—. ¡Ian! ¿No habrás ido tú allí?

—Sí, claro que ha ido, Sassenach —dijo Jamie resignado—. Míralo. —Una expresión culpable se extendió sobre el semblante de Ian como una mancha de aceite en el agua. Era fácilmente visible, incluso bajo la parpadeante luz rojiza del fuego que se iba apagando.

—He averiguado algo sobre Manfred —se apresuró a decir Ian—. Fue río abajo, con intención de encontrar un barco que lo llevara a Wilmington.

—Sí, ya lo sabíamos —repuse con cierta aspereza—. ¿Quién te lo ha dicho? ¿La señora Sylvie o alguna de las chicas?

La enorme nuez de su garganta osciló nerviosa.

—La señora Sylvie —aclaró en voz baja.

—Bien —asentí—. Por suerte, me queda un poco de penicilina, y también una bonita jeringa roma. Entra, infeliz, y bájate los pantalones.

La señora MacLanahan, que había salido al porche para preguntar si queríamos cenar algo, me oyó y me miró sobresaltada, pero tras todo lo ocurrido, la verdad es que me importó muy poco.

Algo más tarde, ya estábamos a salvo en el refugio de una cama limpia, lejos de los tumultos que habían acaecido durante el día. Yo había abierto la ventana, y una leve brisa agitaba el aire caliente y espeso. Entraron unas suaves motas grises, plumas o cenizas, que cayeron al suelo en espiral, como si se tratara de copos de nieve.

El brazo de Jamie estaba cruzado sobre mi cuepo, y pude distinguir las ampollas que le cubrían la mayor parte del antebrazo. Un áspero olor a fuego flotaba en el aire, pero también se percibía el hedor de la brea, como una persistente amenaza. Los hombres que habían quemado el local de Simms, y que habían estado a punto de quemarlo a él y, si hubieran podido, también a Jamie, eran incipientes rebeldes, hombres a los que se llamaría patriotas.

—Oigo cómo piensas, Sassenach —dijo. Parecía tranquilo, a punto de dormirse—. ¿Qué sucede?

—Pensaba en brea y plumas —aclaré en voz baja, y le toqué el brazo con mucho cuidado—. Jamie... ha llegado la hora.

—Ya lo sé —replicó en voz tan baja como la mía.

Fuera, unos hombres pasaron por la calle, cantando; estaban borrachos y llevaban antorchas cuya luz incierta se proyectó sobre el techo antes de seguir su camino. Percibí cómo Jamie la miraba, escuchando las voces escandalosas que se iban apagando a medida que avanzaban calle abajo, pero no dijo nada y, al cabo de cierto tiempo, el gran cuerpo que me acunaba comenzó a aflojarse, sumiéndose una vez más en el sueño.

—¿Qué estás pensando? —susurré, aunque no estaba segura de que pudiera oírme. Sí podía.

—Pensaba que serías una prostituta muy buena, Sassenach, si fueras un poco promiscua —respondió adormilado.

—¿Qué? —exclamé sobresaltada.

—Pero me alegro de que no sea así —añadió, y comenzó a roncar.

57

El regreso del ministro

4 de septiembre de 1774

Roger se mantuvo alejado de Coopersville mientras regresaba a casa. No temía la ira de Ute McGillivray, pero no quería empañar con frialdad ni enfrentamientos la alegría de regresar al hogar. Prefirió tomar el camino largo, ascendiendo lentamente por las curvas de la empinada cuesta que conducía al Cerro, abriéndose paso por las partes donde el bosque había invadido la senda, y vadeando pequeñas corrientes.

Su mula cruzó la última de éstas, ubicada al final del sendero, y se sacudió, salpicando gotas de su abdomen. Al detenerse para enjugarse el sudor del rostro, Roger advirtió un movimiento en una gran piedra de la orilla. Era Aidan, que pescaba y fingía que no lo había visto.

Roger hizo que *Clarence* se detuviera y se lo quedó mirando un rato sin decir nada. Después preguntó:

—¿Pican?

—Un poco —repuso Aidan, clavando los ojos en su dirección.

Luego levantó la mirada con una sonrisa de oreja a oreja y, tirando su caña, se incorporó de un salto y tendió las manos, de modo que Roger pudo cogerle las delgadas muñecas e izarlo hasta que montó delante de él.

—¡Ha regresado! —exclamó, abrazando a Roger y hundiendo, feliz, el rostro en su pecho—. Lo estaba esperando. ¿De modo que ya es un verdadero ministro?

—Casi. ¿Cómo sabías que volvería hoy?

Aidan se encogió de hombros.

—Llevo esperando una semana. —Levantó el rostro hacia Roger y lo miró con los ojos muy abiertos, intrigado—. No parece cambiado.

—No lo estoy —le aseguró él con una sonrisa—. ¿Cómo va el vientre?

—Perfectamente. ¿Quiere ver mi cicatriz? —Se inclinó hacia atrás y se levantó un raído faldón para mostrarle una nítida marca roja de diez centímetros de largo.

—Muy bien —aprobó Roger—. Supongo que ahora que te has curado cuidarás de tu mamá y del pequeño Orrie.

—Ah, sí. —Aidan hinchó su angosto pecho—. Anoche llevé seis truchas para la cena, y la más grande tenía la longitud de mi brazo —dijo, extendiendo el antebrazo a modo de ejemplo.

—Venga ya...

—¡Es cierto! —exclamó Aidan indignado, pero al darse cuenta de que el otro hablaba en broma, sonrió.

Clarence, que ya quería llegar a casa, estaba inquieta y piafaba, moviéndose en círculos y tirando de las riendas.

—Será mejor que me vaya. ¿Vienes conmigo?

Aidan parecía tentado, pero negó con la cabeza.

—No puedo. Le he prometido a la señora Ogilvie que la avisaría en cuanto lo viera a usted.

Roger se sorprendió.

—¿Ah, sí? ¿Y por qué?

—Tuvo un bebé la semana pasada, y quiere que lo bautice.

—¡Ah!

El pecho de Roger se hinchó al oír la noticia, y la burbuja de felicidad que llevaba en su interior pareció aumentar de tamaño. ¡Su primer bautismo! O, mejor dicho, su primer bautismo oficial, pensó al recordar, con una punzada de dolor, a la pequeña O'Brian a la que había sepultado sin darle un nombre. No podría hacerlo hasta después de su ordenación, pero era algo para aguardar con expectativa.

—Dile que estaré encantado de bautizar al bebé —dijo, ayudando a Aidan a descender—. Que me diga cuándo. ¡Y no olvides los peces! —añadió.

Aidan tomó su caña y la ristra de pescados plateados (ninguno de ellos superaba la longitud de una mano) y se internó en el bosque. Roger y *Clarence* pusieron rumbo a la casa.

Mucho antes de llegar, Roger percibió olor a humo, pero más intenso que el de las chimeneas. Como había oído muchas cosas acerca de los recientes episodios ocurridos en Cross Creek, no pudo evitar una leve sensación de inquietud, y azuzó con los talones a *Clarence*. La mula, al ser consciente del olor de su hogar incluso a pesar del humo, entendió el mensaje rápidamente y subió la empinada cuesta con un fuerte trote.

El olor a humo se hizo más intenso y se mezcló con un aroma a moho que parecía vagamente familiar. Una densa humareda iba aumentando entre los árboles, y cuando Roger salió del sotobosque al claro, se sentía tan inquieto que casi estaba de pie sobre los estribos.

Allí estaba la cabaña, sólida y gastada por la intemperie, y el alivio hizo que volviera a sentarse en la silla con tal fuerza que hizo que *Clarence* gruñera a modo de protesta. Pero el humo se elevaba en espesas columnas en torno a la casa y, en medio de éste, apenas se distinguía la silueta de Brianna, con la cabeza y la cara ocultas por un chal. Desmontó, cogió aire para llamarla y de inmediato sufrió un ataque de tos. El maldito horno para cerámica estaba abierto, vomitando humo como la chimenea del infierno, y reconoció el olor a humedad: tierra quemada.

—¡Roger! ¡Roger! —Ella lo había visto y se acercaba corriendo, con un revuelo de faldas y de los extremos del chal. Saltó por encima de una pila de bloques de turba con la agilidad de una cabra montés, y se precipitó a sus brazos.

Él la abrazó y la estrechó contra su cuerpo, pensando que no había sentido nada tan agradable en su vida como el peso de ella y el sabor de su boca, aunque era evidente que había comido cebolla durante el almuerzo.

Ella se soltó del abrazo, radiante y con los ojos húmedos, el tiempo suficiente para decirle «¡Te amo!», antes de cogerle el rostro y volver a besarlo.

—Te he echado de menos. ¿Cuándo te has afeitado por última vez? Te amo.

—Hace cuatro días, cuando salí de Charlotte. Yo también te amo. ¿Va todo bien?

—Claro. Bueno, en realidad, no. Jemmy se ha caído de un árbol y se ha roto un diente, pero es un diente de leche y mamá dice que eso no afectará al que le saldrá después. Y puede que Ian haya estado expuesto a la sífilis, y todos estamos disgustados con él. Y a papá estuvieron a punto de untarlo con brea y emplumarlo en Cross Creek, y conocimos a Flora MacDonald, y mamá le clavó una aguja en el ojo a la tía Yocasta y...

—¡Puf! —dijo Roger con instintiva repulsión—. ¿Por qué?

—Para que no se le reventara. ¡Y tengo encargos para pintar cuadros por valor de seis libras! —concluyó con aire triunfal—. He comprado un poco de alambre fino y seda para hacer pantallas de papel y suficiente lana para tejer una capa de invierno para ti; es verde. Pero lo más importante es que encontramos a otro... bueno, te lo contaré más tarde; es complicado. ¿Cómo te ha ido con los presbiterianos? ¿Todo bien? ¿Ya eres ministro?

Él movió la cabeza, tratando de decidir qué parte de la ristra de preguntas debía responder primero, y terminó eligiendo el último fragmento, sólo porque podía recordarlo.

—Algo así. ¿Has estado tomando lecciones de incoherencia con la señora Bug?

—¿Cómo es posible que seas algo así como un ministro? Espera, ahora me lo cuentas, tengo que abrirlo un poco más.

Y, tras decir esto, Brianna regresó deprisa hasta la boca del horno subterráneo. La alta chimenea de ladrillos de barro que se alzaba en uno de sus extremos hacía pensar en una lápida sepulcral. Los chamuscados bloques de turba que la habían cubierto mientras funcionaba estaban esparcidos a su alrededor. El efecto general era el de un enorme sepulcro del que acababa de emerger algo grande, caliente y, sin duda, demoníaco. De haber sido católico, Roger se habría santiguado.

No lo era, y se acercó con cuidado al horno, donde Brianna, de rodillas, quitaba con su pala otra capa de bloques de turba de la bóveda de sauce trenzado que se alzaba sobre la boca.

Mirando entre la humareda, distinguió objetos de forma irregular dispuestos en las gradas cavadas en la tierra de las paredes del foso. Unos cuantos eran cuencos o fuentes, aunque la mayor parte eran objetos de forma vagamente tubular, de algo menos de un metro de longitud, que se estrechaban, redondeándose por un extremo, mientras que el otro era un poco acampanado. Tenían un color rosado oscuro, eran veteados y estaban ennegrecidos por el humo, y se parecían a una colección de inmensos falos en una barbacoa, idea que a Roger le pareció casi tan inquietante como la historia acerca del globo ocular de Yocasta.

—Cañerías —explicó Brianna orgullosa, señalando uno de los objetos con su pala—. Para el agua. Mira, ¡son perfectas! O lo serán si no se resquebrajan cuando se enfríen.

—Impresionante —dijo Roger, en una convincente demostración de entusiasmo—. Eh, te he traído un regalo. —Metió la mano en el bolsillo lateral de su chaqueta y sacó una naranja, que ella tomó con una exclamación de deleite, aunque se detuvo un instante antes de hundir la uña en la piel.

—No, cómetela; tengo otra para Jem —le aseguró.

—Te amo —dijo ella otra vez con fervor, mientras el zumo le chorreaba por el mentón—. ¿Qué ha ocurrido con los presbiterianos? ¿Qué han dicho?

—Ah. Básicamente, está todo bien. Tengo mi título universitario y sé suficiente griego y latín como para impresionarlos. Me ha faltado un poco de hebreo, pero si consigo ponerme al día... El reverendo Caldwell me ha dado un libro. —Se dio una palmada en el costado de la chaqueta.

—Sí, ya te veo predicándoles en hebreo a los Crombie y a los Buchanan —dijo Bree con una sonrisa—. ¿Y? ¿Qué más?

Le había quedado una pizca de pulpa de naranja en el labio, y él, sin poder contenerse, se inclinó y se la quitó con un beso. La pequeña explosión de dulzura resultó intensa y ácida en su lengua.

—Bueno, me hicieron exámenes de doctrina y comprensión, y hablamos mucho; rezamos juntos para obtener discernimiento. —Sintió un poco de timidez al hablar de ello con ella. Había sido una notable experiencia, algo semejante a regresar a un hogar que no sabía que echaba de menos. Confesar su vocación había sido una alegría; hacerlo entre personas que la entendían y la compartían...—. De modo que, provisionalmente, soy ministro de la Palabra —dijo, mirándose las puntas de las botas—. Debo ordenarme antes de poder administrar sacramentos como el matrimonio y el bautismo, pero eso deberá esperar hasta que se celebre una Sesión de Presbiterio en algún lugar. Mientras tanto, puedo predicar, enseñar y dar sepultura.

Ella lo miraba, sonriendo pero con cierta tristeza.

—¿Eres feliz? —le preguntó, y él asintió con la cabeza, incapaz de hablar durante un instante.

—Muy feliz —respondió al fin, con una voz apenas audible.

—Bien —dijo ella con suavidad, y sonrió con sinceridad—. Entiendo. De modo que ahora estás algo así como prometido en matrimonio con Dios.

Él rió, y sintió que la garganta ya no se le cerraba. Por Dios, tendría que hacer algo; no podía predicar borracho cada domingo. Vaya manera de hablar sobre el escándalo a los fieles...

—Sí, así es. Pero estoy casado contigo como es debido, no lo olvidaré.

—Asegúrate de que así sea. —Ahora, su sonrisa se volvió franca—. Dado que, en efecto, estamos casados... —Le lanzó una mirada muy directa que lo atravesó como una leve corriente eléctrica—. Jem está en casa de Marsali, jugando con Germain. Y nunca he hecho el amor con un ministro. Parece algo perverso y depravado, ¿no te parece?

Él respiró hondo, pero no le sirvió de nada; aún se sentía mareado y con la cabeza ligera, sin duda a causa del humo.

—«He aquí que eres hermosa, amada mía, y suave» —recitó—, «y florido es nuestro lecho. Los contornos de tus muslos son como joyas, obra de mano de excelente maestro. Tu ombligo, como una taza redonda a la que no le falta bebida. Tu vientre, como un montón de trigo cercado de lirios.»

Tendió la mano y la tocó con suavidad.

—«Tus dos pechos, como dos crías mellizas de gama.»

—¿Lo son?

—Está en la Biblia —le dijo con seriedad—. Así que debe de ser cierto, ¿no?

—Háblame un poco más sobre mi ombligo —pidió ella, pero antes de que él pudiera responderle, vio una pequeña forma que salía de los bosques y se dirigía a ellos a la carrera. Era Aidan, ahora sin pescados y jadeando.

—¡La se... ñora Ogilvie dice que vaya... ahora mismo! —farfulló. Jadeó un poco, recuperando suficiente aliento para pronunciar el resto del mensaje—. El bebé no está bien, y quiere que lo bautice por si muere.

Roger se dio una palmada en el otro costado; el *Libro de orden* que le habían dado en Charlotte era un peso pequeño y tranquilizador en su bolsillo.

—¿Puedes hacerlo? —Brianna lo miraba con preocupación—. Los católicos sí pueden... es decir, un laico puede bautizar a alguien si se trata de una emergencia.

—Sí, en un caso como éste, sí. —Le faltaba el aire aún más que hacía un momento. Miró a Brianna, tiznada de hollín y de tierra, y con su ropa apestando a humo y a barro cocido, en lugar de a mirra y aloe—. ¿Quieres venir? —Anhelaba con todo su ser que ella dijera que sí.

—No me lo perdería por nada del mundo —le aseguró Bree y, quitándose el mugriento chal, se descubrió el cabello, que ondeó al viento, brillante como un estandarte.

Era el primer vástago de los Ogilvie, una diminuta niña a la que Brianna, con la experiencia de la maternidad, le diagnosticó un fuerte cólico, aunque en términos generales estaba bien de salud. Los padres, tan jóvenes que daba miedo, pues ambos parecía que tuvieran unos quince años, demostraron un patético agradecimiento por todo: el consuelo y los consejos de Brianna, su ofrecimiento de que Claire los visitara con medicamentos y comida (puesto que estaban demasiado asustados como para pensar en pedir ayuda a la esposa del señor, y mucho menos tras las historias que habían escuchado sobre ella) y, sobre todo, porque Roger había ido a bautizar al bebé.

Que un verdadero ministro —pues no hubo forma de convencerlos de lo contrario— apareciera en esos parajes tan apartados y accediera a dar la bendición de Dios a su hija era una suerte tan grande que se sentían abrumados.

Roger y Brianna permanecieron con ellos hasta que el sol se puso, y partieron imbuidos del placer ligeramente vergonzoso de sentir que uno hace el bien.

—Pobre gente —comentó Brianna con voz temblorosa entre la compasión y la diversión.

—Sí, pobrecillos —asintió Roger, que compartía sus sentimientos.

El bautismo había salido a la perfección; incluso la pequeña, que cuando llegaron berreaba con el rostro morado, se había callado el tiempo suficiente como para que él le vertiera agua sobre la pelada cabeza, invocando la protección divina para su alma. Que se le permitiera llevar a cabo la ceremonia le produjo una gran alegría y una inmensa sensación de humildad. Sólo una cosa lo alteraba y hacía que oscilara entre un orgullo vergonzante y una profunda desazón.

—Su nombre... —dijo Brianna, y se interrumpió moviendo la cabeza.

—He tratado de convencerlos —contestó él, procurando controlar la voz—. He intentado hacerlo por todos los medios, tú eres mi testigo, Brianna. Elizabeth, he dicho. Mairi. Elspeth, tal vez. ¡Tú me has oído!

—Vamos —repuso ella, y le tembló la voz—. Creo que Rogerina es un nombre muy hermoso. —Entonces, perdió el control y, sentándose en la hierba, se echó a reír como una hiena.

—Dios mío, pobre niña —dijo él, procurando no reír, pero incapaz de evitarlo—. Había oído Thomasina o incluso Jamesina, pero... oh, Dios mío...

—Tal vez la llamen Ina para abreviar —sugirió Brianna, resollando y secándose la cara con el delantal—. O pueden escribirlo al revés, Aniregor, y llamarla Annie.

—Qué gran consuelo —concluyó Roger con sequedad. Se inclinó y la ayudó a incorporarse.

Ella se apoyó en él y lo estrechó entre sus brazos, aún vibrando a causa de la risa. Olía a naranjas y a humo, y la luz del poniente brillaba en su cabello.

Al fin se detuvo, y apartó la cabeza de su hombro.

—«Yo soy de mi amado, y mi amado es mío» —comentó, y lo besó—. Has estado bien, reverendo. Vámonos a casa.

OCTAVA PARTE

La vocación

58

Amaos los unos a los otros

Roger respiró tan profundamente como le fue posible y gritó lo más fuerte que pudo. Que, después de todo, no era tan fuerte. Volvió a hacerlo otra vez. Y otra más.

Sentía dolor. Además, era muy irritante; el sonido débil, estrangulado, hacía que sintiera deseos de cerrar la boca y de no abrirla nunca más. Cogió aire, cerró los ojos y gritó con todas sus fuerzas, o intentó hacerlo.

Un intenso dolor le punzó el lado derecho de la garganta y tuvo que detenerse para jadear. De acuerdo. Durante un momento respiró con cuidado y, después de tragar saliva, volvió a intentarlo de nuevo.

Dios, dolía mucho.

Se enjugó los ojos con la manga y se dispuso a hacerlo otra vez. Pero cuando inspiró con fuerza e hinchó el pecho, con los puños apretados, oyó voces y soltó el aire.

Las voces se llamaban entre sí, no lejos de él, pero el viento iba en contra y no pudo entender qué decían. «Lo más probable es que sean cazadores», pensó. Era un hermoso día de otoño; el aire era como vino azul, y una luz moteada jugueteaba en el bosque.

Las hojas comenzaban a cambiar de color, pero algunas ya estaban cayendo, en un silencioso y constante titileo en el borde de su visión. Sabía bien que, en un lugar como ése, cualquier movimiento podía parecer el de una presa. Tomó aire para gritar y darse a conocer, vaciló y dijo «mierda» entre dientes. Fantástico. Prefería que le disparasen, confundiéndolo con un ciervo, antes que pasar vergüenza, gritando, para identificarse.

«Idiota», se dijo a sí mismo, tomó aire y gritó «¡Holaaaa!» con toda la fuerza de sus pulmones, aunque le salió una voz atiplada y con un tono muy bajo. Otra vez. Y otra. Y otra más. A la quinta vez, cuando ya estaba pensando que preferiría que le dispararan antes de seguir intentando hacerse oír, un débil «¡Holaaaa!» cruzó el aire ligero y diáfano.

Se detuvo, aliviado, y tosió, sorprendiéndose al ver que no escupía sangre. Sentía la garganta como carne cruda. Pero ensayó un veloz tarareo y, después, un arpegio ascendente. Una octava. Le había costado tanto esfuerzo, que el dolor le laceró la laringe, pero era una octava entera. Era la primera vez que alcanzaba una amplitud tonal semejante desde que había sufrido la herida.

Alentado por esa pequeña evidencia de progreso, saludó con alegría a los cazadores cuando éstos aparecieron: eran Allan Christie e Ian Murray, ambos armados con largos fusiles.

—¡Predicador MacKenzie! —lo saludó Allan, sonriendo como un incongruente y amistoso búho—. ¿Qué hace solo por aquí? ¿Ensaya su primer sermón?

—De hecho, sí —dijo Roger en un tono agradable. En cierta manera, era verdad (y no había mejor modo de explicar lo que hacía solo en el bosque sin armas, trampas ni una caña de pescar).

—Pues ojalá sea bueno —intervino Allan moviendo la cabeza—. Asistirá todo el mundo. Papá tiene a Malva fregando y barriendo de la mañana a la noche.

—¿Ah, sí? Por favor, dile que se lo agradezco. —Tras una larga reflexión, Roger le había preguntado a Thomas Christie si los servicios dominicales podían celebrarse en casa del maestro de escuela. Al igual que casi todas las del Cerro, no era más que una tosca cabaña, pero como allí se impartían clases, sus estancias eran un poco más amplias que el resto. Y aunque Jamie Fraser le habría permitido usar la Casa Grande, Roger creía que su congregación (¡qué palabra tan abrumadora!) bien podía sentirse incómoda por celebrar sus servicios en casa de un papista, por más flexible y tolerante que éste fuera.

—Vendrás, ¿no? —le preguntó Allan a Ian. Éste pareció sorprendido por la invitación, y, desconcertado, se pasó un nudillo por debajo de la nariz.

—Yo fui bautizado en la Iglesia romana, ¿sabes?

—Bueno, pero ¿cómo mínimo eres cristiano? —preguntó Allan con cierta impaciencia—. ¿O no? Algunos dicen que cuando estabas con los indios te volviste pagano y que nunca has dejado de serlo desde entonces.

—¿Eso comentan? —El tono de Ian era amable, pero Roger vio que su semblante comenzaba a ponerse un poco tenso. Advirtió con interés que Ian no respondía y que, en cambio, se limitaba a preguntar—: ¿Tu esposa vendrá a escucharte, primo?

—Así es —respondió, cruzando los dedos mentalmente—. Y también el pequeño Jem.

«¿Qué te parece esto? —le había dicho Bree, clavándole una intensa mirada, con el mentón un poco levantado y los labios apenas separados—. Jackie Kennedy. ¿Te parece que está bien, o te gusta más la reina Isabel pasando revista a las tropas?» Cerró los labios con fuerza, metió un poco el mentón y sus facciones pasaron de una expresión de atención a otra de digna aprobación.

«Ah, la señora Kennedy, sin duda», le había asegurado él. Le bastaba con que Brianna no se riera ni hiciera reír a los demás.

—Ah, bueno, entonces yo también asistiré si crees que nadie se lo tomará mal —añadió Ian en tono formal y dirigiéndose a Allan, quien rechazó semejante idea con un ademán hospitalario.

—Asistirá todo el mundo —repitió. La perspectiva hizo que el estómago de Roger se encogiese un poco.

—¿Buscáis ciervos? —les preguntó señalando los fusiles con la cabeza, con la esperanza de desviar la conversación hacia algo que no fuera su inminente debut como predicador.

—Sí —repuso Allan—, pero hemos oído el maullido de un gato montés por aquí —afirmó, señalando el bosque que los rodeaba—. Ian dice que, si hay un gato cerca, los ciervos se habrán ido hace bastante tiempo.

Roger dirigió una rápida mirada de soslayo a Ian, cuyo semblante anormalmente inexpresivo le dijo más de lo que le hubiera gustado saber. Allan Christie, nacido y criado en Edimburgo, tal vez no supiera distinguir el grito de un gato del de un hombre, pero Ian, sin duda alguna, sí.

—Es una pena que haya ahuyentado la caza —arguyó, enarcando una ceja en dirección a Ian—. Vamos. Regresaré con vosotros.

Había escogido «Ama a tu prójimo como a ti mismo» como texto para su primer sermón. A pesar de que era antiguo, era bueno, tal y como le había dicho a Brianna, haciendo que ésta se emocionara. Como había escuchado como mínimo cien variaciones sobre el mismo tema, tenía la razonable certeza de que contaba con material suficiente para treinta o cuarenta minutos.

El servicio habitual era mucho más largo, e incluía la lectura de varios salmos, la discusión de la lectura del día y ruegos de los miembros de la congregación, pero su voz aún no estaba en condiciones de permanecer activa durante tanto tiempo. Tendría que habituarse poco a poco hasta conseguir llevar a cabo una celebración completa, que podía durar fácilmente tres horas. Para empezar, acordaría con Tom Christie que éste, que era miembro del consejo, se encargara de las lecturas y las primeras oraciones. Después vería qué hacer.

Brianna estaba sentada a un lado con expresión de modestia, observándolo. No como Jackie Kennedy, gracias a Dios, pero sí con una sonrisa contenida que hacía que se alegrara cada vez que sus ojos se encontraban con los de ella.

Había anotado cosas por si se le acababan las ideas o le fallaba la inspiración, pero se dio cuenta de que no las necesitaba. Le faltó el aire durante un instante cuando Tom Christie, que se había encargado de la lectura, cerró su biblia con un chasquido y lo miró con aire interrogativo, pero una vez que comenzó, se sintió muy cómodo; era semejante a impartir clases en la universidad, aunque Dios sabía que la congregación estaba mucho más atenta de lo habitual entre sus estudiantes universitarios. Tampoco lo interrumpían con preguntas, ni discutían con él; al menos mientras estaba hablando.

En un primer momento sintió con mucha intensidad todo lo que lo rodeaba: el leve aroma de los cuerpos y de la cebolla frita de la noche anterior, las pulidas tablas del pavimento, limpias y con olor a lejía, y la multitud apiñada, sentada en hileras en los bancos. Eran tantos, que también ocupaban el espacio disponible para permanecer de pie. No obstante, después de unos pocos minutos, sólo percibió los rostros de los que tenía delante.

Allan Christie no había exagerado; todos estaban allí. Había casi tanta gente como en su última aparición pública, cuando presidió la inoportuna resurrección de la señora Wilson.

Se preguntó cuánto tendría que ver esa ocasión con su actual popularidad. Algunos lo miraban con disimulo, con una vaga expectación, como si creyeran que tal vez pudiera convertir el agua en vino a modo de bis, aunque en su mayor parte parecían conformarse con su prédica. Tenía la voz ronca, pero, gracias a Dios, podía hablar bastante alto.

Creía en lo que decía; una vez que comenzó se dio cuenta de que estaba hablando con más facilidad, y al no necesitar concentrarse en lo que decía, pudo mirar a los asistentes uno a uno, de modo que pareciera que hablaba personalmente a cada uno de ellos y pensando, al mismo tiempo, en algunas observaciones fugaces que reservaba en su mente.

Marsali y Fergus no habían acudido (lo cual no era ninguna sorpresa), pero Germain sí estaba allí. Se había sentado con Jem y Aidan McCallum, junto a Brianna. Los tres se propinaron codazos de excitación y lo señalaron cuando empezó a hablar, pero Brianna sofocó esa conducta con alguna amenaza en voz baja, tras la cual se limitaron a moverse inquietos. La madre de Aidan se sentaba al otro lado, contemplando a Roger con una especie de abierta adoración que hacía que se sintiera incómodo.

Los Christie ocupaban el lugar de honor, en el centro del primer banco. Malva Christie, recatada, con su cofia decorada con encajes, y con su hermano sentado a un lado con aire protector y su padre al otro, no parecía percatarse de las ocasionales miradas que le dirigían los más jóvenes.

Para sorpresa de Roger, Jamie y Claire también habían acudido, aunque se habían quedado de pie al fondo. El rostro de su suegro se veía tranquilo e impasible, pero el semblante de Claire era como un libro abierto, y era evidente que todo le parecía muy divertido.

—... Y si de verdad consideramos el amor de Cristo tal como es... —Fue su instinto, entrenado en innumerables conferencias, lo que hizo que se diera cuenta de que algo iba mal. Se produjo una leve agitación en el rincón más alejado, donde se habían congregado varios muchachos. Entre ellos estaban dos de los muchos niños McAfee, y también Jacky Lachlan, merecidamente conocido como Piel de Barrabás.

A pesar de que sólo se trataba de algún codazo, unos ojos que se movían y cierto nerviosismo, Roger fue consciente de ello, y a partir de ese momento no dejó de mirar de vez en cuando al rincón con la esperanza de que se mantuvieran calmados. Por eso lo vio todo cuando la serpiente se deslizó entre los zapatos de la señora Crombie. Era una coral más bien grande, de intensas rayas rojas, amarillas y negras, y parecía bastante tranquila.

—Ahora bien, tal vez muchos se pregunten lo siguiente: «¿Y quién es mi prójimo?» Y es una buena pregunta cuando uno vive en un lugar donde no conoce a la mitad de las personas que ve, y aun cuando las conoce, sabe que son, en muchos casos, bastante extrañas.

Los fieles celebraron estas palabras con sonrisas de aceptación. La serpiente curioseaba con aire apacible, levantando la cabeza y sacando su temblorosa lengua para probar el aire. Debía de ser la mascota de alguien; la gente no la ponía nerviosa.

Lo opuesto no era cierto; las serpientes eran raras en Escocia y asustaban a casi todos los inmigrantes. Además de asociarla, como era natural, con el diablo, la mayoría de las personas no sabían distinguir entre las venenosas y las que no lo eran, pues la víbora, la única serpiente escocesa, es venenosa. «Si miraran hacia abajo y vieran lo que se desliza en silencio entre sus pies, se morirían de un ataque», pensó Roger.

Desde el rincón de los culpables, aparecieron risas sofocadas, que cesaron de inmediato, y muchos de los fieles volvieron la cabeza y chistaron al unísono.

—... Cuando tuve hambre, me diste de comer; cuando tuve sed, me diste de beber. Y ¿alguno de los que están aquí rechazaría a... una inglesa, digamos, una *sassenach*, si acudiera, hambrienta, a su puerta?

Esta pregunta produjo una oleada de diversión y miradas en cierto modo escandalizadas en dirección a Claire, que se había ruborizado un poco, pero él consideró que se debía más a la risa contenida que a la ofensa.

Dirigió una rápida mirada al suelo; la serpiente, después de detenerse a descansar, volvió a avanzar, rodeando un banco con suavidad. Un súbito movimiento llamó la atención de Roger; Jamie había dado un respingo al ver al reptil. Ahora estaba rígido, mirándola como si se tratara de una bomba.

En los intervalos de su sermón, Roger había elevado breves plegarias con la esperanza de que la divina benevolencia tuviese a bien hacer salir a la serpiente en silencio por la puerta trasera. Intensificó las plegarias, desabrochándose al mismo tiempo la chaqueta con disimulo para moverse con más libertad si fuera necesario.

Si la maldita cosa decidía dirigirse al frente del recinto antes que al fondo, él, a la vista de todos, tendría que abalanzarse para atraparla. Aquello provocaría un alboroto, pero nada comparado con lo que ocurriría si...

—... Ahora bien, habrán oído lo que dijo Jesús cuando le habló a la samaritana en el pozo...

La serpiente aún seguía enroscada a la pata del banco, indecisa. Estaba a menos de un metro del suegro de Roger. Jamie la vigilaba con el rostro cubierto de sudor. Roger sabía que su suegro sentía un arraigado desagrado por las serpientes, y no era de extrañar, porque una gran serpiente de cascabel había estado a punto de matarlo tres años antes.

La serpiente estaba demasiado lejos como para que Roger la alcanzara: había tres bancos llenos de personas entre él y el animal. Brianna, que podría haber lidiado con ella, se encontraba en el extremo opuesto de la sala. No había nada que hacer, se dijo, suspirando con resignación. Tendría que interrumpir el sermón y, con voz muy serena, requerir la ayuda de alguna persona de confianza. ¿Quién? Buscó a algún candidato con la mirada, y vio que, gracias a Dios, Ian Murray estaba a una distancia de la serpiente que le permitiría cogerla y sacarla de allí.

En el momento mismo en que abría la boca para pedírselo, la serpiente, aburrida de lo que veía, rodeó el banco con rapidez y se dirigió directamente a la última fila.

Los ojos de Roger no se despegaban del reptil, de modo que quedó tan sorprendido como todos los demás (incluida la serpiente, sin duda alguna) cuando vio que Jamie de pronto se inclinaba y, cogiendo al sobresaltado animal, se lo introducía bajo la capa.

Jamie era un hombre grande y su movimiento hizo que muchos se volvieran para ver qué había ocurrido. Él se removió, tosió y procuró demostrar un apasionado interés en el sermón de Roger. Al ver que no había nada que mirar, los otros se volvieron de nuevo y se arrellanaron en sus asientos.

—... Ahora, volvemos a encontrarnos con los samaritanos, ¿verdad? En la historia del buen samaritano. Casi todos ustedes la conocen, pero para los pequeños que tal vez aún no la hayan oído nunca... —Roger sonrió a Jem, a Germain y a Aidan, que se agitaron como gusanos y lanzaron pequeños chillidos de éxtasis por haber sido diferenciados del resto.

Con el rabillo del ojo veía a Jamie de pie, tan rígido y blanco como una camisa de lino. Algo se movía en su interior, y en su mano cerrada apenas se distinguía un atisbo de coloridas escamas. Era evidente que el animal trataba de escapar subiendo por su brazo, y que sólo la fuerza con que Jamie la asía de la cola impedía que asomara la cabeza por el cuello de su camisa.

Jamie sudaba muchísimo, y Roger también. Vio que Brianna lo miraba frunciendo un poco el ceño.

—... De modo que el samaritano le dijo al posadero que se ocupase del pobre sujeto, vendara sus heridas y le diera de comer y que, cuando él regresara de sus asuntos, pasaría a pagarle. Así que...

Roger vio que Claire se inclinaba hacia Jamie y le susurraba algo. Su suegro negó con la cabeza. Casi con seguridad, Claire había visto la serpiente (era difícil no hacerlo) y estaba pidiéndole a Jamie que saliera con ella. Pero el noble Jamie se resistía, ya que si lo hacía interrumpiría todavía más el sermón, puesto que no podía salir sin abrirse paso entre muchos otros de los que permanecían de pie.

Roger se detuvo para enjugarse el rostro con el enorme pañuelo que Brianna le había ofrecido para dicho propósito, y vio que Claire metía la mano en el bolsillo de su falda y sacaba una gran escarcela de calicó.

Parecía que ésta estaba discutiendo con Jamie en susurros; él negaba con la cabeza, con el aspecto de un espartano con un zorro acechando.

Entonces, la cabeza de la serpiente, que metía y sacaba la lengua, apareció de pronto debajo del mentón de Jamie, cuyos ojos se abrieron mucho. De inmediato, Claire se puso de puntillas, la cogió del cuello y, sacando de un tirón al atónito reptil de la camisa de su marido como si fuese una cuerda, metió la bola que se debatía en su escarcela y tiró del cordel que la cerraba.

—¡Dios sea loado! —balbuceó Roger, y los fieles respondieron obedientemente «¡Amén!», aunque algo intrigados por su exclamación.

El hombre que estaba sentado junto a Claire había presenciado esta veloz secuencia de eventos, y se la quedó mirando con los ojos como platos. Ella volvió a guardarse la escarcela en el bolsillo, que ahora se estremecía con marcada agitación; la cubrió con el chal y, tras dirigirle al caballero en cuestión una mirada que significaba «¿Y tú qué miras, amigo?», volvió la vista hacia delante y adoptó un aire de piadosa concentración.

De alguna manera, Roger logró finalizar, tan aliviado por la captura de la serpiente que incluso dirigió el himno final, el interminable himno en el que debía recitar cada versículo para que los fieles lo repitieran, aunque casi no le quedaba voz, y la que tenía chirriaba como un gozne oxidado.

Tenía la camisa pegada al cuerpo, y el aire fresco fue para él como un bálsamo cuando, una vez fuera, recibió las palabras de aprecio de su congregación, inclinándose y estrechándoles las manos.

—¡Magnífico sermón, señor MacKenzie, magnífico! —le aseguró la señora Gwilty. Le dio un codazo al marchito caballero que la acompañaba, que bien podía ser su esposo o su suegro—. ¿No ha sido un sermón magnífico, señor Gwilty?

—Ajá —dijo en tono juicioso el arrugado caballero—. No ha estado mal, no ha estado mal. Un poco corto, y se ha saltado usted la bonita historia de la ramera, pero con el tiempo aprenderá.

—Sin duda —intervino Roger asintiendo y sonriendo mientras se preguntaba «¿Qué ramera?»—. Gracias por venir.

—Ah, no me lo hubiera perdido por nada del mundo —le informó otra dama—. Aunque los cantos no han sido lo que podría haberse esperado, ¿verdad?

—No, me temo que no. Quizá la próxima vez...

—Nunca me ha gustado el salmo 109, es muy sombrío. Tal vez la próxima vez podría recitarnos alguno más alegre, ¿no?

—Sí, espero...

—¡Papipapipapi! —Jem se precipitó contra sus piernas, aferrándole afectuosamente los muslos, de modo que casi lo hizo caer.

—Buen trabajo —dijo Brianna con aire divertido—. ¿Qué ocurría al fondo? No dejabas de mirar en esa dirección, pero no he visto nada y...

—¡Buen sermón, señor, buen sermón! —El señor Ogilvie, padre, lo saludó con una inclinación antes de marcharse, con la mano sobre el brazo de su esposa, diciéndole—: El pobre muchacho desafina muchísimo, pero dadas las circunstancias, el sermón no ha estado mal.

Germain y Aidan se unieron a Jemmy y trataron de abrazarlo todos al mismo tiempo, mientras él hacía cuanto podía por abarcarlos a los tres, sonreírles a todos y asentir con la cabeza a las sugerencias de que hablara más fuerte, predicara en gaélico, evitara el latín (¿qué latín?) y las referencias papistas, que tratara de aparentar más sobriedad, que intentara parecer más feliz, que no hiciera muecas y que incluyera más relatos.

Jamie salió y le estrechó la mano con seriedad.

—Muy bonito —dijo.

—Gracias. —Roger buscó qué decir—. Tú... bueno. Gracias —repitió.

—«No hay amor más grande» —observó Claire, sonriendo desde detrás del codo de Jamie. El viento le agitó el chal, y pudo ver unos extraños movimientos en el costado de su falda.

Jamie emitió un pequeño sonido de diversión.

—Sí. Tal vez podrías ir a hablar con Rab McAfee y con Isaiah Lachlan; quizá deberías predicarles un breve sermón sobre el texto «Quien ama a su hijo a veces lo castiga».

—McAfee y Lachlan. Sí, así lo haré. —O tal vez cogería a solas a los McAfee y a Jacky Lachlan y se ocuparía de castigarlos él mismo.

Se despidió de los últimos fieles, saludó y dio las gracias a Tom Christie y a su familia, y regresó a su casa para almorzar, seguido de su propia familia. Lo normal hubiese sido que celebrara otro servicio por la tarde, pero aún no estaba en condiciones de hacerlo.

La vieja señora Abernathy iba a escasa distancia de ellos, ayudada por su amiga, la algo menos anciana señora Coinneach.

—Agradable muchacho —decía la señora Abernathy, con una voz afectada que flotaba en el fresco aire otoñal—. Pero ¡muy nervioso! Sudaba a mares, ¿has visto?

—Ah, sí, bueno, supongo que sería por timidez —replicó con tranquilidad la señora Coinneach—. Me imagino que ya se acostumbrará.

Roger estaba en la cama, saboreando la satisfacción del deber cumplido, el alivio del desastre evitado y la contemplación de su esposa arrodillada junto al fuego. La luz de las ascuas resplandecía entre la fina tela de su camisa, alumbrándole la cara y las puntas del cabello, de manera que parecía que estaba iluminada desde dentro.

Cuando sofocó el fuego para que no ardiera durante la noche, se incorporó y miró a Jemmy, acurrucado en su camita y con un aspecto engañosamente angelical, antes de meterse en la cama.

—Pareces pensativo —dijo con una sonrisa mientras subía a la cama—. ¿En qué piensas?

—Trataba de adivinar qué habré dicho que el señor MacNeill ha creído que era en latín, y además una referencia católica —repuso haciéndole sitio.

—No has cantado el avemaría ni nada por el estilo —le aseguró ella—. Me habría dado cuenta.

—Mmm —murmuró él, y tosió—. No menciones cómo he cantado, por favor.

—Mejorarás —replicó ella con firmeza, mientras se volvía y comenzaba a moverse para hacerse un hueco. El colchón estaba relleno de lana, que era mucho más cómoda (y más silenciosa) que las vainas de maíz, pero muy propensa a los bultos y los huecos extraños.

—Sí, puede ser —dijo Roger, aunque pensaba «Puede ser. Pero nunca será como antes». No obstante, no tenía sentido pensar en eso, ya se había lamentado lo suficiente. Ya era hora de poner al mal tiempo buena cara y seguir adelante.

Cómoda al fin, Bree se volvió hacia él, suspirando de satisfacción cuando su cuerpo pareció derretirse durante un instante antes de reacomodarse en torno al suyo; era uno de sus muchos pequeños y milagrosos talentos. Se había recogido el cabello en una gruesa trenza para dormir, y él se la acarició de extremo a extremo, estremeciéndose durante un instante al recordar la serpiente. Se preguntó qué habría hecho Claire con ella. Pragmática como era, probablemente la habría soltado en su jardín para que se comiera los ratones.

—¿Sabes ya cuál es la historia de la ramera que has omitido? —murmuró Brianna, moviendo sus caderas contra las de él como sin ser consciente de ello.

—No. Hay una enorme cantidad de rameras en la Biblia. —Tomó la punta de su oreja entre los dientes con mucha suavidad y ella respiró con fuerza.

—¿Qué es una ramera? —preguntó una vocecilla adormilada desde el catre.

—Duérmete, compañero; mañana te lo cuento —dijo Roger, y deslizó la mano por la sólida, redondeada y tibia cadera de Brianna.

Sin duda, Jemmy se dormiría en pocos segundos, pero se contentaron con hacerse pequeñas caricias secretas bajo las mantas, a la espera de que se sumiera en un sueño profundo. Jemmy dormía como un tronco una vez estaba en el país de los sueños, pero se había despertado más de una vez en momentos muy incómodos a causa de los ruidos indecorosos de sus padres.

—¿Es como creíste que sería? —preguntó Bree, apoyándole el pulgar en el pezón y haciéndolo girar con aire pensativo.

—¿El qué...? Ah, el sermón. Bueno, aparte de lo de la serpiente...

—No sólo eso. Todo. Te parece... —Lo miró a los ojos, y él trató de concentrarse en lo que ella decía, más que en lo que hacía.

—Ah... —Su mano se cerró sobre la de ella y respiró hondo—. Sí. ¿Quieres saber si aún estoy seguro? Lo estoy; nunca habría hecho algo así si no lo estuviera.

—Papá siempre ha dicho que tener una vocación es una gran bendición, saber que uno está destinado a algo en especial. ¿Crees que siempre has tenido una... una vocación?

—Bueno, durante un tiempo tuve la idea de que estaba destinado a ser submarinista —dijo—. No te rías, hablo en serio. ¿Y tú?

—¿Yo? —Brianna pareció sorprenderse; luego frunció los labios pensativa—. Bueno, fui a una escuela católica, así que nos urgían a todos a pensar en ser curas o monjas, pero yo estaba bastante segura de que no tenía vocación religiosa.

—Gracias a Dios —dijo él con un fervor que hizo que riera.

—Y luego, durante un período bastante largo, me pareció que debía convertirme en historiadora, que eso era lo que quería. Y era interesante —afirmó con tranquilidad—. Podía hacerlo. Pero lo que quería de verdad era construir cosas. Hacer cosas. —Sacó la mano de debajo de la de él, y agitó sus largos y gráciles dedos—. Pero no estoy segura de que eso sea una vocación verdadera.

—¿No te parece que la maternidad también es una especie de vocación? —preguntó Roger, sabiendo que estaba entrando en un terreno delicado. Ella tenía un retraso de varios días, pero por ahora ninguno de los dos lo había mencionado ni lo haría.

Brianna lanzó una mirada rápida por encima de su hombro hacia el catre, e hizo una mueca que él fue incapaz de interpretar.

—¿Puede decirse que algo que les ocurre por accidente a la mayoría de las personas sea una vocación? —preguntó—. No digo que no sea importante, pero ¿no debería ser una elección?

Una elección. Bueno, Jem había sido un completo accidente, pero a este otro, si es que existía, sí que lo habían elegido.

—No lo sé.

Roger recorrió con los dedos la gruesa trenza que descendía por la espalda de Brianna, y ella respondió estrechándose contra su cuerpo con más fuerza. A Roger le pareció que se veía más madura de lo habitual; sus pechos eran distintos. Más blandos. Más grandes.

—Jem duerme —aclaró ella en voz baja, y él oyó la respiración sorprendentemente profunda y lenta que provenía del catre. Ella volvió a ponerle una mano en el pecho, y la otra un poco más abajo.

Un poco después, cuando él también se acercaba al país de los sueños, oyó cómo decía algo, y trató de despertarse lo suficiente como para pedirle que lo repitiera, pero apenas logró emitir un pequeño sonido de interrogación.

—Siempre he pensado que tenía una vocación —repitió ella, mirando las sombras de las vigas del techo—. Algo que estoy destinada a hacer. Pero aún no sé qué es.

—Bueno, sin duda no estás hecha para ser monja —arguyó él amodorrado—. Aparte de eso, no sé qué decir.

El rostro del hombre estaba a oscuras. Él vio un ojo, un resplandor húmedo, y su corazón palpitó, atemorizado. Los bodhrans *hablaban.*

Llevaba un poco de madera en la mano, una maza, una porra; parecía que cambiaba de tamaño, que se hacía inmensa, pero la manejaba con facilidad, como si fuese parte de su mano; golpeaba el parche, la cabeza del hombre cuyos ojos, resplandecientes de terror, se alzaban hacia él.

Lo acompañaba algún animal, algo grande, visto a medias, que se le adelantó en la oscuridad, rozándole los muslos; anhelaba sangre, y él también, siguiéndole los pasos, cazando.

La maza bajó y volvió a bajar, subió y bajó una y otra vez, una y otra vez, impulsada por su muñeca. El bodhran *vivía y hablaba en sus huesos, el impacto le estremecía el brazo, un cráneo se hundía con un blando sonido húmedo.*

Unidos en ese instante, más unidos que marido y mujer, con los corazones aunados, el terror y la sed de sangre cedieron ante ese impacto blando y húmedo en la noche vacía.

El cuerpo cayó y él tuvo una desgarradora sensación de pérdida cuando se separaron, y percibió la aspereza de la tierra y de las agujas de pino contra su propia mejilla en el momento de la caída.

Los ojos brillaban, húmedos y vacíos; a la luz del fuego, el rostro parecía desencajado. Conocía esa cara, pero no el nombre del muerto. El animal jadeaba en la noche a su espalda, sentía su aliento cálido en la nuca. Todo ardía: hierba, árboles, cielo.

Los bodhrans *hablaban en sus huesos, pero él no entendía qué decían, y golpeó el suelo, el blando cuerpo exánime, el árbol que ardía, con una furia que hizo que saltaran chispas, para que los tambores abandonaran su sangre y hablaran con claridad. Entonces, la maza se le escapó de las manos, su mano golpeó el árbol y quedó envuelta en llamas.*

Despertó con la mano ardiendo, jadeando. Se llevó los nudillos a la boca de manera instintiva, y advirtió el sabor metálico de la sangre. El corazón le latía de tal manera que apenas podía respirar, y combatió esa sensación procurando que su corazón se ralentizara, respirando, manteniendo a raya el pánico, tratando de evitar que la garganta se le cerrara y lo estrangulara.

El dolor de la mano lo ayudaba, y lo distraía de la idea de asfixia. Había lanzado un puñetazo mientras dormía, y había golpeado la pared de madera de la cabaña. Por Dios, era como si se hubiera reventado los nudillos. Los presionó con fuerza con la palma de la otra mano, a la vez que apretaba los dientes.

Se puso de lado y vio el húmedo resplandor de unos ojos a la tenue luz de las ascuas, y si hubiera tenido aliento, habría gritado.

—¿Estás bien, Roger? —preguntó Brianna en un susurro en tono urgente. Su mano le tocó el hombro, la espalda y la curva de la frente, buscando heridas.

—Sí —respondió él, pugnando por respirar—. Una... pesadilla. —Pero lo de la asfixia no era un sueño; sentía el pecho oprimido y debía hacer un esfuerzo consciente cada vez que respiraba.

Ella retiró el cubrecama y, con un siseo de sábanas, se incorporó para ayudarlo.

—Siéntate —le dijo en voz baja—. Despiértate del todo. Respira lentamente; te prepararé un infusión... bueno, como mínimo algo caliente.

A él ya no le quedaba aliento para protestar. La cicatriz le oprimía la garganta como un cepo. El primer dolor de su mano había cedido, y comenzaba a latir al ritmo de su corazón. Qué bien, justo lo que necesitaba. Luchó por deshacerse del sueño, la sensación de tambores sonando en sus huesos y, al hacerlo, sintió que respirar le resultaba más fácil. Cuando Brianna le llevó una jarra de agua caliente en la que había hervido alguna sustancia maloliente, respiraba casi con normalidad.

Él declinó beber aquello, fuera lo que fuese, y ella lo usó para lavarle los lastimados nudillos.

—¿Quieres hablarme de tu sueño? —Ella notaba los ojos pesados, y todavía tenía ganas de echarse a dormir, aunque estaba dispuesta a escucharlo.

Roger vaciló, pero aún sentía el sueño flotando en el aire estático de la noche, justo detrás de él; callarse y recostarse de nuevo en la oscuridad era una invitación a que regresara. Y quizá ella supiera interpretar lo que le había dicho el sueño.

—Era muy confuso, pero estaba relacionado con la pelea de cuando fuimos a rescatar a Claire. El hombre... el que maté... —La palabra se le atragantó, pero logró pronunciarla—. Le hundí la cabeza, y cuando cayó, volví a verle la cara. Y de pronto me di cuenta de que lo había visto antes; yo... sé quién era. —El horror de haber reconocido al hombre se reflejó en su voz, y ella levantó sus espesas pestañas con los ojos muy abiertos.

Su mano le tocó con suavidad los lastimados nudillos a modo de pregunta.

—¿Recuerdas a un infeliz de esos que capturan ladrones que se llama Harley Boble? Lo habíamos visto antes, sólo una vez, en la Reunión del monte Helicon.

—Lo recuerdo. ¿Era él? ¿Estás seguro? Dijiste que todo estaba oscuro y era muy confuso...

—Estoy seguro. No lo sabía cuando le pegué, pero le vi la cara cuando cayó. La hierba ardía, y lo vi con claridad. Y ahora, en el sueño, acabo de verlo de nuevo, y he despertado con su nombre en la cabeza. —Flexionó la mano un poco e hizo una mueca—. Por alguna razón, parece mucho peor matar a alguien que conoces.

Y saber que había matado a un extraño ya era suficientemente malo. Lo obligaba a considerarse capaz de asesinar.

—Bueno, en ese momento no lo conocías —señaló ella—. Quiero decir, no lo reconociste.

—Es verdad, tienes razón. —Era cierto, pero no servía de nada. El fuego estaba apagado para la noche y hacía frío en la habitación; notó la carne de gallina en los desnudos antebrazos de Bree, cuyo dorado vello se erizaba—. Tienes frío, volvamos a la cama.

La cama todavía estaba un poco tibia, y sentir a Brianna acurrucada contra su espalda, entibiando el frío que le llegaba a los huesos, era un consuelo importante. La mano aún le palpitaba, pero el dolor se había transformado en una incomodidad que podía ignorar. Ella lo abrazó con fuerza, poniéndole la mano bajo el mentón. Roger bajó la cabeza para besarle los nudillos, lisos, duros y redondos; al sentir su cálido aliento en el cuello, recordó al animal de su sueño.

—Bree... sí que tuve intención de matarlo.

—Lo sé —dijo ella con suavidad, y lo abrazó con más fuerza, como para evitar que cayera.

59

Bobby va de cortejo

De lord John Grey
Plantación de Mount Josiah

Mi querido amigo:

Te escribo con cierta preocupación en el ánimo.

Estoy seguro de que recordarás al señor Josiah Quincy. Nunca le hubiese entregado una carta de presentación dirigida a ti de haber tenido alguna idea de cuáles serían las consecuencias, pues estoy seguro de que a él se debe que tu nombre aparezca relacionado con el denominado comité de correspondencia de Carolina del Norte. Un amigo que sabe que te conozco me enseñó ayer una misiva que, al parecer, se ha originado en dicho organismo, y que contiene una lista de supuestos destinatarios. Tu nombre estaba entre ellos, y verlo en semejante compañía me produjo tal preocupación que me sentí impulsado a escribirte de inmediato para informarte del asunto.

Debería haber quemado la misiva en el acto, pero era evidente que se trataba tan sólo de una entre muchas copias. Sin duda, las demás están distribuidas por distintos puntos de las colonias. Debes tomar medidas inmediatas para liberarte de ese organismo y evitar que tu nombre vuelva a aparecer en esa clase de contextos.

Porque quisiera advertirte de que el correo no es seguro. He recibido más de un documento oficial (¡incluso alguno con sello real!) que muestra señales no sólo de haber sido abierto, sino que, en algunos casos, está marcado de manera flagrante con las iniciales o firmas de quienes interceptaron las cartas y las leyeron. No hay forma de saber si tal inspección es ordenada por *whigs* o por *tories*, y según me dicen, el propio gobernador Martin hace que le envíen su correspondencia a casa de su hermano en Nueva York, desde donde se la hace llegar un mensajero privado (uno de los cuales fue invitado mío recientemente), ya que no puede confiar en que le sean entregadas sin problemas en Carolina del Norte.

Sólo me queda esperar que ningún documento incriminatorio que lleve tu nombre caiga en manos de personas en condiciones de arrestar o instigar otros procedimientos contra quienes propugnan ideas tan sediciosas como las que allí figuran. Te presento mis más sinceras disculpas en caso de que haberte presentado al señor Quincy te haya hecho padecer incomodidad o peligro alguno, y te aseguro que haré cuanto esté en mi mano por corregir la situación.

Entretanto, te ofrezco los servicios del señor Higgins por si necesitaras enviar cualquier documento, y no sólo cartas dirigidas a mí. Es de toda confianza y, si así me lo requirieras, te lo enviaría de manera regular.

De todas formas, tengo la esperanza de que la situación general pueda solventarse. Creo que, en su mayor parte, los imprudentes que llaman a la rebelión ignoran la naturaleza de la guerra; de no ser así, no se arriesgarían a sufrir sus terrores y penurias, ni hablarían a la ligera de derramar sangre y sacrificar sus vidas por un desacuerdo tan pequeño con su madre patria.

En estos momentos, en Londres se considera que el asunto no llegará a más de «unas pocas narices ensangrentadas», en palabras de lord North, y confío en que así sea.

Estas noticias también tienen un aspecto personal; mi hijo William ha conseguido una plaza de teniente y se unirá a su regimiento de manera casi inmediata. Por supuesto que estoy orgulloso de él, pero conociendo los peligros y las penurias de la vida de soldado, habría preferido que siguiera otra carrera y se hubiera dedicado a la administración de sus considerables propiedades, o si ésa le pareciera una vida demasiado apacible, que hubiera entrado, tal vez, en el mundo de la política o el del comercio, pues, además del poder de sus recursos, tiene mucha inteligencia natural, y bien podría llegar a ser influyente en tales esferas.

Claro que dichos recursos están bajo mi control hasta que William alcance la mayoría de edad. Pero no he podido hacerle cambiar de idea, ya que su deseo era muy fuerte, tal como recuerdo que era yo a su edad, con mi resolución de servir. Tal vez no tarde en satisfacer sus deseos de vida de soldado y adopte otra carrera. Pero admito que la vida militar tiene muchas virtudes que la hacen deseable, por adustas que a veces puedan ser.

Pasando a temas menos alarmantes: me encuentro con que recupero de manera inesperada el papel de diplomático. Me apresuro a decir que no lo hago en nombre de Su Majestad, sino de Robert Higgins, quien me suplica que emplee la escasa influencia con la que cuento para favorecer sus perspectivas matrimoniales.

El señor Higgins ha sido un sirviente bueno y leal, y me satisface prestarle la ayuda que me sea posible; espero que te encuentres en semejante disposición, pues, como verás, tu consejo y tu opinión se requieren urgentemente y son, de hecho, indispensables.

Se trata de un asunto algo delicado y, a este respecto, te recomiendo consideración; en tu discreción, desde luego, confío sin reservas. Al parecer, el señor Higgins ha desarrollado cierta estima hacia dos jóvenes damas que residen en el Cerro de Fraser. Le he señalado las dificultades de, por así decirlo, combatir en dos frentes, y le he aconsejado que concentre sus esfuerzos para tener una mayor posibilidad de éxito en su ataque a un único objetivo, teniendo en cuenta, también, la posibilidad de retirarse y reagrupar sus fuerzas en caso de que su ensayo inicial resulte fallido.

Las dos damas en cuestión son la señorita Wemyss y la señorita Christie, ambas poseedoras de belleza y encanto, según las palabras del señor Higgins, que es de lo más elocuente al elogiarlas. Cuando insistí en que se decidiera por alguna, el señor Higgins protestó y dijo que no podía, pero finalmente, tras discutirlo un poco, me manifestó que su primera elección es la señorita Wemyss.

Se trata de una decisión práctica, y los motivos de su elección no sólo tienen que ver con los indudables atractivos de la dama, sino también con una consideración más terrenal: que tanto la dama como su padre son siervos, y que están bajo tu contrato. Debido a los leales servicios que me ha prestado el señor Higgins, quisiera comprarte dichos contratos, en caso de que la señorita Wemyss acepte casarse con el señor Higgins.

No querría despojarte de dos valiosos sirvientes, pero el señor Higgins opina que es posible que la señorita Wemyss no quiera separarse de su padre. Con el mismo razonamiento, tiene la esperanza de que mi ofrecimiento de librar a padre e hija de sus servidumbres (pues he acordado que así lo haría, siempre que el señor Higgins continúe trabajando para mí) sería suficiente estímulo para pasar por alto cualquier objeción que el señor Wemyss pudiera presentar respecto a la falta de contactos y propiedad personal del señor Higgins, así como otros pequeños impedimentos a la boda que pudieran presentarse.

Tengo entendido que la señorita Christie, aunque igualmente atractiva, tiene un padre a quien tal vez sea más difícil persuadir, dado que su situación social es un poco superior a la de la señorita Wemyss. Aun así, si la señorita Wemyss o su padre rechazan el ofrecimiento del señor Higgins, haré cuanto pueda, con tu ayuda, por planear algún incentivo que resulte atractivo para el señor Christie.

¿Qué te parece este plan de ataque? Te suplico que consideres las circunstancias con cuidado y que, si crees que la propuesta puede ser bien recibida, les plantees el tema al señor Wemyss y a su hija; si fuera posible, aplicando la discreción necesaria para no perjudicar una expedición secundaria, en caso de que resultara necesaria.

El señor Higgins es consciente de su posición inferior como potencial pretendiente, de modo que es consciente del valor del favor que te pide, como también lo es

Tu humilde y obediente servidor,

John Grey

«... otros pequeños impedimentos a la boda que pudieran presentarse...», leí por encima del hombro de Jamie.

—¿Crees que se refiere al hecho de que es un asesino condenado con una marca a fuego en la mejilla y sin familia ni dinero?

—Sí, me parece que sí —asintió Jamie, estirando las hojas de papel, y enderezando los bordes. Era evidente que encontraba divertida la carta de lord John, pero fruncía el ceño, aunque yo no sabía si era una señal de preocupación por las noticias de lord John acerca de Willie, o simple concentración por la delicada cuestión de la propuesta de Bobby Higgins.

Estaba claro que se trataba de esto último, ya que miró hacia arriba, en dirección a la habitación que compartían Lizzie y su padre. No se oía ruido de movimiento alguno a través del techo, aunque yo había visto a Joseph subir la escalera poco antes.

—¿Duerme? —preguntó Jamie, levantando las cejas.

Miró involuntariamente hacia la ventana. Era media tarde, y el parque estaba iluminado por una alegre y placentera luz.

—Un síntoma común de depresión —afirmé, encogiéndome un poco de hombros. El señor Wemyss se había tomado muy mal la disolución del compromiso de Lizzie; mucho más que la propia interesada. Siempre había tenido un aspecto frágil, pero ahora había perdido peso de manera ostensible, se había vuelto más introvertido, sólo hablaba cuando le dirigían la palabra, y cada vez resultaba más difícil despertarlo por la mañana.

Jamie reflexionó durante un momento sobre el tema de la depresión antes de desecharlo con un breve movimiento de la cabeza. Con los dedos rígidos de su mano derecha, tamborileó sobre la mesa en un intento por reflexionar.

—¿Qué opinas, Sassenach?

—Bobby es un joven encantador —dije dubitativa—. Y es evidente que a Lizzie le gusta.

—Si los Wemyss tuvieran un contrato es posible que la propuesta de Bobby tuviese algún atractivo —asintió Jamie—. Pero no lo tienen.

Le había entregado a Joseph Wemyss los papeles de su contrato de servidumbre hacía unos años, y Brianna se había apresurado a liberar de su contrato a Lizzie casi en el mismo instante en que éste fue sellado. Sin embargo, no se sabía públicamente, porque el supuesto estado de servidumbre de Joseph lo eximía de servir en la milicia. Del mismo modo, Lizzie, al ser considerada sierva, gozaba de la protección de Jamie, ya que se suponía que le pertenecía; nadie se atrevía a molestarla ni a faltarle abiertamente al respeto.

—Tal vez él esté dispuesto a contratarlos como asalariados —sugerí—. Es muy posible que sus sueldos cuesten mucho menos que el precio de rescindir dos contratos de servidumbre. —Aunque pagábamos a Joseph, su salario era de tan sólo tres libras al año. No obstante, se incluía alojamiento, manutención y ropa.

—Lo sugeriré —dijo Jamie, pero con cierta duda—. Aunque antes debo hablar con Joseph. —Volvió a mirar hacia arriba, y sacudió la cabeza.

—Hablando de Malva... —interrumpí, mirando al otro extremo del vestíbulo y bajando la voz.

La muchacha estaba en la enfermería, filtrando el líquido de los cuencos de moho que nos proporcionaban penicilina. Yo había prometido enviarle más, así como una jeringa, a la señorita Sylvie. Esperaba que lo usara.

—¿Crees que Tom Christie aceptaría si Joseph no está convencido? En mi opinión, a las dos muchachas les gusta bastante Bobby.

Jamie emitió un ruidito algo burlón al pensar en ello.

—¿Que Tom Christie entregue en matrimonio a su hija a un asesino y, por cierto, un asesino que no tiene ni un penique? John Grey no tiene ni idea de cómo es el hombre o, de lo contrario, jamás sugeriría semejante cosa. Christie es orgulloso como Nabucodonosor, o tal vez más.

—Ah, ¿de manera que es así de orgulloso? —inquirí, divertida a mi pesar—. ¿Y supones que habrá algún otro candidato adecuado en estos parajes?

Jamie encogió un hombro.

—No me ha honrado con sus confidencias en este tema en particular —afirmó con sequedad—. Pero sé que no deja que su hija salga de paseo con ninguno de los muchachos de por aquí; supongo que no le parecen dignos de ella. No me sorprendería que encontrara alguna manera de enviarla a Edenton o a New Bern en busca de un candidato; no le sería difícil hacerlo. Roger Mac dice que ha mencionado esa posibilidad.

—¿De verdad? Últimamente ha entablado mucha amistad con Roger, ¿no?

Una sonrisa de duda cruzó el rostro de Jamie.

—Sí, bueno. Roger Mac se toma a pecho el bienestar de su congregación; sin duda lo hace porque sabe que de eso depende el suyo.

—¿Qué quieres decir con eso?

Me examinó durante un momento; era evidente que estaba evaluando mi capacidad para guardar un secreto.

—Bueno, no se lo menciones a Brianna, pero Roger Mac tiene intención de que Tom Christie y Amy McCallum se casen.

Parpadeé, pero después consideré que en realidad no era mala idea, aunque a mí nunca se me hubiera ocurrido. Era cierto que Tom tenía al menos veinticinco años más que Amy McCallum, pero aún gozaba de buena salud y fuerzas suficientes para alimentarla a ella y a sus hijos. Y estaba claro que ella necesitaba a alguien que la cuidara. El hecho de que ella y Malva pudieran compartir una casa era otra cuestión. Malva había llevado la casa de su padre desde que estuvo en condiciones de hacerlo. Era cierto que era amable, pero en mi opinión tenía tanto orgullo como su padre y no le gustaría que la sustituyeran.

—Mmm —murmuré dubitativa—. Tal vez. Pero ¿a qué te refieres con lo del bienestar del propio Roger?

Jamie enarcó una ceja.

—¿No te has fijado en la manera en que lo mira la viuda McCallum?

—No —respondí desconcertada—. ¿Tú sí?

Jamie asintió.

—Sí, y Brianna también. Por ahora, ella está esperando a ver qué ocurre, pero presta atención a lo que te digo, Sassenach; si el pequeño Roger no se ocupa de casar de una vez a la viuda, se encontrará con que su propio hogar arde más que el infierno.

—¡No me lo creo! No me dirás que Roger le devuelve las miradas a la señora McCallum... —repuse.

—No, no lo hace —dijo Jamie en tono juicioso—, y por eso todavía conserva sus pelotas. Pero si crees que mi hija es de las que soportan que...

Hablábamos en voz baja, y cuando oímos que la puerta de la enfermería se abría, dejamos la conversación.

Malva se asomó al estudio; tenía las mejillas sonrosadas y su cabello oscuro y rizado le enmarcaba el rostro. Parecía una estatuilla de Dresde, a pesar de las manchas de su delantal, y vi que su aire fresco y su disposición hacían sonreír a Jamie.

—Con permiso, señora Fraser; ya he colado todo el líquido y lo he embotellado. Usted me ha indicado que diera el bagazo al cerdo de inmediato... ¿se refería a la gran cerda blanca que vive bajo la casa?

—Lo haré yo —aclaré, incorporándome—. Gracias, querida. Antes de marcharte a tu casa, ve a la cocina y pídele a la señora Bug un poco de pan y miel para llevártelos a casa, ¿quieres?

Ella hizo una reverencia y se dirigió a la cocina; oí la voz del joven Ian, que bromeaba con la señora Bug, y vi que Malva se detenía durante un instante para arreglarse la cofia, retorcerse un bucle en torno al dedo para que se le rizara y erguir su esbelta espalda antes de entrar.

—Bueno, Tom Christie puede declararse tanto como quiera —le murmuré a Jamie, que había salido al vestíbulo conmigo y había visto cómo se marchaba—, pero tu hija no es la única que decide por sí misma y tiene opiniones bien forjadas.

Él emitió un pequeño gruñido y regresó a su estudio mientras yo seguía mi camino hasta el otro extremo del vestíbulo; sobre la encimera había un recipiente lleno de una considerable cantidad de chorreantes desperdicios, los restos de la última partida de fabricación de penicilina, cuidadosamente recogidos.

Abrí una ventana lateral de la casa y me asomé a mirar. A algo más de un metro por debajo de mí se veía el montón de tierra que indicaba la ubicación de la guarida de la cerda bajo los cimientos.

—¿Cerda? —llamé—. ¿Estás en casa?

Las castañas estaban maduras y caían de los árboles; era posible que se encontrase en el bosque, atiborrándose de castañas. Pero no; en la blanda tierra se veían huellas de pezuñas que entraban, y de más abajo surgía el sonido de una respiración estentórea.

—¡Cerda! —exclamé en voz más alta y perentoria.

Oí los fuertes movimientos de un bulto enorme bajo las maderas del suelo, me asomé, y dejé caer con cuidado el cuenco de madera en la blanda tierra, derramando sólo un poco de su contenido.

El golpe sordo que produjo al caer fue seguido de inmediato por la aparición de una inmensa cabeza erizada de cerdas blancas, con un gran hocico rosado que husmeaba, y seguida de un pecho de la anchura de un barril de tabaco. El resto del gran cuerpo de la cerda apareció entre gruñidos entusiastas, y ésta se precipitó sobre el festín de inmediato, apretando el retorcido rabo en señal de deleite.

—Sí, bueno, no olvides quién es la fuente de donde manan todas las bendiciones —le dije, y me retiré, esforzándome por cerrar bien la ventana.

El alféizar estaba bastante astillado y torcido, lo que se debía a haber dejado el cuenco de desperdicios sobre la madera durante demasiado tiempo. La cerda era muy impaciente, y estaba más que dispuesta a entrar en casa a reclamar lo suyo si no se lo entregaba con la velocidad que consideraba correcta.

Mientras me ocupaba de la cerda, mi mente no abandonaba la cuestión de la declaración de Bobby Higgins y todas sus complicaciones potenciales. Por no hablar de Malva. Sin duda no era inmune a los ojos azules de Bobby; era un joven muy bien parecido. Pero tampoco era insensible a los encantos del joven Ian, por más que éstos no fueran tan llamativos.

Y me pregunté qué opinaría Tom Christie de tener a Ian como yerno. No era del todo pobre; poseía poco más de cuatro hectáreas de tierra, en su mayor parte sin desbrozar, aunque no tenía ingresos dignos de mención. ¿Acaso los tatuajes tribales eran más aceptables desde el punto de vista social que la marca a fuego que señalaba a un asesino? Tal vez sí, pero Bobby era protestante, mientras que Ian, al menos nominalmente, era católico.

También había que tener en cuenta que era sobrino de Jamie, lo que podía ser una espada de doble filo. Christie estaba muy celoso de Jamie; eso lo sabía. ¿Consideraría que una alianza entre su familia y la nuestra era un beneficio, o algo que debía evitar a toda costa?

Claro que si Roger lograba que contrajera matrimonio con Amy McCallum, esto lo distraería un poco. Brianna no me había dicho nada acerca de la viuda, pero el hecho mismo de que ni siquiera me la hubiese mencionado podía ser un indicio de sentimientos reprimidos.

Oí voces y risas que provenían de la cocina; era evidente que todos se divertían. Pensé en participar en la fiesta, pero al mirar hacia el estudio de Jamie, vi que estaba de pie junto a su escritorio, con las manos a la espalda. Examinaba la carta de lord John, frunciendo un poco el ceño con aire abstraído.

No pensaba en su hija, sino en su hijo, y sentí una pequeña y extraña punzada.

Entré en el estudio, le rodeé la cintura con los brazos y apoyé la cabeza en su hombro.

—¿Has pensado en tratar de convencer a lord John? —le dije, vacilando un poco—. Quiero decir, convencerlo de que tal vez los americanos no se equivoquen, convertirlo a nuestro modo de pensar.

Lord John no combatiría en el inminente conflicto, pero Willie bien podía hacerlo, y en el bando equivocado. Por supuesto que pelear en cualquier bando era igual de peligroso. Pero el hecho era que los americanos ganarían, y que la única forma concebible de que Willie cambiara de bando era hacerlo por medio de su padre putativo, cuyas opiniones respetaba.

Jamie resopló, pero me rodeó con un brazo.

—¿John? ¿Recuerdas lo que te conté de los escoceses de las Highlands cuando Arch Bug acudió a mí con su pequeña hacha? «Viven por su juramento; también morirán por él.»

Me estremecí un poco y lo abracé con más fuerza, encontrando cierto consuelo en su solidez. Él tenía razón; yo misma había sido testigo de esa brutal lealtad tribal... y, no obstante, era muy difícil de captar, incluso aunque lo tuviera delante de mis narices.

—Lo recuerdo —asentí.

Señaló la carta con un movimiento de la cabeza, sin dejar de mirarla.

—Él también es así. No todos los ingleses lo son... pero él sí. —Jamie me miró con una mezcla de tristeza y respeto—. Es un hombre del rey. Si el arcángel Gabriel se le apareciera y le explicase lo que va a ocurrir, no le importaría. Él no rompería un juramento.

—¿Eso crees? —le pregunté con valentía—. Yo no estoy tan segura.

La sorpresa hizo que levantara las cejas, y yo proseguí, vacilando, mientras buscaba las palabras adecuadas:

—Es que... Sé a qué te refieres; es un hombre honorable. Pero de eso se trata. No creo que le haya jurado lealtad al rey del modo en que los hombres de Colum se la juraron, o de la manera en que tus hombres de Lallybroch te la juraron a ti. Lo que le importa, aquello por lo que daría la vida, es el honor.

—Bueno, sí... en efecto —dijo con el ceño fruncido debido a la concentración—. Pero para un soldado como él, el honor consiste en cumplir con su deber, ¿verdad? Y su deber es ser leal a su rey, ¿o no?

Me erguí y me froté la nariz con el dedo, tratando de expresar mi pensamiento en palabras.

—Sí, pero no me refiero exactamente a eso. Lo que a él le importa es la idea. Sigue un ideal, no a un hombre. De todas las personas que conoces, tal vez sea el único que podría entenderlo. Ésta será una guerra por ideales, con toda probabilidad la primera que se libre por esa causa.

Jamie cerró un ojo y me examinó de manera burlona con el otro.

—Has estado hablando con Roger Mac. Eso nunca se te hubiera ocurrido a ti sola, Sassenach.

—Deduzco que tú también —dije, sin molestarme en refutar el insulto implícito. Además, estaba en lo cierto—. ¿De modo que lo entiendes?

Emitió un pequeño sonido escocés que expresaba un asentimiento dudoso. Le pregunté sobre las cruzadas, si no creía que se hicieron por un ideal. Y se vio obligado a admitir que los ideales habían tenido, al menos, algo que ver... aunque también en ese caso habían estado relacionados el dinero y la política, y dijo que siempre había sido así, y que, sin duda, lo mismo ocurriría aquí.

—Pero sí, lo entiendo —se apresuró a añadir al ver que mis fosas nasales palpitaban—. Pero en lo que respecta a John Grey...

—En lo que respecta a John Grey —proseguí—, tienes la oportunidad de convencerlo, porque es racional e idealista al mismo tiempo. Tendrías que persuadirlo de que lo honorable no es seguir al rey, sino el ideal de la libertad. Es posible.

Emitió otro sonido escocés de inquietud, que esta vez surgió de las profundidades de su pecho. Y, finalmente, me di cuenta de todo.

—Tú no haces esto por idealismo, ¿verdad? No lo haces por... la libertad. Por la independencia, la autodeterminación y todo eso.

Jamie negó con la cabeza.

—No —respondió con tranquilidad—. Ni siquiera lo hago por encontrarme en el bando ganador... por una vez. Aunque sería una experiencia novedosa. —De pronto sonrió con un aire melancólico, y yo, sorprendida, me eché a reír.

—¿Por qué, entonces? —le pregunté en un tono más amable.

—Por ti —contestó sin vacilar—. Por Brianna y por el niño. Por mi familia. Por el futuro. Y si eso no es un ideal, no sé qué lo será.

Jamie hizo todo lo que pudo en su papel de mediador, pero el efecto de la marca a fuego de Bobby fue insuperable. Aunque el señor Wemyss admitía que Bobby era un joven agradable, le era imposible soportar la idea de dejar que su hija se casara con un asesino, fueran cuales fuesen las circunstancias que habían llevado a su condena.

—Todos se meterían con él, señor, y usted lo sabe muy bien —dijo, sacudiendo la cabeza en respuesta a los argumentos de Jamie—. Una vez que un hombre está condenado, nadie se detiene a preguntar cómo ni por qué. Su ojo... estoy seguro de que no hizo nada por merecer tan brutal ataque. ¿Cómo podría yo exponer a mi querida Elizabeth a la posibilidad de semejantes represalias? E incluso aunque no la afectaran de manera directa, ¿qué será de ella y de sus hijos si alguien lo mata a él por la calle? —Se retorció las manos al pensarlo.

»Y si algún día perdiera la protección de su señoría, no conseguiría un trabajo decente en ninguna parte, no con esa vergonzosa marca en su cara. Quedarían reducidos a la indigencia. Yo he pasado por ese estado, señor, y no me arriesgaría por nada del mundo a que mi hija se viera obligada a vivir así otra vez.

Jamie se frotó la cara con una mano.

—Sí. Entiendo, Joseph. Es una pena, pero no puedo decir que se equivoque. Sin embargo, también debo decirle que no creo que lord John lo vaya a despedir.

El señor Wemyss, pálido y desdichado, se limitó a negar con la cabeza.

—Bueno —dijo Jamie, levantándose frente a su escritorio—. Lo haré pasar, y podrá comunicarle su decisión.

Yo también me levanté, y el señor Wemyss se incorporó de un salto, aterrado.

—¡Señor! ¿No irá a dejarme a solas con él?

—Bueno, no creo que vaya a saltarle encima, ni a tirarle de la nariz, Joseph —afirmó Jamie con amabilidad.

—No —replicó Wemyss, dudando—. No... supongo que no. Pero en cualquier caso, le agradecería mucho si usted pudiera... estar presente cuando hable con él. También usted, señora Fraser, por favor. —Me miró con expresión de súplica. Miré a Jamie, que asintió con la cabeza, resignado.

—Muy bien —confirmó—. Iré a buscarlo.

—Lo siento, señor. —Joseph Wemyss parecía casi tan desdichado como Bobby Higgins. De estatura baja y tímido, no estaba acostumbrado a ese tipo de entrevistas, y no dejaba de mirar a Jamie en busca de apoyo moral antes de centrar la atención en el inoportuno pretendiente de su hija—. Lo siento de verdad —repitió, mirando a Bobby a los ojos con una desvalida sinceridad—. Usted me cae bien, joven, y estoy seguro de que a Elizabeth también le gusta. Pero su bienestar, su felicidad, son responsabilidad mía. Y no puedo ni pensar... de verdad no me parece...

—Seré cariñoso con ella —prometió Bobby nervioso—. Sabe que lo seré, señor. Le compraré un vestido nuevo una vez al año, y vendería todo lo que tengo para que no le faltaran zapatos. —También él miró a Jamie, seguramente con la esperanza de que éste lo secundara.

—Estoy seguro de que el señor Wemyss siente el mayor de los respetos por tus intenciones, Bobby —repuso Jamie, con tanta amabilidad como le fue posible—. Pero tiene razón, ¿no? Su deber es conseguir el mejor partido posible para la pequeña Lizzie. Y tal vez...

Bobby tragó saliva. Se había arreglado para la entrevista, con un cuello almidonado que amenazaba con ahorcarlo, su librea, un par de calzones de lana limpios y un par de medias de seda bien cuidadas, con prolijos remiendos en pocos lugares.

—Sé que no tengo mucho dinero —dijo—. Ni propiedades. Pero ¡tengo un buen puesto, señor! Lord John me paga diez libras al año, y ha tenido la bondad de decirme que puedo construir una cabaña en sus tierras y que, hasta que esté lista, nos alojará en su casa.

—Sí, eso es lo que usted ha dicho. —El señor Wemyss parecía cada vez más incómodo. Procuraba no mirar a Bobby, en parte, tal vez, por timidez natural y porque no quería rechazarlo a la cara... pero yo tenía la certeza de que también era porque no quería que pareciese que miraba la marca de su mejilla.

La discusión se prolongó un poco más, pero sin resultados, ya que el señor Wemyss no lograba reunir fuerzas para explicarle a Bobby el verdadero motivo de su rechazo.

—Yo... yo... bueno, lo pensaré. —El señor Wemyss, incapaz de seguir soportando la tensión, se levantó de inmediato y estuvo a punto de salir corriendo de la estancia; sin embargo, logró detenerse en la puerta, se volvió y dijo—: Pero ¡no creo que cambie de idea! —Luego se esfumó.

Bobby, atónito, lo miró, y después se dirigió a Jamie:

—¿Tengo alguna esperanza, señor? Sé que usted me dirá la verdad.

Fue una súplica patética, y el propio Jamie se vio obligado a desviar la mirada de aquellos grandes ojos azules.

—No lo creo —dijo; su tono era bondadoso pero definitivo. Bobby se encorvó un poco. Se había repeinado con agua y, ahora, con el cabello seco, pequeños rizos sobresalían de la gruesa masa de cabello, dándole el aspecto absurdo de un cordero recién nacido al que le acaban de cortar la cola, sorprendido y consternado.

—Será que... ¿Sabe usted, señora —añadió, volviéndose hacia mí—, si los afectos de la señorita Elizabeth ya tienen dueño? Porque, si ése fuera el caso, me retiraría sin dudarlo. Pero si no... —Vaciló, mirando hacia la puerta por la que Joseph había desaparecido de manera tan abrupta—. ¿Cree usted que tengo alguna posibilidad de sortear las objeciones de su padre? Tal vez... tal vez encuentre la manera de conseguir un poco de dinero... o, si fuera un problema de religión... —Palideció un poco al hablar, pero cuadró los hombros con decisión—. Creo... creo que incluso estaría dispuesto a bautizarme en la Iglesia romana si me lo exigiera. Tenía intención de decírselo, pero lo he olvidado. ¿Sería tan amable de decírselo, señor?

—Sí... sí, así lo haré —le aseguró Jamie de mala gana—. Entonces estás decidido a que sea Lizzie, ¿eh? ¿No Malva?

Bobby quedó desconcertado al oírlo.

—Bueno, a decir verdad, señor, las dos me gustan, y estoy seguro de que sería feliz con cualquiera de ellas. Pero bueno, lo cierto es que tengo pánico al señor Christie —confesó, sonrojándose—. Y creo que a él usted no le cae bien, señor, pero al señor Wemyss, sí. Si pudiera... interceder, señor, por favor...

Al final, ni siquiera Jamie resultó inmune a tan abiertas súplicas.

—Lo intentaré —concedió—. Pero no te prometo nada, Bobby. ¿Cuánto tiempo tienes antes de regresar a casa de lord John?

—Su señoría me dio una semana para el cortejo, señor —respondió Bobby mucho más feliz—. Pero supongo que usted debe marcharse mañana o pasado.

Jamie pareció sorprendido.

—¿Marcharme, adónde?

Entonces, fue Bobby quien se mostró sorprendido.

—Bueno... no lo sé muy bien, señor. Pero entendí que iba a hacerlo.

Al cabo de cierto tiempo de no entendernos, conseguimos desmarañar la historia. Al parecer, se había encontrado con un pequeño grupo de viajeros por el camino, granjeros que llevaban una piara al mercado. Dada la naturaleza de los cerdos como compañeros de viaje, sólo había pernoctado una noche con ellos, pero cuando conversaban a la hora de la cena, oyó que uno de ellos se refería a algún tipo de encuentro y especulaba sobre quién asistiría a él.

—Mencionaron su nombre, señor; dijeron «James Fraser», y también hablaron del Cerro, de modo que tuve la certeza de que se referían a usted.

—¿Qué clase de encuentro era? —quise saber, curiosa—. ¿Y dónde?

Bobby se encogió de hombros, sin saber qué decir.

—No presté atención, señora. Sólo recuerdo que era el lunes próximo.

Tampoco se acordaba del nombre de sus anfitriones, puesto que estaba demasiado ocupado intentando comer sin verse abrumado por la presencia de los cerdos. Era evidente que en ese momento estaba muy preocupado por el resultado de su frustrado cortejo para prestar demasiada atención a los detalles y, tras unas cuantas preguntas y respuestas confusas, Jamie le dio autorización para que se retirara.

—¿Tienes idea...? —empecé a decir, pero entonces vi que había fruncido el ceño; era evidente que sí.

—El encuentro para elegir delegados al Congreso Continental —declaró—. Debe de ser eso.

Después de la barbacoa en honor a Flora MacDonald, el lugar y el momento previstos para el encuentro habían sido descartados, ya que los organizadores temían interferencias. John Ashe le había asegurado que lo informarían en cuanto supieran dónde se celebraría.

Pero eso había sido antes del incidente en el centro de Cross Creek.

—Supongo que se habrá perdido una carta —sugerí, aunque sin convicción.

—Una, sí —asintió Jamie—. Seis, no.

—¿Seis?

—Como no tuve noticias, escribí a los seis miembros del comité de correspondencia a los que conozco personalmente. Ninguno de ellos ha contestado. —Su dedo rígido tamborileó una vez contra su pierna, pero se dio cuenta y paró.

—No confían en ti —sugerí, después de un momento de silencio, y sacudió la cabeza.

—Imagino que es natural, dado que rescaté a Simms y unté de brea a Gerald Forbes en público. —A su pesar, una pequeña sonrisa surgió en su rostro al recordarlo—. E imagino que el pobrecillo Bob no habrá sido de gran ayuda; supongo que les habrá dicho que lleva y trae correspondencia entre lord John y yo.

Era probable que eso fuera cierto. El amistoso y locuaz Bob era capaz de guardar un secreto, siempre y cuando uno le dijese de forma explícita que debía hacerlo. En caso contrario, cualquiera que compartiese una comida con él ya conocía todos sus asuntos cuando llegaba la hora del postre.

—¿Podemos hacer algo para averiguarlo? Me refiero a dónde se producirá el encuentro.

Jamie exhaló con cierta frustración.

—Sí, tal vez. Pero si lo averiguo y voy allí, es bastante probable que no me dejen pasar o algo peor. Creo que no vale la pena correr semejante riesgo. —Me miró con una expresión irónica—. Supongo que tendría que haberles permitido asar al impresor.

Ignoré su observación y me acerqué a él.

—Ya se te ocurrirá algo —dije, tratando de alentarlo.

La gran vela con que contaba las horas estaba en su escritorio, medio quemada, y la tocó. Nadie parecía notar que esa vela nunca se consumía.

—Quizá... encuentre una manera —afirmó meditabundo—. Aunque detestaría tener que usar otra para hacerlo.

Se refería a otra gema.

Tragué saliva, ya que se me había formado un nudo en la garganta al escuchar su afirmación. Quedaban dos. Una para cada uno, si Roger o Bree y Jemmy... pero rechacé ese pensamiento con firmeza.

—«¿De qué le sirve a un hombre ganar el mundo si pierde el alma?» —cité—. De nada nos servirá ser ricos en secreto si te embadurnan de brea y te empluman. —A mí tampoco me gustaba la idea, pero no podía evitarlo.

Se miró el antebrazo; se había arremangado para escribir, y aún era patente la marca de la quemadura, una suave mancha rosa entre el vello aclarado por el sol. Suspiró, regresó al escritorio y cogió una pluma.

—Sí. Quizá sea mejor que escriba algunas cartas más.

60

El jinete pálido cabalga

El 20 de septiembre, Roger predicó un sermón sobre el texto «Dios ha escogido a los débiles de este mundo para confundir a los poderosos». El 21 de septiembre, uno de esos débiles se dispuso a demostrar la verdad de sus palabras.

Padraic y Hortense MacNeill y sus hijos no acudieron a la iglesia. Siempre lo hacían, y su ausencia provocó comentarios; suficientes como para que, a la mañana siguiente, Roger le preguntara a Brianna si podía ir a visitarlos, para comprobar si todo iba bien.

—Iría yo —añadió, rebañando el fondo de su cuenco de gachas de avena—. Pero he prometido que acompañaría a John MacAfee y a su padre hasta Brownsville; tiene intención de declararse a una muchacha de allí.

—¿Quiere que los cases allí mismo si ella accede? —le pregunté—. ¿O sólo te lleva para evitar que algún Brown lo mate?

No se habían producido hechos de violencia declarada desde la devolución del cadáver de Lionel Brown, pero cada cierto tiempo se originaban pequeños choques cuando alguna partida de Brownsville se encontraba con otra del Cerro en público.

—Lo segundo —respondió Roger haciendo una mueca—. Aunque tengo la esperanza de que uno o dos matrimonios entre el Cerro y Brownsville ayuden a que las cosas se arreglen con el tiempo.

Jamie, que leía un periódico del lote más reciente, levantó la vista al escuchar aquella afirmación.

—¿Ah, sí? Bueno, es una idea. Pero no siempre funciona. —Sonrió—. A mi tío Colum se le ocurrió que la mejor manera de arreglar un problema parecido con los Grant era casar a mi madre con uno de ellos. Por desgracia —añadió mientras pasaba una página—, mi madre no se mostró dispuesta a cooperar. Dio calabazas a Malcolm Grant, apuñaló a mi tío Dougal y se fugó con mi padre.

—¿De veras? —Brianna no había oído esa historia; parecía fascinada. Roger la miró de soslayo y, tosiendo, alejó el afilado cuchillo con que ella estaba cortando salchichas.

—Bueno, sea como fuere —dijo, apartándose de la mesa sin soltar el cuchillo—, ¿te importaría hacer una visita a la familia de Padraic para comprobar que todo esté bien?

Al final, Lizzie y yo acompañamos a Brianna, con intención de visitar a Marsali y a Fergus, cuya cabaña estaba un poco más allá de la de los MacNeill. Pero por el camino nos encontramos con Marsali, que regresaba del almacén de whisky, de modo que cuando llegamos a la cabaña de los MacNeill ya éramos cuatro.

—¿Por qué de repente hay tantas moscas? —Lizzie dio un golpe a una moscarda que se había detenido en su brazo, y luego ahuyentó a otras dos que revoloteaban alrededor de su cara.

—Hay algo muerto cerca —dijo Marsali levantando la nariz para olisquear el aire—. En el bosque, quizá. ¿Oís los cuervos?

Había cuervos posados en las copas de los árboles cercanos; levanté la mirada y vi unos cuantos más, manchas negras en el luminoso cielo.

—No es en el bosque —afirmó Bree, con una tensión repentina en la voz. Estaba mirando en dirección a la cabaña. La puerta estaba herméticamente cerrada, y una bandada de moscas se aglomeraban en la ventana cubierta con un trozo de cuero—. Daos prisa.

El olor en la cabaña era indescriptible. Al abrir la puerta, las chicas lanzaron un gemido y cerraron la boca. Por desgracia, era necesario respirar. Lo hice, de una manera muy superficial, mientras avanzaba por la oscura sala y arrancaba el cuero que se encontraba clavado con fuerza al marco de la ventana.

—Dejad la puerta abierta —ordené, sin prestar atención al débil gemido de queja proveniente de la cama ante la repentina entrada de luz—. Lizzie, ve a preparar una hoguera con mucho humo cerca de la puerta y otra al otro lado de la ventana. Enciéndelas con hierbas y ramitas secas, y luego añádele algo: madera húmeda, moho, hojas mojadas... para que haga humo.

Las moscas habían empezado a entrar segundos después de que yo abriera la ventana, y zumbaban alrededor de mi cara. Eran tábanos, moscardas y mosquitos. Atraídos por el olor, se habían agrupado en los troncos del exterior, buscando la manera de entrar, ávidas de sustento y desesperadas por poner huevos.

La sala se convertiría en un infierno de zumbidos unos cuantos minutos después, pero necesitábamos luz y aire, y tendríamos que enfrentarnos a las moscas lo mejor que pudiéramos. Me quité el pañuelo y lo doblé hasta que se transformó en un matamoscas improvisado que agité a ambos lados, al mismo tiempo que me volvía en dirección a la cama.

Hortense y los dos pequeños se encontraban allí. Todos desnudos, con sus pálidos miembros resplandecientes con el sudor de la cabaña tapiada. El color de su piel era blanco y ceniciento donde incidía la luz del sol, y tenían franjas marrones y rojizas en las piernas y el resto del cuerpo. Esperaba que sólo fuera diarrea, no sangre.

Alguien había gemido; alguien se movió. De modo que, gracias a Dios, no habían muerto. Los cubrecamas estaban en el suelo, formando un montón revuelto, lo que era bueno, puesto que todavía estaban más o menos limpios. En mi opinión, era mejor quemar los colchones de paja nada más sacarlos de allí.

—No te metas los dedos en la boca —le murmuré a Bree mientras empezábamos a trabajar, tratando de dar sentido a aquel montón de cuerpos que se agitaban débilmente.

—No hablarás en serio, ¿verdad? —respondió, hablando entre dientes, al mismo tiempo que le sonreía a una niña de rostro pálido, que tendría unos cinco o seis años y que estaba acurrucada y agotada por el ataque de diarrea que acababa de sufrir. Puso las manos debajo de las axilas de la niñita—. Ven, cariño, deja que te levante.

La niña estaba demasiado débil como para quejarse de que la movieran; los brazos y las piernas le colgaban flojos como hilos. El estado de su hermana era todavía más alarmante; con apenas un año de edad, no se movía en absoluto y tenía los ojos muy hundidos, señal de una severa deshidratación. Levanté la diminuta mano y, con suavidad, pellizqué la piel con el pulgar y el dedo índice. Permaneció así durante un instante, una minúscula elevación de piel grisácea, y entonces, con mucha lentitud, comenzó a desaparecer.

—Mierda —dije en voz baja para mí misma, y me incliné con rapidez para escuchar, con la mano en el pecho de la niña.

No estaba muerta —apenas podía sentir el latido de su corazón—, pero faltaba poco. Si estaba demasiado afectada como para succionar o beber, yo no podría hacer nada para salvarla.

Al mismo tiempo que ese pensamiento pasaba por mi mente, me levanté y recorrí la cabaña con la mirada. Nada de agua; había una calabaza ahuecada, caída junto a la cama, vacía. ¿Cuánto tiempo llevarían así, sin beber nada?

—Bree —dije con expresión urgente—. Ve a buscar agua... rápido.

Ella había colocado a la otra niña en el suelo, y estaba limpiándole la mugre del cuerpo, pero levantó la mirada y, al ver mi cara, dejó caer el trapo que estaba usando y se incorporó de inmediato. Cogió la tetera que puse en sus manos y se esfumó; oí cómo corría por el jardín.

Las moscas estaban posándose en la cara de Hortense; agité el pañuelo para ahuyentarlas. La tela le rozó la nariz, pero sus alicaídos rasgos apenas se movieron. Respiraba; vi que su vientre, distendido por el gas, se movía ligeramente.

¿Dónde estaba Padraic? Tal vez cazando.

Distinguí cierto olor, además del abrumador hedor de los intestinos vaciados, y me incliné en esa dirección, olfateando. Era un aroma dulce, punzante y fermentado, como de manzanas podridas. Puse una mano debajo del hombro de Hortense y tiré de ella, haciendo que girara hacia mí. Había una botella vacía bajo su cuerpo. Olerla una vez bastó para darme cuenta de su contenido.

—Mierda, mierda, mierda —dije entre dientes.

Al encontrarse muy enferma y sin agua a mano, había bebido aguardiente de manzana, ya fuera para aplacar la sed o para aliviar el dolor de los calambres. Era lógico, excepto por el hecho de que el alcohol era diurético. Eliminaría todavía más agua de un organismo que ya estaba gravemente deshidratado, por no mencionar el hecho de que irritaría todavía más el tracto intestinal, lo que sería contraproducente.

Maldición, ¿se lo habría dado también a las niñas?

Me agaché junto a la mayor. Estaba floja como una muñeca de trapo, con la cabeza caída sobre los hombros, pero todavía tenía un poco de firmeza en la piel. Le pellizqué la mano; la piel conservó la elevación, pero recuperó su forma con más rapidez que la del bebé.

Sus ojos se abrieron cuando la pellizqué. Buena señal. Le sonreí y ahuyenté las moscas que se apiñaban sobre su boca semiabierta. Las membranas suaves y rosadas estaban secas y tenían un aspecto pegajoso.

—Hola, querida —dije en voz baja—. No te preocupes. Estoy aquí contigo.

¿Y cómo la iba a ayudar aquello?, me pregunté. ¡Si hubiese llegado sólo un día antes!

Oí los pasos acelerados de Bree y la recibí en la puerta.

—Necesito... —comencé a decir, pero ella me interrumpió.

—¡El señor MacNeill está en el bosque! —exclamó—. Lo he encontrado de camino a la fuente. Él...

La tetera en sus manos seguía vacía. La cogí con un grito de desesperación.

—¡Agua! ¡Necesito agua!

—Pero yo... El señor MacNeill, él...

Le puse el recipiente en las manos y la empujé.

—Yo lo encontraré —dije—. ¡Trae agua! ¡Dásela a ellas... al bebé primero! Haz que Lizzie te ayude... ¡Las hogueras pueden esperar! ¡Corre!

Primero oí las moscas, un zumbido que hizo que mi piel se estremeciera de asco. Al aire libre, lo habían encontrado rápidamente, atraídas por el olor. Cogí una veloz bocanada de aire y me abalancé a través de los arbustos hasta donde se hallaba Padraic, caído en la hierba bajo un sicomoro.

No estaba muerto. Me di cuenta de ello de inmediato; las moscas formaban una nube, no una manta; revoloteaban, se detenían y volvían a volar cuando él se movía.

Estaba acurrucado en el suelo, ataviado tan sólo con una camisa y con una jarra de agua cerca de la cabeza. Me arrodillé a su lado, examinándolo, al mismo tiempo que lo tocaba. Tenía la camisa y las piernas manchadas, como la hierba sobre la que yacía. Los excrementos eran muy líquidos —la mayor parte ya se había absorbido en la tierra—, pero había algunos fragmentos de materia sólida. Así pues, la enfermedad lo había atacado más tarde que a Hortense y a las niñas; no hacía mucho tiempo que tenía retortijones; de lo contrario, la mayor parte sería agua teñida de sangre.

—¿Padraic?

—Señora Claire, gracias a Dios, ha venido. —Su voz era tan ronca que apenas pude distinguir las palabras—. Mis niñas. ¿Están a salvo?

Se levantó, apoyándose en un codo, estremeciéndose, y sus grises cabellos se pegaron a las mejillas debido al sudor. Sus ojos se abrieron de inmediato, tratando de mirarme, pero estaban tan hinchados por las picaduras de los tábanos que se habían convertido en mínimas ranuras.

—Están conmigo. —Posé una mano sobre él, y apreté para que se tranquilizara—. Túmbese, Padraic. Espere un momento mientras las atiendo, luego volveré a examinarlo. —Estaba muy enfermo, pero no corría un peligro inmediato; las niñas, sí.

—No se preocupe por mí —murmuró Padraic—. No... se preocupe... —Se balanceó, ahuyentó las moscas que trepaban por su cara y su pecho, luego gruñó cuando sintió un retortijón y se dobló como si una mano enorme lo hubiera cogido en un puño.

Yo ya estaba corriendo de regreso hacia la casa. Había salpicaduras de agua en el polvo del camino; bien, Brianna había pasado por allí deprisa.

¿Disentería amébica? ¿Alimentos en mal estado? ¿Fiebre tifoidea? ¿Tifus? ¿Cólera? Por Dios, que no fuera cólera. Todas esas enfermedades, junto a muchas más, eran conocidas en esta época bajo el nombre común de «flujo de sangre», y por razones obvias. Aunque a corto plazo no importaba cómo las llamaran.

El peligro inmediato de todas las enfermedades diarreicas era una simple deshidratación. En el intento de expulsar a cualquier invasor microbiano que estuviera irritando las entrañas, el tracto intestinal se limitaba a purgarse reiteradamente, eliminando el agua del organismo, que era necesaria para la circulación de la sangre, para eliminar los desechos, para enfriar el cuerpo mediante el sudor, y para mantener el cerebro y las membranas: el agua necesaria para conservar la vida.

Si se podía mantener al paciente suficientemente hidratado con infusiones salinas y glucosa intravenosa, entonces era muy probable que los intestinos sanaran con el tiempo y el paciente se recuperara. Sin intervenciones intravenosas, la única posibilidad era administrar fluidos a través de la boca o el recto, del modo más rápido y constante posible, durante el tiempo que fuera necesario. Si era posible.

Si el paciente no podía retener ni siquiera agua... No parecía que los MacNeill vomitaran; no recordaba ese olor en particular entre los de la cabaña. Entonces tal vez no fuera cólera, y eso era un alivio.

Brianna estaba sentada en el suelo junto a la mayor de las niñas, con su cabecita en el regazo, apretando una taza contra su boca. Lizzie estaba arrodillada junto a la chimenea, con la cara roja por el esfuerzo mientras avivaba el fuego. Las moscas se posaban en el cuerpo inmóvil de la mujer sobre la cama, y Marsali se puso en cuclillas, cogiendo la floja silueta del bebé encima de sus piernas, tratando frenéticamente de hacer que bebiera.

El agua derramada caía en regueros por su falda. Vi que la diminuta cabecita se balanceaba hacia atrás sobre sus piernas mientras el agua chorreaba sobre una mejilla espantosamente achatada.

—No puede —decía Marsali, una y otra vez—. ¡No puede, no puede!

Olvidando mi propio consejo sobre los dedos, introduje el índice en la boca del bebé, tanteando el paladar para generar arcadas. Allí estaba; el bebé se atragantó con el agua y jadeó, y sentí que la lengua se cerraba con fuerza en torno a mi dedo durante un instante.

Estaba succionando. Era un bebé y todavía tomaba el pecho, y chupar es el primero de los instintos de supervivencia. Me di la vuelta para mirar a la mujer, pero un vistazo a sus pechos chatos y sus pezones hundidos fue suficiente; aun así, cogí un pecho y presioné con los dedos alrededor del pezón. Otra vez, otra vez... No, no apareció ninguna gota de leche en los pezones marronáceos, y yo notaba que el tejido del pecho estaba flácido al tacto. Ni agua ni leche.

Marsali, que comprendió lo que quería hacer, cogió el cuello de su blusa y se lo arrancó, para luego poner a la pequeña en sus propias mamas. Las diminutas piernas colgaban flojas contra su vestido, con los deditos amoratados y curvados como pétalos marchitos.

Empujé hacia atrás la cara de Hortense y dejé caer agua en su boca abierta. De reojo, vi a Marsali apretar rítmicamente su pecho con una mano, en un masaje urgente para facilitar la salida de la leche, al mismo tiempo que mis propios dedos se movían, como un reflejo de ese movimiento, masajeando la garganta de la mujer inconsciente, urgiéndola a que tragara.

Tenía la piel reluciente de sudor, pero la mayor parte era mío. Por mi espalda, descendían gotas de transpiración y me hacían cosquillas entre las nalgas. Sentí mi propio olor, un aroma extraño y metálico, como el del cobre caliente.

La garganta se movió en un repentino espasmo y aparté la mano. Hortense se ahogó y tosió, y luego su cabeza cayó a un lado y su estómago se levantó, devolviendo sus magros contenidos con la fuerza de un cohete. Le enjugué los restos de vómito de los labios y volví a llevarle la taza a la boca. Sus labios no se movieron; el agua le llenó la boca y le chorreó por la cara y el cuello.

Entre los zumbidos de las moscas, oí la voz de Lizzie a mi espalda, tranquila pero abstraída, como si hablara desde muy lejos.

—¿Puede dejar de maldecir, señora? Las pequeñas pueden oírla.

Me volví de repente y sólo en ese momento me di cuenta de que había estado repitiendo «¡Mierda, mierda, mierda!» en voz alta, una y otra vez.

—Sí —dije—. Lo siento —y me volví hacia Hortense.

Cada cierto tiempo lograba hacer que tragara un poco de agua, pero no lo suficiente. No era bastante, teniendo en cuenta que sus intestinos seguían tratando de librarse de lo que fuera que los molestaba. Del flujo de sangre.

Lizzie rezaba.

—«Dios te salve, María, llena eres de gracia, el Señor es contigo...» Brianna murmuraba algo entre dientes, unos apremiantes sonidos de aliento maternal.

—«Bendito es el fruto de tu vientre, Jesús...»

Con el pulgar, examiné el pulso de la arteria carótida. Sentí que golpeaba, se saltaba un latido, y seguía, entrecortado y arrastrándose como una carreta a la que le falta una rueda. El corazón comenzaba a fallarle y a entrar en arritmia.

—«Santa María, madre de Dios...»

Golpeé fuerte con el puño en el centro de su pecho, una vez más, y otra, con tanta violencia que la cama y el cuerpo pálido y despatarrado temblaron bajo los golpes. Las moscas, alarmadas, emprendieron el vuelo, alejándose de la paja empapada, zumbando.

—Oh, no —exclamó Marsali en voz baja detrás de mí—. Oh, no, no, por favor. —Yo ya había oído antes ese tono de incredulidad, de protesta y de ruego denegado... y sabía lo que había ocurrido.

—«Ruega por nosotros, pecadores...»

Como si ella también lo hubiera oído, de pronto Hortense giró la cabeza hacia un lado y sus ojos se abrieron de inmediato, contemplando el lugar donde se encontraba Marsali, aunque a mí me parecía que no podía ver nada. Luego sus ojos se cerraron y ella se dobló repentinamente, hacia un lado, con las rodillas flexionadas casi a la altura del mentón. Su cabeza se echó hacia atrás, el cuerpo se cerró en un espasmo rígido, y de pronto se relajó. No quería que su hija se marchara sola. Flujo de sangre.

—«Ahora y en la hora de nuestra muerte, amén. Dios te salve, María, llena eres de gracia...»

La suave voz de Lizzie continuó recitando de forma mecánica, repitiendo sus plegarias de manera tan inconsciente como lo había hecho yo antes. Cogí la muñeca de Hortense, buscando el pulso, pero era una mera formalidad. Marsali se acurrucó sobre el cuerpecillo, apenada, balanceándolo contra su pecho. La leche goteaba del pezón hinchado, primero poco a poco, y luego más deprisa, cayendo como una lluvia blanca sobre la cara pequeña e inmóvil que, ansiosa, deseaba alimentar, aunque era inútil.

El aire seguía siendo sofocante, denso con el hedor y las moscas, y el sonido de las plegarias de Lizzie, pero la cabaña parecía vacía y curiosamente silenciosa.

Fuera se oyó un movimiento; el sonido de algo que era arrastrado, un gruñido de dolor y un esfuerzo terrible. Luego el suave sonido de algo que cae, un jadeo en busca de aliento. Padraic había logrado regresar a su propio umbral. Brianna miró la puerta, pero continuaba sosteniendo a la hermana mayor en sus brazos, todavía viva.

Solté la mano floja que sujetaba y fui a ayudarla.

61

Una fétida pestilencia

Los días eran cada vez más cortos, pero la luz seguía apareciendo temprano. Las ventanas de la parte frontal de la casa daban al este, y el sol naciente resplandecía sobre el pulido roble blanco del pavimento de mi consulta. Yo veía la brillante franja de luz avanzando a través de las tablas talladas a mano; si hubiera tenido un cronómetro de verdad, podría haber calibrado el suelo como un reloj de sol, marcando los minutos en las grietas que había entre las tablas.

Pero, dadas las circunstancias, los marcaba en latidos, esperando, poco a poco, que el sol llegara a la encimera, donde mi microscopio estaba listo, con los portaobjetos y el vaso de precipitados a un lado.

Oí unas suaves pisadas en el pasillo, y Jamie abrió la puerta empujándola con el hombro. En cada mano traía una jarra de peltre con algo caliente; las había cubierto con paños para protegerlas del calor.

—*Ciammar a tha thu, mo chridhe* —dijo en voz baja, y me entregó una de las jarras, rozándome la frente con un beso—. ¿Cómo va todo?

—Podría ir peor. —Le dediqué una sonrisa de gratitud, que fue interrumpida por un bostezo.

No necesitaba decirle que Padraic y su hija mayor habían sobrevivido; se habría enterado de inmediato por mi cara si hubiera ocurrido algo terrible. De hecho, si no se producían complicaciones, yo creía que ambos se recuperarían; había permanecido toda la noche junto a ellos, despertándolos cada hora para que bebieran una preparación elaborada con agua endulzada con miel y mezclada con un poco de sal, alternada con una fuerte infusión de hojas de menta y corteza de cornejo para calmar los intestinos.

Levanté la jarra —té de los jesuitas— y cerré los ojos al inhalar ese aroma suave y amargo, al mismo tiempo que sentía que los rígidos músculos de la nuca y los hombros se iban relajando.

Él había visto cómo giraba la cabeza para relajar el cuello; su mano cayó sobre mi nuca, grande y maravillosamente cálida tras sostener el té caliente. Emití un pequeño gemido de éxtasis al sentir su tacto, y él, una pequeña risa, al mismo tiempo que masajeaba mis músculos doloridos.

—¿No deberías estar en la cama, Sassenach? No habrás dormido nada en toda la noche.

—Ah, sí he dormido... Un poco.

Había dormitado a intervalos irregulares, sentada junto a la ventana abierta, despertada de vez en cuando por las polillas que entraban atraídas por la luz de mi vela. La señora Bug había venido al alba para atender a los enfermos.

—Iré a acostarme dentro de un momento —prometí—. Pero antes quiero echar un vistazo. —Hice un vago gesto en dirección a mi microscopio, que ya estaba listo sobre la mesa. A su lado había varios frascos pequeños, cerrados con un paño retorcido, y cada uno de ellos contenía un líquido marronáceo. Jamie los miró frunciendo el ceño.

—¿Un vistazo? ¿A qué? —Levantó su larga y recta nariz y olfateó con expresión de sospecha—. ¿Es mierda?

—Sí, en efecto —dije, sin molestarme en reprimir un enorme bostezo. Había recogido muestras, lo más discretamente posible, de Hortense y el bebé y, más tarde, también de mis pacientes vivos. Jamie examinó los frascos.

—¿Exactamente qué es lo que estás buscando? —preguntó con cautela.

—Bueno, no lo sé —admití—. Y, de hecho, tal vez no encuentre nada... o nada que pueda reconocer. Pero es posible que una ameba o un bacilo afectaran a los MacNeill, y creo que sí reconocería una ameba; son bastante grandes. En términos relativos —me apresuré a añadir.

—Ah, ¿sí? —Frunció sus cejas rojizas, y luego las enarcó—. ¿Por qué?

Se trataba de una gran pregunta.

—Bueno, en parte por curiosidad —respondí—. Pero también, si encuentro un organismo causante que pueda reconocer, sabré un poco más sobre la enfermedad... Cuánto dura, por ejemplo, y si pueden producirse complicaciones que haya que tener en cuenta. Y conoceré el nivel de contagio.

Me lanzó una mirada, con la taza levantada a medio camino.

—¿Tú podrías contagiarte?

—No lo sé —respondí—. Aunque es bastante posible. Estoy vacunada contra el tifus y la tifoidea, pero esto no se parece a ninguno de los dos. Y no hay vacunas para la disentería o la giardiasis.

Jamie frunció el ceño y lo mantuvo así mientras sorbía su té. Con los dedos, me dio un apretón final en el cuello y los apartó.

Yo di unos cautelosos sorbos a mi té, suspirando de placer mientras me escaldaba suavemente la garganta, y descendía caliente y reconfortante hasta mi estómago. Jamie se había acomodado en su banco, con sus largas piernas estiradas. Observó la taza humeante que tenía entre las manos.

—¿Crees que este té está caliente, Sassenach? —preguntó.

Yo misma enarqué las cejas al escuchar su pregunta. Las dos jarras seguían envueltas con paños, y podía sentir el calor que se filtraba hasta mis palmas.

—Sí —dije—. ¿Por qué?

Jamie levantó la taza y tomó un sorbo de té, que mantuvo en la boca durante un instante antes de tragarlo; pude ver los largos músculos que se movían en su garganta.

—Brianna ha entrado en la cocina mientras yo estaba calentando el agua en la tetera —dijo—. Ha bajado el cuenco y el cazo del jabón, y luego ha sacado un cucharón de agua humeante de la tetera y se lo ha echado en las manos, primero en una y luego en la otra. —Hizo una pausa durante un instante—. El agua estaba hirviendo hace un instante, cuando la he sacado del fuego.

El sorbo de té que había tragado se me fue por el otro lado y me hizo toser.

—¿Se ha quemado? —pregunté cuando recuperé el aliento.

—En efecto —dijo él en tono lúgubre—. Se ha frotado las manos desde la yema de los dedos hasta los codos, y he visto que se le formaba una ampolla en el lado de la mano donde había caído el agua. —Hizo otra pausa y sus ojos, azules y oscuros a causa de la preocupación, se encontraron con los míos por encima de las jarras.

Di otro sorbo a mi té sin miel. Hacía bastante fresco en la estancia, puesto que acababa de amanecer, y mi aliento caliente formó vaho cuando suspiré.

—El bebé de Padraic murió en manos de Marsali —dije en voz baja—. Ella sostuvo a la otra niña. Sabe que es contagioso. —Y, como lo sabía, no podía tocar ni coger a su propio hijo sin hacer todo lo posible por evitar el miedo.

Jamie se movió incómodo.

—Sí —comenzó a decir—. De todas formas...

—Es distinto —repliqué, y le puse una mano en la muñeca, tanto para reconfortarme a mí misma como para su propia tranquilidad.

La transitoria frescura del aire matinal me tocó, por igual, la cara y la mente, disipando la cálida maraña de los sueños. La hierba y los árboles seguían iluminados por el frío resplandor del alba, lleno de sombras azules y misterio, y Jamie parecía un punto sólido de referencia, fijo en la luz cambiante.

—Distinto —repetí—. Para ella, quiero decir. —Inhalé el dulce aire matinal, que olía a hierba mojada y a campanillas—. Yo nací cuando acababa una guerra... La llamaban la Gran Guerra porque el mundo jamás había visto algo así. Ya te he hablado de ello. —En mi voz había un ligero tono de interrogación, y él asintió, mirándome fijamente y escuchando—. Un año después de que naciera —continué— se produjo una gran epidemia de gripe. En todo el mundo. Morían cientos, miles de personas; aldeas enteras desaparecían en una semana. Y luego vino la otra, mi guerra.

Las palabras eran en cierto sentido inconscientes, pero al oírlas sentí que la comisura de mis labios se retorcía con ironía. Jamie lo vio, y esbozó una sonrisa. Sabía lo que quería decir... se trataba de aquella extraña sensación de orgullo que surge tras sobrevivir a un conflicto terrible, y que deja una extraña sensación de dominio. Giró la muñeca, y sus dedos rodearon la mía con fuerza.

—Y ella jamás ha visto una epidemia, ni una guerra —dijo él, empezando a entender—. ¿Jamás?

Había algo raro en su voz. Era casi incomprensible para un hombre que había nacido guerrero, que había sido criado para luchar tan pronto como pudo levantar una espada; que se había hecho a la idea de que él debía —de que él querría— defenderse a sí mismo y a su familia mediante la violencia. Un concepto incomprensible... pero, en realidad, maravilloso.

—Sólo en imágenes. Es decir, en películas. En la televisión.

Eso él jamás lo entendería, y yo no podría explicárselo. La manera en que esas imágenes trataban la guerra misma; bombas, aviones, submarinos, y la emocionante urgencia de la sangre derramada con un propósito; el sentido de nobleza en la muerte deliberada.

Él sabía cómo eran en realidad los campos de batalla; los campos de batalla y lo que venía después.

—Los hombres y las mujeres que combatieron en esas guerras no murieron todos por las matanzas. Murieron así... —Señalé con un movimiento de la jarra la ventana abierta, en dirección a las pacíficas montañas, a la lejana hondonada donde se ocultaba la cabaña de Padraic MacNeill—. Fallecieron a causa de la enfermedad y el abandono, porque no había cómo detenerlo.

—Yo lo he visto —afirmó él en voz baja, con una mirada a los frascos cerrados—. La peste y el paludismo galopantes en una ciudad; medio regimiento muerto a causa de la diarrea.

—Claro que lo has visto.

Unas mariposas volaban entre las flores del jardín, blancas como coles y amarillas como el azufre y, de vez en cuando, un tardío papilio atigrado salía lentamente de las sombras del bosque. Yo tenía el pulgar sobre su muñeca, sintiendo su latido, lento y poderoso.

—Brianna nació siete años después de que la penicilina comenzara a usarse de manera habitual. Nació en América... no ésta —añadí, volviendo a señalar la ventana abierta con un gesto—, sino aquélla, la que será. Allí no es habitual que mucha gente fallezca de enfermedades contagiosas.

Lo miré. La luz ya había llegado a la altura de su cintura y se reflejaba en la jarra metálica que tenía en la mano.

—¿Recuerdas la primera persona de la que tuviste noticia de que había muerto?

La sorpresa eliminó cualquier expresión de su rostro, cuyas facciones se agudizaron un momento, mientras pensaba. Un instante después, sacudió la cabeza.

—Mi hermano fue el primero importante, pero con seguridad supe de otros antes.

—Yo tampoco puedo recordarlo.

Mis padres, desde luego; sus muertes habían sido personales... Pero al haber nacido en Inglaterra, yo había vivido a la sombra de cenotafios y mausoleos, y la gente que apenas estaba más allá del círculo de mi familia se moría con regularidad. De pronto acudió a mi mente el nítido recuerdo de mi padre poniéndose un sombrero de fieltro y un abrigo oscuro para asistir al funeral de la esposa del panadero. La señora se llamaba Briggs. Pero no había sido la primera; yo ya tenía noticia de muerte y funerales. ¿Cuántos años tendría en aquel momento? ¿Cuatro, tal vez?

Estaba muy cansada. Sentía los ojos irritados por falta de sueño, y la delicada luz del amanecer estaba convirtiéndose en un sol pleno.

—Creo que la muerte de Frank fue la primera que Brianna experimentó personalmente. Tal vez hubo otras, pero no estoy segura. Sin embargo, la cuestión es...

—Entiendo cuál es la cuestión. —Estiró el brazo para coger la taza que yo sostenía en mi mano, y la dejó sobre la encimera. Luego vació la suya, y también la dejó—. Pero no es por ella por quien teme, ¿verdad? —preguntó con una mirada penetrante—. Es el niño.

Asentí. Claro, ella sabría de un modo académico que aquellas cosas eran posibles. Pero que un hijo muriera antes que tú, por algo como un simple caso de diarrea...

—Es una buena madre —dije, y de pronto bostecé. Sí que lo era. Pero jamás habría percibido de una manera visceral que algo tan insignificante como un germen podía, de pronto, quitarle a su hijo. Hasta el día antes.

Jamie se puso en pie de repente e hizo que me levantara.

—Vete a la cama, Sassenach —ordenó—. Eso puede esperar. —Señaló el microscopio con un gesto—. Jamás habría imaginado que la mierda se estropeara si se la conservaba.

Me eché a reír y me derrumbé poco a poco contra su cuerpo, apoyando la mejilla en su pecho.

—Tal vez tengas razón. —De todas formas, no me aparté. Él me sostuvo a su lado y vimos cómo ascendía la luz del sol, arrastrándose poco a poco por la pared.

62

Ameba

Giré el espejo del microscopio una fracción de centímetro más para recibir la mayor cantidad de luz posible.

—Mira. —Me eché hacia atrás e hice un gesto a Malva para que se acercara a mirar—. ¿Lo ves? ¿Esa cosa grande y clara en el medio, con una cola y unas manchitas?

Ella frunció el ceño, acercó un ojo entornado al ocular, luego cogió aire y dejó escapar un gemido triunfal.

—¡Lo veo claramente! Como un pastel de uvas pasas que alguien hubiera dejado caer al suelo, ¿no?

—En efecto —dije, sonriendo por su descripción, a pesar de la seriedad de nuestra investigación—. Es una ameba... una de las especies más grandes de microorganismos. Y estoy casi segura de que es la culpable.

Estábamos mirando portaobjetos con las muestras de excrementos que había extraído a todos los enfermos hasta el momento, puesto que la familia de Padraic no era la única afectada. Se trataba de tres familias en las que había al menos una persona enferma, y en todas las muestras que había examinado hasta entonces había visto esa desconocida ameba.

—¿En serio? —Malva levantó la vista cuando hablé, pero luego volvió al microscopio, absorta—. ¿Cómo es posible que algo tan pequeño cause semejante *stramash* en algo tan grande como una persona?

—Bueno, hay una explicación —dije, empapando con suavidad otro portaobjetos en el baño de tintura y dejando que se secara—. Pero me llevaría bastante tiempo explicártelo; está relacionado con las células... ¿Recuerdas que te mostré las células del revestimiento de tu boca?

Ella asintió, frunciendo el ceño ligeramente, y se pasó la lengua por el interior de la mejilla.

—Bueno, el cuerpo fabrica toda clase de células diferentes, y hay algunas especiales cuya tarea consiste en luchar contra las bacterias... esas cositas pequeñas y redondeadas, ¿las recuerdas? —Hice un gesto hacia el portaobjetos que, como era habitual en la materia fecal, tenía grandes cantidades de *Escherichia coli*, entre otras—. Pero hay millones de tipos diferentes, y a veces aparece un microorganismo contra el que esas células especiales no pueden hacer nada. Ya sabes... ¿Recuerdas cuando te enseñé el *plasmodium* en la sangre de Lizzie? —Señalé la ampolla cerrada en la mesa; le había extraído sangre a Lizzie uno o dos días antes, y le había enseñado a Malva los parásitos de la malaria en las células—. Y creo que esta ameba bien puede ser como aquélla.

—Ah, bueno. Entonces administraremos penicilina a los enfermos, ¿verdad? —El entusiasmo del plural me hizo sonreír, aunque había poco por lo que alegrarse en las circunstancias actuales.

—No, me temo que la penicilina no es eficaz contra la disentería amébica. Con el nombre de disentería conocemos un flujo muy grave. Y no tenemos nada, excepto las hierbas.

Abrí el armario y recorrí con la mirada las hileras de frascos y de montoncitos de hierbas envueltos en gasa, tratando de pensar.

—Ajenjo, para empezar. —Bajé la jarra y se la pasé a Malva, que se había puesto de pie a mi lado, mirando con interés los misterios del armario—. Ajo, que por lo general es útil para las infecciones del tracto digestivo... Pero también es una buena cataplasma para las afecciones de la piel.

—¿Y las cebollas? Cuando era pequeña y me dolía un oído, mi abuela hervía una cebolla y me la ponía en la oreja. Olía fatal, pero ¡funcionaba!

—Mal no va a hacer. Corre a la despensa, pues, y trae... tres grandes, y varios dientes de ajo.

—¡Ah, ahora mismo, señora!

Dejó el ajenjo sobre la mesa y salió a toda prisa, haciendo ruido con las sandalias. Me volví hacia los anaqueles, tratando de serenar mi propia sensación de urgencia. Me debatía entre el impulso de acompañar a los enfermos y atenderlos, y la necesidad de preparar medicinas que sirvieran de algo. Pero había otras personas que podían encargarse de estar con ellos, y nadie que, como yo, supiera lo suficiente como para tratar de preparar un medicamento antiparasitario.

Ajenjo, ajo... agrimonia. Y genciana. Cualquier cosa con un elevado contenido en cobre o azufre... ah, ruibarbo. La temporada de la cosecha ya había pasado, pero yo había logrado recolectar una buena cantidad y había preparado varias docenas de frascos con la pulpa hervida y almíbar, como le gustaba a la señora Bug para sus pasteles; además, era una buena fuente de vitamina C para los meses de invierno. Me serviría como una base espléndida para la medicina. También podía añadir olmo americano, por sus efectos curativos en el tracto intestinal, aunque lo más probable era que tales efectos fueran tan ligeros que no se notaran frente a los estragos provocados por un ataque tan virulento.

Comencé a moler ajenjo y agrimonia en mi mortero, preguntándome, mientras tanto, de dónde procedía esa maldición. La disentería amébica era, por lo general, una enfermedad de los trópicos, aunque Dios sabía que yo había visto bastantes enfermedades tropicales en la costa, traídas con los esclavos y el comercio de azúcar de las Indias Occidentales. También había visto unas cuantas en el interior, puesto que dichas patologías no mataban al instante, y solían convertirse en crónicas y desplazarse con su víctima.

No era imposible que alguno de los pescadores la hubiese contraído durante su viaje desde la costa, y si bien era una de las personas afortunadas que sufrían sólo una infección leve, ahora estaría diseminando la ameba en su forma enquistada, en su aparato digestivo, lista para propagar quistes infectados a troche y moche.

¿Por qué esa epidemia tan repentina? La disentería se difundía casi siempre a través de agua o comida contaminada. ¿Qué...?

—Aquí tiene, señora.

Malva había regresado, jadeando por la prisa, con varias cebollas grandes y marrones en la mano, crujientes y relucientes, y una docena de dientes de ajo envueltos en su delantal. Me dispuse a cortarlos en rodajas, y tuve la feliz inspiración de indicarle que las cociera en miel. No sabía si los efectos antibacterianos de la miel podían ser también efectivos contra una ameba, pero tampoco estaba de más intentarlo... y, además, era posible que la mezcla se pudiera ingerir con más facilidad, ya que, entre las cebollas, el ajo y el ruibarbo, se estaba convirtiendo en algo que hacía que los ojos ardieran.

—¡Aj! ¿Qué estáis haciendo aquí? —Levanté la mirada de mi preparación y vi a Brianna en la puerta, con cara de sospecha y la nariz arrugada debido al intenso olor.

—Ah. Bueno... —Yo ya me había acostumbrado a él, pero de hecho, el aire de la consulta estaba cargado con el olor de las muestras fecales, al que se habían agregado los vapores que despedían las cebollas. Malva alzó la mirada con los ojos llenos de lágrimas, olfateó y se limpió la nariz con el delantal.

—*Egtamos haciengo medicigas* —informó a Bree, con considerable dignidad.

—¿Alguien más ha enfermado? —pregunté con nerviosismo, pero ella negó con la cabeza y avanzó hacia la sala, evitando la encimera donde había estado preparando las láminas de materia fecal.

—No, que yo sepa. He llevado un poco de comida a casa de los McLachlan esta mañana, y me han dicho que sólo los dos pequeños la habían contraído. La señora Coinneach me ha comentado que tuvo diarrea hace dos días, pero nada grave, y que ya se encuentra bien.

—¿Están dando agua con miel a los pequeños?

Ella asintió, con una diminuta arruga entre las cejas.

—Los he visto. Parecían bastante enfermos, pero nada comparable a los MacNeill. —Ella también parecía bastante enferma por el recuerdo, pero lo eliminó de su mente y se volvió hacia el armario—. ¿Puedo llevarme un poco de ácido sulfúrico, mamá? —Había traído una taza de barro, y al verla me eché a reír de buena gana.

—La gente normal pide prestada una taza de azúcar —le dije, haciendo un gesto hacia la taza—. Desde luego. Pero ten cuidado; será mejor que lo metas en uno de esos frascos con corcho encerado. No te conviene arriesgarte a tropezar y que se te caiga.

—Claro que no —me aseguró—. Aunque sólo necesito unas cuantas gotas; voy a diluirlo mucho. Es para hacer papel.

—¿Papel? —Malva parpadeó con los ojos enrojecidos, e inhaló—. ¿Cómo?

—Bueno, escurres y retuerces bien cualquier cosa fibrosa que puedas conseguir —le explicó Bree, haciendo gestos con ambas manos a modo de ejemplo—: pedacitos de papel usado, trapos viejos, trozos de cordel o hilo, algunas hojas o flores que sean blandas; luego dejas la mezcla durante varios días en remojo con agua y, si puedes conseguirlo, ácido sulfúrico diluido. —Un dedo largo tamborileó con cariño sobre el frasco cuadrado—. Después, cuando la preparación se haya convertido en una especie de pulpa, puedes poner una capa fina en un tamiz, quitarle toda el agua, dejar que se seque, y, *presto*!, el papel.

Vi que Malva formaba con la boca la palabra «*presto*» para sí misma, y me aparté un poco para que no me viera sonreír. Brianna quitó el corcho del gran frasco de ácido y, con mucho cuidado, vertió algunas gotas en su taza. De inmediato, el intenso olor del azufre se elevó como un demonio entre la fetidez de las heces y las cebollas.

Malva se puso rígida, con los ojos todavía llorosos pero bien abiertos.

—¿Eso qué es? —preguntó.

—Ácido sulfúrico —respondió Bree, mirándola con curiosidad.

—Vitriolo —la corregí—. ¿Alguna vez lo habías visto... eh... olido antes?

Ella asintió, puso las rodajas de cebolla en una olla y, luego, con mucho cuidado, le colocó la tapa.

—Sí, en efecto. —Se acercó a mirar el frasco de cristal verde mientras se enjugaba los ojos—. Mi madre... murió cuando yo era pequeña... tenía un poco. Recuerdo el olor, y que me dijo que jamás debía tocarlo. La gente lo llamaba azufre: un olorcillo a azufre.

—¿En serio? Me gustaría saber para qué lo usaría.

Me lo preguntaba de verdad, y con cierta inquietud. Un alquimista o un boticario podrían tener ese material, pero la única razón que conocía por la que una persona de a pie podría guardar algo así era como medio de agresión: para lanzárselo a alguien.

Pero Malva sólo negó con la cabeza, se volvió y se dedicó a las cebollas y el ajo. Yo, sin embargo, había podido ver la expresión de su cara; una extraña mirada de hostilidad y anhelo que hizo sonar una insospechada campanilla de alarma en algún lugar de mi interior.

Anhelo por una madre muerta hacía mucho tiempo... y la furia de una niña pequeña, abandonada, desconcertada y sola.

—¿Qué? —Brianna estaba observándome con el ceño ligeramente fruncido—. ¿Qué ocurre?

—Nada —dije, y posé la mano sobre su brazo, sólo para sentir la fuerza y la alegría de su presencia y los años de su crecimiento. Tenía lágrimas en los ojos, pero podía culpar a las cebollas—. Nada de nada.

Estaba harta de funerales. Éste era el tercero en tres días. Habíamos enterrado a Hortense y a la pequeña juntas, luego a la anciana señora Ogilvie. Más tarde a otro niño, uno de los mellizos de la señora MacAfee. El otro mellizo, un varoncito, estaba de pie junto a la tumba de su hermana, con una impresión tan profunda que él mismo parecía un fantasma andante, aunque la enfermedad no lo había afectado.

Se nos hizo más tarde de lo que pensábamos (el ataúd no estaba listo) y ya había anochecido. El oro de las hojas de otoño se había convertido en ceniza, y una bruma blanca se arremolinaba entre los troncos oscuros y mojados de los pinos. Era casi imposible imaginar una escena más desolada, y, sin embargo, era, en cierta manera, más adecuada que el sol resplandeciente y la fresca brisa que había soplado cuando enterramos a Hortense y a la pequeña Angelica.

—«El señor es mi pastor. Él me guiará...» —La voz de Roger se quebró con dolor, pero nadie pareció advertirlo.

Hizo un esfuerzo, tragando saliva, y prosiguió con tenacidad. Tenía la pequeña biblia verde en las manos, pero no la miraba; hablaba de memoria, y sus ojos se dirigían del señor MacDuff, que estaba de pie y solo, puesto que su esposa y su hermana estaban enfermas, al niño que se encontraba a su lado... un niñito de más o menos la edad de Jemmy.

—«Aunque... aunque camine por el valle de la muerte, no temeré... no temeré ningún mal...» —El temblor de su voz era audible, y vi que las lágrimas descendían por su rostro.

Busqué a Bree; estaba un poco más atrás de los deudos, con Jem semioculto en los pliegues de su oscura capa. Tenía la capucha baja, pero su cara era visible, pálida en el ocaso. Nuestra Señora de las Penas.

Hasta el abrigo rojo del mayor MacDonald parecía apagado, de un color gris carbón con los últimos vestigios de luz. Había llegado por la tarde y había ayudado a transportar el pequeño ataúd; ahora estaba de pie, con el sombrero bajo el brazo en un gesto sombrío, la cabeza con la peluca inclinada y el rostro invisible. Él también era padre... tenía una hija, que se había quedado en Escocia con su madre.

Me balanceé un poco y sentí la mano de Jamie bajo el codo. Casi no había dormido nada en los últimos tres días, y había comido muy poco. Pero no tenía hambre ni estaba cansada; más bien me sentía distante e irreal, como si el viento me atravesara.

El padre lanzó un estremecedor grito de dolor, y, a continuación, cayó sobre el montículo de tierra levantado de la tumba. Sentí que los músculos de Jamie se contraían en una compasión instintiva hacia él y me aparté un poco, murmurando: «Ve.»

Vi cómo se aproximaba con celeridad al señor MacAfee, se agachaba para susurrarle algo y le ponía un brazo en el hombro. Roger había dejado de hablar.

Mis pensamientos no me obedecían. Por mucho que tratara de centrarme en el rito, se desviaban. Me dolían los brazos; había molido hierbas, levantado pacientes, transportado agua... Me sentía como si estuviera haciendo todas esas cosas una y otra vez: podía notar los reiterados golpes del mortero y el peso muerto de los cuerpos desmayados. Veía en un recuerdo nítido los portaobjetos con entamebas, unos avariciosos seudópodos que fluían con apetito a cámara lenta. Agua, oí agua que fluía; las entamebas vivían en el agua, aunque sólo eran contagiosas en su forma quística. Se propagaban por medio del agua. Entonces lo vi claro.

De pronto estaba tumbada en el suelo, sin ser consciente de que me hubiera caído, sin recordar que había estado de pie, con el intenso olor de una tierra nueva y húmeda, y madera también fresca y húmeda en la nariz, y una vaga idea de gusanos. Hubo movimientos de agitación frente a mis ojos; la pequeña biblia verde había caído y se encontraba en la tierra delante de mi cara; el viento hacía que sus páginas pasaran, una tras otra, en un juego fantasmal de *sortes Virgilianae*... «¿En qué página se detendrá?», me pregunté.

Había manos y voces, pero no pude prestarles atención. Una gran ameba flotaba majestuosa en la oscuridad ante mí, seudópodos que fluían muy lentamente, dándome la bienvenida con su abrazo.

63

El momento de la decisión

La fiebre retumbó en mi mente como una tormenta eléctrica, latigazos de dolor restallaban por todo mi cuerpo, bajo la forma de relámpagos que resplandecían durante un vívido instante a lo largo de algún nervio o plexo, iluminando las ocultas hondonadas de mis articulaciones, ardiendo por todos los tejidos de los músculos. El despiadado resplandor me golpeó una y otra vez, como la espada ardiente de un ángel destructor sin compasión.

Casi nunca sabía si tenía los ojos abiertos o cerrados; tampoco si estaba despierta o dormida. No veía nada, excepto un gris ondulado, turbulento y plagado de manchas rojas. La rojez latía en venas y manchas, envuelta en la nube. Me concentré en una veta carmesí y seguí el camino que marcaba, aferrándome al rastro de su sombrío resplandor entre los golpes de los truenos.

Estos últimos se hacían más fuertes a medida que penetraba cada vez más en la profundidad de las tinieblas que bullían a mi alrededor, y poco a poco se fueron convirtiendo en más espantosamente regulares, como el sonido de un timbal, hasta que su ruido retumbó en mis oídos y sentí que yo misma era una piel hueca y tensa, que vibraba con cada uno de esos golpes.

La fuente de ese sonido de pronto se encontraba delante de mí, palpitando con tanta fuerza que sentí el impulso de gritar, aunque sólo fuera para oír otra cosa, pero aunque sentí que mis labios se echaban hacia atrás y la garganta se me hinchaba con el esfuerzo, no oí nada más que los golpes. Desesperada, extendí las manos (si es que eran mis manos) a través del gris brumoso, y cogí un objeto cálido y húmedo, muy resbaladizo, que palpitaba y se agitaba.

Bajé la mirada y de inmediato supe que se trataba de mi propio corazón. Lo dejé caer, horrorizada, y éste reptó dejando un rastro de baba rojiza, estremeciéndose por el esfuerzo, con sus válvulas abriéndose y cerrándose como la boca de un pez que se asfixia, con un chasquido hueco, un ruido sordo, pequeño y carnoso.

A veces aparecían rostros entre las nubes. Algunos parecían familiares, aunque no sabía sus nombres. Otros pertenecían a desconocidos, rostros que revoloteaban a veces en mi mente al borde del sueño. Estos últimos me miraban con curiosidad o indiferencia, y luego se marchaban.

Los otros, los que conocía, tenían expresiones de compasión o preocupación; sus ojos buscaban los míos, pero mi mirada siempre se apartaba, incapaz de permanecer inmóvil. Sus labios se movían, y yo sabía que me hablaban, pero no oía nada; sus palabras estaban ahogadas por los mudos truenos de mi tormenta.

Me sentía bastante extraña, pero por primera vez en bastantes días, no enferma. Las nubes de fiebre se habían alejado un poco; aún gruñían suavemente en algún lugar cercano, aunque, por el momento, habían desaparecido de mi vista. Tenía los ojos despejados; podía ver la madera rústica de las vigas del techo.

De hecho, veía la madera con tanta nitidez que quedé maravillada por su belleza. Las curvas y las volutas de las pulidas vetas parecían estáticas y, a la vez, vivas y elegantes; sus colores brillaban con el humo y la esencia de la tierra, de modo que pude comprobar cómo la viga había sido transformada y, sin embargo, todavía conservaba el espíritu del árbol.

Estaba tan embelesada que extendí la mano para tocarla, y lo hice. Mis dedos rozaron la madera con deleite a través de la fría superficie y los surcos dejados por el hacha, con forma de alas, y regulares como una bandada de gansos a lo largo de la viga. Podía oír el batir de unas poderosas alas y, al mismo tiempo, sentir la flexión y el balanceo de mis hombros, la vibración de alegría en los antebrazos cuando el hacha descendía sobre la madera. Mientras exploraba esa fascinante sensación, se me ocurrió, vagamente, que la viga se hallaba a dos metros y medio del suelo.

Me volví, y sin tener ninguna impresión de haber realizado un esfuerzo, comprobé que estaba en la cama, abajo.

Estaba acostada boca arriba, con los edredones revueltos y apartados, como si en algún momento hubiese intentado quitármelos, pero no hubiera tenido fuerza suficiente para hacerlo. El aire en la habitación estaba extrañamente estático, y los parches de colores de la tela resplandecían a través de él como joyas en el fondo del mar, vistosos, pero apagados.

En contraste, mi piel tenía el color de las perlas, pálida, sin sangre, y brillante. Y en ese momento me di cuenta de que se debía a que estaba tan delgada que la piel de la cara y de los miembros se apretaba con fuerza contra los huesos, y el resplandor de los huesos y los cartílagos debajo de la piel era lo que confería ese brillo a mi cara, una dureza lisa que relucía a través de la piel transparente.

¡Y qué huesos! Quedé extasiada por sus maravillosas formas. Mis ojos, con una sensación de asombro y admiración, siguieron la delicadeza de las curvas de las costillas y la belleza desgarradora del cincelado cráneo.

Tenía el cabello revuelto, apelmazado y enmarañado... y, sin embargo, me atraía. Sentí el impulso de recorrerlo con los ojos y... ¿los dedos? No era consciente de haber hecho movimiento alguno, y, sin embargo, notaba la suavidad de los mechones, la fresca sedosidad marrón y la fibrosa vibración de la plata; escuchaba cómo los cabellos tintineaban uno al lado del otro, con una cascada de notas como las de un arpa.

«Dios mío —dije, y oí las palabras, aunque ningún sonido agitó el aire—, ¡eres tan hermosa!»

Tenía los ojos abiertos. Miré con atención y me encontré con una mirada ámbar y dorada. Los ojos me atravesaron y llegaron a algo que estaba mucho más allá, pero al mismo tiempo me veían. Percibí que las pupilas se dilataban ligeramente y sentí que la calidez de su oscuridad me abrazaba con reconocimiento y aceptación. «Sí —decían esos ojos—, te conozco. Vámonos.» De inmediato experimenté una paz muy profunda, y el aire que me rodeaba se agitó, como si se tratara de viento que soplara a través de unas plumas.

Entonces un sonido hizo que me volviera hacia la ventana y vi al hombre que estaba allí. No sabía su nombre, y, sin embargo, lo amaba. Él estaba de espaldas a la cama, con los brazos sobre el alféizar y la cabeza hundida en el pecho, de modo que el amanecer proyectaba un rojo resplandor en sus cabellos y marcaba la línea de sus brazos con oro. Un espasmo de pena lo atravesó; lo sentí como los temblores de un terremoto distante.

Alguien se movió cerca de él. Una mujer de cabello oscuro, una niña. Se acercó, le tocó la espalda y le murmuró algo. Vi la forma en que lo miraba, la tierna inclinación de su cabeza, la intimidad de su cuerpo balanceándose hacia él.

«No —pensé con gran serenidad—. Eso no está bien.»

Me miré una vez más, tumbada en la cama, y con un sentimiento que era a la vez una decisión firme y un arrepentimiento incalculable, volví a coger aliento.

64

Yo soy la resurrección. Segunda parte

Seguía durmiendo muchas horas y apenas me despertaba para comer. Pero los sueños de la fiebre ya habían desaparecido, y dormir era como hundirme en un lago de aguas negras y profundas, donde respiraba olvido y flotaba sobre las ondeantes algas, distraída como un pez.

A veces flotaba justo debajo de la superficie, consciente de la gente y las cosas en el mundo de los que respiraban, pero incapaz de unirme a ellos. Había voces que hablaban cerca de mí, amortiguadas e ininteligibles. Cada cierto tiempo, alguna frase penetraba en el claro líquido que me rodeaba y se desplazaba hasta mi cabeza, donde se aferraba como si se tratara de una diminuta medusa, que pulsaba con algún significado interior y misterioso, formando con sus palabras una red que oscilaba en el agua.

Cada frase permanecía durante cierto tiempo en mi entorno, plegándose y desplegándose a sus curiosos ritmos, y luego se alejaba en silencio, con el que me quedaba.

Y entre las pequeñas medusas había espacios de agua clara, algunos repletos de una luz radiante, y otros con la oscuridad de la paz más absoluta. Yo flotaba hacia abajo y hacia arriba, suspendida entre la superficie y las profundidades, al capricho de corrientes desconocidas.

«Doctora, mire. —Burbujas. Algo que se agitaba, una espora latente de conciencia, alterada por algo carbonatado, rajado y florecido. Luego una punzada, aguda como el metal: "¿Quién me llama?"—. Doctora, mire.»

Abrí los ojos.

No fue una gran impresión, puesto que la habitación estaba dominada por el crepúsculo, una luz estática, como si estuviera bajo el agua, y no sentí ninguna interrupción.

—«Oh, Jesucristo, mi señor, gran doctor; mira misericordiosamente a ésta, tu sierva; otorga sabiduría y discreción a quienes la cuidan en su enfermedad; bendice todos los medios aplicados en su curación...»

Las palabras fluían junto a mí, en una corriente de susurros, refrescando mi piel. Había un hombre delante mí, con su oscura cabeza inclinada sobre un libro. La luz de la habitación lo abrazaba y él parecía formar parte de ese resplandor.

—Tiéndele la mano —susurró a las páginas, en una voz ronca y quebradiza— y hágase Tu voluntad; devuélvele la salud y la fuerza, para que ella pueda vivir en alabanza a Ti y a Tu bondad y Tu gracia; para la gloria de Tu santo nombre. Amén.

—¿Roger? —pregunté, esforzándome por recordar su nombre. Mi voz también estaba ronca por la falta de uso; hablar implicaba un esfuerzo enorme.

Sus ojos estaban cerrados mientras oraba; se abrieron de inmediato, incrédulos, y me impresionó lo vívidos que eran, verdes como serpentina mojada y hojas de verano.

—¿Claire? —Su voz se quebró como la de un adolescente, y dejó caer el libro.

—No lo sé —respondí, sintiendo que la onírica sensación de estar sumergida volvía a engullirme—. ¿Lo soy?

• • •

Podía levantar la mano durante uno o dos segundos, pero estaba demasiado débil para levantar la cabeza, y mucho menos para sentarme. Roger me ayudó a incorporarme a medias, apoyada en unas cuantas almohadas, y me sostuvo la cabeza con la mano para que no se balanceara, al mismo tiempo que acercaba una taza de agua a mis labios resecos. Fue esa extraña sensación de su mano en la piel desnuda de mi cuello lo que inició un borroso proceso de concienciación. Luego noté el calor de esa mano, nítido e inmediato, en la nuca, y salté como si fuera un salmón arponeado, lanzando la taza al aire.

—¿Qué? ¿Qué? —balbucí, agarrándome la cabeza. Estaba demasiado afectada como para formular una frase completa, y ni siquiera presté atención al agua fría que mojaba las sábanas—. ¡¿QUÉ?!

Roger parecía casi tan impresionado como yo. Tragó saliva mientras buscaba las palabras.

—Yo... yo... creí que lo sabías —tartamudeó, con la voz quebrada—. ¿No...? Quiero decir... creía que... ¡Mira, volverá a crecer!

Sentí que mi boca se movía, probando en vano distintas formas que pudieran aproximarse a las palabras, pero no había conexión alguna entre la lengua y el cerebro; no había espacio para ninguna otra cosa, salvo para la percepción de que el acostumbrado peso blando y contundente de mi cabello había desaparecido, reemplazado por un vello corto de cerdas.

—Anteayer te lo cortaron Malva y la señora Bug —me informó, algo atolondrado—. Ellas... nosotros no estábamos, ni Bree ni yo, o no se lo habríamos permitido, desde luego que no... pero ellas suponían que era lo que había que hacer cuando alguien tenía una fiebre muy alta; eso es lo que se hace en esta época. Bree estaba furiosa con ellas, pero ellas creían... en realidad creyeron que estaban ayudando a salvarte la vida... Oh, Dios mío, Claire, ¡no me mires así, por favor!

Su cara había desaparecido en un estallido de luz, una cortina de agua resplandeciente que de pronto había caído para protegerme de la mirada del mundo.

No fui en absoluto consciente de que estaba llorando. La pena tan sólo surgió de mi interior, rociando su líquido como si se tratara de un odre de vino atravesado por un cuchillo. Era de un color morado rojizo como el tuétano que salpicaba y goteaba por todas partes.

—¡Iré a buscar a Jamie! —graznó.

—¡No! —Lo así de la manga con más fuerza de la que jamás pensé que tuviera—. ¡Por Dios, no! ¡No quiero que vea cómo estoy!

Su momentáneo silencio me lo dijo todo, pero yo seguí aferrándole la manga, incapaz de pensar de qué otra manera evitar lo impensable. Parpadeé y el agua se deslizó por mi cara como una corriente sobre una roca, y Roger volvió a flotar hacia la visibilidad, con los bordes borrosos.

—Él... eh... te ha visto —afirmó hoscamente. Bajó la mirada; no quería encontrarse con mis ojos—. Ya. Es decir... —Hizo un vago gesto con la mano sobre su cabeza—. Ya lo ha visto.

—¿Sí? —La impresión fue casi tan fuerte como el descubrimiento inicial—. ¿Qué... qué ha dicho?

Respiró hondo y volvió a levantar la mirada, como si temiera ver una Gorgona. O la anti-Gorgona, pensé con amargura.

—No dijo nada —respondió Roger con cariño, y me puso una mano en el brazo—. Él... sólo lloró.

Yo también seguía llorando, pero ahora de una manera más ortodoxa, con menos jadeos. La sensación de frío en los huesos ya había pasado, y tenía los miembros calientes, aunque todavía notaba una brisa fría y desconcertante en el cuero cabelludo. El corazón estaba reduciendo su ritmo, y tuve la ligera sensación de que me encontraba fuera de mi cuerpo.

«¿Una conmoción?», pensé, vagamente sorprendida cuando la palabra se formó en mi mente, gomosa y derretida. Suponía que era posible sufrir un verdadero shock físico como resultado de una herida emocional... desde luego que sí, lo sabía...

—¡Claire! —Fui consciente entonces de que Roger pronunciaba mi nombre con una urgencia cada vez mayor y me sacudía el brazo.

Con un esfuerzo inmenso, logré que mis ojos se centraran en él. Estaba muy asustado, y me pregunté si había empezado a morirme otra vez. Pero... era demasiado tarde para eso.

—¿Qué?

Él suspiró... creí que de alivio.

—Has puesto una cara extraña durante un momento. —Tenía la voz rota y ronca; parecía que sintiera dolor al hablar—. Pensaba que... ¿Quieres más agua?

La sugerencia parecía tan incongruente que casi me eché a reír. Pero sí, tenía muchísima sed y, de pronto, un vaso de agua fría parecía lo más apetecible del mundo.

—Sí.

Las lágrimas siguieron fluyendo por mi cara, pero ahora parecía que casi sentía alivio. No intenté detenerlas (parecía demasiado difícil), sino que me enjugué el rostro con una esquina de la sábana húmeda.

Comenzaba a darme cuenta de que tal vez no había tomado la decisión más sabia —o, como mínimo, la más fácil— cuando había escogido no morir. Comenzaban a aparecer las cosas fuera de los límites y las preocupaciones de mi propio cuerpo: problemas, dificultades, peligros... pesares. Cosas oscuras, temibles, como un enjambre de murciélagos. No quería mirar muy de cerca las imágenes que permanecían en un desordenado montón en el fondo de mi cerebro, cosas que había dejado atrás en mi lucha por mantenerme a flote.

Pero si había regresado, lo había hecho para ser lo que era, y yo era médico.

—La... enfermedad. —Me enjugué la última lágrima y dejé que Roger me cubriera las manos con las suyas, ayudándome a sostener la nueva taza—. ¿Sigue...?

—No. —Habló con tranquilidad y guió el borde de la taza hasta mis labios.

«¿Qué era?», me pregunté vagamente. Agua, pero con algo más... menta y algo más fuerte, más amargo... ¿Angélica?

—Ha cesado. —Roger sostuvo la taza, dejándome sorber poco a poco—. Nadie ha enfermado en la última semana.

—¿Una semana? —Agité la taza, derramando un poco sobre mi barbilla—. ¿Cuánto tiempo he...?

—Más o menos eso. —Se aclaró la garganta. Los ojos de Roger estaban fijos sobre la taza; pasó el pulgar con suavidad sobre mi barbilla, retirando las gotas que había derramado—. Tú fuiste una de las últimas en caer.

Cogí aire y luego bebí un poco más. El líquido tenía, además, un sabor suave y dulce, que era perceptible sobre el amargor... miel. Mi mente localizó la palabra y experimenté una sensación de alivio por haber ubicado esa pequeña pieza perdida de realidad.

Por su actitud, fui consciente de que algunos de los enfermos habían fallecido, pero por el momento no hice más preguntas. Decidir vivir era una cosa; regresar al mundo de los vivos era una lucha para la que hacía falta una energía de la que aún no disponía. Yo había arrancado mis raíces y permanecía tumbada como una planta marchita; volver a hundirlas en la tierra, por el momento, estaba más allá del límite de mis fuerzas.

Saber que personas que yo conocía —que quizá había amado— estaban muertas parecía generar un pesar equivalente a la pérdida de mi cabello, y cualquiera de las dos cosas era más de lo que podía soportar.

Tomé dos tazas más de agua endulzada con miel, a pesar del amargor; luego me recosté con un suspiro, sintiendo que mi estómago era un globo pequeño y frío.

—Será mejor que descanses un poco —me aconsejó Roger, dejando la taza sobre la mesa—. Iré a buscar a Brianna, ¿de acuerdo? Pero duerme, si quieres.

No tenía la fuerza necesaria para asentir, pero conseguí torcer los labios de una manera que podía entenderse como una sonrisa. Extendí una mano temblorosa y rocé con suavidad la parte superior de mi rapada cabeza. Roger se retiró un poco.

Se levantó y me di cuenta de que estaba muy delgado y exhausto; supuse que habría estado ayudando a atender a los enfermos durante toda la semana, no sólo a mí. Y enterrar a los muertos. Podía celebrar funerales.

—¿Roger? —Hablar era un esfuerzo terrible. Era dificilísimo encontrar las palabras y separarlas de la maraña que tenía en la cabeza—. ¿Has comido algo últimamente?

Entonces su rostro cambió, y un gesto de alivio iluminó las arrugas de tensión y preocupación.

—No —respondió, volvió a aclararse la garganta y sonrió—. Desde anoche.

—Bueno —dije, y levanté una mano, pesada como el plomo—. Hazlo. Come algo, ¿de acuerdo?

—Sí —respondió—. Lo haré. —Pero en lugar de marcharse, vaciló, luego volvió hacia mí con rápidas zancadas, se inclinó sobre la cama y, cogiéndome la cara entre las manos, me besó en la frente.

—Estás preciosa —comentó, y dándome un último apretón en las mejillas, se marchó.

—¿Qué? —repliqué con voz débil, pero la única respuesta fue el movimiento de la cortina cuando entró una brisa que olía a manzanas.

A decir verdad, parecía un esqueleto con un corte al cero que me quedaba bastante mal, como pude comprobar cuando por fin tuve fuerzas suficientes para pedirle a Jamie que me acercara un espejo.

—Supongo que no habrás considerado ponerte cofia, ¿verdad? —sugirió, mientras toqueteaba con timidez una de muselina que Marsali me había traído—. ¿Sólo hasta que crezca un poco?

—De ninguna manera voy a hacer semejante cosa.

Me costó un poco decir eso, por lo impresionada que me había dejado la espantosa imagen del espejo. De hecho, sentí el fuerte impulso de quitarle la cofia de las manos, ponérmela y encasquetármela hasta los hombros.

Ya antes había rechazado ofertas de cofias de la señora Bug, que había estado felicitándose por mi supervivencia gracias a su tratamiento de la fiebre, y de Marsali, así como de todas las otras mujeres que habían venido a verme.

Se trataba de simple contrariedad por mi parte; la visión de mi cabello descubierto escandalizaba su sentido escocés de lo que era apropiado para una mujer, y, durante años, habían estado intentando (con distintos grados de sutileza) que me pusiera una cofia. No pensaba dejar que las circunstancias me obligaran a hacerlo.

No obstante, ahora que me había visto en un espejo, ya no estaba tan segura. Y era cierto que sentía un poco de frío en el cuero cabelludo. Por otra parte, me daba cuenta de que, si cedía, Jamie se alarmaría muchísimo, y, en mi opinión, ya lo había asustado bastante, a juzgar por la expresión contraída de su rostro y las profundas manchas bajo sus ojos.

En cualquier caso, su expresión se alivió considerablemente cuando rechacé la cofia que sostenía en las manos, que procedió a lanzar a un lado.

Con cuidado, di la vuelta al espejo y lo coloqué sobre el cubrecama, reprimiendo un suspiro.

—Supongo que será gracioso ver la cara de la gente cuando me vea.

Jamie me miró, mientras una esquina de su boca se curvaba hacia arriba.

—Eres muy hermosa, Sassenach —dijo con cariño. Luego se echó a reír a carcajadas, exhalando por la nariz y jadeando. Enarqué una ceja, cogí el espejo y volví a mirarme, lo que hizo que riera con más fuerza.

Me recliné en las almohadas, sintiéndome un poco mejor. La fiebre ya había desaparecido del todo, pero todavía me sentía espectral y débil. Apenas podía sentarme sin ayuda y me quedaba dormida sin darme cuenta después del más mínimo esfuerzo.

Jamie, sin dejar de jadear, me cogió la mano, se la llevó a los labios y la besó. La inmediatez cálida y repentina del roce agitó el rubio vello de mi antebrazo, y mis dedos se cerraron de forma involuntaria en torno a los suyos.

—Te amo —dijo en voz muy baja, con los hombros temblando de risa.

—Ah —exclamé, sintiéndome, de repente, mucho mejor—. Bueno. Yo también te amo. Y, después de todo, volverá a crecer.

—Claro que sí. —Volvió a besarme la mano y la colocó con cuidado sobre el edredón—. ¿Has comido?

—Un poco —respondí, con toda la paciencia que pude reunir—. Comeré luego.

Mucho tiempo antes me había dado cuenta de por qué a los «pacientes» se los llamaba así; eso se debe a que, por lo general, las personas enfermas están incapacitadas, y, por tanto, se ven obligadas a soportar toda clase de acosos y molestias por parte de aquellos que no están enfermos.

La fiebre había bajado y yo había recuperado la conciencia dos días antes; desde entonces, la reacción de todos los que me veían consistía en ahogar un grito al ver mi aspecto, insistir en que debería usar cofia... y luego intentar hacer que comiera a la fuerza. Jamie, más sensible a mi tono de voz que la señora Bug, Malva, Brianna o Marsali, desistió sabiamente después de echar un rápido vistazo a la bandeja junto a la cama para verificar que era cierto que había comido algo.

—Cuéntame lo que ha ocurrido —dije, acomodándome y preparándome para lo peor—. ¿Quiénes han enfermado? ¿Cómo se encuentran ahora? ¿Y quiénes...? —Me aclaré la garganta—. ¿Quiénes han muerto?

Me miró con los ojos entornados, tratando de adivinar si me desmayaría, moriría o saltaría de la cama si me lo explicaba.

—¿Estás segura de que te sientes lo bastante bien para esto, Sassenach? —preguntó en tono dubitativo—. Esas noticias pueden esperar.

—No, pero debo enterarme tarde o temprano, ¿no es cierto? Y saber es mejor que preocuparme por lo que no sé.

Asintió, ya que comprendía lo que le decía, e inspiró profundamente.

—Sí, de acuerdo. Padraic y su hija están recuperándose bien. Evan... ha perdido a su hijo menor, el pequeño Bobby, y Grace sigue enferma, pero Hugh y Caitlin no se contagiaron. —Tragó saliva y continuó—: Tres pescadores han muerto; debe de haber una docena todavía enfermos, pero la mayoría ya está recuperándose. —Juntó las cejas, reflexionando—. Y, además, está Tom Christie. Sigue mal, según me han dicho.

—¿De veras? Malva no lo ha mencionado. —Pero, claro, Malva había rehusado contarme nada antes, cuando le había preguntado, y había insistido en que debía descansar y no preocuparme—. ¿Y qué hay de Allan?

—No, él se encuentra bien —me aseguró Jamie.

—¿Cuánto tiempo lleva enfermo Tom?

—No lo sé. La chica puede decírtelo.

Asentí con un movimiento de la cabeza, lo que fue un error, porque el mareo aún no me había abandonado, y tuve que cerrar los ojos y dejar que la cabeza cayera hacia atrás, mientras unas figuras iluminadas relampagueaban detrás de mis párpados.

—Qué extraño —dije jadeando un poco, mientras oía que Jamie comenzaba a incorporarse como reacción a mi pequeño colapso—. Cuando cierro los ojos, suelo ver estrellas, pero no como las del cielo. Parecen las estrellas de la maleta de una muñeca, un baúl de viaje que tenía cuando era niña. ¿A qué crees que se deberá?

—No tengo la menor idea. —Se oyó un crujido de tela cuando volvió a sentarse en la banqueta—. Ya no deliras, ¿verdad? —preguntó secamente.

—Creo que no. ¿Acaso deliraba? —Respiré hondo y, con cuidado, abrí los ojos y le dediqué la mejor sonrisa que pude.

—Pues sí.

—¿Me conviene saber lo que decía?

La comisura de sus labios se torció.

—Quizá no, pero puede que, de todas formas, te lo diga algún día.

Consideré cerrar los ojos y flotar hacia el sueño, en lugar de la perspectiva de pasar vergüenza en el futuro, pero me rebelé. Si iba a sobrevivir, lo que en efecto haría, necesitaba reunir los hilos de vida que me ataban a la tierra y volver a sujetarlos.

—La familia de Bree y la de Marsali... ¿se encuentran bien? —pregunté, sólo como formalidad.

Tanto Bree como Marsali habían revoloteado nerviosas sobre mi silueta postrada, y si bien ninguna de ellas había querido decirme nada que creyera que me molestaría, teniendo en cuenta lo débil que me encontraba, yo estaba bastante segura de que ninguna de las dos habría guardado el secreto si sus hijos hubieran estado gravemente enfermos.

—Sí —dijo él con tranquilidad—. Sí, están bien.

—¿Qué? —inquirí, captando la vacilación de su voz.

—Están bien —repitió con rapidez—. Ninguno ha enfermado.

Le lancé una mirada de frialdad, aunque procurando no moverme demasiado mientras lo hacía.

—Te conviene decírmelo —afirmé—. Se lo sonsacaré a la señora Bug si no lo haces.

Como si la mención de su nombre la hubiera invocado, oí en la escalera el distintivo golpe de las pisadas de la señora Bug, que se aproximaba. Se movía con más lentitud de la habitual, y con un cuidado que me hacía pensar que cargaba algo.

Era cierto. Pasó de lado por la puerta, con una sonrisa radiante, una bandeja en una mano, y la otra rodeando a Henri-Christian, que se colgaba de ella como un mono.

—Le he traído algo para comer, *a leannan* —dijo animadamente, corriendo con el codo el cuenco casi intacto de gachas de avena y el plato con la tostada fría para tener sitio para los nuevos alimentos—. No va a cogerlo, ¿verdad?

Casi sin esperar que negara con la cabeza, se inclinó sobre la cama y, con suavidad, puso a Henri-Christian en mis brazos. Tan amable como siempre, él metió la cabeza bajo mi mentón, se acomodó en mi pecho y empezó a chuparme los nudillos, con sus afilados dientes de bebé dejando pequeñas marcas en mi piel.

—Hola, ¿qué ha ocurrido aquí? —Fruncí el ceño, apartando los suaves y marrones mechones de sus redondeadas cejas, donde podía verse la mancha amarillenta de un feo moretón en el nacimiento del pelo.

—Los engendros del diablo trataron de matar al pobrecillo —me informó la señora Bug, apretando los dientes—. Y lo habrían hecho de no ser por Roger Mac, Dios lo bendiga.

—¿Eh? ¿De qué engendros se trata? —pregunté, conociendo los métodos descriptivos de la señora Bug.

—Algunos de los hijos de los pescadores —intervino Jamie. Extendió el dedo y le tocó la nariz a Henri-Christian, lo apartó cuando el bebé trató de cogerlo, y luego volvió a tocársela. Henri-Christian se rió y se agarró su propia nariz, fascinado por el juego.

—Esas malvadas criaturas trataron de ahogarlo —continuó la señora Bug—. ¡Cogieron al pequeño con su canastilla y lo dejaron a la deriva en el arroyo!

—Yo no diría que tuvieran la intención de ahogarlo —intervino Jamie con tranquilidad, todavía absorto en el juego—. De lo contrario, seguramente no se habrían molestado en dejarlo en la canastilla.

—¡Ejem! —fue la respuesta de la señora Bug a esa muestra de lógica—. No tenían intención de hacerle nada bueno —concluyó.

Mientras tanto, yo había hecho un rápido inventario del físico de Henri-Christian, encontrando varios moretones más, que estaban curándose, la costra de un pequeño corte en la planta de un pie y un arañazo en la rodilla.

—Bueno, te han vapuleado un poco, ¿verdad? —le dije.

—Ump. ¡Jejejeeje! —respondió Henri-Christian, muy entretenido por mis exploraciones.

—¿Roger lo salvó? —pregunté, levantando la mirada hacia Jamie.

Él asintió, elevando un poco la comisura de sus labios.

—Sí. Yo no sabía lo que ocurría, hasta que la pequeña Joanie vino corriendo, gritando que se habían llevado a su hermano... pero llegué justo a tiempo para ver cómo terminaba todo ese asunto.

Los niños habían puesto la canastilla del bebé en el estanque de truchas, una zona ancha y profunda del arroyo, donde el agua estaba bastante tranquila. La canastilla, que estaba realizada con unas cañas fuertemente entrelazadas, se había mantenido a flote, o, como mínimo, lo bastante como para aproximarse a la desembocadura del estanque, donde el agua fluía a gran velocidad a través de una extensión rocosa, antes de zambullirse en una caída de un metro hacia un agitado remolino de agua y piedras.

Roger estaba construyendo una alambrada a escasa distancia del arroyo. Cuando oyó los gritos de los muchachos y los agudos chillidos de Félicité, dejó caer el alambre que sostenía y corrió por la colina, pensando que la estaban torturando.

Apareció entre los árboles justo a tiempo para ver a Henri-Christian, en su canastilla, inclinándose poco a poco por el borde de la desembocadura y comenzando a golpear con furia de roca en roca, girando en la corriente y acumulando agua.

Roger corrió por la orilla y se arrojó al agua de cabeza. Cayó cuan largo era en el arroyo, justo al final de la cascada, en el preciso momento en que Henri-Christian, que chillaba aterrado, se salía de la cesta empapada, se zambullía por la pared del peñasco y caía sobre Roger, que lo agarró.

—Llegué justo a tiempo para verlo —me informó Jamie, sonriendo al recordarlo—. Y para observar cómo Roger Mac se elevaba del agua como un tritón, con el fango colgando de su cabello, la nariz llena de sangre y el pequeño aferrado con fuerza en sus brazos. Una imagen terrible, por cierto.

Los pequeños bellacos habían seguido el rumbo de la canastilla, gritando desde la orilla, pero en ese momento enmudecieron. Uno de ellos intentó huir, y los otros comenzaron a agitarse como una bandada de palomas, pero Roger los señaló con un dedo horrible y gritó: «¡Quietos!», con una voz tan fuerte que podía oírse más allá del ruido del agua.

Tal era la fuerza de su presencia que se detuvieron, paralizados por el terror. Sin dejar de mirarlos con furia, Roger vadeó el agua hasta llegar casi a la orilla. Allí, se puso en cuclillas y cogió un puñado de agua, que procedió a verter sobre la cabeza del bebé, que de inmediato dejó de gritar.

«¡Yo te bautizo, Henri-Christian! —gritó Roger, con su voz ronca y cascada—. ¡En el nombre del Padre, del Hijo y del Espíritu Santo! ¿Me oís, pequeños bastardos? ¡Se llama *Christian*, cristiano! ¡Pertenece al Señor! Si lo volvéis a molestar, panda de sarnosos, Satanás aparecerá y os arrastrará directamente... ¡al infierno!»

Volvió a apuntar a los muchachos con un dedo acusador, y esta vez ellos se separaron y huyeron, corriendo como salvajes entre los arbustos, empujándose y cayendo en sus prisas por escapar.

—Vaya —dije, debatiéndome entre la risa y la desesperación. Miré a Henri-Christian, que hacía poco había descubierto los placeres de chuparse el pulgar y estaba absorto en el estudio de dicho arte—. Debió de ser impresionante.

—Yo, desde luego, quedé impresionado —aseguró Jamie sin dejar de sonreír—. No tenía idea de que Roger Mac fuera capaz de predicar de esa manera sobre el infierno y la condenación. El muchacho puede rugir muy bien, a pesar de la voz quebrada. Tendría una buena audiencia si lo hiciera durante una Reunión, ¿sabes?

—Bueno, eso explica lo que le pasó a su voz —dije—. Estaba intrigada. Pero ¿crees que aquello sólo fue una travesura? Me refiero a que los muchachos metieran al bebé en el arroyo.

—Ah, fue una travesura, sin duda alguna —arguyó él, y puso una de sus grandes manos en la cabeza de Henri-Christian—. Pero no sólo de los muchachos.

Jamie había atrapado a uno de los chicos en su huida cuando pasaron por su lado, aferrándolo del cuello y haciendo que se orinara de miedo. Después de guiar con firmeza al muchacho hacia el bosque, lo había aplastado con fuerza contra un árbol y había exigido conocer el significado de aquella tentativa de homicidio.

Temblando y balbuceando, el muchacho había tratado de excusarse, diciendo que no tenían intención de hacerle ningún daño al pequeño. Sólo querían ver cómo flotaba, puesto que los padres de todos ellos habían dicho que era hijo del demonio, y todos sabían que los nacidos de Satanás flotaban porque el agua rechazaba su maldad. Habían metido al bebé en la canastilla y luego lo habían lanzado al agua porque les daba miedo tocarlo, por si su carne hacía que ardieran.

—Le dije que yo mismo haría que ardiera —continuó Jamie en un tono algo sombrío— y lo hice. —Luego le dijo al niño que se fuera a su casa, se cambiara los pantalones e informara a sus compinches de que Jamie los esperaba en su estudio antes de cenar para que recibieran su parte del castigo; de lo contrario, él mismo visitaría sus hogares después de la cena, para azotarlos ante los ojos de sus padres.

—¿Vinieron? —pregunté fascinada.

Jamie me miró sorprendido.

—Desde luego. Recibieron su medicina, y luego pasamos a la cocina y comimos pan con miel. Le había dicho a Marsali que trajese al pequeño, y después de comer, me lo puse en las rodillas e hice que todos se acercaran a tocarlo, sólo para que lo vieran —dijo con una sonrisa torcida—. Uno de los muchachos me preguntó si era cierto eso que había dicho Roger Mac acerca de que el niño era del Señor. Le respondí que sin duda yo jamás me opondría al señor Roger en ese aspecto, pero que, en cualquier caso, y más allá de a quién más pertenecía Henri-Christian, era mío también, y que les convenía recordarlo.

Recorrió lentamente con el dedo la mejilla suave y redondeada de Henri-Christian. El bebé ya estaba casi dormido, con sus pesados párpados cerrados y un diminuto y reluciente pulgar metido a medias en la boca.

—Lamento habérmelo perdido —dije en voz baja para no despertarlo. Su temperatura había aumentado, igual que la de todos los bebés cuando duermen, y notaba su peso en la curva de mi brazo. Jamie se dio cuenta de que me costaba sostenerlo y lo tomó en sus brazos para entregárselo a la señora Bug, que había estado moviéndose en silencio por la habitación, mientras ordenaba y al mismo tiempo escuchaba con aprobación el relato de Jamie.

—Ah, valía la pena verlo —me aseguró con un susurro, dándole una palmadita en la espalda al bebé al cogerlo—. Con todos los muchachos extendiendo los dedos para tocar el vientre del bebé con mucho cuidado, como si fueran a coger una patata caliente, y él que se retorcía y se reía como un gusano. ¡Los ojos de aquellos bribones eran tan grandes como monedas!

—Supongo que sí —dije divertida.

»Por otra parte —le comenté a Jamie en voz baja cuando ella se marchó con el bebé—, si los padres de esos niños creen que es hijo del demonio y tú eres su abuelo...

—Bueno, y tú eres su abuelita, Sassenach —dijo Jamie con sequedad—. Podrías ser tú. Pero sí, preferiría que no se detuvieran a pensar en ese aspecto de la cuestión.

—No —acepté—. Aunque, ¿crees que alguno de ellos sabe que Marsali no es realmente tu hija? Deben de saber lo de Fergus.

—No tiene mucha importancia —declaró—. En cualquier caso, creen que el pequeño Henri es un niño cambiado.

—¿Cómo lo sabes?

—La gente habla —dijo brevemente—. ¿Te sientes mejor, Sassenach?

Aliviada del peso del bebé, había retirado las mantas para dejar que entrara aire. Jamie me miró con desaprobación.

—¡Por Dios, puedo contarte las costillas! ¡A través de la camisa!

—Disfruta de la experiencia mientras puedas —le aconsejé de manera cortante, aunque sentí una aguda punzada de dolor. Él se dio cuenta, ya que me cogió la mano y recorrió con los dedos las líneas de las profundas venas azules que corrían por la base.

—No te alteres, Sassenach —agregó con más suavidad—. No quería decirlo así. Mira, supongo que la señora Bug te habrá traído algo delicioso. —Levantó la tapa de una pequeña bandeja cubierta, frunció el ceño al ver lo que tenía delante, luego introdujo el dedo con cuidado y lo probó—. Pudin de arce —anunció con expresión de felicidad.

—¿Ah? —Todavía no tenía hambre, pero un pudin de arce parecía muy apetitoso, y no puse objeciones cuando él llenó una cuchara y la acercó a mi boca con la concentración del piloto de un avión de pasajeros.

—Puedo comer yo sola, ¿sabes...? —Me metió la cuchara entre los labios y chupé el pudin con resignación. Unas asombrosas revelaciones de cremosa dulzura estallaron de inmediato en mi boca, y cerré los ojos en un éxtasis menor—. Oh, Dios —dije—. Había olvidado el sabor de la buena comida.

—Sabía que no habías comido nada —comentó con satisfacción—. Ten, come un poco más.

Insistí en coger la cuchara yo misma y logré acabarme la mitad del plato; Jamie, debido a mi insistencia, se comió la otra mitad.

—Tal vez no estés tan flaco como yo —afirmé, girando la mano y haciendo una mueca al ver los huesos que sobresalían de mi muñeca—, pero tú tampoco has comido mucho últimamente.

—Supongo que no. —Rebañó con cuidado el cuenco con la cuchara para recuperar los últimos restos de pudin, y chupó la cuchara—. He estado... ocupado.

Lo miré con los ojos entornados. Era evidente que intentaba parecer alegre, pero mi oxidada sensibilidad comenzaba a hacer acto de presencia. Durante un período de tiempo imposible de saber, no había tenido ni energía ni concentración para cualquier cosa que estuviera más allá de los confines de mi cuerpo delirante, pero ahora veía los pequeños detalles familiares del cuerpo, la voz y los modales de Jamie, y estaba volviendo a sintonizar con él, como una cuerda floja de violín que alguien afina con la ayuda de un diapasón.

Percibía una vibración tensa en él, y comencé a pensar que no todo se debía a que poco antes yo había estado a punto de morir.

—¿Qué? —pregunté.

—¿Qué? —Enarcó las cejas en un gesto de interrogación, pero yo lo conocía demasiado bien. La mera pregunta me confirmó que estaba en lo cierto.

—¿Qué es lo que no me cuentas? —quise saber, con toda la paciencia que pude reunir—. ¿Es Brown otra vez? ¿Has tenido noticias de Stephen Bonnet? ¿O de Donner? ¿O acaso la cerda blanca se ha comido a uno de los niños y se ha asfixiado con él?

Al menos, eso hizo que sonriera, aunque sólo fuera durante un instante.

—Eso no —dijo—. Persiguió a MacDonald cuando vino de visita hace unos días, pero logró llegar al porche justo a tiempo. El mayor, para su edad, es un tipo muy ágil.

—Es más joven que tú —objeté.

—Bueno, yo también soy ágil —contestó con lógica—. La cerda aún no me ha pillado, ¿no?

Tuve una sensación de inquietud por la mención del mayor, pero no eran noticias de descontento político o rumores de alzamientos militares lo que alteraba a Jamie; me lo habría dicho de inmediato. Volví a mirarlo con los ojos entornados, pero no hablé.

Suspiró profundamente.

—Creo que tendré que trasladarlos —dijo en voz baja, y volvió a cogerme la mano.

—¿A quiénes?

—A Fergus, a Marsali y a los pequeños.

Sentí un estremecimiento repentino, como si alguien me hubiera dado un golpe justo debajo del esternón, y de pronto me resultó difícil respirar.

—¿Qué? ¿Por qué? Y... ¿adónde? —logré preguntar.

Jamie pasó su pulgar con suavidad sobre mis nudillos una y otra vez, con la mirada fija en el lento movimiento.

—Fergus trató de suicidarse hace tres días —dijo en tono muy quedo. Mi mano se aferró a la suya con rapidez.

—Santo Dios —susurré.

Asintió, y me di cuenta de que por el momento tampoco podía hablar; tenía los dientes clavados en el labio inferior.

Entonces fui yo quien cogió su mano entre las mías, sintiendo una frialdad que se filtraba en mi carne. Tuve deseos de negarlo, de rechazar esa idea por completo, pero no pude hacerlo. Era una cosa fea como un sapo venenoso que ninguno quería tocar y que se había instalado entre nosotros.

—¿Cómo? —pregunté por fin. Mi voz resonó en la sala. Quise decir «¿Estás seguro?», pero sabía que lo estaba.

—Con un cuchillo —respondió literalmente. Torció la comisura de sus labios de nuevo, pero no con humor—. Dijo que se habría colgado, pero que no podía atar la cuerda con una sola mano. Qué suerte, la suya.

El pudin había formado una bola pequeña y dura, como de goma, en el fondo de mi estómago.

—¿Lo... encontraste tú? ¿O fue Marsali?

Él negó con la cabeza.

—Ella no lo sabe. Bueno, en realidad, supongo que sí lo sabe, pero no lo admite...

—No puede haber quedado muy malherido, o ella lo sabría con total seguridad. —Aún me dolía el pecho, pero las palabras me salían con mayor facilidad.

—No. Yo lo vi pasar, mientras estaba limpiando una piel de ciervo en la colina. Él no me vio y yo no lo llamé... Había algo raro en él, pero no sabía qué era... algo. Continué trabajando un poco más... No quería alejarme mucho de casa, por si acaso... Pero seguía sintiéndome inquieto. —Me soltó la mano y se frotó debajo de la nariz con los nudillos—. No podía quitarme de encima la idea de que algo iba mal y, finalmente, dejé mi trabajo y lo seguí, pensando, al mismo tiempo, que yo mismo era un imbécil.

Fergus había avanzado hacia el final del Cerro y descendió por la boscosa ladera que terminaba en el manantial Blanco. Era el manantial más alejado de los tres que había en el Cerro, y se llamaba «blanco» por la gran roca que había cerca del principio del estanque.

Jamie bajó entre los árboles justo a tiempo para ver a Fergus tumbado junto al manantial, con la manga levantada y el abrigo doblado bajo la cabeza, sumergiendo el brazo izquierdo, el del muñón, en el agua.

—Tal vez debería haberle gritado en ese momento —dijo, frotándose el cabello con una mano distraída—. Pero en realidad no podía creer lo que veía, ¿sabes?

Entonces Fergus cogió con la mano derecha un pequeño cuchillo para deshuesar, lo bajó hasta el estanque y, con habilidad, se abrió las venas del codo izquierdo. De inmediato manó la sangre, formando una nube suave y oscura en la blancura del brazo.

—En ese momento sí grité —dijo Jamie. Cerró los ojos y se frotó con fuerza la cara con las manos, como si tratara de borrar el recuerdo.

Corrió por la colina, cogió a Fergus, lo obligó a incorporarse y lo golpeó.

—¿Lo golpeaste?

—Sí —asintió—. El muy bastardo tuvo suerte de que no le rompiera el cuello. —Su rostro había empezado a ruborizarse mientras hablaba, y apretó los labios.

—¿Esto ocurrió después de que los muchachos se llevaran a Henri-Christian? —pregunté, con el nítido recuerdo de mi conversación con Fergus en el establo—. Me refiero a que...

—Sí, sé a qué te refieres —me interrumpió—. Y fue justo el día después de que los muchachos metieran a Henri-Christian en el arroyo, es cierto. Pero no era sólo eso... quiero decir, no era sólo a causa de los problemas provocados por el hecho de que el bebé es enano. —Me miró con una clara expresión de preocupación en el rostro—. Hablamos después de que le vendara el brazo y recobrara la conciencia. Me dijo que llevaba bastante tiempo pensando en ello y que lo del pequeño fue lo que lo empujó a hacerlo.

—Pero... ¿cómo es posible que él...? —pregunté angustiada—. Dejar a Marsali y a los niños... ¿cómo?

Jamie bajó la mirada, con las manos sobre las rodillas, y suspiró. La ventana estaba abierta, y entraba una suave brisa que erizaba el pelo de su coronilla como pequeñas llamas.

—Pensó que estarían mejor sin él —comentó de manera inexpresiva—. Si él moría, Marsali podría volver a casarse... encontrar a un hombre que pudiera cuidar de ella y de los niños. Proporcionarles lo que necesitaran. Proteger al pequeño Henri.

—¿Acaso piensa... o pensó... que él no podría?

Jamie me miró fijamente.

—Sassenach —dijo—, sabe muy bien que no puede.

Tomé aliento para protestar, pero, en cambio, me mordí el labio al no encontrar nada que refutar.

Jamie se puso en pie y caminó inquieto por la habitación, cogiendo y dejando cosas.

—¿Tú harías algo así? —pregunté, después de un momento—. En las mismas circunstancias, quiero decir.

Él hizo una pausa durante un instante, dándome la espalda, con la mano en mi cepillo del pelo.

—No —contestó en voz baja—. Pero es duro para un hombre vivir con algo así.

—Bueno, eso puedo entenderlo... —comencé a decir poco a poco, pero él se volvió para proseguir. Su rostro estaba angustiado, lleno de una fatiga que poco tenía que ver con la falta de sueño.

—No, Sassenach —contestó—. No puedes. —Habló con tranquilidad, pero con tal tono de desesperación en la voz que se me llenaron los ojos de lágrimas.

Se debía tanto a la debilidad física como a la angustia emocional, pero sabía que, si cedía, finalmente me derrumbaría por completo, y eso no nos convenía a ninguno de los dos. Me mordí el labio con fuerza y me enjugué los ojos con el borde de la sábana.

Oí un ruido sordo cuando él se puso de rodillas a mi lado, y tanteé el aire a ciegas para buscarlo; le cogí la cabeza y la apoyé en mi pecho. Me rodeó con los brazos y suspiró hondo, soltando su cálido aliento sobre mi piel a través de la tela de mi camisa. Le acaricié el cabello con una mano temblorosa y noté que él de pronto cedía, y que toda la tensión lo abandonaba como agua que se vierte de una jarra.

En ese momento tuve una sensación muy extraña, como si la fuerza a la que él se había aferrado se hubiese liberado... y estuviera fluyendo dentro de mí. Mi tenue relación con mi propio cuerpo se reafirmó cuando sostuve el suyo, y mi corazón dejó de flaquear y asumió, en cambio, sus latidos fuertes e incansables.

Las lágrimas habían cesado, aunque todavía seguían a flor de piel. Con los dedos, tracé las líneas de su cara rosada, broncínea y marcada por el sol y la intemperie; la ancha frente con sus pobladas cejas de color cobrizo, las amplias mejillas y la nariz larga y recta como una espada. También los ojos cerrados, sesgados y misteriosos, con esas extrañas pestañas, rubias en las raíces y luego de un color cobrizo tan intenso que las puntas parecían casi negras.

—¿No lo entiendes? —pregunté en voz muy baja, trazando las líneas pequeñas y suaves de su oreja. Algunos mechones rígidos y rubios surgían de la oreja en una diminuta espiral, haciéndome cosquillas en el dedo—. ¿Acaso ninguno de vosotros lo entendéis? Se trata de vosotros. No de lo que podáis dar, hacer o proporcionar. Sólo de vosotros.

Se estremeció con un hondo suspiro y asintió, aunque no abrió los ojos.

—Lo sé. Se lo dije a Fergus —respondió en voz muy baja—. O al menos creo haberlo hecho. Le dije muchísimas cosas.

Se habían arrodillado juntos al lado del manantial, abrazándose, empapados de sangre y de agua, aferrados como si él pudiera sujetar a Fergus a la tierra y a su familia, tan sólo con fuerza de voluntad, y no tenía la menor idea de lo que le había dicho, perdido en la pasión del momento... hasta el final.

«Debes continuar, por el bien de ellos... aunque no quieras hacerlo por el tuyo propio —había susurrado, con el rostro de Fergus apretado contra su hombro, y, en su mejilla, su cabello negro y frío mojado por el sudor y el agua—. *Tu comprends, mon enfant, mon fils? Comprends-tu?*»

Sentí que se le movía la garganta cuando tragó saliva.

—¿Sabes?, pensaba que estabas agonizando —dijo en tono muy quedo—. Estaba seguro de que ya te habrías marchado cuando yo regresara a casa, y que me quedaría solo. Creo que en ese momento no le hablaba tanto a Fergus como a mí mismo.

Entonces levantó la cabeza, y me miró a través de una nube de lágrimas y risa.

—Por Dios, Claire —prosiguió—. ¡Me habría enfadado tanto si hubieses muerto y me hubieras abandonado!

Yo también sentí ganas de reír o de llorar, o ambas cosas, y si todavía albergaba algún arrepentimiento respecto a haber perdido la paz eterna, lo habría alejado en ese preciso instante sin vacilación alguna.

—No lo he hecho —le contesté, y le toqué el labio—. No lo haré. O, por lo menos, intentaré no hacerlo. —Deslicé la mano detrás de su cabeza y lo atraje hacia mí. Era bastante más grande y pesado que Henri-Christian, pero sentí que, si fuera necesario, podría sostenerlo eternamente.

Estaba atardeciendo y la luz apenas comenzaba a cambiar, proyectándose, inclinada, a través de la parte superior de las ventanas que daban al oeste, de modo que la habitación se llenó de una luminosidad intensa y limpia que hizo brillar el cabello de Jamie y el lino gastado de color crema de su camisa. Sentí los nudos en la parte superior de la columna vertebral, y la carne que iba cediendo en el estrecho canal entre los omóplatos y las vértebras.

—¿Adónde los mandarás? —pregunté, y traté de alisar el remolino de pelos de su coronilla.

—Probablemente a Cross Creek... o a Wilmington —respondió. Tenía los ojos entornados, observando las sombras de las hojas que parpadeaban en un lado del armario que había construido para mí—. El que parezca el mejor lugar para una imprenta.

Se movió un poco y me apretó las nalgas con más fuerza. Entonces frunció el ceño.

—¡Por Dios, Sassenach, casi no te queda nada de trasero!

—Bueno, no importa —dije con resignación—. Estoy segura de que eso sí volverá a crecer bastante pronto.

65

Momento de declaración

Jamie se encontró con ellos cerca del molino de los Woolam. Eran cinco hombres a caballo. Dos eran desconocidos; otros dos eran de Salisbury y sí los conocía: dos exreguladores llamados Green y Wherry, acérrimos *whigs*. El último era Richard Brown, un tipo con una expresión de frialdad en el rostro, excepto en la mirada.

Jamie maldijo en silencio su afición por la conversación. Si no fuera por eso, se habría separado de MacDonald, como era habitual, en Coopersville. Pero, en cambio, comenzaron a hablar de poesía —¡de poesía, por el amor de Dios!— y a entretenerse mutuamente con sus recitaciones. De modo que allí estaba, en el camino, con dos caballos, mientras MacDonald se ocupaba de vaciar sus entrañas en lo profundo del bosque.

Amos Green lo saludó con un movimiento de la cabeza, y habría pasado de largo de no ser porque Kitman Wherry tiró de las riendas; los desconocidos hicieron lo propio y observaron a Jamie con curiosidad.

—¿Adónde te diriges, amigo James? —le preguntó con amabilidad Wherry, que era cuáquero—. ¿Has venido para la reunión en Halifax? Si es así, puedes cabalgar con nosotros, si lo deseas.

Halifax. Sintió cómo un hilo de sudor le descendía por el pliegue de la espalda. La reunión del comité de correspondencia para elegir delegados al Congreso Continental.

—Estoy esperando a un amigo —respondió en tono cortés, señalando con un gesto el caballo de MacDonald—. Pero luego proseguiré, y quizá os alcanzaré más adelante.

«Ni lo soñéis», pensó, evitando mirar a Brown.

—Yo no estaría tan seguro de que sea bien recibido, señor Fraser —intervino Green, también con cortesía, pero con cierta frialdad en sus modales que hizo que Wherry lo mirara de reojo sorprendido—. Sobre todo después de lo que ocurrió en Cross Creek.

—¿Ah, sí? ¿Y usted preferiría ver a un hombre inocente quemado vivo, o untado con brea y emplumado? —Lo último que deseaba era una discusión, pero tenía que decir algo.

Uno de los desconocidos escupió en el suelo.

—No tan inocente, si es a Fogarty Simms a quien se refiere. Ese insignificante *tory* —añadió como algo que se le ocurrió en el último momento.

—Ése es el tipo —dijo Green, y escupió para manifestar su acuerdo—. El comité de Cross Creek se dispuso a darle una lección, pero al parecer, el señor Fraser aquí presente no estuvo de acuerdo. Fue toda una escena, por lo que me han contado —afirmó con voz cansina, echándose un poco hacia atrás sobre su montura para observar a Jamie desde una posición más elevada—. Como he dicho, señor Fraser... Usted no es tan querido en este preciso momento.

Wherry tenía el ceño fruncido, y pasaba la mirada de Jamie a Green.

—Salvar a un hombre de la brea y las plumas, con independencia de cuál sea su posición política, no parece más que un rasgo de humanidad —dijo con aspereza.

Brown se echó a reír de una manera bastante desagradable.

—Tal vez te lo parezca a ti, pero no a otras personas. Dime con quién andas y te diré quién eres. Y, además, está su tía, ¿sabes? —dijo, reconduciendo su discurso hacia Jamie—. Y la famosa señora MacDonald. He leído el discurso que pronunció... en la última edición del periódico de Simms —aclaró, repitiendo su risotada desagradable.

—Los huéspedes de mi tía no tienen nada que ver conmigo —replicó Jamie, tratando de hablar con cierta despreocupación.

—¿No? ¿Y qué hay del marido de su tía? Que es tío suyo, ¿verdad?

—¿Duncan? —La incredulidad se reflejó claramente en su voz, puesto que los extraños intercambiaron miradas y se relajaron un poco—. No, es el cuarto marido de mi tía... y amigo mío. ¿Por qué hablan de él?

—Bueno, Duncan Innes es íntimo de Farquard Campbell, y de otros leales a la Corona. Entre los dos han aportado una suma de dinero que bastaría para poner a flote un barco para imprimir panfletos donde se defienda una reconciliación con la madre Inglaterra. Me sorprende que no lo sepa, señor Fraser.

Jamie no sólo estaba sorprendido, sino también atónito por esta revelación, pero lo disimuló.

—Cada uno tiene derecho a tener sus propias opiniones —comentó encogiéndose de hombros—. Duncan debe hacer lo que desee, y yo haré lo mismo.

Wherry manifestó su acuerdo asintiendo con la cabeza, pero los otros lo miraron con expresiones que iban del escepticismo a la hostilidad.

A Wherry, las opiniones de sus compañeros no le pasaron inadvertidas.

—¿Cuál es tu opinión, pues, amigo? —preguntó con cortesía.

Jamie sabía que esto ocurriría. En ocasiones había tratado de imaginar las circunstancias de su declaración, en situaciones que iban de un heroísmo jactancioso a un verdadero peligro, pero como era habitual en esas cuestiones, el sentido del humor de Dios superaba cualquier imaginación. De modo que se encontró dando ese paso definitivo hacia un compromiso público e irrevocable con la causa rebelde —y, de forma incidental, en el mismo acto en que se le requería que se aliara con un enemigo mortal— a solas, en un polvoriento camino y con un oficial uniformado de la Corona directamente a sus espaldas, acuclillado en los arbustos con los pantalones bajados.

—Estoy a favor de la libertad —dijo, asombrado de que pudiera existir alguna duda respecto a su posición.

—¿En serio? —Green lo miró con furia, y luego levantó el mentón en dirección al caballo de MacDonald, de cuya montura colgaba la espada del regimiento, con sus borlas y sus dorados ornamentos brillando al sol—. ¿Cómo puede ser, entonces, que vaya usted acompañado de un casaca roja?

—Es amigo mío —respondió Jamie sin cambiar su tono.

—¿Un casaca roja? —Uno de los desconocidos se echó hacia atrás en la montura, como si le hubiera picado una abeja—. ¿Hay casacas rojas por aquí? —El hombre parecía asustado, como si esperara que surgiera del bosque toda una compañía de esas criaturas, disparando sus mosquetes.

—Sólo uno, hasta donde yo sé —lo tranquilizó Brown—. Se llama MacDonald. No es un verdadero soldado; se retiró con media paga y trabaja para el gobernador.

Su compañero no pareció mucho más tranquilo.

—¿Qué hace con ese tal MacDonald? —preguntó a Jamie.

—Como ya he dicho, es amigo mío. —La actitud de los hombres había cambiado en un instante, pasando del escepticismo y una ligera hostilidad a la llana ofensa.

—Es espía del gobernador, eso es lo que es —declaró Green contundente.

Eso no era más que la pura verdad, y Jamie estaba bastante seguro de que lo sabía la mitad de los pobladores de esas tierras. MacDonald no hacía ningún esfuerzo por ocultar ni su aspecto ni sus actividades. Negarlo equivalía a pedirles que creyeran que Jamie era un asno, un falso, o ambas cosas.

Los hombres comenzaron a agitarse, a intercambiar miradas y a realizar movimientos mínimos, llevando las manos a las empuñaduras de sus cuchillos o a sus pistolas.

«Muy bien», pensó Jamie. No satisfecho con la ironía de la situación, Dios acababa de decidir que debía pelear a muerte contra los aliados a los que se había unido con la declaración de hacía unos momentos, en defensa de un oficial de la Corona a la que, según esa misma declaración, se oponía. Fantástico, tal y como a su yerno le gustaba decir.

—Traedlo —ordenó Brown, haciendo que su caballo avanzara hacia el frente del grupo—. Veamos qué tiene que decir ese amigo suyo en su defensa.

—Y quizá él mismo aprenda una lección que podrá transmitirle al gobernador, ¿eh? —Uno de los desconocidos se quitó el sombrero y lo encajó con cuidado debajo del borde de la montura, como preparativo.

—¡Esperad! —Wherry se irguió cuan largo era, tratando de detenerlos con una mano, aunque Jamie podría haberle contado que ya habían llegado a un punto en el que dicho intento había dejado de tener efecto—. No podéis tratar con violencia a...

—¿No? —Brown sonrió como una calavera, con los ojos fijos en Jamie, y comenzó a desatar la fusta de cuero que estaba enrollada y atada a la montura—. Me temo que no tenemos brea a mano. Pero una buena paliza, digamos, y mandar a los dos al gobernador, desnudos, será una buena respuesta.

El segundo desconocido se rió y volvió a escupir. El sustancioso escupitajo cayó a los pies de Jamie.

—Sí, eso servirá. Al parecer, usted solo mantuvo a raya a una muchedumbre en Cross Creek, Fraser... Ahora somos sólo cinco contra dos; ¿qué le parece esa diferencia cuantitativa?

A Jamie le parecía bien. Soltó las riendas que tenía en la mano, se volvió y se lanzó entre los dos caballos, chillando y golpeándolos con fuerza en las ijadas. Luego se zambulló de cabeza en los arbustos junto al camino, y avanzó arrastrándose de pies y manos entre raíces y piedras con la mayor rapidez que pudo.

A su espalda, los caballos se encabritaron y giraron, relinchando con fuerza y generando confusión y temor en las cabalgaduras de los otros hombres. Jamie oyó gritos de furia y alarma mientras trataban de recuperar el control de las agitadas monturas.

Se deslizó por una breve cuesta, mientras la tierra y las plantas arrancadas de raíz le rodeaban los pies, perdió el equilibrio y cayó hacia el fondo, rebotó y se lanzó hacia un bosquecillo de robles, donde se ocultó detrás de una hilera de retoños, jadeando.

Alguien había tenido el ingenio o la furia necesarios para saltar de su caballo y seguirlo a pie; oyó ruidos y maldiciones cerca, por encima de los gritos más débiles de la conmoción que se había producido en el camino. Mirando con atención entre las hojas, vio a Richard Brown, despeinado y sin sombrero, que buscaba a su alrededor con una expresión salvaje y con la pistola en la mano.

Se desvaneció cualquier idea de una confrontación. Iba desarmado; tan sólo portaba un pequeño cuchillo en el calcetín, y no tenía dudas de que Brown le dispararía de inmediato y sostendría que había sido en defensa propia cuando llegaran los otros.

Por la cuesta, en dirección al camino, vio algo rojo. Brown, que había girado en la misma dirección, también lo advirtió y disparó, momento que MacDonald, que había tenido la buena idea de colgar su casaca en un árbol, aprovechó para salir de su escondite, detrás de Richard Brown, en mangas de camisa, y lo golpeó en la cabeza con una rama.

Brown cayó de bruces, momentáneamente aturdido. Jamie salió del bosquecillo y le hizo un gesto a MacDonald, que corrió con dificultad hacia él. Juntos se internaron más en el bosque y aguardaron al lado de un arroyo hasta que un silencio prolongado proveniente del camino les indicó que tal vez ya fuera posible volver a echar un vistazo.

Los hombres ya no estaban allí; tampoco el caballo de MacDonald. *Gideon*, al que se le veía el blanco de los ojos y que tenía las orejas aplastadas, levantó el labio superior y relinchó con furia hacia ellos, enseñando sus grandes dientes amarillos y lanzando babas para todos los lados. Brown y sus acompañantes habían llegado a la sabia conclusión de que no les convenía robar un caballo rabioso, pero lo habían atado a un árbol y se las habían arreglado para estropear sus correas, que colgaban hechas trizas del cuello del animal. La espada de MacDonald estaba entre el polvo, desenvainada y con la hoja partida en dos.

MacDonald recogió los pedazos, los examinó durante un instante y luego, moviendo la cabeza, se los guardó en el cinturón.

—¿Cree que Jones podría repararla? —preguntó—. ¿O será mejor que la lleve a Salisbury?

—Wilmington o New Bern —dijo Jamie, limpiándose la boca con la mano—. Dai Jones no tiene talento para reparar una espada, pero por otro lado, usted al parecer no encontraría muchos amigos en Salisbury.

Salisbury había sido el corazón de la Regulación, y todavía eran muy intensos los sentimientos contra el gobierno. Su propio corazón había recuperado el ritmo normal, pero aún sentía las rodillas algo temblorosas a causa de la huida y la ira.

MacDonald asintió con gesto sombrío, y luego miró a *Gideon*.

—¿Es seguro montar en su caballo?

—No.

Con el nerviosismo de *Gideon*, Jamie no estaba dispuesto a correr el riesgo de montarlo solo, y mucho menos de montarlo con otra persona y sin bridas. Como mínimo le habían dejado la cuerda de la montura. Consiguió formar un lazo alrededor de la cabeza del corcel sin que éste lo mordiera, y emprendieron la marcha en silencio, regresando a pie al Cerro.

—Muy desafortunado —observó MacDonald pensativo, en un momento dado—. Me refiero a que nos encontraran juntos. ¿Cree que eso habrá estropeado su oportunidad de infiltrarse en sus consejos? ¡Habría dado mi testículo izquierdo por tener un ojo y un oído en esa reunión de la que hablaban, se lo aseguro!

Con una débil sensación de sorpresa, Jamie se percató de que, cuando había hecho aquella declaración fundamental, lo había oído el hombre cuya causa pretendía traicionar, y luego, sus nuevos aliados, a cuyo bando quería incorporarse, casi lo habían matado; ninguna de las dos partes le había creído.

—¿Alguna vez se ha preguntado cómo suena Dios cuando ríe, Donald? —preguntó meditabundo.

MacDonald frunció los labios y contempló el horizonte, donde estaban formándose unos oscuros nubarrones más allá de la ladera de la montaña.

—Como el trueno, supongo —dijo—. ¿No le parece?

Jamie negó con la cabeza.

—No. Creo que en realidad es un sonido muy pequeñito, casi inaudible.

66

La oscuridad se cierne

Oía todos los sonidos en el piso de abajo y el sordo rumor de la voz de Jamie fuera, y me sentía muy tranquila. Estaba observando cómo se desplazaba el sol y brillaba en los amarillentos castaños del exterior cuando pude oír el sonido de unos pies firmes y decididos que ascendían la escalera.

La puerta se abrió de golpe y entró Brianna, despeinada por el viento, con la cara resplandeciente y con una acerada expresión en los ojos. Se detuvo a los pies de la cama, me apuntó con su largo dedo índice y dijo:

—No tienes autorización para morir.

—¿Ah? —dije, parpadeando—. No creí que pudiera hacerlo.

—¡Lo has intentado! —exclamó ella acusándome—. ¡Sabes que sí!

—Bueno, yo no diría eso... —comencé a discutir sin energía. Si bien no había tratado exactamente de morir, tampoco había tratado de no hacerlo, y debía de parecer culpable, pues sus ojos se entornaron hasta convertirse en hendiduras azules.

—¡No te atrevas a volver a hacerlo! —amenazó. Se dio la vuelta, agitando su capa azul, y se dirigió a grandes zancadas a la puerta, donde hizo una pausa—. Porque te quiero y no puedo estar sin ti —añadió con una voz estrangulada, antes de bajar corriendo la escalera.

—¡Yo también te quiero, cariño! —grité mientras las lágrimas, siempre preparadas para hacer acto de aparición, asomaban a mis ojos. Pero no hubo respuesta, salvo por el sonido de la puerta principal de la casa, que se cerraba.

Adso, que dormitaba en una franja de sol que había en el cubrecama que se encontraba a mis pies, abrió un poco los ojos a causa del ruido, y luego volvió a hundir la cabeza entre los hombros y ronroneó más fuerte.

Me recliné sobre la almohada, sintiéndome bastante menos tranquila, pero tal vez un poco más viva. Un momento después, me senté en la cama, aparté las mantas y saqué las piernas. *Adso*, justo entonces, dejó de ronronear.

—No te preocupes —le dije—. No voy a derrumbarme; tu leche y tus sobras están a salvo. Mantén la cama caliente.

Ya me había levantado antes, desde luego, e incluso me habían permitido algunas breves salidas al exterior, bajo una intensa vigilancia. Pero no me habían dejado ir a ninguna parte sola desde que había caído enferma, y estaba bastante segura de que tampoco me lo permitirían ahora.

Por lo tanto, bajé en silencio la escalera con las medias puestas, con los zapatos en la mano y, en lugar de salir por la puerta principal, cuyos goznes chirriaban, o por la cocina, donde se encontraba la señora Bug, me deslicé hacia mi consulta, abrí la ventana y, tras asegurarme de que la cerda blanca no estaba debajo, salí con cuidado de la casa.

Me sentía bastante emocionada por mi fuga, en un subidón de ánimo que me mantuvo erguida cierto tiempo mientras avanzaba por el camino. A partir de ese instante me vi obligada a detenerme cada pocos metros, sentarme y jadear un poco mientras las piernas recuperaban su fuerza. Pero perseveré, y, por último, llegué a la cabaña de los Christie.

No vi a nadie, y nadie respondió a mi vacilante saludo; sin embargo, cuando llamé a la puerta, oí la voz de Tom Christie, hosca y desolada, que me invitaba a pasar.

Estaba sentado a la mesa, escribiendo, pero por su aspecto todavía debía de estar en cama. Sus ojos se abrieron por la sorpresa de verme, y de inmediato trató de enderezar el mugriento chal que llevaba sobre los hombros.

—¡Señora Fraser! ¿Se encuentra usted...? Es decir... en el nombre de Dios...

Privado de habla, me señaló, con los ojos abiertos como platos. Yo me había quitado el sombrero de ala ancha cuando entré, olvidando momentáneamente que me parecía a un cepillo para limpiar botellas.

—Ah —dije, al tiempo que me pasaba con timidez la mano por la cabeza—. Eso. Debería estar contento; ya no podré escandalizar a la gente mostrando con desvergüenza mi melena.

—Parece una reclusa —dijo él con aspereza—. Siéntese.

Lo hice, ya que necesitaba la banqueta que me ofreció, debido al esfuerzo de la caminata.

—¿Cómo se encuentra? —le pregunté mientras lo examinaba. La luz de la cabaña era muy débil; estaba escribiendo con la ayuda de una vela, y ya la había apagado cuando aparecí.

—¿Cómo me encuentro? —Parecía estupefacto y bastante incómodo por la pregunta—. ¿Ha caminado hasta aquí, en su estado, para preguntar por mi salud?

—Si prefiere verlo de ese modo —respondí, irritada por su mención de mi «estado»—. Supongo que no querrá salir a donde haya más luz de modo que pueda echarle un buen vistazo, ¿verdad?

Él se cruzó los extremos del chal en el pecho, en un gesto protector.

—¿Para qué? —Me frunció el ceño, de manera que sus cejas en pico le conferían el aspecto de un búho irritado.

—Porque deseo saber algunas cosas respecto a su estado de salud —respondí con paciencia—, y examinarlo es la mejor manera de averiguarlas, puesto que usted no parece capaz de decirme nada.

—¡Es usted increíble, señora!

—No, soy doctora —contraataqué—. Y quiero saber... —Sentí un breve mareo que hizo que me inclinara sobre la mesa y me agarrara a ella hasta que pasara.

—Usted está demente —declaró tras observarme durante un instante—. Además, me parece que sigue enferma. Quédese aquí; llamaré a mi hijo para que vaya a buscar a su marido.

Agité la mano y respiré hondo. Mi corazón latía a gran velocidad, y estaba un poco pálida y sudorosa, pero, en esencia, me encontraba bien.

—La cuestión, señor Christie, es que, aunque es cierto que he estado enferma... no he tenido la misma enfermedad que está afectando a la gente del Cerro... y, por lo que Malva ha podido contarme, me parece que usted tampoco.

Él se había levantado para llamar a Allan; al escuchar esas palabras, se quedó paralizado y me contempló con la boca abierta. Luego, poco a poco, volvió a sentarse en la silla.

—¿A qué se refiere?

Puesto que por fin había llamado su atención, tuve la satisfacción de exponerle los hechos. Tenía mis argumentos preparados, ya que les había dedicado un considerable tiempo de reflexión durante los últimos días.

Mientras varias familias del Cerro habían padecido los estragos de la disentería amébica, yo no. Yo había tenido una fiebre peligrosamente alta, acompañada de una espantosa jaqueca y, según el entusiasta relato de Malva, convulsiones. Pero no cabía duda de que no se trataba de disentería.

—¿Está segura? —preguntó mientras jugueteaba con su pluma, frunciendo el ceño.

—Es bastante difícil confundir el flujo de sangre con jaqueca y fiebre —dije con aspereza—. Ahora bien... ¿Usted ha tenido flujo?

Vaciló un momento, pero se dejó dominar por la curiosidad.

—No —respondió—. Fue como usted ha dicho; una jaqueca que me partía el cráneo, y fiebre. Una terrible debilidad, y... y sueños en extremo desagradables. No tenía idea de que no se trataba de la misma enfermedad que afectaba al resto.

—Supongo que no podía saberlo. Usted no vio a ninguno de ellos. A menos... ¿Malva le describió la enfermedad? —Se lo pregunté sólo por curiosidad, pero él negó con la cabeza.

—No me gusta oír hablar de esas cosas; mi hija no me las cuenta. De todas formas, ¿para qué ha venido? —Inclinó la cabeza a un lado, entornando los ojos—. ¿Qué importa si usted y yo sufrimos paludismo en lugar de flujo? ¿O cualquier otra persona, para el caso? —Parecía bastante nervioso. Se levantó y empezó a moverse por la cabaña vacilante, trastabillando, de una manera muy distinta de como solía hacerlo.

Suspiré, frotándome la frente con la mano. Ya había obtenido la información básica que había venido a buscar; explicar por qué la quería iba a ser complicado. Bastante me había costado hacer que Jamie, el joven Ian y Malva aceptaran la teoría de los gérmenes y las enfermedades, y eso con pruebas visibles mediante un microscopio.

—La enfermedad es contagiosa —dije, sintiéndome un poco cansada—. Se transmite de una persona a otra. A veces directamente, y otras, a través de la comida o el agua compartida por una persona enferma y otra sana. Todas las personas que contrajeron el flujo vivían cerca de un pequeño manantial en particular; tengo razones para creer que fue el agua de ese manantial lo que les transmitió la ameba... lo que hizo que enfermaran. Pero usted y yo... Yo no lo he visto a usted en varias semanas. Ni tampoco he estado cerca de nadie que haya padecido paludismo. ¿A qué se debe que los dos contrajéramos la misma enfermedad?

Él me miró con fijeza, desconcertado, y con el ceño todavía fruncido.

—No entiendo por qué dos personas no pueden enfermar sin estar en contacto entre sí. Yo, desde luego, he visto esas enfermedades que usted describe: la fiebre de las galeras, por ejemplo, que se contagia en lugares cerrados... Pero supongo que no todas las enfermedades se comportan de la misma manera, ¿verdad?

—No, tiene razón —admití. Tampoco me encontraba en condiciones de tratar de hacerle entender las nociones básicas de epidemiología o salud pública—. Es posible, por ejemplo, que algunas enfermedades se transmitan a través de los mosquitos. La malaria es una de ellas. —Algunas formas de meningitis viral también, y yo pensaba que ésa era la enfermedad de la que me acababa de recuperar—. ¿Recuerda si algún mosquito le ha picado recientemente?

Christie me miró, y luego emitió una especie de ladrido que tomé por risa.

—Mi querida señora, en este clima terrible, los mosquitos pican a todo el mundo cuando hace mucho calor. —Se rascó la barba como en un acto reflejo.

Era cierto. A todos excepto a mí y a Roger. Cada cierto tiempo, algún insecto desesperado lo intentaba, pero la mayoría de las veces escapábamos indemnes, incluso cuando había grandes plagas y todo el mundo se estaba rascando. Como teoría, yo sospechaba que los mosquitos succionadores de sangre habían evolucionado tan cerca de los humanos a lo largo de los años que, sencillamente, a los mosquitos no les gustaba el olor de Roger y el mío porque habíamos venido de muy lejos en el tiempo. Brianna y Jemmy, que compartían mi información genética, pero también la de Jamie, sí sufrían picaduras, pero no con tanta frecuencia como la mayoría de la gente.

No recordaba que ningún mosquito me hubiera picado en los últimos días, aunque también era posible que sí lo hubiera hecho y que yo hubiese estado demasiado ocupada como para prestar atención.

—¿Por qué es importante eso? —preguntó Christie, que ahora sólo parecía perplejo.

—No lo sé. Sólo... necesito averiguar las cosas. —También tenía que salir de casa y recuperar mi vida de la forma más directa que conocía: la práctica de la medicina. Pero eso no era algo que quisiera compartir con Tom Christie.

—Mmm —dijo.

Se quedó mirándome, frunciendo el ceño, indeciso hasta que, de repente, extendió una mano; la que yo le había operado, según pude ver; la «Z» de la incisión se había desvanecido hasta adoptar un saludable tono rosado pálido, y tenía los dedos rectos.

—Salgamos, pues —dijo resignado—. La acompañaré a su casa, y si insiste en hacer preguntas impertinentes y molestas respecto a mi salud por el camino, supongo que no podré impedírselo.

Asombrada, le cogí la mano y descubrí que su fuerza era firme y sólida, a pesar del aspecto demacrado de su rostro y de la depresión de sus hombros.

—No es necesario que me acompañe a casa —protesté—. ¡A juzgar por su aspecto, debería estar en la cama!

—Usted también —dijo, guiándome hasta la puerta con una mano debajo de mi codo—. Pero si escoge poner en riesgo su salud y su vida emprendiendo un esfuerzo tan inapropiado, bueno, pues yo también puedo. Aunque debería ponerse el sombrero antes de salir —añadió con firmeza.

Conseguimos llegar hasta la casa, deteniéndonos con frecuencia para descansar, y llegamos jadeando y sudando, pero al mismo tiempo entusiasmados por la aventura. Nadie me había echado de menos, pero el señor Christie insistió en dejarme dentro, lo que tuvo como resultado que todos se dieran cuenta de mi ausencia a posteriori y se enfadaran de inmediato.

Todos los que me vieron me regañaron, incluido el joven Ian; me hicieron subir la escalera prácticamente agarrada del pescuezo, y me arrojaron con fuerza a la cama, donde me dijeron que debería considerarme afortunada si me daban pan y leche para cenar. El aspecto más irritante de la situación era Thomas Christie, inmóvil al pie de la escalera con una jarra de cerveza en la mano, observando mientras me llevaban hacia arriba, y con la única sonrisa que yo jamás había visto en su velludo rostro.

—En nombre de Dios, ¿qué crees que estás haciendo, Sassenach? —Jamie retiró el edredón y señaló las sábanas con un gesto perentorio.

—Bueno, me sentía bien, y...

—¡Bien! Tienes el color de la manteca agria, y tiemblas tanto que apenas puedes... deja, yo lo haré. —Resoplando, apartó las manos de las cintas de mis enaguas y me las desató en un instante—. ¿Te has vuelto loca? —preguntó enojado—. ¿Cómo te has marchado sin decírselo a nadie? ¿Y si te hubieras caído? ¿Y si hubieras enfermado de nuevo?

—Si se lo hubiera dicho a alguien, no me habría dejado salir —dije con suavidad—. Y soy médico, ¿sabes? Creo que puedo juzgar mi propio estado de salud.

Jamie me lanzó una mirada que sugería que no confiaría en mí ni para juzgar un concurso de flores, pero se limitó a hacer un bufido más fuerte de lo habitual. Me levantó, me llevó a la cama y me puso con delicadeza en ella (pero con una demostración de fuerza contenida que me sugería que hubiera preferido dejarme caer desde las alturas). Luego se irguió y me dirigió una mirada de enfado.

—Si no pareciera que estás a punto de desmayarte, Sassenach, te juro que te azotaría el trasero por lo que has hecho.

—No puedes —dije débilmente—. No tengo trasero.

De hecho, estaba un poco cansada... bueno, para ser honesta, el corazón me latía a toda velocidad, me zumbaban los oídos y, si no me acostaba de inmediato, era muy probable que me desmayara. Me tumbé y permanecí con los ojos cerrados, sintiendo que la habitación daba vueltas como un tiovivo, con sus luces parpadeantes y su música de zanfona.

A través de esa confusión de sensaciones, tuve la vaga percepción de manos en mis piernas, y luego una agradable frescura en mi cuerpo recalentado. Después, algo cálido me envolvió la cabeza como una nube y agité las manos con fuerza, tratando de quitármelo de encima antes de que me asfixiara.

Salí a la superficie, parpadeando y jadeando, y descubrí que estaba desnuda. Eché un vistazo a mis pálidos, flojos y esqueléticos restos, y tiré de la sábana para cubrirme. Jamie estaba agachado; recogía mi camisón, mi combinación y mis enaguas del suelo, y los añadía al justillo que había doblado sobre el brazo. Levantó mis zapatos y mis medias, y los agregó a la bolsa.

—Tú —dijo, señalándome con una expresión acusadora— no irás a ninguna parte. No estás autorizada a morir, ¿te ha quedado lo bastante claro?

—Ah, de modo que de ahí lo sacó Bree —murmuré, intentando evitar que mi mente flotara. Cerré los ojos de nuevo—. Creo recordar cierta abadía en Francia —añadí—, y a un joven muy testarudo y muy enfermo. Y a su amigo Murtagh, quien le quitó la ropa para evitar que se levantara y se marchara antes de que se hubiera recuperado.

Silencio. Abrí un ojo. Él estaba totalmente paralizado y la luz crepuscular que penetraba por la ventana formaba chispas en su cabello.

—A partir de lo cual —dije en tono coloquial—, si mal no recuerdo, tú te limitaste a subirte a una ventana y escapaste. Desnudo, en pleno invierno.

Los rígidos dedos de su mano derecha golpearon su pierna con impaciencia.

—Tenía veinticuatro años —dijo con voz ronca—. No se suponía que tuviera que ser sensato.

—Eso no lo discutiría ni por un segundo —le aseguré. Abrí el otro ojo y lo miré fijamente—. Pero tú sabes por qué lo hice. Era necesario.

Él respiró hondo, suspiró y dejó mi ropa en el suelo. Se acercó y se sentó en la cama a mi lado, haciendo que el armazón de madera crujiera y gruñera con su peso.

Levantó mi mano y la cogió como si fuera algo precioso y frágil. Y lo era... o al menos parecía frágil, una delicada construcción de piel transparente y la sombra de los huesos que contenía. Pasó el pulgar con cuidado por el dorso, recorriendo los huesos desde la falange hasta el cúbito, y sentí la extraña y pequeña punzada de un recuerdo distante; la visión de mis propios huesos, de color azul, brillando a través de la piel, y las manos del maestro Raymond, rodeando mi vientre inflamado y vacío, diciéndome a través de la niebla de la fiebre: «Llámalo. Llama al hombre rojo.»

—Jamie —dije en voz muy baja.

La luz del sol brilló en el metal de mi plateado anillo de bodas. Él lo cogió entre el pulgar y el índice, y, suavemente, deslizó el pequeño aro de metal, arriba y abajo de mi dedo, tan delgado que ni siquiera se encalló en el nudillo.

—Ten cuidado —comenté—. No quiero perderlo.

—No lo perderás. —Cerró mis dedos y su propia mano, grande y cálida, se cerró en torno a la mía.

Se quedó un rato sentado junto a mí en silencio, y ambos observamos la franja de sol que se arrastraba poco a poco por el cubrecama. *Adso* se había movido siguiéndola, para poder disfrutar de su calor, y la luz cubrió su piel con un suave resplandor plateado, que hacía que los finos pelos que asomaban por sus orejas parecieran diminutos y nítidos.

—Es un gran consuelo ver salir y ponerse el sol —dijo por fin—. Cuando viví en la cueva, cuando estaba en prisión, ver cómo la luz aparecía y desaparecía y saber que el mundo seguía su curso me daba esperanzas.

Estaba mirando por la ventana, hacia la distancia azul donde el cielo se oscurecía hasta el infinito. Su garganta se movió un poco al tragar saliva.

—Tengo la misma sensación, Sassenach, cuando te oigo trabajar en tu consulta —añadió—, moviendo cosas y jurando entre dientes. —En ese instante volvió la cabeza para mirarme, y sus ojos contenían las profundidades de la noche que estaba a punto de llegar—. Si ya no estuvieras allí... o en alguna otra parte... —dijo en voz muy baja—, entonces el sol ya no saldría ni se pondría. —Me levantó la mano y la besó con suavidad. La dejó, la cerró en torno al anillo, sobre mi pecho, se levantó y se marchó.

Tenía el sueño ligero; ya no caía en el agitado mundo de las pesadillas febriles, ni me hundía en la profunda fuente de la inconsciencia como cuando mi cuerpo buscaba recuperarse a través del sueño. No sabía qué me había despertado, pero de repente estaba despierta, alerta y con los ojos bien abiertos, sin el intervalo de la modorra.

Los postigos estaban cerrados, pero había luna llena, que proyectaba franjas de suave luz en la cama. Pasé una mano por la sábana y luego la levanté por encima de mi cabeza. Mi brazo era un tallo pálido y esbelto, exangüe y frágil como el pie de una seta venenosa; mis dedos se flexionaron y se extendieron como una red, para coger la oscuridad. Oí la respiración de Jamie, que estaba en su sitio, en el suelo, junto a la cama.

Bajé el brazo y me acaricié el cuerpo ligeramente con ambas manos, evaluándolo. La diminuta elevación de los pechos, las costillas, que se podían contar (una, dos, tres, cuatro, cinco), y la lisa concavidad de mi vientre, que colgaba como una hamaca entre los huesos de las caderas. Piel y huesos. No mucho más.

—¿Claire? —Algo se agitó en la oscuridad junto a la cama, y la cabeza de Jamie se levantó. Más que ver su presencia, la sentí, pues allí la sombra era mucho más oscura en contraste con la luz de la luna. Una mano grande y oscura tanteó a través del edredón y me rozó la cadera.

—¿Te encuentras bien, *a nighean*? —susurró—. ¿Necesitas algo?

Estaba cansado; tenía la cabeza en la cama a mi lado, notaba su aliento cálido a través de la camisa. Si su roce y su aliento no hubieran sido tan cálidos, tal vez no habría tenido el coraje de hacerlo, pero me sentía fría e incorpórea como la misma luz de la luna, de modo que cerré mi espectral mano en torno a la suya y susurré:

—Te necesito.

Se quedó inmóvil durante un momento, mientras entendía el significado de lo que le había dicho.

—¿No te impedirá conciliar el sueño? —dijo en tono de duda. Tiré de su muñeca como respuesta y él se acercó, alzándose desde el charco de oscuridad del suelo, con las finas líneas de la luz de la luna ondeando sobre su cuerpo como si se tratara de agua.

—Kelpie —dije en voz baja.

Resopló un poco y con torpeza, con delicadeza, y se deslizó debajo del edredón. El colchón cedió por su peso.

Nos quedamos acostados juntos, tímidamente, casi sin tocarnos. Su respiración era superficial; era evidente que procuraba molestarme lo mínimo posible. Excepto un débil ruido de sábanas, la casa estaba en silencio.

Por fin, sentí que un largo dedo me presionaba con cuidado el muslo.

—Te he echado de menos, Sassenach —susurró.

Me volví hacia él, y besé su brazo a modo de respuesta. Quería acercarme, posar mi cabeza en su hombro y permanecer en la curva de su brazo, pero la idea de mi pelo corto y erizado contra su piel me impidió hacerlo.

—Yo también te he echado de menos —dije, en la oscura solidez de su brazo.

—Entonces ¿quieres que te posea? —preguntó en voz baja—. ¿Realmente lo deseas? —Una mano acarició mi hombro; la otra se dirigió hacia abajo e inició el ritmo suave y constante para prepararse.

—Déjame a mí —susurré, deteniendo su mano con la mía—. Quédate quieto.

Al principio, le hice el amor como un ladrón furtivo, con caricias rápidas y diminutos besos, robándole el aroma, y el roce, el calor y el gusto de sal. Luego puso una mano en mi nuca y me acercó a él con más fuerza, más profundamente.

—No tengas prisa, muchacha —dijo en un ronco suspiro—. No iré a ninguna parte.

Dejé que un temblor de muda diversión me atravesara, y él suspiró con fuerza en el momento en que cerré los dientes con delicadeza a su alrededor y deslicé la mano por encima del peso cálido y con olor a almizcle de sus testículos.

Entonces me levanté sobre él, algo mareada por el repentino movimiento, sintiendo una necesidad urgente. Ambos suspiramos cuando ocurrió, y sentí el aliento de su risa en mi pecho al inclinarme sobre él.

—Te he echado de menos, Sassenach —volvió a susurrar.

Me avergonzaba que me tocara por lo cambiado que estaba mi cuerpo, y me recliné apoyando ambas manos sobre sus hombros, impidiéndole que me acercara a él. Él no lo intentó; en cambio, deslizó su mano curvada entre ambos.

Sentí una breve punzada de dolor ante la idea de que el pelo de mis partes pudendas fuera más largo que el de mi cabeza, pero ese pensamiento quedó disipado por la lenta presión de sus grandes nudillos apretando entre mis piernas, balanceándose con cuidado adelante y atrás.

Cogí su otra mano y la llevé a mi boca, le chupé los dedos, uno tras otro, y me estremecí, aferrándole la mano con todas mis fuerzas.

Todavía la tenía aferrada un poco después, cuando yací a su lado. O, más bien, la estaba sosteniendo, admirando las formas que aún no había visto, complejas y llenas de gracia en la oscuridad, y la capa dura y suave de los callos en sus palmas y nudillos.

—Tengo manos de albañil —dijo, riéndose un poco cuando pasé los labios con delicadeza por los encallecidos nudillos y las yemas todavía sensibles de sus largos dedos.

—Los callos en las manos de los hombres son muy eróticos —le aseguré.

—¿En serio? —Pasó suavemente su mano libre por mi cabeza rapada y luego la bajó por la espalda. Me estremecí y me apreté con más fuerza contra él, mientras comenzaba a olvidar mi timidez. Mi mano libre vagaba por toda la extensión de su cuerpo y jugaba con los arbustos suaves y fibrosos de su pelo y la húmeda ternura de su miembro semierecto.

Arqueó la espalda un poco, y luego se relajó.

—Bueno, déjame decirte algo, Sassenach —comentó—. Si no tengo callos allí, no es culpa tuya, créeme.

67

El que ríe último...

Era un mosquete viejo, fabricado quizá unos veinte años atrás, pero todavía en buen estado. El mango estaba pulido por el uso, la madera era hermosa al tacto, y el metal del caño era suave y limpio.

Oso Rampante lo asió con éxtasis, recorriendo con los dedos el reluciente caño, admirado; luego se lo llevó a la nariz para oler el embriagador aroma del aceite y la pólvora, y después llamó a sus amigos para que ellos también lo olieran.

Cinco caballeros habían recibido mosquetes de las pródigas manos de Pájaro que Canta en la Mañana, y reinaba una atmósfera de alegría en la casa, que se extendía en oleadas por la aldea. El propio Pájaro, al que todavía le quedaban veinticinco mosquetes para repartir, estaba ebrio con la sensación de una riqueza y un poder inestimables y, por tanto, dispuesto a recibir a cualquiera y cualquier cosa.

—Él es Hiram Crombie —le dijo Jamie a Pájaro en tsalagi, señalando al propio Crombie, que había estado de pie a su lado, pálido por los nervios, en todas las conversaciones preliminares, en la presentación de los mosquetes, la convocatoria de los valientes y el regocijo general por las armas—. Ha venido a ofrecer su amistad, y a contar historias de Cristo.

—Ah, ¿vuestro Cristo? ¿El que bajó al submundo y regresó? Siempre he querido saber si encontró allí a la mujer cielo, o a Topo. Topo me cae bien; me gustaría saber qué le dijo. —Pájaro se tocó el colgante de piedra que llevaba en el cuello, una pequeña talla roja de Topo, el guía del submundo.

El señor Crombie tenía el entrecejo fruncido, pero por suerte el tsalagi le resultaba difícil; aún estaba en la fase de traducir mentalmente cada palabra al inglés, y Pájaro hablaba con rapidez. Ian, por su parte, no había encontrado ocasión de enseñarle a Hiram la palabra para Topo.

Jamie tosió.

—Estoy seguro de que te relatará con agrado todas las historias que conoce —dijo—. Señor Crombie —añadió, pasando en un instante al inglés—. Tsisqua le da la bienvenida.

Los orificios nasales de Penstemon, la esposa de Pájaro, se abrieron delicadamente. Crombie sudaba de nerviosismo y olía como un chivo. Hizo una profunda reverencia y le entregó a Pájaro el cuchillo que había llevado de regalo, recitando poco a poco el discurso elogioso que había memorizado. Y lo hizo bastante bien, pensó Jamie; sólo se equivocó en la pronunciación de un par de palabras.

—He venido a t-traerte gran alegría —terminó, tartamudeando y sudoroso. Pájaro miró a Crombie (pequeño, tenso y totalmente empapado) durante un largo e inescrutable momento, y luego volvió a mirar a Jamie.

—Eres un hombre extraño, Matador de Osos —dijo con resignación—. ¡Comamos!

Era otoño; ya había terminado la cosecha y la caza había sido buena. De modo que el Festín de las Armas fue una ocasión notable, con wapitíes, venados y jabalíes a los que se alzaba, humeantes, de pozos y luego se asaban sobre rugientes fuegos, con bandejas rebosantes de maíz, calabaza asada y platos de judías condimentadas con cebolla y cilantro, platos de potaje y docena tras docena de pequeños peces rebozados con harina de maíz, fritos en grasa de oso, de carne crujiente y dulce.

El señor Crombie, que al principio estaba muy tenso, comenzó a relajarse bajo la influencia de la comida, la cerveza negra y todas las atenciones que le brindaban. Buena parte de esas atenciones, pensaba Jamie, se debían al hecho de que Ian, con una amplia sonrisa en el rostro, se mantenía siempre junto a su alumno, indicándole y corrigiéndole, hasta que Hiram se sintiera más cómodo con el idioma y pudiera arreglárselas solo. Ian era muy popular, en especial entre las jóvenes de la aldea.

Él mismo estaba disfrutando muchísimo con el festín; liberado de sus responsabilidades, no tenía nada que hacer salvo hablar, escuchar y comer... y a la mañana siguiente se marcharía.

Era un sentimiento extraño, y no estaba seguro de haberlo experimentado antes. Había vivido muchas despedidas, la mayoría tristes, y muy pocas se habían producido con una sensación de alivio; algunas le habían desgarrado el corazón y lo habían dejado dolorido. Pero esa noche, no. Todo parecía demasiado ceremonioso, algo que se hacía de manera consciente por última vez, y, sin embargo, no había ninguna tristeza en ello.

Supuso que se debía a la sensación de llevar algo a término. Había hecho lo que había podido, y debía dejar que Pájaro y los otros se las arreglaran solos. Quizá volviera alguna vez, pero ya no por obligación, en su papel de agente del rey.

Esa idea era peculiar en sí misma. Hasta ese momento, nunca había vivido sin la conciencia de una lealtad —aceptada o no, deliberada o no— a un rey, ya fuera la casa alemana de Jorge III o los Estuardo.

Por primera vez, pudo entender lo que su esposa y su hija trataban de decirle.

Se dio cuenta de que Hiram estaba intentando recitar un salmo. Lo estaba haciendo bien, ya que le había pedido a Ian que lo tradujera, y luego se lo había aprendido de memoria. En cualquier caso...

«El buen aceite sobre la cabeza, que desciende sobre la barba...» Penstemon echó un receloso vistazo a la pequeña jarra de grasa de oso derretida que usaban como condimento, y miró a Hiram con los ojos entornados, con la evidente intención de quitarle la jarra si trataba de verter la grasa en su cabeza.

—Es una historia de sus ancestros —le explicó Jamie mientras se encogía de hombros—. No es su propia costumbre.

—Ajá. —Ella se relajó un poco, pero no dejó de vigilar a Hiram. Era un invitado, pero tampoco se podía confiar en que todos los invitados se comportaran como era debido.

De todas formas, Hiram no hizo nada impropio y, a pesar de sus numerosas protestas de que ya estaba lleno y sus torpes cumplidos a sus anfitriones, lo convencieron de que comiera hasta que casi se le salieron los ojos de las cuencas, lo que los dejó muy satisfechos.

Ian permanecería allí unos cuantos días, para asegurarse de que Hiram y la gente de Pájaro llegaran a algún tipo de acuerdo. Pero Jamie no estaba del todo seguro de que el sentido de responsabilidad de Ian superara su sentido del humor. En cierta manera, el sentido del humor de Ian se asemejaba al de los indios. Por tanto, tal vez una palabra de Jamie no estaría de más, sólo como precaución.

—Tiene esposa —le dijo a Pájaro, señalando con un gesto a Hiram, que estaba absorto en una íntima conversación con dos de los mayores—. Creo que no vería con buenos ojos que le mandaran una joven a la cama. Tal vez podría tratarla de forma grosera porque no entendería que es un cumplido.

—No te preocupes —intervino Penstemon, que lo había oído. Miró a Hiram y sus labios se curvaron de desdén—. Nadie querría un hijo suyo. En cambio, un hijo tuyo, Matador de Osos... —Lo miró con detenimiento, y él se echó a reír, al mismo tiempo que le dirigía un gesto de respeto.

Era una noche perfecta, fría y clara, y habían dejado la puerta abierta para que entrara aire. El humo del fuego se elevaba en línea recta, hacia el agujero del techo, y sus volutas parecían espíritus que, alegres, ascendían.

Todos habían comido y bebido hasta alcanzar un agradable aletargamiento, y se produjo un silencio momentáneo y una penetrante sensación de paz y felicidad.

—Es bueno que los hombres coman como hermanos —le comentó Hiram a Oso Rampante en su entrecortado tsalagi. O, en realidad, lo intentó. Después de todo, reflexionó Jamie, sintiendo que sus costillas crujían por la tensión, la diferencia entre «como hermanos» y «a sus hermanos» era mínima.

Oso Rampante dirigió una mirada pensativa a Hiram, y se apartó un poco de él.

Pájaro observó lo que ocurría y, después de un momento de silencio, se volvió hacia Jamie.

—Eres un hombre muy extraño, Matador de Osos —repitió, moviendo la cabeza—. Tú ganas.

Al Sr. John Stuart,
superintendente del Departamento
Sureño de Asuntos Indios

Del Sr. James Fraser, del Cerro de Fraser,
el primer día de noviembre, Anno Domini de 1774

Estimado señor:

La presente es para comunicarle mi renuncia como agente indio, puesto que considero que mis convicciones personales ya no me permitirán desempeñar con la conciencia limpia mi cargo en nombre de la Corona.

Agradeciendo su amable atención y sus numerosos favores, le mando mis mejores deseos y sigo siendo

Su más humilde servidor,

J. Fraser

NOVENA PARTE

Los huesos del tiempo

68

Salvajes

Sólo quedaban dos. El charco de cera líquida brilló con la luz de la mecha encendida y las joyas empezaron a aparecer poco a poco: una verde y otra negra, que resplandecían con su propio fuego interior. Con mucha delicadeza, Jamie sumergió una pluma de ganso en la cera derretida, cogió la esmeralda y la orientó hacia la luz.

Dejó caer la piedra caliente en el pañuelo que yo sostenía, y la froté con rapidez para retirar la cera antes de que se solidificara.

—Nuestras reservas no son muy abundantes —dije en un intranquilo tono de broma—. Esperemos que no haya más emergencias caras.

—No pienso tocar el diamante negro por nada del mundo —declaró Jamie, y sopló la mecha para apagarla—. Ése es para ti.

Lo miré fijamente.

—¿Qué quieres decir?

Él se encogió un poco de hombros y extendió la mano para coger la esmeralda con el pañuelo.

—Si yo muero —comentó, en un tono desenfadado—, tómala y márchate. Vuelve a través de las piedras.

—Ah. No estoy segura de que si querría hacerlo —repuse.

No me gustaba hablar sobre ninguna situación que implicara la muerte de Jamie, pero no tenía sentido ignorar las posibilidades. Batallas, enfermedades, prisión, accidentes, asesinato...

—Tú y Bree no hacíais más que prohibirme que muriera —intervine—. Yo haría lo mismo si tuviera la más mínima esperanza de que me prestaras un poco de atención.

Jamie sonrió al oír aquello.

—Siempre escucho tus palabras, Sassenach —me aseguró en tono grave—. Pero tú misma dices que el hombre propone y Dios dispone, y si Él considerara adecuado disponer de mí... tú regresa.

—¿Por qué? —pregunté, irritada e intranquila. No tenía ganas de revivir el recuerdo de cuando Jamie me había enviado de regreso a través de las piedras antes de Culloden, pero ahí estaba, asomándome por la puerta de aquella cámara de mi mente que había sellado con tanta fuerza—. Me quedaría con Bree y Roger, ¿no? Jem, Marsali y Fergus, Germain, Henri-Christian y las niñas... todos están aquí. Después de todo, ¿para qué tendría que regresar?

Jamie sacó la piedra del paño, la hizo girar entre los dedos y me miró con una expresión pensativa, como si estuviera decidiéndose a decirme algo. Algunos pelos de mi nuca empezaron a erizarse.

—No lo sé —dijo por fin, moviendo la cabeza—. Pero te he visto allí.

Entonces, el vello de la nuca y de ambos brazos se me erizó por completo.

—¿Me has visto? ¿Dónde?

—Allí. —Agitó la mano en un vago gesto—. He soñado contigo allí. No sé dónde era; sólo sé que era allí... en la época que te corresponde.

—¿Cómo lo sabes? —exigí saber, con los pelos de punta—. ¿Qué estaba haciendo?

—No me acuerdo muy bien —dijo con lentitud—. Pero sé que era esa época por la luz. —Sus cejas se aclararon de pronto—. Eso es. Estabas sentada a un escritorio, con algo en la mano, quizá escribiendo. Y había mucha luz a tu alrededor, que te iluminaba la cara y el cabello. Pero no era la luz de una vela, ni tampoco fuego o sol. Y recuerdo que, cuando te vi, pensé: «Ah, de modo que así es la luz eléctrica.»

Lo contemplé fijamente, con la boca abierta.

—¿Cómo puedes reconocer en un sueño algo que jamás has visto en la vida real?

Aquello le resultó gracioso.

—Todo el tiempo sueño con cosas que no he visto, Sassenach. ¿Tú no?

—Bueno —concluí insegura—. Sí, a veces. Supongo que monstruos, plantas extrañas. Paisajes peculiares. Y, sin duda, personas que no conozco. Pero ¿no crees que eso es distinto? ¿Ver algo de lo que has oído hablar, pero que jamás has visto?

—Bueno, lo que vi tal vez no sea igual que la luz eléctrica de verdad —admitió—. Pero eso es lo que me dije cuando la vi. Y estaba del todo seguro de que te encontrabas en tu propia época. Y, después de todo —añadió con lógica—, yo sueño con el pasado. ¿Por qué no podría soñar con el futuro?

No había una buena respuesta para un comentario tan celta como aquél.

—Bueno, supongo que tienes razón —asentí. Me froté el labio inferior en un gesto de duda—. ¿Cuántos años tenía yo en ese sueño tuyo?

Pareció sorprendido, luego vacilante, y me examinó la cara de cerca, como si tratara de compararla con una visión mental.

—Bueno, no lo sé —dijo, por primera vez inseguro—. No pensé en ello... No me fijé en si tenías el cabello blanco o algo así... Sólo eras... tú. —Se encogió de hombros, y luego miró la piedra que se encontraba en mi mano—. ¿La notas caliente, Sassenach? —preguntó con curiosidad.

—Claro que sí —contesté bastante enfadada—. Estaba rodeada de cera caliente, por el amor de Dios. —Sin embargo, sentí una suave pulsación en la esmeralda que tenía en la mano, cálida como mi propia sangre y latiendo como un corazón en miniatura. Y cuando se la pasé, sentí una pequeña y peculiar vacilación... como si la piedra no quisiera abandonarme.

—Dásela a MacDonald —agregué, frotándome la mano en un lado de la falda—. Lo oigo fuera, hablando con Arch; querrá marcharse.

MacDonald había llegado el día anterior al Cerro a toda velocidad en medio de un diluvio, con el rostro casi morado por el frío, el agotamiento y el entusiasmo, para informarnos de que había encontrado una imprenta en New Bern que estaba en venta.

—El propietario ya se ha marchado... de una manera no del todo voluntaria —nos dijo, chorreando y secándose junto al fuego—. Sus amigos quieren vender las instalaciones y el equipo rápidamente, antes de que los puedan confiscar o destruir, y así conseguir dinero para que se reinstale en Inglaterra.

«De una manera no del todo voluntaria» significaba que el propietario de la imprenta era un leal a la Corona, al que el comité de seguridad había secuestrado en plena calle y había obligado a subirse a un barco que partía rumbo a Inglaterra. Esa forma de deportación improvisada se estaba haciendo cada vez más frecuente, y si bien era más humana que la brea y las plumas, también significaba que el impresor llegaría a Inglaterra sin un penique y, además, debiendo dinero por el pasaje.

—Me encontré con algunos de sus amigos en una taberna; se rasgaban las vestiduras por el triste destino del impresor y bebían a su salud... Entonces les comenté que tal vez yo pudiera serles de provecho —declaró el mayor, henchido de satisfacción—. Eran todo oídos cuando les dije que tal vez usted, sólo tal vez, podría tener dinero contante y sonante.

—¿Qué le hace pensar que lo tengo, Donald? —preguntó Jamie, enarcando una ceja.

MacDonald pareció sorprendido, y luego adoptó una expresión cómplice. Guiñó un ojo, y se tocó la nariz con un dedo.

—Oigo rumores, aquí y allá. Se dice que usted tiene una pequeña reserva de joyas... o al menos eso me ha comentado un mercader de Edenton cuyo banco tuvo que recibir una de ellas.

Jamie y yo nos miramos.

—Bobby —dije, y él asintió en un gesto de resignación.

—Bueno, en cuanto a mí, seré una tumba —dijo MacDonald al observar aquello—. Pueden confiar en mi discreción, sin duda alguna. Y no creo que la historia se haya difundido mucho. Pero, por otra parte... un pobre no anda por ahí comprando mosquetes a docenas, ¿no es cierto?

—Ah, tal vez sí —repuso Jamie resignado—. Podría sorprenderse, Donald. Pero tal y como están las cosas... Supongo que llegaríamos a un acuerdo. ¿Cuánto piden los amigos del impresor?... ¿Y ofrecen algún seguro en caso de incendio?

MacDonald había obtenido autorización para negociar en nombre de los amigos del impresor, ya que éstos estaban ansiosos por vender la problemática propiedad antes de que alguna alma patriótica le prendiera fuego, así que la negociación se llevó a cabo en el acto. El mayor bajó corriendo la montaña para canjear la esmeralda por dinero, cerró el pago por la imprenta y dejó el resto en manos de Fergus para los gastos que se producirían. Por otra parte, se ocupó de que se supiera en New Bern que en poco tiempo la propiedad tendría una nueva dirección.

—Y si alguien pregunta por la posición política del nuevo propietario... —dijo Jamie. A lo que MacDonald se limitó a asentir con gesto de sabiduría, y se llevó el dedo de nuevo a la nariz, cubierta de venitas rojas.

Yo estaba bastante segura de que Fergus no tenía ninguna posición política; más allá de su familia, sólo era leal a Jamie. Pero una vez que se cerraron los tratos y comenzó el frenesí de hacer las maletas (Marsali y Fergus tendrían que marcharse inmediatamente si querían llegar a New Bern antes de que el invierno se instalara del todo), Jamie tuvo una conversación seria con él.

—Bueno, las cosas no serán como en Edimburgo. Sólo hay otra imprenta en el pueblo y, por lo que dice MacDonald, el otro impresor es un anciano muy temeroso del comité y también del gobernador, de modo que no imprime nada, salvo libros de sermones y anuncios de carreras de caballos. —*Très bon* —dijo Fergus, con un aspecto aún más feliz, si es que eso era posible. Se había encendido como un farol chino cuando conoció la noticia—. Nos ocuparemos de todo el negocio de la prensa, por no mencionar la impresión de obras escandalosas y panfletos; nada como la sedición y el descontento para favorecer el negocio de la imprenta, milord, usted lo sabe muy bien.

—Sí, lo sé —dijo Jamie con sequedad—. Por eso tengo la intención de insistir en que cuides de tu cabeza. No quiero enterarme de que te han colgado por traición, o de que te han embreado y emplumado por no ser lo bastante traidor.

—Ah, eso —intervino Fergus, haciendo un gesto al aire con su garfio—. Sé bastante bien cómo se juega a este juego, milord.

Jamie asintió, aún dubitativo.

—Sí, es cierto. Pero han pasado algunos años. Tal vez hayas perdido la práctica. Y no sabes quién es quién en New Bern; no te conviene descubrir que estás comprando carne al hombre que has atacado en el periódico de la mañana, ¿entiendes?

—Yo me ocuparé de eso, papá. —Marsali estaba sentada junto al fuego, dando de comer a Henri-Christian, y prestando atención a lo que se hablaba. Ella estaba aún más contenta que Fergus, a quien miraba con adoración. Entonces, volvió su mirada de adoración hacia Jamie, y sonrió—. Nos cuidaremos, te lo prometo.

El ceño fruncido de Jamie se relajó al mirarla.

—Te echaré de menos, muchacha —dijo en voz baja.

La felicidad en el rostro de Marsali se suavizó un poco, pero no desapareció completamente.

—Yo también te echaré de menos, papá. Todos lo haremos. Y Germain no quiere dejar a Jem, desde luego. Pero... —Sus ojos volvieron a Fergus, que estaba preparando una lista de suministros y silbando *Alouette* entre dientes, y abrazó con más fuerza a Henri-Christian, haciendo que el bebé moviera las piernas como protesta.

—Sí, lo sé. —Jamie tosió para ocultar su emoción, y se pasó un nudillo por debajo de la nariz—. Bueno pues, pequeño Fergus. Tendrás un poco de dinero; asegúrate, en primer lugar, de sobornar al alguacil y al vigilante. MacDonald me ha dado los nombres del Consejo Real y de los principales miembros de la Asamblea; él te ayudará con el consejo, puesto que trabaja para el gobernador. Muévete con tacto, ¿de acuerdo? Pero ocúpate de que reciba lo suyo; nos ha sido de gran ayuda en este asunto.

Fergus asintió, con la cabeza inclinada sobre el papel.

—Papel, tinta, plomo, sobornos, cuero, pinceles —dijo, mientras escribía deprisa y reanudaba su canturreo ausente—: *Alouette, gentil alouette...*

Era imposible hacer subir una carreta al Cerro; la única forma de llegar era a través del estrecho sendero que ascendía la ladera desde Coopersville, lo que era uno de los factores que habían llevado a que esa pequeña encrucijada se convirtiera en una pequeña aldea, puesto que era el lugar donde los vendedores ambulantes y otros viajeros solían detenerse, y luego, desde allí, hacían breves incursiones a pie hacia la montaña.

—Lo que está muy bien para desalentar una invasión hostil del Cerro —le dije a Bree, jadeando, al mismo tiempo que dejaba a un lado del sendero una gran lona que envolvía un montón de candelabros, vasijas y otros pequeños objetos domésticos—. Pero, por desgracia, también hace que sea bastante difícil salir del condenado Cerro.

—Supongo que a papá nunca se le ocurrió que alguien quisiera marcharse —respondió ella gruñendo mientras dejaba en el suelo su propia carga: el caldero de Marsali, cargado de quesos, sacos de harina, judías y arroz, además de una caja de madera llena de pescado seco y una bolsa de hilo con manzanas—. Esto pesa una tonelada.

Se dio la vuelta y gritó «¡GERMAIN!» hacia el sendero. Silencio sepulcral. Germain y Jemmy debían encargarse de arrear a *Mirabel*, la cabra, hasta la carreta. Habían salido de la cabaña con nosotras, pero una y otra vez se quedaban rezagados.

No habíamos oído ningún grito ni ningún ¡*beee*! en el sendero, pero apareció la señora Bug, avanzando con dificultad debido al peso de la rueca de Marsali, que cargaba en la espalda, y con el ronzal de *Mirabel* en una mano. *Mirabel*, una cabra blanca con manchas grises, baló de alegría al vernos.

—He encontrado a la pobre atada a un arbusto —dijo la señora Bug, dejando la rueca con un suspiro, y secándose la cara con el delantal—. No hay señales de los muchachos, perversas criaturas...

Brianna mascullό un gruñido grave que presagiaba algo malo para Jemmy o Germain si los atrapaba. Pero antes de que pudiera lanzarse en su busca, aparecieron Roger y el joven Ian, cada uno de ellos sosteniendo un extremo del telar de Marsali, desmontado para la ocasión y convertido en un gran paquete de pesadas maderas. Pero al ver lo transitado que estaba el camino, se detuvieron y dejaron su carga en el suelo con suspiros de alivio.

—¿Qué falta? —preguntó Roger, mirando a todos, y finalmente a la cabra con el ceño fruncido—. ¿Dónde están Jem y Germain?

—Apuesto lo que quieras a que esos pequeños demonios están escondidos —dijo Bree, al mismo tiempo que se apartaba de la cara un mechón de pelo rojo. Se le había deshecho la trenza, y unos desordenados cabellos se le pegaban al rostro a causa del sudor. Durante un instante, agradecí mis rizos cortos; mi aspecto era lo de menos, lo cierto era que resultaba muy conveniente.

—¿Queréis que vaya a mirar? —preguntó Ian, asomando de debajo del cuenco de madera para pudines que llevaba del revés encima de la cabeza—. No habrán ido muy lejos.

Unos sonidos de pies presurosos provenientes de abajo hizo que todos se volvieran en esa dirección en actitud expectante, pero no eran los muchachos, sino Marsali, que venía jadeando y con los ojos muy abiertos.

—Henri-Christian —dijo con esfuerzo, mientras sus ojos recorrían velozmente el grupo—. ¿Lo tenéis vosotras, mamá Claire? ¿Bree?

—Pensaba que lo llevabas tú —contestó Bree, imitando la urgencia del tono de Marsali.

—Sí. El pequeño Aidan McCallum estaba cuidándolo mientras yo cargaba cosas en la carreta. Pero entonces me he detenido para darle de comer —dijo, al mismo tiempo que se rozaba el pecho con una mano—, ¡y los dos se habían esfumado! Pensaba que tal vez... —Sus palabras se desvanecieron cuando empezó a escudriñar los arbustos a lo largo del sendero, con las mejillas sonrojadas por el agotamiento y el enfado—. Lo estrangularé —dijo con los dientes apretados—. ¡¿Y dónde está Germain?! —gritó al ver a *Mirabel*, que había aprovechado la parada para mordisquear unos sabrosos cardos junto al camino.

—Esto comienza a parecer un plan —observó Roger, evidentemente divertido. Me di cuenta de que Ian también encontraba algo gracioso en la situación, pero las feroces miradas de las alteradas mujeres presentes borraron las sonrisas de sus rostros.

—Id a buscarlos, por favor —dije, al ver que Marsali estaba a punto de llorar, o volverse loca y empezar a tirar cosas.

—Sí, hacedlo —asintió ella de forma lacónica—. Y dadles una paliza cuando los encontréis.

—¿Sabes dónde están? —preguntó Ian, protegiéndose los ojos del sol para mirar a través de una depresión de rocas caídas.

—Creo que sí. Por aquí. —Roger se abrió paso a través de una maraña de *yaupon* y árbol de Judas, con Ian detrás, y apareció en la orilla del pequeño arroyo, que, en esa zona, fluía en paralelo al sendero. Más allá, divisó el sitio favorito de pesca de Aidan, pero allí no había señales de vida.

En cambio, giró en dirección ascendente, avanzando a través de un pasto grueso y seco y rocas sueltas a lo largo de la orilla. La mayoría de las hojas de los castaños y los álamos habían caído, y formaban alfombras resbaladizas y doradas a sus pies.

Aidan le había enseñado el refugio secreto un tiempo atrás; una cueva poco profunda, de apenas un metro de altura, oculta en una empinada elevación cubierta por arbustos y retoños de roble. Los robles habían perdido sus hojas, y la abertura de la cueva era fácil de encontrar, si uno sabía dónde buscarla. En ese momento era especialmente visible, porque salía humo de su interior, deslizándose como un velo por la roca superior y dejando un intenso olor en el aire frío y seco.

Ian alzó una ceja. Roger comenzó a subir por la cuesta, sin hacer ningún esfuerzo por guardar silencio. Se oyó un fuerte ruido dentro de la caverna, golpes y gritos ahogados, y el velo de humo se agitó y se detuvo, reemplazado por un fuerte siseo y una nubecilla de color gris oscuro proveniente de la entrada de la cueva, cuando alguien echó agua sobre el fuego.

Mientras tanto, Ian había trepado en silencio por la pared de la roca hasta lo alto de la caverna, donde vio una pequeña grieta de la que salía una diminuta nube de humo. Aferrado con una mano a un cornejo que crecía en la piedra, se inclinó peligrosamente hacia fuera y, llevándose la otra mano a la boca, lanzó un temible alarido mohawk en dirección a la grieta.

Unos gritos de terror salieron de la cueva, seguidos por un grupo de muchachos que se caían y tropezaban en su prisa por huir.

—¡Bueno, basta! —Roger agarró del cuello con habilidad a su propio vástago cuando éste pasó corriendo por su lado—. Se acabó el juego, amiguito.

Germain, con la robusta silueta de Henri-Christian aferrada al pecho, intentaba escapar por la ladera, pero Ian lo alcanzó dando un salto parecido al de una pantera desde las rocas, y le quitó al bebé, obligándolo a detenerse a regañadientes.

Sólo Aidan seguía libre. Al ver a sus camaradas en cautividad, vaciló al borde de la cuesta. Era evidente que quería huir, pero en un gesto noble, se entregó y regresó arrastrando los pies para compartir la suerte de aquéllos.

—Muy bien, muchachos; lo lamento —dijo Roger compasivo; Jemmy llevaba varios días disgustado por la idea de la partida de Germain.

—Pero no queremos marcharnos, tío Roger —intervino éste, empleando su mirada de súplica más efectiva—. Nos quedaremos aquí; podemos vivir en la cueva y comer de lo que cacemos.

—Sí, señor, y Jem y yo también; compartiremos la comida con ellos —se sumó Aidan en ansioso apoyo de su amigo.

—He traído algunas de las cerillas de mamá, para que tengan fuego y estén calientes —intervino Jem con entusiasmo—. ¡Y también una hogaza de pan!

—De modo que ya ves, tío... —Germain extendió los brazos con gracia a modo de ejemplo—. ¡No causaremos ningún problema!

—¿De manera que ningún problema? —preguntó Ian con la misma compasión—. Eso díselo a tu madre, ¿de acuerdo?

Germain se llevó las manos a la espalda de modo reflejo, y se aferró las nalgas en actitud protectora.

—¿En qué estabas pensando cuando arrastraste a tu hermanito ahí arriba? —le dijo Roger con un poco más de severidad—. ¡Casi no puede caminar! Si se hubiera apartado dos palmos de allí —añadió señalando la cueva con un gesto—, se habría caído al arroyo y se habría roto el cuello.

—¡Ah, no, señor! —intervino Germain escandalizado. Rebuscó en el bolsillo y sacó un pedazo de cuerda—. Pensaba atarlo cuando yo no estuviera allí, para que no se fuera ni se cayera. Pero no pensaba dejarlo; se lo prometí a *maman* cuando nació. Le dije que jamás lo dejaría solo.

Las lágrimas comenzaban a surcar las delgadas mejillas de Aidan. Henri-Christian, totalmente confundido, lanzó alaridos de conmiseración, lo que hizo que el labio inferior de Jem también empezara a temblar. Se soltó del apretón de Roger, corrió hacia Germain y lo agarró con afecto por la cintura.

—Germain no puede irse, papá; ¡por favor, no lo obligues a marcharse!

Roger se frotó la nariz, intercambió una breve mirada con Ian y suspiró. Se sentó en una roca y llamó con un gesto a Ian, que parecía tener alguna dificultad en decidir de qué manera coger a Henri-Christian. Le entregó el bebé con un alivio perceptible, y el pequeño, sintiendo la necesidad de seguridad, se agarró de la nariz de Roger con una mano y del pelo con la otra.

—Mira, *a bhailach* —dijo éste, soltándose las manos de Henri-Christian con cierta dificultad—. El pequeño Henri necesita que su madre lo alimente. Casi no tiene dientes, por el amor de Dios... no puede vivir aquí en la selva, comiendo carne cruda con vosotros, salvajes.

—¡Sí que tiene dientes! —repuso Aidan categóricamente, extendiendo un dedo índice mordido como prueba—. ¡Mire!

—Come papilla —intervino Germain, pero con cierta inseguridad en la voz—. Le haríamos un puré de galletas con leche.

—Henri-Christian necesita a su madre —repitió Roger con firmeza—, y tu madre te necesita a ti. No esperarás que se las arregle sola con una carreta y dos mulas, cargando con tus hermanas todo el camino hasta New Bern, ¿verdad?

—Pero papá puede ayudarla —protestó Germain—. ¡Las chicas le hacen caso a él y a nadie más!

—Tu papá ya se ha ido —le informó Ian—. Se ha adelantado para encontrar un sitio para que viváis todos vosotros, una vez que lleguéis allí. Tu madre debe seguirlo con todas vuestras pertenencias. Roger Mac tiene razón, *a bhailach...* Tu madre te necesita.

El rostro de Germain palideció un poco. Miró a Jemmy con desesperación, sin soltarlo, y luego a Aidan, que estaba en la colina.

—Bueno, pues —dijo, y se detuvo, tragando saliva. Con mucha suavidad, rodeó los hombros de Jemmy con sus brazos y besó la coronilla de su cabeza roja y redonda—. Volveré, primo —prometió—. Y tú vendrás a visitarme junto al mar. Tú también vendrás —le aseguró a Aidan, levantando la mirada. Éste cogió aire, tratando de no llorar, asintió, y bajó lentamente la cuesta.

Roger extendió su mano libre y, con cariño, cogió a Jemmy.

—Súbete a mi espalda, *mo chuisle* —dijo—. Es una cuesta empinada; te bajaré a caballito.

Sin esperar que se lo pidieran, Ian se inclinó y agarró a Aidan, que rodeó con las piernas la cintura del joven, ocultando su rostro lloroso en su camisa de ante.

—¿Tú también quieres subir a caballo? —le preguntó Roger a Germain, irguiéndose cuidadosamente bajo el peso de su doble carga—. Ian puede llevarte, si lo deseas.

Ian asintió y extendió la mano, pero Germain negó con la cabeza, de manera que su cabello rubio comenzó a flotar.

—*Non*, tío Roger —dijo en un tono casi inaudible—. Iré caminando. —Y volviéndose, comenzó a descender con cuidado la empinada cuesta.

69

Una estampida de castores

25 de octubre de 1774

Llevaban una hora de caminata cuando Brianna empezó a darse cuenta de que no estaban buscando animales para cazar. Habían visto las huellas de una pequeña manada de ciervos, con excrementos tan recientes que todavía estaban blandos y húmedos, pero Ian no les prestó atención y siguió ascendiendo la cuesta con una obcecada determinación.

Rollo los había acompañado, pero después de varios intentos de atraer la atención de su amo hacia unos olores prometedores, los abandonó, disgustado, y se marchó corriendo para llevar a cabo su propia cacería.

Aunque Ian se hubiera mostrado dispuesto, la subida era demasiado empinada como para permitirles mantener una conversación. Encogiéndose mentalmente de hombros, Brianna lo siguió, pero tenía la mano sobre el arma y la mirada en los arbustos, vigilando por si acaso.

Habían partido del Cerro al amanecer; era bastante más tarde del mediodía cuando por fin hicieron una pausa, en la orilla de un pequeño arroyo. Una parra silvestre se había enredado en torno al tronco de una vid silvestre que se extendía por encima de la orilla; algunos animales se habían comido la mayoría de las uvas, pero todavía colgaban unos cuantos racimos sobre el agua, fuera del alcance de prácticamente cualquiera, excepto la más audaz de las ardillas, o una mujer alta.

Se quitó los mocasines y vadeó el arroyo, sofocando un grito por la helada sensación del agua en las pantorrillas. Las uvas estaban tan maduras que parecían a punto de reventar; eran de un color morado casi negro, y estaban pegajosas debido al jugo. Las ardillas no las habían alcanzado, pero las avispas sí, de modo que Bree tuvo mucho cuidado por si aparecían esas invasoras con un aguijón en el vientre, al mismo tiempo que retorcía el resistente tallo de un racimo especialmente suculento.

—¿Quieres decirme qué es lo que estamos buscando en realidad? —preguntó, dándole la espalda a su primo.

—No —respondió él con una sonrisa en la voz.

—Ah, ¿de modo que es una sorpresa? —Arrancó el tallo y se volvió para tirarle las uvas.

Él atrapó el racimo con una mano y dejó las uvas sobre la orilla, junto a una alforja harapienta en la que llevaba provisiones.

—Algo así.

—Siempre que no hayamos salido sólo a dar un paseo. —Brianna arrancó otro racimo y chapoteó hasta la orilla, para sentarse a su lado.

—No, no es eso.

Ian se metió dos uvas en la boca, las masticó, y escupió el hollejo y las pepitas con la facilidad de una vieja costumbre. Ella probó las suyas de una manera más recatada, partiendo una por el medio de un mordisco y quitando las pepitas con la ayuda de una uña.

—Deberías comerte el hollejo, Ian; tiene vitaminas —dijo.

Él levantó un hombro en un gesto de escepticismo, pero no dijo nada. Tanto ella como su madre le habían explicado lo que eran las vitaminas en numerosas ocasiones, pero casi sin efecto alguno. Jamie e Ian se habían visto obligados a admitir de manera reticente la existencia de los gérmenes, porque Claire podía enseñarles mares pululantes de microorganismos en su microscopio. Por desgracia, las vitaminas eran invisibles y podían ignorarse sin problema.

—¿Está mucho más lejos, la sorpresa?

El hollejo de las uvas era, de hecho, muy amargo. La boca de Brianna se frunció involuntariamente cuando mordió una. Ian, que no dejaba de comer y escupir, lo advirtió y le sonrió.

—Sí, un poco más.

Ella echó un vistazo al horizonte; el sol descendía por el cielo. Si regresaban en ese momento, oscurecería antes de que llegaran a casa.

—¿Cuánto más? —Escupió el destrozado hollejo de la uva en la mano y luego se la limpió en la hierba.

Ian miró también al sol y frunció los labios.

—Bueno... creo que llegaremos mañana al mediodía.

—¿Qué? ¡Ian! —Él parecía avergonzado e inclinó la cabeza.

—Lo siento, prima. Sé que debería habértelo dicho antes... pero pensé que no vendrías si te decía lo lejos que estaba.

Una avispa se posó sobre el racimo de uvas que Brianna tenía en la mano y ella la ahuyentó con un gesto de irritación.

—Sabes que no habría venido. Ian, ¿en qué pensabas? ¡A Roger le dará un ataque!

A su primo aquello le pareció gracioso, ya que levantó una comisura de sus labios.

—¿Un ataque? ¿Roger Mac? No lo creo.

—Bueno, de acuerdo, no le dará un ataque... pero se preocupará. ¡Y Jemmy me echará de menos!

—No, estarán bien —le aseguró Ian—. Le he dicho al tío Jamie que nos iríamos tres días, y él me ha contestado que llevaría al pequeño a la Casa Grande. Con tu madre, Lizzie y la señora Bug preocupándose por él. El pequeño Jem ni siquiera notará tu ausencia.

Aquello era probablemente cierto, pero no le sirvió para tranquilizarse.

—Como si lo viera: se lo has dicho a papá, él te ha contestado que muy bien y habéis pensado que no había ningún problema en... arrastrarme al bosque durante tres días, sin decirme lo que ocurría. ¡Sois...!

—Prepotentes, insufribles, bestiales escoceses —exclamó Ian, en una imitación tan perfecta del acento inglés de su madre que ella se echó a reír a carcajadas, a pesar de su irritación.

—Sí —asintió Bree, limpiándose el zumo de uva con que se había salpicado el mentón—. ¡Exacto!

Él seguía sonriendo, pero su expresión había cambiado; ya no bromeaba.

—Brianna —dijo en voz baja con aquella entonación de las Highlands que convertía su nombre en algo extraño y lleno de gracia—. Es importante, ¿de acuerdo?

Ian ya no sonreía. Tenía los ojos clavados en los de ella, cálidos pero serios. Esos ojos avellanados eran el único rasgo bello del rostro de Ian Murray, pero tenían una mirada tan sincera, franca y dulce que parecía que te había dejado observar dentro de su alma, sólo por un instante. Brianna había tenido ocasión antes de preguntarse si él era consciente de ese particular efecto, aunque incluso aunque lo fuera, costaba mucho resistirse a él.

—De acuerdo —dijo, y ahuyentó a una avispa que revoloteaba a su alrededor, todavía irritada pero resignada—. De acuerdo. Sin embargo, deberías habérmelo dicho. ¿No me lo dirás ni siquiera ahora?

Él negó con la cabeza, mirando la uva que estaba separando del escobajo.

—No puedo —respondió sencillamente. Se metió la uva en la boca y se volvió para abrir su mochila que, ahora que se daba cuenta, abultaba de forma sospechosa—. ¿Quieres pan, prima, o un poco de queso?

—No, vámonos. —Brianna se incorporó y se quitó hojas secas de los pantalones—. Cuanto antes lleguemos a donde sea que vayamos, antes regresaremos.

Se detuvieron una hora antes de que anocheciera, cuando todavía había bastante luz para reunir madera. La abultada mochila contenía, finalmente, dos mantas, así como comida y una jarra de cerveza; muy bien recibida, después de haber andado casi todo el día cuesta arriba.

—Ah, ésta es una buena partida —dijo ella con aprobación, olfateando el cuello de la jarra tras un largo y aromático trago—. ¿Quién la ha elaborado?

—Lizzie. Le cogió el tranquillo después de ver a Frau Ute. Antes de... eh... ejem. —Una delicada interjección escocesa resumió las dolorosas circunstancias que rodeaban la disolución del compromiso de Lizzie.

—Mmm. Qué pena, aquello, ¿no? —Bree bajó las pestañas, observándolo de reojo y esperando que dijera algo más sobre Lizzie.

Hubo un tiempo en el que daba la impresión de que ellos dos se gustaban bastante, pero él se había marchado con los iroqueses y, cuando regresó, ella estaba comprometida con Manfred McGillivray. Ahora que los dos estaban libres de nuevo...

Pero él eludió su comentario sobre Lizzie encogiéndose simplemente de hombros, y se concentró en el tedioso proceso de hacer fuego. Había hecho calor durante el día y aún quedaba una hora de luz, pero las sombras bajo los árboles ya eran azules; iba a ser una noche fría.

—Tendré que echar un vistazo al arroyo —anunció ella, cogiendo un sedal enrollado y un anzuelo del pequeño montón de cosas que Ian había sacado de su alforja—. Debe de haber un estanque de truchas justo debajo del recodo; seguramente habrá moscas por allí.

—Ah, sí. —Él asintió, pero no le prestó mucha atención, mientras cortaba maderitas y hacía una pila un poco más alta antes de iniciar la siguiente lluvia de chispas con su pedernal.

Cuando Brianna dejó atrás el recodo del pequeño arroyo, se dio cuenta de que no era sólo un estanque de truchas; era una laguna de castores. El prominente montículo de la madriguera se reflejaba en el agua estática, y ella pudo ver en la otra orilla las agitadas sacudidas de dos retoños de sauces, que era evidente que estaban alimentando a los animales.

Se movió poco a poco, con cautela. Los castores no la molestarían, pero si la veían, se zambullirían en el agua, no sólo salpicando, sino también golpeando el agua con las colas. Ella ya lo había oído antes; era un sonido muy fuerte, como una serie de disparos que sin duda asustaría a cualquier pez que estuviera a varios kilómetros de distancia.

La orilla cercana estaba llena de ramitas mordisqueadas, con la blanca madera interior cincelada con la perfección de un carpintero, pero ninguna era reciente, y Bree no oyó nada cerca, excepto el suspiro del viento en los árboles. Los castores no eran silenciosos, por lo que dedujo que no había ninguno en las proximidades.

Siguió vigilando con cautela la otra orilla, insertó un pedacito de queso en el anzuelo, lo hizo girar con lentitud en lo alto, cogió velocidad a medida que extendía el sedal y lo soltó. El anzuelo cayó con un suave ¡plop! en medio de la laguna, pero el ruido no era lo bastante fuerte como para alarmar a los castores; los retoños de sauce de la otra orilla continuaron sacudiéndose bajo el ataque de diligentes dientes.

Las moscas del atardecer comenzaban a volar sobre el agua, tal y como le había dicho a Ian. El aire era suave, y la superficie de la laguna se movía y resplandecía como seda gris agitada a la luz. Unas pequeñas nubes de mosquitos avanzaron en el aire estático bajo los árboles, presa para los tricópteros carnívoros, las moscas de la piedra y las libélulas que estaban separándose de la superficie, recién nacidas y hambrientas.

Era una pena que no dispusiera de una caña de pescar o de moscas atadas, pero de todas formas debía intentarlo. Los tricópteros no eran los únicos bichitos que se despertaban con hambre a la hora del crepúsculo, y Brianna sabía que las voraces truchas eran capaces de atacar casi cualquier cosa que flotara delante de ellas; una vez, su padre había cogido una con un anzuelo con nada más que unas pocas hebras anudadas de su propio pelo cobrizo.

No sería tan mala idea. Sonrió para sí misma, al mismo tiempo que se echaba hacia atrás un mechón que se le había escapado de la trenza, y comenzó a tirar del sedal poco a poco en dirección a la orilla. Pero probablemente hubiera más que truchas allí, y el queso era...

Notó un fuerte tirón en el sedal y dio un respingo por la sorpresa. ¿Se habría enganchado? El sedal volvió a ceder, y un movimiento desde las profundidades subió por su brazo como la electricidad.

La siguiente media hora transcurrió sin ningún pensamiento consciente, en la obcecada persecución de su presa armada con aletas. Estaba mojada hasta la mitad del muslo, llena de picaduras de mosquito, y le dolían la muñeca y el hombro, pero tenía tres grandes peces resplandeciendo en la hierba a sus pies, el sentimiento de profunda satisfacción del cazador y, además, aún le quedaban unos cuantos pedacitos de queso.

Estaba echando el brazo hacia atrás para volver a lanzar el anzuelo cuando un repentino coro de chillidos y siseos acabó con la calma nocturna, y una estampida de castores salió de su escondite, corriendo por la otra orilla de la laguna como un pelotón de pequeños tanques peludos. Ella los contempló con la boca abierta, y dio un paso hacia atrás en un acto reflejo.

Entonces, algo grande y oscuro apareció entre los árboles detrás de los castores, y otro reflejo le inundó los miembros de adrenalina mientras se volvía para escapar. Habría llegado a los árboles y se habría puesto a salvo en un instante si no hubiera pisado uno de sus pescados, que se deslizó, resbaladizo como la manteca, bajo su pie e hizo que cayera de culo sin ceremonia alguna, en una posición muy ventajosa para ver a *Rollo* corriendo desde los árboles con un paso largo y meditado y lanzarse describiendo un arco desde la parte más alta de la orilla. Elegante como un cometa, voló por el aire y aterrizó en la laguna entre los castores, levantando tanta agua como si hubiera caído un meteorito.

Ian levantó la mirada hacia ella, con la boca abierta. Despacio, sus ojos recorrieron el cabello empapado y la ropa mojada y manchada de barro, hasta llegar a los peces —uno ligeramente aplastado— que colgaban de un cordel de cuero que Brianna tenía en la mano.

—Los peces se han resistido, ¿eh? —preguntó, señalando el cordel. Las comisuras de sus labios comenzaron a torcerse.

—Sí —asintió ella, y los dejó caer en el suelo frente a él—. Pero no tanto como los castores.

—Castores —repitió Ian, y se pasó un nudillo pensativo por el puente de su nariz larga y huesuda—. Sí, he oído el ruido que hacían. ¿Te has peleado con castores?

—He rescatado a tu maldito perro de los castores —respondió Brianna, y estornudó. Se hincó de rodillas delante del fuego recién hecho, y cerró los ojos con momentáneo placer ante el calor que entibiaba su tembloroso cuerpo.

—Ah, ¿de modo que *Rollo* ha vuelto? ¡*Rollo*! ¿Dónde estás, pequeño?

El gran perro salió a regañadientes de entre los arbustos, con la cola apenas levantada como respuesta a la llamada de su amo.

—¿Qué me dicen sobre unos castores, *a madadh*? —preguntó Ian con firmeza. Como respuesta, *Rollo* se sacudió, aunque sólo se desprendió un suave rocío de gotitas de agua de su lomo. Suspiró, se dejó caer sobre su vientre, y se tapó el morro con las pezuñas como señal de mal humor.

—Tal vez sólo buscaba peces, pero los castores no lo han visto de esa manera. Han corrido para escapar de él en la orilla, pero una vez en el agua... —Brianna movió la cabeza y se escurrió el empapado faldón de su camisa de caza—. Mira, Ian... Tú limpia esos condenados pescados.

Él ya estaba haciéndolo, abriendo en canal uno de ellos con un solo y meticuloso tajo en el vientre y un movimiento del pulgar. Le arrojó las entrañas a *Rollo*, que se limitó a soltar otro suspiro y pareció aplastarse contra las hojas secas, sin prestar atención al regalo.

—No está herido, ¿verdad? —preguntó Ian, observando al perro con el ceño fruncido.

Brianna lo fulminó con la mirada.

—No, no lo está. Supongo que estará avergonzado. Podrías preguntarme si yo estoy herida. ¿Tienes idea de cómo son los dientes de los castores?

La luz casi había desaparecido, pero podía ver cómo temblaban los esbeltos hombros de Ian.

—Sí —dijo él, algo ahogado—. La tengo. Ellos, eh, no te han mordido, ¿verdad? Quiero decir... Supongo que me habría dado cuenta si te hubiesen mordido. —Soltó un pequeño e involuntario jadeo de diversión, y trató de disimularla con tos.

—No —contestó ella con bastante frialdad.

El fuego ardía bien, pero no lo suficiente. Se había levantado una brisa nocturna, y atravesaba la tela empapada de su camisa y sus pantalones, de manera que le acariciaba la espalda con dedos helados.

—No eran tanto los dientes como las colas —añadió, dándose la vuelta para ponerse de espaldas al fuego. Se frotó con delicadeza el antebrazo derecho, donde una de aquellas robustas colas le había golpeado, dejándole un hematoma rojizo que se extendía desde la muñeca hasta el codo. Durante un momento había pensado que tenía el hueso roto—. Ha sido como si me golpearan con un bate de béisbol... eh... con un garrote, quiero decir —se corrigió.

Los castores no la habían atacado directamente, por supuesto, pero permanecer en el agua con un perro lobo asustado y media docena de roedores de treinta kilos en un estado de agitación extrema se había parecido bastante a entrar a pie en un túnel de lavado para coches: una vorágine de chorros cegadores y sacudidas de objetos. Brianna sintió un escalofrío y se rodeó con ambos brazos, tiritando.

—Ten, prima. —Ian se incorporó y se quitó la camisa de ante por encima de la cabeza—. Ponte esto.

Bree tenía demasiado frío y estaba demasiado magullada como para rechazar la oferta. Se ocultó con modestia detrás de un arbusto, se quitó la ropa mojada y apareció un momento después, cubierta con la camisa de ante de Ian, y con una de las mantas envuelta alrededor de la cintura como un sari.

—No comes lo suficiente, Ian —dijo, al mismo tiempo que volvía a sentarse junto al fuego y lo observaba con mirada crítica—. Se te ven todas las costillas.

Era cierto. Él siempre había sido delgado, pero en años anteriores su escualidez adolescente parecía del todo normal, el mero resultado de sus huesos que crecían más rápido que el resto de su cuerpo.

Aunque ahora que ya había crecido y había tenido un par de años para que sus músculos lo alcanzaran, ella podía ver cada tendón de sus brazos y sus hombros. Las vértebras sobresalían en la bronceada piel de su espalda, y Brianna se dio cuenta de que las sombras de sus costillas se parecían a ondulaciones de arena debajo del agua.

Ian levantó un hombro, pero no respondió, ocupado como estaba en ensartar el pescado que había limpiado en ramitas peladas para luego asarlo.

—Y tampoco duermes demasiado bien.

Ella lo miró con atención desde el otro lado del fuego. Incluso con aquella luz, las sombras y los huecos de su rostro eran evidentes, a pesar de la distracción de los tatuajes mohawk que le atravesaban los pómulos. Las sombras habían sido evidentes para todos durante meses; su madre había querido decirle algo a Ian, pero Jamie le había sugerido que dejara en paz al muchacho; hablaría cuando estuviera listo.

—Ah, duermo bastante —murmuró Ian sin levantar la mirada.

Ella era incapaz de saber si estaba listo o no. Pero la había llevado allí. Si no lo estaba, más le valía estarlo con rapidez.

Por supuesto, Brianna se había preguntado durante todo el día acerca del misterioso objetivo de aquella excursión, y por qué justamente tenía que ser ella la acompañante. Si hubiese sido para cazar, Ian habría llevado a alguno de los hombres; más allá de lo habilidosa que ella fuera con un arma, había varios hombres en el Cerro que eran más hábiles, incluido su propio padre. Y cualquiera de ellos habría sido más audaz a la hora de excavar la madriguera de un oso o cargar hasta casa con la carne o las pieles.

En aquel momento estaban en tierras de los cherokee; ella sabía que Ian visitaba a los indios con frecuencia y que tenía buena relación con varias aldeas. Pero si se trataba de una cuestión que exigiera algún acuerdo formal, con toda seguridad le habría pedido a Jamie que lo acompañase, o a Peter Bewlie, junto a su esposa cherokee como intérprete.

—Ian —dijo, con un tono de voz que podría paralizar casi a cualquier hombre—. Mírame.

Él levantó la cabeza de pronto y la miró, parpadeando.

—Ian —repitió su prima con un poco más de suavidad—. ¿Esto tiene que ver con tu esposa?

Él se quedó paralizado un momento, con los ojos oscuros e indescifrables. *Rollo*, en las sombras a su espalda, alzó de repente la cabeza y emitió un pequeño gemido a modo de pregunta. Aquello pareció despertar a Ian, que parpadeó y bajó la mirada.

—Sí —contestó, en un tono totalmente despreocupado—. En efecto.

Ajustó el ángulo del palo que había clavado en la tierra junto al fuego; la pálida carne del pescado se retorció y chisporroteó, adoptando un color marrón frente a la madera verde.

Brianna aguardó a que añadiera algo más, pero él no habló, sino que cogió un pedazo de pescado semicocido y se lo acercó al perro, chasqueando la lengua en un sonido de invitación. *Rollo* se levantó y olfateó la oreja de Ian con aire inquieto, pero luego se dignó a coger el pescado y volvió a recostarse para lamer con delicadeza el caliente bocado antes de metérselo en la boca, reuniendo suficiente coraje para comerse también las cabezas y las entrañas que había desechado.

Ian frunció un poco los labios y ella leyó en su rostro los pensamientos que estaban formándose en su cabeza, antes de animarse a hablar.

—Una vez pensé en casarme contigo, ¿sabes?

Brianna le clavó una mirada rápida y directa, y sintió un repentino estremecimiento de comprensión. Era cierto, él había pensado en ello. Y si bien ella no dudaba de que la oferta se había realizado con el más puro de los motivos... también era un hombre joven. Hasta ese momento, Brianna no se había dado cuenta de que él, desde luego, había analizado cada uno de los detalles de esa proposición.

Los ojos de Ian se clavaron en los suyos en un gesto de irónica aceptación del hecho de que, en efecto, él había imaginado los detalles físicos de compartir su cama, y no había encontrado nada que objetar en la perspectiva. Ella resistió el impulso de sonrojarse y apartar la mirada; eso habría sido una vergüenza para ambos.

De pronto —y por primera vez— ella estaba cobrando conciencia de Ian como hombre, en lugar de como un entrañable primito. Y también del calor de su cuerpo que había permanecido en el suave ante cuando ella se había puesto su camisa.

—No habría sido lo peor del mundo —dijo, tratando de igualar su tono despreocupado.

Él se echó a reír, y las líneas punteadas de sus tatuajes perdieron su solemnidad.

—No —asintió—. Quizá no lo mejor... que sería Roger Mac, ¿verdad? Pero me alegra oír que yo no hubiera sido lo peor. ¿Crees que habría sido mejor que Ronnie Sinclair? ¿O peor que Forbes, el abogado?

—Ja, qué gracioso. —Ella se negó a enfadarse por sus bromas—. Tú habrías sido al menos el tercero de la lista.

—¿El tercero? —Aquello había captado su atención—. ¿Qué? ¿Quién sería el segundo? —Parecía verdaderamente molesto por la idea de que alguien pudiera superarlo, y ella rió.

—Lord John Grey.

—¿Cómo? Ah, sí. De acuerdo, supongo que él hubiera sido útil —admitió de mala gana—. Aunque él... —Se detuvo de inmediato y lanzó una mirada de cautela en su dirección.

Ella sintió una punzada semejante. ¿Acaso Ian conocía los gustos particulares de John Grey? Entendió que sí, por la extraña expresión de su cara... pero si no era así, ella no iba a revelar los secretos de lord John.

—¿Lo conoces? —le preguntó con curiosidad.

Ian había acompañado a los padres de Brianna a rescatar a Roger de los iroqueses, antes de que lord John se hubiera presentado en la plantación de su tía, donde ella misma había conocido al noble.

—Ah, sí. —Aún se mostraba precavido, aunque se había relajado un poco—. Lo conocí hace algunos años. A él y a su... hijo. Hijastro, quiero decir. Vinieron al Cerro cuando estaban viajando por Virginia y se quedaron algunos días. Yo le contagié el sarampión. —Sonrió de repente—. O, por lo menos, él cogió el sarampión. La tía Claire lo atendió hasta que se curó. Pero tú también lo conoces, ¿no?

—Sí, en River Run. Ian, el pescado está ardiendo.

Era cierto. Ian sacó la rama del fuego con una suave exclamación en gaélico y luego agitó los dedos carbonizados para enfriarlos. Una vez apagadas las llamas en la hierba, el pescado resultó comestible, aunque un poco crujiente en los bordes, y una cena bastante aceptable, con un poco de pan y cerveza.

—Entonces, ¿conociste al hijo de lord John en River Run? —preguntó él, retomando la conversación—. Se llama Willie. Un muchacho agradable. Se cayó en el retrete —añadió pensativo.

—¿Se cayó en el retrete? —ella rió—. Eso parece propio de un idiota. ¿O era demasiado pequeño?

—No, tenía un tamaño decente para su edad. Y era bastante sensato, para ser inglés. Mira, no fue del todo culpa suya, ¿sabes? Estábamos buscando una serpiente y subió por una rama hacia nosotros, y... bueno, fue un accidente —concluyó, pasándole a *Rollo* otro pedazo de pescado—. Pero tú no has visto al muchacho, ¿no?

—No. Y creo que estás cambiando de tema deliberadamente.

—Sí, es cierto. ¿Quieres más cerveza?

Ella lo miró enarcando una ceja (Ian no podía esperar librarse con tanta facilidad), pero asintió y aceptó la jarra.

Permanecieron un rato en silencio, bebiendo cerveza y observando cómo las últimas luces se desvanecían en la oscuridad a medida que salían las estrellas. El aroma de los pinos se hizo más intenso, con la savia calentada por el sol, y Brianna oyó a lo lejos los ocasionales golpes de advertencia de la cola de un castor en la laguna, que parecían tiros de escopeta; era obvio que los castores habían apostado centinelas, por si ella o *Rollo* tenían la intención de regresar de noche, pensó con ironía.

Ian se había cubierto los hombros con su manta para combatir el frío creciente, y estaba tumbado boca arriba sobre la hierba, contemplando la bóveda celeste.

Brianna no intentó fingir que no estaba observándolo, y estaba bastante segura de que él era consciente de ello. Por el momento su rostro estaba inmóvil, sin su habitual vitalidad, pero no receloso. Estaba pensando, y ella se contentó con dejar que se tomara su tiempo; ya era otoño y la noche iba a ser bastante larga para muchas cosas.

Ojalá le hubiera preguntado a su madre más sobre la chica que Ian llamaba Emily. El nombre mohawk era multisilábico e impronunciable. Era pequeña, le había dicho su madre. Bonita, con los huesos pequeños, y muy astuta.

¿Estaría muerta Emily, la pequeña y astuta? Creía que no. Había estado el tiempo suficiente, en esa época, como para ver a muchos hombres enfrentarse a la muerte de sus esposas. Mostraban pesar por la pérdida... pero no hacían lo que había estado haciendo Ian.

¿Acaso la llevaba a conocer a Emily? Era una idea alarmante, pero la descartó casi de inmediato. Sería un mes de viaje, como mínimo, hasta llegar a territorio mohawk... probablemente más. Pero entonces...

—Me estaba preguntando... —dijo él de pronto, aún mirando al cielo—. ¿Sientes a veces que algo... va mal? —La miró con una expresión desesperada, sin saber con seguridad si Brianna lo había entendido, pero ella lo comprendió a la perfección.

—Sí, una y otra vez. —Brianna sintió un alivio instantáneo e inesperado por haberlo admitido. Ian vio cómo se hundían sus hombros, y sonrió con la boca algo torcida—. Bueno... tal vez no siempre —se corrigió—. Cuando estoy sola en el bosque me siento bien. O con Roger, a solas. Aunque incluso en esos momentos... —Vio que Ian alzaba las cejas y se apresuró a explicarse—. No es eso. No es el hecho de estar con él. Es sólo que nosotros... hablamos de cómo era.

Él le lanzó una mirada en que la compasión se mezclaba con el interés. Era evidente que a él le gustaría saber «cómo era», pero lo olvidó durante un instante.

—¿De modo que en el bosque? —preguntó—. A mí también me ocurre. Al menos, cuando estoy despierto. Pero cuando duermo... —Volvió la cara al cielo vacío y las brillantes estrellas.

—¿Sientes temor... al caer la oscuridad? —Ella lo había sentido en algunas ocasiones; un momento de profundo temor en el crepúsculo, una sensación de abandono y soledad absoluta en cuanto la noche se elevaba desde la tierra. Una sensación que a veces permanecía incluso después de que ella hubiera entrado en la cabaña y hubiera cerrado el cerrojo de la puerta.

—No —respondió él, con el ceño ligeramente fruncido—. ¿Tú sí?

—Sólo un poco —dijo ella, restándole importancia—. No todo el tiempo. Ahora no. Pero ¿qué ocurre cuando duermes en el bosque?

Él se sentó y se balanceó un poco hacia atrás, con sus grandes manos entrelazadas alrededor de una rodilla, pensando.

—Sí, bueno... —dijo despacio—. A veces pienso en las viejas historias... de Escocia, ¿sabes? Y en otras que he escuchado alguna vez cuando vivía con los kahnyen'kehaka. Sobre... cosas que pueden acercarse a un hombre cuando duerme. Para quitarle el alma.

—¿Cosas? —Pese a la belleza de las estrellas y la paz de la noche, Brianna sintió que algo pequeño y frío se le deslizaba por la espalda—. ¿Qué cosas?

Ian tomó aire con fuerza y exhaló, con el ceño más fruncido.

—Se las llama *sidhe* en gaélico. Los cherokee las denominan *nunnahee*. Y los mohawk tienen otras palabras para nombrarlas...

más de una. Pero cuando oí a Come Tortugas hablar de ellas, supe de inmediato qué eran. Es lo mismo... la Gente Anciana.

—¿Duendes? ¿Hadas? —preguntó ella, y la incredulidad debió de ser patente en su voz, puesto que él le clavó la mirada con un brillo de irritación en los ojos.

—No, sé a qué te refieres con eso... Roger Mac me enseñó el dibujo que le hiciste a Jem, todas esas cosas diminutas como libélulas, volando entre las flores... —Hizo un ruido zafio en el fondo de la garganta—. No. Estas cosas son... —Movió una de sus grandes manos en un gesto de desesperación, mirando la hierba con el ceño fruncido—. Vitaminas —dijo repentinamente, alzando la mirada.

—Vitaminas —repitió ella, y se frotó las cejas con la mano. Había sido un largo día; habrían caminado entre veinte y treinta kilómetros, y la fatiga se había instalado como agua en sus piernas y su espalda. Los hematomas de su batalla con los castores también comenzaban a latir.

»Ya veo. Ian... ¿estás seguro de que no te has dado un golpe en la cabeza? —preguntó, pero su voz debió de mostrar su miedo real a que fuera así, pues emitió una pequeña risa triste.

—No. O, al menos, no lo creo. Yo sólo... bueno, ya ves, es así. Las vitaminas no se pueden ver, pero tú y la tía Claire sabéis que existen, y el tío Jamie y yo debemos aceptar que tenéis razón. Yo sé bastante acerca de... los Ancianos. ¿Por qué no puedes creerme sobre eso?

—Bueno, yo... —Había empezado a aceptar sus argumentos, para mantener la paz entre ellos, pero en ese instante la inundó una sensación repentina y fría, como la sombra de una nube, de que no deseaba decir nada que implicara que estaba de acuerdo con esa idea. No en voz alta, y no allí.

—Ah —dijo él, captando su expresión—. De modo que lo sabes.

—No lo sé, no —respondió ella—. Pero tampoco sé que no sea así. Y no creo que sea buena idea hablar de esa clase de cosas en un bosque, por la noche, a un millón de kilómetros de la civilización. ¿De acuerdo?

Él sonrió al oírla, y asintió.

—Sí. Y en realidad no es eso lo que quiero decir. Es más... —Sus pobladas cejas se juntaron en un gesto de concentración—. Cuando era niño, me despertaba en la cama y sabía de inmediato dónde estaba, ¿entiendes? Estaba la ventana. —Extendió una mano—. Y estaban la palangana y el aguamanil sobre la mesa con una banda azul alrededor de la parte superior, y más allá —señaló un arbusto de laurel— estaba la cama grande donde dormían Janet y Michael, y *Jocky*, el perro, se colocaba a los pies de la cama, tirándose pedos constantemente, y estaba el olor a humo de turba de la chimenea y... bueno, incluso si me despertaba a medianoche y toda la casa estaba en silencio a mi alrededor, sabía de inmediato dónde me encontraba.

Ella asintió, y apareció el recuerdo de su propia habitación en la casa de Furey Street, vívido como una visión en el humo. La manta de lana a rayas que le picaba debajo del mentón, y el colchón con el hueco que había dejado su cuerpo en el medio, y que la abrazaba como una mano grande y cálida. *Angus*, el terrier escocés de peluche con una boina andrajosa que compartía su cama, y el reconfortante zumbido de la conversación de sus padres desde la sala que se encontraba en la planta inferior, con el saxo barítono de la música de «Perry Mason» de fondo.

Más que nada, aquella sensación de seguridad absoluta.

Tuvo que cerrar los ojos y tragar saliva dos veces antes de contestar.

—Sí. Entiendo a qué te refieres.

—Sí, bueno, al principio, cuando me marché de casa, dormí en lugares difíciles; en el brezal con el tío Jamie, o en posadas y cuevas. Me despertaba sin tener la menor idea de dónde me encontraba... y, aun así, sabía que estaba en Escocia. Eso era bueno. —Hizo una pausa, mordiéndose el labio inferior mientras peleaba para encontrar las palabras adecuadas—. Entonces... ocurrieron cosas. Ya no estaba en Escocia, y el hogar... había desaparecido. —Aunque hablaba en voz baja, Brianna podía oír el eco de su pérdida—. Me despertaba sin saber dónde podría estar... o quién era.

Él se había encorvado y sus grandes manos colgaban flojas entre sus muslos mientras contemplaba el fuego.

—Pero cuando me acosté con Emily por primera vez, lo supe. Volví a saber quién era. —En ese momento la miró, con los ojos oscurecidos por la pérdida—. Mi alma ya no vagaba mientras dormía... cuando dormía con ella.

—¿Y ahora sí? —preguntó Brianna en voz baja después de un momento.

Él asintió, sin palabras. El viento susurró en las copas de los árboles. Ella trató de no prestarle atención, temiendo, en secreto, que, si lo escuchaba, podría distinguir palabras.

—Ian —dijo, y le tocó el brazo con mucha suavidad—. ¿Emily está muerta?

Él permaneció inmóvil durante un minuto, luego tomó aliento profundamente y negó con la cabeza.

—No lo creo. —Pero parecía muy dubitativo, y ella vio la preocupación en su rostro.

—Ian —intervino en voz muy baja—, ven aquí.

Él no se movió, pero cuando ella se acercó y lo rodeó con los brazos, no se resistió. Hizo que se tumbara junto a ella, insistiendo en que se acostara a su lado, y él acomodó la cabeza en la curva entre su hombro y su seno, mientras lo abrazaba.

«Instinto maternal —pensó Bree con ironía—. Pase lo que pase, lo primero que haces es cogerlos y acurrucarte a su lado. Y si son demasiado grandes para levantarlos...» Si su cálido peso y el sonido de su respiración en su oído mantenía a raya las voces del viento, tanto mejor.

Tuvo un recuerdo fragmentario, una imagen nítida de su madre de pie junto a su padre en la cocina de su casa de Boston. Él estaba recostado en una silla de respaldo recto, con la cabeza apoyada en el estómago de su madre y con los ojos cerrados de dolor o cansancio, mientras ella le frotaba las sienes.

¿Qué era? ¿Una jaqueca? Pero el rostro de su madre tenía una expresión serena, y las arrugas de su estrés se habían alisado por lo que estaba haciendo.

—Me siento como un tonto —dijo Ian con timidez, pero no se apartó.

—No, no lo hagas.

Él respiró hondo, se movió un poco y se acomodó con cuidado sobre la hierba, con el cuerpo apenas rozando el de ella.

—Sí, bueno. Supongo que no, entonces —murmuró. Se relajó poco a poco, y su cabeza se hizo más pesada, apoyada en el hombro de Brianna, los músculos de su espalda cedieron poco a poco y su tensión fue disminuyendo bajo las manos de ella. Con mucho cuiado, como si esperara que ella le diera una bofetada, levantó un brazo y lo puso sobre ella.

Parecía que el viento se había calmado. La luz del fuego brillaba en su cara y las líneas oscuras y puntuadas de sus tatuajes destacaban frente a la piel joven. Su cabello olía a humo de madera y polvo, suave contra la mejilla de Brianna.

—Cuéntamelo —dijo ella.

Él suspiró profundamente.

—Aún no. Cuando lleguemos, ¿de acuerdo?

No habló más y se quedaron acostados juntos, inmóviles sobre la hierba, y a salvo.

Brianna sintió que el sueño acudía a su cuerpo en oleadas suaves, elevándola hacia la paz, y no se resistió. Lo último que vio fue la cara de Ian, con su pesada mejilla contra su hombro, y los ojos todavía abiertos, contemplando el fuego.

Alce que Camina estaba narrando una historia. Era una de las mejores de su repertorio, aunque Ian no prestaba atención. Estaba sentado junto al fuego, al otro lado de él, pero contemplaba las llamas, no el rostro de su amigo.

«Muy extraño», pensó. Se había pasado la vida contemplando hogueras, y jamás había visto a la mujer que estaba en ellas, hasta esos meses de invierno. Por supuesto que las hogueras de turba no daban grandes llamas, aunque sí proporcionaban un calor agradable y desprendían un aroma maravilloso... Ah, sí, de modo que la mujer, después de todo, sí había estado allí. Asintió ligeramente y sonrió. Alce que Camina lo tomó como una expresión de aprobación por su actuación, y potenció el dramatismo de sus gestos, frunciendo el ceño de manera espantosa y tambaleándose adelante y atrás enseñando los dientes, gruñendo a modo de ilustración del glotón al que había rastreado con cuidado hasta su madriguera.

El ruido distrajo a Ian del fuego y volvió a centrar la atención en la historia. Justo a tiempo, puesto que Alce que Camina había llegado al clímax y los jóvenes se daban codazos unos a otros anticipando el desenlace. Alce que Camina era bajo y robusto; precisamente, bastante parecido a un glotón, lo que hacía que su imitación fuera mucho más entretenida.

Giró la cabeza, arrugando la nariz y gruñendo entre dientes, cuando el glotón captó el aroma del cazador. Luego, en un veloz movimiento, se convirtió en el cazador, arrastrándose con cuidado entre los arbustos, deteniéndose, aplanándose contra el suelo... y luego saltó hacia delante con un agudo alarido, cuando su nalga rozó una planta llena de espinas.

Los hombres en torno al fuego gritaron de regocijo cuando Alce que Camina se convirtió en el glotón, que al principio parecía asombrado por el ruido y luego excitado al ver a su presa. Saltó de su madriguera, lanzando gruñidos y agudos chillidos de furia. El cazador se echó atrás, horrorizado, y se dio la vuelta para huir. Las regordetas piernas de Alce que Camina patea-

ron la tierra apisonada de la casa comunal, corriendo en la misma dirección. Luego levantó los brazos y se echó hacia delante con un desesperante «¡Ay, ay, ay, ay!» en el momento en que el glotón lo atacó por la espalda.

Los hombres le dirigieron gritos de aliento, golpeándose las palmas en los muslos, cuando el asediado cazador logró rodar por el suelo para ponerse boca arriba, agitándose y maldiciendo, luchando con el glotón que intentaba arrancarle la garganta.

La luz de la hoguera iluminó las cicatrices que adornaban el pecho y los hombros de Alce que Camina, unas ranuras profundas y blancas que aparecieron un instante por el cuello abierto de la camisa cuando él se movió en un gesto pintoresco, extendiendo los brazos hacia delante para mantener a raya a su enemigo invisible. Ian se dio cuenta de que él mismo se inclinaba hacia delante y jadeaba, mientras sus propios hombros se tensaban con el esfuerzo, aunque sabía lo que ocurriría a continuación.

Alce que Camina lo había hecho muchas veces, pero jamás fallaba. Ian lo había intentado, pero no sabía hacerlo. El cazador clavó los talones y los hombros en el suelo, y su cuerpo se curvó como un arco en su máxima tensión. Sus piernas temblaron, y sus brazos se sacudieron; daba la impresión de que cederían en cualquier momento. Los hombres en torno al fuego contuvieron el aliento.

Entonces ocurrió: un chasquido suave y repentino. Nítido y al mismo tiempo amortiguado, era exactamente el mismo sonido que hacía un cuello al romperse. El chasquido de los huesos y los ligamentos, amortiguados por la carne y el pelo. El cazador se mantuvo arqueado un momento, incrédulo, y luego lenta, muy lentamente, descendió hacia el suelo y se sentó, contemplando el cuerpo de su enemigo, que colgaba flojo de sus manos.

Bajó los ojos en una plegaria de agradecimiento, y luego se detuvo, arrugando la nariz. Miró hacia abajo, con la cara retorcida en una mueca, y se frotó con desagrado las polainas, manchadas por los pestilentes excrementos del glotón. La hoguera se estremeció con las carcajadas.

Un pequeño cubo de cerveza de abeto iba recorriendo el grupo. Alce que Camina sonrió, con la cara brillante de sudor, y la aceptó. Su garganta se movió con rapidez, bebiendo como si fuera agua. Por fin dejó el cubo y miró a su alrededor con ensoñadora satisfacción.

—¡Tú, Hermano del Lobo, cuéntanos una historia!

Lanzó el cubo semivacío por encima del fuego; Ian lo atrapó y sólo se le derramó un poco de cerveza sobre su muñeca. Se chupó el líquido de la manga, se echó a reír y movió la cabeza. Se llenó la boca de cerveza y le pasó el cubo a Duerme con Serpientes, que estaba a su lado.

Come Tortugas, a su otro lado, le dio con el codo en las costillas, instándolo a que hablara, pero Ian volvió a negar con la cabeza y se encogió de hombros, señalando a Serpiente con el mentón.

Serpiente no se hizo de rogar; colocó con cuidado el cubo frente a él y se inclinó hacia delante. La luz del fuego bailó en su cara cuando comenzó a hablar. No era un actor consumado como Alce que Camina, pero era más viejo — tal vez tenía treinta años —, y había viajado mucho en su juventud. Había vivido con los assiniboin y los cayuga, y tenía muchas historias sobre esas tribus, que narraba con mucho ingenio, aunque con menos sudor.

—Entonces, ¿tú hablarás más tarde? —le preguntó Tortuga a Ian al oído—. Quiero escuchar más historias del gran mar y la mujer de ojos verdes.

Ian asintió, aunque a regañadientes. Había estado muy borracho la primera vez; de lo contrario, jamás habría mencionado a Geillis Abernathy. Sólo que en aquella ocasión un vendedor ambulante le había ofrecido ron, y la sensación de que todo giraba que le causó era muy parecida a la provocada por lo que ella le había dado de beber, aunque el sabor era diferente. Aquél causaba un mareo que le nublaba la vista, de modo que las llamas de las velas corrían y se movían como agua, y las llamas del fuego parecían derramarse y lamer las piedras de la chimenea, resplandeciendo en su lujosa habitación, mientras otras llamas pequeñas y separadas surgían en todas las superficies redondeadas de plata y cristal, gemas y madera pulida, oscilando con un brillo más intenso detrás de aquellos ojos verdes.

Miró a su alrededor. Allí no había superficies brillantes. Cacharros de arcilla, toscos leños y los alisados postes de las estructuras de las camas, piedras de moler y cestas entretejidas; incluso la tela y las pieles de sus vestimentas tenían colores suaves y apagados que ahogaban la luz. Debía de haber sido tan sólo el recuerdo de aquellos momentos de mareo luminoso lo que había hecho que la recordara.

No pensaba con frecuencia en la Señora, como la llamaban los esclavos y los otros muchachos; ella no necesitaba otro nombre, puesto que nadie podía imaginar que hubiera otra persona como ella. Él no guardaba con cariño sus recuerdos de ella, pero su tío Jamie le había dicho que no se escondiera de ellos y él había obedecido, ya que le parecía un buen consejo.

Contempló el fuego fijamente, escuchando tan sólo a medias cuando Serpiente volvió a narrar la historia de aquella vez que Ganso y él mismo lograron engañar al Maligno para llevar tabaco a la gente y salvar la vida del Anciano. ¿Sería ella, entonces, la bruja Geillis, a quien veía en el fuego?

Creía que no. Cuando la vio, la mujer del fuego le generó una sensación de calidez que descendió por su pecho desde el ardor de su cara y se acurrucó, caliente, en la parte baja de su estómago. La mujer del fuego no tenía rostro; él veía sus brazos y sus piernas, la curva de su espalda, un cabello largo y suave que giraba hacia él, para luego desaparecer en una exhalación; él oía su risa, suave y jadeante desde lejos... y no era la risa de Geillis Abernathy.

De todas formas, las palabras de Tortuga habían hecho que la recordara, y pudo verla. Suspiró para sí mismo y pensó en qué historia podría narrar cuando llegara su turno. Tal vez hablaría de los esclavos gemelos de la señora Abernathy, esos hombres negros inmensos que obedecían todas sus órdenes; en una ocasión los había visto matar un cocodrilo y sacarlo del río para ponerlo a los pies de la mujer.

No le importaba tanto. Había descubierto que, después de aquel primer relato estando borracho, hablar de ella de esa manera le hacía pensar en ella como si fuera un cuento, interesante, pero irreal. Tal vez había ocurrido, del mismo modo que tal vez era cierto que Ganso le había llevado tabaco al Anciano, pero ya no parecía que le hubiera ocurrido a él.

Y, después de todo, él no tenía cicatrices, como las de Alce que Camina, que recordaran a los oyentes o a sí mismo que estaba diciendo la verdad.

De hecho, comenzaba a aburrirse de beber y contar historias. La verdad era que anhelaba escapar de las pieles y la fresca oscuridad de su cama, despojarse de sus ropas y acurrucarse, caliente y desnudo, junto a su esposa. Su nombre significaba «Trabaja con sus Manos», pero en la intimidad de la cama, él la llamaba Emily.

Les quedaba cada vez menos tiempo; al cabo de dos lunas más, ella partiría para ir a la casa de las mujeres, y él no la vería. Otra luna antes de que naciera el niño, otra más después para la limpieza... La idea de pasar dos meses con frío y solo, sin ella a su lado durante las noches, bastó para que sintiera ganas de coger la cerveza cuando llegó su turno y beber un buen trago.

Sólo que el cubo estaba vacío. Sus amigos rieron cuando él lo sostuvo boca abajo sobre su boca abierta, y una solitaria gota ambarina cayó sobre su sorprendida nariz.

Una pequeña mano apareció por encima de su hombro y le quitó el cubo, al mismo tiempo que su compañera aparecía por encima del otro hombro, acercándole un cubo lleno.

Él cogió el cubo y se volvió para sonreírle. Trabaja con sus Manos le devolvió la sonrisa con cariño; le proporcionaba un gran placer anticiparse a sus deseos. Se puso de rodillas a su lado, la curva de su vientre presionó su espalda con calidez y apartó la mano de Tortuga cuando éste la extendió para coger la cerveza.

—¡No! ¡Déjasela a mi marido! Las historias que cuenta son mucho mejores cuando está borracho.

Tortuga cerró un ojo y le clavó el otro. Se balanceó ligeramente.

—¿Cuenta mejores historias cuando está borracho? —preguntó—, o es sólo que nosotros creemos que son mejores porque estamos borrachos?

Trabaja con sus Manos no prestó atención a esa pregunta filosófica y procedió a abrirse un espacio para ella junto al fuego, balanceando su pequeño y sólido trasero adelante y atrás como un ariete. Se colocó cómodamente junto a Ian y entrelazó las manos sobre la protuberancia de su vientre.

Otras muchachas habían acudido con ella, llevando más cerveza. Se abrieron paso entre los jóvenes, murmurando, propinándose codazos y riendo. Se había equivocado, pensó Ian al verlas. La luz de las llamas brillaba en sus rostros, resplandecía en sus dientes, reflejaba la húmeda luminosidad de sus ojos y la carne suave y oscura del interior de sus bocas cuando reían. El reflejo del fuego en esas caras era más intenso que el que jamás había brillado en el cristal y la plata de Rose Hall.

—Muy bien, marido —dijo Emily, bajando las pestañas con recato—. Háblanos de la mujer de los ojos verdes.

Él bebió un sorbo de cerveza, pensativo; luego otro.

—Ah —dijo—. Era una bruja, y una mujer muy malvada... pero preparaba buena cerveza.

Los ojos de Emily se abrieron de inmediato y todos se echaron a reír. Él la miró a los ojos y la vio con claridad; la imagen del fuego detrás de él, diminuta y perfecta, invitándolo a entrar.

—Pero no tan buena como la tuya —aclaró. Levantó el cubo a modo de saludo, y tomó un buen trago.

70

Emily

Por la mañana, Brianna se despertó, entumecida y dolorida, pero con un pensamiento claro en la mente: «De acuerdo. Sé quién soy.» No tenía una idea clara de dónde estaba, pero eso no importaba. Se quedó inmóvil un instante, sintiendo una extraña serenidad, a pesar de la urgencia por levantarse y orinar.

Se preguntó cuánto tiempo habría transcurrido desde la última vez que se había despertado, sola y tranquila, sin otra compañía que la de sus propios pensamientos. En realidad, se dio cuenta de que aquello no había ocurrido jamás desde que había cruzado a través de las piedras en busca de su familia. Y la había encontrado.

—Con creces —murmuró, desperezándose con suavidad. Gimió, se incorporó tambaleándose, y se internó entre los arbustos para orinar y volver a ponerse su ropa antes de regresar a la ennegrecida fogata.

Se deshizo las trenzas, que estaban húmedas y sucias, y comenzó a peinarse el pelo con los dedos, como absorta. No había señales de Ian ni del perro, pero no se inquietó. En el bosque a su alrededor cantaban las aves, pero no eran llamadas de alarma, sino que revoloteaban y comían, en una alegre algarabía que no se alteró cuando ella se incorporó. Las aves la habían estado observando durante horas, y tampoco estaban inquietas.

Siempre le costaba levantarse, pero el simple placer de no ser arrancada del sueño por las insistentes demandas de aquellos que se despertaban con facilidad hacía que el aire matutino fuera especialmente dulce, a pesar del aroma amargo de las cenizas de la hoguera apagada.

Ya casi despejada del todo, se pasó un puñado de hojas de álamo por la cara como ablución matinal, luego se sentó en cuclillas junto al círculo del fuego y comenzó la actividad de encenderlo. No tenían café para calentar, pero Ian estaría cazando. Con un poco de suerte, habría alguna cosa para cocinar; se habían comido todo lo que llevaban en la mochila, salvo un mendrugo de pan.

—Al diablo con esto —murmuró, golpeando el pedernal y el acero por duodécima vez, al ver que las chispas se desvanecían en el aire antes de prender. Si Ian le hubiese dicho que iban a acampar, ella habría llevado su mechero, o algunas cerillas. Aunque, bien pensado, no sabía si eso sería seguro. Aquellas cosas podían prender rápidamente en su bolsillo.

—¿Cómo lo hacían los griegos? —preguntó en voz alta, mirando con el entrecejo fruncido el diminuto trozo de tela chamuscada que estaba tratando de encender—. Debían de tener alguna manera.

—¿Qué es lo que tenían los griegos?

Ian y *Rollo* estaban de regreso y habían capturado, respectivamente, media docena de boniatos y una especie de ave de color gris azulado, tal vez una pequeña garza. *Rollo* se negó a que Bree examinara su presa y se la llevó para devorarla bajo un arbusto, arrastrando por el suelo sus patas largas, flojas y amarillas.

—¿Qué es lo que tenían los griegos? —repitió Ian, abriendo un bolsillo lleno de castañas de piel marrón rojiza que brillaban entre los restos de sus cáscaras espinosas.

—Tenían un material que se llamaba fósforo. ¿Has oído hablar de ello?

Ian la miró inexpresivo, y sacudió la cabeza.

—No. ¿Qué es?

—Un material —dijo ella, que no encontró una palabra mejor—. Lord John me mandó un poco, para poder fabricar cerillas.

—¿Cerillas, como porciones minúsculas de cera? —preguntó Ian, contemplándola con recelo.

Ella lo miró fijamente un momento mientras su mente, aún aturdida por el sueño, trataba de dar sentido a la conversación.

—Ah —intervino por fin, comprendiendo la dificultad—. No, no es eso. Son esas cosas para encender el fuego que fabriqué. El fósforo arde solo. Te lo enseñaré cuando regresemos. —Bostezó y señaló la pequeña pila de ramitas sin encender en el círculo de la hoguera.

Ian emitió un típico sonido escocés y cogió el pedernal y el acero.

—Yo lo haré. Ocúpate de las castañas, ¿quieres?

—De acuerdo. Toma, deberías volver a ponerte la camisa.

Su propia ropa ya se había secado, y si bien echaba de menos la comodidad de la camisa de ante de Ian, notaba la lana gastada y gruesa de su deshilachada camisa de caza cálida y suave contra su piel. Era un día luminoso, pero aún era temprano y hacía frío. Ian había apartado la manta mientras encendía el fuego, y tenía la carne de gallina en los hombros.

Pero negó ligeramente con la cabeza, dando a entender que se pondría la camisa en un momento. Por ahora... su lengua asomó por una esquina de la boca en un gesto de concentración, mientras volvía a golpear el pedernal y el acero, y luego desapareció al mismo tiempo que murmuraba algo entre dientes.

—¿Qué has dicho? —Brianna dejó de pelar la castaña que tenía entre los dedos.

—Ah, no es más que...

Había vuelto a golpear la piedra y saltó una chispa, que brilló como una estrella diminuta en el cuadrado de tela chamuscada. Con rapidez, añadió un poco de hierba seca, luego un poco más, y cuando empezó a salir un hilo de humo, agregó pedacitos de corteza, más hierba, algunas astillas, y por fin un cuidadoso entramado de ramitas de pino.

—No es más que un hechizo para el fuego —terminó la frase, y le sonrió por encima de la pequeña llama que había saltado entre los dos.

Ella aplaudió un instante, y luego procedió a cortar en diagonal la piel de la castaña que tenía en la mano, para que no explotara entre las llamas.

—No lo conocía —dijo—. Dime las palabras.

—Ah. —No se sonrojaba con facilidad, pero la piel de su garganta se oscureció un poco—. Es... no es gaélico. Es kahnyen'kehaka.

Brianna levantó las cejas, tanto por la facilidad con la que había pronunciado la palabra como por lo que había dicho.

—¿Alguna vez piensas en mohawk, Ian? —le preguntó con curiosidad.

Él le lanzó una mirada de sorpresa; casi, pensó ella, de temor.

—No —dijo él con aspereza, y se puso en pie—. Iré a buscar un poco de madera.

—Yo tengo —intervino ella, paralizándolo con la mirada. Buscó detrás y lanzó al fuego una rama caída de pino. Las agujas secas estallaron en una nube de chispas y desaparecieron, pero la corteza irregular prendió y sus bordes comenzaron a arder.

»¿Qué ocurre? —quiso saber Brianna—. ¿Es por lo que te he dicho sobre pensar en mohawk?

Él cerró con fuerza los labios; no le apetecía responder.

—Tú me pediste que viniera —dijo ella, sin irritación pero con firmeza.

—Cierto. —Él tomó aliento, y luego miró los boniatos que estaba enterrando en las cenizas calientes para asarlos.

Brianna peló las castañas lentamente, mirándolo mientras él se decidía. Unos fuertes sonidos de masticación e intermitentes nubecillas de plumas grises y azuladas salían de debajo del arbusto de *Rollo*, detrás de Ian.

—¿Has soñado esta noche, Brianna? —preguntó él de pronto, con la mirada fija en lo que estaba haciendo.

Ella deseó haber llevado algo parecido al café para calentarlo, pero de todas maneras ya estaba lo bastante despierta como para poder pensar y responder con coherencia.

—Sí —dijo—. Sueño mucho.

—Sí, lo sé. Roger Mac me contó que a veces escribes lo que sueñas.

—¿En serio?

La revelación la sacudió con más fuerza de lo que hubiera hecho una taza de café. Ella jamás había ocultado su libro de sueños a Roger, pero en realidad tampoco habían hablado de él. ¿Cuánto habría leído?

—No me dijo nada de los sueños —la tranquilizó Ian, al captar el tono de su voz—. Sólo que a veces escribes algunas cosas. De modo que pensé que podrían ser importantes.

—Sólo para mí —respondió ella con cautela—. ¿Por qué...?

—Bueno, mira, los kahnyen'kehaka tienen los sueños en muy alta estima. Incluso más que los escoceses de las Highlands. —Le dirigió una breve sonrisa, y luego volvió a observar las cenizas entre las que había enterrado los boniatos—. Entonces, ¿con qué soñaste anoche?

—Con pájaros —respondió, tratando de recordar—. Muchos pájaros. —Era bastante razonable, se dijo. Los cantos de las aves habían poblado el bosque que la rodeaba desde mucho antes del amanecer, y, evidentemente, ese sonido se habría filtrado en sus sueños.

—¿Sí? —Ian parecía interesado—. ¿Los pájaros estaban vivos?

—Sí —respondió ella intrigada—. ¿Por qué?

Él asintió y cogió una castaña para ayudarla.

—Eso es bueno, soñar con pájaros vivos, en especial si cantan. Los pájaros muertos son algo malo en los sueños.

—Estaban vivos, sin duda, y cantaban —le aseguró ella, con una mirada a la rama que estaba encima de él, donde acababa de aterrizar un ave con un colorido plumaje amarillo y negro, que observaba con interés sus preparativos para el desayuno.

—¿Alguno de ellos habló contigo?

Ella lo miró, pero era evidente que lo decía en serio. Y después de todo, pensó, ¿por qué razón no hablaría un pájaro en un sueño?

No obstante, Brianna negó con la cabeza.

—No. Estaban... —Se echó a reír cuando, de repente, recordó algo—. Estaban construyendo un nido de papel higiénico. Sueño con papel higiénico todo el tiempo. Es un papel suave y delgado que se usa para limpiarte el... trasero —le explicó al ver su gesto de incomprensión.

—¿Te limpias el culo con papel? —Ian la miró, boquiabierto por el horror—. ¡Por Dios, Brianna!

—Bueno. —Ella se frotó debajo de la nariz con una mano, tratando de no reírse de la expresión de Ian.

Era lógico que estuviera horrorizado; no había molinos de papel en las colonias y, aparte de unas mínimas cantidades de papel realizado a mano como el que ella misma hacía, había que importar cada hoja de Inglaterra. El papel se guardaba bajo llave y se atesoraba; su padre, que escribía cartas con frecuencia a su hermana en Escocia, lo hacía de la manera habitual, pero luego daba la vuelta a la hoja y escribía renglones perpendiculares, para ahorrar papel. ¡Con razón Ian estaba escandalizado!

—Es muy barato en la otra época —le aseguró—. En serio.

—No tan barato como una mazorca de maíz, te lo garantizo —respondió él, entornando los ojos con recelo.

—Lo creas o no, la mayoría de la gente no tiene campos de maíz a mano —dijo ella, todavía divertida—. Y déjame decirte algo, Ian... el papel higiénico es mucho más agradable que una mazorca.

—«Más agradable» —murmuró él, todavía impresionado—. Más agradable. ¡Jesús, María y José!

—Me preguntabas por los sueños —le recordó ella—. ¿Tú has soñado algo?

—Ah. Ah... no. —Apartó con cierta dificultad la atención de la escandalosa cuestión del papel higiénico—. O, al menos, no lo recuerdo.

Ella se dio cuenta de pronto, al mirar sus mejillas hundidas, de que una de las razones por las que Ian no había dormido podía ser que tuviera miedo de los sueños que pudiera tener.

De hecho, en ese mismo instante, tuvo la impresión de que él temía que ella insistiera en ese tema. Sin atreverse a mirarla a los ojos, recogió la jarra vacía de cerveza y chasqueó la lengua para llamar a *Rollo*, quien lo siguió, con plumas grises y azules pegadas a la mandíbula.

Cuando regresó, Bree ya había pelado la última castaña y había hundido los brillantes frutos secos en las cenizas para que se cocinaran junto con los boniatos.

—Justo a tiempo —exclamó al verlo—. Los boniatos están listos.

—Justo a tiempo, en efecto —respondió él con una sonrisa—. ¿Ves lo que he traído?

Lo que tenía era un pedazo de panal hurtado de una colmena, de modo que la miel chorreó lenta y gruesa sobre los ñames calientes en estupendas burbujas de dulzura dorada. Acompañadas de castañas dulces, asadas y peladas, y regadas con agua fría del arroyo, aquél era, pensó ella, el mejor desayuno que había comido desde que había dejado su propia época.

Lo dijo en voz alta, lo que provocó que Ian levantara una poblada ceja en un gesto de desdén.

—Ah, ¿sí? ¿Y qué comerías entonces que fuera mejor que esto?

—Ah... tal vez donuts de chocolate. O chocolate a la taza con nata. Echo mucho de menos el chocolate. —Aunque era difícil echarlo demasiado de menos en ese instante, cuando estaba chupando la miel de los dedos.

—¡Venga ya! Yo he probado el chocolate. —Ian entornó los ojos e hizo una mueca de exagerado disgusto—. Es amargo y desagradable. Aunque en Edimburgo me cobraron muchísimo dinero por una minúscula tacita —añadió abriendo los ojos.

Ella se echó a reír.

—En mi época le añaden azúcar —le aseguró—. Es dulce.

—¿Azúcar en el chocolate? Eso es lo más decadente que he oído —dijo él con severidad—. Incluso peor que el papel para limpiarte el culo, ¿sabes? —Ella captó el brillo de mofa en sus ojos y no hizo más que resoplar, separando con los dientes los últimos restos de la anaranjada carne del boniato de la piel ennegrecida.

—Algún día conseguiré chocolate, Ian —dijo, apartando la piel flácida y lamiéndose los dedos como un gato—. Le echaré azúcar y te lo daré a probar, ¡y veremos qué te parece!

Y le tocó resoplar, lo que hizo con buen talante, pero no hizo más comentarios. En cambio, se concentró en lamerse las manos.

Rollo se había apropiado de los restos del panal y estaba mordisqueando y sorbiendo ruidosamente la miel, y disfrutaba como un loco.

—Ese perro debe de tener el estómago de un cocodrilo —dijo Brianna, meneando la cabeza—. ¿Hay alguna cosa que no le guste comer?

—Bueno, aún no he intentado darle clavos. —Ian sonrió un poco, pero no retomó la conversación.

La incomodidad que lo había dominado cuando habló de los sueños había desaparecido con el desayuno, aunque más tarde volvió a aparecer. El sol ya estaba bastante alto, pero él no parecía tener la intención de levantarse. Se limitó a quedarse sentado, con los brazos alrededor de las rodillas, contemplando el fuego con una actitud pensativa, mientras el sol comenzaba a robar luz a las llamas.

Sin prisa alguna por empezar a moverse, Brianna aguardó pacientemente, con los ojos clavados en él.

—¿Y qué desayunabas cuando vivías con los mohawk, Ian?

Él la miró en ese momento y torció una comisura de los labios. No era una sonrisa, sino un irónico reconocimiento. Suspiró y apoyó la cabeza sobre las rodillas, ocultando el rostro. Permaneció así sentado durante un rato y luego se incorporó poco a poco.

—Bueno —respondió en tono despreocupado—. Tenía que ver con mi cuñado. Al menos para empezar.

Ian Murray pensó que poco tiempo después se vería obligado a hacer algo con respecto a su cuñado. En realidad, «cuñado» no era la palabra exacta. De todas formas, Alce de Sol era el marido de Mirando al Cielo, que era, a su vez, la hermana de su propia esposa. Según las tradiciones de los kahnyen'kehaka, eso no implicaba ninguna relación entre los hombres más allá de que pertenecían al mismo clan, pero Ian seguía pensando en Alce de Sol con otra parte de la mente, la blanca.

Ésa era la parte secreta. Su esposa sabía inglés, pero no hablaban en esa lengua, ni siquiera en los momentos más íntimos. Él no pronunciaba en voz alta ninguna palabra en gaélico o en inglés, ni siquiera había oído una sílaba en ninguna de esas lenguas en el año que transcurrió desde que había decidido quedarse allí y convertirse en kahnyen'kehaka. Se suponía que había olvidado lo que era antes. Pero todos los días encontraba momentos para estar a solas y, a menos que hubiera olvidado los vocablos, nombraba en silencio los objetos que lo rodeaban, escuchando cómo sus nombres en inglés resonaban en la oculta parte blanca de su mente.

«Olla», pensó, observando el ennegrecido cacharro de barro que se calentaba encima de las cenizas. De hecho, no se encontraba a solas en ese momento, aunque sí se sentía claramente extranjero.

«Maíz», pensó, recostándose en el pulido tronco de árbol que hacía las veces de una de las columnas de la casa comunal. Había varias panochas de maíz seco colgando sobre él, con un color festivo en comparación con los sacos de grano que se vendían en Edimburgo y que, no obstante, también eran maíz. «Cebollas», pensó, mientras sus ojos recorrían las trenzas de globos amarillos. «Cama.» «Pieles.» «Fuego.»

Su esposa se inclinó hacia él, sonriendo, y de pronto las palabras corrieron juntas en su mente. «CuervonegropelonegrobrillantepezonesmuslosalrededorohsíohsíohEmily...»

Ella le puso un cuenco caliente en la mano y el espeso aroma a conejo, maíz y cebolla ascendió hasta su nariz. «Guiso», pensó, y el resbaladizo flujo de palabras se paralizó de repente cuando su mente se concentró en la comida. Le sonrió y posó la mano sobre la de ella, reteniéndola un momento, pequeña y fuerte bajo la suya, curvada alrededor del cuenco de madera. La sonrisa de ella se hizo más profunda; luego se apartó y se levantó para ir a buscar más comida.

Él la vio partir, atento al balanceo de su manera de caminar. Luego, sus ojos se encontraron con Alce de Sol, que también estaba observando desde el umbral de su propia casa.

«Bastardo», pensó Ian con gran claridad.

• • •

—Nos llevábamos bastante bien al principio —explicó Ian—. En el fondo, Alce de Sol es un buen hombre.

—En el fondo —repitió Brianna. Estaba quieta, observándolo—. ¿Y en lo que no es el fondo?

Ian se pasó una mano por el pelo, haciendo que se erizara como las púas de un puercoespín.

—Bueno... Al principio, éramos amigos, ¿sabes? De hecho, hermanos; pertenecíamos al mismo clan.

—¿Y dejasteis de ser amigos por... tu esposa?

Ian suspiró profundamente.

—Bueno, mira... los kahnyen'kehaka tienen un concepto del matrimonio que... se parece bastante a lo que puedes encontrar en las Highlands, es decir, en gran medida es un acuerdo entre los padres. Muchas veces observan a los pequeños mientras crecen y se fijan en si hay algún niño y alguna niña que parece que puedan compenetrarse. Y si es así, y proceden de los clanes adecuados... bueno, esa parte es un poco diferente, ¿sabes? —añadió, interrumpiéndose.

—¿Los clanes?

—Sí. En las Highlands, por lo general, te casas con los miembros de tu propio clan, excepto cuando quieres hacer una alianza con otro clan. Entre las naciones iroquesas, jamás puedes casarte con alguien de tu propio clan, y sólo puedes desposar a alguien perteneciente a unos clanes determinados, no a cualquiera.

—Mamá me ha dicho que los iroqueses le recuerdan mucho a los escoceses de las Highlands —dijo Brianna, divertida—. Despiadados pero divertidos, creo que ésas fueron las palabras que usó. Salvo por lo de las torturas, tal vez, y por quemar vivos a los enemigos.

—Entonces tu madre no ha escuchado algunas de las historias del tío Jamie sobre su abuelo —respondió Ian con una sonrisa irónica.

—¿Cómo... lord Lovat?

—No, el otro, *Seaumais Ruaidh*, Jacob *el Rojo*, de quien Jamie heredó su nombre. Un viejo cabrón y perverso, decía siempre mi madre; por lo que me han contado, dejaría atrás a cualquier iroqués en lo que a crueldad se refiere. —Pero abandonó ese pensamiento con un gesto de la mano y reanudó sus explicaciones—: Bueno, entonces, cuando los kahnyen'kehaka me aceptaron y me bautizaron, fui adoptado por el clan de los Lobos —aclaró, señalando con un gesto a *Rollo*, que se había comido toda la miel del panal con abejas muertas incluidas, y ahora se lamía las pezuñas, pensativo.

—Muy apropiado —murmuró Brianna—. ¿De qué clan era Alce de Sol?

—Lobo, por supuesto. Y la madre, la abuela y las hermanas de Emily eran de las Tortugas. Pero como estaba diciendo, si un muchacho y una muchacha de clanes diferentes parecen encajar bien entre sí, entonces las madres conversan; también llaman «madres» a todas las tías —añadió—. De modo que puede haber una buena cantidad de madres metidas en el asunto. Pero si todas las madres, las abuelas y las tías están de acuerdo en que hacen buena pareja... —Se encogió de hombros—. Se casan.

Brianna se balanceó un poco hacia atrás, con los brazos alrededor de las rodillas.

—Pero tú no tenías ninguna madre que hablara por ti.

—Bueno, sí que me preguntaba qué habría dicho mi madre si hubiese estado allí —declaró y sonrió, a pesar de la seriedad de lo que decía.

Brianna, que había conocido a la madre de Ian, se echó a reír al pensar en ello.

—La tía Jenny podría lidiar con cualquier mohawk, ya fuera hombre o mujer —le aseguró—. Pero ¿qué ocurrió entonces?

—Yo amaba a Emily —dijo él sencillamente—. Y ella me amaba a mí.

Esa situación, que no tardó en resultar evidente para todos los habitantes de la aldea, generó considerables comentarios públicos. En realidad, todos esperaban que Wakyo'teyehsnonhsa, Trabaja con sus Manos, la chica a la que Ian llamaba Emily, se casara con Alce de Sol, que desde pequeño había ido a menudo de visita a su casa.

—Pero las cosas eran así. —Ian extendió las manos y se encogió de hombros—. Ella me amaba, y lo dijo.

Cuando Ian fue adoptado por el clan de los Lobos, también le asignaron unos padres adoptivos, los padres del hombre muerto en cuya casa ahora vivía. Su madrastra estaba un poco desconcertada por la situación, pero después de discutir el tema con las otras mujeres del clan de los Lobos, había ido a hablar formalmente con Tewaktenyonh, la abuela de Emily, así como la mujer más influyente de la aldea.

—Y entonces nos casamos.

Ataviados con sus mejores galas, y acompañados de sus padres, los dos jóvenes se habían sentado juntos en un banco ante el pueblo reunido de la aldea, y habían intercambiado cestas; la suya contenía pieles de marta y castor, así como un buen cuchillo, como símbolo de su intención de cazar para ella y protegerla; la de ella estaba llena de cereales, frutas y verduras, como símbolo de su deseo de plantar, recolectar y alimentarlo.

—Y cuatro meses después —añadió Ian—, Alce de Sol se casó con Mirando al Cielo, la hermana de Emily.

Brianna enarcó una ceja.

—¿Pero...?

—Sí, pero.

Ian tenía el arma que Jamie le había dejado, un objeto poco común y muy apreciado por los indios, y sabía usarla. También sabía rastrear, acechar para una emboscada y pensar como un animal; otras cosas de valor que el tío Jamie le había legado.

En consecuencia, era buen cazador, y en poco tiempo se ganó el respeto de los otros por su capacidad para llevar sustento. Alce de Sol era un cazador decente; no el mejor, pero sí competente. Muchos de los jóvenes bromeaban y hacían comentarios, denigrando las habilidades del otro y burlándose; él también lo hacía. De todas formas, había un tono en las bromas que Alce de Sol dirigía a Ian que cada cierto tiempo hacía que los otros hombres lo miraran fijamente y luego apartaran la mirada encogiéndose de hombros.

Él había pensado que lo mejor era no prestar atención, pero luego había visto la forma en que Alce de Sol miraba a Wakyo'teyehsnonhsa, y de pronto todo le quedó claro.

Un día, a finales de verano, ella había ido al bosque con otras chicas. Llevaban cestas para recoger alimentos; Wakyo'teyehsnonhsa tenía un hacha en el cinturón. Una de las otras chicas le había preguntado si tenía intención de buscar madera para hacer otro cuenco como el que le había realizado a su madre; Trabaja con sus Manos había respondido —con una mirada veloz y cálida a Ian, que estaba descansando cerca, junto a los otros jóvenes— que no, que deseaba encontrar un buen cedro rojo para cortar madera para hacer una cuna.

Las chicas habían reído y abrazado a Wakyo'teyehsnonhsa; los jóvenes habían sonreído y habían dado codazos a Ian en las costillas como señal de complicidad. Entonces Ian había visto de reojo la cara de Alce de Sol, y sus ardientes ojos clavados en la espalda de Emily mientras ella se alejaba.

Menos de una luna después, Alce de Sol se había trasladado a la casa comunal como esposo de la hermana de su mujer, Mirando al Cielo. Los compartimentos de las hermanas estaban uno frente al otro; compartían un hogar. Pocas veces había visto Ian a Alce de Sol mirar a Emily, pero sí había visto en muchas ocasiones cómo apartaba con cuidado la mirada.

—Hay una persona que te desea —le comentó a Emily una noche.

La hora del lobo ya había quedado muy atrás, era plena noche, y en la casa comunal todos los demás dormían. El bebé que ella llevaba en su interior la obligaba a levantarse para orinar, y había regresado a las mantas de pelo con la piel fría y con un olor fresco a pino en el cabello.

—¿Ah, sí? Bueno, ¿por qué no? Todos los demás duermen. —Se desperezó lujuriosamente y lo besó, mientras el pequeño y liso bulto de su vientre presionaba con fuerza contra el de Ian.

—Yo no. Es decir... ¡claro que esta persona también te desea! —había dicho deprisa cuando ella se alejó ofendida. La envolvió con sus brazos para demostrárselo—. Quiero decir... hay alguien más.

—Mmm. —Su voz estaba amortiguada y notaba su aliento cálido en el pecho—. Hay muchos que me desean. Yo soy muy, pero que muy hábil con las manos. —Le hizo una breve demostración y él soltó un gemido, lo que hizo, a su vez, que lanzara una risita de satisfacción.

Rollo, que la había acompañado afuera, se arrastró debajo de la plataforma de la cama y se acurrucó en su rincón como de costumbre, rascándose de forma ruidosa un punto que le picaba junto a la cola.

Un poco más tarde, se quedaron acostados con las mantas retiradas. La cortina de piel que colgaba sobre el umbral estaba abierta, de modo que pudiera entrar el calor del fuego, y él vio el resplandor de la luz en la piel húmeda y dorada del hombro de ella, que estaba dándole la espalda. Ella extendió una de sus hábiles manos y la puso sobre la suya, le cogió la palma y la presionó contra su vientre. El bebé que llevaba dentro había comenzado a moverse; Ian sintió un golpe suave y repentino contra su palma, y el aliento se paralizó en su garganta.

—No debes preocuparte —dijo Emily en voz muy baja—. Yo sólo te deseo a ti.

Esa noche durmió bien.

Pero por la mañana, cuando estaba sentado junto al hogar comiendo una papilla de maíz, Alce de Sol, que ya había desayunado, pasó por la puerta. Se detuvo y miró a Ian.

—Hoy he soñado contigo, Hermano de Lobo.

—¿Sí? —respondió Ian en tono sereno. Sintió que el calor le ascendía a la garganta, pero mantuvo la cara relajada.

Los kahyen'kehaka daban mucha importancia a los sueños. Un buen sueño haría que todos los miembros de la casa comunal discutieran durante varios días. La mirada de Alce de Sol no daba a entender que su sueño sobre Ian hubiese sido bueno.

—Ese perro... —Señaló con un movimiento de la cabeza a *Rollo*, que estaba despatarrado de forma muy poco conveniente en el umbral del compartimento de Ian, roncando—. He soñado que se lanzaba a tu catre y te mordía en la garganta.

Era un sueño amenazador. Un kahyen'kehaka que creyera en semejante sueño podría decidir matar al perro, por miedo a que fuera un presagio de alguna desgracia. Pero Ian no era —del todo— kahyen'kehaka.

Ian alzó ambas cejas y siguió comiendo. Alce de Sol aguardó un momento, pero como Ian no dijo nada, terminó haciendo un gesto y dándose la vuelta.

—Ahkote'ohskennonton —dijo Ian, llamándolo por su nombre. El hombre se volvió expectante—. Yo también he soñado contigo.

Alce de Sol lo fulminó con la mirada. Ian no dijo nada más, pero permitió que una sonrisa lenta y maligna surgiera en su expresión.

Alce de Sol lo contempló. Ian continuó sonriendo. El otro se volvió resoplando de disgusto, pero no antes de que Ian hubiese visto la débil expresión de inquietud en sus ojos.

—Bueno. —Ian respiró hondo. Cerró los ojos un instante, y luego los abrió—. Sabes que el niño murió, ¿no?

Hablaba sin emoción alguna en la voz. Fue ese tono seco y controlado lo que hizo que el corazón de Brianna ardiera, y que se ahogara tanto que no pudo más que asentir como respuesta.

Pero él no consiguió mantener esa expresión durante mucho tiempo. Abrió la boca como si fuera a hablar, pero sus manos grandes y huesudas aferraron de pronto sus rodillas y, en cambio, se incorporó de pronto.

—Sí —dijo—. Vámonos. Te... contaré el resto por el camino.

Y así lo hizo, dándole resueltamente la espalda, mientras la hacía subir más alto por la montaña; luego cruzaron una angosta hondonada y descendieron por el lecho de una corriente que caía en una serie de cascadas pequeñas y encantadoras, cada una rodeada de una bruma de arcoíris en miniatura.

Trabaja con las Manos había vuelto a quedarse embarazada. Aquel bebé murió justo después de que su vientre comenzara a llenarse de vida.

—Los kahyen'kehaka dicen —explicó Ian, mientras se abría paso a través de una cortina de plantas trepadoras de un color rojo intenso— que, para que una mujer conciba, el espíritu de su marido libra un combate con el de ella y debe vencerlo. Si el espíritu del hombre no es lo bastante fuerte —su voz parecía clara mientras arrancaba un puñado de trepadoras, rompiendo la rama sobre la que colgaba, y la lanzaba lejos—, entonces el bebé no puede echar raíces en la matriz.

Después de esa segunda pérdida, la Sociedad de Medicina los había llevado a los dos a una choza privada para que cantaran, tocaran tambores y bailaran con inmensas máscaras pintadas, cuyo sentido era ahuyetar a cualquier entidad maligna que estuviera socavando el espíritu de Ian, o fortaleciendo inapropiadamente el de Emily.

—Al ver las máscaras, tuve ganas de echarme a reír —dijo Ian. No se dio la vuelta; unas hojas amarillas se pegaron a los hombros de su camisa de ante y se engancharon en su pelo—. También la llaman la Sociedad de las Caras Extrañas... y con razón. Pero no me reí.

—Supongo que Em... Emily tampoco rió. —Ian avanzaba con tanta rapidez que ella debía esforzarse por seguir su ritmo, aunque sus piernas eran casi tan largas como las de él.

—No —contestó él, y emitió una risita breve y amarga—. En efecto.

Ella había entrado en la choza de medicina a su lado, callada y pálida, pero había salido con el rostro sereno, y aquella noche en la cama lo buscó con amor. Durante tres meses, hicieron el amor con ternura y ardor. Durante los siguientes tres meses, lo hicieron con una sensación de desesperación creciente.

—Y entonces ella volvió a tener un retraso.

De inmediato, él había cesado sus atenciones, temeroso de causar más daño. Emily se movía lenta y cuidadosamente; ya no iba a trabajar a los cultivos, sino que permanecía en la casa comunal, trabajando, siempre trabajando, con las manos. Tejiendo, moliendo, tallando, agujereando cuentas para collares de *wampum*, con sus manos moviéndose sin cesar, para compensar la expectante inmovilidad de su cuerpo.

—Su hermana iba a los campos. Son las mujeres las que se ocupan de eso, ¿sabes?

Hizo una pausa para cortar otra enredadera con su cuchillo, y lanzó la rama cortada a un lado para que no diera un latigazo y golpeara a Brianna en la cara.

—Mirando al Cielo nos traía comida. Todas las mujeres lo hacían, pero ella más que las otras. Era una muchachita dulce, Karònya.

Su voz se alteró un poco cuando dijo eso, la primera vez en su dura narración de los hechos.

—¿Qué le ocurrió? —Brianna aceleró un poco el paso cuando salieron a la parte superior de una orilla cubierta de hierba, para poder llegar casi a su lado. Él redujo un poco la marcha, pero no se volvió para mirarla; mantenía la mirada al frente con la barbilla alzada, como si se enfrentara a enemigos.

—Se la llevaron.

Mirando al Cielo tenía la costumbre de quedarse en los prados más tiempo que las otras mujeres, para recolectar un poco más de maíz o calabazas para su hermana y para Ian, aunque en aquel momento ella ya tenía un hijo. Una noche no regresó a la casa comunal, y cuando los aldeanos salieron en su busca, no los hallaron ni a ella ni al niño. Se habían esfumado, dejando tan sólo un pálido mocasín, enredado entre las calabazas en un extremo de un campo.

—Abenaki —dijo Ian lacónicamente—. Encontramos la señal al día siguiente; oscureció antes de que pudiéramos empezar a buscarla a conciencia.

Había sido una larga noche de búsqueda, seguida de una semana igual, una semana de un temor y un vacío cada vez mayores. Ian había regresado al hogar de su esposa al amanecer del séptimo día, donde se enteró de que ella había perdido al bebé una vez más.

Hizo una pausa. Había sudado muchísimo por haber caminado tan deprisa, y se pasó la manga de la camisa por el mentón. Brianna sintió su propio sudor chorreando por la espalda, empapando la camisa de caza, pero no le prestó atención. Tocó la espalda a Ian, con mucha suavidad, sin decir nada.

Él lanzó un profundo suspiro, que a ella le pareció de alivio; tal vez ese espantoso relato estaba a punto de acabar.

—Lo intentamos un poco más —dijo como de pasada—. Emily y yo. Pero ella ya estaba desanimada. Ya no confiaba en mí. Y... Ahkote'ohskennonton estaba allí. Comía junto a nuestro hogar. Y la observaba. Ella empezó a devolverle la mirada.

Un día, Ian estaba tallando madera para hacer un arco, concentrándose en el flujo de las vetas bajo su cuchillo, tratando de ver aquellas cosas en los remolinos que Emily veía, de escuchar la voz de los árboles, como ella le había dicho. Pero no fue el árbol quien habló a su espalda.

—Nieto —dijo una voz seca y vieja, ligeramente irónica.

Soltó el cuchillo, que casi se clavó en su propio pie, y se dio la vuelta, con el arco en la mano. Tewaktenyonh estaba a dos metros de distancia, con una ceja enarcada en un gesto divertido por haberse acercado tanto a él sin que éste se diera cuenta.

—Abuela —contestó él, y asintió en un sardónico reconocimiento de su habilidad.

Podía ser una anciana, pero nadie se movía con más sigilo que ella; de ahí su reputación. Los niños de la aldea sentían un respetuoso temor por la mujer, puesto que habían oído que podía desvanecerse para luego materializarse de nuevo en algún lugar lejano, justo delante de los ojos culpables de los malhechores.

—Ven conmigo, Hermano de Lobo —dijo, y se volvió sin esperar respuesta. No era necesario.

Ella ya se había ido cuando él dejó el arco inacabado bajo un arbusto, cogió el cuchillo caído y silbó para llamar a *Rollo*, pero la alcanzó sin dificultad.

Ella hizo que saliera de la aldea y atravesara el bosque hasta llegar a un sendero de ciervos. Allí le entregó un saco de sal y un brazalete de *wampum* y le indicó que se marchara.

—¿Y lo hiciste? —preguntó Brianna, tras un largo momento de silencio—. ¿Así, sin más?

—Así, sin más —asintió él, y la miró por primera vez desde que habían dejado el campamento aquella mañana.

Su cara estaba hundida, ahuecada por los recuerdos. El sudor brillaba en sus pómulos, pero estaba tan pálido que las líneas de sus tatuajes destacaban con intensidad: perforaciones, líneas por las que su cara podría desarmarse.

Ella tragó saliva durante unos momentos antes de poder hablar, pero cuando lo hizo, su tono se asemejaba al de él.

—¿Falta mucho? —preguntó—. ¿Adónde vamos?

—No —contestó él en voz baja—. Ya casi hemos llegado. —Y se volvió para caminar delante de ella otra vez.

• • •

Media hora más tarde llegaron a un lugar donde el arroyo erosionaba profundamente sus orillas y se ensanchaba hasta convertirse en una pequeña cañada. Había abedules plateados y tupidos arbustos que surgían de las rocosas paredes, con raíces que se retorcían entre las piedras, como si se tratara de dedos que se aferraran a la tierra.

La idea hizo que a Brianna se le erizara un poco el vello de la nuca. Las cascadas se encontraban a cierta distancia y el sonido del agua era menos intenso; parecía que el arroyo hablara consigo mismo mientras fluía sobre las rocas y atravesaba matas de berro y lentejas de agua.

Ella creía que sería más fácil ir por arriba, por el borde del desfiladero, pero Ian la guió hacia abajo sin vacilar, y ella lo siguió, avanzando con dificultad entre grandes rocas y raíces, incómoda por la voluminosa escopeta. *Rollo*, burlándose de su torpe agotamiento, se lanzó al arroyo, que tenía varios metros de profundidad, y nadó con las orejas hacia atrás, de manera que se asemejaba a una nutria gigante.

Ian había recuperado el dominio de sí mismo al concentrarse en recorrer ese accidentado terreno. Se detenía cada cierto tiempo, y extendía la mano hacia atrás para ayudarla a sortear alguna roca particularmente difícil o a superar algún árbol arrancado en alguna inundación reciente, pero no la miraba a los ojos, y sus impasibles facciones no delataban nada.

La curiosidad de Brianna había llegado a un punto febril, pero era evidente que él había terminado de hablar por el momento. Era poco después del mediodía, pero la luz bajo los abedules era una penumbra dorada que hacía que todo pareciera de alguna manera tranquilo, casi encantado. Brianna no tenía ninguna idea sensata acerca del propósito de la excursión después de lo que Ian le había explicado, pero aquél era uno de esos lugares en los que todo parecía posible.

De pronto pensó en su primer padre, Frank Randall, y sintió cierta calidez que le resultaba muy familiar. Le gustaría haberle podido enseñar aquel sitio.

Con frecuencia habían ido juntos de vacaciones a las Adirondack; las montañas y los árboles eran diferentes, pero existía cierto punto en común en el silencio y el misterio entre las hojas sombreadas y el agua que fluía. Su madre los había acompañado en algunas ocasiones, aunque casi siempre iban sólo ellos dos, y subían entre los árboles, sin hablar mucho, pero compartiendo una profunda satisfacción en compañía del cielo.

De repente, el sonido del agua volvió a ser más intenso; había otra cascada cerca.

—Por aquí, prima —dijo Ian en voz baja, y la instó a que lo siguiera con un giro de la cabeza.

Salieron de debajo de los árboles y ella vio que el desfiladero se interrumpía bruscamente y se convertía en una caída de agua de unos seis metros de altura sobre un estanque. Ian hizo que pasara por encima de la parte superior de la cascada; ella escuchó el rugido del agua mientras caía, pero la parte superior de la orilla estaba llena de juncos y tuvieron que abrirse paso entre los arbustos, aplastando los tallos amarillentos de varas de oro silvestre y esquivando los zumbidos temerosos de los saltamontes que brincaban a sus pies.

—Mira —dijo Ian, dirigiendo la vista hacia atrás, y luego extendió los brazos para apartar la pantalla de laureles que ocultaba a Brianna.

—¡Uau!

Lo reconoció de inmediato. Era inconfundible, incluso a pesar de que la mayor parte todavía no se veía, ya que estaba enterrada en la orilla al otro lado del desfiladero. Una inundación reciente había hecho que aumentara el nivel del arroyo y había socavado la orilla, de modo que había caído un inmenso bloque de piedra y tierra, que mostraba el misterio que se encontraba enterrado.

Los enormes arcos inclinados de las costillas asomaban entre la tierra, y Brianna tuvo la impresión de que había varias cosas semienterradas entre los escombros a los pies de la orilla; cosas enormes, anudadas y retorcidas. Podrían ser huesos o simples rocas, pero fue el colmillo lo que llamó su atención. Sobresalía de la orilla en una gran curva, muy familiar, y más sorprendente precisamente por esa familiaridad.

—¿Sabes qué es? —le preguntó Ian con entusiasmo, examinándole la cara—. ¿Has visto alguna vez algo así?

—Ah, sí —dijo ella, y aunque el calor del sol caía en su espalda, se estremeció y se le puso la carne de gallina en los antebrazos; no por miedo, sino por el sobrecogimiento que le causaba verlo, así como por una especie de alegría incrédula—. Ah, sí. Sé qué es.

—¿Qué? —Ian hablaba en voz baja, como si la criatura pudiera oírlos—. ¿Qué es?

—Un mamut —dijo, y se dio cuenta de que ella también susurraba.

El sol había pasado el cénit y el fondo del lecho del arroyo ya estaba en sombras. La luz incidió sobre la curva manchada del antiguo marfil y, en un fuerte relieve, destacó la bóveda de la calavera y su elevada coronilla. La calavera estaba clavada en el suelo en un ángulo suave, el único colmillo visible se elevaba hacia lo alto y la cuenca del ojo era negra y misteriosa.

Volvió a sentir un escalofrío y encorvó los hombros. Era fácil pensar que en cualquier momento aquella cosa podía levantarse del barro y girar su enorme cabeza hacia ellos, con los ojos vacíos, haciendo que cayeran terrones de tierra de los colmillos y los hombros huesudos mientras se sacudía y comenzaba a caminar, haciendo vibrar el suelo a medida que los dedos de los pies golpeaban y se hundían en el suelo lodoso.

—¿Así se llama eso? ¿Mamut? Sí, bueno... es muy grande. —La voz de Ian disipó la ilusión de un movimiento incipiente, y ella pudo, por fin, apartar los ojos, aunque sentía que debía mirar hacia atrás, más o menos a cada segundo, para asegurarse de que permanecía en su sitio.

—El nombre en latín es *Mammuthus* —explicó, aclarándose la garganta—. Hay un esqueleto entero en un museo de Nueva York. Lo he visto varias veces. Y he visto imágenes en libros. —Volvió a mirar a la criatura en la orilla.

—¿Un museo? ¿De modo que no tenéis cosas así de donde... de cuando...? —Se tambaleó un poco con las palabras—. De donde vienes. Vivías, quiero decir. —Ian parecía un poco desilusionado.

Brianna sintió deseos de reír al pensar en mamuts corriendo por Boston Common, o retozando a orillas del río Cambridge. De hecho, sintió una momentánea punzada de desilusión por el hecho de que no hubieran estado allí; habría sido maravilloso verlos.

—No —dijo en tono de lamentación—. Todos murieron hace miles y miles de años. Cuando vino el hielo.

—¿El hielo? —Ian alternaba la mirada entre Brianna y el mamut, como si temiera que uno de los dos fuera a hacer algo inapropiado.

—La Edad de Hielo. El mundo se enfrió y se formaron unas grandes capas de hielo desde el norte hasta el sur. Muchos animales se extinguieron; quiero decir, no pudieron encontrar alimento y murieron.

Ian estaba pálido por la emoción.

—Sí, sí. He oído esas historias.

—¿En serio? —se sorprendió ella.

—Sí. Pero tú dices que son ciertas. —Giró la cabeza para mirar una vez más los huesos del mamut—. ¿Un animal, entonces, como un oso o una zarigüeya?

—Sí —respondió ella, intrigada por su actitud, que parecía alternar entre el entusiasmo y la consternación—. Más grande, pero sí. ¿Qué otra cosa puede ser?

—Ah —dijo él, y respiró profundamente—. Bueno, mira, eso era lo que necesitaba que me dijeras, prima. Mira, los kahnyen'kehaka... tienen historias de... cosas. Animales que en realidad son espíritus. Y si alguna vez yo viera una cosa que pudiera ser un espíritu... —Él seguía mirando el esqueleto, como si pudiera salir caminando de la tierra, y ella vio que lo recorría un ligero escalofrío.

No pudo evitar sentir ella misma un escalofrío similar al observar a aquella enorme criatura. Se cernía sobre ellos, lúgubre y horrible, y sólo el hecho de que sabía lo que era evitaba que quisiera salir corriendo.

—Es real —repitió, tanto para tranquilizarse ella como para tranquilizarlo a él—. Y está muerto. Muerto de verdad.

—¿Cómo sabes esas cosas? —preguntó él con una gran curiosidad—. Dices que es muy antiguo. Tú estarías mucho más alejada en el tiempo de... eso... —Señaló el gigantesco esqueleto con el mentón— en tu época que nosotros ahora. ¿Cómo puedes saber más sobre eso que lo que la gente sabe ahora?

Ella sacudió la cabeza sonriendo, incapaz de explicarlo.

—¿Cuándo lo encontraste, Ian?

—El mes pasado. Subí por el desfiladero... —hizo un gesto con el mentón— y allí estaba. Casi me cago encima.

—Puedo imaginarlo —intervino ella, reprimiendo el impulso de echarse a reír.

—Sí —continuó él, sin ser consciente de la diversión de Brianna, ya que deseaba explicarse—. Habría pensado que era Rawenniyo, un espíritu, un dios, de no ser por el perro.

Rollo había salido del arroyo, y después de sacudirse el agua, estaba rascándose boca arriba con el caparazón de una tortuga, moviendo la cola de placer y sin prestar la más mínima atención al mudo gigante del acantilado.

—¿A qué te refieres? ¿A que *Rollo* no le tenía miedo?

Ian asintió.

—Sí. Se comportaba como si no hubiera nada allí. Y sin embargo... —Ian vaciló, lanzándole una mirada—. A veces, en el bosque. Él... él ve cosas. Cosas que yo no puedo ver, ¿sabes?

—Lo sé. —Brianna sintió una punzada de inquietud—. Los perros ven... cosas. —Recordaba a sus propios perros; en particular a *Smoky*, un gran terranova que, a veces, al anochecer, levantaba de pronto la cabeza, escuchando, con el pelo del lomo erizado mientras sus ojos seguían... algo... que pasaba por la habitación y desaparecía.

Él asintió, aliviado al ver que ella sabía de qué hablaba.

—Es cierto. Yo salí corriendo cuando lo vi —dijo, señalando el acantilado con un movimiento de la cabeza—, y me escondí detrás de un árbol. Pero el perro siguió a lo suyo, sin prestarle ninguna atención. De modo que pensé: «Bueno, después de todo, tal vez no sea lo que yo creo.»

—¿Y qué creías que era? —preguntó—. ¿Has dicho un Rawenniyo? —Cuando la excitación de ver al mamut comenzó a desaparecer, Brianna recordó lo que en teoría hacían allí—. Ian... dijiste que lo que querías mostrarme tenía que ver con tu esposa. ¿Es esto...? —Hizo un gesto en dirección al acantilado, con las cejas enarcadas.

Él no le respondió directamente, sino que echó la cabeza hacia atrás, estudiando los gigantescos colmillos que sobresalían.

—Cada cierto tiempo escuchaba historias. Entre los mohawk, quiero decir. Hablaban de cosas extrañas que alguien había encontrado cazando. Espíritus atrapados en las rocas, y cómo fueron a parar allí. En gran parte, cosas malignas. Y yo pensaba: «Si resulta que esto es eso...»

Dejó de hablar y se volvió hacia ella, serio y concentrado.

—Necesitaba que me dijeras si era eso o no. Porque si lo era, entonces quizá yo estaba equivocado en mis suposiciones.

—No lo es —le aseguró—. Pero ¿en qué demonios pensabas?

—En Dios —dijo él, volviendo a sorprenderla. Ian se lamió los labios, sin saber cómo seguir—. Yeksa'a, la niña. No la bautizamos —dijo—. No podía. O quizá sí... puedes hacerlo tú mismo, ¿sabes?, si no hay ningún sacerdote. Pero no me animé a hacerlo. Yo... nunca la vi. Ya la habían cubierto... A ellos no les habría sentado bien que yo tratara de... —Su voz se interrumpió.

—Yeksa'a —repitió ella en voz baja—. ¿Ése era el nombre... de tu hija?

Él negó con la cabeza y su boca se torció en una sonrisa irónica.

—Sólo significa «niña pequeña». Los kahnyen'kehaka no ponen nombres a sus hijos cuando nacen. Esperan hasta más tarde. Si... —Su voz volvió a apagarse, y él se aclaró la garganta—. Si sobreviven. Jamás se les ocurriría poner nombre a un niño que ha nacido muerto.

—Pero ¿tú lo hiciste? —le preguntó con delicadeza.

Él levantó la cabeza y respiró con un sonido húmedo, como de vendas mojadas sacadas de una herida reciente.

—Iseabaìl —dijo, y ella supo que aquélla era la primera vez, y quizá sería la única, en que él lo pronunciara en voz alta—. Si hubiera sido varón, lo habría llamado Jamie. —La miró, con la sombra de una sonrisa—. Sólo en mi cabeza, ¿sabes?

Suspiró hondo e inclinó la cabeza sobre las rodillas, encorvado.

—Lo que pienso... —prosiguió después de un momento, con una voz demasiado controlada— es lo siguiente: ¿he sido yo?

—¡Ian! ¿Quieres decir que fue culpa tuya que el bebé muriera? ¿Por qué dices eso?

—Me marché —contestó él simplemente, enderezándose—. Me alejé. Dejé de ser un cristiano, de ser escocés. Ellos me llevaron al arroyo, me frotaron con arena para quitarme la sangre blanca. Me dieron un nombre, Okwaho'kenha, y dijeron que era mohawk. Pero en realidad no lo era.

Volvió a dar suspiro profundo y ella le puso una mano en la espalda, sintiendo su columna vertebral a través del ante de la camisa. «Está comiendo muy poco», pensó.

—Pero tampoco era lo que había sido —continuó él, en un tono casi sin preocupación—. Traté de ser lo que ellos querían, ¿sabes? Entonces dejé de rezar a Dios o a la Virgen, o a santa Brígida. Escuché lo que me decía Emily cuando me hablaba de sus dioses, de los espíritus que viven en los árboles y cosas así. Y cuando iba a la ceremonia Inipi con los hombres, o me sentaba junto al fuego y escuchaba las historias... me parecían tan reales como antes lo habían sido Cristo y todos Sus santos.

Volvió la cabeza y de pronto la miró, entre perplejo y desafiante.

—«Yo soy el Señor, tu Dios» —recitó—. «No tendrás otros dioses aparte de mí.» Pero yo lo hice, ¿no? Eso es un pecado mortal, ¿verdad?

Brianna quiso decirle que no, claro que no. O protestar aduciendo que ella no era sacerdote. Pero ninguna de las dos cosas resultaría útil; Ian no estaba buscando que lo tranquilizaran con tanta facilidad, y una pusilánime denegación de responsabilidad no le serviría de nada.

Inspiró profundamente y espiró. Habían transcurrido unos cuantos años desde que le habían enseñado el catecismo de Baltimore, pero esas cosas no se olvidan con facilidad.

—Las condiciones del pecado mortal son las siguientes. —Recitó las palabras de memoria y con precisión—: Primero, que la acción esté muy mal. Segundo, que tú sepas que la acción está mal. Y tercero... que lo hagas siendo del todo consciente de lo que haces.

Él la observaba con atención.

—Bueno, estaba mal, y supongo que yo lo sabía... sí. Lo sabía. En especial... —Su cara se ensombreció todavía más y ella se preguntó qué estaría recordando—. Sin embargo... ¿cómo podría servir a un Dios que toma a un hijo por los pecados de su padre? —Sin esperar ninguna respuesta, echó un vistazo a los restos del mamut congelados en el tiempo—. ¿O fueron ellos? ¿No fue mi Dios, entonces, sino los espíritus de los iroqueses? ¿Sabían que yo no era un verdadero mohawk, que les oculté una parte de mí? —Volvió a mirarla, muy serio—. Los dioses son celosos, ¿no?

—Ian... —Ella tragó saliva, impotente, pero tenía que decir algo—. Lo que hiciste, o lo que no hiciste, no estaba mal, Ian —dijo ella con firmeza—. Tu hija... era mohawk a medias. No fue un error que se la enterrara según las tradiciones de su madre. Tu esposa, Emily, se habría sentido muy triste si hubieras insistido en bautizar al bebé, ¿no es cierto?

—Sí, es posible. Pero... —Cerró los ojos y clavó con fuerza los puños en los muslos—. Entonces, ¿dónde está ella? —susurró, y ella pudo ver las lágrimas temblorosas en sus pestañas—. Los otros... nunca nacieron; Dios los tendrá en Su mano. Pero la pequeña Iseabail no estará en el cielo, ¿verdad? No puedo soportar la idea de que ella... pudiera estar... perdida en alguna parte. Errando.

—Ian...

—La oigo, saludando... por la noche. —Jadeaba y sollozaba—. ¡No puedo ayudarla, no puedo encontrarla!

—¡Ian! —Las lágrimas surcaban las mejillas de la propia Brianna. Le cogió las muñecas con fuerza y las apretó todo lo que pudo—. ¡Ian, escúchame!

Él respiró profunda y temblorosamente, con la cabeza inclinada. Luego asintió con suavidad.

Ella se sentó sobre las rodillas y se apretó con fuerza contra él, acunándole la cabeza entre los senos. Presionó con la mejilla la coronilla de Ian y sintió su cabello cálido y mullido cerca de su boca.

—Escúchame —dijo en voz baja—. Yo tuve otro padre. El hombre que me educó. Ahora está muerto. —Durante mucho tiempo, Brianna había callado su desolación por su pérdida, suavizada por el nuevo amor, distraída por las nuevas obligaciones. Ahora la recorría de nuevo, fresca y aguda como la herida de una puñalada en su agonía—. Sé... sé que está en el cielo.

¿Era cierto? ¿Podía estar muerto y en el cielo, aunque aún no hubiera nacido? Y, sin embargo, estaba muerto para ella, y con toda seguridad en el cielo no prestaban atención al tiempo.

Brianna levantó el rostro hacia el acantilado, pero no habló ni a los huesos ni a Dios.

—Papá —dijo, y su voz se quebró al pronunciar esa palabra, pero siguió abrazando a su primo con fuerza—. Papá, te necesito. —Su voz parecía tan pequeña que resultaba patéticamente insegura. Pero no había otra ayuda posible—. Necesito que encuentres a la hijita de Ian —prosiguió con tanta fuerza como fue posible, tratando de invocar el rostro de su padre, de verlo entre las hojas que se agitaban en lo alto del acantilado—. Encuéntrala, por favor. Abrázala y asegúrate de que esté a salvo. Cuida de ella, por favor, cuídala.

Se detuvo, sintiendo que debería decir otra cosa, algo más ceremonioso. ¿Hacer la señal de la cruz? ¿Decir «amén»?

—Gracias, papá —dijo en voz baja, y lloró como si su padre hubiera muerto en ese momento y ella fuera una huérfana abandonada, perdida, sollozando en la noche. Los brazos de Ian la rodeaban y permanecieron así, aferrándose con fuerza, con el calor del sol de la tarde en sus cabezas.

Ella continuó entre sus brazos cuando dejó de llorar, con la cabeza descansando sobre sus hombros. Él le palmeó la espalda con mucha suavidad, pero no la apartó.

—Gracias —le susurró al oído—. ¿Te encuentras bien, Brianna?

—Sí. —Ella se irguió y se apartó, balanceándose un poco, como si estuviera ebria. En realidad, se sentía ebria, sentía que sus huesos se habían vuelto blandos y maleables, todo a su alrededor parecía un poco desenfocado, excepto algunas cosas que le llamaron la atención: una colorida franja que parecía una pantufla rosada de mujer y una piedra caída de la pared del acantilado, con la superficie marcada en rojo con un hierro. *Rollo*, casi sentado a los pies de Ian, con su gran cabeza oprimiendo con nerviosismo el muslo de su amo.

—¿Tú te encuentras bien, Ian? —preguntó.

—Lo estaré. —Su mano buscó la cabeza de *Rollo*, y le acarició superficialmente las orejas puntiagudas para tranquilizarlo—. Tal vez. Es sólo que...

—¿Qué?

—Tú... ¿estás segura, Brianna?

Ella sabía lo que le preguntaba; era una cuestión de fe. Se incorporó del todo y se limpió la nariz con la manga de la camisa.

—Soy católica y creo en las vitaminas —declaró con firmeza—. Y conocía a mi padre. Por supuesto que estoy segura.

Él respiró hondo y sus hombros se encorvaron cuando soltó el aire. Luego asintió y las líneas de su rostro se relajaron un poco.

Ella lo dejó sentado en una roca y se acercó al arroyo para mojarse la cara con agua fría. La sombra del acantilado caía sobre el arroyo; el aire era fresco y en él flotaba el aroma de la tierra y los pinos. A pesar del frío, se quedó un rato allí, de rodillas.

Todavía podía oír las voces que murmuraban en los árboles y el agua, pero no les prestó atención. Fueran quienes fuesen, no representaban ninguna amenaza para ella o los suyos, ni tampoco se enfrentaban a la presencia que ella sentía tan fuerte y próxima.

—Te quiero, papá —susurró cerrando los ojos, y se sintió en paz.

Ian también debía de estar mejor, pensó, cuando por fin regresó entre las rocas a donde él aguardaba sentado. *Rollo* lo había dejado para examinar un prometedor hueco al pie de un árbol, y ella sabía que el perro no habría abandonado a Ian si hubiese considerado que su amo estaba angustiado.

Iba a preguntarle si sus asuntos allí ya habían concluido, cuando él se puso en pie y ella se dio cuenta de que no era así.

—La razón por la que te he traído aquí... —dijo bruscamente—. Quería conocer cosas de aquello... —señaló el mamut—, pero también pensaba hacerte una pregunta. Quizá pedirte un consejo.

—¿Un consejo? ¡Ian, yo no puedo darte consejos! ¿Cómo puedo decirte qué debes hacer?

—Creo que tal vez tú eres la única que sí puede —arguyó, con una sonrisa torcida—. Eres de mi familia, eres mujer... y te importo. Además, sabes más incluso que el tío Jamie, tal vez, debido a quién... —Su boca se torció un poco—. O a lo que eres.

—Yo no sé más —dijo ella, y echó un vistazo a los huesos sobre la roca—. Sólo... sé cosas diferentes.

—Sí —asintió él, y respiró hondo—. Brianna —habló en voz muy baja—. No estamos casados... jamás lo estaremos. —Apartó la mirada un instante y luego la dirigió de nuevo hacia ella—. Pero si nos hubiésemos casado, yo te habría amado y te habría cuidado lo mejor que hubiera podido. Confío en que tú habrías hecho lo mismo por mí. ¿Tengo razón?

—Oh, Ian. —Seguía notando la garganta irritada por el dolor; las palabras salieron en un susurro. Le tocó la cara, la piel fría y huesuda, y trazó las líneas de los tatuajes con el pulgar—. Ahora te amo.

—Sí, bueno —respondió él con suavidad—. Eso lo sé. —Levantó una mano, grande y dura, y la puso sobre la suya. Apretó la palma de ella en su mejilla durante un instante, luego sus dedos se cerraron sobre los de ella y él bajó las dos manos entrelazadas, pero no la soltó—. De modo que dime —pidió, con los ojos clavados en los de ella—. Si me amas, dime qué he de hacer. ¿Debo regresar?

—¿Regresar? —repitió ella, examinando su rostro—. ¿Quieres decir regresar con los mohawk?

Ian asintió.

—Regresar con Emily. Ella me amaba —dijo en voz baja—. Lo sé. ¿Hice mal al permitir que la anciana me hiciera partir? ¿Debo regresar, tal vez luchar por ella si fuera necesario? ¿O comprobar si ella quiere venir conmigo al Cerro?

—Oh, Ian. —Brianna sintió la misma desesperación que antes, aunque esta vez sin la carga de su propio dolor. Pero ¿quién era ella para decirle nada? ¿Cómo podía hacerse responsable de tomar esa decisión en su lugar, de aconsejarle que se quedara, o que se marchara?

Los ojos de él seguían fijos en su rostro, y entonces ella se dio cuenta; eran de la misma familia. De modo que la responsabilidad estaba en sus manos, le pareciera adecuada o no.

Sintió una presión en el pecho, como si fuera a estallar si respiraba hondo. De todas formas, lo hizo.

—Quédate —dijo.

Él la miró durante un largo rato, con unos ojos serios y dorados de un profundo color castaño.

—Podrías pelear con él... con Ahk... —Las sílabas del nombre mohawk le resultaban difíciles—. Alce de Sol. Pero no puedes pelearte con ella. Si ella ha decidido que ya no desea estar contigo... Ian, no puedes hacer nada al respecto.

Él parpadeó y sus oscuras pestañas interrumpieron su mirada. Mantuvo los ojos cerrados, aunque ella no sabía si era para aceptar o negar lo que le había dicho.

—Pero es más que eso —insistió, con una firmeza creciente en la voz—. No es sólo ella, o él, ¿verdad?

—No —respondió Ian. Su voz parecía distante, casi como si no le importara, pero ella sabía que no era así.

—Son ellos —prosiguió Brianna en un tono más suave—. Todas las madres, las abuelas, las mujeres, los... los hijos.

El clan y la familia, la tribu y la nación; costumbres, espíritu, tradiciones; las hebras que entrelazaban a Trabaja con sus Manos y la mantenían sujeta a la tierra, segura. Y, por encima de todo, los niños. Esas voces fuertes y pequeñas que ahogaban las voces del bosque e impedían que el alma errara por las noches.

Nadie conocía la fuerza de tales vínculos mejor que alguien que hubiera caminado por la tierra despojado de ellos, marginado y solo. Ella era una de esas personas, y él también, y ambos sabían la verdad.

—Son ellos —repitió él en voz baja, y abrió los ojos. Estaban oscuros por la pérdida, que tenía el color de las sombras del bosque más profundo—. Y ellos. —Giró la cabeza para mirar arriba, hacia los árboles que estaban más allá del arroyo, encima de los huesos del mamut que permanecían atrapados en la tierra, desnudos ante el cielo y mudos ante toda oración. La giró de nuevo, levantó una mano y le tocó la mejilla—. Entonces, me quedaré.

Esa noche acamparon en el otro extremo del estanque de los castores. Los restos de madera y ramas les resultaron muy útiles para encender el fuego.

Había poco que comer, nada más que un sombrero lleno de amargas uvas y un mendrugo de pan que estaba ya tan duro que hubo que humedecerlo para poder masticarlo. No importaba; ninguno de los dos tenía hambre, y *Rollo*, por su cuenta, desapareció para cazar.

Comieron en silencio, observando cómo moría el fuego. No era necesario dejarlo encendido; no era una noche fría y no permanecerían mucho tiempo allí por la mañana; el hogar estaba demasiado cerca.

Ian se agitó por fin un poco y Brianna lo miró.

—¿Cómo se llamaba tu padre? —le preguntó formalmente.

—Frank, eh... Franklin. Franklin Wolverton Randall.

—Entonces ¿era inglés?

—Mucho. —Ella sonrió, a pesar de sí misma.

Él asintió, murmurando «Franklin Wolverton Randall» para sí mismo, como si quisiera grabarlo en la memoria, y luego la miró con seriedad.

—Si alguna vez vuelvo a entrar en una iglesia, encenderé una vela en su memoria.

—Supongo... que a él le gustará.

Él asintió y se recostó hacia atrás, apoyando la espalda en un pino de hoja larga. Las piñas estaban esparcidas por todo el terreno; levantó un puñado y las arrojó, una a una, al fuego.

—¿Y qué hay de Lizzie? —preguntó ella un poco después—. Siempre te ha tenido cariño. —Por decirlo de una manera suave; Lizzie había languidecido y suspirado por él semanas enteras, cuando él había desaparecido con los iroqueses—. Y ahora que no va a casarse con Manfred...

Él echó la cabeza hacia atrás, con los ojos cerrados, y la apoyó en el tronco del pino.

—He pensado en ello —admitió.

—¿Pero...?

—Sí, pero. —Abrió los ojos y le dedicó una mirada de ironía—. Sabría dónde estaría si me despertara a su lado, y ese lugar sería en la cama junto a mi hermanita. Creo que no estoy tan desesperado. Todavía —añadió, como un evidente pensamiento tardío.

71

Morcilla

Estaba preparando morcillas cuando Ronnie Sinclair apareció en el patio con dos pequeños toneles de whisky. Llevaba varios más atados en una cuidadosa cascada ondulada a la espalda, lo que le confería el aspecto de algún tipo de oruga exótica que se balanceaba de manera precaria en pleno estado de pupa. Era un día fresco, pero él sudaba a mares por la larga caminata cuesta arriba, y también maldecía con la misma profusión.

—¿Por qué, en nombre de santa Brígida, construyó su condenada casa aquí arriba entre las nubes dejadas de la mano de Dios? —exigió saber sin ceremonia alguna—. ¿Por qué no hacerlo en algún lugar al que se pudiera acceder con una condenada carreta? —Dejó los toneles en el suelo con cuidado, y luego asomó la cabeza entre las correas del arnés para dejar caer su caparazón de madera. Suspiró aliviado y se frotó los hombros, donde se habían hundido las correas.

Sin prestar atención a las preguntas retóricas, seguí removiendo, al mismo tiempo que hacía un gesto hacia el interior de la casa a modo de invitación.

—Hay café recién hecho —dije—. Y tarta de cereales con miel.

Mi propio estómago se agitó ligeramente ante la idea de comer. Una vez condimentada, rellena, hervida y frita, la morcilla era deliciosa. Pero las primeras etapas de su preparación, que implicaban hundir el brazo hasta el fondo de un barril de sangre de cerdo semicoagulada, eran bastante menos apetitosas.

Sinclair, sin embargo, se puso más contento cuando mencioné la comida. Se pasó la manga por la sudorosa frente y me devolvió el gesto, volviéndose hacia la casa. Luego se detuvo y se dio la vuelta de nuevo.

—Ah, lo olvidaba, señora. También tengo un mensaje para usted. —Se tanteó con cuidado el pecho y luego más abajo, en las costillas, hasta que por fin encontró lo que buscaba y lo sacó entre las capas empapadas de sudor de su ropa. Extrajo un húmedo legajo de papeles y lo sostuvo ante mí con un gesto expectante, sin prestar atención al hecho de que mi brazo derecho estaba empapado de sangre casi hasta el hombro, y el izquierdo no estaba mucho mejor.

—Déjalo en la cocina, por favor —le sugerí—. Él está dentro. Iré en cuanto acabe de ordenar todo esto ¿Quién...? —Quería saber de quién era la carta, pero reformulé la pregunta con tacto y pregunté quién se la había entregado. Ronnie no sabía leer... aunque, en cualquier caso, no vi marcas fuera de la carta.

—Me la entregó un hojalatero que iba de camino a Belem's Creek —intervino—. No me dijo quién se la había dado a él; sólo que era para la sanadora.

Miró el papel doblado con el entrecejo fruncido, pero advertí que sus ojos se deslizaban hacia mis piernas. A pesar del frío, estaba descalza y desnuda, salvo por el camisón y las enaguas, y un manchado delantal que me envolvía la cintura. Ronnie estaba buscando esposa desde hacía bastante tiempo y, por tanto, tenía el hábito inconsciente de evaluar los atributos físicos de todas las mujeres con las que se cruzaba, sin atender a su edad o disponibilidad. Se percató de que yo me había dado cuenta, y se apresuró a alejar la mirada.

—¿Eso fue todo? —le pregunté—. ¿La sanadora? ¿No dijo mi nombre?

Sinclair se pasó la mano por su cada vez más escaso cabello anaranjado, de forma que se le quedaron dos mechones en punta sobre sus orejas enrojecidas, lo que le confería un aspecto aún más astuto del habitual.

—No era necesario, ¿no cree? —Sin intentar continuar la conversación, desapareció en el interior de la casa en busca de comida y de Jamie, dejándome con mis sangrientas labores.

Lo peor de todo era limpiar la sangre; mover un brazo a través de las oscuras y apestosas profundidades del barril para recoger los filamentos de fibrina que se formaban cuando la sangre comenzaba a coagularse. Los filamentos se adherían a mi brazo, y entonces podía quitármelos y enjuagarlos, una y otra vez. En realidad, era ligeramente menos desagradable que la tarea de lavar los intestinos que se usarían para la tripa de las salchichas; Brianna y Lizzie estaban encargándose de ello, junto al arroyo.

Observé los últimos resultados: no había fibras visibles en el líquido rojo claro que chorreaba de mis dedos. Volví a hundir el brazo en el tonel de agua que estaba al lado del barril de sangre, sostenido sobre unas tablas colocadas encima de un par de caballetes bajo el gran castaño. Jamie, Roger y Arch Bug habían arrastrado un cerdo hasta el jardín (no la cerda blanca, sino una de sus numerosas crías de un año) y le habían dado un golpe entre los ojos con la ayuda de un pesado martillo; luego lo colgaron de una rama, le abrieron la garganta y dejaron que la sangre cayera en el barril.

A continuación, Roger y Arch se habían llevado el cuerpo eviscerado para escaldarlo y quitarle el pelo; la presencia de Jamie era necesaria para lidiar con el mayor MacDonald, que había aparecido de improviso, resoplando a causa del ascenso al Cerro. Si hubiera podido escoger, tuve la impresión de que Jamie habría preferido tener que enfrentarse al cerdo.

Terminé de lavarme las manos y los brazos —una tarea inútil, pero necesaria para mi paz mental— y me sequé con una toalla de lino. Metí en el barril puñados dobles de los cuencos de cebada, harina de avena y arroz hervido que esperaban en un lado, mientras sonreía ligeramente por el recuerdo de la cara del mayor, roja como una ciruela, y de las quejas de Ronnie Sinclair. Jamie había escogido construir su casa en ese sitio preciso del Cerro después de mucho reflexionar y justo por las dificultades que entrañaba acceder a él.

Me pasé los dedos por el cabello, luego respiré hondo y hundí una vez más el brazo limpio en el barril. La sangre se enfriaba deprisa. Atenuado por los cereales, el olor era menos inmediato que el hedor metálico de la sangre reciente y caliente. Pero la mezcla seguía tibia, y los granos formaban elegantes remolinos blancos y marrones, pálidos torbellinos atraídos por la sangre mientras yo la removía.

Ronnie tenía razón; no era necesario conocerme de otra manera más que con el nombre de «la sanadora». El sanador más cercano en las inmediaciones se hallaba en Cross Creek, si no se tenían en cuenta los chamanes entre los indios... y los europeos no los tenían en cuenta.

Me pregunté quién habría mandado la nota y si se trataba de alguna cuestión urgente. Probablemente no; al menos no sería algún parto inminente o un accidente grave. Esa clase de acontecimientos se daban a conocer en persona, traídos con urgencia por un amigo o pariente. No podía contarse con que un mensaje escrito confiado a un hojalatero llegara a destino en un tiempo breve; los hojalateros erraban o se quedaban en un sitio, según el trabajo que encontraran.

Para el caso, era poco común que hojalateros o vagabundos llegaran al Cerro, aunque habíamos visto tres el mes pasado. Yo no sabía si aquello era resultado de nuestra creciente población —en el Cerro de Fraser ya casi había sesenta familias, aunque las cabañas estaban distribuidas en casi veinte kilómetros de boscosas hondonadas— o de algo más siniestro.

—Es una de las señales, Sassenach —me había dicho Jamie, frunciendo el ceño después de la manera en que había partido uno de aquellos huéspedes temporales—. Cuando la guerra se respira en el ambiente, los hombres se lanzan a los caminos.

Creí que tenía razón; recordaba a los vagabundos en los caminos de las Highlands, que portaban rumores del Alzamiento de los Estuardo. Era como si los temblores del descontento dejaran sueltos a aquellos que no tenían ninguna conexión firme con un lugar, ya fuera por amor a la tierra o a la familia, y que las corrientes arremolinadas del disenso los empujaran hacia delante, como los primeros fragmentos premonitorios de una explosión en cámara lenta que lo destruiría todo. Me estremecí y sentí el frío roce de una brisa ligera a través de la camisa.

La preparación había alcanzado la consistencia necesaria, como una especie de nata de color rojo oscuro. Me sacudí unos granos que tenía pegados en los dedos y busqué con la mano izquierda limpia el cuenco de madera lleno de cebolla picada y salteada en aceite, que estaba lista. El intenso olor de la cebolla inundó el ambiente de carnicería, convirtiéndolo en una atmósfera agradablemente hogareña.

La sal estaba molida; la pimienta también. Lo único que precisaba era... como si estuviera esperando el momento adecuado, Roger apareció con una gran bandeja en la mano llena de grasa de cerdo picada.

—¡Justo a tiempo! —exclamé, y señalé el barril con un gesto—. No, no la metas; hay que medirla.

Había echado diez puñados dobles de avena, diez de arroz y diez de cebada. La mitad del total, entonces: quince. Volví a apartarme el pelo de los ojos y, con cuidado, cogí un puñado doble del contenido de la bandeja y lo eché en el barril con un *¡paf!*

—¿Te encuentras bien? —le pregunté a Roger. Señalé un taburete con el mentón, y comencé a mezclar la grasa con los dedos. Roger seguía un poco pálido y con la boca rígida, pero me lanzó una sonrisa irónica mientras se sentaba.

—Sí.

—No era necesario que lo hicieras, ¿sabes?

—Tenía que hacerlo. —El tono irónico de su voz aumentó—. Sólo que ojalá lo hubiese hecho mejor.

Encogí un solo hombro y busqué más grasa en la palangana que sostenía para mí.

—Hace falta práctica.

Roger se había ofrecido para matar al cerdo. Jamie se había limitado a pasarle el martillo y se había apartado. Yo había visto a Jamie matar cerdos antes; pronunciaba una breve plegaria, bendecía al cerdo y luego le aplastaba el cráneo con un golpe tremendo. Roger lo intentó cinco veces, y el recuerdo de los chillidos todavía me ponía la carne de gallina en los hombros. Después, había soltado el martillo, se había escondido detrás de un árbol y había vomitado muchísimo.

Cogí otro puñado. La mezcla estaba espesándose y adquiriendo una consistencia grasienta.

—Debería haberte enseñado cómo se hace.

—No creo que haya nada difícil en ello, técnicamente hablando —dijo Roger con sequedad—. Al fin y al cabo, golpear a un animal en la cabeza es algo bastante sencillo.

—A nivel físico, puede ser —admití. Cogí más grasa y empecé a mezclarla con las dos manos—. Hay una plegaria para ello, ¿sabes? Para sacrificar a un animal, quiero decir. Jamie debería habértelo dicho.

Él pareció algo alarmado.

—No lo sabía. —Sonrió, sintiéndose algo mejor—. La extremaunción del cerdo, ¿no?

—No creo que sea por el bien del cerdo —señalé en tono burlón.

Luego permanecimos en silencio durante unos momentos, mientras yo vertía el resto de la grasa en la mezcla de cereales, haciendo pausas para apartar algunos pedacitos de cartílago. Sentía la mirada de Roger en el barril, observando la curiosa alquimia de la cocina, aquel proceso de transferir la vida de un ser a algo sabroso.

—Los arrieros de las Highlands a veces extraen una o dos tazas de sangre de alguna de sus bestias y la mezclan con avena para alimentarse por el camino —comenté—. Supongo que será nutritivo, pero menos sabroso.

Roger asintió abstraído. Había apartado la fuente casi vacía y estaba limpiándose la sangre seca de debajo de las uñas con la punta de su daga.

—¿Es la misma que para los ciervos? —preguntó—. La plegaria. He visto a Jamie pronunciarla, aunque no entendí todas las palabras.

—¿La plegaria del *gralloch*? No lo sé. ¿Por qué no se lo preguntas?

Roger trabajaba diligentemente en la uña del pulgar, con la mirada fija en su mano.

—No estaba seguro de si a él le parecería bien que yo lo supiera. Teniendo en cuenta que no soy católico...

Bajé la mirada hacia la mezcla, ocultando una sonrisa.

—No creo que eso cambie nada. Si no me equivoco, esa plegaria es mucho más antigua que la Iglesia de Roma.

Una expresión de interés iluminó la cara de Roger, y el académico escondido salió a la superficie.

—Ya me parecía que el gaélico era muy antiguo, incluso más que el que se oye en estos días... quiero decir... ahora. —Se sonrojó un poco al ser consciente de lo que acababa de decir. Yo asentí, pero no dije nada.

Recordé cómo era aquella sensación de que una estaba viviendo en una fantasía elaborada. La impresión de que la realidad existía en otra época, en otro lugar. Recordé y, con un pequeño estremecimiento, me di cuenta de que ahora no era más que un recuerdo; para mí, el tiempo había cambiado, como si mi enfermedad me hubiera hecho cruzar una barrera definitiva.

Mi tiempo era éste; la realidad era la rugosidad de la madera y el brillo de la grasa bajo mis dedos, el movimiento del sol que marcaba el ritmo de mis días, la cercanía de Jamie. El otro mundo, el de los automóviles y los teléfonos que sonaban, el de los despertadores y las hipotecas, era el que parecía irreal y remoto, como salido de un sueño.

Pero ni Roger ni Bree habían logrado hacer esa transición. Me daba cuenta por la forma en que se comportaban, lo oía en los ecos de sus conversaciones privadas. Probablemente eso se debía a que se tenían el uno al otro; podían mantener viva la otra época, como un pequeño mundo compartido entre los dos. Para mí, el cambio había sido más fácil. Yo había vivido aquí antes, después de todo había venido a esta época a propósito... y tenía a Jamie. No importaba qué le explicara del futuro, él jamás podría verlo como algo más que un cuento de hadas. Nuestro pequeño mundo compartido estaba construido sobre cosas diferentes.

No obstante, de vez en cuando me preocupaba por Bree y Roger. Era peligroso tratar el pasado como a veces lo hacían ellos: como algo pintoresco o curioso, como una situación pasajera de la que se podía escapar. No había escape para ellos; ya fuera por amor o por obligación, Jemmy los retenía a los dos, como una pequeña ancla pelirroja que los ataba a este presente. Lo mejor (o más seguro, al menos) era que aceptaran plenamente esa época como la suya propia.

—Los indios también lo tienen —le dije a Roger—. La plegaria del *gralloch*, o algo así. Por eso he dicho que era más antigua que la Iglesia.

Él asintió, interesado.

—Creo que esa clase de cosas es común a todas las culturas primitivas, en cualquier lugar en que los hombres maten para comer.

Culturas primitivas. Me mordí el labio inferior, absteniéndome de señalar que, primitiva o no, para que su familia sobreviviera era muy probable que él mismo se viera obligado a matar para ellos. Pero entonces vi su mano. Con un aire ausente, se estaba frotando la sangre seca que tenía entre los dedos. Él ya lo sabía. «Tenía que hacerlo», había respondido, cuando yo le dije que no era necesario que lo hiciera.

En ese momento levantó la mirada, vio mis ojos y me dedicó una sonrisa débil y cansada. Lo entendía.

—Creo que tal vez... es que matar sin ceremonia parece un asesinato —dijo lentamente—. Si tienes la ceremonia... alguna clase de ritual que reconozca tu necesidad...

—Necesidad... y también sacrificio. —Oí la voz suave de Jamie a mi espalda, y me sorprendí. Volví la cabeza con brusquedad. Él estaba de pie a la sombra del gran abeto rojo; me pregunté cuánto tiempo llevaría allí.

—No te había oído —le dije, volviendo la cabeza para que me besara cuando se acercó—. ¿El mayor se ha marchado ya?

—No —respondió, y me besó la frente, una de las únicas zonas limpias que me quedaban—. Lo he dejado un rato con Sinclair. Está muy preocupado por el comité de seguridad, ¿sabes? —Hizo una mueca, y luego se volvió hacia Roger—. Sí, tienes razón —comentó—. Matar nunca es una actividad placentera, pero sí necesaria. Si has de derramar sangre, lo correcto es hacerlo con un agradecimiento.

Roger asintió, echando un vistazo a la mezcla que yo estaba preparando, con los brazos metidos hasta los codos en la sangre del cerdo.

—Entonces, ¿me enseñarás las palabras adecuadas para la próxima vez?

—Aún no es demasiado tarde para esta vez, ¿no crees? —pregunté. Ambos hombres me miraron, ligeramente sorprendidos. En primer lugar, enarcando una ceja, dirigí la mirada a Jamie, y luego a Roger—. Ya le he explicado que no era para el cerdo.

Los ojos de Jamie se encontraron con los míos con un brillo de humor, pero asintió.

—De acuerdo.

Siguiendo mis indicaciones, cogió la pesada jarra de especias: la mezcla molida de macis y mejorana, salvia y pimienta, perejil y tomillo. Roger extendió las manos, las ahuecó, y Jamie se las llenó. Luego Roger frotó las hierbas poco a poco entre las palmas, dejando caer el polvo verdoso en el barril, mientras su penetrante aroma se iba mezclando con el olor de la sangre, al mismo tiempo que Jamie pronunciaba las palabras lentamente, en un lenguaje antiguo que procedía de la época de los escandinavos.

—Dilo en inglés —le pedí, al ver en el rostro de Roger que, si bien podía repetir las palabras, no las reconocía.

—«Oh, Señor, bendice la sangre y la carne de esta criatura que Tú me has dado» —dijo Jamie en voz baja.

Él mismo cogió una pizca de hierbas y se las frotó entre el pulgar y el dedo índice, creando una lluvia de polvo aromático.

> Creada por Tu mano como creaste al hombre, la vida
> entregada para la vida.
> Que yo y los míos podamos comer agradeciendo tu
> regalo,
> que yo y los míos podamos dar las gracias por Tu
> sacrificio de sangre y carne,
> la vida entregada para la vida.

Los últimos restos verdes y grises desaparecieron en la mezcla bajo mis manos, y el ritual de la morcilla concluyó.

—Eso ha sido inteligente de tu parte, Sassenach —afirmó Jamie después, secando mis manos y mis brazos limpios y mojados con la toalla. Señaló con la cabeza una esquina de la casa por la que Roger había desaparecido para colaborar con el resto de la carnicería, con una expresión un poco más serena—. Pensé en decírselo antes, pero no sabía cómo hacerlo.

Sonreí y me acerqué a él. Era un día frío y ventoso, y ahora, que había dejado de trabajar, el fresco hacía que me aproximara a él para buscar su calor. Me rodeó con los brazos y sentí tanto el calor tranquilizador de su abrazo como el crujido de papel dentro de su camisa.

—¿Qué es eso?

—Ah, una pequeña carta que ha traído Sinclair —dijo, retirándose un poco para introducir la mano en su camisa—. No he querido abrirla con Donald allí, y tampoco confiaba en que él no la leyera cuando yo saliese.

—De todas formas, no es una carta para ti —argüí, quitándole el fajo manchado de papeles de las manos—. Es mía.

—¿Ah, sí? Sinclair no me ha dicho nada, sólo me la ha entregado.

—¡Desde luego!

Como era habitual, Sinclair me veía —y en general a todas las mujeres— sencillamente como el apéndice menor de un marido. En realidad, compadecía a la mujer a la que consiguiera convencer de casarse con él.

Desplegué la nota con dificultad; había estado tanto tiempo junto a una piel sudorosa que los bordes se habían adherido.

El mensaje de su interior era breve y críptico, pero inquietante. Lo habían grabado en el papel con algo como un palo afilado, usando una tinta que se parecía demasiado a la sangre seca, aunque lo más probable es que fuera zumo de frutas rojas.

—¿Qué dice, Sassenach? —Al ver cómo examinaba el papel con el entrecejo fruncido, Jamie se hizo a un lado para mirar. Lo sostuve delante de él.

Abajo, en una esquina, grabada con letras débiles y diminutas, como si el remitente esperara pasar inadvertido, estaba la palabra «Faydree». Arriba, en trazos más gruesos, el mensaje decía:

USTÉ BENGA

—Tiene que ser ella —dije, estremeciéndome y ciñéndome el chal. Hacía frío en la consulta, a pesar del pequeño brasero que prendía en un rincón, pero Ronnie Sinclair y MacDonald estaban en la cocina, bebiendo sidra y esperando mientras hervían las salchichas. Extendí la nota sobre la mesa de mi consulta; su amenazador llamamiento resultaba oscuro y autoritario sobre la tímida firma—. Mira, ¿quién más podría ser?

—Pero ella no sabe escribir, ¿no es cierto? —objetó Jamie—. Aunque supongo que podría habérselo escrito alguien —se corrigió, frunciendo el ceño.

—No, creo que ella misma ha podido escribir esto. —Brianna y Roger también habían entrado en la consulta; Bree extendió la mano y tocó el rugoso papel, trazando con un largo dedo las tambaleantes letras—. Yo le enseñé.

—¿Sí? —Jamie parecía sorprendido—. ¿Cuándo?

—Cuando estaba en River Run. Cuando tú y mamá fuisteis a buscar a Roger. —Brianna cerró con fuerza los labios un instante; no era una ocasión que le gustara recordar—. Le enseñé el alfabeto; tenía intención de enseñarle a leer y escribir. Vimos todas las letras; ella sabía cómo sonaban y podía dibujarlas. Pero un día me dijo que ya no podía seguir adelante y ya no se sentaba conmigo. —Levantó la mirada con la preocupación visible en sus gruesas cejas rojas—. Pensé que tal vez la tía Yocasta se había dado cuenta y la había obligado a que lo dejara.

—Es más que probable que fuera Ulises. Yocasta te hubiera obligado a ti, muchacha. —Las cejas de Jamie se fruncieron igual que las de ella cuando me miró—. ¿De modo que crees que es de Fedra, la esclava de mi tía?

Sacudí la cabeza y me mordí el labio, dubitativa.

—Los esclavos de River Run dicen su nombre de esa manera, Faydree. Y no conozco a ninguna otra persona con ese nombre.

Jamie había interrogado a Ronnie Sinclair —en tono despreocupado, para no dar pie a ninguna alarma o cotilleo—, pero el tonelero no sabía más de lo que me había dicho: la nota se la había entregado un hojalatero, con la simple indicación de que era «para la sanadora».

Me incliné sobre la mesa, levantando una vela para volver a examinarla. La «F» de la firma estaba realizada con un trazo vacilante y repetido; quien lo había escrito lo había intentado más de una vez antes de decidirse a firmarlo. Pensé que eso era otra evidencia más de su origen. No sabía si en Carolina del Norte era ilegal enseñar a leer o escribir a un esclavo, pero sin duda no solía hacerse. Si bien había algunas notables excepciones —es decir, esclavos educados para los fines de sus propietarios, como el mismo Ulises—, en general, se consideraba una habilidad peligrosa que el esclavo que la poseyera intentaría ocultar.

—Ella no se habría arriesgado a enviar un mensaje como éste a menos que se tratara de algún tema serio —dijo Roger. Estaba de pie detrás de Bree, con una mano sobre el hombro de ella, examinando la nota que ella había extendido sobre la mesa—. Pero ¿qué?

—¿Has tenido noticias de tu tía últimamente? —le pregunté a Jamie, pero supe la respuesta antes de que él negara con la cabeza. Cualquier rumor que llegara al Cerro proveniente de River Run habría sido de dominio público pocas horas después.

Ese año no habíamos acudido a la Reunión en el monte Helicon. Había demasiado trabajo en el Cerro, y Jamie no deseaba inmiscuirse en las acaloradas discusiones políticas que se producirían. Aun así, Yocasta y Duncan habían tenido la intención de asistir. Si algo hubiera ido mal, seguramente se habría hablado de ello, y las habladurías ya habrían llegado a nosotros.

—De modo que no sólo es serio, sino una cuestión privada de la esclava —dijo Jamie—. De lo contrario, me habría escrito mi tía, o Duncan me habría enviado algún mensaje. —Sus dos dedos rígidos tamborilearon suavemente una vez sobre su muslo.

Nos quedamos de pie alrededor de la mesa, contemplando la nota, como si se tratara de un pequeño cartucho de dinamita. El cálido y agradable aroma de las morcillas, que estaban hirviendo, se difundió por el aire frío.

—¿Por qué tú? —preguntó Roger, levantando la mirada hacia mí—. ¿Crees que podría tratarse de una cuestión médica? Puede que esté enferma... o quizá embarazada.

—No es una enfermedad —respondí—. Demasiado urgente. —River Run estaba como mínimo a una semana de camino, si hacía buen tiempo y no ocurría ningún accidente. Dios sabe cuánto había tardado aquel recado en llegar hasta el Cerro de Fraser.

—Pero podría estar embarazada. Sería posible. —Brianna frunció los labios, sin dejar de mirar el papel, y arrugó la frente—. Creo que ve a mamá como a una amiga. Me parece que te lo contaría a ti antes que a la tía Yocasta.

Asentí, pero con vacilación. «Amistad» era una palabra demasiado fuerte; dos personas como Fedra y yo no podíamos ser amigas. Había demasiados impedimentos: sospecha, desconfianza, aquel amplio abismo de diferencias impuestas por la esclavitud.

Y, sin embargo, era cierto que existía un sentimiento de solidaridad entre nosotras. Yo había trabajado con ella, codo con codo, plantando hierbas y recolectándolas, preparándolas para guardarlas en la despensa, y explicándole para qué se utilizaban. Habíamos enterrado juntas a una chica muerta y habíamos hecho un pacto para proteger a una esclava fugada acusada de homicidio. Fedra tenía talento para tratar a los enfermos, y algunos conocimientos sobre las hierbas. Si se trataba de un tema menor, podía arreglárselas sola. Pero algo como un embarazo imprevisto...

—Me pregunto qué cree que podría hacer yo.

Estaba pensando en voz alta, y sentí que las yemas de los dedos se me enfriaban ante esta idea. Un niño inesperado nacido de una esclava no sería una preocupación para la dueña; al contrario, sería bien recibido como un elemento más de su propiedad, pero yo había oído historias de esclavas que preferían matar al niño nada más nacer para que no creciera en la esclavitud. Fedra, por otra parte, era una esclava de confianza a la que siempre se había tratado bien, y Yocasta no separaba las familias de esclavos. Yo lo sabía. Si se tratara de eso, la situación de Fedra no sería tan desesperada... y, por otra parte, ¿quién era yo para juzgarlo?

Exhalé una nubecilla de aliento humeante, sin saber qué hacer.

—No entiendo la razón... quiero decir, no es posible que ella espere que yo la ayude a librarse de un bebé. Y, si fuera cualquier otra cosa... ¿por qué yo? Hay parteras y sanadores mucho más cerca. No tiene ningún sentido.

—¿Y si...? —preguntó Brianna, y se interrumpió. Frunció los labios, especulando, y alternando la mirada entre Jamie y yo—. ¿Y si...? —continuó despacio—. ¿Y si estuviera embarazada pero el padre... no fuera el más adecuado?

Una expresión recelosa, pero divertida, apareció en los ojos de Jamie, lo que aumentó su parecido con Brianna.

—¿A quién te refieres, muchacha? —quiso saber—. ¿A Farquard Campbell?

Solté una carcajada ante la idea, y Brianna resopló de desdén, haciendo que nubes blancas de aliento flotaran alrededor de su cabeza. La idea de que el recto y bastante anciano Farquard Campbell sedujese a una esclava era...

—Bueno, no —repuso Brianna—. Aunque es cierto que él tiene muchos hijos. Pero se me ha ocurrido de repente... ¿Y si fuera Duncan?

Jamie se aclaró la garganta y esquivó mi mirada. Me mordí el labio, sintiendo que me sonrojaba. Duncan le había confesado su impotencia crónica a Jamie antes de casarse con Yocasta, pero Brianna no lo sabía.

—Ah, no me parece probable —respondió Jamie, atragantándose con las palabras. Tosió, y dispersó el humo del brasero de su cara—. ¿De dónde has sacado esa idea, muchacha?

—De ningún sitio en especial —le aseguró—. Pero la tía Yocasta es... bueno, vieja. Y tú sabes cómo pueden ser los hombres.

—No, ¿cómo? —preguntó Roger débilmente, haciéndome toser en mi esfuerzo por reprimir la risa.

Jamie la observó con una buena dosis de cinismo.

—Bastante mejor que tú, *a nighean*. Y si bien no pondría las manos en el fuego por algunos hombres, creo que estaría bastante tranquilo apostando que Duncan Innes no es la clase de hombre que rompería sus votos matrimoniales con la esclava negra de su esposa.

Hice un ruidito, y Roger me miró enarcando una ceja.

—¿Te encuentras bien?

—Sí —dije, aunque mi voz sonó un poco entrecortada—. Estoy... bien. —Me cubrí con una esquina del chal el rostro, que sin duda estaba ruborizado, y tosí con fuerza—. Hay... mucho humo aquí, ¿no?

—Puede ser —concedió Brianna, dirigiéndose a Jamie—. Después de todo, tal vez no se trate de eso. Es sólo que Fedra envió el recado a «la sanadora», con toda probabilidad porque no quería usar el nombre de mamá, en caso de que alguien viera la nota antes de que llegara aquí. Se me acaba de ocurrir que tal vez no fuera a mamá a quien busca... sino a ti.

Eso nos serenó a Jamie y a mí, y nos miramos el uno al otro. Al fin y al cabo, era una posibilidad, y ninguno de los dos había pensado en ella.

—No podía enviarte un mensaje a ti directamente sin despertar toda clase de sospechas —continuó Bree, mirando la nota con el ceño fruncido—. Pero podría decir «la sanadora» sin añadir ningún nombre. Y sabía que si mamá acudiera en esta época del año, es bastante fácil que tú la acompañaras. O, si no lo hicieras, mamá podría mandarte llamar sin ningún tipo de problema.

—Es una idea —asintió Jamie despacio—. Pero ¿por qué podría necesitarme a mí?

—Sólo hay una manera de averiguarlo —dijo Roger, práctico, y miró a Jamie—. La mayor parte del trabajo exterior está terminado; hemos almacenado las cosechas y el heno; las matanzas han acabado. Si queréis ir, nosotros podemos arreglárnoslas aquí.

Jamie permaneció inmóvil durante un momento, sumido en sus pensamientos; luego fue hasta la ventana y levantó el marco. Un viento frío entró en la habitación y Bree apretó la nota en la mesa para que no volara. Las ascuas del pequeño brasero humearon y se avivaron, y los puñados de hierbas secas crujieron inquietamente sobre mi cabeza. Jamie sacó la cabeza por la ventana y respiró hondo, con los ojos cerrados, como alguien que saborea el aroma de un buen vino.

—Frío y despejado —anunció. Metió la cabeza y cerró la ventana—. El tiempo seguirá despejado durante al menos tres días. Podríamos salir de la montaña antes, y nosotros cabalgamos rápido. —Me sonrió; tenía la punta de la nariz roja por el frío—. Mientras tanto, ¿crees que las morcillas ya estarán listas?

72

Traiciones

Nos abrió la puerta una esclava que no reconocí, una mujer corpulenta con un turbante amarillo. Nos examinó con detenimiento, pero Jamie no le dio oportunidad de hablar y la empujó con grosería para pasar al vestíbulo.

—Es el sobrino de la señora Cameron —me sentí obligada a explicarle mientras lo seguía.

—Ya lo veo —murmuró con acento de Barbados. Lo miró con enojo, dejando claro que había detectado un parecido familiar en términos de arrogancia, así como físico.

—Yo soy su esposa —añadí, reprimiendo la necesidad de estrecharle la mano y, en cambio, haciendo una ligera reverencia—. Claire Fraser. Mucho gusto.

Ella parpadeó desconcertada, pero antes de que pudiera responder, yo ya la había esquivado y había seguido a Jamie hacia la salita en la que a Yocasta le gustaba sentarse por la tarde.

La puerta de la sala estaba cerrada y, cuando Jamie posó la mano en el pomo, se oyó un agudo gañido del otro lado, preludio de una serie de frenéticos ladridos en cuanto la puerta se abrió.

Paralizado, Jamie permaneció con la mano en la puerta, mirando con el ceño fruncido el pequeño montículo de pelo marrón que saltaba de un lado a otro de sus pies, ladrando como si fuera el fin del mundo.

—¿Qué es esto? —preguntó, pasando de lado hacia la sala mientras la criatura se lanzaba a morder sus botas, sin dejar de ladrar.

—Es un perrito, ¿qué creías? —dijo Yocasta en tono mordaz. Se levantó de la silla y frunció el ceño en dirección al ruido—. *Sheas*, *Samson*.

—¿*Samson*? Ah, claro, el pelo. —Sonriendo a pesar de sí mismo, Jamie se puso en cuclillas y extendió el puño cerrado hacia el perro. Disminuyendo su excitación y convirtiéndola en un gruñido grave, el perro extendió su receloso hocico hacia los nudillos.

—¿Dónde está *Delilah*? —pregunté, colándome en la sala tras él.

—Ah, ¿de modo que tú también has venido, Claire? —Yocasta se volvió en mi dirección, con el rostro iluminado por una sonrisa—. Qué alegría tan poco frecuente teneros a los dos aquí. Supongo que Brianna y el muchacho no han venido; no, los habría oído. —Restándole importancia, volvió a sentarse e hizo un gesto en dirección a la chimenea—. En cuanto a *Delilah*, la muy haragana está dormida junto al fuego; la oigo roncar.

Delilah era una gran perra de caza de color blanquecino y raza indeterminada, pero piel abundante; ésta caía a su alrededor en pliegues relajados mientras ella estaba tumbada boca arriba, con las pezuñas dobladas sobre un vientre lleno de manchas. Al oír su nombre, resopló brevemente, abrió un poco un ojo y volvió a cerrarlo.

—Veo que has hecho algunos cambios desde la última vez que estuve aquí —observó Jamie, poniéndose en pie—. ¿Dónde está Duncan? ¿Y Ulises?

—Se han marchado en busca de Fedra. —Yocasta había perdido peso; los altos pómulos de los MacKenzie sobresalían con fuerza, y su piel se veía delgada y arrugada.

—¿La están buscando? —Jamie le lanzó una mirada afilada—. ¿Qué le ha ocurrido a la muchacha?

—Ha huido. —Habló con su habitual serenidad, pero su voz tenía un tono lúgubre.

—¿Ha huido? Pero... ¿estás segura?

El costurero se había abierto y su contenido había caído al suelo. Me arrodillé y comencé a recoger los carretes de hilo esparcidos.

—Bueno, lo cierto es que ha desaparecido —aclaró Yocasta con cierta acritud—. O bien ha huido, o alguien se la ha llevado. Y no se me ocurre quién podría tener las agallas o la habilidad para sacarla de esta casa sin que nadie lo viera.

Intercambié una veloz mirada con Jamie, que movió la cabeza, al mismo tiempo que fruncía el ceño. Yocasta estaba retorciendo un pliegue de la falda entre el pulgar y el índice; vi un pedazo de la tela cerca de su mano que estaba bastante gastado, por lo que deduje que había hecho ese gesto reiteradamente. Jamie también se dio cuenta.

—¿Cuándo se fue, tía? —preguntó en tono quedo.

—Hace cuatro semanas. Duncan y Ulises se marcharon hace dos.

Eso concordaba con la llegada del recado. No había forma de saber cuánto tiempo había transcurrido entre el momento en que Fedra lo había escrito y su desaparición, teniendo en cuenta las incertidumbres de la entrega.

—Veo que Duncan se ha esforzado en dejarte compañía —observó Jamie.

Samson había abandonado su papel de perro guardián y estaba olfateando con afán las botas de Jamie. *Delilah* rodó de costado con un lujurioso gemido y abrió dos luminosos ojos marrones, con los que me contempló con la más absoluta tranquilidad.

—Ah, sí, en efecto, eso es lo que son. — A regañadientes, Yocasta se inclinó en la silla y localizó la cabeza de la perra para rascarle detrás de las orejas, largas y blandas—. Aunque Duncan los trajo para que me protegieran o, al menos, eso fue lo que dijo.

—Una precaución sensata —aclaró Jamie con suavidad.

Era cierto; no habíamos tenido más noticias de Stephen Bonnet, y Yocasta tampoco había vuelto a oír la voz del enmascarado. Pero a falta de la seguridad de un cadáver, era de suponer que cualquiera de los dos podría volver a presentarse en cualquier momento.

—¿Por qué querría escaparse la muchacha, tía? —preguntó Jamie. Su tono seguía siendo suave pero insistente.

Yocasta, con los labios apretados, sacudió la cabeza.

—No tengo la menor idea, sobrino.

—¿No ha ocurrido nada últimamente? ¿Nada fuera de lo normal? —insistió.

—¿No crees que te lo habría dicho de inmediato? —preguntó ella con dureza—. No. Una mañana me desperté tarde y no la oí en la habitación. No había té junto a mi cama y el fuego se había apagado; noté el olor de las cenizas. La llamé y no obtuve respuesta. Se había marchado; se había esfumado sin dejar rastro. —Yocasta inclinó la cabeza hacia él con un gesto que daba a entender que eso era todo lo que sabía.

Miré a Jamie enarcando una ceja y me toqué el bolso que llevaba en la cintura y que contenía la nota. ¿Debíamos decírselo?

Él asintió; saqué la nota del bolso y la desplegué sobre el brazo de la silla mientras él se explicaba.

La contrariedad en la expresión de Yocasta, poco a poco, fue convirtiéndose en asombro y desconcierto.

—¿Por qué razón mandaría a buscarte, *a nighean*? —preguntó, volviéndose hacia mí.

—No lo sé... tal vez esté embarazada —sugerí—. O haya contraído... alguna clase de enfermedad.

No quería hablar abiertamente de la sífilis, pero era una posibilidad. Si Manfred había infectado a la señorita Sylvie, y luego ella había pasado la infección a algunos de sus clientes en Cross Creek, quienes luego habían visitado River Run... pero eso tal vez significara que Fedra había tenido alguna clase de relación con un hombre blanco. Y una esclava tomaría todas las precauciones posibles para mantener algo así en secreto.

Yocasta, que no era ni mucho menos tonta, estaba llegando con rapidez a conclusiones similares, aunque sus pensamientos corrían paralelos a los míos.

—Un niño, eso no sería un gran problema —dijo, agitando una mano—. Pero si tuviera un amante... sí —añadió pensativa—. Tal vez huyó con un amante. Pero, en ese caso, ¿por qué mandó a buscarte a ti?

Jamie estaba comenzando a inquietarse, impaciente ante tanta especulación que no se podía probar.

—¿Tal vez creyó que tú la venderías si descubrieras algo así, tía?

—¿Venderla?

Yocasta se echó a reír. No era su habitual risa social, ni siquiera el sonido de una diversión genuina: sus carcajadas eran escandalosas, fuertes y groseras. Era la risa de su hermano Dougal, y por un momento, la sangre se me heló en las venas.

Eché un vistazo a Jamie y descubrí que él estaba mirándola, inexpresivo. No era que estuviera intrigado; aquélla era la máscara que utilizaba para ocultar las emociones fuertes. De modo que él también había captado aquel eco espeluznante.

Yocasta parecía incapaz de parar. Sus manos aferraron los torneados apoyabrazos de la silla y se inclinó hacia delante, con el rostro cada vez más enrojecido, jadeando para recuperar el aliento en medio de aquellas inquietantes y profundas carcajadas. *Delilah* rodó y emitió un grave «*guau*» de inquietud, mientras observaba ansiosa a su alrededor, sin saber qué ocurría, pero convencida de que algo no iba bien. *Samson* había retrocedido hacia el sofá, gruñendo.

Jamie extendió la mano y la agarró del hombro, aunque no con suavidad.

—Cálmate, tía —dijo—. Estás asustando a tus perritos.

Ella se detuvo bruscamente. De pronto no hubo más sonido que el débil jadeo de su respiración, casi tan inquietante como su risa. Permaneció inmóvil, sentada muy erguida en la silla, con las manos sobre los apoyabrazos, mientras la sangre se le retiraba poco a poco de la cara y sus ojos se volvían oscuros y brillantes, clavados en algo que sólo ella podía ver.

—Venderla —murmuró, y su boca se arrugó como si estuviera a punto de darle otro ataque de risa. Pero no se echó reír, sino que de repente se puso en pie. *Samson* soltó un gañido, asombrado.

»Venid conmigo.

Cruzó la puerta antes de que ninguno de los dos pudiéramos decir nada. Jamie me miró con una ceja enarcada, pero me instó a que cruzara la puerta delante de él. Yocasta conocía la casa a la perfección; avanzó por el vestíbulo y atravesó la puerta en dirección a las caballerizas sin más ayuda que el ocasional roce de alguna pared para mantener la orientación, caminando tan deprisa que parecía que podía ver. Pero, una vez fuera, hizo una pausa y tanteó con un pie extendido el borde del sendero de ladrillos.

Jamie se puso a su lado y la agarró con firmeza del codo.

—¿Adónde deseas ir? —preguntó, con cierta resignación en la voz.

—Al establo de los carruajes. —Su peculiar risa la había abandonado, pero seguía teniendo el rostro sonrojado y su fuerte mentón levantado con un aire de desafío. Me pregunté a quién estaría dirigido ese desafío.

El establo estaba en penumbra, tranquilo, con motas de polvo doradas flotando en el aire agitado por las puertas abiertas. Un carromato, un carruaje, un trineo y la elegante calesa de dos ruedas estaban inmóviles como bestias enormes y plácidas sobre el suelo cubierto de paja. Miré a Jamie, que torció un poco la boca mientras me miraba. Nosotros nos habíamos refugiado un rato en aquel carruaje, durante el caos de la boda de Yocasta y Duncan, casi cuatro años antes.

Yocasta hizo una pausa en el umbral, aferrando la jamba con una mano y respirando profundamente, como si estuviera orientándose. No dio ningún paso para entrar en el establo, sino que señaló con un gesto las profundidades del lugar.

—Junto a la pared del fondo, *an mhic mo peather*. Hay unas cajas allí; quiero que traigáis un arcón grande de mimbre que es tan alto como vuestras rodillas y que está atado con una cuerda.

No me había dado cuenta durante nuestra excursión anterior al establo, pero la pared del fondo estaba repleta casi hasta el techo de cajas, cajones y fardos apilados de dos en dos y de tres en tres. Con unas instrucciones tan concretas, Jamie no tardó en encontrar el receptáculo deseado, y lo arrastró hacia la luz, cubierto de polvo y pedacitos de paja.

—¿Quieres que lo lleve a la casa, tía? —preguntó, frotándose la nariz. Ella negó con la cabeza, se agachó y tanteó con los dedos hasta encontrar el nudo de la cuerda que lo sujetaba.

—No, no quiero meterlo en la casa. Juré que no lo haría.

—Permíteme. —Puse mi mano sobre la de ella para que dejara de intentarlo, y luego yo misma me encargué del nudo. Quienquiera que lo hubiera anudado lo había hecho a conciencia, pero no con habilidad. Lo deshice en menos de un minuto, y abrí la hebilla.

El arcón de mimbre estaba lleno de ilustraciones. Montones de dibujos sueltos, hechos a lápiz, tinta y carboncillo, meticulosamente atados con descoloridas cintas de seda. Varios cuadernos de bocetos. Y unas cuantas pinturas; algunas cuadradas grandes, sin marco, y dos cajas más pequeñas de miniaturas, todas ellas enmarcadas, apiladas de lado como un mazo de naipes.

Oí que Yocasta suspiraba sobre mí y levanté la mirada. Estaba inmóvil, con los ojos cerrados, y me di cuenta de que estaba aspirando profundamente, respirando el aroma de los cuadros, el olor a óleo y carboncillo, yeso, papel, lienzo, aceite de linaza y trementina, como si fuera un fantasma corpóreo que hubiera salido flotando de su ataúd, transparente pero nítido frente a los aromas de paja y polvo, madera y mimbre del fondo.

Sus dedos se curvaron, y el pulgar frotó las puntas de los otros dedos, desplegando de forma inconsciente un pincel entre ellos. Yo había visto a Bree hacer eso cada cierto tiempo, mientras observaba algo que quería pintar. Yocasta volvió a suspirar, luego abrió los ojos y se puso de rodillas a mi lado, extendiendo los dedos para explorar por encima ese tesoro de arte enterrado, buscando.

—Los óleos —dijo—. Sácalos.

Yo había extraído las cajas con las miniaturas. Jamie se acuclilló al otro lado del arcón y comenzó a levantar los legajos de dibujos sueltos y los cuadernos de bocetos para que yo pudiera sacar los óleos más grandes, que estaban dispuestos de lado a lo largo de un costado del receptáculo.

—Un retrato —dijo ella con la cabeza vuelta a un lado para escuchar el sonido monótono y hueco mientras colocaba cada uno apoyado en la pared de la cesta—. Un anciano.

Era evidente a quién se refería. Dos de los lienzos grandes eran paisajes; tres, retratos. Reconocí a Farquard Campbell, mucho más joven que en la actualidad, y lo que debía de ser un autorretrato de la propia Yocasta, realizado unos veinte años antes. Pero no tenía tiempo de examinarlos, por interesantes que fueran.

El tercer retrato parecía haber sido pintado mucho después que los otros, y mostraba los efectos del progresivo deterioro de la visión de Yocasta.

Los bordes eran borrosos; los colores, apagados; las formas, apenas distorsionadas, de modo que el anciano caballero que nos miraba desde el empañado óleo parecía, de alguna manera, un ser inquietante, como si perteneciera a una raza no del todo humana, a pesar de lo ortodoxo de su peluca y su alta pajarita blanca.

Llevaba un abrigo negro y un chaleco de estilo antiguo, con los pliegues de una banda escocesa de tartán sobre el hombro. Ésta estaba sujeta con un broche, cuyo dorado resplandor se reflejaba en el cordoncillo ornamental del mango de la daga que el viejo llevaba en la mano, con los dedos retorcidos por la artritis. Reconocí la daga.

—De modo que éste es Hector Cameron. —Jamie también la había reconocido. Miró el cuadro con fascinación.

Yocasta extendió una mano y tocó la superficie del lienzo como si pudiera reconocerlo por el tacto.

—Sí, en efecto —dijo con sequedad—. Tú nunca lo viste en vida, ¿verdad, sobrino?

Jamie negó con la cabeza.

—Una vez, quizá, pero no era más que un bebé en esa época. —Su mirada recorrió las facciones del anciano con profundo interés, como si estuviera buscando pistas de la personalidad de Hector Cameron. Esas pistas eran evidentes; la fuerza de carácter de aquel hombre vibraba claramente en el lienzo.

El hombre del retrato tenía los huesos anchos, aunque la carne colgaba de ellos con la falta de firmeza propia de la edad. Los ojos seguían agudos, pero uno estaba medio cerrado; podría haber sido tan sólo un párpado caído causado por un pequeño infarto, pero la impresión que daba era que aquélla era su manera de mirar el mundo: con un ojo siempre entornado, evaluando todo con cinismo.

Yocasta estaba revisando el contenido del arcón, y sus dedos revoloteaban de un lado a otro como polillas a la caza. Tocó una caja de miniaturas y la levantó con un pequeño gruñido de satisfacción.

Pasó el dedo lentamente por el borde de cada miniatura, y me di cuenta de que los marcos tenían diferentes motivos: cuadrados y ovalados, de madera lisa y dorada, de plata manchada y grabada con el motivo de una cuerda en el borde; otro con incrustaciones de rosetones diminutos. Encontró uno que reconoció y lo sacó de la caja, para luego entregármelo con aire ausente mientras retomaba la búsqueda.

En la miniatura también aparecía Hector Cameron, aunque este retrato se había pintado muchos años antes que el otro. Un cabello oscuro y ondulado le caía sobre los hombros, con una pequeña trenza de adorno en la que se veían dos plumas de urogallo, al antiguo estilo de las Highlands. Los huesos anchos eran los mismos que antes, pero la piel estaba firme; Hector Cameron había sido apuesto.

Después de todo, era su expresión habitual. Ya fuera por hábito o por un defecto de nacimiento, el ojo derecho también estaba entornado, aunque no tanto como en el retrato anterior.

Mi escrutinio fue interrumpido por Yocasta, que me puso una mano sobre el brazo.

—¿Ésta es la muchacha? —preguntó, pasándome otra miniatura.

La cogí, desconcertada, y sofoqué un grito cuando le di la vuelta. Era Fedra, pintada cuando la chica no era más que una adolescente. No llevaba puesta su cofia; sólo un sencillo pañuelo atado en el pelo, que destacaba los huesos de su cara. Los huesos de Hector Cameron.

Yocasta empujó la caja de pinturas con el pie.

—Dáselos a tu hija, sobrino. Dile que pinte encima de ellos; sería una pena desperdiciar los lienzos. —Sin aguardar respuesta, emprendió sola el camino de regreso a la casa, vacilando apenas un momento en la bifurcación del sendero y guiándose por los olores y el recuerdo.

Se produjo un profundo silencio después de la partida de Yocasta, sólo interrumpido por el canto de un sinsonte en un pino cercano.

—Maldita sea —dijo Jamie finalmente, apartando los ojos de la figura de su tía cuando se esfumó dentro de la casa, sola. No parecía escandalizado, sino más bien bastante divertido—. ¿Crees que la chica lo sabía?

—Casi con seguridad —asentí—. Sin duda, los esclavos lo sabían; alguno de ellos debió de estar por aquí cuando ella nació; debieron de decírselo, si es que ella no fue suficientemente astuta como para imaginárselo, y yo, desde luego, creo que lo es.

Jamie asintió y se apoyó en la pared del establo de los carruajes, contemplando con aire reflexivo, por encima de su larga nariz, el arcón de mimbre con los cuadros. Yo misma tenía muy pocas ganas de regresar a la casa. Los edificios eran hermosos, con un suave tono dorado por el sol de finales de otoño, y los prados eran pacíficos y ordenados. Un sonido de voces alegres llegó desde el huerto de la cocina, algunos caballos pastaban con satisfacción en el potrero cercano y, más allá, en el distante río plateado, apareció una pequeña embarcación con cuatro remos que acariciaban la superficie del agua, ágil y elegante como una araña acuática.

—«Donde toda posibilidad es satisfactoria y sólo el hombre es vil» —comenté. Jamie me dirigió una breve mirada de incomprensión, y luego volvió a sumirse en sus pensamientos.

De modo que Yocasta jamás vendería a Fedra, y creía que ella lo sabía. Me pregunté exactamente por qué. ¿Porque sentía alguna obligación hacia la chica, por ser la hija de su marido? ¿O como una sutil venganza contra aquel marido muerto hacía ya mucho tiempo, manteniendo a su hija ilegítima como esclava, como sirviente personal? Supuse que, en realidad, una posibilidad no excluía la otra; yo conocía a Yocasta lo suficiente como para darme cuenta de que sus motivos pocas veces eran simples.

El aire era fresco y el sol comenzaba a ponerse. Me recosté contra la pared del establo junto a Jamie, sintiendo en mi cuerpo el calor del sol acumulado en sus ladrillos, y deseé que pudiéramos subirnos a aquel viejo carromato y regresar de inmediato al Cerro, dejando que River Run se ocupara de su propio legado de amargura.

Pero el mensaje seguía en mi bolsillo y crujía cuando yo me movía. «*USTÉ BENGA*.» No era una llamada que pudiera ignorar. En cualquier caso, había venido, ¿y ahora qué?

Jamie se irguió de repente y miró en dirección al río. Yo también lo hice y vi que la embarcación había amarrado en el muelle. Una figura alta saltó a tierra y luego se volvió para ayudar a salir al otro del barco. El segundo hombre era más bajo y se movía de una manera extraña, con paso vacilante y desgarbado.

—Duncan —dije de inmediato al verlo—. Y Ulises. ¡Han regresado!

—Sí —replicó Jamie, tomándome del brazo e iniciando el camino de regreso a la casa—. Pero no la han encontrado.

• • •

FUGADA O ROBADA, el 31 de octubre, una criada negra, de veintidós años de edad, estatura por encima de la media y de aspecto agradable, con una cicatriz en el antebrazo izquierdo con la forma de un óvalo, causada por una quemadura. Ataviada con un vestido añil, un delantal de rayas verdes, cofia blanca, medias marrones y zapatos de cuero. No le falta ningún diente. Conocida por el nombre de «FAYDREE». Por favor, enviar información detallada a D. Innes, plantación de River Run, en las cercanías de Cross Creek. Se pagará recompensa considerable a cambio de información útil.

Alisé la hoja arrugada, que también incluía un tosco dibujo de Fedra, en el que aparecía algo bizca. Duncan había vaciado sus bolsillos y arrojado un puñado de esas hojas en la mesa del vestíbulo cuando había llegado la tarde anterior, exhausto y desanimado. Nos dijo que habían pegado los carteles en cada taberna y bar público entre Campbelton y Wilmington, y que habían hecho preguntas en el camino, pero sin ningún resultado. Fedra había desaparecido como el rocío de la mañana.

—¿Me pasas la mermelada, por favor? —Jamie y yo estábamos desayunando solos, puesto que ni Yocasta ni Duncan habían aparecido aquella mañana. Yo estaba disfrutando, a pesar de la atmósfera melancólica. El desayuno en River Run era, por lo general, muy abundante, e incluso servían una jarra de té de verdad. Yocasta debía de haberle pagado una fortuna por la infusión a su contrabandista favorito. Hasta donde yo sabía, no había nada entre Virginia y Georgia.

Jamie miraba con el ceño fruncido otra de las hojas. No apartó los ojos, pero su mano se movió con vacilación, se detuvo en la jarra de nata y me la pasó.

Ulises, que no parecía recién llegado de un largo viaje, salvo por cierta pesadez en los ojos, avanzó en silencio, cogió la jarra de nata, la dejó donde estaba con meticulosidad y colocó la jarra de mermelada junto a mi plato.

—Gracias —dije, y él inclinó la cabeza cortésmente.

—¿Querrá más arenque ahumado, señora? —preguntó—. ¿O más jamón?

Negué con la cabeza, con la boca llena de tostada, y él se alejó, cogiendo una bandeja cargada junto a la puerta, que tal vez era para Yocasta, Duncan, o ambos.

Jamie observó cómo se marchaba con una especie de expresión distraída.

—He estado pensando, Sassenach —concluyó.

—Jamás lo habría imaginado —le aseguré—. ¿Sobre qué?

Él pareció sorprendido un momento, pero luego sonrió al comprender.

—¿Recuerdas lo que expliqué sobre Brianna y la viuda McCallum? ¿Que ella no tendría muchos escrúpulos en actuar si Roger Mac avanzara donde no debía?

—Sí —dije.

Él asintió, como si verificara algo para sí mismo.

—Bueno, la muchacha es bastante honesta. Todos los MacKenzie de Leoch son orgullosos como Lucifer y, además, muy celosos. No es conveniente hacerlos enfadar, y mucho menos traicionarlos.

Lo contemplé con recelo por encima de la taza de té, preguntándome adónde quería llegar con esa afirmación.

—Siempre he creído que la característica que mejor los definía era su encanto, junto con la astucia. En cuanto a la traición, tus dos tíos eran expertos en ello.

—Las dos cosas van unidas, ¿no es cierto? —preguntó él, extendiendo la mano para hundir una cucharita en la mermelada—. Has de camelar a alguien antes de traicionarlo, ¿no? Y me inclino a pensar que un hombre que traiciona es el primero en enfadarse si es traicionado. O una mujer —añadió con delicadeza.

—Ah, ¿en serio? —pregunté, tomando mi té con gran placer—. Te refieres a Yocasta.

Visto de este modo, podía entenderlo. Los MacKenzie de Leoch tenían personalidades fuertes; yo, por mi parte, me preguntaba cómo habría sido el abuelo materno de Jamie, el famoso Jacob *el Rojo*; y ya había observado en otras ocasiones pequeñas similitudes de comportamiento entre Yocasta y sus hermanos mayores.

Colum y Dougal eran del todo leales el uno con el otro, pero con nadie más. Y Yocasta estaba esencialmente sola, separada de su familia desde que se había casado por primera vez, a los quince años. Al ser mujer, era natural que el encanto fuera más evidente en ella, pero eso no significaba que no fuera astuta. Y suponía que también celosa.

—Bueno, está claro que sabía que Hector la traicionaba, y me pregunto si pintó ese retrato de Fedra como forma de anunciar al mundo en general que lo sabía, o sólo como un mensaje privado para Hector. Pero ¿qué tiene que ver todo aquello con la situación actual?

Jamie negó con la cabeza.

—Hector, no —dijo—. Duncan.

Lo miré boquiabierta. Más allá de todas las otras cuestiones, Duncan era impotente; él mismo se lo había dicho a Jamie antes de contraer matrimonio con Yocasta. Jamie sonrió torciendo un poco la boca y, estirando el brazo sobre la mesa, posó su pulgar bajo mi mentón y me cerró la boca con suavidad.

—Es una idea, Sassenach, eso es todo. Pero creo que tendría que hablar con él. ¿Me acompañas?

Duncan se encontraba en la pequeña sala que usaba como despacho privado, situada sobre los establos, junto con las minúsculas habitaciones donde se alojaban los mozos de cuadra. Estaba desplomado en una silla, contemplando las desordenadas pilas de papeles y los polvorientos libros de actas que se habían acumulado en todas las superficies horizontales.

Parecía exhausto y bastante más mayor que la última vez que lo había visto en la barbacoa de Flora MacDonald. Su cabello gris estaba clareando, y cuando se volvió para saludarnos, la luz del sol brilló en su cara y pude ver la delgada línea del labio leporino que Roger había mencionado, oculta en su exuberante bigote.

Algo vital parecía haberlo abandonado, y cuando Jamie abordó con tacto el tema que nos había conducido allí, no intentó negarlo. De hecho, parecía contento de poder hablar de ello.

—De modo que has tenido relaciones con la muchacha, ¿verdad, Duncan? —Le preguntó Jamie directamente, deseando aclarar el hecho.

—Bueno, no —respondió él—. Me habría gustado, desde luego... pero como ella dormía en el vestidor de Yo... —Su rostro adquirió un profundo y poco saludable color rojo por aquella referencia a su esposa.

—Quiero decir, has tenido conocimiento carnal de la mujer, ¿no? —preguntó Jamie con paciencia.

—Ah, sí. —Tragó saliva—. Sí, en efecto.

—¿Cómo? —pregunté sin rodeos.

Duncan se sonrojó aún más, tanto que temí que tuviera una apoplejía allí mismo. Resopló como una orca durante un instante, y por último su piel comenzó a apagarse hasta recuperar un tono más o menos normal.

—Ella me daba de comer —dijo por fin, pasándose la mano por los ojos en un gesto de cansancio—. Todos los días.

Yocasta se levantaba tarde y desayunaba en su habitación, ayudada por Ulises, mientras planeaba su día. Duncan, que se había levantado siempre, todos los días de su vida, antes del alba, por lo general esperando un mendrugo seco o, en el mejor de los casos, un poco de *drammach* —harina de avena mezclada con agua—, de pronto despertaba y se encontraba con una jarra humeante de té junto a su cama, acompañada de un cuenco de cremosas gachas con abundante miel y nata, tostadas untadas de manteca, huevos fritos y jamón.

—A veces, un pescadito rebozado con harina de maíz, crujiente y dulce —añadió, recordando con tristeza.

—Bueno, sin duda, eso es muy seductor, Duncan —dijo Jamie compasivo—. Un hombre es vulnerable cuando tiene hambre. —Me dirigió una mirada irónica—. Pero aun así...

Duncan se había mostrado agradecido con Fedra por su amabilidad y, como era un hombre, había manifestado admiración por su belleza, aunque de una forma del todo desinteresada, según nos aseguró.

—Claro —dijo Jamie con marcado escepticismo—. ¿Qué ocurrió?

La respuesta fue que a Duncan se le había caído la manteca mientras trataba de untar la tostada con una sola mano. Fedra había corrido a recoger los pedacitos del plato roto y luego había cogido un trapo para limpiar las manchas de manteca del suelo... y después del pecho de Duncan.

—Bueno, yo estaba en camisa de dormir —murmuró, al mismo tiempo que empezaba a ruborizarse—. Y ella estaba... ella tenía... —Su mano se levantó e hizo vagos movimientos en las proximidades de su pecho, lo que tomé como un indicio de que el corpiño de Fedra había mostrado sus senos de una manera particularmente ventajosa.

—¿Y? —Jamie lo presionó sin ninguna piedad.

Y, al parecer, la anatomía de Duncan había tomado nota del hecho, una circunstancia admitida con una modestia tan estrangulada que apenas pudimos oírlo.

—Pero yo pensaba que tú no... —comencé a decir.

—Ah, no podía —se apresuró a responder—. Sólo por la noche, es decir, en sueños. Pero no despierto, desde que sufrí aquel accidente. Tal vez se debió a que era muy temprano por la mañana; mi miembro creyó que yo todavía dormía.

Jamie emitió un ruidito escocés que expresaba una duda considerable ante aquella suposición, pero, con cierta impaciencia, instó a Duncan a que siguiera.

Al parecer, Fedra también lo advirtió.

—Ella sólo sentía pena por mí —dijo Duncan con franqueza—. Pude darme cuenta de ello. Pero puso la mano sobre mí, suave... Oh, tan suave —repitió, en un tono de voz casi inaudible.

Él estaba sentado en la cama y permaneció sentado allí, en mudo asombro, cuando ella apartó la bandeja del desayuno, le levantó la camisa de dormir, trepó a la cama con las faldas meticulosamente subidas por encima de sus muslos marrones y redondeados, y con gran ternura y delicadeza, dio la bienvenida al regreso de su hombría.

—¿Una vez? —exigió saber Jamie—. ¿O hubo más?

Duncan se agarró la cabeza con las manos, en una confesión bastante elocuente, dadas las circunstancias.

—¿Cuándo tiempo duró esa... eh... relación? —pregunté con más delicadeza.

Dos meses, quizá tres. No todos los días, se apresuró a añadir; sólo cada cierto tiempo. Y habían tomado muchas precauciones.

—Jamás deseé avergonzar a Yo, ¿sabéis? —dijo con seriedad—. Y sabía bien que no debía hacerlo, era un pecado terrible y, sin embargo, no podía dejar de... —Se interrumpió y tragó saliva—. Lo que ha ocurrido ha sido por mi culpa. ¡Que el pecado caiga sobre mí! ¡Oh, mi pobre muchacha...!

Se quedó en silencio, moviendo la cabeza como un perro viejo, triste y sarnoso. Sentí una pena terrible por él, más allá de la moralidad de la situación. El cuello de su camisa estaba mal colocado, y tenía mechones de su cabello canoso atrapados bajo la chaqueta; los saqué con cuidado y le enderecé el cuello, pero él no prestó atención.

—¿Crees que está muerta? —le preguntó Jamie quedamente, y Duncan palideció; la piel se tornó del mismo gris que el cabello.

—No me atrevo a pensarlo, Mac Dubh —dijo, y sus ojos se llenaron de lágrimas—. Y... y... sin embargo...

Jamie y yo intercambiamos una mirada de inquietud. Fedra no se había llevado dinero. ¿Cuán lejos una esclava podría llegar sin que la vieran, después de que se hubiera anunciado su búsqueda, sin disponer de ningún caballo, dinero o cualquier cosa más allá de un par de zapatos de cuero? Un hombre tal vez podría llegar a las montañas y arreglárselas para sobrevivir en el bosque si era fuerte y hábil, pero ¿una muchacha? ¿Una sierva doméstica?

Alguien la había raptado... si no era así, es que estaba muerta.

Pero ninguno de nosotros quiso expresar esa idea en voz alta. El pecho de Jamie se hinchó con un gran suspiro, y después de sacarse un pañuelo limpio de la manga, se lo puso a Duncan en la mano.

—Rezaré por ella, Duncan... esté donde esté. Y por ti, *a charaid*... y por ti.

Duncan asintió, sin levantar la mirada, aferrando con fuerza el pañuelo. Estaba claro que cualquier intento de reconfortarlo sería inútil, de modo que finalmente lo dejamos allí sentado, en su cuarto minúsculo y cerrado, sin salida al mar.

Regresamos poco a poco y en silencio, cogidos de la mano, sintiendo una fuerte necesidad de tocarnos. El día era luminoso, pero se avecinaba una tormenta; unas nubes deshilachadas venían del este y la brisa llegaba en corrientes que arremolinaban mis faldas como una sombrilla que giraba.

El viento era más suave en la terraza posterior, protegida, como estaba, por el muro alto. Mirando desde allí, podía ver la ventana por la que Fedra había estado observando cuando la encontré, la noche de la barbacoa.

—Ella me dijo que algo iba mal —comenté—. La noche de la barbacoa de la señora MacDonald. Algo la preocupaba.

Jamie me clavó una mirada de interés.

—¿Ah, sí? Pero no se referiría a Duncan, ¿verdad? —objetó.

—No, claro. —Me encogí de hombros, impotente—. Ella misma no parecía saber qué era lo que iba mal; sólo que no dejaba de decirlo: «Algo va mal.»

Jamie respiró hondo y resopló, moviendo la cabeza.

—En cierta manera espero que, fuera lo que fuese, tuviera que ver con su partida. Porque si no estaba relacionado con ella y con Duncan... —Se interrumpió, pero a mí no me costó nada terminar la frase.

—Entonces tampoco tenía que ver con tu tía —dije—. Jamie, ¿realmente crees que Yocasta puede haber mandado que la mataran?

Decirlo en voz alta debía sonar ridículo. No obstante, lo peor de todo era que no era así.

Jamie hizo ese pequeño gesto, como encogiéndose de hombros, que hacía cuando estaba muy incómodo respecto a algo, como si la chaqueta le fuera demasiado estrecha.

—Si pudiera ver, lo creería... al menos lo consideraría posible —dijo—. Haber sido traicionada por Hector... y ella ya lo culpaba por la muerte de sus hijas. De modo que sus hijas están muertas, pero Fedra está viva, todos los días, como un constante recordatorio del insulto. Y luego ser traicionada de nuevo por Duncan... ¿con la hija de Hector?

Jamie se pasó un nudillo bajo la nariz.

—Creo que cualquier mujer de mucho temple se sentiría... tentada a ello.

—Sí —dije, imaginando lo que yo podría pensar o sentir en esas mismas circunstancias—. Por supuesto. Pero ¿tentada a asesinar? Porque es de eso de lo que estamos hablando, ¿no? ¿No podría haberse limitado a vender a la muchacha?

—No —contestó él reflexivamente—. No. Establecimos cláusulas para salvaguardar el dinero cuando ella se casó, pero no la propiedad. Duncan es el propietario de River Run... y de todo lo que hay aquí.

—Incluida Fedra. —Me sentí vacía y un poco asqueada.

—Como he dicho, si ella pudiera ver, esa posibilidad no me sorprendería en absoluto. Pero en las circunstancias actuales...

—Ulises —dije con certeza, y él asintió a regañadientes.

Ulises no era sólo los ojos de Yocasta, sino también sus manos. No creía que hubiera matado a Fedra por orden de su dueña, pero si Yocasta hubiese envenenado a la chica, por ejemplo, sin duda Ulises la habría ayudado a deshacerse del cadáver.

Sentí un extraño aire de irrealidad... incluso con lo que sabía de la familia MacKenzie, discutir de forma serena la posibilidad de que la anciana tía de Jamie hubiera asesinado a alguien... Y no obstante... yo conocía a los MacKenzie.

—Si es que mi tía tuvo algo que ver con todo este asunto —añadió Jamie—. Después de todo, Duncan ha dicho que habían sido discretos. Y también es muy posible que alguien raptara a la muchacha; tal vez el hombre que mi tía recuerda de Coigach. Tal vez él creyera que Fedra podría ayudarlo a llegar hasta el oro, ¿no?

Era una idea un poco más optimista. Y era coherente con la premonición de Fedra —si, en efecto, había sido eso—, que había tenido lugar el mismo día en que se había presentado el hombre de Coigach.

—Supongo que lo único que podemos hacer es rezar por ella, pobrecilla —dije—. No creo que haya algún santo patrono de las personas secuestradas, ¿o sí?

—San Dagoberto —respondió él de inmediato, haciendo que lo mirara fijamente.

—Te lo estás inventando.

—Por supuesto que no —repuso con dignidad—. Santa Athelais es otra, y creo que tal vez mejor, ahora que lo pienso. Era una joven romana que fue secuestrada por el emperador Justiniano, que deseaba propasarse con ella, que había hecho voto de castidad. Pero ella huyó y se fue a vivir con su tío a Benevento.

—Bien hecho. ¿Y san Dagoberto?

—Un rey de algún lugar... ¿Franco, tal vez? En cualquier caso, su tutor se enfrentó a él cuando era un niño, lo secuestró y lo envió a Inglaterra, para que en su lugar reinara el hijo del tutor.

—¿Dónde has aprendido todas esas cosas? —exigí saber.

—Del hermano Policarpo, en la abadía de Santa Ana —contestó, torciendo la boca en una sonrisa—. Cuando no podía dormir, él venía y me contaba historias de santos, durante horas enteras. No siempre me hacían dormir, pero después de una hora o más de escuchar relatos sobre mártires santas a las que les amputaban los pechos o les clavaban ganchos de hierro por todo el cuerpo, cerraba los ojos y fingía bastante bien.

Jamie me quitó la cofia y la puso sobre el alféizar de la ventana. El aire sopló entre mi cortísimo cabello, agitándolo como la hierba de un prado, y él me sonrió cuando me miró.

—Pareces un muchacho, Sassenach —dijo—. Aunque maldita seas si alguna vez he visto a un muchacho con un culo como el tuyo.

—Muchas gracias —contesté, absurdamente complacida. Había comido como una vaca los últimos dos meses, había dormido muy bien por las noches, y sabía que mi aspecto había mejorado mucho, a pesar del cabello. De todas formas, no me venía mal comprobarlo.

—Te deseo, *mo nighean donn* —dijo con delicadeza, y me rodeó la muñeca con los dedos, dejando que las yemas descansaran suavemente sobre mi pulso.

—¿De modo que los MacKenzie de Leoch suelen ser muy celosos? —quise saber. Podía sentir mi pulso estable bajo sus dedos—. Encantadores, astutos y dados a la traición. —Le toqué el labio, lo recorrí con el pulgar, sintiendo el agradable roce de los minúsculos pelos de su barba—. ¿Todos?

Él bajó los ojos y de pronto me clavó una mirada oscura y azul en la que el humor y la tribulación se mezclaban con muchas otras cosas que no pude descifrar.

—¿Crees que yo no? —preguntó, y sonrió con cierta tristeza—. Jesús y María te bendigan, Sassenach. —Y se inclinó para besarme.

No podíamos entretenernos en River Run. Los prados de aquel valle ya habían sido cosechados y la tierra estaba removida; la tierra nueva y oscura estaba repleta de los restos de tallos secos; en poco tiempo la nieve comenzaría a caer en la montaña.

Habíamos hablado del tema una y otra vez, sin llegar a ninguna conclusión provechosa. No había nada más que pudiéramos hacer para ayudar a Fedra, excepto rezar. Pero aparte de eso... había que pensar en Duncan.

Porque se nos había ocurrido a los dos que, si Yocasta se había enterado de su romance con Fedra, era probable que su furia no se limitara a la joven esclava. Tal vez estuviera tomándose su tiempo, pero jamás olvidaría la afrenta. No conocía a ningún escocés que lo hiciera.

Nos despedimos de ella al día siguiente después del desayuno; la encontramos en su salón privado, bordando un tapete de mesa. La cesta de hilos de seda estaba sobre su falda, con los colores cuidadosamente dispuestos en espiral, de manera que pudiera escoger el que quisiera con el tacto, y la tela terminada caía hacia un lado, en un metro y medio de paño bordado con un complicado dibujo de manzanas, hojas y vides; o no, como me di cuenta cuando cogí un extremo del paño para observarlo mejor. No eran vides. Eran serpientes, verdes y escamosas, de ojos negros, que se enroscaban con maldad. De vez en cuando, alguna abría la boca para mostrar sus colmillos con el fin de proteger los frutos rojos esparcidos.

—El jardín del Edén —me explicó, frotando el dibujo con suavidad entre los dedos.

—Qué hermoso —respondí, preguntándome cuánto tiempo llevaría trabajando en ello. ¿Lo habría comenzado antes de la desaparición de Fedra?

Después de una charla sobre temas menores, apareció Josh, el mozo de cuadra, para informarnos de que nuestros caballos estaban listos. Jamie asintió, le indicó que se marchara y se puso en pie.

—Tía —le dijo a Yocasta en tono despreocupado—. Me tomaría muy a mal que Duncan sufriera algún daño.

Ella se puso tensa y sus dedos se paralizaron.

—¿Por qué habría de sufrir algún daño? —preguntó, alzando el mentón.

Jamie no respondió de inmediato, sino que se quedó contemplándola de pie, con una expresión bastante compasiva. Luego se inclinó, de modo que ella pudiera sentir su presencia próxima y acercó la boca a su oreja.

—Lo sé, tía —dijo en voz baja—. Y si no deseas que nadie más comparta ese conocimiento... entonces creo que encontraré a Duncan perfectamente bien cuando regrese.

Ella se quedó sentada, inmóvil, como si se hubiera convertido en una estatua de sal. Jamie se puso en pie, hizo un gesto hacia la puerta y nos despedimos. Miré hacia atrás desde el umbral y vi que Yocasta seguía allí sentada, con la cara blanca como el lino que tenía en la mano y con las pequeñas bolas de hilo de color caídas de la falda, desenrollándose en el suelo.

73

Jugar a dos bandas

Con la partida de Marsali, la elaboración de whisky resultaba más difícil. Entre Bree, la señora Bug y yo habíamos conseguido hacer uno o dos malteados más antes de que el clima fuera demasiado frío y lluvioso, pero faltó poco, y con gran alivio logramos trasvasar el último grano malteado al alambique. Una vez puesto a fermentar, pasaba a ser responsabilidad de Jamie, ya que él no le confiaba a ninguna otra persona la delicada tarea de juzgar el gusto y la graduación alcohólica.

De todas formas, era menester que el fuego bajo el alambique estuviera siempre al nivel correcto, para mantener el proceso de fermentación sin estropear la malta y para luego destilarla una vez que la fermentación hubiera concluido. Eso significaba que él vivía —y dormía— junto al alambique durante los escasos días que eran necesarios para producir cada partida. Por lo general, yo le llevaba la cena y me quedaba a su lado hasta que oscurecía, pero me sentía sola sin él en mi cama, y me alegré mucho cuando vertimos en toneles los últimos litros del nuevo whisky.

—Ah, huele bien. —Olfateé con alegría el interior de un tonel vacío; era uno de los especiales que Jamie había conseguido gracias a los amigos navegantes de lord John; estaba tostado en su interior, como un tonel de whisky normal, pero antes se había usado para almacenar jerez. El dulce y suave espíritu del jerez junto con el ligero aroma del tueste y el olor picante y sin refinar del whisky nuevo bastaban para que la cabeza me diera vueltas de una manera muy agradable.

—Sí, es una partida reducida, pero no mala —admitió Jamie, aspirando el aroma como un perfumista. Levantó la cabeza y examinó el cielo; el viento soplaba con fuerza y empujaba unas amenazadoras nubes oscuras y gruesas—. Son sólo tres toneles —dijo—. Si crees que puedes arreglártelas con uno, Sassenach, yo tomaré los otros. Me gustaría ponerlos a buen recaudo y no tener que desenterrar uno de la nieve la semana siguiente.

Caminar casi un kilómetro en medio de un viento intenso, cargando o haciendo rodar un tonel de casi veintitrés litros, no era ninguna broma, pero Jamie tenía razón respecto a la nieve. Todavía no hacía tanto frío como para que nevara, pero faltaba poco. Suspiré pero asentí, y entre los dos conseguimos arrastrar poco a poco los toneles hasta donde guardábamos las reservas de whisky, ocultas entre rocas y andrajosas vides.

Yo había recuperado las fuerzas, pero, aun así, cada uno de mis músculos temblaba y se contraía a modo de protesta cuando concluimos, y no puse ninguna objeción a la propuesta de Jamie de sentarnos a descansar antes de regresar a casa.

—¿Qué piensas hacer con esto? —pregunté, señalando las reservas—. ¿Guardarlo o venderlo?

Jamie se apartó un mechón de cabello suelto de la cara, entornando los ojos a causa de un remolino de polvo y hojas que volaban hacia él.

—Tengo que vender uno para comprar las semillas de la primavera. Guardaremos otro para que envejezca, y creo que tal vez pueda darle un buen uso a la última. Si Bobby Higgins vuelve a pasar por aquí antes de la nevada, mandaré media docena de botellas a Ashe, a Harnett, a Howe y a otros más, como un pequeño símbolo de mi perdurable estima, ¿no? —Me sonrió irónico.

—Bueno, he oído ofertas peores —dije, divertida. Le había costado bastante volver a caer en gracia al comité de correspondencia de Carolina del Norte, pero varios de sus miembros habían empezado a responder de nuevo a sus cartas; con cautela pero también con respeto.

—No creo que ocurra nada importante durante el invierno —comentó Jamie con aire pensativo, frotándose la nariz enrojecida por el frío.

—Probablemente, no.

Massachusetts, donde había tenido lugar la mayoría de los alzamientos, ahora estaba ocupada por un tal general Gage, y lo último que habíamos oído era que había fortificado Boston Neck, la estrecha franja de tierra que unía la ciudad con tierra firme, lo que significaba que Boston había quedado aislada del resto de la colonia y estaba sitiada.

Sentí una pequeña punzada al pensarlo; yo había vivido en Boston durante casi veinte años, y tenía cariño a esa ciudad, aunque sabía que en ese momento no la reconocería.

—John Hancock, un comerciante de la zona, encabeza, según Ashe, el comité de seguridad. Han decidido reclutar por lo menos a doce mil milicianos, y quieren adquirir alrededor de cinco mil mosquetes; con los problemas que he tenido para conseguir treinta, lo único que puedo decir es que les deseo buena suerte.

Me reí, pero antes de que pudiera responderle, Jamie se puso rígido.

—¿Qué es eso? —Su cabeza giró de golpe y me puso una mano en el brazo.

Bruscamente silenciada, contuve el aliento y me dispuse a escuchar. A mi espalda, el viento agitó las hojas secas de la parra silvestre con un crujido como de papel, y en la distancia pasó una bandada de cuervos, peleándose con estridentes alaridos.

Entonces yo también lo oí; un sonido pequeño, desolado y muy humano. Jamie ya se había puesto en pie y estaba abriéndose camino con cuidado entre las rocas caídas. Se agachó detrás del dintel formado por una losa de granito inclinada y yo comencé a seguirlo. Se detuvo de inmediato, lo que hizo que casi chocara con él.

—¿Joseph? —dijo en tono de incredulidad.

Me asomé tras él todo lo que pude. Para mi sorpresa, se trataba, efectivamente, del señor Wemyss, sentado sobre una roca con los hombros encorvados y con una jarra de piedra entre sus rodillas huesudas. Había estado llorando; tenía la nariz y los ojos rojos, de manera que se asemejaba todavía más a un ratoncillo blanco. Además, estaba muy borracho.

—Ah —dijo, parpadeando y mirándonos desesperado—.

—¿Está usted... bien, Joseph? —Jamie se acercó y extendió la mano con delicadeza, como si temiera que el señor Wemyss fuera a romperse si lo tocaba.

Y así era; cuando tocó al hombrecillo, su cara se arrugó como un papel, y sus delgados hombros empezaron a sacudirse de manera incontrolada.

—Lo siento tanto, señor... —no paraba de decir, entre lágrimas—. ¡Lo siento tanto!

Jamie me dirigió una mirada que imploraba «Haz algo, Sassenach», y yo me arrodillé rápidamente, rodeé los hombros del señor Wemyss con mis brazos y palmeé su escuálida espalda.

—Bueno, bueno —dije, respondiéndole a Jamie con una mirada que decía «¿Y ahora qué?», por encima de los enclenques hombros del señor Wemyss—. Estoy segura de que todo saldrá bien.

—Ah, no —replicó él hipando—. Ah, no puede ser. —Volvió su cara surcada de pena hacia Jamie—. No puedo soportarlo, señor, de verdad que no puedo.

Los huesos de Wemyss parecían delgados y quebradizos, y él tiritaba sin cesar, puesto que no llevaba más que una camisa fina y unos pantalones, y el viento comenzaba a gemir entre las rocas. Las nubes se hicieron más gruesas y, de pronto, la luz de la pequeña hondonada desapareció, como si alguien hubiera corrido una cortina impenetrable.

Jamie se desabrochó la capa y se la puso a Wemyss con cierta torpeza; luego se sentó en cuclillas sobre otra roca.

—Cuénteme cuál es el problema, Joseph —dijo con mucha delicadeza—. ¿Acaso ha muerto alguien?

El señor Wemyss hundió la cara entre las manos y sacudió la cabeza como un metrónomo. Murmuró algo, que yo entendí como «Sería mejor si lo estuviera».

—¿Lizzie? —pregunté, intercambiando una mirada confusa con Jamie—. ¿Se refiere a Lizzie? —A la hora del desayuno estaba perfectamente, ¿qué demonios...?

—Primero Manfred McGillivray —dijo Wemyss, levantando la cara de las manos—. Y luego Higgins. ¡Como si un degenerado y un asesino no fueran suficientes, ahora esto!

Las cejas de Jamie se levantaron de repente y él me miró. Me encogí de hombros. La gravilla me arañaba las rodillas, así que me puse de pie con rapidez y la sacudí.

—¿Está diciendo que Lizzie está, eh,... enamorada de alguien... impropio? —pregunté con delicadeza.

El señor Wemyss se estremeció.

—Impropio —contestó, en un tono hueco—. Santo Dios... ¡Impropio!

Nunca había oído blasfemar al señor Wemyss; resultaba perturbador.

Volvió sus salvajes ojos hacia mí, con el aspecto de un gorrión demente, acurrucado en las profundidades de la capa de Jamie.

—¡Lo he dado todo por ella! —exclamó—. ¡Me he vendido a mí mismo, y con gusto, para salvarla de la deshonra! Dejé mi casa, abandoné Escocia, sabiendo que jamás volvería a verla, que dejaría mis huesos en esta tierra extranjera. Y, sin embargo, jamás le he dicho una palabra de reproche a ella, a mi querida muchachita, puesto que ¿por qué debería ser culpa suya? Y ahora... —Lanzó una mirada vacía y poseída a Jamie—. ¡Dios mío! ¡Dios mío! ¿Qué he de hacer? —susurró. Una corriente de viento tronó entre las rocas y agitó su capa, cubriéndolo momentáneamente en una mortaja gris, como si la angustia se lo hubiese tragado por completo.

Yo aferré mi propia capa para evitar que el viento se la llevara; era tan intenso que casi perdí el equilibrio. Jamie entornó los ojos para protegerlos del polvo y la tierra fina que nos rodeaba, y apretó los dientes por la incomodidad. Se rodeó con los brazos, tiritando.

—Entonces ¿la muchacha está embarazada, Joseph? —preguntó, con el evidente deseo de llegar al fondo del asunto y regresar a casa.

La cabeza del señor Wemyss asomó entre los pliegues de la capa, con el rubio cabello enmarañado y rígido como la paja de una escoba. Asintió, parpadeando con los ojos enrojecidos, luego cogió la jarra y, levantándola con manos temblorosas, le dio varios sorbos. Vi una sola «X» marcada en la jarra; con su característica modestia, había cogido una jarra del whisky nuevo y crudo, no del tonel del whisky añejo, que era de calidad superior.

Jamie suspiró, extendió la mano, le quitó la jarra y le dio un buen sorbo.

—¿De quién? —quiso saber, devolviéndosela—. ¿Mi sobrino?

El señor Wemyss lo miró con los ojos abiertos como platos.

—¿Su sobrino?

—Ian Murray —intervine para ayudarlo—. Un muchacho alto de cabello castaño, con tatuajes...

Jamie me lanzó una mirada en la que sugería que tal vez mi ayuda no fuera tan útil como yo creía, pero la expresión de Wemyss siguió siendo la misma.

—¿Ian Murray? —Entonces, al parecer, el nombre entró a través de la niebla del alcohol—. Ah, no. ¡Por Dios, ojalá! Le daría mis bendiciones —exclamó con fervor.

Intercambié otra mirada con Jamie. Aquello parecía serio.

—Joseph —dijo, con un ligero tono amenazador—, hace frío. —Se limpió la nariz con el dorso de la mano—. ¿Quién ha mancillado a su hija? Dígame el nombre y me ocuparé de que la despose mañana mismo o que esté muerto a sus pies, lo que usted prefiera. Pero hagámoslo dentro, junto al fuego, ¿de acuerdo?

—Beardsley —dijo el señor Wemyss, en un tono que sugería completa desesperación.

—¿Beardsley? —repitió Jamie. Me miró alzando una ceja. No era lo que yo hubiera esperado... pero tampoco me sorprendió tanto—. ¿Qué Beardsley? —preguntó, con una paciencia relativa—. ¿Jo? ¿O Kezzie?

El señor Wemyss lanzó un suspiro que pareció salir del fondo de sus pies.

—Ella no lo sabe —respondió sin expresión alguna.

—¡Santo Dios! —exclamó Jamie involuntariamente. Volvió a coger el whisky y bebió una buena cantidad.

—Ejem —dije, dirigiéndole una mirada significativa cuando soltó la jarra. Me la pasó sin hacer ningún comentario y se enderezó en su roca, con la camisa pegada al pecho por el viento y el cabello volando suelto detrás de él.

—Bueno —anunció con firmeza—. Traeremos a los dos y averiguaremos la verdad.

—No —replicó Wemyss—. Es imposible. Ellos tampoco lo saben.

Yo acababa de tomar un sorbo de alcohol sin refinar. Cuando oí esas palabras, me atraganté y el whisky se deslizó por mi mentón.

—¿Qué? —graznée, limpiándome la cara con una esquina de la capa—. ¿Quiere decir... los dos?

El señor Wemyss me miró. Pero en lugar de responder, parpadeó una vez. Luego los ojos se le pusieron en blanco y cayó de la roca, como si lo hubieran dejado inconsciente de un puñetazo.

• • •

Logré que el señor Wemyss recuperara parcialmente la conciencia, pero no tanto como para que pudiera caminar. Jamie, por tanto, se vio obligado a llevar al hombrecillo colgado de los hombros como un ciervo muerto, lo que no era un esfuerzo desdeñable, teniendo en cuenta el escarpado terreno que había entre las reservas de whisky y la nueva sala de malteado, y que el viento nos lanzaba tierra, hojas y piñas. Las nubes, oscuras y sucias como la espuma de una lavandería, se habían apiñado sobre el borde de la montaña, y se extendían con rapidez por todo el cielo. Si no nos dábamos prisa, nos empaparíamos.

El estado del camino mejoró una vez que llegamos al sendero que conducía a la casa, pero el ánimo de Jamie no lo hizo, ya que, en ese preciso instante, el señor Wemyss se despertó y vomitó de manera repentina sobre la pechera de su camisa. Después de un apresurado intento de limpiar aquella asquerosidad, reorganizamos nuestra estrategia y avanzamos con Wemyss en precario equilibrio entre los dos, cogiéndolo cada uno de nosotros de un codo mientras él resbalaba y tropezaba, con sus escuálidas rodillas que cedían en momentos inesperados, como Pinocho con las cuerdas cortadas.

Jamie habló consigo mismo y con bastante locuacidad en gaélico durante toda esa etapa del trayecto, pero se detuvo bruscamente cuando llegamos al jardín. Uno de los gemelos Beardsley se encontraba allí, atrapando gallinas para la señora Bug antes de que llegara la tormenta; ya había cogido dos y las sostenía boca abajo, por las patas, formando un poco elegante ramo de colores marrones y amarillos. Se detuvo cuando nos vio y miró con curiosidad al señor Wemyss.

—Qué... —comenzó a decir el muchacho. Pero no llegó más lejos; Jamie soltó el brazo del señor Wemyss, dio dos zancadas, y golpeó al gemelo Beardsley en el estómago con tanta fuerza que éste se dobló, soltó las gallinas, retrocedió tambaleándose y cayó al suelo. Las gallinas huyeron entre una nube de plumas y chillidos.

El muchacho se retorció en el suelo, boqueando en un vano intento de coger aire, pero Jamie no le prestó atención. Se agachó, cogió al chico del pelo y le habló fuerte, claro y directo al oído; supuse que lo hacía así por si se trataba de Kezzie.

—Trae a tu hermano. A mi estudio. Ahora.

El señor Wemyss había estado observando esa interesante escena con un brazo sobre mis hombros, para sostenerse, y con la boca abierta. La mantuvo abierta mientras volvía la cabeza y seguía a Jamie con la mirada, cuando éste se acercó a nosotros con grandes zancadas. Pero parpadeó y la cerró en el momento en que Jamie lo cogió del otro brazo y, apartándolo de mí, lo empujó hacia la casa sin mirar hacia atrás.

Yo lancé una mirada de reproche al Beardsley que estaba en el suelo.

—¿Cómo has podido? —pregunté.

Hizo gestos mudos con la boca, como si se tratara de un pececillo, con los ojos muy abiertos, y luego logró emitir un largo *jiiiii* al inspirar, y su cara se tornó de un intenso color morado.

—¿Jo? ¿Qué ocurre? ¿Estás herido? —Lizzie apareció entre los árboles con un par de gallinas agarradas de las patas en cada mano. Miraba con el ceño fruncido de preocupación a... bueno, supuse que se trataría de Jo; si alguien podía distinguirlos, seguramente sería Lizzie.

—No, no está herido —le aseguré—. Aún. —La señalé con un dedo acusador—. Tú, jovencita, mete esas gallinas en su corral y luego...

Vacilé, mirando al muchacho en el suelo. Había recobrado el aliento lo suficiente como para jadear y estaba empezando a incorporarse. No quería llevarla a mi consulta, por si Jamie y el señor Wemyss pensaban destripar a los Beardsley justo al otro lado del pasillo.

—Iré contigo —decidí deprisa, alejándola con un gesto de Jo—. ¡Tú, fuera!

—Pero... —Le lanzó una mirada de desconcierto a Jo; sí, era Jo; él se pasó la mano por el pelo para apartárselo de la cara y pude ver la cicatriz de la quemadura.

—Él se encuentra bien —dije, guiándola hacia el corral de las gallinas con una mano firme en su hombro—. Ve.

Miré hacia atrás y comprobé que Jo Beardsley había logrado ponerse en pie y, con una mano apretada en el estómago, estaba avanzando hacia el establo, con toda probabilidad para ir a buscar a su hermano.

Volví a mirar a Lizzie con furia. Si el señor Wemyss tenía razón y ella estaba embarazada, evidentemente era una de esas personas afortunadas que no tienen náuseas matutinas ni los habituales síntomas digestivos del principio del embarazo; de hecho, tenía un aspecto muy saludable.

Eso mismo debería haberme alertado, supuse, teniendo en cuenta que Lizzie siempre estaba muy pálida y verdosa. Cuando la observé con más detenimiento, noté su suave resplandor sonrosado y el brillo de los pelos que asomaban por debajo de su cofia, cuando, por lo general, su cabello tenía un pálido tono rubio.

—¿De cuánto estás? —pregunté, apartando una rama para que no la golpeara. Ella me dirigió una rápida mirada, tragó saliva visiblemente, y luego se agachó para esquivarla.

—Creo que de cuatro meses —dijo con tranquilidad, sin mirarme—. Eh... ¿Papá se lo ha contado?

—Sí. Tu pobre padre —respondí con severidad—. ¿Nos ha dicho la verdad? ¿Con los dos Beardsley?

Ella encorvó los hombros un poco e inclinó la cabeza, pero asintió de manera casi imperceptible.

—¿Qué... qué les hará el señor? —preguntó, con una voz débil y trémula.

—En realidad, no lo sé. —Dudaba que el mismo Jamie se hubiera formado una idea concreta, aunque sí había mencionado que el bellaco causante del embarazo de Lizzie estaría muerto a los pies de ella si ése era el deseo de su padre.

Ahora que lo pensaba, la alternativa —casarla antes de la mañana siguiente— tal vez ofreciera más dificultades que limitarse a matar a los gemelos.

—No lo sé —repetí.

Habíamos llegado al gallinero, una construcción robusta protegida por un gran arce. Varias gallinas, algo menos estúpidas que sus hermanas, estaban posadas como frutas enormes y maduras en las ramas más bajas, con las cabezas hundidas entre las plumas.

Abrí la puerta, lo que liberó una corriente con intenso olor a amoníaco que salió de la oscuridad interior y, conteniendo la respiración por el hedor, saqué las gallinas de las ramas y las arrojé con brusquedad al interior. Lizzie corrió hacia el bosque cercano, cogió unas gallinas que se ocultaban bajo los arbustos y regresó deprisa para meterlas en el corral. Unas gruesas gotas de lluvia comenzaban a caer, pesadas como guijarros, y provocaban un ruido audible al golpear las hojas que colgaban sobre nosotras.

—¡Date prisa! —Cerré la puerta de un golpe después de meter a la última gallina, eché el cerrojo y cogí a Lizzie de un brazo. Empujadas por una corriente de aire, corrimos hacia la casa, con las faldas revoloteando a nuestro alrededor como alas de palomas.

La cocina de verano era la construcción más próxima; nos lanzamos hacia la puerta justo cuando la lluvia caía con un fuerte estruendo y una sólida lámina de agua golpeaba el tejado de hojalata con un sonido parecido al de unos yunques que se desplomaran sobre nosotras.

Nos quedamos dentro, jadeando. A Lizzie se le había salido la cofia durante la carrera y se le habían deshecho las trenzas, de modo que su cabello se extendía sobre los hombros en mechones rubios y brillantes, un cambio notable del aspecto menudo y huidizo que compartía con su padre. Si la hubiera visto sin su cofia, me habría dado cuenta al instante. Tardé un tiempo en recuperar el aliento, tratando de decidir qué demonios decirle.

Ella, por su parte, estaba arreglándose de una manera muy ostentosa, jadeando y tirando de su corpiño, alisándose la falda, y tratando, todo el tiempo, de no mirarme a los ojos.

Bueno, había una pregunta que me había molestado desde la asombrosa revelación del señor Wemyss, y lo mejor era quitármela de encima de inmediato. El estruendo inicial de la lluvia había disminuido hasta convertirse en un redoble constante; era fuerte, pero al menos era posible hablar.

—Lizzie. —Se estaba alisando la falda cuando levantó la mirada, ligeramente alarmada—. Dime la verdad —dije. Le puse las manos a ambos lados de la cara, y la miré con seriedad a sus ojos azules claros—. ¿Fue una violación?

Ella parpadeó, con una mirada de asombro absoluto que tiñó sus rasgos con más elocuencia que cualquier negación pronunciada en voz alta.

—¡Ah, no, señora! —dijo con la misma firmeza—. ¿Cómo puede pensar que Jo o Kezzie harían algo así? —Lizzie torció un poco sus pequeños labios rosados—. ¿Acaso cree que se turnaron para abusar de mí?

—No —respondí con sequedad, soltándola—. Pero, por si acaso, he creído conveniente preguntarlo.

En realidad, no lo había pensado. Pero los Beardsley eran una mezcla tan extraña de cortesía y salvajismo que era imposible afirmar con seguridad lo que podrían o no podrían llegar a hacer.

—Pero ¿fueron... eh... los dos? Eso es lo que ha dicho tu padre. Pobre hombre —añadí con un tono de reproche.

—Ah. —Ella bajó sus pálidas pestañas, fingiendo que había encontrado un hilo suelto en su falda—. Eh... bueno, sí, así fue. Me siento fatal por haber avergonzado a papá de esa manera. Y en realidad tampoco lo hicimos a propósito...

—Elizabeth Wemyss —dije con bastante aspereza—. Más allá de una violación, y ya hemos descartado eso, no es posible mantener relaciones sexuales con dos hombres sin proponérselo. Con uno, tal vez, pero no con dos. Y ahora que hablamos de eso —vacilé, pero la vulgar curiosidad me dominó—. ¿Los dos a la vez?

Ella pareció bastante sorprendida al oírlo, lo que en cierta manera me alivió.

—¡Ah, no, señora! Fue... Quiero decir, no sabía que... —Se interrumpió, con un fuerte tono rosado en las mejillas.

Saqué dos banquetas de debajo de la mesa y empujé una en su dirección.

—Siéntate —dije— y cuéntamelo todo. No iremos a ninguna parte durante un buen rato —añadí, echando una mirada a través de la puerta entreabierta al aguacero que caía fuera. Una niebla plateada se alzaba hasta las rodillas por el jardín, mientras las gotas de lluvia golpeaban la hierba en pequeñas explosiones de rocío, y su intenso olor inundaba la estancia.

Lizzie vaciló, pero aceptó la banqueta. Me di cuenta de que estaba haciéndose a la idea de que no le quedaba más remedio que explicarse... si es que aquella situación tenía explicación.

—Tú, eh, has dicho que no sabías —dije, tratando de ofrecerle un modo de empezar—. Quieres decir... que pensabas que sólo era uno de los gemelos, pero ellos, eh, ¿te engañaron?

—Bueno, sí —respondió, y respiró profundamente el aire fresco—. Algo así. Ocurrió cuando usted y el señor se marcharon a Bethabara en busca de la nueva cabra. La señora Bug estaba en cama con lumbago, y sólo quedábamos papá y yo en la casa, pero entonces él fue a Woolam para traer harina, de modo que me quedé sola.

—¿A Bethabara? ¡Eso fue hace seis meses! Y tú estás de cuatro... ¿Quieres decir que todo este tiempo has...? Bueno, no importa. ¿Qué ocurrió, entonces?

—La fiebre —se limitó a responder—. Volvió.

Ella estaba recogiendo leña cuando sufrió el primer escalofrío de la malaria. Se dio cuenta de qué era, dejó caer la leña y trató de llegar a la casa, pero cayó en mitad del camino, con los músculos flojos como un hilo.

—Estaba tumbada en el suelo —explicó—, y sentí que de nuevo tenía fiebre. Es como una gran bestia, ¿sabe? Yo notaba cómo me cogía entre sus mandíbulas y me mordía... Es como si mi sangre se calentara y luego se enfriara, y sus dientes se hundieran en mis huesos. Luego tengo la impresión de que se clavan en ellos, tratando de partirlos en dos y chupar la médula. —El recuerdo hizo que se estremeciera.

Uno de los Beardsley —creía que era Kezzie, pero no estaba en condiciones de preguntar— la vio en el suelo del jardín, despatarrada. Corrió a buscar a su hermano y entre los dos la levantaron, la llevaron hasta la casa y la acostaron en su cama.

—Me castañeaban tanto los dientes que pensé que se me romperían. Les dije que trajeran el ungüento de bayas de acebo, el ungüento que usted había preparado.

Los gemelos buscaron en el armario de la consulta hasta que lo encontraron y, desesperados a medida que la fiebre subía cada vez más, le quitaron los zapatos y las medias y le untaron el ungüento en las manos y los pies.

—Les dije... les dije que debían frotármelo por todas partes —afirmó, mientras sus mejillas adquirían un intenso color bermellón. Bajó la mirada al tiempo que jugueteaba con un mechón de pelo—. Yo estaba... bueno, casi había perdido la consciencia por la fiebre, señora. Pero sabía que necesitaba la medicina.

Asentí, comenzando a entender. No la culpaba; había visto cómo la malaria podía dominarla. Y, hasta el momento, había hecho lo correcto; necesitaba la medicina, y no podía aplicársela ella misma.

Frenéticos, los dos muchachos hicieron lo que les había dicho: le quitaron la ropa como pudieron y frotaron el ungüento por cada rincón de su cuerpo desnudo.

—A veces perdía la consciencia y luego volvía a recuperarla —explicó—, con alucinaciones de fiebre que salían de mi cabeza y recorrían la habitación, de modo que lo que recuerdo está todo un poco distorsionado. Pero creo que uno de los muchachos le dijo al otro que se estaba manchando con el ungüento, que se estropearía la camisa y que sería mejor que se la quitara.

—Ya veo —dije, y lo veía con claridad—. Y entonces...

Y entonces ella perdió el hilo de lo que ocurría, salvo que cada vez que recuperaba parcialmente la consciencia, los muchachos seguían allí, hablándole a ella y entre sí, y el murmullo de sus voces era como una pequeña ancla con la realidad, y sus manos jamás la abandonaban, acariciándola y serenándola, y luego el intenso olor del acebo que traspasaba el humo del hogar y el aroma de cera de abejas de la vela.

—Me sentí... a salvo —dijo, luchando por encontrar las palabras—. No recuerdo muchos detalles, sólo que abrí los ojos una vez y vi su pecho justo delante de mi cara, y los rizos oscuros alrededor de sus tetillas, y éstas, pequeñitas, marrones y arrugadas, como uvas pasas. —Volvió la cara hacia mí, con los ojos muy abiertos por el recuerdo—. Todavía puedo verlo, como si estuviera delante de mí en este mismo instante. Es raro, ¿no?

—Sí —dije, aunque en realidad no lo era; a veces una fiebre alta podía emborronar la realidad, y, al mismo tiempo, podía grabar algunas imágenes de forma tan profunda en la mente que jamás se olvidaban—. ¿Y luego...?

Luego ella comenzó a sacudirse violentamente con escalofríos y los edredones que le pusieron encima, así como una piedra caliente que le colocaron bajo los pies, no sirvieron de nada. Entonces, uno de los muchachos, en su desesperación, se metió a su lado bajo las mantas y la abrazó, tratando de quitarle el frío de los huesos con su propio calor... que, según pensé con cinismo, debía de ser considerable, a esas alturas.

—No sé cuál de ellos era, o si fue el mismo toda la noche, o si se intercambiaron cada cierto tiempo, pero cada vez que despertaba, estaba allí, rodeándome con los brazos. Y a veces apartaba la manta y me untaba más ungüento en la espalda y por, por... —Se interrumpió, sonrojándose—. Pero cuando me desperté a la mañana siguiente, la fiebre había desaparecido, como siempre ocurre el segundo día.

Lizzie me miró, implorando comprensión.

—¿Conoce la sensación que queda, señora, cuando baja una fiebre fuerte? Siempre es lo mismo, de modo que supongo que será lo mismo para todos. Pero es... plácido. Notas los brazos tan pesados que ni siquiera piensas en moverlos, pero tampoco importa. Y todo lo que ves, todas esas pequeñas cosas a las que no prestas atención día tras día, de pronto reparas en ellas, y son hermosas —dijo con sencillez—. A veces creo que será así cuando muera. Simplemente despertaré y todo será así, sereno y hermoso; salvo que sí podré moverme.

—Pero en esta ocasión despertaste y no podías moverte —proseguí—. Y el muchacho, fuera cual fuese, ¿seguía allí contigo?

—Era Jo —afirmó, asintiendo—. Me habló, pero no presté mucha atención a lo que me decía, y creo que él tampoco.

Se mordió el labio, con sus dientes pequeños, afilados y muy blancos.

—Yo... jamás lo había hecho antes, señora. Pero estuve cerca, en una o dos ocasiones, con Manfred. Y aún más cerca con Bobby Higgins. Pero Jo nunca había besado a una muchacha, y su hermano tampoco. De modo que, ya ve, en realidad fue culpa mía, porque sabía muy bien lo que estaba ocurriendo, pero... los dos estábamos todavía resbaladizos por el ungüento y desnudos bajo las mantas, y... ocurrió.

Asentí, comprendiéndolo a la perfección.

—Sí, me doy cuenta de qué ocurrió, desde luego. Pero luego... eh... siguió sucediendo, supongo, ¿no?

Lizzie frunció los labios, y se sonrojó de nuevo.

—Bueno... sí. En efecto. Es... agradable, señora —susurró, inclinándose un poco hacia mí, como si me estuviera transmitiendo un secreto importante.

Yo me froté con fuerza los labios con un nudillo.

—Sí, cierto. Pero...

Los Beardsley habían lavado las sábanas siguiendo las indicaciones de Lizzie y, cuando su padre regresó, dos días más tarde, no quedaban rastros incriminatorios. Las bayas de acebo habían dado resultado, y si bien ella seguía débil y cansada, le dijo al señor Wemyss que sólo había sufrido un ataque leve.

Mientras tanto, se encontraba con Jo a cada oportunidad, en los altos pastos de verano detrás del cobertizo de los productos lácteos, en el heno recién cortado del establo y, cuando llovía, algunas veces, en la galería de la cabaña de los Beardsley.

—Yo no quería hacerlo dentro, por el olor de las pieles —explicó—. Pero pusimos un viejo edredón en la galería, para que no me salieran ampollas en la espalda, y la lluvia caía a unos centímetros de nosotros... —Miró con nostalgia por la puerta abierta, donde la lluvia había evolucionado hasta convertirse en un susurro constante que hacía temblar las agujas de los pinos.

—¿Y Kezzie? ¿Dónde estaba él cuando todo esto ocurría? —pregunté.

—Ah. Bueno, Kezzie —dijo, tomando un largo aliento.

Habían hecho el amor en el establo, y Jo la había dejado allí, tumbada sobre su capa en el lecho, mirándolo mientras él se levantaba y se vestía. Luego él la había besado y se había vuelto hacia la puerta. Al ver que había olvidado su cantimplora, ella lo llamó en voz baja.

—Y él no respondió, ni se dio la vuelta —comentó—. Y de pronto me di cuenta de que no me había oído.

—Ah, ya veo —dije con suavidad—. Tú, eh, ¿no te percataste de la diferencia?

Me clavó su mirada azul.

—Ahora sí me doy cuenta —respondió.

Pero al principio el sexo era algo tan novedoso —y los hermanos tan inexpertos— que no había notado diferencia alguna.

—¿Cuánto tiempo...? —pregunté—. Quiero decir, ¿tienes alguna idea de cuándo ellos, eh...?

—No estoy segura —admitió—. Pero si tuviera que adivinarlo, creo que la primera vez fue Jo... No, sé con certeza que era Jo, porque le vi el pulgar... pero la segunda vez supongo que fue Kezzie. Ellos lo comparten todo, ¿sabe?

Era cierto. Así que era lo más natural del mundo (para los tres, por supuesto) que Jo quisiera que su hermano compartiera aquella maravilla.

—Sé que parece... extraño —intervino, encogiéndose un poco de hombros—. Y supongo que debería haber dicho o hecho algo, pero no se me ocurría qué. Y, en realidad —añadió, levantando los ojos hacia mí con aire indefenso—, no veía qué había de malo en ello. Son diferentes, sí, pero al mismo tiempo están tan unidos... bueno, era sólo como si estuviera tocando a un único muchacho, y hablando con él... sólo que tenía dos cuerpos distintos.

—Dos cuerpos —dije en un tono un poco lúgubre—. Bueno, sí. Ésa es precisamente la dificultad, ¿sabes? Lo de los dos cuerpos. —La observé de cerca. A pesar de sus antecedentes de malaria y de sus finos huesos, era evidente que estaba más rellenita; tenía unos senos pequeños y regordetes que asomaban por el borde del corpiño y, aunque estaba sentada y no podía asegurarlo, era muy probable que tuviera un trasero acorde. Lo único extraordinario era que hubiera tardado dos meses en quedarse embarazada.

Como si me hubiera leído la mente, dijo:

—Tomé las semillas, ¿sabe? Las que toman usted y la señorita Bree. Me había guardado algunas de cuando estaba prometida con Manfred; me las dio la señorita Bree. Tenía intención de reunir más, pero no siempre lo recordaba, y... —Volvió a encogerse de hombros y se llevó las manos al vientre.

—De modo que decidiste no decir nada —observé—. ¿Tu padre se enteró por casualidad?

—No, se lo expliqué yo —aclaró—. Creí que sería lo mejor antes de que se empezara a notar. Jo y Kezzie me acompañaron.

Eso, desde luego, explicaba el hecho de que el señor Wemyss recurriera a la bebida. Tal vez deberíamos haber traído la jarra en el viaje de regreso.

—Tu pobre padre —volví a decir distraída—. ¿Habéis pensado qué vais hacer?

—Bueno, no —admitió—. No les he contado a los muchachos que iba a tener un bebé hasta esta misma mañana. Parecían un poco desconcertados —añadió, volviendo a morderse el labio.

—Lo imagino. —Miré hacia fuera; seguía lloviendo, pero el aguacero había amainado momentáneamente, y apenas goteaba sobre los charcos del camino. Me froté la cara con una mano, sintiéndome de pronto muy cansada—. ¿A cuál elegirás? —pregunté.

Me clavó una mirada brusca y asustada, y la sangre abandonó sus mejillas.

—No puedes quedarte con los dos, ¿sabes? —añadí con delicadeza—. No es así como funciona.

—¿Por qué? —preguntó, tratando de aparentar descaro, pero le temblaba la voz—. No perjudicamos a nadie. Y no es asunto de nadie, sólo nuestro.

Comencé a sentir yo misma la necesidad de un trago fuerte.

—Ja, ja —contesté—. Intenta explicárselo a tu padre. O al señor Fraser. En una gran ciudad tal vez podrías salirte con la tuya. Pero ¿aquí? Todo lo que ocurre es asunto de todos, y tú lo sabes. Hiram Crombie te lapidaría por fornicación tan pronto te viera si se enterara de lo que ha ocurrido.

Sin esperar respuesta, me puse en pie.

—Bueno. Volvamos a la casa y veamos si ellos todavía están vivos. Tal vez el señor Fraser ya haya resuelto el problema por ti.

Los gemelos seguían vivos, pero no parecían especialmente contentos de estarlo. Estaban sentados hombro con hombro en el centro del despacho de Jamie, apretados el uno contra el otro, como si intentaran fusionarse en un solo ser.

Sus cabezas giraron hacia la puerta al mismo tiempo, con miradas de alarma y preocupación mezcladas con alegría por ver a Lizzie. Yo la llevaba cogida del brazo, pero cuando vio a los gemelos se soltó y corrió hacia ellos lanzando una pequeña exclamación, extendió un brazo alrededor del cuello de cada uno de los muchachos y los apretó contra su pecho.

Vi que uno de los chicos tenía un ojo morado, que empezaba a hincharse; supuse que sería Kezzie, aunque no sabía si eso se debía a la idea de justicia de Jamie o tan sólo a que había encontrado una manera conveniente de asegurarse de que pudiera distinguir cuál era cuál mientras hablaba con ellos.

El señor Wemyss también estaba vivo, aunque no parecía más complacido por ello que los Beardsley. Tenía los ojos rojos, estaba pálido, y aun un poco verdoso, pero al menos estaba sentado erguido, junto a la mesa de Jamie, y parecía razonablemente sobrio. Había una taza de infusión de achicoria frente a él —yo podía olerla—, pero estaba intacta.

Lizzie se arrodilló en el suelo sin soltar a los muchachos, y las tres cabezas se juntaron como las hojas de un trébol, mientras empezaban a murmurar entre sí.

«¿Estás herido?», decía ella. «¿Te encuentras bien?», preguntaban ellos, en una maraña de manos y brazos que mientras tanto examinaban, palpaban, acariciaban y abrazaban. Me recordaban a un pulpo tiernamente atento.

Eché un vistazo a Jamie, que contemplaba esta conducta con cierto grado de cinismo. El señor Wemyss emitió un pequeño gemido y ocultó la cabeza entre las manos.

Jamie se aclaró la garganta con un grave sonido gutural escocés de terrible amenaza, y la escena que tenía lugar en medio de la sala se detuvo como si hubiera caído un rayo. Poco a poco, Lizzie levantó la cabeza para mirarlo, con el mentón bien alto y sus brazos rodeando los cuellos de los gemelos en actitud protectora.

—Siéntate, muchacha —dijo Jamie con relativa suavidad, haciendo un gesto hacia un taburete vacío.

Lizzie se puso en pie y se dio la vuelta, sin dejar de clavarle los ojos. Pero no hizo movimiento alguno para aceptar el taburete que le ofrecía. En cambio, caminó de forma deliberada detrás de los gemelos y se quedó en medio de ambos, poniéndoles las manos sobre los hombros.

—Prefiero permanecer en pie, señor —dijo, con la voz aguda y delgada por el temor, pero llena de determinación.

Igual que un mecanismo de relojería, cada uno de los gemelos cogió la mano que tenía sobre el hombro y sus rostros asumieron similares expresiones de aprensión combinada con tenacidad.

Jamie decidió no insistir en ese tema; en cambio, me hizo un gesto. Yo cogí la banqueta y me sorprendí por lo bien que me sentí al sentarme.

—Los muchachos y yo hemos hablado con tu padre —afirmó, dirigiéndose a Lizzie—. Entonces, ¿es cierto lo que le has contado? ¿Estás esperando un bebé y no sabes cuál de ellos es el padre?

Lizzie abrió la boca, pero no emitió sonido alguno. En cambio, balanceó la cabeza en un torpe gesto de asentimiento.

—Sí. Bueno, entonces es necesario que te cases, y cuanto antes, mejor —dijo Jamie en tono sereno—. Los chicos no han podido decidir cuál de ellos debería ser, de modo que tú eliges, muchacha. ¿Cuál?

Las seis manos se apretaron haciendo resaltar los blancos nudillos. Resultaba fascinante... y yo no podía evitar sentir lástima por los tres.

—No puedo —susurró Lizzie. Luego se aclaró la garganta y volvió a intentarlo—: No puedo. No... no quiero escoger. Amo a ambos.

Jamie miró sus manos entrelazadas durante un instante, reflexionando con los labios fruncidos. Luego levantó la cabeza y la miró fijamente. Vi que ella se erguía y cerraba con fuerza los labios, temblorosa, pero decidida, dispuesta a desafiarlo.

Entonces, con un sentido de la oportunidad del todo diabólico, Jamie se volvió hacia el señor Wemyss.

—¿Joseph? —pronunció con suavidad.

El señor Wemyss había permanecido sentado, transfigurado por completo, con los ojos clavados en su hija y sus pálidas manos rodeando la taza de café. Pero no vaciló, ni siquiera parpadeó.

—Elizabeth —intervino con una voz muy suave—. ¿Tú me quieres?

La desafiante fachada de Lizzie se desmoronó como un huevo roto y las lágrimas brotaron de sus ojos.

—¡Oh, papá! —exclamó. Soltó a los gemelos y corrió hacia su padre, que se puso en pie a tiempo para abrazarla con fuerza y apretar la mejilla en su pelo. Ella se aferró a él, sollozando, y yo oí un breve suspiro de uno de los Beardsley, aunque no pude distinguir cuál.

Wemyss se balanceó suavemente junto a su hija, dándole suaves palmadas y tratando de calmarla, murmurando palabras indistinguibles de los sollozos y las frases interrumpidas de Lizzie.

Jamie observaba a los gemelos con cierta compasión. Las manos de ellos estaban entrelazadas, y los dientes de Kezzie estaban clavados en su labio inferior.

Lizzie se separó de su padre, resoplando y palpándose la ropa en busca de un pañuelo. Saqué uno de mi bolsillo y se lo ofrecí. Ella se sonó la nariz con fuerza y se limpió los ojos, tratando de no mirar a Jamie; sabía muy bien dónde estaba el peligro.

Aquélla, sin embargo, era una sala bastante pequeña, y Jamie no era una persona a la que pudiera apartarse, ni siquiera en una sala grande. A diferencia de mi consulta, las ventanas del estudio eran normales y estaban a buena altura en las paredes, lo que, en circunstancias normales, proporcionaba a la sala una luminosidad suave y reconfortante. En ese momento, con la lluvia todavía cayendo fuera, estaba inundada por una luz gris y el ambiente era frío.

—No es cuestión de a quién amas, muchacha —dijo Jamie con mucha tranquilidad—. Ni siquiera tu padre. —Hizo un gesto con la cabeza hacia su barriga—. Llevas un hijo en el vientre. Lo único que importa es que hagas lo correcto para él. Y eso no incluye que haya que marcar a su madre como si fuera una prostituta.

Las mejillas de Lizzie ardieron con un irregular tono carmesí.

—¡No soy ninguna prostituta!

—Yo no he dicho que lo fueras —respondió Jamie serenamente—. Pero otros lo harán si se sabe lo que has hecho, muchacha. ¿Has abierto las piernas para dos hombres y no te casas con ninguno de ellos? ¿Y ahora tienes un pequeño y no sabes quién es su padre?

Ella apartó la mirada con gesto de enfado... y vio a su propio padre, con la cabeza inclinada, y sus propias mejillas enrojecidas por la vergüenza. La muchacha emitió un sonido débil y desgarrador, y hundió la cara entre las manos.

Los gemelos se removieron incómodos, mirándose entre sí; Jo empezó a mover los pies para levantarse, pero entonces percibió la mirada de herido reproche del señor Wemyss, y cambió de idea.

Jamie suspiró con pesadez y se frotó el puente de la nariz con el nudillo. Luego se incorporó, se agachó junto al hogar y cogió dos pajitas de la cesta de ramitas. Las aferró en el puño y se las enseñó a los dos chicos.

—El que saque la pajita más corta se casará con ella —dijo con resignación.

Los gemelos lo miraron boquiabiertos. Entonces Kezzie tragó saliva, cerró los ojos y cogió una pajita con mucha delicadeza, como si estuviera pegada a algo explosivo. Jo mantuvo los ojos abiertos, pero no miró la pajita que había sacado; sus ojos estaban clavados en Lizzie.

Cuando vieron las pajitas, todos parecieron respirar a la vez.

—Muy bien. Ponte en pie —dijo Jamie a Kezzie, que tenía la corta. Con aspecto de aturdido, el muchacho obedeció—. Cógele la mano —le indicó Jamie con paciencia—. Ahora, ¿juras ante estos testigos —dijo, señalándome a mí y al señor Wemyss— que aceptas a Elizabeth Wemyss como esposa?

Kezzie asintió, luego se aclaró la garganta y se irguió.

—Sí, lo juro —declaró con firmeza.

—¿Y tú, pequeña, aceptas a Keziah...? ¿Eres Keziah? —preguntó, examinando al gemelo con un aire de duda—. Sí, de acuerdo, Keziah. ¿Lo aceptas como esposo?

—Sí —asintió Lizzie. Parecía muy confundida.

—Bien —afirmó Jamie con ánimo—. Estáis casados por el rito de la unión de manos. Cuando encontremos a un sacerdote, haremos que os bendiga como es debido, aunque debéis saber que, de hecho, ya estáis casados. —Miró a Jo, que se había puesto de pie—. Y tú te marcharás —dijo con firmeza—. Esta misma noche. Y no regresarás hasta que el bebé haya nacido.

Jo estaba tan pálido que incluso los labios habían adquirido un tono blanquecino, pero asintió. Tenía ambas manos apretadas contra el cuerpo, no donde Jamie le había pegado, sino más arriba, sobre el corazón. Al ver su cara, sentí un agudo dolor reflejo en el mismo lugar.

—Bueno, pues. —Jamie tomó un largo aliento, y hundió un poco los hombros—. Joseph... ¿aún tiene el contrato matrimonial que redactó para su hija y el joven McGillivray? Tráigalo, ¿quiere?, y le cambiaremos el nombre.

Wemyss asintió con un gesto de cautela, con el aspecto de un caracol que asoma de su caparazón tras una tormenta. Miró a Lizzie, que seguía cogida de la mano de su nuevo marido, los dos muy parecidos a Lot y a la señora de Lot, respectivamente. El señor Wemyss le palmeó el hombro con suavidad y salió deprisa; sus pasos resonaron en la escalera.

—Necesitarás una vela nueva, ¿no? —le pregunté a Jamie, girando la cabeza de forma significativa en dirección a Lizzie y a los gemelos. El extremo de la vela de su candelabro todavía tenía más de dos centímetros de longitud, pero me pareció que era decente otorgarles algunos momentos de intimidad.

—¿Eh? Ah, sí —dijo él, comprendiendo. Tosió—. Yo, eh, iré a buscarla.

En el instante en que entramos en la consulta, Jamie cerró la puerta, se apoyó en ella y dejó caer la cabeza, negando.

—¡Dios mío! —exclamó.

—Pobrecillos —agregué con cierta compasión—. Quiero decir... una no tiene otro remedio que sentir pena por ellos.

—¿Sí? —Se olfateó la camisa, que se había secado, pero que todavía tenía una clara mancha de vómito en la pechera, luego se irguió y se estiró hasta que le crujió la espalda—. Sí, supongo que sí —admitió—. Pero... ¡por Dios! ¿Te ha contado cómo ocurrió?

—Sí. Te explicaré los detalles escabrosos más tarde. —Oí los pasos del señor Wemyss bajando por la escalera. Agarré un par de velas nuevas de las que colgaban del techo y las extendí, estirando el largo pabilo que las unía—. ¿Tienes un cuchillo?

Su mano bajó automáticamente hacia su cintura, pero no llevaba la daga encima.

—No. Pero hay un cortaplumas en mi escritorio.

Abrió la puerta justo cuando el señor Wemyss llegaba al despacho. Su exclamación de asombro me llegó al mismo tiempo que el olor a sangre.

Jamie hizo a un lado a Wemyss sin ceremonias y yo corrí tras él, con el corazón en la boca.

Los tres estaban de pie junto al escritorio, muy juntos. Había una salpicadura de sangre fresca en la mesa, y Kezzie tenía la mano envuelta en mi pañuelo ensangrentado. Miró a Jamie con un rostro fantasmal en la luz parpadeante. Tenía los dientes apretados, pero consiguió sonreír.

Un pequeño movimiento me llamó la atención y vi a Jo, que sostenía la hoja del cortaplumas de Jamie sobre la llama de la vela. Como si no hubiera nadie allí, cogió la mano de su hermano, sacó el pañuelo y apretó el metal caliente en la herida en el pulgar de Kezzie.

El señor Wemyss dejó escapar un pequeño sonido atragantado, y el olor de la carne quemada se mezcló con el aroma de la lluvia. Kezzie respiró profundamente, soltó el aire, y sonrió a Jo torciendo la boca.

—Ve con Dios, hermano —dijo, en un fuerte e inexpresivo tono de voz.

—Mucha felicidad para ti, hermano —le deseó Jo en el mismo tono. Lizzie estaba en pie entre ambos, pequeña y desarreglada, con sus enrojecidos ojos clavados en Jamie. Y sonrió.

74

Tan romántico

Brianna condujo despacio el cochecito por la cuesta que la pierna de Roger formaba en el edredón, luego cruzó su barriga y llegó hasta el centro del pecho, donde él agarró tanto el coche como su mano y le dedicó una sonrisa irónica.

—En verdad, es un buen coche —dijo ella, soltándose la mano y rodando para colocarse cómodamente de lado junto a él—. Las cuatro ruedas giran. ¿De qué marca es? ¿Un Morris Minor, como aquel anaranjado que tenías en Escocia? Era la cosa más bonita que yo había visto jamás, pero nunca entendí cómo te las arreglabas para entrar en él.

—Con talco —le aseguró él. Levantó el juguete e hizo girar una de las ruedas delanteras con un movimiento del pulgar—. Sí, es bueno, ¿no? En realidad, no es ningún modelo en particular, pero supongo que estaba pensando en aquel Ford Mustang tuyo. ¿Recuerdas aquella vez que bajamos con él por la montaña? —Sus ojos se suavizaron por el recuerdo, y el verde que había en ellos se tornó casi negro con la tenue luz del fuego apagado.

—Sí. Casi nos salimos del camino cuando me besaste a ciento cuarenta kilómetros por hora.

Se acercó a él instintivamente, empujándolo con una rodilla. Él, complaciente, giró y volvió a besarla; al mismo tiempo, desplazó el coche a gran velocidad por toda la extensión de su columna vertebral y por encima de la curva de sus nalgas. Ella soltó un grito y se retorció contra él, tratando de escapar de las cosquillas de las ruedas; luego lo golpeó en las costillas.

—¡Basta!

—Creí que encontrabas erótica la velocidad. *Bruum* —murmuró él, maniobrando el juguete por su brazo... y, de pronto, por el cuello de su camisa. Ella trató de agarrar el coche, pero él se lo quitó, luego hundió la mano entre las mantas y le pasó las ruedas por los muslos; enseguida volvió a hacer subir el coche a gran velocidad.

A continuación, tuvo lugar una furiosa lucha por la posesión del juguete, que terminó con los dos en el suelo, en una maraña de sábanas y ropa de cama, jadeando para recuperar el aliento y riendo sin poder parar.

—¡Silencio! ¡Despertarás a Jemmy! —Ella se retorció, tratando de salirse de debajo del peso de Roger.

Tranquilo con los más de veinte kilos que le sacaba, él se limitó a relajarse encima de ella, aplastándola contra el suelo.

—No podrías despertarlo ni a cañonazos —repuso, con la certeza de la experiencia. Era cierto; una vez que superó la etapa en que se despertaba para que le dieran de comer cada pocas horas, Jem siempre había dormido como un tronco.

Brianna dejó de resistirse, resoplando para apartarse el pelo de los ojos y esperando su momento.

—¿Crees que alguna vez volverás a circular a ciento cuarenta kilómetros por hora?

—Sólo si caigo por el borde de un precipicio muy profundo. Estás desnuda, ¿lo sabías?

—¡Bueno, tú también!

—Sí, pero yo he empezado así. ¿Dónde está el coche?

—No tengo ni idea —mintió ella. En realidad, estaba debajo del hueco de su espalda, y en un punto muy incómodo, pero no estaba dispuesta a darle más ventajas—. ¿Para qué lo quieres?

—Ah, iba a explorar un poco el terreno —dijo él, apoyándose en un codo y haciendo avanzar los dedos poco a poco por la cuesta superior de un seno—. Aunque supongo que podría hacerlo a pie. Según dicen, se tarda más, aunque se disfruta mejor el paisaje.

—Mmm. —Roger podía sujetarla con su propio peso, pero no podía contener sus brazos. Extendió el dedo índice y ubicó la uña justo en el pezón de él, haciendo que respirara profundamente—. ¿Pensabas hacer un viaje largo? —Echó una mirada al pequeño anaquel cerca de la cama, donde guardaba sus anticonceptivos.

—Lo suficiente.

Ella se agitó para ponerse más cómoda y librarse del molesto coche en miniatura.

—Dicen que un viaje de mil kilómetros comienza con el primer paso —comentó y, levantando la cabeza, le puso la boca sobre el pezón y apretó los dientes con suavidad. Un momento después, lo soltó—. Silencio —dijo en tono de reproche—. Despertarás a Jemmy.

—¿Dónde están tus tijeras? Me lo voy a cortar.

—No te lo diré. Me gusta largo.

Ella apartó el pelo suave y oscuro de su cara y le besó la punta de la nariz, lo que pareció desconcertarlo ligeramente. De todas formas, sonrió y le dio un breve beso antes de sentarse en el suelo y quitarse el pelo de la cara con una mano.

—Eso no puede ser cómodo —dijo, examinando la cuna—. ¿No crees que ya debería llevarlo a su propia cama?

Brianna miró la cuna desde su ubicación en el suelo. Jemmy, con cuatro años de edad, ya dormía desde hacía tiempo en una cama baja con ruedas, pero cada cierto tiempo insistía en dormir en la cuna, y se encajaba en ella con testarudez, a pesar de que no podía meter los cuatro miembros y la cabeza al mismo tiempo. En ese momento era invisible, excepto por las dos regordetas piernas desnudas que sobresalían, rectas, por un extremo.

«Está creciendo mucho», pensó ella. Aún no sabía leer, pero conocía todas las letras, podía contar hasta cien y escribir su nombre. Y sabía cargar un arma; su abuelo se lo había enseñado.

—¿Se lo decimos? —preguntó de pronto—. ¿Y cuándo, en ese caso?

Roger debía de haber estado pensando algo muy parecido, porque al parecer entendió exactamente a lo que se refería.

—Por Dios, ¿cómo le dices algo así a un niño? —contestó. Se incorporó, levantó las sábanas y las mantas y las sacudió, con la evidente esperanza de encontrar la cinta de cuero con la que se recogía el pelo.

—¿No le contarías a un niño que es adoptado? —objetó ella, sentándose en el suelo y pasándose ambas manos por su abundante pelo—. ¿O si hay algún escándalo familiar, como que su padre no está muerto, sino que está en prisión? Creo que si se lo dices pronto, es menos traumático para ellos y luego pueden aceptarlo mejor cuando crecen. En cambio, si se enteran más tarde, impresiona mucho.

Roger la miró de reojo con una expresión irónica.

—Tú sabes de lo que hablas.

—Sí, y tú también. —Se lo dijo con sequedad, pero advirtió las implicaciones de esas palabras: incredulidad, ira, negación y, de pronto, el repentino desmoronamiento de su mundo cuando empezó, contra su voluntad, a creerlo. La sensación de vacío y abandono, y luego una furia negra y traición al descubrir que muchas de las cosas que había dado por ciertas eran una mentira—. Al menos, en tu caso no fue una decisión —añadió, acurrucándose contra el borde de la cama—. Nadie sabía de ti; nadie podría haberte dicho lo que eras.

—Ah, ¿y tú crees que tus padres deberían haberte hablado antes de los viajes en el tiempo? —Roger enarcó una ceja negra, con una expresión de cínica diversión—. Ya me imagino las notas de la escuela que debían de llegar a tu casa: «Brianna tiene muchísima imaginación, pero deberían enseñarle a reconocer las situaciones en las que no es apropiado emplearla.»

—Ja. —Ella apartó de una patada la maraña de ropas y sábanas que la rodeaba—. Fui a una escuela católica. Las monjas habrían dicho que todo era una sarta de mentiras y habrían puesto punto final al asunto. ¿Dónde está mi camisa? —Brianna se había liberado completamente y, aunque seguía tibia por la pelea, se sentía incómoda desnuda, incluso en las tenues sombras de la habitación.

—Aquí está. —Él cogió un montón de lino de la maraña y lo sacudió para extenderlo—. ¿Eso crees? —repitió, mirándola con una ceja enarcada.

—¿Que ellos deberían habérmelo dicho? Sí. Y no —admitió a regañadientes. Cogió la camisa y se la puso por la cabeza—. Quiero decir... entiendo por qué no lo hicieron. Papá no lo creía, para empezar. Y lo que sí creía... bueno, fuera lo que fuese, le pidió a mamá que me dejara pensar que él era mi verdadero padre. Ella le dio su palabra, y no creo que la hubiera roto, no. —Por lo que ella sabía, su madre había roto su palabra en una sola ocasión; de forma involuntaria, pero con un efecto sobrecogedor.

Alisó el gastado lino sobre su cuerpo y tanteó en busca de las puntas del cordón que le cerraba el cuello. Ya estaba vestida, pero se sentía tan expuesta como si siguiera desnuda. Roger estaba sentado en el colchón, sacudiendo las mantas de manera metódica, pero sus ojos seguían clavados en ella, verdes y escrutadores.

—Seguía siendo una mentira —estalló ella—. ¡Yo tenía derecho a saber!

Él asintió lentamente.

—Mmfm. —Cogió una cuerda de sábanas retorcidas y comenzó a desenrollarla—. Sí, bueno. Podría entender que se le contara a un chico que es adoptado o que su padre está en la cárcel. Pero esto se parece más a explicarle que su padre asesinó a su madre cuando la encontró follándose al cartero y a seis buenos amigos en la cocina. Tal vez no signifique mucho para él si se lo dices temprano, pero sin duda llamará la atención de sus amigos cuando empiece a contárselo a ellos.

Ella se mordió los labios, sintiéndose de repente enfadada e irritada. No se había dado cuenta de que sus propios sentimientos estaban todavía a flor de piel y no le gustaba que así fuera, y tampoco le agradaba el hecho de que Roger se diera cuenta de ello.

—Bueno... sí. —Miró la cuna. Jem se había movido; ahora estaba hecho un ovillo como un erizo, con la cara apretada contra las rodillas y nada visible, excepto la curva de su trasero bajo su camisón, que sobresalía de la cuna como la luna que asciende sobre el horizonte—. Tienes razón. Tendremos que esperar hasta que sea lo bastante mayor como para darse cuenta de que no puede contarlo; de que es un secreto.

La cinta de cuero cayó de uno de los edredones que estaba agitando. Él se agachó para recogerla y su pelo oscuro le cubrió la cara.

—¿Querrías contarle a Jem algún día que yo no soy su verdadero padre? —preguntó en voz baja, sin mirarla.

—¡Roger! —Toda su ira desapareció ante un torrente de pánico—. ¡No haría eso ni en un millón de años! Incluso si creyera que es cierto —se apresuró a añadir—, y no lo creo, ¡no, Roger! Sé que tú eres su padre. —Se sentó a su lado, agarrándole el brazo con fuerza. Él sonrió, torciendo un poco la boca, y le palmeó la mano, pero no la miró a los ojos. Esperó un momento y luego se movió, soltándose suavemente para atarse el cabello.

—Pero teniendo en cuenta lo que acabas de decir... ¿No tiene derecho a saber quién es?

—Eso no es... es distinto.

Lo era y, al mismo tiempo, no lo era. El acto que había tenido como resultado su propia concepción no había sido una violación, pero sí algo no intencionado. Por otra parte, jamás había existido duda alguna: sus dos —bueno, sus tres— padres sabían que ella era la hija de Jamie Fraser, sin dudarlo.

En el caso de Jem... Brianna volvió a contemplar la cuna, deseando instintivamente encontrar alguna marca, alguna prueba innegable de su paternidad. Pero él se parecía a ella y a su propio padre, tanto en su color como en sus rasgos. Era grande para su edad, con miembros largos y anchas espaldas, pero también lo eran los dos hombres que podrían haberlo engendrado. Y ambos, maldita fuera, tenían los ojos verdes.

—No pienso decírselo —afirmó con firmeza—. Jamás, y tú tampoco. Tú eres su padre en todo lo que importa. Y no habría ninguna buena razón para que él siquiera supiera de la existencia de Stephen Bonnet.

—Salvo por el hecho de que sí existe —señaló Roger—. Y que él cree que el pequeño es suyo. ¿Y si se encontraran algún día? Cuando Jem sea mayor, quiero decir.

Ella no había crecido con la costumbre de santiguarse en momentos de tensión, como hacían su padre y su primo, pero se santiguó en ese instante, lo que hizo que Roger se echara a reír.

—Eso no tiene gracia —dijo ella, irguiéndose—. Eso no va a pasar. Y si pasa... si alguna vez veo a Stephen Bonnet cerca de mi hijo, yo... bueno, la próxima vez apuntaré más alto, eso es todo.

—Estás decidida a darle al muchacho una buena historia para que la comparta con sus compañeros de clase, ¿eh? —Habló con ligereza, burlándose de Brianna, quien se relajó un poco, esperando haber conseguido calmar cualquier duda que él pudiera tener en cuanto a lo que ella podría decirle a Jemmy sobre su paternidad.

—De acuerdo, pero tarde o temprano tiene que saber el resto. No quiero que se entere de modo accidental.

—Tú no te enteraste de ese modo. Tu madre te lo contó. —«Y mira dónde estamos ahora.» Ese comentario fue tácito, pero resonó con fuerza en su cabeza, cuando él le dedicó una mirada larga y firme.

Si ella no se hubiese sentido obligada a regresar, a viajar a través de las piedras para hallar a su verdadero padre, ninguno de ellos estaría allí en ese momento, sino a salvo en el siglo XX, en Escocia o en Estados Unidos; en cualquier caso, en un lugar donde los niños no morían de diarrea y fiebres repentinas.

En un lugar donde no había peligros inesperados acechando detrás de cada árbol y en el que la guerra no se escondía bajo los arbustos. Un sitio donde la voz de Roger seguiría resonando fuerte y clara.

Pero tal vez —sólo tal vez— no tendría a Jem.

—Lo siento —dijo Brianna, sintiendo que se ahogaba—. Sé que es culpa mía... todo esto. Si no hubiera regresado... —Extendió la mano tímidamente, y tocó la rugosa cicatriz que le rodeaba el cuello. Él atrapó la mano y la apartó.

—Por Dios —dijo en voz baja—. Si yo pudiera haber ido a cualquier parte para encontrar a alguno de mis padres, incluido el infierno, Brianna, lo habría hecho. —Levantó la mirada con unos ojos de un color verde brillante, y le oprimió la mano con fuerza—. Si hay alguien en el mundo que lo comprende, muchacha, ése soy yo.

Ella le devolvió el apretón con ambas manos y con mucha fuerza. El alivio de que él no la culpara relajó la tensión de su cuerpo, pero la pena por las pérdidas que él había sufrido —y las de ella— seguía llenándole la garganta y el pecho, y le dolía respirar.

Jemmy se agitó, de pronto se incorporó y a continuación se desplomó hacia atrás, todavía muy dormido, de modo que un brazo asomó fuera de la cuna, flojo como un fideo. Ella se había quedado paralizada ante ese movimiento tan repentino, aunque luego se relajó y se levantó para tratar de meter el brazo. Pero antes de que pudiera llegar a la cuna, se oyó un golpe en la puerta.

Roger cogió su camisa con una mano y el cuchillo con la otra.

—¿Quién es? —exclamó ella, con el corazón latiéndole con fuerza. La gente no hacía visitas después de que oscureciera, salvo que se tratara de una emergencia.

—Soy yo, señorita Bree —dijo la voz de Lizzie desde el otro lado de la puerta—. ¿Podemos pasar, por favor? —Parecía nerviosa, pero no alarmada. Brianna esperó hasta que Roger estuvo vestido decentemente y luego levantó el pesado cerrojo.

Lo primero que pensó era que Lizzie estaba alterada, sin duda alguna; las mejillas de la pequeña esclava estaban sonrosadas como manzanas, con un color visible incluso en la penumbra del umbral.

Iba acompañada de los dos Beardsley, que hicieron una reverencia y asintieron, murmurando disculpas por presentarse tan tarde.

—No pasa nada —respondió Brianna, mirando a su alrededor en busca de un chal. Su camisa de lino no sólo era fina y estaba raída, sino que también tenía una mancha incriminatoria en la parte delantera—. ¡Pasad!

Roger se acercó a saludar a los inesperados invitados, sin prestar atención al hecho de que no llevaba nada salvo una camisa, y Brianna se escondió enseguida en un rincón oscuro detrás del telar, en busca del mantón que guardaba allí para ponérselo sobre las piernas mientras tejía.

Una vez que estuvo a salvo y cubierta, pateó un leño para avivar el fuego, y se agachó para encender una vela en las ascuas. En la vacilante luz, vio que los Beardsley iban ataviados con una meticulosidad desacostumbrada en ellos, bien peinados, con trenzas, con camisas limpias y chalecos de cuero; no llevaban chaqueta. Lizzie también iba con sus mejores galas; de hecho, llevaba el vestido de lana de color melocotón claro que ellos le habían hecho para su boda.

Ocurría algo, y fue bastante obvio de qué se trataba cuando Lizzie parloteó con entusiasmo en el oído de Roger.

—¿Quieres que te case? —preguntó Roger en tono de asombro. Miró a un gemelo y luego al otro—. Eh... ¿con quién?

—Sí, señor. —Lizzie hizo una respetuosa reverencia—. Somos Jo y yo, señor, si es usted tan amable. Kezzie ha venido de testigo.

Roger se pasó una mano por la cara, desconcertado.

—Bueno... pero... —Miró a Brianna con una expresión de ruego.

—¿Tienes problemas, Lizzie? —preguntó Brianna directamente, al mismo tiempo que encendía una segunda vela y la ponía en un aplique junto a la puerta. Con más luz pudo ver que Lizzie tenía los párpados enrojecidos e hinchados, como si hubiera estado llorando, aunque su actitud era de excitación y resolución, más que de temor.

—Yo no diría que son problemas. Pero... espero un bebé, sí. —Lizzie cruzó las manos sobre su vientre en un gesto de protección—. Nosotros... queremos casarnos, antes de contárselo a nadie.

—Ah. Bueno... —Roger lanzó una mirada de desaprobación a Jo, pero no parecía del todo convencido—. Pero tu padre... ¿Acaso él...?

—Papá quiere que nos case un sacerdote —explicó Lizzie con entusiasmo—. Y lo haremos. Pero ya sabe, señor, pasarán meses, incluso años, hasta que encontremos alguno. —Bajó los ojos, sonrojándose—. A mí... me gustaría estar casada, con todas las de la ley, ¿sabe?, antes de que nazca el bebé.

—Sí —dijo él, sin poder apartar los ojos del vientre de Lizzie—. Lo comprendo. Pero no entiendo por qué tanta prisa. Quiero decir, tu embarazo no se notará más mañana que esta noche. O la semana que viene.

Jo y Kezzie intercambiaron miradas por encima de la cabeza de Lizzie. Entonces Jo puso la mano en la cintura de la muchacha y la atrajo con delicadeza.

—Señor, es sólo que... queremos hacerlo bien. Pero nos gustaría que fuera en privado, ¿sabe? Tan sólo Lizzie y yo, y mi hermano.

—Sólo nosotros —se sumó Kezzie, acercándose. Miró a Roger con firmeza—. Por favor, señor. —Parecía haberse herido la mano de alguna manera; llevaba un pañuelo atado en ella.

Brianna se sintió tan conmovida por los tres muchachos que casi le resultó insoportable; eran tan inocentes, tan jóvenes, esas tres caras lavadas mirando a Roger con expresión de súplica. Se acercó y le tocó el brazo a su marido, y notó su piel cálida a través de la tela de la manga.

—Hazles caso —le pidió en voz baja—. Por favor. No es una boda, exactamente... pero puedes unirlos en compromiso.

—Sí, bueno, pero deberían buscar consejo... el padre de la muchacha... —Sus protestas se interrumpieron en el momento en que apartó la mirada de Brianna y la posó sobre el trío, y ésta se dio cuenta de que Roger estaba tan conmovido por su inocencia como ella. Y pensó que a él también le atraía mucho la idea de celebrar su primera boda, por poco ortodoxa que fuera, y aquello la divertía. Las circunstancias serían románticas y memorables en la calma de la noche, con votos intercambiados a la luz del fuego y de las velas, con el cálido recuerdo de que acababan de hacer el amor en las sombras y con el niño dormido como mudo testigo, a modo de bendición y promesa para el nuevo matrimonio.

Roger suspiró, luego le sonrió con resignación, y se volvió.

—Sí, bueno, de acuerdo. Pero dejad que me ponga los pantalones, no voy a celebrar mi primera boda con el culo al aire.

Roger tenía una cuchara de mermelada sobre su tostada, y estaba mirándome.

—¿Ellos, qué? —preguntó, con voz entrecortada.

—¡No es cierto! —Bree se llevó una mano a la boca, con los ojos abiertos como platos, y sólo la apartó para preguntar—: ¿Con los dos?

—Pues sí —asentí, reprimiendo un impulso de echarme a reír de lo más inapropiado—. ¿Realmente la casaste con Jo anoche?

—Que Dios me ayude, sí, lo hice —murmuró Roger. Muy alterado, metió la cuchara en la taza de café, y lo removió en un gesto mecánico—. Pero ¿ella también está casada con Kezzie?

—Ante testigos —le aseguré, con una recelosa mirada al señor Wemyss, que estaba sentado al otro lado de la mesa del desayuno, boquiabierto y, al parecer, convertido en piedra.

—¿Crees que...? —me preguntó Bree—. Quiero decir... ¿con los dos a la vez?

—Eh... ella asegura que no —respondí, lanzándole una mirada al señor Wemyss como señal de que no era una pregunta adecuada para hacer en su presencia, por muy fascinante que fuera.

—Oh, Dios —exclamó el señor Wemyss en una voz sepulcral—. Está condenada.

—Santa María, madre de Dios. —La señora Bug, con unos ojos como platos, se santiguó—. ¡Que Cristo tenga misericordia!

Roger le dio un trago a su café, se atragantó y soltó la taza, mientras se salpicaba la camisa. Brianna le golpeó la espalda para ayudarlo, pero él le hizo gestos de que se apartara con los ojos llorosos, y recuperó la compostura.

—Bueno, tal vez no sea tan terrible como parece —le dijo al señor Wemyss, tratando de encontrar una perspectiva más optimista—. Quiero decir, quizá podría argumentarse que los gemelos son una sola alma y que Dios la puso en dos cuerpos por propósitos que sólo Él conoce.

—Sí, pero... ¡dos cuerpos! —intervino la señora Bug—. ¿Creen que... los dos a la vez?

—No lo sé —dije, abandonando la discusión—. Pero imagino que... —Miré por la ventana, donde la nieve susurraba tras los postigos cerrados.

Había comenzado a nevar con fuerza la noche anterior, una nieve espesa y mojada; esa mañana ya tenía casi treinta centímetros de profundidad, y yo estaba bastante segura de que todos en la mesa estaban imaginando justo lo mismo que yo: una visión de Lizzie y los gemelos, confortablemente acurrucados en una cálida cama de pieles junto a las llamas de una chimenea, disfrutando de su luna de miel.

—Bueno, en realidad, no creo que haya mucho que podamos hacer al respecto —intervino Bree con un tono práctico—. Si decimos algo en público, lo más probable es que los presbiterianos apedreen a Lizzie por puta papista, y...

El señor Wemyss emitió un sonido como el de una vejiga de cerdo que alguien acabara de pisar.

—Por supuesto que nadie dirá una palabra. —Roger le clavó la mirada a la señora Bug—. ¿Verdad?

—Bueno, tendré que contárselo a Arch, ¿sabe?; si no, reventaré —respondió ella con franqueza—. Pero a nadie más. Seré una tumba, lo juro; que el diablo me lleve si miento. —La señora Bug se llevó las manos a la boca a modo de ejemplo, y Roger asintió.

—Supongo que la boda que he celebrado en realidad no es válida como tal —dijo dubitativamente—. Pero entonces...

—Sin duda es tan válida como la unión de manos que celebró Jamie —objeté—. Y, además, creo que es demasiado tarde para obligarla a escoger. Una vez que el pulgar de Kezzie se cure, nadie podrá distinguir...

—Salvo Lizzie, probablemente —intervino Bree. Se lamió una mancha de miel de la comisura del labio, y contempló a Roger, pensativa—. Me pregunto cómo sería si hubiera dos como tú.

—Nos habrías engatusado a los dos —le aseguró—. Señora Bug, ¿queda más café?

—¿A quién han engatusado? —La puerta de la cocina se abrió con un remolino de nieve y aire helado, y entró Jamie con Jem, ambos como nuevos después de una visita al retrete, con los rostros sonrojados y el pelo y las pestañas cubiertos de copos de nieve que se estaban derritiendo.

—A ti, para empezar. Te acaba de engañar una bígama de diecinueve años —lo informé.

—¿Qué es una bígama? —preguntó Jem.

—Una joven muy grande —contestó Roger, cogiendo un pedazo de pan con manteca y metiéndoselo a Jem en la boca—. Toma. Por qué no coges eso y... —Su voz se fue apagando al darse cuenta de que no podía enviar a Jem afuera.

—Lizzie y los gemelos visitaron a Roger anoche, y él la casó con Jo —informé a Jamie. Él parpadeó, y el agua de la nieve derretida de sus pestañas corrió por su cara.

—Maldita sea —exclamó. Tomó aliento profundamente, luego se dio cuenta de que seguía cubierto de nieve y se acercó al hogar para sacudirse. Los copos de nieve cayeron al fuego, chisporroteando y siseando—. Bueno —añadió, volviendo a la mesa y sentándose a mi lado—. Al menos su nieto tendrá un nombre, Joseph. Es Beardsley, en cualquier caso.

Esa ridícula observación pareció, sin embargo, reconfortar un poco al señor Wemyss. Sus mejillas recuperaron algo de color, y permitió a la señora Bug que le sirviera un panecillo recién hecho.

—Sí, supongo que eso cuenta —dijo—. Y en realidad, no veo cómo...

—Ven a mirar —estaba diciendo Jemmy, tirando con impaciencia del brazo de Bree—. ¡Ven a mirar, mamá!

—¿A mirar qué?

—¡He escrito mi nombre! ¡El abuelo me lo ha enseñado!

—Ah, ¿sí? ¡Vaya, muy bien! —Brianna le sonrió, pero luego frunció el ceño—. ¿Cuándo, ahora?

—¡Sí! ¡Ven antes de que la nieve lo cubra!

Ella miró a Jamie con las cejas fruncidas.

—Papá, dime que no lo has hecho.

Jamie cogió una tostada de la bandeja y la untó con manteca.

—Sí, bueno —contestó—. Todavía debe de tener alguna ventaja ser hombre, aunque nadie preste atención a lo que uno diga. ¿Me pasas la mermelada, Roger Mac?

75

Piojos

Jem puso los codos encima de la mesa y apoyó el mentón sobre los puños, siguiendo el recorrido de la cuchara en la masa con la intensa expresión de un león que observa un apetitoso antílope de camino al abrevadero.

—Ni se te ocurra —afirmé, con una breve mirada a sus regordetes dedos—. Estarán listas dentro de unos minutos; luego te daré una.

—Pero me gustan crudas, abuela —protestó. Abrió sus ojos de color azul oscuro como en un ruego mudo.

—No deberías comer cosas crudas —le dije seria—. Puedes ponerte malito.

—Tú lo haces, abuela. —Apuntó un dedo a mi boca, donde había una mancha de masa marronácea. Carraspeé y me limpié con una toalla la prueba incriminatoria.

—Luego no querrás cenar —apunté, pero con la agudeza de cualquier bestia de la jungla, él percibió el debilitamiento de su presa.

—¡Te prometo que sí! ¡Me lo comeré todo! —aseguró, buscando ya la cuchara.

—Sí, eso es lo que me temo —respondí, cediendo con cierta vacilación—. Sólo un poco, para probarlo... deja algo para papá y el abuelo.

Él asintió sin decir ni una palabra, y lamió la cuchara con un movimiento largo y lento de la lengua, cerrando los ojos en una actitud de éxtasis.

Encontré otra cuchara y me dispuse a colocar las galletas en las bandejas de hojalata que usaba para hornear. Cuando terminamos, hacía muchísimo calor; las bandejas estaban llenas y el cuenco totalmente vacío. En ese momento se oyeron pisadas por el pasillo hacia la puerta. Reconocí el paso de Brianna, le quité la cuchara vacía a Jemmy y le limpié deprisa la boca manchada con la ayuda de una toalla.

Bree se detuvo en el umbral, y su sonrisa se transformó en una mirada de sospecha.

—¿Qué estáis haciendo?

—Preparando galletas de melaza —aclaré, enseñándole las bandejas como prueba, antes de meterlas en el horno de ladrillos instalado en la pared de la chimenea—. Jemmy me ha ayudado.

Una bonita ceja roja se arqueó hacia arriba. Me miró a mí y luego a Jemmy, quien tenía un aspecto de inocencia poco natural. Yo recompuse mi propia expresión, que no era mucho más convincente.

—Ya veo —asintió secamente—. ¿Cuánta masa has comido, Jem?

—¿Quién, yo? —preguntó entonces el pequeño con los ojos bien abiertos.

—Mmm. —Se inclinó hacia delante y cogió una pizca de masa de su ondeado cabello rojo—. ¿Qué es esto, entonces?

Él frunció el ceño, bizqueando un poco en un intento de centrar la vista hacia donde señalaba su madre.

—¿Un piojo muy grande? —sugirió con entusiasmo—. Supongo que me he contagiado de Rabbie McLeod.

—¿Rabbie McLeod? —pregunté, inquieta por el recuerdo de que Rabbie había estado acurrucado en el banco de la cocina pocos días antes, con sus rebeldes rizos negros mezclándose con los claros mechones de Jemmy mientras los dos muchachos dormían hasta que vinieran sus padres. Recordé que en aquel momento pensé que parecían encantadores, acurrucados cara a cara, con un gesto dulce consecuencia del sueño.

—¿Rabbie tiene piojos? —exigió saber Bree, agitando la masa de su dedo, como si se tratara de un insecto odioso.

—Ah, sí, está lleno —le aseguró Jemmy con alegría—. Su mamá ha dicho que cogerá la navaja de afeitar de su padre y les rasurará hasta el último pelo a él, a sus hermanos y a su padre, y también a su tío Rufe. Ha dicho que tienen piojos saltando por toda la cama. Está cansada de que la coman viva. —Se llevó una mano a la cabeza distraídamente y se rascó en un gesto característico que yo ya había visto con demasiada frecuencia.

Bree y yo intercambiamos una breve mirada de horror, luego ella cogió a Jemmy de los hombros y lo arrastró hasta la ventana.

—¡Ven aquí!

Una vez expuesta a la brillante luz que se reflejaba en la nieve, la tierna piel detrás de sus orejas y en la nuca mostró el tono rosado característico de alguien que se ha rascado a causa de los piojos, y una veloz inspección de su cabeza reveló lo peor: minúsculas liendres aferradas a la base del cabello y unos cuantos piojos adultos, de color marrón rojizo y del tamaño de medio grano de arroz, que corrieron a ocultarse en los matojos de pelos. Bree atrapó uno y lo aplastó entre los pulgares, para luego arrojar los restos al fuego.

—¡Qué asco! —Se frotó las manos en la falda, luego se quitó la cinta con la que se recogía el pelo y se rascó con fuerza—. ¿Yo también tengo? —preguntó nerviosa, acercando la coronilla hacia mí.

Examiné con rapidez la tupida masa color cobrizo y canela en busca de las delatoras liendres blanquecinas, y luego di un paso atrás, inclinando mi propia cabeza.

—No. ¿Y yo?

La puerta de atrás se abrió y entró Jamie, al parecer, no muy sorprendido de encontrar a Brianna revisando mi cabeza como un babuino enloquecido. Luego levantó la cabeza y olfateó.

—¿Algo se quema?

—¡Yo las cojo, abuelo!

Oí la exclamación al mismo tiempo que olí el aroma de la melaza chamuscada. Levanté la cabeza de inmediato y me la golpeé contra el borde del anaquel de los platos, con tanta fuerza que vi las estrellas.

Éstas se disiparon justo a tiempo para ver a Jemmy, de puntillas, tratando de meter la mano en el horno humeante en la pared del hogar, que estaba mucho más alto que su cabeza. Estaba concentrado, con los ojos apretados y la cara apartada de las oleadas de calor que salían de los ladrillos, y se había enrollado torpemente una toalla en la mano.

Jamie alcanzó al muchacho en dos zancadas, y lo echó hacia atrás agarrándolo del cuello. Metió las manos en el horno y sacó una bandeja de galletas humeantes, tirando de ella con tanta fuerza que golpeó la pared. Unos pequeños discos marrones salieron volando y cayeron al suelo.

Adso, que había estado en la ventana, ayudando en la caza de piojos, vio lo que parecía una presa y se abalanzó con ferocidad sobre una galleta que huía y que, de inmediato, le quemó las patas. Lanzando un alarido de alarma, la soltó y corrió a ocultarse bajo el banco.

Jamie, sacudiendo sus dedos chamuscados y haciendo comentarios extremadamente vulgares en gaélico, había cogido una ramita con la otra mano y estaba tanteando en el interior del horno, tratando de sacar la bandeja de galletas que quedaba entre nubes de humo.

—¿Qué ocurre...? ¡Eh!

—¡Jemmy!

El grito de Roger coincidió con el de Bree. La expresión de desconcierto de Roger, que venía pisándole los talones a Jamie, pasó a alarma al ver a su retoño en cuclillas en el suelo, recogiendo galletas, muy concentrado, sin prestar atención al hecho de que la toalla que arrastraba estaba quemándose en los rescoldos del fuego de la cocina.

Roger se abalanzó sobre Jemmy y chocó con Bree, que iba en la misma dirección. Los dos golpearon a Jamie, que acababa de llevar la segunda bandeja de galletas hasta el borde del horno, con lo que se tambaleó, perdió el equilibrio, y la bandeja cayó al hogar, esparciendo montones de brasas humeantes que olían a melaza. El caldero, que había quedado inclinado, se balanceó y se movió peligrosamente de su gancho, salpicando sopa en las brasas y creando nubes de vapor sibilante y aromático.

Yo no sabía qué hacer, si echarme a reír o correr hacia la puerta, aunque al final me conformé con agarrar la toalla, que estaba quemándose, y golpearla contra las paredes de piedra del hogar.

Me incorporé jadeando, y descubrí que mi familia había conseguido apartarse del fuego. Roger sujetaba a Jemmy, que se retorcía con fuerza contra su pecho, mientras Bree palpaba al muchacho en busca de quemaduras, ampollas y huesos rotos. Jamie estaba chupándose un dedo lleno de ampollas y apartando el humo de su cara con la mano libre.

—Agua fría —dije, ocupándome de la necesidad más inmediata. Cogí a Jamie del brazo, le saqué el dedo de la boca y lo sumergí en el cuenco de agua.

»¿Jemmy se encuentra bien? —pregunté, volviéndome hacia la escena de la familia feliz junto a la ventana—. Sí, parece que sí. Suéltalo, Roger, el niño tiene piojos.

Roger dejó caer a Jemmy como si fuera una patata ardiendo y —con la típica reacción de los adultos al oír la palabra «piojos»— se rascó. Jemmy, sin mostrarse afectado por la reciente conmoción, se sentó en el suelo y comenzó a comer una de las galletas que había recuperado y conservado en la mano durante todo el incidente.

—Luego no querrás cenar... —empezó a decir Brianna automáticamente, y en ese momento vio el caldero derramado y el charco que se había formado en el hogar. Entonces me miró y se encogió de hombros—. ¿Tienes más galletas? —le preguntó a Jemmy.

Con la boca llena, éste asintió, buscó en su camisa y le pasó una. Ella la examinó con ojo crítico, pero de todas formas le dio un mordisco.

—No está mal —comentó mientras masticaba—. ¿Mmm? —Tendió los restos de la galleta a Roger, quien la cogió con una mano, usando la otra para inspeccionar el cabello a Jemmy.

—Están por todas partes —dijo—. Hemos visto al menos una docena de muchachos cerca de la casa de Sinclair, todos rasurados como convictos. ¿Tendremos que afeitarte la cabeza? —preguntó, sonriéndole a Jemmy y acariciándole el pelo.

La cara del muchacho se iluminó por la sugerencia.

—¿Me quedaré calvo como la abuela?

—Sí. Más calvo —le aseguré con aspereza. De hecho, mi pelo ya tenía unos buenos cinco centímetros en aquel momento, aunque como estaba rizado parecía más corto, ya que las pequeñas ondas y remolinos abrazaban las curvas de mi cráneo.

—¿Afeitarle la cabeza? —Brianna parecía horrorizada. Se volvió hacia mí—. ¿No hay ninguna otra manera de librarse de los piojos?

Miré la cabeza de Jemmy considerando las posibilidades. Tenía el mismo pelo tupido y ligeramente ondulado de su madre y su abuelo. Eché un vistazo a Jamie, que me sonrió, con una mano en el cuenco de agua. Sabía por experiencia cuánto tiempo se tardaba en eliminar las liendres en esa clase de cabello; yo se lo había hecho a él mismo en varias ocasiones. Jamie sacudió la cabeza.

—Afeitadlo —dijo—. Jamás conseguiréis que un muchacho de ese tamaño se quede quieto el tiempo suficiente como para peinarlo.

—Podríamos usar manteca —sugerí con una expresión de duda—. Le impregnas la cabeza con manteca de cerdo o grasa de oso, y se la dejas unos cuantos días. Los piojos se asfixian. O, al menos, eso es lo que se supone.

—Puaj. —Brianna examinó la cabeza de su hijo con desaprobación. Era evidente que estaba imaginando los estragos que provocaría en la ropa y las sábanas si lo dejaba deambular por ahí con grasa pegada a la cabeza.

—Con vinagre y un peine fino lograrás eliminar los grandes —añadí, acercándome a mirar la fina línea blanca que separaba los cabellos rojos de Jemmy—. Pero no vale para las liendres; ésas tendrás que sacarlas una a una tú con las uñas... o, si no, esperar a que crezcan y extraerlas con el peine.

—Aféitalo —dijo Roger, negando con la cabeza—. Jamás conseguirás eliminar todas las liendres; tendrás que volver a repetir de nuevo el proceso en unos cuantos días, y, de todas formas, se te escaparán algunas que luego crecerán y saltarán... —Sonrió y le dio un golpecito a una miga de galleta con la uña del pulgar; la miga rebotó en la falda de Bree y ella la apartó de un golpe, mirando a Roger con enojo.

—¡Eres de gran ayuda! —Se mordió el labio con el ceño fruncido, y luego asintió a regañadientes—. Bueno, de acuerdo. Supongo que no hay más remedio.

—Volverá a crecer —le aseguré.

Jamie subió a la planta superior para buscar su navaja de afeitar; yo me dirigí a la consulta para traer mis tijeras quirúrgicas y un frasco de aceite de lavanda para el dedo quemado de Jamie. Cuando regresé, Bree y Roger tenían las cabezas juntas sobre lo que parecía un periódico.

—¿Qué es eso? —pregunté, acercándome a mirar por encima del hombro de Brianna.

—Se trata del nuevo proyecto de Fergus. —Roger me sonrió y luego movió el periódico para que yo pudiera verlo—. Nos lo envió con un mercader que lo dejó en la casa de Sinclair para Jamie.

—¿En serio? ¡Es maravilloso!

Estiré el cuello para verlo, y me recorrió un pequeño estremecimiento al leer el titular en gruesas letras atravesando la parte superior de la página:

THE NEW BERN ONION

Luego lo miré mejor.

—¿Onion? —pregunté, parpadeando—. ¿Onion? ¿'Cebolla', en inglés?

—Bueno, él lo explica —dijo Roger, señalando una sección ornamentada con viñetas en el centro de la página, con el título de *Comentarios del propietario*, y con un texto sostenido por un par de querubines—. Es porque las cebollas tienen capas, hay complejidad en ellas, ¿entiendes...? Y... eh... la... —pasó el dedo por la línea—, «la acritud y el sabor del discurso razonado que siempre se ejercerá en estas páginas para la completa información y divertimento de nuestros compradores y lectores».

—Noto que distingue entre compradores y lectores —comenté—. ¡Muy francés!

—Bueno, sí —admitió Roger—. Hay un tono claramente galo en algunos de los artículos, pero también se hace patente que Marsali ha tenido bastante que ver en ello... y, desde luego, la mayoría de los anuncios han sido redactados por las personas que los han colocado. —Señaló un pequeño recuadro con el título de «Sombrero perdido. Si se encuentra en buenas condiciones, por favor, devolver al suscriptor S. Gowdy, New Bern. Si no está en buenas condiciones, úselo usted mismo».

Jamie llegó con la navaja de afeitar a tiempo de escuchar esto último, y se sumó a las carcajadas. Indicó con el dedo otro recuadro en la página.

—Sí, ése es bueno, pero creo que «El rincón del poeta» tal vez sea mi favorito. No creo que lo haya creado el mismo Fergus; él no tiene oído para la rima... ¿Creéis que habrá sido Marsali, o alguna otra persona?

—Léelo en voz alta —dijo Brianna, pasándole el periódico a regañadientes a Roger—. Será mejor que le corte el pelo a Jemmy antes de que se escape y llene el Cerro de Fraser de piojos.

Una vez resignada a la idea, Brianna no vaciló, sino que le ató a Jemmy un paño de cocina en el cuello y blandió las tijeras con una resolución que mandó mechones de cabello dorado rojizo y cobrizo al suelo como una lluvia resplandeciente. Mientras tanto, Roger leyó en voz alta, con dramáticas florituras:

> Respecto a la última ley que prohíbe
> la venta de bebidas espirituosas, y más cosas aún.
> Decidme... ¿puede acaso entenderse
> que esta ley favorece el bien común?
> Claro que no; yo lo niego;

puesto que, como todos admiten, es mejor
de entre dos males elegir el menor,
entonces es correcta mi opinión.
Supongamos que lo investigamos
y, al parecer, diez de estas callejeras
mueren todos los años por beber en exceso,
¿deberían miles de inocentes almas
caer en la desesperación
y perder su sustento
como forma de poner impedimento
a tamaña locura?
No se crea que el pecado aliento,
ni que la ginebra defiendo,
sino que humildemente pienso
que este plan, hecho con la máxima premura,
no concuerda con las Sagradas Escrituras
si creemos en la Justicia Divina,
puesto que, cuando el pecado de Sodoma
hubo de vengarse,
diez rectos evitaron su perdición
y consiguieron de Dios el perdón.
En cambio, ahora, diez descaradas pervertidas
ofenden a algunos particulares epicúreos
y arruinan a media ciudad.

—«No se crea que el pecado aliento, / ni que la ginebra defiendo» —repitió Bree riendo—. ¿Habéis notado que él, o ella, no menciona el whisky? ¿Y qué es una callejera? ¡Uy, quédate quieto, cariño!

—Una ramera —respondió Jamie con expresión ausente, afilando su cuchilla mientras seguía leyendo por encima del hombro de Roger.

—¿Qué es una ramera? —preguntó Jemmy, cuyo radar captó, naturalmente, la única palabra poco delicada de toda la conversación—. ¿Es la hermana de Richie?

Charlotte, la hermana de Richard Woolam, era una joven muy atractiva; también era una cuáquera de lo más devota. Jamie intercambió una mirada con Roger y tosió.

—No, no lo creo, muchacho —dijo—. Y, por el amor de Dios, ¡ni se te ocurra decirlo! Vamos, ¿estás listo para que te afeite? —Sin esperar respuesta, cogió la brocha de afeitar y llenó de espuma la cabeza de Jemmy, que chillaba de deleite.

—Barbero, barbero, córtale el cabello —exclamó Bree, observándolos—. ¿Cuántos pelos hacen falta para una peluca?

—Muchos —respondí, barriendo los montoncitos de cabello caído y arrojándolos al fuego, con la esperanza de acabar con todos los piojos.

En realidad, sí era una pena; el pelo de Jemmy era hermoso. De todas formas, volvería a crecer, y el corte estaba dejando al descubierto la adorable forma de su cabeza, redondeada como un melón pequeño.

Jamie canturreaba entre dientes sin seguir ninguna melodía concreta, pasando la navaja por la piel de la cabeza de su nieto con la misma delicadeza que emplearía si estuviera afeitando a una abeja.

Jemmy movió la cabeza ligeramente y yo contuve el aliento, paralizada por un recuerdo fugaz; Jamie, con el pelo muy corto en París, preparándose para encontrarse con Jack Randall; para matar o morir. Luego Jemmy se volvió de nuevo, retorciéndose en la banqueta, y la visión se esfumó, para ser reemplazada por otra cosa.

—¿Qué es eso? —Me incliné hacia delante para mirar, justo cuando Jamie movía la navaja con una floritura y arrojaba la última espuma al fuego.

—¿Qué? —Bree se inclinó a mi lado, y sus ojos se abrieron al ver una pequeña mancha marrón. Tenía el tamaño aproximado de un cuarto de penique, totalmente redonda, justo encima del nacimiento del pelo hacia la parte posterior de la cabeza, detrás de la oreja izquierda—. ¿Qué es? —preguntó, frunciendo el ceño. Lo tocó con delicadeza, pero Jemmy apenas lo notó. Estaba retorciéndose todavía más, puesto que quería bajar del taburete.

—Estoy bastante segura de que no es nada malo —le aseguré después de una rápido examen—. Parece lo que llamamos un nevus... algo así como un lunar plano, por lo general, totalmente inofensivo.

—Pero ¿de dónde ha salido? ¡No lo tenía cuando nació, estoy segura! —exclamó.

—Es muy poco común que los bebés tengan lunares de ninguna clase —le expliqué, desatando el paño de cocina del cuello de Jemmy—. ¡Bien, ya estás listo! Ahora ve y pórtate bien... Cenaremos tan pronto como pueda preparar la comida. No —añadí, volviéndome hacia Bree—, los lunares comienzan a aparecer, por lo general, cuando tienes unos tres años, aunque, desde luego, pueden seguir saliendo a medida que te haces mayor.

Libre de ataduras, Jemmy estaba frotándose el cuello con ambas manos, con aspecto de satisfacción y canturreando «Charlotte la ramera, Charlotte la ramera», en voz baja y entre dientes.

—¿Estás segura de que no pasa nada? —Brianna seguía frunciendo el ceño, preocupada—. ¿No es peligroso?

—Ah, no, no es nada —le aseguró Roger, levantando la vista del periódico—. Yo tengo uno igual, desde que era niño. Justo... aquí. —Su cara se alteró bruscamente a medida que hablaba y su mano se levantó con mucha lentitud, hasta apoyarse en la parte posterior de la cabeza; justo sobre el nacimiento del pelo, detrás de la oreja izquierda.

Me miró y yo vi que su garganta se movía al tragar saliva, y la irregular cicatriz de la cuerda se oscurecía en comparación con la repentina palidez de su piel. El vello de mis brazos se erizó en silencio.

—Sí —dije, respondiendo a su mirada, y esperando que mi voz no temblara de una manera muy perceptible—. Esa clase de marcas... muchas veces son hereditarias.

Jamie no comentó nada, pero su mano se cerró sobre la mía y la apretó con fuerza.

Jemmy estaba caminando a cuatro patas, tratando de hacer salir a *Adso* de debajo del banco. Su cuello era pequeño y frágil, y la afeitada cabeza tenía un color blanco sobrenatural y se veía alarmantemente desnuda, como una seta asomando de la tierra. Los ojos de Roger se posaron en ella durante un instante, y luego se volvieron hacia Bree.

—Creo que yo también tengo piojos —declaró, levantando un poco la voz. Extendió la mano, se quitó la cinta con la que recogía su tupido cabello negro y se rascó la cabeza con fuerza con ambas manos. Luego cogió las tijeras, sonriendo, y se las ofreció—. De tal palo, tal astilla, supongo. ¿Me ayudas con esto?

DÉCIMA PARTE

¿Dónde está Perry Mason cuando se lo necesita?

76

Correspondencia peligrosa

Plantación de Mount Josiah, en la colonia de Virginia
De lord John Grey al señor James Fraser
Cerro de Fraser, Carolina del Norte,
alrededor del 6 de marzo, Anno Domini de 1775

Estimado señor Fraser:

¿Qué es lo que te propones, en el nombre de Dios? En el transcurso de los largos años desde que te conozco, he descubierto que eras muchas cosas, entre ellas temperamental y testarudo, pero siempre te he considerado un hombre de inteligencia y honor.

Sin embargo, y a pesar de mis explícitas advertencias, me he encontrado con tu nombre en más de una lista de sospechosos de traición y sedición, relacionado con asambleas ilegales y, por tanto, sujeto a arresto. El hecho de que todavía te encuentres en libertad, amigo mío, no refleja otra cosa que la falta de tropas disponibles en Carolina del Norte en este momento, y eso puede cambiar rápidamente. Josiah Martin ha implorado ayuda a Londres, y ésta llegará pronto, te lo aseguro.

Si Gage no estuviera más que bastante ocupado en Boston, y las tropas de lord Dunsmore en Virginia no se encontrasen aún en proceso de formación, el ejército caería sobre ti en pocos meses. No te llames a engaño: tal vez las acciones del rey sean equivocadas, pero el gobierno es consciente —aunque tarde— del nivel de agitación política en las colonias, y está moviéndose lo más rápido que puede para reprimirla, antes de que se produzcan daños mayores.

Más allá de todo lo que seas, sé que no eres ningún necio, de modo que debo suponer que comprendes las consecuencias de tus acciones. Pero no sería un verdadero amigo si no te planteara la situación sin rodeos: tus acciones hacen que tu familia se halle en sumo peligro y estás poniendo tu propia cabeza en la horca.

Te ruego, en honor del poco o mucho afecto que aún me tengas, y por el bien de la buena relación entre tu familia y yo mismo, que renuncies a esas compañías tan peligrosas mientras estés a tiempo.

John

Leí la carta de cabo a rabo, y luego levanté la mirada en dirección a Jamie. Estaba sentado frente a su escritorio, con papeles y pequeños fragmentos marrones de lacre esparcidos por todas partes. Bobby Higgins había traído bastantes cartas, periódicos y paquetes; Jamie había dejado la lectura de la carta de lord John para el final.

—Está verdaderamente preocupado por ti —dije, colocando la solitaria hoja de papel encima del resto.

Jamie asintió.

—El hecho de que un hombre como él se refiera a las acciones del rey como posiblemente «equivocadas» es muy cercano a la traición, Sassenach —observó, aunque a mí me pareció que estaba bromeando.

—Estas listas que menciona; ¿sabes algo de eso?

Se encogió de hombros y metió el índice en una de las desordenadas pilas de cartas, de la que sacó un papel manchado, que había caído en un charco en algún momento.

—Debe de referirse a algo así, supongo —dijo, entregándomelo.

Estaba sin firmar y era casi ilegible; se trataba de una denuncia, con errores de ortografía y llena de injurias, de una serie de «Escándalos y personas perversas (aquí enumeradas)», cuyas palabras, acciones y aspecto representaban una amenaza para todos los que apreciaban la paz y la prosperidad. A esas personas, según el sentimiento del autor, había que «darles su merecido», presumiblemente apaleándolos, despellejándolos vivos, «empapándolos con brea hirviendo y poniéndolos sobre una barra» o, en los casos más perniciosos, «colgándolos directamente de las vigas de sus propios tejados».

—¿De dónde has sacado esto? —Lo dejé caer sobre el escritorio, empleando dos dedos.

—De Campbelton. Alguien se la mandó a Farquard como juez de paz. Él me la entregó porque mi nombre se encuentra en la lista.

—¿Sí? —Examiné las desordenadas letras—. Ah, sí, es cierto: J. Frayzer. ¿Estás seguro de que se trata de ti? Después de todo, hay unos cuantos Fraser, y varios de ellos se llaman John, James, Jacob o Joseph.

—Pero son muy pocos los que pueden ser descritos como un «usurero hijo de puta degenerado pelirrojo sifilítico que frecuenta burdeles cuando no está borracho y armando escándalo en la calle», diría yo.

—Ah, me he perdido esa parte.

—Está en la explicación de más abajo. —Echó una mirada breve e indiferente al papel—. Yo diría que la escribió Buchan, el carnicero.

—Pero no veo por qué ha añadido la palabra «usurero»; tú no tienes dinero para prestar.

—Supongo que no es estrictamente necesario que tenga alguna base verdadera, dadas las circunstancias, Sassenach —intervino—. Y gracias a MacDonald y al pequeño Bobby, hay un gran número de personas que creen que sí tengo dinero, y si no estoy inclinado a prestárselo a ellos, bueno, entonces, está claro que se trata de que yo he puesto mi fortuna en manos de judíos y especuladores *whigs*, y que tengo la intención de arruinar el comercio para mi propio beneficio.

—¿Qué?

—Ése fue un intento algo más literario —comentó, rebuscando entre el montón de papeles y sacando un elegante pergamino, escrito con caligrafía inglesa.

Éste había sido enviado a un periódico de Hillsboro, y estaba firmado con la frase «Un amigo de la justicia», y si bien no mencionaba a Jamie por su nombre, estaba claro quién era el objeto de la denuncia.

—Es el pelo —dije, mirándolo con expresión crítica—. Si usaras peluca, les resultaría mucho más difícil.

Levantó un hombro en un gesto sarcástico. La opinión, bastante extendida, de que el pelo rojo era un indicio de personalidad dudosa y relajación moral, si no directamente de posesión diabólica, no se limitaba a personajes anónimos que nos deseaban el mal. Ese punto de vista (junto con la aversión personal) tenía que ver con el hecho de que él jamás llevaba peluca ni se empolvaba el pelo, incluso en situaciones en las que un caballero de bien lo haría.

Sin preguntar, me acerqué a un montón de papeles y comencé a hojearlos. Él no intentó detenerme, sino que se sentó en silencio, observándome y escuchando el incesante tamborileo de la lluvia.

Fuera arreciaba una fuerte tormenta primaveral, y el aire era frío y húmedo, cargado de los aromas vegetales del bosque que se insinuaban entre las grietas de la puerta y la ventana. Al escuchar el viento que atravesaba los árboles, a veces tenía la repentina sensación de que la naturaleza del exterior pretendía entrar, desfilar por la casa y arrasarla, eliminando cualquier rastro de nosotros.

Las cartas estaban bastante mezcladas. Algunas eran de los miembros del comité de correspondencia de Carolina del Norte, con noticias, la mayoría del norte. Habían surgido comités de asociación continental en New Hampshire y Nueva Jersey, organismos que comenzaban a asumir casi las funciones de gobierno, a medida que los gobernadores leales al rey perdían el control en las asambleas, los tribunales y las aduanas, y el resto de las instituciones caían más profundamente en la confusión.

Boston seguía ocupada por las tropas de Gage, y algunas de las cartas solicitaban que se siguiera enviando comida y suministros para ayudar a sus ciudadanos; nosotros habíamos mandado cien kilos de cebada en invierno. Uno de los Woolam se había ocupado de hacerlo llegar a la ciudad, junto con otros tres vagones de otros alimentos aportados por los habitantes del Cerro.

Jamie había cogido su pluma y estaba escribiendo algo, despacio, debido a la rigidez de su mano.

A continuación, había un recado de Daniel Putnam, que había circulado por Massachusetts, donde comentaba la aparición de compañías de milicianos en el campo y solicitaba armas y pólvora. Estaba firmada por una docena de hombres más, cada uno de ellos poniéndose como testigo de la verdad de la situación en su propio pueblo.

Se proponía la celebración de un segundo congreso continental en Filadelfia, con fecha todavía por determinar.

Georgia había formado un congreso provincial, pero como subrayaba el autor de la carta, leal a la Corona (suponiendo que Jamie sería de la misma ideología política), «aquí no hay rencores contra Gran Bretaña, como en otras partes; el sentimiento leal a la Corona es tan firme que sólo cinco de doce parroquias han enviado delegados a este congreso arribista e ilegal».

Un ejemplar bastante destartalado de la *Massachusetts Gazette*, fechado el 6 de febrero, contenía una carta, rodeada con un círculo de tinta y titulada «El imperio de la ley y el imperio de los hombres». La firmaba *Novanglus* —que imaginé sería una especie de derivación del latín para «nuevo inglés»— y se suponía que era la respuesta a unas cartas anteriores de un *tory* que firmaba, nada menos, con el nombre de *Massachusettensis*.

No tenía la menor idea de quién podría ser ese tal Massachusettensis, pero reconocí algunas frases de la carta de Novanglus, por haber leído algunos fragmentos, mucho tiempo atrás, en las tareas escolares de Bree; John Adams, en muy buena forma.

—«Un gobierno de leyes, no de hombres» —murmuré—. ¿Qué tipo de seudónimo utilizarías si escribieras esta clase de cosas? —Levanté la mirada y vi que Jamie tenía una expresión extremadamente avergonzada.

—¿Ya lo has estado haciendo?

—Bueno, sólo alguna cartita aquí y allá —respondió, a la defensiva—. Nada de panfletos.

—¿Quién eres tú?

Se encogió de hombros, en actitud de desaprobación.

—*Scotus Americannus*, pero sólo hasta que se me ocurra algo mejor. Hay unos cuantos más que usan el mismo nombre, que yo sepa.

—Bueno, eso puede ser útil. Al rey le será más difícil ubicarte en medio de la multitud. —Murmurando «Massachusettensis» para mis adentros, cogí el siguiente documento.

Era una nota de John Stuart, muy ofendido por la repentina renuncia de Jamie, en la que comentaba que el «totalmente ilegal e inútil congreso, como lo denominan», de Massachusetts había invitado de manera formal a los indios de Stockbridge a alistarse al servicio de la colonia, e informaba a Jamie de que, si alguno de los cherokee los imitaba, él, John Stuart, se encargaría en persona y con sumo placer de asegurarse de que él, James Fraser, fuera ahorcado por traición.

—Y supongo que John Stuart ni siquiera sabe que eres pelirrojo —comenté, apartando la carta.

Me sentía un poco inquieta, a pesar de mis intentos de bromear al respecto. Ver todo desplegado en letras de molde solidificaba las nubes que habían estado formándose a nuestro alrededor, y comenzaba a sentir las primeras gotas de lluvia helada en la piel, a pesar del chal de lana que me rodeaba los hombros.

No había chimenea en el estudio; sólo un pequeño brasero que usábamos para calentar la habitación. En ese momento ardía en un rincón, y Jamie se levantó, cogió un montón de cartas y comenzó a echarlas al fuego, una a una.

Tuve una repentina sensación de *déjà vu*, y lo vi de pie junto a la chimenea en la sala de la casa de su primo Jared en París, echando cartas al fuego. Las cartas robadas de los conspiradores jacobitas, elevándose en blancas nubecillas de humo, las nubes de una tormenta que había quedado atrás hacía mucho tiempo.

Recordé lo que Fergus había dicho acerca de las instrucciones de Jamie: «Sé bastante bien cómo se juega a este juego.» Yo también lo sabía, y se me comenzaron a formar cristales de hielo en la sangre.

Jamie dejó caer el último fragmento en llamas en el brasero, luego vertió arena a la página que había estado escribiendo, la sacudió para retirar los restos, y me la pasó. Había usado una de las hojas del papel especial que había fabricado Bree aplastando pulpa formada con trapos viejos y restos vegetales entre dos pantallas de seda. Era más grueso de lo habitual, con una textura suave y reluciente, y como había añadido frutos rojos y hojas diminutas a la pulpa, aparecían aquí y allá, algunas pequeñas manchas rojas como de sangre bajo la sombra de la silueta de una hoja de árbol.

> Cerro de Fraser, en la colonia de Carolina del Norte, este decimosexto día de marzo, Anno Domini de 1775
> James Fraser a lord John Grey, de la plantación de Mount Josiah, en la colonia de Virginia
>
> Estimado John:
>
> Es demasiado tarde.
>
> Nuestra continua correspondencia sólo representa un peligro para ti; por ello, y con el mayor de los pesares, debo cortar este vínculo entre nosotros.
>
> Créeme que siempre seré
> Tu más humilde y afectuoso amigo,
>
> Jamie

La leí en silencio y se la devolví. Mientras él buscaba el lacre para sellarla, vi en un rincón de su escritorio un pequeño paquete de papel que había estado oculto bajo el desorden.

—¿Qué es eso? —Lo recogí; era increíblemente pesado para su tamaño.

—Un regalo de su señoría para el pequeño Jemmy. —Prendió el extremo de la vela en el brasero, y los sostuvo sobre la unión de la carta doblada—. Según Bobby, son unos soldaditos de plomo.

77

El 18 de abril

Roger se despertó de repente, sin saber qué lo había agitado de tal forma. La oscuridad era total, pero el aire de la madrugada era tranquilo; el mundo contenía el aliento, antes de que llegara el amanecer con un viento que comenzaba a aparecer. Movió la cabeza en la almohada, y notó que Brianna también estaba despierta; estaba boca arriba, y Roger captó el breve movimiento de sus ojos al parpadear.

Acercó una mano para tocarla y ella cerró la suya en torno a la de él. ¿Le rogaba silencio? Se quedó inmóvil, escuchando, pero no oyó nada. Una brasa estalló en el hogar con un crujido amortiguado y la mano de ella lo apretó con más fuerza. Jemmy se movió en la cama agitando los edredones, dejó escapar un pequeño gemido y luego quedó en silencio. La noche seguía inmutable.

—¿Qué ocurre? —preguntó él en voz baja.

Ella no se volvió para mirarlo; sus ojos estaban clavados en la ventana, un rectángulo gris oscuro, apenas visible.

—Ayer fue 18 de abril —dijo—. Ha comenzado. —Su voz era tranquila, pero había algo en ella que hizo que se acercara más, de manera que quedaron pegados, tocándose desde el hombro hasta el pie.

Al norte de ellos, en alguna parte, había hombres que se reunían en la fría noche primaveral. Ochocientos soldados británicos, gruñendo y maldiciendo mientras se vestían a la luz de la vela. Los que se habían acostado se levantaban al oír los tambores que pasaban junto a las casas, los almacenes y las iglesias donde estaban acuartelados; los que no habían dormido a causa de los dados y la bebida salían tambaleándose, alejándose del calor del fuego de las tabernas y de los cálidos brazos de las mujeres, y buscaban botas perdidas, cogían armas, se reunían en grupos de dos, tres y cuatro, y avanzaban con ruidos metálicos y balbuceos por las calles de barro congelado hacia el punto de reunión.

—Yo crecí en Boston —dijo Brianna en un suave tono coloquial—. Todos los niños de Boston aprendíamos aquel poema en algún momento. Yo lo aprendí en quinto grado.

—«Escuchad, hijos míos, y sabréis / de la cabalgata nocturna de Paul Revere.» —Roger sonrió, imaginándosela con el uniforme de la escuela parroquial de Saint Finbar: pichi azul, blusa blanca y calcetines hasta las rodillas. Una vez había visto una fotografía de ella en quinto grado; parecía un tigre pequeño, feroz y desgreñado que algún maníaco había vestido con ropas de muñeca.

—Ése. «El dieciocho de abril del setenta y cinco. / Ya casi no queda ningún hombre vivo / que recuerde aquel famoso día y año.»

—Casi ningún hombre —repitió Roger en voz baja.

Alguien... ¿quién? ¿Un propietario de una casa, que espiaba a los comandantes británicos acuartelados en su hogar? ¿Una camarera, que llevaba jarras de ron caliente a un par de sargentos? Era imposible mantener el secreto, con ochocientos hombres o más en movimiento. Era una cuestión de tiempo. Alguien, desde la ciudad ocupada, había mandado el mensaje de que los británicos tenían la intención de coger las armas y la pólvora almacenadas en Concord y, al mismo tiempo, arrestar a Hancock y a Samuel Adams, el fundador del comité de seguridad y el orador incendiario, los líderes de «esta traicionera rebelión», que se suponía que estaban en Lexington.

¿Ochocientos hombres para capturar a dos? Buenas probabilidades. Y un platero y sus amigos, alarmados por la noticia, habían salido aquella fría noche. Bree continuó:

> Les dijo a sus amigos: «Si los británicos salen
> por tierra o mar del pueblo esta noche,
> colgad un farol en lo alto de la torre del campanario
> de la iglesia del Norte, como una señal...
> Uno si es por tierra, y dos si es por mar;
> y yo estaré en la otra orilla,
> listo para cabalgar y hacer correr la alarma
> a todas las aldeas y granjas de Middlesex,
> para que la gente del campo esté despierta y armada.»

—Ya no se escriben poemas así —afirmó. Pero a pesar de su cinismo, le resultaba imposible no imaginárselo: el aliento blanco de un caballo en la oscuridad y, al otro lado del agua negra, la diminuta estrella de un farol, en lo alto de la ciudad dormida. Y luego otra—. ¿Qué ocurrió entonces?

> Entonces él dijo: «¡Buenas noches!», y amortiguando
> el ruido de los remos,
> remó en silencio hasta la costa de Charleston,
> justo cuando la luna ascendía sobre la bahía,

donde, balanceándose en sus amarras, yacía
el *Somerset*, un buque de guerra británico;
un buque fantasma, con cada mástil y palo
cruzando la luna como barrotes de una prisión,
y un enorme bulto negro, aumentado
por su propio reflejo en la marea.

—Bueno, eso no está tan mal —comentó Roger con buen juicio—. Me gusta lo del *Somerset*. Una descripción bastante pictórica.

—Cierra la boca —lo increpó ella con una patada, aunque sin mucha fuerza—. Luego habla de su amigo, quien «erra y vigila con oídos atentos...». —Roger resopló, y Brianna le dio otra patada—. «Hasta que en el silencio que lo rodea oye / hombres que se reúnen en las puertas de las barracas, / el sonido de armas y de pisadas, / y el paso medido de los granaderos, / marchando hacia los botes de la orilla.»

Él había ido a visitarla a Boston una primavera. A mediados de abril, los árboles no tendrían más que una sombra de verdor, y sus ramas seguirían, en su mayoría desnudas, frente a un cielo pálido. Las noches continuaban siendo glaciales, pero el frío estaba dotado de cierta vida, de una frescura que se movía a través del aire helado.

—Luego hay una parte aburrida en la que su amigo sube la escalera de la torre de la iglesia, pero la siguiente estrofa me gusta. —Bajó un poco el tono de voz hasta que se convirtió casi en un susurro.

Abajo, en el cementerio, yacían los muertos
en su campamento nocturno en la colina,
envueltos en un silencio tan profundo e inmóvil
que él pudo oír, como el paso de un centinela,
el viento nocturno vigía, que soplaba
arrastrándose de tienda en tienda
y susurrando, al parecer: «¡Todo va bien!»
Tan sólo por un momento, siente el hechizo
del lugar y la hora, y el temor secreto
del solitario campanario y los muertos,
pues de pronto todos sus pensamientos se inclinan
hacia algo sombrío y lejano,
donde el río se ensancha para desembocar en la
bahía...

una línea de negrura que se curva y flota
sobre la marea alta como un puente de barcos.

—Luego hay toda una parte en la que el viejo Paul mata el tiempo esperando la señal —afirmó Brianna, abandonando el susurro dramático y reemplazándolo por un tono de voz más normal—. Pero finalmente ésta aparece, y entonces...

Veloces cascos sobre una calle de la aldea,
una silueta a la luz de la luna, un bulto en la
oscuridad,
y, más abajo, en los guijarros, al pasar una chispa,
creada por un corcel que vuela intrépido y raudo;
¡eso fue todo! Y, sin embargo, a través de la penumbra
y la luz,
era el destino de una nación el que cabalgaba aquella
noche,
y la chispa creada por aquel corcel en su huida
encendió la tierra en llamas con su calor.

—En realidad, eso está muy bien. —La mano de Roger se curvó sobre el muslo de ella, encima de la rodilla, por si ella le daba una patada de nuevo, pero no lo hizo—. ¿Recuerdas el resto?

—Entonces él corre a lo largo del río Mystic —continuó Brianna, ignorándolo—, y luego hay tres estrofas, cuando él pasa por los diferentes pueblos:

Dieron las doce en el reloj de la aldea
cuando cruzó el puente hacia el pueblo de Medford.
Oyó el canto del gallo,
y el ladrido del perro del granjero,
y sintió la humedad de la bruma del río,
que se levanta cuando baja el sol.

Dio la una en el reloj de la aldea
cuando entró al galope en Lexington.
Al pasar, vio la veleta dorada
nadando a la luz de la luna,
y las ventanas del templo, vacías y desnudas,
lo contemplaron con una mirada espectral,
como si ya estuvieran horrorizadas
por la sangrienta obra que verían.

—«Dieron las dos en el reloj de la aldea...», y sí, ya sé que el reloj siempre da la hora en el primer verso, ¡cállate! —Roger había suspirado, pero no para interrumpirla, sino porque de pronto se había dado cuenta de que estaba conteniendo el aliento—. «Dieron las dos en el reloj de la aldea» —repitió ella.

Cuando llegó al puente de la ciudad de Concord.
Oyó los balidos del rebaño,
y los gorjeos de las aves en los árboles,
y sintió el aire de la brisa matutina
que soplaba sobre el prado marrón.
Y uno que estaba a salvo y dormido en su cama
sería el primero en caer en el puente,
y yacería muerto ese mismo día,
atravesado por la bala de un mosquete británico...

—«Ya conocéis el resto.» —Se detuvo bruscamente y le apretó la mano con fuerza.

En un instante, la noche había cambiado. La tranquilidad de la madrugada había cesado y una brisa avanzaba entre los árboles. De repente, la noche estaba viva de nuevo, pero ahora estaba muriendo, apresurándose hacia el amanecer.

Si bien los pájaros no gorjeaban del todo, estaban despiertos; algo llamaba, una y otra vez, en el bosque cercano, con un canto agudo y dulce. Y, más allá del intenso olor del fuego, Roger respiró el aire silvestre y limpio de la mañana, y sintió que su corazón, súbitamente, latía con rapidez.

—Cuéntame el resto —susurró.

Se imaginó las sombras de hombres en los árboles, los disimulados golpes en las puertas, las conversaciones entusiasmadas y en voz baja, y, mientras tanto, la luz que procedía del este. El lamido del agua y un crujido de remos, el sonido de las vacas inquietas que mugían para que las ordeñaran y, en la brisa creciente, el olor a hombres, intenso por el sueño y la falta de sustento, picante por la negra pólvora y el olor del acero.

Y, sin pensarlo, se soltó las manos de su esposa, rodó encima de ella, le apartó el camisón de los muslos y la tomó con fuerza y con rapidez, compartiendo de forma indirecta aquel mecánico impulso de engendrar que acompañaba la presencia inminente de la muerte.

Yació sobre ella temblando. La brisa que entraba por la ventana secaba el sudor de su espalda, y el corazón retumbaba en sus oídos. «Por aquél», pensó. Aquel que sería el primero en caer. El pobre infeliz que tal vez ni siquiera habría fornicado con su esposa en la oscuridad y aprovechado la oportunidad de dejarla embarazada, porque no tenía la menor idea de lo que vendría con el amanecer. Ese amanecer.

Brianna estaba inmóvil debajo de él. Roger advirtió cómo su pecho subía y bajaba, y sus poderosas costillas se levantaban incluso con su peso.

—Tú ya conoces el resto —susurró.

—Bree —dijo él en voz muy baja—, vendería mi alma al diablo por estar allí ahora.

—¡Chisss! —le mandó callar ella, pero su mano se levantó y se posó sobre la espalda de él en lo que podría ser una bendición. Permanecieron inmóviles, observando cómo la luz iba aumentando poco a poco, manteniendo el silencio.

El silencio cesó un cuarto de hora más tarde, debido al sonido de unas veloces pisadas y unos golpes en la puerta. Jemmy saltó de entre sus mantas como el cuco de un reloj con los ojos redondos, y Roger se incorporó, alisándose con rapidez la camisa de dormir.

Era uno de los Beardsley, con la cara encogida y pálida bajo la luz grisácea. No prestó atención a Roger, sino que gritó a Brianna:

—¡Lizzie va a tener el bebé, venga rápido! —Luego salió corriendo en dirección a la Casa Grande, donde podía verse la figura de su hermano gesticulando en el porche.

Brianna se echó sus ropas por encima y salió de la cabaña como si la llevara el diablo, dejando que Roger se ocupase de Jemmy. Se reunió con su madre, igualmente desgreñada, pero con un botiquín colgado del hombro, que corría hacia la estrecha senda que pasaba por el almacén y el establo, y conducía a los bosques lejanos donde se encontraba la cabaña de los Beardsley.

—Debería haber bajado la semana pasada —jadeó Claire—. Se lo dije...

—Yo también. Pero comentó... —Brianna se interrumpió. Los gemelos Beardsley las habían dejado atrás mucho antes, corriendo por el bosque como ciervos, ululando y gritando, aunque no sabía decir si era por el entusiasmo provocado por su inminente paternidad o para hacer saber a Lizzie que la ayuda estaba en camino.

Sabía que Claire estaba preocupada por la malaria de Lizzie. Y, sin embargo, la sombra amarilla que con tanta frecuencia rodeaba a su antigua sierva había desaparecido durante el embarazo. Lizzie había renacido.

De todas formas, Brianna sintió cierto temor en el estómago cuando vio la cabaña de los Beardsley. Habían sacado las pieles fuera y las habían apilado alrededor de la diminuta casa formando una barricada, y el olor le provocó una visión momentánea y terrible de la cabaña de los MacNeill, dominada por la muerte.

Pero la puerta estaba abierta y no había moscas. Se obligó a detenerse un instante, para dejar que Claire entrara primero, pero luego se apresuró... y descubrió que habían llegado demasiado tarde.

Lizzie estaba sentada sobre una enramada de pieles manchada de sangre, parpadeando con estupefacción con un pequeño y redondo bebé ensangrentado, que la contemplaba a ella con la misma expresión de asombro.

Jo y Kezzie se abrazaban, demasiado nerviosos y temerosos para hablar. Brianna vio con el rabillo del ojo que las bocas de los gemelos se abrían y se cerraban de manera sincopada, y quiso reír, pero, en cambio, siguió a su madre a la cabecera de la cama.

—¡Simplemente ha salido! —decía Lizzie, mirando durante un instante a Claire, pero luego volvió su mirada fascinada al bebé, como si esperara que él (sí, era él, según comprobó Brianna) desapareciera con la misma rapidez con la que había llegado—. Anoche la espalda me dolía muchísimo, así que no pude dormir y los muchachos se turnaron para hacerme masajes, pero no servía de nada, y luego, cuando me he levantado esta mañana para ir al retrete, he roto aguas, ¡tal como usted me había dicho que sucedería, señora! —le dijo a Claire—. Entonces les he pedido a Jo y a Kezzie que corrieran a buscarlas, pero no sabía exactamente qué hacer después. Así que me he puesto a batir la masa para hacer tortitas de maíz para el desayuno —hizo un gesto hacia la mesa, donde había un cuenco de harina, una jarra de leche y dos huevos— y, de pronto, he sentido un impulso terrible de... de... —Se ruborizó, adquiriendo un subido color de peonía.

»Bueno, ni siquiera he podido llegar al orinal. Simplemente me he puesto en cuclillas allí, junto a la mesa, y... ¡plof! ¡Allí estaba, en el suelo, justo debajo de mí!

Claire ya había recogido al recién nacido y estaba meciéndolo para que se tranquilizara, mientras comprobaba todo lo que se debe comprobar en los bebés recién nacidos. Lizzie había preparado una manta tejida con lana de oveja y teñida de índigo. Claire echó un vistazo a la prístina manta y luego sacó de su material un pedazo de franela suave y manchada. Envolvió con él al bebé y se lo pasó a Brianna.

—Sostenlo un momento mientras yo me ocupo del cordón, por favor, querida —dijo, sacando unas tijeras e hilo—. Luego podrías limpiarlo un poco... aquí hay un frasco de aceite... mientras yo atiendo a Lizzie. Y vosotros —añadió con una firme mirada a los Beardsley—, salid.

El bebé de repente se movió en el interior de la tela que lo cubría y Brianna tuvo un recuerdo repentino y nítido de unos miembros diminutos y sólidos que empujaban desde su interior: una patada al hígado, la líquida hinchazón y el movimiento cuando la cabeza o las nalgas presionaban, formando una curva dura y lisa bajo sus costillas.

—Hola, hombrecito —dijo en voz baja, acurrucándolo en su hombro. Pensó que tenía un intenso y extraño olor a mar, y resultaba curiosamente fresco comparado con la acritud de las pieles que estaban fuera.

—¡Ohh! —Lizzie soltó un chillido de alarma cuando Claire le masajeó el vientre, y se oyó el sonido de algo jugoso y resbaladizo.

Brianna también lo recordó con nitidez; la placenta, ese resabio del parto que, al pasar sobre los tejidos tan maltratados, era casi un alivio y daba la sensación de un final tranquilo. Ya todo había terminado, y la mente aturdida comenzaba a captar el sentido de supervivencia.

Se oyó un grito ahogado desde el umbral y, cuando levantó la mirada, vio a los Beardsley, el uno junto al otro, con los ojos abiertos como platos.

—¡Fuera! —ordenó en tono firme, agitando una mano en su dirección. Los muchachos desaparecieron de inmediato, dejándola con la tarea de lavar y untar con aceite las agitadas extremidades y el cuerpo arrugado. Era un bebé pequeño pero rechoncho: tenía la cara redonda y los ojos muy redondos para un recién nacido; no había llorado, pero estaba claramente despierto y alerta, y tenía el vientre pequeño y redondo, desde el que asomaba el muñón del cordón umbilical, morado, oscuro y recién cortado.

Su expresión de sorpresa no había cambiado; la miraba con los ojos bien abiertos, serio como un pez, aunque ella podía sentir la gran sonrisa que se dibujaba en su propia cara.

—¡Eres muy guapo! —le dijo. Él chasqueó los labios, pensativo, y frunció el entrecejo—. ¡Tiene hambre! —le gritó a Lizzie por encima del hombro—. ¿Estás lista?

—¿Lista? —preguntó la chica con voz ronca—. Madre de Dios, ¿cómo puedes estar lista para algo así? —Esto hizo que tanto Claire como Brianna comenzaran a reír como posesas.

Aun así, Lizzie extendió los brazos para coger el bulto envuelto en tela azul y lo acercó a su pecho con una expresión de inseguridad. Después de unos momentos de torpes movimientos y gruñidos por parte del bebé, por fin se consiguió establecer un contacto adecuado, haciendo que Lizzie lanzara un breve chillido de sorpresa, y que todas suspiraran con alivio.

En ese momento, Brianna fue consciente de que desde hacía un rato se oía una conversación en el exterior, un murmullo de voces masculinas deliberadamente bajas que especulaban, dominadas por la confusión.

—Supongo que ya puedes dejarlos pasar. Luego pon la plancha en el fuego, por favor. —Claire, mirando con una expresión radiante a madre y a hijo, estaba batiendo la masa abandonada.

Brianna asomó la cabeza por la puerta de la cabaña y encontró a Jo, a Kezzie, a su propio padre, a Roger y a Jemmy, un poco alejados y apiñados. Todos levantaron la mirada cuando ella apareció, con expresiones que iban de un orgullo algo vergonzoso a la pura y simple emoción.

—¡Mamá! ¿El bebé ya está aquí? —Jemmy se acercó corriendo, con ganas de entrar en la cabaña, pero Brianna lo agarró del cuello de la camisa.

—Sí. Puedes pasar a verlo, pero tienes que guardar silencio. El niño acaba de llegar al mundo y no quieres asustarlo, ¿verdad?

—¿El niño? —preguntó uno de los Beardsley entusiasmado—. ¿Es un varón?

—¡Te lo dije! —exclamó su hermano, dándole codazos en las costillas—. ¡Te dije que le había visto una pequeña polla!

—No se dicen palabras como ésa delante de las damas —le informó Jem con severidad, frunciéndole el ceño—. ¡Y mamá ha dicho que guardéis silencio!

—Ah —exclamó el gemelo Beardsley, avergonzado—. Ah, sí, claro.

Avanzando con una exagerada cautela que le provocó ganas de reír a Brianna, los gemelos caminaron de puntillas hasta la cabaña, seguidos de Jem, con la mano de Jamie en el hombro, y de Roger.

—¿Lizzie se encuentra bien? —preguntó él en voz baja, deteniéndose un instante para besarla al pasar.

—Creo que un poco abrumada, pero bien.

De hecho, Lizzie se había sentado en la cama, con su suave cabello dorado peinado y resplandeciente en torno a sus hombros, mirando con una brillante expresión de felicidad a Jo y a Kezzie, quienes se habían arrodillado al lado de la cama sonriendo como simios.

—Que Brígida y Columba te bendigan, joven mujer —dijo Jamie formalmente en gaélico, haciéndole una reverencia—, y que el amor de Cristo siempre te acompañe en la maternidad. Que la leche surja de tus pechos como agua de las rocas y que descanses segura en los brazos de tu... —tosió brevemente, mirando a los Beardsley— marido.

—Si no se puede decir «polla», ¿por qué se puede decir «pechos»? —preguntó Jemmy interesado.

—No se puede, a menos que se trate de una plegaria —le informó su padre—. El abuelo estaba bendiciendo a Lizzie.

—Ah; ¿hay alguna plegaria con la palabra «polla»?

—Estoy seguro —respondió Roger, evitando con cuidado la mirada de Brianna—, pero no las puedes decir en voz alta.¿Por qué no vas a ayudar a la abuela con el desayuno?

La plancha de hierro chisporroteaba debido a la grasa, y el delicioso aroma de la masa recién hecha llenó la estancia en el momento en que Claire comenzó a verter cucharadas sobre el metal caliente.

Jamie y Roger, que ya habían presentado sus respetos a Lizzie, se apartaron para que la pequeña familia tuviera un poco de intimidad, aunque la cabaña era tan pequeña que casi no había espacio para todos.

—Eres tan hermosa —susurró Jo, o tal vez Kezzie, rozándole el cabello con un admirado dedo índice—. Tienes el aspecto de la luna nueva, Lizzie.

—¿Te ha dolido mucho, cariño? —murmuró Kezzie, o posiblemente Jo, acariciándole la mano.

—No demasiado —respondió ella, acariciando la mano de Kezzie; luego levantó la palma para posarla sobre la mejilla de Jo—. Mirad. ¿No es la criatura más hermosa que habéis visto?

El bebé había mamado hasta sentirse saciado y se había quedado dormido. Soltó el pezón con un *pop* audible, y se volvió en el brazo de su madre como un lirón, con la boca un poco abierta.

Los gemelos lanzaron idénticos sonidos de admiración, y miraron con los ojos bien abiertos a... bueno, ¿de qué otra manera llamarlo?, pensó Brianna... al hijo de ambos.

—¡Qué deditos tan pequeños! —jadeó Kezzie, o Jo, tocando el minúsculo puño rosado con un sucio dedo índice.

—¿Está todo entero? —preguntó Jo, o Kezzie—. ¿Te has fijado?

—Sí —lo tranquilizó Lizzie—. Ten... ¿quieres cogerlo? —Sin esperar a que él asintiera, ella le puso el bulto en los brazos. Fuera cual fuese el gemelo, éste adoptó una expresión de emoción y terror al mismo tiempo, y dirigió una apremiante mirada a su hermano para que lo ayudara.

Brianna, disfrutando de la escena, sintió que Roger se le acercaba.

—¿No son un primor? —susurró, buscando su mano.

—Ah, sí —dijo él con una sonrisa—. Dan ganas de tener otro, ¿no?

Era un comentario inocente. Brianna se dio cuenta de que él no lo había dicho con ninguna intención especial, aunque él mismo captó las resonancias de lo que había pronunciado al mismo tiempo que ella y tosió, soltando su mano.

—Toma... es para Lizzie. —Claire le entregó a Jem un plato de fragantes tortitas, bañadas en mantequilla y miel—. ¿Alguien más tiene hambre?

La estampida general como respuesta a este comentario le permitió a Brianna ocultar sus sentimientos, pero seguían allí, dolorosamente claros, aunque todavía encontrados.

Sí, ella quería otro bebé, pensó contemplando la espalda inconsciente de Roger. En el instante en el que cogió al recién nacido, lo deseó con un anhelo de la carne que superaba al hambre y la sed. Y le habría encantado echarle a él la culpa de que aquello aún no hubiese ocurrido.

Le había hecho falta una gran fe para dejar sus semillas de dauco, aquellas frágiles bolitas de protección. Pero lo había hecho. Y nada. En los últimos tiempos, había pensado con inquietud sobre lo que Ian le había explicado acerca de su esposa y sus esfuerzos por concebir. Era cierto que ella no había sufrido ningún aborto espontáneo, y estaba muy agradecida de que así fuera. Pero la parte que él le había contado respecto a que sus relaciones se habían convertido en más mecánicas y desesperadas, eso sí comenzaba a cernirse como un espectro a lo lejos. Las cosas aún no estaban tan mal, pero cada vez con más frecuencia, ella se volvía hacia Roger pensando: «¿Ahora? ¿Será esta vez?» Pero nunca ocurría.

Los gemelos estaban cada vez más cómodos con su retoño, con sus oscuras cabezas juntas, recorriendo la regordeta silueta de sus rasgos adormilados y preguntándose en voz alta a quién se parecía más, entre otras bobadas.

Lizzie, por su parte, devoraba su segundo plato de tortitas de maíz, acompañadas de salchichas. El aroma era maravilloso, pero Brianna no tenía hambre.

Qué bueno que lo supieran con seguridad, se dijo mientras observaba cómo Roger cogía al bebé y sus facciones oscuras y delgadas se suavizaban. Si todavía quedara alguna duda de que Jemmy era hijo de Roger, se culparía a sí mismo como lo había hecho Ian, como si algo en él no funcionara. Pero en realidad...

¿Acaso le había sucedido algo a ella?, se preguntó con inquietud. ¿El parto de Jemmy le había hecho algún daño?

En ese momento, Jamie sostenía al recién nacido, acunando su cabecita redonda con una mano enorme y sonriéndole con esa mirada de dulce cariño tan poco común en los hombres y, por ello, tan enternecedora. Sintió el fuerte deseo de ver esa misma mirada en la cara de Roger, sosteniendo a su propio bebé recién nacido.

—Señor Fraser. —Lizzie, llena ya de salchichas, apartó el plato vacío y se inclinó hacia delante, mirando a Jamie con una expresión firme—. Mi padre. ¿Él... lo sabe? —No pudo evitar mirar al umbral vacío que se hallaba detrás de él.

Jamie pareció desconcertado durante un instante.

—Ah —exclamó, y le pasó el bebé con cuidado a Roger, aprovechando la pausa para pensar en alguna manera menos dolorosa de expresar la verdad.

—Sí, sabe que el bebé estaba a punto de nacer —comentó con tranquilidad—. Yo mismo se lo dije.

Pero no había ido. Lizzie cerró los labios con fuerza, y una sombra de infelicidad cruzó el brillo de luna nueva de su rostro.

—¿Sería mejor que nosotros... que yo... fuera a decírselo, señor? —preguntó con vacilación uno de los gemelos—. Que el niño ya ha nacido, quiero decir, y... que Lizzie se encuentra bien.

Jamie titubeó, claramente inseguro; no sabía si sería buena idea. El señor Wemyss, pálido y con un aspecto enfermizo, no había mencionado a su hija, a sus yernos o a su teórico nieto desde los hechos que rodearon las múltiples bodas de Lizzie. Pero ahora que su nieto era una realidad...

—Más allá de lo que él crea correcto —afirmó Claire, con una ligera turbación en el rostro—, sin duda querrá saber que se encuentran bien.

—Ah, sí —admitió Jamie. Lanzó una mirada dubitativa a los gemelos—. Sólo que no estoy del todo seguro de si deberían ser Jo o Kezzie quienes se lo dijeran.

Los hermanos intercambiaron una prolongada mirada, con la que parecieron llegar a alguna clase de acuerdo.

—Sí, señor —comentó uno de ellos con firmeza, volviéndose hacia Jamie—. El bebé es nuestro, pero también es su sangre. Eso es un vínculo entre nosotros y él lo sabe.

—No queremos que esté enfadado con Lizzie, señor —añadió su hermano con una voz más suave—. A ella le duele. ¿No le parece que el bebé podría... facilitar las cosas?

El rostro de Jamie no delataba otra cosa que un cuidadoso análisis de la cuestión que tenía entre manos, pero Brianna vio que le dirigía una rápida mirada a Roger antes de volver a observar el bulto que éste tenía entre los brazos, y Brianna disimuló una sonrisa. Era evidente que no había olvidado lo áspera que había sido su primera reacción ante Roger, pero el hecho de que éste reclamara a Jem era lo que había establecido el primer —y frágil— eslabón en la cadena de aceptación que, según le parecía, ahora unía a Roger al corazón de Jamie casi tanto como ella misma.

—Sí, de acuerdo —asintió Jamie, todavía a regañadientes. Ella se dio cuenta de lo mucho que a su padre le molestaba tener que meterse en ese tema, pero aún no había encontrado la manera de librarse de ello—. Id a decírselo. Pero ¡sólo uno de vosotros! Y si él decide venir, que el otro se mantenga bien lejos de su vista, ¿está claro?

—Ah, sí, señor —le aseguraron ambos al unísono. Jo, o Kezzie, miró el bulto con el ceño fruncido y, titubeando, extendió los brazos—. ¿Debería...?

—No, no lo hagas. —Lizzie estaba sentada muy erguida, sosteniéndose con los brazos para que sus partes pudendas no tuvieran que cargar con todo su peso. Sus pequeñas y rubias cejas estaban fruncidas en un gesto de determinación—. Dile que nos encontramos bien. Aunque si quiere ver al niño... tendrá que venir aquí, y será bien recibido. Pero si no quiere poner un pie en mi casa... bueno, entonces no podrá ver a su nieto. Díselo —repitió, recostándose sobre las almohadas—. Ahora dadme a mi hijo. —Extendió los brazos y aferró al bebé dormido, cerrando los ojos ante cualquier posible discusión o reproche.

78

La hermandad universal de los hombres

Brianna levantó la tela encerada que cubría uno de los grandes recipientes de barro cocido y olfateó, disfrutando del aroma a moho y tierra. Removió la pálida mezcla con un palo, que sacaba de vez en cuando para evaluar la textura de la pulpa que goteaba de él.

No estaba mal. Un día más y ya estaría lo bastante disuelta como para prensarla. Barajó la posibilidad de añadir un poco más de la solución diluida de ácido sulfúrico, pero finalmente decidió no hacerlo y, en cambio, buscó en el cuenco que estaba a su lado, lleno de los pétalos de cornejo y flores de árbol de Judas que Jemmy y Aidan habían recolectado. Esparció un puñado sobre la grisácea pulpa, la removió para que se fusionara y luego volvió a tapar el recipiente. Al día siguiente ya no serían más que unos trazos débiles, pero visibles como sombras en las hojas de papel terminadas.

—Siempre me habían dicho que los molinos de papel apestaban. —Roger se abrió paso entre los arbustos hacia ella—. Tal vez usen otra cosa en la fabricación.

—Agradece que no estoy curtiendo cuero —repuso ella—. Ian dice que las mujeres indias usan zurullos de perro para esa tarea.

—Lo mismo hacen las curtidurías europeas; sólo que a ese material lo llaman «puro».

—¿Puro qué?

—Puro zurullo de perro, supongo —aclaró él, encogiéndose de hombros—. ¿Cómo va?

Se acercó y miró con interés la pequeña fábrica de papel: una docena de grandes recipientes de barro cocido, cada uno repleto de restos de papel usado, retazos de seda y algodón, fibras de lino, la suave médula de las cañas de junco y cualquier otra cosa que pudo encontrar y que le pareció útil, cortados en tiras o aplastados con un molinillo de mano. Había preparado un pequeño filtro y colocado una de las cañerías rotas de agua como recipiente de goteo, para disponer de un suministro de agua; un poco más allá, había construido una plataforma de piedra y madera, en la que se ubicaban las pantallas de seda enmarcada donde prensaba la pulpa.

Había una polilla muerta flotando en el cuenco siguiente. Roger extendió la mano para sacarla, pero ella se lo impidió con un gesto.

—Los bichos se ahogan ahí constantemente, pero si son de cuerpo blando, no hay ningún problema. Con el suficiente ácido sulfúrico —añadió, haciendo un gesto hacia la botella tapada con un trapo—, se integran en la pulpa: polillas, mariposas, hormigas, mosquitos, crisopas... Las alas son lo único que no se disuelve del todo. Las crisopas quedan bastante bonitas mezcladas en el papel, pero las cucarachas no. —Sacó una de un cuenco y la lanzó a los arbustos; luego agregó un poco más de agua y removió la preparación.

—No me sorprende. He pisado una esta mañana; ha quedado aplastada, pero luego ha vuelto a levantarse y se ha alejado, sonriendo con aire de suficiencia. —Roger hizo una pausa.

Brianna se dio cuenta de que quería preguntarle algo, y lanzó un canturreo interrogativo para alentarlo.

—Sólo quería saber si te molestaría llevar a Jem a la Casa Grande después de cenar. Incluso pasar la noche allí vosotros dos.

Ella lo miró asombrada.

—¿Qué estás tramando? ¿Una despedida de soltero para Gordon Lindsay? —Gordon, un tímido muchacho de unos diecisiete años, estaba prometido a una muchacha cuáquera del molino de los Woolam; había pasado a visitar a Roger y a Brianna el día anterior para el *thig*, un ritual que consistía en pedir algunos objetos de la casa como preparativo para la boda.

—Nada de chicas medio desnudas saliendo de una tarta —le aseguró él—. Pero, sin duda, es sólo para hombres. Es la primera reunión de la Logia del Cerro de Fraser.

—Logia... ¿Qué? ¿Francmasones? —Ella entornó los ojos y lo miró con una expresión dubitativa, pero él asintió. Se había levantado la brisa, y le había agitado el cabello negro hasta ponérselo de punta. Roger se lo arregló con una mano.

—Terreno neutral —le explicó—. No quise proponer que las reuniones se celebraran ni en la Casa Grande ni en el hogar de Tom Christie, para no favorecer a ningún bando, por decirlo de alguna manera.

Brianna asintió, comprendiendo.

—De acuerdo. Pero ¿por qué francmasones? —Brianna no sabía nada sobre la masonería, salvo que era una especie de sociedad secreta en la que no estaba permitida la entrada a los católicos.

Le mencionó a Roger este punto en particular, y él se echó a reír.

—Es cierto —dijo—. El papa prohibió la masonería hace cuarenta años.

—¿Por qué? ¿Qué tiene el papa contra los masones? —preguntó ella con interés

—Es una organización bastante poderosa a la que pertenece un gran número de hombres influyentes; además, ha traspasado fronteras. Supongo que la verdadera preocupación del papa tiene que ver con la competencia en cuestiones de poder, aunque si mal no recuerdo, la razón manifiesta era que la francmasonería se parecía demasiado a una religión. Ah, y que adoran al diablo. —Rió—. ¿Sabías que tu padre creó una logia en Ardsmuir, cuando estaba en la cárcel?

—Tal vez él lo mencionara; no lo recuerdo.

—Yo le comenté la cuestión de los católicos. Me lanzó una de sus miradas y dijo: «Sí, bueno, el papa no estaba en la prisión de Ardsmuir, y yo sí.»

—Parece razonable —intervino ella, divertida—. Pero en cualquier caso, yo no soy el papa. ¿Te ha dicho por qué? Papá, quiero decir, no el papa.

—Claro... como forma de unir a los católicos y protestantes que estaban encerrados juntos. Uno de los principios de la francmasonería es que es una hermandad universal de los hombres, ¿sabes? Y otro es que no se habla de religión ni de política en la logia.

—¿Ah, no? Y entonces ¿qué se hace en la logia?

—No puedo decírtelo. Pero no adoran al diablo.

Ella lo miró alzando las cejas, y él se encogió de hombros.

—No puedo —repitió—. Cuando te unes a ella, juras que no hablarás fuera de la logia de lo que se hace dentro de ella.

Brianna se molestó un poco por ese comentario, pero no le dio importancia y, en cambio, retomó su tarea y añadió un poco de agua a un cuenco. Parecía como si alguien hubiera vomitado en él, pensó con ojo crítico, y buscó el frasco de ácido.

—A mí me parece que hay gato encerrado —comentó—. Y que es un poco estúpido. ¿No hay gestos secretos o cosas así?

Roger se limitó a sonreír; no estaba molesto por su tono.

—No digo que no haya algunos aspectos teatrales. Tiene un origen más o menos medieval, y conserva bastantes rituales originales; son muy parecidos a la Iglesia católica en esa cuestión.

—Entiendo —dijo ella con sequedad, levantando un cuenco de pulpa que ya estaba listo—. De acuerdo. ¿De modo que a papá se le ha ocurrido iniciar una logia aquí?

—No, se me ha ocurrido a mí. —Su voz había perdido el tono de humor, y ella lo miró bruscamente—. Necesito encontrar una manera de crear un terreno común, Bree —afirmó—. Las mujeres ya lo tienen: las esposas de los pescadores cosen, hilan y tejen junto a las otras, y si en privado piensan que tú o tu madre o la señora Bug sois herejes condenadas al infierno, o condenadas *whigs*, no parece que eso pueda cambiar mucho las cosas. Pero con los hombres es distinto.

Ella pensó en comentar algo respecto a la relativa inteligencia y sentido común de ambos sexos, pero al considerar que podía resultar contraproducente en ese momento, se limitó a asentir. Además, era evidente que él no tenía la menor idea de los cotilleos que tenían lugar en los círculos de costura.

—Mantén sujeta esta pantalla, por favor.

Él, obediente, cogió el marco de madera y tensó los bordes de los finos alambres que lo atravesaban, siguiendo sus instrucciones.

—Entonces —dijo Bree, aplicando con una cuchara la gruesa pasta de la pulpa en la seda—, ¿quieres que prepare leche y galletas para tu fiesta de esta noche?

Se lo dijo con ironía, y él le sonrió desde el otro lado de la pantalla.

—Estaría bien, sí.

—¡Estaba bromeando!

—Yo no. —Seguía sonriendo, pero con una total seriedad en sus ojos, y ella se dio cuenta de pronto de que no se trataba de un capricho. Con un vuelco pequeño y extraño del corazón, vio a su padre allí.

Uno había conocido el cuidado de otros hombres desde sus primeros años, como parte de la obligación que conllevaba su derecho de nacimiento; el otro había llegado a ello más tarde, pero ambos sentían que esa carga era voluntad de Dios, y de eso ella no tenía ninguna duda; ambos aceptaban aquella obligación sin preguntas, estaban dispuestos a cumplirla o a morir en el intento. Ella sólo podía esperar que ninguno de los dos tuviera que llegar a ese punto.

—Dame un pelo tuyo —intervino, bajando la mirada para ocultar sus sentimientos.

—¿Para qué? —le preguntó él, pero aun así se arrancó un cabello de la cabeza.

—Para el papel. La pulpa no debería ser más gruesa que un pelo.

Brianna dispuso el cabello negro en el borde de la pantalla de seda, y luego extendió el cremoso líquido para que fuera cada vez más fino y fluyera alrededor del cabello, pero no lo cubriera. El pelo flotó junto al líquido, en una sinuosa línea oscura a través del blanco, como la diminuta grieta en la superficie de su corazón.

79

Alarmas

L'OIGNON-INTELLIGENCER

ANUNCIO DE MATRIMONIO. El *NEW BERN INTELLIGENCER*, fundado por Jno. Robinson, ha cesado su publicación con motivo de la deportación de su fundador a Gran Bretaña, pero aseguramos a sus clientes que este periódico no desaparecerá del todo, puesto que sus instalaciones, materiales y listas de suscripción han sido adquiridos por los propietarios del estimado, popular y destacado periódico *ONION*. La nueva publicación, muy mejorada y ampliada, aparecerá, de ahora en adelante, con el nombre de *L'OIGNON-INTELLIGENCER*, de distribución semanal, con suplementos adicionales si los acontecimientos así lo requirieran, y suministrado al modesto precio de un penique...

Al señor James Fraser y señora, Cerro de Fraser,
Carolina del Norte, del señor Fergus Fraser y señora,
Thorpe Street, New Bern

Queridos padre y mamá Claire:

Os escribo para haceros saber los más recientes cambios de nuestra suerte. El señor Robinson, propietario del otro periódico de la ciudad, se vio de pronto deportado a Gran Bretaña. Literalmente deportado, puesto que personas desconocidas, disfrazadas de salvajes, invadieron su taller durante las primeras horas de la mañana, lo arrancaron de la cama, lo condujeron deprisa al muelle y lo arrojaron a bordo de un barco, tan sólo ataviado con su camisa de dormir y un gorro.

El capitán soltó amarras de inmediato y emprendió la marcha, dejando a la ciudad en medio de un escándalo, como podréis imaginar.

De todas maneras, un día después de la repentina partida del señor Robinson, nos visitaron dos personas por separado (no puedo escribir sus nombres por discreción). Uno de ellos era un miembro del comité de seguridad local que, como todo el mundo sabe, estuvo relacionado con la expulsión del señor Robinson, aunque nadie lo diga. Sus palabras fueron amables, aunque no tanto sus modales. Deseaba, según manifestó, asegurarse de que Fergus no compartía los sentimientos voluntariamente desatinados tantas veces expresados por el señor Robinson respecto a acontecimientos y asuntos recientes.

Fergus le dijo con una expresión inmutable que él no compartiría ni una copa de vino con el señor Robinson (lo que sería imposible, teniendo en cuenta que el señor Robinson es metodista y se opone a la bebida), y el caballero entendió que eso significaba lo que él deseaba, por lo que se marchó satisfecho y le dio a Fergus una cartera con dinero.

A continuación, se presentó otro caballero, gordo y de gran importancia en los asuntos de la ciudad, y miembro del Consejo Real, aunque yo no lo sabía en ese momento. Su propósito era el mismo; o, mejor dicho, el opuesto, ya que deseaba averiguar si Fergus se mostraba inclinado a adquirir las propiedades del señor Robinson, para continuar así su trabajo en nombre del rey, que consistía en la publicación de algunas cartas y la supresión de otras.

Fergus le dijo a este caballero, con una actitud de lo más solemne, que siempre había encontrado mucho que admirar en el señor Robinson (principalmente su caballo, que es gris y muy afable, y las curiosas hebillas de sus zapatos), pero añadió que apenas disponíamos de medios para comprar tinta y papel, de modo que temía que tendríamos que resignarnos a que el taller del señor Robinson cayera en manos de alguna persona sin mucha sensatez en cuestiones políticas.

Yo, por mi parte, estaba aterrorizada, un estado que no mejoró cuando el caballero soltó una carcajada y sacó una gruesa cartera de su bolsillo, al mismo tiempo que comentaba que no hay que «hundir el barco porque le falte un poco de brea». Aquello, al parecer, le resultó de lo más gracioso, y empezó a reír de una manera completamente descontrolada; luego le dio unas palmaditas en la cabeza a Henri-Christian y se marchó.

De modo que nuestras perspectivas se han ampliado y, al mismo tiempo, se han vuelto alarmantes. Yo casi no puedo dormir, pensando en el futuro, pero Fergus está tan animado que no puedo lamentarlo.

Rezad por nosotros, como nosotros siempre rezamos por vosotros, mis queridos padres.

Vuestra obediente hija que os quiere,

Marsali

—Le has enseñado bien —comenté, tratando de mantener un tono de voz informal.

—Es evidente. —Jamie parecía un poco pensativo, pero sobre todo divertido—. No te preocupes, Sassenach. Fergus tiene cierto talento para este juego.

—No es un juego —dije con tal vehemencia que él me miró sorprendido—. No lo es —repetí, un poco más calmada.

Me miró enarcando las cejas; luego sacó un pequeño montón de papeles del desorden de su escritorio y me los entregó.

WATERTOWN, MIÉRCOLES, CERCA DE LAS DIEZ DE LA MAÑANA

A todos los amigos de la libertad americana, que sepan que esta mañana, antes del amanecer, una brigada formada por unos mil o mil doscientos hombres ha desembarcado en la granja de Phip, en Cambridge, y se ha marchado rumbo a Lexington, donde ha encontrado una compañía de nuestra milicia colonial en armas, sobre la que ha disparado sin provocación alguna, causando seis muertos y cuatro heridos. Por un mensaje rápido de Boston, sabemos que otra brigada ha salido de esa ciudad supuestamente con mil hombres. El portador del mensaje, Israel Bissell, ha recibido el encargo de dar la alarma en todo el campo hasta Connecticut, y se pide a todas las personas que le suministren caballos descansados según sea menester. Yo he hablado con varios individuos que han visto a los muertos y heridos. Ojalá los delegados de esta colonia en Connecticut puedan ver esto.

J. Palmer, miembro del comité de seguridad

Saben que el coronel Foster de Brookfield es uno de los delegados.

Bajo este mensaje había una lista de firmas, aunque la mayoría con la misma caligrafía. La primera decía: «Copia fidedigna tomada del original por orden del comité de correspondencia de Worcester, 19 de abril de 1775. Certificado, Nathan Baldwin, actuario de la ciudad.» Todas las demás estaban precedidas por afirmaciones similares.

—Maldición —dije—. Es la Alarma de Lexington. —Miré a Jamie con los ojos bien abiertos—. ¿De dónde ha salido?

—La ha traído uno de los hombres del coronel Ashe. —Rebuscó entre las hojas hasta llegar a la última, y señaló la firma de John Ashe—. ¿Qué es la Alarma de Lexington?

—Eso. —Contemplé la carta con fascinación—. Después de la batalla de Lexington, el general Palmer, general de la milicia, escribió esto y lo envió a todas las zonas rurales con un jinete rápido, para que pudiera dar testimonio de lo que había ocurrido; para notificar a las milicias cercanas que la guerra ya había empezado.

»En todas partes, los hombres hicieron copias, las firmaron para certificar que eran fidedignas y enviaron el mensaje a otras ciudades y aldeas; con toda probabilidad se hicieron cientos de copias en ese momento, y sobrevivieron unas cuantas.

Frank tenía una que alguien le había mandado como regalo. La había enmarcado y estaba colgada en el vestíbulo de nuestra casa de Boston.

En ese momento me recorrió un estremecimiento extraordinario, y me di cuenta de que esa carta familiar que estaba mirando había sido escrita, en realidad, hacía tan sólo una o dos semanas, no doscientos años antes.

Jamie también parecía un poco pálido.

—Esto... es lo que Brianna me dijo que sucedería —comentó con un tono maravillado en la voz—. El 19 de abril, un combate en Lexington: el principio de la guerra. —Me miró directamente y vi que tenía los ojos oscuros, y que en ellos había una combinación de temor y emoción—. Os creí, Sassenach, de veras —afirmó—. Pero...

No terminó la frase, sino que se sentó y buscó su pluma. Con una lenta deliberación, añadió su firma al pie de la página.

—Hazme una copia en limpio, Sassenach —pidió—. La haré circular.

• • •

80

El mundo al revés

Los hombres del coronel Ashe también habían hecho correr la voz de que se celebraría un congreso en el condado de Mecklenburg a mediados de mayo, con la intención de declarar oficialmente la independencia del condado del rey de Inglaterra.

Consciente del hecho de que no pocos de los líderes de lo que de pronto se había convertido en «la rebelión» todavía lo veían con sospecha, a pesar del categórico apoyo de John Ashe y de algunos otros amigos, Jamie decidió asistir al congreso y manifestar abiertamente su apoyo a la medida.

Roger, casi incapaz de disimular su entusiasmo ante su primera oportunidad de ser testigo de la historia, lo acompañaría.

Pero pocos días antes de la fecha fijada para la partida, la atención de todos se desvió hacia el presente más inmediato: la totalidad de la familia Christie se presentó de improviso en la Casa Grande poco después del desayuno.

Había ocurrido algo. Allan Christie estaba sonrojado por la agitación, y a Tom se le veía lúgubre y gris como un lobo viejo. Era evidente que Malva había estado llorando, y su cara alternaba entre el rojo y el blanco. La saludé, pero ella apartó la mirada con los labios temblorosos, cuando Jamie los invitó a pasar a su estudio y les indicó con un gesto que se sentaran.

—¿Qué ocurre, Tom? —Jamie miró durante un instante a Malva (estaba claro que ella era el centro de aquella emergencia familiar), pero fijó la atención en Tom, como patriarca.

Tom Christie tenía los labios cerrados con tanta fuerza que apenas podían verse en las profundidades de su barba arreglada con meticulosidad.

—Mi hija va a tener un bebé —dijo con brusquedad.

—¿Eh? —Jamie dirigió una mirada a Malva, que estaba de pie con la cabeza tocada con una cofia e inclinada contemplando sus manos entrelazadas, y luego me miró a mí con una ceja enarcada—. Bueno... al parecer, últimamente esto es algo bastante habitual —comentó, y sonrió con amabilidad, en un intento de aliviar a los Christie, que temblaban como hojas agitadas por el viento.

Por mi parte, yo no estaba muy sorprendida por la novedad, aunque sí preocupada. Malva siempre había atraído la atención de un gran número de jóvenes, y si bien tanto su hermano como su padre habían vigilado para impedir cualquier cortejo abierto, la única forma de alejarla del todo de los jóvenes habría sido encerrarla en una mazmorra.

Me pregunté quién habría sido el pretendiente que había tenido éxito. ¿Obadiah Henderson? ¿Quizá Bobby? ¿Uno de los hermanos McMurchie? Esperé, por el amor de Dios, que no fueran los dos. Todos ellos, y unos cuantos más, habían manifestado su admiración por la chica de una manera bastante evidente.

Tom Christie recibió el intento de Jamie de quitar hierro al asunto con un silencio pétreo, aunque Allan trató, de manera torpe, de sonreír. Estaba casi tan pálido como su hermana.

Jamie tosió.

—Bueno, muy bien. ¿Y de qué modo podría yo ayudarlos, Tom?

—Ella asegura —comenzó Christie de un modo hosco, lanzando una penetrante mirada a su hija— que no va a decirnos el nombre del padre, salvo en su presencia. —Miró de nuevo a Jamie, con un profundo desagrado.

—¿En mi presencia? —Jamie volvió a toser, evidentemente avergonzado por lo que eso implicaba: que Malva creía que sus parientes varones los molerían a palos a ella o a su amante, a menos que la presencia del terrateniente los contuviera. Por mi parte, yo pensaba que ese temor en particular era quizá justificado, y miré a Tom Christie con los ojos entornados. ¿Acaso ya había tratado de arrancarle la verdad a golpes y había fracasado?

Pero Malva no parecía tener intención de divulgar el nombre del padre de su hijo, a pesar de la presencia de Jamie. Se limitaba a retorcer la tela de su delantal entre los dedos, una y otra vez, con los ojos fijos en las manos.

Me aclaré la garganta con delicadeza.

—¿De cuánto... eh... de cuánto estás, querida? —pregunté.

No respondió, sino que apretó ambas manos temblorosas en el delantal, de modo que el redondo bulto de su embarazo de pronto resultó visible, liso y con la forma de un melón, asombrosamente grande. Seis meses, quizá; me sorprendí. Era evidente que había esperado lo máximo posible para contárselo a su padre, y lo había ocultado bien.

El silencio era mucho más que tenso. Allan se agitó incómodo en su banqueta y se inclinó hacia delante para murmurarle a su hermana algo tranquilizador.

—Todo saldrá bien, Mallie —susurró—. Pero tienes que decirlo.

Al oírlo, ella tragó una gran bocanada de aire y levantó la cabeza. Tenía los ojos enrojecidos, aunque aún muy hermosos, y muy abiertos por el temor.

—Oh, señor —dijo, pero se detuvo.

A esas alturas, Jamie parecía casi tan incómodo como los Christie, pero hizo cuanto pudo para mantener su tono amable.

—¿No quieres decírmelo, muchacha? —preguntó con la mayor delicadeza posible—. Te prometo que no sufrirás ningún daño.

Tom Christie dejó escapar un gruñido de irritación, parecido al de un depredador al que molestan mientras está comiendo, y Malva se puso muy pálida, con los ojos fijos en Jamie.

—Oh, señor —prosiguió, y su voz fue clara como una campana, tañendo con el reproche—. Oh, señor, ¿cómo puede decirme eso, cuando usted sabe la verdad tanto como yo? —Antes de que nadie pudiera reaccionar, se volvió hacia su padre y, levantando una mano, señaló directamente a Jamie.

»Ha sido él —declaró.

Nunca me he sentido tan agradecida por algo en la vida como por el hecho de estar mirando la cara de Jamie cuando Malva pronunció esas palabras. A él no lo habían advertido antes, no había tenido posibilidad de controlar sus facciones, y no lo hizo. Su cara no mostraba ni enfado, ni temor, ni negación, ni sorpresa; nada, excepto la expresión vacía y boquiabierta de la incomprensión más absoluta.

—¿Qué? —preguntó, y parpadeó una vez. Luego fue consciente de todo—. ¡¿Qué?! —añadió, en un tono que debería haber hecho que aquella mujerzuela mentirosa se cayera de espaldas.

En ese momento fue ella la que parpadeó y bajó los ojos, la imagen misma de la virtud mancillada. Se volvió, como si fuera incapaz de soportar esa mirada, y tendió una mano trémula hacia mí.

—Lo siento tanto, señora Fraser —susurró, con lágrimas en los ojos—. Él... nosotros... no queríamos herirla.

Lo observé todo con interés desde algún lugar fuera de mi cuerpo, mientras mi brazo se levantaba y se echaba hacia atrás, y tuve una sensación de vaga aprobación cuando mi mano golpeó su mejilla con la fuerza suficiente como para hacerla tambalearse hacia atrás, tropezar con un taburete y caer, lo que provocó que las enaguas se le subieran hasta la cintura y que sus piernas, con medias de lana, asomaran absurdamente en el aire.

—Me temo que no puedo decir lo mismo —repuse. Ni siquiera había pensado decir nada, y me sorprendió oír esas palabras en mi boca, frescas y redondas como piedras de río.

De pronto volví a mi cuerpo. Me sentía como si mi corsé se hubiera apretado durante mi momentánea ausencia; las costillas me dolían por el esfuerzo necesario para respirar. Los líquidos fluían en todas direcciones: sangre y linfa, sudor y lágrimas; si hubiera conseguido respirar, mi piel habría cedido y habría dejado que todo manara hacia fuera, como el contenido de un tomate maduro que se arroja contra una pared.

No tenía huesos. Pero sí voluntad. Eso fue lo único que me mantuvo en pie e hizo que saliera por la puerta. No vi el pasillo ni me di cuenta de que había abierto de un empujón la puerta principal de la casa; lo único que vi fue un repentino estallido de luz y un borrón verde en el umbral, y de pronto comencé a correr, como si todos los demonios me pisaran los talones.

De hecho, no me seguía nadie. Y sin embargo corrí, saliendo del sendero para internarme en el bosque, con los pies deslizándose sobre las capas de agujas de pino y los surcos entre las piedras, casi cayendo por la cuesta de la colina, rebotando dolorosamente contra troncos caídos y clavándome espinas y arbustos.

Llegué sin aliento a los pies de una colina y me encontré en una hondonada pequeña y oscura, protegida por el imponente verde negruzco de los rododendros. Hice una pausa, jadeando para recuperar el aliento, y luego me dejé caer al suelo con brusquedad. Sentí que me balanceaba y me solté, para acabar boca arriba entre las polvorientas capas de las hojas de laurel de la montaña.

Un débil pensamiento resonó en mi mente, bajo el sonido de mis jadeos: «Los culpables huyen a donde ningún hombre los sigue.» Estaba claro que yo no era culpable. Tampoco Jamie; lo sabía. Lo sabía.

Pero Malva estaba embarazada. Alguien era culpable.

Tenía los ojos borrosos por la carrera, y la luz del sol se fragmentaba en losas fracturadas y en franjas de color: azul oscuro, azul claro, blanco y gris, así como en molinetes verdes y dorados, mientras el cielo nublado y la ladera de la montaña giraban sin cesar en lo alto.

Parpadeé con fuerza y las lágrimas no derramadas surcaron mis sienes.

—Mierda, mierda, maldita sea —dije en voz muy baja—. ¿Y ahora qué?

Jamie se inclinó sin pensarlo, agarró a la muchacha de los codos y la incorporó sin ceremonias. Una mejilla tenía una mancha carmesí, justo en el lugar en el que Claire la había abofeteado y, por un momento, él sintió el fuerte impulso de hacer lo mismo en la otra.

Sin embargo, no tuvo la oportunidad de reprimir ese deseo, ni de ejecutarlo; una mano lo agarró del hombro para obligarlo a girar, y fue sólo el reflejo lo que hizo que se apartara mientras el puño de Allan Christie pasaba muy cerca de su cabeza, acertándole dolorosamente en la punta de la oreja. Empujó el pecho del joven con fuerza con ambas manos, luego lo enganchó con la suela a la altura del tobillo mientras se tambaleaba, y Allan cayó de espaldas con un ruido que hizo que la estancia temblara.

Jamie retrocedió, llevándose una mano a la oreja dolorida, y miró con furia a Tom Christie, que estaba de pie, observándolo como la esposa de Lot.

La mano libre de Jamie estaba apretada en un puño y la levantó un poco, a modo de invitación. Los ojos de Christie se entornaron un poco más, pero no hizo ningún movimiento en dirección a Jamie.

—Levántate —le ordenó a su hijo—. Y no uses los puños. Ahora no es necesario.

—¿No? —preguntó el muchacho, poniéndose en pie—. ¡Ha convertido a tu hija en una puta! ¿Dejarás que se salga con la suya? ¡Bueno, puedes actuar como un cobarde anciano, pero yo no!

Se abalanzó sobre Jamie, con los ojos llenos de furia y las manos apuntando hacia la garganta. Éste se hizo a un lado, puso todo su peso sobre una sola pierna y le propinó un cruel gancho de izquierda al joven en el hígado, hundiéndole el vientre hasta la columna vertebral, lo que hizo que se doblara sobre sí mismo con un ¡uf! Allan lo miró desde abajo, con la boca abierta y los ojos en blanco, y luego cayó sobre sus rodillas con un golpe sordo, boqueando como un pez.

Habría sido cómico en otras circunstancias, pero Jamie no tenía ánimo para reír. No perdió más tiempo en ninguno de los hombres, sino que se volvió hacia Malva.

—¿Qué maldad estás tramando, *nighean na galladh*? —quiso saber. Era un insulto serio, y Tom Christie entendió su significado, fuera gaélico o no. Jamie pudo ver de reojo que Christie se ponía rígido.

La chica, por su parte, había llorado mucho, y estalló en más sollozos al escucharlo.

—¿Cómo puede hablarme así? —gimió, llevándose el delantal a la cara—. ¿Cómo puede ser tan cruel?

—Por el amor de Dios —contestó él irritado, empujando un taburete en su dirección—. Siéntate, pequeña necia, y escuchemos la verdad de lo que estás tramando. ¿Señor Christie? —Miró a Tom, señaló otro taburete y se dirigió hacia su propia silla, sin prestar atención a Allan, que se había derrumbado en el suelo y estaba doblado de costado como un gatito, agarrándose el vientre.

—¿Señor? —Al oír el barullo, la señora Bug había salido de su cocina y estaba en el umbral, con los ojos muy abiertos—. ¿Necesita usted... algo, señor? —preguntó, mirando sin disimulo a Malva, que tenía el rostro colorado y estaba sollozando en su banqueta, y a Allan, blanco y jadeando en el suelo.

Jamie supuso que le vendría bien un trago fuerte —o tal vez dos—, pero tendría que esperar.

—Se lo agradezco, señora Bug —dijo educadamente—. Pero no. Esperaremos.

Levantó los dedos para que se marchase, y ella desapareció de su vista a regañadientes. Pero él supo que no había ido muy lejos; sólo había salido por la puerta y estaba oculta al otro lado, escuchando.

Jamie se frotó la cara con una mano, preguntándose qué les ocurría a las jovencitas. Aquella noche habría luna llena; tal vez se habían vuelto lunáticas.

Por otra parte, estaba claro que la pequeña zorra había tonteado con alguien; con el delantal levantado como lo tenía, se veía claramente al bebé, un bulto duro y redondo como una calabaza bajo sus finas enaguas.

—¿Cuánto tiempo? —le preguntó a Christie, señalando a la chica con la cabeza.

—Seis meses —respondió Christie, y se hundió a regañadientes en el taburete que le había ofrecido. Estaba más irritado de lo que Jamie lo había visto nunca, pero no había perdido el control.

—Fue cuando el brote de enfermedad, a finales del verano pasado; ¡cuando yo estaba aquí, ayudando a cuidar a su esposa!

—estalló Malva, bajándose el delantal y contemplando a su padre con expresión de reproche y labios temblorosos—. ¡Y no fue sólo aquella vez! —Volvió la mirada a Jamie, con los ojos mojados y una voz plañidera—. ¡Dígaselo, señor, por favor! ¡Dígales la verdad!

—Ésa es mi intención —replicó él, mirándola con odio—. Y tú harás lo mismo, muchacha, te lo aseguro.

La sorpresa inicial comenzaba a desvanecerse, y si bien su sentido de irritación permanecía (de hecho, aumentaba por momentos), Jamie estaba empezando a pensar, y con furia.

Ella estaba embarazada de alguien inadecuado; hasta ahí estaba claro. Pero ¿quién? Por Dios, ojalá Claire hubiera permanecido allí; ella escuchaba los cotilleos en el Cerro y tenía interés por la muchacha; sabría qué jóvenes eran los posibles candidatos. Por su parte, él casi nunca había prestado atención a la joven Malva, salvo por el hecho de que siempre estaba rondando por allí, ayudando a Claire.

—La primera vez fue cuando su esposa estaba tan enferma que temíamos por su vida —dijo Malva, haciendo que recuperara la atención—. Ya te lo he dicho, padre. No fue violación; sólo que él había perdido la cabeza por la pena, y yo también. —Pestañeó y una lágrima perlada le surcó la mejilla intacta—. Yo bajé de su habitación tarde una noche y lo encontré allí, sentado en la oscuridad, sufriendo. Sentí tanta pena por él... —Su voz se sacudió, y ella se detuvo y tragó saliva—. Le pregunté si podía prepararle algo de comer, o tal vez algo de beber... pero él ya había bebido bastante, tenía un vaso de whisky a su lado...

—Y yo dije que no, muchas gracias, y que prefería estar solo —la interrumpió Jamie, sintiendo que la sangre comenzaba a latirle en las sienes al escuchar su relato—. Tú te marchaste.

—No, no lo hice. —Malva sacudió la cabeza. Casi se le había salido la cofia al caerse y no se la había recolocado; mechones oscuros le enmarcaban la cara—. O, en realidad, sí me lo dijo, que prefería estar solo. Pero yo no soportaba verlo tan afligido y... sé que fue muy directo e inapropiado, pero ¡sentía tanta pena por usted! —estalló, levantando la mirada y volviendo a bajarla de inmediato.

»Yo... me acerqué y lo toqué —susurró, en un tono tan bajo que a él le costó oírla—. Le puse la mano en el hombro, como para aliviarlo. Pero entonces él se volvió, de repente me rodeó con los brazos y me apretó contra él. Y... y, entonces... —Tragó saliva de un modo audible.

»Él... me tomó. Justo... allí. —Con el dedo gordo de un pie, que asomaba de su sandalia, señaló delicadamente la alfombra que se encontraba justo delante de la mesa. Donde había, de hecho, una mancha marrón, pequeña y antigua, que podría haber sido sangre. Era sangre, efectivamente, de Jemmy, que había caído cuando, de pequeño, se había tropezado con la alfombra y se había golpeado la nariz.

Jamie abrió la boca para hablar, pero el asombro y la furia se lo impidieron y no logró emitir más sonido que una especie de jadeo.

—De modo que no tiene pelotas para negarlo, ¿eh? —El joven Allan había recuperado el aliento; estaba balanceándose sobre sus rodillas, con el pelo cayéndole sobre la cara, y mirándolo con furia—. Sin embargo, ¡resulta que sí tiene pelotas para haberlo hecho!

Jamie acalló a Allan con la mirada, pero no se molestó en responderle. En cambio, centró la atención en Tom Christie.

—¿Está loca? —le preguntó—. ¿O es sólo astuta?

El rostro de Christie parecía tallado en piedra, salvo por las bolsas que temblaban bajo sus ojos, y por los ojos mismos, inyectados en sangre y entornados.

—No está loca —dijo Christie.

—Entonces es una mentirosa astuta. —Jamie la miró entrecerrando los ojos—. Lo bastante astuta como para darse cuenta de que nadie creería una historia de violación.

Ella abrió la boca, horrorizada.

—Ah, no, señor —contestó, y sacudió la cabeza con tanta fuerza que los rizos oscuros bailotearon junto a sus orejas—. ¡Jamás diría una cosa así de usted, jamás! —Tragó saliva y levantó tímidamente los ojos para mirarlo; estaban hinchados debido a las lágrimas, pero de un suave color gris paloma, cándidos e inocentes—. Usted necesitaba consuelo —añadió con una voz suave, pero clara—. Yo se lo di.

Él se apretó el puente de la nariz con el pulgar y el dedo índice, esperando que la sensación lo despertara de aquella verdadera pesadilla. Pero cuando eso no ocurrió, suspiró y miró a Tom Christie.

—Malva lleva el hijo de alguien que no soy yo —dijo sin rodeos—. ¿Quién ha podido ser?

—¡Fue usted! —protestó la muchacha, dejando que su delantal cayera mientras se enderezaba sobre su taburete—. ¡No hay nadie más!

Los ojos de Christie se deslizaron con vacilación hacia su hija, y luego volvieron a los de Jamie. Eran del mismo gris paloma, pero jamás habían poseído ningún rastro de candidez o inocencia.

—No se me ocurre nadie —intervino. Respiró profundamente y tensó sus fornidos hombros—. Ella ha dicho que no sucedió sólo aquella vez. Que usted la tomó una docena de veces o más. —Su voz era casi inaudible, pero no por falta de sentimiento; en realidad, el efecto se debía al fuerte control que estaba ejerciendo sobre esos sentimientos.

—Entonces ella ha mentido una docena de veces o más —replicó Jamie, controlando su propia voz tanto como Christie.

—¡Sabe que eso no es cierto! Su esposa me cree —repuso Malva, y un tono acerado impregnó su voz. Se llevó una mano a la mejilla, donde el color casi había desaparecido, pero donde todavía podía verse con claridad, en lívido contraste, la huella de los dedos de Claire.

—Mi esposa es una mujer muy sensata —dijo él con frialdad, pero al mismo tiempo siendo consciente de que la mención de Claire lo preocupaba.

Cualquier mujer se habría sentido conmocionada por una acusación semejante y habría huido, pero él deseaba que ella se hubiera quedado. Su presencia, negando cualquier comportamiento inapropiado por parte de él y rebatiendo en persona las mentiras de Malva, le habría resultado de gran ayuda.

—¿Sí? —El color vívido había desaparecido del todo de la cara de la muchacha, que había dejado de llorar. Estaba pálida, y sus ojos eran enormes y brillantes—. Bueno, yo también soy sensata, señor. Lo bastante como para probar lo que he dicho.

—¿Ah, sí? —replicó él con escepticismo—. ¿Cómo?

—He visto las cicatrices en su cuerpo desnudo; puedo describirlas.

Esa declaración hizo que todos se quedaran paralizados; hubo un momento de silencio, interrumpido por un gruñido de satisfacción de Allan Christie. El muchacho se incorporó con una mano aún en el estómago, pero con una desagradable sonrisa en el rostro.

—¿Y bien? —preguntó entonces—. No tiene respuesta para eso, ¿verdad?

Hacía bastante que la irritación había dejado lugar a una tremenda furia. Pero tras ello, había un hilo delgado de algo que Jamie no quería llamar —aún no— miedo.

—Yo no exhibo mis cicatrices —dijo con suavidad—; sin embargo, hay varias personas que las han visto. Y tampoco me he acostado con ninguna de ellas.

—Sí, a veces algunos hablan de las cicatrices de su espalda —contestó Malva—. Y todos conocen esa tan fea que tiene en la pierna y que se hizo en Culloden. Pero ¿qué hay de la que tiene en las costillas, con forma de media luna? ¿O de la pequeña en la nalga izquierda? —Malva se llevó una mano hacia atrás, ahuecando su propia nalga a modo de ejemplo—. No está del todo en el centro... sino un poco más abajo, hacia fuera. Del tamaño de un cuarto de penique. —No sonrió, pero algo parecido al triunfo brilló en sus ojos.

—Yo no tengo... —comenzó a decir él, pero se detuvo aturdido. Por Dios, sí la tenía. Le había picado una araña en las Indias, y la herida había supurado durante una semana, le había provocado un absceso, y luego había reventado, para su gran alivio. Una vez se curó, jamás había vuelto a pensar en ella, pero era cierto que estaba allí.

Demasiado tarde. Todos vieron la expresión de su rostro.

Tom Christie cerró los ojos, con la mandíbula moviéndose bajo la barba. Allan volvió a gruñir de satisfacción y cruzó los brazos.

—¿Quiere demostrarnos que Malva se equivoca? —preguntó el joven sarcásticamente—. ¡Entonces, bájese los pantalones y deje que le veamos el trasero!

Con un gran esfuerzo, Jamie logró no decirle a Allan Christie lo que podía hacer él con su propio trasero. Respiró lenta y largamente, con la esperanza de que cuando volviera a soltar el aire se le hubiera ocurrido alguna idea útil.

Pero no fue así. Tom Christie abrió los ojos con un suspiro.

—Bueno, pues —dijo con voz inexpresiva—. Supongo que no tiene intención de dejar a su esposa y casarse con ella, ¿verdad?

—¡Jamás haría algo semejante! —La sugerencia lo llenó de furia... y de algo parecido al pánico ante la mera idea de perder a Claire.

—Entonces haremos un contrato. —Christie se frotó la cara con la mano y sus hombros se encorvaron de cansancio y disgusto—. Manutención para ella y el bebé. Reconocimiento formal de los derechos del hijo como uno de sus herederos. Usted puede decidir, supongo, si desea quedárselo para que lo eduque su esposa, pero eso...

—Largo. —Jamie se levantó poco a poco y se inclinó hacia delante, con las manos sobre la mesa y los ojos clavados en los de Christie—. Coja a su hija y salga ahora mismo de mi casa.

Christie dejó de hablar y lo miró con las cejas oscurecidas. La muchacha estaba sollozando de nuevo, con la cabeza baja cubierta por el delantal. Jamie tuvo la extraña sensación de que el tiempo se había detenido de alguna manera; quedarían todos atrapados allí para siempre, él y Christie mirándose como perros, incapaces de desviar los ojos, pero sabiendo que la estancia se había desvanecido bajo sus pies, y que ambos colgaban suspendidos sobre un abismo terrible, en el interminable momento anterior a la caída.

Fue Allan Christie quien rompió el hechizo, por supuesto. El movimiento de la mano del joven bajando hacia su cuchillo liberó la mirada de Jamie de la de Christie, y sus dedos se tensaron, clavándose en la madera de la mesa. Un instante antes, se había sentido incorpóreo; ahora la sangre le martilleaba en las sienes y palpitaba por sus miembros mientras sus músculos temblaban con la imperiosa necesidad de hacerle daño a Allan Christie. Y también de retorcer el pescuezo a su hermana para que callara.

La cara de Allan estaba negra de furia, pero tuvo la sensatez suficiente —pensó Jamie— de no sacar el cuchillo.

—Nada me gustaría más, hombrecito, que arrancarte la cabeza y ponértela en las manos para que juegues con ella —le dijo en voz baja—. Marchaos ahora mismo, antes de que lo haga.

El joven Christie se pasó la lengua por los labios y se puso tenso, con los nudillos blancos sobre la empuñadura, pero sus ojos vacilaron. Miró a su padre, que estaba inmóvil como una piedra, con una expresión triste y muy erguido. La luz había cambiado; brillaba de costado y atravesaba los pelos canosos de la barba de Christie, de manera que se veía su cicatriz, una fina cuerda rosa que se ondulaba como una serpiente sobre su mandíbula.

Christie se incorporó lentamente, apoyando las manos sobre los muslos, y de pronto agitó la cabeza como un perro que se sacude el agua. Agarró a Malva del brazo, la levantó del taburete y, empujándola hacia delante, la hizo avanzar, sollozando y tropezando, en dirección a la salida.

Allan los siguió, aprovechando la ocasión para pasar tan cerca de Jamie al salir que éste pudo percibir el hedor del muchacho, cargado de furia. El joven Christie le lanzó una sola mirada de ira por encima del hombro, con la mano todavía en el cuchillo... pero siguió caminando. Su paso por el vestíbulo hizo temblar las tablas del pavimento bajo los pies de Jamie, y luego oyó el pesado golpe de la puerta.

En ese momento bajó la mirada, vagamente sorprendido al encontrar la gastada superficie de la mesa y sus propias manos todavía aferrándola, como si hubieran crecido allí. Se irguió y sus dedos se curvaron, haciendo que las rígidas articulaciones le dolieran al cerrarlos en un puño. Estaba empapado en sudor.

Unas pisadas más ligeras llegaron por el pasillo y la señora Bug entró con una bandeja. La puso delante de él, le hizo una reverencia y salió. La única copa de cristal que él tenía estaba en ella, así como la jarra que contenía el whisky de buena calidad.

Sintió que quería reír, pero no conseguía recordar cómo se hacía. La luz se posó sobre la jarra y el líquido de su interior resplandeció como un crisoberilo. Tocó el cristal con delicadeza en reconocimiento a la lealtad de la señora Bug, pero eso tendría que esperar. El diablo andaba suelto por el mundo y con seguridad tendrían que pasar por un verdadero infierno. Antes de hacer cualquier otra cosa, debía encontrar a Claire.

Después de un rato, las nubes que se amontonaban se convirtieron en nubarrones de tormenta, y una fría brisa sopló por encima de la parte alta de la hondonada, sacudiendo los laureles con un crujido como de huesos secos. Me incorporé poco a poco y comencé a subir.

No tenía ningún rumbo fijo en mente; en realidad, no me importaba si me mojaba o no. Sólo sabía que no podía regresar a casa. Por último, me encontré con la senda que conducía al manantial Blanco, justo cuando comenzaba a llover. Unas gruesas gotas salpicaron las hojas de hierba carmín y cardo, y los abetos y los pinos liberaron un aroma en un suspiro contenido durante mucho tiempo.

El tamborileo de las gotas sobre las hojas y las ramas iba acompañado de los golpes amortiguados de gotas más pesadas que se hundían profundamente en la tierra blanda; la lluvia había traído granizo, y de pronto unas minúsculas y blancas partículas de hielo rebotaron como locas en las agujas de los pinos, llenando mi rostro y mi cuello de un frío punzante.

Entonces corrí y me refugié bajo las inclinadas ramas de un pino de Canadá que sobresalía del manantial. El granizo caía sobre el agua y hacía que bailara, pero se derretía con el impacto y desaparecía de inmediato en la oscura superficie. Permanecí sentada, inmóvil, con los brazos alrededor de las rodillas para protegerme del frío, tiritando.

«Casi podrías entenderlo —dijo la parte de mi mente que había comenzado a hablar en algún momento del trayecto colina arriba—. Todos creían que estabas agonizando... incluida tú. Sabes lo que ocurre... lo has visto.» Gente bajo el terrible peso de la pena, lidiando con la presencia de la muerte abrumadora... Sí que lo había visto. Era una búsqueda natural de consuelo; un intento de esconderse, aunque sea durante un instante, de negar la frialdad de la muerte reconfortándose en el simple calor del contacto corporal.

—Pero él no lo hizo —afirmé con tozudez y en voz alta—. Si lo hubiera hecho, y se tratara de eso, podría perdonarlo. Pero, maldición, ¡no lo ha hecho!

Mi subconsciente se aplacó ante esta certeza, pero pude sentir unas corrientes subterráneas que se agitaban; no eran sospechas, nada lo bastante fuerte como para llamarlo dudas. Sólo unas pequeñas y frías observaciones que asomaban la cabeza sobre la superficie de mi propia fuente oscura como pequeños sapos; pequeños y elevados silbidos apenas audibles individualmente, pero que juntos podrían, con el tiempo, provocar un estruendo que haría temblar la noche.

«Eres una mujer anciana. Mira cómo asoman las venas en tus manos. La carne se te ha desprendido de los huesos; tienes los pechos hundidos. Si él estuviera desesperado, con necesidad de consuelo... Podría rechazarla, pero jamás podría alejarse de un hijo de su sangre.»

Cerré los ojos y reprimí una creciente náusea. El granizo había cesado, y había sido sustituido por una intensa lluvia. Un vapor frío empezó a ascender desde el suelo, elevándose en volutas y desapareciendo como fantasmas en el aguacero.

—¡No! —exclamé en voz alta—. ¡No!

Me sentía como si me hubiera tragado varias piedras grandes, escarpadas y llenas de tierra. No era sólo la idea de que Jamie pudiera haberlo hecho, sino de que Malva, sin duda alguna, me había traicionado. Si era cierto, me había traicionado, y todavía más si no lo era.

Mi aprendiz. Mi hija del corazón.

Estaba protegida de la lluvia, pero el aire estaba cargado de agua; mi ropa se humedeció y la sentía pesada sobre mí, pegajosa en contacto con la piel. A través de la lluvia, pude ver la gran piedra blanca que asomaba al principio del manantial y que le daba su nombre. En ese lugar, Jamie había derramado su sangre como sacrificio y había hecho que cayera sobre aquella roca, pidiendo la ayuda del familiar al que había masacrado. Y en ese sitio había yacido Fergus y se había abierto las venas, desesperado por su hijo, y su sangre había florecido oscura en el agua muda.

Entonces empecé a darme cuenta de para qué había ido allí, de por qué me había llamado aquel lugar. Era un sitio donde encontrarse con uno mismo y hallar la verdad.

La lluvia cesó y las nubes se abrieron. Poco a poco, la luz empezó a desvanecerse.

Ya casi había oscurecido cuando él acudió. Los árboles se movían inquietos en el crepúsculo y susurraban entre ellos. No oí sus pisadas en el camino repleto de barro. De pronto, apareció al borde del claro.

Se quedó de pie, buscando; vi cómo su cabeza se levantaba al verme, y entonces avanzó dando zancadas alrededor del estanque y se inclinó bajo las ramas caídas de mi refugio. Supe que había estado fuera durante bastante tiempo; tenía el abrigo mojado y la tela de la camisa pegada al cuello debido a la lluvia y el sudor. Había traído una capa, doblada bajo el brazo; la desplegó y me cubrió los hombros con ella. Yo dejé que lo hiciera.

Luego se sentó cerca de mí, abrazándose las rodillas, y contempló el agua cada vez más oscura del manantial. La luz había alcanzado ese punto de belleza que tiene lugar justo antes de que cualquier color se desvanezca, y sus cejas se enarcaron, cobrizas y perfectas, sobre los sólidos promontorios de su frente; cada uno de los pelos era distinguible, como los más cortos y más oscuros de su incipiente barba.

Respiró larga y profundamente, como si hubiera estado caminando durante mucho tiempo, y se secó una gota de humedad que le chorreaba de la punta de la nariz. Una o dos veces, respiró de manera más superficial, como si fuera a decir algo, pero no lo hizo.

Los pájaros habían salido poco después de la lluvia. Ahora estaban dirigiéndose a sus lugares de descanso, trinando en los árboles.

—Espero que tengas algo que decirme —intervine, por fin, de forma educada—. Porque si no lo haces, es probable que empiece a gritar y tal vez no pueda parar.

Hizo un sonido entre la diversión y la desesperación, y hundió la cara en las palmas de las manos. Permaneció así durante un momento, luego se frotó la cara con fuerza y se incorporó, suspirando.

—Todo el tiempo que he estado buscándote, Sassenach, he estado pensando qué debía decirte cuando te encontrara. He pensado en una cosa y en otra, y... parece que no hay nada que pueda decirte. —Parecía indefenso.

—¿Cómo puede ser? —repliqué, con un claro filo en la voz—. Creo que a mí se me ocurrirían bastantes cosas que decir.

Suspiró, e hizo un pequeño gesto de frustración.

—¿Qué? ¿Decirte que lo lamento?... Eso no estaría bien. Sí que lo lamento, pero decirlo... parecería como si hubiera hecho algo que tuviera que lamentar, y eso no es así. Pensé en empezar de una manera que tal vez pudiera hacerte pensar que... —Me miró. Yo mantenía un control férreo tanto de mi expresión como de mis emociones, pero él me conocía muy bien. En el instante en que había dicho «lo lamento», el estómago se me había hundido hasta los pies.

Él apartó la mirada.

—No hay nada que pueda decir que no haga que parezca que intento defenderme o excusarme —añadió en voz baja—. Y no voy a hacer eso.

Dejé escapar un leve gemido, como si alguien me hubiera golpeado en el estómago, y él me lanzó una mirada de furia.

—¡No pienso hacerlo! —aseguró con ferocidad—. No hay forma de negar semejante acusación que no huela a culpabilidad. Y nada que pueda decirte que no suene como una disculpa por... por... bueno, no pienso pedir disculpas por algo que no he hecho, y si lo hiciera, aún dudarías más de mí.

Yo comenzaba a respirar un poco mejor.

—No pareces tener mucha fe en mi confianza en ti.

Me miró con recelo.

—Si no tuviera mucha fe en eso, Sassenach, no estaría aquí.

Me observó durante un instante, luego extendió la mano y tocó la mía. Mis dedos se volvieron de inmediato y se curvaron para encontrarse con los suyos, y nuestras manos se entrelazaron con fuerza. Sus dedos eran grandes y estaban fríos, y sostenía los míos con tanta fuerza que creí que me rompería los huesos.

Respiró profundamente, casi en un sollozo, y sus hombros, rígidos dentro del abrigo empapado, se relajaron de inmediato.

—¿No has pensado que era cierto? —preguntó—. Te has marchado corriendo.

—Me ha producido una gran impresión —contesté. Y pensé, vagamente, que si me hubiera quedado, tal vez habría matado a Malva.

—Sí, es cierto —dijo él con aspereza—. Supongo que yo también habría salido corriendo... si hubiera podido.

Una pequeña punzada de remordimiento se sumaba a la sobrecarga de emociones; suponía que mi apresurada partida no había resultado de ayuda para solventar la situación. Él, sin embargo, no me lo reprochó, sino que se limitó a volver a preguntar:

—No te lo crees, ¿verdad?

—No lo creo.

—No lo crees. —Sus ojos hurgaron en los míos—. Pero ¿sí lo has creído?

—No. —Me acurruqué en la capa, colocándola sobre mis hombros—. No lo he creído. Pero no sabía por qué.

—Y ahora sí lo sabes.

Tomé un aliento profundo y lo solté; luego me volví para enfrentarme a él directamente.

—Jamie Fraser —afirmé con mucho cuidado—, si tú pudieras hacer una cosa como ésa, y no me refiero a acostarte con una mujer, sino a hacerlo y luego mentirme a mí sobre ello, entonces todo lo que he hecho y todo lo que he sido, toda mi vida, habría sido una mentira. Y no estoy preparada para admitir algo así.

Eso lo sorprendió un poco. Ya casi había anochecido, pero vi cómo enarcaba las cejas.

—¿A qué te refieres, Sassenach?

Señalé con una mano el camino donde, más arriba, invisible, se encontraba la casa y luego hice un gesto en dirección al manantial, donde se alzaba la roca blanca como un borrón en la oscuridad.

—Yo no pertenezco a este sitio —dije en voz baja—. Brianna, Roger... no pertenecen a él. Jemmy no debería estar aquí; debería estar mirando dibujos animados por la televisión, dibujando coches y aviones con lápices de colores, no aprendiendo a disparar un arma tan grande como él y a extraer las entrañas a un ciervo.

Levanté la cara y cerré los ojos, sintiendo cómo la humedad se deslizaba sobre mi piel y caía sobre mis pestañas.

—Pero aquí estamos todos. Y estamos aquí porque te amaba, más que a mi propia vida. Porque creía que tú me amabas de la misma manera.

Respiré hondo para que no me temblara la voz, abrí los ojos y me volví hacia él.

—¿Me dirás que no es cierto?

—No —dijo él, con una voz tan baja que apenas pude oírlo. Su mano apretó la mía con más fuerza aún—. No, jamás te diré eso. Nunca, Claire.

—Bueno —contesté, y sentí que el nerviosismo, la furia y el temor de la tarde salían de mí como si fueran agua. Descansé la cabeza sobre su hombro y respiré la lluvia y el sudor de su piel. Su olor era agrio y acre, con el almizcle del temor y la rabia contenida.

Ya había anochecido. Pude oír unos sonidos en la distancia; era la señora Bug, que llamaba a Arch desde el establo, donde había estado ordeñando las cabras, y él le respondía con su voz quebrada y anciana. Un murciélago, mudo, se agitó cerca.

—¿Claire? —intervino Jamie en voz baja.

—¿Mmm?

—Tengo que decirte algo.

Sentí que me quedaba helada. Después de un momento, me aparté de él con cuidado y me enderecé.

—No lo hagas —lo interrumpí—. Hace que me sienta como si me hubieran golpeado en el estómago.

—Lo lamento.

Me rodeé con los brazos, tratando de tragar la repentina sensación de náusea.

—Has dicho que no empezarías diciendo que lo lamentabas, porque parecería que tienes algo que lamentar.

—Es cierto —afirmó, y suspiró.

Sentí el movimiento entre nosotros cuando los dos dedos rígidos de su mano derecha tamborilearon contra su pierna.

—No hay ninguna buena manera de decirle a la esposa de uno que uno se ha acostado con otra —dijo por fin—. No importa cuáles sean las circunstancias. Simplemente, no la hay.

De pronto me sentí mareada y me faltó el aliento. Cerré los ojos un instante. Él no se refería a Malva; eso lo había dejado bien claro.

—¿Quién? —pregunté con la voz más firme que pude—. ¿Y cuándo?

Se movió incómodo.

—Bueno. Cuando tú... cuando tú te habías... ido, claro.

Conseguí inspirar un poco.

—¿Quién? —quise saber.

—Sólo una vez —contestó—. Es decir, yo no tenía la menor intención de...

—¿Quién?

Él suspiró y se frotó la nuca con fuerza.

—Por Dios. Lo último que querría hacer es disgustarte, Sassenach... Pero yo no quería ofender a la pobre mujer haciendo parecer que ella...

—¡¿Quién?! —rugí, agarrándole el brazo.

—¡Jesús! —exclamó él, completamente aturdido—. Mary MacNab.

—¿Quién? —volví a preguntar, esta vez sin comprender.

—Mary MacNab —repitió, y suspiró—. ¿No puedes soltarme, Sassenach? Creo que estoy sangrando.

Era cierto, mis uñas se habían clavado en su brazo con la fuerza suficiente como para penetrar en la piel. Aparté su mano y cerré las mías en un puño, rodeando mi cuerpo con los brazos como forma de impedir que lo estrangulara.

—¿Quién demonios es Mary MacNab? —dije entre dientes. Tenía la cara caliente, pero un sudor frío se deslizaba por mi mandíbula y bajaba hasta mis costillas.

—La conoces, Sassenach. Era la esposa de Rab... el que murió cuando se quemó su casa. Tenían un hijo, Rabbie, que era mozo de cuadra en Lallybroch cuando...

—Mary MacNab. ¿Ella? —Pude oír el asombro en mi propia voz.

Sí, recordaba a Mary MacNab... a duras penas. Había ido a Lallybroch para trabajar como criada después de la muerte de su desagradable esposo. Era una mujer pequeña y fibrosa, exhausta por el trabajo y las privaciones, que hablaba muy poco y que, en cambio, se volcaba en sus asuntos como una sombra, casi sin que nadie advirtiera su presencia en el estrepitoso caos de la vida en Lallybroch.

—Casi no fui consciente de que se encontraba allí —intervine, tratando, y fallando, de recordar si había estado allí en mi última visita—. Pero supongo que tú sí, ¿verdad?

—No —dijo, y suspiró—. No como tú estás pensando, Sassenach.

—No me llames así —repliqué, con una voz que incluso a mí me pareció grave y venenosa.

Él emitió un sonido gutural típico escocés de resignación frustrada con la garganta, mientras se frotaba la muñeca.

—Mira, fue la noche antes de entregarme a los ingleses...

—¡Nunca me lo habías explicado!

—¿Nunca te había explicado qué? —Parecía confundido.

—Que te entregaste a los ingleses. Pensábamos que te habían capturado.

—Es cierto —comentó brevemente—. Pero por un arreglo, por el precio de mi cabeza. —Hizo un gesto con la mano, restando importancia al tema—. No importa.

—¡Podrían haberte ahorcado! —Y no hubiera estado de más, dijo la dolida vocecilla de mi interior con furia.

—No, no es así. —Había un ligero tono de diversión en su voz—. Tú me lo dijiste, Sass... mmfm. De todas formas, si lo hubiesen hecho, en realidad no me habría importado.

No tenía ni idea de qué había querido decir con eso, pero a mí en ese momento me era indiferente.

—Olvídate de eso —dije con aspereza—. Quiero saber...

—Sobre Mary. Sí, lo sé. —Se pasó la mano poco a poco por el pelo—. Sí, bueno. Ella acudió a mí la noche antes de que yo... me fuera. Yo estaba en la cueva, ¿sabes?, cerca de Lallybroch, y ella me llevó la cena. Y luego... se quedó.

Me mordí la lengua para no interrumpirlo. Era evidente que estaba ordenando sus ideas, buscando las palabras.

—Intenté que se fuera —continuó por fin—. Ella... bueno, lo que me dijo... —Me miró; vi el movimiento de su cabeza—. Afirmó que me había visto contigo, Claire... y que podía reconocer un amor verdadero cuando lo veía, a pesar de que ella misma no lo tenía. Y que no era su intención hacer que lo traicionara. Pero que quería darme... algo pequeño. Eso es lo que me dijo —añadió, y su voz se había vuelto ronca—. «Algo pequeño, que tal vez puedas usar.» Fue... Quiero decir, no fue... —Se detuvo e hizo ese extraño movimiento característico de él, encogerse de hombros como si la camisa le fuera pequeña. Inclinó la cabeza durante un instante sobre las rodillas que había rodeado con sus brazos—. Me dio ternura —concluyó, con una voz tan baja que apenas pude oírlo—. Yo... espero haberle dado lo mismo.

Tenía la garganta y el pecho demasiado tensos como para hablar, y las lágrimas pugnaban por salir de mis ojos. De pronto recordé lo que él me había dicho sobre el Sagrado Corazón la noche en que le curé la mano a Tom Christie: «Tan necesitado, y sin nadie que quiera tocarlo.» Y él había vivido solo en una cueva durante siete años.

No había más que un palmo de distancia entre nosotros, pero parecía una brecha insalvable.

La salvé y posé mi mano sobre la suya, poniendo las yemas de mis dedos encima de sus nudillos grandes y curtidos. Respiré una, dos veces, tratando de que mi voz pareciera firme, pero de todas formas se quebró.

—Le diste... ternura. Sé que lo hiciste.

Él, de repente, se volvió hacia mí, y mi cara quedó presionada contra su abrigo, con su tela húmeda y rugosa contra mi piel, y mis lágrimas surgieron como manchas diminutas y cálidas que se desvanecieron de inmediato en el frío de la tela.

—Oh, Claire —susurró en mi oído. Extendí la mano y sentí la humedad de sus mejillas—. Ella dijo... que deseaba mantenerte con vida para mí. Y lo decía en serio; no quería quedarse con nada para sí misma.

Entonces lloré, sin contenerme. Por los años vacíos, anhelando el roce de una mano. Los años huecos, yaciendo junto a un hombre al que había traicionado y por quien no sentía ternura alguna. Por los terrores, las dudas y las penas del día. Lloré por él y por mí, y también por Mary MacNab, que sabía cómo era la soledad y cómo era el amor.

—Te lo habría dicho antes —susurró, palmeándome la espalda como si fuera una niña pequeña—. Pero aquélla... fue la única vez. —Se encogió un poco de hombros, indefenso—. Y no se me ocurría la manera de hacerlo. Cómo decírtelo para que lo entendieras.

Sollocé, tragué una bocanada de aire y, por fin, me senté erguida y me enjugué la cara con un pliegue de la falda, en un gesto descuidado.

—Lo entiendo —afirmé. Mi voz parecía ahogada y congestionada, pero conseguí que sonara bastante firme—. Sí, lo comprendo.

Y era cierto. No sólo lo de Mary MacNab y lo que ella había hecho, sino también la razón por la que él me lo explicaba en ese momento. No había necesidad; yo jamás me habría enterado. No había otra necesidad más que la de una honestidad absoluta entre nosotros, y que yo supiera que existía.

Le había creído respecto a Malva. Pero ahora tenía no sólo la certeza en la mente, sino también paz en el corazón.

Nos sentamos juntos, cerca el uno del otro, y los pliegues de mi capa y mi falda cayeron sobre sus piernas; su simple presencia ya era un consuelo. En algún lugar, cerca de allí, un grillo muy prematuro comenzó a chirriar.

—Bueno, la lluvia ha cesado —anuncié.

Él movió la cabeza e hizo un pequeño sonido de asentimiento.

—¿Qué haremos? —pregunté por fin. Mi voz era serena.

—Averiguar la verdad... si puedo.

Ninguno de los dos mencionó la posibilidad de que no pudiera. Me moví, cogiendo los pliegues de mi capa.

—Entonces, ¿vamos a casa?

Ya estaba demasiado oscuro para ver, pero noté su asentimiento cuando se puso en pie y extendió una mano para ayudarme.

—Sí.

Cuando regresamos, la casa estaba vacía, aunque la señora Bug había dejado una bandeja con pastel de carne en la mesa, el suelo barrido y el fuego cuidadosamente apagado. Me quité la capa mojada y la colgué de la estaquilla, pero luego me quedé paralizada, sin saber qué hacer, como si estuviera en la casa de un extraño, en un país cuyas costumbres no conocía.

Jamie parecía sentirse de la misma manera, aunque, después de un momento, se agitó, bajó un candelabro del anaquel encima del hogar y encendió la vela con una brasa. El vacilante resplandor no hizo más que enfatizar la cualidad extraña y ominosa de la estancia, y él se quedó de pie durante un minuto sosteniéndolo, desorientado, antes de dejarlo con un golpe en medio de la mesa.

—¿Tienes hambre, S... Sassenach? —Había empezado a hablar por costumbre, pero levantó la mirada para asegurarse de que, una vez más, estaba autorizado para usar esa palabra. Hice lo que pude por sonreír, aunque sentí que me temblaban las comisuras de los labios.

—No. ¿Tú?

Negó con la cabeza, en silencio, y apartó las manos de la bandeja. Miró a su alrededor, buscando qué más hacer, cogió un atizador y removió las brasas, partiendo los rescoldos ennegrecidos y provocando un remolino de chispas y hollín que salió disparado hacia la chimenea y fuera de ella. Aquello apagaría el fuego y habría que volver a prepararlo antes de acostarnos, pero no le dije nada; él ya lo sabía.

—Me siento como si hubiera habido una muerte en la familia —dije por fin—. Como si hubiese ocurrido algo terrible y estuviéramos en el momento del shock, antes de hacer correr la voz entre los vecinos.

Soltó una risa leve y triste, y dejó el atizador.

—No será necesario. Antes de que amanezca, todos sabrán lo que ha ocurrido.

Arrancándome por fin de mi inmovilidad, sacudí mi falda húmeda y me acerqué a él junto al fuego. El calor atravesó de inmediato las telas mojadas; tendría que haber sido reconfortante, pero había un peso helado en mi abdomen que se negaba a derretirse. Posé una mano en su brazo; necesitada su roce.

—Nadie lo creerá —dije.

Él puso una mano sobre la mía y sonrió un poco, con los ojos cerrados, pero sacudió la cabeza.

—Todos lo creerán, Claire —aseguró en voz baja—. Lo lamento.

81

El beneficio de la duda

—¡No es más que una maldita mentira!

—Pues claro, por supuesto que lo es. —Roger observó con recelo a su esposa; mostraba las características habituales de un aparato explosivo con un mecanismo inestable, y tuvo la clara impresión de que era peligroso permanecer cerca de ella.

—¡Esa golfa! ¡Quisiera agarrarla y estrangularla hasta arrancarle la verdad! —Su mano se cerró convulsivamente alrededor del cuello de la botella del sirope, y Roger extendió el brazo para quitárselo antes de que lo rompiera.

—Entiendo el impulso —dijo—. Pero... creo que será mejor que no lo hagas.

Brianna lo fulminó con la mirada, pero le entregó la botella.

—¿No hay nada que tú puedas hacer? —preguntó con furia.

Él se había estado haciendo la misma pregunta desde que había oído la noticia de la acusación de Malva.

—No lo sé —respondió—. Pero, como mínimo, había pensado en ir a hablar con los Christie. Y si puedo estar un momento a solas con Malva, lo haré. —Pero, al pensar en su último encuentro con Malva Christie, tuvo la inquietante sensación de que no sería tan fácil disuadirla de su relato.

Brianna se sentó, mirando con el entrecejo fruncido su plato de tortitas de trigo sarraceno, y comenzó a untarlas con manteca. Su furia comenzaba a ceder ante el pensamiento racional. Roger podía ver cómo las ideas atravesaban sus ojos.

—Si consigues que admita que no es cierto —dijo lentamente—, estaría bien. Pero si no... lo mejor que podemos hacer es averiguar quién ha estado con ella. Si algún tipo admite en público que él podría ser el padre... eso, como mínimo, arrojaría bastantes dudas sobre su historia.

—Es cierto. —Roger vertió pequeñas cantidades de jarabe sobre sus propias tortitas; incluso entre tanta incertidumbre y nerviosismo, disfrutó con el olor denso y oscuro y la anticipación de una dulzura poco común—. Aunque algunas personas estarían convencidas de la culpabilidad de Jamie. Toma.

—Yo la vi besando a Obadiah Henderson —dijo Bree, aceptando la botella—. En el bosque a finales del otoño pasado. —Se estremeció—. Si fue él, con razón no quiere decirlo.

Roger la observó con curiosidad. Conocía a Obadiah, un tipo corpulento y tosco, pero para nada desagradable de aspecto, y tampoco estúpido. Algunas mujeres lo considerarían un partido decente; tenía quince acres de tierra que cultivaba de manera competente, y era buen cazador. Pero él jamás había visto a Brianna siquiera hablar con aquel hombre.

—¿No se te ocurre ningún otro? —preguntó ella sin dejar de fruncir el ceño.

—Bueno... Bobby Higgins —respondió, todavía receloso—. Los gemelos Beardsley le echaban el ojo cada cierto tiempo, pero desde luego... —Tuvo la desagradable sensación de que ese interrogatorio terminaría con que Brianna lo obligara a prometer que iría a hacer preguntas incómodas a todos los posibles padres, un proceso que a él le parecía tanto insensato como peligroso.

—¿Por qué? —exigió saber ella, cortando con furia su pila de tortitas—. ¿Por qué haría algo así? ¡Mamá siempre ha sido muy amable con ella!

—Bueno, hay dos razones posibles —respondió Roger, e hizo una pausa para cerrar los ojos y así saborear mejor la manteca derretida y el suave jarabe de arce sobre el trigo sarraceno caliente y recién hecho—. O bien el verdadero padre es alguien con quien no quiere casarse, por el motivo que sea, o ha decidido tratar de apoderarse del dinero o las propiedades de tu padre, obligándolo a entregarle una suma para ella o para el niño.

—O ambas cosas. Quiero decir: no quiere casarse con quienquiera que sea y, además, desea el dinero de papá, que, por otra parte, no tiene.

—O ambas cosas —admitió él.

Comieron en silencio unos minutos, rebañando los platos de madera con sus tenedores, cada uno absorto en sus propios pensamientos. Jem había pasado la noche en la Casa Grande; después de la boda de Lizzie, Roger había sugerido que Amy McCallum sustituyera a Lizzie como criada y, desde que ella y Aidan se habían mudado, Jem pasaba cada vez más tiempo allí, consolándose por la pérdida de Germain con la compañía de Aidan.

—No es cierto —repitió ella, testaruda—. Papá jamás haría... —Pero él vio una duda débil en el fondo de sus ojos... y un ligero brillo de pánico ante la idea.

—No, no lo haría —dijo con firmeza—. Brianna... no es posible que pienses que hay cierta verdad en ello.

—¡No, claro que no! —Pero lo dijo con demasiada fuerza, demasiado categóricamente. Él dejó el tenedor y la miró de frente.

—¿Qué ocurre? ¿Sabes algo?

—Nada. —Brianna pinchó el último pedazo de tortita en el plato y se lo comió.

Roger dejó escapar un sonido de escepticismo y ella miró con el ceño fruncido el charco pegajoso que había quedado en su plato. Brianna siempre vertía miel o jarabe en exceso; él, más ahorrador, siempre dejaba el plato limpio.

—No —repitió ella. Pero se mordió el labio inferior y metió la yema del dedo en el jarabe—. Es sólo que...

—¿Qué?

—No se trata de papá —dijo despacio. Se llevó la punta del dedo a la boca, y se chupó el jarabe—. Y no sé nada con seguridad respecto a mi otro padre. Es sólo que... pensando en cosas que en su momento no entendí... ahora comprendo... —De repente se detuvo, cerró los ojos, los abrió y los posó en él—. Un día estaba curioseando en su cartera. No para espiarlo, sino tan sólo como diversión; sacaba todas las tarjetas y las cosas y volvía a meterlas. Había una nota entre los billetes. Alguien le sugería que se encontraran para almorzar...

—Parece bastante inocente.

—Empezaba con «Querido»... y no era la letra de mi madre —dijo con aspereza.

—Ah —exclamó él, y después de un momento, añadió—: ¿Cuántos años tenías?

—Once. —Brianna comenzó a dibujar pequeños patrones sobre el plato con la punta del dedo—. Volví a guardar la nota y traté de borrarla de mi mente. No quería pensar en ello, y creo que jamás lo hice, desde aquel día hasta ahora. Hubo otras cosas, que veía y no entendía... más que nada la forma en que todo estaba entre ellos, entre mis padres... Cada cierto tiempo pasaba algo, y yo no sabía qué era, pero siempre sabía que algo iba muy mal.

Perdió el hilo de su discurso, suspiró profundamente y se limpió el dedo en la servilleta.

—Bree —dijo Roger con delicadeza—. Jamie es un hombre honrado, y ama muchísimo a tu madre.

—Bueno, ¿sabes?, de eso se trata —intervino ella en voz baja—. Habría jurado que mi otro padre también lo era. Y lo hice.

No era imposible. La idea no dejaba de acudir a la mente de Roger, incomodándolo como una piedrecita en el zapato. Era cierto que Jamie Fraser era un hombre honrado, estaba muy apegado a su mujer y se había sumido en una profunda desesperación durante la enfermedad de Claire. Roger había temido por él casi tanto como por Claire; los ojos se le habían hundido y sus mandíbulas habían adoptado una expresión lúgubre durante aquellos calientes e interminables días de la hedionda muerte, sin comer, sin dormir, apenas en pie por nada más que por la voluntad.

En aquel entonces, Roger había tratado de hablarle de Dios y de la eternidad, reconciliarlo con lo que parecía inevitable, pero había sido repelido con furia y con los ojos ardientes ante la mera idea de que a Dios pudiera ocurrírsele llevarse a su esposa, seguida de una desesperación completa cuando Claire entró en un letargo muy cercano a la muerte. No era imposible que la oferta de un momentáneo consuelo físico, realizada en el vacío de la desolación, hubiera ido más lejos de lo que ambas partes habían querido.

Pero ya estaban a principios de mayo, y Malva Christie llevaba seis meses de embarazo. Lo que significaba que la unión había tenido lugar en noviembre. La crisis de la enfermedad de Claire había ocurrido a finales de septiembre; Roger recordaba con nitidez el olor de los campos quemados en la habitación donde ella había despertado de lo que parecía una muerte segura, sus ojos enormes y apagados, sorprendentemente hermosa, con la cara como la de un ángel andrógino.

De acuerdo, era del todo imposible. Ningún hombre era perfecto y cualquiera podía ceder en una situación extrema... una vez. Pero no de manera reiterada. Y no James Fraser. Malva Christie era una mentirosa.

Sintiéndose un poco más tranquilo, Roger avanzó por un lado del arroyo hacia la cabaña de los Christie.

«¿No hay nada que tú puedas hacer?», le había preguntado Brianna angustiada. Muy poco, pensó, pero debía intentarlo. Era viernes; el domingo podía —y lo haría— predicar un sermón terrible sobre los males que causan los rumores. Pero con lo que sabía de la naturaleza humana, cualquier beneficio derivado de ello probablemente sería demasiado efímero.

Más allá de eso... bueno, la logia se reuniría el miércoles por la noche. Hasta ese momento, las cosas iban bastante bien, y detestaba tener que estropear la frágil concordia de la logia recién surgida arriesgándose a hablar de cosas desagradables en una reunión... pero si había alguna oportunidad de que aquello sirviera de algo... ¿sería provechoso animar tanto a Jamie como a los dos Christie varones a que asistieran? De esa manera, la cuestión saldría a la luz, y por malo que fuera el asunto, el conocimiento público y abierto siempre era mejor que la purulenta maleza de los escándalos susurrados. En su opinión, Tom Christie cuidaría sus modales y se comportaría de una manera decente a pesar de la delicada situación, pero no estaba tan seguro respecto a Allan. El hijo compartía los rasgos de su padre y su sentido de rectitud moral, pero carecía de la voluntad de hierro y el autocontrol de Tom.

A esas alturas, ya había llegado a la cabaña, que parecía vacía. Sin embargo, oyó el sonido de un hacha, el lento ¡*cloc*! de la madera partiéndose, y rodeó la casa para dirigirse a la parte trasera.

Era Malva, que se volvió al oír su saludo, con una expresión de recelo en el rostro. Él vio que la muchacha tenía manchas de color lavanda debajo de los ojos y que su piel tenía un intenso color rosado. Esperó que se tratara de una conciencia atribulada mientras la saludaba con cordialidad.

—Si ha venido a intentar que me retracte, no lo haré —le dijo ella con aspereza, ignorando su saludo.

—He venido a preguntarte si querías hablar con alguien —afirmó él. Eso la sorprendió; dejó el hacha y se limpió la cara con el delantal.

—¿Si quiero hablar? —preguntó poco a poco, examinándolo—. ¿De qué?

Él se encogió de hombros y le ofreció una pequeña sonrisa.

—De lo que quieras. —Roger relajó su acento, aproximándose al deje de Edimburgo de Malva—. Dudo que hayas podido hablar con alguien últimamente, salvo tu padre y tu hermano... y tal vez ellos no sean capaces de escucharte justo ahora.

Una mínima sonrisa similar acudió a sus facciones, y luego desapareció.

—No, no me escuchan —declaró—. Pero no importa; no tengo mucho que decir, ¿sabe? Soy una puta; ¿qué más se puede decir?

—Yo no creo que seas una puta; —repuso Roger en voz baja.

—Ah, ¿no? —Se balanceó hacia atrás con las suelas de sus zapatos, estudiándolo con una expresión burlona—. ¿De qué otra manera llamaría usted a una mujer que abre las piernas para un hombre casado? Adúltera, sin duda... pero también puta, o eso me dicen.

A Roger le pareció que Malva intentaba escandalizarlo con una procacidad deliberada. Y daba resultado, aunque él se cuidó de ocultarlo.

—Equivocada, tal vez. Jesús no le habló con dureza a la mujer que sí era prostituta; yo no tengo que hacerlo con alguien que no lo es.

—Si ha venido a citarme la Biblia, ahórrese el aliento y úselo para enfriar sus gachas —replicó ella mirándolo con una mueca de desagrado—. Ya he tenido más que suficiente de eso.

Eso, reflexionó él, era probablemente cierto. Tom Christie era de esa clase de personas que se sabían un versículo —o diez— para cada ocasión, y si no infligía a su hija un castigo físico, seguro que sí lo hacía de forma verbal.

Inseguro de qué decir a continuación, extendió una mano.

—Si me das el hacha, yo hago el resto.

Enarcando una ceja, ella puso el hacha en sus manos y retrocedió un paso. Él cogió un pedazo de madera y la partió en dos; luego se agachó para recoger otro. Ella lo observó durante un instante y se sentó, poco a poco, en un tocón más pequeño.

Todavía hacía frío en la montaña, a pesar de que era primavera, y a ello se sumaban los últimos alientos invernales de las altas nieves, pero el trabajo hizo que entrara en calor. Roger no olvidó en ningún momento que ella estaba allí, pero mantuvo los ojos en la madera, en la veta brillante de la leña recién cortada y en el tirón que le daba ésta al liberar el hacha, y se dio cuenta de que sus pensamientos regresaban a la conversación que había tenido con Bree.

De modo que Frank Randall había sido —tal vez— infiel a su esposa en algunas ocasiones. A fuerza de ser justo, Roger no estaba seguro de que se le pudiera culpar después de conocer las circunstancias del caso. Claire había desaparecido por completo sin dejar rastro, dejando a Frank buscándola desesperadamente, lamentando su pérdida hasta que, por último, pudo recomponer los pedazos de su vida y seguir adelante. Momento en el que la esposa desaparecida reaparece, consternada, maltrecha... y embarazada de otro hombre.

Ante lo cual, Frank Randall, ya fuera por un sentido de honor, de amor, o sólo de ¿qué?, ¿curiosidad?, la acepta. Recordó el momento en que Claire les había explicado la historia, y estaba claro que ella, por su parte, no quería ser aceptada. Y debía de ser evidente también para Frank Randall.

Entonces no era de extrañar que el escándalo y el rechazo lo hubieran desviado del camino recto en algunas ocasiones, y tampoco que el eco de los conflictos ocultos entre sus padres hubiesen alcanzado a Brianna como alteraciones sísmicas que atraviesan kilómetros de tierra y piedras, en sacudidas de una corriente de magma a kilómetros de profundidad bajo la corteza terrestre.

Y como se dio cuenta entonces con una sensación de revelación, tampoco era de extrañar que a ella le hubiera molestado tanto su amistad con Amy McCallum.

De pronto, se percató de que Malva Christie estaba llorando. En silencio, sin cubrirse la cara. Las lágrimas corrían por sus mejillas y sus hombros temblaban, pero se mordía el labio inferior con fuerza y no emitía sonido alguno.

Roger dejó el hacha y se acercó a ella. Le pasó un brazo por los hombros, con delicadeza, y acunó su cabeza tocada con una cofia, palmeándola.

—Vamos —le dijo en voz baja—. No te preocupes, ¿de acuerdo? Todo saldrá bien.

Ella meneó la cabeza y las lágrimas le surcaron el rostro.

—No es posible —susurró—. No es posible.

Además de la compasión que sentía por ella, Roger cobró conciencia de una sensación de esperanza cada vez mayor. Cualquier reticencia que él pudiera tener a la hora de aprovecharse de la desesperación de Malva era muy inferior a su determinación de llegar al fondo de toda la cuestión. Principalmente por Jamie y su familia... pero también por la de él.

Pero no debía presionarla demasiado, no debía apresurarse. Ella tenía que confiar en él.

De modo que la palmeó, le frotó la espalda como lo hacía con Jem cuando se despertaba con pesadillas, pronunció palabras de alivio, todas sin sentido, y sintió que ella comenzaba a ceder. Cedía, pero de una manera extrañamente física, como si su carne estuviera, en cierta forma, abriéndose, floreciendo poco a poco por su roce.

Extraña y, al mismo tiempo, de algún modo familiar. Ya lo había sentido algunas veces con Bree, cuando se había vuelto a ella en la oscuridad, cuando ella no había tenido tiempo de pensar, sino que había respondido sólo con su cuerpo. El recuerdo físico lo sacudió, y retrocedió un poco. Tenía la intención de decirle algo a Malva, pero el sonido de una pisada lo interrumpió; levantó la mirada y se encontró con Allan Christie, que caminaba hacia él con rapidez desde el bosque, con la cara como un trueno.

—¡Apártese de ella!

Roger se irguió de pronto, con el corazón latiéndole con fuerza, y entonces se dio cuenta del equívoco al que podía inducir la situación.

—¡¿Qué pretende, acercándose como una rata detrás de un trozo de queso?! —gritó Allan—. ¿Cree que, como ella ya está mancillada, cualquier bastardo hijo de puta puede aprovecharse?

—He venido a ofrecerle consejo —dijo Roger con la mayor tranquilidad que pudo reunir—. Y consuelo, si es posible.

—Ah. Sí. —Allan Christie tenía la cara enrojecida y mechones de pelo de punta como el pelaje de un puerco a punto de cargar—. Consolarme con manzanas y calmarme con uvas pasas, ¿es eso? ¡Puede meterse su consuelo en el culo, MacKenzie, y su maldita polla también!

Allan tenía las manos cerradas a los costados, y estaba temblando de ira.

—No es usted mejor que su suegro... o, tal vez... —Se dirigió de pronto a Malva, que había dejado de llorar, pero seguía sentada, pálida y congelada sobre su tocón—. Tal vez fuera él también. ¿Es eso, pequeña zorra? ¿Te acostaste con los dos? ¡Respóndeme! —Su mano se estiró para abofetearla, y Roger la cogió en un acto reflejo.

Estaba tan enfadado que casi no podía hablar. Christie era fuerte, pero Roger era más alto; le habría roto la muñeca al joven si hubiese querido. Lo que consiguió fue hundir los dedos con fuerza en el espacio entre los huesos, y le complació ver cómo los ojos de Christie casi se le salían de las órbitas, húmedos por el dolor.

—No le hables así a tu hermana —le ordenó en voz baja, pero muy clara—. Ni a mí. —Cambió la presión de repente y le torció la muñeca a Christie con fuerza hacia atrás—. ¿Me oyes?

La cara de Allan se puso blanca y expulsó el aliento con un siseo. No respondió, pero consiguió asentir. Roger soltó al joven, casi arrancándole la muñeca con una repentina sensación de repulsión.

—No quiero oír que has maltratado a tu hermana de ninguna manera —dijo, con tanta calma como pudo—. Si yo me entero... te arrepentirás. Buenos días, señor Christie. Señorita Christie... —añadió, haciéndole una breve reverencia a Malva.

Ella no respondió, sólo lo contempló con unos ojos grises parecidos a unas nubes de tormenta, enormes por la conmoción. El recuerdo de esos ojos acompañó a Roger mientras se alejaba del claro y se zambullía en la oscuridad del bosque, preguntándose si había mejorado las cosas o las había empeorado.

La siguiente reunión de la Logia del Cerro de Fraser tuvo lugar el miércoles. Como era habitual, Brianna se fue a la Casa Grande, llevándose consigo a Jemmy y su cesta de labores, y le sorprendió encontrar a Bobby Higgins sentado a la mesa, terminando de cenar.

—¡Señorita Brianna! —Él hizo un intento por levantarse al verla, con una expresión radiante, pero ella le indicó con un gesto que volviera a su asiento, y se deslizó en el banco de enfrente.

—¡Bobby! ¡Qué alegría volver a verte! Pensábamos... bueno, que ya no volverías.

Él asintió con expresión triste.

—Sí, tal vez sea así, al menos durante un tiempo. Pero a su señoría le llegaron algunas cosas de Inglaterra y me encargó que las trajera. —Rebañó el fondo del cuenco con un pedazo de pan para limpiar los últimos restos de la salsa de pollo de la señora Bug—. Y además... bueno, tenía muchas ganas de venir. Para ver a la señorita Christie, ¿sabe?

—Ah. —Brianna levantó la mirada y se encontró con la señora Bug, que puso los ojos en blanco, desesperada, y sacudió la cabeza—. Sí, Malva. Eh... ¿Está mi madre arriba, señora Bug?

—No, *a nighean.* Tuvo que ir a casa del señor MacNeill; está aquejado de pleuresía. —Apenas haciendo una pausa para recobrar el aliento, se quitó el delantal y lo colgó de su gancho, buscando la capa con la otra mano—. Debo irme, *a leannan*; Arch querrá cenar. Si necesita algo, Amy anda por aquí. —Y, con la menor de las despedidas, se marchó, dejando a Bobby contemplándola, desconcertado por aquel extraño comportamiento.

—¿Ocurre algo? —preguntó el chico, volviéndose hacia Brianna con el ceño ligeramente fruncido.

—Bueno... —Con algunos pensamientos poco amables hacia la señora Bug, Brianna se preparó para lo peor y se lo contó todo a Bobby. A medida que hablaba, el rostro dulce y joven del muchacho iba tornándose blanco y rígido a la luz del fuego.

No se animó a mencionar la acusación de Malva; sólo le dijo que la chica estaba embarazada. Él ya se enteraría de la parte de Jamie, pero desde luego, no por boca de ella.

—Ya veo, señorita. Sí... Ya veo. —Permaneció sentado un momento, contemplando el pedazo de pan que tenía en la mano. Luego lo dejó caer en el cuenco, se incorporó de pronto y salió corriendo. Brianna oyó cómo vomitaba en las zarzamoras al otro lado de la puerta trasera. No regresó.

Fue una larga velada. Era evidente que su madre pasaría la noche con el señor MacNeill y su pleuresía. Amy McCallum bajó un rato, y ambas conversaron incómodas mientras tejían, pero luego la criada huyó hacia la planta superior. Aidan y Jemmy, autorizados a quedarse levantados hasta tarde y jugar, se cansaron y se durmieron sobre el banco.

Brianna se retorció los dedos, abandonó sus labores y caminó de un lado a otro, esperando a que acabara la reunión de la logia. Quería su propia cama, su propia casa; la cocina de sus padres, por lo general tan acogedora, parecía extraña e incómoda, y ella se sentía como una forastera.

Por fin, después de mucho tiempo, oyó unos pasos y el crujido de la puerta. Roger entró con aspecto irritado.

—Ya estás aquí —dijo ella aliviada—. ¿Cómo ha ido la logia? ¿Han acudido los Christie?

Roger negó con la cabeza.

—No. Ha ido... bien, supongo. Ha sido un poco incómodo, por supuesto, pero tu padre la ha dirigido lo mejor posible, dadas las circunstancias.

Brianna hizo una mueca, imaginándoselo.

—¿Dónde está?

—Dijo que quería ir a caminar un rato; tal vez practicar pesca nocturna. —Roger la rodeó con los brazos y la acercó hacia él, suspirando—. ¿Has oído el estrépito?

—¡No! ¿Qué ha ocurrido?

—Bueno, acabábamos de charlar un poco sobre la naturaleza universal del amor fraternal, cuando se ha armado una trifulca cerca de tu horno. Todos se han acercado a ver de qué se trataba, y allí estaban tu primo Ian y el pequeño Bobby Higgins, rodando por el suelo y tratando de matarse.

—Madre mía. —Ella sintió una punzada de culpa.

Probablemente alguien se lo había contado todo a Bobby y él había ido en busca de Jamie, se había encontrado a Ian y le había echado en cara las acusaciones de Malva sobre Jamie. Si se lo hubiera dicho ella misma...

—¿Qué ha pasado?

—Bueno, el maldito perro de Ian ha metido mano en el asunto, para empezar... o, mejor dicho, pata. Tu padre ha evitado por poco que le arrancara la garganta a Bobby, pero eso ha puesto fin a la pelea. Entonces los hemos separado, Ian se ha soltado y se ha perdido en el bosque, con el perro a su lado. Bobby... bueno, lo he limpiado un poco y luego le he dicho que podía pasar la noche en el catre de Jemmy —declaró en tono de disculpa—. Ha insistido en que no podía quedarse aquí...

Miró la cocina en penumbra; ella ya había apagado el fuego y llevado a los niños a la cama; la sala estaba vacía, apenas iluminada por el débil resplandor del hogar.

—Lo lamento. Entonces, ¿dormirás aquí?

Ella negó enfáticamente con la cabeza.

—Con Bobby o sin él, quiero ir a casa.

—Sí, de acuerdo. Ve tú, entonces; yo iré a buscar a Amy para que coloque una barra en la puerta.

—No, está bien —se apresuró a añadir Brianna—. Iré a buscarla yo. —Y antes de que él pudiera protestar, ella comenzó a andar por el pasillo y subió la escalera, con la casa vacía, extraña y muda.

82

No es el fin del mundo

Cuando se arrancan las malas hierbas se obtiene una gran satisfacción. Por agotadora e interminable que pueda ser esta tarea, también va acompañada de una irrefutable sensación de triunfo, cuando sientes que la tierra cede, entrega la tozuda raíz y ves al enemigo derrotado en tu mano.

Había llovido y la tierra estaba blanda. Arranqué con una concentración feroz los dientes de león, los epilobios, los brotes de rododendro, las poáceas, la hierba de Santa María y la malva trepadora. Hice una pausa, mirando un enorme cardo con los ojos entornados, y lo arranqué del suelo con una cruel puñalada de mi cuchillo para desherbar.

Las parras que ascendían por la empalizada acababan de iniciar su florecimiento primaveral, y unos brotes y hojuelas de un delicado color verde teñido de óxido caían en cascada de los fibrosos tallos, y sus ansiosos zarcillos se ondulaban como mi propio cabello ya largo (¡maldita sea, ella me cortó el pelo a propósito para desfigurarme!). La sombra que proyectaban ofrecía refugio a unos inmensos brotes tupidos de esa maleza perniciosa que yo denominaba «hierba diamantina» (puesto que no conocía su nombre real), debido a las flores diminutas y blancas que parpadeaban como diamantes en el frondoso fondo verde. Con toda probabilidad se trataría de una especie de hinojo, pero no llegaba a formar ni un bulbo útil ni semillas comestibles; bonita, pero inútil y, por eso mismo, la clase de planta que se extiende como un incendio sin control.

Oí un pequeño susurro y una pelota de trapo se detuvo junto a mis pies. De inmediato, la siguió el ruido de un cuerpo mucho más grande, y *Rollo* pasó a mi lado, cogiendo la pelota con desenvoltura y alejándose al trote; el viento que provocó al pasar agitó mis faldas. Alarmada, levanté la vista y vi que avanzaba hacia Ian, que había entrado en el huerto sin hacer ruido.

Hizo un pequeño gesto de disculpa, pero yo me senté en cuclillas y le sonreí, haciendo un esfuerzo por apaciguar los crueles sentimientos que surgían en mi pecho.

Evidentemente no tuve mucho éxito, puesto que vi cómo fruncía un poco el entrecejo y vacilaba, mirándome a la cara.

—¿Querías algo, Ian? —pregunté con aspereza, abandonando mi aspecto de bienvenida—. Si ese sabueso tuyo vuelca una de mis colmenas, lo convertiré en una alfombra.

—¡*Rollo*! —Ian chasqueó los dedos y el perro saltó con elegancia sobre la hilera de panales y colmenas ubicadas en el otro extremo del huerto, trotó hasta su amo, dejó caer la pelota a sus pies, y permaneció allí jadeando, con sus amarillos ojos lobunos mirándome con aparente interés.

Ian recogió la pelota, se volvió, la lanzó a través de la verja abierta y *Rollo* la siguió como la cola de un cometa.

—Quería preguntarte algo, tía —dijo, volviéndose hacia mí—. Aunque puede esperar.

—No, está bien; éste es un momento tan bueno como cualquier otro. —Poniéndome de pie con incomodidad, le señalé el banquito que Jamie me había construido en un rincón del huerto, a la sombra de un cornejo en flor—. ¿Y bien? —Me coloqué a su lado, sacudiéndome la tierra de la falda.

—Mmfm. Bueno... —Se miró las manos, entrelazadas sobre su rodilla huesuda—. Yo...

—No has vuelto a estar en contacto con la sífilis, ¿verdad? —le pregunté, con un nítido recuerdo de mi última entrevista con un joven incómodo en ese huerto—. Porque si es así, Ian, te juro que utilizaré la jeringa del doctor Fentiman, y no lo haré con delicadeza. Tú...

—¡No, no! —se apresuró a responder—. No, desde luego que no, tía. Es sobre... sobre Malva Christie. —Se puso algo tenso al decirlo, por si yo me lanzaba sobre el cuchillo de podar, pero me limité a respirar hondo y a soltar el aire con mucha lentitud.

—¿Qué pasa con ella? —pregunté con una voz firme de manera deliberada.

—Bueno... en realidad no es exactamente de ella. Tiene que ver más con lo que ella dice... del tío Jamie. —Se detuvo, tragando saliva, y volví a respirar. Como yo misma estaba tan alterada por la situación, no me había parado a pensar en el impacto que tendría en los demás. No obstante, Ian había idolatrado a Jamie desde que era un niño; imaginaba que las sugerencias sobre su debilidad que se habían extendido debían de resultarle muy perturbadoras.

—Ian, no debes preocuparte. —Puse una mano manchada de tierra y lodo en su brazo, para consolarlo—. Las cosas... se arreglarán, de alguna manera. Siempre es así.

Era cierto, lo hacían, y por lo general, con el mayor escándalo y catástrofe posible. Y si por alguna horrible broma cósmica el hijo de Malva nacía con el pelo rojo... cerré los ojos un instante, sintiendo cierto mareo.

—Sí, supongo —dijo Ian, aunque sin convicción alguna—. Es sólo... lo que dicen sobre el tío Jamie. Incluso sus propios hombres de Ardsmuir; ¡esos hombres deberían ser más sensatos! Que él podría haber... bueno, no pienso repetir nada de eso, tía... pero ¡no puedo soportarlo!

Su rostro largo y agradable estaba retorcido de infelicidad y, de pronto, se me ocurrió que él podría tener sus propias dudas sobre aquel tema.

—Ian —proseguí, con la mayor firmeza de la que fui capaz—. Es imposible que el hijo de Malva sea de Jamie. Lo crees, ¿verdad?

Él asintió despacio, pero evitando mirarme a los ojos.

—Sí —intervino en voz baja, y luego tragó saliva—. Pero tía... podría ser mío.

Una abeja se había detenido en mi brazo. La contemplé, viendo las venas de sus alas translúcidas, el polen amarillo que se había adherido a los minúsculos pelos de sus patas y abdomen, y la suave pulsación de su cuerpo al respirar.

—Oh, Ian —dije, con una voz tan baja como la suya—. Ian...

Él estaba tenso como una marioneta, pero cuando hablé, parte de esa tensión salió del brazo que estaba bajo mi mano, y vi que había cerrado los ojos.

—Lo lamento, tía —susurró.

Le palmeé el brazo sin decir nada. La abeja salió volando y deseé poder cambiarme por ella. Sería tan maravilloso preocuparse únicamente de la actividad de recolectar, sin pensar en otra cosa, bajo el sol.

Otra abeja aterrizó en el cuello de la camisa de Ian, y él la ahuyentó con cierta distracción.

—Bueno —dijo, tomando un profundo aliento y volviendo la cabeza para mirarme—. ¿Qué debo hacer, tía?

Sus ojos estaban oscuros a causa de la angustia y la preocupación, y también me pareció ver algo muy semejante al miedo.

—¿Hacer? —pregunté, con un tono de desconcierto—. Por los clavos de Roosevelt, Ian.

No había sido mi intención hacer que sonriera, y no lo hizo, pero sí pareció que se relajaba un poco.

—Sí, la he liado —afirmó con gran tristeza—. Pero lo hecho, hecho está, tía. ¿Cómo puedo arreglarlo?

Me froté la frente, tratando de pensar. *Rollo* había traído la pelota, pero al ver que Ian no estaba de humor para jugar, la dejó caer junto a sus pies y se recostó en su pierna, jadeando.

—Malva —intervine—. ¿Ella te lo ha dicho? Antes, quiero decir.

—¿Crees que la rechacé y que eso fue lo que hizo que acusara al tío Jamie? —Me dirigió una mirada irónica, acariciando con aire ausente el pelaje de *Rollo*—. Bueno, no te culparía si lo hicieras, tía, pero no. No me dijo ni una palabra sobre este asunto. Si lo hubiera hecho, me habría casado con ella de inmediato.

Una vez superado el primer obstáculo de la confesión, ya le costaba menos hablar.

—¿No se te ocurrió casarte con ella primero? —pregunté, con un ligero tono de amargura.

—Bueno... no —contestó avergonzado—. No era precisamente una cuestión de... bueno, en realidad no pensé en nada, tía: estaba borracho. La primera vez, en cualquier caso —añadió después.

—¿La primera...? ¿Cuántas...? No, no me lo digas. No quiero conocer los detalles escabrosos. —Hice que callara con un gesto brusco de la mano y me enderecé; se me acababa de ocurrir una idea—. Bobby Higgins. ¿Fue eso lo que...?

Él asintió, bajando las pestañas de manera que no pudiera verle los ojos. Se había sonrojado, algo que era evidente a pesar de su bronceado.

—Sí. Fue por eso... es decir, en realidad, yo no quería casarme con ella al principio, pero de todas formas se lo habría pedido, después de que nosotros... pero lo fui postergando, y... —Se pasó una mano por la cara, indefenso—. Bueno, yo no la quería como esposa, pero aun así no podía dejar de desearla, y sé muy bien lo que parece... pero tengo que decir la verdad, tía, y eso es todo. —Tomó una bocanada de aire y continuó—: Yo... la esperaba. En el bosque, cuando ella iba a recolectar hierbas. Ella no decía nada cuando me veía, sólo sonreía y se levantaba un poco la falda, luego giraba de repente y salía corriendo y... Por Dios, yo la seguía como un perro tras una hembra en celo —dijo con amargura—. Pero un día llegué tarde, y ella no estaba allí, donde solíamos encontrarnos. La oí riendo a lo lejos, y cuando me acerqué a ver...

Se retorció las manos con la fuerza suficiente como para dislocarse un dedo, hizo una mueca y *Rollo* gimió suavemente.

—Digamos tan sólo que el bebé también podría ser de Bobby Higgins —afirmó, mordiendo las palabras.

De pronto me sentí agotada, tal y como me había sentido cuando me estaba recuperando de mi enfermedad, como si incluso respirar fuera un esfuerzo excesivo. Me recosté en la empalizada y noté contra la nuca el crujido fresco de las hojas de parra, que abanicaban con suavidad mis acaloradas mejillas.

Ian se inclinó hacia delante con la cabeza entre las manos; las sombras verdes moteadas jugaban sobre su persona.

—¿Qué he de hacer? —preguntó por fin, con la voz amortiguada. Parecía tan cansado como yo misma—. No me importaría decir que yo... que el bebé podría ser mío. Pero ¿crees que eso serviría de algo?

—No —respondí en tono lóbrego—. No, para nada. —La opinión de la gente no cambiaría lo más mínimo; todos supondrían sencillamente que Ian mentía para salvar a su tío. Incluso si se casara con la muchacha...

Una idea me vino a la mente, y me enderecé de nuevo.

—Has dicho que no querías casarte con ella, incluso antes de que supieras lo de Bobby. ¿Por qué? —le pregunté con curiosidad.

Ian levantó la cabeza de entre sus manos con un gesto indefenso.

—No sé cómo explicarlo. Ella era... bueno, ella era bastante bonita, sí, y también simpática. Pero... no lo sé, tía. Es sólo que siempre tuve la sensación, cuando yacía con ella... de que no me atrevería a quedarme dormido a su lado.

Lo miré.

—Bueno, supongo que eso debe de ser bastante desalentador.

Pero él ya había dejado atrás ese tema y estaba frunciendo el ceño, al mismo tiempo que hundía el talón del mocasín en el suelo.

—No hay manera de saber cuál de dos hombres es el padre de una criatura, ¿verdad? —preguntó con brusquedad—. Sólo que... si es mío, lo quiero. Me casaría con ella por el niño, sin que importara nada más. Si es mío...

Bree me había explicado su historia a grandes rasgos; yo sabía lo de su esposa mohawk, Emily, y la muerte de su hija, y sentí la pequeña presencia de mi propia primera hija, Faith, que había nacido muerta, pero que siempre estaba conmigo.

—Oh, Ian —dije en voz baja, y le toqué el pelo—. Tal vez sí se podría saber, por el aspecto del bebé... pero seguramente no, o al menos no de inmediato.

Él asintió y suspiró. Después de un momento, comentó:

—Si yo digo que es mío y me caso con ella... la gente seguiría hablando, pero después de un tiempo... —Su voz fue apagándose.

Era cierto, las habladurías, al final, también cesarían. Pero todavía quedarían algunos que pensarían que Jamie era el responsable, y otros que llamarían a Malva puta, mentirosa, o ambas cosas (lo que me recordó que era cierto, por otra parte, pero no era nada agradable escuchar algo así respecto a la propia esposa). ¿Y cómo sería la vida de Ian, casado en esas circunstancias con una mujer en quien no confiaba y que no le gustaba en especial?

—Bueno —intervine, poniéndome de pie y estirándome—. No hagas nada drástico por ahora. Déjame hablar con Jamie; no te molesta que se lo diga, ¿verdad?

—Me gustaría que lo hicieras, tía. No creo que yo pudiera enfrentarme a él. —Siguió sentado en el banco, con sus huesudos hombros encorvados. *Rollo* estaba tumbado a sus pies, y su gran cabeza de lobo descansaba sobre los mocasines de Ian. Conmovida, rodeé a Ian con los brazos y él apoyó su cabeza en mí, simplemente, como un niño.

—No es el fin del mundo —dije.

El sol rozaba el borde de la montaña y el cielo ardía de rojo y dorado, con una luz que caía en deslumbrantes franjas a través de la empalizada.

—No —dijo, pero no había convicción alguna en su voz.

83

Declaraciones

Charlotte, condado de Mecklenburg
20 de mayo de 1775

Lo único que Roger no había previsto sobre el desarrollo de la historia era la ingente cantidad de alcohol que se consumía. Pero debería haberlo hecho; si algo le había enseñado su carrera académica era que casi todas las negociaciones que valían la pena se habían llevado a cabo en algún bar.

Los bares, las tabernas y otros establecimientos de Charlotte en los que servían bebidas estaban obteniendo pingües beneficios, bullendo con delegados, espectadores y adláteres. Los hombres leales a la Corona se reunían en el King's Arms, mientras que los que sostenían una posición rabiosamente opuesta frecuentaban el Blue Boar, con habituales oscilaciones entre los no alineados y los indecisos, que viraban hacia un lado y hacia el otro, recorriendo el Goose and Oyster, el bar de Thomas, el Groats, el Simon, el Buchanan, el Mueller y dos o tres lugares sin nombre que apenas llegaban a ser un bar ilegal.

Jamie los visitó todos. Y bebió en todos, compartiendo cervezas de varios tipos, rubias y negras, con o sin limonada, de caqui, y también ponche, refrescos, sidra, coñac, vino de ruibarbo, vino de mora, licor de cereza, sidra de peras y otras bebidas. No todas eran alcohólicas, pero sí la mayoría.

Roger se limitó sobre todo a la cerveza, y se alegró de esa restricción cuando se encontró en la calle con Davy Caldwell, que salía del puesto de un frutero con un puñado de albaricoques tempranos.

—¡Señor MacKenzie! —exclamó Caldwell, con un gesto de bienvenida—. No pensaba encontrarlo aquí, pero ¡qué bendición verlo!

—Una verdadera bendición, en efecto —contestó Roger, estrechándole la mano al ministro con un fervor cordial. Caldwell los había casado a él y a Brianna, y unos meses antes lo había examinado en la academia presbiteriana—. ¿Cómo está, señor Caldwell?

—Ah, yo, muy bien... pero ¡mi corazón sufre por el destino de mis pobres hermanos! —Caldwell movió la cabeza abatido, señalando con un gesto a un grupo de hombres apiñados en el bar de Simon, riendo y hablando—. ¿Qué saldrá de todo esto, señor MacKenzie, qué saldrá de todo esto?

Durante un perturbador instante, Roger se sintió tentado a decirle exactamente qué saldría de todo aquello. Pero se limitó a indicarle con un gesto a Jamie —a quien un conocido había detenido en la calle— que siguiera sin él, y se volvió para caminar un rato junto a Caldwell.

—¿Ha venido a la conferencia, señor Caldwell? —preguntó.

—Así es, señor MacKenzie, así es. Albergo pocas esperanzas de que mis palabras tengan el más mínimo efecto, pero es mi deber decir lo que percibo, y lo haré.

Lo que Davy Caldwell percibía era un alarmante nivel de indolencia humana, a la que echaba la culpa de la situación actual, y estaba convencido de que la irreflexiva apatía y «el estúpido interés por el bienestar personal» que exhibían los colonos tentaba y provocaba el ejercicio de medidas tiránicas por parte de la Corona y el Parlamento.

—Sin duda es algo que hay que tener en cuenta —dijo Roger, consciente de que los apasionados gestos de Caldwell llamaban un poco la atención, incluso entre las multitudes de la calle, donde la mayoría también se mostraba pendenciera.

—¡Que hay que tener en cuenta! —exclamó Caldwell—. Sí, desde luego; de hecho, es lo único que hay que tener en cuenta. La ignorancia, la falta de atención a las obligaciones morales y el supremo interés por el camino fácil de los haraganes y los serviles se corresponden exactamente, ¡exactamente!, con los apetitos y el cinismo de los tiranos.

Miró con furia a un hombre que se había apoyado en la pared de una casa para tomar un breve respiro del calor del mediodía con el sombrero sobre el rostro.

—¡El espíritu de Dios debe redimir a los haraganes, y llenar a los humanos de energía, presencia de ánimo y conciencia libertaria!

Roger se preguntaba, en realidad, si Caldwell consideraría que la guerra, que iba en aumento, era resultado de la intervención divina, y llegó a la conclusión de que era muy probable que así fuera. Caldwell era un pensador, pero también un acérrimo presbiteriano y, por lo tanto, un firme creyente en la predestinación.

—Los haraganes facilitan y alientan la opresión —explicó Caldwell, con un gesto de desdén hacia una familia de hojalateros que disfrutaban de un almuerzo al aire libre en el patio de una casa—. Su propia vergüenza, su falta de espíritu, su docilidad y su sumisión se convierten en cadenas de esclavitud que ellos mismos han forjado.

—Ah, sí —afirmó Roger, y tosió. Caldwell era un famoso predicador, y bastante inclinado a mantenerse en forma—. ¿Quiere tomar algo, señor Caldwell? —Hacía un día muy caluroso, y el rostro más bien redondeado y angelical del sacerdote estaba cada vez más colorado.

Entraron en el bar de Thomas, un sitio bastante respetable, y se sentaron con jarras de cerveza de la casa, puesto que Caldwell, como la mayoría, no consideraba que la cerveza fuera de ninguna manera una «bebida», como el ron o el whisky. Después de todo, ¿qué otra cosa se podía beber? ¿Leche?

Una vez a resguardo del sol, y con un trago refrescante en la mano, tanto los comentarios como el semblante de Davy Caldwell se volvieron menos acalorados.

—Agradezco a Dios la suerte de haberme encontrado con usted, señor MacKenzie —dijo, inspirando con fuerza tras bajar su jarra—. Le mandé una carta, pero sin duda usted debió de marcharse de su casa antes de recibirla. Deseaba informarlo de una muy buena noticia: va a celebrarse un presbiterio.

Roger sintió un repentino vuelco en el corazón.

—¿Cuándo? ¿Y dónde?

—En Edenton, a principios del mes próximo. El reverendo doctor McCorkle viene desde Filadelfia. Se quedará aquí un tiempo, antes de proseguir su viaje; se dirige a las Indias para apoyar los esfuerzos de la Iglesia en aquellos parajes. Yo, desde luego, estoy presumiendo que conozco su opinión... Le pido disculpas por ser tan directo, señor MacKenzie, pero... ¿sigue deseando ordenarse?

—Con todo mi corazón.

Caldwell lo miró con una expresión radiante, y le agarró la mano con fuerza.

—Me alegra mucho escuchar eso, mi querido amigo, mucho.

Luego se lanzó a una detallada descripción del señor McCorkle, a quien había conocido en Escocia, y a especulaciones respecto a la situación de la religión en la colonia; habló con cierto respeto de los metodistas, pero consideraba que los baptistas de la Nueva Luz estaban «un poco descontrolados» en las efusiones de su culto, aunque, sin duda, tenían buenas intenciones y, desde luego, una fe sincera era un avance respecto a los no creyentes, más allá de la forma que adoptara. Pero cuando llegó el momento oportuno, volvió a mencionar las circunstancias actuales.

—Ha venido usted con su suegro, ¿verdad? —preguntó—. Me ha parecido verlo en el camino.

—En efecto, y sí, lo ha visto usted —le aseguró Roger, rebuscando en su bolsillo una moneda. El bolsillo estaba lleno de crines de caballo enrolladas; con su experiencia académica como guía, se había preparado para evitar el aburrimiento llevando consigo los materiales necesarios para crear un nuevo sedal para pescar.

—Ah. —Caldwell lo miró fijamente—. He oído comentarios estos últimos días... ¿es cierto que se ha vuelto *whig*?

—Mi suegro es un firme defensor de la libertad —dijo Roger con cautela, y respiró hondo—. Como yo. —No había tenido ocasión de decirlo en voz alta hasta ese momento, y le hizo sentir una especie de pequeña opresión, justo debajo del esternón.

—¡Ajá, muy bien! Ya lo había oído, como le he dicho... sin embargo, hay un gran número de personas que dicen lo contrario:

que es un *tory*, un leal a la Corona, como sus amigos, y que esta manifestación de apoyo al movimiento independentista no es más que una estratagema. —No lo había formulado a modo de pregunta, pero la ceja poblada de Caldwell, enarcada como un sombrero, dejó claro que lo era.

—Jamie Fraser es un hombre honrado —aseguró Roger, y vació su jarra—. Y honorable —añadió, dejándola en la mesa—. Y hablando del rey de Roma, creo que debo ir a buscarlo.

Caldwell miró a su alrededor; había una atmósfera de intranquilidad, de hombres que pedían la cuenta y pagaban. La reunión oficial de la convención era a las dos de la tarde, en la granja de MacIntyre. Había pasado el mediodía, y los delegados, los oradores y los espectadores comenzarían a reunirse poco a poco, preparándose para una tarde de conflictos y decisiones. Roger volvió a sentir la misma opresión.

—Sí, bien. Salúdelo de mi parte, por favor... aunque tal vez yo mismo lo vea. ¡Y que el Espíritu Santo penetre en la envoltura del hábito y el letargo, y eleve las conciencias de los hombres que se reúnen hoy aquí!

—Amén —dijo Roger sonriendo, a pesar de las miradas de los hombres, y no pocas mujeres, que los rodeaban.

Encontró a Jamie en el Blue Boar, en compañía de cierto número de hombres en los que el Espíritu Santo ya había penetrado con fuerza, a juzgar por el volumen de sus voces. Pero las conversaciones cerca de la puerta se interrumpieron cuando él se abrió paso por la sala, no a causa de su propia presencia, sino porque había algo más interesante cerca del centro.

A saber: Jamie Fraser y Gerald Forbes, ambos rojos de calor, pasión y unos cuantos litros de alcoholes diversos, cabeza contra cabeza sobre una mesa, y siseando en gaélico como serpientes.

Sólo algunos de los espectadores hablaban gaélico, y estaban traduciendo deprisa los puntos más destacados del diálogo para el resto de la multitud.

El insulto en gaélico era un arte, y uno en el que su suegro destacaba, aunque Roger se vio obligado a admitir que el abogado no le iba a la zaga. Las traducciones realizadas por los espectadores no se aproximaban al nivel del original; sin embargo, todo el mundo estaba boquiabierto, y soltaba ocasionales silbidos y gritos de admiración, o risas, cuando una de las frases era especialmente punzante.

Al haberse perdido el principio, Roger no tenía ni idea de cómo se había iniciado el conflicto, pero por el momento, el intercambio se centraba en la cobardía y la arrogancia; los comentarios de Jamie apuntaban a que el hecho de que Forbes dirigiese el ataque contra Fogarty Simms era un intento mezquino y cobarde de aparecer como un gran hombre al precio de la vida de un hombre indefenso, mientras que el punto de vista de Forbes —que en ese momento pasó al inglés, cuando se dio cuenta de que ellos dos se habían convertido en el centro de atención de la sala— era que la presencia de Jamie en aquel lugar representaba una afrenta injustificable para aquellos que sostenían los ideales verdaderos de libertad y justicia, puesto que todos los presentes sabían que era, en realidad, un hombre del rey, a pesar de que él, el engreído que se creía el dueño del mundo, estaba convencido de que podía engañar a todos lo bastante como para traicionar todo el asunto; pero si Fraser pensaba que Forbes era lo bastante estúpido como para ser embaucado por payasadas en la calle y por todas esas palabras sin sustancia, tendría que pensárselo mejor.

Jamie golpeó la mesa con la mano abierta, haciendo que retumbara como un tambor, y agitando las copas. Luego se levantó y miró a Forbes con furia.

—¿Cuestiona usted mi honor, señor? —preguntó, pasando también al inglés—. Porque, si es así, lo mejor será que salgamos y resolvamos la cuestión ahora mismo.

El sudor chorreaba por la cara amplia y enrojecida de Forbes, y sus ojos brillaban de ira, pero incluso agitado como estaba, Roger vio cómo una tardía cautela lo hacía retroceder. No había presenciado la pelea en Cross Creek, pero Ian le había explicado los detalles mientras se desternillaba de risa. Lo último que Gerald Forbes querría era un duelo.

—Pero ¿tiene usted honor que cuestionar, señor? —insistió Forbes, levantándose a su vez y preparándose como si fuera a dirigirse a un jurado—. Viene aquí actuando como un gran hombre, pavoneándose y exhibiéndose como un marino que llega a la costa con dinero en el bolsillo, pero ¿tenemos alguna evidencia de que sus palabras sean algo más que bravuconadas? ¡Bravuconadas he dicho, señor!

Jamie mantuvo su posición, con las manos sobre la mesa, examinando a Forbes con los ojos entornados. Roger había visto una vez esa expresión dirigida a él mismo. Había sido con rapidez seguida por la clase de jaleo acostumbrado en un pub de Glasgow un sábado por la noche, sólo que un poco más intenso. Lo único que podía agradecerse era que, evidentemente, Forbes no tenía noticia de la acusación de Malva, o ya habría sangre en el suelo.

Jamie se enderezó poco a poco, y su mano izquierda se acercó a su cintura. Se oyeron gritos sofocados, y Forbes palideció. Pero Jamie buscaba su faltriquera, no su daga, y metió la mano en el interior.

—En cuanto a eso... *señor...* —dijo en una voz que retumbó en toda la sala—, ya he sido claro. Estoy a favor de la libertad y, con ese fin, entrego mi nombre, mi fortuna... —En ese momento sacó la mano de su faltriquera y la golpeó sobre la mesa: un pequeño monedero, dos guineas de oro y una joya—. Y mi sagrado honor.

El local permaneció en silencio, con todos los ojos clavados en el diamante negro, que brillaba con una luz siniestra. Jamie hizo una pausa que duró tres latidos, y luego tomó aire.

—¿Hay algún hombre aquí que se atreva a desmentirme? —preguntó. En apariencia, sus palabras iban dirigidas al local en general, pero sus ojos estaban fijos en Forbes. El semblante del abogado había adquirido un color rojizo y gris moteado, como una ostra en mal estado, pero no dijo nada.

Jamie hizo otra pausa y volvió a mirar a su alrededor, luego cogió el monedero, el dinero y la joya, y salió por la puerta. Fuera, el reloj de la ciudad dio las dos, con dos campanadas lentas y pesadas en el aire húmedo.

L'OIGNON-INTELLIGENCER

El vigésimo día de este mes se ha celebrado un congreso en Charlotte, compuesto por delegados del condado de Mecklenburg, con el propósito de debatir la cuestión de las relaciones actuales con Gran Bretaña. Después de las debidas deliberaciones, se propuso y se aceptó una declaración, cuyas cláusulas se consignan a continuación:

1. Que cualquier persona que, directa o indirectamente, secunde o que de cualquier forma apruebe la invasión ilegal y peligrosa de nuestros derechos como lo hace Gran Bretaña es un enemigo de este condado de América y de los derechos inherentes e inalienables del hombre.
2. Nosotros, los ciudadanos del condado de Mecklenburg, disolvemos en el presente acto los vínculos políticos que nos han unido con la Madre Patria, renunciamos a toda lealtad

a la Corona británica y abjuramos de toda relación política, contrato o asociación con aquella nación, que ha pisoteado sin miramientos nuestros derechos y nuestras libertades, y que de una manera inhumana ha derramado sangre inocente de patriotas americanos en Lexington.

3. Por la presente, nos declaramos un pueblo libre e independiente, y sostenemos que es nuestro derecho ser una asociación soberana y autogobernada, bajo el control de ningún otro poder que el de nuestro Dios y el gobierno general del congreso y, para el mantenimiento de esa independencia civil y religiosa, comprometemos solemnemente nuestra cooperación mutua, nuestras vidas, nuestras fortunas y nuestro más sagrado honor.

4. Como tampoco reconocemos la existencia y el control de ninguna ley o funcionarios legales, civiles o militares en este condado, por el presente acto decretamos y adoptamos como regla de vida todas y cada una de nuestras anteriores leyes, a pesar de lo cual jamás podrá considerarse que la Corona británica posea algún derecho, privilegio, inmunidad o autoridad en el territorio.

5. También se decreta que debe devolverse a todos y cada uno de los oficiales militares de este condado su anterior rango y autoridad, siempre que se desempeñe conforme a estas regulaciones. Y que cada miembro presente de esta delegación será, de ahora en adelante, un funcionario civil, bajo la forma de juez de paz, en calidad de «miembro del comité», a cargo de celebrar procedimientos y atender y decidir sobre todas las cuestiones de pleitos de acuerdo con las susodichas leyes adoptadas, con el objeto de preservar la paz, la unión y la armonía en el susodicho condado, y hacer todos los esfuerzos para difundir el amor por el país y el fuego de la libertad a lo largo y ancho de América, hasta que se establezca en esta provincia un gobierno más general y organizado. Una selección de los miembros presentes constituirá un comité de seguridad pública para el susodicho condado.

6. Que una copia de estas resoluciones se transmita por correo expreso al presidente del Congreso Continental reunido en Filadelfia, para ser sometida ante ese organismo.

• • •

84

Entre las lechugas

Algún idiota —o algún niño— había dejado abierta la verja de mi huerta. Corrí por el sendero, esperando que no llevara mucho tiempo así. Si había estado abierta toda la noche, los ciervos se habrían comido cada lechuga, cebolla y tubérculo, por no hablar de...

Di un salto y lancé un pequeño grito. Algo similar a una tachuela al rojo vivo me había picado en la nuca, y me di un manotazo de modo reflejo. Una descarga eléctrica en la sien hizo que lo viera todo blanco, luego borroso y acuoso, y sentí una fuerte puñalada en el codo... Abejas.

Salí del sendero dando tumbos, consciente de que el aire estaba repleto de abejas, frenéticas y agresivas. Me abalancé hacia los arbustos, casi sin ver debido al agua que me inundaba los ojos, dándome cuenta demasiado tarde de los zumbidos graves de una colmena en guerra.

¡Un oso! ¡Se había colado un oso en el huerto! En la fracción de segundo entre la primera picadura y la siguiente, había podido ver cómo uno de los panales había caído de lado al suelo, justo al otro lado de la verja, con la miel fluyendo de él como si se tratara de entrañas.

Me agaché debajo de unas ramas y me abalancé sobre una parcela de hierba carmín, jadeando y maldiciendo. La picadura de la nuca me latía con fuerza, y la de la sien ya se estaba hinchando, haciendo que sintiera un tirón en el párpado de ese lado. Advertí que otra abeja se arrastraba por mi tobillo y la ahuyenté de manera instintiva antes de que pudiera picarme.

Me enjugué las lágrimas, parpadeando. Unas cuantas abejas pasaron por los tallos de flores amarillas que se encontraban sobre mí, agresivas como aviones de caza. Me arrastré un poco más, tratando al mismo tiempo de huir, de agitar las manos alrededor del cabello y de sacudirme la falda, por temor de que hubiera más abejas atrapadas en la tela.

Jadeaba como una máquina de vapor, temblando a causa de la adrenalina y la furia.

—Por todos los demonios... condenado oso... Maldita sea...

El impulso más fuerte era salir corriendo a gritos y agitando las faldas, con la esperanza de asustar al oso. Pero un impulso de autoconservación, igualmente intenso, lo superó.

Logré ponerme en pie y, manteniéndome agachada por si aparecían más abejas furiosas, me lancé entre los arbustos de la cuesta, con la intención de rodear el huerto y entrar por el otro lado, lejos de las violentas colmenas. Por allí podría regresar al sendero y luego a casa, donde conseguiría ayuda —sobre todo armada— para alejar al monstruo antes de que destruyese el resto de las colmenas.

No tenía sentido guardar silencio, de modo que irrumpí entre los arbustos y tropecé con unos troncos, jadeando de furia. Traté de ver al oso, pero la parra de la empalizada era demasiado gruesa como para ver nada más allá de hojas que crujían y sombras del sol. Sentía un lado de la cara como si me estuviera ardiendo, y cada latido generaba estremecimientos de dolor en el nervio trigémino, haciendo que mis músculos se retorcieran y que el ojo me llorara muchísimo.

Llegué al sendero que se encontraba justo debajo del sitio en que me había picado la primera abeja... Mi cesta de jardinería estaba donde la había dejado, con las herramientas esparcidas por el suelo. Agarré el cuchillo que usaba para todo, desde podar hasta sacar raíces; era bastante fuerte, con una hoja de quince centímetros, y si bien tal vez no impresionara al oso, tenerlo a mano me hacía sentir mejor.

Miré la verja abierta, lista para salir corriendo... pero no vi nada. La colmena estaba tal cual la había visto, con los panales de cera rotos y aplastados y el olor a miel espeso en el aire. Pero los panales no estaban esparcidos y había unas agrietadas columnas de cera todavía adheridas a la base de madera de la colmena.

Una abeja pasó volando amenazadoramente cerca de mi oreja y me agaché; no salí corriendo porque el insecto no zumbaba. Traté de dejar de jadear, intentando oír más allá del estruendo de mis propios latidos veloces. Los osos no guardaban silencio; no tenían necesidad de hacerlo. Tendría que haber oído resoplidos y ruidos; el crujido de follaje roto, el lamido de una larga lengua. Pero no.

Avancé con cuidado y de lado por el sendero, paso a paso, lista para echar a correr. Había un roble de buen tamaño a unos siete metros de distancia. Si apareciera el oso, ¿sería capaz de llegar hasta allí?

Presté toda la atención que pude, pero no oí más que los crujidos de la parra y el zumbido de las abejas, que se había reducido hasta convertirse en un sonido agudo cuando se reunieron en los restos del panal.

El oso se había marchado. Debía de ser así. Aún recelosa, me acerqué más, con el cuchillo en la mano.

Olí la sangre y en ese mismo instante la vi. Estaba tumbada en la plantación de hortalizas, con la falda abierta como una flor grande y oxidada floreciendo entre las lechugas nuevas.

De pronto me arrodillé a su lado, sin recordar cómo había llegado hasta allí. La piel de su brazo estaba caliente cuando le agarré la muñeca (qué huesos tan pequeños y frágiles), pero floja, y no tenía pulso. «Claro que no —dijo la pequeña y fría vigía de mi interior—, tiene la garganta cortada, hay sangre por todas partes, pero puedes ver que la arteria ya no bombea; está muerta.»

Los ojos grises de Malva estaban abiertos, desconcertados por la sorpresa, y se le había caído la cofia. Le apreté la muñeca con más fuerza, como si pudiera hallar el pulso enterrado, encontrar algún rastro de vida... y lo hice. El bulto de su vientre se movió muy ligeramente, y solté el brazo flojo de inmediato y cogí mi cuchillo, al mismo tiempo que le levantaba el borde de la falda.

Actué sin pensar, sin miedo, sin dudar; no había otra cosa que el cuchillo y la presión, la carne abriéndose y la débil posibilidad, el pánico de una necesidad absoluta...

Le abrí el vientre desde el ombligo hasta el pubis, apretando con fuerza a través de los músculos flojos. Rasgué la matriz, pero no importaba; corté con rapidez, pero con cuidado, a través de la pared del útero, dejé caer el cuchillo y hundí las manos en las profundidades de Malva Christie, cuya sangre todavía estaba caliente. Agarré al niño, lo rodeé con las manos, lo giré, tiré con fuerza en mi frenesí por liberarlo de la muerte segura, conducirlo al aire, ayudarlo a respirar... El cuerpo de Malva se movía y se levantaba mientras yo tiraba; sus extremidades flácidas se agitaban con la fuerza de mis tirones.

Se soltó con la brusquedad de un parto, y de pronto me vi enjugando sangre y moco de la carita sellada, insuflando aire en sus pulmones, con mucho cuidado —hay que soplar suavemente, ya que los alvéolos de los pulmones son como telarañas, muy pequeños—, comprimiéndole el pecho, tan sólo un palmo, presionando con dos dedos, y sentí sus pequeños saltos, delicados como el muelle de un reloj; noté el movimiento, los pequeños retortijones, un esfuerzo débil e instintivo... y cómo se desvanecía, cómo se marchaba esa vacilación, esa diminuta chispa de vida. Grité de angustia y me llevé el cuerpo minúsculo, todavía caliente, al pecho.

—No te vayas —dije—, no te vayas, no te vayas, por favor, no te vayas. —Pero la vibración se desvaneció en un pequeño resplandor azul que pareció iluminar las palmas de mis manos durante un instante y luego menguar como la llama de una vela, como la brasa de una mecha ardiendo, como el más mínimo resplandor... hasta que todo se oscureció.

Todavía estaba sentada bajo un sol radiante, llorando y sucia de sangre, con el cuerpo del niñito en mi regazo, y el cadáver destrozado de Malva a mi lado, cuando me encontraron.

85

La novia robada

Había pasado una semana desde la muerte de Malva y no había ningún indicio de quién la había matado. Susurros, miradas de reojo y una palpable nebulosa de sospecha flotaban sobre el Cerro, pero a pesar de los esfuerzos de Jamie, no pudo hallarse a nadie que supiera —o quisiera explicar— algo de provecho.

Yo veía cómo la tensión y la frustración iban acumulándose en Jamie, día tras día, y sabía que había que encontrar la manera de aliviarlas. Pero no tenía ni idea de qué haría él al respecto.

El miércoles, después del desayuno, Jamie se quedó en pie, mirando por la ventana de su despacho con el ceño fruncido; luego golpeó la mesa con el puño de una manera tan repentina que hizo que diera un salto.

—He llegado al límite de lo que puedo soportar —me informó—. Un momento más así y me volveré loco. Debo hacer algo, y lo haré. —Sin aguardar respuesta a esa afirmación, se acercó en dos zancadas a la puerta del despacho, la abrió con fuerza y gritó «¡Joseph!» en el pasillo.

El señor Wemyss apareció, procedente de la cocina, donde había estado deshollinando la chimenea bajo la dirección de la señora Bug, con expresión de alarma, pálido, manchado de hollín y bastante desaliñado en términos generales.

Jamie no prestó atención a las huellas negras que el señor Wemyss dejaba en el suelo del despacho (había quemado la alfombra) y clavó una mirada de autoridad en él.

—¿Quiere a esa mujer? —lo increpó.

—¿Mujer? —El señor Wemyss estaba desconcertado—. ¿Qué...? Ah. ¿Se refiere usted... podría estar refiriéndose a Fräulein Berrisch?

—¿A quién si no? ¿La quiere? —repitió Jamie.

Era evidente que había transcurrido mucho tiempo desde la última vez que alguien le había preguntado al señor Wemyss qué quería, y le llevó cierto tiempo recuperarse de la impresión.

La brutal presión a la que Jamie lo sometió a continuación lo obligó a dejar atrás sus reprobatorios murmullos sobre el hecho de que los amigos de Fräulein Berrisch eran, sin duda, quienes mejor podían juzgar su felicidad con respecto a su propia inadecuación, pobreza y falta de valía en general como marido, y a admitir imprudentemente, y después de un buen rato que, bueno, si Fräulein Berrisch no se oponía de manera terminante a la perspectiva, entonces, quizá... bueno... en una palabra...

—Sí, señor —dijo, aterrorizado por su propia audacia—. Sí. ¡Mucho! —soltó.

—Bien —asintió Jamie, complacido—. Entonces iremos a buscarla.

Wemyss se quedó boquiabierto, y yo también. Jamie se volvió hacia mí, dando órdenes con la seguridad y la *joie de vivre* de un capitán de barco con una gran presa a la vista.

—Ve y tráeme al joven Ian, por favor, Sassenach. Y dile a la señora Bug que reúna suficiente comida para cuatro hombres para un viaje de una semana. Y luego busca a Roger Mac; necesitaremos un sacerdote.

Se frotó las manos de satisfacción; luego palmeó a Wemyss en el hombro, haciendo que una nubecilla de hollín se desprendiera de su ropa.

—Prepárese, Joseph —dijo—. Y péinese. Vamos a robar una novia para usted.

—«... Y le puso una pistola en el pecho, en el pecho» —cantó Ian—. «Cáseme, cáseme, ministro, o si no seré su sacerdote, su sacerdote, su sacerdote... ¡O si no seré su sacerdote!»

—Desde luego —dijo Roger, interrumpiendo la canción, en la que un joven audaz llamado Willie cabalgaba con sus amigos para secuestrar y desposar por la fuerza a una joven que terminaba siendo más audaz que él—, esperemos que usted sea un poco más hábil que Willie la noche en cuestión, ¿eh, Joseph?

El señor Wemyss, bañado, vestido y bastante animado por la emoción, le dirigió una mirada de incomprensión. Roger sonrió, ajustando la correa de su alforja.

—El joven Willie obliga a un ministro a casarlo con la joven a punta de pistola —le explicó a Wemyss—, pero luego, cuando se lleva a la novia robada a la cama, ella no quiere saber nada de él... y a pesar de todos sus esfuerzos, no consigue dominarla.

—«De modo que devuélveme a mi hogar, tan virgen como vine, Willie, como vine... ¡tan virgen como vine!» —prosiguió Ian.

—Ahora bien —le advirtió Roger a Jamie, que estaba cargando sus propias alforjas en el lomo de *Gideon*—. Si la Fräulein no está dispuesta...

—¿Qué? ¿Acaso crees que ella no estará dispuesta a casarse con Joseph? —Jamie palmeó a Wemyss en la espalda, luego se inclinó para ayudarlo a subir y alzó al hombrecillo a su montura—. No imagino que ninguna mujer con sentido común pudiera despreciar semejante oportunidad, ¿tú sí, *a charaid*?

Echó un rápido vistazo al claro para asegurarse de que todo estaba bien, luego subió corriendo los peldaños y me dio un rápido beso de despedida, antes de regresar corriendo a montar a *Gideon*, que por una vez parecía amigable y no hizo ningún esfuerzo por morderlo.

—Cuídate, *mo nighean donn* —dijo Jamie, sonriendo y mirándome a los ojos. Y luego se marcharon, saliendo del claro al galope como jinetes de las Highlands, y los lacerantes chillidos de Ian resonaron entre los árboles.

Por extraño que pueda parecer, la partida de los hombres tranquilizó un poco las cosas. Las habladurías, desde luego, prosiguieron alegremente, pero sin Jamie o Ian presentes para actuar como pararrayos, tan sólo crepitaban aquí y allá como el fuego de San Telmo; chisporroteaban y hacían que a todos se les pusieran los pelos de punta, pero eran un fenómeno inofensivo, a menos que se tocaran de forma directa.

La casa se parecía menos a una fortaleza asediada y más al ojo de una tormenta.

Además, como el señor Wemyss estaba fuera, Lizzie vino de visita con su bebé, el pequeño Rodney Joseph. Roger se había opuesto con firmeza a las entusiastas sugerencias de los jóvenes padres de ponerle el nombre de Tilgath-Pileser o Ichabod. La pequeña Rogerina no había salido tan perjudicada, puesto que la conocían como Rory, pero Roger se negó en redondo a permitir que bautizaran a un niño con un nombre cuyo diminutivo fuera Icky.

Rodney parecía un niño muy simpático, en parte debido a que siempre tenía los ojos muy abiertos, en un gesto de sorpresa que hacía que pareciera morirse de curiosidad por lo que fuera que uno quería decirle. El asombro de Lizzie con su nacimiento había dado paso a un embelesamiento que habría eclipsado por completo a Jo y a Kezzie, de no ser por el hecho de que ellos dos también lo compartían.

Cualquiera de ellos, a menos que los obligaran a callarse, podía pasarse media hora debatiendo sobre las evacuaciones intestinales de Rodney con una intensidad reservada hasta entonces a los cepos nuevos y a las cosas peculiares que encontraban en el estómago de los animales que habían matado. Los cerdos, al parecer, comían de todo; Rodney también.

Pocos días después de la partida de los hombres, Brianna vino de visita con Jemmy desde su cabaña, y Lizzie, por su parte, trajo a Rodney. Las dos se sumaron a Amy McCallum y a mí en la cocina, donde pasamos una velada agradable, tejiendo a la luz del fuego, admirando a Rodney, vigilando sin mucha atención a Jemmy y a Aidan, y, después de un período de cautas exploraciones, dedicándonos de lleno a un resumen detallado de la población masculina del Cerro, tratando de individualizar a los posibles sospechosos.

Yo, desde luego, tenía un interés más personal y doloroso en la cuestión, pero las tres jóvenes estaban sin duda del lado de la justicia, es decir, del lado que se negaba siquiera a considerar la idea de que Jamie o yo hubiésemos tenido algo que ver con el asesinato de Malva Christie.

Por mi parte, esas especulaciones francas me resultaban bastante reconfortantes. Naturalmente, yo había hecho en privado mis propias conjeturas, a las que volvía una y otra vez, lo que resultaba una actividad agotadora. No sólo era desagradable visualizar a cada hombre que conocía en el papel de asesino, sino que además el proceso me obligaba a volver a imaginar el asesinato mismo una y otra vez, y a revivir el momento en el que había encontrado a la muchacha.

—En realidad, no me gustaría pensar que podría haber sido Bobby —dijo Bree, frunciendo el ceño mientras empujaba un huevo de zurcir en el talón de un calcetín—. Parece un muchacho muy agradable.

Lizzie bajó la barbilla y frunció los labios.

—Ah, sí, es un muchacho muy dulce —aseguró—. Pero también bastante temperamental.

Todas la miramos.

—Bueno —añadió en un tono tranquilo—, yo no se lo permití, pero él insistió bastante. Y cuando le dije que no, empezó a dar patadas a un árbol.

—Mi marido hacía eso a veces si yo lo rechazaba —comentó Amy pensativa—. Pero estoy segura de que no me habría cortado el cuello.

—Bueno, pero Malva no rechazó a quienquiera que fuese —señaló Bree, entornando los ojos para enhebrar la aguja—. Ése es el problema. Él la mató porque ella estaba embarazada y temía que se lo contara a todos.

—¡Bueno! —dijo Lizzie en tono triunfal—. Entonces no pudo ser Bobby, ¿no? Porque cuando mi padre lo recha... —Una breve sombra cruzó por su cara al mencionar a su padre, que aún no había vuelto a dirigirle la palabra, ni había reconocido el nacimiento del pequeño Rodney—. ¿Acaso no pensó en sustituirme por Malva Christie? Ian me dijo que ésa había sido su intención. Y si estaba embarazada de él... bueno, pues su padre se habría visto obligado a aceptarlo, ¿no?

Amy, a quien la argumentación le parecía convincente, asintió, pero Bree tenía objeciones que hacer.

—Sí... pero ella insistía en que el bebé no era de él. Y Bobby vomitó en las zarzas de moras cuando se enteró de que estaba embarazada. —Apretó los labios durante un instante—. No estaba nada contento. Así que podría haberla matado por celos, ¿no os parece?

Lizzie y Amy murmuraron, dubitativas, al escuchar aquello (ambas le tenían cariño), pero se vieron obligadas a admitir la posibilidad.

—Lo que me pregunto —afirmé titubeando— es qué ocurre con los hombres mayores. Los casados. Todos conocen a los jóvenes que estaban interesados en ella... Pero yo he visto cómo más de un hombre casado la miraba al pasar.

—Propongo a Hiram Crombie —dijo Bree de inmediato, clavando la aguja en el talón de su calcetín. Todas nos reímos, pero ella negó con la cabeza—. No, lo digo en serio. Siempre son los más religiosos y rígidos los que tienen cajones secretos llenos de ropa interior femenina, y los que se dedican a propasarse con los monaguillos.

A Amy se le cayó la mandíbula.

—¿Cajones llenos de ropa interior femenina? —preguntó—. ¿Qué...? ¿Enaguas y corsés? ¿Y qué hacen con eso?

Brianna se sonrojó, puesto que se había olvidado de sus contertulias. Tosió, pero no había escapatoria posible.

—Eh... bueno. En realidad, pensaba en ropa interior femenina francesa —dijo en voz baja—. Eh... de encaje, cosas así.

—Ah, francesa —asintió Lizzie con expresión de sabiduría.

Todas conocían la reputación de las damas francesas, aunque yo dudaba que alguna mujer del Cerro de Fraser, excepto yo, hubiese visto alguna en su vida. Pero con el objeto de cubrir el lapsus de Bree, les hablé de la Nestlé, la amante del rey de Francia, quien se había hecho perforar los pezones y se presentaba en la corte con los pechos a la vista y aros dorados en ellos.

—Si las cosas siguen así unos meses más —dijo Lizzie oscuramente, mirando a Rodney, que chupaba con ferocidad de su pecho con los diminutos puños cerrados por el esfuerzo—, yo podré hacer lo mismo. Les diré a Jo y a Kezzie que me consigan algunos aros cuando vendan sus pieles, ¿qué os parece?

En medio de las carcajadas, el sonido de un golpe en la puerta pasó inadvertido, o lo habría hecho, de no ser por Jemmy y Aidan, que habían estado jugando en el despacho de Jamie y bajaron corriendo a la cocina para decírnoslo.

—Yo abro. —Bree dejó su zurcido, pero yo ya estaba de pie.

—No, iré yo. —Le indiqué con un gesto que volviera a sentarse, cogí un candelabro y avancé por el oscuro pasillo, mientras mi corazón latía a gran velocidad. Las visitas que venían después del anochecer casi siempre lo hacían por algún tipo de emergencia.

Como ésta, aunque no de la clase que yo hubiera esperado. Durante un momento ni siquiera reconocí a la mujer alta que estaba en el umbral, con el rostro macilento y blanco como el papel. Entonces ella susurró:

—¿Frau Fraser? ¿Puedo... puedo *entrrar*? —Y cayó en mis brazos.

El ruido hizo que todas las jóvenes corrieran a ayudarme, y colocamos a Monika Berrisch —la supuesta prometida del señor Wemyss— sobre un banco, la cubrimos con edredones y le servimos whisky caliente.

Ella se recuperó con rapidez; en realidad no le ocurría nada grave, salvo el cansancio y el hambre. Nos dijo que no había comido nada en tres días. Unos cuantos minutos después ya estaba sentada, tomando una sopa y explicando su asombrosa presencia.

—Fue la *herrmana* de mi difunto *marrido* —dijo, cerrando los ojos ante la dicha momentánea provocada por el aroma de la sopa de guisantes con jamón—. No me *querría*, y cuando su *marrido* tuvo un *aksidente grrave* y *perrdió* su carreta, ya no hubo *dinerro* para todos, y no quiso que yo *vivierra* con ellos.

Según nos contó, echaba de menos a Joseph, pero no había tenido la fuerza ni los medios para desobedecer la voluntad de su familia e insistir en regresar a su lado.

—¿Eh? —Lizzie la estaba examinando de cerca, pero no con hostilidad—. Entonces ¿qué ha ocurrido?

Fräulein Berrisch la miró con sus ojos grandes y delicados.

—Ya no he podido *soporrtarlo* más —dijo simplemente—. Deseaba estar con Joseph. La *herrmana* de mi difunto *marrido querría* que yo me *marrcharra*, *entonses* me dio un poco de *dinerro*. Y he venido —concluyó, encogiéndose de hombros y tomando, con ganas, otra cucharadita de sopa.

—¿Usted ha venido... andando? —preguntó Brianna—. ¿Desde Halifax?

Fräulein Berrisch asintió, lamiendo la cuchara, y sacó un pie de debajo de los edredones. Tenía la suela del zapato del todo gastada; lo había envuelto con pedacitos de cuero y tiras de tela que había arrancado de su enagua, de modo que sus pies parecían bultos de trapos sucios.

—Elizabeth —dijo mirando a Lizzie con seriedad—. *Esperro* que no te moleste que haya venido. Tu *padrre*... ¿Está aquí? Espero que a él tampoco le moleste.

—Mmm. No —afirmé, intercambiando una mirada con Lizzie—. No está aquí... pero estoy segura de que estará encantado de verla.

—¡Oh! —Su demacrado rostro, que había adoptado una expresión de alarma al enterarse de que Wemyss no estaba allí, se iluminó cuando le explicamos adónde había ido—. Oh —jadeó, apretando la cuchara contra su pecho, como si fuera la cabeza del señor Wemyss—. ¡Ah, *mein Kavalier*! —Resplandeciente de alegría, miró a nuestro alrededor... y, por primera vez, notó la presencia de Rodney, que dormitaba en su cesta a los pies de Lizzie—. *Perro* ¿quién es éste? —exclamó, y se inclinó para mirarlo.

Rodney, que no estaba del todo dormido, abrió sus ojos redondos y oscuros, y la contempló con un interés solemne y somnoliento.

—Éste es mi hijo. Se llama Rodney Joseph... por mi padre, ¿sabe? —Lizzie lo sacó de la canastilla con sus rodillas regordetas alzadas hasta la barbilla, y lo puso suavemente en brazos de Monika.

Ella lo arrulló en alemán, con la cara iluminada.

—Cariño de abuela —murmuró Bree entre dientes, y sentí que la risa surgía de debajo de mi corsé. No había reído desde antes de la muerte de Malva, y el hecho de hacerlo fue como un bálsamo para mi espíritu.

Lizzie estaba explicándole a Monika la separación resultante de su poco ortodoxo matrimonio, a lo que Monika asentía, chasqueando la lengua como si comprendiera y se compadeciera de ella (me pregunté cuánto habría entendido) y, al mismo tiempo, hablaba con Rodney como se les habla a los bebés.

—No creo que Wemyss siga alejado durante mucho tiempo —murmuré, hablando yo también entre dientes—. ¿Alejar a su nueva esposa de su nuevo nieto? ¡Ja!

—Sí, ¿qué hay de malo en tener dos yernos? —preguntó Bree.

Amy contemplaba la tierna escena con una leve expresión de nostalgia. Extendió la mano y rodeó con un brazo los delgados hombros de Aidan.

—Bueno, dicen que cuantos más, mejor —comentó.

86

Prioridades

—Tres camisas, un par extra de pantalones decentes, dos pares de medias, unas de hilo de Escocia y las otras de seda... un momento, ¿dónde están las de seda?

Brianna salió a la puerta y llamó a su marido, que estaba ocupado instalando pequeñas cañerías de barro en la canaleta que había excavado, ayudado por Jemmy y Aidan.

—¡Roger! ¿Qué has hecho con tus medias de seda?

Él hizo una pausa y se frotó la cabeza. Luego, entregándole la pala a Aidan, se acercó a la casa, saltando por encima de la canaleta.

—Las usé el domingo pasado en el sermón, ¿no? —preguntó cuando llegó a su lado—. ¿Qué hice...? Ah.

—¿Ah? —preguntó ella con actitud de sospecha, al ver que el rostro de Roger pasaba de la confusión a la culpa—. ¿Qué significa «ah»?

—Bueno... tú te habías quedado en casa con Jem porque le dolía el estómago... —Una dolencia estratégicamente útil que ella había exagerado bastante para no tener que aguantar dos horas de miradas y murmullos—. Entonces, cuando Jocky Abernathy me preguntó si quería ir a pescar con él...

—Roger MacKenzie —dijo ella, dirigiéndole una mirada de ira—. Si pusiste tus medias de seda buenas en una nasa llena de pescados malolientes y las olvidaste...

—Iré a la casa y le pediré prestado un par a tu padre, ¿de acuerdo? —comentó de forma apresurada—. Estoy seguro de que las mías aparecerán en alguna parte.

—Tu cabeza también —aclaró—. ¡Con toda probabilidad debajo de una roca!

Eso hizo que riera, lo que no había sido intención de Brianna, pero no obstante, tuvo el efecto de tranquilizarla un poco.

—Lo lamento —se disculpó él, inclinándose para besarla en la frente—. Tal vez sea algo freudiano.

—¿Eh? ¿Y se puede saber qué simboliza dejar las medias envueltas alrededor de una trucha muerta? —replicó ella.

—Culpabilidad generalizada y lealtades divididas, supongo —aclaró él, todavía bromeando—. Bree... he estado pensando. En realidad, creo que no debería ir. No es necesario...

—Sí lo es —ordenó ella, con toda la firmeza posible—. Lo dice papá, lo dice mamá y lo digo yo.

—Ah, bueno, de acuerdo. —Sonrió, pero ella se dio cuenta de la inquietud que que se ocultaba tras su buen humor (y más aún porque ella también la compartía).

El asesinato de Malva Christie había causado un escándalo en el Cerro: alarma, histeria, sospechas y acusaciones en todas direcciones. Varios jóvenes —entre ellos, Bobby Higgins— habían desaparecido del Cerro, ya fuera por un sentimiento de culpa o por un sentido de supervivencia.

Había toda clase de acusaciones; incluso ella había colaborado en las habladurías y sospechas, cuando algunos de sus descuidados comentarios sobre Malva Christie habían empezado a repetirse. Pero hasta el momento, el mayor peso de las sospechas recaía de lleno en sus padres.

Ambos hacían lo posible por dedicarse a sus actividades cotidianas, esforzándose por no prestar atención a los cotilleos y las miradas acusatorias, pero era cada vez más difícil, cualquiera podía darse cuenta de ello.

Roger había acudido de inmediato a visitar a los Christie; había ido todos los días desde la muerte de Malva, salvo durante la repentina expedición a Halifax. Había enterrado a la muchacha con sencillez y lágrimas, y desde entonces se había dedicado de lleno a mantener una actitud razonable, serena y firme con todos los demás habitantes del Cerro. Enseguida había olvidado sus planes de ir a Edenton para la ordenación, pero cuando se enteró Jamie, insistió en que fuera.

—Has hecho todo lo posible aquí —dijo Brianna por enésima vez—. No hay nada que puedas hacer para mejorar las cosas... y podrían pasar algunos años hasta que tuvieras otra oportunidad.

Ella sabía lo que él deseaba que lo ordenaran, y habría hecho cualquier cosa por cumplir ese deseo. Por su parte, sólo quería poder presenciar la ceremonia, pero habían acordado que era preferible que ella y Jem fueran a River Run y esperaran allí a que Roger emprendiera el viaje a Edenton y regresara. Tal vez no fuera del todo beneficioso para un candidato a una ordenación presentarse con una esposa católica y un hijo.

Pero la culpa que sentía al marcharse justo cuando los padres de ella estaban en medio de un huracán...

—Tienes que ir —le repitió—. Pero tal vez yo...

Él la interrumpió con una mirada.

—No, ya hemos hablado de ello.

Su argumento era que la presencia de ella no podría influir en la opinión pública, lo que suponía que era cierto. Brianna se daba cuenta de que la verdadera razón —compartida por sus padres— era el deseo de mantenerlos a ella y a Jem a salvo y lejos de los problemas y los alborotos del Cerro, preferiblemente antes de que Jem se diera cuenta de que buena parte de los vecinos creían que uno de sus abuelos era un asesino, si no ambos.

Y a pesar de que en su fuero interno se avergonzaba de ello, ella tenía ganas de marcharse.

Alguien había matado a Malva y a su hijo. Cada vez que pensaba en ello, las posibilidades flotaban delante de ella en una letanía de nombres. Y cada vez se veía obligada a ver el nombre de su primo entre ellos. Ian no había huido y ella no podía, de ninguna manera, pensar que había sido él. Y, sin embargo, cada día se veía forzada a considerar la posibilidad.

Se quedó contemplando la bolsa que estaba preparando, doblando y volviendo a doblar la camisa que tenía en las manos, mientras buscaba razones para partir, razones para quedarse, y sabiendo que ninguna razón le serviría de nada en ese momento.

Un sordo ¡*zonk*! proveniente del exterior la obligó a salir de la indecisión.

—¿Qué...? —Llegó a la puerta en dos pasos, con suficiente rapidez para ver a Jem y a Aidan desapareciendo en el bosque como un par de conejos. En el borde de la canaleta se encontraban los pedazos rotos de la cañería que acababan de dejar caer.

—¡Vosotros, pequeños mocosos! —gritó, y agarró una escoba, sin saber exactamente con qué intención, pero la violencia parecía la única manera de canalizar la frustración que acababa de aparecer en su persona como un volcán.

—Bree —dijo Roger en voz baja, y le puso una mano en la espalda—. No tiene importancia.

Ella se soltó de un tirón y se dio la vuelta hacia él, con la sangre martilleándole en los oídos.

—¿Tienes idea de cuánto se tarda en hacer una? ¿Cuántos intentos hacen falta para conseguir una que no se agriete? ¿Cuántos...?

—Sí, lo sé —contestó él con firmeza—. Y aun así, no tiene importancia.

Ella se quedó allí, temblando y respirando con fuerza. Él, con suma delicadeza, extendió la mano y le quitó la escoba para dejarla en su lugar.

—Tengo... que ir —dijo ella cuando pudo volver a formar palabras, y él asintió, con los ojos teñidos de la tristeza que lo acompañaba desde el día de la muerte de Malva.

—Sí, es cierto —contestó él en voz baja.

Se acercó a ella por detrás, la rodeó con los brazos, apoyó el mentón en sus hombros y, poco a poco, ella dejó de sacudirse. Al otro lado del claro, vio que la señora Bug llegaba de la huerta por el sendero con el delantal lleno de coles y zanahorias. Claire no había puesto un pie en el huerto desde...

—¿Estarán bien?

—Rezaremos para que así sea —comentó él, y la abrazó con más fuerza. Ella se sintió reconfortada por su roce y no se dio cuenta hasta más tarde de que, en realidad, él no le había asegurado nada.

87

«La justicia es mía», dijo el Señor

Jugueteé con el último paquete de lord John, tratando de reunir el entusiasmo necesario para abrirlo. Era una pequeña caja de madera; tal vez más vitriolo. Supuse que debía preparar una nueva partida de éter, pero ¿qué sentido tenía? La gente había dejado de acudir a mi consulta, incluso en el caso de pequeños cortes y golpes, y mucho menos para la ocasional apendicectomía.

Pasé un dedo por el polvo del mostrador, y pensé que, como mínimo, debía ocuparme de eso; la señora Bug mantenía inmaculado el resto de la casa, pero se negaba a entrar en la consulta. Añadí limpiar el polvo a la lista de cosas que debía hacer, pero no di ningún paso para ir a buscar un trapo con el que limpiarlo.

Suspiré, me levanté y crucé el pasillo. Jamie estaba sentado a su escritorio, haciendo girar una pluma y contemplando una carta inconclusa. Dejó la pluma cuando me vio, y sonrió.

—¿Cómo estás, Sassenach?

—Bien —contesté, y él asintió, aceptándolo sin dudar. En su cara se veían arrugas fruto de la tensión, y me di cuenta de que no estaba mejor que yo—. No he visto a Ian en todo el día. ¿Te ha comentado que se marchaba? —A ver a los cherokee, quería decir. No era de extrañar que quisiera alejarse del Cerro; a mí me parecía que le había hecho falta mucha fortaleza para permanecer allí tanto tiempo, soportando las miradas, los murmullos y las acusaciones explícitas.

Jamie asintió de nuevo, y dejó caer la pluma en su tintero.

—Sí, yo se lo sugerí. No tenía sentido que se permaneciera aquí durante más tiempo; sólo habría habido más peleas. —Ian no mencionó las peleas, pero en más de una ocasión se había presentado a cenar con las marcas de la lucha en la cara.

—Bueno, será mejor que le diga a la señora Bug que comience a preparar la cena —dije. Aun así, no hice ningún ademán de levantarme, puesto que había encontrado un poco de consuelo en la presencia de Jamie, una interrupción del recuerdo constante del pequeño y ensangrentado peso en mi falda, inerte como un pedazo de carne, y la visión de los sorprendidos ojos de Malva.

Oí varios caballos en el jardín. Miré a Jamie, que movió la cabeza, alzó las cejas y luego se levantó para recibir a los visitantes, fueran quienes fuesen. Lo seguí por el pasillo mientras me limpiaba las manos en el delantal y examinaba mentalmente el menú de la cena para sumar a lo que parecía, como mínimo, una docena de invitados, a juzgar por los murmullos que se oían desde el umbral.

Jamie abrió la puerta y se quedó paralizado. Miré por encima de su hombro y sentí que el terror se apoderaba de mí: figuras de jinetes negros contra el sol poniente. En ese momento creí que me volvía a hallar en el claro del whisky, húmeda a causa del sudor y tan sólo ataviada con mi camisa. Jamie oyó mi grito ahogado y echó una mano hacia atrás, para mantenerme alejada.

—¿Qué quiere, Brown? —preguntó en un tono muy poco amistoso.

—Hemos venido a buscar a su esposa —respondió Richard Brown. Se distinguía un inconfundible tono de regodeo en su voz, y al escucharla se me puso la carne de gallina y unos puntos negros flotaron en mi campo de visión. Retrocedí, casi sin sentir los pies, y me agarré al picaporte de mi consulta para no caerme.

—Bueno, entonces ya pueden marcharse —respondió Jamie con el mismo tono hostil—. No tienen nada con mi esposa, ni ella con ustedes.

—Ah, se equivoca, señor Fraser. —Mi visión se había aclarado, y vi cómo acercaba su caballo a la entrada. Se inclinó un poco, atisbando por la puerta, y evidentemente me vio, puesto que sonrió de una manera muy desagradable—. Hemos venido a arrestar a su esposa por un delito de homicidio.

La mano de Jamie se tensó donde agarraba la puerta y se estiró poco a poco hasta su altura máxima, de manera que parecía que fuera todavía más alto.

—Márchese de mis tierras, señor —amenazó, y su voz tenía un volumen apenas superior a los susurros de los caballos y los arneses—. Ahora mismo.

Sentí, más que oí, unas pisadas detrás de mí. Era la señora Bug, que había venido a comprobar qué ocurría.

—Que santa Brígida nos proteja —susurró, al ver a los hombres. Luego desapareció, corriendo por la casa, ligera como un ciervo. Sabía que debía seguirla, escapar por la puerta trasera, correr hacia el bosque, esconderme. Pero mis miembros estaban paralizados. Apenas podía moverme, y mucho menos correr.

Y Richard Brown estaba mirándome por encima del hombro de Jamie, con una desagradable expresión de triunfo.

—Ah, nos marcharemos —afirmó, irguiéndose en su montura—. Entréguenosla y nos iremos. Nos esfumaremos como el rocío de la mañana —dijo riendo. Me pregunté si tal vez estaría borracho.

—¿Con qué derecho vienen aquí? —exigió saber Jamie. Su mano izquierda se levantó y descansó sobre la empuñadura de su daga en un claro gesto de amenaza. El hecho de verlo me sacó de mi aturdimiento y corrí por el pasillo hacia la cocina, donde guardábamos las armas.

—... comité de seguridad. —Capté esas palabras en la voz de Brown, en tono más alto como amenaza, y luego entré en la cocina. Descolgué la escopeta para matar pájaros de los ganchos que la sostenían encima del hogar, y después de esforzarme por abrir el cajón del armario auxiliar, me apresuré a ocultar las tres pistolas que se guardaban allí, en los grandes bolsillos de mi delantal quirúrgico, pensados para sostener instrumentos mientras trabajaba.

Me temblaban las manos. Vacilé; las pistolas estaban listas y cargadas, puesto que Jamie las examinaba todas las noches. ¿Debía llevarme también la bolsa de munición y el cuerno de pólvora? No había tiempo. Oí la voz de Jamie y la de Richard Brown, gritando en la parte anterior de la casa.

El sonido de la puerta trasera al abrirse hizo que levantara la cabeza; pude ver cómo un hombre desconocido se detenía en el umbral y miraba a su alrededor. Él también me vio, y avanzó hacia mí, sonriendo y extendiendo la mano para agarrarme el brazo.

Saqué una pistola del delantal y le disparé a quemarropa. La sonrisa no abandonó su cara, pero adoptó un aire ligeramente desconcertado. Parpadeó una o dos veces, luego se llevó una mano al costado, donde una mancha roja comenzaba a extenderse por su camisa. Se miró los dedos manchados de sangre y dejó caer la mandíbula.

—¡Maldición! —exclamó—. ¡Me ha disparado!

—En efecto —repliqué sin aliento—. ¡Y volveré a hacerlo si no sale de aquí! —Solté la pistola vacía, que cayó al suelo con un estrépito, y rebusqué con una mano en mi delantal para coger otra, sin dejar de sostener la escopeta de caza en un apretón letal.

Él no se quedó para comprobar si hablaba en serio, sino que se dio la vuelta y se golpeó contra el marco de la puerta; luego, después de tropezar, logró atravesarla, dejando un reguero de sangre en la madera.

Unas nubes de humo negro de pólvora flotaron en el aire, mezclándose de forma extraña con el olor a pescado asado, y, durante un instante, pensé que iba a vomitar, pero a pesar de las náuseas, conseguí soltar la escopeta de caza y atrancar la puerta. Me temblaban tanto las manos que tuve que intentarlo varias veces.

Unos sonidos procedentes de la parte delantera de la casa alejaron de mi mente tanto los nervios como todo lo demás, y empecé a correr por el pasillo antes de tomar la decisión consciente de moverme, con el arma en la mano y las pesadas pistolas en mi delantal golpeándome los muslos.

Habían sacado a rastras del porche a Jamie; pude verlo un instante en medio de unos cuantos cuerpos. Habían dejado de gritar. Ya no había más ruido, excepto pequeños gruñidos, el impacto de la carne y el movimiento de una miríada de pies en el polvo. Era una pelea seria, y de inmediato fui consciente de que tenían intención de matarlo.

Apunté a la multitud lo más lejos posible de Jamie y apreté el gatillo. El estrépito del arma y los gritos de alarma parecieron sucederse a la vez, la escena se deshizo de inmediato y el grupo de hombres se disolvió. Jamie había logrado mantener la daga consigo; en ese momento en que había un poco más de espacio a su alrededor, vi cómo la hundía en el costado de un hombre, tiraba hacia atrás para sacarla y luego le daba la vuelta de lado en el mismo movimiento, dejando un reguero de sangre en la frente de otro hombre que se había rezagado un poco.

A continuación, capté un brillo metálico a un lado y de modo reflejo grité «¡Agáchate!» un instante antes de que Brown disparara su arma. Se oyó un pequeño ¡*chung*! cerca de mi oreja, y me di cuenta, con serenidad, de que Brown me había disparado a mí, no a Jamie.

De todas formas, Jamie se había agachado, lo mismo que todos los demás en el jardín, y ahora los hombres se apresuraban a ponerse en pie, confundidos, perdiendo el impulso de ataque. Jamie se había abalanzado hacia el porche; estaba de pie y avanzaba con dificultad hacia mí, golpeando cruelmente con la empuñadura de su daga a un hombre que lo había cogido de la manga y que cayó hacia atrás con un grito.

Podríamos haberlo ensayado una docena de veces. Franqueó los peldaños del porche de un salto y se lanzó sobre mí, haciendo que los dos atravesáramos la puerta; luego dio la vuelta y la cerró de golpe, arrojándose contra ella y sosteniéndola del frenético impacto de cuerpos en el instante que me llevó soltar la escopeta, agarrar el cerrojo y pasarlo.

El cerrojo entró en su gancho con un fuerte ruido.

La puerta vibraba debido a los puñetazos y a las embestidas, y el griterío se había reanudado, pero con un sonido diferente. No había regodeo ni provocación. Sí insultos, pero con una intención firme y maligna.

Ninguno de nosotros se detuvo a escuchar.

—He atrancado la puerta de la cocina —dije casi sin poder respirar, y Jamie asintió, lanzándose a mi consulta para asegurar los cerrojos de los postigos.

Oí el ruido de cristales rotos en la consulta detrás de mí mientras corría hacia su despacho; allí las ventanas eran más pequeñas, no eran de cristal, y estaban ubicadas en la parte alta de la pared. Allí también cerré los postigos y pasé el cerrojo, y luego volví a correr por el pasillo súbitamente oscuro para encontrar el arma.

Jamie ya la tenía en sus manos; estaba en la cocina, cogiendo cosas, y mientras yo avanzaba hacia la puerta, él salió de allí, cargado con bolsas de munición, cuernos de pólvora y otros objetos similares, y con la escopeta en la mano. Haciendo un gesto firme, me indicó que lo siguiera por la escalera.

Las habitaciones de la primera planta seguían iluminadas por el sol; era como salir de las profundidades del mar. Tragué la luz como si se tratara de aire, encandilada y con los ojos llenos de lágrimas, mientras corría para cerrar los postigos del trastero y del cuarto de Amy McCallum. No sabía dónde estaban Amy y sus hijos; sólo podía dar gracias de que no se encontraran en casa en ese momento.

Corrí hacia el dormitorio, jadeando. Jamie estaba arrodillado junto a la ventana, cargando armas metódicamente y murmurando algo en gaélico; no logré distinguir si se trataba de una plegaria o una maldición.

No le pregunté si estaba herido. Tenía la cara llena de hematomas y el labio partido, y la sangre había descendido por su mentón hasta la camisa; además, estaba cubierto de tierra y lo que supuse que eran manchas de sangre de otros, y la oreja del lado más próximo a mí estaba hinchada. Pero sus movimientos eran firmes, y cualquier cosa que no fuera un cráneo fracturado tendría que esperar.

—Tienen intención de matarnos —dije, y no lo hice en tono de pregunta.

Él asintió, sin apartar los ojos de su actividad; luego me pasó una pistola para que la cargara.

—Sí, en efecto. Qué suerte que los pequeños estén lejos y a salvo, ¿verdad? —Me sonrió de repente, con los dientes ensangrentados y feroces, y yo sentí mucha más seguridad y determinación en mí misma de la que había sentido en mucho tiempo.

Jamie había dejado entornado un postigo. Me moví con cuidado detrás de él para asomarme, con la pistola cargada lista y en la mano.

—No hay cuerpos en el jardín —le informé—. Supongo que no has matado a ninguno.

—No habrá sido por no intentarlo —respondió—. ¡Dios, lo que daría por un rifle! —Se incorporó con cuidado, de rodillas, con el caño de su escopeta asomando por encima del alféizar, y evaluó la situación.

Por el momento se habían retirado; había un pequeño grupo visible bajo los castaños al otro lado del claro y habían llevado los caballos hacia la cabaña de Bree y Roger, a salvo del alcance de las balas. Era evidente que Brown y sus secuaces estaban planeando qué hacer a continuación.

—¿Qué supones que habrían hecho si yo hubiera aceptado ir con ellos? —Como mínimo comenzaba a sentir mi corazón de nuevo. Iba muy rápido, pero podía respirar, y estaba recuperando cierta sensibilidad en mis extremidades.

—Jamás lo habría permitido —respondió Jamie con aspereza.

—Y es muy posible que Richard Brown lo sepa —dije.

Él asintió; había estado pensando lo mismo. En realidad, Brown jamás había tenido la intención de arrestarme, sino de provocar un incidente en el que pudiera matarnos a ambos bajo circunstancias lo bastante confusas como para impedir una venganza masiva por parte de los arrendatarios de Jamie.

—La señora Bug ha huido, ¿verdad? —preguntó.

—Sí, si es que no la han atrapado fuera de la casa. —El luminoso sol de la tarde hizo que tuviera que entornar los ojos, y comencé a buscar una figura baja y ancha con faldas entre el grupo que se encontraba junto a los castaños, pero sólo vi hombres.

Jamie volvió a asentir, siseando entre dientes mientras movía el caño de la escopeta lentamente, trazando un arco que cubría el jardín.

—Bueno, ya lo sabremos —intervino—. Acércate un poco más, hombre —murmuró cuando uno de ellos empezó a cruzar el jardín en dirección a la casa—. Un tiro; eso es todo lo que pido. Toma, Sassenach, coge esto. —Me puso la escopeta en las manos, y escogió una de sus pistolas favoritas, una Highland de caño largo con la culata tallada.

El hombre —vi que era Richard Brown— se detuvo a cierta distancia, sacó un pañuelo de la cintura de los pantalones, lo levantó y lo agitó poco a poco. Jamie resopló brevemente, pero dejó que avanzara.

—¡Fraser! —gritó, deteniéndose a unos treinta y cinco metros, más o menos—. ¡Fraser! ¿Me oye?

Jamie apuntó con cuidado y disparó. La bala golpeó el suelo a escasos metros delante de Brown, levantando una repentina nubecilla de polvo en el sendero, y Brown saltó en el aire como si le hubiera picado una abeja.

—¡¿Qué le ocurre?! —chilló indignado—. ¿Nunca ha visto una bandera de tregua, maldito escocés ladrón de caballos?

—¡Si lo quisiera muerto, Brown, estaría enfriándose en este momento! —le gritó Jamie—. Diga lo que tenga que decir. —Su intención era clara: quería que tuvieran miedo de acercarse a la casa; era imposible acertar a nada con una pistola a casi cuarenta metros, y tampoco era muy fácil con un mosquete.

—¡Usted sabe lo que quiero! —exclamó Brown. Se quitó el sombrero y se enjugó el sudor de la cara—. Quiero a esa condenada bruja asesina.

La respuesta a eso fue otra bala dirigida de forma cuidadosa. Brown volvió a saltar, aunque no tan alto.

—Mire —volvió a intentarlo, con un tono conciliador—, no vamos a hacerle daño. Queremos llevarla a Hillsboro para que la juzguen. Un juicio justo. Eso es todo.

Jamie me entregó la segunda pistola para que la cargara, cogió otra y disparó.

Había que reconocer la persistencia de Brown. Por supuesto, era probable que ya se hubiese dado cuenta de que Jamie no podía o no quería dar en el blanco y, tozudo, se mantuvo firme en el terreno soportando dos disparos más, gritando que su intención era llevarme a Hillsboro y que, seguramente, si yo era inocente, a Jamie le convenía que me juzgaran, ¿no era cierto?

Hacía calor en la planta superior, y el sudor chorreaba entre mis senos. Me apreté la tela de la camisola contra el pecho.

Sin otra respuesta que el silbido de las balas, Brown levantó las manos con la exagerada pantomima de un hombre razonable cuya paciencia se había agotado, y volvió corriendo hacia donde estaban sus secuaces, bajo los castaños. Nada había cambiado, pero ver su estrecha espalda me permitió respirar con cierta facilidad.

Jamie seguía agachado junto a la ventana, con las pistolas listas, pero al ver que Brown regresaba, se relajó y se puso en cuclillas, suspirando.

—¿Hay agua, Sassenach?

—Sí. —El aguamanil estaba lleno; le serví una taza y él la bebió con voracidad. Teníamos comida, agua y suficiente cantidad de municiones y pólvora. Yo, sin embargo, no creía que tuviéramos que soportar un largo sitio.

—¿Qué supones que harán? —No me acerqué a la ventana, pero si me quedaba a un lado, podía verlos claramente, reunidos deliberando bajo los árboles. El aire estaba inmóvil y pesado, y las hojas pendían sobre ellos como si se tratara de trapos húmedos.

Jamie se acercó para colocarse detrás de mí, y se enjugó el labio con los faldones de su camisa.

—Supongo que incendiar la casa tan pronto oscurezca —comentó con tranquilidad—. Yo, si estuviera en su lugar, lo haría. Aunque supongo que también podrían tratar de sacar a *Gideon* y amenazarme con meterle una bala en la cabeza si no te entrego. —Al parecer, dijo eso último como una broma, pero yo no le encontré la gracia.

Me vio la cara y colocó una mano en mi espalda, acercándome a él durante un instante. El aire era cálido y pegajoso, y ambos estábamos empapados, pero, no obstante, su cercanía resultaba un consuelo.

—Entonces —dije, tomando un largo aliento—, todo depende de si la señora Bug ha conseguido escapar... y a quién se lo ha dicho.

—Antes que nada habrá ido a buscar a Arch. —Jamie me palmeó con delicadeza en la espalda y se sentó en la cama—. Si él está en casa, irá corriendo a buscar a Kenny Lindsay; él es el que está más cerca. Después de eso... —Se encogió de hombros, cerró los ojos, y vi que su rostro estaba pálido a pesar del bronceado y las manchas de suciedad y sangre.

—Jamie... ¿estás herido?

Él abrió los ojos y me sonrió de lado, tratando de no estirar el labio desgarrado.

—No. Me he vuelto a romper el condenado dedo, eso es todo. —Levantó un hombro sin darle importancia, y dejó que le examinara la mano derecha.

Lo mejor que podía decir es que se trataba de una fractura limpia. El cuarto dedo estaba rígido, ya que las articulaciones estaban unidas por la fuerte fractura que habían sufrido mucho antes, en la prisión de Wentworth. No podía flexionarlo y, por tanto, se quedaba rígido de una manera incómoda; ésa no era la primera vez que se lo había roto.

Tragó saliva mientras yo lo palpaba con delicadeza en busca de la fractura, y volvió a cerrar los ojos, sudando.

—Hay láudano en la consulta —dije—. O whisky. —Aunque sabía que él lo rechazaría, y así fue.

—Quiero tener la cabeza despejada —señaló—, pase lo que pase. —Abrió los ojos y me dirigió una ligera sonrisa.

El aire de la habitación era sofocante, a pesar de que el postigo estaba abierto. El sol se estaba poniendo, y, en un rincón, comenzaban a formarse las primeras sombras.

Bajé a la consulta a buscar una tablilla y vendas; no serviría de mucho, pero de ese modo tendría algo que hacer. La consulta estaba oscura, con los postigos cerrados, pero como las ventanas estaban rotas, entraba aire a través de ellas, haciendo que pareciera extrañamente expuesta y vulnerable. Entré en silencio como un ratón, deteniéndome con brusquedad y prestando atención a los posibles peligros. Pero no había ningún ruido.

—Demasiado silencioso —afirmé en voz alta, y me eché a reír. Moviéndome con un propósito y sin molestarme en no hacer ruido, clavé los pies en el suelo con firmeza y abrí las puertas del armario con abandono, golpeando los instrumentos y agitando los frascos mientras buscaba lo que necesitaba.

Me detuve en la cocina antes de regresar a la primera planta, en parte para verificar que la puerta estuviese realmente cerrada, y en parte para ver si la señora Bug había dejado un poco de comida. Jamie no había mencionado el tema, pero yo sabía que el dolor del dedo roto estaba haciendo que sintiera náuseas y, en su caso, la comida, por lo general, acababa con esa clase de molestias y hacía que se encontrara menos indispuesto.

El caldero seguía sobre las brasas, pero el fuego, abandonado, casi se había extinguido, de modo que, por suerte, al hervir, la sopa no se había consumido. Aticé las ascuas y añadí tres gruesos troncos de pino, tanto para burlarme de los sitiadores del exterior, como por el viejo hábito de no dejar nunca que un fuego se extinga. «Que vean las pavesas saliendo de la chimenea —pensé—, y nos imaginen a los dos sentados tranquilamente comiendo junto al hogar. O, mejor aún, que nos imaginen sentados junto a las llamas, derritiendo plomo y fabricando balas.»

Con ese ánimo desafiante, regresé a la planta alta, equipada con material médico, un almuerzo improvisado y una botella grande de cerveza negra. Pero no pude evitar advertir el eco que causaban mis pisadas en la escalera, y el silencio que volvía a instalarse a mi paso, como el agua cuando uno la pisa.

Oí un tiro justo cuando me aproximaba al final de la escalera y subí los últimos peldaños con tanta rapidez que tropecé, y habría caído de frente si no hubiera chocado contra la pared.

Jamie salió de la habitación del señor Wemyss con la escopeta de caza en la mano y una expresión de alarma en el rostro.

—¿Te encuentras bien, Sassenach?

—Sí —contesté irritada enjugándome con el delantal la sopa que se había derramado en mi mano—. En el nombre de Dios, ¿a qué estás disparando?

—A nada. Sólo quería dejar bien claro que la parte trasera de la casa no es menos peligrosa que la delantera, por si se les ocurría tratar de entrar por allí. Sólo para asegurarme de que esperen hasta que oscurezca.

Le vendé el dedo, lo que mejoró un poco las cosas. La comida, como esperaba, ayudó considerablemente. Él comió como un lobo y, para mi sorpresa, yo también.

—Los condenados comen muchísimo —observé, recogiendo unas migas de pan y queso—. Siempre creí que estar en peligro de muerte haría que uno estuviera demasiado nervioso como para comer, pero al parecer no es así.

Él negó con la cabeza, bebió un trago de cerveza y me pasó la botella.

—Un amigo me dijo una vez que el cuerpo no tiene consciencia. No estoy seguro de que sea del todo así, pero es cierto que, por lo general, el cuerpo no admite la posibilidad de la no existencia. Y si existes, bueno, necesitas comer, eso es todo. —Me dirigió media sonrisa y, después de partir por la mitad el último bollo, me ofreció la mitad.

Lo cogí, pero no lo comí de inmediato. No se oía nada fuera, salvo el chirrido de los grillos, aunque había un espesor caluroso en el aire que, por lo general, presagiaba lluvia. Estábamos a principios de verano y aún no era época de tormentas, pero se podía tener alguna esperanza.

—Tú también has pensado en ello, ¿verdad? —pregunté en voz baja.

Él no fingió que no me entendía.

—Bueno, es el día veintiuno del mes —dijo.

—¡Es junio, por el amor de Dios! Y, además, del año equivocado. ¡El recorte de periódico decía enero de 1776! —Yo sentía una absurda indignación, como si de alguna manera me hubieran engañado.

A él le pareció gracioso.

—Yo fui impresor, Sassenach —dijo, riendo con la boca llena de bollo—. No te conviene creer todo lo que lees en los periódicos, ¿sabes?

Cuando volví a mirar hacia fuera, sólo unos pocos de los hombres eran visibles bajo los castaños. Uno de ellos me vio; movió el brazo lentamente de un lado a otro por encima de su cabeza; luego se pasó el borde de la mano por la garganta.

El sol estaba justo encima de las copas de los árboles; tal vez faltaban unas dos horas para que cayera la noche, tiempo suficiente para que la señora Bug pudiera encontrar ayuda, siempre suponiendo que hubiera alguien dispuesto a ayudar. Arch podía haberse marchado a Cross Creek, ya que solía ir una vez al mes. Kenny podía estar cazando. En cuanto a los arrendatarios más recientes... sin Roger para imponer orden entre ellos, mostraban con descaro sus sospechas y el desagrado que mi persona les inspiraba. Tenía la sensación de que acudirían si se los llamaba... pero sólo para aplaudir mientras me llevaran a rastras.

Y si alguien venía... ¿qué ocurriría entonces? Yo no quería que me sacaran a rastras, y mucho menos que me dispararan o me quemaran viva en el interior de mi casa... pero tampoco deseaba que nadie saliera herido o muriese por evitarlo.

—Aléjate de la ventana, Sassenach —dijo Jamie. Extendió una mano y yo la cogí, y me senté junto a él en la cama.

De repente me sentí exhausta; la adrenalina generada por la emergencia se había agotado, dejando los músculos como si fueran goma reblandecida.

—Túmbate, *a Sorcha* —dijo en voz baja—. Recuesta la cabeza sobre mis piernas.

A pesar del calor que hacía, obedecí, y me resultó reconfortante estirarme, y más aún escuchar cómo latía su corazón, con lentitud y fuerza, sobre mi oreja, lo mismo que el tacto de su mano, ligera sobre mi cabeza.

Todas las armas estaban extendidas en el suelo junto a la ventana, todas ellas cargadas, preparadas y listas para ser utilizadas. Jamie había bajado del armario la espada, que aguardaba junto a la puerta como último recurso.

—No hay nada que podamos hacer, ¿verdad? —pregunté un instante después—. Salvo esperar.

Sus dedos se movieron con indolencia entre los rizos húmedos de mi cabello; a esas alturas ya me llegaba por encima de los hombros, y lo tenía lo bastante largo como para recogerlo en una coleta o hacerme un moño.

—Bueno, también podríamos pronunciar un acto de contrición —dijo—. Siempre lo hacíamos la noche anterior a una batalla. Sólo por si acaso —añadió sonriéndome.

—De acuerdo —asentí después de una pausa—. Sólo por si acaso.

Extendí el brazo y su mano sana se cerró en torno a la mía.

—*Mon Dieu, je regrette...* —comenzó a decir, y recordé que él solía pronunciar esa plegaria en francés por sus días de mercenario en Francia. ¿Cuántas veces la habría dicho por aquel entonces como una precaución necesaria para limpiar su alma por la noche, ante la posibilidad de la muerte por la mañana?

Yo la repetí en inglés, y luego guardamos silencio. Los grillos habían dejado de chirriar. Muy a lo lejos me pareció oír un sonido parecido a un trueno.

—¿Sabes? —pregunté, después de un largo rato—. Lamento lo que ocurrió con muchas cosas y muchas personas. Rupert, Murtagh, Dougal... Frank. Malva —añadí en voz baja, sintiendo un nudo en la garganta—. Pero si hablo sólo por mí misma... —Me aclaré la garganta—. No me arrepiento de nada —afirmé, observando las sombras que ascendían por las esquinas de la habitación—. Absolutamente de nada.

—Tampoco yo, *mo nighean donn* —afirmó él, y sus dedos se detuvieron, cálidos, sobre mi piel—. Tampoco yo.

Me había quedado adormilada y me desperté oliendo a humo. Permanecer en estado de gracia es fantástico, pero imagino que incluso Juana de Arco sintió cierta aprensión cuando encendieron la primera antorcha. Me incorporé de inmediato, con el corazón latiéndome a toda velocidad, y vi a Jamie junto a la ventana.

Todavía no había oscurecido del todo; unas franjas anaranjadas y doradas iluminaban el cielo al oeste y conferían a su rostro un resplandor flamígero. Su aspecto era feroz, con la nariz larga, las arrugas acentuadas por la tensión.

—Viene gente —dijo. Su voz parecía tranquila, pero tenía la mano sana apretada con fuerza en el borde del postigo, como si le hubiera gustado cerrarlo con un golpe y pasar el cerrojo.

Me acerqué a su lado mientras me peinaba deprisa con los dedos. Todavía podía distinguir algunas figuras bajo los castaños, aunque ya no eran más que siluetas. Habían hecho una hoguera en el otro extremo del jardín; eso era lo que había olido. Pero se acercaban más personas; estaba segura de que había reconocido la figura bajita de la señora Bug entre ellas. El sonido de las voces flotaba en el aire, aunque no hablaban lo bastante alto como para entender las palabras.

—¿Quieres trenzarme el pelo, Sassenach? No puedo hacerlo con esto. —Dirigió una mirada superficial a su dedo fracturado.

Encendí una vela y él acercó un taburete a la ventana, para poder hacer guardia mientras lo peinaba y le hacía una apretada y gruesa trenza, que recogí en la base de la nuca y sujeté con una inmaculada cinta negra.

Sabía que sus motivos eran dobles: no sólo estar meticulosamente arreglado, como un caballero, sino también estar listo para el ataque, si éste era necesario. Yo estaba menos preocupada de que alguien me agarrara del pelo mientras intentaba abrirlo en canal con una espada, pero suponía que, si aquélla iba a ser mi última aparición pública como la dama del Cerro, debía estar elegante.

Escuché cómo murmuraba entre dientes mientras me cepillaba el pelo a la luz de la vela, y me di la vuelta para mirarlo mientras estaba en el taburete.

—Ha venido Hiram —me informó—, oigo su voz. Eso es bueno.

—Si tú lo dices —respondí en tono de duda, recordando los ataques de Hiram Crombie en la iglesia la semana anterior, y sus comentarios apenas disimulados sobre nosotros. Roger no los había mencionado; me lo había explicado Amy McCallum.

Jamie volvió la cabeza para mirarme y sonrió, con una expresión de extraordinaria dulzura en el rostro.

—Estás muy hermosa, Sassenach —dijo, como si estuviera sorprendido—. Pero sí, es bueno. Más allá de lo que él piense, no permitirá que Brown nos ahorque en el jardín, ni tampoco que prenda fuego a la casa para hacer que salgamos.

Había más voces fuera; la multitud aumentaba con mucha rapidez.

—¡Señor Fraser!

Jamie tomó un profundo aliento, cogió la vela de la mesa y abrió los postigos. Sostenía la vela cerca de la cara para que pudieran verlo.

Ya casi había oscurecido por completo, pero varias personas de la muchedumbre llevaban antorchas, lo que me provocó incómodas visiones de la multitud que se acercaba a quemar al monstruo del doctor Frankenstein. No obstante, como mínimo me permitía distinguir las caras que había abajo. Había no menos de treinta hombres —y unas cuantas mujeres—, además de Brown y sus secuaces. Hiram Crombie se encontraba entre ellos, de pie junto a Richard Brown, y con el aspecto de alguien salido del Antiguo Testamento.

—Queremos pedirle que baje, señor Fraser —exclamó—. Y también su esposa... Por favor.

Pude ver a la señora Bug, regordeta y claramente aterrorizada, con la cara surcada de lágrimas. Luego Jamie cerró los postigos con cuidado, y me ofreció su brazo.

Jamie llevaba la daga y la espada, y no se había cambiado de ropa. Estaba de pie en el porche, manchado de sangre y maltrecho, y los desafió a que intentaran hacernos más daño.

—No se llevarán a mi esposa si no es por encima de mi cadáver —dijo, levantando su poderosa voz lo bastante como para que lo oyeran en todo el claro.

Yo temí que lo hicieran. Él tenía razón acerca de que Hiram no admitiría un linchamiento, pero era evidente que la opinión pública no se inclinaba a nuestro favor.

—¡No podemos permitir que una bruja viva! —gritó alguien desde el fondo de la muchedumbre, y una piedra cruzó el aire silbando y rebotó en la fachada de la casa con un sonido agudo, como el de un disparo. Golpeó a menos de treinta centímetros de mi cabeza, yo di un respingo y me arrepentí de ello de inmediato.

En el momento en que Jamie abrió la puerta, surgieron unos murmullos de furia, y eso los alentó. Se oyeron gritos de «¡Asesinos!» y «¡Despiadados, despiadados!», así como una ingente cantidad de insultos en gaélico que no intenté comprender.

—Si no lo hizo ella, *breugaire*, ¿quién lo hizo? —preguntó alguien. Aquella palabra quería decir «mentiroso».

El hombre al que Jamie había cortado en la cara con la daga estaba al frente de la multitud; tenía la herida abierta y todavía sangrando, y su cara era una máscara de sangre seca.

—¡Si no ha sido ella, ha sido él! —exclamó, señalando a Jamie—. *Fear-siûrsachd*! —«Libidinoso.»

Se oyó un desagradable murmullo de aprobación ante esas palabras, y advertí que Jamie cambiaba el peso de pierna y se llevaba la mano a la espada, listo para desenvainarla si cargaban contra él.

—¡Quietos! —La voz de Hiram era bastante estridente, pero penetrante—. ¡Quietos, os digo! —Apartó a Brown a un lado y subió por los peldaños con determinación. Al llegar al último, me lanzó una mirada de desprecio y se volvió hacia la multitud.

—¡Justicia! —aulló uno de los hombres de Brown antes de que pudiera hablar—. ¡Queremos justicia!

—¡Sí, es cierto! —gritó Hiram—. ¡Y la tendremos, por la pobre muchacha violada y su hijo nonato!

Un gruñido de satisfacción saludó estas palabras, y un terror helado me ascendió por las piernas e hizo que sintiera que se me doblarían las rodillas.

—¡Justicia! ¡Justicia! —Otras personas se sumaron al griterío, pero Hiram los detuvo a todos, levantando ambas manos como si fuera Moisés separando las aguas del mar Rojo.

—«La justicia es mía», dijo el Señor —declaró Jamie, con una voz lo bastante alta como para que la oyera la mayoría. Hiram, que evidentemente estaba a punto de decir lo mismo, le lanzó una mirada de furia, pero en realidad no podía contradecirlo.

—¡Y tendrá justicia, señor Fraser! —dijo Brown en voz muy alta. Levantó la cara, con los ojos entornados y una maliciosa mirada de triunfo—. Quiero llevarla a juicio. Cualquier acusado tiene derecho a eso, ¿no? Si ella es inocente... si usted es inocente... ¿cómo puede negarse?

—Sin duda, tiene razón en eso —observó Hiram con sequedad—. Si su esposa no ha cometido ningún crimen, no tiene nada que temer. ¿Qué responde a eso, señor?

—Respondo que si la entregara a manos de este hombre, ella no llegaría al juicio con vida —arguyó Jamie—. Él me culpa por la muerte de su hermano... ¡y algunos de vosotros conocéis la verdad de aquel asunto! —añadió, haciendo un gesto con la barbilla hacia la multitud.

Algunas cabezas, aquí y allá, asintieron. Pero eran pocas. No más de una docena de sus hombres de Ardsmuir habían participado en la expedición que había acudido a rescatarme; por las habladurías posteriores, muchos de los nuevos arrendatarios tan sólo sabían que me habían secuestrado, atacado de una manera escandalosa y que algunos hombres habían muerto por mí. Teniendo en cuenta cómo se pensaba en esa época, yo era consciente de que una oscura sospecha de culpabilidad se adjudicaba a la víctima de cualquier crimen sexual, a menos que la mujer muriera, porque en ese caso se convertía de inmediato en un ángel inmaculado.

—Él la matará para vengarse de mí —dijo Jamie levantando la voz. Pasó bruscamente al gaélico, señalando a Brown—. ¡Mirad a este hombre y veréis la verdad de la cuestión escrita en su rostro! ¡Él no tiene más que ver con la justicia que con el honor, y no sabría diferenciar el honor del olor de su culo!

Eso hizo que algunos se echaran a reír sorprendidos. Brown, desconcertado, miró a su alrededor para averiguar de qué se reían, lo que provocó carcajadas en otras personas.

El ánimo de la Asamblea seguía en contra de nosotros, pero todavía no reflejaba un apoyo manifiesto a Brown, que, después de todo, era un desconocido. Las estrechas cejas de Hiram se arrugaron, considerando el asunto.

—¿Qué ofrecería usted como garantía de la seguridad de la señora? —le preguntó a Brown.

—Una docena de toneles de cerveza y tres docenas de pieles de la mejor calidad —respondió Brown al momento—. ¡Cuatro docenas! —El entusiasmo resplandeció en sus ojos, y casi no pudo evitar que en su voz no se notara el ansia de prenderme. Tuve la convicción repentina y desagradable de que, si bien mi muerte era su objetivo final, no era su intención que ésta fuera rápida, a menos que las circunstancias lo exigieran.

—Para ti, *breugaire*, vale mucho más que eso vengarte de mí con su muerte —dijo Jamie en tono firme.

Hiram miró a uno y luego al otro, sin saber qué hacer. Yo clavé los ojos en la multitud, manteniendo una expresión impasible. En realidad, no me resultó difícil, pues me sentía entumecida.

Había unas pocas caras amigas que trataban de averiguar cómo intervenir. Kenny y sus hermanos, Murdo y Evan, estaban agrupados a un lado, con las manos en las dagas y una expresión de resolución en el rostro. Yo no sabía si Richard Brown había escogido el momento adecuado o simplemente había tenido suerte. Ian se había marchado a cazar con sus amigos cherokee. Estaba claro que Arch también se había ido, o ya lo habría visto. «Arch y su hacha nos habrían sido más que provechosos en este momento», pensé.

Fergus y Marsali se habían marchado; ellos también habrían ayudado a contener la marea. Pero la ausencia más importante era la de Roger. Él era el único que había mantenido a los presbiterianos más o menos controlados desde el día de la acusación de Malva, o al menos había tranquilizado el torrente desbordante de habladurías y animosidad. Ahora, si hubiera estado allí, podría haberlos intimidado.

La conversación había evolucionado de un intenso dramatismo a una riña a tres, entre Jamie, Brown e Hiram; los dos primeros en una posición inflexible, y el pobre Hiram, totalmente inadecuado para esa función, tratando de arbitrar. En la medida en que mis sentimientos me lo permitían, me compadecí de él.

—¡Llevadlo! —gritó una voz de pronto. Allan Christie se abrió paso al frente de la muchedumbre y señaló a Jamie. Su voz temblaba y se entrecortaba a causa de la emoción—. ¡Él fue quien mancilló a mi hermana, él fue quien la mató! ¡Si vais a llevar a juicio a alguien, que sea a él!

Se oyó un murmullo de aprobación, y vi que John MacNeill y el joven Hugh Abernathy se acercaban, mirando inquietos a Jamie y a los tres hermanos Lindsay de manera alterna.

—¡No, es ella! —exclamó la voz de una mujer, aguda y estridente. Era la esposa de un pescador; me apuntó con un dedo; tenía el rostro hundido de maldad—. ¡Un hombre podría matar a una muchacha a la que ha dejado preñada... pero ningún hombre haría algo tan perverso como robar a un bebé nonato de la matriz! ¡Sólo una bruja haría algo así, y a ella la hallaron con el cadáver en las manos!

Un susurro de condena saludó esas palabras. Tal vez los hombres me concedieran el beneficio de la duda, pero ninguna mujer lo haría.

—¡En nombre del Todopoderoso! —Hiram estaba perdiendo el control de la situación y el pánico empezaba a apoderarse de él. La situación comenzaba a degenerar peligrosamente en una revuelta; cualquiera podía sentir las corrientes de histeria y violencia en el aire. Alzó los ojos al cielo, en busca de inspiración... y en cierta forma la encontró—. ¡Llévense a los dos! —dijo de pronto. Miró a Brown y luego a Jamie—. Llévense a los dos —repitió, más convencido—. Usted irá para asegurarse de que su esposa no sufra ningún daño —comentó a Jamie con tranquilidad—. Y si se comprueba que es inocente... —Su voz se interrumpió, como si acabara de darse cuenta de que lo que estaba diciendo era que, si se comprobaba que yo era inocente, entonces Jamie debía de ser culpable, y qué bueno sería tenerlo a mano para colgarlo de inmediato.

—Ella es inocente, y yo también. —Jamie hablaba sin vehemencia, repitiéndolo con tenacidad. No tenía ninguna esperanza verdadera de convencer a nadie; la única duda entre la multitud era quién de los dos era el culpable, o si habíamos conspirado juntos para acabar con Malva Christie.

De pronto se volvió hacia la muchedumbre y les gritó en gaélico:

—¡Si nos entregáis a las manos de un extraño, entonces nuestra sangre caerá sobre vuestras cabezas y responderéis por nuestras vidas el día del Juicio Final!

Un repentino silencio cayó sobre la multitud ante esas palabras. Los hombres miraban con inquietud a sus vecinos, examinando a Brown y a sus lacayos con ojos llenos de duda.

Eran conocidos en la comunidad, pero extraños —*sassenach*— en el sentido escocés. Yo también, y además una bruja, por si eso fuera poco. Jamie tal vez era un libidinoso, un violador y un asesino papista, pero al menos no era un extraño.

El hombre al que yo había disparado me sonreía por encima del hombro de Brown con una expresión malévola; por desgracia, no le había hecho más que un rasguño. Le devolví la mirada mientras el sudor se acumulaba entre mis pechos y, pegajoso y caliente, bajo el velo de mi pelo.

Un murmullo se elevaba entre la multitud: discusiones y polémicas. Vi que los hombres de Ardsmuir empezaban a avanzar hacia el porche, abriéndose paso entre la muchedumbre. Los ojos de Kenny Lindsay estaban clavados en la cara de Jamie, y sentí que éste respiraba profundamente, junto a mí.

Pelearían por él si se lo pedía. Pero eran muy pocos y mal armados en comparación con el grupo de Brown. No ganarían, y había mujeres y niños en el gentío. Hacer entrar en acción a sus hombres no provocaría más que un disturbio sangriento, y él cargaría en su conciencia con la muerte de inocentes. Era una carga que no podía soportar, como mínimo en ese momento.

Vi que llegaba a esta conclusión y su boca se tensó. Yo no tenía ni idea de lo que él pensaba hacer, pero alguien se le adelantó. Se produjo cierto movimiento en el borde de la multitud; la gente se volvió para mirar, y luego se quedó paralizada, de repente enmudecida.

Thomas Christie apareció entre la gente; a pesar de la oscuridad y de la vacilante luz de las antorchas, supe de inmediato que era él. Caminaba como un anciano, encorvado y con andar titubeante, sin mirar a nadie. La multitud le abrió paso de inmediato, respetuosa por su pena.

Esa pena era evidente en su rostro. Había dejado que le creciera la barba y el cabello, que llevaba despeinado, y ambos estaban enmarañados y apelmazados. Tenía unas profundas ojeras y los ojos inyectados en sangre, y las líneas que iban de la nariz a la boca eran como surcos negros en la barba. Pero esos ojos, por otra parte, eran vivos e inteligentes, y estaban alerta. Atravesó la multitud, más allá de donde se encontraba su hijo, como si estuviera solo, y subió los peldaños del porche.

—Yo los acompañaré a Hillsboro —dijo con voz queda a Hiram Crombie—. Lleváoslos a los dos, si eso es lo que queréis... pero yo viajaré con ellos para asegurarme de que no haya más muertes. Sin duda, si a alguien le corresponde hacer justicia, es a mí.

Brown pareció muy desconcertado por esta declaración; era evidente que no era eso lo que tenía en mente. Pero la multitud adoptó de inmediato una actitud de aprobación, murmurando su acuerdo ante la solución propuesta. Todos sentían una profunda compasión y respeto por Tom Christie a raíz del asesinato de su hija, y la sensación general era que este gesto revelaba en él una extraordinaria magnanimidad.

Y era cierto, puesto que, probablemente, acababa de salvarnos la vida, al menos por el momento. A juzgar por la expresión de su mirada, Jamie habría preferido comprobar qué posibilidades tenía de matar a Brown, pero se daba cuenta de que a veces no se está en situación de exigir nada, y accedió con la mayor dignidad posible, asintiendo con la cabeza.

La mirada de Christie descansó sobre mí un momento, y luego se volvió hacia Jamie.

—Si le parece conveniente, señor Fraser, tal vez será mejor que partamos por la mañana. No hay razón por la que usted y su esposa no puedan descansar en su propia cama.

Jamie le hizo una reverencia.

—Se lo agradezco, señor —respondió con gran formalidad. Christie le devolvió el gesto, luego se volvió y bajó los escalones, sin prestar la más mínima atención a Richard Brown, que parecía irritado y confundido.

Vi que Kenny Lindsay encorvaba los hombros de alivio. Luego Jamie puso la mano bajo mi codo y nos volvimos, entrando en nuestra casa para la que tal vez fuera la última noche que pasaríamos bajo su techo.

88
Tras el escándalo

La lluvia que había amenazado con caer apareció por la noche y el día amaneció gris, lúgubre y húmedo. La señora Bug se encontraba en un estado similar, sorbiéndose la nariz en el delantal y repitiendo una y otra vez:

—¡Ah, si Arch hubiese estado aquí! Pero no pude encontrar a nadie, excepto a Kenny Lindsay, y cuando él fue a buscar a MacNeill y a Abernathy...

—No te preocupes por eso, *a leannan* —le dijo Jamie, y la besó con afecto en la frente—. Tal vez sea lo mejor. Nadie ha sufrido ningún daño, la casa todavía está en pie... —Miró con nostalgia las vigas del techo, que él mismo había tallado— y es posible que, si Dios quiere, pronto resolvamos este terrible asunto.

—Si Dios quiere —repitió ella, santiguándose con fervor. Resolló y se secó los ojos—. He preparado un poco de comida, para que no se mueran de hambre en el camino, señor.

Richard Brown y sus hombres se habían refugiado bajo los árboles lo mejor que habían podido; nadie les había ofrecido un techo, lo que hacía patente su falta de popularidad, teniendo en cuenta cómo eran los hábitos de las Highlands en esos temas en particular. Pero el hecho de que permitieran que nos arrestara un tipo como Brown también era un claro indicio de nuestra propia falta de popularidad.

En consecuencia, los hombres de Brown estaban empapados, mal alimentados, faltos de sueño e irritables. Yo tampoco había pegado ojo, pero al menos había desayunado, estaba caliente y —por el momento— seca, lo que hizo que me sintiera un poco mejor, aunque mi corazón dio un vuelco y mis huesos se llenaron de plomo cuando llegamos al inicio del sendero. Me di la vuelta para mirar la casa, al otro lado del claro, y vi a la señora Bug de pie y saludándome desde el porche. Le devolví el saludo y luego mi caballo se zambulló en la oscuridad de los árboles mojados.

Fue un viaje triste, y en gran parte silencioso. Jamie y yo cabalgamos bastante cerca el uno del otro, pero no podíamos hablar de nada importante, por miedo a que los hombres de Brown nos escucharan. En cuanto a Richard Brown, había perdido seriamente la compostura.

Era bastante evidente que él jamás había tenido intención de llevarme a ningún sitio para que me juzgasen, sino que simplemente había usado ese pretexto como medio para vengarse de Jamie por la muerte de Lionel; sólo Dios sabía qué habría hecho si supiera lo que en realidad había ocurrido con su hermano, teniendo a la señora Bug al alcance de la mano. Pero con la presencia de Tom Christie, no le quedaba otro remedio; estaba obligado a llevarnos a Hillsboro, y lo hizo de mala gana.

Tom Christie cabalgaba como un hombre sumergido en un sueño, un mal sueño, con el rostro ensimismado, sin entablar ninguna conversación con nadie. No estaba allí el hombre al que Jamie había cortado la cara; supuse que habría regresado a Brownsville. Pero el caballero al que yo había disparado seguía con nosotros.

No sabía cuán grave era la herida, ni tampoco si la bala había penetrado o sólo le había rozado un costado. No estaba incapacitado, pero por la forma en que se encorvaba hacia un lado y por las muecas que aparecían cada cierto tiempo en su rostro, era evidente que estaba dolorido.

Titubeé durante un rato. Había llevado conmigo un pequeño botiquín, así como unas alforjas y un catre de campaña. Dadas las circunstancias, mi sentido de compasión hacia aquel hombre era relativamente escaso. Por otra parte, el instinto era fuerte, y como le expliqué a Jamie en voz baja cuando nos detuvimos para acampar y pasar la noche, las cosas no mejorarían si aquel hombre moría a causa de una infección.

Cobré ánimo para ofrecerme a examinarlo y vendarle la herida apenas se presentase la oportunidad. El hombre —al parecer se llamaba Ezra aunque, dadas las circunstancias, no nos habían presentado— era el encargado de distribuir cuencos de comida a la hora de la cena, y aguardé junto al pino bajo el que Jamie y yo nos habíamos refugiado, con la intención de hablarle con amabilidad cuando nos trajera nuestra comida.

Se acercó con un cuenco en cada mano y los hombros encorvados, ataviado con un abrigo de cuero que lo protegía de la lluvia. Pero antes de que pudiera decirle nada, me dirigió una sonrisa desagradable, escupió con fuerza en un cuenco y me lo pasó. El otro lo dejó caer a los pies de Jamie, salpicándole las piernas con un guiso de venado seco.

—Oh —dijo con una expresión mansa y se dio la vuelta.

Jamie se sacudió como una gran serpiente enroscándose, pero yo le cogí el brazo antes de que pudiera golpearlo.

—No importa —contesté, y añadí—: Que se pudra.

La cabeza del hombre giró de repente, con los ojos muy abiertos.

—Que se pudra —repetí, mirándolo. Ya había visto el rubor de la fiebre en su cara cuando se acercó, y captado el débil y dulce aroma del pus.

Ezra parecía completamente desconcertado. Volvió corriendo al fuego, que estaba chisporroteando, y se negó a mirar en mi dirección.

Yo todavía tenía en la mano el cuenco que él me había dado y, para mi sorpresa, alguien me lo quitó. Tom Christie arrojó el contenido en los arbustos y me pasó el suyo; luego se alejó sin decir ni una palabra.

—Pero... —comencé a decirle, con la intención de devolvérselo. No nos moríamos de hambre, gracias a la «poca comida» de la señora Bug, que ocupaba toda una alforja. Pero me detuvo la mano que Jamie puso en mi brazo.

—Cómetelo, Sassenach —dijo—. Lo ha hecho con buena intención.

«Más que buena», pensé. Yo sentía en mi persona las miradas hostiles de los hombres que rodeaban el fuego. Notaba un nudo en la garganta y no tenía apetito, pero saqué mi cuchara del bolsillo y comí.

Bajo una cicuta cercana, Tom Christie se había envuelto en una manta y se había tumbado solo, con el sombrero cubriéndole la cara.

Llovió durante todo el trayecto a Salisbury. Una vez allí, encontramos refugio en una posada, y nunca habíamos agradecido tanto un fuego. Jamie había traído todo el dinero en metálico que nos quedaba y, por lo tanto, pudimos pagar una habitación. Brown puso a uno de sus hombres en la escalera para que hiciera guardia, pero sólo era un numerito; después de todo, ¿adónde íbamos a ir?

Me quedé frente al fuego con mi enagua, tras haber tendido el abrigo y el vestido sobre un banco para que se secaran.

—¿Sabes? —observé—. Richard Brown no había previsto nada de esto. —No era de extrañar, puesto que no había sido su intención llevarme a mí, o a ambos, ante un tribunal—. ¿A quién piensa entregarnos, exactamente?

—Al alguacil del condado —respondió Jamie, desatándose el pelo y sacudiéndolo sobre el hogar, de manera que las gotas de agua sisearon en el fuego—. O, si eso no es posible, quizá a un juez de paz.

—Pero ¿luego qué? No tiene pruebas... ni testigos. ¿Cómo puede celebrarse algo, aunque sólo sea parecido a un juicio?

Jamie me miró con curiosidad.

—Jamás te han juzgado por nada, ¿verdad, Sassenach?

—Sabes que no.

Jamie asintió.

—A mí, sí. Por traición.

—¿Sí? ¿Y qué ocurrió?

Se pasó la mano por el cabello húmedo, reflexionando.

—Me ordenaron que me pusiera en pie y me preguntaron mi nombre. Lo dije, el juez murmuró algo a su amigo durante un rato, y luego declaró: «Condenado. Cadena perpetua. Ponedle los grilletes.» Me sacaron al patio del tribunal e hicieron que un herrero me pusiera grilletes en las muñecas. Al día siguiente comenzamos la caminata hasta Ardsmuir.

—¿Te hicieron caminar hasta allí? ¿Desde Inverness?

—No tenía mucha prisa por llegar, Sassenach.

Tomé un profundo aliento, tratando de mantener a raya la sensación de vértigo que tenía en la boca del estómago.

—Ya veo. Bueno... pero, seguramente... un as-s-sesinato... —pensé que podría decirlo sin tartamudear, pero no lo logré— tendría que fallarse en un juicio con jurado, ¿no?

—Es posible, y sin duda yo insistiré en ello si las cosas llegan tan lejos. El señor Brown parece pensar que así lo harán; les está contando la historia a todos en el bar, convirtiéndonos en unos monstruos depravados. Lo que debo decir que no es una gran hazaña —añadió con tristeza—, teniendo en cuenta las circunstancias.

Cerré los labios con fuerza, para evitar responder de manera impulsiva. Era consciente de que él sabía que yo no había tenido elección; él sabía que yo estaba segura de que él, en primer lugar, no había tenido nada que ver con Malva, pero no pude evitar advertir una sensación de culpa en ambas direcciones, por ese desesperado atolladero en el que nos encontrábamos. Tanto por lo que había ocurrido después, como por la misma muerte de Malva, aunque Dios sabía que yo habría dado cualquier cosa por poder hacer que viviera.

Me di cuenta de que él estaba en lo cierto respecto a Brown. Cuando estaba mojada y con frío, había prestado poca atención a los ruidos provenientes del bar, que se hallaba en la planta inferior, pero luego oí la voz de Brown, que resonaba en la chimenea, y era evidente que estaba haciendo exactamente lo que Jamie había dicho: manchando nuestras reputaciones, explicándolo todo de modo que pareciera que él y su comité de seguridad habían asumido la innoble pero necesaria tarea de apresarnos y entregarnos a la justicia. Y, de la misma manera, generando prejuicios en cualquier miembro potencial del jurado, asegurándose de que la historia se difundiera con sus detalles más escabrosos.

—¿Hay algo que podamos hacer? —pregunté, tras escuchar hasta el límite de lo que podía soportar.

Él asintió y sacó una camisa limpia de la alforja.

—Bajar a cenar, y parecernos lo menos posible a unos asesinos depravados, *a nighean*.

—De acuerdo —respondí y, con un suspiro, saqué la cofia con adornos de cintas que había guardado.

No debería haberme sorprendido. Ya había vivido lo suficiente como para tener una visión considerablemente cínica de la naturaleza humana, y había permanecido lo bastante en esa época como para saber cuán directamente se expresaba la opinión pública. Y, sin embargo, me asombré cuando la primera piedra me acertó en el muslo.

Estábamos al sur de Hillsboro. El tiempo seguía siendo húmedo, los caminos estaban repletos de barro y el viaje era difícil. Creo que Richard Brown habria estado encantado de entregarnos al alguacil del condado de Rowan si tal persona hubiera estado disponible. Pero le informaron de que el puesto estaba vacante, y que el último ocupante había huido con celeridad de la noche a la mañana y aún no se había encontrado a nadie dispuesto a sustituirlo.

Deduje que se trataba de una cuestión política, puesto que el último alguacil se había decantado por la independencia, mientras que la mayoría de los habitantes del condado seguían albergando fuertes sentimientos leales a la Corona. No averigüé los detalles del incidente que había generado la apresurada partida del último alguacil, pero las tabernas y las posadas cercanas de Hillsboro zumbaban como nidos de avispas.

El tribunal superior había dejado de reunirse unos meses antes, según habían informado a Brown, y los jueces que lo atendían consideraban que era demasiado peligroso presentarse tal y como estaban las cosas. El único juez de paz que pudo encontrar albergaba sentimientos similares y se negó de lleno a tenernos bajo custodia, además de informarle a Brown de que su vida corría peligro si se implicaba en cualquier polémica en aquel momento.

—Pero ¡no tiene nada que ver con la política! —le había gritado Brown, frustrado—. ¡Es un asesinato, por el amor de Dios...! ¡Un simple asesinato!

—Hoy en día todo es político, señor —le explicó tristemente el juez de paz, un tal Harvey Mickelgrass, negando con la cabeza—. Yo no me arriesgaría a ocuparme ni tan siquiera de un caso de borrachera y escándalo, por miedo a que demolieran mi casa y dejaran viuda a mi esposa. El alguacil intentó vender su puesto, pero no pudo encontrar a nadie interesado en comprarlo. No, señor... tendrá usted que dirigirse a otra parte.

Brown no podía, de ninguna manera, llevarnos a Cross Creek o a Campbelton, donde la influencia de Yocasta Cameron era importante, y donde el juez local era su buen amigo, Farquard Campbell. De modo que pusimos rumbo al sur, en dirección a Wilmington.

Los hombres de Brown estaban desalentados; habían esperado un simple linchamiento y el incendio de una casa, tal vez algún que otro saqueo, pero no ese viaje prolongado y tedioso de un lugar a otro. Su ánimo se hundió todavía más cuando Ezra, que venía aferrándose a su caballo mareado por la fiebre, de pronto cayó al camino y lo recogieron muerto.

No pedí permiso para examinar el cuerpo, y en cualquier caso no me lo habrían concedido, pero por la forma en que se tambaleaba, supuse que simplemente había perdido la consciencia, se había caído y se había roto el cuello.

Unos cuantos lanzaron miradas de temor sincero hacia mí después de ese acontecimiento, y su entusiasmo por la aventura disminuyó de manera perceptible.

Richard Brown no desistió de su propósito; yo estaba segura de que nos habría disparado sin piedad mucho antes de no ser por Tom Christie, que se encontraba mudo y gris en las brumas matinales del camino. No decía casi nada, y esas pocas palabras se limitaban a sus necesidades. Yo habría pensado que se movía de forma mecánica, en la aturdidora niebla del dolor, si una noche no me hubiera dado la vuelta, cuando estábamos acampando junto al camino, y hubiera visto sus ojos clavados en mí, con una mirada de angustia tan cruda que aparté la vista con rapidez, sólo para ver a Jamie, sentado a mi lado, contemplando a Tom Christie como reflexionando.

Pero la mayor parte del tiempo, Christie mantenía una expresión impasible en el rostro (en la medida en que era visible, a la sombra de su sombrero de cuero). Y Richard Brown, que no podía hacernos daño abiertamente debido a la presencia de Christie, aprovechaba cada oportunidad posible para difundir su versión del relato del asesinato de Malva, tal vez tanto para herir a Christie, explicándolo una y otra vez, como para generar un efecto en nuestras reputaciones.

En cualquier caso, no debería haberme sorprendido cuando nos apedrearon en un pequeño caserío sin nombre al sur de Hillsboro, pero sin embargo, lo hice. Un muchachito nos había visto en el camino, nos había mirado mientras pasábamos... y luego se había desvanecido como un zorro, precipitándose por una ladera con las noticias. Diez minutos más tarde, doblamos una curva en el camino y recibimos una descarga de piedras y chillidos.

Una golpeó una pata de mi yegua, que dio un violento respingo. Estuve a punto de caerme, porque estaba perdiendo el equilibrio; otra piedra acertó en mi muslo, y otra en el pecho, quitándome el aliento, y cuando otra más rebotó con gran dolor en mi cabeza, solté las riendas, mientras el caballo, atemorizado, saltaba y giraba. Yo salí volando y aterricé en el suelo con un golpe que me sacudió todos los huesos.

Debería haber tenido miedo, pero sin embargo estaba furiosa. La piedra que me había golpeado la cabeza se había desviado, gracias al espesor de mi cabello y a la cofia que llevaba puesta, pero me había dejado el irritante dolor de una bofetada o un pellizco, más que el de un verdadero impacto. Me puse en pie de forma instintiva, tambaleándome, y pude ver a un muchacho que se burlaba desde la orilla, gritando y bailando. Me abalancé sobre él, le agarré el pie y tiré.

Él soltó un alarido, resbaló y cayó sobre mí. Nos golpeamos con el suelo y rodamos en un remolino de faldas y capas. Yo era más vieja, más pesada y estaba completamente enloquecida. El temor, la angustia y la incertidumbre de las últimas semanas se convirtieron en un hervor instantáneo, y le golpeé su cara burlona dos veces, con toda la fuerza que pude. Sentí que algo se rompía en mi mano y el dolor me atravesó el brazo.

Él lanzó un aullido y se retorció para escapar; era más pequeño que yo, pero el pánico le había proporcionado fuerza. Me esforcé por seguir apresándolo, lo agarré de los pelos y él movió los brazos para devolverme el golpe; me tiró la cofia, me cogió del pelo y tiró con fuerza.

El dolor reavivó mi furia y le di un rodillazo donde pude, una vez, y luego otra, buscando, sin ver, sus partes blandas. Su boca se abrió en una muda «O» y sus ojos sobresalieron; relajó los dedos y me soltó el pelo; entonces yo me alcé sobre él y lo abofeteé con todas mis fuerzas.

De pronto, una gran roca me acertó en el hombro con un golpe brutal y caí de costado a causa del impacto. Traté de volver a pegarle, pero no podía levantar el brazo izquierdo. Jadeando y sollozando, él consiguió liberarse de mi capa y se alejó a gatas, sangrando por la nariz. Yo, también de rodillas, me volví para verlo, y me encontré con los ojos de un joven, con una expresión intensa en la cara y la mirada de entusiasmo, con una piedra en la mano, listo para lanzarla.

Me acertó en el pómulo y me tambaleé mientras se me nublaba la vista. Luego, algo muy grande me golpeó desde detrás, y acabé con la cara contra el suelo, aplastada por el peso de un cuerpo que se encontraba sobre el mío. Era Jamie; me di cuenta por el jadeante «Madre santa». Su cuerpo se agitó cuando las piedras le acertaron; yo podía oír el espantoso ruido que hacían al chocar contra su piel.

Había mucho griterío. Oí la voz ronca de Tom Christie, y luego un disparo aislado. Más gritos, pero de otra clase. Uno o dos golpes sordos, de piedras que caían en la tierra cerca de nosotros, y un último gruñido de Jamie cuando una le acertó de lleno.

Permanecimos tumbados unos instantes, y de pronto cobré conciencia de las incómodas púas de una planta que había quedado aplastada bajo mi mejilla, así como del aroma penetrante y amargo de sus hojas en mi nariz.

Luego Jamie se incorporó poco a poco, tomando aliento de manera entrecortada, y también me levanté, sosteniéndome con un brazo tembloroso. Tenía la mejilla hinchada y el hombro me latía, pero no había tiempo de prestar atención a esos detalles.

—¿Te encuentras bien?

Jamie se estaba levantando, pero de pronto volvió a sentarse. Estaba pálido, y un hilo de sangre descendía por un lado de su cara, debido a un corte que tenía en el cuero cabelludo, pero asintió y se llevó una mano al costado.

—Sí, estoy bien —respondió, aunque con un jadeo que me indicó que era muy probable que tuviera las costillas fisuradas—. ¿Cómo te encuentras tú, Sassenach?

—Bien. —Conseguí ponerme en pie, temblando.

Los hombres de Brown se habían dispersado, algunos persiguiendo a los caballos que habían huido durante la trifulca, otros maldiciendo y reuniendo los restos de sus pertenencias en el camino. Tom Christie se encontraba junto al sendero, vomitando entre los arbustos. Richard Brown estaba bajo un árbol, observando, con la cara blanca. Me miró con furia y luego apartó la mirada.

No nos detuvimos en ninguna otra taberna del camino.

89

Huida a la luz de la luna

—Si vas a pegarle a alguien, Sassenach, te conviene hacerlo en las partes blandas. Hay demasiados huesos en la cara. Y luego debes tener en cuenta los dientes.

Jamie le extendió los dedos y le presionó suavemente los nudillos heridos e hinchados, y ella exhaló entre dientes.

—Muchas gracias por el consejo. Y tú, ¿cuántas veces te has roto la mano pegándole a alguien?

Él sintió el impulso de echarse a reír: la visión de ella golpeando al muchacho con una furia descontrolada, con el cabello ondeando al viento y una mirada sanguinaria en los ojos, era algo que guardaría para siempre. Pero no lo hizo.

—No te has roto la mano, *a nighean.* —Él flexionó los dedos de ella, tomando su puño suelto entre sus manos.

—¿Cómo lo sabes? —replicó ella—. Aquí yo soy la doctora.

Él se detuvo, tratando de ocultar su sonrisa.

—Si te la hubieras roto —dijo—, estarías pálida y vomitarías; no tendrías la cara tan roja, ni estarías tan irritada.

—¡Irritada, y una mierda!

Soltó la mano y lo miró con furia, al mismo tiempo que la apretaba contra su pecho. En realidad, sólo estaba un poco sonrojada, y muy atractiva, con su pelo rizándose en una salvaje mata alrededor de la cabeza. Uno de los hombres de Brown había recogido la cofia que había caído después del ataque y se la había ofrecido tímidamente. Ella, enfurecida, se la había quitado de las manos y la había guardado con violencia en una alforja.

—¿Tienes hambre, muchacha?

—Sí —admitió ella, consciente, como él, de que las personas con algún hueso roto por lo general no tenían mucho apetito inmediatamente, aunque comían con una voracidad asombrosa una vez que el dolor disminuía.

Él hurgó en la alforja, bendiciendo a la señora Bug cuando sacó un puñado de orejones de albaricoque y una gran cuña de queso de cabra. Los hombres de Brown estaban cocinando algo junto al fuego, pero, desde la primera noche, él y Claire no habían tocado otra comida que la que ellos mismos habían llevado.

Jamie se preguntó cuánto duraría esa farsa, al mismo tiempo que cortaba un poco de queso y se lo pasaba a su esposa. Tenían comida tal vez para una semana si la racionaban. Quizá el tiempo suficiente para llegar a la costa si seguía haciendo buen tiempo. Y luego ¿qué?

Desde el principio creía que Brown no contaba con ningún plan y estaba intentando lidiar con una situación que se le había ido de las manos. Brown tenía ambición, codicia y un respetable sentido de la venganza, pero casi ninguna capacidad de anticipación, eso era evidente.

Y de pronto debía cargar con ellos dos, obligado a trasladarse de un sitio a otro, arrastrando una responsabilidad que no deseaba, como un zapato gastado atado a la cola de un perro. Y Brown era el perro impedido que gruñía y daba vueltas, intentando morder lo que le molestaba, y, como consecuencia, mordiéndose su propia cola. La mitad de sus hombres habían resultado heridos por las piedras que les habían lanzado. Jamie, reflexivamente, se tocó un hematoma grande y doloroso que tenía en la punta del codo.

Él, por su parte, no tenía alternativa; ahora Brown tampoco. Sus hombres estaban cada vez más inquietos; había cultivos que atender y en un principio no creyeron que tendrían que formar parte de lo que consideraban una misión irrealizable y ridícula.

Podía intentar huir solo. Pero luego ¿qué? No podía dejar a Claire en manos de Brown, e incluso si consiguiera sacarla de allí, tampoco era conveniente regresar al Cerro tal como estaban las cosas; hacerlo implicaba volver a encontrarse de nuevo en el ojo del huracán.

Suspiró, luego contuvo el aliento y lo soltó con tranquilidad. Aunque no creía que tuviera las costillas fracturadas, le dolían.

—Espero que tengas un poco de ungüento —dijo, haciendo un gesto hacia la bolsa que contenía sus medicinas.

—Sí, desde luego. —Ella tragó el pedacito de queso y buscó en la bolsa—. Te pondré un poco en el corte que tienes en la cabeza.

Él se lo permitió, pero luego insistió en untarle la mano a ella. Claire replicó diciendo que se encontraba perfectamente, que no le hacía falta, que debían guardar el ungüento por si había que utilizarlo más adelante, pero de todas formas dejó que le cogiera la mano y le aplicara la crema de olor dulce en sus nudillos, para sentir la dureza de los huesos finos y pequeños de su mano bajo los dedos de él.

Detestaba tanto estar indefensa... pero la armadura de la furia justificada estaba esfumándose, y si bien seguía mirando con una expresión feroz a Brown y a sus hombres, Jamie se dio cuenta de que su esposa tenía miedo. Y con razón.

Brown estaba nervioso, y no podía quedarse quieto. Se movía de un lado a otro, hablando con un hombre y luego con el siguiente, aunque no hiciera falta; verificaba innecesariamente los caballos atados, se servía una taza de achicoria y la sujetaba sin beber hasta que se enfriaba, y luego la arrojaba a los arbustos. Y, siempre, su mirada se posaba en ellos.

Brown era impetuoso y tenía pocas luces. Pero Jamie creía que no era del todo estúpido. Y estaba claro que se había dado cuenta de que su estrategia de difundir habladurías y escándalos concernientes a sus prisioneros con el objetivo de ponerlos en peligro contaba con varias deficiencias graves, teniendo en cuenta que él estaba obligado a mantenerse muy cerca de los mencionados prisioneros.

Una vez terminada su frugal cena, Jamie se tumbó con cuidado, y Claire se acurrucó a su lado en posición fetal, en busca de consuelo.

Pelear era una actividad agotadora; lo mismo ocurría con el miedo; ella se quedó dormida en pocos minutos. Jamie sintió el aguijón del sueño, pero aún no quería rendirse a él, así que se dedicó a recitar algunos de los poemas que Brianna le había enseñado; le gustaba bastante aquel sobre el platero de Boston que corría a Lexington a dar la alarma. Le parecía un poema fantástico.

El grupo comenzaba a instalarse para pasar la noche. Brown se había sentado aún inquieto, y miraba el suelo con expresión oscura, pero luego se puso en pie de un salto y empezó a caminar de un lado a otro. En cambio, Christie casi no se movía, aunque tampoco se dispuso a tumbarse. Se sentó en una roca, con su cena casi intacta.

Vio un movimiento fugaz cerca de la bota de Christie: un ratoncito que trataba de acercarse al plato abandonado que estaba en el suelo.

A Jamie se le había ocurrido un par de días antes, de esa vaga manera en que uno reconoce un hecho que ya conocía de manera inconsciente desde hacía bastante tiempo: Tom Christie estaba enamorado de su esposa.

«Pobre infeliz», pensó. Seguramente Christie no creía que Claire tuviera nada que ver con la muerte de su hija; de lo contrario, no estaría allí. ¿Acaso pensaba que Jamie sí?

Permaneció tumbado, protegido por la oscuridad, observando cómo el fuego jugaba por las demacradas facciones de Christie con los ojos entornados, que no dejaban entrever sus pensamientos. A algunos hombres se los podía leer como libros, pero Tom Christie no era uno de ellos. No obstante, si alguna vez él había visto a un hombre consumido delante de sus ojos...

¿Sería tan sólo por la fatalidad de su hija... o también porque necesitaba con desesperación a una mujer? Él ya lo había visto antes, ese roer del alma, y lo había experimentado. ¿O acaso Christie sí creía que Claire había matado a Malva o había estado implicada de alguna manera en su muerte? Ése era un dilema para cualquier hombre honorable.

La necesidad de una mujer... la idea hizo que regresara de nuevo a ese instante y a la evidencia de que los sonidos que había estado oyendo en el bosque a su espalda ya se encontraban allí. Dos días antes, él se había dado cuenta de que los seguían, pero la noche anterior habían acampado en un prado descubierto, donde sus perseguidores no podrían esconderse.

Se incorporó, moviéndose lentamente, pero sin intentar ser furtivo, cubrió a Claire con su capa y se internó en el bosque, como si sintiera una llamada de la naturaleza.

La luna era pálida y jorobada, y había poca luz debajo de los árboles. Cerró los ojos a la sombra del fuego, y volvió a abrirlos al mundo de la oscuridad, ese lugar de figuras que carecían de dimensión y con un aire que albergaba espíritus.

Pero no fue un espíritu lo que salió de detrás de la silueta de un pino.

—Que el bendito Miguel nos defienda —dijo Jamie en voz baja.

—Que los benditos ejércitos de ángeles y arcángeles estén contigo, tío —le respondió Ian en el mismo tono—. Aunque creo que unos pocos reinos y dominios tampoco vendrían mal.

—Bueno, no sería yo quien se opusiera si la Divina Providencia tomara cartas en el asunto —comentó Jamie, muy animado por la presencia de su sobrino—. Por mi parte, no tengo la menor idea de cómo salir de este estúpido atolladero.

Ian soltó un gruñido; Jamie vio que la cabeza de su sobrino se volvía y examinaba el débil resplandor del campamento. Sin decir ni una palabra, se internaron más en el bosque.

—No puedo estar fuera mucho tiempo, o vendrán a buscarme —dijo Jamie—. ¿Va todo bien en el Cerro?

Ian se encogió de hombros.

—Hay habladurías —respondió, en un tono de voz que indicaba que se refería a todo, desde los rumores de las ancianas hasta insultos que deben resolverse con violencia—. Pero aún no ha muerto nadie. ¿Qué debo hacer, tío Jamie?

—Richard Brown. Está pensando, y sólo Dios sabe a qué nos llevará eso.

—Piensa demasiado; esos hombres son peligrosos —señaló Ian, y se echó a reír. Jamie, que nunca había visto que su sobrino leyera un libro por voluntad propia, le lanzó una mirada incrédula, pero descartó hacer preguntas para ocuparse de cuestiones que resultaban más apremiantes en aquel momento.

—Sí, es cierto —afirmó con sequedad—. Ha estado difundiendo la historia en todas las tabernas y las posadas por las que hemos pasado, supongo que con la esperanza de que aumentara la indignación pública hasta el punto de que pueda convencer a algún funcionario estúpido de que se haga cargo de nosotros o, mejor aún, que pueda enardecer a una turba para que nos coja y nos cuelgue de inmediato, y resolver de ese modo su problema.

—¿Ah, sí? Bueno, tío, si eso es lo que tiene en mente, está dando resultado. No creerías las cosas que he escuchado mientras te seguía el rastro.

—Lo sé.

Jamie se estiró con delicadeza, calmando el dolor de sus costillas. Sólo gracias a la Divina Providencia, las cosas no habían ido a peor... eso y la furia de Claire, que había interrumpido el ataque cuando todos se detuvieron para mirar el espectáculo de ella abalanzándose sobre su atacante como un saco de lino.

—Pero también se ha dado cuenta de que, si quieres convertir a alguien en blanco, es sabio apartarse. Está pensando, como ya he dicho, si debe irse, o mandar a alguien...

—Entonces yo os seguiré y veré qué ocurre.

Jamie sintió, más que vio, el gesto de Ian; estaban de pie como una sombra negra, y la suave neblina de la luz de la luna era como una bruma en el espacio entre los árboles. El joven se movió como si fuera a marcharse, pero vaciló.

—¿Estás seguro, tío, de que no sería mejor esperar un poco y luego huir? No hay helechos por aquí, pero podríamos refugiarnos en las colinas cercanas; estaríamos ocultos y a salvo antes del amanecer.

Resultaba muy tentador. Sintió la atracción del oscuro bosque silvestre y, sobre todo, el reclamo de la libertad. Si pudiera adentrarse en el bosque y permanecer allí... Pero sacudió la cabeza.

—No servirá de nada, Ian —intervino, aunque con un tono de lamento en la voz—. Seríamos fugitivos y, sin duda, pondrían precio a nuestras cabezas. Con toda la comarca ya contra nosotros... con acusaciones, artículos en periódicos sensacionalistas... La gente haría el trabajo de Brown en poco tiempo. Y, además, huir equivaldría a admitir nuestra culpabilidad.

Ian suspiró, pero expresó su acuerdo con un gesto.

—Bueno, pues —dijo. Dio un paso adelante y abrazó a Jamie, lo apretó con fuerza durante un instante, y después desapareció.

Jamie dejó escapar un largo suspiro por el dolor de sus costillas lastimadas.

—Que Dios te acompañe, Ian —afirmó en la oscuridad; luego regresó al campamento. Cuando volvió a tumbarse junto a su esposa, todo estaba en silencio. Los hombres dormían como troncos, cubiertos por sus mantas. Pero dos figuras permanecían junto a las brasas del fuego casi apagado: Richard Brown y Thomas Christie, cada uno sobre una roca, solos con sus pensamientos.

¿Tenía que despertar a Claire y contárselo? Reflexionó un momento, con la mejilla contra la cálida suavidad de su pelo y, a regañadientes, decidió que no. Podría animarla un poco saber que Ian estaba allí, pero no quería arriesgarse a despertar las sospechas de Brown, y si éste percibía algún cambio en la actitud o en la expresión de Claire que le revelara que ocurría algo... no, mejor no. Al menos por el momento.

Echó un vistazo al suelo cerca de los pies de Christie y vio unos movimientos fugaces y escurridizos en la oscuridad; el ratón había llevado a unos amigos para compartir el festín.

90

Cuarenta y seis habichuelas a mi favor

Al amanecer, Richard Brown ya no estaba allí. Los otros hombres parecían deprimidos pero resignados. Por fin, reanudamos nuestra marcha hacia el sur, bajo el mando de un tipo rechoncho y taciturno llamado Oakes.

Algo había cambiado durante la noche; Jamie había perdido parte de la tensión que lo había absorbido desde nuestra partida del Cerro. A pesar de lo tensa, dolorida y desmoralizada que me encontraba, ese cambio me reconfortó ligeramente, aunque me preguntaba qué lo habría causado. ¿Sería lo mismo que había hecho que Richard Brown desapareciera de una manera tan misteriosa?

Pero Jamie no dijo nada, aparte de preguntar por mi mano, que estaba dolorida y tan rígida que me costó un poco flexionar los dedos. No dejó de vigilar a nuestros acompañantes, pero la reducción de la tensión también los había afectado a ellos; comencé a tener menos miedo de que de pronto perdieran la paciencia y nos atacaran, a pesar de la presencia taciturna de Tom Christie.

Como si tuviera algo que ver esa atmósfera más relajada, el tiempo se despejó de repente, lo que hizo que todos se sintiesen algo más animados. Era demasiado decir que había cierto clima de reconciliación, pero sin la constante maldad de Richard Brown, los otros hombres, como mínimo en ocasiones, se comportaban de una forma más decente. Como siempre ocurría, el tedio y las adversidades del viaje habían hecho que todos estuviéramos cansados, de modo que descendíamos por los caminos llenos de polvo en silencio y unidos por el agotamiento, si no por otra cosa, al final de cada día.

Esa neutralidad cambió de inmediato en Brunswick. Uno o dos días antes, era evidente que Oakes preveía algo, y en cuanto llegamos a las primeras casas, vi que empezaba a suspirar de alivio.

No me sorprendí, por tanto, cuando nos detuvimos a refrescarnos en una taberna al borde de aquel asentamiento diminuto y semiabandonado, y encontramos a Richard Brown aguardándonos. Sí fue una sorpresa cuando, sin más que una palabra murmurada de Brown, de pronto Oakes y dos hombres más cogieron a Jamie, haciendo que se le cayera la taza que tenía en la mano, y lo golpearon contra la pared del edificio.

Yo solté mi propia taza y me lancé sobre ellos, pero Richard Brown me cogió del hombro como una tenaza y me arrastró hacia los caballos.

—¡Suélteme! ¿Qué hace? ¡Suélteme, le digo!

Le propiné una patada y estuve cerca de arrancarle los ojos, pero él me agarró ambas muñecas y gritó a uno de los hombres que lo ayudara. Entre los dos me pusieron sobre un caballo montado por otro de los secuaces de Brown, mientras yo seguía gritando con todas mis fuerzas. Había bastante griterío donde estaba Jamie, y un alboroto general, lo que hizo que algunas personas salieran de la taberna a ver qué sucedía. Pero ninguno parecía dispuesto a meterse con un grupo numeroso de hombres armados.

Tom Christie protestaba a gritos; lo vi de reojo golpeándole a uno de los hombres en la espalda, pero sin que eso sirviera de nada. El hombre que estaba detrás de mí me cogió por la cintura y me apretó con fuerza, quitándome el poco aliento que me quedaba.

Luego empezamos a correr por el camino a toda velocidad, mientras Brunswick —y Jamie— desaparecía en el polvo.

Mis furiosas protestas, exigencias y preguntas no generaron respuesta alguna más allá de la orden de que me quedara callada, acompañada de otro apretón de advertencia por parte del brazo que me sujetaba.

Temblando de furia y terror, me sometí, y en ese momento vi que Tom Christie seguía con nosotros, estremecido y alterado.

—¡Tom! —grité—. ¡Tom, regrese! ¡No deje que maten a Jamie! ¡Por favor!

Él miró en mi dirección, alarmado, se levantó en los estribos, y luego se volvió hacia Brunswick y hacia Richard Brown, diciendo algo a voces.

Brown negó con la cabeza, tiró de las riendas para que Christie pudiera ponerse a su altura e, inclinándose hacia él, le gritó algo que debió de pasar por una explicación. Era evidente que a Christie no le gustaba la situación, pero, después de unos cuantos intercambios exaltados, se sometió, frunciendo el ceño y echándose hacia atrás. Hizo a un lado la cabeza de su caballo y trazó un círculo para colocarse en una posición desde la que pudiera hablar conmigo.

—No lo matarán ni le harán daño —dijo, levantando la voz para que pudiera oírlo más allá del alboroto de los cascos y los arneses—. Brown me ha dado su palabra de honor.

—¿Y usted lo cree, por el amor de Dios?

Pareció desconcertado, miró otra vez a Brown, que había espoleado su caballo para tomar la delantera, y volvió la vista de nuevo a Brunswick. La indecisión se reflejó en sus facciones, pero luego apretó los labios y movió la cabeza.

—Todo saldrá bien —aseguró, pero evitaba mis ojos y, a pesar de mis continuados ruegos de que regresara, de que hiciera que pararan, redujo la marcha y se quedó atrás, de modo que ya no pude verlo.

La garganta me ardía de tanto gritar, y me dolía el estómago, apretado en un nudo de miedo. Nuestra velocidad había disminuido una vez que dejamos atrás Brunswick, y me concentré en respirar; no hablaría hasta que estuviese segura de poder hacerlo sin que me temblara la voz.

—¿Adónde me llevan? —pregunté, por fin. Me senté rígida en la montura, soportando una indeseada intimidad con el hombre detrás de mí.

—A New Bern —contestó, con un tono de lúgubre satisfacción—. Y allí, gracias a Dios, por fin la haremos callar.

El viaje a New Bern estuvo dominado por una bruma de temor, nerviosismo e incomodidad física. Si bien me preguntaba qué sería de mí, todas esas especulaciones quedaban ahogadas por mi inquietud acerca de Jamie.

Tom Christie era mi única esperanza de averiguar algo, pero él me evitaba, mantenía las distancias, y eso a mí me resultaba tan alarmante como todo lo demás. Él estaba claramente preocupado, incluso más de lo que lo había estado tras la muerte de Malva, pero ya no mostraba una expresión de sordo sufrimiento; su nerviosismo era patente. Yo tenía el terrible temor de que él supiera o sospechara que Jamie estaba muerto, pero que no quisiera admitirlo, ni a mí, ni a sí mismo.

Era evidente que todos los hombres compartían la urgencia de mi captor por librarse de mí lo antes posible; nos deteníamos muy poco tiempo y sólo cuando era del todo necesario para que los caballos descansaran. Me ofrecieron comida, pero fui incapaz de dar un bocado. Cuando llegamos a New Bern, yo estaba totalmente agotada por el mero esfuerzo físico de la cabalgata, pero mucho más por la constante tensión de las preocupaciones.

La mayoría de los hombres permanecieron en una taberna en las afueras. Brown y uno de los otros me condujeron por las calles, acompañados por un Tom Christie mudo, hasta que por fin llegamos a una casa grande de ladrillos blanqueados. Era la residencia, como me informó Brown con gran placer, del alguacil Tolliver... También la cárcel de la ciudad.

El alguacil, un tipo oscuramente apuesto, me examinó con una especie de especulación interesada, mezclada con un creciente desagrado al enterarse del crimen del que se me acusaba. Yo no hice ningún intento de desmentirlo o defenderme; la estancia se enfocaba y desenfocaba, y necesitaba toda mi atención para impedir que se me doblaran las rodillas.

Apenas pude oír la mayor parte del diálogo entre Brown y el alguacil. Pero al final, justo antes de que me condujeran a la casa, de pronto encontré a Tom Christie a mi lado.

—Señora Fraser —dijo en voz baja—. Créame, él está bien. Yo no quiero tener su muerte en mi conciencia... ni la suya. —Estaba mirándome por primera vez en... ¿días?, ¿semanas?... y la intensidad de aquellos ojos grises me resultó tanto desconcertante como extrañamente reconfortante—. Confíe en Dios —susurró—. Él librará a los justos de los peligros. —Y con un fuerte e inesperado apretón de mi mano, desapareció.

Podría haber sido peor, teniendo en cuenta que se trataba de una cárcel del siglo XVIII. La celda de las mujeres consistía en una pequeña estancia en la parte trasera de la casa del alguacil, que era probable que en un principio hubiera sido algún tipo de almacén. Las paredes estaban enyesadas, aunque algún ocupante con intención de fugarse había arrancado un buen pedazo de escayola, antes de descubrir que debajo había una capa de tablones, y debajo de esta última una muralla impenetrable de ladrillos de terracota, que hizo que me enfrentara de inmediato a su anodina impenetrabilidad cuando se abrió la puerta.

No había ninguna ventana, pero una lámpara de aceite prendía en una repisa junto a la puerta, proyectando un mortecino haz de luz que iluminaba la franja de ladrillos vistos, pero que dejaba las esquinas de la estancia en penumbra. Aunque no pude ver el cubo para las necesidades nocturnas, es evidente que lo había. Su hedor agrio y espeso hizo que me picara la nariz, y de inmediato comencé a respirar por la boca mientras el alguacil me empujaba hacia la sala.

Cuando entré, la puerta se cerró, y a continuación echaron la llave. Había un solo catre estrecho en la penumbra, ocupado por un gran bulto que se hallaba bajo una manta deshilachada. El bulto se tomó su tiempo, pero por fin se agitó y se sentó, convirtiéndose en una mujer pequeña y regordeta, sin cofia y desaliñada por el sueño, que me miró parpadeando como un lirón.

—Eeh —murmuró y se frotó los ojos con los puños como un niño pequeño.

—Lamento mucho molestarla —afirmé con cortesía. El corazón ya no me latía con tanta rapidez, aunque todavía temblaba y me faltaba el aliento. Apreté las manos contra la puerta para que no siguieran temblando.

—No es nada —respondió, y de pronto bostezó como un hipopótamo, mostrándome una serie de molares gastados pero útiles. Pestañeando y chasqueando los labios de manera ausente, buscó en un bolsillo, sacó un maltrecho par de lentes y se las puso con firmeza en la nariz. Tenía los ojos azules y muy ampliados por las lentes, enormes por la curiosidad.

»¿Cómo te llamas? —preguntó.

—Claire Fraser —respondí, observándola con los ojos entornados, por si también ella conocía mi supuesto crimen. El hematoma en el pecho derecho que había dejado la piedra que me habían arrojado seguía siendo visible, y comenzaba a amarillear cerca del borde de mi vestido.

—¿Eh? —Parpadeó, como si estuviera tratando de ubicarme, pero evidentemente no lo logró, porque se encogió de hombros—. ¿Tienes dinero?

—Un poco. —Jamie me había obligado a coger casi todo el dinero; había una pequeña cantidad de monedas en el fondo de cada una de las bolsas que llevaba sujetas alrededor de la cintura, y un par de pagarés en el interior del corsé.

La mujer era bastante más baja que yo y parecía fofa, con los pechos grandes y caídos, y varios michelines que aparecían en un vientre al que no sujetaba ningún corsé; sólo llevaba puesta una enagua; su vestido y su corsé colgaban de un clavo en la pared. Parecía inofensiva... y empecé a respirar un poco mejor, ya que comenzaba a entender que por el momento me encontraba a salvo de cualquier repentina violencia aleatoria.

La otra prisionera no hizo ningún movimiento ofensivo hacia mí, pero saltó de la cama y sus pies descalzos golpearon con suavidad en lo que en ese momento me di cuenta que era una capa entretejida de paja mohosa.

—Bueno, llame a la vieja carroza y pida que le traiga un poco de Holanda, pues, adelante... —sugirió con alegría.

—¿A la... quién?

En lugar de responder, avanzó pesadamente hasta la puerta, la golpeó y empezó a gritar:

—¡Señora Tolliver! ¡Señora Tolliver!

La puerta se abrió casi de inmediato, dejando ver a una mujer alta y delgada, que parecía una cigüeña enfadada.

—En serio, señora Ferguson —dijo—. Deje ya de fastidiar. Sólo he venido a presentarle mis respetos a la señora Fraser. —Le dio la espalda a la señora Ferguson con una dignidad magistral e inclinó la cabeza unos centímetros en mi dirección—. Señora Fraser, soy la señora Tolliver.

Tenía una fracción de segundo para decidir cómo reaccionar, y escogí la actitud prudente —aunque mortificante— de una sumisión delicada, haciéndole una reverencia como si se tratara de la esposa del gobernador.

—Señora Tolliver —murmuré, con cuidado de no mirarla a los ojos—, muy amable por su parte.

Ella se retorció y aguzó la mirada, como un pájaro vigilando el recorrido oculto de un gusano en la hierba, pero a esas alturas, yo podía controlar mis facciones y ella se relajó al no detectar ningún rastro de sarcasmo.

—De nada —dijo, con una cortesía helada—. Yo me ocuparé de que no le falte de nada, y le explicaré nuestras costumbres. Recibirá una comida al día, a menos que desee mandar a comprar más a la despensa, pagando de su propio bolsillo, claro. Le traeré un cuenco para lavarse una vez al día. Usted tendrá que vaciar el orinal. Y...

—Venga, métete tus costumbres donde te quepan, Maisie —dijo la señora Ferguson, interrumpiendo el discurso preparado de la señora Tolliver con una cómoda familiaridad que sugería que se conocían desde hacía tiempo—. Ella tiene dinero. Tráenos una botella de ginebra, sé buena, y luego, si es necesario, puedes explicarle cómo son las cosas.

La señora Tolliver se tensó en un gesto de desaprobación, pero sus ojos volvieron a torcerse hacia mí, brillantes bajo la débil luz de la lámpara de aceite. Arriesgué un gesto vacilante hacia mi bolsa, y su labio inferior se frunció. Miró por encima de su hombro y se me acercó con rapidez.

—Un chelín, entonces —susurró, con la mano abierta entre nosotras. Dejé caer la moneda en su palma, que desapareció de inmediato bajo su delantal—. Es tarde para la cena —anunció en su habitual tono de desaprobación, echándose hacia atrás—. Sin embargo, como acaba de llegar, haré una excepción y le traeré algo.

—Muy amable por su parte —volví a decir.

La puerta se cerró con fuerza cuando ella salió, dejándonos sin luz ni aire, y la llave giró en la cerradura.

Ese sonido me provocó una minúscula chispa de pánico, y golpeé el suelo con fuerza. Me sentía como un pellejo desecado, llena hasta los ojos con la yesca del temor, la incertidumbre y la pérdida. No hacía falta más que una chispa para encender todo eso y hacer que ardiera hasta las cenizas... y ni yo ni Jamie podíamos concedernos ese lujo.

—¿Ella bebe? —pregunté, volviéndome hacia mi nueva compañera de cuarto, tratando de aparentar serenidad.

—¿Conoces a alguien que no lo haga si se le da la oportunidad? —preguntó la señora Ferguson en un tono razonable. Se rascó las costillas—. Fraser, has dicho. ¿No eres tú la que...?

—En efecto —contesté en un tono bastante grosero—. No deseo hablar de eso.

Alzó las cejas, pero asintió con ecuanimidad.

—Como quieras —respondió—. ¿Eres buena con la baraja?

—¿Loo o whist? —pregunté recelosa.

—¿Conoces un juego llamado brag?

—No. —Jamie y Brianna jugaban de vez en cuando, pero yo no había aprendido las reglas.

—No importa. Yo te enseño. —Buscó bajo el colchón y sacó una baraja de cartas bastante raída. Luego mezcló las cartas con pericia, agitándolas con delicadeza bajo su nariz mientras me sonreía.

—No me lo digas —dije—. ¿Estás aquí por hacer trampas en las cartas?

—¿Trampas? ¿Yo? De ninguna manera —intervino, sin mostrarse en absoluto ofendida—. Falsificación.

Me eché a reír, lo que me sorprendió bastante. Todavía me sentía mareada pero, definitivamente, la señora Ferguson estaba siendo una distracción muy bienvenida.

—¿Cuánto tiempo llevas aquí? —pregunté.

Ella se rascó la cabeza, se dio cuenta de que no llevaba cofia, y se dio la vuelta para coger una de entre las arrugadas mantas.

—Ah... un mes, más o menos.

Mientras se colocaba la harapienta cofia, señaló con un gesto la jamba de la puerta junto a mí. Me volví para mirar, y vi que tenía docenas de muescas talladas, algunas viejas y oscuras, llenas de tierra, y otras recientes, que dejaban entrever la madera amarilla. Ver esas marcas hizo que el estómago me diera un vuelco, pero respiré hondo y les di la espalda.

—¿Ya te han juzgado?

Negó con la cabeza, y la luz brilló en sus lentes.

—No, gracias a Dios. Maisie me ha dicho que el tribunal está cerrado; todos los jueces han huido. No han juzgado a nadie en los últimos dos meses.

Eso no era una buena noticia. Evidentemente, este pensamiento se reflejó en mi cara, porque ella se inclinó hacia delante y me palmeó el brazo en un gesto de compasión.

—Si estuviera en tu lugar, yo no me apresuraría, querida. Si no te han juzgado, no pueden colgarte. Y si bien he conocido a algunos que dicen que tanto esperar los mataría, jamás he visto a nadie morir de eso. Pero sí los he visto morir en un extremo de la cuerda. Un tema muy desagradable.

Hablaba casi sin darle importancia, pero su mano se levantó, como por decisión propia, y tocó la carne blanca y blanda de su cuello. Tragó saliva y el minúsculo bulto de su nuez subió y luego volvió a bajar.

Yo también tragué saliva, con una desagradable sensación de que algo apretaba mi propia garganta.

—Pero soy inocente —declaré, preguntándome mientras lo decía cómo era posible que mi voz pareciera tan incierta.

—Claro que sí —dijo de forma categórica, apretándome el brazo—. Mantente en tus trece, querida... ¡no dejes que te intimiden y te hagan admitir nada!

—No lo haré —le aseguré con sequedad.

—Uno de estos días es probable que venga una multitud —afirmó, asintiendo—, y colgarán al alguacil si no se entera antes. Tolliver no es muy querido.

—No entiendo por qué, un tipo tan encantador como él...

No estaba segura de cómo me sentía ante la perspectiva de que una multitud de personas invadiera la casa. Colgar al alguacil Tolliver estaría bien, si sólo era eso... pero con el recuerdo de las muchedumbres hostiles en Salisbury y Hillsboro todavía en la mente, no tenía claro que se limitaran al alguacil. Morir a manos de una turba no era preferible al asesinato judicial más lento al que probablemente tendría que enfrentarme. Aunque suponía que siempre había posibilidades de escapar entre una masa de gente.

«¿Y, en ese caso, adónde iría?», me dije.

Sin tener una buena respuesta para mi pregunta, la alejé al fondo de mi mente y centré de nuevo la atención en la señora Ferguson, que todavía tenía las cartas en la mano en un gesto de invitación.

—De acuerdo —dije—. Pero no con dinero.

—Ah, no —me aseguró la señora Ferguson—, de ninguna manera. Pero debemos apostar algo para que sea interesante. Juguemos con habichuelas, ¿de acuerdo? —Dejó las cartas y, tras buscar bajo la almohada, sacó una pequeña bolsa, de la que vertió un puñado de pequeñas judías blancas.

—Espléndido —intervine—. Y cuando terminemos, las plantaremos, ¿te parece? Y esperemos que brote un tallo gigantesco y atraviese el techo, así podremos escapar por el agujero.

Ella estalló en carcajadas, lo que hizo que me sintiera, de alguna manera, un poco mejor.

—¡Que Dios te oiga, querida! —exclamó—. Yo reparto primero, ¿de acuerdo?

El brag parecía una variedad de póquer. Y si bien yo había convivido el tiempo suficiente con un tahúr para reconocer a uno de ellos si lo tenía delante, la señora Ferguson parecía que por el momento estaba jugando honestamente. Yo iba ganando cuarenta y seis judías cuando regresó la señora Tolliver.

La puerta se abrió sin ceremonia alguna y ella entró con un taburete de tres patas y un pedazo de pan, que al parecer era tanto mi cena como su excusa para visitar la celda, puesto que me lo ofreció con un fuerte «¡Esto deberá durarle hasta mañana, señora Fraser!».

—Gracias —dije con mansedumbre. Era fresco, y parecía que lo habían untado a toda prisa con grasa de tocino, a falta de manteca. Le di un mordisco sin vacilar, pues ya me había recuperado lo suficiente de la conmoción como para sentir hambre.

La señora Tolliver, mirando por encima del hombro para asegurarse de que no hubiera moros en la costa, dejó el taburete en el suelo y sacó una botella de su bolsillo, de cristal azul y llena de un líquido transparente.

La descorchó, la levantó y le dio un buen trago; su garganta larga y esbelta se movió de forma convulsiva.

La señora Ferguson no dijo nada, sino que observó con una especie de atención analítica, con un destello de luz en sus lentes, como si estuviera comparando el comportamiento de la señora Tolliver con el de ocasiones anteriores.

La señora Tolliver bajó la botella y la sujetó un momento, luego me la pasó y se sentó de golpe en el taburete, respirando con dificultad.

Limpié el cuello de la botella con la manga de la manera más disimulada posible y luego tomé un sorbo simbólico. Sin duda, era ginebra, aromatizada con enebro para ocultar su escasa calidad y su generoso contenido alcohólico.

La señora Ferguson echó un largo trago cuando la botella llegó a sus manos, y así continuamos, pasándonos la botella de mano en mano, y mientras tanto, intercambiando algunas palabras cordiales. Una vez aplacada su sed inicial, la señora Tolliver se volvió casi afable, y sus modales helados se atenuaron de manera perceptible. Aun así, esperé hasta que la botella estuviera casi vacía antes de hacer la pregunta que ocupaba gran parte de mis pensamientos.

—Señora Tolliver, los hombres que me trajeron... ¿Por casualidad usted oyó algo sobre mi marido?

Ella se llevó una mano a la boca para disimular un eructo.

—¿Algo?

—Sobre dónde se encuentra —añadí.

Parpadeó un poco, con un rostro inexpresivo.

—No oí nada —dijo—. Pero supongo que se lo habrán dicho a Tolly.

La señora Ferguson le pasó la botella —estábamos sentadas la una junto a la otra en la cama, pues era el único lugar para sentarse en la pequeña estancia— y mientras lo hacía casi se cayó al suelo.

—Supongo que podrías preguntárselo, ¿verdad, Maisie? —arguyó.

Una mirada de incomodidad pasó por los ojos vidriosos de la señora Tolliver.

—Ah, no —respondió, negando con la cabeza—. Él no me habla de esas cosas. No es asunto mío.

Intercambié una mirada con la señora Ferguson, y ella movió un poco la cabeza a modo de negación; era preferible no insistir por el momento.

Preocupada como estaba, me resultaba difícil olvidarme del tema, pero era evidente que no había nada que pudiera hacer.

Reuní la escasa paciencia que me quedaba, calculando cuántas botellas de ginebra podría comprar antes de que se me acabara el dinero, y qué podría lograr con ellas.

Aquella noche me quedé acostada en silencio, respirando el aire húmedo y cargado de la celda, con sus aromas a moho y orina. También podía oler a Sadie Ferguson a mi lado, un débil miasma de sudor rancio, con un intenso perfume a ginebra. Traté de cerrar los ojos, pero cada vez que lo hacía sentía pequeñas oleadas de claustrofobia; tenía la sensación de que las sudorosas paredes de yeso se acercaban, y apreté los puños en la tela del colchón, para evitar lanzarme sobre la puerta cerrada con llave. Tuve una desagradable visión de mí misma, golpeando y chillando, con las uñas rotas y ensangrentadas tras haberlas clavado en la inflexible madera, sin que nadie escuchara mis gritos en la oscuridad, y sin que nadie viniera jamás a rescatarme.

Pensé que era una posibilidad bastante probable. La señora Ferguson me había relatado más detalles sobre la escasa popularidad Tolliver. Si una turba lo atacaba y lo sacaba a rastras de su casa —o si perdía los estribos y huía—, las probabilidades de que él o su esposa se acordasen de las prisioneras era remota.

Una multitud podría encontrarnos... y matarnos, en el delirio del momento. O no hallarnos y prender fuego a la casa. El almacén era de ladrillos, pero la cocina adyacente era de madera; húmeda o no, ardería como una antorcha, sin dejar nada en pie, salvo aquella condenada pared de ladrillos.

Respiré tan profundamente como pude, sin prestar atención al olor; exhalé y cerré los ojos con fuerza.

«Cada día tiene bastante con su propio mal.» Ésa era una de las expresiones favoritas de Frank y, en gran medida, un buen sentimiento.

«Depende un poco del día, ¿no?», pensé, dirigiéndome a él.

«¿Sí? Dímelo tú.» El pensamiento apareció allí, tan nítido que creí que lo había oído... o sólo imaginado. Pero en este último caso, también había imaginado un tono de seca ironía muy característico de Frank.

«Bien —pensé—. Ahora tengo discusiones filosóficas con un fantasma. Ha sido un día peor de lo que pensaba.»

Imaginación o no, el pensamiento había logrado liberar mi mente de aquella preocupación obsesiva. Tuve una sensación de invitación... o quizá de tentación. El impulso de hablar con él.

La necesidad de huir en una conversación, aunque sólo fuera unilateral... e imaginaria.

«No, me niego a usarte de esa forma —pensé, con cierta tristeza—. No es correcto que sólo piense en ti cuando necesito distracción, por tu propio bien.»

«¿Y nunca piensas en mí por mi propio bien?» La pregunta flotó en la oscuridad de mis párpados. Podía ver su cara con una claridad absoluta, y sus arrugas curvadas en un gesto de diversión, con una oscura ceja enarcada. Me sorprendí un poco; había transcurrido tanto tiempo desde que había pensado en él con cierta concentración, que hacía mucho tendría que haber olvidado el aspecto que tenía. Pero no.

«Supongo que entonces ésa es la respuesta a tu pregunta —pensé en silencio dirigiéndome a él—. Buenas noches, Frank.»

Me volví de lado, de cara a la puerta. Estaba un poco más calmada. Apenas podía distinguir la silueta de la puerta, y el hecho de verla hizo que disminuyera la sensación de que me habían enterrado viva.

Volví a cerrar los ojos y traté de concentrarme en los procesos de mi propio cuerpo. A veces eso me resultaba de ayuda trayéndome una sensación de calma, escuchando el recorrido de la sangre por las venas y los borboteos subterráneos de los órganos, que continuaban trabajando con tranquilidad sin la más mínima necesidad de mis órdenes conscientes. Era bastante similar a estar sentada en el huerto, escuchando el zumbido de las abejas en las colmenas...

Detuve ese pensamiento antes de que empezara, sintiendo que mi corazón daba un vuelco por el recuerdo, una descarga eléctrica como el picotazo de una abeja.

Pensé con bastante fuerza en mi corazón, el órgano físico, sus cámaras suaves y sus válvulas delicadas, pero lo que sentí fue dolor. Había sitios huecos en mi corazón.

Jamie. Un hueco abierto y resonante, frío y profundo como la grieta de un glaciar. Bree. Jemmy. Roger. Y Malva, como una herida diminuta y profunda, una úlcera que no se curaba.

Hasta ese momento había conseguido no prestar atención a los susurros y a la pesada respiración de mi compañera. Pero no pude no centrar la atención en la mano que me rozó la nuca, se deslizó luego por mi pecho y descansó ligera, rodeándome un seno.

Dejé de respirar. Después, muy lentamente, exhalé. Sin ninguna intención por mi parte, mi seno se acomodó en su mano ahuecada. Sentí un roce en la espalda; un pulgar que recorrió con delicadeza el surco de mi columna vertebral a través de mi camisa.

Yo entendía la necesidad de consuelo humano, el ansia misma del roce. Yo lo había tomado a menudo, y lo había ofrecido como parte de la frágil red de humanidad que se rompe una y otra vez y que después se renueva. Pero había algo en el roce de Sadie Ferguson que hablaba de algo más que el simple calor o la necesidad de compañía en la oscuridad.

Aferré su mano, la aparté de mi pecho, le cerré los dedos con delicadeza y la alejé con firmeza, apoyándola en su propio regazo.

—No —dije en voz baja.

Ella titubeó, movió las caderas de modo que su cuerpo se curvara detrás de mí, con sus muslos cálidos y redondos contra los míos, ofreciéndome compañía y refugio.

—Nadie lo sabría —susurró, aún con esperanza—. Podría hacerte olvidar... durante un momento. —Su mano acarició suavemente mi cadera, insinuante.

Si pudiera, pensé con ironía, podría resultar tentador. Pero aquél no era un camino que pudiera tomar.

—No —intervine con más firmeza, y me cambié de lugar, poniéndome boca arriba y lo más lejos posible, que era apenas cuatro centímetros—. Lo lamento... pero no.

Ella guardó silencio un instante, y luego soltó un pesado suspiro.

—Bueno. Tal vez un poco más tarde.

—¡No!

Los ruidos de la cocina habían cesado, y la casa se quedó en silencio. Pero no era el silencio de las montañas, esa cuna de ramas y vientos susurrantes, y la vasta profundidad del cielo estrellado. Era el silencio de una ciudad, alterado por el humo y el neblinoso y mortecino resplandor de los hogares y las velas; lleno de los pensamientos amodorrados que se habían liberado por la vigilia, deambulando inquietos en la oscuridad.

—¿Podría tan sólo abrazarte? —me rogó con añoranza, y sus dedos me rozaron la mejilla—. Sólo eso.

—No —repetí, pero busqué su mano y la cogí. Y así nos quedamos dormidas, con las manos casta y firmemente entrelazadas.

• • •

Nos despertó lo que al principio creí que era el viento gimiendo en la chimenea, cuya parte trasera formaba un bulto en nuestro cubículo. Pero el gemido se hizo más intenso y se convirtió en un grito salvaje, y luego, de repente, se detuvo.

—¡Por todos los santos! —Sadie Ferguson se sentó en la cama con los ojos bien abiertos y parpadeó—. ¿Qué ha sido eso?

—Una mujer de parto —afirmé, tras haber oído aquel patrón concreto de sonidos con bastante frecuencia. Los gemidos comenzaron de nuevo—. Y ya le falta muy poco. —Me deslicé de la cama y sacudí los zapatos, expulsando a una pequeña cucaracha y un par de lepismas que se habían refugiado en la parte delantera.

Permanecimos sentadas durante casi una hora, escuchando los gemidos y los alaridos alternados.

—¿No debería parar? —preguntó Sadie, tragando saliva y muy nerviosa—. ¿El niño no debería haber nacido a estas alturas?

—Tal vez —respondí distraída—. Algunos bebés tardan más que otros.

Tenía la oreja pegada a la puerta, tratando de descifrar qué ocurría al otro lado. La mujer, fuera quien fuese, estaba en la cocina, y a no más de tres metros de mí. Cada cierto tiempo oía la voz de Maisie Tolliver, amortiguada y hablando en tono dubitativo. Pero la mayor parte del tiempo eran sólo los jadeos rítmicos, los gemidos y los alaridos.

Una hora más tarde yo ya tenía los nervios destrozados. Sadie estaba en la cama, apretando la almohada sobre su cabeza, con la esperanza de evitar el ruido.

«Ya es suficiente», pensé, y la siguiente vez que oí la voz de la señora Tolliver, golpeé la puerta con el tacón de mi zapato y grité «¡Señora Tolliver!» lo más fuerte que pude, para que me oyera.

Lo hizo, y un instante después, la llave giró en la cerradura y una oleada de luz y aire penetró en la celda. La luz del día me deslumbró, pero parpadeé y distinguí la silueta de una mujer a cuatro patas junto al hogar, de frente. Era negra, estaba bañada en sudor, y después de levantar la cabeza, aulló como un lobo. La señora Tolliver se sobresaltó como si alguien la hubiera pinchado por detrás.

—Permiso —dije, y la hice a un lado.

Ella no efectuó ningún movimiento para detenerme, y al pasar por su lado, percibí una fuerte ráfaga de vapor de ginebra aromatizada con enebro.

La mujer negra estaba apoyada en los codos, jadeando, con el trasero al aire. El vientre le colgaba como una guayaba madura, pálido en la camisa bañada en sudor que se pegaba a él.

Hice preguntas directas antes del siguiente alarido, y pude saber que aquél era su cuarto hijo y que ella estaba de parto desde la noche anterior, cuando había roto aguas. La señora Tolliver aportó la información de que también era prisionera, y esclava. Yo podría haberlo adivinado por los verdugones que tenía en la espalda y en las nalgas.

La señora Tolliver no me resultaba de gran utilidad allí, balanceándose con ojos vidriosos sobre mí, pero había logrado encontrar una pequeña pila de paños y un cuenco de agua, que usé para secar el rostro sudoroso de la mujer. Sadie Ferguson asomó su nariz y sus gafas con cautela desde la puerta de la celda, pero volvió a entrar a toda prisa cuando comenzó el alarido siguiente.

Era un parto de nalgas, lo que explicaba la dificultad, y los siguientes quince minutos pusieron los pelos de punta a todos los implicados. Pero al final conseguí traer al mundo a un bebé pequeñito con los pies por delante, viscoso, inmóvil, y de un tono azulado de lo más sobrenatural.

—Oh —exclamó la señora Tolliver desilusionada—. Está muerto.

—Bien —dijo la madre, con una voz ronca y profunda, y cerró los ojos.

—Y una mierda —repliqué, y me apresuré a poner al bebé boca abajo y a palmearle la espalda.

Ningún movimiento. Acerqué la carita cerrada y cerosa a la mía, le cubrí la nariz y la boca con mi propia boca, y succioné con fuerza; luego aparté la cabeza para escupir el moco y el fluido. Con la cara pegajosa y un sabor metálico en la boca, soplé con delicadeza, hice una pausa sujetándolo flojo y resbaladizo como si se tratara de un pescado fresco, soplé... y vi que sus ojos se abrían, de un azul más intenso que el de su piel, vagamente interesados.

Tomó aliento de una manera brusca, alarmante y entrecortada, y yo me eché a reír, como un manantial de alegría que burbujeaba desde lo más profundo de mi ser. Y se desvaneció el recuerdo de pesadilla de otro niño, una oscilación de vida apagándose en mi mano. Este niño se encontraba bien, se había encendido y ardía como una vela, con una llama suave y clara.

—¡Ah! —exclamó de nuevo la señora Tolliver. Se inclinó hacia delante para mirar y una enorme sonrisa le cruzó la cara—. ¡Ah, ah!

El bebé empezó a llorar. Corté el cordón, cubrí al recién nacido con algunos paños y, con cierta reserva, se lo entregué a la señora Tolliver, esperando que no lo echara al fuego. Luego centré la atención en la madre, que estaba bebiendo con fruición del cuenco, con el agua chorreándole por delante y empapando todavía más la camisa que ya estaba bastante mojada.

Se recostó hacia atrás y me permitió que la atendiera, pero sin hablar, dirigiendo con frecuencia la vista al bebé, con una mirada amarga y hostil.

Oí unas pisadas que entraban en la casa, y entonces apareció el alguacil, con aspecto de sorpresa.

—¡Ah, Tolly! —La señora Tolliver, manchada con los fluidos propios del parto y apestando a ginebra, se volvió hacia él llena de felicidad, enseñándole el bebé—. ¡Mira, Tolly, está vivo!

El alguacil parecía muy desconcertado, y sus cejas se arrugaron cuando miró a su esposa, pero entonces, al parecer, captó el aroma de su felicidad más allá del olor de la ginebra. Se inclinó hacia delante y tocó con delicadeza el pequeño bulto, mientras su adusto rostro se relajaba.

—Qué bien, Maisie —dijo—. Hola, muchachito. —En ese momento me vio, de rodillas junto al hogar, tratando de limpiar con un paño lo que quedaba de agua.

—La señora Fraser se ha ocupado del parto —explicó con entusiasmo la señora Tolliver—. Venía de piernas, pero ella ha hecho que saliera con mucha habilidad, y lo ha hecho respirar... creíamos que estaba muerto porque estaba tan quietecito, pero ¡no! ¿No es maravilloso, Tolly?

—Maravilloso —repitió el alguacil en un tono un poco sombrío.

Me miró con irritación, e hizo lo mismo con la reciente madre, quien le devolvió la mirada con una hosca indiferencia. Entonces hizo que me pusiera en pie y, con una cortante reverencia, me indicó con un gesto que regresara a la celda y cerró la puerta.

Sólo en ese instante recordé qué era lo que él creía que yo había hecho. Con razón, supuse, mi relación con un recién nacido hacía que estuviera un poco nervioso. Yo estaba mojada y sucia, y parecía que hacía un calor particularmente sofocante en la celda. De todas maneras, el milagro del nacimiento seguía resonando en mis sinapsis, y me senté en la cama sin dejar de sonreír, con un paño mojado en la mano.

Sadie estaba contemplándome con un respeto unido a una ligera repulsión.

—Esto es lo más desagradable que he visto jamás —dijo—. Por todos los cielos, ¿siempre es así?

—Más o menos. ¿Nunca has visto nacer a un niño? ¿No has tenido hijos? —pregunté con curiosidad. Ella negó con fuerza e hizo la señal de los cuernos, cosa que me hizo reír, a pesar de lo mareada que estaba.

—Si alguna vez hubiese estado dispuesta a permitir que un hombre se me acercara, la idea de lo que acabo de ver me habría disuadido —me aseguró con fervor.

—¿De veras? —inquirí, recordando tardíamente sus insinuaciones de la noche anterior. Entonces, no era mero consuelo lo que me había ofrecido—. ¿Y qué hay del señor Ferguson?

Ella me lanzó una mirada tímida, parpadeando a través de sus lentes.

—Ah, era un granjero... mucho mayor que yo. Murió de pleuresía, hace ya cinco años.

«Y del todo ficticio», pensé. Pero una viuda tenía mucha más libertad que una soltera o una esposa, y si alguna vez había visto a una mujer capaz de cuidar de sí misma...

No había prestado atención a los sonidos de la cocina, pero en ese instante se produjo un fuerte estrépito, y oí la voz del alguacil, lanzando maldiciones. No se oía al bebé, ni a la señora Tolliver.

—Está llevando a la zorra negra de vuelta a su celda —dijo Sadie, con una entonación tan hostil que la miré asombrada—. ¿No lo sabías? —añadió, al ser consciente de mi sorpresa—. Ha matado a sus bebés. Ahora que ha parido a éste pueden ahorcarla.

—Ah —intervine desconcertada—. No, no lo sabía. —Los ruidos de la cocina disminuyeron, y me quedé sentada contemplando la lámpara de aceite, con la sensación de vida en movimiento todavía en mis manos.

91

Un plan razonablemente ingenioso

El agua lamía la oreja de Jamie y el sonido mismo ya le revolvía el estómago. El hedor del barro podrido y los peces muertos no mejoraba las cosas, ni tampoco el golpe que se había propinado al caer contra la pared.

Cambió de posición, tratando de aliviar el dolor de la cabeza, el del estómago o ambos. Lo habían atado como un fiambre, pero con un poco de esfuerzo logró rodar de costado y subir las rodillas, lo que lo ayudó a sentirse mejor.

Estaba en una especie de cobertizo para embarcaciones en muy mal estado; la había visto con la última luz del crepúsculo, cuando lo llevaron a la costa —al principio creyó que querían ahogarlo— y lo metieron dentro, dejando que cayera al suelo como un saco de harina.

—Deprisa, Ian —murmuró para sí mismo, volviendo a cambiar de posición, cada vez más incómodo—. Ya soy muy viejo para esta clase de tonterías.

Lo único que podía hacer era esperar que su sobrino hubiera estado lo bastante cerca para poder seguirlo cuando Brown reanudó la marcha, y que tuviera alguna idea de dónde se encontraba en ese momento; sin duda, el muchacho estaría buscándolo. La costa donde se hallaba el cobertizo era abierta, sin ningún lugar donde ocultarse, pero sí había bastantes arbustos debajo del fuerte Johnston, que se encontraba en el cabo, un poco más allá de donde se hallaba él en ese momento.

La cabeza le retumbaba con sordas palpitaciones que le dejaban un gusto desagradable en la parte posterior de la boca y un perturbador recuerdo de las espantosas jaquecas que había sufrido durante un tiempo como consecuencia de una herida de hacha que le había fracturado el cráneo muchos años antes. Estaba impresionado por la facilidad con que había rememorado aquellas jaquecas. Había pasado una eternidad, y él creía que incluso el recuerdo de aquello estaba muerto y enterrado. Era evidente que su cráneo tenía una memoria mucho más aguda que la suya, y estaba dispuesto a hacer que sufriera como venganza por su olvido.

La luna estaba alta y brillante; su suave luz atravesaba las grietas de las toscas tablas de la pared. Borrosa como estaba, parecía cambiar, temblando de una manera que hacía que se mareara, y cerró los ojos, concentrándose con un ánimo sombrío en lo que le haría a Richard Brown si algún día le ponía las manos encima.

En el nombre de Miguel y de todos los santos, ¿adónde había llevado a Claire, y por qué? Lo único que lo reconfortaba era que Tom Christie había ido con ellos. Estaba bastante seguro de que Christie no permitiría que la mataran, y si Jamie podía encontrarlo, él lo conduciría hasta ella.

Un sonido llegó por encima de las nauseabundas subidas y bajadas de la marea. Un silbido muy débil... y luego un canto. Apenas podía distinguir la letra de la canción, pero a pesar de todo sonrió un poco.

—«Cáseme, cáseme, ministro, o si no seré su sacerdote, su sacerdote, su sacerdote... O si no seré su sacerdote.»

Lanzó un grito, aunque hizo que le doliera la cabeza, y pocos momentos después Ian estaba a su lado, cortándole las cuerdas. Rodó de costado, incapaz durante un instante de hacer que sus acalambrados músculos funcionaran, pero luego logró poner las manos debajo del cuerpo y levantarse lo suficiente para vomitar.

—¿Cómo te encuentras, tío Jamie? —Ian parecía vagamente divertido.

—Me pondré bien. ¿Sabes dónde está Claire? —Se puso en pie, tambaleándose, y empezó a quitarse los pantalones; sentía los dedos como salchichas, el fracturado le palpitaba, y el hormigueo provocado por el retorno de la circulación le atravesaba los extremos irregulares de los huesos. Pero toda su incomodidad desapareció durante un instante, superada por un alivio abrumador.

—Por Dios, tío Jamie —dijo Ian impresionado—. Sí, lo sé. La han llevado a New Bern. Allí hay un alguacil que, según dice Forbes, está dispuesto a aceptarla.

—¿Forbes? —Giró en redondo, asombrado, y casi cayó, pero consiguió evitarlo al apoyarse con una mano sobre la chirriante pared de madera—. ¿Gerald Forbes?

—El mismo que viste y calza. —Ian le pasó una mano bajo el codo para que recuperara el equilibrio; la endeble tabla se había resquebrajado debido a su peso—. Brown fue de un lado a otro, y habló con éste y con aquél... pero fue con Forbes con quien por fin logró hacer un trato, en Cross Creek.

—¿Sabes lo que dijeron?

—Sí, lo oí. —La voz de Ian era normal, pero ocultaba cierto entusiasmo, así como un orgullo bastante grande por lo que había logrado.

El objetivo de Brown a esas alturas era bastante simple: librarse de la carga en la que se habían convertido los Fraser. Había oído hablar de Forbes y de su relación con Jamie, debido a todas las habladurías generadas después del incidente con la brea el verano del año anterior, y al enfrentamiento que había tenido lugar en Mecklenburg en el mes de mayo. De modo que le ofreció a Forbes entregárselos a los dos, para que el abogado aprovechara la situación como le pareciera conveniente.

—Entonces caminó a un lado y a otro, pensando, me refiero a Forbes; estaban en su almacén, ¿sabes?, junto al río, y yo me oculté detrás de los toneles de brea. De pronto se echó a reír, como si acabara de ocurrírsele algo astuto.

La sugerencia de Forbes fue que los hombres de Brown se llevaran a Jamie, maniatado, a un pequeño muelle que él tenía cerca de Brunswick. De allí, lo embarcarían con rumbo a Inglaterra, y de esa forma evitarían que interfiriera en los negocios tanto de Forbes como de Brown y, de paso, le resultaría imposible defender a su esposa.

Mientras tanto, Claire sería encomendada a la misericordia de la ley. Si la declaraban culpable, bueno, ahí se acabaría todo. Si no, el escándalo del juicio ocuparía la atención de cualquier persona relacionada con ella y destruiría toda influencia que los Fraser pudieran tener, lo que dejaría al Cerro a merced de cualquiera, y a Gerald Forbes, el terreno libre para asumir el liderazgo de los *whigs* escoceses de la colonia.

Jamie escuchó todo esto en silencio, debatiéndose entre la furia y la admiración.

—Un plan razonablemente ingenioso —dijo. Ya se sentía mejor, puesto que los mareos habían desaparecido con el flujo purificador de la ira que le calentaba la sangre.

—Ah, es aún mejor, tío —le aseguró Ian—. ¿Recuerdas a un caballero llamado Stephen Bonnet?

—Sí, claro. ¿Qué ocurre con él?

—El barco que te conduciría a Inglaterra pertenece al señor Bonnet, tío. —La voz de su sobrino comenzaba a parecer divertida otra vez—. Por lo visto, desde hace un tiempo, el abogado Forbes tiene una sociedad muy rentable con Bonnet; bien, con él y algunos amigos comerciantes de Wilmington. Tienen participaciones tanto en el barco como en su cargamento. Y desde el bloqueo inglés, las ganancias han sido todavía mayores; deduzco que nuestro señor Bonnet es un contrabandista consumado.

Jamie dijo algo extremadamente desagradable en francés, y salió con rapidez a mirar fuera de la bodega. El agua estaba serena y hermosa, con una franja plateada de luz de luna que se prolongaba hacia el mar. Había un barco, pequeño y negro, y perfecto como una araña sobre una hoja de papel. ¿Sería el de Bonnet?

—Santo Dios —dijo—. ¿Cuándo crees que vendrán?

—No lo sé —respondió Ian, inseguro por primera vez—. ¿Dirías que la marea está subiendo o bajando?

Jamie lanzó una mirada al agua que ondeaba bajo el cobertizo, como si éste pudiera ofrecerle alguna pista.

—¿Cómo voy a saberlo, por el amor de Dios? ¿Y en qué cambiaría eso las cosas? —Se frotó la cara con fuerza con una mano, tratando de pensar.

Era evidente que le habían quitado la daga. Llevaba un *sgian dhu* oculto en la media, pero por alguna razón dudaba que su hoja de diez centímetros le sirviera de mucho en la situación en la que se encontraba.

—¿De qué armas dispones, Ian? Supongo que no llevarás tu arco encima.

Ian negó con la cabeza, lamentándolo. Se había unido a Jamie en la entrada del cobertizo, y la luna dejaba ver el hambre en su rostro mientras observaba el barco.

—Tengo dos cuchillos decentes, una daga y una pistola. He dejado mi rifle junto al caballo. —Señaló el bosque lejano con la cabeza—. ¿He de ir a buscarlo? Podrían verme.

Jamie pensó durante un instante, golpeando el marco de la puerta con los dedos, hasta que el dolor del dedo roto hizo que se detuviera. El impulso de ocultarse a esperar a Bonnet y capturarlo era algo físico; comprendía el hambre de Ian y lo compartía. Pero su mente racional estaba ocupada considerando las probabilidades, e insistía en presentarlas, por mucho que la parte animal deseosa de venganza no quisiera saberlas.

Aún no había ninguna señal de un bote proveniente del barco, siempre suponiendo que el barco que se encontraba allí efectivamente fuera el de Bonnet —y eso no lo sabían con certeza—; tal vez todavía faltaban varias horas hasta que acudieran a llevárselo. Y cuando lo hicieran, ¿cuáles eran las probabilidades de que el mismo Bonnet acudiera en él? Era el capitán del barco. ¿Se ocuparía en persona de esa tarea, o mandaría a algún subalterno?

Si dispusiera de un rifle, y en el caso de que Bonnet sí estuviera en el bote, Jamie apostaría todo su dinero a que podría dispararle desde una emboscada. Si es que estaba en el bote. Si era reconocible en la oscuridad. Y, si bien podría acertar, existía la posibilidad de que no lo matara.

Pero si Bonnet no se encontraba en el bote... entonces sería cuestión de esperar hasta que éste se acercase lo suficiente, saltar en él y reducir a cualquiera que estuviese a bordo. ¿Cuántos acudirían para una tarea semejante? ¿Dos, tres, cuatro? Habría que matarlos o inmovilizarlos a todos, y entonces sería cuestión de remar con el maldito bote hasta el barco, donde todos los que estuviesen a bordo, sin duda, habrían visto la trifulca de la orilla y estarían preparados para dejar caer una bala de cañón que atravesara el fondo del bote o esperar que echaran amarras a un costado del barco y luego acabar con ellos desde la barandilla con armas de fuego pequeñas, como si fueran patos.

Y si de alguna manera lograban subir a bordo sin que los descubrieran, entonces habría que revisar el maldito barco en busca de Bonnet, perseguirlo y matarlo sin llamar la atención de la tripulación... Ese complejo análisis se proyectó en su mente en el tiempo que necesitó para respirar, y fue rápidamente descartado. Si los capturaban o los mataban, Claire estaría sola e indefensa. No podía correr ese riesgo. De todas formas, pensó, tratando de consolarse, podría encontrar a Forbes... y lo haría, cuando llegase el momento.

—Bueno, pues —afirmó, y se dio la vuelta con un suspiro—. ¿Tienes un solo caballo, Ian?

—Sí —respondió su sobrino, suspirando a su vez—. Pero conozco un lugar en el que quizá podamos robar otro.

92

Amanuense

Transcurrieron dos días, calurosos y húmedos, en una oscuridad sofocante, y yo era consciente de cómo trataban de instalarse en mi cuerpo distintas clases de moho, hongos y putrefacción, por no mencionar las omnívoras y omnipresentes cucarachas, que parecían decididas a mordisquearme las cejas justo en el momento en que se apagaba la luz. El cuero de mis zapatos estaba húmedo y blando, el cabello estaba lacio y sucio, y —como Sadie Ferguson— empecé a pasar la mayor parte del tiempo ataviada tan sólo con la camisa.

Así, cuando la señora Tolliver se presentó en la celda y nos ordenó que fuéramos a ayudarla con la colada, abandonamos el último juego de loo (ella iba ganando) y casi nos empujamos la una a la otra en la urgencia por obedecer.

Hacía mucho más calor en el patio, debido al fuego que calentaba el agua para lavar la ropa. El aire era tan húmedo como en la celda, a causa de las gruesas nubes de vapor procedentes del gran caldero con la ropa en agua hirviendo, que hacían que el cabello se nos pegara a la cara. Ya teníamos las camisas pegadas al cuerpo, y el mugriento lino casi transparente a causa del sudor; lavar ropa era una tarea pesada. Pero por otra parte, no había ningún bicho, y si bien el sol era cegador y suficientemente intenso como para enrojecer mi nariz y mis brazos, el caso es que brillaba, y eso ya era de agradecer.

Le pregunté a la señora Tolliver sobre mi improvisada paciente y su bebé, pero ella se limitó a cerrar con fuerza los labios y a negar con la cabeza con una expresión amarga y severa. El alguacil había estado ausente la noche anterior; no se había oído el sonido de su voz atronadora en la cocina. Y teniendo en cuenta la palidez de Maisie Tolliver, diagnostiqué una noche larga y solitaria con la botella de ginebra, seguida de un amanecer bastante espantoso.

—Se sentirá mucho mejor si se sienta a la sombra y bebe... agua —dije—. Mucha agua. —El té o el café eran mejor para ese propósito, pero esas sustancias costaban más que el oro en la colonia, y dudaba que la esposa de un alguacil tuviera alguna de ellas—. Si tuviera un poco de ipecacuana... o tal vez menta...

—¡Le agradezco su valiosa opinión, señora Fraser! —replicó, aunque se tambaleó y tenía las mejillas pálidas y brillantes por el sudor.

Me encogí de hombros y me dediqué a la tarea de separar un montón de ropa chorreante y humeante de la mugrienta agua enjabonada con una cuchara de madera de un metro y medio de largo, tan gastada por el uso que mis sudorosas manos resbalaban en la pulida madera.

Finalmente, y después de muchos esfuerzos, lavamos, aclaramos y escurrimos la ropa hirviendo, luego la tendimos para que se secara y corrimos jadeantes a refugiarnos a la estrecha franja de sombra que había junto a la casa; una vez allí, fuimos bebiendo por turnos agua tibia de un cazo de latón. La señora Tolliver también se sentó de repente, a pesar de su posición social superior.

Me volví para ofrecerle el cazo, pero advertí que ponía los ojos en blanco. Más que caerse, se disolvió hacia atrás, derrumbándose poco a poco hasta convertirse en un bulto húmedo.

—¿Está muerta? —preguntó con interés Sadie Ferguson. Miró de un lado a otro; evidentemente, calculaba sus posibilidades de fuga.

—No. Es una resaca fuerte, tal vez agravada por una pequeña insolación. —Le estaba tomando el pulso, que era ligero y veloz, pero bastante constante. Yo estaba considerando si sería prudente abandonar a la señora Tolliver a los peligros de tragar su propio vómito y escapar, incluso descalza y en camisa, pero me lo impidieron unas voces masculinas que aparecieron por una esquina de la casa.

Dos hombres: uno era el agente de Tolliver, a quien había visto un instante cuando los hombres de Brown me habían metido en la cárcel, y el otro era un desconocido, muy bien vestido, con una chaqueta con botones de plata y un chaleco de seda, que en realidad hacía que las manchas de sudor fueran todavía más patentes. Este último caballero, un hombre fornido de unos cuarenta años, miró con el ceño fruncido la escena de disipación que se desarrollaba delante de él.

—¿Éstas son las prisioneras? —preguntó en tono de desagrado.

—Sí, señor —dijo el agente—. Como mínimo, las dos de las enaguas lo son. La otra es la esposa del alguacil.

Las fosas nasales de Botones de Plata se cerraron un poco al conocer esa información y, a continuación, se hincharon.

—¿Cuál es la partera?

—Supongo que yo —dije, irguiéndome y tratando de adquirir cierto aire de dignidad—. Soy la señora Fraser.

—Mira tú por dónde —exclamó en un tono que indicaba que yo podría haber dicho que era la reina Carlota, por lo que a él le importaba. Me miró con una actitud desdeñosa, sacudió la cabeza y se volvió hacia el sudoroso agente—. ¿De qué se la acusa?

El agente, un joven con pocas luces, frunció los labios y nos miró dubitativo.

—Ah... bueno, una de ellas es falsificadora —dijo—. Y la otra es asesina. Pero en cuanto a cuál es cuál...

—Yo soy la asesina —comentó Sadie con valentía, y añadió con lealtad—: ¡Ella es muy buena partera! —La miré sorprendida, pero ella negó con la cabeza y cerró con fuerza los labios, indicándome que me quedara callada.

—Ah. Bueno, pues. ¿Tiene usted un vestido... señora? —Ante mi señal de asentimiento, añadió—: Vístase. —Y se volvió hacia el agente, sacando un pañuelo de seda de su bolsillo para enjugarse su regordeta cara sonrosada—. Entonces me la llevaré. Informe de ello al señor Tolliver.

—Sí, señor —le aseguró el agente, haciendo más o menos una reverencia. Echó un vistazo a la inconsciente señora Tolliver, y luego miró a Sadie.

—Tú llévala adentro y ocúpate de ella. ¡Vamos!

—Ah, sí, señor —dijo Sadie y, con aire solemne, se subió las lentes empañadas por el sudor con el dedo índice—. ¡Ahora mismo, señor!

No tuve oportunidad de hablar con Sadie, y apenas tuve tiempo suficiente para ponerme mi desaliñado vestido y mi corsé, y coger mi botiquín antes de que me escoltaran hasta un carruaje bastante destartalado, por cierto, pero que alguna vez había sido de calidad.

—¿Le importaría decirme quién es usted y adónde me lleva? —pregunté, después de haber atravesado traqueteando dos o más calles, mientras mi compañero miraba por la ventana con una expresión distraída.

Mi pregunta hizo que se despertara y parpadeara, al darse cuenta de repente de que no era un objeto inanimado.

—Ah. Perdóneme, señora. Vamos al palacio del gobernador. ¿No tiene usted una cofia?

—No.

Hizo una mueca, como si no esperara otra cosa, y reanudó sus pensamientos.

Habían terminado de construirlo y les había quedado verdaderamente bonito. El anterior gobernador, William Tryon, había erigido el palacio del gobernador, pero lo habían enviado a Nueva York antes de concluirlo. Ahora, el enorme edificio de ladrillos con sus extensos y elegantes pabellones estaba acabado, incluso con parterres de césped y lechos de hiedra que flanqueaban la entrada de los carruajes, aunque los majestuosos árboles que al final lo rodearían no eran más que retoños. El carruaje aparcó en la entrada, pero nosotros —desde luego— no entramos por la imponente puerta principal, sino que nos escabullimos por detrás y bajamos la escalera hasta los aposentos de la servidumbre, que se encontraban en el sótano.

Una vez allí, me metieron con rapidez en la habitación de una criada, me entregaron un peine, una palangana y un aguamanil, así como una cofia prestada, e insistieron en que me arreglara para no parecer una pordiosera, y que lo hiciera lo más rápido posible.

Mi guía —que se llamaba Webb, como pude saber por el respetuoso saludo de la cocinera— aguardó con evidente impaciencia mientras yo practicaba mis apresuradas abluciones, y luego me cogió del brazo e hizo que subiera con rapidez. Ascendimos a la segunda planta por una estrecha escalera de servicio, y allí nos esperaba una criada muy joven y asustada.

—¡Ah, ha venido, señor, por fin! —Se inclinó para hacer una reverencia al señor Webb, al mismo tiempo que me lanzaba una mirada de curiosidad—. ¿Ésta es la partera?

—Sí. Señora Fraser... Dilman. —Señaló a la muchacha con un gesto, dándome tan sólo su apellido, siguiendo la costumbre inglesa con los sirvientes domésticos. Ella, a su vez, me hizo una reverencia y luego me indicó que pasara por una puerta que estaba entreabierta.

La habitación era grande y elegante, y estaba amueblada con una cama con dosel, una cómoda de nogal, un ropero y un sillón, aunque el ambiente de elegante refinamiento se veía reducido a causa de un montón de ropa para zurcir, un destartalado costurero caído con todo su contenido esparcido por el suelo y una cesta de juguetes para niños. Había un gran bulto en la cama que, a juzgar por lo que podía ver, supuse que se trataba de la señora Martin, la esposa del gobernador. Lo verifiqué cuando Dilman volvió a hacer una reverencia, murmurándole mi nombre.

Era una mujer redondeada —mucho, dado su avanzado estado de gestación—, con la nariz pequeña y angulosa, y una manera de mirar miope que me recordó muchísimo a la señora Tiggy-Winkle, el personaje de Beatrix Potter. En cuanto a la personalidad, carecía de ella.

—¿Quién demonios es ésta? —quiso saber, sacando de entre las sábanas su cabeza tocada con un gorro y frunciendo el ceño.

—La partera, señora —contestó Dilman, inclinándose otra vez—. ¿Ha dormido bien, señora?

—Claro que no —replicó con irritación la señora Martin—. Este niño me ha pateado el hígado hasta dejármelo negro, he vomitado toda la noche, he sudado tanto que las sábanas están empapadas y tengo un paludismo que me hace temblar. Me dijeron que no había ninguna partera en el condado. —Me lanzó una mirada torcida a causa de la indigestión—. ¿Dónde habéis encontrado a esta mujer? ¿En la cárcel del pueblo?

—En realidad, sí —dije, quitándome el bolso del hombro—. ¿De cuántos meses está, cuánto hace que está enferma y cuándo fue la última vez que fue de vientre?

Ella me miró un poco más interesada, e indicó con un gesto a Dilman que saliera de la habitación.

—¿Cómo ha dicho que se llamaba?

—Fraser. ¿Tiene algún síntoma de parto prematuro? ¿Calambres? ¿Sangrado? ¿Un dolor intermitente en la espalda?

Me miró de reojo, pero comenzó a responder a mis preguntas. Gracias a esto, finalmente pude diagnosticarle una intoxicación grave, tal vez causada por una porción que había sobrado de un pastel de ostras, que había ingerido —junto con bastantes más productos comestibles— el día anterior en un ataque de glotonería inducido por el embarazo.

—¿No tengo paludismo? —Metió la lengua después de que la examinara, y frunció el ceño.

—No. Como mínimo, aún no —tuve que agregar para ser honesta.

Era razonable que creyera que sí lo padecía; yo misma pude saber, en el transcurso de mi examen, que había una epidemia particularmente virulenta de fiebre en la ciudad y en el palacio. El secretario del gobernador había fallecido por esa causa dos días antes, y Dilman era la única criada de la planta alta que todavía se tenía en pie.

La saqué de la cama y la ayudé a sentarse en el sillón, donde se derrumbó con el aspecto de una tarta de crema aplastada. En la habitación hacía un calor sofocante, y abrí las ventanas con la esperanza de que entrara un poco de aire.

—Por todos los cielos, señora Fraser, ¿es que tiene la intención de matarme? —preguntó, ciñéndose el chal alrededor del vientre y encorvando los hombros como si hubiera dejado entrar una fuerte ventisca.

—Le aseguro que no.

—Pero ¡el miasma...! —Agitó la mano en dirección a la ventana, escandalizada. A decir verdad, los mosquitos sí representaban un peligro. Pero todavía faltaban unas cuantas horas para el crepúsculo, cuando comenzaban a estar activos.

—La cerraremos enseguida. Por el momento, necesita aire. Y tal vez algo ligero. ¿Cree que podría tomar un poco de pan tostado?

Se lo pensó, pasando la vacilante punta de la lengua por las comisuras de los labios.

—Tal vez —decidió—. Y una taza de té. ¡Dilman!

Una vez que la criada fue a buscar té y tostadas —me pregunté cuánto tiempo había pasado desde la última vez que yo había visto té de verdad—, comencé a preparar una historia clínica más completa.

¿Cuántos embarazos anteriores? Seis, pero una sombra le cruzó la cara, y vi cómo observaba de manera involuntaria una marioneta de madera que estaba cerca de la chimenea.

—¿Sus hijos están en el palacio? —le pregunté con curiosidad. Yo no había oído ningún ruido infantil, e incluso en un lugar del tamaño de un palacio, sería difícil ocultar a seis niños.

—No —dijo con un suspiro, y se llevó las manos al vientre, sosteniéndolo casi de manera ausente—. Mandamos a las niñas a casa de mi hermana, en Nueva Jersey, hace unas semanas.

Después de algunas preguntas más, llegaron el té y las tostadas. La dejé comer tranquilamente y me dispuse a sacudir la ropa de cama, que estaba húmeda y arrugada.

—¿Es cierto? —me preguntó de pronto la señora Martin.

—¿Qué es cierto?

—Se dice que usted mató a la amante embarazada de su marido y le arrancó el bebé de las entrañas. ¿Lo hizo?

Me llevé el canto de la mano a las cejas y presioné, cerrando los ojos. ¿Cómo demonios se había enterado? Cuando pensé que podía hablar, bajé las manos y abrí los ojos.

—No era su amante y yo no la maté. En cuanto al resto... sí, lo hice —dije, con tanta calma como me fue posible.

Ella me contempló durante un instante con la boca abierta. Luego la cerró de golpe y cruzó los brazos sobre el vientre.

—¡Eso me pasa por confiar en que George Webb me elegiría una partera adecuada! —exclamó y, para mi gran sorpresa, se echó a reír—. Él no lo sabe, ¿verdad?

—Diría que no —comenté en un tono extremadamente seco—. Yo no se lo he dicho. ¿Quién se lo ha dicho a usted?

—Ah, es usted bastante famosa, señora Fraser —me aseguró—. Se habla de ello en todas partes. George no tiene tiempo para habladurías, pero hasta él debe de haberlo escuchado. Aunque no tiene memoria para los nombres. Yo sí.

Su cara estaba recuperando un poco de color. Dio otro mordisco a la tostada, masticó y tragó con cuidado.

—Pero no estaba segura de que fuera usted —admitió—. Hasta que se lo he preguntado. —Cerró los ojos e hizo una mueca vacilante, pero tragó la tostada, ya que los abrió y siguió mordisqueando.

—¿Y ahora que lo sabe...? —le pregunté con toda tranquilidad.

—No lo sé. Nunca antes había conocido a una asesina. —Tragó lo que quedaba de tostada y se chupó la yema de los dedos, antes de limpiárselos con la servilleta.

—No soy una asesina —insistí.

—Bueno, era de suponer que diría algo así —concedió. Levantó la taza de té y me examinó por encima de ésta con interés—. No parece depravada... aunque debo decir que tampoco tiene aspecto de ser muy respetable.

Levantó la fragante taza y bebió, con una expresión de dicha que me recordó que no había comido nada desde el cuenco bastante magro de gachas sin sal y sin manteca que la señora Tolliver me había proporcionado a modo de desayuno.

—Tendré que pensar en ello —dijo la señora Martin, dejando la taza con un tintineo—. Lleve eso a la cocina —añadió, haciendo un gesto hacia la bandeja—, y haga que me manden sopa y tal vez algunos bocadillos. ¡Creo que he recuperado el apetito!

Bueno, ¿y ahora qué? Me habían trasladado de la cárcel al palacio con tanta brusquedad que me sentía como un marinero en tierra después de permanecer varios meses en el mar, tambaleándome y con cierta dificultad para mantener el equilibrio. Obedecí y fui a la cocina, como me habían ordenado, conseguí una bandeja —con un cuenco de sopa que desprendía un maravilloso olor— y se la llevé a la señora Martin, caminando como un autómata. Cuando me indicó que me marchara, mi cerebro ya había comenzado a funcionar de nuevo, aunque aún no a su capacidad máxima.

Estaba en New Bern. Y, gracias a Dios y a Sadie Ferguson, fuera de la fétida prisión del alguacil Tolliver. Fergus y Marsali se encontraban en New Bern. Ergo, lo único que podía hacer era escaparme y encontrar la manera de hallarlos. Ellos podrían ayudarme a localizar a Jamie. Me aferré a la promesa de Tom Christie de que Jamie no estaba muerto y a la idea de que sería posible encontrarlo, porque cualquier otra cosa era intolerable.

Pero escapar del palacio del gobernador resultó más difícil de lo que había pensado. Había guardias apostados en todas las puertas, y mi intento de engañar a uno de ellos para dejarlo atrás falló por completo y provocó la repentina aparición del señor Webb, que me cogió del brazo y me escoltó por la escalera hasta una sofocante buhardilla, donde me encerró con llave.

Era mejor que la cárcel, pero no se podía decir mucho más al respecto. Había un camastro, un orinal, un lavabo, un aguamanil y una cajonera, que contenía algunas escasas ropas. La habitación mostraba signos de un uso reciente, pero no tanto. Una película de fino polvo de verano cubría casi todo el mobiliario, y si bien el aguamanil estaba lleno de agua, era obvio que llevaba bastante tiempo allí; unas cuantas polillas y otros pequeños insectos se habían ahogado en ella, y una película del mismo polvo fino flotaba en la superficie.

También había una pequeña ventana, cerrada y con el cristal pintado, pero después de unos resueltos golpes y tirones logré abrirla y tragué una embriagadora bocanada de aire caliente y pesado.

Me desnudé, saqué las polillas muertas de la jarra y me lavé, en una experiencia de dicha que hizo que me sintiera muchísimo mejor después de la última semana de mugre, sudor y suciedad absolutos. Tras un instante de vacilación, cogí una raída enagua de lino de la cajonera; me sentía incapaz de soportar la idea de volver a ponerme mi propia enagua mugrienta y empapada en sudor.

No era mucho lo que podía hacer sin jabón o champú, pero aun así, me sentí bastante mejor, y me quedé de pie junto a la ventana, peinándome el cabello mojado —había un peine de madera en la cómoda, pero ningún espejo— y analizando lo que podía desde mi posición.

Había más guardias apostados en el perímetro de la propiedad. Me pregunté si era habitual. Pensé que tal vez no; parecían inquietos y muy alertas: vi a uno increpar a un hombre que se había aproximado al portal y enseñarle el arma con una actitud bastante beligerante. El hombre pareció alarmado y retrocedió, luego giró y se alejó con rapidez, mirando hacia atrás por encima del hombro.

Había bastantes guardias uniformados (pensé que quizá serían marines, aunque no estaba suficientemente familiarizada con los uniformes como para saberlo con seguridad) apiñados en torno a seis cañones situados en una ligera elevación delante del palacio, dominando la ciudad y el borde del puerto.

Entre ellos pude ver a dos hombres sin uniforme; después de estirarme un poco, logré distinguir la figura alta y fornida del señor Webb, y a un hombre más bajo a su lado. Éste caminaba siguiendo la línea de cañones, con las manos dobladas tras los faldones de su levita, y los infantes de marina (o lo que fueran) le hacían la venia. Entonces supuse que debía de tratarse del gobernador: Josiah Martin.

Seguí observándolos un poco más, pero no ocurrió nada interesante, y de pronto me sentí abrumada por una repentina sensación de sueño, agotada por las tensiones del último mes y aquel aire caliente e inmóvil que parecía aplastarme como una mano.

Me tumbé en el camastro con mi camisola prestada y me quedé dormida de inmediato.

Dormí hasta medianoche, cuando me volvieron a llamar para atender a la señora Martin, que al parecer había sufrido una recaída de sus problemas digestivos. Un hombre ligeramente regordete y de nariz larga con una camisa y un gorro de dormir acechaba en el umbral con una vela y aspecto de preocupación; supuse que sería el gobernador. Me miró con irritación, pero no intentó interferir, y yo no tenía mucho tiempo para ocuparme de él. Tan pronto como cesó la crisis, el gobernador (si es que lo era) había desaparecido. Con la paciente a salvo y durmiendo, me tumbé en la alfombra, como un perro, junto a su cama, con una enagua enrollada a modo de almohada, y no me costó volver a conciliar el sueño.

Era pleno día cuando desperté de nuevo, y el fuego estaba apagado. La señora Martin estaba levantada, llamando a Dilman y muy nerviosa.

—Condenada muchacha —dijo, volviéndose en cuanto me levanté con torpeza—. Supongo que ha enfermado de paludismo, como el resto. O ha huido.

Supuse que, si bien varios sirvientes habían enfermado, bastantes habrían escapado por miedo al contagio.

—¿Está del todo segura de que no tengo paludismo terciano, señora Fraser? —La señora Martin se examinó en el espejo, sacó la lengua y la analizó críticamente—. Creo que estoy amarilla.

De hecho, sus facciones tenían un suave color rosado inglés, aunque estaba un poco pálida por el hecho de que había vomitado.

—Aléjese de las tartas de crema y el pastel de ostras cuando haga mucho calor, no coma de una sentada nada que sea mayor que su cabeza y se pondrá bien —dije reprimiendo un bostezo. Me vi de reojo en el espejo, por encima de su hombro, y me estremecí. Estaba casi tan pálida como ella, con círculos oscuros debajo de los ojos, y mi cabello... bueno, estaba casi limpio, y era lo único positivo que podía decir al respecto.

—Debería sangrarme —declaró la señora Martin—. Ése es el tratamiento correcto para la plétora; mi querido doctor Sibelius siempre lo dice. Tal vez, tres o cuatro onzas, seguidas de un laxante. El doctor Sibelius afirma que el laxante funciona muy bien en esos casos. —Se dirigió a un sillón y se reclinó, con el vientre abultado bajo el salto de cama. Se levantó la manga de la prenda y extendió el brazo en actitud lánguida—. Hay una lanceta y un cuenco en el cajón superior izquierdo, señora Fraser. Hágame el favor.

La mera idea de extraer sangre a primera hora de la mañana era suficiente para que yo misma tuviera ganas de vomitar. En cuanto al laxante del doctor Sibelius, era láudano, una alcohólica mezcla de tintura y opio, y no el tratamiento que yo le hubiera prescrito a una mujer embarazada.

La posterior y agria discusión sobre las virtudes del sangrado —y comencé a pensar, por el brillo de anticipación de sus ojos, que la excitación de que una asesina le abriera una vena era en realidad lo que ella deseaba— se vio interrumpida por la entrada sin ceremonia alguna del señor Webb.

—¿La molesto, señora? Mis disculpas. —Hizo una breve reverencia a la señora Martin y luego se volvió hacia mí—. Usted, póngase la cofia y sígame.

Lo hice sin protestar, dejando a la señora Martin indignada y sin pinchar. Esta vez Webb hizo que bajara por la pulida y resplandeciente escalera principal, para entrar en una sala grande, elegante y forrada de libros. El gobernador, que ya se había puesto la peluca que le correspondía, la había empolvado y llevaba un traje elegante, estaba sentado detrás de un escritorio rebosante de papeles, certificados, plumas dispersas, cartapacios, frascos de arena, lacre y todos los demás instrumentos propios de un burócrata del siglo XVIII. Parecía acalorado, irritado y tan indignado como su esposa.

—¿Qué, Webb? —preguntó, mirándome con el ceño fruncido—. Necesito un secretario, ¿y tú me traes una comadrona?

—Es falsificadora —replicó éste sin rodeos. Eso paralizó cualquier queja que el gobernador pensara plantear. Hizo una pausa con la boca un poco abierta, aún con el ceño fruncido.

—Ah —exclamó con un tono alterado—. ¿De verdad?

—Acusada de falsificación —intervine cortésmente—. No me han juzgado, y mucho menos condenado, ¿sabe usted?

El gobernador alzó las cejas al captar mi acento educado.
—¿De verdad? —volvió a preguntar con más tranquilidad. Me miró de arriba abajo con los ojos entornados y con aire dubitativo—. ¿De dónde demonios la ha sacado, Webb?
—De la cárcel. —Webb me lanzó una mirada de indiferencia, como si yo fuera un mueble poco atractivo y, no obstante, útil, como un orinal—. Cuando pregunté por una partera, alguien me dijo que esta mujer había hecho prodigios con una esclava, otra prisionera, que tenía un parto muy difícil. Y como la cuestión era urgente y no pudimos encontrar a otra mujer con sus conocimientos... —Se encogió de hombros, con una ligera mueca.
—Mmm. —El gobernador se sacó un pañuelo de la manga y se limpió la papada de una manera reflexiva—. ¿Puede escribir con buena letra?
Supuse que sería una muy mala falsificadora si no pudiera, pero me contenté con decir que sí. Por suerte, era cierto; en mi propia época, yo había garabateado recetas con bolígrafos como cualquiera, pero en esta época, me había preparado para escribir con pluma y con buena caligrafía, para que mis registros médicos y mis apuntes sobre los casos fueran legibles para cualquiera que los leyera después. Una vez más, sentí una punzada cuando la imagen de Malva me pasó por la mente, pero no tenía tiempo para pensar en ella.
Sin dejar de examinarme con actitud especulativa, el gobernador señaló con un gesto una silla de respaldo recto y un escritorio más pequeño que se encontraban a un lado de la sala.
—Siéntese. —Se puso en pie, rebuscó entre los papeles de su escritorio y puso uno de ellos delante de mí—. Veamos cómo pasa esto a limpio, por favor.
Era una breve carta al Consejo Real en la que resumía, a grandes rasgos, sus preocupaciones respecto a las recientes amenazas que había recibido esa institución y donde posponía la próxima reunión programada del consejo. Escogí una pluma del recipiente de cristal tallado que estaba en el escritorio, encontré un cortaplumas de plata al lado, recorté la pluma hasta que estuvo a mi gusto, saqué el corcho del frasco de tinta y comencé, consciente del escrutinio de los dos hombres.
No sabía durante cuánto tiempo podría mantener esa posición —la mujer del gobernador podía levantar la liebre en cualquier instante—, pero por el momento, me parecía que probablemente tenía más posibilidades de escapar como acusada de falsificación que como acusada de asesinato.

El gobernador cogió la copia terminada, la examinó y la dejó sobre el escritorio con un pequeño gruñido de satisfacción.

—Bastante bien —dijo—. Haga ocho copias más de esa carta, y luego puede continuar con estas otras. —Volviendo a su propio escritorio, juntó un gran número de cartas y las puso delante de mí.

Ambos hombres (no sabía a qué se dedicaba Webb, pero era evidente que era un amigo íntimo del gobernador) reanudaron una discusión sobre las últimas novedades, ignorándome por completo.

Me apliqué mecánicamente a la tarea que me habían encomendado, y el sonido de la pluma rasgando el papel, el ritual de enarenar, pasar por el papel secante y sacudir me calmaron bastante. Hacer las copias ocupaba una parte muy pequeña de mi mente; el resto quedaba libre para preocuparme por Jamie y para pensar la mejor manera de organizar la fuga.

Podía (y, sin duda, debía) dar alguna excusa después de cierto tiempo para ir a ver cómo se encontraba la señora Martin. Si podía hacerlo sin compañía, tendría unos instantes de libertad sin vigilancia, durante los cuales intentaría lanzarme en silencio a la salida más próxima. Pero todas las puertas que había visto hasta el momento estaban vigiladas. Por desgracia, el palacio del gobernador tenía un almacén muy bien provisto; sería difícil inventar la necesidad de ir a buscar algo a una botica y, aunque pudiera hacerlo, era muy poco probable que me permitieran ir sola a recogerlo.

Parecía que la mejor idea era esperar a que anocheciera; si, como mínimo, conseguía salir del palacio, transcurrirían varias horas hasta que fuera patente mi ausencia. Pero si volvían a encerrarme con llave...

Seguí escribiendo sin cesar, mientras analizaba varios planes insatisfactorios y trataba con todas mis fuerzas de no imaginar el cuerpo de Jamie balanceándose poco a poco con el viento, colgado de un árbol en alguna hondonada solitaria. Christie me había dado su palabra, y me aferré a ella ya que no me quedaba nada más.

Webb y el gobernador murmuraban entre sí, pero hablaban de cosas de las que yo no sabía nada, y la mayoría me resbalaba como el sonido del mar, sin sentido y reconfortante. Después de un momento, Webb se acercó para indicarme cómo sellar las cartas y añadir los destinatarios. Pensé preguntarle por qué no lo hacía él mismo en aquella emergencia administrativa, pero entonces le vi las manos; las dos estaban muy deformadas a causa de la artritis.

—Tiene una letra muy bonita, señora Fraser. —Se relajó lo suficiente para comentarlo en un momento dado, y me lanzó una pequeña sonrisa fría—. Qué pena que sea usted la falsificadora, en lugar de la asesina.

—¿Por qué? —pregunté, totalmente desconcertada.

—Bueno, es evidente que usted sabe leer y escribir —respondió, sorprendido a su vez ante mi asombro—. Si la condenaran por asesinato, podría solicitar el beneficio del clero y escapar con una azotaina pública y una marca en la cara. Pero la falsificación... —Negó con la cabeza, frunciendo los labios—. Es un delito capital, sin posibilidad de indulto. Si la condenan por falsificación, señora Fraser, me temo que la ahorcarán.

Mis sentimientos de gratitud hacia Sadie Ferguson sufrieron una repentina reevaluación.

—¿De veras? —pregunté con la mayor frialdad posible, aunque mi corazón había dado un vuelco y ahora trataba de salirse de mi pecho—. Bueno, entonces esperemos que se haga justicia y me liberen, ¿no?

Él emitió un sonido ahogado que yo entendí como una carcajada.

—Desde luego. Aunque sólo sea por el bien del gobernador.

Después de eso, reanudamos el trabajo en silencio. El reloj dorado detrás de mí marcó las doce del mediodía y, como si hubiera sido llamado por el sonido, apareció un sirviente, que supuse que sería el mayordomo, para preguntar si el gobernador estaba dispuesto a recibir a una delegación de ciudadanos.

La boca del gobernador se cerró un poco, pero asintió con un gesto de resignación y, a continuación, entró en la sala un grupo de seis o siete hombres, todos ataviados con sus mejores abrigos, aunque claramente eran tenderos, no hombres de negocios ni abogados. Gracias a Dios, no reconocí a ninguno.

—Estamos aquí, señor —dijo uno de ellos, que se presentó como George Herbert—, para preguntar por el significado del cambio de posición de los cañones.

Webb, que estaba sentado a mi lado, se puso un poco tenso, pero al parecer el gobernador estaba preparado para responder.

—¿Los cañones? —inquirió, con el aspecto de una persona sorprendida e inocente—. Vaya... se están reparando los soportes. Dentro de unos días dispararemos una salva de salutación real, como siempre, con motivo del cumpleaños de la reina, que es este mes. Pero cuando inspeccionamos los cañones de cara al acontecimiento, descubrimos que la madera de las cureñas estaba podrida en algunos sitios. Desde luego es imposible disparar los cañones antes de que se efectúen las reparaciones. ¿Le gustaría inspeccionar usted mismo los soportes, señor?

Comenzó a levantarse de la silla mientras lo decía, como si fuera a escoltarlos personalmente hasta los cañones, pero sus palabras tenían un tono irónico tan marcado en su cortesía, que los hombres se sonrojaron y murmuraron unas frases de negativa.

Intercambiaron algunas palabras más de cortesía, pero luego la delegación se marchó, mostrándose apenas un poco menos recelosa que cuando había entrado.

Webb cerró los ojos y espiró de manera audible en cuanto la puerta se cerró tras ellos.

—Malditos sean —dijo el gobernador en voz muy baja.

No creí que su intención fuera que yo lo escuchara, así que fingí no haberlo hecho, ocupándome con los papeles y manteniendo la cabeza gacha.

Webb se levantó y se acercó a la ventana que daba al césped, supuestamente para asegurarse de que los cañones estuvieran donde él pensaba que estarían. Torciendo un poco el cuello, pude ver más allá; era cierto: habían retirado los seis cañones de los soportes y se encontraban en el suelo, como unos inofensivos troncos de bronce.

A partir de la conversación posterior —aderezada con fuertes comentarios respecto a los perros rebeldes que habían tenido la temeridad de cuestionar a un gobernador real como si fuera un limpiabotas, ¡por el amor de Dios!—, deduje que habían quitado los cañones por un temor muy real a que los ciudadanos pudieran apoderarse de ellos y apuntarlos contra el mismo palacio.

Al escuchar todo aquello me di cuenta de que las cosas habían ido más lejos y con más rapidez de lo que yo esperaba. Estábamos a mediados de julio, pero de 1775, casi un año antes de que una versión más extensa y contundente de la Declaración de Mecklenburg floreciera y se convirtiera en una declaración oficial de independencia para las colonias unidas. Pero ya teníamos aquí a un gobernador de la Corona evidentemente temeroso de una revuelta popular.

Por si lo que habíamos visto en nuestro viaje al sur no hubiese sido suficiente para convencerme de que ya estábamos en guerra, tras haber permanecido un día con el gobernador Martin, ya no me quedaba ninguna duda.

Finalmente, esa tarde fui a comprobar cómo se encontraba mi paciente (eso sí, acompañada del atento Webb), y a hacer averiguaciones sobre cualquier otra persona que pudiera estar enferma. La señora Martin estaba aletargada y deprimida, quejándose del calor y del clima pestilente y deplorable. Echaba de menos a sus hijas y sufría muchísimo por la falta de servicio personal, hasta el punto de haberse visto obligada a cepillarse el cabello ella sola debido a la ausencia de Dilman. Sin embargo, su salud era buena, como pude informar al gobernador, que me lo preguntó a mi regreso.

—¿Le parece que podría soportar un viaje? —me preguntó, frunciendo el ceño.

Lo pensé durante un instante y luego asentí.

—Creo que sí. Sigue un poco débil por los desarreglos digestivos, pero debería estar del todo bien mañana. No creo que haya problemas con el embarazo. Dígame, ¿ha tenido dificultades en los partos anteriores?

La cara del gobernador se sonrojó al oírlo, pero negó con la cabeza.

—Se lo agradezco, señora Fraser —dijo, con una ligera inclinación de la cabeza—. Disculpa, George... Debo ir a hablar con Betsy.

—¿Está pensando en mandar a su esposa lejos de aquí? —le pregunté a Webb, después de la partida del gobernador. Pese al calor, sentí cierta inquietud bajo la piel.

Por una vez, Webb parecía bastante humano; frunció el ceño mientras miraba al gobernador, y asintió con cierta distracción.

—Tiene familiares en Nueva York y Nueva Jersey. Ella estará a salvo allí, con las niñas. Sus tres hijas —explicó, mirándome a los ojos.

—¿Tres? Dijo que había tenido seis... Ah. —Me detuve de repente. Comentó que había parido seis hijos, no que tenía seis hijos vivos.

—Perdieron a tres niños a causa de las fiebres de esta zona —comentó Webb, aún observando a su amigo. Movió la cabeza, suspirando—. No han tenido buena suerte aquí.

En ese momento pareció recuperarse, y el hombre desapareció tras la máscara del frío burócrata. Me pasó otra pila de papeles y salió, sin molestarse en hacer una reverencia.

• • •

93
Me hago pasar por una dama

Cené sola en mi habitación; al parecer, al menos la cocinera seguía activa, aunque el ambiente de desorden en la casa era evidente. La inquietud podía sentirse, rayando con el pánico, y pensé que no era el miedo a la fiebre o al paludismo lo que había provocado la huida de los sirvientes, sino quizá, con mayor certeza, ese instinto de autoconservación que hace que las ratas huyan de un barco que se hunde.

Desde mi minúscula ventana podía ver una pequeña parte de la ciudad, aparentemente serena bajo el resplandor crepuscular. La luz de esa zona era muy diferente de la de las montañas, una luminosidad chata y sin dimensiones que rodeaba las casas y los barcos pesqueros del puerto con una claridad dura, pero que se desvanecía en una bruma que ocultaba por completo la otra orilla, de manera que miraba más allá de la perspectiva inmediata hacia el monótono infinito.

Alejé ese pensamiento y saqué del bolsillo la tinta, la pluma y el papel que había logrado robar de la biblioteca. No tenía idea de si podría enviar una nota desde el palacio, ni mucho menos cómo, pero todavía me quedaba un poco de dinero, y si se presentaba la ocasión...

Escribí con rapidez a Fergus y a Marsali, explicándoles a grandes rasgos lo que había ocurrido, y urgiendo a Fergus que hiciera averiguaciones sobre Jamie en Brunswick y Wilmington.

Pensaba que, si Jamie estaba vivo, lo más probable era que se encontrara en la cárcel de Wilmington. Brunswick era una población diminuta, dominada por la imponente presencia del fuerte Johnston, una construcción de troncos de madera, pero se trataba de una guarnición militar; no había razones para llevar a Jamie allí... aunque si lo habían hecho... el fuerte estaba al mando del capitán Collet, un inmigrante suizo que lo conocía. Al menos, allí estaría a salvo.

¿A quién más conocía? Tenía bastantes conocidos en la costa, de los días de la Regulación. John Ashe, por ejemplo; habían marchado mano a mano en Alamance, y la compañía de Ashe había acampado junto a la nuestra todas las noches; lo habíamos invitado a nuestras hogueras en muchas ocasiones. Y Ashe era de Wilmington.

Acababa de terminar una breve nota para John Ashe cuando oí pasos en el pasillo que se dirigían a mi habitación. La doblé con gran rapidez, sin preocuparme por los borrones, y la introduje en mi bolsillo junto con la otra nota. No había tiempo de hacer nada con la tinta y el papel que había robado, excepto empujarlos bajo la cama.

Evidentemente era Webb, mi carcelero habitual. Estaba claro que ya se me consideraba la única criada de la casa; me escoltaron hasta la habitación de la señora Martin y me indicaron que hiciera sus maletas.

Esperaba encontrarme con quejas o tal vez un ataque de histeria, pero de hecho, ella no sólo estaba vestida, sino también pálida y serena, dirigiendo, e incluso ayudando, con un claro sentido del orden.

La razón de su compostura era el gobernador, que se presentó en medio de nuestra actividad con el rostro sumido en la preocupación. Ella se acercó a él de inmediato y le puso las manos sobre los hombros con cariño.

—Pobre Jo —dijo en voz baja—. ¿Has cenado?

—No. No importa. Comeré algo más tarde. —La besó en la frente y su gesto de preocupación se redujo un poco al mirarla—. ¿Te encuentras bien, Betsy? ¿Estás segura? —De pronto me di cuenta de que era irlandés, como mínimo angloirlandés; no tenía ningún acento, pero había cierta entonación en aquellas palabras pronunciadas sin reservas.

—Totalmente recuperada —le aseguró ella, y cogió la mano y se la llevó al vientre, sonriendo—. ¿Ves cómo patea?

Él sonrió a su vez, llevó la mano a sus labios y la besó.

—Te echaré de menos, cariño —dijo ella en voz baja—. ¿Me prometes que te cuidarás?

Él parpadeó y bajó la vista, tragando saliva.

—Desde luego —dijo bruscamente—. Querida Betsy. Sabes que no podría soportar separarme de ti, a menos...

—Lo sé. Por eso temo tanto por ti. Yo... —En ese momento, levantó la vista y se dio cuenta de mi presencia—. Señora Fraser —afirmó en un tono diferente—, baje a la cocina, por favor, y haga que le preparen una bandeja al gobernador. Luego puede llevarla a la biblioteca.

Hice una ligera reverencia y me marché. ¿Era ésa la oportunidad que había estado esperando?

Los pasillos y la escalera estaban desiertos, tan sólo iluminados por vacilantes apliques de latón, donde ardía aceite de pescado, a juzgar por el olor. La cocina, con su pared de ladrillos, estaba, como es natural, en el sótano, y el inquietante silencio donde por lo general habría una colmena de actividad hizo que bajar la oscura escalera de la cocina se asemejase al descenso a una mazmorra.

Ya no había otra luz en la cocina más que el fuego del hogar, que apenas prendía, y había tres criadas apiñadas a su alrededor a pesar del sofocante calor. Al oír mis pasos, se dieron la vuelta alarmadas y recortadas contra la luz del fuego, de modo que no pude verles las caras. Con el vapor que salía del caldero que tenían detrás, tuve la momentánea alucinación de que me había encontrado con las tres brujas de *Macbeth*, como si de una terrible profecía se tratara.

—Dobla, dobla, la zozobra —dije afablemente, aunque mi corazón comenzó a latir un poco más deprisa a medida que me acercaba a ellas—. Arde, fuego; hierve, olla.

—Zozobra, desde luego —afirmó una suave voz femenina, y rió. Al acercarme, me di cuenta de que me había parecido que no tenían rostro en las sombras porque eran todas negras; casi con seguridad eran esclavas y, por ello, les resultaba imposible huir de la casa.

También podían transmitir un mensaje en mi nombre. De todas formas, como nunca está de más hacer amigas, les sonreí.

Ellas, con timidez, hicieron lo mismo y me miraron con curiosidad. Yo no las había visto antes, y ellas a mí tampoco, aunque pensé que era bastante probable que supieran quién era.

—¿El gobernador va a mandar a su esposa lejos de aquí? —preguntó la que había reído, moviéndose para bajar una bandeja de un anaquel como respuesta a mi petición de algo ligero.

—Sí —contesté. Conocía bien el valor monetario de las habladurías, y les expliqué todo lo que la decencia me permitía, mientras las tres se movían con eficiencia por la cocina, oscuras como sombras, cortando, esparciendo y preparando.

Molly, la cocinera, movió la cabeza, y su cofia blanca adquirió el aspecto de una nube al atardecer con el resplandor del fuego.

—Mala época, mala época —dijo, chasqueando la lengua, y las otras dos murmuraron su acuerdo. Por su actitud, tuve la impresión de que el gobernador les caía bien, pero era evidente que, como esclavas, su destino estaba inextricablemente unido al de él, a pesar de sus sentimientos.

Mientras hablábamos, se me ocurrió que incluso aunque no les fuera posible fugarse de la casa, tal vez sí pudieran salir del edificio de vez en cuando; alguien tenía que hacer la compra, y no parecía que quedara nadie más. De hecho, era así; Sukie, la que había reído, salía a comprar pescado y verduras frescas por la mañana y, una vez que planteé el tema con tacto, no se opuso a entregar mi nota en la imprenta —dijo que sabía dónde estaba aquel lugar con un montón de libros en el escaparate—, a cambio de una pequeña cantidad de dinero.

Se guardó el papel y el dinero en el pecho, me lanzó una mirada de comprensión y me guiñó el ojo. Sólo Dios sabía qué creía ella que era el mensaje, pero le devolví el guiño y, levantando la cargada bandeja, emprendí el ascenso a los dominios del olor a pescado y la luz.

Encontré al gobernador solo en la biblioteca, quemando papeles. Asintió con un gesto distraído al ver la bandeja que dejé sobre el escritorio, pero no la tocó. No estaba segura de qué hacer y, después de un instante de incomodidad, me senté en mi lugar acostumbrado.

El gobernador arrojó una última pila de documentos al fuego, y luego permaneció de pie, mirándolos con expresión sombría mientras se ennegrecían y enroscaban. La estancia se había enfriado un poco con el crepúsculo, pero las ventanas estaban herméticamente cerradas, como era normal, y unas gotitas de humedad condensada chorreaban por los ornados cristales. Enjugándome una condensación similar en mis mejillas y nariz, me levanté y abrí la ventana más cercana a mí, tragando una profunda bocanada de aire del anochecer, asfixiante y cálido, pero fresco y endulzado con el aroma, amortiguado por la humedad de la orilla distante, de la madreselva y las rosas del jardín.

También olor a humo de madera. Los soldados que hacían guardia en el palacio habían encendido fogatas a intervalos regulares en el perímetro del terreno. Bueno, eso resultaría de ayuda con los mosquitos... y, en caso de un ataque, no nos tomarían del todo por sorpresa.

El gobernador se acercó a mi espalda. Supuse que me diría que cerrara la ventana, pero simplemente se limitó a permanecer allí, contemplando sus jardines y la extensa entrada para carruajes, con suelo de gravilla. La luna ya había salido y los cañones desmontados podían vislumbrarse en las sombras, como hombres muertos en fila.

Después de un momento, el gobernador regresó a su escritorio, me llamó y me entregó una pila de correspondencia oficial para que la copiase, y otra para que la clasificara y la archivara.

Dejó la ventana abierta; pensé que tal vez querría oír si ocurría algo.

Me pregunté dónde se encontraría el omnipresente Webb. No había ningún otro sonido en el palacio; tal vez la señora Martin había terminado de hacer las maletas sola y se había ido a la cama.

Seguimos trabajando, con los intermitentes tañidos del reloj; de vez en cuando, el gobernador se levantaba y arrojaba otro montón de papeles al fuego, cogía mis copias en limpio y las guardaba en grandes carpetas de cuero, que luego cerraba con una cinta y apilaba en su escritorio. Se había quitado la peluca; tenía el cabello marrón, corto pero rizado, como el mío después de la fiebre. Cada cierto tiempo hacía una pausa y giraba la cabeza, tratando de oír.

Yo ya me había enfrentado a una multitud, y entendí qué era lo que escuchaba. A esas alturas, ya no sabía qué esperar o qué temer. Así que seguí trabajando, agradeciendo la distracción anestesiante, aunque tenía calambres en la mano y necesitaba hacer una pausa de vez en cuando para frotármela.

El gobernador había empezado a escribir; cambió de posición en la silla, haciendo una mueca de incomodidad a pesar del cojín. La señora Martin me había explicado que tenía una fístula. Dudaba mucho que me permitiera tratársela.

Se acomodó sobre una nalga y se frotó la cara con la mano. Era tarde y estaba cansado, además de incómodo. Yo también lo estaba, y reprimía bostezos que amenazaban con dislocarme la mandíbula y me dejaban los ojos llenos de lágrimas. Pero él siguió trabajando con tenacidad, con ocasionales miradas a la puerta. ¿A quién esperaba?

La ventana que se hallaba a mi espalda seguía abierta, y la brisa me acariciaba, cálida como la sangre, pero con el suficiente movimiento como para agitar los pelos de mi nuca y hacer que la llama de la vela oscilara con fuerza. La llama se inclinó hacia un lado y vaciló, como si fuera a apagarse, y el gobernador extendió el brazo con rapidez y la rodeó con una mano ahuecada.

La brisa se esfumó, dejando paso a un silencio absoluto, excepto por el sonido de los grillos del exterior. La atención del gobernador parecía fija en el papel que tenía delante, pero de pronto su cabeza giró bruscamente, como si hubiera visto que algo pasaba a toda velocidad al otro lado de la puerta abierta.

Miró un instante, luego pestañeó, se frotó los ojos y centró de nuevo la vista en el papel. Pero no pudo mantenerla. Volvió a mirar el umbral vacío (yo tampoco pude evitar hacerlo), y luego volvió la mirada, parpadeando.

—¿Ha visto... pasar a alguien, señora Fraser? —preguntó.

—No, señor —contesté, evitando un bostezo.

—Ah. —En apariencia un poco desilusionado, cogió la pluma, pero no escribió nada, sólo la sostuvo entre los dedos, como si hubiera olvidado que la tenía allí.

—¿Espera a alguien, su excelencia? —pregunté con cortesía, y su cabeza se levantó por la sorpresa de que me dirigiera directamente a él.

—Ah. No, es... —Su voz se interrumpió cuando volvió a mirar hacia el umbral que daba a la parte trasera de la casa—. Mi hijo —dijo—. Nuestro querido Sam. Él... murió aquí, ¿sabe?... a finales del año pasado. Con tan sólo ocho años. A veces... a veces me parece que lo veo —terminó en voz muy baja, y volvió a inclinar la cabeza sobre el papel, con los labios cerrados con fuerza.

Me moví impulsivamente con la intención de tocar su mano, pero su aire reservado me detuvo.

—Lo lamento —dije con cariño. Él no habló, pero hizo un gesto rápido y brusco de reconocimiento, sin levantar la cabeza. Apretó los labios aún más y reanudó su escritura, como hice yo también.

Un poco más tarde, el reloj tocó la una, y luego las dos. Era un tañido suave y dulce, y el gobernador se detuvo a escucharlo, con una mirada distante en los ojos.

—¡Qué tarde! —exclamó, cuando acabó la última campanada—. La he mantenido despierta hasta una hora intolerable, señora Fraser. Le ruego que me disculpe. —Me indicó con un gesto que dejara los papeles en los que estaba trabajando y me puse en pie, rígida y con las articulaciones entumecidas después de permanecer tanto tiempo sentada.

Me sacudí las faldas para ponerlas en orden y me di la vuelta para marcharme. Entonces advertí que él no se había movido para guardar su tinta ni sus plumas.

—Usted también debería acostarse, ¿sabe? —le dije, volviéndome y haciendo una pausa en la puerta.

El palacio estaba sumido en una quietud absoluta. Incluso los grillos habían dejado de cantar, y sólo el débil ronquido de un soldado que estaba dormido en el pasillo alteraba el silencio.

—Sí —asintió, y me dedicó una mínima y cansada sonrisa—. Pronto. —Cambió de posición para apoyarse en la otra nalga y cogió la pluma, inclinándose una vez más sobre los papeles.

• • •

Nadie me despertó a la mañana siguiente, y el sol ya estaba alto cuando empecé a moverme. Presté atención al silencio y, por un momento, temí que todos se hubiesen fugado durante la noche, dejándome encerrada para que me muriera de hambre. Me levanté a toda prisa y miré hacia fuera. Los casacas rojas seguían patrullando el terreno como de costumbre. Pude ver a pequeños grupos de ciudadanos fuera del perímetro, la mayoría de ellos paseando en parejas o tríos, aunque en ocasiones se detenían a contemplar el palacio.

Entonces comencé a oír pequeños golpes y ruidos en la planta inferior, y me sentí aliviada; no me habían abandonado del todo. Sin embargo, estaba muy hambrienta cuando el mayordomo vino para dejar que saliera.

Me condujo a la recámara de la señora Martin, pero para mi sorpresa, estaba vacía. Me dejó allí y, pocos momentos después, entró Merilee, una de las esclavas de la cocina, con una actitud de temor por encontrarse en esa parte desconocida del edificio.

—¿Qué ocurre? —le pregunté—. ¿Sabes dónde está la señora Martin?

—Bueno, eso sí lo sé —contestó en un tono de duda que indicaba que eso era lo único que sabía con seguridad—. Se ha marchado esta mañana, justo antes del amanecer. El tal señor Webb se la llevó, medio a escondidas, en un carromato con sus cajas.

Asentí perpleja. Era razonable que se marchara con el menor ruido posible; imaginé que el gobernador no quería dar ninguna señal de que se sentía amenazado, por miedo a provocar exactamente la violencia que él temía.

—Pero si la señora Martin se ha marchado —comenté—, ¿por qué estoy yo aquí? ¿Por qué está usted aquí?

—Ah, bueno, eso también lo sé —intervino Merilee, recuperando un poco la confianza—. Se supone que debo ayudar a vestirla, señora.

—Pero no necesito ninguna... —comencé a decir, y en ese instante vi la ropa sobre la cama: uno de los vestidos de día de la señora Martin, de una bonita tela de algodón con dibujos florales al estilo «polonaise» que tan popular era últimamente, una voluminosa enagua, medias de seda y un gran sombrero de paja para ocultar el rostro.

Era evidente que tenía que hacerme pasar por la esposa del gobernador. No tenía sentido protestar; podía oír al gobernador y al mayordomo hablando en el vestíbulo y, después de todo, si aquello hacía que saliera del palacio, mejor que mejor.

Yo era sólo entre cinco y ocho centímetros más alta que la señora Martin y, al no tener el vientre abultado, el vestido me llegaba más abajo. No había ninguna esperanza de que alguno de sus zapatos me fuera bien, pero los míos no eran completamente vergonzosos, a pesar de todas mis aventuras desde que había salido de casa. Merilee los limpió y los frotó con un poco de grasa para que el cuero brillara. Al menos no eran tan toscos como para llamar la atención de inmediato.

Con el sombrero de ala ancha inclinado para ocultarme la cara, y con el cabello recogido y sujeto con firmeza en una cofia debajo de él, imaginaba que tenía un parecido razonable, al menos para aquellos que no conocieran bien a la señora Martin. El gobernador frunció el ceño cuando me vio, y caminó con lentitud a mi alrededor, tirando de aquí y de allá para ajustar el talle, pero luego asintió y, con una pequeña reverencia, me ofreció el brazo.

—A sus pies, señora —dijo cortésmente. Yo me agaché un poco para disimular mi altura y salimos por la puerta principal, donde nos aguardaba el carruaje del gobernador.

94

Fuga

Jamie Fraser observó la cantidad y la calidad de los libros que había en el escaparate de la imprenta —*F. Fraser, propietario*—, y se permitió un instante de orgullo por Fergus; el establecimiento, aunque era pequeño, estaba, al parecer, prosperando. Sin embargo, el tiempo apremiaba, y abrió la puerta sin detenerse a leer los títulos.

Una campanilla tintineó a su entrada, y Germain saltó de detrás del mostrador como un muñeco sorpresa manchado de tinta, lanzando un alarido de alegría al encontrarse con su abuelo y su tío Ian.

—*Grandpère, grandpère*! —gritó, y luego se zambulló bajo la hoja del mostrador, aferrando, extasiado, las caderas de Jamie. Había crecido; la coronilla ya le llegaba a las costillas inferiores de Jamie. Éste acarició con suavidad el cabello rubio y brillante del muchacho, y luego le pidió que buscara a su padre.

No era necesario; advertida por los gritos, toda la familia salió corriendo de la vivienda, que estaba en la trastienda, en medio de exclamaciones, gritos, chillidos y el comportamiento general de una manada de lobos, como les señaló Ian, con Henri-Christian en los hombros en una actitud de triunfo, con la cara colorada y agarrándose a su cabello.

—¿Qué ha ocurrido, milord? ¿Por qué está usted aquí? —Fergus apartó con facilidad a Jamie de la barahúnda y lo condujo al rincón donde guardaba los libros más valiosos, así como los no aptos para su exhibición pública.

Por la expresión de Fergus se dio cuenta de que habían llegado algunas noticias de las montañas; aunque estaba sorprendido, Fergus no estaba estupefacto, y su placer ocultaba una mente preocupada. Le explicó la situación lo más rápido que pudo, tropezando de vez en cuando con sus propias palabras por la prisa y el cansancio; uno de los caballos se había lesionado a unos sesenta y cinco kilómetros del pueblo y, al no poder encontrar otro, habían caminado dos noches y un día, turnándose para cabalgar, con el otro trotando al lado, aferrado al tiento del estribo.

Fergus escuchó con atención, limpiándose la boca con el pañuelo que se había sacado del cuello; habían llegado mientras estaban cenando.

—El alguacil... tiene que ser el señor Tolliver —dijo—. Lo conozco. ¿Vamos a...?

Jamie hizo un gesto brusco, interrumpiéndolo.

—En primer lugar, hemos ido allí —explicó. El alguacil se había marchado y no había nadie en la casa, salvo una mujer muy borracha con el rostro de un pájaro descontento, tirada en un banco y roncando con un bebé negro en sus brazos.

Él había cogido al bebé y se lo había entregado a Ian mientras intentaba que la mujer recuperara la sobriedad lo suficiente como para hablar. Después, la había arrastrado al patio y le había arrojado cubos de agua hasta que ella jadeó y parpadeó, y luego volvió a arrastrarla, chorreando y tambaleándose, de vuelta a la casa, donde la obligó a beber agua vertida sobre los restos negros y quemados de achicoria que había encontrado en la jarra. La mujer vomitó mucho y de una forma asquerosa, pero recuperó algún vago sentido del lenguaje.

—Al principio, lo único que podía decir era que todas las prisioneras se habían ido; o bien se habían fugado o las habían ahorcado. —Jamie no dijo nada del temor que le había atravesado el vientre al escuchar aquello. Volvió a sacudir a la mujer con brío y le exigió detalles hasta que, por último, después de administrarle más agua con aquella inmunda infusión, los obtuvo—. Vino un hombre anteayer y se la llevó. Eso era todo lo que sabía... o lo que recordaba. La he obligado a que me contara todo lo que sabía sobre su aspecto; no era Brown, ni tampoco Gerald Forbes.

—Ya veo.

Fergus echó un vistazo a su alrededor; toda su familia estaba reunida en torno a Ian, acosándolo y acariciándolo. Pero Marsali miraba hacia el rincón, con la preocupación dibujada en el rostro y, evidentemente, deseando unirse a la conversación, pero retenida por Joan, que estaba tirándole de la falda.

—Me pregunto quién se la habrá llevado.

—Joanie, *a chuisle*, ¿quieres soltarme? Ayuda a Félicité un momento, ¿de acuerdo?

—Pero, mamá...

—Ahora no. Espera un poco, ¿de acuerdo?

—No lo sé —dijo Jamie, con la frustración de la impotencia brotando como bilis negra en la parte posterior de su garganta. De pronto se le ocurrió una idea repentina y más horrible—. Por Dios, ¿crees que ha sido Stephen Bonnet?

La descripción mal articulada que le había proporcionado la mujer borracha no se correspondía con la del pirata, pero tampoco había sido nada precisa. ¿Acaso Forbes se habría enterado de su propia huida y había decidido sólo invertir los roles del drama que había concebido, deportando a Claire a Inglaterra por la fuerza y tratando de endosarle a Jamie la culpabilidad de la muerte de Malva Christie?

Descubrió que le costaba respirar, y tuvo que esforzarse para que el aire le llegara al pecho. Si Forbes le había entregado a su esposa a Bonnet, abriría en canal al abogado desde las clavículas hasta la polla, le arrancaría las entrañas y lo estrangularía con ellas. Y lo mismo haría con el irlandés, una vez que le pusiera las manos encima.

—Papi, pa... pi... —La cantarina voz de Joan penetró vagamente en la roja nube que le llenaba la cabeza.

—¿Qué, *chérie*? —Fergus la levantó con la facilidad que proporciona la práctica prolongada, sosteniendo su trasero en el brazo izquierdo, para dejar libre la mano derecha.

Ella le rodeó el cuello con los brazos y le susurró algo al oído.

—Ah, ¿en serio? —preguntó, claramente distraído—. *Très bien*. ¿Dónde lo has puesto, *chérie*?

—Con los dibujos de la dama traviesa.

Señaló el anaquel superior, donde había varios volúmenes con encuadernación de cuero, pero sin títulos. Mirando en la dirección que indicaba, Jamie vio un papel borroso que asomaba entre dos de los libros.

Fergus chasqueó la lengua, contrariado, y le dio una suave palmadita en el trasero con su mano buena.

—¡Sabes que no debes subir ahí!

Jamie extendió la mano y sacó el papel. Y sintió que toda la sangre se le iba de la cabeza al ver una letra familiar.

—¿Qué? —Fergus, alarmado por su aspecto, dejó a Joanie en el suelo—. ¡Siéntese, milord! Corre, *chérie*, trae el frasco de sales.

Jamie agitó una mano, sin habla, tratando de indicar que se encontraba bien, y por fin logró encontrar la lengua.

—Está en el palacio del gobernador —dijo—. Gracias al cielo, está a salvo.

Al ver un taburete que alguien había colocado debajo del anaquel, lo sacó y se sentó en él, sintiendo que el agotamiento le palpitaba en el temblor de los músculos de muslos y pantorrillas, sin prestar atención a la confusión de preguntas y explicaciones sobre cómo alguien había hecho pasar la nota por debajo de la puerta y Joanie la había encontrado; era común que se entregaran de esa forma mensajes anónimos al periódico, y los niños sabían que debían enseñárselos de inmediato a su padre...

Fergus leyó la nota y sus oscuros ojos asumieron la expresión intensa e interesada que adquirían siempre que examinaba la imagen abstracta de algo difícil y valioso.

—Bueno, esto está bien —dijo—. Iremos a buscarla. Pero creo que primero debe usted comer algo, milord.

Jamie sintió deseos de rechazar el ofrecimiento, de decir que no había que perder ni un segundo, que de todas maneras no podía comer nada, que tenía un nudo en el estómago que le dolía. Pero Marsali ya estaba llevando a las niñas a la cocina, exclamando cosas sobre café caliente y pan, e Ian la seguía, con Henri-Christian todavía aferrado cariñosamente a sus orejas y Germain parloteando a sus pies. Y sabía que, si era necesario pelear, ya no le quedaban fuerzas para hacerlo. Luego, cuando el suculento chisporroteo y el olor de los huevos friéndose en manteca alcanzó su nariz, se puso en pie y empezó a avanzar hasta la parte trasera de la casa como atraído por un imán.

Mientras daban cuenta de esa apresurada comida, plantearon y rechazaron varios planes. Por último, Jamie aceptó a regañadientes la sugerencia de Fergus de que éste o Ian se presentaran directamente en el palacio y solicitaran autorización para ver a Claire, diciendo que se trataba de un familiar y que quería asegurarse de su bienestar.

—Después de todo, no tienen ningún motivo para negar su presencia —afirmó Fergus, encogiéndose de hombros—. Si podemos verla, tanto mejor, pero incluso si no es así, sabremos si todavía sigue allí, y tal vez en qué parte del palacio es probable que la tengan.

Fergus deseaba ocuparse él mismo de la tarea, pero cedió cuando Ian le señaló que era muy conocido en New Bern, y que podrían sospechar que sólo estaba tratando de encontrar algún hecho escandaloso para el periódico.

—Porque me duele informarle, milord —dijo Fergus en tono de disculpa—, de que la cuestión, el crimen, ya se conoce aquí. Hay prensa amarilla... las tonterías habituales. *L'oignon* se vio forzado a publicar algo al respecto, desde luego, para dar nuestra opinión, pero lo hicimos de una manera muy discreta, mencionando tan sólo los hechos. —Su boca grande y expresiva se comprimió un instante, como para ilustrar la naturaleza contenida de su artículo, y Jamie le dedicó una débil sonrisa.

—Sí, ya veo —intervino. Se apartó de la mesa, agradecido por haber recuperado algunas fuerzas y reanimado por la comida, el café y el reconfortante conocimiento del paradero de Claire—. Bueno, Ian, péinate, pues. No conviene que el gobernador crea que eres un salvaje.

Jamie insistió en acompañar a Ian, a pesar del peligro de que lo reconocieran. Su sobrino lo examinó con los ojos entornados.

—No harás nada estúpido, ¿verdad, tío Jamie?

—¿Cuándo fue la última vez que te enteraste de que había hecho algo estúpido?

Ian le lanzó una mirada reprobadora, levantó una mano y comenzó a doblar los dedos, uno a uno.

—Ah, bueno, déjame pensar... ¿Simms, el impresor? ¿Untar a Forbes con brea? Roger Mac me contó lo que hiciste en Mecklenburg. Y luego...

—¿Tú habrías permitido que matasen al pequeño Fogarty? —preguntó Jamie—. Y ya que hablamos de necedades, ¿a quién le pincharon el culo por haberse enredado en pecado mortal con...?

—Lo que quiero decir —replicó Ian con severidad— es que no entrarás en el palacio del gobernador y tratarás de sacarla por la fuerza, pase lo que pase. Esperarás tan tranquilo con el sombrero puesto hasta que yo regrese, y luego veremos, ¿de acuerdo?

Jamie se bajó el ala del sombrero, que era de fieltro blando y estaba raído, como el que usaban los porqueros, lo que le dejaba el cabello oculto.

—¿Qué te hace pensar lo contrario? —preguntó, tanto por curiosidad como por discrepancia natural.

—La expresión de tu cara —respondió Ian con brevedad—. Quiero sacarla de allí tanto como tú, tío Jamie... Bueno —se corrigió, con una mueca irónica—, tal vez no tanto... pero en cualquier caso, tengo la intención de recuperarla. Tú —añadió, tocándole el pecho a su tío con énfasis— espérame.

Y, dejando a Jamie a la sombra de un olmo caldeado por el sol, caminó con decisión hacia las puertas del palacio.

Jamie tomó aliento varias veces, tratando de retener una sensación de enfado contra Ian como antídoto para el nerviosismo que se enroscaba en torno a su pecho como si fuera una serpiente. Como su enfado era puramente inventado, se evaporó como el vapor de una tetera, dejando tan sólo la ansiedad, que se retorcía en su interior.

Ian había llegado al portal y estaba discutiendo con el guardia que se encontraba apostado allí, con el mosquete listo. Jamie pudo ver que el hombre negaba con la cabeza.

Todo aquello era una tontería, pensó. La necesidad que sentía de ella era algo físico, como la sed de un marinero que lleva varias semanas en el mar. Había sentido esa necesidad antes, muchísimas veces, en los años en los que habían estado separados. Pero ¿por qué ahora? Ella estaba a salvo; él sabía dónde se encontraba. ¿Era tan sólo el agotamiento de los últimos días y semanas, o tal vez la debilidad de la edad, que hacía que le dolieran los huesos, como si a ella la hubieran arrancado realmente de su cuerpo, igual que Dios había sacado a Eva de la costilla de Adán?

Ian estaba argumentando, haciéndole gestos persuasivos al guardia. El sonido de ruedas en la gravilla hizo que Jamie desviara la atención; llegaba un carruaje por la entrada, un vehículo pequeño y abierto, con dos personas y un cochero, arrastrado por un tiro de dos buenos caballos zaínos.

El guardia había empujado a Ian con el cañón del mosquete, indicándole que mantuviera la distancia mientras él y su compañero abrían el portón. El carruaje no se detuvo, giró hacia la calle y pasó a su lado.

Él nunca había visto a Josiah Martin, pero le pareció que aquel caballero regordete debía de ser él... Sus ojos atisbaron por un instante a la mujer, y su corazón se cerró como un puño. Sin pensarlo un instante, salió corriendo tras el carruaje, lo más rápido que pudo.

Ni en su mejor momento podría haber dejado atrás un tiro de caballos. Aun así, logró llegar a pocos metros del carruaje, y habría gritado, pero ya no le quedaba aire ni visión, y entonces su pie chocó con una piedra del empedrado que estaba mal colocada, y cayó de bruces.

Se quedó aturdido y sin aliento, con la visión oscura y los pulmones en llamas, sin oír otra cosa que el estrépito de cascos y ruedas de carruaje alejándose, hasta que una fuerte mano le asió el brazo y tiró de él.

—Habías dicho que evitaríamos llamar la atención —murmuró Ian, inclinándose para meter el hombro bajo el brazo de Jamie—. Tu sombrero ha salido volando, ¿te has dado cuenta? No, claro que no, ni siquiera que toda la calle se te ha quedado mirando, maldito chalado. ¡Dios, pesas como un buey!

—Ian —dijo Jamie, e hizo una pausa para tragar una bocanada de aire.

—¿Sí?

—Hablas como tu madre. Para. —Tragó otra bocanada de aire—. Y suéltame el brazo; puedo caminar.

Ian lanzó un bufido que hacía que se pareciera aún más a Jenny, pero finalmente paró y lo soltó. Jamie recogió el sombrero que había caído y caminó cojeando hasta la imprenta, con su sobrino siguiéndolo en un tenso silencio por las calles repletas de gente que los miraba.

Una vez estuvimos a salvo y lejos del palacio, trotamos a un ritmo sereno a través de las calles de New Bern, generando apenas un ligero interés entre los ciudadanos, algunos de los cuales nos saludaban con la mano, otros gritaban cosas hostiles, y la mayoría simplemente nos miraba. En el límite del pueblo, el mozo de cuadra hizo girar a los caballos hacia el camino principal y continuamos balanceándonos de una manera agradable, al parecer en una excursión al campo, una ilusión reforzada por la cesta de picnic de mimbre que era visible detrás de nosotros. Pero una vez que pasamos la congestión de pesados carros, ganado, ovejas y el resto del tráfico comercial, el cochero azuzó a los caballos y recuperamos velocidad.

—¡¿Adónde vamos?! —grité, para que pudiera escucharme más allá del ruido de los caballos, mientras me agarraba el sombrero para impedir que saliera volando.

Hasta ese momento suponía que simplemente proporcionábamos una distracción, para que nadie advirtiera la discreta salida de la señora Martin hasta que ella se encontrara a salvo fuera de la colonia. No obstante, era evidente que no salíamos de picnic.

—¡A Brunswick! —gritó el gobernador.

—¿Adónde?

—A Brunswick —repitió. Parecía serio, y se volvió todavía más serio cuando echó una última mirada a New Bern—. Malditos sean —dijo, aunque yo estaba segura de que ese comentario era sólo para sí mismo. Entonces se volvió, se acomodó en el asiento y se inclinó ligeramente hacia delante, como para que el carruaje acelerara, y ya no habló más.

95

El Cruizer

Me despertaba todas las mañanas justo antes del amanecer. Exhausta por la preocupación y las altas horas que permanecía despierta por el gobernador, dormía como si estuviera muerta, a pesar de los golpes, los traqueteos y las campanillas de los vigías, los gritos de las embarcaciones cercanas, los ocasionales disparos de mosquetes desde la orilla y el gemido del viento del mar que pasaba entre los aparejos. Pero en ese momento antes de que apareciera la luz, el silencio me despertaba.

«¿Hoy?» Ése era el único pensamiento de mi mente, y durante un instante sentía que flotaba, incorpórea, justo encima de mi camastro bajo el castillo de proa. Luego tragaba aire, oía los latidos de mi corazón y sentía la suave elevación de la cubierta más abajo. Entonces dirigía la vista hacia la costa y observaba, mientras la luz se posaba sobre las olas y se extendía hacia tierra. Primero habíamos ido al fuerte Johnston, donde habíamos permanecido sólo el tiempo suficiente para que el gobernador se reuniera con los leales a la Corona locales que le habían asegurado el grave riesgo en que se encontraba el asentamiento, antes de replegarse.

Ya llevábamos casi una semana a bordo del balandro *Cruizer* de Su Majestad, anclado cerca de Brunswick. Al no disponer de tropas, excepto los infantes de marina que tripulaban la embarcación, el gobernador Martin ya no podía retomar el control de su colonia, y se limitaba a escribir frenéticas cartas, intentando dar cierta apariencia de un gobierno en el exilio.

A falta de otra persona para ocupar el cargo, mantuve mi papel de secretaria *ad hoc*, aunque había ascendido de mera copista a amanuense, escribiendo algunas cartas que Martin me dictaba cuando estaba demasiado cansado para escribirlas él mismo. Y desconectada de tierra y también de la información, cada momento libre que tenía lo aprovechaba para observar la costa.

Hasta que, en contraste con la creciente oscuridad, llegó un barco.

Uno de los guardias lo saludó y se oyó un «hola» como respuesta, en un tono tan agitado que rápidamente me senté y busqué a tientas mi corsé.

Ese día habría noticias.

El mensajero ya estaba en el camarote del gobernador, y uno de los infantes de marina me impidió el paso, pero la puerta estaba abierta y la voz del hombre podía oírse con toda claridad.

—¡Ashe lo ha hecho, señor, ha avanzado sobre el fuerte!

—¡Vaya, maldito sea ese perro traicionero!

Hubo un sonido de pasos y el infante de marina se apartó a toda velocidad, justo a tiempo para evitar chocar con el gobernador, que salió de pronto de su camarote, todavía ataviado con una camisa de dormir hinchada y sin peluca. Cogió la escalera de mano y subió por ella como un mono, proporcionándome una imagen no deseada de sus regordetas nalgas desnudas desde abajo. El infante de marina me vio, y apartó rápidamente la mirada.

—¿Qué hacen? ¿Puede verlos?

—Todavía no. —El mensajero, un hombre de mediana edad vestido de granjero, había seguido al gobernador por la escalera; sus voces flotaban por la barandilla.

—El coronel Ashe ordenó ayer a todos los barcos del puerto de Wilmington que dejaran subir a las tropas e hizo que navegaran hasta Brunswick. Esta mañana estaban reuniéndose en las afueras del pueblo; he oído cómo pasaban lista cuando estaba ordeñando; deben de ser unos quinientos hombres. En cuanto lo he visto, señor, me he escabullido hasta la orilla y he encontrado un bote. He considerado que debería saberlo usted, excelencia. —La voz del hombre había perdido su nerviosismo y había adquirido un tono tranquilo.

—¿Ah, sí? ¿Y qué espera que haga al respecto? —El gobernador parecía claramente irritado.

—¿Cómo voy a saberlo? —respondió el mensajero en el mismo tono—. Yo no soy el gobernador, ¿o sí?

La respuesta del gobernador quedó atenuada por el tañido de la campana del barco. Cuando cesó, pasó cerca de la escalerilla que conducía a los camarotes y, bajando la mirada, me vio.

—Ah, señora Fraser. ¿Querría traer un poco de té de la cocina?

No tenía mucha elección, aunque habría preferido quedarme a espiar. Por la noche habían apagado el fuego de la cocina, que se hallaba en su pequeño recipiente de hierro, y el cocinero seguía en la cama. Cuando logré encenderlo, hervir agua, preparar una jarra de té y disponer una bandeja con la tetera, la taza, el plato, la leche y las tostadas, manteca, galletitas y mermelada, el informante del gobernador ya se había marchado. Vi que su bote se dirigía a la orilla como una oscura punta de flecha frente a una superficie del mar que se aclaraba poco a poco.

Hice una pausa en la cubierta y apoyé la bandeja del té en la barandilla, mirando a tierra. Ya había luz y podía divisar el fuerte Johnston, un edificio cuadrado de troncos en la parte más elevada de una cuesta poco empinada, rodeado de grupos de casas y edificios auxiliares. Había mucha actividad en sus cercanías, hombres que entraban y salían como hormigas, pero nada que se asemejara a una invasión inminente. O bien el comandante, el capitán Collet, había decidido evacuarlo, o los hombres de Ashe aún no habían iniciado su marcha desde Brunswick.

¿Habría recibido mi mensaje John Ashe? Y, en ese caso... ¿habría actuado? No sería una acción muy popular. No lo culparía si había decidido que no podía permitirse el lujo de que lo vieran ayudando a un hombre de quien la mayoría sospechaba que era leal a la Corona, y menos si era el acusado de un crimen tan espantoso.

Pero tal vez sí lo había hecho. Con el gobernador anclado en el mar, el consejo desbandado y el sistema judicial inexistente, ya no había ninguna ley efectiva en la colonia, excepto la que imponían las milicias. Si Ashe decidiera tomar por asalto la cárcel de Wilmington y sacar a Jamie, no encontraría mucha resistencia.

Y si lo hubiera hecho... Si Jamie estuviera libre, estaría buscándome. Y casi con seguridad no tardaría en enterarse de dónde me encontraba. Si John Ashe venía a Brunswick y Jamie estaba libre, suponía que vendría junto a sus hombres. Miré hacia la orilla en busca de movimiento, pero sólo vi a un muchacho llevando a una vaca sin ningún tipo de entusiasmo por el camino hacia Brunswick. De todas formas, apenas había amanecido.

Respiré hondo y fui consciente del aromático té, junto con el aliento matutino de la costa: olor a marismas y pinos. Hacía meses, si no años, que no tomaba té. Pensativa, me serví una taza y la degusté poco a poco, mientras contemplaba la costa.

Cuando llegué a la enfermería, que el gobernador había escogido como despacho, él ya estaba vestido y solo.

—Señora Fraser —me saludó con un breve gesto, casi sin levantar la cabeza—. Se lo agradezco. ¿Podría empezar a escribir, por favor?

Él ya había estado haciendo lo propio; había plumas, arena y cartapacios esparcidos por todo el escritorio, y el frasco de tinta estaba abierto. Cogí una pluma decente y una hoja de papel, y comencé a escribir lo que él me dictaba, con una curiosidad creciente.

La nota (dictada entre bocados de tostada) iba dirigida al general Hugh MacDonald y hacía referencia a la llegada a tierra sin incidentes del susodicho general, acompañado del coronel McLeod. Se acusaba recibo del informe del general y se solicitaban posteriores informes. También se mencionaba el requerimiento de apoyo del gobernador (cosa que yo ya sabía) y el hecho de que ese apoyo ya estaba asegurado (cosa que no).

—Adjunto una carta de crédito... No, espere.

El gobernador lanzó una mirada en dirección a la costa (lo que no le sirvió de nada, ya que la enfermería no tenía claraboya) y frunció el ceño, concentrado. Era evidente que se le había ocurrido que, teniendo en cuenta los acontecimientos recientes, una carta de crédito emitida por la oficina del gobernador probablemente valiera menos que una de las falsificaciones de la señora Ferguson.

—Adjunto veinte chelines —se corrigió con un suspiro—. ¿Podría pasar esto a limpio ahora mismo, señora Fraser? Las otras copias las puede hacer cuando le venga bien. —Me dio un desordenado montón de notas de su puño y enmarañada letra. Luego se levantó, gruñendo mientras se estiraba, y subió, sin duda para volver a observar el fuerte desde la barandilla.

Realicé la copia en limpio, vertí arena en ella y reservé, preguntándome quién sería ese tal MacDonald y qué estaba haciendo. A menos que el mayor MacDonald hubiese sufrido un cambio de nombre y un ascenso extraordinario últimamente, no podía tratarse del mismo. Y, por el tono de los comentarios del gobernador, al parecer ese general MacDonald y su amigo McLeod viajaban solos... y estaban en una misión especial.

Revisé con rapidez la pila de notas que me aguardaba, pero no vi nada más de interés; sólo las habituales trivialidades administrativas. El gobernador había dejado su cofre de escritura sobre la mesa, pero estaba cerrado. Consideré la idea de forzar la cerradura y revisar su correspondencia privada, pero había demasiada gente alrededor: marineros, infantes de marina, grumetes, visitantes... el lugar estaba abarrotado.

Además, había cierta sensación de nerviosismo a bordo. Yo había advertido en muchas ocasiones anteriores cómo el sentido del peligro se comunica entre personas en un ámbito cerrado: en la sala de urgencias de un hospital, en un quirófano, en el vagón de un tren, en un barco; la urgencia se transmite de una persona a otra sin palabras, como el impulso desde el axón de una neurona hasta las dendritas de otra. No sabía si alguien, además del gobernador y yo misma, tenía noticias de los movimientos de John Ashe, pero el *Cruizer* sí era consciente de que ocurría algo.

La sensación de nerviosa anticipación también estaba afectándome a mí. Me movía inquieta en la silla, golpeando el suelo, distraída, con los dedos de los pies, y mis dedos se movían sin cesar arriba y abajo por el cañón de la pluma, incapaz de concentrarme lo suficiente como para escribir con ella.

Me puse en pie, sin saber lo que iba a hacer; sólo con la sensación de que me sofocaría de impaciencia si permanecía allí abajo un minuto más.

En el anaquel junto a la puerta del camarote estaban los útiles habituales de a bordo, un poco desordenados y muy juntos tras una barandilla: un candelabro, velas de repuesto, una caja de yesca, una pipa, un frasco cerrado con un tapón de lino, un poco de madera que alguien había intentado tallar y había destrozado, y una caja.

A bordo del *Cruizer* no viajaba ningún cirujano. Y los cirujanos solían llevar sus herramientas personales con ellos, a menos que murieran. Aquel botiquín debía de pertenecer al barco.

Miré hacia la puerta; cerca se oían voces, pero no se veía a nadie. Abrí la caja con rapidez y fruncí la nariz debido al olor a sangre seca y tabaco rancio. No había mucho, y lo que había estaba tirado sin orden ni concierto, oxidado, lleno de costras y bastante inservible. Una lata de «píldoras azules», según decía su etiqueta con esas mismas palabras, y un frasco, sin etiqueta pero reconocible, de laxante... es decir, láudano. Una esponja seca y un pegajoso pedazo de tela manchado de algo amarillo. Y la única cosa segura en el botiquín de cualquier cirujano de la época: cuchillas de acero.

Oí pasos que bajaban por la escalerilla y la voz del gobernador, que hablaba con alguien. Sin detenerme a considerar la sensatez de mi conducta, cogí un pequeño cuchillo y me lo metí dentro del corsé.

Cerré la tapa de la caja. Pero no tuve tiempo de volver a sentarme antes de que entrara el gobernador, seguido de otro visitante.

El corazón me golpeaba en la garganta. Apreté las palmas, húmedas a causa del sudor, contra la falda, y saludé con un gesto al recién llegado, que me estaba mirando con la boca abierta, detrás del gobernador.

—Mayor MacDonald —dije, con la esperanza de que no me temblara la voz—. ¡Qué casualidad encontrarlo aquí!

MacDonald cerró la boca de inmediato y se puso más derecho y firme.

—Señora Fraser —intervino, inclinándose con una expresión de recelo—. A sus órdenes, señora.

—¿La conoce? —El gobernador Martin miró a MacDonald, luego a mí y después volvió a fijar la vista en él, frunciendo el ceño.

—Nos hemos visto antes —respondí, haciendo un gesto cortés con la cabeza. Se me había ocurrido que tal vez no nos beneficiaría a ninguno de los dos que el gobernador creyera que había cierta relación entre ambos... si es que la había.

Era evidente que a MacDonald se le había ocurrido la misma idea; su rostro no delató nada, excepto una mínima cortesía, aunque advertí que sus pensamientos iban de un lado a otro detrás de sus ojos como una nube de mosquitos. Yo me encontraba en la misma situación y, sabiendo que mi cara solía ser el espejo de mis emociones, bajé los ojos con recato, murmuré una excusa sobre refrigerios y me marché en dirección a la cocina.

Me abrí paso entre grupos de marinos e infantes de marina, devolviendo mecánicamente sus saludos, con mi mente trabajando a toda velocidad.

¿Cómo podría hablar con MacDonald a solas? Tenía que averiguar qué sabía de Jamie, si es que tenía alguna noticia. En ese caso ¿me lo diría? Sí, pensé, sí lo haría; puede que MacDonald fuera soldado, pero también era un cotilla, y estaba claro que se moría de curiosidad después de haberme visto.

El cocinero, un regordete negro liberto de nombre Tinsdale, que llevaba el cabello recogido en tres trenzas cortas y gruesas que sobresalían de su cabeza como los cuernos de un triceratops, estaba trabajando en la cocina, tostando pan en el fogón con un aire soñador.

—Ah, hola, —dijo con cordialidad cuando me vio, y levantó un tenedor para tostadas—. ¿Quiere una tostada, señora Fraser? ¿O será agua caliente como antes?

—Me encantaría una tostada —contesté, en un ataque de repentina inspiración—. Pero el gobernador tiene compañía y quiere que le manden café. Y si hay algunas de esas adorables galletas de almendras para acompañarlo...

Cargada con una bandeja de café, me abrí paso hasta la enfermería pocos minutos después, con el corazón latiendo a toda velocidad. La puerta estaba abierta para que entrara aire; evidentemente, no se trataba de una reunión secreta.

Estaban juntos sobre el pequeño escritorio, con el gobernador mirando una pila de papeles, que habían recorrido una buena distancia en el estuche de documentos de MacDonald, a juzgar por sus arrugas y sus manchas. Parecía que eran cartas, escritas en diversas caligrafías y tintas.

—Ah, café —afirmó el gobernador, alzando la mirada. Parecía bastante complacido; evidentemente, no recordaba que lo hubiera pedido—. Espléndido. Gracias, señora Fraser.

MacDonald se apresuró a recoger los papeles, haciendo sitio para que yo pudiera colocar la bandeja en el escritorio. El gobernador tenía uno en la mano; pude echarle un vistazo al inclinarme para dejar la bandeja frente a él. Era una especie de lista, con nombres a un lado y números al otro.

Entonces me las arreglé para que una cuchara se me cayera al suelo, lo que me permitió fijarme mejor cuando me agaché a recogerla. ¿H. Bethune, Cook's Creek, 14. Jno. McManus, Boone, 3. F. Campbell, Campbelton, 24?

Dirigí una rápida mirada a MacDonald, que tenía los ojos clavados en mí. Dejé la cuchara sobre el escritorio y luego di un veloz paso hacia atrás, de modo que quedé directamente detrás del gobernador, señalé a MacDonald con un dedo, y entonces, en rápida sucesión, me agarré la garganta, saqué la lengua, me toqué el estómago con los antebrazos cruzados, luego volví a apuntarlo con el dedo y después me apunté a mí misma, sin dejar de lanzarle, todo el tiempo, una mirada admonitoria.

MacDonald observó esta pantomima con una discreta fascinación y —después de una velada mirada al gobernador, que removía su café con una mano mientras fruncía el ceño mirando el papel que tenía en la otra— me hizo un ligerísimo gesto de asentimiento.

—¿De cuántos puede estar totalmente seguro? —estaba diciendo el gobernador, cuando hice una reverencia y retrocedí.

—Ah, al menos quinientos hombres, señor, incluso ahora —respondió con confianza MacDonald—. Serán muchos más cuando se corra la voz. ¡Debería ver el entusiasmo con el que ha sido recibido el general hasta el momento! No puedo hablar por los alemanes, desde luego, pero cuente con ello, señor, tendremos a todos los escoceses de las Highlands del campo, así como a unos cuantos de los que son mitad escoceses mitad irlandeses.

—Dios sabe que confío en que tenga razón —afirmó el gobernador con un tono que reflejaba esperanza, pero también duda—. ¿Dónde está el general en este momento?

Me habría gustado oír la respuesta (y muchas otras cosas), pero arriba estaban tocando el tambor, lo que indicaba que ocurría algo, y unos atronadores pasos retumbaban en la cubierta y la escalera. No podía permanecer allí espiándolos y tratando de escucharlos corriendo el riesgo de que todos me vieran, de modo que me vi forzada a regresar a la parte superior, con la esperanza de que MacDonald hubiera captado mi mensaje.

El capitán del *Cruizer* estaba junto a la barandilla, con el primer oficial a su lado, ambos examinando la costa con su catalejo.

—¿Ocurre algo? —Pude divisar más actividad cerca del fuerte, gente que entraba y salía, pero el camino hacia la costa seguía vacío.

—No sabría decírselo, señora. —El capitán Follard negó con la cabeza, luego bajó el catalejo y los cerró a regañadientes, como si temiera que algo fuera a ocurrir si no mantenía la mirada fija en la orilla. El primer oficial no se movió y siguió mirando fijamente en dirección al fuerte y al acantilado.

Permanecí allí, a su lado, contemplando la costa en silencio. La marea cambió; ya llevaba tiempo suficiente en el barco como para ser consciente de ello. Se trataba de una pausa apenas perceptible, como si el mar tomara aliento mientras la luna invisible aflojaba su fuerza de atracción.

«Hay un flujo y reflujo en las cuestiones de los hombres...» Seguramente Shakespeare había estado de pie sobre una cubierta al menos una vez, y había sentido el mismo ligerísimo cambio en las profundidades de su carne. Un profesor me había dicho una vez, en la Facultad de Medicina, que los marineros polinesios osaban realizar semejantes travesías en el impenetrable mar, porque habían aprendido a sentir las corrientes del océano, los cambios del viento y la marea, y registraban aquellos cambios con el más delicado de los instrumentos... sus testículos.

No era necesario tener un escroto para advertir las corrientes que se arremolinaban ahora a nuestro alrededor, pensé, lanzando una mirada de reojo a los pantalones blancos firmemente sujetos del primer oficial. Podía sentirlas en la boca de mi estómago, en la humedad de mis palmas, en la tensión de los músculos de la nuca. El oficial había bajado el catalejo, pero seguía mirando hacia la costa, en una actitud casi distraída, con las manos descansando en la barandilla.

De pronto se me ocurrió que, si algo drástico sucedía en tierra, el *Cruizer* izaría velas de inmediato y zarparía mar adentro, poniendo a salvo al gobernador, y alejándome aún más de Jamie. ¿Dónde demonios acabaríamos? ¿Charlestown? ¿Boston? Podía ser cualquiera de las dos. Y nadie en aquella bulliciosa costa tendría la menor idea de hacia dónde nos habíamos dirigido.

Yo había conocido a personas desplazadas durante la guerra, mi guerra. Expulsadas de sus hogares, o capturadas, con sus familias dispersas y sus ciudades destruidas, llenaban los campos de refugiados y esperaban en fila en torno a embajadas y organismos de ayuda, siempre preguntando por los desaparecidos, describiendo los rostros de los seres amados y perdidos, aferrándose a cualquier mínimo dato que pudiera ayudarlas a recuperar lo que quedara. O, si aquello no era posible, a conservar un poco más lo que una vez habían sido.

Hacía calor incluso en el agua, y la ropa se me pegaba al cuerpo a causa de la viscosa humedad, pero mis músculos se contrajeron y mis manos posadas en la barandilla temblaron con un repentino escalofrío.

Quizá los había visto a todos por última vez y no lo sabía: Jamie, Bree, Jemmy, Roger e Ian. Así era como sucedía: cuando se marchó aquella noche, yo ni siquiera le había dicho adiós a Frank, y no tenía la menor idea de que jamás volvería a verlo con vida. ¿Y si...?

Pero no, pensé, aferrándome a la barandilla de madera con más fuerza para reafirmarme: volveríamos a encontrarnos. Teníamos un lugar al que regresar: nuestra casa. Y si me mantenía con vida (tal y como pensaba hacer), volvería a casa.

El oficial había cerrado el catalejo y se había marchado; yo no me había dado cuenta, absorta como estaba en mis pensamientos pesimistas, y me sorprendí bastante cuando el mayor MacDonald apareció a mi lado.

—Qué lástima que el *Cruizer* no tenga armas de largo alcance —dijo, señalando el fuerte—. Eso pondría freno a los planes de esos malditos herejes, ¿verdad?

—Sean cuales sean esos planes —respondí—. Y hablando de planes...

—Tengo retortijones en el estómago —me interrumpió en tono insulso—. El gobernador me ha sugerido que tal vez usted tenga alguna medicina para calmarlos.

—¿De veras? —pregunté—. Bueno, acompáñeme a la cocina; le prepararé una taza de algo que espero que lo cure.

—¿Sabía que él creía que usted era una falsificadora? —MacDonald, con las manos entrelazadas en torno a una taza de té, señaló con un movimiento de cabeza el camarote principal. No había ni rastro del gobernador, y la puerta del camarote estaba cerrada.

—Sí, en efecto. Pero supongo que ahora está más al tanto de la situación —dije con cierta resignación.

—Bueno, sí —respondió MacDonald en tono de disculpa—. Supuse que ya lo sabía, o no se lo habría dicho. Pero aunque no lo hubiese hecho —añadió—, se habría enterado tarde o temprano. El rumor ya se ha difundido hasta Edenton, y la prensa amarilla...

Moví una mano para restarle importancia.

—¿Ha visto a Jamie?

—No, señora. —Me miró, debatiéndose entre la curiosidad y el recelo—. He oído que... sí, bueno, la verdad es que he oído muchas cosas, todas diferentes. Pero el tema principal es que los han arrestado a ustedes dos, ¿no? Por el asesinato de la señorita Christie.

Asentí. Me pregunté si algún día me acostumbraría a esa palabra. Su sonido seguía pareciéndome un golpe rápido y brutal en el estómago.

—¿Hace falta que le diga que no hay nada de verdad en ello? —pregunté sin rodeos.

—En lo más mínimo, señora —me aseguró, con una expresión de confianza bastante aceptable. Pero percibí su vacilación, y vi su mirada de reojo, curiosa y en cierto sentido ávida. Tal vez algún día también me acostumbraría a eso.

Tenía las manos frías; las entrelacé en torno a mi propia taza, reconfortándome todo lo que pude con su calor.

—Necesito hacerle llegar un mensaje a mi marido —expuse—. ¿Sabe dónde está?

Los ojos azules de MacDonald estaban clavados en mi cara, y la suya no mostraba más que una cortés atención.

—No, señora. Pero supongo que usted sí.

Le lancé una penetrante mirada.

—No se ande con remilgos —le aconsejé ásperamente—. Usted sabe tan bien como yo lo que ocurre en la costa; seguro que mucho mejor.

—Remilgos. —Sus labios se fruncieron en un breve gesto divertido—. Creo que jamás me habían acusado de algo así antes. Sí, lo sé. Y ¿entonces?

—Creo que él podría estar en Wilmington. Traté de enviar un mensaje a John Ashe para pedirle que sacase a Jamie de la prisión de la localidad, si era posible, si es que él estaba allí, y que le dijera dónde me encontraba yo. Pero no sé... —Agité la mano en dirección a la costa, en un gesto de frustración.

Él asintió, debatiéndose entre su habitual cautela y su evidente deseo de preguntarme sobre los detalles escabrosos de la muerte de Malva.

—Pasaré por Wilmington en mi camino de regreso. Haré todas las averiguaciones que me sea posible. Si encuentro al señor Fraser, ¿debo decirle algo, más allá de su situación actual?

Titubeé, reflexionando. Había mantenido una conversación constante con Jamie desde el preciso momento en que lo habían apartado de mí. Pero nada de lo que le había dicho en las prolongadas noches oscuras o en los solitarios amaneceres parecía apropiado para confiárselo a MacDonald. Y, sin embargo... no podía desaprovechar esa oportunidad; solo Dios sabía cuándo tendría otra.

—Dígale que lo amo —respondí en voz baja, con la mirada fija en la mesa—. Siempre lo haré.

MacDonald emitió un pequeño sonido que hizo que levantara la mirada en su dirección.

—Incluso aunque él... —comenzó a decir, y se detuvo.

—Él no la mató —dije secamente—. Tampoco yo. Ya se lo he dicho.

—Claro que no —se apresuró a contestar—. Nadie podría imaginar... sólo me refería a que... pero, por supuesto, un hombre no es más que un hombre, y... mmm. —Se interrumpió y apartó la mirada, muy sonrojado.

—Él tampoco hizo eso —argüí, apretando los dientes.

Se produjo un pronunciado silencio, durante el cual ambos evitamos mirarnos a los ojos.

—¿El general MacDonald es pariente suyo? —pregunté de repente, sintiendo la necesidad de cambiar de tema o de marcharme.

El mayor levantó la mirada, sorprendido... y aliviado.

—Sí, un primo lejano. ¿El gobernador lo ha mencionado?

—Sí —respondí. Después de todo, era cierto; sólo que Martin no me lo había dicho a mí—. Usted, eh, está ayudándolo, ¿no? Parece que ha logrado buenos resultados.

Aliviado de huir de la incomodidad social que le generaba tener que enfrentarse a la pregunta de si yo era o no una asesina y Jamie sólo un adúltero, o si él era un asesino y yo una incauta menospreciada y engañada, MacDonald estaba más que dispuesto a morder el anzuelo.

—Muy buenos resultados, por cierto —dijo, animado—. He obtenido juramentos de lealtad de muchos de los hombres más destacados de la colonia. ¡Están listos para cumplir la voluntad del gobernador en cuanto él lo ordene!

Jno. McManus, Boone, 3. Un hombre importante. Resultaba que yo conocía a Jonathan McManus, cuyos dedos gangrenosos de los pies había amputado el invierno anterior. Era probable que él fuera el hombre más destacado de Boone, si con ello MacDonald se refería a que los otros veinte habitantes lo consideraban un borracho y un ladrón. También era probablemente cierto que McManus contaba con tres hombres más que combatirían a su lado si él se lo pidiera: su hermano cojo y sus dos hijos deficientes mentales. Tomé un sorbo de té para ocultar mi expresión. De todas formas, MacDonald tenía a Farquard Campbell en su lista; ¿sería cierto que Farquard había hecho algún compromiso formal?

—Supongo que el general no está cerca de Brunswick —señalé—, dadas las, eh, circunstancias actuales, ¿verdad?

Si así fuera, el gobernador no se encontraría tan nervioso como estaba.

MacDonald sacudió la cabeza.

—No. Aún no está listo para reunir sus fuerzas; él y McLeod todavía ignoran lo dispuestos que están los escoceses de las Highlands a alzarse. No reunirán sus fuerzas hasta que lleguen los barcos.

—¿Barcos? —espeté—. ¿Qué barcos?

Él sabía que no debía seguir hablando, pero no podía resistirse. Lo vi en sus ojos; después de todo, ¿qué peligro podía haber en contármelo a mí?

—El gobernador ha pedido ayuda a la Corona para reprimir el faccionalismo y el descontento que se extienden por toda la colonia. Y le han asegurado que se la concederán si logra reunir el apoyo suficiente en el terreno para reforzar a las tropas gubernamentales que vendrán en barco.

»Ése es el plan, ya ve —continuó, cada vez más animado—. Nos han informado —"Ah, NOS han informado", pensé— de que lord Cornwallis ha empezado a reunir tropas en Irlanda que embarcarán en breve. Deberían llegar aquí a principios de otoño, para unirse a la milicia del general. Entre Cornwallis en la costa y el general bajando por las colinas... —cerró el pulgar y los dedos en un movimiento que insinuaba un apretón— ¡aplastarán a los hijos de puta de los *whigs* como si fueran una panda de piojos!

—¿De veras? —pregunté, tratando de parecer impresionada. Quizá sí; no tenía ni idea, ni me importaba, ya que no estaba en posición de ver más allá del presente. Si conseguía alejarme de aquel maldito barco y de la sombra de la horca, ya me preocuparía de eso.

El ruido de la puerta del camarote principal al abrirse hizo que levantara la cabeza. El gobernador había salido y estaba cerrándola. Al volverse, nos vio y se acercó a preguntar por la supuesta indisposición de MacDonald.

—Ah, me siento muchísimo mejor —le aseguró el mayor, con una mano pegada al chaleco de su uniforme. Eructó a modo ilustrativo—. La señora Fraser tiene una mano estupenda para estos temas. ¡Estupenda!

—Ah, bien —dijo Martin. Parecía algo menos agobiado que antes—. Entonces supongo que querrá regresar.

Señaló al infante de marina a los pies de la escalerilla, quien se llevó los nudillos a la frente en un gesto de reconocimiento y desapareció escaleras arriba.

—Su bote estará listo dentro de unos minutos —anunció. Con un gesto al té a medio acabar de MacDonald y una puntillosa reverencia a mí, el gobernador se volvió y entró en la enfermería, donde pude verlo de pie junto al escritorio, mirando una pila de papeles arrugados.

MacDonald se apresuró a tomarse el resto del té y, enarcando las cejas, me invitó a que lo acompañara a la cubierta. Estábamos de pie, esperando que un bote de pesca llegara al *Cruizer* desde la costa, cuando de repente su mano se posó en mi brazo.

Aquello me sorprendió; MacDonald no era de los que tocaban por casualidad.

—Haré todo lo posible por averiguar el paradero de su esposo, señora —dijo—. Pero se me ocurre que... —Vaciló, clavándome los ojos.

—¿Qué? —pregunté con cautela.

—¿Le he dicho que he oído una considerable cantidad de especulaciones? —preguntó con delicadeza—. Respecto a... el desafortunado deceso de la señorita Christie. ¿No sería... mejor... que yo supiera la verdad de todo ese asunto, para desechar con firmeza cualquier rumor malintencionado si fuera necesario?

Yo me debatía entre la ira y la risa. Debería haberme dado cuenta de que MacDonald no podría resistirse a la curiosidad. Pero tenía razón; teniendo en cuenta los rumores que yo misma había oído (y que sabía que apenas eran mínimos con respecto a todos los que circulaban), la verdad era, sin duda, mucho mejor. Por otra parte, estaba completamente segura de que decir la verdad no serviría para acallar las habladurías.

Aun así. El impulso de justificarme era fuerte; entendía a esos pobres infelices que gritaban su inocencia desde la horca... y esperaba con toda mi alma no terminar siendo una de ellos.

—Bien —dije resueltamente.

El primer oficial estaba otra vez junto a la barandilla, vigilando el fuerte y bastante cerca de nosotros, pero supuse que no importaba lo que él pudiera oír.

—La verdad es ésta: Malva Christie estaba embarazada de alguien, pero en lugar de nombrar al verdadero padre, insistió en que era mi marido. Sé que eso es falso —añadí, lanzándole una mirada asesina. Él asintió, con la boca abierta—. Pocos días después, salí a ocuparme de mi huerto y encontré a la pequeña... a la señorita Christie, tumbada en la parcela de las lechugas, con la garganta segada. Pensé... que tenía alguna posibilidad de salvar a su bebé nonato... —A pesar de mi actitud de orgullo, me tembló un poco la voz. Me detuve y me aclaré la garganta—. No pude. El niño nació muerto.

Creí que sería mucho mejor no explicarle cómo había nacido; si podía evitarlo, no deseaba que el mayor creara en su mente la truculenta imagen de la carne seccionada y la hoja manchada de tierra. No le había hablado a nadie, ni siquiera a Jamie, de la débil oscilación de vida, ese cosquilleo que todavía existía, como un secreto, en la palma de la mano. Decir que el niño había nacido vivo implicaría despertar la sospecha inmediata de que yo lo había matado, y eso lo sabía. Algunos lo pensarían igualmente; la señora Martin lo había creído, sin duda alguna.

La mano de MacDonald seguía posada en mi brazo, y su mirada me examinaba el rostro. Por primera vez, agradecí la transparencia de mis facciones; nadie que me mirara a la cara dudaba jamás de lo que yo decía.

—Ya veo —dijo en voz baja, y me apretó con suavidad el brazo.

Tomé un profundo aliento y le expliqué el resto; los detalles circunstanciales podrían convencer a algunos de los que me escucharan.

—¿Sabe que había panales de abejas en un extremo del huerto? El asesino tiró dos de ellos en su huida; debía de tener bastantes picaduras... A mí me picaron cuando entré en el huerto. Jamie... Jamie no tenía ninguna. No fue él.

Y, dadas las circunstancias, yo no había podido averiguar qué hombre —¿o tal vez mujer? Por primera vez, se me ocurrió que podría haber sido una mujer— tenía picaduras.

Al escuchar esto último, él soltó un profundo «¡mmm!» de interés. Reflexionó durante un instante, luego meneó la cabeza como si despertara de un sueño y me soltó el brazo.

—Le agradezco que me lo haya contado, señora —dijo formalmente, y me dirigió una reverencia—. Puede estar segura de que hablaré a su favor cada vez que se presente la ocasión.

—Se lo agradezco, mayor. —Tenía la voz ronca, y tragué saliva. No me había dado cuenta de lo mucho que me dolía hablar de ello.

El viento sopló en torno a nosotros y las velas izadas se agitaron en sus cuerdas en lo alto. Un grito desde abajo anunció la presencia del bote que conduciría a MacDonald de regreso a la costa.

El mayor hizo una profunda reverencia sobre mi mano, y sentí su aliento cálido en los nudillos. Por un instante, mis dedos se apretaron sobre los suyos; para mi sorpresa, me costaba mucho dejar que se marchara. Pero por fin lo hice, y lo observé durante todo el trayecto hasta la costa, una silueta cada vez más pequeña recortada frente al brillo del agua, con la espalda recta, con determinación. Él no miró atrás.

El primer oficial se movió en la barandilla, suspirando, y yo lo miré. Luego desvié la mirada hacia el fuerte.

—¿Qué están haciendo? —pregunté.

Algunas de aquellas siluetas pequeñas como hormigas parecía que estaban lanzando unos hilos desde los muros a sus compañeros que estaban frente al fuerte; desde la distancia, pude ver las cuerdas, finas como hilos de telaraña.

—Creo que el comandante del fuerte se prepara para retirar el cañón, señora —dijo, cerrando su catalejo de latón con un *clic*—. Si me disculpa, he de informar al capitán.

96

Pólvora, traición y complot

No tuve oportunidad de descubrir si el gobernador había cambiado su actitud hacia mí cuando se enteró de que en realidad yo no era una falsificadora, sino una famosa —aunque sólo supuesta— asesina. Él, como los demás oficiales y la mitad de los hombres de a bordo, corrió hasta la barandilla y el resto del día transcurrió en medio de una marea de observación, especulaciones y actividades en gran medida infructuosas.

El vigía del palo mayor anunciaba periódicamente lo que veía: hombres que salían del fuerte, transportando cosas... al parecer, se trataba del armamento de la guarnición.

—¿Son hombres de Collet? —quiso saber el gobernador, protegiéndose los ojos del sol para mirar a lo alto.

—No podría asegurarlo, señor —fue la respuesta poco útil de arriba.

Por fin, el *Cruizer* mandó sus dos lanchas a la costa, con órdenes de que recopilaran toda la información que pudieran. Regresaron varias horas más tarde, con la noticia de que Collet había abandonado el fuerte debido a las amenazas, pero había hecho el esfuerzo de retirar el armamento y la pólvora para que no cayeran en manos de los rebeldes.

No, señor, no habían hablado con el coronel Collet, quien, de acuerdo con los rumores, estaba de camino río arriba con sus fuerzas de milicianos. Habían mandado a dos hombres por el camino de Wilmington; era cierto que se estaba reuniendo una gran fuerza en los prados de las afueras de la ciudad, bajo el mando de los coroneles Robert Howe y John Ashe, pero no se sabía ni una palabra de sus planes.

—¿Ni una palabra de sus planes? ¡Pamplinas! —murmuró el gobernador, a quien el capitán Follard había informado con gran ceremonia—. Quieren quemar el fuerte; ¿qué otra cosa planearía Ashe, por el amor de Dios?

Sus instintos resultaron del todo ciertos; justo antes del amanecer, llegó el olor a humo a través del agua y pudimos divisar las líneas de hombres como hormigas, apilando montones de desechos inflamables alrededor de la base del fuerte. Se trataba de un edificio simple y cuadrado, construido con troncos. Y a pesar de la humedad del aire, terminaría ardiendo.

Pero les llevó bastante tiempo encender el fuego, al no tener ni pólvora ni aceite para acelerar el incendio; al caer la noche, podíamos ver antorchas encendidas, flotando en la brisa mientras las llevaban de un lado a otro, pasándolas de mano en mano, las bajaban para ponerlas sobre un montón de madera, y regresaban minutos más tarde, cuando las maderitas se apagaban.

Cerca de las nueve, alguien encontró unos toneles de trementina y una repentina llamarada se cebó letalmente sobre las paredes de troncos del fuerte. Llamas oscilantes se levantaron puras y brillantes, formando nubes anaranjadas y carmesíes frente a la nocturna negrura del cielo, y oímos gritos de alegría y fragmentos de canciones picarescas, transportadas junto al olor del humo y el aroma penetrante de la trementina en la brisa que procedía de la costa.

—Al menos no tendremos que preocuparnos por los mosquitos —observé, apartando una nube de humo blanquecino de mi cara.

—Gracias, señora Fraser —dijo el gobernador—. No había considerado ese particular aspecto positivo de la cuestión. —Hablaba con cierta amargura, con los puños apoyados sobre la barandilla en un gesto de impotencia.

Entendí la insinuación, y no hablé más. En cuanto a mí, las saltarinas llamas y las columnas de humo que se elevaban hacia las estrellas eran motivo de celebración. No por el beneficio que el incendio del fuerte Johnston podría tener para la causa rebelde, sino porque Jamie podría estar allí, junto a una de las fogatas diseminadas en la costa, cerca de la guarnición.

Y si estaba allí... vendría mañana.

Lo hizo. Yo estaba despierta desde bastante antes del amanecer (de hecho, no había dormido), y de pie junto a la barandilla. Esa mañana había mucho menos tráfico de embarcaciones de lo habitual, a causa del incendio del fuerte; el amargo olor de las cenizas se mezclaba con el hedor pantanoso de las marismas y el agua estaba inmóvil y aceitosa. Era un día gris, cargado de nubes, y una tupida bruma flotaba sobre el agua, ocultando la costa.

Pero seguí observando, y cuando un pequeño bote apareció en la neblina, supe de inmediato que era Jamie. Estaba solo.

Observé el largo y fluido movimiento de sus brazos y el tirón de los remos, y sentí una dicha repentina, serena y profunda. No tenía ni idea de qué ocurriría, y todo el horror y la furia relacionados con la muerte de Malva seguían acechando en el fondo de mi mente, como una gran forma oscura bajo una finísima capa de hielo. Pero él estaba allí, lo bastante cerca como para verle la cara cuando miró por encima del hombro hacia el barco.

Levanté una mano para saludarlo; sus ojos ya estaban clavados en mí. No dejó de remar, pero giró y se aproximó. Yo permanecí aferrada a la barandilla, esperando.

El bote de remos se perdió de vista un instante, bajo el sotavento del barco, y oí que el vigía lo llamaba. La respuesta era casi inaudible, y sentí que algo que había estado anudado en mi interior durante mucho tiempo se soltaba con el sonido de su voz.

Pero permanecí allí, incapaz de moverme. Luego oí pisadas en cubierta, un murmullo de voces (alguien que iba a buscar al gobernador) y me volví a ciegas para caer en brazos de Jamie.

—Sabía que vendrías —susurré al lino de su camisa.

Apestaba a fuego: humo y savia de pino y telas quemadas, al mismo tiempo que desprendía cierto olor amargo propio de la trementina. Apestaba a sudor rancio y a caballos, al cansancio de un hombre que no había dormido, que había trabajado toda la noche, con el débil aroma a levadura de un hambre muy antigua.

Él me sujetó con fuerza; era todo costillas, aliento, calor y músculo. Luego me apartó un poco y me miró la cara. Había estado sonriendo desde que lo había visto. Los ojos se le iluminaron y, sin decir ninguna palabra, me quitó la cofia de la cabeza y la arrojó por encima de la barandilla. Pasó las manos por mi cabello, despeinándolo en un gesto de abandono, luego me agarró la cara con ambas manos y me besó, con los dedos hundiéndose en mi cuero cabelludo. Llevaba una barba de tres días que me raspaba la piel como si se tratara de una lija, y su boca era mi hogar y mi seguridad.

Detrás de él, uno de los infantes de marina tosió y dijo en voz alta:

—Entiendo que desea ver al gobernador, ¿verdad, señor?

Él me soltó lentamente y se dio la vuelta.

—En efecto —dijo, y extendió una mano hacia mí—. ¿Sassenach?

La cogí y seguimos al infante de marina en dirección a la escalerilla. Miré hacia atrás por encima de la barandilla y pude ver mi cofia balanceándose en la marea, hinchada por el aire y serena como una medusa.

Pero la momentánea ilusión de paz se desvaneció de inmediato al llegar abajo.

El gobernador también había estado despierto casi toda la noche y su aspecto no era mucho mejor que el de Jamie, aunque, por supuesto, no tenía manchas de hollín. No obstante, no se había afeitado, tenía los ojos inyectados en sangre y muy malas pulgas.

—Señor Fraser —intervino con un breve movimiento de la cabeza—. Entiendo que es usted James Fraser, ¿verdad? ¿Y vive usted en las montañas?

—Soy Fraser, del Cerro de Fraser —dijo Jamie cortésmente—. Y he venido a buscar a mi esposa.

—Ah, ¿de veras? —El gobernador le lanzó una mirada agria y se sentó, señalando un taburete con indiferencia—. Lamento informarle, señor, de que su esposa es una prisionera de la Corona. Aunque tal vez usted ya lo sabía.

Jamie restó importancia a esa frase sarcástica y se sentó.

—En realidad, no lo es —comentó—. ¿Acaso no es cierto que usted ha declarado la ley marcial sobre la colonia de Carolina del Norte?

—Es cierto —replicó Martin con aspereza.

Se trataba de un tema delicado, puesto que si bien sí había declarado la ley marcial, no se encontraba en posición de hacerla respetar y se veía obligado a flotar con impotencia lejos de la costa, echando chispas, hasta que Inglaterra decidiera enviarle refuerzos.

—Entonces, en realidad, todas las prácticas legales acostumbradas están suspendidas —señaló Jamie—. Usted es el único que tiene control sobre la custodia y disposición de cualquier prisionero y, de hecho, mi esposa ya lleva bastante tiempo bajo su custodia. De modo que también tiene la facultad de liberarla.

—Hum —intervino el gobernador.

Era evidente que no había pensado en ello, y no estaba seguro de las consecuencias. Al mismo tiempo, imaginaba que la idea de tener el control de algo en ese momento probablemente era reconfortante para sus ánimos exaltados.

—Ella no ha sido sometida a juicio alguno y, en realidad, no se ha presentado ninguna prueba que respalde la acusación —afirmó Jamie con firmeza.

Yo, por mi parte, emití una muda plegaria de agradecimiento por haberle explicado a MacDonald los detalles truculentos después de su reunión con el gobernador; puede que no fuera lo que un tribunal moderno denominaría prueba, pero haberme hallado con un cuchillo en la mano y dos cuerpos calientes y ensangrentados constituía, por desgracia, una prueba circunstancial.

—Ella es una acusada, pero no hay pruebas que sostengan los cargos. Seguramente, después de haberla conocido, aunque sea durante poco tiempo, habrá sacado usted sus propias conclusiones respecto a su personalidad. —Sin esperar respuesta, insistió—: Cuando se nos acusó, no nos resistimos al intento de llevar a juicio a mi esposa ni a mí mismo, puesto que yo también he sido acusado. ¿Qué mejor prueba de nuestra convicción de su inocencia que nuestro deseo de celebrar un juicio rápido para establecerla?

El gobernador había entornado los ojos y parecía que estaba reflexionando.

—Sus argumentos no carecen del todo de virtudes, señor —dijo por fin, en tono formal y cortés—. Sin embargo, entiendo que a su esposa se la acusa de un crimen atroz. Si yo la libero, eso provocará necesariamente protestas generalizadas, y ya he tenido bastantes disturbios —añadió, con una mirada sombría a los puños calcinados de la chaqueta de Jamie.

Jamie respiró hondo y lo intentó de nuevo.

—Entiendo muy bien las reservas de su excelencia —comentó—. ¿Sería posible ofrecerle alguna... fianza, que pudiera disiparlas?

Martin se irguió de repente en la silla y sacó hacia delante su mandíbula.

—¿Qué sugiere usted, señor? ¿Acaso tiene la impertinencia, la... la... increíble desfachatez de tratar de sobornarme? —Golpeó con ambas manos el escritorio y nos fulminó a ambos con la mirada—. ¡Maldita sea, debería colgarlos a los dos ahora mismo!

—Muy bonito, señor Allnut —le murmuré a Jamie entre dientes—. Como mínimo ya estamos casados.

—Ah —respondió, lanzándome una breve mirada de incomprensión antes de centrar la atención en el gobernador, que estaba murmurando:

—¡Colgarlos del condenado penol...! ¡Qué barbaridad, algo increíble!

—No era ésa mi intención, señor. —Jamie mantuvo su voz serena y la mirada franca—. Lo que ofrezco es una garantía de la presentación de mi esposa en el tribunal para responder a las acusaciones. Cuando ella se persone allí, se me devolverá.

Antes de que el gobernador pudiese responder, buscó en su bolsillo y sacó algo pequeño y oscuro, que colocó sobre el escritorio: el diamante negro.

Al verlo, Martin se detuvo en mitad de una frase. Parpadeó una vez y su cara, con su larga nariz, palideció de una manera casi cómica. Se frotó un dedo lentamente por el labio superior, considerando la situación.

Como a esas alturas yo ya había visto bastante correspondencia privada y las cuentas del gobernador, sabía muy bien que sus medios personales eran escasos y que estaba obligado a gastar más allá de sus posibilidades para mantener las apariencias necesarias de su cargo de gobernador de la Corona.

A su vez, el gobernador era plenamente consciente de que, con los disturbios actuales, era poco probable que me llevaran a juicio con garantías. Podrían transcurrir meses —e incluso años— antes de que el sistema judicial reanudara sus funciones. Y, durante ese lapso de tiempo, él estaría en posesión del diamante. No sería honorable venderlo, pero sin duda podría pedir prestada una importante cantidad de dinero si lo empeñaba, con la razonable intención de recuperarlo más tarde.

Vi que sus ojos se entornaban al mirar las manchas de hollín de la chaqueta de Jamie, calculando opciones. También podían matar a Jamie o arrestarlo por traición (y vi que el impulso de hacer eso mismo le venía de forma momentánea a la mente), lo que tal vez dejara el diamante en un limbo legal, pero sin duda en posesión de Martin. Tuve que obligarme a seguir respirando.

Pero Martin no era estúpido, y tampoco era venal. Con un leve suspiro, empujó el diamante en dirección a Jamie.

—No, señor —dijo, aunque su voz ya había perdido su furia anterior—. No aceptaré ese objeto como garantía de su esposa. Pero el concepto de fianza... —Su mirada se centró en la pila de papeles y luego volvió a Jamie—. Le haré una propuesta, señor. Tengo una acción en marcha, una operación por la que espero reclutar a una cantidad considerable de escoceses de las Highlands, que marcharán desde el interior hasta la costa, para reunirse allí con tropas procedentes de Inglaterra, y en el proceso, someter el interior del país en nombre del rey.

Hizo una pausa para respirar mientras examinaba en detalle a Jamie para evaluar el efecto de sus palabras. Yo estaba de pie detrás de Jamie y no podía ver su rostro, pero no me hacía falta. En broma, Bree lo llamaba su «cara de póquer»; al mirarlo, nadie sabía si tenía cuatro ases, un full, o un par de treses. Yo hubiera apostado a que tenía un par de treses... pero Martin no lo conocía tan bien como yo.

—El general Hugh MacDonald y el coronel Donald McLeod llegaron a la colonia hace algún tiempo, y han estado recorriendo la campiña en busca de apoyo... y me complace decir que han recibido un apoyo más que satisfactorio. —Sus dedos tamborilearon brevemente sobre las cartas, y luego se detuvieron de manera brusca, cuando se inclinó hacia delante—. Lo que le propongo, entonces, señor, es lo siguiente: usted regresará al interior y reunirá a todos los hombres que pueda. Luego se presentará al general MacDonald y someterá sus tropas a su campaña. Cuando reciba el mensaje de MacDonald de que usted ha llegado con, digamos, doscientos hombres, entonces le entregaré a su esposa.

Mi pulso latía a gran velocidad, lo mismo que el de Jamie; podía verlo en las palpitaciones de su cuello. Un par de treses, sin duda. Era obvio que MacDonald no había tenido tiempo de comentarle al gobernador (o no lo sabía) lo extendida y enconada que había sido la reacción a la muerte de Malva Christie. Todavía quedaban hombres en el Cerro que seguirían a Jamie, estaba segura... pero había muchos más que no, o que lo harían sólo si él me repudiaba.

Intenté pensar en la situación con lógica, como medio de distraerme del aplastante disgusto al darme cuenta de que el gobernador no pensaba soltarme. Jamie debía marcharse sin mí, dejarme allí. Durante un instante abrumador, pensé que no podría soportarlo, que me volvería loca, gritaría y saltaría por encima del escritorio para arrancarle los ojos a Josiah Martin.

Él alzó la mirada, vio mi expresión y se echó hacia atrás, levantándose a medias de su silla.

Jamie extendió una mano y me cogió el antebrazo con fuerza.

—Quédate quieta, *a nighean* —dijo en voz baja.

Yo había estado conteniendo el aliento sin darme cuenta. En ese momento lo solté con un grito sofocado, y me obligué a respirar poco a poco.

Con la misma lentitud, y con una recelosa mirada clavada en mí, el gobernador volvió a sentarse en su silla. Era evidente que la acusación contra mí se había tornado mucho más probable en su mente. «Bien —pensé con ferocidad, para evitar llorar—. Veamos si puedes dormir, conmigo a pocos metros de ti.»

Jamie soltó un suspiro prolongado y profundo, y cuadró los hombros bajo su harapienta chaqueta.

—Concédame un tiempo a solas, señor, para considerar su propuesta —pidió formalmente y, soltándome el hombro, se puso en pie—. No desesperes, *mo chridhe* —dijo, dirigiéndose a mí en gaélico—. Te veré por la mañana.

Se llevó mi mano a los labios y la besó, y luego, dirigiendo el más mínimo de los gestos hacia el gobernador, salió de la estancia sin mirar atrás.

Se produjo un instante de silencio en el camarote, durante el cual oí sus pasos alejándose y trepando por la escalerilla. No me detuve a meditar, sino que busqué en mi corsé y saqué el cuchillito que había cogido del botiquín del cirujano.

Lo llevé hacia abajo con todas mis fuerzas, se clavó en la madera del escritorio y lo dejé allí, temblando frente a los ojos asombrados del gobernador.

—Cabrón hijo de puta —dije con voz firme, y salí.

97

Por alguien que sí que es digno

Al día siguiente, antes del amanecer, volví a esperar junto a la barandilla. El olor a ceniza era intenso y acre en el viento, pero ya no había humo. Aun así, una bruma matinal seguía cubriendo la costa como una mortaja, y tuve una pequeña sensación de *déjà vu*, mezclada con esperanza, al ver el pequeño bote que salía de la neblina y avanzaba poco a poco hacia el barco.

Pero cuando se acercó más, mis manos se aferraron con fuerza a la barandilla: no era Jamie. Durante un instante, traté de convencerme de que sí lo era, de que sólo se había cambiado de chaqueta, pero cada vez que remaba, yo estaba más segura. Cerré los ojos, que me ardían a causa de las lágrimas, sin dejar de repetirme que era absurdo ponerse así; aquello no significaba nada.

Jamie vendría; lo había dicho. El hecho de que hubiera otra persona aproximándose al barco por la mañana, tan temprano, no tenía nada que ver con él ni conmigo.

Aunque eso no era cierto. Cuando abrí los ojos y me los sequé con la muñeca, volví a mirar el bote de remos y sentí una punzada de incredulidad. El hombre alzó la mirada con la llamada del vigía, y me vio en la barandilla. Nuestros ojos se encontraron un instante, y luego él bajó la cabeza y cogió los remos. Tom Christie.

El gobernador no estaba nada contento de que lo sacaran de la cama al amanecer durante tres días consecutivos; pude oírlo más abajo, ordenándole a uno de los infantes de marina que le dijera al sujeto, fuera quien fuese, que esperara hasta una hora más razonable, a lo que siguió un golpe perentorio de la puerta del camarote.

Yo tampoco estaba contenta, ni tenía ánimo para esperar. Pero el infante de marina que estaba junto a la escalerilla se negó a dejarme pasar. Entonces, con el corazón latiendo con fuerza, me volví y avancé hasta popa, donde habían dejado a Christie, aguardando. El infante que estaba allí titubeó. Sin embargo, después de todo no había órdenes que me impidieran hablar con los visitantes, así que me dejó pasar.

—Señor Christie. —Estaba de pie junto a la barandilla, mirando hacia la costa, pero se volvió al escuchar mis palabras.

—Señora Fraser. —Estaba muy pálido; su barba entrecana destacaba tanto que casi parecía negra. Se la había arreglado, y también se había cortado el cabello. Aunque seguía teniendo el aspecto de un árbol golpeado por un rayo, cuando me miró, volvía a tener vida en sus ojos.

—Mi marido... —empecé a decir, pero él me interrumpió.

—Se encuentra bien. La espera en la costa; lo verá enseguida.

—¿Ah? —El hervor de miedo y furia en mi interior se redujo un poco, como si alguien hubiera bajado la llama, pero mi sentido de la impaciencia seguía humeando—. Bueno, por todos los demonios, ¿qué diablos está ocurriendo? ¿Quiere decírmelo?

Me miró en silencio durante un largo instante, luego se pasó la lengua por los labios y se volvió para contemplar el tranquilo mar gris más allá de la barandilla. Volvió a mirarme y respiró hondo, evidentemente preparándose para algo.

—He venido a confesar el asesinato de mi hija.

Me quedé mirándolo, incapaz de encontrar sentido a sus palabras. Entonces las encajé en una frase, las leí en mi mente y por último las comprendí.

—No, no es cierto —dije.

Una mínima sombra de sonrisa pareció cruzar por su barba, aunque se esfumó antes de que pudiera verla.

—Sigue llevándome la contraria, según veo —intervino secamente.

—No importa cómo siga yo —repuse con bastante grosería—. ¿Se ha vuelto loco? ¿O es que éste es el nuevo plan de Jamie? Porque en ese caso...

Él me interrumpió poniéndome la mano en la muñeca; me sobresalté porque no esperaba su contacto físico.

—Es la verdad —afirmó en voz muy queda—. Y estoy dispuesto a jurarlo ante las Sagradas Escrituras.

Lo contemplé, paralizada. Él me devolvió la mirada y, en ese momento, me di cuenta de que me había mirado a los ojos muy pocas veces; desde el instante en que nos conocimos, siempre había desviado la vista, como si deseara evitar cualquier conocimiento verdadero de mí, incluso cuando se veía forzado a hablarme.

Pero todo eso había quedado atrás, y la mirada de sus ojos no se parecía a nada que yo hubiera visto antes. Las arrugas de dolor y sufrimiento dibujaban profundos surcos a su alrededor, y los párpados estaban cargados de pena, pero los ojos mismos eran profundos y serenos como el mar que nos rodeaba. Aquella actitud que lo había acompañado durante nuestro viaje de pesadilla al sur, aquella atmósfera de terror callado, de dolor enmudecido, lo había abandonado, y había sido reemplazada por la determinación y por algo más... algo que ardía en lo más profundo de su ser.

—¿Por qué? —pregunté finalmente, y él me soltó la muñeca, dando un paso atrás.

—¿Recuerda que una vez... usted me preguntó si yo creía que era una bruja? —Por el tono evocador de su voz, podían haber transcurrido varias décadas.

—Lo recuerdo —respondí con cautela—. Usted dijo... —Ahora me acordaba bien de aquella conversación, y algo pequeño y helado revoloteó en la base de mi columna vertebral—. Dijo que sí creía en las brujas... pero que no pensaba que yo fuera una de ellas.

Él asintió, clavando sus ojos grises en mí. Me pregunté si estaba a punto de corregir aquella opinión, pero por lo visto no era así.

—Creo en las brujas —declaró, muy serio—. Porque las he conocido. La muchacha lo era, igual que su madre. —El revoloteo helado se acentuó.

—La muchacha... —intervine—. ¿Se refiere a su hija? ¿Malva?

Él meneó un poco la cabeza, y sus ojos adquirieron un matiz más oscuro.

—No era mi hija —respondió.

—¿No era su hija? Pero... sus ojos. Ella tenía sus ojos. —Yo misma escuché mis palabras y tuve ganas de morderme la lengua. Él se limitó a sonreír, con una expresión triste.

—Y los de mi hermano. —Se volvió hacia la barandilla, puso las manos sobre ella y miró a través del estrecho del mar, hacia tierra—. Se llamaba Edgar. Cuando tuvo lugar el Alzamiento y yo me decanté por los Estuardo, él no quiso saber nada, dijo que era una tontería. Me rogó que no lo hiciera. —Movió la cabeza poco a poco, viendo algo en sus recuerdos que supe que no era la costa arbolada—. Yo pensaba que... bueno, no importa lo que pensara, pero fui. Y le pedí que cuidase de mi esposa y del muchacho. —Respiró hondo, y espiró con tranquilidad—. Y lo hizo.

—Ya veo —dije en voz muy baja.

Él giró la cabeza de inmediato debido al tono de mi voz, mientras me miraba fijamente con sus ojos grises.

—¡No fue culpa suya! Mona era una bruja... una hechicera. —Sus labios se cerraron con fuerza al ver la expresión de mi cara—. Veo que no me cree. Es la verdad; más de una vez la encontré preparando sus hechizos, observando los tiempos; una vez subí al tejado, a medianoche, para buscarla. Estaba allí, completamente desnuda y contemplando las estrellas, de pie en el centro de una estrella de cinco puntas que había dibujado con la sangre de una paloma degollada, y con el cabello suelto ondeando al viento, como una loca.

—Su pelo —dije, buscando algo para comprender todo aquello, y de pronto me di cuenta de algo—. Ella tenía el cabello como el mío, ¿verdad?

Él asintió, apartó la mirada, y vi el movimiento de su garganta cuando tragó saliva.

—Ella era... lo que era —afirmó en voz baja—. Traté de salvarla... con plegarias, con amor. Pero no pude.

—¿Qué le ocurrió? —pregunté, manteniendo la voz tan baja como la suya. Con el viento, era muy poco probable que alguien nos oyera, pero en mi opinión no era algo que alguien debiera oír.

Él suspiró y tragó saliva de nuevo.

—La ahorcaron —declaró en un tono casi natural—. Por el asesinato de mi hermano.

Eso, al parecer, había tenido lugar mientras Tom estaba encarcelado en Ardsmuir; ella le había enviado un mensaje antes de su ejecución, en el que le explicaba el nacimiento de Malva, y que había confiado el cuidado de los niños a la esposa de Edgar.

—Supongo que le parecería divertido —dijo Christie, con una expresión distraída—. Mona tenía un sentido del humor muy extraño.

Sentí frío, pero no a causa del fresco de la brisa matinal, y me abracé los codos.

—Sin embargo consiguió tener de nuevo a Allan y a Malva con usted...

Él asintió; lo habían trasladado, pero tuvo la buena suerte de que lo contrató un hombre amable y adinerado, y le dio dinero para pagar el viaje de los niños a las colonias. Aunque luego, tanto su empleador como la esposa que él había traído aquí habían muerto a causa de una epidemia de fiebre amarilla y, cuando estaba buscando nuevas oportunidades, se enteró del asentamiento de James Fraser en Carolina del Norte y de que él ayudaría a instalarse y a tener sus propias tierras a los hombres que había conocido en Ardsmuir.

—Juro por Dios que desearía haberme cortado el cuello antes que venir aquí —dijo, volviéndose repentinamente hacia mí—. Créame.

Parecía muy sincero. No supe qué responder a eso, pero al parecer él no necesitaba ninguna respuesta, y continuó:

—La niña... no tenía más de cinco años la primera vez que la vi, pero ya lo tenía: la misma astucia, el encanto, la misma oscuridad en el alma.

Había tratado, lo mejor que pudo, de salvar a Malva... sacarle el mal a golpes, reprimir su lado salvaje y, sobre todo, impedir que utilizara sus hechizos con los hombres.

—Su madre también era así. —Apretó los labios al pensarlo—. Cualquier hombre. Las dos tenían la maldición de Lilith.

Sentí un hueco en la boca del estómago cuando él retomó el tema de Malva.

—Pero ella estaba embarazada... —interrumpí.

Su rostro se puso más pálido, pero su voz era firme.

—Sí, en efecto. No me parece mal evitar que llegue al mundo otra bruja.

Al ver mi cara, prosiguió antes de que pudiese interrumpirlo:

—¿Sabía que trató de matarla? A usted y a mí, a los dos.

—¿A qué se refiere? ¿Cómo trató de matarme?

—Cuando usted le habló de las cosas invisibles, los... los gérmenes. Ella se interesó mucho por ese tema. Me lo dijo cuando la pillé con los huesos.

—¿Qué huesos? —pregunté, y un frío helado me recorrió la espalda.

—Los huesos que cogió de la tumba de Ephraim, para hechizar a su marido. No los usó todos, y los encontré más tarde en su cesta de labores. Le pegué con fuerza, y entonces me lo explicó.

Acostumbrada a vagar sola por los bosques en busca de plantas comestibles y hierbas, lo había hecho durante el apogeo de la epidemia de disentería. Y, en su recorrido, se había encontrado con la cabaña aislada del comedor de pecados, aquel hombre extraño y maltrecho. Lo había hallado al borde de la muerte, ardiendo de fiebre y en coma y, mientras ella estaba allí, sin saber si ir en busca de ayuda o simplemente salir corriendo, él había fallecido.

Entonces, presa de una repentina inspiración —y teniendo en cuenta mis cuidadosas enseñanzas—, había cogido moco y sangre del cuerpo, lo había puesto en un frasquito con un poco de caldo del caldero del hogar y lo había guardado en su corsé, para conservar, de este modo, la temperatura con el calor de su propio cuerpo.

Luego había vertido unas gotas de esa infusión letal en mi comida y en la de su padre, con la esperanza de que, si enfermábamos, nuestras muertes se considerarían parte de la epidemia que aquejaba al Cerro.

Sentía los labios rígidos y exangües.

—¿Está seguro de eso? —susurré.

Él asintió, sin esforzarse en convencerme, y supe que decía la verdad.

—¿Quería... a Jamie? —pregunté.

Cerró los ojos durante un instante; el sol estaba saliendo y, aunque brillaba detrás de nosotros, se reflejaba en el agua con un resplandor tan intenso como el de la plata.

—Ella... quería —afirmó por fin—. Ella tenía ambición. Deseaba riquezas, posición, lo que consideraba libertad, sin ver que era libertinaje. ¡Sin verlo jamás! —Habló con una violencia repentina, y pensé que Malva no era la única que no veía las cosas como él.

Pero sí había deseado a Jamie, ya fuera por él mismo o por sus propiedades. Y cuando su hechizo de amor fracasó, y se produjo la epidemia, eligió un camino más directo hacia lo que quería. Aún no encontraba la manera de comprender aquello y, no obstante, sabía que era verdad.

Y luego, cuando tuvo el inconveniente de quedarse embarazada, se le ocurrió un nuevo plan.

—¿Usted sabe quién era el verdadero padre? —pregunté, sintiendo otro nudo en la garganta al recordar el huerto soleado y los dos cuerpos pulcros y pequeños, arruinados y desperdiciados. ¡Qué lástima!

Negó con la cabeza, pero evitaba mirarme, y me di cuenta de que al menos tenía alguna idea. Aunque no quería decírmelo, y supuse que ya no tenía importancia. Y el gobernador pronto estaría levantado, listo para recibirlo.

Él también oyó los ruidos de abajo y respiró profundamente.

—No podía permitirle que destrozara tantas vidas, no podía dejar que siguiera adelante con todo aquello. Porque sí era una bruja, no se confunda; que no lograra matarla a usted o a mí no fue más que una cuestión de suerte. Ella habría matado a alguien antes de terminar. Tal vez a usted, si su esposo se aferraba a usted. Quizá a él, con la esperanza de heredar sus propiedades para el niño. —Tomó una dolorosa bocanada de aire con dificultad—. Ella no nació de mis entrañas, y, sin embargo... era mi hija, mi sangre. Yo no podía... no podía permitir... Yo era responsable. —Se detuvo, incapaz de terminar. Pensé que decía la verdad y, no obstante...

—Thomas —dije con firmeza—. Eso son tonterías, y usted lo sabe.

Me miró sorprendido, y vi que había lágrimas en sus ojos. Parpadeó para deshacerse de ellas, y respondió con fuerza:

—¿Cómo dice? ¡Usted no sabe nada, nada!

Vio cómo me sobresaltaba y bajó la mirada. Entonces, con torpeza, extendió un brazo y me cogió la mano. Sentí las cicatrices de la operación que le había realizado y la fuerza flexible de los dedos que me agarraban.

—He esperado toda mi vida, en una búsqueda... —Agitó su mano libre vagamente y luego cerró los dedos, como si agarrara la idea, y prosiguió con más seguridad—. No. En la esperanza... en la esperanza de algo que no podía nombrar, pero que sabía que debía de existir.

Sus ojos recorrieron mi cara, intensos, como si estuviera memorizando mis rasgos. Levanté una mano, incómoda por su escrutinio, para arreglar mi despeinado cabello... pero él me atrapó la mano y la sostuvo, sorprendiéndome.

—Déjelo así —dijo.

De pie, con ambas manos en las suyas, no tenía alternativa.

—Thomas —afirmé insegura—. Señor Christie...

—Me había convencido de que buscaba a Dios. Tal vez sí lo era. Pero Dios no es carne y sangre, y el amor de Dios por sí solo no podía sostenerme.

»He escrito mi confesión. —Me soltó, se metió una mano en el bolsillo y, después de rebuscar un poco, sacó un papel doblado, que aferró con sus dedos cortos y sólidos—. Juro aquí que fui yo quien mató a mi hija, por la vergüenza que me causó con sus indecencias. —Habló con bastante convicción, pero pude ver los movimientos de su garganta sobre el arrugado cuello de su camisa.

—No fue usted —dije con seguridad—. Sé que no fue usted.

Él parpadeó, mirándome fijamente.

—No —contestó con naturalidad—. Pero tal vez debería haberlo hecho.

»He hecho una copia de esta confesión —añadió, volviendo a meterse el documento en la chaqueta—. Y la he dejado en el periódico de New Bern. La publicarán. El gobernador la aceptará (¿cómo no iba a hacerlo?), y usted quedará libre.

Esas últimas cuatro palabras me golpearon y me aturdieron. Él seguía apretándome la mano derecha y su pulgar me acariciaba los nudillos. Quería apartarme, pero me obligué a permanecer inmóvil, forzada por la mirada de sus ojos, que ahora tenían un color gris claro y estaban al descubierto, sin ningún disfraz.

—Siempre he anhelado un amor entregado y correspondido —dijo en voz baja—; he pasado toda mi vida intentando dar mi amor a aquellos que no son dignos de él. Permítame esto: dar mi vida por el bien de alguien que sí lo es.

Me sentí como si algo me hubiera golpeado, quitándome el aliento. No podía respirar, pero me esforcé por formar las palabras.

—Señor Chr... Tom —intervine—. No debe hacerlo. Su vida tiene... tiene valor. ¡No puede echarla por la borda de este modo!

Él asintió con paciencia.

—Lo sé. Si no fuera así, esto no tendría importancia.

Unas pisadas subían por la escalerilla, y oí la voz del gobernador más abajo, en alegre conversación con el capitán de los infantes de marina.

—¡Thomas! ¡No lo haga!

Él sólo me miró y sonrió (¿lo había visto sonreír alguna vez?), pero no habló. Alzó mi mano y se inclinó sobre ella; sentí el cosquilleo de su barba y el calor de su aliento, la suavidad de sus labios.

—Para servirla, señora —dijo en voz muy baja. Me apretó la mano y la soltó, luego se volvió y echó un vistazo a la orilla. Un pequeño bote se acercaba, oscuro frente al brillo del mar plateado—. Su marido viene a buscarla. *Adieu*, señora Fraser.

Se volvió y se alejó, con la espalda recta a pesar de la marea que subía y bajaba a nuestro alrededor.

DECIMOPRIMERA PARTE

El día de la venganza

98

Mantener un espíritu a raya

Jamie gimió, se desperezó y se incorporó pesadamente sobre la cama.

—Me siento como si me hubieran pisoteado la polla.

—¿Eh? —Abrí un ojo para mirarlo—. ¿Quién?

Él me lanzó una mirada inyectada en sangre.

—No lo sé, pero parece alguien muy pesado.

—Acuéstate —dije bostezando—. No tenemos que marcharnos todavía; puedes descansar un poco más.

Negó con la cabeza.

—No. Quiero ir a casa. Ya hemos estado lejos demasiado tiempo. —No obstante, no se levantó para terminar de vestirse, sino que continuó sentado en la torcida cama de la posada, ataviado con su camisa y con sus enormes manos colgando flojas entre sus muslos.

Parecía muy cansado, a pesar de que acababa de despertarse, y no era de extrañar. Pensé que no habría podido dormir durante varios días, teniendo en cuenta el tiempo que había tardado en encontrarme, el incendio del fuerte Johnston y los acontecimientos relacionados con mi liberación del *Cruizer*. Al recordarlo, sentí un enorme peso encima, a pesar de la alegría con la que me había levantado, al darme cuenta de que era libre, estaba en tierra y junto a Jamie.

—Acuéstate —repetí. Rodé hacia él y le puse una mano en la espalda—. Apenas ha amanecido. Al menos esperemos hasta el desayuno; no puedes viajar sin haber descansado ni comido.

Jamie miró hacia la ventana, que todavía estaba cerrada; las rendijas habían comenzado a palidecer con la luz creciente, pero yo tenía razón; abajo no había sonido alguno de fuegos que se estuvieran avivando, ni golpes de calderos que se estuvieran preparando. Capituló de repente, y se desmoronó poco a poco hacia un costado, incapaz de reprimir un suspiro cuando su cabeza volvió a instalarse en la almohada.

No protestó cuando lo cubrí con el raído edredón, ni tampoco cuando curvé mi cuerpo para acomodarlo al suyo, rodeando su cintura con un brazo y apoyando la mejilla en su espalda. Todavía olía a humo, aunque los dos nos habíamos lavado deprisa la noche anterior, para luego caer sobre la cama e internarnos en un olvido que nos había costado una buena cantidad de dinero.

Me di cuenta de lo cansado que estaba. A mí todavía me dolían las articulaciones, a causa del cansancio y de los bultos del colchón de lana. Cuando llegamos a la orilla, Ian nos estaba esperando con caballos, y cabalgamos lo más lejos que pudimos antes de que cayera la oscuridad, hasta que por fin encontramos una posada destartalada en medio de la nada, un tosco alojamiento de carretera para las carretas que iban de camino a la costa.

—Malcolm —dijo él, titubeando de una manera casi imperceptible, cuando el posadero le pidió su nombre—. Alexander Malcolm.

—Y Murray —añadió Ian, bostezando y rascándose las costillas—. John Murray.

El posadero, a quien la cuestión no le importaba, había asentido. No tenía ninguna razón para relacionar a tres viajeros comunes y corrientes, aunque bastante desaliñados, con un famoso caso de homicidio; de todas formas, yo sentí un pánico creciente bajo el diafragma cuando me miró.

Había percibido la vacilación de Jamie al dar aquel nombre, su desagrado por tener que reasumir uno de los muchos alias bajo los que había vivido. Él valoraba su propio nombre más que la mayoría de los hombres; yo sólo esperaba que, a su debido tiempo, éste recuperara su valor.

Roger podría ayudar. Supuse que a esas alturas ya sería todo un ministro, lo que me hizo sonreír. Tenía un talento muy especial para atenuar las divisiones entre los habitantes del Cerro, apaciguar las disputas... y, con la autoridad adicional de ser un ministro ordenado, su influencia se incrementaría.

Sería bueno tenerlo de regreso. Y volver a ver a Bree y a Jemmy... Sentí nostalgia de ellos, aunque pronto los veríamos; nuestra intención era pasar por Cross Creek y hacer que nos acompañaran el resto del camino. Naturalmente, ni Bree ni Roger tenían idea alguna de lo que había ocurrido durante las tres últimas semanas... ni de cómo sería la vida ahora, después de todos los acontecimientos.

Los pájaros cantaban a pleno pulmón en los árboles; después de los constantes chillidos de las gaviotas y las golondrinas de mar que constituían el fondo de la vida en el *Cruizer*, el sonido de estas aves se me antojaba más tierno, una conversación hogareña que hizo que sintiera un repentino anhelo por el Cerro. Entendí la urgencia de Jamie por regresar, incluso sabiendo que lo que encontraríamos allí no sería lo mismo que habíamos dejado. Para empezar, los Christie se habrían marchado.

No había tenido oportunidad de preguntarle a Jamie por las circunstancias de mi rescate; finalmente me habían llevado a la costa justo antes del crepúsculo y habíamos emprendido nuestra marcha de inmediato, puesto que Jamie quería poner la mayor distancia posible entre yo y el gobernador Martin... y, tal vez, Tom Christie.

—Jamie —dije en voz baja, con mi aliento cálido contra los pliegues de su camisa—. ¿Tú lo obligaste a hacerlo?

—No. —Su voz también era baja—. Se presentó en la imprenta de Fergus el día que saliste del palacio. Se había enterado de que la cárcel había ardido...

Me senté en la cama, conmocionada.

—¿Qué? ¿La casa del alguacil Tolliver? ¡Nadie me lo había dicho!

Él se colocó boca arriba, mirándome.

—Supongo que ninguna de las personas con las que has hablado en las últimas dos semanas lo sabía —afirmó en tono suave—. No murió nadie, Sassenach... Lo he averiguado.

—¿Estás seguro? —pregunté, con pensamientos inquietantes relacionados con Sadie Ferguson—. ¿Cómo ocurrió? ¿Una multitud?

—No —respondió en medio de un bostezo—. Según me han dicho, la señora Tolliver se emborrachó, avivó demasiado el fuego para lavar la ropa, luego se tumbó a la sombra y se quedó dormida. Las maderas se derrumbaron, las brasas prendieron la hierba, las llamas se extendieron hasta la casa, y... —Movió la mano, como restándole importancia—. Pero el vecino olió el humo, se dio prisa y llegó justo a tiempo para sacar a rastras a la señora Tolliver y al bebé, y ponerlos a salvo. Dijo que no había nadie más allí.

—Ah. Bueno... —Le permití que me convenciera de que volviera a acostarme y apoyé la cabeza en el hueco de su hombro.

No podía sentirme extraña con él, en especial después de haber pasado la noche a su lado en aquella estrecha cama, ambos conscientes de cada pequeño movimiento del otro. Sin embargo, yo estaba muy pendiente de su presencia.

Y él de la mía; su brazo me rodeaba, sus dedos exploraban inconscientemente mi espalda, leyendo mis formas como si fuera braille, mientras me hablaba.

—Respecto a Tom... Él, por supuesto, había oído hablar de *L'oignon*, de modo que fue allí cuando se enteró de que habías desaparecido de la cárcel. Para entonces, tú tampoco estabas en el palacio; le había llevado un tiempo separarse de Richard Brown sin despertar sus sospechas. Pero nos encontró allí y me explicó lo que pensaba hacer. —Sus dedos acariciaron mi nuca, y sentí que la tensión que tenía en esa zona comenzaba a aliviarse—. Le dije que esperara a que yo intentara liberarte por mi cuenta... pero si no lo lograba...

—De modo que sabes que no fue él. —Hablé con certeza—. ¿Él te dijo que lo había hecho?

—Sólo comentó que había guardado silencio mientras todavía había alguna posibilidad de que te juzgaran y te declararan inocente... pero que en el momento en que parecieras estar en peligro, su intención era hablar de inmediato; por eso insistió en venir con nosotros. Yo, eh, no quise hacerle preguntas —dijo él con delicadeza.

—Pero él no lo hizo —insistí—. ¡Jamie, tú sabes que él no lo hizo!

Sentí que su pecho se elevaba bajo mi mejilla al inspirar.

—Sí lo sé —respondió en voz baja.

Permanecimos en silencio durante un instante. Hubo unos súbitos golpecitos amortiguados en el exterior, y me sacudí... pero sólo era un pájaro carpintero, cazando insectos en las vigas infestadas de gusanos de la posada.

—¿Crees que lo ahorcarán? —pregunté por fin, observando las vigas astilladas del techo.

—Supongo que sí. —Sus dedos habían reanudado ese movimiento semiinconsciente, alisándome el pelo de detrás de la oreja. Permanecí inmóvil, escuchando el lento martilleo de su corazón, sin querer formular la siguiente pregunta. Pero era necesario.

—Jamie... dime que él no lo hizo... que no hizo esa confesión... por mí. Por favor. —Yo no creía que pudiera soportarlo.

Sus dedos se detuvieron, tocándome apenas la oreja.

—Él te ama. Lo sabes, ¿verdad? —Habló en voz muy baja; además de estas palabras, también escuché su eco en su pecho.

—Me lo dijo. —Sentí un nudo en la garganta, recordando aquella franca mirada gris. Tom Christie era un hombre que decía lo que pensaba y pensaba lo que decía... un hombre como Jamie, como mínimo en ese aspecto.

Jamie permaneció en silencio durante lo que pareció un lapso de tiempo muy prolongado. Finalmente suspiró y giró la cabeza, de manera que su mejilla descansó en mi cabello; sentí el ligero roce de sus patillas.

—Sassenach... yo también lo habría hecho y habría considerado que valía la pena perder la vida si con eso te salvaba. Si él siente lo mismo, entonces tú no le has causado ningún mal al salvar tu vida gracias a él.

—¡Dios mío! —exclamé—. ¡Dios mío!

No quería pensar en ello, ni en la mirada gris y clara de Tom, ni en el canto de las gaviotas, ni en las arrugas de aflicción que le tallaban el rostro, ni en todo lo que él había sufrido por la pérdida, la culpa y la sospecha. Tampoco quería pensar en Malva, acercándose, sin saberlo, a aquella muerte entre las lechugas, con su hijo, pesado y tranquilo, en su vientre. Ni en la sangre oscura, de color óxido, que se secaba entre las hojas de las parras.

Por encima de todo, no quería pensar que yo había tenido algo que ver con toda esa tragedia; pero era imposible.

Tragué con fuerza.

—Jamie, ¿alguna vez podremos hacer que todo vuelva a ser como antes?

Él cogió mi mano en la suya, y acarició la parte posterior de mis dedos suavemente con el pulgar.

—La muchacha está muerta, *mo chridhe*.

Cerré mi mano sobre su pulgar para detenerlo.

—Sí, y alguien la mató... y no fue Tom. Por Dios, Jamie... ¿Quién? ¿Quién fue?

—No lo sé —dijo, y sus ojos se inundaron de tristeza—. En mi opinión, era una muchacha que ansiaba amor... y lo tomaba. Pero no sabía cómo devolverlo.

Di una profunda inspiración y formulé la pregunta que había quedado tácita entre nosotros desde el asesinato.

—¿Crees que fue Ian?

Él casi sonrió.

—Si hubiera sido él, *a nighean*, lo sabríamos. Ian es capaz de matar, pero no dejaría que tú o yo sufriéramos por ello.

Suspiré, moviendo los hombros para relajar el nudo que se había formado entre ellos. Jamie tenía razón, y me sentí reconfortada por Ian... y más culpable aún por Tom Christie.

—Pudo haber sido el hombre que engendró a su bebé... si es que no fue Ian, y espero de todo corazón que no fuera así... o alguien que la deseaba y la mató por celos cuando se enteró de que estaba embarazada...

—O alguien que ya estuviera casado. O una mujer, Sassenach.

Esa afirmación hizo que me quedara paralizada.

—¿Una mujer?

—Ella tomaba amor —repitió, y meneó la cabeza—. ¿Qué te hace pensar que sólo lo tomaba de hombres jóvenes?

Cerré los ojos, imaginando las posibilidades. Si hubiese tenido un romance con un hombre casado (y éstos también la miraban, aunque más discretamente), tal vez éste la habría matado para mantener el secreto. O una mujer desdeñada... Tuve una visión breve y estremecedora de Murdina Bug, con el rostro desfigurado por el esfuerzo cuando apretó la almohada sobre la cara de Lionel Brown. ¿Arch? Por Dios, no. Una vez más, con una sensación de completa desesperación, olvidé la pregunta, mientras mi mente era invadida por la miríada de rostros del Cerro de Fraser, uno de los cuales ocultaba el alma de un asesino.

—No, sólo sé que las cosas jamás volverán a ser igual para ellos... ni para Malva ni para Tom. Ni siquiera para Allan. —Por primera vez, dediqué un pensamiento al hijo de Tom, tan repentinamente despojado de su familia y en circunstancias tan espantosas—. Pero el resto... —Me refería al Cerro. A la casa. A la vida que teníamos. A nosotros.

El edredón había hecho que entráramos en calor, y además estábamos acostados juntos... Demasiado calor, y sentí el bochorno de un sofoco que me invadía. Me senté con brusquedad, apartándome el edredón, y me incliné hacia delante, levantándome el cabello de la nuca con la esperanza de refrescarme durante un instante.

—Ponte en pie, Sassenach.

Jamie se levantó de la cama, se incorporó y me cogió de la mano, haciendo que me pusiera en pie. Mi cuerpo sudaba como si estuviera empapado de rocío, y tenía las mejillas sonrojadas. Él se inclinó y, cogiendo el borde de mi camisa con ambas manos, me las quitó por encima de la cabeza.

Sonrió débilmente al mirarme, luego se inclinó y sopló con suavidad sobre mis pechos. La frescura era un alivio mínimo, pero bienvenido, y mis pezones se pusieron erectos en callada gratitud.

Abrió los postigos para que entrase más aire, luego dio un paso hacia atrás y se quitó su propia camisa. Ya era pleno día y la abundante luz matutina brilló en las líneas de su pálido torso, en la plateada telaraña de sus cicatrices, en el suave vello dorado y rojizo de brazos y piernas y en los pelos de color óxido y plata de su incipiente barba. Lo mismo que en la carne teñida de oscuridad de sus genitales en su estado matutino, endurecidos contra su vientre y con el color suave y profundo del corazón de una rosa sombreada.

—En lo que respecta a que las cosas vuelvan a ser como antes —dijo—, no sé qué decir, aunque tengo intención de intentarlo. —Sus ojos recorrieron mi cuerpo, completamente desnudo, con una leve costra de sal, y bastante sucio en los pies y los tobillos. Sonrió—. ¿Quieres que empecemos ahora, Sassenach?

—Estás tan cansado que apenas puedes tenerte en pie —protesté—. Eh... con algunas excepciones —añadí, mirando hacia la parte inferior.

Era cierto; había sombras oscuras bajo sus ojos, y aunque las líneas de su cuerpo seguían siendo largas y elegantes, también mostraban de manera evidente una profunda fatiga. Por mi parte, yo me sentía como si me hubiera pasado por encima un camión, y eso que no había estado toda la noche incendiando fuertes.

—Bueno, teniendo en cuenta que hay una cama a mano, no planeaba hacerlo de pie —respondió—. Aunque te lo advierto: tal vez jamás pueda volver a ponerme en pie, pero creo que podría mantenerme despierto, como mínimo, durante los próximos diez minutos. Puedes pellizcarme si me quedo dormido —sugirió sonriendo.

Puse los ojos en blanco, pero no discutí. Me tumbé sobre las sábanas arrugadas, que ya habían recuperado su frescura, y con un pequeño temblor en la boca del estómago, me abrí de piernas para él.

Hicimos el amor como si estuviéramos bajo el agua, con los miembros pesados y lentos. Mudos, hablando sólo a través de una tosca pantomima. Casi no nos habíamos tocado de esa manera desde la muerte de Malva... y su imagen seguía presente entre nosotros.

Y no sólo ella. Durante un instante, traté de concentrarme únicamente en Jamie, centrando la atención en los recovecos íntimos de su cuerpo, tan conocidos para mí —la minúscula cicatriz blanca y triangular de su garganta, los remolinos de vello cobrizo y la piel bronceada por el sol—, pero estaba tan cansada que mi mente se negaba a cooperar, e insistía en mostrarme, en cambio, fragmentos azarosos de recuerdos o, lo que era más inquietante, de imaginación.

—No sirve —dije. Tenía los ojos bien cerrados y estaba aferrándome a las ropas de cama con ambas manos, apretando las sábanas con los dedos—. No puedo.

Él emitió un pequeño sonido de sorpresa, pero se apartó de inmediato, dejándome húmeda y temblorosa.

—¿Qué ocurre, *a nighean*? —preguntó en voz baja. No me tocó, pero se tumbó cerca.

—No lo sé —respondí, muy próxima a una sensación de pánico—. No puedo dejar de ver... lo lamento, lo lamento, Jamie. Veo a otras personas; es como si estuviera haciendo el amor con otros ho-hombres.

—Ah, ¿sí? —Parecía cauto, pero no disgustado.

Oí un crujido de tela y él me cubrió con la sábana. Aquello pareció ayudarme un poco, pero no demasiado. El corazón me golpeaba con fuerza en el pecho, me sentía mareada y me costaba respirar; la garganta se me cerraba todo el tiempo.

«*Bolus hystericus* —pensé con bastante calma—. Para, Beauchamp.» Era más fácil decirlo que hacerlo, pero dejé de preocuparme por sufrir un infarto.

—Ah... —La voz de Jamie seguía cauta—. ¿Quién? ¿Hodgepile y...?

—¡No! —Sentí un nudo de repulsión en el estómago al venirme a la mente el suceso. Tragué saliva—. No. Yo... ni siquiera había pensado en ello.

Se quedó callado y tumbado a mi lado, respirando. Tuve la impresión de que estaba, literalmente, partiéndome en pedazos.

—¿A quién ves, Claire? —susurró—. ¿Puedes decírmelo?

—A Frank —contesté con rapidez, antes de poder cambiar de idea—. Y a Tom. Y... y a Malva. —Mi pecho se sacudía, y sentía que jamás volvería a tener aire suficiente para respirar de nuevo—. Podía... de pronto, podía sentirlos a todos —exclamé—. Tocándome. Queriendo entrar. —Rodé de costado y oculté la cara en la almohada, como si fuera capaz de dejar todo atrás.

Jamie permaneció en silencio durante bastante tiempo. ¿Le había hecho daño? Lamentaba habérselo dicho... pero ya no me quedaban defensas. No podía mentir, ni siquiera por la mejor de las razones; simplemente, no tenía adónde ir, ningún sitio donde esconderme. Me sentía acosada por fantasmas que susurraban, por su pérdida, sus necesidades, su desesperado amor tirando de mí. Separándome de Jamie y de mí misma.

Tenía el cuerpo tenso y rígido, tratando de impedir su disolución, y la cara tan hundida en la almohada, intentando escapar, que sentí que tal vez me ahogaría, y me vi obligada a girar la cabeza, en busca de aire.

—Claire. —La voz de Jamie era suave, pero noté su aliento en mi cara y mis ojos se abrieron de inmediato. Sus ojos también eran suaves, y estaban oscurecidos por la pena. Con mucha lentitud, levantó una mano y me tocó los labios.

—Tom —exclamé—. Siento como si ya estuviera muerto por mi culpa, y es terrible. No puedo soportarlo, Jamie, ¡de verdad que no puedo!

—Lo sé. —Movió la mano, vaciló—. ¿Puedes soportar que te toque?

—No lo sé. —Tragué el bulto que se encontraba en mi garganta—. Inténtalo y lo comprobaremos.

Eso le provocó una sonrisa, aunque yo se lo había dicho muy en serio. Puso la mano con delicadeza en mi hombro e hizo que me volviera, luego me acercó de nuevo a su cuerpo, moviéndose lentamente, para concederme la posibilidad de apartarme. No lo hice.

Me hundí en él, y me aferré a su cuerpo como si fuera un palo flotante, lo único que evitaría que me ahogara. Y era cierto.

Me abrazó y me acarició el cabello durante mucho tiempo.

—¿Puedes llorar por ellos, *mo nighean donn*? —susurró por fin contra mi pelo—. Déjalos entrar.

La mera idea hizo que volviera a sentirme tensa a causa del pánico.

—No puedo.

—Llora por ellos —susurró, y su voz me abrió más profundamente que su miembro—. No puedes mantener a raya a un espíritu.

—No puedo. Me temo —dije, pero ya estaba alterada por la pena, y las lágrimas humedecían mi cara—. ¡No puedo!

Pero lo hice. Abandoné la lucha y me abrí al recuerdo y a la pena. Sollocé como si se me fuera a romper el corazón... y dejé que se rompiera, por ellos y por todos los que no pude salvar.

—Déjalos entrar, y llora por ellos, Claire —susurró—. Y cuando se hayan marchado, te llevaré a casa.

• • •

99

El antiguo amo

River Run

Había llovido con fuerza la noche anterior, y a pesar de que el día había amanecido soleado y caluroso, el suelo estaba empapado y parecía que de él saliera vapor, que se sumaba a la densidad del aire. Brianna se había recogido el cabello para tener el cuello despejado, pero algunos mechones se escapaban una y otra vez y terminaban colgando, húmedos, sobre su frente y sus mejillas, siempre en sus ojos. Irritada, se apartó un pelo con el dorso de la mano; se había manchado los dedos con el pigmento que estaba moliendo, y la humedad, por otra parte, tampoco la ayudaba en esa tarea, puesto que hacía que el polvo se apelmazara y se pegara a las paredes del mortero.

De todas formas, lo necesitaba; había recibido un nuevo encargo, y tenía que empezar esa misma tarde.

Jem también estaba por allí, aburrido, metiendo los dedos en todas partes. Cantaba para sí mismo, entre dientes; ella no le prestó atención hasta que, por casualidad, captó algunas palabras.

—¿Qué has dicho? —preguntó, acercándose a él con expresión de incredulidad—. No estarás cantando *Folsom Prison Blues*, ¿verdad?

Él la miró parpadeando, bajó la barbilla al pecho y dijo, con la voz más profunda que pudo:

—Hola. Soy Johnny Cash.

Ella estuvo a punto de echarse a reír a carcajadas, y sintió que las mejillas se le sonrosaban por el esfuerzo que hacía al contenerse.

—¿De dónde has sacado eso? —preguntó, aunque lo sabía perfectamente. Sólo había un lugar de donde hubiera podido sacarlo, y el corazón le dio un vuelco al pensarlo.

—De papá —respondió él con lógica.

—¿Has oído cantar a papá? —preguntó, tratando de parecer natural. Tendría que haber sido así. Y, lo que era igualmente obvio, era evidente que Roger estaba tratando de seguir el consejo de Claire, es decir, cambiar el registro de la voz para aflojar las cuerdas vocales.

—Ajá. Papá canta mucho. Me ha enseñado la canción del domingo por la mañana, y la de Tom Dooley y... un montón más —terminó, bastante desorientado.

—¿Sí? Bueno, eso es... ¡deja eso! —dijo, cuando él recogió con expresión distraída un saquito abierto de rubia.

—Uy. —Él miró con aire de culpabilidad la mancha de pintura que había salido del saco de cuero y aterrizado en su camisa, luego la miró a ella y trató de alejarse en dirección a la puerta.

—Uy, dices —replicó ella en tono sombrío—. ¡No te muevas! —Extendió una mano como una serpiente, lo agarró del cuello de la camisa y pasó con fuerza un trapo empapado en trementina por la pechera de la camisa de su hijo, con lo que no consiguió más que generar una gran mancha rosada donde antes había una franja muy roja.

Jem, mientras tanto, permaneció en silencio, moviendo la cabeza al mismo tiempo que ella tiraba de él hacia delante y hacia atrás, frotando.

—En cualquier caso, ¿qué has venido a hacer aquí? —preguntó ella enfadada—. ¿No te he dicho que buscaras algo que hacer? —Después de todo, había muchas cosas que hacer en River Run.

Él agachó la cabeza y murmuró algo, pero ella sólo captó la palabra «miedo».

—¿Miedo? ¿De qué? —Con algo más de delicadeza, le pasó la camisa por la cabeza.

—El fantasma.

—¿Qué fantasma? —le preguntó con recelo, sin saber aún cómo manejar aquel tema.

Era consciente de que todos los esclavos de River Run creían implícitamente en los fantasmas, como un hecho más en la vida. Lo mismo ocurría con casi todos los colonos escoceses de Cross Creek, Campbelton y el Cerro. Y con los alemanes de Salem y Bethania. Y, para el caso, también su propio padre.

De modo que no podía limitarse a informar a Jem de que los fantasmas no existían, en especial teniendo en cuenta que ella misma no estaba del todo convencida.

—El fantasma de *Maighistear àrsaidh* —dijo él, levantando la vista hacia ella por primera vez, con la preocupación reflejada en sus ojos azules—. Josh dice que anda por aquí...

Algo descendió por su espalda como si se tratara de un ciempiés. *Maighistear àrsaidh* era el antiguo amo: Hector Cameron. De manera involuntaria, miró en dirección a la ventana. Se encontraban en la pequeña habitación que estaba en lo alto del establo, donde Brianna se ocupaba de las tareas más sucias de la preparación de pinturas, y desde ese lugar podía ver con toda claridad el mausoleo de mármol blanco de Hector Cameron, que brillaba como un diente junto al césped, que se hallaba más abajo.

—Me pregunto por qué Josh habrá dicho eso —respondió ella, tratando de ganar tiempo. Su primer impulso fue observar que los fantasmas no caminaban a plena luz del día... pero la consecuencia evidente de ello era que caminaban por la noche, y lo último que quería hacer era provocar pesadillas a Jem.

—Dice que Angelina lo vio anteanoche. Un fantasma grande y viejo —dijo él estirando los brazos, con las manos abiertas como zarpas, y abriendo mucho los ojos en una evidente imitación del relato de Josh.

—¿Sí? ¿Y qué hacía? —Brianna mantenía un tono ligero, de cierto interés, que parecía funcionar; por el momento, Jem parecía más interesado que asustado.

—Caminaba —repuso Jem encogiéndose de hombros. Después de todo, ¿qué más hacían los fantasmas?

—¿Fumaba en pipa? —Ella había visto a un caballero alto paseando bajo los árboles en el césped y se le ocurrió una idea.

Jem parecía un poco atónito por la idea de un fantasma que fumaba en pipa.

—No lo sé —respondió él, dudando—. ¿Los fantasmas fuman en pipa?

—Lo dudo —contestó ella—. Pero el señor Buchanan, sí. ¿Lo ves allí, en el césped? —Se apartó, señaló la ventana con un gesto del mentón, y Jem se puso de puntillas para mirar por encima del alféizar.

El señor Buchanan, un conocido de Duncan que se alojaba en la residencia, estaba, de hecho, fumando una pipa en ese preciso instante; el débil aroma del tabaco penetró por la ventana abierta.

—Creo que probablemente Angelina haya visto al señor Buchanan caminando en la oscuridad —dijo ella—. Tal vez iba en camisa de dormir, en dirección al retrete, y ella lo vio todo blanco y creyó que era un fantasma.

Jem soltó una risita al pensar en ello. Parecía dispuesto a que lo tranquilizaran; de todas formas, encorvó sus delgados hombros y examinó al señor Buchanan.

—Josh dice que Angelina dice que el fantasma venía de la tumba del viejo señor Hector —respondió.

—Supongo que el señor Buchanan rodeó la tumba, ella lo vio caminando por un lado, y creyó que salía de allí —replicó Bree, evitando cuidadosamente cualquier pregunta sobre por qué un caballero escocés de mediana edad estaría rodeando tumbas en camisa de dormir, pero era obvio que esa idea no había llamado la atención de Jem.

Sí se le ocurrió preguntar, en cambio, qué hacía Angelina fuera en mitad de la noche viendo fantasmas, pero lo pensó mejor y se abstuvo. La razón más probable por la que una doncella saliera a hurtadillas durante la noche no era algo que un muchacho de la edad de Jemmy debiera escuchar.

Sus labios se tensaron al pensar en Malva Christie, quien tal vez había acudido a una cita amorosa en el huerto de Claire. «¿Quién?», se preguntó por enésima vez, mientras se santiguaba de forma automática con una breve plegaria por el reposo del alma de Malva. ¿Quién había sido? Si hubiera algún fantasma que caminara...

Un leve estremecimiento la atravesó, lo que a su vez hizo que tuviera una nueva idea.

—Creo que Angelina vio al señor Buchanan —dijo con firmeza—. Pero si tú alguna vez tienes miedo de los fantasmas, o de cualquier otra cosa, haz la señal de la cruz y reza una breve plegaria a tu ángel de la guarda.

Al decir esas palabras, Brianna sintió un ligero mareo, quizá por tratarse de un *déjà vu*. Se le ocurrió que alguien (¿su madre? ¿su padre?) le había dicho exactamente eso a ella en algún lejano momento de su niñez. ¿De qué habría tenido miedo? Ya no lo recordaba, pero sí la sensación de seguridad que le había proporcionado esa plegaria.

Jem frunció el ceño, titubeando; conocía la señal de la cruz, pero no estaba tan seguro de la plegaria del ángel. Ella la practicó con él, sintiéndose un poco culpable.

Era sólo cuestión de tiempo hasta que él hiciera algo manifiestamente católico —como la señal de la cruz— delante de alguien que fuera importante para Roger. La mayoría de las personas o bien suponían que la esposa del ministro era también protestante, o sabían la verdad pero no estaban en condiciones de armar un escándalo al respecto. Ella era consciente de algunos rumores que corrían entre la congregación de Roger, en especial a partir de la muerte de Malva y de las habladurías sobre sus padres (sintió que apretaba los labios con fuerza otra vez, y los relajó de forma consciente), pero Roger se negaba a prestar oídos a esa clase de comentarios.

Sintió una profunda punzada de añoranza por Roger, incluso con la preocupante idea de posibles complicaciones religiosas todavía en su mente. Él le había escrito; McCorkle, el miembro del consejo, se había retrasado, pero llegaría a Edenton esa misma semana. De modo que probablemente faltaba otra semana para que se reuniera la sesión presbiteriana, y luego él iría a River Run a buscarlos a Jem y a ella.

Estaba muy feliz por la perspectiva de ser ordenado; seguramente, una vez que se cumpliera ese proceso, no podrían apartarlo del sacerdocio... si es que era eso lo que hacían con los ministros herejes por tener una esposa católica.

¿Se convertiría ella, si fuera necesario, para que Roger alcanzara lo que deseaba? El pensamiento hizo que se sintiera hueca, y abrazó a Jemmy para tranquilizarse. La piel del niño estaba húmeda y seguía siendo suave como la de un bebé, pero pudo sentir la dureza de sus huesos, que prometían un tamaño que algún día igualaría el de su padre y su abuelo. Su padre... ese pensamiento pequeño y brillante serenó todas sus inquietudes e incluso alivió el dolor de echar de menos a Roger.

Ya hacía bastante tiempo que a Jemmy había vuelto a crecerle el cabello, pero ella besó el punto detrás de la oreja izquierda donde estaba la marca oculta, haciendo que él encorvara los hombros y lanzara una risita a causa de las cosquillas que le provocaba su aliento en el cuello.

Entonces Brianna lo mandó a que le llevara la camisa manchada de pintura a Matilda, la lavandera, para ver qué se podía hacer, y regresó a su tarea.

Parecía que la malaquita de su mortero desprendía un olor extraño; lo cogió y lo olfateó, aunque era consciente de que la idea era ridícula; una piedra molida no podía pudrirse. Tal vez la mezcla de trementina y el humo de la pipa del señor Buchanan estaban afectando a su sentido del olfato. Meneó la cabeza y vertió el suave polvo verde en un frasco, con mucho cuidado, para mezclarlo más tarde con aceite de nuez o emplearlo en témpera de huevo.

Lanzó una mirada de asentimiento sobre la selección de cajas y recipientes (algunos proporcionados por la tía Yocasta, y otros, cortesía de John Grey, que los había hecho enviar especialmente desde Londres), y los frascos y bandejas de secado de los pigmentos que ella misma había molido, para ver qué más hacía falta.

Esa tarde iba a dedicarse sólo a los bocetos preliminares —el encargo consistía en un retrato de la anciana madre del señor

Forbes—, pero tal vez dispusiera sólo de una o dos semanas para terminar el trabajo antes de que regresara Roger; no podía perder...

Un mareo hizo que se sentara de inmediato, y unos puntos negros flotaron en su visión. Apoyó la cabeza entre las rodillas y respiró hondo. No resultó de mucha ayuda; el aire estaba impregnado de olor a trementina, y se sentía espeso con el hedor putrefacto de los establos de la planta inferior.

Levantó la cabeza y se aferró al borde de la mesa. Sus entrañas parecían haberse convertido de pronto en una sustancia líquida que pasaba del vientre a la garganta para luego regresar, dejándole el aroma amargo de la bilis en el fondo de la nariz.

—¡Oh, Dios mío!

El líquido de su vientre ascendió hasta la garganta, y Brianna apenas tuvo tiempo de coger la palangana que había sobre la mesa y tirar el agua al suelo antes de que el estómago le diera un vuelco en su frenético esfuerzo por vaciarse.

Apartó la palangana con mucho cuidado y se sentó, jadeando, contemplando la mancha húmeda del suelo, mientras el mundo debajo de ella se movía en su eje y se acomodaba en un ángulo nuevo y extraño.

—Felicidades, Roger —dijo en voz alta, con un tono distante e incierto en el aire húmedo y sofocante—. Creo que vas a ser padre. Otra vez.

Permaneció sentada e inmóvil durante un instante, examinando con cuidado las sensaciones de su cuerpo, tratando de hallar alguna certeza. No había tenido mareos con Jemmy... pero sí recordaba esa extraña alteración de los sentidos, ese peculiar estado llamado sinestesia, en virtud del cual, la vista, el olfato, el gusto y a veces también el oído mezclaban, cada cierto tiempo y de una manera muy rara, sus características.

La sensación desapareció tan de improviso como se había presentado; el picante olor del tabaco del señor Buchanan era mucho más intenso, pero ahora sólo era el tenue ardor de hojas de tabaco, y no una cosa de motas marrones y verdosas que se retorcía a través de sus senos nasales y agitaba las membranas de su cerebro como un tejado de hojalata bajo una tormenta de granizo.

Brianna se había concentrado tanto en sus sensaciones corporales, y en lo que podían o no significar, que no había oído las voces de la habitación contigua, que era la modesta guarida de Duncan, donde él guardaba los libros y las cuentas de la propiedad y —creía ella— se escondía cuando la majestuosidad de la casa principal lo abrumaba demasiado.

El señor Buchanan estaba allí junto a Duncan, y lo que había comenzado como un cordial intercambio de palabras estaba empezando a mostrar señales de tensión. Ella se levantó, aliviada al darse cuenta de que sólo le quedaba un ligero sudor residual, y recogió la palangana. Sintió la natural inclinación humana de espiar, pero en los últimos tiempos se cuidaba de escuchar lo que no debía.

Duncan y su tía Yocasta eran acérrimos leales a la Corona, y nada que ella pudiera decir a modo de respetuosa exhortación o argumento lógico los desviaría de su ideología. Ella había oído más de una vez las conversaciones privadas de Duncan con *tories* de la zona, que habían hecho que su corazón se empequeñeciera de temor, ya que conocía cuál sería el resultado de los acontecimientos.

Allí, en el valle, en el corazón de la región de Cape Fear, muchos de los ciudadanos de valía eran leales a la Corona y estaban convencidos de que los actos de violencia que tenían lugar en el norte eran un escándalo desproporcionado que podría ser innecesario y que, si no lo era, en todo caso poco tenía que ver con ellos, y que lo que más se precisaba era una mano firme que contuviera a los enloquecidos *whigs* antes de que sus excesos provocaran una represalia ruinosa. Saber que precisamente esa represalia estaba en camino —y que caería sobre personas por las que sentía afecto, o incluso amaba— provocaba en Brianna una fría sensación de horror opresivo que le helaba la sangre.

—Entonces, ¿qué? —Cuando abrió la puerta, pudo oír con claridad la voz impaciente de Buchanan—. Ellos no van a esperar, Duncan. Debo tener el dinero antes del miércoles, o Dunkling venderá las armas en otra parte; sabes que hay más demanda que oferta. Si le ofrecemos oro, esperará... pero no durante mucho tiempo.

—Sí, lo sé muy bien, Sawny. —Duncan también parecía impaciente y muy intranquilo, pensó Brianna—. Si puede hacerse, se hará.

—¿Si...? —preguntó Buchanan—. ¿Qué significa ese «si»? Hasta ahora, siempre ha sido «Ah, sí, Sawny, no hay ningún problema, Sawny, dile a Dunkling que tenemos un trato, por supuesto, Sawny...».

—He dicho, Alexander, que si puede hacerse, se hará. —La voz de Duncan era grave, pero de pronto había adquirido un tono acerado que ella jamás había oído antes.

Buchanan dijo algo grosero en gaélico y, de pronto, la puerta de la oficina de Duncan se abrió y él salió por ella, tan irritado que apenas la vio y no la saludó más que con un brusco gesto al pasar, lo que a Bree le pareció bien, teniendo en cuenta que estaba allí con un cuenco lleno de vómito.

Antes de que pudiera librarse de él, apareció también Duncan. Estaba acalorado y extremadamente preocupado. Pero sí notó su presencia.

—¿Cómo te encuentras, muchacha? —preguntó, al tiempo que la miraba con los ojos entornados—. Estás verde; ¿te ha sentado algo mal?

—Creo que sí. Pero ya me encuentro bien —contestó, apresurándose a volver a meter el cuenco en la habitación tras ella. Lo dejó en el suelo y luego cerró la puerta—. ¿Tú... estás bien, Duncan?

Él vaciló un instante, pero lo que fuera que le preocupaba era demasiado abrumador como para ocultarlo. Miró a su alrededor, pero a esa hora del día no había ningún esclavo cerca. Aun así, se acercó a ella y bajó la voz.

—Por casualidad, tú... ¿has visto algo peculiar, *a nighean*?

—¿Peculiar en qué sentido?

Él se frotó sus bigotes caídos con un nudillo y volvió a mirar a su alrededor.

—Pongamos, cerca de la tumba de Hector Cameron —preguntó, con la voz apenas audible.

Su diafragma, que seguía irritado por haber vomitado, se contrajo de repente al escuchar esas palabras, y se llevó una mano al vientre.

—¿Sí? —La expresión de Duncan se hizo más intensa.

—Yo no —dijo, y le habló de Jemmy, Angelina y el supuesto fantasma—. Se me ha ocurrido que podría ser el señor Buchanan —terminó, haciendo un gesto hacia la escalera por la que se había desvanecido Alexander Buchanan.

—Caramba, qué idea tan interesante —murmuró Duncan, frotándose, distraído, sus sienes entrecanas—. Pero no... seguramente no. Él no podría... aunque es una idea interesante. —A Brianna le pareció que Duncan había recuperado una leve esperanza.

—Duncan... ¿puedes decirme qué ocurre?

Él respiró profundamente, meneando la cabeza, no como negación, sino en un gesto de perplejidad, y espiró, encorvando los hombros.

—El oro —se limitó a decir—. Ha desaparecido.

Siete mil libras en lingotes de oro era una cantidad importante, en todos los sentidos. Brianna no tenía ni idea de cuánto podría pesar, pero había llenado por completo el ataúd de Yocasta, ubicado de forma casta junto al de Hector Cameron en el mausoleo de la familia.

—¿Qué quieres decir con «desaparecido»? —preguntó—. ¿Todo?

Duncan le agarró el brazo con la cara contraída en un intento de callarla.

—Sí, todo —respondió, mirando a su alrededor otra vez—. ¡Por el amor de Dios, muchacha, no grites!

—¿Cuándo desapareció? O, mejor dicho —se corrigió—, ¿cuándo te has enterado de que ya no está allí?

—Anoche. —Miró a su alrededor otra vez, y señaló su despacho con un gesto—. Entra, muchacha, te lo contaré.

El nerviosismo de Duncan disminuyó un poco mientras le explicaba la historia; cuando terminó, su cuerpo ya había recuperado cierta serenidad.

Esas siete mil libras era lo que quedaba de las diez mil originales, que, a su vez, eran un tercio de las treinta mil que Luis de Francia había enviado —demasiado tarde— en apoyo del fallido intento de Carlos Estuardo de hacerse con los tronos de Inglaterra y Escocia.

—Hector siempre fue cuidadoso, ¿sabes? —explicó Duncan—. Vivía como un hombre rico, pero limitándose a los medios que un lugar como éste... —hizo un gesto con la mano, señalando los terrenos y las propiedades de River Run— podría proporcionarle. Gastó mil libras en comprar la tierra y construir la casa; luego, con los años, otras mil en esclavos, ganado y cosas similares. E ingresó otras mil en el banco. Yocasta me comentó que él no podía soportar pensar en todo ese dinero inmóvil, sin generar ningún interés... —Le lanzó una pequeña mirada irónica—. Aunque fue lo bastante astuto como para no atraer la atención ingresándolo en su totalidad. Supongo que su intención tal vez era invertir el resto poco a poco... pero falleció antes de poder hacerlo.

Dejando a Yocasta como una viuda adinerada... pero incluso más cuidadosa que su marido en cuanto a atraer atenciones indebidas. De modo que el oro había permanecido oculto y a salvo en su escondite, con la excepción de un lingote que Ulises había ido raspando y usando poco a poco, y que también había desaparecido, recordó Brianna con un estremecimiento. Estaba claro que alguien sí conocía la existencia del oro.

Tal vez el que se había llevado aquel lingote suponía que había más... y había acechado, en silencio, con paciencia, hasta encontrarlo.

Pero ahora...

—¿Has oído hablar del general MacDonald?

Brianna había escuchado ese nombre en más de una conversación últimamente; suponía que se trataba de un general escocés, más o menos retirado, que se había alojado aquí y allí como huésped de distintas familias destacadas. Pero no había oído nada acerca de cuál sería su propósito.

—Tiene intención de reunir hombres, tres o cuatro mil, entre los escoceses de las Highlands, para marchar hacia la costa. El gobernador ha pedido ayuda; van a venir barcos con tropas. Y los hombres del general bajarán por el valle de Cape Fear. —Hizo un elegante gesto abarcador con la mano—. Se reunirán con el gobernador y sus tropas... y caerán en un movimiento de pinzas sobre las milicias rebeldes que se están formando.

—Y tú tenías intención de entregarle el oro... —señaló Bree, y se corrigió—: O no. Pensabas entregarle armas y pólvora.

Él asintió y se mascó los bigotes, con una expresión de infelicidad.

—Un hombre llamado Dunkling; Alexander lo conoce. Lord Dunsmore está almacenando grandes cantidades de pólvora y armas en Virginia. Dunkling es uno de sus tenientes... y está dispuesto a ceder parte de ese armamento a cambio de oro.

—Que ahora ha desaparecido. —Ella respiró hondo, sintiendo un hilo de sudor que corría entre sus pechos y empapaba aún más su camisola.

—Que ahora ha desaparecido —admitió él en tono lúgubre—. De modo que debo preguntarme quién era ese fantasma de Jemmy, ¿no?

Un fantasma, sin duda, ya que el hecho de que alguien hubiera entrado en un lugar como River Run, lleno de gente, y hubiera transportado varios cientos de kilos de oro sin que nadie lo advirtiera...

El sonido de pisadas en la escalera hizo que Duncan moviera la cabeza de pronto en dirección a la puerta, pero no era más que Josh, uno de los mozos de cuadra negros, con el sombrero en la mano.

—Deberíamos marcharnos, señorita Bree —dijo, con una respetuosa inclinación de la cabeza—. Para aprovechar la luz, ¿sabe?

Se refería a sus dibujos. Había una hora de viaje hasta Cross Creek y la casa del abogado Forbes, y el sol estaba elevándose al cénit a gran velocidad.

Ella miró sus dedos, manchados de verde, y recordó su cabello, que caía de su moño improvisado; antes que nada, tendría que arreglarse un poco.

—Ve, muchacha. —Duncan hizo un gesto hacia la puerta, con su delgado rostro todavía marcado por las arrugas de la preocupación, pero algo más aliviado tras haber compartido la información.

Ella lo besó afectuosamente en la frente y bajó con Josh. Estaba preocupada, y no sólo por el oro que había desaparecido y los fantasmas que merodeaban por la zona. De modo que el general MacDonald... Si tenía intención de reunir combatientes entre los escoceses de las Highlands, por supuesto que acudiría a su padre.

Como Roger le había comentado poco antes, «Jamie puede caminar por la cuerda floja entre *whigs* y *tories* mejor que cualquier hombre que conozco... pero cuando las cosas se pongan difíciles... tendrá que saltar».

Las cosas ya se habían puesto bastante difíciles en Mecklenburg, pero el toque de gracia se llamaba MacDonald.

100

Un viaje a la costa

Gerald Forbes consideró prudente ausentarse durante un tiempo de los lugares que solía frecuentar y se marchó a Edenton, con la excusa de llevar a su anciana madre a visitar a su todavía más anciana hermana. Había disfrutado del largo viaje, a pesar de las quejas de su madre sobre las nubes de polvo que levantaba otro carruaje que los precedía.

Se había resistido a apartar la mirada del otro carruaje, un vehículo pequeño y con buenos amortiguadores, cuyas ventanas estaban herméticamente cerradas y cubiertas con gruesas cortinas. Pero él siempre había sido un hijo devoto y, a la siguiente parada, fue a hablar con el conductor. El otro carruaje accedió a quedarse un poco atrás y los siguió a una distancia prudente.

—¿Qué estás mirando, Gerald? —exigió saber su madre, alzando la mirada, que había estado centrada en su broche favorito de color granate—. Ésta es la tercera vez que miras por la ventana.

—Nada, madre —contestó él, inspirando profundamente—. Sólo disfruto del día. Hace un tiempo perfecto, ¿no crees?

La señora Forbes hizo un gesto de desdén, pero accedió a ponerse las gafas en la nariz, y se inclinó para mirar.

—Sí, es bastante bueno —admitió dudosa—. Pero hace calor, y tanta humedad que, si escurrieras tu camisa, podrías llenar varios cubos.

—No te preocupes, *a leannan* —dijo él, palmeándole el hombro cubierto de tela negra—. Llegaremos a Edenton de un momento a otro. Allí hará más fresco. ¡Y dicen que no hay nada como la brisa marina para coger color en las mejillas!

101

Guardia nocturna

Edenton

La casa del reverendo McMillan daba al mar, lo que era una bendición en aquel clima caluroso y húmedo. La brisa que procedía del mar al atardecer lo barría todo: el calor, el humo del hogar y los mosquitos. Los hombres se sentaron en el gran porche después de cenar, fumando sus pipas y disfrutando del fresco.

Pero el disfrute de Roger quedaba alterado por la conciencia culpable de que la esposa del reverendo McMillan y sus tres hijas estuvieran sudando a mares, fregando los platos, ordenando, barriendo los suelos, hirviendo los huesos de jamón que habían sobrado de la cena con lentejas para la sopa del día siguiente, acostando a los niños y, en términos generales, deslomándose como esclavas en los asfixiantes confines de la casa. En su propia casa, se habría sentido obligado a colaborar con esas tareas o, en caso contrario, se enfrentaría a la ira de Brianna; aquí, una oferta semejante habría sido recibida con incredulidad y una expresión de asombro, seguida de una profunda sospecha. Así que permaneció sentado plácidamente en la fresca brisa del anochecer, observando los barcos pesqueros que atravesaban el agua del estrecho y tomando algo que pasaba por café, inmerso en una agradable conversación masculina.

Se le ocurrió que, de vez en cuando, había que reconocer la parte positiva del modelo dieciochesco de los roles de género.

Hablaban de las noticias procedentes del sur: la huida del gobernador Martin de New Bern y el incendio del fuerte Johnston. El clima político de Edenton era fuertemente pro *whig*, y el grupo era, en gran medida, sacerdotal: el reverendo doctor McCorkle, su secretario Warren Lee, el reverendo Jay McMillan, el reverendo Patrick Duggan y cuatro «solicitantes» que esperaban ser ordenados, además de Roger; pero aún había desacuerdos políticos que fluían bajo la superficie cordial de la conversación.

Por su parte, Roger decía poco; no deseaba ofender la hospitalidad de McMillan sumando sus argumentos a alguna de las posiciones; además, algo en su interior deseaba calma para reflexionar sobre el día siguiente.

Pero en ese momento la conversación tomó un nuevo giro, y él estaba absorto y prestando mucha atención. El Congreso Continental se había reunido dos meses antes, y al general Washington le habían concedido el mando del ejército continental. Warren Lee había estado en Boston justo después, y estaba proporcionando al grupo un vívido relato de la batalla de Breed's Hill, que él había presenciado.

—El general Putnam trajo carros llenos de tierra y maleza al istmo de la península de Charlestown... ¿Ha dicho usted que la conocía, señor? —preguntó, volviéndose cortésmente hacia Roger—. Bueno, el coronel Prescott ya estaba allí, con dos compañías de milicianos de Massachusetts, y partes de otra de Connecticut... Serían tal vez unos mil hombres en total, y, ¡por Dios, los campamentos apestaban!

Su suave acento sureño —Lee era de Virginia— delató un ligero toque de diversión, que se desvaneció cuando continuó con el relato.

—El general Ward había dado órdenes de que se fortificara una colina, Bunker Hill la llaman, por el viejo reducto que hay en la cima. Pero el coronel Prescott subió y no le gustó demasiado su aspecto; iba acompañado del señor Gridley, un ingeniero. De modo que dejaron allí un destacamento y se dirigieron a Breed's Hill, que consideraron mejor para su propósito, puesto que se encuentra más cerca del puerto.

»Recuerden que todo esto ocurre por la noche. Yo estaba con una de las compañías de Massachusetts, y marchamos a buen ritmo; luego nos pasamos toda la noche, entre la medianoche y el amanecer, cavando trincheras y erigiendo murallas de casi dos metros de altura en torno al perímetro.

»Cuando amaneció, nos ocultamos detrás de nuestras fortificaciones justo a tiempo, porque apareció un buque británico en el puerto, dicen que era el *Lively*, que abrió fuego apenas salió el sol. Parecía bastante bonito, pues aún había bruma, y el cañón la iluminó con destellos rojos. Pero no causó ningún daño; la mayoría de los proyectiles cayeron antes de llegar al puerto, aunque sí vi algunos que colisionaron en un buque ballenero que se incendió como si fuera un montón de maderas secas. Los miembros de la tripulación saltaron al agua como pulgas cuando el *Lively* comenzó a disparar. Desde donde yo me encontraba, pude ver cómo corrían arriba y abajo en el muelle, sacudiendo los puños... entonces, el *Lively* disparó de nuevo y todos se echaron al suelo o corrieron como conejos.

La luz ya casi se había desvanecido y el joven rostro de Lee se había vuelto invisible en las sombras, pero la diversión de su voz provocó un murmullo de risas entre el resto de los hombres.

—Se produjeron más disparos procedentes de una pequeña batería en Copp's Hill, y uno o dos de los otros barcos lanzaron algunos cañonazos, pero cuando vieron que con ello no lograban nada, cesaron. Luego vinieron algunos hombres de New Hampshire para sumarse a nosotros, lo que fue muy alentador. Pero el general Putnam mandó a una buena cantidad de hombres de regreso para que trabajaran en la fortificación de Bunker, y los que habían acabado de llegar de New Hampshire tuvieron que inclinarse mucho a la izquierda, donde no tenían ninguna protección, excepto unas vallas de alambre rellenas con hierba cortada. Al verlos allí abajo, caballeros, me alegré de disponer de un sólido terraplén de un metro y medio delante de mí.

Ni cortas ni perezosas, las tropas británicas habían cruzado el río Charles bajo el sol del mediodía, con los buques de guerra detrás de ellos y las baterías en la orilla, que los cubrían con sus disparos.

—Nosotros no devolvimos el fuego, desde luego. No teníamos cañones —dijo Lee, encogiendo mucho los hombros.

Roger, que escuchaba con gran atención, no pudo evitar hacer una pregunta en ese momento.

—¿Es cierto que el coronel Stark dijo: «No disparéis hasta que les veáis el blanco de los ojos»?

Lee tosió discretamente.

—Bueno, señor. No podría asegurar que nadie dijera eso; yo no lo oí, desde luego. Aunque sí oí a un coronel que gritó: «¡Si algún necio hijo de puta malgasta su munición antes de que esos bastardos estén lo bastante cerca como para matarlos, le voy a meter la culata de su mosquete por el culo!»

El grupo estalló en una carcajada. No obstante, una pregunta de la señora McMillan, que había salido a ofrecerles un refrigerio, respecto al motivo de su alegría hizo que callaran todos de inmediato, y escucharon el resto del relato de Lee, adoptando una apariencia de sobria atención.

—Bueno. Entonces vinieron, y debo decir que su imagen era imponente. Tenían varios regimientos, todos de distintos colores, fusileros y granaderos, infantes de la Marina Real y una buena cantidad de infantería ligera, todos cubriendo el terreno como una multitud de hormigas, e igual de feroces.

»Por mi parte, no puedo decir que me comportara con gran valentía, caballeros, pero los que estaban a mi alrededor fueron muy audaces. Dejamos que llegaran, y las primeras filas no estaban a más de tres metros cuando nuestra andanada los atravesó.

»Se recuperaron, regresaron y los atravesamos de nuevo; cayeron como moscas. Y los oficiales... Había un gran número de oficiales que iban a caballo, ¿saben? Yo... disparé a uno. Se desplomó a un lado, pero no cayó al suelo... su caballo se lo llevó. Aunque se balanceaba un poco, con la cabeza floja, no cayó.

La voz de Lee había perdido un poco de brío, y Roger vio cómo la corpulenta silueta del reverendo doctor McCorkle se inclinaba hacia su secretario y le tocaba el hombro.

—Volvieron a reagruparse y regresaron. Y... a nosotros casi no nos quedaba munición. Avanzaron sobre el terraplén y las vallas. Con las bayonetas caladas.

Roger estaba sentado en la escalera del porche y Lee se hallaba más arriba, a unos metros de distancia, pero pudo oír cómo el joven tragaba saliva.

—Retrocedimos. Así es como lo llaman. En realidad, echamos a correr. Y ellos también.

Volvió a tragar saliva.

—Una bayoneta... hace un ruido terrible cuando se clava en un hombre. Simplemente... terrible. A pesar de que no puedo describirlo de la manera correcta, lo cierto es que lo oí, y más de una vez. Aquel día, muchas atravesaron varios cuerpos... los ensartaban y luego tiraban de la hoja, y los dejaban agonizando en el suelo, sacudiéndose como si fueran peces.

Roger había visto —y manejado— en diversas ocasiones bayonetas del siglo XVIII. Una hoja triangular de cuarenta y tres centímetros, pesada y brutal, con un surco para la sangre a un lado. De repente, pensó en la cicatriz arrugada en el muslo de Jamie Fraser y se puso de pie. Murmurando una breve excusa, salió del porche y caminó hasta la costa, deteniéndose un instante para quitarse los zapatos y las medias.

La marea estaba bajando; sus pies descalzos notaban que la arena y los guijarros estaban mojados y fríos. La brisa agitaba débilmente las hojas de las palmeras que se encontraban a su espalda y un grupo de pelícanos volaba cerca de la orilla, solemne frente a los últimos rayos de sol. Caminó un poco hacia el rompiente, y unas pequeñas olas tiraron de sus pies, llevándose la arena que pisaba y haciendo que se balanceara y cambiara de posición para mantener el equilibrio.

A lo lejos, en el agua del estrecho de Albemarle, pudo ver luces; barcos pesqueros, con pequeñas hogueras construidas en cajas de arena a bordo, para encender las antorchas que los pescadores balanceaban a un lado. Parecía que flotaran en el aire, moviéndose de un lado a otro, y su reflejo en el agua parpadeaba lentamente como si se tratara de luciérnagas.

Las estrellas comenzaban a aparecer. Se quedó de pie mirando hacia arriba, intentando vaciar la mente y el corazón, y abrirse al amor de Dios.

Mañana sería ministro. «Serás sacerdote para siempre —decía el servicio de ordenación, citando la Biblia—, *en la orden de Melquisedec.*»

—¿Tienes miedo? —le había preguntado Brianna cuando él se lo dijo.

—Sí —respondió, en voz baja, pero audible.

Se quedó inmóvil hasta que la marea lo abandonó, y luego la siguió, internándose en el agua, deseando el rítmico roce de las olas.

—¿Lo harás de todas maneras?

—Sí —volvió a decir, en una voz todavía más leve. No tenía ni idea de qué era a lo que estaba accediendo, pero en cualquier caso dijo que sí.

Tras él, en la playa, la brisa hacía que cada cierto tiempo oyera risas y unas cuantas palabras provenientes del porche del reverendo McMillan. De modo que ya habían dejado de hablar de la guerra y la muerte.

¿Alguno de ellos habría matado alguna vez a un hombre? Lee, quizá. ¿El reverendo doctor McCorkle? Roger resopló ante ese pensamiento, pero no lo descartó. Se volvió y caminó un poco más, hasta que los únicos sonidos fueron los de las olas y el viento procedente del agua.

Examen de conciencia. Eso era lo que solían hacer los escuderos, pensó, sonriendo irónicamente al recordarlo. La noche antes de convertirse en caballero, el joven guardaba vigilia en una iglesia o una capilla, viendo pasar la noche, tan sólo iluminado por el resplandor de una lámpara del santuario, en oración.

«¿Para qué?», se preguntó. Pureza mental, determinación. ¿Coraje? ¿O quizá perdón?

Él no había tenido intención de matar a Randall Lillington; aquello había sido casi un accidente y, lo que no, había sido en defensa propia. Pero él había estado cazando en ese momento, había ido en busca de Stephen Bonnet, con el propósito de matarlo a sangre fría. Y Harley Boble. Todavía podía ver el brillo en los ojos del ladrón de ladrones, sentir, en los huesos de su propio brazo, el eco del golpe y el sonido del cráneo al partirse. En ese caso, sí había tenido intención de hacerlo. Podría haber parado. Pero no lo hizo.

Al día siguiente juraría ante Dios que creía en la doctrina de la predestinación, que había sido destinado a hacer lo que había hecho. Tal vez.

«Tal vez no lo crea tanto —pensó, con un atisbo de duda—. Pero es posible que sí. Por Dios... perdón —se disculpó mentalmente—. ¿Puedo ser un ministro adecuado, con todas estas dudas? Creo que todos las tienen, pero si yo tengo demasiadas... tal vez sería mejor que me lo hicieras saber antes de que sea demasiado tarde.»

Los pies se le habían entumecido y el cielo ardía en una gloria de estrellas, gruesas en el terciopelo negro de la noche. Cerca, entre los guijarros, oyó un crujido de pasos.

Era Warren Lee... alto y desgarbado a la luz de las estrellas, el secretario del reverendo doctor McCorkle y exmiliciano.

—Me apetecía tomar un poco el aire —dijo Lee, con una voz apenas audible con el susurro del mar.

—Sí, bueno, hay mucho, y es gratis —contestó Roger, tan amablemente como pudo. Lee soltó una breve risa a modo de respuesta, pero no parecía muy dispuesto a hablar.

Permanecieron allí un tiempo, contemplando los barcos de pesca. Luego, en un consenso tácito, regresaron. La casa estaba oscura, y el porche, desierto. Una vela solitaria estaba encendida en la ventana, iluminando el camino.

—Aquel oficial, al que disparé... —le espetó Lee de pronto—. Rezo por él todas las noches.

Luego guardó silencio, avergonzado. Roger respiró lenta y profundamente, sintiendo el tirón de su propio corazón. ¿Alguna vez había rezado por Lillington, o por Boble?

—Yo también lo haré —dijo.

—Gracias —replicó Lee en voz muy baja y, juntos, recorrieron el camino desde la playa, se detuvieron para recoger los zapatos y regresaron caminando descalzos, con la arena secándose en los pies.

Se sentaron en los escalones para limpiárselos antes de entrar, y la puerta detrás de ellos se abrió.

—¿Señor MacKenzie? —preguntó el reverendo McMillan, y algo en su voz hizo que Roger se pusiera de pie de repente, con el corazón latiéndole a toda velocidad—. Tiene usted una visita.

Vio la alta silueta detrás de McMillan y lo supo, incluso antes de que apareciera el rostro pálido y feroz de Jamie Fraser, con los ojos negros a la luz de la vela.

—Se ha llevado a Brianna —dijo Jamie sin preámbulos—. Ven conmigo.

102

Anemone

Más arriba, unos pies se arrastraban hacia un lado y hacia otro, y ella pudo oír voces, aunque la mayoría de las palabras estaban demasiado amortiguadas como para distinguirlas. Oyó un coro de gritos joviales en el lado más cercano a la orilla y cordiales chillidos femeninos como respuesta.

El camarote tenía una ventana amplia detrás del catre (se preguntó si en un barco también se llamaba ventana o si tenía algún tipo de nombre náutico), inclinada siguiendo el ángulo de popa. Estaba constituida por pequeños y gruesos cristales entre soportes de plomo. No existía ninguna posibilidad de escapar por allí, pero sí le ofrecía aire y, tal vez, información sobre su paradero.

Reprimiendo una punzada de asco, trepó por encima de las sábanas manchadas y arrugadas de la cama. Se acercó a la ventana y sacó la cara por uno de los paneles abiertos, respirando profundamente para disipar el olor del camarote, aunque el del puerto no era mucho mejor, cargado, como estaba, del tufo de pescados muertos, aguas residuales y arcilla.

Pudo vislumbrar un pequeño muelle con figuras moviéndose sobre él. En la orilla había una fogata, en las afueras de un edificio bajo y blanqueado, con una cubierta construida con hojas de palmera. Estaba demasiado oscuro para ver qué había más allá del edificio. Pensó que como mínimo debía de haber un pequeño pueblo, a juzgar por el bullicio de la gente del muelle.

Al otro lado de la puerta del camarote, oyó voces que se acercaban. «... Me reuniré con él en Ocracoke cuando haya luna nueva», dijo uno, a lo que el otro respondió algo con un balbuceo indistinguible, antes de que la puerta se abriera de golpe.

—¿Quieres sumarte a la fiesta, cariño? ¿O has empezado sin mí? —Brianna se dio la vuelta, con el corazón martilleando en la garganta. Stephen Bonnet estaba en la puerta del camarote, con una botella en la mano y una ligera sonrisa en el rostro. Ella tomó un profundo aliento para atenuar la impresión, y casi se atragantó por el rancio hedor a sexo que ascendía de las sábanas, que se encontraban bajo sus rodillas. Bajó de la cama sin prestar atención a su ropa y notó un rasgón en la cintura cuando su pierna quedó atrapada en la falda.

—¿Dónde estamos? —preguntó. Su voz sonaba estridente, e incluso a ella le pareció temerosa.

—En el *Anemone* —contestó él con paciencia, sin dejar de sonreír.

—¡Sabes que no me refiero a eso! —El cuello de su vestido y su enagua se habían desgarrado durante la pelea, cuando los hombres la bajaron del caballo, y la mayor parte de uno de sus pechos había quedado al descubierto; levantó una mano, volviendo a poner la tela en su lugar.

—¿Lo sé? —Él puso la botella sobre el escritorio y extendió la mano para deshacer el nudo del pañuelo que llevaba en el cuello—. Ah, así está mejor. —Bonnet se frotó la oscura línea roja que tenía en la garganta y ella tuvo una repentina y penetrante visión de la garganta de Roger, con su cicatriz irregular.

—Quiero saber cómo se llama este pueblo —dijo ella, con una voz más grave y taladrándolo con la mirada. No esperaba que lo que funcionaba con los arrendatarios de su padre funcionara con él, pero adoptar un aire de autoridad la ayudó a calmarse un poco.

—Bueno, ése es un deseo fácil de cumplir, por supuesto. —Hizo un gesto despreocupado hacia la costa—. Roanoke. —Se quitó el abrigo y lo arrojó descuidadamente sobre un taburete. El lino de su camisa estaba arrugado y colgaba, húmedo, sobre su pecho y sus hombros—. Será mejor que te quites el vestido, querida; hace calor.

Buscó las cintas que ataban su camisa, y ella se apartó con brusquedad de la cama, recorriendo el camarote con la mirada, buscando algo en las sombras que pudiera usar como arma. El taburete, la lámpara, el cuaderno de bitácora, una botella... Allí estaba. Un pedazo de madera entre la basura que estaba sobre el escritorio, el extremo romo de un punzón.

Él frunció el ceño, con la atención fija durante un instante en un nudo de la cinta. Ella dio dos grandes pasos y cogió el punzón, arrancándolo del escritorio en una lluvia de basura y retazos que crearon un gran estrépito.

—Atrás. —Blandió la improvisada arma como un bate de béisbol, cogiéndola con ambas manos. El sudor le descendía por el hueco de la espalda, pero sentía las manos frías, y su rostro alternaba entre el frío y el calor, mientras olas de calor y terror le recorrían la piel.

Bonnet la miró como si se hubiese vuelto loca.

—¿Qué pretendes hacer con eso, mujer? —Dejó la camisa y dio un paso hacia ella. Brianna retrocedió y levantó el palo.

—¡No me toques, cabrón hijo de puta!

Él la contempló con sus ojos de color verde pálido, muy abiertos y sin parpadear, con una sonrisa pequeña y extraña. Sin dejar de sonreír, dio otro paso hacia ella. Luego otro, y el miedo se evaporó para convertirse en un arrebato de ira. Ella encogió los hombros y los levantó, lista para atacar.

—¡Hablo en serio! Atrás, o te mato. ¡Sabré quién es el padre de este bebé si muero por él!

Él había levantado una mano, como si fuera a coger el garrote y arrancárselo, pero al oírla se detuvo de repente.

—¿Bebé? ¿Estás embarazada?

Ella tragó saliva; seguía costándole respirar. La sangre le golpeaba en las orejas y la madera lisa resbalaba en sus sudorosas palmas. Apretó un poco más el palo, tratando de mantener viva la ira, pero ya estaba desapareciendo.

—Sí, creo que sí. Lo sabré con seguridad dentro de dos semanas.

Él levantó sus cejas de color arena.

—¡Mmm! —Con un breve gruñido, dio un paso atrás y la examinó con interés. Poco a poco, sus ojos se desplazaron por el cuerpo de ella, para detenerse en el pecho desnudo.

La repentina llamarada de ira había cesado, dejando a Brianna jadeante y vacía. Siguió sosteniendo el punzón, pero le temblaron las muñecas y lo bajó.

—Así que ya ves, así están las cosas.

Él se inclinó hacia delante y extendió la mano, pero ya sin ninguna intención lasciva. Alarmada, ella se quedó un instante congelada, y él sopesó el pecho con una mano, masajeándolo reflexivamente, como si fuera un pomelo que pensara comprar en el mercado. Ella sofocó un grito y le asestó un golpe con el palo, que sostenía con una sola mano, pero ya había perdido el impulso anterior, y el golpe rebotó en el hombro de él, haciendo que tan sólo se balanceara. Él soltó un gruñido y se echó hacia atrás, frotándose el hombro.

—Podría ser. Bueno, pues. —Frunció el ceño y tiró de la parte delantera de sus pantalones, acomodándose las partes sin la más mínima vergüenza—. Supongo que es una suerte que estemos en el puerto.

Brianna no entendió el significado de ese comentario, pero no le importó; al parecer, él había cambiado de idea al escucharla, y la sensación de alivio que eso le causó hizo que sus rodillas se aflojaran y que su piel se empapara de sudor. Se sentó con brusquedad sobre el taburete y el palo cayó al suelo junto a ella.

Bonnet había asomado la cabeza hacia el pasillo y estaba llamando a gritos a alguien llamado Orden. Ese tal Orden no entró en el camarote, pero una voz balbuceó una pregunta desde el exterior.

—Tráeme a una puta del muelle —dijo Bonnet, en el tono despreocupado de alguien que pide una pinta de cerveza amarga—. Debe ser limpia y bastante joven.

Luego cerró la puerta y se volvió hacia la mesa, rebuscando entre la basura hasta que descubrió una taza de peltre. Se sirvió y dio cuenta de la mitad de un solo trago y luego, al advertir de forma tardía que ella seguía allí, le ofreció la botella con un vago «¿Eh?» de invitación.

Brianna negó con la cabeza, sin decir ni una palabra. Una débil esperanza había surgido en el fondo de su mente. A él le quedaba algún ligero rastro de galantería, o, como mínimo, de decencia; había regresado al almacén en llamas para rescatarla y le había entregado la piedra porque suponía que el hijo era suyo. Ahora había desistido de sus intenciones al oír que estaba embarazada de nuevo. Entonces, había una posibilidad de que la soltara, en especial si no tenía ningún propósito inmediato que ella pudiera satisfacer.

—De modo que... ¿no me deseas? —preguntó ella, arrastrando los pies, lista para dar un salto y salir corriendo, apenas se abriera la puerta para dejar pasar a su sustituta. Esperaba poder correr; las rodillas aún le temblaban por la reacción.

Bonnet la miró sorprendido.

—Ya te abrí el chumino una vez, cariño —dijo, y sonrió—. Recuerdo el vello pelirrojo, una visión adorable, desde luego, pero aparte de eso, no fue una experiencia tan memorable como para que no pueda esperar para repetirla. Todo a su debido tiempo, querida, todo a su debido tiempo. —Le dio una palmadita distraída bajo el mentón, y siguió tomando su bebida—. Pero, por ahora, *LeRoi* necesita galopar un poco.

—¿Por qué estoy aquí? —preguntó ella.

Distraído, él volvió a tirarse de la bragueta, bastante inconsciente de su presencia.

—¿Que por qué estás aquí? Caramba, porque un caballero me pagó para que te llevara a la ciudad de Londres, querida. ¿No lo sabías?

Ella se sintió como si alguien la hubiera golpeado en el estómago, y se sentó en la cama, cruzando los brazos sobre su vientre en un gesto protector.

—¿Qué caballero? Y, por el amor de Dios... ¿por qué?

Él reflexionó un momento, pero al parecer, llegó a la conclusión de que no había razones para no decírselo.

—Un hombre llamado Forbes —declaró, y apuró el resto de la taza—. Lo conoces, ¿verdad?

—Desde luego que lo conozco —contestó ella, debatiéndose entre la sorpresa y la furia—. ¡Ese maldito hijo de puta!

De modo que eran hombres de Forbes aquellos bandidos enmascarados que habían hecho que ella y Josh se detuvieran, los habían sacado a rastras de sus caballos y metido a ambos en un carruaje herméticamente cerrado, en el que habían viajado días enteros por caminos desconocidos, hasta que llegaron a la costa y los sacaron, desaliñados y apestosos, para después subirlos al barco por la fuerza.

—¿Dónde está Joshua? —preguntó con brusquedad—. El joven negro que estaba conmigo.

—¿Estaba? —Bonnet parecía intrigado—. Si lo trajeron a bordo, supongo que debieron de meterlo en la bodega, con el resto del cargamento. Como un beneficio adicional, diría yo —añadió con una carcajada.

Su furia contra Forbes estaba teñida del alivio que había sentido al descubrir que él estaba detrás de su secuestro. Forbes podía ser un asqueroso gusano sinvergüenza y traidor, pero no tendría intención de asesinarla. Pero la carcajada de Stephen Bonnet provocó que un escalofrío la recorriera, y de repente se sintió mareada.

—¿Qué quieres decir con «beneficio adicional»?

Bonnet se rascó la mejilla, y sus ojos la recorrieron con aprobación.

—Ah, bueno. Según dijo, el señor Forbes sólo quería quitarte de en medio. ¿Qué le has hecho a ese hombre, querida? Pero ya ha pagado tu billete, y tengo la impresión de que no le interesa mucho dónde acabes.

—¿Dónde acabe? —Hasta ese momento tenía la boca seca, pero de pronto empezó a llenarse de saliva, y tuvo que tragar una y otra vez.

—Bueno, después de todo, ¿para qué molestarme en llevarte hasta Londres, donde no le servirías de nada a nadie, querida? Además, en Londres llueve mucho; estoy seguro de que no te gustaría.

Antes de que ella pudiera recuperar el aliento para hacer más preguntas, la puerta se abrió, entró una joven y, a continuación, alguien la cerró tras ella.

Tal vez tendría unos veinte años, aunque le faltaba una muela, algo que era evidente cuando sonreía. Era regordeta y poco atractiva, de cabello castaño y limpia, según los estándares locales, aunque el olor de su sudor, unido al de una colonia barata que acababa de ponerse, flotó por el camarote y Brianna tuvo de nuevo ganas de vomitar.

—Hola, Stephen —dijo la recién llegada, poniéndose de puntillas para besar la mejilla a Bonnet—. Dame un trago para empezar, ¿vale?

Bonnet la cogió, le dio un beso profundo y prolongado, después la soltó y buscó la botella.

Irguiéndose de nuevo, miró a Brianna con un distante interés profesional, luego volvió a mirar a Bonnet y se rascó el cuello.

—¿Nos tendrás a las dos, Stephen, o tengo que empezar sólo con ella? Será una libra extra, en cualquier caso.

Bonnet no se molestó en contestar, sino que le encajó la botella en la mano, le quitó el pañuelo que escondía la curva de sus pesados pechos y comenzó a desabrocharse la bragueta de inmediato. Dejó caer los pantalones al suelo y, sin más, cogió a la mujer de las caderas y la apretó contra la puerta.

Tragando de la botella que tenía en una mano, la joven agarró sus faldas con la otra y apartó la falda y la enagua con un movimiento experto que la desnudó hasta la cintura. Brianna pudo atisbar unos muslos robustos y una franja de vello oscuro, antes de que los taparan las nalgas de Bonnet, cubiertas de un vello rubio, y tensas por el esfuerzo.

Volvió la cabeza, con las mejillas ruborizadas, pero una morbosa fascinación la obligó a volver a mirar. La puta estaba de pie; se sostenía en los dedos de los pies, agachándose ligeramente para acomodarse a él, mirando con placidez por encima de su hombro mientras él empujaba y gruñía. Con una mano seguía sosteniendo la botella; con la otra, acariciaba los hombros de Bonnet de una manera estudiada. Se dio cuenta de que Brianna estaba mirándola y le guiñó un ojo, sin dejar de decir «Ooh, sí... ¡oh, sí! Qué rico, amor, qué rico...» al oído de su cliente.

La puerta del camarote temblaba con cada embestida del trasero de la prostituta, y Brianna oyó risas en el pasillo, tanto masculinas como femeninas; era evidente que Orden había llevado bastantes putas para satisfacer al resto de la tripulación.

Bonnet empujó y gruñó durante uno o dos minutos, luego soltó un fuerte gemido y sus movimientos se volvieron bruscos y descoordinados. La puta lo ayudó poniéndole una mano en las nalgas y apretando con fuerza; luego el cuerpo de él se relajó y se apoyó pesadamente contra el de ella. La joven lo soportó un instante, palmeándole la espalda con distracción como una madre que ayuda a eructar a su bebé, y lo apartó de un empujón.

La cara y el cuello de Bonnet habían adquirido un tono rojo oscuro, y respiraba con dificultad. Le hizo un gesto a la puta, y se agachó para recoger sus pantalones. Se puso en pie e hizo un gesto hacia el escritorio.

—Búscate la paga tú misma, querida, pero devuélveme la botella, ¿de acuerdo?

La puta frunció un poco los labios, pero dio un último y largo trago al aguardiente y le entregó la botella, a la que apenas le quedaba un cuarto de su contenido. Sacó un paño del bolso que llevaba en la cintura y se lo metió entre los muslos, se bajó las faldas y cruzó con afectación hasta el escritorio, examinando con cuidado la basura en busca de monedas dispersas, que cogió con dos dedos para dejarlas caer una a una en su bolsillo.

Bonnet, que ya había vuelto a vestirse, salió sin mirar a ninguna de las dos mujeres. El aire del camarote era cálido y estaba cargado de olor a sexo, y Brianna sintió que el estómago le daba un vuelco. No de asco, sino de pánico. El fuerte hedor masculino había disparado una reacción instintiva de respuesta que le provocó un cosquilleo en los pechos y le apretó las entrañas; durante un momento breve y desconcertante, sintió la piel de Roger, brillante de sudor, contra la suya, y sus pechos se estremecieron, hinchados y deseosos.

Apretó tanto los labios como las piernas, y formó puños con las manos, respirando con dificultad. Lo último que podía soportar en aquel momento era pensar en Roger y sexo cuando estaba tan cerca de Stephen Bonnet. Con resolución, alejó ese pensamiento de la mente y se acercó poco a poco a la prostituta, buscando algún comentario para iniciar la conversación.

La puta percibió el movimiento y miró a Brianna, asimilando el vestido roto y su calidad, pero luego dejó de prestarle atención y se dedicó a buscar más monedas. Una vez que tuviera su paga, la mujer se marcharía y regresaría al muelle. Era una oportunidad para hacer llegar un mensaje a Roger y a sus padres. Tal vez no fuera una gran oportunidad, pero era algo.

—¿Tú... eh... lo conoces bien? —preguntó Bree.

La puta la miró con las cejas enarcadas.

—¿A quién? ¿A Stephen? Sí, es un buen tipo. —Se encogió de hombros—. No tarda más de dos o tres minutos, no discute por el dinero y nunca pide nada más que follar. A veces es un poco rudo, pero no te pega a menos que hagas que se enfade, y ninguna es lo bastante necia como para hacerlo. Como mínimo, no más de una vez. —Su mirada se centró durante un instante en el vestido desgarrado de Brianna, con una ceja enarcada en un gesto de burla.

—Lo recordaré —respondió Brianna secamente, y tiró del tirante de su camisa rota para subírsela.

Vio un frasco de vidrio entre la basura del escritorio, lleno de un líquido transparente, que contenía un objeto pequeño y redondo. Se acercó un poco más, frunciendo el ceño. No podía ser... pero sí, lo era. Un objeto redondo y carnoso, como un huevo cocido de un color gris con tonos rosados... con un pulcro agujero redondo que lo atravesaba por completo.

Se santiguó, sintiéndose mareada.

—Me he sorprendido bastante —continuó la prostituta, examinando a Brianna—. Por lo que sé, él nunca había estado con dos chicas a la vez, y no es de los que les guste que otro mire mientras él hace lo suyo.

—Yo no soy... —comenzó a decir Brianna, pero se detuvo, pues no quería ofender a la mujer.

—¿Una puta? —La joven le dedicó una sonrisa, mostrando el agujero de la pieza dental que le faltaba—. Ya me lo había imaginado, muchacha. Aunque no creo que a Stephen le importe eso. Él siembra donde le gusta, y creo que tú podrías gustarle. Como a la mayoría de los hombres. —Miró a Brianna, examinándola sin ningún interés y asintiendo al ver su cabello revuelto, su rostro sonrojado y su bonita figura.

—Supongo que tú también les gustarás —dijo Brianna de forma cortés, con la sensación de que estaba entablando una conversación surrealista—. ¿Cómo te llamas?

—Hepzibah —contestó la mujer con cierto aire de orgullo—. O Eppie, para abreviar.

Todavía había monedas en el escritorio, pero la puta no las tocó. Bonnet podía ser generoso, pero ella no quería aprovecharse de él, lo que probablemente era más una señal de temor que de amistad, pensó Brianna. Respiró hondo y prosiguió.

—Qué nombre tan bonito. Encantada de conocerte, Eppie. —Le tendió la mano—. Yo soy Brianna Fraser MacKenzie. —Le dio los tres nombres, con la esperanza de que la puta recordara al menos uno de ellos.

La mujer contempló asombrada la mano tendida, luego la estrechó con delicadeza y la soltó como un pescado muerto. Se levantó la falda y comenzó a limpiarse con el paño, para eliminar meticulosamente cualquier rastro del reciente encuentro.

Brianna se acercó a ella, tratando de soportar los hedores del paño manchado, del cuerpo de la mujer y el intenso olor del alcohol en su aliento.

—Stephen Bonnet me ha secuestrado —dijo.

—Ah, ¿sí? —preguntó la puta con un aire de indiferencia—. Bueno, él coge lo que le gusta; Stephen es así.

—Quiero irme —afirmó Brianna, manteniendo la voz baja y mirando hacia la puerta del camarote. Podía oír el sonido de los pasos sobre la cubierta, y esperaba que las pesadas tablas no dejaran oír sus voces.

Eppie hizo una pelota con el paño y lo soltó sobre el escritorio. Rebuscó en su bolsillo y sacó un frasquito con un tapón de cera. Aún tenía las faldas levantadas y Brianna podía ver las marcas plateadas de las estrías sobre su vientre rollizo.

—Bueno, entonces dale lo que quiere —le aconsejó la puta, sacando el tapón y vertiendo un poco del contenido del frasco, que tenía un suave aroma a agua de rosas, en la mano—. Es probable que se canse de ti dentro de unos días y te vuelva a llevar a la costa. —Frotó una generosa cantidad de agua de rosas en su vello púbico, luego se olfateó la mano con aire crítico e hizo una mueca.

—No. Quiero decir, no es por eso por lo que me secuestró... Me parece —añadió.

Eppie volvió a poner el tapón en el frasco y lo guardó en su bolso junto con el pañuelo.

—Ah, ¿piensa pedir un rescate por ti? —La miró con un poco más de interés—. De todas formas, no creo que los escrúpulos interfieran con su apetito. Le rompería el himen a una virgen y se la vendería a su padre antes de que le aumentara el vientre. —Frunció los labios al ocurrírsele algo—. ¿Cómo lo has convencido de que no te tomara?

Brianna se llevó una mano al vientre.

—Le he dicho que estaba embarazada. Eso lo detuvo. Jamás habría creído que un hombre como él... pero ha dado resultado. Tal vez es mejor de lo que crees, ¿no? —preguntó con un asomo de esperanza.

Eppie se echó a reír, entornando los ojos por la gracia que le hizo su afirmación.

—¿Stephen? ¡Por Dios, no! —Tragó aire, divertida, y se bajó las faldas—. No —continuó, con un tono más distendido—, pero es la mejor historia que podrías contarle si no quieres que se te eche encima. Él me llamó una vez y luego me rechazó en cuanto se dio cuenta de que tenía un pan en el horno... Cuando bromeé sobre eso, me dijo que una vez había tomado a una puta con el vientre del tamaño de una bala de cañón y, en pleno acto, ella lanzó un gemido y empezó a brotarle tanta sangre de la raja como para inundar toda la habitación. Me dijo que se le quitaron las ganas de inmediato, y con razón. Aquello dejó a Stephen horrorizado, y nunca más quiso follar con chicas embarazadas. No piensa correr riesgos, ¿sabes?

—Ya veo. —Unas gotas de sudor surcaron la mejilla de Brianna, y ella se las limpió con la palma de la mano. Sentía la boca seca, y se lamió el interior de la mejilla para humedecerla—. La mujer... ¿qué ocurrió con ella?

Durante un instante, Hepzibah la miró con un gesto inexpresivo.

—Ah, ¿la puta? Bueno, desde luego murió, pobre infeliz. Stephen me contó que cuando estaba tratando de ponerse los pantalones mojados, empapados de sangre, levantó la mirada y la vio rígida como una piedra en el suelo, pero con el vientre todavía agitándose y retorciéndose como un saco lleno de víboras. Dijo que de pronto se le ocurrió que el bebé pensaba salir y vengarse de él, y se fue corriendo de la casa tal y como estaba, vestido sólo con la camisa, dejando los pantalones.

Lanzó una risita ante aquella divertida imagen, luego resopló y recobró la compostura, alisándose las faldas.

—Pero bueno, Stephen es irlandés —añadió con tolerancia—. A los irlandeses les gustan las cosas morbosas, especialmente cuando están muy borrachos.

Sacó la punta de la lengua y se lamió el labio inferior, saboreando los restos del aguardiente de Bonnet.

Brianna se inclinó hacia ella y extendió la mano.

—Mira.

Hepzibah miró la mano y luego volvió a mirarla a ella, fascinada. El grueso anillo de oro, con su gran rubí cabujón, resplandeció a la luz del candil.

—Te lo daré si haces algo por mí —dijo Brianna, bajando la voz.

La puta se lamió los labios otra vez, con una repentina mirada de precaución en su rostro.

—¿Sí? ¿Qué?

—Llévale un mensaje a mi marido. Está en Edenton, en la casa del reverendo McMillan; allí todos saben dónde se encuentra. Dile dónde estoy, y dile... —Vaciló. ¿Qué podía decir? No había forma de saber cuánto tiempo estaría anclado allí el *Anemone*, o adónde decidiría ir Bonnet después. La única pista que tenía era lo que había oído de pasada en la conversación entre Bonnet y el primer oficial, justo antes de entrar.

—Dile que creo que tiene un escondite en Ocracoke. Tiene intención de encontrarse allí con alguien en la luna nueva. Dile eso.

Hepzibah lanzó una mirada de inquietud a la puerta del camarote, pero ésta siguió cerrada. Volvió a mirar el anillo, debatiéndose entre cogerlo y su evidente temor a Bonnet.

—Él jamás lo sabrá —la urgió Brianna—. No se enterará. Y mi padre te recompensará.

—Entonces, ¿tu padre es un hombre rico?

Brianna vio la mirada calculadora en los ojos de la puta, y sintió un momentáneo recelo... ¿y si se limitaba a coger el anillo y la traicionaba ante Bonnet? No obstante, no había cogido más dinero del que le correspondía; quizá fuera honesta. Y, después de todo, no le quedaba ninguna opción más.

—Muy rico —dijo con firmeza—. Se llama James Fraser. Mi tía también es rica. Tiene una plantación llamada River Run, justo encima de Cross Creek, en Carolina del Norte. Pregunta por la señora Innes... Yocasta Cameron Innes. Sí, si no encuentras a Ro... a mi marido, haz llegar el mensaje allí.

—River Run. —Hepzibah lo repitió con obediencia, sin apartar los ojos del anillo.

Brianna se lo quitó y lo dejó caer en la palma de la mujer, antes de que pudiera cambiar de idea. Su mano se cerró con fuerza.

—Mi padre se llama Jamie Fraser; mi marido, Roger MacKenzie —repitió—. En la casa del reverendo McMillan. ¿Lo recordarás?

—Fraser y MacKenzie —repitió, insegura, Hepzibah—. Ah, sí, claro. —Ya estaba caminando hacia la puerta.

—Por favor —dijo Brianna en tono de urgencia.

La puta asintió, pero sin mirarla, luego se deslizó por la puerta y la cerró al salir.

El barco crujió y se balanceó, y ella escuchó el silbido del viento entre los árboles de la orilla, más allá de los gritos de hombres borrachos. En ese momento se le doblaron las rodillas y se sentó en la cama, sin prestar atención a las sábanas.

Zarparon con la marea; Brianna oyó el rugido de la cadena del ancla y sintió el movimiento del barco, que cobraba vida al hincharse las velas. Pegada a la ventana, contempló la oscura masa verde de Roanoke perdiéndose de vista. Cien años antes, la primera colonia inglesa se había establecido en ese lugar... y luego había desaparecido sin dejar rastro. El gobernador de la colonia, cuando regresó de Inglaterra con suministros, descubrió que todos se habían marchado, sin dejar otra pista que la palabra «Croatan» tallada en el tronco de un árbol.

Ella ni siquiera podía dejar algo de ese tipo. Con un dolor en el corazón, siguió mirando hasta que la isla se hundió en el mar.

No acudió nadie durante algunas horas. Tenía el estómago vacío y comenzaba a sentir náuseas, y vomitó en el orinal. No podía soportar la idea de acostarse en aquellas sábanas asquerosas, por lo que las quitó, puso sólo el edredón y se tumbó encima.

Las ventanas estaban abiertas, y el aire fresco del mar le agitó el cabello y le quitó la viscosidad de la piel, haciendo que se sintiera un poco mejor. Era muy consciente de su útero, un peso pequeño, pesado y tierno, y de lo que seguramente estaría teniendo lugar en su interior: aquella danza ordenada de células que se dividían, una especie de pacífica violencia, sometiendo vidas y retorciendo corazones de una manera implacable.

¿Cuándo habría ocurrido? Trató de recordar. Podría haber sido la noche antes de que Roger partiera hacia Edenton. Él estaba emocionado, casi exaltado, y habían hecho el amor con un gozo prolongado, sazonado por el anhelo, pues ambos sabían que el día siguiente traería la separación. Ella había permanecido durante mucho tiempo en sus brazos, hasta que se quedó dormida, sintiéndose amada.

Pero después se había despertado sola, en mitad de la noche, y lo había visto sentado junto a la ventana, iluminado por la luz de una luna gibosa. No había querido alterar aquella contemplación privada, pero él se había dado la vuelta al ser consciente de que ella lo miraba, y algo en su mirada la había hecho salir de la cama y acercarse a él, apretar su cabeza contra su regazo y abrazarlo.

Entonces él se había levantado, había hecho que se tumbara en el suelo y la había hecho suya de nuevo, sin palabras y con urgencia.

Por más católica que fuera, a Brianna le había parecido muy erótica la idea de seducir a un sacerdote del día anterior a su ordenación, robándoselo —aunque sólo fuera por un instante— a Dios.

Tragó saliva y apretó las manos contra su vientre. «Ten cuidado con lo que pides en tus plegarias.» Las monjas de la escuela siempre les decían eso a los niños.

El viento estaba haciendo que bajara la temperatura, de manera que refrescaba, y ella cogió el borde de un edredón —el más limpio— y se tapó con él. Luego, con una feroz concentración, comenzó a orar con gran fe.

103

Formular la pregunta

Gerald Forbes estaba sentado en el salón del King's Inn, disfrutando de una copa de sidra fermentada y la sensación de que todo iba bien. Había tenido una reunión muy fructífera con Samuel Iredell y su amigo, dos de los líderes rebeldes más destacados de Edenton, y otra todavía más beneficiosa con Gilbert Butler y William Lyons, unos contrabandistas locales.

Apreciaba muchísimo las joyas, y en una celebración privada de la manera elegante en que se había librado de la amenaza de Jamie Fraser, se había comprado un nuevo alfiler de corbata, con un hermoso rubí engarzado. Lo contempló con muda satisfacción, observando las hermosas sombras que la piedra arrojaba sobre la seda de sus volantes.

Había dejado a su madre sana y salva en casa de su hermana, tenía una cita para almorzar con una dama de la región y, antes, una hora libre. Estaba dudando si debía dar un paseo para estimular el apetito; era un día hermoso.

De hecho, había empujado la silla hacia atrás y había comenzado a incorporarse, cuando una gran mano se clavó en el centro de su pecho y lo obligó a volver a sentarse.

—¿Qué...? —Alzó una mirada indignada... y se cuidó mucho de mantener dicha expresión en el rostro, a pesar de sentir un repentino estremecimiento. Un hombre alto y oscuro estaba sobre él, con una actitud muy poco amistosa. MacKenzie, el marido de la mocosa—. ¿Cómo se atreve? —preguntó en un tono beligerante—. ¡Exijo una disculpa!

—Exija lo que quiera —contestó MacKenzie. A pesar de su bronceado, estaba pálido, y tenía un gesto adusto—. ¿Dónde está mi esposa?

—¿Cómo quiere que lo sepa? —El corazón de Forbes latía a gran velocidad, pero tanto de regocijo como de inquietud. Levantó el mentón e hizo un ademán de incorporarse—. Permítame, señor.

Una mano en su brazo lo detuvo. Se volvió y se encontró con la cara del sobrino de Fraser, Ian Murray. Murray sonrió, y el sentimiento de satisfacción de Forbes disminuyó ligeramente. Se decía que había vivido con los mohawk, que se había convertido en uno de ellos... que vivía con un lobo cruel que hablaba y obedecía sus órdenes y que le había arrancado el corazón a un hombre para comérselo en un ritual pagano.

No obstante, el rostro feo del muchacho y su aspecto desaliñado no impresionaron a Forbes.

—Aparte la mano de mi persona, señor —dijo Forbes con dignidad, enderezándose en el asiento.

—No, creo que no —replicó Murray.

La mano le apretó el brazo como el mordisco de un caballo, y Forbes abrió la boca, aunque no emitió sonido alguno.

—¿Qué ha hecho con mi prima? —preguntó el joven.

—¿Yo? Caramba, yo... no tengo nada que ver con la señora MacKenzie. ¡Suélteme, maldito sea!

El apretón se aflojó y Forbes se sentó, respirando con dificultad. MacKenzie había cogido una silla, y tomó, a su vez, asiento.

Forbes se alisó la manga de la chaqueta, evitando la mirada de MacKenzie y pensando con rapidez. ¿Cómo lo habían descubierto? ¿Lo habían descubierto? Quizá sólo se estaban aventurando, sin saberlo con seguridad.

—Lamento enterarme de que le haya sucedido alguna desgracia a la señora MacKenzie —afirmó en tono cortés—. ¿Entiendo que la ha perdido de vista?

MacKenzie lo miró de arriba abajo durante un instante sin contestar, y emitió un pequeño sonido de desprecio.

—Lo oí hablar en Mecklenburg —dijo con tranquilidad—. Tiene usted mucha labia. Escuché cómo hablaba mucho sobre la justicia y la protección de nuestras esposas e hijos. Cuánta elocuencia.

—Unas palabras muy apropiadas —intervino Ian Murray— para un hombre capaz de secuestrar a una mujer indefensa. —Seguía en cuclillas en el suelo, como un salvaje, pero se había movido un poco para mirar a Forbes directamente a la cara. Al abogado esto le resultaba inquietante, por lo que decidió mirar a MacKenzie a los ojos, de hombre a hombre.

—Lamento muchísimo su desgracia, señor —afirmó, esforzándose por parecer preocupado—. Me encantaría poder ayudarlo, desde luego, como me fuera posible. Pero no...

—¿Dónde está Stephen Bonnet?

La pregunta cayó sobre Forbes como un golpe en el hígado. Se quedó boquiabierto durante un instante, pensando que había cometido un error al decidir mirar a MacKenzie; aquella inexpresiva mirada verde era como la de una serpiente.

—¿Quién es Stephen Bonnet? —preguntó, pasándose la lengua por los labios. Tenía los labios secos, pero el resto de su cuerpo estaba muy mojado; podía sentir el sudor que se acumulaba en los pliegues de su cuello, empapando la tela de batista de su camisa bajo sus axilas.

—Yo lo escuché, ¿sabe? —comentó Murray en un tono agradable—. Cuando usted hizo el trato con Richard Brown. Fue en su almacén.

La cabeza de Forbes giró de golpe. Estaba tan impresionado, que tardó un momento en darse cuenta de que Murray tenía un cuchillo, colocado de manera despreocupada sobre la rodilla.

—¿Qué? ¿Qué dice usted? Déjeme decirle, señor, que se equivoca. ¡Se equivoca! —Intentó levantarse, tartamudeando. MacKenzie se puso en pie de un salto, lo cogió de la pechera de la camisa y se la retorció.

—No, señor —dijo en voz muy baja, con la cara tan cerca que Forbes sentía el calor de su aliento—. Es usted quien se ha equivocado. Y ha cometido un grave error al escoger a mi esposa para sus perversos propósitos.

Se oyó un ruido cuando la fina tela se rasgó. MacKenzie lo empujó con violencia sobre la silla, luego se inclinó hacia delante y lo cogió del cuello de la camisa con tanta fuerza que estuvo a punto de ahogarlo allí mismo. Forbes abrió la boca, jadeando, y unos puntos negros flotaron en su visión, aunque no lo bastante como para oscurecer aquellos ojos verdes refulgentes y helados.

—¿Adónde la ha llevado?

Forbes se agarró a los apoyabrazos de la silla, respirando con dificultad.

—No sé nada de su esposa —intervino, con la voz grave y cargada de furia—. Y en cuanto a cometer un grave error, señor, usted mismo está cometiendo uno ahora. ¿Cómo se atreve a atacarme? ¡Presentaré cargos, se lo aseguro!

—Ah, atacarlo, dice —intervino Murray en tono de burla—. No hemos hecho nada de eso. Aún. —Había vuelto a ponerse en cuclillas, golpeando suavemente el cuchillo contra el pulgar y contemplando a Forbes con una mirada analítica, como si estuviera planeando trinchar un lechón sobre un plato.

Forbes apretó los dientes y miró con furia a MacKenzie, que seguía de pie, alzándose sobre él, amenazador.

—Éste es un lugar público —señaló—. No pueden hacerme daño sin que alguien se dé cuenta. —Miró más allá de MacKenzie, con la esperanza de que alguien entrara en el salón e interrumpiera aquel desagradable *tête-à-tête*, pero era una mañana tranquila y todas las camareras y los palafreneros estaban cumpliendo sus obligaciones en alguna parte, lo que era de lo más inconveniente.

—¿Nos importa que alguien se dé cuenta, *a charaid*? —preguntó Murray, levantando la mirada hacia MacKenzie.

—En realidad, no. —Sin embargo, MacKenzie retomó su asiento y volvió a mirarlo fijamente—. Pero podemos esperar un poco. —Echó un vistazo al reloj de la repisa, cuyo péndulo se movía con un sereno *tictac*—. No tardará mucho.

A Forbes se le ocurrió, tarde, preguntarse dónde estaría Jamie Fraser.

Elspeth Forbes estaba meciéndose suavemente en el porche de la casa de su hermana, disfrutando del fresco aire matutino, cuando se presentó un visitante.

—¡Vaya, señor Fraser! —exclamó, enderezándose en su asiento—. ¿Qué lo trae a Edenton? ¿Busca a Gerald? Ha ido a...

—Ah, no, señora Forbes. —Jamie le hizo una profunda reverencia y el sol de la mañana se reflejó en su cabello como si se tratara de bronce—. He venido por usted.

—¿Eh? ¡Ah! —Se enderezó en su asiento, sacudiéndose con rapidez las migas de tostada que tenía en la manga, y esperando que su cofia estuviera derecha—. Vaya, ¿y qué podría necesitar usted de una anciana?

Él sonrió —era un muchacho tan apuesto, tan elegante con su abrigo gris, y aquella expresión traviesa en los ojos— y se acercó para susurrarle al oído:

—He venido a llevármela, señora.

—¡Oh, ya basta, bribón! —La mujer agitó una mano, riendo, y él la cogió y le besó los nudillos.

—No aceptaré un no por respuesta —le aseguró, y le señaló con un gesto el borde del porche, donde había dejado una cesta grande y prometedora, cubierta con un paño de cuadros—. He decidido almorzar en el campo, bajo un árbol. Ya tengo en mente el árbol en cuestión; es un buen árbol, pero será una comida triste si nadie me acompaña.

—Estoy segura de que podría encontrar mejor compañía que yo, muchacho —dijo la anciana, completamente cautivada—. ¿Y dónde se encuentra su querida esposa?

—Ah, ella me ha dejado —contestó Jamie fingiendo pena—. Aquí estoy, después de haber planeado un picnic maravilloso, y ella ha salido a atender un parto. De modo que me he dicho «Caramba, Jamie, sería un crimen desperdiciar semejante festín... ¿Quién podría compartirlo contigo?». ¿Y qué veo a continuación sino a su elegante persona, descansando? Ha sido como una respuesta a una plegaria, y estoy seguro de que usted jamás se opondría a una sugerencia celestial, señora Forbes.

—Mmm —murmuró ella, tratando de no reír—. Ah, bueno. Si es cuestión de no desperdiciar...

Antes de que ella pudiera decir nada más, él se agachó y la levantó de la silla, alzándola en brazos. Ella soltó un alarido de sorpresa.

—Si se trata de un verdadero secuestro, debo llevármela en volandas, ¿no? —preguntó él con una sonrisa.

Para su propia mortificación, el sonido que emitió la mujer no pudo considerarse más que una risita. Pero a Jamie no pareció importarle, e inclinándose para recoger la cesta con una de sus fuertes manos, la llevó hasta su carruaje como si fuera ligera como una pluma.

—¡No pueden retenerme aquí! ¡Déjenme salir o pediré ayuda a gritos!

De hecho, lo habían inmovilizado allí durante más de una hora, bloqueando cualquier intento por su parte de levantarse y marcharse. Pero tenía razón, pensó Roger; el tráfico de la calle comenzaba a aumentar, y él podía oír —al igual que Forbes— los ruidos de una camarera preparando mesas para la cena en el salón contiguo.

Miró a Ian. Lo habían discutido: si no recibían noticias al cabo de una hora, tendrían que sacar a Forbes de la posada y llevarlo a un lugar más privado; lo que podría ser peliagudo, puesto que el abogado estaba asustado, pero era testarudo como una mula. Y seguramente pediría ayuda a gritos.

Ian frunció los labios en un gesto pensativo, sacó el cuchillo con el que había estado jugueteando y lustró la hoja, pasándola por el costado de sus pantalones.

—¿Señor MacKenzie? —Un muchacho con la cara redonda y manchado de tierra había aparecido a su lado como una seta.

—Soy yo —dijo Roger, sintiendo una oleada de gratitud—. ¿Tienes algo para mí?

—Sí, señor. —El chico le pasó un pequeño papel retorcido, aceptó una moneda a cambio y desapareció, a pesar del grito de Forbes de «¡Espera, muchacho!».

El abogado, en su nerviosismo, había conseguido levantarse a medias de su asiento. Pero Roger hizo un veloz movimiento en su dirección, y Forbes volvió a caer, sin esperar siquiera a que lo empujaran. Bien, pensó Roger sombrío, estaba aprendiendo.

Desdobló el papel y se encontró con un gran broche en la mano, con la forma de un ramo de flores, realizado con granates y plata. Era bastante elaborado, pero más bien feo. Aunque a Forbes le causó una gran impresión.

—No puede ser. Él no haría algo así. —El abogado observó el broche que se hallaba en la mano de Roger y palideció súbitamente.

—Ah, yo diría que sí, si se refiere a mi tío Jamie —dijo Ian Murray—. Siente mucho aprecio por su hija, ¿sabe?

—Tonterías. —El abogado estaba intentando marcarse un farol, pero no podía apartar los ojos del broche—. Fraser es un caballero.

—Es un escocés de las Highlands —repuso Roger con brusquedad—. Como su padre, ¿sabe? —Había escuchado historias sobre el viejo Forbes, quien había escapado de Escocia justo cuando estaban a punto de ahorcarlo.

Forbes se mordió el labio inferior.

—Él no le haría daño a una anciana —aseguró, con toda la bravuconería que pudo reunir.

—¿No? —Ian enarcó sus ralas cejas—. Bueno, tal vez. Podría limitarse a mandarla lejos... ¿A Canadá, quizá? Usted parece conocerlo bastante bien, señor Forbes. ¿Qué opina?

El abogado tamborileó con los dedos en el apoyabrazos de la silla, respirando entre dientes, obviamente repasando lo que sabía sobre la personalidad y la reputación de Jamie Fraser.

—De acuerdo —dijo de pronto—. ¡De acuerdo!

Roger sintió que la tensión que corría a través de su cuerpo saltaba como un alambre cortado. Había estado tenso como un arco desde que Jamie había acudido a buscarlo la noche anterior.

—¿Dónde? —preguntó, casi sin aliento—. ¿Dónde está ella?

—A salvo —respondió Forbes con voz ronca—. Jamás le haría daño. —Levantó la mirada, con los ojos enloquecidos—. ¡Por el amor de Dios, jamás le haría daño!

—¿Dónde? —Roger apretó con fuerza el broche, sin importarle que los bordes se le estuvieran clavando en la mano—. ¿Dónde está?

El abogado se hundió como un saco medio vacío de harina de maíz.

—A bordo de un barco llamado *Anemone*. Del capitán Bonnet. —Tragó saliva con fuerza, incapaz de mantener la vista alejada del broche—. Ella... Van rumbo a Inglaterra. Pero ¡está sana y salva, se lo repito!

La impresión hizo que Roger apretara con más fuerza el broche, y sintió que de repente tenía sangre en los dedos. Arrojó el broche al suelo y se limpió la mano en los pantalones, esforzándose por hablar. La conmoción había hecho que se le formara un nudo en la garganta; sentía que lo estaban estrangulando.

Al darse cuenta de ello, Ian se puso en pie de repente y apretó el cuchillo contra la garganta del abogado.

—¿Cuándo zarparon?

—Yo... yo... —La boca del abogado se abrió y se cerró sin orden ni concierto, y miró a Ian y a Roger de forma alternativa, indefenso, con los ojos saltones.

—¿Dónde? —Roger consiguió que esa palabra superara el bloqueo de su garganta, y Forbes se estremeció al escucharlo.

—Ella... subió a bordo aquí, en Edenton. Hace dos... dos días.

Roger asintió con brusquedad. A salvo, había dicho. En manos de Bonnet. Dos días, en manos de Bonnet. Pero él también había navegado con Bonnet, pensó, tratando de serenarse y de mantener la racionalidad. Sabía cómo trabajaba aquel hombre. Bonnet era un contrabandista; no zarparía hacia Inglaterra sin tener el barco lleno. Era posible que estuviera bajando por la costa, recogiendo pequeños envíos, antes de salir a mar abierto e iniciar la larga travesía hacia Inglaterra.

Y si no... aún podrían alcanzarlo, con un barco rápido.

No había tiempo que perder; en el muelle podría haber alguien que supiera cuál era el siguiente destino del *Anemone.* Se volvió y dio un paso hacia la puerta. En ese momento, sintió que lo inundaba una ola roja, se dio la vuelta y clavó su puño en la cara de Forbes con todo el peso de su cuerpo.

El abogado soltó un grito agudo y se llevó ambas manos a la nariz. Todos los ruidos de la posada y de la calle parecieron detenerse; el mundo entero quedó en suspenso. Roger respiró breve y profundamente, frotándose los puños, y volvió a asentir.

—Vamos —le dijo a Ian.

—Sí.

Roger estaba a mitad de camino de la puerta, cuando se dio cuenta de que Ian no estaba a su lado. Miró hacia atrás, justo a tiempo para ver cómo su primo le cogía delicadamente una oreja a Forbes y se la cortaba.

104

Durmiendo con un tiburón

Stephen Bonnet cumplió su palabra, si es que se podía decir así. No le hizo ninguna insinuación sexual a Brianna, pero insistió en que compartiera su cama.

—Me gusta tener un cuerpo caliente cerca por la noche —afirmó—. Y creo que preferirás mi cama a la bodega, cariño.

Ella habría preferido la bodega, sin duda alguna, aunque sus exploraciones —una vez que estuvieron lejos de tierra, le permitieron salir del camarote— habían revelado que la bodega era un agujero oscuro e incómodo, en el que varios desventurados esclavos estaban encadenados entre una colección de cajas y toneles, en constante peligro de quedar aplastados si se movía la carga.

—¿Adónde vamos, señorita? ¿Y qué ocurrirá cuando lleguemos? —Josh hablaba en gaélico, con su hermoso rostro empequeñecido y asustado en las sombras de la bodega.

—Creo que ahora vamos a Ocracoke —respondió ella en el mismo idioma—. Luego... no lo sé. ¿Todavía conservas el rosario?

—Ah, sí, señorita. —Se tocó el pecho, donde colgaba el crucifijo—. Es lo único que me salva de la desesperación.

—Bien. Continúa rezando.

Brianna echó un vistazo a los otros esclavos: dos mujeres, dos hombres, todos de cuerpos delgados, rostros delicados y buenos huesos. Le había llevado a Josh parte de su propia cena, pero no tenía nada que ofrecerles a ellos, lo que la apenaba.

—¿Os dan de comer aquí abajo? —quiso saber.

—Sí, señorita. Bastante bien —le aseguró él.

—Ellos... —movió un poco el mentón, señalando con delicadeza a los otros esclavos— ¿saben algo? Sobre adónde vamos...

—No lo sé, señorita. No puedo hablar con ellos. Son africanos... Fulani. Me he dado cuenta por su aspecto, pero es lo único que sé.

—Ya veo. Bien... —Brianna vaciló, deseando encontrarse fuera de aquella bodega oscura y húmeda, aunque sin ganas de abandonar allí al joven.

—Señorita, váyase —dijo él en voz baja y en inglés, percibiendo sus dudas—. Yo estaré bien. Todos estaremos bien. —Se tocó el rosario y se esforzó por poner su mejor sonrisa, aunque le temblaban un poco las comisuras de los labios—. La Santa Madre nos protegerá.

Sin palabras de consuelo que dirigirle, Brianna asintió y subió por la escalera a la luz del sol, sintiendo cinco pares de ojos clavados en ella.

Bonnet, gracias a Dios, pasaba la mayor parte del tiempo en cubierta durante el día. Pudo verlo, bajando de los aparejos con la agilidad de un simio.

Se quedó muy quieta, sin otro movimiento que el de su cabello reluciendo al viento y el de sus faldas contra sus miembros paralizados. Él era tan sensible a los movimientos de su cuerpo como Roger... pero a su manera. A la manera de un tiburón, que seguía las señales de su presa.

Hasta el momento había pasado una sola noche en su cama y sin poder dormir. Él la había apretado contra su cuerpo con toda naturalidad, había dicho «Buenas noches, querida» y se había quedado dormido al instante. Cada vez que ella trataba de moverse, de separarse de su apretón, él cambiaba de lugar y acompañaba sus movimientos, manteniéndola firmemente a su lado.

De modo que ella se veía forzada a soportar una indeseada intimidad con el cuerpo de él, una situación que le despertaba recuerdos que le había costado mucho apartar: la sensación de su rodilla separándole los muslos, la ruda jovialidad de su roce entre sus piernas, los pelos rubios y blanqueados por el sol que se curvaban en sus muslos y sus antebrazos, su olor masculino y almizclado, sin lavar. La burlona presencia de *LeRoi*, alzándose a intervalos durante la noche, apretándole las nalgas con un ansia firme y mecánica.

Brianna tuvo un momento de intensa gratitud, tanto por su embarazo (pues ya no tenía duda alguna), como por la certeza de que Stephen Bonnet no era el padre de Jemmy.

Él se dejó caer del aparejo con un ruido sordo, la vio y sonrió. No dijo nada, pero le pellizcó el trasero en un gesto de familiaridad al pasar, haciendo que apretara los dientes y se aferrara a la barandilla.

Ocracoke, en luna nueva. Alzó la mirada hacia el brillante cielo, cargado de nubes de gaviotas y golondrinas de mar; no podían estar lejos de la costa. Por el amor de Dios, ¿cuánto tiempo faltaba para la luna nueva?

105

El hijo pródigo

No tuvieron problemas a la hora de encontrar a personas familiarizadas con el *Anemone* o su capitán. Stephen Bonnet era bastante conocido en los muelles de Edenton, aunque su reputación variaba según quiénes eran los que hablaban de él. La opinión más habitual era que se trataba de un capitán honrado, aunque duro en sus negociaciones. Un contrabandista que burlaba el bloqueo, decían otros (y bueno o malo en función de la ideología de la persona que hablaba de él). Te conseguía cualquier cosa, decían, si estabas dispuesto a pagar. Un pirata, se atrevían a llamarlo unos pocos, pero en voz baja, mirando con frecuencia por encima del hombro, y expresando de manera insistente que no deseaban ser citados.

El *Anemone* había zarpado abiertamente con un cargamento de arroz y cincuenta toneles de pescado ahumado. Roger había encontrado a un hombre que recordaba haber visto cómo una mujer joven subía a bordo acompañada de uno de los ayudantes de Bonnet: «Una muñeca bastante robusta, con el llameante cabello suelto, que le caía hasta el culo —había dicho el hombre, chasqueando los labios—. Pero el señor Bonnet es bastante corpulento; supongo que podrá manejarla.»

Si Ian no le hubiera puesto la mano en el brazo a Roger, éste lo habría golpeado.

Pero aún no habían encontrado a nadie que supiera con seguridad hacia dónde se dirigía el *Anemone*.

—A Londres, me parece —había dicho el capitán del puerto—. Pero no directamente; aún no ha conseguido un cargamento completo. Lo más probable es que baje por la costa, comerciando aquí y allá; tal vez navegue hacia Europa desde Charlestown. Pero, por otra parte —añadió el hombre, frotándose la barbilla—, quizá se dirija a Nueva Inglaterra. Hacer llegar mercancías a Boston en estos días es un negocio muy arriesgado... pero muy provechoso si lo consigues. El arroz y el pescado ahumado deben de valer su peso en oro allí, si puedes llegar a la orilla sin que los buques de la armada vuelen tu barco a cañonazos.

Jamie le dio las gracias con el rostro un poco pálido. Roger, incapaz de hablar a causa del nudo en su garganta, se limitó a asentir con un gesto, y salió junto a su suegro del despacho del capitán del puerto, hasta llegar al sol de los muelles.

—¿Y ahora qué? —preguntó Ian, reprimiendo un eructo.

Había estado recorriendo las tabernas de los muelles, invitando a cervezas a los estibadores temporeros, en busca de alguno que hubiera ayudado a cargar el *Anemone* o que pudiera haber hablado con algún miembro de su tripulación respecto a su destino.

—Lo mejor que se me ocurre es que tú y Roger Mac cojáis un barco que baje por la costa —dijo Jamie, frunciendo el ceño con la mirada fija sobre los mástiles de los balandros y los paquebotes que se balanceaban, anclados—. Claire y yo podríamos subir hacia Boston.

Roger asintió, todavía incapaz de hablar. Estaba lejos de ser un buen plan, en especial teniendo en cuenta la interrupción de las actividades navieras que estaba causando la guerra no declarada; al mismo tiempo, la necesidad de hacer algo era muy fuerte. Se sentía como si le ardiera el tuétano de los huesos y sólo el movimiento pudiera calmarlo. Por otra parte, contratar un barco pequeño, incluso un bote de pesca, o conseguir un pasaje en un paquebote, era bastante caro.

—Bueno. —Jamie apretó la mano en el bolsillo donde todavía guardaba el diamante negro—. Iré a ver al juez Iredell; tal vez pueda ponerme en contacto con algún banquero honrado que me adelante un poco de dinero por la venta de la gema. Primero vayamos a explicárselo a Claire.

Pero cuando se volvieron para salir del muelle, una voz llamó a Roger.

—¡Señor MacKenzie!

Éste se volvió y se encontró con el reverendo doctor McCorkle, su secretario y el reverendo McMillan, con unas bolsas en las manos. Todos lo observaban.

Se produjo una pequeña confusión a la hora de las presentaciones (por supuesto, ya conocían a Jamie de cuando fue a buscar a Roger, pero no a Ian), y luego una pausa algo extraña.

—Usted... —Roger se aclaró la garganta, dirigiéndose al mayor del grupo—. Entonces, ¿se marcha, señor? ¿A las Indias?

McCorkle asintió, con la preocupación dibujada en su rostro.

—En efecto, señor. Lamento muchísimo tener que partir... y que usted no pudiera... bueno.

Tanto McCorkle como el reverendo McMillan habían tratado de convencerlo de que regresara con ellos el día anterior, para ocupar su sitio en el servicio de la ordenación. Pero no pudo. No podía dedicar varias horas a semejante cosa, aceptar ese compromiso con la mente ocupada en más de un objetivo; y si bien su mente estaba, precisamente, ocupada en un solo objetivo en ese momento, ese objetivo no era Dios. Sólo había espacio en su corazón para una sola cosa en ese instante: Brianna.

—Bueno, sin duda es la voluntad de Dios —dijo McCorkle con un suspiro—. ¿Y su esposa, señor MacKenzie? ¿No hay novedades de ella?

Él negó con la cabeza y murmuró algunas palabras de agradecimiento por su preocupación, por las promesas que todos le hicieron de que rezarían por él y por el rápido regreso de su esposa. Roger estaba demasiado preocupado como para encontrar sosiego en sus palabras; no obstante, se sintió conmovido por su amabilidad, y se despidió de ellos con un gran número de buenos deseos en ambas direcciones.

Roger, Jamie e Ian caminaron en silencio hacia la posada donde habían dejado a Claire.

—Sólo por curiosidad, Ian: ¿qué has hecho con la oreja de Forbes? —preguntó Jamie rompiendo el silencio, mientras doblaban la esquina que daba a la amplia calle donde estaba la posada.

—Ah, la tengo bien guardada, tío —le aseguró su sobrino, palmeando la pequeña bolsa de cuero que colgaba de su cinturón.

—¿En nombre de D... qué? —Roger se detuvo de inmediato y luego reanudó la pregunta—. ¿Qué piensas hacer con eso?

—Llevarla encima hasta que encontremos a mi prima —dijo Ian, algo sorprendido de que no fuera algo obvio—. Nos será de ayuda.

—¿Sí?

Ian asintió, muy serio.

—Cuando emprendes una búsqueda difícil... si eres kahnyen'kehaka, quiero decir, por lo general te apartas un poco durante un tiempo, para ayunar y orar a los dioses para que te guíen. Ahora mismo no tenemos tiempo para eso, desde luego. Pero muchas veces, cuando lo haces, escoges un talismán... o, para ser exactos, éste te escoge a ti... —Roger se dio cuenta de que aquel procedimiento parecía bastante informal—. Y lo llevas contigo durante toda la búsqueda, para centrar la atención de los espíritus en tus deseos y asegurarte el éxito.

—Ya veo. —Jamie se frotó el puente de la nariz. Al parecer (y al igual que Roger), estaba preguntándose qué pensarían los espíritus mohawk de la oreja de Gerald Forbes. Probablemente, como mínimo, aseguraría su atención—. La oreja... espero que la hayas guardado en sal.

Ian negó con la cabeza.

—No, la ahumé en el fuego de la cocina de la posada anoche. No te preocupes, tío Jamie; aguantará.

Roger encontró un perverso consuelo en esa conversación. Entre las oraciones del clero presbiteriano y el apoyo de los espíritus mohawk, tal vez tuvieran una oportunidad; aunque, en realidad, era la presencia de sus dos parientes, incondicionales y resueltos, cada uno a un lado de él, lo que le permitía seguir albergando esperanzas. Ellos no se rendirían hasta encontrar a Brianna, costara lo que costase.

Tragó el nudo que tenía en la garganta por enésima vez desde que se había enterado de las noticias, pensando en Jemmy. El muchacho estaba a salvo en River Run... pero ¿cómo podía decirle a Jem que su madre ya no estaba? Bueno... simplemente no lo haría. La encontrarían.

Con ánimo decidido, iba a salir por la puerta del Brewster, seguido de sus dos compañeros, cuando alguien volvió a llamarlo:

—¡Roger!

Esta vez era la voz de Claire, aguda por la excitación. Se volvió de inmediato, y la vio levantándose de un banco en el bar. Al otro lado de la mesa estaban una joven regordeta y un joven de complexión delgada y pelo negro rizado y muy apretado: Manfred McGillivray.

—Lo vi antes, señor, hace dos días. —Manfred inclinó la cabeza hacia Jamie con una expresión de disculpa—. Yo... eh... bueno, me escondí, señor, y lo lamento mucho. Pero, desde luego, no tenía forma de saber, hasta que Eppie volvió de Roanoke y me enseñó el anillo...

El anillo estaba sobre la mesa, con su rubí cabujón proyectando un poco de diminuta y serena luz rojiza sobre la madera. Roger lo cogió y lo hizo girar entre los dedos. Apenas escuchó las explicaciones —que Manfred vivía con la prostituta que emprendía periódicas expediciones a los puertos cerca de Edenton, y que él, al ver el anillo, había superado su vergüenza y había salido en busca de Jamie—, demasiado abrumado por esa evidencia pequeña, dura y tangible de Brianna. Roger cerró los dedos a su alrededor, encontrando cierto consuelo en su calor, y volvió en sí justo cuando Hepzibah afirmaba en tono decidido:

—Ocracoke, señor. En la luna nueva. —Tosió modestamente, agachando la cabeza—. La dama dijo, señor, que usted mostraría su gratitud por la información de su paradero...

—Se te pagará, y se te pagará bien —le aseguró Jamie, aunque estaba claro que apenas le prestaba atención—. La luna nueva —dijo, volviéndose hacia Ian—. ¿Diez días?

Ian asintió, resplandeciente por el entusiasmo.

—Sí, más o menos. ¿Ella no sabía en qué parte de la isla de Ocracoke estarían? —preguntó a la prostituta.

Eppie negó con la cabeza.

—No, señor. Sé que Stephen tiene una casa allí, grande, oculta entre los árboles, pero eso es todo.

Manfred se había mostrado inquieto durante toda la conversación. Se inclinó hacia delante y puso la mano sobre la de Eppie.

—Señor... cuando la encuentren... No se lo dirán a nadie, ¿verdad? ¿Que fue Eppie quien se lo ha contado? El señor Bonnet es un hombre peligroso, y no querría que ella corriera peligro.

—No, no diremos nada sobre ella —le aseguró Claire. Había estado observando de cerca tanto a Manfred como a Hepzibah mientras hablaban, y en ese momento se inclinó sobre la mesa y le tocó a Manfred la frente, donde se veían las señales de una especie de sarpullido—. Hablando de riesgos... Ella corre mucho más peligro por ti, jovencito, que por Stephen Bonnet. ¿Se lo has dicho?

Manfred palideció un poco más y, por primera vez, Roger advirtió que el joven parecía verdaderamente enfermo; tenía la cara delgada y surcada de profundas arrugas.

—Sí, Frau Fraser. Desde el primer momento.

—Ah, ¿lo de la sífilis? —Hepzibah simuló despreocupación, aunque Roger se dio cuenta de que apretaba la mano de Manfred—. Sí, me lo ha dicho. Pero yo le dije que eso no cambia nada.

Creo que ya he estado con unos cuantos hombres sifilíticos antes, sin saberlo. Si me contagio... bueno, es la voluntad de Dios, ¿no?

—No —replicó Roger con suavidad—. No lo es. Pero id con la señora Claire, tú y Manfred, los dos, y haced exactamente lo que ella os diga. Te pondrás bien, y él también, ¿no? —preguntó, volviéndose hacia Claire, inseguro durante un instante.

—Sí —dijo ella con brevedad—. Por suerte, he traído bastante penicilina.

El rostro de Manfred era la imagen de la confusión.

—Pero... ¿quiere decir, *meine Frau*, que usted puede... puede curarlo?

—Eso es justo lo que quiero decir —le aseguró Claire—. Como traté de hacerlo antes de que huyeras.

Él abrió la boca y parpadeó. Luego se volvió hacia Hepzibah, quien lo estaba mirando del todo desconcertada.

—*Liebchen*! ¡Puedo ir a casa! Podemos ir a casa —se corrigió con rapidez, al ver cómo cambiaba su expresión—. Nos casaremos. Iremos a casa —repitió con el tono de alguien que tiene visiones beatíficas pero aún no se cree que sean de verdad.

Eppie frunció el ceño, insegura.

—Soy una puta, Freddie —señaló—. Y por las historias que me has contado sobre tu madre...

—Creo que Frau Ute estará tan contenta de tener a Manfred de regreso, que no querrá hacer demasiadas preguntas —dijo Claire, lanzando una mirada a Jamie—. El hijo pródigo, ¿sabes?

—Ya no tendrás que ser puta —le aseguró Manfred—. Yo soy armero; puedo ganarme bien la vida. ¡Ahora que sé que sobreviviré! —De pronto, su delgado rostro se inundó de dicha, rodeó a Eppie con los brazos y la besó.

—¿Eh? —exclamó ella, aturullada, pero al parecer complacida—. Bueno. Mmm. Esa... eh... esa peni... —Miró a Claire, con expresión interrogativa.

—Cuanto antes, mejor —dijo Claire, poniéndose de pie—. Venid conmigo. —Ella también estaba bastante sonrojada, según percibió Roger. Extendió la mano con rapidez hacia Jamie, que la cogió y la apretó con fuerza.

—Iremos a ocuparnos de algunos asuntos —afirmó él, mirando a su vez a Ian y a Roger—. Con suerte, zarparemos esta noche.

—¡Ah! —Eppie ya se había levantado para seguir a Claire, pero al recordar el asunto, se volvió hacia Jamie, llevándose una mano a la boca—. Ah. Se me ha ocurrido otra cosa. —Eppi arrugó su agradable cara redonda, concentrada—. Hay caballos salvajes cerca de la casa. En Ocracoke. Oí a Stephen hablar de ellos una vez. —Pasó la mirada de un hombre al otro—. ¿Eso podría ser de ayuda?

—Podría —respondió Roger—. Gracias... y que Dios te bendiga.

No fue hasta que estuvieron fuera, volviendo hacia los muelles, cuando se dio cuenta de que seguía teniendo el anillo apretado en la mano. ¿Qué era lo que había dicho Ian?

«Escoges un talismán... o, para ser exactos, éste te escoge a ti.»

Sus manos eran un poco más grandes que las de Brianna, pero Roger empujó el anillo en el dedo, y cerró la mano.

Brianna despertó de un sueño húmedo e inquieto, y su sentido maternal se puso en marcha de inmediato. Comenzó a bajarse de la cama, dirigiéndose, por instinto, a la camita de Jemmy, cuando una mano le agarró la muñeca en un apretón compulsivo como el mordisco de un cocodrilo.

Se echó hacia atrás de inmediato, mareada y alarmada. Le llegó un ruido de pasos desde la cubierta, y se dio cuenta de que el sonido de angustia que la había despertado no provenía de Jemmy, sino de la oscuridad que se hallaba a su lado.

—No te vayas —susurró él, y sus dedos se hundieron profundamente en la piel blanda del interior de su muñeca.

Incapaz de soltarse, extendió la otra mano para apartarlo. Tocó vello húmedo, la piel caliente... y unas gotitas líquidas, frescas y sorprendentes en sus dedos.

—¿Qué ocurre? —respondió ella, también susurrando y, por instinto, se inclinó hacia él. Volvió a extender la mano, le tocó la cabeza y le alisó el pelo (todas las cosas para las que se había levantado). Sintió que su mano descansaba sobre él y pensó en detenerse, pero no lo hizo. Era como si no pudiera retrotraer aquel impulso del consuelo maternal, una vez convocado. No podía reprimirlo, al igual que no se podía reprimir el chorro de leche materna provocado por el lloro de un bebé.

»¿Te encuentras bien? —Mantenía la voz baja, y lo más impersonal posible. Levantó la mano y él se movió, rodó hacia ella y apretó la cabeza con fuerza contra la curva de su muslo.

—No te vayas —volvió a decir, y contuvo el aliento en lo que podría haber sido un sollozo. Su voz era grave y ronca, pero distinta de la que ella había oído antes.

—Estoy aquí. —Sintió que la muñeca atrapada estaba entumeciéndose. Apoyó la mano libre sobre su hombro, con la esperanza de que él la soltara si ella parecía dispuesta a quedarse.

Él, en efecto, relajó el apretón, pero sólo para estirar la mano y cogerla de la cintura, forzándola a que volviera a la cama. Ella se quedó acostada en silencio, con la ronca y cálida respiración de Bonnet en la nuca, pues no le quedaba otro remedio.

Por fin, él la soltó y rodó hasta ponerse boca arriba lanzando un suspiro, permitiéndole moverse. Ella adoptó la misma posición, con cuidado, tratando de mantener algunos centímetros de distancia entre ambos. La luz de la luna penetraba por las ventanas de popa en un río plateado, y ella pudo ver la silueta de su cara, captar el destello de luz de su frente y mejilla, cuando él giró la cabeza.

—¿Una pesadilla? —arriesgó. No era su intención parecer sarcástica, pero su propio corazón latía con rapidez a causa de la alarma que le había provocado despertarlo, y sus palabras sonaron inciertas.

—Sí, sí —respondió él, con un suspiro estremecedor—. La misma. La tengo una y otra vez, ¿sabes? Cualquiera podría pensar que, como ya sé de qué se trata, debería despertarme, pero jamás lo hago. Hasta que las aguas se cierran sobre mi cabeza. —Se frotó la nariz, sollozando como un niño.

—Ah. —Brianna no quería entrar en detalles, no quería fomentar ningún sentimiento de intimidad. No obstante, lo que ella quería ya no tenía mucho que ver con las cosas.

—Desde que era un muchacho, he soñado que me ahogaba —continuó él, y su voz, por lo general tan segura, sonó inestable—. Viene el mar y no puedo moverme... La marea sube, y sé que me matará, pero no tengo forma de moverme. —Su mano aferró la sábana convulsivamente, tirando del lado que la cubría a ella—. Es un agua gris, llena de barro, y hay unos animales ciegos nadando. Están esperando en el mar para acabar conmigo, ¿sabes?... y luego tienen otras cosas que hacer.

Ella percibió el horror del relato y se debatió entre desear alejarse más de él y el arraigado hábito de ofrecer consuelo.

—No ha sido más que un sueño —dijo por último, contemplando las tablas de la cubierta, a no más de un metro encima de su cabeza. ¡Ojalá aquello fuera un sueño!

—Ah, no —repuso él, y su voz se convirtió en poco más que un susurro en la oscuridad, junto a ella—. No. Es el mar mismo, que me llama, ¿sabes?

De manera inesperada, él giró hacia ella y la agarró con fuerza. Ella sofocó un grito, se puso rígida y él la apretó más fuerte, reaccionando como un tiburón a sus esfuerzos para soltarse.

Para su propio horror, sintió que *LeRoi* estaba erecto, y se obligó a permanecer inmóvil. El pánico y la necesidad de escapar de su sueño podrían, con demasiada facilidad, hacer olvidar su aversión a tener sexo con mujeres embarazadas, y eso era lo último, lo último que...

—¡Chisss! —le dijo con firmeza, al mismo tiempo que le cogía la cabeza, obligándolo a apoyar la cara en su hombro. Le dio unas palmadas y le acarició la espalda—. Chisss. Todo saldrá bien. Sólo ha sido un sueño. No dejaré que te hagan daño... No dejaré que nadie te haga daño. Bueno, bueno, ya está.

Siguió palmeándolo, con los ojos cerrados, tratando de imaginar que estaba abrazando a Jemmy después de una pesadilla similar, en el silencio de su cabaña, con el fuego bajo de la chimenea, el pequeño cuerpo de Jem relajado por la confianza, y el dulce olor a niño de su pelo junto a su cara...

—No te abandonaré —susurró—. Te lo prometo. No te abandonaré.

Lo dijo una y otra vez y, muy lentamente, la respiración de él se serenó, y el apretón se aflojó cuando cayó presa del sueño. De todas formas, ella siguió repitiéndolo, en un murmullo suave e hipnótico, con las palabras amortiguadas por el sonido del agua, que siseaba al pasar por un lado del buque, aunque ya no hablaba al hombre que tenía a su lado, sino al niño que dormía en su interior.

—No dejaré que nadie te haga daño. Nadie te hará daño. Te lo prometo.

106

Cita

Roger hizo una pausa para enjugarse el sudor de los ojos. Se había atado un pañuelo doblado a la cabeza, pero la humedad de la zona más tupida del bosque era tan elevada, que la transpiración se le acumulaba en las cuencas de los ojos, haciendo que le ardieran y nublándole la visión.

En un bar de Edenton, la información de que Bonnet estaba —o estaría— en Ocracoke había despertado en ellos la emoción: de pronto, la búsqueda se reducía a una minúscula franja de arena, en lugar de los millones de otros lugares donde aquel pirata podría encontrarse; ¿cuán difícil sería? Aunque una vez alcanzada esa franja de arena, la perspectiva había cambiado. Aquella condenada isla era estrecha, pero medía varios kilómetros de largo, con extensas áreas de bosques de matorrales y con la mayor parte de la costa plagada de impedimentos ocultos y peligrosos acantilados.

El capitán del barco de pesca que habían contratado los llevó en poco tiempo; luego pasaron dos días navegando hacia un lado y hacia otro de aquel maldito islote, en busca de posibles lugares de desembarco, probables escondites piratas y manadas de caballos salvajes. Hasta el momento, nada de eso había aparecido.

Después de pasar bastante tiempo vomitando a un lado del barco (Claire no había llevado sus agujas de acupuntura, ya que no había previsto que las fuera a necesitar), Jamie había insistido en desembarcar. Recorrería la isla a pie, dijo, prestando atención a cualquier cosa extraña. Podrían ir a recogerlo cuando se pusiera el sol.

—¿Y si te topas de repente con Stephen Bonnet tú solo? —le espetó Claire, cuando él se negó a que lo acompañara.

—Será mejor que vomitar hasta morir —fue su elegante respuesta—. Además, Sassenach, necesito que te quedes aquí y te asegures de que ese condenado hijo de... que tenemos por capitán no se vaya sin nosotros, ¿de acuerdo?

De modo que lo habían dejado en la costa y se habían marchado, observándolo cuando se internó, balanceándose ligeramente entre la maleza y los arbustos.

Después de otro día de frustración, en el que se dedicaron a navegar poco a poco bordeando la costa, sin ver otra cosa que alguna destartalada choza de pesca, Ian y Roger comenzaron a comprender también la sabiduría del enfoque de Jamie.

—¿Ves aquellas casas? —Ian señaló un diminuto grupo de chabolas en la orilla.

—Si las quieres llamar así, sí. —Roger se protegió los ojos con una mano para mirar, pero las chozas parecían desiertas.

—Si pueden zarpar con botes desde allí, entonces nosotros también podemos llegar. Bajemos a la costa y veamos qué nos dice esa gente.

Mientras Claire se quedaba atrás, remaron hasta la costa para hacer averiguaciones, aunque sin resultado alguno. Los únicos habitantes de aquel diminuto asentamiento eran unas pocas mujeres y niños, que después de oír el nombre «Bonnet» se escabulleron a sus hogares, como almejas que se esconden en la arena.

De todas formas, como habían sentido tierra firme bajo los pies, no estaban muy dispuestos a admitir su fracaso y a volver a la cabaña de pesca.

—Echemos un vistazo —había dicho Ian, contemplando pensativo el soleado bosque—. Separémonos, ¿de acuerdo? —Dibujó una serie de «X» en la arena a modo de ejemplo—. Así cubriremos más terreno, y nos encontraremos cada cierto tiempo. El que llegue primero a la orilla esperará al otro.

Roger asintió con un gesto y, con un alegre saludo al pequeño bote de pesca y a la pequeña figura indignada en su proa, se internó en la isla. El aire era cálido y estático bajo los pinos, y su progreso se veía obstaculizado por toda clase de arbustos bajos, enredaderas, franjas de abrojos y otras cosas pegajosas. La marcha era un poco más fácil cerca de la orilla, donde el bosque se hacía más ralo y dejaba paso a extensiones de arañas, un arbusto alto parecido a la avena, con docenas de diminutos cangrejos que corrían para apartarse de su camino o que, en ocasiones, terminaban aplastados bajo sus pies.

De todas formas, era un alivio moverse, sentir que estaba haciendo algo, avanzando en su búsqueda de Bree, aunque también admitía para sí mismo que no estaba del todo seguro de lo que estaban buscando exactamente. ¿Estaba ella allí? ¿Habría llegado ya Bonnet a la isla? ¿O aparecería al cabo de uno o dos días, en la luna nueva, como había dicho Hepzibah?

A pesar de la preocupación, del calor y de los millones de mosquitos y otros insectos (la mayoría no lo picaba, pero insistía en meterse en sus orejas, ojos, nariz y boca), sonrió al pensar en Manfred. Había rezado por el muchacho desde su desaparición del Cerro, para que volviera con su familia. Era cierto que encontrarlo manteniendo una relación estable con una exprostituta probablemente no era la respuesta a sus plegarias que Ute McGillivray habría esperado, pero él ya había aprendido que Dios tenía sus propios métodos.

«Señor, haz que ella esté a salvo.» No le importaba de qué modo Dios respondiera a esa plegaria, siempre que tuviera respuesta. «Haz que vuelva conmigo, por favor.»

La tarde estaba muy avanzada, y Roger tenía la ropa pegada al cuerpo debido al sudor, cuando llegó a una de las docenas de pequeñas ensenadas que perforaban la isla como agujeros de un queso suizo. Era demasiado ancha para salvarla de un salto, de modo que descendió por la orilla arenosa y entró en el agua. Era más profunda de lo que había pensado; le llegó al cuello en la mitad del canal y tuvo que dar unas cuantas brazadas antes de poder andar en el otro lado.

El agua tiró de él, avanzando hacia el mar; la marea había empezado a cambiar. Era probable que la ensenada fuera mucho menos profunda cuando bajaba la marea, pero le pareció que un bote podría desembarcar en ella con facilidad durante la marea alta.

Eso era prometedor. Alentado, salió al otro lado arrastrándose, y comenzó a seguir el canal hacia el interior de la isla. Al cabo de pocos minutos, oyó algo en la distancia y se detuvo para escuchar.

Caballos. Hubiera jurado que era el sonido de un relincho, aunque tan lejos que no podía estar seguro. Giró en círculos, tratando de localizarlo, pero el sonido se había desvanecido. De todas formas, parecía una señal, y siguió adelante con una fuerza renovada, asustando a una familia de mapaches que lavaba su comida en el agua del canal.

Pero allí, la ensenada comenzaba a estrecharse, y el caudal de agua disminuyó hasta alcanzar tan sólo treinta centímetros de profundidad; luego menos, apenas unos centímetros de agua fluyendo sobre la arena polvorienta. Roger se resistió a darse por vencido, y se abrió paso bajo una cubierta baja de pinos y matorrales. Hasta que se detuvo de golpe, sintiendo un cosquilleo en la piel desde la coronilla hasta las suelas de los pies.

Había cuatro. Toscas columnas de piedra, pálidas a la sombra de los árboles. Una, en realidad, se encontraba en el mismo canal, un poco inclinada por la acción del agua. Otra, en la orilla, estaba tallada con símbolos abstractos que no reconoció. Se quedó paralizado, como si las columnas fueran seres vivos que pudieran verlo si se movía.

Había un silencio anormal; hasta los insectos parecían haberlo abandonado temporalmente. No tenía dudas de que aquél era el círculo que el hombre llamado Donner le había descrito a Brianna. Allí, los cinco hombres habían canturreado, caminando y siguiendo unos pasos preestablecidos, y habían girado, pasando a la izquierda de la piedra tallada. Y aquí al menos uno de ellos había muerto. Un profundo estremecimiento lo atravesó, a pesar del calor opresivo.

Finalmente, Roger se movió con mucho cuidado, retrocediendo, como si las piedras pudieran despertar, pero no les dio la espalda hasta que se encontró a buena distancia de ellas, tan lejos que las perdió de vista, enterradas en la tupida maleza. Luego se volvió y caminó hacia el mar, rápido, y más rápido, hasta que el aliento le ardió en la garganta, sintiendo que unos ojos invisibles le taladraban la espalda.

Me quedé sentada a la sombra del castillo de proa, bebiendo cerveza fresca y contemplando la orilla. «Malditos sean los hombres —pensé, frunciendo el ceño mientras observaba el tranquilo tramo de arena—. Se lanzan a ciegas y dejan que las mujeres cuiden de las provisiones.» De todas maneras... no estaba tan segura de que hubiera querido explorar toda la extensión de aquella enorme isla a pie. Según los rumores, Barbanegra y unos cuantos de sus colegas habían usado aquel sitio como guarida, y las razones eran obvias. Pocas veces había visto una costa menos hospitalaria.

La probabilidad de hallar a alguien en aquel lugar oculto y boscoso revisando agujeros al azar era escasa. Aun así, permanecer sentada en un barco mientras Brianna debía enfrentarse a Stephen Bonnet estaba haciendo que me retorciera de nerviosismo y del deseo urgente de hacer algo.

Pero no había nada que pudiera hacer, y la tarde transcurría con mucha lentitud. Pasaba el tiempo observando la costa; de vez en cuando, veía a Roger o a Ian salir de entre la maleza, y luego los dos conversaban de forma breve antes de volver a internarse entre los arbustos. Cada cierto tiempo, miraba hacia el norte, pero no había señales de Jamie.

El capitán Roarke, que de hecho era un condenado hijo de una puta sifilítica, como él mismo admitió alegremente, se sentó a mi lado un rato y aceptó una botella de cerveza. Me felicité por haber pensado en traer unas cuantas docenas, algunas de las cuales había sumergido en una red para mantenerlas frescas. La cerveza me estaba ayudando mucho a calmar mi impaciencia, aunque aún tenía el estómago encogido por la preocupación.

—Ninguno de sus hombres son lo que uno llamaría marineros, ¿verdad? —observó el capitán Roarke, después de un silencio pensativo.

—Bueno, el señor MacKenzie pasó algún tiempo en barcos de pesca en Escocia —dije, dejando caer una botella vacía en la red—. Pero no diría que es un marino avezado, la verdad.

—Ah. —Bebió un poco más.

—¿Por qué? —pregunté por fin.

Él bajó la botella y eructó con fuerza; luego parpadeó.

—Bueno, señora... creo haber oído a uno de los jóvenes mencionar que iba a tener lugar una cita en luna nueva...

—Sí —asentí, algo cautelosa. Le habíamos contado al capitán lo mínimo posible, pues no sabíamos si tenía alguna relación con Bonnet—. La luna nueva es mañana por la noche, ¿no?

—En efecto —admitió—. Pero lo que quiero decir es... cuando uno dice «luna nueva», es más probable que se refiera a la noche, ¿no? —Miró por el cuello vacío de su botella, luego la levantó y sopló por él con aire reflexivo, emitiendo un profundo silbido.

Capté la insinuación, y le di otra.

—Se lo agradezco, señora —dijo con felicidad—. Mire, la marea cambia cerca de las once y media en esta época del mes... y está bajando —añadió con énfasis.

Lo miré desconcertada.

—Bueno, si se fija con atención, señora, verá que la marea ya ha bajado casi hasta la mitad. —Señaló hacia el sur—. Sin embargo, el agua sigue bastante profunda en toda la costa de por aquí. Pero cuando llegue la noche, ya no será así.

—¿Ah, no? —pregunté, aún sin entender, pero él era paciente.

—Bueno, con la marea baja, es fácil ver las piedras y las ensenadas, desde luego... y si uno viniera con un barco de poco calado, ése sería el momento ideal. Pero si la cita fuera con algo más grande, tal vez algo con un calado superior a un metro veinte... en ese caso... —Dio un trago, y apuntó con el fondo de la botella un punto alejado de la orilla—. Allí el agua es profunda, señora; ¿ve el color? Con un barco grande, aquél sería el lugar más seguro para anclar cuando hay marea baja.

Contemplé el lugar que había señalado. Sin duda, el agua era más oscura allí, de un gris azulado más intenso que las olas que lo rodeaban.

—Podría habérnoslo dicho antes —le dije, con cierto tono de reproche.

—Es cierto, señora —admitió cordialmente—, salvo que no sabía que a ustedes les interesaba saberlo—. Entonces se levantó y caminó hacia la popa con una botella vacía en la mano, emitiendo distintos silbidos ausentes como una lejana sirena de niebla.

Cuando el sol se hundía en el mar, Roger e Ian aparecieron en la orilla, y el ayudante del capitán Roarke, Moses, remó hasta la orilla para llevarlos de vuelta al barco. Luego izamos velas y avanzamos lentamente a lo largo de la costa de Ocracoke, hasta que encontramos a Jamie, que nos saludaba desde una minúscula franja de arena.

Una vez que anclamos cerca de la costa para pasar la noche, intercambiamos impresiones acerca de nuestros descubrimientos... o de la falta de ellos. Todos los hombres estaban agotados, exhaustos por el calor y la búsqueda, y con poco apetito para cenar, a pesar de sus esfuerzos. Roger, en particular, parecía hundido y pálido, y no dijo casi nada.

La última astilla de la luna menguante ascendió en el cielo. Después de una conversación breve, los hombres cogieron unas mantas y se tumbaron en cubierta. Tardaron poco en dormirse.

A pesar de las grandes cantidades de cerveza que había ingerido, yo estaba totalmente despierta. Me senté junto a Jamie, con los hombros envueltos en mi propia manta para protegerlos del viento nocturno, observando el misterio negro de la isla. El sitio que me había señalado el capitán Roarke era invisible en la oscuridad. Me pregunté si nos daríamos cuenta en el caso de que llegara un barco la noche del día siguiente.

De hecho, llegó esa misma noche. Yo me desperté a primera hora de la mañana, soñando con cadáveres. Me senté, con el corazón latiendo con fuerza, y vi a Roarke y a Moses en la barandilla, además de percibir un olor espantoso en el aire. No era un olor fácil de olvidar, y cuando me acerqué a la borda para mirar, no me sorprendió oír a Roarke murmurar: «Negrero», apuntando hacia el sur.

El barco estaba anclado a casi un kilómetro de distancia, con sus mástiles negros recortados frente al pálido cielo. No era grande, pero sin duda, su tamaño le impediría abrirse paso por los canales más pequeños de la isla. Lo observé durante cierto tiempo, acompañada de Jamie, Roger e Ian, a medida que despertaban; pero ningún bote descendió del barco.

—¿Qué suponéis que está haciendo aquí? —preguntó Ian. Habló en voz baja; el barco negrero nos ponía nerviosos a todos.

Roarke meneó la cabeza; a él tampoco le gustaba.

—No tengo la menor idea —dijo—. Jamás habría esperado encontrarme con algo así en este sitio. De ninguna manera.

Jamie se frotó el mentón sin afeitar. Llevaba varios días así y, con su rostro verdoso y los ojos hundidos bajo la barba rala (había vomitado por la barandilla apenas unos minutos después de despertarse, aunque la hinchazón era muy ligera), tenía un aspecto incluso peor que el del propio Roarke.

—¿Puede acercarnos a ese barco, señor Roarke? —preguntó, con los ojos clavados en el buque negrero. Roger lo penetró con la mirada.

—No supondrás que Brianna está a bordo, ¿verdad?

—Si es así, la hallaremos. Si no... tal vez averigüemos si ese barco ha venido aquí para encontrarse con alguien.

El sol ya había salido cuando nos pusimos junto al barco. Había unos cuantos tripulantes en cubierta, que nos miraron con curiosidad desde la barandilla.

Roarke lanzó un grito de saludo, pidiendo permiso para subir a bordo. No hubo ninguna respuesta inmediata, pero pocos minutos después apareció un hombre de gran tamaño, aire autoritario y cara de pocos amigos.

—¿Qué queréis? —preguntó.

—¡Subir a bordo! —gritó Roarke como respuesta.

—Largo.

—¡Estamos buscando a una joven! —gritó Roger—. ¡Nos gustaría hacerle unas preguntas!

—Cualquier joven de este barco me pertenece —dijo el capitán, si es que lo era, con un tono definitivo—. Idos a la mierda. —Se volvió e hizo gestos en dirección a sus tripulantes, quienes se dispersaron de inmediato para regresar momentos después a apuntarnos con mosquetes.

Roger ahuecó las manos en torno a su boca.

—¡BRIANNA! —voceó—. ¡BRIANNA!

Un hombre levantó su arma y disparó; la bala silbó bastante por encima de nuestras cabezas y desgarró la vela principal.

—¡Eh! —exclamó Roarke furioso—. ¿Qué os pasa?

La única respuesta fue una serie de disparos más cortos, seguida de la apertura de las portillas más próximas a nosotros, y la repentina aparición de varios cañones negros, junto con una ráfaga más intensa de hedor.

—Por Dios —dijo Roarke, asombrado—. Bueno, si eso es lo que queréis... ¡Malditos seáis! —chilló, blandiendo un puño—. ¡Malditos seáis, he dicho!

Moses, menos interesado en la retórica, había izado velas desde el primer disparo, y ya estaba frente al timón; nos deslizamos más allá del buque negrero y, en poco tiempo, nos encontramos en mar abierto.

—Bueno, está claro que pasa algo —comenté, volviendo a mirar el barco—. Más allá de si tiene que ver con Bonnet o no.

Roger se aferraba a la barandilla con los nudillos blancos.

—Sí tiene que ver —dijo Jamie. Se pasó una mano por la boca, e hizo una mueca—. ¿Podríamos no perder el barco de vista, pero estar fuera del alcance de sus balas, señor Roarke? —Una nueva oleada de olor a cloaca, putrefacción y desesperación llegó hasta nosotros, y Jamie se puso del color del sebo rancio—. Y si, además, pudiéramos tener el viento en contra...

Nos vimos forzados a internarnos en el océano y virar hacia un lado y hacia otro para cumplir con todas esas condiciones, pero finalmente conseguimos echar el ancla a una distancia segura, con el buque negrero apenas visible. Allí permanecimos el resto del día, turnándonos para vigilar aquella extraña embarcación con el catalejo del capitán Roarke.

Pero no ocurrió nada; ningún bote salió del barco, ni de la orilla. Y, mientras estábamos todos sentados en cubierta, observando cómo salían las estrellas en una noche sin luna, el barco fue engullido por la oscuridad.

107

La luna nueva

Anclaron bastante antes del amanecer, y un pequeño bote los condujo a tierra.

—¿Dónde estamos? —preguntó Brianna, con la voz oxidada por la falta de uso; Bonnet la había despertado en la oscuridad.

Habían hecho tres paradas en el camino, en caletas sin nombre donde hombres misteriosos salían de entre la maleza, haciendo rodar toneles o cargando fardos, pero a ella no la habían hecho bajar en ninguna. Aquélla era una isla larga y baja, con un tupido bosque de maleza y cubierta por una bruma que hacía que pareciera embrujada a la luz de una luna moribunda.

—Ocracoke —respondió él, inclinándose hacia delante para atisbar entre la niebla—. Un poco más a babor, Denys. —El marinero que manejaba los remos se inclinó más hacia un lado, y la proa del bote giró, acercándose más a la orilla.

Hacía frío en el agua; se sintió agradecida por el grueso mantón que él le había puesto sobre los hombros antes de ayudarla a subir al bote. Aun así, el fresco de la noche y el mar abierto poco tenían que ver con el pequeño y constante escalofrío que hacía que le temblaran las manos y que le entumecía los pies y los dedos.

Suaves murmullos entre los piratas, más instrucciones. Bonnet saltó al agua, que estaba llena de barro y que le llegaba a la cintura, y vadeó hacia las sombras, haciendo a un lado la tupida maleza, lo que hizo que el agua de la ensenada oculta apareciera de pronto, como un suave resplandor oscuro ante ellos. El bote avanzó entre los árboles que colgaban sobre la ensenada, y luego se detuvo para que Bonnet pudiera volver a subir por la borda, salpicando y chorreando.

Un grito estremecedor se oyó cerca de ellos, tanto, que Brianna dio un respingo antes de darse cuenta de que se trataba tan sólo de un pájaro en algún lugar de la ciénaga que los rodeaba. Por lo demás, la noche estaba en silencio, con excepción de las salpicaduras amortiguadas y regulares de los remos.

También habían subido al bote a Josh y a los hombres fulani. Josh estaba sentado a sus pies, como una silueta negra encorvada. Estaba temblando; ella podía percibirlo. Desdobló un pliegue del mantón y se lo puso encima; luego posó una mano en su hombro, bajo el mantón, con la intención de proporcionarle todo el aliento que pudiera. Una mano se elevó, se instaló suavemente sobre la de ella y la apretó. Así unidos, navegaron poco a poco hacia el mundo oscuro que los aguardaba bajo los árboles chorreantes.

El cielo estaba iluminándose cuando el bote llegó a un pequeño embarcadero, y unas delgadas nubes rosadas se extendían en el horizonte. Bonnet bajó de un salto y le ofreció la mano. A regañadientes, Brianna soltó a Josh y se incorporó.

Había una casa, semioculta entre los árboles. Construida con tablones grises, parecía hundirse en los restos de la niebla, como si no fuera del todo real y pudiera desaparecer en cualquier instante.

Aunque el hedor del viento sí era completamente real. Ella jamás lo había olido antes, pero había escuchado la vívida descripción de su madre y lo reconoció de inmediato: el olor de un barco negrero, anclado frente a la costa. Josh también lo reconoció; ella oyó su grito ahogado, y luego un murmullo apresurado; estaba recitando el avemaría en gaélico, lo más rápido que podía.

—A éstos llévalos al barracón —le dijo Bonnet al marinero, empujando a Josh en su dirección, y señalando a los fulani con un gesto—. Luego vuelve al barco. Dile al señor Orden que zarparemos para Inglaterra dentro de cuatro días; él se ocupará del resto de las provisiones. Ven a buscarme el sábado, una hora antes de la marea alta.

—¡Josh! —exclamó Brianna, y él la miró con ojos blancos por el temor, pero el marinero lo obligó a avanzar, y Bonnet la arrastró a ella en otra dirección, por el sendero hacia la casa—. ¡Espera! ¿Por qué se lo lleva? ¿Qué vas a hacer con él? —Ella clavó los pies en el barro y se agarró a un mangle, negándose a moverse.

—Venderlo, ¿a ti qué te parece? —respondió Bonnet, mostrándose insensible respecto a ese asunto, así como a su negativa a moverse—. Vamos, querida. Sabes que puedo obligarte, y sabes que no te gustará si lo hago. —Extendió la mano, apartó el borde del mantón y le apretó el pezón con fuerza, a modo de ejemplo.

Ardiendo de furia, ella volvió a ponerse el mantón y se lo envolvió con fuerza, como si aquello pudiera aliviarle el dolor. Él ya se había vuelto y estaba avanzando por el sendero, totalmente seguro de que ella lo seguiría. Para su eterna vergüenza, así lo hizo.

Les abrió la puerta un hombre negro, casi tan alto como Bonnet, e incluso más ancho de pecho y hombros. Tenía una gruesa cicatriz vertical entre los ojos que le iba desde el nacimiento del cabello hasta el puente de la nariz, pero con el aspecto limpio de una cicatriz tribal deliberada, y no el resultado de un accidente.

—¡Emmanuel, amigo! —Bonnet saludó con cordialidad al hombre, e hizo pasar a Brianna delante de él de un empujón—. Mira lo que he traído, ¿quieres?

El negro la miró de arriba abajo con expresión de duda.

—Ella muy alta —dijo, con un acento africano. La cogió de los hombros y le dio la vuelta, pasándole una mano por la espalda y agarrándole las nalgas brevemente a través del mantón—. Pero tener bonito culo gordo —admitió a regañadientes.

—¿Verdad? Bueno, ocúpate de ella, y luego ven a decirme cómo están las cosas. La bodega está casi llena... ah, y he recogido cuatro... no, cinco... negros más. Los hombres pueden ir con el capitán Jackson, pero las mujeres... bueno, son bastante especiales. —Le guiñó un ojo a Emmanuel—. Gemelas.

La cara del negro se puso rígida.

—¿Gemelas? —preguntó en un tono horrorizado—. ¿Usted traerlas a la casa?

—En efecto —dijo Bonnet con firmeza—. Son fulani, y despampanantes. No saben inglés, no tienen educación... Pero servirán como putas, sin duda. Por cierto, ¿hay alguna noticia del signor Ricasoli?

Emmanuel asintió, aunque con el ceño fruncido; la cicatriz formaba una profunda «V», que se sumaba a las arrugas del entrecejo.

—Llegar el jueves. Monsieur Houvener también venir. Y el señor Howard llegar mañana.

—Estupendo. Me apetece desayunar ahora... y supongo que tú tendrás tanta hambre como yo, ¿no, querida? —preguntó mientras se volvía hacia Brianna.

Ella asintió, debatiéndose entre el miedo, la furia y los mareos matutinos. Tenía que comer algo, y pronto.

—Bien, pues. Llévala a algún sitio —alzó la mano hacia el techo, indicando las habitaciones de la planta superior— y dale de comer. Yo comeré en mi despacho; ven a buscarme allí.

Sin esperar más, Emmanuel le puso una mano como un torno en la nuca a Brianna y la empujó hacia la escalera.

El mayordomo (si es que se podía describir a algo como Emmanuel con un término tan doméstico) la empujó hacia una pequeña habitación y cerró la puerta detrás de ella. Estaba amueblada, pero con austeridad: el bastidor de una cama con un colchón, una manta de lana y un orinal. Ella utilizó este último objeto con alivio y luego hizo un rápido reconocimiento de la habitación.

Tan sólo había una ventana pequeña, con rejas metálicas. No tenía cristales, sólo postigos interiores, y el aire del mar y el bosque llenaron la estancia, compitiendo con el polvo y el hedor rancio del colchón manchado. Puede que Emmanuel fuera un factótum, pero no era un gran amo de casa, pensó Brianna, tratando de mantener el ánimo.

Oyó un sonido familiar y estiró el cuello para ver. La ventana no dejaba mucho espacio visible, sólo las conchas blancas aplastadas y el barro arenoso que rodeaba la casa, así como las copas de unos pinos atrofiados. Pero si apretaba la cara a un lado de la ventana, alcanzaba a ver una pequeña franja de una playa distante, sobre la que rompían grandes olas blancas. Cuando estaba observando, tres caballos la cruzaron al galope y desaparecieron de su vista, pero cuando el viento transportó sus relinchos, llegaron cinco más, y luego otro grupo de siete u ocho. Eran caballos salvajes, descendientes de ponis españoles que habían llegado allí un siglo antes.

Esa visión la fascinó, y siguió mirando durante un largo rato con la esperanza de que regresaran, pero no lo hicieron; sólo pasó una bandada de pelícanos, y luego unas pocas gaviotas que se zambulleron en busca de peces.

La visión de los caballos había hecho que se sintiera menos sola durante unos pocos instantes, pero no menos vacía. Llevaba, como mínimo, media hora en aquella habitación, y aún no había oído pasos en el vestíbulo que le indicaran que le llevaban comida. Con cautela, probó la puerta y se sorprendió al hallarla abierta.

Sí le llegaron sonidos de abajo; había alguien allí. Y un aroma cálido y granuloso a avena y pan horneándose flotó débilmente en el aire.

Brianna tragó saliva para contener el estómago, se movió procurando no hacer ruido por la casa y bajó la escalera. Se oían voces masculinas en una estancia de la parte delantera: Bonnet y Emmanuel. Ese sonido hizo que su diafragma se tensara, pero la puerta estaba cerrada, y pasó junto a ella de puntillas.

La cocina era en realidad una choza independiente, conectada con la casa por medio de un pasaje techado y rodeada por un jardín cercado que también abarcaba la parte trasera de la construcción. Echó un vistazo a la cerca —muy alta y con púas—, pero primero, lo primero: tenía que comer.

Había alguien en la cocina; oyó ruido de ollas y la voz de una mujer, murmurando. El olor a comida era tan intenso que parecía palpable. Abrió la puerta y entró, haciendo una pausa para que la cocinera pudiese verla. Luego ella vio a la cocinera.

A esas alturas estaba tan maltrecha por la situación que se limitó a parpadear, con la seguridad de estar sufriendo alucinaciones.

—¿Fedra? —dijo en tono inseguro.

La chica giró en redondo, con los ojos abiertos por la impresión.

—¡Oh, santo Dios! —Echó una mirada aterrorizada detrás de Brianna y luego, al comprobar que estaba sola, la cogió del brazo y la sacó al jardín—. ¿Qué hace usted aquí? —exigió saber con un tono feroz—. ¿Cómo es posible que esté aquí?

—Stephen Bonnet —dijo Brianna rápidamente—. ¿Cómo demonios...? ¿Él te secuestró? ¿En River Run? —No se le ocurría cómo ni por qué, pero todo lo que había averiguado desde el momento en que se enteró de que estaba embarazada había tenido las características surrealistas de una alucinación, y no sabía qué parte de todo aquello se debía, en realidad, al embarazo.

Pero Fedra estaba negando con la cabeza.

—No, señorita. Ese tal Bonnet me cogió hace un mes. De un hombre llamado Butler —añadió, torciendo la boca en una expresión que dejaba claro que detestaba a Butler.

A Brianna el nombre le pareció familiar. Creía que así se apellidaba un contrabandista al que no conocía, pero que había oído mencionar alguna vez. Aunque no se trataba del contrabandista que proporcionaba a su tía té y otras cosas de lujo; a ése sí lo había conocido, y era un caballero desconcertantemente afectado y refinado llamado Wilbraham James.

—No lo comprendo. Pero... espera, ¿hay algo de comer? —preguntó cuando sintió que el estómago se le hundía de golpe.

—Ah, claro. Espere aquí. —Fedra desapareció en el interior de la cocina con agilidad, y regresó al instante con media hogaza de pan y una vasija con manteca.

—Gracias. —Brianna agarró el pan y comió deprisa, sin preocuparse por untarlo con manteca; luego puso la cabeza entre las rodillas y respiró durante unos minutos, hasta que las náuseas se aplacaron—. Lo siento —dijo, levantando la cabeza por fin—. Estoy embarazada.

Fedra asintió, por lo visto poco sorprendida.

—¿De quién? —preguntó.

—De mi marido —respondió Brianna. Había contestado de manera cortante, pero luego se dio cuenta, con un pequeño movimiento de sus inestables entrañas, de que, de hecho, podría haber sido de otra manera. Fedra había desaparecido de River Run varios meses atrás... sólo Dios sabía qué le había pasado durante ese período de tiempo.

—De modo que no la tiene desde hace mucho. —Fedra miró hacia la casa.

—No. Como un mes... ¿Has tratado de huir?

—Una vez. —La muchacha volvió a torcer la boca—. ¿Ha visto a ese hombre, Emmanuel?

Brianna asintió.

—Es ibo. Me siguió la pista por un pantano de cipreses e hizo que lo lamentara cuando me alcanzó. —Cruzó los brazos alrededor del cuerpo, aunque hacía calor.

El jardín estaba vallado con postes de pino puntiagudos de dos metros y medio de altura, cruzados con cuerdas. Brianna podría pasar por encima si Fedra la ayudaba sosteniéndole el pie... pero en ese momento vio cómo la sombra de un hombre pasaba por el otro lado, con un arma sobre el hombro.

Lo habría deducido sola si hubiese sido capaz de pensar. Estaba en el escondite de Bonnet y, a juzgar por las pilas de cajas, fardos y toneles almacenados al azar en el patio, también era el lugar donde guardaba el cargamento de valor antes de venderlo. Como era natural, estaría protegido.

Una débil brisa flotó entre los postes de la cerca, portando el mismo hedor vomitivo que había percibido al llegar a la orilla. Tomó otro rápido bocado de pan, obligándose a hacer que descendiera como un lastre para su estómago revuelto.

Los orificios nasales de Fedra se ensancharon, y luego se fruncieron por el tufo.

—Es un barco de esclavos, anclado más allá del rompiente —dijo en voz muy baja, y tragó saliva—. El capitán vino ayer, a ver si Bonnet tenía algo para él, pero aún no ha regresado. El capitán Jackson ha dicho que vendrá mañana.

Brianna podía percibir el miedo de Fedra, como una miasma amarilla pálida que flotaba sobre su piel, y tomó otro bocado de pan.

—Él no... no va a venderte a ese Jackson, ¿verdad? —Aunque creía que no había nada de lo que Bonnet no fuera capaz, a esas alturas entendía algunas cosas sobre la esclavitud. Fedra era un artículo de primera: de piel clara, joven y bonita... y entrenada como criada personal. Bonnet podría conseguir un buen precio por ella casi en cualquier sitio y, por lo poco que sabía sobre los buques negreros, éstos se especializaban en esclavos de África sin preparación.

Fedra negó con la cabeza, con los labios pálidos.

—No lo creo. Él dice que yo soy lo que él llama una «puta». Por eso me ha mantenido aquí tanto tiempo; algunos conocidos suyos vendrán desde las Indias esta semana. Son propietarios de plantaciones. —Tragó saliva de nuevo, con aspecto enfermizo—. Compran mujeres bonitas.

El pan que Brianna había comido se derritió de repente, convirtiéndose en una masa babosa y viscosa en su estómago y, con una clara sensación de inevitabilidad, se incorporó y avanzó unos pocos pasos, antes de vomitar sobre un fardo de algodón sin refinar.

La voz de Stephen Bonnet resonó en su cabeza, alegre y jovial: «¿Para qué molestarme en llevarte hasta Londres, donde no le servirías de nada a nadie? Además, en Londres llueve mucho; estoy seguro de que no te gustaría.»

—Compran mujeres bonitas —susurró, apoyándose en la empalizada, esperando que la sensación de viscosidad disminuyese. Pero ¿mujeres blancas?

¿Por qué no?, respondió la parte fría y lógica de su cerebro. Las mujeres son una propiedad, negras o blancas. Si pueden poseerte, pueden venderte. Ella misma había sido propietaria de Lizzie durante algún tiempo.

Se limpió la boca con la manga y volvió junto a Fedra, que estaba sentada sobre un rollo de cobre, con la preocupación dibujada en su rostro delgado y de huesos finos.

—Josh... también tiene a Josh. Cuando desembarcamos, les dijo que llevaran a Josh al barracón.

—¿Joshua? —Fedra se enderezó y abrió mucho los ojos—. ¿Joshua, el mozo de cuadra de la señorita Yo? ¿Él está aquí?

—Sí. ¿Sabes dónde se encuentra el barracón?

Fedra se había puesto en pie de un salto, y caminaba de un lado a otro, muy nerviosa.

—No lo sé con seguridad. Yo preparo la comida para los esclavos que están allí, pero se la lleva uno de los marineros. Aunque no puede estar lejos de la casa.

—¿Es grande?

Fedra negó con la cabeza de manera enfática.

—No, señora. El señor Bonnet en realidad no se dedica al tráfico de esclavos. Recoge algunos, aquí y allá... y luego tiene a sus «putas». Por lo que comen, no puede haber más de una docena aquí. Tres chicas en la casa... cinco, contando a las fulani que han dicho que van a traer.

Tras sentirse un poco mejor, Brianna comenzó a examinar el patio en busca de cualquier cosa que pudiera resultarle de provecho. Era un revoltijo de cosas valiosas, desde montones de seda china, envuelta en lino y tela aceitada, hasta cajas de vajilla de porcelana, bobinas de cobre, toneles de coñac, botellas de vino envueltas con paja y arcones de té. Abrió uno, y tras inhalar el suave aroma de las hojas, comprobó que era un alivio maravilloso para sus trastornos internos. En ese momento habría dado casi cualquier cosa por una taza de té caliente.

Pero lo que era todavía más interesante era un buen número de pequeños barriles de pólvora herméticamente cerrados.

—Si tuviera algunas cerillas —murmuró para sí misma, observándolos con anhelo—. O incluso un pedernal. —Pero el fuego era fuego, y, sin duda, lo habría en la cocina. Miró la casa con cuidado, pensando exactamente dónde ubicaría los barriles... pero no podía hacerla volar por los aires con los otros esclavos dentro, y menos sin saber qué haría después.

El sonido de una puerta abriéndose la dejó paralizada; cuando Emmanuel miró hacia fuera, ella ya había dado un salto para alejarse de la pólvora y estaba examinando una caja enorme que albergaba un reloj de pie, cuya dorada esfera, decorada con tres barcos de vela animados en un mar de plata, asomaba detrás de los listones que la protegían.

—Tú, chica —le dijo a Brianna con un gesto del mentón—. Venir a lavarte. —Miró a Fedra con furia y Brianna advirtió que ella no se atrevía a mirarlo a los ojos, sino que se apresuraba a juntar ramitas del suelo.

La mano volvió a clavarse en su nuca con fuerza y la empujó de forma ignominiosa hacia la casa.

Esta vez, Emmanuel sí cerró la puerta con llave. Le llevó una palangana y un aguamanil, una toalla y un vestido limpio. Mucho después, regresó con una bandeja de comida. Pero hizo caso omiso de todas sus preguntas y volvió a cerrar la puerta al salir.

Ella empujó la cama hasta la ventana y se puso de rodillas sobre ella, con los codos metidos entre las rejas. No había nada que hacer, excepto pensar... y aquello era algo que le gustaría retrasar un poco más. Observó el bosque y la playa distante, así como las sombras de los matorrales arrastrándose sobre la arena como el reloj de sol más antiguo del mundo, marcando el lento avance de las horas.

Después de un buen rato, empezó a sentir que se le entumecían las rodillas y le dolían los codos, de modo que extendió el mantón sobre aquel colchón asqueroso, tratando de no pensar en las diversas manchas, ni en el olor. Tumbándose de costado, observó el cielo por la ventana, los cambios infinitesimales de la luz de un momento al siguiente, y consideró en detalle los pigmentos específicos y las pinceladas exactas que emplearía para pintarlo. Luego se levantó y comenzó a dar vueltas de un lado a otro, contando los pasos y calculando la distancia.

La habitación medía unos dos metros y medio por tres; ocho por diez pies de ella; cinco mil doscientos ochenta pies en un poco más de kilómetro y medio. Quinientas veintiocho vueltas. Tenía la esperanza de que la oficina de Bonnet estuviera debajo.

No obstante, nada era suficiente y, cuando la habitación se oscureció y ella alcanzó poco más de tres kilómetros, encontró a Roger en su mente... donde había permanecido todo ese tiempo, ignorado.

Se hundió en la cama, acalorada por el ejercicio, y contempló cómo el último de los colores flamígeros desaparecía del cielo.

¿Se habría ordenado, como tanto deseaba? Roger había estado muy preocupado por el tema de la predestinación, sin saber si podría asumir las Órdenes Sagradas que tanto deseaba si no era capaz de aceptar de todo corazón ese concepto... Bueno, ella lo llamaba concepto; para los presbiterianos era un dogma. Sonrió con ironía, pensando en Hiram Crombie.

Ian le había explicado los firmes intentos de Crombie de explicar la doctrina de la predestinación a los cherokee. La mayoría de ellos lo habían escuchado con cortesía, para luego dejar de prestarle atención. Pero Penstemon, la esposa de Pájaro, se había interesado por el argumento, y siguió a Crombie por todas partes durante el día, empujándolo de manera juguetona, para luego exclamar: «¿Sabía su Dios que yo haría eso? ¿Cómo podría? ¡Yo misma no sabía que lo haría!» O, de una manera más reflexiva, trataba de hacer que le explicara cómo funcionaba la idea de la predestinación para los juegos de apuestas; como la mayoría de los indios, Penstemon apostaba por casi todo.

Pensó que era probable que Penstemon tuviera bastante que ver con lo breve que había sido la primera visita de Crombie a los indios. No obstante, había que reconocerle el mérito; él había regresado, y más de una vez: creía en lo que estaba haciendo.

Como Roger. Maldición, pensó ella con cansancio, allí estaba él de nuevo, con sus ojos verde musgo, oscurecidos por sus pensamientos, pasándose el dedo con tranquilidad por el puente de la nariz.

—¿Acaso importa? —le había preguntado por fin, cansada de discutir sobre la predestinación y para sí misma, satisfecha de que los católicos no tuvieran que creer en tales cosas y se conformaran con pensar que los caminos del señor eran inescrutables—. ¿Acaso no importa más que puedas ayudar a la gente, ofrecerles consuelo?

Estaban en la cama, con la vela apagada, hablando al resplandor de la chimenea. Ella sintió el movimiento de su cuerpo y su mano jugando con un mechón de su cabello mientras reflexionaba.

—No lo sé —respondió por fin. Luego sonrió un poco y la miró—. Pero ¿no te parece que cualquier viajero del tiempo debe ser un poco teólogo?

Ella había inhalado un aliento profundo, como de mártir, y entonces él se había echado a reír y había olvidado la cuestión, para besarla y pasar a temas mucho más terrenales.

Pero tenía razón. Nadie que hubiera viajado a través de las piedras podía evitar preguntarse: «¿Por qué yo?», ¿y quién responderá esas preguntas, salvo Dios?»

«¿Por qué yo?» Y los que no llegaron vivos... ¿por qué ellos? Sintió un pequeño escalofrío al pensar en ellos. Los cuerpos anónimos que aparecían enumerados en el cuaderno de Geillis Duncan; los compañeros de Donner, que habían muerto al llegar. Y, hablando de Geillis Duncan... la idea se le ocurrió de repente: la bruja había muerto allí, lejos de su propio tiempo.

Haciendo a un lado la metafísica y analizando el asunto exclusivamente en términos científicos (y debía de tener una base científica, argumentó con tozudez; no era magia, por mucho que Geillis Duncan pensara lo contrario), las leyes de la termodinámica sostenían que ni la masa ni la energía podían crearse ni destruirse. Sólo transformarse.

Pero ¿cómo se transformaban? ¿El movimiento a través del tiempo constituía un cambio?

Un mosquito zumbó junto a su oreja y ella sacudió una mano para ahuyentarlo.

Era posible cruzar en ambas direcciones; eso era un hecho probado. La implicación obvia (que ni Roger ni su madre habían mencionado y, por lo tanto, tal vez no la habían visto) era que uno podía ir al futuro desde un punto de partida determinado, en lugar de sólo viajar al pasado y regresar.

De modo que quizá si alguien viajaba al pasado y moría allí, como habían hecho tanto Geillis Duncan como Dientes de Nutria... tal vez eso debía equilibrarse con alguien que viajara al futuro y muriera en él...

Brianna cerró los ojos, sin poder, o sin querer, seguir avanzando por esa línea de pensamiento. A lo lejos oyó el sonido de las olas golpeando contra la arena, y pensó en el barco negrero. En ese momento se dio cuenta de que el olor ya estaba allí y, tras incorporarse de pronto, se acercó a la ventana. Podía ver el otro extremo del sendero que daba a la casa; mientras observaba, un hombre corpulento con un abrigo azul oscuro y sombrero salió de entre los árboles, seguido de otros dos, bastante mal vestidos. «Marineros», pensó, al ver cómo caminaban.

Entonces, aquél debía de ser el capitán Jackson, que acudía a hacer negocios con Bonnet.

—Oh, Josh —dijo en voz alta, y tuvo que sentarse sobre la cama, pues sintió un mareo.

¿Quién había sido? Una de las santas Teresas... ¿Santa Teresa de Jesús? Ésta le había dicho a Dios, exasperada: «Si es así como tratas a Tus amigos, con razón tienes tan pocos.»

Se había quedado dormida pensando en Roger, y por la mañana despertó pensando en el bebé.

Por una vez, las náuseas y aquella extraña sensación de desmembramiento habían desaparecido. Lo único que sentía era una profunda paz y una percepción de... ¿curiosidad?

«¿Estás ahí?», pensó, entrelazando las manos sobre su útero. No recibió ninguna respuesta precisa, pero el conocimiento sí estaba allí, tan seguro como el latido de su propio corazón.

«Bien», se dijo, y volvió a dormirse.

Poco después la despertaron unos ruidos procedentes de la planta inferior. De pronto, Brianna se incorporó en la cama, mientras oía voces que discutían; luego se tambaleó, sintiendo que se desvanecía, y volvió a tumbarse. Las náuseas habían regresado, pero si cerraba los ojos y permanecía inmóvil, se mantenían latentes, como una serpiente dormida.

Las voces continuaron, subiendo y bajando de tono, con algún que otro fuerte golpe a modo de énfasis, como si un puño hubiera golpeado una pared o una mesa. Pero después de unos minutos, cesaron, y ella no oyó nada más hasta que unas suaves pisadas llegaron a su puerta. El cerrojo se movió y entró Fedra, con una bandeja de comida.

Brianna se sentó, tratando de no respirar; el olor a cualquier cosa frita...

—¿Qué ocurre allí abajo? —preguntó Brianna.

Fedra hizo una mueca.

—Ese Emmanuel no está para nada contento con las mujeres fulani. Los ibos creen que las gemelas traen muy mala suerte; si una mujer tiene gemelos, los llevan al bosque y los dejan allí para que mueran. Emmanuel quiere mandar a las fulani con el capitán Jackson ahora mismo, sacarlas de la casa, pero el señor

Bonnet ha dicho que va a esperar a los caballeros de las Indias para obtener un precio mucho mejor por ellas.

—¿Los caballeros de las Indias? ¿Qué caballeros?

Fedra hizo un gesto con los hombros.

—No lo sé. Caballeros a los que cree que va a venderles cosas. Plantadores de azúcar, supongo. Coma eso; volveré más tarde.

Fedra se volvió para marcharse, pero Brianna la llamó de repente.

—¡Espera! Ayer no me lo dijiste... ¿Quién fue el que te sacó de River Run?

La chica se volvió, titubeando.

—El señor Ulises.

—¿Ulises? —preguntó Brianna, incrédula. Fedra percibió la duda en su voz, y le lanzó una mirada furiosa.

—¿Qué, no me cree?

—No, no —aseguró Brianna rápidamente—. Sí te creo. Sólo que... ¿por qué?

Fedra respiró hondo a través de la nariz.

—Porque soy una condenada negra estúpida —contestó con amargura—. Mi mamá me dijo: «Nunca hagas enfadar a Ulises.» Pero ¿le hice caso?

—Hacerlo enfadar... —dijo Brianna con cautela—. ¿Cómo lo hiciste enfadar? —Señaló la cama, invitando a Fedra a que se sentara. La muchacha vaciló un momento, pero finalmente accedió, pasando una mano, una y otra vez, por el paño blanco que tenía atado alrededor de la cabeza mientras buscaba las palabras.

—El señor Duncan... —respondió por fin, y su rostro se suavizó un poco— es un hombre muy bueno. ¿Sabe que jamás había estado con una mujer? Un caballo le dio una coz cuando era joven, le lastimó los testículos, y él creía que no podía hacer nada.

Brianna asintió; su madre le había hablado del problema de Duncan.

—Bueno —dijo Fedra con un suspiro—. Pues estaba equivocado. —Miró a Brianna, para ver cómo se tomaba aquella declaración—. Él no quería hacerle daño a nadie, y yo tampoco. Sólo... ocurrió. —Se encogió de hombros—. Pero Ulises se enteró; tarde o temprano, él se entera de todo lo que ocurre en River Run. Tal vez una de las chicas se lo dijo, o es posible que lo supiera de otra manera, pero el caso es que se enteró. Y me dijo que no estaba bien, que dejara de hacerlo inmediatamente.

—Pero tú no obedeciste —adivinó Brianna.

Fedra negó con la cabeza poco a poco, con los labios fruncidos.

—Le dije que pararía cuando quisiera el señor Duncan, que no era asunto suyo. Mire, yo creía que el señor Duncan era el amo. Pero no es cierto; Ulises es el amo de River Run.

—Entonces él... ¿te sacó de allí... te vendió? ¿Para que dejaras de acostarte con Duncan? —¿Qué le importaba a él?, se preguntó Brianna. ¿Acaso temía que Yocasta descubriera la aventura y se sintiera herida?

—No, me vendió porque le dije que si no nos dejaba a mí y al señor Duncan en paz, yo le contaría lo de él y la señorita Yo.

—Él y... —Brianna parpadeó, sin dar crédito a lo que estaba escuchando. Fedra la miró y le dedicó una sonrisa pequeña e irónica.

—Lleva más de veinte años compartiendo la cama de la señorita Yo. Desde antes de que muriera el Viejo Amo, según mi mamá. Todos los esclavos lo saben, pero ninguno es tan estúpido como para decírselo a la cara, salvo yo.

Brianna sabía que estaba boqueando como un pececito, pero no podía evitarlo. Cien cosas minúsculas que había visto en River Run, una miríada de pequeños gestos íntimos entre su tía y el mayordomo, de pronto adquirían un nuevo significado. Con razón su tía había hecho tantos esfuerzos por recuperarlo después de la muerte del teniente Wolff. Y con razón, también, Ulises había actuado con tanta rapidez. A Fedra podían creerla o no, pero la mera acusación lo habría destruido.

Fedra suspiró y se frotó la cara con una mano.

—No perdió el tiempo. Esa misma noche, él y el señor Jones me sacaron de la cama, me envolvieron en una manta y me llevaron en una carreta. El señor Jones dijo que él no era ningún traficante de esclavos, pero que lo hacía como favor al señor Ulises. Por eso no se quedó conmigo, sino que me llevó río abajo para venderme en Wilmington a un hombre que tiene un bar. Aquello no estaba tan mal, pero luego, un par de meses más tarde, el señor Jones regresó para llevarme; Wilmington no está lo bastante lejos como para que Ulises quedara satisfecho. De modo que me entregó al señor Butler, y éste me llevó a Edenton.

Bajó la mirada, doblando la manta entre sus dedos largos y elegantes. Tenía los labios cerrados con fuerza, y estaba ligeramente sonrojada. Brianna omitió preguntarle qué había hecho para Butler en Edenton, pensando que lo más probable era que hubiera sido empleada en un burdel.

—Y... eh... ¿Stephen Bonnet te encontró allí? —arriesgó.

Fedra asintió, sin levantar la mirada.

—Me ganó en una partida de cartas —dijo sucintamente. Se puso en pie—. Debo irme; ya he hecho enfadar a bastantes hombres negros... no pienso arriesgarme a que Emmanuel me dé otra paliza.

Brianna empezaba a salir de la impresión que le había causado lo que había escuchado sobre Ulises y su tía. Pero de pronto se le ocurrió una idea, y saltó de la cama, corriendo para alcanzar a Fedra antes de que llegara a la puerta.

—¡Espera! Sólo una cosa más... Vosotros... los esclavos de River Run... ¿sabéis algo sobre el oro?

—¿Qué?¿El de la tumba del Viejo Amo? Claro. —Fedra puso una expresión de cínica sorpresa, que eliminaba cualquier duda—. Pero nadie lo toca. Todos saben que está maldito.

—¿Sabes algo sobre su desaparición?

—¿Desaparición?

—Ah, espera... no, tú no puedes saberlo; te marchaste mucho antes de que desapareciera. Sólo me preguntaba, ¿sabes?, si tal vez Ulises había tenido algo que ver con ello.

Fedra negó con la cabeza.

—No sé nada de eso, pero creo que Ulises podría ser perfectamente capaz de eso, con maldición o sin ella.

De pronto se oyeron unas fuertes pisadas en la escalera y Fedra palideció. Sin una palabra ni un gesto de despedida, se deslizó por la puerta y la cerró. Brianna oyó los frenéticos movimientos de la llave al otro lado, y luego el chasquido del cerrojo al correrse.

Emmanuel, silencioso como una lagartija, le llevó un vestido a Brianna por la tarde. Era corto y demasiado ceñido en el pecho, pero la tela era de grueso moaré azul y estaba bien confeccionado. Era evidente que ya lo habían usado antes; tenía manchas de sudor y olía... a miedo, pensó ella, reprimiendo un estremecimiento mientras peleaba para ponérselo.

Ella misma estaba sudando cuando Emmanuel hizo que bajara por la escalera, a pesar de la agradable brisa que entraba por las ventanas abiertas y que movía las cortinas. La casa era muy sencilla, con un pavimento de madera y amueblada, principalmente, con unos taburetes y camas. La sala de la planta inferior a la que Emmanuel la hizo pasar contrastaba tanto en comparación con el resto que podría haber pertenecido a otra casa del todo distinta.

Unas suntuosas alfombras turcas cubrían el pavimento en un revoltijo superpuesto de colores, y los muebles, de varios estilos diferentes, eran todos pesados y elaborados, de madera tallada y tapizados de seda. Había plata y cristal que brillaban en todas las superficies disponibles, y una araña —demasiado grande para aquella sala— adornada con colgantes de cristal imprimía en la estancia un diminuto arcoíris. Era la forma en la que un pirata concebía la estancia de un rico: una abundancia fastuosa, desplegada sin ningún sentido del estilo o del gusto.

Pero el hombre rico sentado junto a la ventana parecía no prestar atención a lo que lo rodeaba. Era un tipo delgado con una peluca y una prominente nuez de Adán, que aparentaba unos treinta años, aunque tenía la piel arrugada y amarillenta debido a alguna enfermedad tropical. Miró bruscamente hacia la puerta cuando ella entró, y luego se puso en pie.

Bonnet había atendido bien a su invitado; había copas y una licorera sobre la mesa, y el aire estaba cargado del dulce aroma del coñac. Brianna sintió que el estómago le daba vueltas, y se preguntó qué harían si ella vomitaba sobre la alfombra turca.

—Ah, ahí estás, querida —dijo Bonnet, acercándose para cogerla de la mano. Ella la apartó, pero él pareció no darse cuenta y, en cambio, la empujó en dirección al hombre flaco, con una mano sobre el hueco de su espalda—. Ven a saludar al señor Howard, cariño.

Ella se estiró cuan larga era —le sacaba no menos de diez centímetros al señor Howard, cuyos ojos se ensancharon al verla— y lo miró desde arriba con furia.

—Estoy aquí contra mi voluntad, señor Howard. Mi esposo... ¡ay! —Bonnet le había agarrado la muñeca y la torció con fuerza.

—Es adorable, ¿verdad? —comentó en tono desenfadado, como si no hubiera hablado.

—Ah, sí. Sí, desde luego. Pero muy alta... —Howard caminó a su alrededor, examinándola con aire dudoso—. Y pelirroja, señor Bonnet. En realidad, las prefiero rubias.

—¡Ah, desde luego, sinvergüenza! —replicó ella, a pesar del apretón de Bonnet en su brazo—. ¿Cómo es que supones que puedes preferir? —Dio un tirón, se soltó de Bonnet y se abalanzó sobre Howard—. Ahora, escúcheme —dijo, tratando de parecer razonable mientras él la miraba sorprendido, parpadeando—. Yo pertenezco a una buena, a una excelente familia, y he sido secuestrada. Mi padre se llama James Fraser, mi marido es Roger MacKenzie y mi tía es la esposa de Hector Cameron, propietaria de la plantación de River Run.

—¿De verdad es de buena familia? —Howard dirigió la pregunta a Bonnet, al parecer más interesado.

Bonnet inclinó ligeramente la cabeza a modo de afirmación.

—Ah, desde luego, señor. ¡De la mejor sangre!

—Mmm. Y veo que goza de buena salud. —Howard había reanudado su examen, acercándose para observarla—. ¿Ha parido antes?

—Sí, señor, un hijo saludable.

—¿Buenos dientes? —Howard se puso en pie con curiosidad, y Bonnet cogió un brazo de Brianna y se lo puso en la espalda para inmovilizarla, luego la agarró del pelo y le tiró de la cabeza hacia atrás, haciendo que lanzara un grito.

Howard le cogió el mentón con una mano y le tocó una esquina de la boca con la otra, tanteándole las muelas.

—Muy bien —dijo en tono aprobador—. Y tiene una piel muy fina. Pero...

Ella tiró del mentón para soltárselo, y mordió tan fuerte como pudo el pulgar de Howard, sintiendo cómo la carne se movía y se desgarraba entre sus muelas con el repentino gusto cobrizo de la sangre en el paladar.

Él chilló y la golpeó; ella lo soltó y lo esquivó, lo suficiente para que su mano rebotara en su mejilla. Bonnet la soltó, y ella dio dos rápidos pasos atrás, golpeándose con fuerza con la pared.

—¡Me ha mordido el dedo, la muy zorra!

Con los ojos llenos de lágrimas por el sufrimiento, el señor Howard se balanceó de un lado a otro, llevándose al pecho la mano herida. La furia le inundó el rostro y se abalanzó hacia Brianna, echando hacia atrás la mano libre, pero Bonnet lo cogió de la muñeca y lo empujó a un lado.

—Señor —dijo—, no puedo permitir que le haga daño. Ella aún no es suya, ¿verdad?

—¡No me importa si es mía o no! —gritó Howard, completamente rojo por la ira—. ¡La mataré a golpes!

—Ah, no, vamos, no hablará usted en serio, señor Howard —afirmó Bonnet en tono jovial—. Sería un desperdicio. Deje que yo me encargue, ¿le parece? —Sin esperar ninguna respuesta, tiró de Brianna en su dirección, la arrastró por la estancia y la empujó hacia el mudo asistente, que había aguardado inmóvil junto a la puerta durante toda la conversación—. Sácala afuera, Manny, y enséñale modales, por favor. Y amordázala antes de traerla de vuelta.

Emmanuel no sonrió, pero una débil luz pareció arder en las negras profundidades de sus ojos sin pupilas. Sus dedos se hundieron entre los huesos de la muñeca de Brianna, que lanzó un grito sofocado de dolor y tironeó en un inútil intento de soltarse. Con un único y veloz movimiento, el ibo le dio la vuelta y le retorció el brazo detrás de la espalda, haciendo que se doblara hacia delante. Un agudo dolor le atravesó el brazo cuando Brianna sintió que los tendones de sus huesos comenzaban a desgarrarse. Él tiró con más fuerza, y una ola oscura cruzó la visión de la joven, a través de la cual oyó la voz de Bonnet, que exclamaba, al mismo tiempo que Emmanuel la empujaba por la puerta:

—En la cara, no, Manny, y nada de marcas permanentes.

La voz de Howard había perdido la furia que la ahogaba. Seguía estrangulada, pero con algo más parecido a una admiración reverente.

—¡Dios mío! —exclamó—. ¡Oh, Dios mío!

—Una escena encantadora, ¿verdad? —preguntó Bonnet en tono cordial.

—Encantadora —repitió Howard—. Ah... creo que es lo más encantador que he visto jamás. ¡Esa piel! ¿Puedo...? —Su ansiedad era patente en su voz, y Brianna sintió la vibración de sus pisadas en la alfombra, una fracción de segundo antes de que sus manos se clavaran con fuerza en sus nalgas.

Ella gritó detrás de la mordaza, pero estaba doblada con fuerza sobre la mesa, cuyo borde se hundía en su diafragma, y el sonido no fue más que un gruñido. Howard lanzó una carcajada de alegría y la soltó.

—Ah, mire —dijo; parecía hechizado—. Mire, ¿lo ve? La más perfecta impresión de mis manos... tan blanca en el carmesí... Qué maravilla... Ah, está borrándose. Permítame tan sólo...

Ella apretó las piernas con fuerza y se puso rígida mientras él acariciaba sus partes pudendas, pero de pronto el roce desapareció. Bonnet había retirado la mano de la nuca de ella y estaba apartando a su cliente.

—Bueno, ya basta, señor. Después de todo, ella no es propiedad suya... aún. —El tono de Bonnet era jovial pero firme.

La respuesta de Howard fue ofrecer de inmediato una suma que hizo que ella lanzara un grito ahogado, pero Bonnet sólo se echó a reír.

—Es generoso por su parte, señor, desde luego, pero no sería justo para mis otros clientes aceptar su oferta sin permitirles hacer lo propio, ¿verdad? No, señor, se lo agradezco, pero mi intención es subastarla; me temo que tendrá que esperar un día.

Howard estaba dispuesto a protestar, a ofrecer más, de una manera imperiosa y seria, diciendo que no podía esperar, que estaba loco de deseo, demasiado caliente para soportar la espera... pero Bonnet siguió poniendo objeciones, y no tardó en sacarlo de la estancia. Brianna oyó sus protestas, que iban apagándose mientras Emmanuel lo alejaba.

Ella se había puesto de pie tan pronto como Bonnet había quitado la mano de su nuca, agitándose como una loca para bajarse las faldas. Emmanuel le había atado las manos detrás de la espalda, además de amordazarla. Si no lo hubiera hecho, Brianna habría intentado matar a Stephen Bonnet con sus propias manos.

Esa intención debía de ser patente en su rostro, puesto que Bonnet le echó un vistazo, volvió a mirarla y rió.

—Te has comportado muy bien, querida —dijo, acercándose a ella y quitándole la mordaza de la boca con tranquilidad—. Ese hombre vaciará su cartera por la oportunidad de volver a ponerte las manos en el culo.

—Maldito seas... —Brianna se sacudió por la rabia y por la imposibilidad de encontrar ningún epíteto suficientemente fuerte—. ¡Te mataré, hijo de puta!

Él volvió a reír.

—Vamos, cariño. ¿Por tener el culo irritado? Considéralo un pago parcial por mi pelota izquierda. —Le dio una palmada bajo el mentón y se acercó a la mesa, donde había una bandeja con botellas—. Te has ganado un trago. ¿Coñac u oporto?

Ella hizo caso omiso de la oferta, tratando de controlar la furia. Las mejillas le ardían por la rabia, lo mismo que el trasero.

—¿Qué querías decir con eso de la «subasta»? —preguntó.

—Yo diría que está bastante claro, cariño. Seguro que habrás oído antes esa palabra. —Bonnet le lanzó una mirada algo divertida, se sirvió una medida de coñac y dio cuenta de ella en dos sorbos—. Ah —exhaló, parpadeando, y sacudió la cabeza—. Mira. Tengo dos clientes más que buscan algo como tú, querida. Llegarán mañana o pasado para echarte un vistazo. Entonces pediré que pujen, y tú partirás hacia las Indias el viernes.

Hablaba con toda naturalidad, sin el más mínimo asomo de burla. Eso, más que cualquier otra cosa, hizo que a ella le diera un vuelco el estómago. Era un tema de negocios, una mercancía. Para él y también para sus condenados clientes; Howard lo había dejado claro. No, no estaban para nada interesados en quién era o en lo que pudiera querer.

Bonnet estaba examinándole la cara, evaluándola con sus ojos verdes claros. Ella se dio cuenta de que él sí estaba interesado, y sintió un nudo en las entrañas.

—¿Qué has usado con ella, Manny? —preguntó.

—Una cuchara de madera —respondió el sirviente con actitud de indiferencia—. Usted decir no dejar marcas.

Bonnet asintió pensativo.

—Nada permanente, he dicho —corrigió—. Creo que la dejaremos tal cual está para el señor Ricasoli, aunque el señor Houvener... Bueno, esperaremos a ver qué pasa.

Emmanuel no hizo más que asentir, pero sus ojos se posaron sobre Brianna con un repentino interés. En ese instante, el estómago le dio un vuelco y la joven vomitó, manchando definitivamente el vestido de seda.

Pudo oír el sonido de un alarido muy agudo; caballos salvajes, amotinándose en la playa. Si aquélla fuera una novela romántica, pensó lúgubremente, haría una cuerda con las ropas de cama, se descolgaría por la ventana, encontraría la manada de caballos y, ejerciendo sus habilidades místicas con los caballos, convencería a uno de ellos de que la llevara a un lugar seguro.

Pero en realidad no había ropas de cama —sólo un colchón harapiento de cotín y relleno de algas marinas—, y en cuanto a acercarse a caballos salvajes... Habría ofrecido mucho por tener a *Gideon*, y sintió que los ojos le ardían al pensar en él.

—Vamos, ahora sí que estás volviéndote loca —dijo en voz alta, enjugándose las lágrimas—. Estás llorando por un caballo.

Y, sobre todo, por aquel caballo. Aunque era mucho mejor que pensar en Roger... o en Jem. No, de ninguna manera podía pensar en Jemmy, ni en la posibilidad de que él creciera sin ella, sin saber por qué lo había abandonado. O en el nuevo bebé... y en cómo sería su vida como hijo de una esclava.

Pero sí estaba pensando en ellos, y esa idea bastó para sentirse abrumada con una desesperación momentánea.

Muy bien, pues. Saldría de allí. Preferiblemente, antes de que el señor Ricasoli y el señor Houvener, fueran quienes fuesen, aparecieran por allí. Por enésima vez, recorrió inquieta la habitación, obligándose a avanzar con lentitud y a examinar su contenido.

Pero era bastante escaso, y lo que había estaba muy bien construido. Le habían dado comida, agua para lavarse, una toalla de lino y un cepillo para el cabello. Lo levantó, evaluando su valor potencial como arma, y luego volvió a tirarlo al suelo.

El tiro de la chimenea subía a través de esa habitación, pero no había un hogar abierto. Brianna tanteó los ladrillos y presionó la argamasa con el extremo de la cuchara que le habían dado para comer. Encontró un lugar en el que la argamasa estaba lo bastante agrietada como para levantarla, pero después de intentarlo durante un cuarto de hora, sólo logró sacar unos pocos centímetros de cemento; el ladrillo permaneció firme en su lugar. Con un mes o más, tal vez valiera la pena intentarlo, aunque las posibilidades de que alguien de su tamaño pudiera colarse por una chimenea del siglo XVIII...

Iba a llover; oyó los crujidos excitados de las hojas de las palmeras cuando el viento pasó a través de ellas, con un intenso olor a lluvia. Aún no se había puesto el sol, pero las nubes habían oscurecido el cielo, de modo que había poca luz en la habitación. No tenía ninguna vela; nadie esperaba que leyera ni cosiera.

Por duodécima vez, lanzó todo su peso contra las rejas de la ventana y, por duodécima vez, las encontró sólidamente clavadas e inmóviles. Si dispusiera de un mes, volvió a pensar, podría tratar de afilar el extremo de la cuchara frotándola contra los ladrillos de la chimenea, para luego utilizarla como un escoplo para arrancar lo que hiciera falta del marco y poder así mover una o dos de las rejas. Pero no tenía un mes.

Le habían quitado el vestido manchado y la habían dejado con la camisa y el corsé. Bueno, algo era algo. Se quitó el corsé y, raspando los extremos de las costuras, sacó el hueso, una tira plana de marfil, de treinta centímetros de largo, que iba desde el esternón hasta el ombligo. Le pareció un arma más adecuada que un cepillo. Lo llevó hasta la chimenea y comenzó a raspar el extremo contra el ladrillo, para afilar la punta.

¿Podría apuñalar a alguien con eso? «Ah, sí —pensó con ferocidad—. Y, por favor, que ese alguien sea Emmanuel.»

108

Muy alta

Roger aguardó oculto bajo los tupidos arbustos de malagueta cerca de la orilla; un poco más allá, Ian y Jamie también esperaban.

El segundo barco había llegado por la mañana, y había anclado a cierta distancia del buque negrero. Después de extender redes por un costado del barco de Roarke disfrazados de pescadores, habían podido observar cómo primero el capitán del barco de esclavos bajaba a tierra y luego, una hora más tarde, descendía un bote de la segunda embarcación y navegaba hasta la orilla, con dos hombres y un pequeño arcón.

—Un caballero —había informado Claire, observándolos por el catalejo—. Con peluca, bien vestido. El otro es una especie de sirviente... ¿Crees que será alguno de los clientes de Bonnet?

—Sí —había dicho Jamie, contemplando cómo el bote llegaba a la orilla—. Llévenos un poco al norte, por favor, señor Roarke; bajaremos a tierra.

Los tres habían desembarcado a unos ochocientos metros de la playa y se habían abierto camino a través del bosque; luego se habían dispuesto a esperar entre los arbustos. Hacía calor, pero cerca de la orilla había una brisa fresca, y estar a la sombra no era desagradable, con excepción de los insectos. Por enésima vez, Roger se quitó algo que correteaba por su nuca.

La espera lo estaba poniendo nervioso. La piel le picaba debido al salitre, y el aroma del bosque con su peculiar mezcla de pino aromático y algas lejanas, las conchas y las agujas de pino bajo sus pies hacían que recordara con nítidos detalles el día que había matado a Lillywhite.

Entonces había partido —como ahora— con la intención de matar a Stephen Bonnet. Pero habían advertido al esquivo pirata, y le había tendido una emboscada. Tan sólo la voluntad de Dios —y gracias a Jamie Fraser— hizo que él no dejara sus propios huesos en un bosque similar, huesos esparcidos por los jabalíes, decolorándose entre el destello de las ajugas secas y el blanco de las conchas vacías.

Volvió a sentir un nudo en la garganta, pero no podía gritar o cantar para que se relajara.

Debería rezar, pensó, pero tampoco podía. Incluso la constante letanía que había resonado de forma repetida en su corazón desde la noche en que se había enterado de la desaparición de Brianna —«Señor, que ella esté a salvo»—, incluso aquel pequeño ruego se había agotado, en cierta forma. Su pensamiento actual —«Señor, que pueda matarlo»— no podía pronunciarlo, ni siquiera para sí mismo.

Seguramente no podía esperar que una plegaria en la que expresaba su intención y deseo deliberado de asesinar fuera escuchada.

Durante un instante, envidió la fe que tenían Jamie e Ian en dioses iracundos y vengativos. Mientras Roarke y Moses habían llevado el bote de pesca, él había oído a Jamie murmurar algo a Claire y coger sus manos entre las suyas. Y entonces oyó cómo ella lo bendecía en gaélico, con una invocación a Miguel, el del dominio rojo, la bendición a un guerrero de camino a la batalla.

Ian había permanecido sentado, con las piernas cruzadas y en silencio, observando cómo se acercaba la orilla con un gesto remoto. Si estaba rezando, no había forma de saber a quién. Pero cuando desembarcaron, había hecho una pausa en la orilla de una de las numerosas ensenadas y, después de sacar un poco de barro con los dedos, se había pintado la cara con cuidado, trazando una línea desde la frente hasta el mentón, luego cuatro franjas paralelas a través de la mejilla izquierda y un grueso círculo oscuro alrededor del ojo derecho. Tenía un aspecto bastante perturbador.

Era evidente que ninguno de ellos sentía el más mínimo escrúpulo sobre lo que pensaban hacer, ni vacilaban lo más mínimo en pedirle a Dios que los ayudara. Los envidiaba.

Y se quedó sentado, en un silencio tenaz, con las puertas del cielo cerradas ante él, la mano en la empuñadura de su cuchillo y una pistola cargada en la cintura, planeando un asesinato.

Poco después del mediodía, regresó el corpulento capitán del barco negrero, con sus indiferentes pisadas crujiendo en la capa de hojas secas de pino. Lo dejaron pasar, aguardando.

Luego, durante la tarde, empezó a llover.

Había vuelto a quedarse dormida, de puro aburrimiento. Comenzó a llover; el sonido la despertó durante un breve momento, y luego la hundió más en el sueño, mientras las gotas caían poco a poco en el tejado de hojas de palmeras. Se despertó de inmediato cuando una de las gotas le cayó, fría, en la cara, seguida con rapidez por unas cuantas de sus congéneres.

Brianna se incorporó de golpe, parpadeando y, durante un instante, desorientada. Se frotó la cara y miró hacia arriba; había una pequeña franja húmeda en el techo de yeso, rodeada de una mancha mucho más grande creada por goteras anteriores, y se estaban formando gotas en su centro como por arte de magia, cada una cayendo detrás de la otra sobre la tela del colchón.

Se levantó para mover la cama de debajo de la filtración, y entonces se detuvo. Se estiró poco a poco y colocó una mano sobre la franja húmeda. El techo tenía una altura normal para la época, algo más de dos metros; podía alcanzarlo con facilidad.

—Ella muy alta —dijo—. Tú tener mucha razón.

Puso la mano abierta en la franja de humedad y empujó con toda la fuerza que pudo. El yeso mojado cedió de inmediato, así como los listones podridos que había detrás. Tiró con la mano hacia atrás, raspándose el brazo con los bordes irregulares de los listones, y una pequeña cascada de agua sucia, ciempiés, excrementos de ratón y fragmentos de hojas de palmera cayeron por el agujero que acababa de hacer.

Brianna se limpió la mano en el vestido, volvió a levantarla, agarró el borde del agujero, tiró, y arrancó pedazos de listones y yeso, hasta que logró abrir un hueco por el que podría meter la cabeza y los hombros.

—Bien —le susurró al bebé, o a sí misma.

Recorrió la habitación con la mirada, se puso el corsé encima del vestido y luego se metió el hueso afilado en la parte delantera.

A continuación, de pie sobre la cama, tomó un profundo aliento, juntó las manos hacia arriba y se agarró de una parte lo bastante sólida como para hacer palanca. Poco a poco fue izándose, sudando y gruñendo, hasta el tórrido tejado de hojas de bordes afilados, mientras apretaba los dientes y cerraba los ojos para protegerlos de la suciedad y los insectos muertos.

Su cabeza asomó al aire húmedo y ella jadeó para recuperar el aliento. Había apoyado un codo sobre una viga y, usándolo para hacer palanca, ascendió un poco más. Sus piernas patearon en vano el aire vacío, tratando de impulsarse hacia arriba, y sintió el tirón de los músculos del hombro, pero la mera desesperación consiguió empujarla... eso y la terrible visión de Emmanuel que entraba en la habitación y veía la mitad de su cuerpo colgando del techo. Con una desgarradora lluvia de hojas, se izó hacia fuera y quedó tumbada cuan larga era sobre el tejado empapado. Llovía con fuerza y no tardó en quedar calada hasta los huesos. Un poco más allá, vio una especie de estructura que sobresalía entre las hojas de palmera del tejado, y se arrastró con mucho cuidado hacia ella, temiendo en todo momento que el techo cediera bajo su peso, tanteando con manos y codos la firmeza de las vigas que sostenían las hojas.

La estructura resultó ser una pequeña plataforma, firmemente instalada en las vigas, con una barandilla a un lado. Entró en ella con rapidez y permaneció en cuclillas, jadeando. Todavía llovía en la costa, pero mar adentro el cielo estaba más despejado, y el sol poniente que estaba detrás de ella derramaba un ardiente tono anaranjado sanguinolento sobre el cielo y el agua a través de negras franjas de nubes partidas. Se le ocurrió que parecía el fin del mundo, mientras sus costillas se sacudían contra los lazos de su corsé.

Desde la ventajosa perspectiva del tejado, Brianna podía ver más allá del bosque de matorrales; la franja de playa que había divisado desde la ventana ahora se podía ver con claridad y, más allá, dos embarcaciones, cerca de la costa.

Había dos botes amarrados a la orilla, aunque separados el uno del otro (era probable que pertenecieran a cada uno de los barcos, pensó). Uno debía de ser el barco negrero; el otro, el de Howard. La atravesó una furibunda oleada de humillación y le sorprendió que la lluvia no echara humo sobre su piel. Pero no tenía tiempo de pararse a pensar en ello.

Pudo oír el sonido débil de unas voces a través del tamborileo de la lluvia, y se agachó; luego se dio cuenta de que era poco probable que alguien levantara la mirada y la viese. Alzó la cabeza para espiar por encima de la barandilla y vio unas figuras que salían de los árboles rumbo a la playa: una sola hilera de hombres encadenados, con dos o tres guardias.

«¡Josh!» Aguzó la vista, pero en aquella fantasmagórica luz crepuscular, las figuras no eran más que siluetas. Le pareció que había podido distinguir los cuerpos altos y delgados de los dos fulani; tal vez el más bajo que estaba detrás de ellos era Josh, pero no lo sabía con seguridad.

Sus dedos se curvaron con fuerza en torno a la barandilla, sintiéndose impotente. No podía ayudar, y lo sabía, pero verse obligada a mirar... Mientras lo hacía, pudo oír un débil alarido desde la playa, y una figura más pequeña salió corriendo del bosque, con las faldas al vuelo. Los guardias se volvieron, alarmados; uno de ellos cogió a Fedra... Tenía que ser ella. Brianna pudo oírla gritar «¡Josh! ¡Josh!», un sonido agudo como el chillido de una gaviota.

Estaba forcejeando con el guardia; algunos de los hombres encadenados giraron de repente y se abalanzaron sobre el otro. Un nudo de hombres que se retorcían cayó sobre la arena. Alguien corría desde el bote con algo en la mano...

La vibración bajo sus pies hizo que desviara su atención de la escena de la playa.

—¡Mierda! —exclamó involuntariamente.

La cabeza de Emmanuel asomó por encima del borde del tejado, mirándola con una expresión de incredulidad. Luego su rostro se contorsionó y él se alzó hasta allí; debía de haber una escalera adosada a un lado de la casa, pensó Brianna; bueno, era evidente que no habrían construido una plataforma de vigilancia sin tener forma de acceder a ella...

Mientras su mente se centraba en aquel sinsentido, su cuerpo estaba dando pasos más concretos. Había sacado el hueso afilado y estaba en cuclillas sobre la plataforma, con la mano baja, como Ian le había enseñado.

Emmanuel hizo un gesto de desdén hacia el objeto que tenía en la mano y se abalanzó sobre ella.

Oyeron cómo se acercaba el caballero mucho antes de verlo. Canturreaba en voz baja una tonada francesa. Estaba solo; su siervo debía de haberse marchado al barco mientras se abrían paso por el bosque.

Roger, agachado detrás del arbusto escogido, se puso de pie en silencio. Tenía los músculos en tensión y se estiró con disimulo. Cuando el caballero se puso a la altura de Jamie, éste salió al camino delante de él. El hombre, un tipo pequeño con aspecto de petimetre, soltó un chillido femenino de alarma. Pero antes de que pudiera escabullirse, Jamie dio un paso hacia delante y le agarró el brazo, mirándolo con una sonrisa agradable.

—A sus órdenes, señor —le dijo en tono cortés—. ¿Ha venido a visitar al señor Bonnet, por casualidad?

El hombre lo miró parpadeando, confundido.

—¿Bonnet? Caramba... sí.

Roger sintió que la tensión de su pecho de pronto se relajaba. «Gracias a Dios.» Habían llegado al lugar correcto.

—¿Quién es usted, señor? —exigió saber el hombre pequeño, tratando de soltar su brazo de las manos de Jamie, sin conseguirlo.

Ya no había necesidad de seguir ocultos; Roger e Ian salieron de entre los arbustos, y el caballero sofocó un grito al ver a Ian con sus pinturas de guerra; luego miró con ojos enloquecidos a Jamie y a Roger.

Al parecer, decidió que Roger era quien tenía un aspecto más civilizado, y se dirigió a él:

—Se lo ruego, señor... ¿Quiénes son ustedes, y qué quieren?

—Hemos venido en busca de una joven secuestrada —dijo Roger—. Una mujer muy alta y pelirroja. ¿Acaso usted...? —Antes de que pudiera terminar, vio que los ojos del hombre se dilataban a causa del pánico.

Jamie también se dio cuenta de ello y le retorció la muñeca, haciendo que cayera de rodillas, aterrorizado.

—Me parece, señor —afirmó con una cortesía impecable, apretándole el brazo con fuerza—, que tendremos que obligarlo a que nos diga lo que sabe.

No podía permitir que él la atrapara. Ése era su único pensamiento consciente. Emmanuel le agarró el brazo donde no tenía el arma y Brianna se soltó de un tirón, con la piel resbaladiza a causa de la lluvia, y lo golpeó en el mismo movimiento. La punta del hueso se deslizó por su brazo, dejándole un surco rojizo, pero él no prestó atención y se abalanzó sobre ella. Brianna cayó hacia atrás encima de la barandilla y aterrizó, con torpeza, de pies y manos sobre las hojas, pero él no la había alcanzado; también había caído de rodillas en la plataforma, con un golpe que sacudió todo el tejado.

Ella avanzó a toda velocidad hasta el borde del tejado, con las manos y las rodillas tanteando al azar a través de las hojas, y pasó las piernas por encima del borde al vacío, pateando frenéticamente para ubicar los travesaños de la escalera de mano.

Él estaba tras ella; le cogió la muñeca en un fuerte apretón y empezó a subirla hacia el tejado. Ella echó hacia atrás la mano libre y le asestó un golpe en la cara con el hueso. Él soltó un rugido y aflojó el apretón; ella tiró hasta soltarse y se dejó caer.

Se golpeó de espaldas sobre la arena con un ¡*zonk*! que le sacudió todos los huesos y permaneció allí, paralizada, incapaz de respirar, con la lluvia golpeándole la cara. Un grito triunfal llegó desde el tejado y luego un gruñido de exasperada desazón. Él creía que la había matado.

«Fabuloso —pensó confusa—. Sigue pensando eso.» La impresión del impacto comenzaba a disminuir, su diafragma se sacudió y se puso en movimiento, y un aire de triunfo le inundó los pulmones. ¿Podría moverse?

No lo sabía, y tampoco se animaba a intentarlo. A través de las pestañas llenas de lluvia, vio el bulto de Emmanuel, que descendía por el borde del tejado, buscando con los pies los travesaños de la tosca escalera de mano que ahora ella podía ver, clavada a la pared.

Había perdido el hueso con la caída, pero en ese instante vio su brillo opaco a treinta centímetros de su cabeza. Cuando Emmanuel le dio la espalda un momento, movió la mano como un látigo y lo agarró; luego permaneció inmóvil, haciéndose la muerta.

Casi habían llegado a la casa cuando unos sonidos provenientes del bosque cercano hicieron que se detuvieran. Roger se quedó paralizado, y luego salió del sendero. Jamie e Ian ya se habían esfumado en el bosque. Pero los sonidos no procedían del sendero, sino de algún otro sitio a la izquierda: voces, una de ellas de un hombre que gritaba órdenes, y el movimiento de pasos, el tintineo de cadenas.

Una ráfaga de pánico lo atravesó. ¿Estarían llevándosela? Ya estaba empapado por la lluvia, pero sintió una oleada de sudor frío en el cuerpo, más frío que la lluvia.

Howard, el hombre al que habían cogido en el bosque, les había asegurado que Brianna estaba a salvo en la casa, pero ¿qué podía saber él? Escuchó, aguzando los oídos en busca del sonido de una voz femenina, y lo oyó, un grito agudo y fino.

Giró en su dirección, pero se topó con Jamie, que estaba a su lado, agarrándolo del brazo.

—No es Brianna —dijo su suegro en tono urgente—. Irá Ian. Tú y yo... ¡a la casa!

No había tiempo para discutir. Llegaron unos débiles sonidos de violencia en la playa (gritos y chillidos), pero Jamie tenía razón, aquella voz no era de Brianna. Ian estaba corriendo hacia la playa, sin hacer ningún esfuerzo por guardar silencio.

Después de un instante de vacilación, pues el instinto lo instaba a seguir a Ian, Roger entró en el sendero, siguiendo a Jamie a la carrera hacia la casa.

• • •

Emmanuel se inclinó sobre Brianna; ella percibió su bulto y se lanzó hacia arriba como una serpiente en el acto de morder, con el hueso afilado como un colmillo. Había apuntado a la cabeza, con la esperanza de darle en un ojo o en la garganta, pero también contaba con que él se echara hacia atrás de modo reflejo, lo que lo pondría en desventaja.

Cosa que él hizo, echándose hacia arriba y apartándose, pero mucho más rápido de lo que ella había calculado. Brianna golpeó con toda su fuerza, y el hueso afilado se hundió debajo del brazo de Emmanuel, como si fuera de goma. Él quedó paralizado un instante, con la boca abierta en un gesto de incredulidad, mirando la vara de marfil que le asomaba debajo de la axila. Luego la sacó de un tirón y se abalanzó sobre Brianna con un alarido de furia.

Pero ella ya se había incorporado y estaba corriendo hacia el bosque. Desde algún otro lugar oyó más alaridos... y un grito que helaba la sangre. Otro, y otro más, procedentes de la parte delantera de la casa.

Aturdida y aterrorizada, siguió corriendo, mientras su mente percibía muy lentamente que algunos de los gritos eran palabras.

—*Casteal* DHUUUUUUUIN!

«Papá», pensó, del todo sorprendida, y entonces tropezó con una rama del suelo y se desplomó, quedando boca abajo.

Se esforzó por ponerse en pie, mientras un absurdo pensamiento le cruzaba por la cabeza: «Esto no puede ser bueno para el bebé», y tanteó en busca de otra arma.

Le temblaban los dedos ante el temor de que no pudiera conseguirlo. Rebuscó a toda velocidad por el suelo, en vano. Entonces Emmanuel saltó a su lado como un diablo, y le agarró el brazo soltando un «¡Ja!» de regodeo.

La impresión hizo que se tambaleara, y su visión se volvió algo borrosa. Todavía podía oír gritos espeluznantes en la playa distante, pero no más alaridos cerca de la casa. Emmanuel estaba diciendo algo amenazador, lleno de satisfacción, pero ella no lo escuchó.

Parecía que ocurriera algo extraño en su cara; sus ojos lo enfocaban más o menos, y Brianna parpadeó con fuerza, sacudiendo la cabeza para aclararse la vista. Pero no eran sus ojos; era él. Su cara fue derritiéndose lentamente, pasando de un gesto de amenaza, enseñando los dientes, a una mirada de débil sorpresa. Frunció el ceño y luego los labios, de modo que pudo ver el revestimiento rosado de su boca, y parpadeó dos o tres veces. Luego lanzó un pequeño grito ahogado, se llevó una mano al pecho y cayó de rodillas, sin dejar de agarrarle la mano.

Se desplomó y ella cayó sobre él. Tiró de su brazo y sus dedos. Su fuerza había desaparecido de repente, de manera que se aflojaron con facilidad, y ella se puso en pie, tambaleándose, jadeando y estremeciéndose.

Emmanuel estaba tumbado boca arriba, con las piernas dobladas debajo de él en un ángulo que hubía resultado muy doloroso si hubiera estado vivo. Tomó una bocanada de aire, temblando, temerosa de que no fuera verdad. Pero estaba muerto, no había confusión posible.

Comenzó a respirar mejor y cobró conciencia de los cortes y las magulladuras de sus pies descalzos. Todavía se sentía aturdida, incapaz de decidir qué hacer a continuación.

Un instante después, Stephen Bonnet tomó la decisión en su lugar, corriendo hacia ella desde el bosque.

Se puso alerta de inmediato y se dio la vuelta para escapar. Pero no consiguió avanzar más de seis pasos antes de que él le rodeara la garganta con un brazo y la arrastrara.

—Silencio, cariño —le dijo al oído, sin aliento. Era cálido, y su incipiente barba le raspaba la mejilla—. No quiero hacerte daño. Voy a dejarte a salvo en la orilla. Pero tú eres lo único que tengo para impedir que tus hombres me maten.

No prestó la más mínima atención al cadáver de Emmanuel. El fuerte antebrazo se alejó de la garganta de Brianna y le agarró el brazo, tratando de arrastrarla en dirección opuesta a la playa; era evidente que tenía intención de alcanzar la ensenada oculta al otro lado de la isla, donde habían desembarcado el día anterior.

—Muévete, cariño. Ahora.

—¡Suéltame! —Ella clavó los pies con fuerza, tirando del brazo atrapado—. No iré a ninguna parte contigo. ¡SOCORRO! —gritó lo más fuerte que pudo—. ¡SOCORRO! ¡ROGER!

Él pareció alarmado y levantó la mano libre para enjugarse la lluvia de los ojos. Tenía algo en la mano; la escasa luz que quedaba rebotó con un resplandor naranja en algo de cristal. Por todos los santos, había llevado su testículo...

—¡Bree! ¡Brianna! ¿Dónde estás? —Sin duda, era la voz de Roger, frenética, y un flujo de adrenalina la atravesó al oírla, dándole la fuerza necesaria para soltar el brazo del apretón de Bonnet.

—¡Aquí! ¡Estoy aquí! ¡Roger! —gritó todo lo fuerte que pudo.

Bonnet miró por encima del hombro; los arbustos se sacudían; había, como mínimo, dos hombres que avanzaban entre las ramas. No perdió el tiempo, sino que se lanzó hacia el bosque, inclinándose para esquivar una rama, y desapareció.

Al instante siguiente, Roger salió de repente de entre los arbustos y la agarró, asiéndola con fuerza.

—¿Estás bien? ¿Te ha hecho daño? —Había dejado caer el cuchillo y la estaba cogiendo de los brazos, tratando de mirar a todas partes al mismo tiempo: su cara, su cuerpo, los ojos de ella...

—Estoy bien —respondió ella, sintiéndose mareada—. Roger, estoy...

—¿Adónde ha ido? —Era su padre, empapado y oscuro como la muerte, con la daga en la mano.

—Hacia allá... —Brianna se volvió para señalar, pero Bonnet ya se había esfumado, corriendo como un lobo.

En ese momento vio los rastros del paso de Bonnet, las apresuradas pisadas claras en la arena embarrada. Antes de que pudiera volver a darse la vuelta, Roger había salido tras él.

—¡Espera! —chilló, pero no obtuvo respuesta, excepto un susurro que se alejaba con rapidez mientras los cuerpos pesados se abalanzaban de forma descuidada entre los arbustos.

Permaneció inmóvil un instante, con la cabeza gacha mientras trataba de respirar. La lluvia estaba formando charcos en las cuencas de los ojos abiertos de Emmanuel; la luz naranja brillaba en ellos, confiriéndoles el aspecto de los ojos de un monstruo de una película japonesa.

Aquella idea le pasó por la mente y desapareció, dejándola en blanco y entumecida. Brianna no estaba segura de qué hacer. Ya no oía ningún sonido procedente de la playa; los ruidos que había hecho Stephen Bonnet en su huida habían quedado atrás hacía mucho tiempo.

Seguía lloviendo, pero la última luz del sol brillaba a través del bosque en rayos casi horizontales, llenando el espacio entre las sombras con una luminosidad extraña y movediza que parecía temblar mientras ella la observaba, como si el mundo a su alrededor fuera a desaparecer.

En medio de todo aquello, como en un sueño, vio aparecer a las dos mujeres, las gemelas fulani. Las mujeres volvieron hacia ella sus caras idénticas, con sus enormes ojos negros llenos de terror, y corrieron hacia el bosque. Ella les gritó, pero desaparecieron. Como se sentía muy cansada, las siguió arrastrando los pies.

No las encontró. Tampoco había señales de nadie más. La luz comenzó a desaparecer, y Brianna se dio la vuelta y regresó cojeando en dirección a la casa. Le dolía todo el cuerpo, y comenzó a sufrir por la idea de que ya no quedara nadie en el mundo, salvo ella misma. Nada, excepto la luz ardiente, convirtiéndose en cenizas por momentos.

En ese instante recordó al bebé que llevaba en su vientre y se sintió mejor. No le importaba qué pudiera ocurrir, puesto que no estaba sola. Aun así, dio un amplio rodeo al lugar donde creía que se encontraba el cuerpo de Emmanuel. Su intención era describir un círculo para volver a la casa, pero terminó demasiado lejos. Cuando se dio la vuelta para regresar, los vio, juntos bajo el refugio de los árboles al otro lado del arroyo.

Los caballos salvajes, serenos como los árboles que los rodeaban, con sus lomos que brillaban en tonos bayos, castaños y negros en aquellas partes que se habían mojado. Levantaron la cabeza al olerla, pero no huyeron; sólo permanecieron allí, contemplándola con unos ojos grandes y delicados.

La lluvia había cesado cuando llegó a la casa. Ian estaba sentado en el umbral, escurriéndose el agua de su largo cabello.

—Tienes barro en la cara, Ian —dijo Brianna, hundiéndose a su lado.

—Ah, ¿sí? —preguntó él, con una media sonrisa—. ¿Cómo te encuentras, prima?

—Ah. Yo... creo que estoy bien. ¿Qué...? —Le señaló la camisa, manchada de sangre. Parecía que algo lo hubiera golpeado en la cara; además de los manchones de barro, tenía la nariz hinchada, había una inflamación justo encima de sus cejas y su ropa estaba desgarrada, además de mojada.

Ian tomó un profundo aliento y suspiró, como si estuviera tan cansado como ella.

—He hallado a la muchacha negra —dijo—. Fedra.

Aquello penetró ligeramente la pequeña neblina irreal que le inundaba la mente.

—Fedra —repitió Bree. El nombre le sonaba al de alguien que había conocido mucho tiempo atrás—. ¿Se encuentra bien? ¿Dónde...?

—Ahí dentro. —Ian hizo un gesto hacia la casa y ella se dio cuenta de que lo que había creído que era el sonido del mar en realidad era alguien que lloraba, los pequeños sollozos de alguien a quien ya no le quedaban lágrimas, pero que, en cambio, no podía dejar de llorar.

—No, déjala sola, prima. —La mano de Ian sobre su brazo la impidió levantarse—. No hay nada que puedas hacer.

—Pero...

Él la detuvo y buscó dentro de su camisa. Sacó un maltratado rosario de madera que llevaba en el cuello y se lo entregó.

—Tal vez necesite esto... más tarde. Lo he recogido de la arena, después de que el barco... se marchara.

Por primera vez desde su huida volvió a sentir náuseas, una sensación de vértigo que amenazó con hundirla en la negrura.

—Josh —susurró.

Ian asintió en silencio, aunque no había sido una pregunta.

—Lo siento, prima —dijo en voz muy baja.

Ya casi había oscurecido cuando Roger apareció en el extremo del bosque. Ella no se había preocupado porque se encontraba en un estado de shock tan profundo que era incapaz de pensar en lo que estaba ocurriendo. No obstante, al verlo, ella se puso en pie y corrió hacia él, y todos los temores que había eliminado surgieron finalmente en una erupción de lágrimas que le surcaron la cara como si se tratara de lluvia.

—Papá —dijo, atragantándose y sollozando contra su camisa mojada—. Él está... ¿está...?

—Está bien. Bree... ¿puedes venir conmigo? ¿Te queda un poco de fuerza...? Sólo será un momento.

Tragando aire y limpiándose la nariz en la manga empapada de su vestido, ella asintió; se apoyó en el hombro de él y avanzó tambaleándose hacia la oscuridad bajo los árboles.

Bonnet estaba recostado contra un árbol, con la cabeza inclinada a un lado. Tenía sangre en la cara, y le chorreaba por la camisa. Brianna no tuvo ninguna sensación de triunfo al verlo, sólo un infinito desagrado y un profundo cansancio.

Su padre estaba en pie y en silencio bajo el mismo árbol. Cuando la vio, dio un paso adelante y la rodeó con los brazos. Sin decir nada, Brianna cerró los ojos durante un instante de dicha, sin querer otra cosa que abandonarlo todo, dejar que él la recogiera como a una niña y la llevara a casa. Pero la habían hecho ir hasta allí por una razón; con un esfuerzo inmenso, alzó la cabeza y miró a Bonnet.

La joven se preguntó vagamente si esperaban que los felicitara. Pero luego recordó lo que Roger le había dicho cuando le describió a su padre guiando a su madre a través de la escena de la carnicería, haciendo que mirara, de modo que supiera que sus torturadores estaban muertos.

—De acuerdo —dijo, tambaleándose un poco—. Muy bien, quiero decir. Ya... ya veo. Está muerto.

—Bueno... no. En realidad, no. —La voz de Roger tenía un extraño tono de tensión, y luego tosió, con una mirada que se clavó en su padre.

—¿Quieres que muera, muchacha? —Su padre le tocó el hombro con delicadeza—. Estás en tu derecho.

—Si quiero... —Brianna miró a uno y al otro, con sus caras graves y sombrías; después a Bonnet, dándose cuenta por primera vez de que su cara estaba sangrando. Los muertos, como su madre le había explicado a menudo, no sangran.

Jamie le dijo que habían encontrado a Bonnet, lo habían perseguido como a un zorro y se le habían echado encima. Había sido una pelea cruel, de cerca, con cuchillos, puesto que las pistolas estaban mojadas y eran inútiles. Sabiendo que estaba peleando por su vida, Bonnet se había defendido con ferocidad; había un corte teñido de rojo en el hombro del abrigo de Jamie, un rasguño en la parte alta de la garganta de Roger, donde la hoja de un cuchillo había estado a punto de seccionarle la yugular. Pero Bonnet había luchado para huir, no para matar. Después de meterse en un espacio entre los árboles donde sólo uno podía llegar hasta él, había forcejeado con Jamie, lo había arrojado al suelo y luego había salido corriendo.

Roger lo había perseguido y, repleto de adrenalina, se había abalanzado sobre Bonnet, haciendo que el pirata se golpeara de cabeza contra el árbol en el que ahora estaba recostado.

—De modo que ahí está —dijo Jamie, mirando a Bonnet con desprecio—. Tenía la esperanza de que se hubiera roto el cuello, pero me temo que no.

—Pero está inconsciente —aclaró Roger, y tragó saliva.

Ella entendió y, en su ánimo, esa particular peculiaridad masculina sobre el honor le pareció razonable. Matar a un hombre en una pelea justa (o injusta) era una cosa; cortarle la garganta mientras permanecía inconsciente a sus pies era otra.

Pero al parecer, Brianna no había entendido nada. Su padre limpió la daga en sus pantalones y se la entregó por la empuñadura.

—¿Qué... yo? —Brianna estaba demasiado conmocionada como para sentir siquiera sorpresa. Sentía el peso del cuchillo.

—Si lo deseas —intervino su padre, con una grave solemnidad—. Si no, lo haremos Roger Mac o yo. Pero es tu decisión, *a nighean*.

Ahora comprendía la mirada de Roger; habían estado discutiendo sobre ello antes de que él fuera a buscarla. Y entendió exactamente por qué su padre le dejaba la decisión a ella. Ya fuera venganza o perdón, la vida de aquel hombre estaba en sus manos. Brianna tomó un profundo aliento, y la conciencia de que no sería venganza le provocó algo parecido al alivio.

—Bree —dijo Roger en voz baja, tocándole el brazo—. Sólo di si quieres verlo muerto; lo haré yo.

Ella asintió e inspiró. Pudo oír el anhelo salvaje en su voz; lo haría. También oyó el sonido ahogado de su voz en su memoria, cuando le explicó que había matado a Boble, cuando se despertaba sudando porque había soñado con ello.

Miró la cara de su padre, casi ahogada en las sombras. Su madre le había dicho muy poco sobre los sueños violentos que lo acosaban desde Culloden, pero eso había bastado. Difícilmente podría pedirle a su padre que lo hiciera, que librara a Roger de lo que él mismo había sufrido.

Jamie levantó la cabeza, sintiendo sus ojos sobre él, y clavó la vista en ella. Jamie Fraser jamás se había alejado de una pelea que consideraba suya, pero ésa no lo era, y lo sabía. De pronto, Brianna cobró conciencia de otra cosa: tampoco era la pelea de Roger, aunque él estaba dispuesto a quitarle ese peso de encima.

—Si tú... si nosotros... si no lo matamos ahora mismo... —Sintió una opresión en el pecho y se detuvo para respirar—. ¿Qué haremos con él?

—Lo llevaremos a Wilmington —declaró su padre con naturalidad—. El comité de seguridad tiene fuerza en ese lugar, y saben que es un pirata; le caerá todo el peso de la ley... o lo que pasa por ley en estos días.

Lo ahorcarían; él moriría de todas maneras, pero su sangre no mancharía las manos de Roger, ni tampoco su corazón.

La luz se había esfumado. Bonnet no era más que un bulto oscuro frente al suelo arenoso. Tal vez muriera de sus propias heridas, pensó, y albergó esa lúgubre esperanza... les ahorraría problemas. Pero si se lo llevaban a su madre, Claire se sentiría impulsada a intentar salvarlo. Ella tampoco se alejaba de una pelea que consideraba suya, pensó Brianna con ironía, y se sorprendió al sentir aquel pequeño alivio de su espíritu ante la idea.

—En ese caso, dejemos que viva para que lo ahorquen —concluyó en voz baja, y le tocó el brazo a Roger—. No por él. Por ti y por mí. Por nuestro bebé.

Durante un instante, lamentó habérselo dicho en ese momento, en ese bosque oscuro. Le habría gustado tanto verle la cara.

109

Todas las noticias que merecen ser publicadas

DE *L'OIGNON-INTELLIGENCER*,
25 DE SEPTIEMBRE DE 1775
PROCLAMA REAL

El 23 de agosto se emitió en Londres una proclama en la cual Su Majestad Jorge III declara que las colonias americanas se encuentran «en estado de abierta y manifiesta rebelión».

«NADA MÁS QUE NUESTROS PROPIOS ESFUERZOS DERROTARÁN LA SENTENCIA DE MUERTE MINISTERIAL O UNA ABYECTA SUMISIÓN»—. El Congreso Continental de Filadelfia ha rechazado las objetables propuestas presentadas por lord North con la intención de facilitar la reconciliación. Los delegados de este congreso afirman de manera inequívoca el derecho de las colonias americanas a reunir partidas presupuestarias y a dar su opinión sobre su desembolso. En una parte de la declaración de los delegados puede leerse: «Ahora que el ministerio británico ha intentado conseguir sus fines y ha mantenido las hostilidades con armamentos y grandes crueldades, ¿puede el mundo llamarse a engaño y suponer que nosotros no podemos razonar, o puede vacilar en creer, junto a nosotros, que nada más que nuestros propios esfuerzos pueden derrotar la sentencia ministerial de muerte o una abyecta sumisión?»

UN HALCÓN SE LANZA, PERO PIERDE SU PRESA—. El 9 de agosto, el buque de guerra *Falcon*, al mando del capitán John Linzee, dio caza a dos goletas americanas que regresaban de las Indias Occidentales a Salem, Massachusetts. El capitán Linzee capturó una de las goletas, y luego persiguió a la otra hasta el puerto de Gloucester. Las tropas que se encontraban en la costa abrieron fuego sobre el *Falcon*, que devolvió el ataque, pero se vio obligado a retirarse, perdiendo ambas goletas, dos gabarras y treinta y cinco hombres.

UN FAMOSO PIRATA SENTENCIADO A MUERTE—. Un tal Stephen Bonnet, conocido como pirata e infame contrabandista, fue juzgado ante el comité de seguridad de Wilmington y, después de que distintas personas presentaran testimonios de sus crímenes, fue condenado por ellos y sentenciado a muerte por ahogamiento.

SE HA LEVANTADO una alarma respecto a bandas de negros que merodean por la región y han saqueado distintas granjas cerca de Wilmington y Brunswick. Los rufianes, que van armados únicamente con garrotes, han robado ganado, alimentos y cuatro cubas de ron.

EL CONGRESO CONCIBE UN PLAN PARA LA AMORTIZACIÓN DE LA MONEDA—. Se están imprimiendo dos millones de dólares españoles en cartas de crédito, y el congreso ha autorizado otro millón, al mismo tiempo que ha anunciado un plan de amortización de esta divisa, es decir, que cada colonia debe asumir la responsabilidad de su parte de la deuda y debe amortizarla en cuatro cuotas, pagaderas el último día de noviembre de los años 1779, 1780, 1781 y 1782...

110

El olor de la luz

2 de octubre de 1775

La idea de que Fedra volviera a River Run era inconcebible, aunque técnicamente seguía siendo propiedad de Duncan Innes. Habíamos discutido bastante tiempo sobre este tema y, por último, habíamos decidido no decirle a Yocasta que habíamos recuperado a su esclava, aunque sí le enviamos un breve mensaje con Ian, cuando éste fue a buscar a Jemmy, en el que la informábamos de que Brianna estaba a salvo y lamentábamos la pérdida de Joshua (omitiendo buena parte de los detalles acerca del tema).

—¿Debemos explicarles lo de Gerald Forbes? —pregunté, pero Jamie negó con la cabeza.

—Forbes no volverá a molestar a ningún miembro de mi familia —declaró con seguridad—. Y hablar de él a mi tía o a Duncan... Creo que Duncan ya tiene bastantes problemas entre manos; se sentiría obligado a enfrentarse a Forbes, y no le conviene meterse en un lío semejante justo ahora. En cuanto a mi tía... —No completó la frase, pero la sombría expresión de su rostro era bastante elocuente. Los MacKenzie de Leoch eran bastante vengativos, y ni él ni yo pensábamos que Yocasta fuera incapaz de invitar a cenar a Gerald Forbes para luego envenenarlo.

—Siempre suponiendo que el señor Forbes acepte invitaciones a cenar estos días —bromeé incómoda—. ¿Sabes qué ha hecho Ian con la..., eh...?

—Ha dicho que se la daría de comer al perro —respondió Jamie pensativo—. Pero no sé si hablaba en serio.

Fedra estaba bastante conmocionada, tanto por sus propias experiencias, como por la pérdida de Josh, y Brianna insistió en que nos la lleváramos al Cerro con nosotros para que se recuperara, hasta que pudiéramos encontrar un buen lugar para ella.

—Tenemos que hacer que Yocasta la libere —argumentó Bree.

—No creo que eso sea difícil —aseguró Jamie con un gesto adusto—, sabiendo lo que sabemos. Pero espera un poco, hasta que encontremos un sitio para la muchacha... Luego me ocuparé de ello.

En realidad, este asunto se resolvió solo de una manera sorprendente.

Una tarde de octubre abrí la puerta de mi casa y me encontré con tres caballos muy cansados y una mula de carga en el patio, mientras Yocasta, Duncan y el mayordomo negro, Ulises, aguardaban en el umbral.

Formaban una escena tan incongruente, que me quedé mirándolos con la boca abierta, hasta que Yocasta dijo con mordacidad:

—Bueno, muchacha, ¿piensas quedarte ahí hasta que nos disolvamos como un terrón de azúcar en una taza de té?

De hecho, estaba lloviendo bastante, y yo me eché hacia atrás tan rápido para dejarlos pasar, que pisé la pata de *Adso*. El gato soltó un maullido desgarrador, que hizo que Jamie saliera de su estudio y la señora Bug y Amy de la cocina... y Fedra de la consulta, donde había estado moliendo hierbas.

—¡Fedra! —A Duncan se le cayó la mandíbula, y dio dos pasos hacia ella. De repente se detuvo, justo antes de tomarla entre sus brazos, pero la alegría se le dibujó en el rostro.

—¿Fedra? —dijo Yocasta completamente desconcertada. Su rostro se había quedado sin expresión debido a la fuerte conmoción.

Ulises no dijo nada, pero su rostro mostraba auténtico terror, aunque éste desapareció en un segundo para ser reemplazado por su habitual porte de dignidad. No obstante, yo lo había visto... y lo estuve observando con detenimiento durante la consiguiente confusión de exclamaciones y bochornos.

Por fin los saqué a todos del vestíbulo. Yocasta sufrió un diplomático dolor de cabeza (aunque después de ver su cara contraída, pensé que no lo había fingido del todo), y Amy la escoltó a la planta superior y luego la hizo meterse en la cama con una compresa fría. La señora Bug regresó a la cocina, para revisar emocionada el menú de la cena. Fedra, que parecía aterrorizada, desapareció, sin duda para refugiarse en la cabaña de Bree y comentarle lo de los inesperados visitantes, lo que significaba que serían tres más para la cena.

Ulises fue a ocuparse de los caballos, dejando por fin solo a Duncan para que le explicara el asunto a Jamie en el estudio.

—Vamos a trasladarnos a Canadá —dijo, cerrando los ojos e inhalando el aroma del vaso de whisky que tenía en la mano, como si fueran sales aromáticas. Daba la impresión de que las necesitaba; estaba demacrado y tenía la cara tan gris como su cabello.

—¿Canadá? —preguntó Jamie, tan sorprendido como yo—. Por el amor de Dios, Duncan, ¿qué has hecho?

Duncan sonrió con aspecto cansado, abriendo los ojos.

—Es más lo que no he hecho, Mac Dubh —dijo.

Brianna nos había hablado de la desaparición del oro escondido, y había mencionado algo acerca de las negociaciones de Duncan con lord Dunsmore en Virginia, pero sólo en términos muy generales... y era comprensible, ya que había sido secuestrada apenas unas horas después y no conocía los detalles.

—Jamás habría creído que las cosas llegarían a este punto, ni con tanta rapidez —afirmó, sacudiendo la cabeza.

De repente, los leales a la Corona habían pasado de ser una mayoría en el valle a una minoría amenazada y asustada. A algunas personas las habían sacado literalmente de sus casas, y habían tenido que refugiarse en marismas y bosques; otras habían recibido palizas y estaban malheridas.

—Incluso Farquard Campbell —dijo Duncan, pasándose una mano por la cara con un gesto cansado—. El comité de seguridad lo llamó a declarar, acusado de ser leal a la Corona, y lo amenazó con confiscarle la plantación. Él ofreció una gran cantidad de dinero como garantía de su buen comportamiento, y lo dejaron en libertad... pero estuvo cerca.

Lo bastante cerca como para que Duncan se sintiera tan asustado. El desastre de las armas y la pólvora prometidas lo había despojado de cualquier influencia que hubiera podido tener con los leales a la Corona locales y lo había dejado completamente aislado, vulnerable a la siguiente oleada de hostilidades, que hasta un idiota sabía que no tardaría en llegar.

De modo que se había movido para vender River Run a un precio decente, antes de que se la confiscaran. Se había quedado con un par de almacenes junto al río y unas cuantas propiedades más, pero se había librado de la plantación, los esclavos y el ganado, y había pensado en partir a Canadá junto a su esposa, como estaban haciendo muchos otros leales a la Corona.

—Hamish MacKenzie está allí, ¿sabes? —explicó—. Él y otros de Leoch se asentaron en Nueva Escocia cuando salieron de Escocia, después de Culloden. Es sobrino de Yocasta y tenemos bastante dinero... —Hizo un vago gesto en dirección al vestíbulo, donde Ulises había dejado las alforjas—. Nos resultará de ayuda para buscar un lugar. —Puso una sonrisa torcida—. Y si las cosas no salen bien... dicen que hay buena pesca.

Jamie sonrió por la broma y le sirvió más whisky, sin embargo meneó la cabeza cuando vino a verme a la consulta, antes de la cena.

—Piensan viajar por tierra hasta Virginia, y si tienen suerte, coger un barco allí hasta Nueva Escocia. Tal vez puedan salir de Newport News; es un puerto pequeño y el bloqueo británico no es demasiado fuerte allí... o al menos eso espera Duncan.

—Vaya.

Sería un viaje extenuante... Yocasta no era joven, y el estado de su ojo... A mí no me caía bien Yocasta, teniendo en cuenta lo que habíamos averiguado recientemente, pero pensar en ella despojada de su hogar, y obligada a emigrar padeciendo un dolor terrible... bueno, le hace preguntarse a una si, después de todo, tal vez existe algo parecido a la venganza divina.

Bajé la voz, mirando por encima del hombro para asegurarme de que Duncan había subido.

—¿Y qué hay de Ulises? ¿Y de Fedra?

—Ah. Bueno, en cuanto a la muchacha... le he pedido a Duncan que me la vendiera. La liberaré tan pronto como pueda; tal vez luego se la mandaré a Fergus en New Bern. Él ha aceptado de inmediato y ya ha redactado un contrato de venta —dijo, haciendo un gesto hacia su despacho—. En cuanto a Ulises... —Su rostro era sombrío—. Creo que ese asunto se arreglará solo, Sassenach.

La señora Bug bajó corriendo al vestíbulo para anunciar que la cena estaba lista, y no tuve la oportunidad de preguntarle a Jamie qué había querido decir con ese comentario.

Escurrí la cataplasma de solución de hamamélide de Virginia y pimienta de Jamaica extraída en Carolina del Norte y la coloqué con delicadeza sobre el ojo de Yocasta. Ya le había ofrecido una infusión de corteza de sauce para el dolor, y la cataplasma no serviría de nada para el glaucoma subyacente, pero como mínimo, haría que se sintiera un poco mejor, y el hecho de poder ofrecer algo era un alivio tanto para la paciente como para la doctora, aunque no fuera más que un mero paliativo.

—¿Puedes echar un vistazo a mis alforjas, muchacha? —preguntó ella, estirándose un poco para acomodarse en la cama—. Hay un paquetito allí de una hierba que tal vez te resulte interesante.

La encontré de inmediato... por el olor.

—¿De dónde diablos lo ha sacado? —le pregunté, divertida.

—De Farquard Campbell —respondió con toda naturalidad—. Cuando me dijiste que el problema estaba en mis ojos, le pregunté a Fentiman si sabía de algo que pudiera ayudar, y él me dijo que había escuchado en alguna parte que el cáñamo podría ser útil. Farquard Campbell tiene un cultivo de esto, de modo que pensé que podría intentarlo. Al parecer, sí ayuda. ¿Me lo pones en la mano, por favor, sobrina?

Fascinada, coloqué el paquete de cáñamo y la pequeña pila de papeles en la mesa a su lado, y puse su mano en ellos. Después de colocarse de lado para que no se le cayera la cataplasma, cogió un puñado de la aromática hierba, lo vertió en el centro del papel y lió un porro tan bien hecho como cualquiera de los que yo había visto en Boston.

Sin comentario alguno, le sostuve la vela para que lo encendiera, y ella se recostó en la almohada, ensanchando los orificios nasales cuando aspiró una profunda bocanada de humo.

Fumó en silencio durante un rato, y yo comencé a guardar cosas, puesto que no quería que se quedara dormida y prendiera fuego a la cama (estaba claramente agotada, y se estaba relajando aún más). El aroma punzante del humo me trajo unos recuerdos instantáneos. Varios de los estudiantes de Medicina más jóvenes lo fumaban los fines de semana, y llegaban al hospital con ese olor en la ropa. Algunas de las personas que ingresaban en urgencias apestaban a él. Cada cierto tiempo, yo percibía un leve rastro de ese mismo olor en Brianna, aunque jamás le pregunté nada.

Yo no lo había probado nunca, pero en ese instante descubrí que el olor del fragante humo era bastante relajante. De hecho, demasiado, de modo que me senté junto a la ventana y la entorné para que entrara un poco de aire.

Había estado lloviendo durante todo el día, y el aire estaba cargado de ozono y del olor a resina de los árboles. El frío en la cara me alivió.

—Lo sabes, ¿verdad? —La voz de Yocasta me llegó suavemente. Miré a mi alrededor; ella no se había movido, sino que yacía como un sarcófago sobre la cama, recta como una vara. La cataplasma sobre sus ojos le daba el aspecto de la imagen de la justicia... Qué irónico, pensé.

—Lo sé —dije, igualando su tono tranquilo—. No ha sido muy justo para Duncan, ¿verdad?

—No. —La palabra flotó con el humo, casi sin sonido.

Yocasta alzó el cigarrillo con un gesto relajado y le dio una calada, haciendo que el extremo se pusiera rojo. Seguí vigilándola con atención, pero al parecer sabía controlar la ceniza, y cada cierto tiempo golpeaba el cigarrillo de marihuana contra el platillo que servía de base al soporte de la vela.

—Él también lo sabe —comentó, en un tono casi descuidado—. Lo de Fedra. Finalmente se lo dije, para que dejara de buscarla. Estoy segura de que también sabe lo de Ulises... pero no habla de ello.

Extendió la mano sin vacilar, y dejó caer la ceniza del porro.

—Le dije que no lo culparía si me abandonaba, ¿sabes? —Su voz era muy suave, casi sin emoción—. Él lloró, pero entonces paró y me dijo que en su momento había prometido «En lo bueno y en lo malo»; como también había hecho yo, ¿no? Respondí que era cierto; entonces él afirmó: «Bueno, pues.» Y aquí estamos. —Se encogió de hombros levemente, se acomodó y permaneció en silencio, fumando.

Volví la cara hacia la ventana y apoyé la frente contra el marco. Más abajo, vi un repentino chorro de luz cuando se abrió la puerta y una oscura silueta salió con rapidez. La puerta se cerró y la perdí de vista en la oscuridad durante un instante; luego mis ojos se adaptaron y volví a verla, justo antes de que se desvaneciera en el sendero en dirección al granero.

—Se ha marchado, ¿verdad? —Alarmada, me di la vuelta para mirar a Yocasta, y en ese momento me di cuenta de que debía de haber oído cómo se cerraba la puerta.

—¿Ulises? Sí, creo que sí.

Ella permaneció inmóvil durante un buen rato, con el cigarrillo encendido en la mano, sin prestarle atención. Justo cuando pensé que debía levantarme y quitárselo, volvió a llevárselo a los labios.

—Su verdadero nombre era Joseph —dijo en voz baja, soltando el humo cuyas volutas se arremolinaban en una nube alrededor de su cabeza—. Siempre me pareció muy apropiado... puesto que su propia gente lo vendió como esclavo.

—¿Alguna vez le ha visto la cara? —le pregunté de pronto. Ella sacudió la cabeza, y apagó la colilla del cigarrillo.

—No, pero siempre supe quién era —declaró en voz muy baja—. Olía a luz.

Jamie Fraser aguardó sentado pacientemente en la oscuridad de su granero. Era pequeño, con cubículos para apenas media docena de animales, pero muy bien construido. La lluvia golpeaba con fuerza en la cubierta, y el viento gemía por los rincones, pero ni una gota conseguía atravesar las vigas del tejado y no hacía frío en su interior, gracias al calor que desprendían las bestias somnolientas. Incluso *Gideon* estaba tranquilo sobre su pesebre, con el heno a medio masticar colgando de una esquina de su boca.

La medianoche había quedado atrás, y él ya llevaba más de dos horas esperando, con la pistola cargada y preparada, descansando sobre la rodilla.

Ahí estaba; a pesar de la lluvia, oyó el suave gruñido de alguien que empujaba la puerta y el rugido que ésta hizo al abrirse, dejando pasar un hálito de fría lluvia que se mezclaba con los aromas más cálidos del heno y el estiércol.

Permaneció sentado, sin moverse.

Divisó una silueta alta que hizo una pausa frente al negro más claro de la lluviosa noche, esperando que sus ojos se adaptaran a la oscuridad del interior, y luego apoyó el peso en la dura puerta para abrirla lo bastante como para deslizarse en su interior.

El hombre había llevado consigo una linterna sorda, temiendo no encontrar los arneses necesarios ni ser capaz de ponerlos en la oscuridad. Corrió la pantalla y giró la linterna lentamente, dejando que el hilo de luz recorriera los compartimentos uno a uno. Los tres caballos que Yocasta había traído estaban allí, pero cansados. Jamie oyó cómo el hombre chasqueaba la lengua, reflexionando, mientras dirigía la luz hacia la yegua *Jerusha* y hacia *Gideon*.

Cuando se decidió, Ulises dejó la linterna en el suelo y avanzó para correr el gancho que sujetaba la puerta del compartimento de *Gideon*.

—Te vendría bien, y yo te dejaría llevártelo —comentó Jamie en tono informal.

El mayordomo lanzó un agudo gemido y se volvió, con una mirada furiosa y los puños apretados. No podía ver a Jamie en la oscuridad, pero sus oídos reconocieron la evidencia un segundo después. Respiró hondo y bajó los puños cuando se dio cuenta de quién era.

—Señor Fraser —dijo. Sus ojos estaban muy vivos y atentos a la luz de la linterna—. Me ha cogido por sorpresa.

—Bueno, ésa era precisamente mi intención —respondió Jamie en un tono amable—. Supongo que pensabas marcharte.

Pudo ver los pensamientos revoloteando en los ojos del mayordomo, veloces como libélulas, haciéndose preguntas, calculando. Pero Ulises no era ningún necio, y llegó a la conclusión correcta.

—De modo que la muchacha se lo ha contado —afirmó en un tono muy sereno—. ¿Me matará usted... por el honor de su tía? —Si eso último lo hubiera dicho con el más mínimo rastro de mofa, probablemente Jamie lo habría matado; había estado indeciso durante la espera. Pero lo dijo con un tono de sencillez, y Jamie aflojó el dedo en el gatillo.

—Si fuera más joven, lo haría —declaró, igualando el tono de Ulises. «Y si no tuviera una esposa y una hija que en una ocasión llamaron amigo a un negro.»—. Pero tal y como están las cosas... —continuó, bajando la pistola—. Estos días trato de no matar, a menos que deba hacerlo. —«O hasta que deba hacerlo»—. ¿Deseas negarlo? Porque no creo que pueda haber defensa posible.

El mayordomo negó lentamente con la cabeza. La luz brilló en su piel oscura, con un tono rojizo que hacía que pareciera tallado en bermellón añejo.

—La amaba —dijo en voz baja, y extendió las manos—. Máteme. —Iba vestido para viajar, con una capa y un sombrero, un bolso y una cantimplora colgados del cinturón, pero no llevaba cuchillo. Los esclavos, incluso los que gozaban de confianza, no se atrevían a ir armados.

La curiosidad entró en conflicto con el disgusto y, como era habitual en esos casos, ganó la primera.

—Fedra ha dicho que tú yaciste con mi tía, incluso antes de que muriera su esposo. ¿Es eso cierto?

—En efecto —contestó Ulises en voz baja, con una expresión inescrutable—. No lo justifico; no puedo hacerlo. Pero la amaba, y si he de morir por eso...

Jamie lo creyó; su sinceridad era evidente tanto en su voz como en sus gestos. Y conociendo a su tía como la conocía, se sentía menos inclinado a culpar a Ulises de lo que lo haría el resto de la gente. Al mismo tiempo, no bajó la guardia; Ulises era corpulento y rápido. Y un hombre que pensaba que no tenía nada que perder era muy peligroso.

—¿Adónde piensas ir? —preguntó, haciendo un gesto hacia los caballos.

—A Virginia —respondió el negro, con una vacilación casi imperceptible—. Lord Dunsmore ha ofrecido la libertad a cualquier esclavo que se una a su ejército.

En un principio, Jamie no tenía intención de preguntárselo, aunque era una duda que ya había aparecido en su mente en el momento en que escuchó el relato de Fedra. Y ante esa invitación, no pudo resistirse.

—¿Por qué no te liberó ella? —preguntó—. ¿Después de la muerte de Hector Cameron?

—Lo hizo —fue la sorprendente respuesta. El mayordomo se tocó la pechera de su abrigo—. Redactó el documento de manumisión hace casi veinte años; dijo que no podía soportar pensar que yo acudía a su cama porque debía hacerlo. Pero una solicitud de manumisión debe ser aprobada por la Asamblea, como usted sabe. Y si yo hubiese sido liberado públicamente, no podría haberme quedado a servirla.

Era cierto; un esclavo liberado estaba obligado a marcharse de la colonia en un plazo de diez días, o se arriesgaba a que cualquiera volviera a tomarlo como esclavo de nuevo. La visión de grandes grupos de negros libres merodeando por el campo hacía que tanto el Consejo como la Asamblea tuvieran mucho miedo.

El mayordomo bajó la vista un instante, cubriéndose los ojos para protegerse de la luz.

—Podía elegir entre Yo... o la libertad. Y la elegí a ella.

—Sí, muy romántico —dijo Jamie con una aspereza extrema, aunque, de hecho, esa manifestación lo había afectado. Yocasta MacKenzie se había casado por obligación una vez, y luego una segunda vez, y él creía que ninguno de sus matrimonios le había proporcionado demasiada felicidad, salvo la escasa medida de satisfacción y tranquilidad que había hallado con Duncan. Su decisión le impresionaba, desaprobaba su adulterio y estaba furioso por el engaño al que había sometido a Duncan, pero una parte de él —la parte MacKenzie, sin duda— no podía sino admirar su audacia a la hora de lograr la felicidad de donde pudiera.

Suspiró profundamente. Ya no llovía con tanta fuerza, y los truenos sobre el tejado se habían convertido en un suave tamborileo de lluvia.

—Bueno, pues. Tengo una pregunta más.

Ulises inclinó la cabeza con solemnidad, en un gesto que Jamie había visto mil veces. «A su servicio, señor», decía, y había más ironía en ese gesto que en todo lo que había dicho antes.

—¿Dónde está el oro?

Ulises levantó la cabeza de inmediato, con los ojos bien abiertos a causa de la sorpresa. Por primera vez, Jamie sintió cierta duda.

—¿Cree que yo lo cogí? —preguntó el mayordomo en tono de incredulidad. Pero luego su boca se torció—. Supongo que sí, después de todo. —Se pasó una mano por debajo de la nariz, con un aire de preocupación e infelicidad... y no era de extrañar, pensó Jamie.

Se quedaron contemplándose mutuamente en silencio durante un rato, a modo de *impasse*. Jamie no tenía la sensación de que el hombre estuviera intentando engañarlo... y Dios sabía que eso se le daba muy bien, pensó con cinismo.

Por fin, Ulises alzó sus anchos hombros y los dejó caer, desesperado.

—No puedo probar que no lo he hecho —afirmó—. No puedo ofrecer más que mi palabra de honor... y no tengo derecho a sostener que la tengo. —Por primera vez, notó amargura en su voz.

De pronto, Jamie se sintió muy cansado. Los caballos y las mulas ya habían vuelto a amodorrarse, y él sólo deseaba volver a su propia cama, con su esposa a su lado. También quería que Ulises se marchara, mucho antes de que Duncan se enterara de su perfidia. Y aunque Ulises era, evidentemente, la persona más obvia para llevarse el oro, el hecho era que podía habérselo llevado en cualquier momento durante los últimos veinte años, y con bastante menos peligro. ¿Por qué ahora?

—¿Lo juras por la cabeza de mi tía? —preguntó de repente. Los ojos de Ulises lo miraron con dureza, brillantes a la luz de la linterna, pero firmes.

—Sí —dijo por fin en voz baja—. Lo juro.

Jamie estaba a punto de dejar que se marchara, cuando se le ocurrió una última idea.

—¿Tienes hijos? —preguntó.

La indecisión atravesó el cincelado rostro; había sorpresa y recelo, junto con algo más.

—Ninguno que vaya a reconocer —dijo por fin, y Jamie se dio cuenta de qué era esa otra cosa: desprecio, mezclado con vergüenza. Su mandíbula se tensó, y el mentón se alzó ligeramente—. ¿Por qué me lo pregunta?

Jamie lo miró a los ojos durante un instante, pensando en Brianna, cada vez más pesada por su embarazo.

—Porque —afirmó por fin— es sólo la esperanza de que mis hijos y los tuyos tengan una vida mejor lo que me proporciona el coraje suficiente para hacer lo que debo hacer ahora.

La cara de Ulises se había tornado inexpresiva; la luz le otorgó un resplandor negro e impasible.

—Si no tienes interés por el futuro, no tienes razones para sufrir por ello. Esos hijos que podrías tener...

—Son esclavos, nacidos de mujeres esclavas. ¿Qué pueden representar para mí? —Ulises tenía los puños apretados con fuerza contra los muslos.

—Entonces, vete —dijo Jamie en voz baja, y se hizo a un lado, haciendo un gesto hacia la puerta con el cañón de su pistola—. Como mínimo, muere libre.

111

Veintiuno de enero

21 de enero de 1776

El 21 de enero fue el día más frío del año. Aunque había nevado unos días antes, ese día el aire era como el cristal tallado. El cielo del amanecer era tan pálido que parecía blanco y la nieve acumulada crujía como si se tratara de grillos que aplastáramos con las botas. La nieve, los árboles cubiertos de nieve, los carámbanos que colgaban de los aleros de la casa... todo parecía azul por el frío. La noche anterior habíamos metido el ganado en el establo o el granero, excepto la cerda blanca, que al parecer hibernaba debajo de la casa.

Me asomé, intranquila, al agujero pequeño y derretido en la costra de nieve que indicaba la entrada de la cerda, y del interior salían unos ronquidos largos y estentóreos, y un débil calor emanaba del hueco.

—Vamos, *mo nighean*. Esa criatura no se daría cuenta ni aunque la casa se le cayera encima. —Jamie venía de alimentar a los animales del establo, y estaba revoloteando, impaciente, a mi alrededor, frotándose las manos enfundadas en los enormes guantes azules que Bree había tejido para él.

—¿Qué, ni siquiera aunque se incendiara? —dije mientras pensaba en la *Disertación sobre el cerdo asado* de Lamb. Pero me volví y lo seguí, pasando por un lado de la casa y luego, poco a poco, resbalando en las partes heladas, a través del amplio claro en dirección a la cabaña de Bree y Roger.

—¿Estás segura de que la chimenea está apagada? —preguntó Jamie por tercera vez.

El vaho de su respiración flotaba en torno a su cabeza como un velo al tiempo que me miraba por encima del hombro. Había perdido el gorro de lana en una cacería, por lo que se había puesto una bufanda blanca de lana envuelta alrededor de las orejas y atada a la parte superior de su cabeza. Los largos extremos se sacudían, y le daban el aspecto absurdo de un conejo enorme.

—Sí —le aseguré, reprimiendo la necesidad de reírme al verlo. Su larga nariz estaba rosada a causa del frío y se retorcía sospechosamente. Hundí la cara en mi propia bufanda, soltando pequeños resoplidos, que salieron como nubecillas blancas, como si se tratara de una máquina de vapor.

—¿Y la vela del dormitorio? ¿El candil de tu consulta?

—Sí —volví a asegurarle, saliendo de las profundidades de la bufanda. Tenía los ojos llenos de lágrimas y me habría gustado secármelos, pero cargaba un gran bulto en un brazo y llevaba una cesta cubierta colgando del otro. Allí se encontraba *Adso*, a quien habíamos sacado por la fuerza de la casa, y que no estaba nada contento; se oían pequeños gruñidos procedentes de la cesta, que se balanceaba y me golpeaba la pierna.

—Y el platillo de aceite de la despensa y la vela del aplique de la pared del vestíbulo y el brasero de tu despacho y el farol de aceite de pescado que usas en los establos. He revisado toda la casa minuciosamente: no hay una chispa en ninguna parte.

—Bueno, todo bien, entonces —dijo, pero no pudo evitar dirigir una mirada de inquietud a la casa. Yo también la miré; tenía un aspecto frío y abandonado, y sus blancas tablas parecían bastante sucias comparadas con la prístina nieve.

—No será un accidente —comenté—. A menos que la cerda blanca esté jugando con cerillas en su madriguera.

Esa afirmación hizo que riera, a pesar de las circunstancias. Francamente, en ese momento creía que las circunstancias eran un poco absurdas; todo el mundo parecía desierto, congelado e inmóvil bajo el cielo invernal. Nada parecía menos probable que descendiera un cataclismo sobre la casa y la destruyera en un incendio. De todas formas... mejor prevenir que lamentar. Y tal y como Jamie había comentado más de una vez en los años que habían transcurrido desde que Roger y Bree mencionaran aquel siniestro recorte de periódico, «Si sabes que la casa va a incendiarse un día determinado, ¿por qué ibas a quedarte dentro?».

De modo que no estábamos en el interior. Le habíamos dicho a la señora Bug que permaneciera en su casa, y Amy McCallum y sus dos hijos ya estaban en la cabaña de Brianna, desconcertados pero obedientes. Si Jamie decía que nadie podía poner un pie en la casa hasta el amanecer del día siguiente... bueno, entonces no había nada más que decir, ¿no?

Ian se había levantado antes del amanecer, para cortar madera y cargar leños del cobertizo; todos estarían cómodos y abrigados.

Jamie, por su parte, había permanecido en pie toda la noche, atendiendo a los animales, dispersando su arsenal —tampoco había una pizca de pólvora en la casa— y bajando y subiendo la escalera, inquieto, alerta ante cualquier crepitar de brasas en algún hogar, cada llama de vela y cualquier mínimo ruido que pudiera anunciar la llegada de algún enemigo. Lo único que no había hecho era sentarse en el techo con un costal mojado, vigilando, suspicaz, la posibilidad de que cayera un rayo... y eso sólo porque la noche había sido despejada, con unas estrellas inmensas y brillantes, en el vacío helado.

Yo tampoco había dormido mucho, preocupada tanto por los inquietantes paseos de Jamie, como por nítidas pesadillas de una conflagración.

Pero la única conflagración visible fue la que envió una bienvenida lluvia de humo y chispas en la chimenea de Brianna y, cuando abrimos la puerta, nos encontramos con el agradable calor de un hogar rugiente y bastantes personas.

Aidan y Orrie, que se habían despertado durante la noche y que debían de haberse arrastrado a través del frío, se habían metido de inmediato en la camita de Jemmy, y los tres niñitos dormían profundamente, acurrucados como erizos bajo el edredón. Amy estaba ayudando a Bree a preparar el desayuno; del hogar salía un sabroso olor a gachas de avena y tocino.

—¿Está todo bien, señora? —Amy se apresuró a coger el gran bulto que yo había traído (que consistía en mi cofre de medicinas y las hierbas más escasas y valiosas de mi consulta) y el frasco herméticamente cerrado con el último envío de fósforo blanco que lord John le había enviado a Brianna como regalo de despedida.

—Sí —le aseguré, poniendo en el suelo la cesta con *Adso*.

Bostecé y miré la cama con nostalgia, pero me dispuse a guardar el cofre en la despensa, a una altura que los niños no pudiesen alcanzar. Coloqué el fósforo en el anaquel más alto, bien adentro, lejos del borde, y puse un queso grande delante, por si acaso.

Jamie se había despojado de la capa y la bufanda y, después de entregarle a Roger la escopeta de caza, la bolsa con municiones y el cuerno de pólvora que había traído, empezó a golpear las botas contra el suelo para quitar la nieve. Vi cómo recorría la cabaña con la mirada, contando cabezas, y luego, por fin, inspiró y asintió para sí mismo. Por el momento, todos estaban a salvo.

La mañana transcurrió con mucha tranquilidad. Una vez quedesayunamos y quitamos la mesa, Amy, Bree y yo nos instalamos junto al fuego con un enorme montón de prendas para zurcir. *Adso*, aún retorciendo la cola por la indignación, se había subido a un anaquel alto, desde donde observaba con furia a *Rollo*, que había ocupado la camita cuando los niños salieron de ella.

Aidan y Jemmy, cada uno poseedor de dos *bruums*, los deslizaban sobre la piedra del hogar, bajo la cama y entre nuestros pies, pero sobre todo se abstenían de golpearse mutuamente o de pisar a Orrie, que estaba sentado bajo la mesa, muy tranquilo, comiéndose una tostada. Jamie, Roger e Ian se turnaban para salir a caminar de un lado a otro y contemplar la Casa Grande, desierta en el refugio de los abetos cubiertos de nieve.

Cuando Roger volvió de una de esas expediciones, Brianna de pronto, levantó la mirada del calcetín que estaba zurciendo.

—¿Qué? —preguntó él, al ver su cara.

—Ah. —Ella había hecho una pausa, con la aguja en la mitad del calcetín, y entonces bajó la vista para completar el punto—. Nada. Sólo era... una idea.

El tono de su voz hizo que Jamie, que había estado frunciendo el ceño mientras leía su copia maltrecha de *Evelina*, levantara la mirada.

—¿Qué clase de idea, *a nighean*? —quiso saber, con un radar tan bueno como el de Roger.

—Eh... bueno. —Se mordió el labio inferior, pero luego dijo—: Y ¿si es esta casa?

Eso nos dejó paralizados a todos, excepto a los pequeños, que continuaron arrastrándose, chirriando y *bruumeando* por la habitación, así como sobre la cama y la mesa.

—Podría ser, ¿no? —Bree miró a su alrededor, de la viga del techo a la chimenea—. Lo único que decía el... la profecía... —afirmó con un gesto incómodo hacia Amy McCallum— era que «el hogar de James Fraser» ardería en llamas. Pero, para empezar, éste era vuestro hogar. Y tampoco había una dirección con una calle y un número. Sólo decía «en el Cerro de Fraser».

Todos la contemplaron y ella se sonrojó muchísimo, bajando la vista a su calcetín.

—Quiero decir... tampoco es que esos... eh... esas profecías... siempre sean precisas, ¿verdad? Podrían haber indicado mal los detalles.

Amy asintió con un gesto serio; era evidente que la imprecisión de detalles era una característica aceptada de las profecías.

Roger se aclaró la garganta con gran ruido; Jamie e Ian intercambiaron una mirada, luego la clavaron en el fuego, fijándose en el hogar y en la importante pila de leños secos que estaba a su lado, así como la rebosante cesta de maderitas... Los ojos de todos giraron con expectación hacia Jamie, cuyo rostro expresaba con nitidez un cúmulo de emociones contradictorias.

—Supongo que podríamos trasladarnos todos a casa de Arch —dijo poco a poco.

Comencé a contar con los dedos.

—Tú, yo, Roger, Bree, Ian, Amy, Aidan, Orrie, Jemmy... además del señor y la señora Bug... un total de once personas. ¿En una cabaña que mide dos metros y medio por tres? —Cerré los puños y lo miré—. Nadie tendría que prenderle fuego a la casa; la mitad de nosotros ya estaríamos todos sobre las llamas del hogar, bien encendidos.

—Mmfm. Bueno, entonces... la casa de los Christie está vacía.

Amy abrió mucho los ojos horrorizada, y todos apartaron la mirada de manera automática. Jamie inspiró hondo y espiró de forma audible.

—Tal vez lo mejor será que tengamos... mucho cuidado —sugerí. Todos exhalaron ligeramente, y reanudamos nuestras actividades, aunque sin la sensación inicial de comodidad y seguridad.

El almuerzo transcurrió sin incidentes, pero a media tarde se oyó un golpe en la puerta. Amy lanzó un alarido y Bree dejó caer al fuego la camisa que estaba zurciendo. Ian se puso en pie de un salto y abrió la puerta de un tirón, y *Rollo*, que se había despertado de su siesta, se lanzó a su lado rugiendo y dispuesto a atacar.

Jamie y Roger se abalanzaron al mismo tiempo sobre el umbral, se quedaron encajados un instante y pasaron a través de él. Todos los muchachos chillaron y corrieron hacia sus respectivas madres, quienes estaban golpeando con frenesí la camisa achicharrada como si de una víbora se tratara.

Yo me había puesto en pie de un salto, pero estaba aplastada contra la pared, sin poder pasar al otro lado de Bree y Amy. *Adso*, alarmado por el estrépito y porque yo había aparecido de improviso a su lado, siseó y me lanzó una garra que pasó muy cerca de mi ojo.

Un gran número de juramentos en varios idiomas procedían del umbral, acompañados de una serie de agudos ladridos de *Rollo*. Todos parecían muy enfadados, pero no había ni un ruido de conflicto. Me deslicé a un lado del nudo de madres e hijos y me asomé afuera.

El mayor MacDonald, completamente empapado y cubierto de nieve y barro, gesticulaba en dirección a Jamie con bastante energía, mientras Ian contenía a *Rollo*, y Roger, a juzgar por la expresión de su rostro, hacía un gran esfuerzo por no echarse a reír.

Jamie, impulsado por su sentido del decoro, aunque observando al mayor con una profunda sospecha, lo invitó a pasar. El interior de la cabaña olía a tela quemada pero, como mínimo, el alboroto se había calmado, y el mayor nos saludó a todos con una cordialidad bastante sincera. Con muchos aspavientos, accedió a despojarse de sus ropas empapadas y a secarse. Luego, y a falta de una alternativa mejor, se cubrió provisionalmente con una camisa y un par de pantalones de Roger en los que parecía que se estaba ahogando, ya que medía unos quince centímetros menos que él.

Una vez que se le ofreció alimento y whisky, y que él los aceptó, todos los habitantes de la casa clavaron al unísono los ojos en el mayor, y esperaron a que él les explicara qué lo había traído a las montañas en pleno invierno.

Jamie intercambió una breve mirada conmigo, dando a entender que podía arriesgar una hipótesis. Yo también.

—Señor, he venido —dijo MacDonald formalmente, agarrándose la camisa para evitar que se deslizara por el hombro— a ofrecerle el mando de una compañía de milicianos bajo las órdenes del general Hugh MacDonald. Las tropas del general están reuniéndose en este preciso momento, y emprenderán la marcha a Wilmington a finales de mes.

Sentí una profunda aprensión al oírlo. Estaba acostumbrada al optimismo crónico de MacDonald y a su tendencia a la exageración, pero no había exageración alguna en aquella declaración. ¿Significaba eso que la ayuda que el gobernador Martin había solicitado, las tropas de Irlanda, desembarcarían dentro de pocos días para reunirse con las del general MacDonald en la costa?

—Las tropas del general —intervino Jamie, avivando las llamas.

Él y MacDonald se habían colocado cerca del fuego, mientras Roger e Ian se encontraban a ambos lados de ellos, como morillos. Bree, Amy y yo nos subimos a la cama, donde permanecimos sentadas como una hilera de gallinas, observando la conversación con una mezcla de interés y alarma, mientras los niños se retiraban debajo de la mesa.

—¿De cuántos hombres cree usted que dispone, Donald?

Vi que MacDonald titubeaba, debatiéndose entre la verdad y el deseo. Pero tosió y declaró con naturalidad:

—Tenía poco más de mil cuando lo dejé. Pero usted sabe bien que una vez que comencemos a movernos, se unirán otros. Muchos otros. En especial —añadió de manera significativa— si hay caballeros como usted al mando.

Jamie no respondió de inmediato. Con un aire meditativo, empujó con el pie, al fuego, un trozo de madera que estaba ardiendo.

—¿Pólvora y municiones? —preguntó—. ¿Armas?

—Sí, bueno; hemos sufrido una desilusión en ese sentido. —MacDonald tomó un sorbo de whisky—. Duncan Innes nos había prometido una buena cantidad... pero finalmente se vio obligado a no cumplir su promesa.

El mayor cerró los labios con fuerza y la expresión de su cara me hizo pensar que tal vez Duncan no había reaccionado de manera exagerada en su decisión de trasladarse a Canadá.

—De todas formas —continuó MacDonald, más animado—, tampoco vamos tan escasos en ese sentido. Y esos galantes caballeros que se han sumado a nuestra causa, así como los que se sumarán, traerán con ellos sus propias armas y su coraje. ¡Usted, más que nadie, sabrá apreciar la fuerza de una carga de escoceses de las Highlands!

Jamie levantó la mirada y contempló a MacDonald durante un buen rato, antes de responder.

—Sí, bueno. Usted estaba detrás de los cañones en Culloden, Donald. Yo estaba delante. Con una espada en la mano. —Alzó su propio vaso y lo vació, luego se levantó y fue a servirse otro, dejando que MacDonald recuperara la compostura.

—*Touché*, mayor —murmuró Brianna entre dientes. No creí que Jamie se hubiera referido antes al hecho de que el mayor había combatido junto a las fuerzas gubernamentales durante el Alzamiento, pero no me sorprendió que no lo hubiera olvidado.

Con un breve gesto hacia el grupo, Jamie salió al exterior, con la razón manifiesta de visitar el retrete, pero con más probabilidad para verificar el bienestar de la casa. Y todavía de manera más certera, para conceder a MacDonald un poco de espacio para respirar.

Roger, con la cortesía de un anfitrión —y con el contenido interés de un historiador—, estaba haciendo preguntas a MacDonald sobre el general y sus actividades. Ian, impasible y alerta, permanecía sentado a sus pies, acariciando el cuello a *Rollo*.

—Pero ¿el general no es bastante mayor para semejante campaña? —Roger cogió otro leño y lo empujó al fuego—. Y en especial una campaña invernal.

—De vez en cuando tiene algún catarro —admitió MacDonald de pasada—. Pero ¿quién no, con este clima? Y Donald McLeod, su teniente, es un hombre con ímpetu. Le aseguro, señor, que si el general en algún momento estuviera indispuesto, el coronel McLeod es más que capaz de llevar las tropas a la victoria.

Continuó elogiando en detalle las virtudes personales y militares de Donald McLeod. Dejé de escuchar cuando un sigiloso movimiento en el anaquel me distrajo. *Adso*.

La casaca roja de MacDonald estaba tendida sobre el respaldo de una silla para que se secara. Su peluca, húmeda y despeinada por el ataque de *Rollo*, colgaba sobre el perchero para abrigos encima de aquélla. Me levanté deprisa y cogí la peluca. El mayor me miró con sorpresa y *Adso* me dirigió una hostil mirada con sus ojos verdes, que, además, consideraba un golpe bajo por mi parte que acaparara aquella deseable presa para mí.

—Eh... yo sólo... hum... la pondré en un lugar seguro, ¿de acuerdo? —Presionando la masa húmeda de pelo de caballo contra mi pecho, me deslicé al exterior y rodeé la casa hasta llegar a la despensa, donde guardé la peluca detrás del queso y junto al fósforo.

Al salir, me encontré con Jamie, con la nariz roja de frío, que venía de hacer un reconocimiento en la Casa Grande.

—Todo está bien —me aseguró. Levanté la mirada hacia la chimenea que se encontraba sobre nosotros, lanzando nubes de un espeso humo gris—. No creerás que la muchacha tiene razón, ¿verdad? —Su tono de voz sonaba a broma, pero no lo era.

—Sólo Dios lo sabe. ¿Cuánto falta para el amanecer?

Las sombras violeta ya estaban alargándose, frías, sobre la nieve.

—Demasiado.

También él tenía sombras moradas en la cara, por haber pasado toda una noche en vela, y ésa sería otra. Me abrazó durante un momento, y sentí su calor a pesar de que no llevaba nada encima de la camisa, salvo la tosca chaqueta que usaba para trabajar en el campo.

—Supongo que no pensarás que MacDonald tiene intención de volver y prender fuego a la casa si me niego, ¿verdad? —preguntó, soltándome con un amago de sonrisa.

—¿Qué quieres decir con «si»? —exigí saber, pero él ya estaba regresando. MacDonald se puso en pie en un gesto de respeto cuando Jamie entró, y esperó a que se sentara antes de hacer lo propio.

—¿Ha reflexionado sobre mi oferta, señor Fraser? —preguntó con solemnidad—. Su presencia sería muy valiosa, y tanto el general MacDonald, como el gobernador y yo mismo la apreciaríamos mucho.

Jamie permaneció en silencio un instante mientras contemplaba el fuego.

—Me apena que nos encontremos en posturas tan opuestas, Donald —dijo por fin, levantando la mirada—. Pero usted no puede ignorar mi posición en este aspecto. Yo ya me he manifestado al respecto.

MacDonald asintió, apretando un poco los labios.

—Sé lo que ha hecho. Pero no es demasiado tarde para remediarlo. Aún no ha hecho nada que sea irrevocable... y un hombre puede, sin duda, admitir que se ha equivocado.

Jamie torció un poco la boca.

—Ah, sí, Donald. ¿Podría usted admitir su propio error, entonces, y unirse a mí en la causa por la libertad?

MacDonald se irguió.

—Tal vez le resulte divertido bromear sobre esto, señor Fraser —intervino, evidentemente controlando su temperamento—. Pero mi oferta es seria.

—Lo sé, mayor. Le pido disculpas por mi inapropiada ligereza. Y también por el hecho de que debo recompensar su esfuerzo de una manera tan poco satisfactoria, teniendo en cuenta que ha venido usted a verme con un tiempo tan aciago.

—¿Rechaza mi oferta, pues? —Unas manchas rojas ardieron en las mejillas de MacDonald, y sus ojos azul claro adquirieron el color del cielo invernal—. ¿Abandonará a sus parientes, a su propia gente? ¿Traicionará usted a su propia sangre, así como su juramento?

Jamie había abierto la boca para responder, pero se detuvo al escuchar esas palabras. Sentí que algo tenía lugar en su interior. ¿Impresión por aquella acusación categórica y precisa? ¿Vacilación? Él jamás había discutido la situación en esos términos, pero debía de haberlos considerado. La mayoría de los escoceses de las Highlands de la colonia o bien ya se habían sumado al bando leal a la Corona —como Duncan y Yocasta— o lo harían con toda probabilidad.

Su declaración lo había aislado de un gran número de amigos, y bien podría separarlo de lo que le quedaba de su familia en el Nuevo Mundo. En ese momento, MacDonald estaba enseñándole la manzana de la tentación, la llamada del clan y de la sangre.

Pero él había tenido varios años para pensar en ello, para prepararse.

—He dicho lo que debía, Donald —afirmó en voz baja—. Me he comprometido a mí mismo y a mi casa con lo que creo correcto. No puedo hacer otra cosa.

MacDonald permaneció sentado un instante, mirándolo con los ojos entornados. Luego, sin decir ni una palabra, se puso en pie y se quitó la camisa de Roger por encima de la cabeza. Tenía el torso pálido y delgado, pero en la cintura revelaba la ligera blandura de la mediana edad. Se le veían varias cicatrices blancas, marcas de heridas de bala y cortes de sable.

—No pensará usted marcharse, ¿no es cierto, mayor? ¡Hace un frío terrible y ya casi es de noche!

Me puse en pie junto a Jamie, y Roger y Bree también se incorporaron, sumando sus protestas a la mía. Pero MacDonald se había obstinado, y se limitaba a menear la cabeza, al mismo tiempo que se ponía sus propias ropas mojadas, abrochándose su chaqueta con dificultad, pues los ojales estaban rígidos a causa de la humedad.

—No aceptaré hospitalidad de un traidor, señora —dijo en voz muy baja, y luego me hizo una reverencia. Después se irguió y miró a Jamie a los ojos, de hombre a hombre—. Ya no volveremos a encontrarnos como amigos, señor Fraser —comentó—. Lo lamento.

—Entonces ojalá nunca volvamos a encontrarnos, mayor —repuso Jamie—. Yo también lo lamento.

MacDonald volvió a hacer una reverencia al resto del grupo, y se encasquetó el gorro en la cabeza. Su expresión cambió al sentir el frío húmedo del sombrero.

—¡Ah, su peluca! Un momento, mayor... Iré a buscarla.

Salí corriendo y rodeé la despensa, justo a tiempo para oír un golpe cuando algo caía en su interior. De un tirón abrí la puerta, que había dejado entreabierta en mi anterior visita, y *Adso* pasó corriendo por mi lado, con la peluca del mayor en la boca. En el interior, el armario brillaba debido a las llamas azules.

En un primer momento me pregunté cómo podría mantenerme despierta toda la noche. Finalmente, no fue nada difícil. Después de las llamaradas, ni siquiera estaba segura de que pudiera volver a dormir otra vez.

Podría haber sido mucho peor; el mayor MacDonald, a pesar de que había pasado a ser un enemigo declarado, acudió noblemente en nuestro auxilio, arrojando su capa todavía húmeda sobre la llamarada, evitando de esa manera la destrucción total de la despensa y, sin duda, de la cabaña. Pero la capa no apagó el fuego por completo, y extinguir las llamas que surgían aquí y allá había exigido bastante excitación y carreras, en el transcurso de las cuales Orrie McCallum se perdió y cayó en el pozo del horno, donde, después de muchos frenéticos minutos, lo encontró *Rollo*.

Lo sacamos de allí ileso, pero los nervios hicieron que Brianna sintiera que se le adelantaba el parto. Por suerte, en realidad, no era más que un caso de hipo bastante fuerte, provocado por la combinación de tensión nerviosa y la ingesta de cantidades excesivas de chucrut y pastel de manzanas, productos por los cuales había desarrollado un reciente antojo.

—Así que inflamable... —Jamie miró los restos carbonizados del suelo de la despensa y luego a Brianna, quien, a pesar de mi recomendación de que se tumbara, había salido a ver qué podía rescatarse de los restos humeantes. Jamie sacudió la cabeza—. Es un milagro que no hayas reducido a cenizas toda la cabaña, muchacha.

Ella emitió un «¡*hip*!» reprimido y lo miró con furia, con una mano sobre su enorme vientre.

—¿Yo? Mejor que no trates de... ¡*hip*!... echarme la... ¡*hip*!... culpa de esto. ¿Acaso fui yo quien puso la... ¡*hip*!... peluca del mayor junto al...?

—¡Buu! —gritó Roger, lanzándole una mano a la cara.

Ella soltó un alarido y le dio un manotazo. Jemmy y Aidan salieron corriendo para ver qué ocurría, y empezaron a bailar a su alrededor, gritando «¡*Buu*! ¡*Buu*!», como una pandilla de fantasmas en miniatura.

Bree, con un peligroso resplandor de rabia y diversión en los ojos, se agachó y entones recogió un puñado de nieve. En un instante, lo moldeó hasta formar una bola, que lanzó a la cabeza de su marido con una precisión mortal. Le acertó justo entre los ojos y la nieve explotó en una lluvia que dejó tanto copos blancos colgando de sus cejas como gotas de nieve derretida cayendo por sus mejillas.

—¡Eh! —dijo en tono incrédulo—. ¿Por qué has hecho eso? Yo sólo intentaba... ¡eh! —Se agachó para esquivar la siguiente, pero fue acribillado en las rodillas y la cintura por un puñado de nieve lanzado a escasa distancia por Jemmy y Aidan, que estaban completamente descontrolados.

Después de recibir con modestia nuestro agradecimiento por su ayuda (y teniendo en cuenta que ya había oscurecido del todo y comenzaba a nevar de nuevo), pudimos convencer al mayor de que aceptara la hospitalidad de la cabaña, entendiendo que era Roger, y no Jamie, quien se la ofrecía. Viendo a sus anfitriones gritando de alegría e hipando mientras se lanzaban nieve, parecía que estuviera repensándose su actitud en cuanto a cenar con un traidor, pero nos hizo una reverencia rígida como respuesta cuando Jamie y yo nos despedimos de él, y luego entró arrastrándose en la cabaña, aferrando en una mano los restos embarrados de peluca que había dejado *Adso*.

La noche estaba muy silenciosa (gracias a Dios) en el momento en que avanzamos, solos, en medio de la nevada hacia nuestra propia casa. El cielo había adoptado un tono lavanda rosáceo, y los copos flotaban a nuestro alrededor, sobrenaturales en su silencio.

La casa se cernía ante nosotros, dándonos la bienvenida, muda, a pesar de las ventanas oscuras. La nieve giraba en pequeños remolinos en el porche y se apilaba en los alféizares.

—Supongo que debe de ser más difícil que se declare un incendio si está nevando, ¿no crees?

Jamie se agachó para abrir el cerrojo de la puerta principal.

—No me importa mucho si esta casa estalla en llamas por combustión espontánea, Sassenach, siempre que pueda cenar antes.

—¿Tenías en mente una cena fría? —pregunté con expresión de duda.

—No —respondió con firmeza—. Tengo la intención de encender un gran fuego en el hogar de la cocina, freír una docena de huevos en manteca y comérmelos todos, y luego tumbarte sobre la alfombra junto al hogar y follarte hasta que... ¿Te parece bien? —preguntó, al ver mi mirada.

—¿Hasta qué? —quise saber, fascinada por su descripción de sus planes para la noche.

—Hasta que tú estalles en llamas y me lleves contigo, supongo —contestó, y se agachó, me cogió en brazos y me llevó a través del oscuro umbral.

• • •

112

El violador de juramentos

2 de febrero de 1776

Los convocó a todos y vinieron. Los jacobitas de Ardsmuir, los pescadores de Thurso y los marginales y oportunistas que habían venido a instalarse en el Cerro en el transcurso de los últimos seis años. Había convocado a los hombres y muchos de ellos acudieron solos, atravesando bosques mojados y deslizándose sobre las rocas cubiertas de musgo y los senderos embarrados. Pero también vinieron algunas esposas, curiosas, aunque se quedaron modestamente atrás, y permitieron que Claire las hiciera pasar a la casa una a una.

Los hombres permanecieron en el patio, y Jamie lo lamentó; el recuerdo de la última vez que se habían reunido allí estaba demasiado fresco en la mente de todos. Pero no había alternativa: eran demasiados para que cupieran en la casa. Además, era pleno día, no de noche, aunque él vio que más de un hombre giraba la cabeza para mirar los castaños, como si el fantasma de Thomas Christie siguiera allí, dispuesto a caminar una vez más entre la multitud.

Se santiguó y pronunció una oración apresurada, como hacía siempre que pensaba en Tom Christie; luego salió al porche. Habían estado hablando entre sí (incómodos, pero dando una imagen de tranquilidad), pero las conversaciones cesaron cuando él apareció.

—He recibido un mensaje en el que se me solicita que me traslade a Wilmington —les dijo Jamie sin preámbulos—. Me incorporaré a las milicias y llevaré conmigo a aquellos hombres que me acompañen voluntariamente.

Todos lo miraron con la boca abierta, como ovejas a las que se ha interrumpido mientras pastaban. Tuvo un momentáneo y perturbador impulso de reír, pero se le pasó al instante.

—Iremos como milicianos, pero no os ordeno que me sigáis. —En su interior, dudaba que pudiera dar órdenes a más de unos cuantos en esos momentos, aunque lo mejor era poner buena cara.

La mayoría seguía parpadeando, pero uno o dos ya empezaban a salir de su asombro.

—¿Se declara usted rebelde, Mac Dubh? —Era Murdo, bendito fuera. Leal como un perro, pero de pensamiento lento. Necesitaba que le explicaran las cosas de la manera más sencilla posible, pero una vez las entendía, se enfrentaba a ellas con una gran tenacidad.

—Sí, Murdo, en efecto. Soy rebelde. Como lo será cualquier hombre que marche conmigo.

Eso generó un buen número de murmullos y miradas de duda. Aquí y allá, entre la multitud, Jamie captó la palabra «juramento», y se preparó para la pregunta obvia.

Pero lo desconcertó quien la hizo. Arch Bug se irguió cuan largo era y se puso firme.

—Usted le ha hecho un juramento al rey, *Seaumais mac Brian* —dijo con una voz inesperadamente aguda—. Como todos nosotros.

Se oyó un murmullo de aprobación, y unos rostros se volvieron hacia él, con el ceño fruncido y una expresión de intranquilidad. Jamie tomó un aliento profundo y sintió un nudo en el estómago. Incluso en ese momento, con lo que sabía, violar la promesa que había hecho de forma pública hizo que se sintiera como si estuviera de pie sobre un peldaño inexistente.

—Es cierto —admitió—. Pero fue un juramento obligado, cuando éramos cautivos, no uno que hiciéramos como hombres de honor.

De eso no había ninguna duda; de todas formas, era un juramento, y los escoceses de las Highlands no se tomaban ningún juramento a la ligera. «Que yo muera y sea enterrado lejos de mi familia...» Juramento o no, pensó con melancolía, era probable que finalmente ése fuera el destino de todos ellos.

—Pero fue un juramento, de todas maneras, señor —repuso Hiram Crombie, y apretó con fuerza los labios—. Hemos jurado ante Dios. ¿Nos pide que olvidemos algo así? —Varios de los presbiterianos murmuraron su aprobación, acercándose a Crombie para demostrar su apoyo.

Jamie volvió a respirar hondo, y sintió que el vientre se le tensaba.

—No pido nada. —Y, sabiendo muy bien lo que hacía, y despreciándose a sí mismo por hacerlo, volvió a recurrir a las antiguas armas de la retórica y el idealismo—. He dicho que el juramento de lealtad al rey fue un juramento arrancado. Esa clase de juramento no tiene poder alguno, puesto que ningún hombre jura libremente a menos que él mismo sea libre.

Nadie gritó expresando desacuerdo, de modo que continuó, proyectando la voz pero sin dar voces.

—Vosotros conocéis la Declaración de Arbroath, ¿verdad? Hace cuatrocientos años, nuestros padres, nuestros abuelos, pusieron la mano sobre estas palabras: «[...] puesto que, mientras cien de nosotros sigamos vivos, jamás, bajo ninguna condición, permaneceremos sujetos al dominio inglés». —Se detuvo para controlar su voz, y prosiguió—. «En verdad, no es por la gloria, ni por la riqueza, ni por el honor que combatimos, sino por la libertad [...] sólo por eso, a lo que ningún hombre honrado renuncia si sigue con vida.»

En ese instante se detuvo. No por el efecto que estaba causando a los hombres a los que hablaba, sino por las palabras mismas... puesto que, al pronunciarlas, se había encontrado de improviso cara a cara ante su propia conciencia.

Hasta ese momento había albergado dudas sobre las justificaciones de la revolución, y todavía más sobre sus fines; se había visto obligado a unirse a la causa rebelde por lo que le habían dicho Claire, Brianna y Roger Mac. Pero al pronunciar aquellas palabras tan antiguas, encontró la convicción que pensaba que fingía tener, y se dio cuenta de que ciertamente iría a combatir por algo más que por el bienestar de su propia gente.

«Y, por último, terminaréis igual de muertos —pensó, resignado—. No esperaba que al saber que es por una buena causa resultara menos doloroso... pero tal vez sí.»

—Partiré dentro de una semana —dijo en voz baja, y los dejó atrás, contemplándolos.

Había esperado que sus hombres de Ardsmuir lo acompañaran: los tres hermanos Lindsay, Hugh Abernathy, Padraic MacNeill y el resto. A quienes no esperaba, pero se alegró de recibirlos a su lado, fueron Robin McGillivray y su hijo Manfred.

Al parecer, Ute McGillivray lo había perdonado, pensó, sintiéndose divertido. Junto a Robin y Freddie, habían acudido quince hombres de las proximidades de Salem, todos parientes de la temible *Frau*.

Pero la gran sorpresa fue Hiram Crombie, el único de los pescadores que había decidido sumarse a él.

—He orado sobre este asunto —le informó Hiram, consiguiendo mostrarse más piadosamente agrio de lo habitual—, y creo que tiene usted razón sobre el juramento. Supongo que logrará que nos cuelguen y que quemen nuestros hogares... pero, de todas maneras, iré.

Los demás, con muchos murmullos y un agitado debate, habían decidido lo contrario. No los culpó. Después de haber sobrevivido a las consecuencias de Culloden, la peligrosa travesía hasta las colonias y las adversidades del exilio, lo último que cualquier persona sensata desearía hacer era alzarse en armas contra el rey.

Pero la mayor sorpresa lo aguardaba cuando su pequeña compañía salió cabalgando de Coopersville y cogió el camino que se dirigía al sur.

Alrededor de cuarenta hombres estaban esperando en la encrucijada. Jamie se acercó con cuidado, y uno de ellos salió de entre la multitud y se le acercó: era Richard Brown. Estaba pálido y sombrío.

—Me he enterado de que irá a Wilmington —dijo Brown sin preámbulos—. Si está de acuerdo, mis hombres y yo cabalgaremos con usted. —Tosió y añadió—: A sus órdenes, desde luego.

Detrás de él oyó un pequeño «¡ejem!» de Claire, y reprimió una sonrisa. Era bastante consciente de la multitud de ojos entornados sobre su espalda. Miró a Roger Mac y su yerno le hizo un pequeño gesto de asentimiento. La guerra creaba extraños compañeros de cama; Roger Mac lo sabía tan bien como él. En cuanto a él, había peleado con gente peor que Brown durante el Alzamiento.

—Bienvenidos, pues —afirmó, e inclinó la cabeza sobre su montura—. Usted y sus hombres.

Nos encontramos con otra compañía de milicianos cerca de un lugar llamado Moore's Creek, y acampamos junto a ellos bajo los pinos de hojas largas. El día anterior había caído una fuerte tormenta de hielo y el suelo estaba lleno de ramas caídas, algunas tan gruesas como mi cintura. Eso hacía difícil la travesía, pero tenía sus ventajas a la hora de hacer fogatas.

Yo estaba echando un gran número de ingredientes, que había reunido a toda prisa, al caldero para preparar un guiso (restos de jamón con huesos, judías, arroz, cebollas, zanahorias y galletas rancias rotas), y escuchando al comandante de la otra milicia, Robert Borthy, que estaba hablándole a Jamie (con considerable ligereza) del estado del Regimiento de Emigrantes de las Highlands, nombre con el que se conocía formalmente a nuestros adversarios.

—No pueden ser más de quinientos o seiscientos en total —decía con un desdén burlón—. El viejo MacDonald y sus edecanes llevan varios meses tratando de reclutarlos en el campo, y supongo que el esfuerzo debe de haber sido similar a recoger agua con un colador.

En una ocasión, Alexander McLean, uno de los edecanes del general, había establecido un punto de encuentro y había convocado allí a todos los escoceses de las Highlands y a los inmigrantes de ascendencia escocesa e irlandesa, proporcionando astutamente una cuba de alcohol como incentivo. Se habían presentado unos quinientos hombres, pero, apenas dieron cuenta del alcohol, volvieron a esfumarse, dejando a McLean solo y del todo perdido.

—El pobre hombre vagabundeó durante casi dos días, buscando el camino, hasta que alguien se compadeció de él y lo llevó de regreso a la civilización. —Borthy, un provinciano campechano con una espesa barba castaña, sonrió al explicar la historia, y aceptó una jarra de cerveza, agradecido, antes de continuar.

»Dios sabe dónde está el resto. He oído que las tropas del viejo MacDonald son, en su mayor parte, emigrantes recién llegados; el gobernador les hizo jurar que tomarían las armas para defender la colonia antes de adjudicarles tierras. La mayoría de esos pobres acaban de bajar del barco de Escocia; no pueden distinguir el norte del sur, y mucho menos dónde están.

—Ah, yo sé dónde están, aunque ellos no lo sepan. —Ian entró en el círculo de luz de la hoguera, mugriento pero alegre. Había estado llevando mensajes entre distintas compañías de milicianos que convergerían sobre Wilmington, y su declaración provocó un gran interés.

—¿Dónde? —Richard Brown se inclinó sobre la luz de la hoguera, con una expresión de interés.

—Vienen por el camino de Negro Head Point, marchando como un auténtico regimiento —dijo Ian, desplomándose, con un pequeño gruñido, en un tronco que le habían ofrecido—. ¿Hay algo caliente para beber, tía? Estoy congelado y muerto de sed, las dos cosas.

Había un desagradable líquido oscuro al que llamábamos «café», por ponerle algún nombre, y que habíamos preparado hirviendo bellotas quemadas. Con una expresión de duda, le serví una taza, pero él se la tomó con claras muestras de gozo, relatando, mientras tanto, los resultados de sus expediciones.

—Tenían la intención de avanzar describiendo un círculo hacia el oeste, pero los hombres del coronel Howe llegaron antes y les cortaron el paso. De modo que continuaron a campo través, con la esperanza de cruzar el vado... pero el coronel Moore hizo avanzar a sus hombres a marchas forzadas durante toda la noche para adelantarse.

—¿No intentaron enfrentarse ni a Howe ni a Moore? —preguntó Jamie, frunciendo el ceño. Ian sacudió la cabeza y se bebió de un trago el resto de su café de bellotas.

—Ni siquiera se acercaron. El coronel Moore dice que no tienen intención de combatir hasta que lleguen a Wilmington; allí esperan refuerzos.

Intercambié una mirada con Jamie. Los refuerzos esperados eran presumiblemente las tropas regulares británicas prometidas por el general Gage. Pero un jinete de Brunswick con quien nos habíamos encontrado un día antes nos había dicho que no había llegado ningún barco cuando él salió de la costa, cuatro días antes. Si recibían algún refuerzo, tendría que venir de parte de los leales a la Corona locales y, a juzgar por los rumores e informes que habíamos oído hasta entonces, éstos eran pocos y débiles.

—Bueno. Entonces están encerrados por ambos lados, ¿no? Sólo pueden avanzar en línea recta por la carretera; podrían llegar al puente mañana a última hora.

—¿A qué distancia se encuentra, Ian? —preguntó Jamie mientras observaba con los ojos entornados el panorama de pinos de hoja larga. Eran árboles muy altos, y la pradera que los rodeaba era muy abierta, muy apropiada para cabalgar.

—Tal vez a medio día de cabalgata.

—Bueno. —Jamie se relajó un poco y estiró la mano para coger su taza del terrible brebaje—. Entonces tenemos tiempo para dormir un poco.

Alcanzamos el puente de Moore's Creek al mediodía siguiente, y nos unimos a la compañía comandada por Richard Caswell, que saludó a Jamie con gran regocijo.

El regimiento de las Highlands no estaba a la vista, pero llegaban partes regulares que informaban de su constante avance por el camino de Negro Head Point, una vía ancha para carruajes que llegaba directamente al sólido puente de madera que cruzaba el arroyo de la viuda Moore.

Jamie, Caswell y algunos de los otros comandantes estaban caminando de un lado a otro por la ribera, señalando el puente y los extremos de la orilla. El arroyo atravesaba un terreno traicionero y pantanoso, con cipreses que se extendían desde el agua y el barro. Pero se hacía más profundo a medida que se estrechaba; según la plomada que un alma curiosa dejó caer al agua desde el puente, tenía cuatro metros y medio de profundidad en ese punto, y el puente era el único lugar por donde era posible que lo cruzara un ejército de ese tamaño.

Lo que en gran medida explicaba el silencio de Jamie durante de la cena. Él había ayudado a construir un pequeño terraplén al otro lado del arroyo, y tenía las manos manchadas de tierra... y grasa.

—Tienen cañones —dijo en voz baja, al ver cómo yo examinaba las manchas de sus manos. Se las limpió con un aire ausente en los pantalones, lo que empeoró la situación—. Dos pequeños, de la ciudad... pero cañones, en cualquier caso. —Miró hacia el puente e hizo una ligera mueca.

Yo sabía qué estaba pensando... y por qué.

«Usted estaba detrás de los cañones en Culloden, Donald —le había dicho al mayor—. Yo estaba delante. Con una espada en la mano.» Las espadas eran las armas naturales de los escoceses de las Highlands y, para la mayoría, tal vez las únicas de las que disponían. Por lo que sabíamos, el general MacDonald había logrado reunir tan sólo una escasa cantidad de mosquetes y pólvora; la mayor parte de sus tropas iba armada con sables y *targes*, los escudos escoceses de combate. Y marchaban directamente hacia una emboscada.

—Dios mío —dijo Jamie, en tono tan bajo que apenas pude oírlo—. Pobres tontos. Pobres valientes.

Las cosas empeoraron todavía más (o tal vez mejoraron, siempre según el punto de vista) cuando cayó el crepúsculo. Las temperaturas habían ascendido desde la tormenta de hielo, pero el terreno estaba empapado; durante el día había humedad, pero al anochecer se condensaba en una niebla tan espesa que incluso las fogatas apenas eran visibles, cada una de ellas brillando como una brasa oscura en la bruma.

La excitación pasaba entre los milicianos como una fiebre provocada por los mosquitos, a medida que las nuevas condiciones atmosféricas daban lugar a nuevos planes.

—Ahora —dijo Ian en voz baja, surgiendo como un fantasma entre la niebla junto a Jamie—. Caswell está listo.

Ya habíamos guardado todas las provisiones que teníamos: habíamos cargado armas, pólvora y alimentos. Ochocientos hombres, junto con una cantidad imprecisa de seguidores, como yo misma, avanzamos en silencio a través de la bruma en dirección al puente, dejando atrás las fogatas encendidas.

No estaba segura de dónde se encontraban en ese preciso instante las tropas del general MacDonald; podrían haberse quedado en la carretera, o tal vez se habían desviado, acercándose al borde del pantano para efectuar un reconocimiento. «En ese caso, buena suerte para ellos», pensé. Tenía el estómago contraído por la tensión cuando avancé por el puente; andar de puntillas era una estupidez, pero me sentía reticente a pisar con firmeza... La niebla y el silencio parecían crear la necesidad de secreto y movimientos furtivos.

Me golpeé un dedo del pie con una tabla irregular y me abalancé hacia delante, pero Roger, que caminaba a mi lado, me agarró del brazo y me levantó. Le apreté el brazo y él sonrió un poco, con el rostro apenas visible en la bruma, aunque estaba a no más de treinta centímetros.

Él sabía lo que ocurriría tan bien como Jamie y el resto. De todas formas, percibí en él una fuerte excitación, mezclada con temor. Después de todo, aquélla sería su primera batalla.

Al otro lado, nos dispersamos para establecer nuevos campamentos en las colinas sobre el terraplén circular que los hombres habían construido a menos de cien metros del arroyo. Pasé lo bastante cerca de los cañones como para ver sus alargados hocicos asomando a través de la niebla. Los hombres llamaban a los dos cañones Madre Covington y su hija; me pregunté cuál sería cuál, y quién habría sido la madre Covington original. Supuse que una dama temible o, probablemente, la propietaria del burdel local.

Fue fácil encontrar leña; la tormenta de hielo también había llegado a los pinos cerca del arroyo. Pero, por otro lado, estaba muy húmeda, y yo no estaba dispuesta a pasarme una hora de rodillas con la caja de la yesca. Por suerte, con la niebla nadie podía ver lo que estaba haciendo y, a hurtadillas, saqué una pequeña lata de las cerillas de Brianna de mi bolsillo.

Mientras soplaba las maderitas, oí una serie de chirridos extraños y desgarradores procedentes del puente, y me enderecé, mirando colina abajo. No pude ver nada, pero casi de inmediato me di cuenta de que era el sonido de clavos cediendo cuando arrancaban las tablas; estaban desmontando el puente.

Me pareció que había transcurrido mucho tiempo cuando Jamie vino a buscarme. Rechazó la comida, pero se sentó apoyado en un árbol y me indicó con un gesto que me acercase. Me senté entre sus rodillas y me recosté contra su pecho, agradeciendo su calor; la noche era fría, con una humedad que se te metía dentro y enfriaba la médula de los huesos.

—Verán que el puente no está, ¿verdad? —pregunté, tras un largo silencio dominado por los innumerables ruidos provenientes de los hombres que trabajaban más abajo.

—Si la niebla dura hasta la mañana, no; y así será. —Jamie parecía resignado, pero también más tranquilo que antes.

Permanecimos juntos en silencio durante un instante, observando el juego de las llamas en la niebla; era una visión inquietante, ya que parecía que el fuego titilara y se fundiera con la bruma; las llamas adquirían altura de una manera extraña y desaparecían en un remolino blanco.

—¿Crees en fantasmas, Sassenach? —preguntó Jamie de pronto.

—Eh... bueno, podríamos decir que sí —dije. Él sabía que yo creía en ellos, porque le había explicado mi encuentro con el indio que llevaba la cara pintada de negro. Yo sabía que él también; después de todo, era un escocés de las Highlands—. ¿Por qué? ¿Has visto alguno?

Negó con la cabeza mientras me abrazaba con más fuerza.

—Yo no diría que lo he «visto» —respondió, pensativo—. Pero, maldita sea, estoy seguro de que está por aquí.

—¿Quién? —pregunté, bastante sorprendida al oír sus palabras.

—Murtagh —dijo, con lo que me quedé todavía más asombrada. Se movió para acomodarse, y me recolocó junto a él—. Desde que cayó la niebla, he tenido la peculiar sensación de que se encontraba justo a mi lado.

—¿En serio?

La idea era fascinante, pero al mismo tiempo hacía que me sintiera muy inquieta. Murtagh, el padrino de Jamie, había muerto en Culloden y —por lo que yo sabía— no se había manifestado desde entonces. No dudaba de su presencia; Murtagh había tenido una personalidad extremadamente fuerte —aunque adusta—, y si Jamie decía que estaba allí, era probable que estuviera en lo cierto. Lo que me inquietaba era el motivo de esa presencia.

Me concentré un rato, pero por mi parte no tuve ninguna percepción de aquel pequeño y aguerrido escocés. Era evidente que sólo estaba interesado en Jamie, y eso me asustó.

Si bien la del día siguiente era previsible, una batalla era una batalla, y también podrían morir hombres del bando ganador. Murtagh había sido el padrino de Jamie, y se tomaba muy en serio sus obligaciones hacia su ahijado. Esperé sinceramente que no hubiera recibido la noticia de que Jamie estaba a punto de morir, y que se hubiera presentado para llevarlo al cielo; las visiones en la víspera de una batalla eran bastante habituales en la tradición de las Highlands, pero Jamie dijo que no había visto a Murtagh. Supuse que eso ya era algo.

—Él... eh... no te ha dicho nada, ¿verdad?

Jamie negó con la cabeza, bastante impávido ante la fantasmal visita.

—No, sólo... está ahí.

De hecho, daba la impresión de que esa «presencia» lo reconfortaba, de modo que no manifesté mis propias dudas y temores. Aun así, los tenía, y pasé el resto de aquella breve noche apretada con fuerza a mi marido, como desafiando a Murtagh o a cualquier otro para que no me lo quitara.

113

Los fantasmas de Culloden

Al amanecer, Roger se encontraba detrás del terraplén junto a su suegro, mosquete en mano, forzando la vista para atisbar en la niebla. Pudo oír el sonido de un ejército con mucha claridad, transportado por la bruma: el avance medido de unos pasos, aunque no marchaban al unísono; el tintineo del metal y el crujido de la ropa; voces y los gritos de los oficiales, que empezaban a concentrar las tropas.

A esas alturas ya habrían encontrado las hogueras abandonadas; sabrían que el enemigo estaba al otro lado del arroyo.

En el aire flotaba un intenso aroma a sebo; los hombres de Alexander Lillington habían engrasado las maderas de apoyo, después de retirar las tablas. Sintió que llevaba horas aferrando su arma y, sin embargo, el metal seguía frío en su mano; tenía los dedos rígidos.

—¿Has oído los gritos? —Jamie hizo un gesto en dirección a la niebla que ocultaba la otra orilla. El viento había cambiado; de detrás de los fantasmales troncos de los cipreses no le llegaban más que frases inconexas en gaélico que yo no podía descifrar. Jamie, sí.

—El que los dirige... creo que es McLeod, por la voz... piensa lanzarse sobre el arroyo —dijo.

—Pero ¡eso es un suicidio! —exclamó Roger—. Seguramente lo saben... sin duda alguien habrá visto el puente, ¿no?

—Son escoceses de las Highlands —respondió Jamie, sin levantar la voz, con los ojos en la baqueta que había corrido de su soporte—. Seguirán al hombre a quien han jurado lealtad, incluso aunque los conduzca a la muerte.

Ian estaba cerca; miró con rapidez en dirección a Roger y, a continuación, por encima del hombro, allí donde Kenny y Murdo Lindsay se habían ubicado junto a Ronnie Sinclair y a los McGillivray. Formaban un grupo relajado, pero cada mano tocaba un mosquete o un rifle, y sus ojos volvían a Jamie cada pocos segundos.

Se habían sumado a este lado del arroyo a la tropa del coronel Lillington. Éste iba de un lado a otro entre los hombres, recorriéndolos con la mirada, evaluando su nivel de preparación.

Se detuvo de repente al ver a Jamie, y Roger sintió una punzada de nerviosismo en la boca del estómago. Randall Lillington era primo segundo del coronel.

Alexander Lillington no era del tipo de hombres que ocultan lo que piensan; era evidente que se había dado cuenta de que sus propios hombres estaban a más de diez metros de distancia y que los de Jamie estaban en el medio. Sus ojos se clavaron en la bruma, donde a los gritos de Donald McLeod respondían rugidos cada vez más fuertes de los escoceses de las Highlands que lo acompañaban; luego volvió a mirar a Jamie.

—¿Qué dice? —exigió saber, poniéndose de puntillas y mirando la otra orilla con el entrecejo fruncido, como si la concentración pudiera ayudarlo a comprender.

—Les está diciendo que los valientes triunfarán. —Jamie echó una mirada a la cresta de la elevación que tenía a su espalda. El hocico largo y negro de Madre Covington era apenas visible entre la neblina. «Que así sea», añadió en gaélico y en voz baja.

De pronto, Alexander Lillington agarró la muñeca a Jamie.

—¿Y qué hay de usted, señor? —preguntó, con una sospecha evidente en los ojos y la voz—. ¿No es usted también de las Highlands?

La otra mano de Lillington estaba sobre la pistola, que se encontraba en su cinturón. Roger advirtió que se interrumpían las conversaciones esporádicas entre los hombres que tenía a su espalda y miró hacia atrás. Todos los hombres de Jamie estaban observando con una expresión de gran interés, pero no particularmente alarmados. Era evidente que sabían que Jamie podía arreglárselas solo con Lillington.

—Se lo pregunto, señor: ¿a quién es usted leal?

—¿Dónde estoy, señor? —respondió Jamie con una meditada cortesía—. ¿De este lado del arroyo, o de aquél?

Unos pocos hombres esbozaron una sonrisa al oírlo, pero no rieron; la lealtad seguía siendo un tema sensible, y ninguno de ellos deseaba arriesgarse de manera innecesaria.

Lillington relajó el apretón de la muñeca, pero no la soltó, aunque aceptó la declaración de Jamie con un gesto.

—De acuerdo. Pero ¿cómo sabemos que no piensa darse la vuelta y atacarnos a nosotros durante la batalla? Usted es de las Highlands, ¿no? ¿Y sus hombres?

—Soy un escocés de las Highlands —afirmó Jamie en tono sombrío. Volvió a mirar una vez más la otra orilla, donde podía verse algún que otro tartán entre la neblina; luego dirigió la vista hacia atrás. Los gritos resonaban en la niebla—. Y también soy padre de americanos. —Tiró de la muñeca y la liberó del apretón de Lillington—. Y le doy permiso, señor —prosiguió en tono firme, levantando su rifle y apoyándolo sobre la culata—, para que se ponga detrás de mí y me atraviese el corazón con su espada si yerro el tiro.

Con esas palabras, le dio la espalda a Lillington y cargó su arma, introduciendo en ella la bala y la pólvora con gran precisión.

Una voz gritó entre la niebla y cien gargantas más repitieron el grito en gaélico:

—¡POR EL REY JORGE Y LOS SABLES!

La última carga de las Highlands había comenzado.

De pronto, salieron de la bruma a unos treinta metros del puente, lanzando alaridos, y a Jamie el corazón le dio un vuelco en el pecho. Durante un instante —tan sólo un instante—, sintió que corría con ellos y el viento de la carrera golpeó en su camisa, frío contra su cuerpo.

Pero permaneció inmóvil, con Murtagh a su lado, contemplando todo cínicamente. Roger Mac tosió, y Jamie levantó el rifle hasta la altura del hombro, esperando.

—¡Fuego!

La andanada los alcanzó justo antes de que llegaran al puente desguazado; media docena de ellos cayeron en el camino, pero los otros siguieron avanzando. Entonces los cañones dispararon desde lo alto de la colina, primero uno y luego el otro, y sintió la sacudida de su descarga como un empujón en la espalda.

Él había disparado en la primera andanada, apuntando por encima de sus cabezas. Pero ahora bajó el rifle y tiró de la baqueta. Hubo alaridos en ambos bandos; los chillidos de los heridos y el alarido más fuerte de la batalla.

—*A righ*! *A righ*! —«¡El rey! ¡El rey!»

McLeod estaba en el puente; le habían herido. Había sangre en su casaca, sin embargo blandió la espada y el escudo, y corrió hacia el puente, donde clavó la espada en la madera para sostenerse.

Los cañones volvieron a hablar, pero apuntaron demasiado alto; la mayoría de los montañeses se habían apiñado en la orilla del arroyo; había algunos en el agua, agarrándose de los pilotes del puente, avanzando centímetro a centímetro. Había más sobre los soportes, deslizándose, usando las espadas del mismo modo que McLeod, para mantener el equilibrio.

—¡Fuego! —Jamie disparó, y el humo de la pólvora se mezcló con la niebla.

Los cañones se habían alineado mejor y hablaban uno tras otro; él sintió que la onda expansiva lo empujaba, como si el disparo lo hubiera atravesado. La mayoría de los que estaban en el puente habían caído al agua; otros se extendían cuan largos eran sobre los soportes, tratando de avanzar a rastras, pero eran alcanzados por los mosquetes, que cada hombre disparaba a voluntad desde su reducto.

Cargó y disparó.

«Allí está», dijo una voz desapasionada; no sabía si era la suya o la de Murtagh. McLeod estaba muerto; su cuerpo flotó en el arroyo durante un instante antes de que el peso del agua negra lo tragara. Había muchos hombres debatiéndose en esas aguas; el arroyo era profundo en esa parte, y mortalmente frío. Pocos escoceses de las Highlands sabían nadar.

Jamie pudo ver a Allan McDonald, el marido de Flora, pálido, contemplando a la muchedumbre en la orilla.

El mayor McDonald luchaba para mantenerse a flote en el agua. Había perdido la peluca y se le veía la cabeza descubierta y herida, con la sangre fluyendo desde el cuero cabelludo hasta la cara. Tenía los dientes apretados, aunque no se podía decir si era de dolor o de ferocidad. Otro disparo lo alcanzó y él cayó, salpicando agua... pero volvió a levantarse, muy lentamente, y luego se lanzó hacia delante, a una zona donde el agua era demasiado profunda para mantenerse en pie. Aun así, se levantó una vez más, dando frenéticos manotazos, rociando sangre desde su boca destruida, en un esfuerzo por respirar.

«Hazlo tú, muchacho», dijo la voz desapasionada. Él levantó el rifle y acertó limpiamente en la garganta a McDonald, que cayó hacia atrás y se sumergió de inmediato.

Todo terminó unos cuantos minutos después; la niebla era espesa debido al humo de la pólvora, y el negro arroyo estaba repleto de moribundos y muertos.

—¿Así que el rey Jorge y los sables? —preguntó Caswell, evaluando los daños con una expresión sombría—. Sables contra cañones. Pobres bastardos.

Al otro lado, todo era confusión. Los que no habían caído en el puente estaban huyendo. De este lado, ya había hombres con maderas para reparar el puente. Los que habían huido no llegarían lejos.

Él también debería ir, lanzar a sus hombres en la persecución. Pero permaneció de pie, como si se hubiera convertido en piedra, con el viento frío silbándole en los oídos.

Jack Randall permaneció inmóvil. Tenía la espada en la mano, pero no hizo esfuerzo alguno para alzarla. Simplemente se quedó allí, con aquella extraña sonrisa en los labios, y sus oscuros ojos ardiendo, fijos en los de Jamie.

Si éste hubiera podido apartar la mirada... pero no pudo, y por eso captó el movimiento detrás de Randall. Murtagh, corriendo, estaba saltando entre las matas de hierba como una oveja. Y el brillo de la espada de su padrino... ¿Lo había visto, o tan sólo imaginado? No importaba; lo había sabido sin duda alguna al oír el percutor del arma de Murtagh, y había visto, antes de que tuviera lugar, el golpe asesino sobre la espalda cubierta de rojo del capitán.

Pero Randall giró, tal vez advertido por algún cambio en sus ojos, por el ruido de la respiración de Murtagh... o tan sólo por sus instintos de soldado. Demasiado tarde para evitar el golpe, pero lo bastante pronto como para impedir que la daga alcanzara su objetivo fatal, los riñones. Randall lanzó un gemido al recibir el golpe —Santo Dios, él pudo oírlo— y se echó hacia un lado, tambaleándose, pero giró al caer, le agarró la muñeca a Murtagh y lo arrastró hacia abajo en una lluvia de rocío procedente de la aliaga sobre la que ambos cayeron.

Habían rodado juntos hasta una hondonada, entrelazados, luchando, y él se había abalanzado a través de las pegajosas plantas para perseguirlos con un arma en la mano (¿qué, qué era lo que blandía?).

Pero la sensación táctil de esa arma se desvaneció contra su piel; sintió el peso de esa cosa en la mano, pero no captaba ninguna silueta de una empuñadura o un gatillo que lo ayudara a recordar, y luego volvió a esfumarse.

Lo dejó con esa única imagen: Murtagh. Murtagh, con los dientes apretados y al descubierto al asestar el golpe. Murtagh corriendo para salvarlo.

Poco a poco fue cobrando conciencia de dónde se encontraba. Había una mano en su brazo; Roger Mac, con la cara blanca como el papel, pero firme.

—Voy a ocuparme de ellos —dijo señalando el arroyo con un mínimo movimiento de cabeza—. ¿Te encuentras bien?

—Sí, por supuesto —respondió Jamie, aunque con la misma sensación con la que despertaba de un sueño, como si no fuera del todo real.

Roger Mac asintió y se dio la vuelta para marcharse. Pero de pronto se volvió hacia él y, después de ponerle la mano sobre el brazo, le susurró: «*Ego te absolvo.*» Entonces se volvió y fue a atender a los moribundos y a bendecir a los muertos.

DECIMOSEGUNDA PARTE

El tiempo no será nuestro para siempre

114

Amanda

DE *L'OIGNON-INTELLIGENCER,*
15 DE MAYO DE 1776
¡INDEPENDENCIA!

Después de la famosa victoria en el puente de Moore's Creek, el IV Congreso Provincial de Carolina del Norte ha decidido adoptar las Resoluciones de Halifax. Éstas autorizan a los delegados al Congreso Continental a coincidir con los delegados de las otras colonias en la Declaración de Independencia y en el establecimiento de alianzas extranjeras, reservándose esta colonia el derecho exclusivo y privativo de redactar una constitución y leyes para esta colonia y, mediante la aprobación de las Resoluciones de Halifax, Carolina del Norte se ha convertido en la primera colonia en refrendar oficialmente la independencia.

EL PRIMER BUQUE de una flota comandada por sir Peter Parker llegó a la desembocadura del río de Cape Fear el 18 de abril. La flota está compuesta por nueve embarcaciones en total, y transporta tropas británicas con el objeto de pacificar y unir a la colonia, según las palabras del gobernador Josiah Martin.

ROBO: Bienes por la cantidad de veintiséis libras, diez chelines y cuatro peniques en total han sido sustraídos del almacén del señor Gerald Forbes en Water Street. Unos ladrones practicaron un agujero en la parte trasera del establecimiento durante la noche del 12 de mayo, y se llevaron los bienes en un carro. Dos hombres, uno blanco y uno negro, fueron vistos alejándose de allí en un carromato impulsado por un tiro de mulas de color castaño. Cualquier información respecto a este atroz crimen será generosamente recompensada. Diríjanse a W. Jones, encargado del Gull and Oyster en la plaza del Mercado.

NACIMIENTO: Del capitán Roger MacKenzie, del Cerro de Fraser, y su señora, nació una niña el 21 de abril. Se informa de que la recién nacida y su madre gozan de buena salud, y la niña ha sido bautizada como Amanda Claire Hope MacKenzie.

Roger nunca se había sentido tan aterrorizado como cuando le pusieron en los brazos por primera vez a su hija recién nacida. Apenas tenía unos minutos de vida, su piel era tierna y perfecta como la de una orquídea y tan delicada que tuvo miedo de dejarle marcadas las huellas dactilares, pero era tan bonita que tuvo que tocarla, y pasó su nudillo con suavidad por la curva perfecta de su mejilla pequeña y regordeta, mientras acariciaba la sedosa y negra telaraña de su pelo con un incrédulo dedo índice.

—Se parece a ti. —Brianna, sudorosa, desaliñada, deshinchada y tan hermosa que apenas soportaba mirarla, estaba tumbada sobre las almohadas con una sonrisa de oreja a oreja que nunca desaparecía por completo, aunque de vez en cuando se aflojaba por el cansancio.

—¿Sí?

Él estudió la diminuta cara con una concentración total. No buscaba ninguna señal de su parecido; simplemente, no podía dejar de mirarla.

Había llegado a conocerla de forma íntima, en el transcurso de los meses en los que los golpes y las patadas lo despertaban, en los que observó el abultamiento líquido del vientre de Brianna, en los que sentía bajo sus manos cómo la pequeña subía y bajaba cuando él estaba acostado detrás de su esposa, aferrándole la barriga y bromeando.

No obstante, él la había llamado el Pequeño Otto, el nombre secreto que habían usado para el bebé que aún no había nacido. Otto tenía una personalidad marcada y, por un instante, sintió una ridícula punzada de pérdida al darse cuenta de que Otto se había ido. Aquel diminuto y exquisito ser era alguien del todo nuevo.

—¿Te parece que tiene cara de Marjorie? —Bree levantaba la cabeza, asomándose hacia el bulto envuelto por las mantas.

Habían debatido sobre el nombre durante meses, haciendo listas, discutiendo, burlándose de las elecciones del otro y eligiendo nombres ridículos como Montgomery o Agatha. Por fin, provisionalmente, habían decidido que, si era varón, el nombre sería Michael; si era niña, Marjorie, por la madre de Roger.

Su hija abrió los ojos de improviso y lo miró. Eran rasgados; se preguntó si seguirían así, como los de su madre. Una especie de azul suave medio, como el cielo a media mañana; nada notable a primera vista, pero cuando uno los miraba directamente... era algo vasto, sin límites.

—No —dijo en voz baja, mirando aquellos ojos. Se preguntó si ella podría verlo—. No —repitió—. Su nombre es Amanda.

Yo no había dicho nada al principio. Era algo habitual con los recién nacidos, en especial los bebés que habían nacido un poco prematuros, como era el caso de Amanda; nada de que preocuparse.

El conducto arterial, o *ductus arteriosus*, es un pequeño vaso sanguíneo que en el feto conecta la aorta con la arteria pulmonar. Los bebés tienen pulmones, desde luego, pero antes del nacimiento no los utilizan: todo el oxígeno que reciben procede de la placenta, a través del cordón umbilical. Por tanto, no es necesario que circule sangre hasta los pulmones, salvo para alimentar al tejido que está desarrollándose; y, de ese modo, el conducto arterial permite que la sangre no pase por los pulmones.

Pero al nacer, el bebé realiza su primera inspiración, y los sensores de oxígeno de este pequeño vaso sanguíneo hacen que se contraiga y se cierre de manera permanente. Con el conducto arterial cerrado, la sangre se dirige del corazón a los pulmones, recoge oxígeno y regresa para ser bombeada al resto del organismo. Un sistema ordenado y elegante, salvo que no siempre funciona de la manera adecuada.

El conducto arterial no siempre se cierra. Si continúa abierto, la sangre sigue fluyendo a los pulmones, desde luego, pero el desvío sigue presente. En algunos casos, pasa demasiada sangre a los pulmones y los inunda. Los pulmones se hinchan, se congestionan, y cuando la sangre desviada fluye hasta el organismo, hay problemas con la oxigenación... que pueden resultar graves.

Pasé el estetoscopio por el diminuto pecho, apretando la oreja, escuchando con atención. Era mi mejor estetoscopio, un modelo del siglo XIX llamado Pinard, que consistía en una campana con un disco plano en un extremo, contra el que tenía apretado el oído. Me habían construido uno de madera; éste era de peltre: Brianna lo había moldeado con una lija.

En realidad, el murmullo era tan claro, que me pareció que casi no necesitaba estetoscopio. No era un chasquido, ni un latido fuera de lugar; tampoco una pausa demasiado larga o el silbido de un agujero; había unos cuantos sonidos inusuales que un corazón podía hacer, y la auscultación era el primer paso del diagnóstico. Defectos de las aurículas, defectos ventriculares, válvulas deformadas; todos producen murmullos específicos: algunos que se presentan entre los latidos y otros que se mezclan con los sonidos propios del corazón.

Cuando el conducto arterial no se cierra, se denomina «patente»: abierto. Un conducto arterial patente emite un murmullo continuo, suave, pero audible con cierta concentración, en particular, en las regiones supraclavicular y cervical.

Por enésima vez en dos días, me agaché, con la oreja apretada contra el Pinard mientras lo pasaba por el cuello y el pecho de Amanda, esperando, contra toda esperanza, que el sonido hubiera desaparecido.

Pero no.

—Gira la cabeza, cariño, sí, muy bien...

Respiré y le giré la cabecita delicadamente hacia el otro lado, con el Pinard a un lado del cuello. Era difícil introducir el estetoscopio en aquel cuello tan pequeñito y regordete... allí estaba. El murmullo se incrementó. Amanda emitió un pequeño ruido susurrante que parecía una risita. Le giré la cabeza hacia el otro lado... el sonido se redujo.

—Por todos los diablos —dije en voz baja para no asustarla.

Hice a un lado el Pinard y la cogí, acunándola contra mi hombro. Estábamos solas; Brianna había subido a mi habitación a echarse una siesta, y todos los demás habían salido.

La llevé a la ventana de la consulta y miré hacia fuera; en la montaña hacía un día hermoso y primaveral. Los chochines habían vuelto a anidar bajo el alero; podía oírlos sobre mí, susurrando con sus palitos y conversando con su piar suave y nítido.

—Pájaro —dije, acercando los labios a su pequeña oreja—. Pájaro ruidoso.

Ella se agitó, somnolienta, y se tiró un pedo como respuesta.

—Correcto —afirmé, sonriendo a pesar de mí misma. La sostuve un poco hacia fuera, para poder mirarle la cara; adorable, perfecta, pero no tan regordeta como cuando había nacido, una semana antes.

Pensé que, al principio, era bastante normal que los bebés perdieran un poco de peso. Sí que lo era.

Un conducto arterial patente puede no presentar síntoma alguno, más allá de ese murmullo extraño y continuado. Pero hay casos en los que sí los hay. Si es grave, el bebé se ve privado del oxígeno que necesita; los principales síntomas son pulmonares: jadeos, respiración superficial y rápida, mal color y un desarrollo interrumpido, debido a la energía utilizada en el esfuerzo por obtener oxígeno suficiente.

—Deja que la abuela vuelva a auscultarte —dije, colocándola sobre el edredón que había extendido en la mesa de la consulta.

Ella gorjeó y pateó cuando levanté el Pinard y volví a ponérselo en el pecho, pasándoselo por el cuello, el hombro, el brazo...

—Jesús —susurré, cerrando los ojos—. Por favor, que no sea grave. —Pero parecía que el sonido del murmullo se hacía más fuerte, ahogando mis plegarias.

Abrí los ojos y me encontré con Brianna, de pie en el umbral.

—Sabía que algo iba mal —dijo con voz firme, limpiando el trasero de Mandy con un paño húmedo antes de volver a ponerle los pañales—. No toma el pecho como lo hacía Jemmy. Actúa como si tuviera hambre, pero mama sólo durante unos minutos, antes de quedarse dormida. Entonces se despierta y vuelve a hacer alboroto unos pocos minutos después.

Se sentó y le ofreció un pecho a Mandy, para mostrar la dificultad. En efecto, el bebé se abalanzó sobre él como si estuviera muriéndose de hambre. Mientras ella le daba de mamar, alcé uno de sus minúsculos puños y le separé los dedos. Las uñas tenían una débil coloración azulada.

—Entonces —afirmó Brianna con calma—, ¿qué ocurrirá ahora?

—No lo sé. —A decir verdad, ésa era la respuesta habitual en la mayoría de los casos... pero siempre resultaba poco satisfactoria y, evidentemente, ocurría lo mismo en este caso—. A veces no hay síntomas, o sólo muy leves —dije, tratando de arreglarlo—. Si la abertura es muy grande, y te encuentras con síntomas pulmonares... y ése es el caso... entonces... podría estar bien, sólo que no se desarrolla... no crece como es debido, por las dificultades de alimentación. En otros casos... —inspiré hondo, preparándome—, podría tener un fallo cardíaco. O hipertensión pulmonar... es decir, presión sanguínea muy elevada en los pulmones...

—Sé lo que es —repuso Bree muy tensa—. ¿O?

—O endocarditis infecciosa. O... no.

—¿Morirá? —me preguntó sin rodeos, levantando la mirada hacia mí. Tenía la mandíbula apretada, pero vi la forma en la que sujetaba a Amanda, esperando una respuesta. No podía decirle otra cosa que la verdad.

—Probablemente. —La horrible palabra quedó suspendida entre nosotras—. No puedo saberlo con seguridad, pero...

—Probablemente —repitió Brianna, y yo asentí, volviéndome, incapaz de mirarla a los ojos.

Sin maquinaria moderna como los aparatos de ecografía, no podía conocer la gravedad del problema. Pero tenía no sólo la evidencia de mis ojos y mis oídos, sino lo que había sentido pasar de su piel a la mía, esa sensación de que algo va mal, esa inquietante convicción que aparece de vez en cuando.

—¿Puedes curarla? —Oí el temblor en la voz de Brianna, y me acerqué de inmediato a rodearla con los brazos. Tenía la cabeza inclinada sobre Amanda, y vi cómo caían sus lágrimas, una, luego la otra, oscureciendo los ralos rizos en la coronilla de la cabeza del bebé.

—No —susurré, abrazándolas a las dos. Me sentí presa de la desesperación, pero la abracé con más fuerza, como si pudiera mantener el tiempo y la sangre a raya—. No, no puedo.

—Bueno, no hay alternativa, ¿verdad? —Roger sintió una tranquilidad sobrenatural, que reconoció como aquella calma artificial producida por la conmoción, pero deseó aferrarse a ella el mayor tiempo posible—. Tienes que ir.

Brianna lo miró fijamente, pero no respondió. Su mano se movió por encima del bebé, que dormía en su regazo, alisando la manta de lana una y otra vez.

Claire se lo había explicado todo, más de una vez, con paciencia, al darse cuenta de que él no podía aceptarlo. Seguía sin creerlo, pero la visión de aquellas uñas diminutas volviéndose azules mientras Amanda se esforzaba por chupar se había clavado en él como las garras de una lechuza.

Según le había dicho ella, era una operación sencilla... en un quirófano moderno.

—¿No puedes...? —le había preguntado, con un vago gesto hacia la consulta—. ¿Con éter?

Claire había cerrado los ojos y había negado con la cabeza, sintiéndose casi tan enferma como él.

—No. Puedo operar cosas muy simples: hernias, apéndices, amígdalas, e incluso en esos casos hay riesgos. Pero algo tan invasivo, en un cuerpo tan pequeñito... no —repitió, y él vio la resignación en su rostro cuando la miró a los ojos—. No. Si quieres que viva... tienes que llevarla de regreso.

De modo que habían comenzado a discutir lo impensable. Porque había elecciones... y decisiones que tomar. Pero la realidad básica inalterable estaba clara. Amanda debía pasar a través de las piedras... si podía.

Jamie Fraser cogió el anillo de rubíes de su padre y lo sostuvo sobre la cara de su nieta. Los ojos de Amanda se clavaron en él de inmediato, y sacó la lengua con interés. Él sonrió, a pesar de la pesadez que sentía en su corazón, y bajó el anillo para que ella lo cogiera.

—Parece que éste le gusta bastante —dijo, quitándoselo de su apretón antes de que pudiera metérselo en la boca—. Probemos con el otro.

El otro era el amuleto de Claire; la diminuta y maltrecha bolsa de cuero que le había dado una india sabia unos cuantos años antes. Contenía varias cosas; hierbas, pensó él, y plumas, y tal vez los diminutos huesos de un murciélago. Pero entre todo aquello había una piedra; su aspecto no era muy atractivo, pero era una gema verdadera, un zafiro sin pulir.

Amanda giró la cabeza de inmediato, más interesada en la bolsa de lo que lo había estado en el anillo brillante. Hizo ruiditos como arrullos y agitó con fuerza ambas manos, tratando de alcanzarlo.

Brianna tomó aliento, de una manera profunda pero algo estrangulada.

—Puede ser —afirmó con tanto temor como esperanza—. Pero no podemos saberlo con seguridad. ¿Y si... la llevo, y logro pasar, pero ella no?

Todos se miraron entre sí en silencio, imaginando esa posibilidad.

—Regresarías —rezongó Roger, y puso una mano sobre el hombro de Bree—. Regresarías directamente.

La tensión del cuerpo de Brianna se alivió un poco con su contacto.

—Lo intentaría —dijo Bree, y trató de sonreír.

Jamie se aclaró la garganta.

—¿El pequeño Jem está por aquí?

Por supuesto que sí; ya no se alejaba mucho de la casa o de Brianna esos días; al parecer, presentía que algo iba mal. Fueron a buscarlo al despacho de Jamie, donde había estado deletreando palabras en...

—¡Santo Dios! —exclamó su abuela, quitándole el libro—. ¡Jamie! ¿Cómo has podido?

Jamie sintió que empezaba a sonrojarse rápidamente. ¿Cómo había podido, por cierto? Había cogido ese maltrecho ejemplar de *Fanny Hill* de cubierta blanda, parte de un paquete de libros usados que le había comprado a un hojalatero. No había mirado los libros antes de comprarlos, y cuando les echó una ojeada... Bueno, iba contra sus principios tirar un libro... cualquier libro.

—¿Qué es F-A-L-O? —estaba preguntándole Jemmy a su padre.

—Otra palabra para polla —dijo Roger con rapidez—. No se te ocurra usarla. Escucha... ¿puedes oír algo cuando escuchas esa piedra? —Le señaló el anillo de Jamie que estaba sobre la mesa. La cara de Jem se iluminó al verlo.

—Claro —contestó.

—¿Cómo, desde ahí? —preguntó Brianna incrédula. Jem miró al círculo que formaban sus padres y sus abuelos, sorprendido por su interés.

—Claro —repitió—. Canta.

—¿Crees que la pequeña Mandy también puede oírlo? —preguntó Jamie con cuidado. El corazón le latía con fuerza, temeroso de saber, en cualquiera de los casos.

Jemmy cogió el anillo y se inclinó sobre la cesta de Mandy, sosteniéndolo directamente delante de su cara. Ella pateó con energía e hizo ruidos... pero ¿sería por el anillo, o sólo por ver a su hermano...?

—Puede oírlo —dijo Jem, sonriéndole a su hermana.

—¿Cómo lo sabes? —preguntó Claire con curiosidad. Jem la miró sorprendido.

—Me lo ha dicho ella.

No había nada decidido. Y, al mismo tiempo, todo estaba decidido. Yo no tenía dudas sobre lo que mis oídos y mis dedos me decían; Amanda estaba empeorando poco a poco. Muy lentamente; tal vez tendrían que transcurrir uno o dos años hasta que empezaran a resultar evidentes algunos daños graves, pero iban a ocurrir.

Jem podía tener razón; o tal vez no. Pero teníamos que actuar en sentido positivo.

Hubo discusiones, debates... lágrimas. Aún no se había tomado ninguna decisión sobre quién debía intentar el viaje a través de las piedras. Brianna y Amanda debían hacerlo, eso era evidente. Pero ¿debía acompañarlas Roger? ¿O Jemmy?

—No te dejaré ir sin mí —dijo Roger entre dientes.

—¡No quiero ir sin ti! —gritó Bree exasperada—. Pero ¿cómo podemos dejar aquí a Jemmy, sin nosotros? ¿Y cómo podemos obligarlo a que vaya? Un bebé... creemos que puede funcionar, por las leyendas, pero Jem... ¿cómo sobrevivirá? ¡No podemos arriesgarnos a que muera!

Miré las piedras sobre la mesa; el anillo de Jamie, mi bolsa con el zafiro.

—Creo que tenemos que encontrar dos piedras más —dije con cuidado—. Sólo por si acaso.

Y a finales de junio, bajamos de la montaña hacia el caos.

115

Hurgándose la nariz

4 de julio de 1776

El aire estaba viciado y caliente en la habitación de la posada, pero no podía salir; la pequeña Amanda por fin había conseguido dormirse (la pobre tenía un sarpullido en el trasero) y estaba acurrucada en su cesta, con su diminuto pulgar metido en la boca y el ceño fruncido.

Desplegué el mosquitero de gasa y cubrí con cuidado la cesta con él; luego abrí la ventana. El aire exterior también era cálido, pero puro, y se movía. Me quité la cofia; cuando no la llevaba puesta, a Mandy le gustaba agarrarme el pelo con ambas manos y tirar de él; tenía una fuerza sorprendente para ser una niña con un problema en el corazón. Por millonésima vez, me pregunté si podría haberme equivocado.

Pero no. Estaba dormida, con el delicado rubor rosado de un bebé saludable en las mejillas; cuando se despertaba y empezaba a patalear, ese suave rubor se desvanecía, y entonces aparecía, de vez en cuando, un hermoso tinte azul en los labios y en la base de las uñas. Todavía tenía bastante energía, pero seguía siendo muy pequeña. Bree y Roger eran personas de gran tamaño; Jemmy había aumentado muchísimo de peso en el transcurso de los primeros años de vida. El peso de Mandy era casi idéntico al que tenía al nacer.

No, no me equivocaba. Acerqué la cesta a la mesa, donde corría una suave brisa, y me senté a su lado, poniendo los dedos con delicadeza sobre su pecho.

Lo podía sentir. Igual que al principio, pero más fuerte, porque sabía de qué se trataba. Si hubiera dispuesto de un quirófano adecuado, de sangre para transfusiones, de una anestesia calibrada y administrada con cuidado, de una mascarilla de oxígeno, de enfermeras hábiles y entrenadas... Ninguna cirugía cardíaca era leve, y operar a un bebé siempre era un enorme riesgo... pero habría sido capaz de hacerlo. Podía sentir en las yemas de los dedos exactamente lo que había que hacer, podía ver en el fondo de mis ojos el corazón, más pequeño que mi puño, el músculo resbaladizo, latente y gomoso, y la sangre recorriendo el conducto arterial, un vaso pequeño, de unos tres milímetros de radio. Un pequeño corte en el vaso axilar, una rápida ligadura del propio conducto con una sutura de seda del número 8... y listo.

Lo sabía. Pero, ay, el conocimiento no siempre es poder. Ni tampoco lo es el deseo. No sería yo quien salvara a mi preciosa nieta.

Me pregunté si alguien podría hacerlo, cediendo momentáneamente a los oscuros pensamientos que luchaba por mantener a raya cuando había alguien cerca. Tal vez Jemmy se equivocara. Cualquier bebé sería capaz de agarrar una cosita brillante y de colores intensos como un anillo de rubíes, pero entonces recordé los ruiditos que había hecho y cómo había agitado las manos para coger mi decrépita bolsa de cuero con amuletos y el zafiro sin pulir en su interior.

Tal vez. No quería pensar en los peligros del pasaje, o en la certeza de una separación permanente, sin importar si el viaje a través de las piedras tenía éxito o no.

Había ruidos fuera; miré hacia el puerto y divisé los mástiles de una gran embarcación a lo lejos, en el mar. Y otra, todavía más lejos. Mi corazón se saltó un latido.

Eran barcos aptos para atravesar el océano, no los pequeños paquebotes y barcas pesqueras que navegaban a lo largo de la costa, mar arriba y mar abajo. ¿Serían parte de la flota enviada como respuesta a los ruegos del gobernador Martin para reprimir, someter y recuperar la colonia? El primer barco de aquella flota había llegado a Cape Fear a finales de abril, pero las tropas que transportaba habían permanecido allí, esperando a sus compañeros.

Seguí mirando un rato más, pero los barcos no se acercaron. ¿Estarían esperando al resto de la flota? También era posible que, después de todo, no fueran buques británicos, sino americanos, que eludían el bloqueo inglés a Nueva Inglaterra, navegando hacia el sur.

El sonido de pisadas de hombres acompañado de bufidos y de unas risotadas típicamente escocesas, tan difíciles de describir y que sonaban como «¡*Heuch, heuch, heuch*!», me distrajo de mis pensamientos.

Era evidente que se trataba de Jamie e Ian, aunque no podía comprender qué motivaba semejante hilaridad. La última vez que los había visto se dirigían hacia los muelles con un cargamento de hojas de tabaco para intercambiarlo por pimienta, sal, azúcar, canela (si era posible) y alfileres (aún más raros que la canela) para la señora Bug, y para conseguir algún pescado grande o alguna otra cosa comestible para la cena.

Como mínimo, ya tenían el pescado, una caballa de gran tamaño. Jamie la llevaba de la cola, y era obvio que lo que la había envuelto antes se había perdido en alguna clase de accidente. Llevaba la coleta deshecha, de modo que largos mechones de cabello pelirrojo asomaban por los hombros de su abrigo, que, a su vez, había perdido media manga, y un pliegue de su camisa blanca asomaba por la costura desgarrada. Estaba cubierto de polvo, al igual que el pescado y, aunque éste miraba con unos ojos saltones y acusadores, un ojo de Jamie estaba hinchado y casi cerrado.

—Oh, Dios mío —dije, cubriéndome la cara con una mano. Lo miré a través de los dedos separados—. No me lo digas. ¿Gerald Forbes?

—No —respondió, dejando caer el pescado con un golpe sobre la mesa delante de mí—. Una pequeña diferencia de opiniones con la Sociedad de Preparación del Pescado de Wilmington.

—Una diferencia de opiniones —repetí.

—Sí, ellos creían que nos arrojarían al agua y nosotros pensábamos que no.

Hizo girar una silla con la bota y se sentó en ella al revés, con los brazos cruzados sobre el respaldo. Estaba indecentemente contento, con la cara sonrojada por el sol y la risa.

—No quiero saberlo —dije, aunque, por supuesto, sí quería.

Miré a Ian, que continuaba riéndose en silencio y para sí mismo, y advertí que, aunque estaba algo menos maltrecho que Jamie, tenía un dedo índice metido en la nariz hasta el nudillo.

—¿Te sangra la nariz, Ian?

Sacudió la cabeza, todavía riéndose.

—No, tía. Pero a algunos de la sociedad, sí.

—Bueno, entonces, ¿por qué tienes el dedo metido en la nariz? ¿Te ha entrado una garrapata o algo así?

—No, es para que no se le salga el cerebro —dijo Jamie, y tuvo otro ataque de risa. Eché un vistazo al cesto, pero Mandy seguía durmiendo tranquila, bastante acostumbrada al alboroto.

—Bueno, en ese caso, tal vez lo mejor sería que te metieras los dos dedos —sugerí—. Te mantendría a salvo, como mínimo, durante uno o dos instantes. —Le levanté el mentón a Jamie para mirarle el ojo con más tranquilidad—. Le has golpeado a alguien con ese pescado, ¿verdad?

Las risas se habían apagado hasta convertirse en una vibración subterránea entre ellos, pero cuando dije eso amenazaron con estallar de nuevo.

—A Gilbert Butler —contestó Jamie, haciendo un esfuerzo tremendo para controlarse—. Lo he abofeteado en la cara. Lo he hecho salir volando hasta el otro lado del muelle y ha caído directamente al agua.

Ian sacudió los hombros con un éxtasis producido por el recuerdo.

—¡Por santa Brígida, menudo chapuzón! ¡Ah, ha sido una buena pelea, tía! Pensaba que me había roto la mano contra la mandíbula de un tipo, pero ahora que ha recuperado el color, veo que está bien. Sólo está un poco entumecida y tengo un ligero hormigueo. —Ian movió un poco los dedos libres de su mano a modo de ejemplo, parpadeando un poco al hacerlo.

—Sácate el dedo de la nariz, Ian —dije, mientras mi nerviosismo por su estado se convertía en disgusto por la forma en la que lo habían adquirido—. Pareces subnormal.

Por alguna razón, eso les pareció a ambos divertido en extremo, y se echaron a reír como idiotas. Ian, sin embargo, terminó sacando el dedo, con una expresión de cautela y recelo, como si esperara en serio que sus sesos aparecieran a continuación. Pero no salió nada, ni siquiera las desagradables y habituales secreciones que eran habituales tras semejante maniobra.

Ian parecía desconcertado, y luego adoptó una ligera expresión de alarma. Olfateó, tanteándose la nariz como experimento, y entonces volvió a meterse el dedo en el orificio nasal, hurgando vigorosamente.

Jamie seguía sonriendo, pero su diversión comenzó a desvanecerse cuando las exploraciones de Ian se volvieron más frenéticas.

—¿Qué? No lo habrás perdido, ¿verdad, muchacho?

Ian negó con la cabeza, frunciendo el ceño.

—No, lo siento. Está... —Se detuvo, y miró a Jamie con una expresión de pánico por encima del dedo introducido—. ¡Está atascado, tío Jamie! ¡No puedo sacarlo!

Jamie se puso en pie de inmediato. Le sacó el dedo de su sitio con un chasquido húmedo y luego le echó hacia atrás la cabeza, mirándole la nariz con el ojo sano, bastante nervioso.

—Trae una luz, Sassenach, ¿quieres?

Había un candelabro sobre la mesa, pero yo sabía por experiencia que el único efecto probable de usar una vela para mirar por la nariz de alguien era terminar prendiéndole fuego a los pelos. En cambio, me agaché y saqué mi botiquín de debajo del banco, donde lo había guardado.

—Yo me ocupo —dije, con la seguridad de alguien que ha sacado desde huesos de cereza hasta insectos vivos de las cavidades nasales de niños pequeños. Extraje mi par más largo de pinzas finas, y junté con un chasquido las delgadas hojas para tranquilizarlos—. Sea lo que sea, quédate quieto, Ian.

Ian abrió mucho los ojos durante un breve instante de alarma cuando vio el brillante metal de las pinzas, y luego lanzó una mirada de súplica a Jamie.

—Espera. Tengo una idea mejor. —Jamie me puso una mano tranquilizadora sobre el brazo durante un instante, y desapareció por la puerta. Bajó corriendo la escalera y oí una repentina explosión de carcajadas desde abajo en cuanto se abrió la puerta del bar. El sonido se interrumpió de repente cuando se cerró, igual que la válvula de un grifo.

—¿Te encuentras bien, Ian? —Tenía una mancha roja en el labio superior; la nariz le estaba empezando a sangrar, ya que había empeorado a causa de los toques y los empujones.

—Bueno, eso espero, tía. —Cierta preocupación comenzaba a reemplazar al júbilo inicial—. No es posible empujarlo hasta el cerebro, ¿verdad?

—Me parece muy poco probable. ¿Qué demonios...?

Pero la puerta de abajo se había abierto y se había vuelto a cerrar, trayendo por la escalera otro breve alboroto de conversaciones y risas. Jamie subió los escalones de dos en dos y entró en la habitación oliendo a pan caliente y cerveza. Sostenía una pequeña y gastada caja de rapé en la mano.

Ian la agarró con gratitud y, después de verter rápidamente una pizca de granos negros y polvorientos en el dorso de la mano, se apresuró a inhalarlo.

Durante un instante, los tres contuvimos la respiración, y entonces se produjo un estornudo de proporciones colosales que balanceó con tanta fuerza el cuerpo de Ian que lo hizo caer en su asiento, al mismo tiempo que su cabeza se inclinaba hacia delante y un objeto pequeño y duro golpeaba contra la mesa con un ¡*ping*! y rebotaba en el suelo de la chimenea.

Ian siguió estornudando, en una descarga de desafortunados resoplidos y explosiones, pero Jamie y yo ya estábamos de rodillas rebuscando entre las cenizas, sin prestar atención a la suciedad.

—¡Lo tengo! Creo —añadí, sentándome sobre los talones y examinando el puñado de cenizas que tenía en la mano, en medio de las cuales había un objeto pequeño, redondo y cubierto de polvo.

—Sí, es eso.

Jamie cogió mis pinzas, me quitó el objeto de la mano con delicadeza y lo soltó dentro de mi vaso de agua. Una suave columna de ceniza y hollín ascendió flotando por el agua y formó una película de polvo gris en la superficie. Más abajo, el objeto brilló, sereno y resplandeciente, para mostrar su belleza. Una piedra clara y tallada, del color de una cereza dorada y la mitad del tamaño de mi pulgar.

—Crisoberilo —afirmó Jamie en voz baja, con una mano en mi espalda. Miró la cesta de Mandy, con sus sedosos rizos negros levantándose suavemente con la brisa—. ¿Crees que servirá?

Ian, todavía jadeando y con los ojos llenos de lágrimas, y con un pañuelo manchado de rojo apretado contra su maltrecha nariz, se acercó a mirar.

—Conque subnormal, ¿eh? —dijo con una profunda satisfacción—. ¡Ja!

—¿De dónde habéis sacado eso? O, mejor dicho —me corregí—, ¿a quién se lo habéis robado?

—A Gerald Forbes. —Jamie levantó la gema y la hizo girar con delicadeza entre los dedos—. Los de la Sociedad de Preparación del Pescado eran muchos más que nosotros, de modo que hemos corrido por las calles, hemos doblado la esquina y nos hemos metido en los almacenes.

—Yo sabía cuál era el almacén de Forbes, porque había estado allí antes —intervino Ian. Uno de los pies de Mandy sobresalía del cesto; le tocó la planta con la punta de un dedo y sonrió al ver que sus deditos se extendían como acto reflejo—. Había un gran agujero en la pared de atrás, que alguien había practicado antes y que luego apenas habían cubierto con una lona clavada. De modo que la hemos arrancado y hemos entrado.

Y se habían encontrado justo al lado del pequeño recinto cerrado que Forbes utilizaba como oficina y que, en ese instante, estaba vacío.

—Esto estaba en una cajita sobre el escritorio —dijo Ian, acercándose a mirar el crisoberilo con actitud de propietario—. ¡Allí mismo! Sólo la había cogido para mirarla, cuando hemos oído que venía el guardia. Entonces... —Se encogió de hombros y me sonrió. La felicidad transformó momentáneamente sus rasgos feúchos.

—¿Y crees que el guardia no le dirá que habéis estado allí? —pregunté con escepticismo. Pocos hombres serían más fáciles de reconocer que Jamie e Ian.

—Ah, sí, supongo que lo hará. —Jamie se inclinó sobre la cesta de Mandy, sosteniendo el crisoberilo entre el pulgar y el dedo índice—. Mira lo que el abuelo y el tío Ian te han traído, *a muirninn* —afirmó en voz baja.

—Hemos decidido que era una recompensa bastante pequeña por lo que le hizo a Brianna —declaró Ian, un poco más sereno—. Supongo que al señor Forbes también le parecerá razonable. Y si no... —Volvió a sonreír, aunque no de felicidad, y se llevó la mano al cuchillo—. Todavía le queda una oreja, después de todo.

Lentamente, un puño diminuto se alzó a través del mosquitero, con los dedos flexionándose para coger la piedra.

—¿Sigue dormida? —susurré. Jamie asintió, y con mucha delicadeza retiró la piedra.

Al otro lado de la mesa, el pescado contemplaba el techo con actitud austera, sin prestar atención a lo que sucedía en la habitación.

116

El noveno conde de Ellesmere

9 de julio de 1776

—El agua estará fría.

Brianna había hablado de forma automática, sin pensar.

—No creo que eso importe mucho. —Un nervio saltó en la mejilla de Roger, y éste apartó la cara bruscamente.

Ella estiró la mano y lo tocó con delicadeza, como si se tratara de una bomba que pudiera explotar si se agitaba. Él la miró, titubeó y luego cogió la mano que le ofrecía con una sonrisa pequeña y torcida.

—Lo siento —dijo.

—Yo también lo siento —respondió ella en voz baja. Permanecieron muy juntos, con los dedos entrelazados, observando la marea que descendía en la estrecha playa, dejando al descubierto un centímetro con cada movimiento de las diminutas olas.

Las marismas estaban grises y oscuras con la luz del anochecer, llenas de guijarros y manchas de óxido, a causa de las aguas turbosas del río. Como había bajado la marea, el agua del puerto era marrón y turbia; la mancha llegaba hasta más allá de los barcos anclados, casi hasta mar abierto. Cuando la marea cambiara, entraría el agua gris clara del océano y arrasaría Cape Fear, haciendo desaparecer las marismas y todo lo que había en ellas.

—Allí —dijo ella, todavía en voz baja, aunque no había nadie suficientemente cerca como para oírlos. Inclinó la cabeza, señalando a un grupo de gastados postes de amarras profundamente hundidos en el barro. Había un esquife amarrado a uno de ellos; dos botes de cuatro remos, de los que recorrían el muelle, a otro.

—¿Estás segura? —Él cambió de pie su peso y miró a un lado y a otro de la orilla.

La estrecha playa se extendía hasta una zona de fríos guijarros que la marea había dejado al descubierto, brillantes. Unos pequeños cangrejos los recorrían a toda velocidad, para no perder ni un momento en su recolección.

—Estoy segura. En el Blue Boar hablaban de ello. Un viajero preguntó dónde y la señora Smoots dijo que era en el viejo amarradero, cerca de los almacenes.

Había una platija destrozada entre las rocas, con su blanca carne limpia y exangüe. Las pequeñas y ocupadas pinzas cogían y desgarraban, las diminutas fauces se abrían y tragaban, bocado tras bocado. Brianna sintió náuseas al verlo y tragó saliva con fuerza. No importaba lo que ocurriera después; lo sabía. Pero aun así...

Roger asintió con un gesto distraído. Entornó los ojos para protegerse del viento del puerto, calculando las distancias.

—Supongo que habrá una multitud bastante grande.

Así era; faltaba al menos una hora para que cambiara la marea, pero la gente se acercaba al puerto en grupos de dos, tres y cuatro, resguardándose detrás de la fábrica de velas para fumar sus pipas, sentada en los toneles de sal y pescado, hablando y gesticulando. La señora Smoots tenía razón; algunos señalaban los postes del amarradero a aquellas personas que sabían menos.

Roger sacudió la cabeza.

—Tendrá que ser en aquel lado; la mejor vista es desde aquí. —Roger abarcó con un gesto la curva interior del puerto y los tres barcos que se balanceaban en el muelle principal—. ¿Desde uno de los barcos? ¿Qué crees?

Brianna rebuscó en la bolsa que llevaba atada a la cintura y sacó su pequeño catalejo de bronce. Frunció el ceño, en un gesto de concentración, examinando los barcos con los labios bien cerrados; un queche de pesca, el bergantín del señor Chester y una embarcación más grande, parte de la flota británica, que había llegado a primera hora de la tarde.

—¡Vaya por Dios! —exclamó ella, deteniendo su mirada cuando la pálida mancha de una cabeza llenó la lente—. ¿Ése es quien yo creo que es?... ¡Caramba, sí! —Una diminuta llama de deleite ardió en su pecho, calentándolo.

—¿Quién? —Roger entornó los ojos, tratando de ver.

—¡Es John! ¡Lord John!

—¿Lord John Grey? ¿Estás segura?

—¡Sí! En el bergantín... debe de haber venido desde Virginia. Ah, ya se ha ido... Pero ¡está ahí, lo he visto! —Se volvió hacia Roger emocionada, plegando su catalejo mientras lo agarraba del brazo—. ¡Vamos! Vayamos a buscarlo. Él nos ayudará.

Roger la siguió, aunque con bastante menos entusiasmo.

—¿Vas a decírselo? ¿Crees que es una buena idea?

—No, pero no importa. Él me conoce.

Roger le clavó la mirada, pero la oscura expresión de su rostro se convirtió en una sonrisa vacilante.

—¿Quieres decir que sabe que no le conviene tratar de detenerte cuando estás haciendo lo que sea que te empeñes en hacer?

Ella le devolvió la sonrisa, dándole las gracias con los ojos. A Roger no le gustaba (de hecho, lo odiaba, y ella no lo culpaba), pero tampoco intentaría detenerla. Él también la conocía.

—Sí. ¡Vamos, antes de que desaparezca!

Fue un trayecto lento por la curva del puerto, abriéndose paso entre los grupos de personas que se habían acercado a mirar el espectáculo. Más allá de los rompientes había mucha más gente. Muchos casacas rojas estaban de pie o sentados de manera desordenada sobre el pavimento, con bolsos y cofres esparcidos a su alrededor, en un número demasiado grande como para que cupieran en la taberna. Jarras de cerveza y pintas de sidra pasaban de mano en mano desde el interior del bar, derramándose libremente sobre las cabezas por encima de las cuales circulaban.

Un sargento, estresado, pero competente, estaba apoyado en la pared de madera de la posada, hojeando un montón de papeles, emitiendo órdenes y comiendo un pastel de carne, todo al mismo tiempo. Brianna arrugó la nariz cuando avanzaron con cuidado entre todos aquellos hombres y sus equipajes; un hedor de vómitos y cuerpos sin lavar ascendía desde las abigarradas filas.

Unos cuantos curiosos murmuraron entre dientes al ver a los soldados; muchos más lanzaron gritos de apoyo y los saludaron al pasar, y recibieron exclamaciones cordiales como respuesta. Recién liberados de los intestinos del *Scorpion*, los soldados estaban demasiado excitados con su libertad y el sabor de la comida y la bebida como para preocuparse por lo que les decían o quiénes lo decían.

Roger avanzó delante de ella, abriéndose paso entre la multitud con hombros y codos. Los soldados dieron gritos y silbidos de admiración cuando la vieron, pero Brianna mantuvo la cabeza inclinada, con los ojos clavados en los pies de Roger mientras él seguía empujando.

Soltó un suspiro de alivio cuando salieron de entre la multitud en la cabecera del muelle. Al otro extremo estaban descargando la impedimenta de los soldados del *Scorpion*, pero había poco tráfico peatonal cerca del bergantín. Roger hizo una pausa, mirando a un lado y a otro, para tratar de ubicar la notable cabeza rubia de lord John.

—¡Allí está! —Roger le tiró del brazo, y ella giró en la dirección que le señalaba, pero sólo consiguió chocar con fuerza contra él cuando se echó hacia atrás de improviso.

—¿Qué...? —comenzó a decir irritada, pero luego se detuvo como si le hubieran dado un golpe en el pecho.

—En el nombre de Dios, ¿quién es ése? —Roger habló en voz baja, repitiendo sus pensamientos.

Lord John Grey estaba cerca del otro extremo del muelle, en animada conversación con uno de los casacas rojas. Era un oficial; los dorados galones brillaban en su hombro y llevaba un tricornio con adornos de encaje bajo un brazo. Pero no era el uniforme de aquel hombre lo que le había llamado la atención.

—Por los clavos de Roosevelt —susurró, sintiendo los labios entumecidos.

Era alto, muy alto, con una amplitud de hombros y unas piernas largas, con medias blancas hasta los tobillos, que atraían las miradas de admiración de un grupo de vendedoras de ostras. Pero fue algo más que su altura o su complexión lo que hizo que se le pusiera la carne de gallina a lo largo de la columna vertebral; era su porte, su figura, sus movimientos de cabeza y su aire de seguridad física lo que llamaba la atención con la fuerza de un imán.

—Es papá —dijo ella, sabiendo que lo que decía era ridículo.

Incluso si por alguna razón inimaginable Jamie Fraser hubiese decidido disfrazarse con el uniforme de un soldado y bajar hasta los muelles, ese hombre era diferente. Cuando se volvió a mirar algo al otro lado del puerto, lo supo con seguridad; si bien era ágil como su padre, e igual de musculoso, todavía conservaba la delgadez de la juventud. También era elegante, como Jamie, pero se movía con una ligera vacilación y la torpeza características de una adolescencia que no hacía mucho que había dejado atrás.

Él giró un poco más, iluminado desde atrás por el brillo del sol en el agua, y ella sintió que se le aflojaban las rodillas. Una nariz larga y recta, que llegaba hasta una frente alta... la repentina curva de un amplio pómulo vikingo... Roger la agarró con fuerza del brazo, pero su atención estaba tan centrada en el joven como la de Brianna.

—Que... me... lleve... el... diablo —dijo.

Ella tragó una bocanada de aire, tratando de respirar mejor.

—A ti y a mí, a los dos. Y a él.

—¿A él?

—¡A él, a él, y a él! —exclamó, refiriéndose a lord John, al misterioso joven soldado y, más que nada, a su padre—. Vamos. —Se soltó y caminó por el muelle, sintiéndose extrañamente incorpórea, como si se viera a sí misma desde la distancia.

Era como acercarse a un espejo de un parque de atracciones, viéndose transportada (su rostro, su altura, sus gestos) de repente al interior de una casaca roja y unos pantalones de ante. Él tenía el cabello castaño oscuro, no rojo, pero era tupido como el de ella, con el mismo ondeado suave, el mismo remolino que le salía de las cejas.

Lord John giró un poco la cabeza y la vio. Los ojos se le salieron de las órbitas y una expresión de horror le blanqueó los rasgos. Hizo un débil movimiento con la mano, como para impedir que se acercara, pero lo mismo le habría valido tratar de parar un tren expreso.

—¡Hola! —dijo Brianna en tono alegre—. ¡Qué casualidad encontrarte aquí!

Lord John lanzó un débil graznido, como el de un pato al que acabaran de pisar, pero ella no estaba prestándole atención. El joven se volvió hacia ella, con una sonrisa cordial.

«Santo Dios, también tiene los ojos de su padre.» Era tan joven que la piel que los rodeaba era fresca y clara, sin ninguna arruga, pero eran los mismos ojos azules de los Fraser, rasgados como los de un gato y de pestañas oscuras. Iguales que los suyos.

El corazón le latía con tanta fuerza que estaba segura de que podrían oírlo. Pero, al parecer, el joven no notó nada raro; le hizo una reverencia, sonriendo pero muy correcto.

—A sus órdenes, señora —dijo. Miró a lord John, claramente esperando las presentaciones.

Lord John se recompuso con evidente esfuerzo y la saludó.

—Querida, qué... alegría volver a verte. No tenía idea...

«Ya, apuesto a que no», pensó ella, pero siguió sonriéndole de buen grado. Pudo sentir a Roger a su lado, asintiendo y diciendo algo como respuesta al saludo de lord John, haciendo todo lo posible por no mirar con fijeza al joven.

—Mi hijo —estaba diciendo lord John—. William, lord Ellesmere. —La miró con los ojos entornados, como desafiándola a decir algo—. ¿Me permites que te presente al señor Roger MacKenzie, William? Y a su esposa.

—Señor. Señora MacKenzie. —El joven le cogió la mano antes de que ella se diera cuenta de sus intenciones, se inclinó profundamente y le dio un beso pequeño y formal en los nudillos.

Ella estuvo a punto de lanzar un grito ante el inesperado roce del aliento sobre su piel, pero en cambio le apretó la mano, con mucha más fuerza de lo que deseaba. Él pareció desconcertado durante un instante, aunque logró soltarse con bastante elegancia. Era mucho más joven de lo que ella había supuesto a primera vista; el uniforme y su actitud resuelta y segura hacían que pareciera mayor. Él la observó con el ceño ligeramente fruncido en sus facciones perfectas, como si tratara de ubicarla.

—Creo... —titubeó—. ¿Nos hemos visto antes, señora MacKenzie?

—No —contestó ella, sorprendida al oír que su propia voz sonaba normal—, me temo que no. Lo recordaría. —Lanzó una mirada afilada a lord John, que empezaba a ponerse un poco verde.

Pero lord John también había sido soldado. Recobró la compostura con un esfuerzo visible y puso una mano sobre el brazo de William.

—Será mejor que vayas a ver a tus hombres, William —le dijo—. ¿Quieres que cenemos juntos más tarde?

—He quedado para cenar con el coronel, papá —respondió William—. Pero estoy seguro de que no pondrás reparos a que se sume. Aunque será bastante tarde —añadió—. Tengo entendido que habrá una ejecución por la mañana, y me han ordenado que tenga las tropas listas, por si se produce algún disturbio en la ciudad. Me llevará un poco de tiempo instalarme y organizarlo todo.

—Disturbio. —Lord John la observaba por encima del hombro de William—. Entonces, ¿se esperan disturbios?

William se encogió de hombros.

—No podría decirlo, papá. Al parecer, no es una cuestión política, sino sólo un pirata. No creo que haya problemas.

—En estos días, todo es una cuestión política, Willie —repuso su padre con aspereza—. No lo olvides. Y siempre es más inteligente suponer que habrá problemas que encontrarse con ellos sin estar preparado.

El joven se sonrojó ligeramente, pero mantuvo la compostura.

—Correcto —respondió en tono áspero—. Estoy seguro de que estás familiarizado con cuestiones locales que yo desconozco. Te agradezco el consejo, papá.

Se relajó un tanto, y se volvió para hacerle una reverencia a Brianna.

—Me alegro de haberla conocido, señora MacKenzie. A sus órdenes, señor. —Le hizo un gesto a Roger, se volvió y se alejó por el muelle, ajustándose el tricornio de acuerdo con el ángulo correcto correspondiente a su autoridad.

Brianna inspiró profundamente, esperando que para cuando soltara el aire ya se le hubieran ocurrido palabras para acompañarlo. Lord John habló en primer lugar.

—Sí —se limitó a decir—. Por supuesto que lo es.

Entre el atasco de pensamientos, reacciones y emociones que le obstruían la mente, Brianna se aferró al que en ese instante le parecía más importante.

—¿Lo sabe mi madre?

—¿Lo sabe Jamie? —preguntó Roger al mismo tiempo. Ella lo observó sorprendida y él enarcó una ceja como respuesta. Sí, un hombre podía ser padre de un niño sin saberlo. A él le había ocurrido.

Lord John suspiró. Con la partida de William, se había relajado un poco, y su rostro estaba recuperando el color natural. Había sido soldado durante suficiente tiempo como para reconocer lo inevitable cuando lo veía.

—Ambos lo saben, sí.

—¿Cuántos años tiene? —preguntó Roger de repente. Lord John le lanzó una mirada afilada.

—Dieciocho. Y para ahorrarle los cálculos, fue en 1758. En un lugar llamado Helwater, en el Distrito de los Lagos.

Brianna volvió a respirar, y en esta ocasión le resultó más fácil.

—De acuerdo. Entonces... ocurrió antes de que mi madre... regresara.

—Sí. De Francia, supuestamente. Donde, imagino, tú creciste y te educaste. —La taladró con la mirada; sabía que Brianna hablaba un francés nefasto.

Ella sintió que la sangre le subía al rostro.

—Éste no es momento para secretos —dijo—. Si quieres saber algo sobre mí y mi madre, te lo contaré... pero tú tienes que hablarme de él. —Brianna hizo un airado gesto en dirección a la taberna—. ¡De mi hermano!

Lord John apretó los labios, examinándola con los ojos entornados, mientras reflexionaba. Finalmente, asintió.

—No veo cómo evitarlo. Pero antes, una cosa... ¿tus padres están aquí, en Wilmington?

—Sí. De hecho... —Alzó la mirada, tratando de distinguir la posición del sol, a través de la fina neblina de la costa. Estaba justo sobre el horizonte, como un disco de oro ardiendo—. Nos encontraremos con ellos para cenar.

—¿Aquí?

—Sí.

Lord John se volvió hacia Roger.

—Señor MacKenzie. Me hará un gran favor, señor, si va a buscar a su suegro de inmediato, y le informa de la presencia del noveno conde de Ellesmere. Dígale que confío en que su buen criterio hará que se marche de inmediato de Wilmington nada más conocer esta noticia.

Roger lo contempló durante un instante, con las cejas enarcadas por el interés.

—¿El conde de Ellesmere? ¿Cómo demonios se las arregló para conseguir ese título?

Lord John había recuperado su color natural, e incluso lo había superado. Estaba claramente sonrojado.

—No importa. ¿Irá usted? James debe marcharse de la ciudad de inmediato, antes de que se encuentren por casualidad... o antes de que alguien los vea a los dos por separado y comience a hacer conjeturas.

—Dudo mucho que Jamie se marche —afirmó Roger, observando a lord John con aire reflexivo—. Como mínimo hasta mañana.

—¿Por qué no? —exigió saber lord John, mirándolos a ambos—. ¿Por qué estáis todos aquí, en primer lugar? No será por la eje... oh, por el amor de Dios, no me lo digáis. —Se llevó una mano a la cara y la retiró poco a poco, mirando entre los dedos con la expresión de un hombre desesperado.

Brianna se mordió el labio inferior. Cuando había visto a lord John, se había sentido no sólo complacida, sino también aliviada de una pequeña parte de su carga de preocupaciones, puesto que contaba con él para que la ayudase en su plan. Pero con esta nueva complicación, se sentía dividida en dos, incapaz de lidiar con ninguna de las situaciones, ni siquiera de pensar en ellas de forma coherente. Miró en dirección a Roger, buscando consejo.

Él le devolvió la mirada en uno de esos largos y tácitos intercambios matrimoniales. Luego asintió, y tomó la decisión en lugar de ella.

—Iré a buscar a Jamie. Seguro que tú querrás charlar con lord John, ¿no?

Se inclinó hacia ella y la besó con fuerza, luego se volvió y se alejó por el muelle, caminando de una manera que hacía que la gente se apartara de su camino inconscientemente, evitando incluso rozarle la ropa.

Lord John había cerrado los ojos y parecía que estuviera rezando, quizá pidiendo fuerzas. Ella lo agarró del brazo y sus ojos se abrieron de inmediato, alarmados, como si lo hubiera mordido un caballo.

—¿Es tan asombroso como yo creo? —preguntó—. ¿Él y yo? —Esa palabra le pareció rara. Él.

Lord John la miró con sus rubicundas cejas arrugadas de preocupación, mientras le examinaba el rostro, rasgo por rasgo.

—Me parece que sí —respondió—. Sin duda, lo es para mí. Tal vez para un observador distraído, mucho menos. Está la diferencia de color, desde luego, y de sexo; su uniforme... pero, querida, ya sabes que tu propio aspecto es bastante llamativo de por sí... —Bastante estrafalario, quería decir. Brianna suspiró, entendiendo a qué se refería.

—La gente, de todas formas, me mira fijamente —terminó la frase por él. Se bajó la cofia, lo bastante como para ocultar el pelo y la cara, y lo fulminó con la mirada desde su sombra—. Entonces, será mejor que vayamos a donde no me vea nadie que lo conozca, ¿no?

El muelle y las calles cercanas al mercado estaban repletos de gente. Todos los bares de la ciudad —y no pocas casas particulares— pronto se llenarían de soldados acuartelados. Su padre y Jem estaban con Alexander Lillington; su madre y Mandy en casa del doctor Fentiman; ambos lugares eran centros de negocios y habladurías, y ella había manifestado que, de todas formas, no tenía intención de acercarse a ninguno de sus padres; al menos hasta que supiera todo lo que tenía que saber. Lord John pensó que aquello quizá fuera más de lo que él estaba preparado para contarle, pero no era el momento de poner objeciones.

No obstante, la exigencia de intimidad les dejaba la alternativa del cementerio o de la abandonada pista de carreras, y Brianna dijo con un marcado filo en la voz que, dadas las circunstancias, no quería estar cerca de ningún torpe recordatorio de la mortalidad.

—Con lo de la mortalidad —dijo él con cautela, ayudándola a rodear un enorme charco—, ¿te refieres a la ejecución de mañana? Entiendo que se trata de Stephen Bonnet, ¿verdad?

—Sí —respondió ella distraída—. Pero eso puede esperar. Tú no tienes compromisos para la cena, ¿verdad?

—No, pero...

—William —intervino ella, con la vista centrada en su calzado mientras caminaban lentamente por el arenoso óvalo de la pista—. William, noveno conde de Ellesmere; ¿eso es lo que has dicho?

—William Clarence Henry George —dijo lord John—. Vizconde de Ashness, señor de Helwater, barón de Derwent y, sí, noveno conde de Ellesmere.

Ella apretó los labios.

—Lo que en cierta manera significaría que el mundo en general cree que su padre es otra persona. No James Fraser, quiero decir.

—Fue otra persona —la corrigió él—. Un tal Ludovico, octavo conde de Ellesmere, para ser precisos. Tengo entendido que sufrió una muerte desafortunada el día en que nació su... eh... heredero.

—¿De qué murió? ¿De la impresión?

Era evidente que Brianna tenía un humor peligroso; a lord John le resultó interesante percibir en ella tanto la controlada ferocidad de su padre como la afilada lengua de su madre, una combinación fascinante y a la vez alarmante. Pero no tenía ninguna intención de permitir que dirigiera la entrevista según sus propios términos.

—Disparo de arma de fuego —declaró él, con fingida alegría—. Tu padre le disparó.

Brianna ahogó un gemido y se detuvo.

—Aunque, en realidad, eso no es lo que la gente cree que ocurrió —afirmó él, simulando no haberse percatado de su reacción—. El tribunal forense emitió un veredicto de muerte accidental... lo que creo que no era incorrecto.

—No era incorrecto —murmuró ella, un poco desconcertada—. Supongo que si te disparan es un accidente bastante feo, la verdad.

—Por supuesto que hubo rumores —comentó, tomando su brazo e instándola a que siguiera adelante—. Pero el único testigo, además de los abuelos de William, era un cochero irlandés, que fue rápidamente enviado al condado de Sligo después del incidente. Como la madre del niño también había fallecido ese día, los rumores apuntaban a que la muerte de su señoría había sido...

—¿Su madre también está muerta? —Esta vez no se detuvo, pero se volvió y le lanzó una mirada penetrante con sus profundos ojos azules. No obstante, lord John tenía bastante práctica a la hora de soportar las felinas miradas Fraser, y no perdió la compostura.

—Se llamaba Geneva Dunsany. Murió poco después del nacimiento de William... de una hemorragia completamente natural —le aseguró.

—Completamente natural —musitó ella, casi entre dientes. Le clavó otra mirada—. Esa tal Geneva... ¿estaba casada con el conde? Cuando ella y papá... —Parecía que las palabras se le atascaban en la garganta; él podía ver la duda y la repulsión batallando con sus recuerdos del innegable rostro de William... y su conocimiento de la personalidad de su padre.

—Él no me lo ha dicho, y yo no se lo preguntaría bajo ninguna circunstancia —respondió con firmeza. Ella le lanzó otra de aquellas miradas, que él le devolvió con interés—. Fuera cual fuese la naturaleza de las relaciones de Jamie con Geneva Dunsany, no puedo concebir que él cometiera un acto tan deshonroso como engañar a otro hombre durante su matrimonio.

Ella se relajó un poco, aunque siguió aferrándole el brazo.

—Yo tampoco —dijo, un poco a regañadientes—. Pero... —Apretó los labios, y luego los relajó—. ¿Crees que él estaba enamorado de ella? —le espetó.

Lo que lo alarmó a él no fue la pregunta, sino el hecho de darse cuenta de que a él jamás se le había ocurrido formularla; desde luego, no a Jamie, pero ni siquiera a sí mismo. Se preguntó por qué no. No tenía derecho a sentir celos, y si era lo bastante necio como para tenerlos, habría sido considerablemente *ex post facto* en el caso de Geneva Dunsany; él no había tenido conocimiento del origen de William hasta varios años después de la muerte de la muchacha.

—No tengo ni idea —se limitó a contestar.

Los dedos de Brianna tamborilearon, inquietos, en su brazo; ella intentó apartarlos, pero él puso una mano en la de ella para detenerla.

—Maldición —murmuró ella, pero dejó de retorcer los dedos y continuó caminando, reduciendo la velocidad para ponerse a su altura. Había crecido hierba en el óvalo, y brotaba a través de la arena de la pista. Pisó una mata de césped silvestre, lo que provocó una lluvia de semillas secas.

—Si estaban enamorados, ¿por qué no se casó con ella? —preguntó por fin.

Lord John se echó a reír de pura incredulidad tan sólo con pensarlo.

—¡Casarse con ella! ¡Mi querida muchacha, él era el palafrenero de la familia!

Una mirada de desconcierto pasó por sus ojos; él habría jurado que, si ella hubiera hablado, la palabra habría sido: «¿Y?»

—En el nombre de Dios, ¿dónde te has criado? —quiso saber, deteniéndose.

Percibió cosas que se movían detrás de los ojos de ella. Si bien Brianna dominaba el truco de Jamie de mantener el rostro inexpresivo, al mismo tiempo, la transparencia de su madre brillaba a través de esa máscara. De pronto vio un brillo de decisión en esos ojos, un momento antes de que una lenta sonrisa le cruzara los labios.

—En Boston —dijo—. Soy americana. Pero tú ya sabías que soy una bárbara, ¿verdad?

Él gruñó a modo de respuesta.

—Eso explica un poco tus actitudes claramente republicanas —respondió con sequedad—. Aunque permíteme sugerirte con mucha vehemencia que ocultes esos peligrosos sentimientos, por el bien de tu familia. Tu padre ya tiene bastantes problemas. Sin embargo, puedes creerme cuando te digo que la hija de un baronet no podía casarse con un palafrenero, por exigente que fuera la naturaleza de sus emociones.

Ahora gruñó ella; era un sonido muy expresivo, aunque en absoluto femenino. Lord John suspiró y volvió a cogerle la mano, encajándola en la curva de su codo.

—Además, él era un prisionero en libertad condicional... un jacobita, un traidor. Créeme, la idea de casarse no se le habría ocurrido a ninguno de los dos.

El aire húmedo le estaba calando la piel, dejando pequeñas gotas sobre el vello de sus mejillas.

«Pero aquello fue en otro país —citó en voz baja—. Además, la muchacha está muerta.»

—Cierto —dijo él en el mismo tono.

Caminaron en silencio por la arena húmeda durante unos instantes, cada uno sumido en sus propios pensamientos. Por fin, Brianna lanzó un suspiro tan profundo que él lo sintió tanto como lo oyó.

—Bueno, en cualquier caso, ella está muerta, y el conde... ¿sabes por qué lo mató papá? ¿Te lo dijo?

—Tu padre nunca ha hablado conmigo de ese tema; ni de Geneva, ni del conde, ni siquiera de su paternidad de William, al menos de una manera directa. —Lord John habló con precisión, con la mirada fija en un par de gaviotas que examinaban la arena junto a una mata de hierba—. Pero lo sé, sí.

La miró.

—Después de todo, William es mi hijo. Al menos en el sentido habitual de la palabra. —Y mucho más que eso, pero no pensaba discutirlo con la hija de Jamie.

Ella alzó las cejas.

—Sí. ¿Cómo ocurrió?

—Como te he dicho, los dos padres de William, sus supuestos padres, murieron el día de su nacimiento. Su padre, el conde, quiero decir, no tenía parientes cercanos, de modo que el muchacho fue puesto bajo la tutela de su abuelo, lord Dunsany. Isobel, la hermana de Geneva, se convirtió prácticamente en la madre de William. Y yo... —se encogió de hombros, despreocupado— me casé con Isobel. Pasé a ser el tutor de William, con el consentimiento de Dunsany, y él me ha considerado su padrastro desde que tenía seis años... es mi hijo.

—¿Tú? ¿Tú te casaste? —Brianna lo miraba con los ojos desorbitados, con un aire de incredulidad que a él le pareció ofensivo.

—Tienes ideas muy peculiares acerca del matrimonio —repuso él con irritación—. Fue un arreglo de lo más conveniente.

Brianna enarcó una ceja en un gesto idéntico al de Jamie.

—¿Eso era lo que pensaba tu esposa? —preguntó ella, lo que le recordó a su madre cuando le había hecho la misma pregunta. Pero en aquella ocasión, la pregunta lo había dejado perplejo. Esta vez, estaba preparado.

—Aquello —recitó lacónicamente— tuvo lugar en otro país. E Isobel... —Tal y como había esperado, esas palabras la hicieron callar.

Había una hoguera en el otro extremo de la pista ovalada, donde unos viajeros habían improvisado un campamento. Lord John se preguntó si habrían viajado río abajo para presenciar la ejecución. ¿O tal vez eran hombres que habían acudido a alistarse en las milicias rebeldes? Una figura se movió; la divisó de forma vaga a través de la nube de humo, se volvió y guió a Brianna de regreso por el mismo camino que habían tomado. La conversación ya era bastante incómoda de por sí como para correr el riesgo de que los interrumpieran.

—Me has preguntado por Ellesmere —continuó, retomando el control de la conversación—. La historia que le contó lord Dunsany al tribunal forense fue que Ellesmere estaba enseñándole una nueva pistola, y ésta se disparó accidentalmente. Era la clase de historia que se cuenta con el objeto de que nadie la crea, para dar la impresión de que en realidad el conde se había disparado a sí mismo, sin duda por la pena que le había causado la muerte de su esposa, pero los Dunsany deseaban evitar el estigma del suicidio por el bien de la criatura. El forense, naturalmente, captó tanto la falsedad del relato como la sabiduría de dejarlo correr.

—Eso no es lo que te he preguntado —dijo ella con cierta mordacidad en la voz—. He preguntado por qué mi padre le disparó.

Lord John suspiró. Pensó que la chica podría haber sido una estupenda adquisición para la Inquisición española, ya que no le daba ninguna oportunidad de escaparse o evadirse.

—Entiendo que su señoría, al comprender que el recién nacido en realidad no era de su sangre, tuviera la intención de limpiar la mancha de su honor dejando caer al niño por la ventana, sobre las baldosas del patio, desde una altura de diez metros —declaró sin rodeos.

La cara de ella palideció de manera perceptible.

—¿Cómo se enteró? —quiso saber—. Y si papá era palafrenero, ¿por qué estaba presente? ¿El conde sabía que él era... responsable?

Se estremeció, evidentemente viendo en su mente una escena en la que Jamie era convocado ante el conde para presenciar la muerte de su hijo ilegítimo antes de enfrentarse él mismo a un destino similar. John no tuvo dificultades en deducir lo que ella estaba imaginando; él mismo había visto en su mente la misma escena más de una vez.

—Una ingeniosa elección de palabras —afirmó con aspereza—. Jamie Fraser es «responsable» de más cosas que cualquier otro hombre que yo conozca. En cuanto al resto, no tengo ni idea. Conozco los puntos fundamentales de lo que ocurrió porque Isobel los sabía; su madre estaba presente, y es de suponer que le hizo un somero relato de lo ocurrido.

—Ajá. —Brianna dio una patada a una pequeña piedra de forma deliberada. Ésta se esfumó por la arena compacta que tenía frente a ella y terminó a unos pocos metros de distancia—. ¿Y tú jamás le preguntaste a papá nada sobre ese tema?

La piedra estaba a sus pies, y él le dio una patada mientras caminaba, haciendo que rodara y que fuera a parar a los pies de ella otra vez.

—Jamás he hablado con tu padre de Geneva, Ellesmere o el propio William, salvo para informarlo de mi matrimonio con Isobel y asegurarle que cumpliría con mis responsabilidades como tutor de William lo mejor que pudiera.

Ella posó el pie sobre la piedra, hundiéndola en la arena, y se detuvo.

—¿Nunca le has dicho nada a él? ¿Y él qué te ha dicho a ti? —quiso saber.

—Nada. —Él le devolvió la mirada.

—¿Por qué te casaste con Isobel?

Lord John suspiró, pero no tenía sentido evadir la respuesta.

—Para ocuparme de William.

Las pobladas cejas rojas se alzaron casi hasta el nacimiento del pelo.

—De modo que contrajiste matrimonio, a pesar de... Quiero decir, pusiste toda tu vida patas arriba, ¿sólo para cuidar al hijo ilegítimo de Jamie Fraser? ¿Y ninguno de los dos habló de eso jamás?

—No —respondió él desconcertado—. Claro que no.

Brianna bajó las cejas despacio, y negó con la cabeza.

—Hombres —dijo crípticamente.

Volvió la mirada hacia la ciudad. El aire estaba sereno y había una nube de humo producida por las chimeneas de Wilmington que flotaba con pesadez sobre los árboles. No se veía ningún tejado; podría haber habido un dragón durmiendo en la orilla, a juzgar por lo que se veía. No obstante, el ruido bajo y estruendoso no era el ronquido de un reptil; un flujo pequeño pero constante de personas pasaba por el camino en dirección a la ciudad, y podían oírse con claridad los ecos de una multitud cada vez mayor cuando el viento procedía de esa dirección.

—Ya casi ha oscurecido. Debo regresar. —Se dio la vuelta hacia la pista que daba a la ciudad, y él la siguió, aliviado por el momento, pero sin albergar ninguna ilusión de que el interrogatorio hubiese llegado a su fin.

Aunque a ella sólo le quedaba una pregunta.

—¿Cuándo vas a decírselo? —preguntó, volviéndose para mirarlo, cuando llegaba al borde de la arboleda.

—¿Decirle qué a quién? —interrumpió él alarmado.

—A él. —Ella lo miró con el ceño fruncido, irritada—. A William. A mi hermano.

La irritación se desvaneció a medida que saboreaba la palabra. Brianna seguía pálida, pero una especie de entusiasmo comenzaba a resplandecer bajo su piel. Lord John se sentía como si hubiera comido algo que le hubiera sentado muy mal. Comenzó a sentir un sudor frío en la mandíbula, y se le formó un terrible nudo en el estómago. Comenzaron a temblarle las piernas.

—¿Te has vuelto completamente loca? —La agarró del brazo, tanto para evitar caerse como para impedir que ella se marchara.

—Entiendo que no sepa quién es su verdadero padre —dijo ella con cierta aspereza—. Como tú y papá jamás hablasteis de ello, es probable que tú tampoco vieras el sentido de contárselo a él. Pero ya es adulto; tiene derecho a saberlo.

Lord John cerró los ojos con un gemido grave.

—¿Te encuentras bien? —le preguntó Brianna. Él sintió que ella se inclinaba para examinarlo—. No tienes buen aspecto.

—Siéntate.

Él mismo se sentó, con la espalda apoyada en un árbol, y tiró de ella hasta que se sentó en el suelo. Respiró profundamente, manteniendo los ojos cerrados mientras su mente corría a toda velocidad. Sin duda, estaría bromeando, ¿no? Claro que no, le aseguró su yo cínico y observador. Ella tenía un gran sentido del humor, pero en ese momento no tenía aspecto de estar bromeando.

Pero no podía hacerlo. Él no podía permitírselo. Era inconcebible que ella... pero ¿cómo impedírselo? Si no le hacía caso a él, tal vez Jamie o su madre...

Una mano le tocó el hombro.

—Lo siento —dijo Bree en voz baja—. No me he parado a pensar...

De pronto, él sintió un gran alivio. Sus entrañas comenzaron a relajarse, y cuando abrió los ojos, la vio mirándolo con una peculiar compasión pura a la que él no le encontró sentido alguno. Sus entrañas no tardaron en volver a convulsionarse, y temió que estuviera a punto de sufrir un vergonzoso ataque de flatulencias en ese mismo instante.

Sus entrañas la habían comprendido mejor que él.

—Debería haberlo pensado —se reprochó ella—. Debería haberme dado cuenta de cómo te sentirías tú. Tú mismo lo has dicho: él es tu hijo. Lo has criado todo este tiempo, y es evidente lo mucho que lo quieres. Debe de ser terrible para ti que William se entere de lo de papá y que tal vez te culpe a ti por no habérselo contado antes. —La mano de Brianna le masajeaba el cuello, en lo que él pensó que pretendía ser un gesto tranquilizador. Si ésa era su intención, el movimiento estaba fracasando estrepitosamente.

—Pero... —comenzó a decir.

Ella, sin embargo, ya le había cogido una mano entre las suyas, y estaba apretándola con firmeza mientras sus ojos azules se llenaban de lágrimas.

—No lo hará —le aseguró—. William jamás dejará de quererte. Créeme. Fue lo mismo conmigo... cuando me enteré de lo de papá. Al principio no quise creerlo; yo ya tenía un padre, y lo quería, y no deseaba otro. Pero luego conocí a papá, y fue... fue... lo que es. —Se encogió un poco de hombros, y levantó una mano para enjugarse las lágrimas en el encaje de la manga—. Pero no he olvidado a mi otro padre —añadió en voz muy baja—. Jamás lo haré. Jamás.

Conmovido, a pesar de la seriedad general de la situación, lord John se aclaró la garganta.

—Sí, bueno. Estoy seguro de que tus sentimientos hablan muy bien de ti, querida. Y si bien espero gozar igualmente del cariño y el aprecio de William en la actualidad y continuar haciéndolo en el futuro, en realidad no es ésa la cuestión que estaba tratando de plantear.

—¿No? —Brianna levantó la mirada, con los ojos bien abiertos, y las lágrimas se le acumularon en las pestañas, convirtiéndolas en oscuras púas. Era una joven hermosa de verdad, y lord John sintió una pequeña punzada de ternura.

—No —dijo él con delicadeza, teniendo en cuenta las circunstancias—. Mira, querida, ya te he dicho quién es William... o quién cree que es.

—¿Te refieres a lo del vizconde de no sé qué?

Lord John dio un profundo suspiro.

—En efecto. Las cinco personas que conocen su verdadera ascendencia han dedicado considerables esfuerzos durante los últimos dieciocho años a que nadie, incluido William, tuviera nunca motivo para dudar de que él es, en efecto, el noveno conde de Ellesmere.

Brianna bajó la mirada, con sus gruesas cejas entrelazadas y los labios cerrados con fuerza. Él esperaba de todo corazón que su marido hubiera podido encontrar a Jamie Fraser a tiempo. Era la única persona más tozuda que su hija.

—Tú no lo entiendes —dijo ella por fin. Alzó la mirada, y él se dio cuenta de que había tomado una decisión—. Nos marchamos —añadió de repente—. Roger, yo y los... los niños.

—¿Ah, sí? —preguntó él con cautela. Podría ser una buena noticia... por diversos motivos—. ¿Adónde pensáis ir? ¿Os trasladáis a Inglaterra? ¿O tal vez a Escocia? Si es Inglaterra o Canadá, tengo varios contactos sociales que podrían seros de...

—No. A ninguno de esos sitios. A ningún lugar en el que tú puedas tener «contactos». —Le dedicó una sonrisa de dolor, y tragó saliva antes de proseguir—. Pero ¿sabes?... nos marcharemos. Para... para siempre. Yo no... no creo que vuelva a verte de nuevo. —Ella acababa de darse cuenta de eso; él lo vio en la expresión de su cara y, a pesar de la punzada de dolor que le causó, se sintió profundamente conmovido por su evidente disgusto ante la idea.

—Te echaré muchísimo de menos, Brianna —dijo con delicadeza.

Lord John había sido soldado la mayor parte de su vida, y más tarde diplomático. Había aprendido a convivir con las separaciones y las ausencias y la ocasional muerte de algún amigo que había quedado atrás. Pero la idea de no volver a ver jamás a aquella extraña muchacha le causó un pesar del todo inesperado. Casi, pensó con sorpresa, como si se tratase de su propia hija.

Pero tenía un hijo, y sus siguientes palabras hicieron que de inmediato recuperara el estado de alerta.

—De modo que, ya ves —prosiguió ella, inclinándose hacia él con una intensidad que, de otra manera, a él le hubiera resultado encantadora—, tengo que hablar con William y contárselo. Jamás tendremos otra oportunidad. —Entonces, su rostro se alteró y se llevó una mano al pecho—. Ahora debo irme —añadió de forma abrupta—. Mandy... Amanda, mi hija... tengo que darle de comer.

Y, tras decir esto, Brianna se incorporó y se fue, deslizándose por la arena de la pista de carreras como una nube de tormenta, dejando atrás una amenaza de destrucción.

117

Seguramente me acompañarán la justicia y la misericordia

10 de julio de 1776

La marea comenzó a subir justo antes de las cinco de la madrugada. El cielo estaba iluminado, con un color pálido y claro, sin nubes, y las marismas al otro lado del muelle se extendían grises y brillantes, con una extensión interrumpida aquí y allá por matorrales y algas tenaces, que brotaban del barro como matas de pelo.

Todos se levantaron al amanecer; ya había bastantes personas en el muelle para ver salir la procesión, dos funcionarios del comité de seguridad de Wilmington, un representante de la Asociación de Mercaderes, un sacerdote que portaba una biblia y el prisionero, una figura alta y de hombros anchos, caminando con la cabeza descubierta por el barro maloliente. Detrás de él había un esclavo, que acarreaba las cuerdas.

—No quiero ver esto —dijo Brianna entre dientes. Estaba muy pálida, y tenía los brazos cruzados sobre el vientre, como si le doliera el estómago.

—Vámonos, entonces. —Roger le cogió el brazo, pero ella lo apartó.

—No. Tengo que hacerlo.

Dejó caer los brazos y permaneció muy erguida, mirando. La gente a su alrededor se empujaba para ver mejor, mofándose y chillando tan alto que, fuera lo que fuese lo que decían, resultaba inaudible. No llevó mucho tiempo. El esclavo, un hombre grande, agarró el poste del amarradero y lo sacudió, evaluando su firmeza. Luego se echó hacia atrás, mientras los dos funcionarios guiaban desde la retaguardia a Stephen Bonnet hasta la estaca y le rodeaban el cuerpo con cuerdas desde el pecho hasta las rodillas. Ese bastardo no iría a ninguna parte.

Roger supuso que tendría que buscar algún resquicio de compasión en su corazón para rezar por aquel hombre, pero no pudo. Trató de pedir perdón, pero tampoco fue capaz de hacerlo. En su vientre se removía algo semejante a una pelota de gusanos. Se sentía como si él mismo estuviera atado a una estaca, esperando ahogarse.

El sacerdote, con su manto negro, se inclinó y su cabello se movió con la brisa mientras movía la boca. A Roger no le pareció que Bonnet contestara, pero no estaba del todo seguro. Después de unos instantes, los hombres se quitaron los sombreros, permanecieron de pie mientras el sacerdote rezaba, luego volvieron a ponérselos y retrocedieron hacia la orilla, con las botas chapoteando hasta la altura de los tobillos en el barro arenoso.

En el momento en que los funcionarios desaparecieron, un grupo de gente se abalanzó sobre el barro: curiosos, niños que saltaban y un hombre con un cuaderno y un lápiz, a quien Roger reconoció como Amos Crupp, el actual propietario de la *Wilmington Gazette*.

—Vaya, qué buena primicia, ¿eh? —musitó Roger.

No importaba lo que Bonnet dijera o no; sin duda, al día siguiente habría una edición sensacionalista, voceada por las calles, que contendría o bien una escabrosa confesión o sensibleros informes de arrepentimiento, o tal vez las dos cosas.

—Está bien; definitivamente, no puedo ver esto. —Brianna se volvió de inmediato, cogiéndolo del brazo.

Llegó hasta el otro lado de la hilera de almacenes, antes de volverse de repente hacia él, hundir la cara en su pecho y romper a llorar.

—Chisss. Está bien... Todo saldrá bien. —Le dio unas palmaditas en la espalda, tratando de infundir cierta convicción en sus palabras, pero él mismo tenía un nudo enorme en la garganta. Luego la cogió de los hombros, la separó de él y la miró a los ojos—. No tienes que hacerlo —dijo.

Ella dejó de llorar y resopló, secándose la nariz con la manga como Jemmy... pero no lo miraba a los ojos.

—Es... Estoy bien. Ni siquiera se trata de él. Es sólo... todo. M... Mandy... —su voz tembló al pronunciar esa palabra— y haber conocido a mi hermano... Oh, Roger, si no puedo decírselo, él jamás lo sabrá, y yo nunca volveré a verlos ni a él ni a lord John. Ni tampoco a mamá... —Nuevas lágrimas le inundaron los ojos, pero tragó saliva, forzándose a contenerlas—. No es él —repitió, con una voz ahogada y agotada.

—Tal vez no —afirmó Roger, en voz baja—. Pero de todas formas no tienes que hacerlo. —Él seguía teniendo un nudo en el estómago y le temblaban las manos, aunque sintió una fuerte resolución.

—Debería haberlo matado en Ocracoke —declaró Brianna, cerrando los ojos y echándose hacia atrás unos mechones de pelo suelto. El sol ya estaba más alto y brillante—. Fui una cobarde. P... pensé que sería más fácil dejar que la ley se ocupara de ello. —Abrió los ojos y lo miró directamente, con los ojos enrojecidos, pero despejados—. No puedo dejar que ocurra de esta manera, incluso aunque no hubiera dado mi palabra.

Roger lo entendió; sintió el terror de la marea que ascendía, esa inexorable aproximación del agua, subiendo en sus huesos. Tendrían que transcurrir casi nueve horas antes de que el agua llegara al mentón de Bonnet; era un hombre alto.

—Yo lo haré —dijo con firmeza.

Ella hizo un mínimo intento de sonreír, pero al final lo abandonó.

—No —replicó—. Tú no. —Se la veía, y oía, completamente agotada; ninguno de los dos había dormido mucho la noche anterior. Pero también parecía decidida, y él reconoció la sangre testaruda de Jamie Fraser.

Bueno, qué demonios... Él también tenía parte de esa sangre.

—Ya te he explicado —dijo— lo que tu padre declaró aquella vez: «Soy yo quien mata por ella.» Si hay que hacerlo... —y se veía obligado a mostrarse de acuerdo con ella; él tampoco lo soportaba—, entonces lo haré yo.

Brianna estaba recuperando el autocontrol. Se secó la cara con un pliegue de la falda e inspiró antes de volver a mirarlo a los ojos. Los de ella eran de un profundo y vívido azul, mucho más oscuros que el cielo.

—Me lo has contado. Y también me has dicho por qué él declaró eso; lo que le dijo a Arch Bug. «Ella ha hecho un juramento.» Es doctora; no mata gente.

«¡Que te crees tú eso!», pensó Roger, pero le pareció mejor no decirlo. Antes de que a él se le ocurriera algo más delicado que decir, ella prosiguió, apoyando las manos sobre el pecho de él.

—Tú también has hecho uno —dijo ella. Eso hizo que se quedara paralizado.

—No, no es cierto.

—Ah, sí, sí que lo es —insistió con énfasis—. Tal vez aún no sea oficial... pero no tiene por qué serlo. Quizá el juramento que has hecho aún ni siquiera haya sido expresado en palabras... pero lo has hecho, y yo lo sé.

Él no podía negarlo, y le conmovió que ella lo supiera.

—Sí, bueno... —Puso las manos sobre las de ella, atrapando sus dedos largos y fuertes—. Y también te hice uno a ti, cuando te lo conté. Dije que jamás antepondría a Dios a mi... a mi amor por ti. —Amor. No podía creer que estuviera discutiendo algo así en términos de amor. Y, no obstante, tuvo la extraña sensación de que era exactamente así como lo veía ella.

—Yo no he hecho esa clase de juramento —repuso Bree con firmeza, y apartó sus manos de las de él—. Y he dado mi palabra.

Después de que oscureciera, había ido con Jamie la noche anterior al sitio donde tenían prisionero al pirata. Roger no tenía ni idea de qué clase de soborno o influencia se había empleado, pero los habían dejado pasar. Jamie la había acompañado a su habitación muy tarde, extremadamente pálida, con un fajo de papeles que le entregó a su padre. «Declaraciones juradas —le dijo—, certificados de los negocios de Stephen Bonnet con distintos mercaderes costa arriba y costa abajo.»

Roger le había lanzado una mirada asesina a Jamie y éste le había pagado con la misma moneda, pero con creces. «Esto es una guerra —le habían dicho los ojos entornados de Fraser—. Y usaré cualquier arma que esté a mi alcance.» Pero todo lo que dijo fue «Buenas noches, *a nighean*», y tocó el cabello a su hija con ternura antes de marcharse.

Brianna se había sentado junto a Mandy y le había dado de mamar, con los ojos cerrados, negándose a hablar. Después de un tiempo, las líneas blancas y tensas de su cara se relajaron, hizo eructar al bebé y la dejó dormida en su cestilla. Entonces fue a la cama y le hizo el amor con una muda ferocidad que lo sorprendió. Pero no tanto como lo estaba sorprendiendo ahora.

—Y hay otra cosa más —dijo, sobria y ligeramente triste—. Yo soy la única persona del mundo para quien esto no es un homicidio.

Con esas palabras, se volvió y se alejó con rapidez en dirección a la posada donde la esperaba Mandy para que la alimentara. Desde las marismas, Roger oyó el sonido de voces excitadas, estridentes como gaviotas.

A las nueve de la mañana, Roger ayudó a su esposa a acceder a un pequeño bote de remos que estaba amarrado al muelle cerca de la hilera de almacenes. La marea estaba subiendo todo el día; el agua tenía más de un metro y medio de profundidad. En medio de la neblina gris y luminosa podía verse el grupo de postes del amarradero y la cabeza pequeña y oscura del pirata.

Brianna estaba distante como una estatua pagana, con el rostro inexpresivo. Levantó las faldas para entrar en el bote y se sentó. Al hacerlo, el peso de su bolso chocó con un ruido metálico contra el asiento de madera.

Roger cogió los remos y dirigió la embarcación hacia los postes. No llamarían la atención; muchos botes similares habían estado yendo y viniendo desde el amanecer, llevando a curiosos que deseaban echar un vistazo al rostro del condenado, burlarse de él a gritos o cortarle un mechón pelo como recuerdo.

Él no podía ver hacia dónde iban; Brianna le indicaba que virase a la derecha o a la izquierda con un movimiento silencioso de la cabeza. Ella sí podía ver; estaba sentada recta y alta, con la mano derecha oculta en la falda.

Entonces, de improviso, levantó la mano izquierda y Roger dejó de remar, hundiendo un remo en el agua para hacer girar la diminuta embarcación.

Bonnet tenía los labios agrietados, la cara lastimada y con costras de sal, y los párpados tan enrojecidos que apenas podía abrirlos. Pero levantó la cabeza cuando ellos se acercaron, y Roger vio a un hombre cautivo, indefenso y aterrorizado por el siguiente abrazo... tanto que casi da la bienvenida a su toque seductor, rindiendo su carne a los dedos fríos y el beso abrumado que le roba el aliento.

—Has tardado bastante, querida —le dijo a Brianna, y los labios agrietados se separaron en una sonrisa que los partió y que le manchó los dientes de sangre—. Pero sabía que vendrías.

Roger movió uno de los remos para que el bote se aproximara un poco, y luego un poco más. Estaba mirando por encima del hombro cuando Brianna sacó la pistola con empuñadura dorada del bolsillo y puso el cañón contra la oreja de Stephen Bonnet.

—Ve con Dios, Stephen —dijo claramente en gaélico, y apretó el gatillo. Luego dejó caer el arma en el agua, y se volvió hacia su marido.

»Llévame a casa —dijo.

118

Arrepentimiento

Lord John entró en su habitación de la posada y se sorprendió —de hecho, se asombró— cuando descubrió que tenía un visitante.

—John. —James Fraser se volvió desde la ventana y le dedicó una pequeña sonrisa.

—Jamie. —Él también sonrió, tratando de controlar la repentina sensación de júbilo que lo inundaba.

Había usado el nombre de pila de Jamie tal vez en tres ocasiones durante los últimos veinticinco años; la sensación de intimidad que le proporcionaba era excitante, pero no debía permitir que resultara evidente.

—¿Pido algo de beber? —preguntó cortésmente.

Jamie no se había movido de la ventana; miró hacia fuera, luego a John, y negó con la cabeza, sin dejar de sonreír ligeramente.

—Te lo agradezco, pero no. Somos enemigos, ¿no es cierto?

—Nos encontramos, por desgracia, en bandos opuestos de lo que confío será un conflicto de corta duración —lo corrigió lord John.

Fraser lo miró, con una expresión de arrepentimiento.

—No será de corta duración —repuso—. Pero sí lamentable.

—Ya.

Lord John se aclaró la garganta y se acercó a la ventana, tratando de no rozar a su visitante. Miró hacia fuera y vio la posible razón de la visita de Fraser.

—Ah —dijo, al ver a Brianna Fraser MacKenzie en la acera de madera más abajo—. ¡Oh! —añadió, en un tono diferente, puesto que William Clarence Henry George Ransom, el noveno conde de Ellesmere, acababa de salir de la posada y estaba haciéndole una reverencia a Brianna—. ¡Dios santo! —exclamó, y el miedo hizo que le ardiera la coronilla—. ¿Se lo dirá?

Fraser negó con la cabeza, con los ojos fijos en los dos jóvenes.

—No —respondió en voz baja—. Me ha dado su palabra.

El alivio le atravesó las venas como si fuera agua.

—Gracias —dijo. Fraser se encogió un poco de hombros, restándole importancia. Después de todo, también era lo que él deseaba... o eso creía lord John.

Los dos estaban conversando; William dijo algo y Brianna rió, echándose el cabello hacia atrás. Jamie los observó fascinado. ¡Por Dios, eran idénticos! Los pequeños gestos, las posturas, los movimientos... Debía de ser obvio hasta para el observador menos avezado. De hecho, vio pasar a un matrimonio junto a ellos y la mujer sonrió, complacida al ver que hacían tan buena pareja.

—Ella no se lo dirá —repitió lord John, consternado por el espectáculo—. Pero se exhibe ante él. ¿Acaso él no...? Pero no. Supongo que no.

—Espero que no —señaló Jamie, con los ojos todavía clavados en ellos—. Pero si lo hace... de todas formas no lo sabrá. Y ella ha insistido en que debía verlo una vez más... ése ha sido el precio de su silencio.

John asintió, mudo. En ese momento apareció el marido de Brianna, con su pequeño hijo de la mano, cuyo pelo era tan vívido como el de su madre a la luz del sol de verano. Llevaba un bebé en el hueco del brazo. Brianna se lo quitó y abrió la manta para enseñárselo a William, quien lo observó con suma cortesía.

De pronto, lord John se dio cuenta de que cada fragmento de Fraser se encontraba en la escena exterior. Por supuesto; no había centrado la mirada en Willie desde que el muchacho cumplió doce años. Y verlos a los dos juntos... a su hija y al hijo al que jamás podría hablarle o reconocer como tal... Sintió el deseo de ponerle una mano en el brazo como gesto de compasión, pero conociendo el probable efecto de su roce, declinó hacerlo.

—He venido a pedirte un favor —dijo de pronto Fraser.

—Estoy a tus órdenes —respondió lord John, muy contento, pero refugiándose en la formalidad.

—No es para mí —repuso Fraser con una mirada—. Es para Brianna.

—Mi placer será aún mayor —le aseguró John—. Tengo un enorme cariño a tu hija, a pesar de las similitudes de temperamento que tiene contigo.

Fraser levantó una comisura de su labio, y volvió la mirada a la escena de la calle.

—Ya —dijo—. Bueno, pues no puedo decirte por qué te pido esto... pero necesito una joya.

—¿Una joya? —La voz de lord John le parecía inexpresiva incluso a él mismo—. ¿Qué clase de joya?

—De cualquier tipo. —Fraser se encogió de hombros, impaciente—. No importa... siempre que sea alguna gema preciosa. Una vez te di una piedra similar... —Su boca se torció al recordarlo; había entregado la piedra, un zafiro, bajo coacción, como prisionero de la Corona—. Aunque no creo que la lleves ahora mismo encima.

A decir verdad, John sí la llevaba. Aquel zafiro lo había acompañado durante los últimos veinticinco años, y en ese momento se encontraba en un bolsillo de su chaleco.

Se miró la mano izquierda, donde tenía un ancho anillo de oro, con un zafiro brillante, incrustado en él. El anillo de Hector. El que le había entregado su primer amante a los dieciséis años. Hector había muerto en Culloden... el día después de que John conociera a James Fraser en la oscuridad de un pasaje montañoso escocés.

Sin vacilación, pero con cierta dificultad —hacía mucho tiempo que llevaba aquel anillo y se había hundido un poco en la piel de su dedo—, se lo quitó y lo colocó en la mano de Jamie.

Las cejas de Fraser se alzaron de asombro.

—¿Esto? ¿Estás seg...?

—Cógelo. —Lord John extendió la mano y cerró los dedos de Jamie alrededor del anillo. El contacto fue fugaz, pero sintió un cosquilleo en la mano, y cerró su propio puño, con la esperanza de conservar la sensación.

—Gracias —volvió a decir Jamie en voz baja.

—Es... un gran placer.

El grupo de la calle estaba separándose; Brianna estaba partiendo, con el bebé en brazos. Su marido y su hijo ya se habían adelantado unos metros. William hizo una reverencia, quitándose el sombrero, y la silueta de su cabeza castaña era un reflejo tan perfecto de la pelirroja...

De pronto, lord John sintió que no podía soportar ver cómo se separaban. Deseó conservar también eso... la imagen de ellos dos juntos. Cerró los ojos y permaneció allí, con las manos en el alféizar y sintiendo la brisa en su cara. Algo le tocó el hombro, con mucha rapidez, y notó un movimiento en el aire a su lado.

Cuando volvió a abrir los ojos, los tres se habían ido.

119

Resistirse a partir

Septiembre de 1776

Roger estaba colocando la última de las cañerías de agua cuando Aidan y Jemmy aparecieron de improviso a su lado, como un par de cajas sorpresa.

—¡Papá, papá, ha venido Bobby!

—¿Qué? ¿Bobby Higgins? —Roger se irguió, sintiendo la protesta de los músculos de su espalda, y miró en dirección a la Casa Grande, pero no vio señales de ningún caballo—. ¿Dónde está?

—Ha subido al cementerio —respondió Aidan, con aires de importancia—. ¿Cree que habrá ido a buscar al fantasma?

—Lo dudo —respondió Roger en tono sereno—. ¿Qué fantasma?

—El de Malva Christie —respondió Aidan de inmediato—. Anda por allí. Todos lo dicen. —Habló con valentía, pero se rodeó el cuerpo con los brazos.

Jemmy, que era evidente que no se había enterado, lo miró con los ojos muy abiertos.

—¿Por qué anda por allí? ¿Adónde va?

—Porque fue asesinada, bobo —contestó Aidan—. Las personas asesinadas siempre merodean por allí. Están buscando a la persona que los mató.

—Tonterías —replicó Roger con firmeza, al ver la mirada de inquietud en el rostro de Jemmy.

El muchacho sabía que Malva Christie estaba muerta, desde luego; había asistido a su funeral, junto con todos los otros niños del Cerro. Pero él y Brianna se habían limitado a decirle que había muerto, no que había sido asesinada.

Bueno, pensó Roger con melancolía, era difícil mantener algo así en secreto. Esperaba que Jem no tuviera pesadillas.

—Malva no está merodeando por allí ni busca a nadie —afirmó con toda la convicción que pudo infundir en su voz—. Su alma está en el cielo junto a Jesús, donde es feliz y está tranquila... y su cuerpo... bueno, cuando las personas mueren, ya no necesitan sus cuerpos, de modo que los enterramos, y allí se quedan, tranquilitos en sus tumbas, hasta el día del Juicio Final.

Era evidente que Aidan no estaba para nada convencido.

—Joey McLaughlin la vio un viernes, hace dos semanas —aseguró, balanceándose arriba y abajo sobre los dedos de los pies—. Corriendo por el bosque, dijo, toda vestida de negro... ¡y aullando de tristeza!

Jemmy comenzaba a parecer realmente alterado. Roger dejó a un lado la pala y lo cogió en brazos.

—Supongo que Joey McLaughlin llevaría encima algunas copas de más —comentó. Ambos niños conocían bien el concepto de la embriaguez—. Si estaba corriendo por el bosque y aullando, lo más probable es que se tratara de *Rollo*. De todas formas, vamos; vayamos a buscar a Bobby y veréis la tumba de Malva con vuestros propios ojos.

Extendió una mano hacia Aidan, quien la cogió con alegría y parloteó como una cotorra durante el ascenso a la colina.

Se preguntó qué haría Aidan cuando él se marchase. La idea de irse, al principio tan repentina que parecía del todo irreal e impensable, se había ido filtrando en su conciencia día tras día. Mientras desempeñaba sus tareas, cavando las zanjas para las cañerías de agua de Brianna, trasladando heno o cortando madera, trataba de pensar: «No falta mucho.» Y, sin embargo, parecía imposible que un día no estuviera en el Cerro, no empujara la puerta de la cabaña y encontrara a Brianna dedicada a algún endemoniado experimento en la mesa de la cocina, con Jem y Aidan *bruuumeando* como locos a sus pies.

La sensación de irrealidad era todavía más pronunciada cuando celebraba el sermón dominical, o hacía sus rondas para visitar a los enfermos o aconsejar a los que estuvieran preocupados. Al mirar todas aquellas caras (atentas, entusiasmadas, aburridas, adustas o preocupadas), no podía creer que estuviera planeando marcharse y abandonarlos a todos como un canalla. Se preguntó cómo se lo diría —un pensamiento que lo angustiaba—, en especial, a aquellos de los que se sentía más responsable: Aidan y su madre.

Había rezado, pidiendo fortaleza y guía.

Y, sin embargo... y, sin embargo, la visión de las diminutas uñas azules de Amanda y el suave jadeo de su respiración jamás lo abandonaban. Y las imponentes piedras junto al arroyo de Ocracoke parecían más próximas, más sólidas, día tras día.

Bobby Higgins, en efecto, se encontraba en el cementerio, con el caballo atado bajo los pinos. Estaba sentado ante la tumba de Malva, con la cabeza inclinada en un gesto de reflexión, aunque levantó la mirada de inmediato cuando aparecieron Roger y los muchachos. Parecía pálido y sombrío, pero se puso en pie y estrechó la mano a Roger.

—Me alegra verte otra vez, Bobby. Eh, chicos, ¿por qué no vais a jugar un rato?

Dejó a Jemmy en el suelo y le satisfizo ver que, tras una mirada recelosa a la tumba de Malva, que estaba adornada con un ramo marchito de flores silvestres, el niño se marchaba con Aidan al bosque a cazar ardillas.

—Yo... eh... no esperaba volver a verte —añadió, algo incómodo. Bobby bajó la mirada y, poco a poco, se quitó unas cuantas agujas de pino de los pantalones.

—Bueno, señor... La cuestión es que he venido para quedarme. Si es que no hay inconveniente —se apresuró a agregar.

—¿Para quedarte? Pero... desde luego que no hay ningún problema —dijo Roger, recuperándose de la sorpresa—. ¿Acaso tú...? Es decir... espero que no te hayas peleado con su señoría...

Bobby se mostró muy sorprendido al pensarlo, y sacudió la cabeza con decisión.

—¡Ah, no, señor! Su señoría ha sido muy amable conmigo desde que me adoptó. —Vaciló, mordiéndose el labio inferior—. Es sólo que... bueno, verá, señor, hay unas cuantas personas que han venido a quedarse con su señoría estos días. Políticos y... militares.

A pesar de sí mismo, se tocó la marca grabada a fuego en la mejilla, que se había convertido en una cicatriz rosada, pero que todavía era evidente, y que siempre lo sería. Roger comprendió.

—Supongo que ya no estabas a gusto allí, ¿verdad?

—Así es señor. —Bobby le lanzó una mirada en señal de agradecimiento—. En otros tiempos, estábamos sólo su señoría y yo, y Manoke, el cocinero. A veces venía algún invitado a cenar, o se quedaba unos días, pero todo era bastante sencillo. Cuando yo salía a llevar mensajes o hacer cosas para su señoría, la gente se me quedaba mirando, pero sólo la primera o la segunda vez; después se acostumbraban a esto... —Volvió a tocarse la cara—. Y todo estaba bien. Pero ahora... —Se interrumpió con una expresión de infelicidad, dejando que Roger imaginara la probable respuesta de los oficiales del ejército, almidonados, pulidos, y mostrando con tranquilidad su desaprobación ante el borrón de su historial, o siendo dolorosamente corteses—. Su señoría comprendió las dificultades; él es muy listo para esas cosas. Y dijo que me echaría mucho de menos, pero que, si yo decidía buscar suerte en otra parte, él me daría diez libras y sus mejores deseos.

Roger lanzó un silbido de admiración. Diez libras era una suma muy respetable. No era una fortuna, pero era suficiente como para que Bobby pudiera plantearse su futuro.

—Muy amable por su parte —dijo—. ¿Sabía que pensabas venir aquí?

Bobby negó con la cabeza.

—Yo mismo no estaba seguro —admitió—. En otros tiempos, yo... —Se interrumpió de inmediato, lanzando una mirada a la tumba de Malva; luego se volvió hacia Roger y se aclaró la garganta—. Me pareció que, antes de decidirme, lo mejor era que hablara con el señor Fraser. Tal vez tampoco haya nada para mí aquí. —Pronunció esas palabras como una afirmación, pero la pregunta estaba clara. En el Cerro todos conocían a Bobby y lo aceptaban; no era ésa la dificultad. Pero Lizzie ya se había casado y Malva se había marchado... Bobby quería una esposa.

—Ah... creo que serás bienvenido —dijo Roger al tiempo que miraba pensativamente a Aidan, que estaba colgado cabeza abajo de la rama de un árbol, mientras Jemmy lo bombardeaba con piñas. Por su mente, pasó una sensación de lo más peculiar, mezcla de gratitud y celos, pero suprimió con fuerza ese último sentimiento.

—¡Aidan! —gritó—. ¡Jem! ¡Es hora de irnos! —Se volvió hacia Bobby y le dijo con naturalidad—: Me parece que aún no te han presentado a la madre de Aidan, Amy McCallum... una viuda joven. Tiene una casa y algunas tierras. Ahora trabaja en la Casa Grande; si quieres venir a cenar...

—He pensado en ello en algunas ocasiones —admitió Jamie—. Me lo he preguntado, ¿sabes? ¿Y si fuera posible? ¿Cómo sería?

Miró a Brianna, sonriendo indefenso, y se encogió de hombros.

—¿Qué crees, muchacha? ¿Qué podría hacer yo allí? ¿Cómo sería?

—Bueno... —comenzó a decir ella, y se detuvo, tratando de imaginárselo en aquel mundo. ¿Al volante de un coche? ¿Yendo a la oficina, vestido con un traje? Esa idea era tan ridícula que se echó a reír. ¿O sentado en un cine, viendo películas de Godzilla con Jem y Roger?—. ¿Cómo se deletrea «Jamie» al revés? —preguntó.

—Eimaj, supongo —respondió él perplejo—. ¿Por qué?

—Creo que te iría bien —afirmó con una sonrisa—. No me hagas caso. Tú... bueno, supongo que podrías... publicar periódicos. Las imprentas son más grandes y más rápidas, y hacen falta más personas para recopilar las noticias, aunque aparte de eso... me parece que el futuro no es tan diferente. Podrías hacerlo.

Él asintió, con una arruga de concentración formándose entre aquellas gruesas cejas tan similares a las suyas.

—Supongo —intervino Jamie algo dubitativo—. ¿No crees que podría ser granjero? Seguramente la gente seguirá comiendo; alguien debe alimentarlos.

—Es posible. —Ella miró a su alrededor, tomando nueva nota de todos los detalles hogareños del lugar: las gallinas, que picoteaban la tierra con placidez; las tablas gastadas del establo; la tierra acumulada cerca de los cimientos de la casa, donde la cerda había cavado un túnel—. En esa época todavía hay personas que trabajan la tierra de la misma manera; pequeños lugares, en lo alto de las montañas. Es una vida dura... —Ella vio cómo sonreía, e imitó el gesto—. De acuerdo, no es más dura que ahora... pero es mucho más fácil en las ciudades.

Brianna hizo una pausa, pensando.

—No tendrías que luchar —dijo por fin.

Jamie se sorprendió un poco al escuchar aquello.

—¿No? Pero habéis dicho que hay guerras.

—Sí que las hay —afirmó ella, sintiendo unas agujas heladas en el vientre, mientras las imágenes penetraban en su mente: campos de amapolas, campos de cruces blancas... un hombre ardiendo, una niña desnuda corriendo con la piel quemada, el gesto contraído de un hombre justo antes de que una bala le atraviese el cerebro—. Pero... sólo los hombres jóvenes van a la guerra. Y no todos; sólo algunos.

—Mmfm... —Él lo pensó un rato con el ceño fruncido, y luego volvió a mirarla, examinando su rostro—. Ese mundo vuestro, esa América —dijo por fin—, la libertad de que disfrutáis... Costará un precio muy alto. ¿Crees que valdrá la pena?

Entonces fue ella la que permaneció en silencio, pensando. Finalmente le apoyó la mano en el brazo: sólido, caliente y firme como el hierro.

—Casi nada valdría el coste de perderte a ti —susurró—. Pero tal vez eso se acerque.

Cuando se aproxima el invierno y las noches se hacen más largas, la gente comienza a despertarse en la oscuridad. Quedarse en la cama demasiado tiempo entumece los miembros, y los sueños demasiado largos se doblan sobre sí mismos, grotescos como las uñas de un mandarín. En términos generales, el cuerpo humano no está hecho para dormir más de siete u ocho horas diarias, pero ¿qué ocurre cuando las noches duran más de ese tiempo?

Lo que sucede es el segundo sueño. Te quedas dormido por el cansancio, poco después de que oscurezca, pero entonces vuelves a despertarte, subiendo a la superficie de tus sueños, como una trucha que asciende a alimentarse. Y si tu compañero de cama también se despierta en ese momento (y la gente que ha dormido junta durante muchos años se da cuenta de inmediato cuando el otro se despierta), los dos tenéis un lugar pequeño y privado para compartir en lo profundo de la noche. Un sitio en el que levantarse, en el que desperezarse, en el que llevar una jugosa manzana a la cama, para compartirla trozo a trozo, rozando los labios con los dedos. Permitirse el lujo de mantener una conversación no interrumpida por las ocupaciones diurnas. Hacer el amor poco a poco a la luz de una luna de otoño.

Y, luego, quedarse tumbados juntos, y dejar que los sueños de tu amante acaricien tu piel mientras comienzas a hundirte una vez más bajo las olas de la conciencia, con la felicidad de saber que todavía falta mucho para el amanecer. Ése es el segundo sueño.

Ascendí muy despacio a la superficie de mi primer sueño, y descubrí que el sueño tan erótico que estaba teniendo se basaba en gran medida en la realidad.

—Jamás me he considerado de la clase de personas que molestarían a un cadáver, Sassenach. —La voz de Jamie me hizo cosquillas debajo de la oreja—. Pero he de decir que la idea es más atractiva de lo que había supuesto.

Yo no tenía la suficiente coherencia como para responderle, pero empujé las caderas hacia él de una forma que al parecer consideró tan elocuente como una invitación escrita con caligrafía en pergamino. Respiró profundamente, me cogió las nalgas con fuerza y me llevó a un despertar que podría calificarse de brusco en varios sentidos de la palabra.

Me retorcí como un gusano clavado en un anzuelo, haciendo pequeños ruidos apremiantes que él interpretó de una manera correcta, me hizo ponerme boca arriba y procedió a no dejar ninguna duda de que yo no sólo estaba viva y despierta, sino también activa.

Luego asomé de un nido de almohadas aplastadas, húmeda, jadeante, temblando en todas las terminaciones nerviosas, que estaban excitadas y resbaladizas, y del todo despierta.

—¿Qué ha provocado eso? —pregunté.

Él no se había retirado; todavía seguíamos unidos, iluminados por la luz de una enorme media luna dorada, que flotaba baja en el cielo por encima de los castaños. Emitió un pequeño sonido, en parte de diversión, y en parte de consternación.

—No puedo mirar cómo duermes sin desear despertarte, Sassenach. —Su mano se ahuecó en torno a un pecho, esta vez con delicadeza—. Supongo que me encuentro solo sin ti.

Había un matiz extraño en su voz, y volví la cara hacia él, pero no podía verlo en la oscuridad, a pesar de que estaba a mi lado. En cambio, eché la mano hacia atrás, y toqué la pierna que todavía estaba medio cubriendo la mía. Aunque estaba relajada, seguía siendo fuerte, y el largo surco del músculo destacaba con elegancia bajo mis dedos.

—Estoy aquí —dije, y de pronto su abrazo se hizo más fuerte.

Oí que el aliento se interrumpía en su garganta, y mi mano se tensó sobre su muslo.

—¿Qué ocurre? —pregunté.

Él inspiró, pero no respondió de inmediato. Sentí cómo se echaba un poco hacia atrás y rebuscaba bajo la almohada. Luego su mano cogió la mía, que estaba sobre su pierna. Sus dedos se cerraron en torno a los míos, y sentí un objeto pequeño, duro y redondeado.

Oí cómo tragaba saliva.

La piedra, fuera lo que fuese, parecía ligeramente caliente cuando la toqué. Le pasé el pulgar poco a poco; era una piedra sin tallar de alguna clase, pero grande, del tamaño de una de mis falanges.

—Jamie... —dije, sintiendo que se me cerraba la garganta.

—Te amo —respondió, en una voz tan baja que apenas lo oí, a pesar de lo cerca que nos encontrábamos.

Permanecí inmóvil un momento, sintiendo que la piedra se volvía más caliente en la palma de mi mano. Suponía que sería mi imaginación lo que hacía que pareciera palpitar al ritmo de mi corazón. ¿De dónde diablos la había sacado?

Entonces me moví; no de improviso, sino con deliberación. Mi cuerpo se deslizó poco a poco y se separó del suyo. Me levanté, sintiéndome un poco mareada, y crucé la habitación. Abrí la ventana para notar el agudo roce del viento otoñal en mi piel desnuda y caliente y, después de llevar el brazo hacia atrás, arrojé el minúsculo objeto hacia la noche.

Luego regresé a la cama, vi su pelo como una oscura masa sobre la almohada y el brillo de sus ojos a la luz de la luna.

—Te amo —susurré, me deslicé entre las sábanas a su lado y lo rodeé con los brazos, sujetándolo con fuerza, más caliente que la piedra, mucho más caliente, y su corazón latió con el mío.

—No soy tan valiente como antes, ¿sabes? —dijo en voz muy baja—. No lo bastante como para poder vivir sin ti.

Pero lo bastante como para intentarlo.

Acerqué su cabeza hacia mí, le acaricié los mechones de pelo, ásperos y suaves al mismo tiempo, y vivos bajo mis dedos.

—Apoya la cabeza —dije en voz baja—. Aún falta mucho para el amanecer.

120

Aunque sólo sea por mí

El cielo tenía un color plomizo, amenazando lluvia, y el viento soplaba con fuerza entre las palmeras, agitando las hojas como si fueran sables. En las profundidades del bosque a la orilla del agua, las cuatro piedras se levantaban junto al arroyo.

—Soy la esposa del terrateniente de Balnain —susurró Brianna a mi lado—. Las hadas me han vuelto a secuestrar. —Tenía blancos incluso los labios, con Amanda aferrada cerca de su pecho.

Ya nos habíamos despedido; de hecho, pensé, empezamos a despedirnos el día que puse el estetoscopio sobre el corazón de Mandy. Pero Brianna se volvió y se abalanzó —incluso con el bebé— sobre Jamie, quien la apretó con tanta fuerza contra su corazón, que tuve la impresión de que uno de los dos se rompería.

Luego voló hacia mí, en una nube de abrigos y pelos sueltos, y sentí su rostro frío contra el mío, mientras sus lágrimas se mezclaban con las mías en mi piel.

—¡Te quiero, mamá! ¡Te quiero! —dijo con desesperación; después se volvió y, sin mirar hacia atrás, comenzó a hacer los pasos que Donner había descrito, canturreando entre dientes. Un círculo a la derecha, entre dos piedras, un círculo a la izquierda, y luego regresar a través del centro... y después a la izquierda de la piedra más grande.

Yo lo había esperado; cuando ella empezó a seguir los pasos, me había alejado de las piedras corriendo y me había detenido en lo que creía que era una distancia segura. No lo era. El sonido —esta vez un rugido, en lugar de un chillido— retumbó a través de mi persona, paralizando mi respiración y casi mi corazón. El dolor formó un anillo alrededor de mi pecho y caí de rodillas, balanceándome con desesperación.

Se habían marchado. Vi que Jamie y Roger corrían para comprobarlo, aterrorizados por la posibilidad de encontrar cuerpos, y al mismo tiempo desolados y alegres de no hallarlos. Yo no veía bien —mi visión flotaba hacia un lado y hacia otro, se encendía y se apagaba—, pero no era necesario. Sabía que se habían marchado por el agujero de mi corazón.

• • •

—Van dos —susurró Roger. Su voz no era más que un débil ronquido, y se aclaró la garganta con fuerza—. Jeremiah. —Miró a Jem, quien parpadeó y gimoteó, pero se irguió cuan largo era al oír su nombre completo—. Sabes lo que estamos a punto de hacer, ¿verdad?

Jemmy asintió, aunque dirigió una mirada de terror hacia la imponente piedra por donde su madre y su hermana acababan de esfumarse. Tragó saliva con fuerza y se limpió las lágrimas de las mejillas.

—Bueno, pues. —Roger extendió una mano y la puso con delicadeza sobre la cabeza de Jemmy—. Ten en cuenta esto, *mo mac*... Te querré toda mi vida, y jamás te olvidaré. Pero esto que estamos haciendo es peligroso, y no es necesario que vengas conmigo. Puedes quedarte con tu abuelo y la abuela Claire; todo irá bien.

—Entonces... ¿no volveré a ver a mamá? —Jemmy tenía los ojos enormes, y no podía alejarlos de la piedra.

—No lo sé —dijo Roger, y pude ver las lágrimas que él mismo estaba luchando por contener, y oírlas en su voz ronca. Ni siquiera sabía si él mismo volvería a ver a Brianna, o al bebé—. Es probable... es probable que no.

Jamie miró a Jem, que estaba aferrado a su mano, y que paseaba la mirada de su padre a su abuelo, con la confusión, el temor y el anhelo en su rostro.

—Si un día, *a bhailach* —dijo Jamie en tono natural—, llegaras a encontrarte con un ratón muy grande llamado Mickey... dile que tu abuelo le manda saludos. —Entonces abrió la mano y lo soltó, y le hizo un gesto a Roger.

Jem se quedó contemplándolo un momento, luego clavó los pies y corrió hacia Roger, haciendo que la arena saliera despedida de debajo de sus zapatos. Saltó en brazos de su padre, aferrándolo alrededor del cuello y, echando una última mirada hacia atrás, Roger giró, se colocó detrás de la piedra y el interior de mi cabeza explotó en una llamarada.

Después de un lapso inimaginable, regresé poco a poco, bajando en fragmentos de las nubes, como si fuera granizo. Y me encontré con la cabeza apoyada en las piernas de Jamie. Y lo oí diciendo en voz baja, para sí mismo, o para mí:

—Por ti, continuaré... aunque sólo por mí... no lo haría.

• • •

121

Al otro lado del abismo

Tres noches más tarde, desperté de un sueño inquieto en una posada de Wilmington, con la garganta reseca como el tocino salado que había en el guiso de la cena. Cuando me levanté para buscar agua, descubrí que estaba sola; la luz de la luna que entraba por la ventana iluminó con su blancura la almohada vacía que se encontraba a mi lado.

Hallé a Jamie fuera, detrás de la posada; su camisa de dormir era una mancha pálida en la oscuridad del patio. Estaba sentado en el suelo, con la espalda apoyada en un tocón y los brazos rodeándole las rodillas.

No dijo nada cuando me acerqué a él, pero giró la cabeza y cambió la posición del cuerpo en una silenciosa bienvenida. Me senté sobre el tocón a su lado, y él inclinó la cabeza en mi muslo, lanzando un largo y profundo suspiro.

—¿No podías dormir? —Lo toqué con delicadeza, apartándole el pelo de la cara. Dormía con el pelo suelto, y le caía, abundante y revuelto, alrededor de los hombros, enredado por la cama.

—No, sí que he dormido —respondió en voz baja. Tenía los ojos abiertos, observando la enorme luna dorada creciente sobre los álamos temblones que había junto a la posada—. He tenido un sueño.

—¿Una pesadilla?

Las tenía cada vez con menos frecuencia, pero a veces aparecían: los sangrientos recuerdos de Culloden, de la muerte y la masacre inútiles; sueños con la cárcel, el hambre y el encierro... y, a veces, en muy pocas ocasiones, Jack Randall volvía en sueños, con una crueldad amorosa. Aquellos sueños siempre hacían que saliera de la cama y caminara de un lado a otro durante horas, hasta que el agotamiento acababa con esas visiones. Pero no había tenido esa clase de pesadillas desde el puente de Moore's Creek.

—No —dijo; parecía un poco sorprendido—. Para nada. He soñado con ella... con nuestra hija... y los niños.

El corazón me dio un extraño y pequeño vuelco, como consecuencia de la sorpresa y lo que casi podría haber sido envidia.

—¿Has soñado con Brianna y los niños? ¿Qué ocurría?

Jamie sonrió, con el rostro tranquilo y abstraído a la luz de la luna, como si aún tuviera parte del sueño frente a él.

—Están bien —dijo—. Están a salvo. Los he visto en una ciudad... parecía Inverness, pero de alguna manera era diferente. Subían por los peldaños de una casa... Roger Mac estaba con ellos —añadió—. Han llamado a la puerta, y una mujer pequeña y de pelo castaño les ha abierto. Ha reído de alegría al verlos y los ha hecho entrar. Han pasado a un pasillo con cosas extrañas, como cuencos, que colgaban del techo.

»Luego estaban en una habitación, con sofás y sillas, y grandes ventanales que ocupaban toda una pared, desde el techo hasta el suelo, y el sol de la tarde entraba a raudales, haciendo que brillara el pelo de Brianna, y que la pequeña Mandy llorara cuando le ha iluminado los ojos.

—¿Alguno... alguno de ellos ha llamado a la señora de pelo castaño por su nombre? —pregunté, con el corazón latiéndome de una manera extraña.

Jamie frunció el ceño, y el resplandor de la luna brilló sobre su nariz y sus cejas.

—Sí —dijo—. Pero no puedo... ah, sí; Roger Mac la ha llamado Fiona.

—¿En serio? —pregunté. Mis manos descansaron sobre sus hombros, y sentí la boca cien veces más seca que cuando me había despertado. La noche era fresca, pero no tanto como para explicar la temperatura de mis manos.

Yo le había contado a Jamie muchas cosas sobre mi propia época durante los años de nuestro matrimonio. Le había hablado de trenes, aviones, automóviles, guerras y tuberías. Pero estaba casi segura de que jamás le había explicado cómo era el estudio de la casa parroquial donde Roger había crecido con su padre adoptivo: la habitación con el ventanal del techo al suelo, para que el reverendo pudiera dedicarse a la pintura, que era su afición; la casa parroquial, con su largo pasillo y aquellas lámparas pasadas de moda que parecían cuencos colgantes. Y sabía que jamás le había hablado de la última ama de llaves del reverendo, una muchacha de cabello oscuro y rizado que se llamaba Fiona.

—¿Eran felices? —pregunté por fin, en voz muy baja.

—Sí. Brianna y Roger... tenían algunas sombras en la cara, pero me he dado cuenta de que en el fondo estaban contentos. Todos se sentaban a comer... Brianna y su marido cerca, inclinándose el uno sobre la otra... y el pequeño Jem se llenaba la boca de tartas y crema. —Sonrió al evocar la imagen y sus dientes crearon un breve resplandor en la oscuridad—. Ah... al final, justo antes de despertarme... el pequeño Jem estaba haciendo el tonto, cogiendo cosas y volviendo a dejarlas donde estaban, como suele hacer. Había un... objeto... sobre la mesa. No sé qué era; jamás había visto algo parecido.

Separó las manos unos veinte centímetros, frunciendo el ceño.

—Era más o menos de esta anchura y un poco más largo... algo parecido a una caja, tal vez, sólo que... con una joroba.

—¿Con una joroba? —quise saber, desconcertada.

—Sí, y tenía una cosa encima como un pequeño palo, pero con un bulto a cada extremo, y el palo estaba atado a la caja con una especie de cordón negro, enredado en sí mismo como la cola de un cerdito. Jem lo ha visto, ha extendido la mano, y ha dicho: «Quiero hablar con el abuelo.» Y entonces me he despertado.

Echó la cabeza más hacia atrás, para mirarme a la cara.

—¿Sabes qué puede ser esa cosa, Sassenach? Nunca había visto algo así.

El viento de otoño bajaba por la colina, las hojas secas se movían a su paso, rápidas y ligeras como las pisadas de un fantasma, y sentí que se me erizaban los pelos de la nuca y el vello de los antebrazos.

—Sí, lo sé —dije—. Recuerdo que te hablé de esa clase de objetos. —Pero no creía habérselo descrito, salvo en términos muy generales. Me aclaré la garganta—. Se llama teléfono.

122

El guardián

Era noviembre. No había flores, los acebos brillaban con un color verde oscuro y los frutos rojos habían comenzado a madurar. Cogí un pequeño puñado, teniendo cuidado de no pincharme, añadí una rama tierna de abeto por su fragancia y subí por la empinada senda hacia el diminuto cementerio.

Iba todas las semanas a dejar algún pequeño objeto simbólico en la tumba de Malva y a decir una plegaria. A ella y a su hijo no los habían enterrado bajo un montículo funerario de piedras —su padre no había querido aceptar una costumbre tan pagana—, pero la gente pasaba y dejaba guijarros como recuerdo. Verlos me consoló un poco. Otros también la recordaban.

De repente, me detuve en el final del camino; había alguien arrodillado junto a la tumba; un joven. Oí el murmullo de su voz, grave y como en una conversación, y me habría vuelto para marcharme si él no hubiese levantado la cabeza y el viento no le hubiera alborotado el cabello, corto y con mechones, como las plumas de un búho. Era Allan Christie.

Él también me vio y se puso rígido. Ya no podía hacer otra cosa más que hablar con él, de manera que me dirigí hacia allí.

—Señor Christie —dije, palabras que sonaron extrañas en mi boca. Así llamaba yo a su padre—. Lamento la pérdida.

Me contempló con expresión de desconcierto; luego, una suerte de reconocimiento pareció agitarse en sus ojos, unos ojos grises rodeados de pestañas negras, muy parecidos a los de su padre y su hermana. Estaban enrojecidos por haber llorado y por la falta de sueño, a juzgar por las sorprendentes manchas que había debajo de ellos.

—Sí —dijo—. Mi pérdida. Sí.

Lo rodeé para colocar mi ramillete y, con un pequeño sobresalto, vi que había una pistola en el suelo, a su lado, amartillada y lista.

—¿Dónde has estado? —pregunté en el tono más natural posible, dadas las circunstancias—. Te hemos echado de menos.

Él se encogió de hombros, como si no importara dónde hubiera estado... tal vez fuera así. Ya no me miraba a mí, sino la lápida que habíamos colocado sobre la tumba.

—En varios sitios —respondió vagamente—. Pero he tenido que regresar. —Se apartó un poco, indicando con claridad que quería que me marchara. En cambio, me levanté la falda y me arrodillé con suavidad a su lado. Supuse que no se volaría los sesos delante de mí. No sabía qué hacer, más que intentar que hablara conmigo y esperar a que llegara alguien más.

—Estamos contentos de tenerte de vuelta —dije, tratando de hacer un comentario fácil que diera lugar al diálogo.

—Sí —respondió distraído, y sus ojos volvieron a la lápida—. He tenido que regresar. —Su mano se movió hacia la pistola y yo la cogí, de manera que él se sobresaltó.

—Sé que querías mucho a tu hermana —comenté—. Fue una terrible impresión para ti, lo sé. —¿Qué podía decirle? Había cosas que uno podía decir a una persona que estaba contemplando la idea del suicidio, sí, pero ¿qué?

«Su vida tiene valor.» Yo le había dicho eso a Tom Christie, y él había respondido: «Si no lo tuviera, esto no importaría.» Pero ¿cómo podía convencer a su hijo de eso?

—Tu padre os quería a los dos —dije, al mismo tiempo que me preguntaba si él sabría lo que su padre había hecho. Sus dedos estaban muy fríos, y rodeé sus manos con las mías, tratando de ofrecerle un poco de calor, con la esperanza de que el contacto humano lo ayudara.

—No tanto como yo la quería a ella —replicó en voz baja, sin mirarme—. La quise toda mi vida, desde el momento en que nació y me la dieron para que la sostuviera entre mis brazos. No hubo nadie más, para ninguno de los dos. Mi padre estaba en prisión, y luego mi madre... ah, mi madre. —Hizo una mueca con los labios, como si fuera a reír, pero no se produjo ningún sonido.

—Sé lo de tu madre —dije—. Tu padre me lo contó.

—¿Sí? —Levantó la cabeza de inmediato para mirarme, con los ojos despejados y duros—. ¿Le contó que nos llevaron a Malva y a mí a presenciar su ejecución?

—Yo... no. Creo que él no lo sabía... —Sentí un nudo en el estómago.

—Sí lo sabía. Yo se lo expliqué más tarde, cuando él mandó a buscarnos y nos trajo aquí. Dijo que estaba bien, que así habíamos visto con nuestros propios ojos el destino de la perversión. Me hizo recordar la lección... y yo lo hice —añadió en voz más baja.

—¿Cuántos... cuántos años tenías entonces? —pregunté, horrorizada.

—Diez. Malva no tenía más que dos; no tenía la menor idea de lo que ocurría. Llamó a gritos a mamá cuando la llevaron ante el verdugo, y pataleó y gritó, extendiendo las manos hacia ella.

Tragó saliva, y apartó la cabeza.

—Traté de cogerla, de meterle la cabeza en mi regazo, para que no viera nada... pero no me lo permitieron. Le levantaron la cabecita y la obligaron a mirar, y la tía Darla le decía al oído que eso era lo que les ocurría a las brujas, y le pellizcó las piernas hasta que gritó de dolor. Vivimos con la tía Darla seis años después de eso —explicó con expresión distante—. A ella no le gustaba mucho, pero dijo que sabía que era su deber cristiano. La vieja casi no nos alimentaba y fui yo quien cuidó de Malva.

Permaneció en silencio un instante, y yo también, pensando que lo mejor, y lo único, que podía ofrecerle ahora era la oportunidad de hablar. Sacó su mano de entre las mías, se inclinó hacia delante y tocó la lápida. No era más que un pedazo de granito, pero alguien se había tomado la molestia de tallar su nombre: sólo esa palabra, MALVA, en toscas letras de imprenta. Me recordaba a los monumentos esparcidos por Culloden, las piedras de los clanes, cada una con un solo nombre.

—Era perfecta —susurró. Sus dedos recorrieron la lápida, con delicadeza, como si estuviera tocando su carne—. Tan perfecta. Sus pequeñas partes íntimas parecían el capullo de una flor y su piel era fresca y suave...

Una sensación de frialdad creció en la boca de mi estómago. ¿Acaso quería decir...? Sí, claro que sí. Una sensación de inevitable desesperación surgió en mi interior.

—Era mía —dijo. Levantó la mirada y repitió con más fuerza—: ¡Era mía!

Luego bajó la mirada en dirección a la tumba y torció la boca en un gesto de dolor e ira.

—El viejo nunca lo supo... nunca adivinó lo que sentíamos el uno por el otro.

«¿No?», pensé. Tom Christie podría haber confesado el crimen para salvar a una persona que él amaba, pero amaba a más de una. Después de perder a una hija —o, mejor dicho, a una sobrina—, ¿no haría todo lo posible por salvar al hijo, que era el último resto de su sangre?

—Tú la mataste —dije en voz baja. No tenía duda alguna, y él no se sorprendió.

—Él la habría vendido; se la habría dado a algún granjero zopenco. —Allan apretó el puño contra su muslo—. Yo pensaba en ello mientras iba creciendo y, a veces, cuando yacía con ella, no podía soportar la idea y le abofeteaba la cara, sólo por la furia que me provocaba pensar en ello.

Tomó aliento de una manera profunda e irregular.

—No fue culpa suya, nada de esto lo fue. Pero yo creía que sí. Y entonces la pillé con aquel soldado, y luego, otra vez, con el sucio de Henderson. Le pegué por ello, pero ella gritó que no podía evitarlo... estaba embarazada.

—¿De ti?

Él asintió lentamente.

—Nunca pensé en ello. Desde luego, debería haberlo hecho, pero nunca lo hice. Ella era pequeña, Malva, quiero decir, era una niña pequeña. Vi que le crecían los pechos, sí, y que le salía vello, que le estropeaba su dulce piel... pero nunca pensé...

Negó con la cabeza, incapaz de enfrentarse a ese pensamiento.

—Dijo que tendría que casarse... y encontrar la manera de hacer creer a su futuro marido que el hijo era suyo, fuera quien fuese. Si no podía hacer que el soldado la desposara, entonces tendría que ser algún otro. Por eso aceptó cuantos amantes pudo, con rapidez. Pero yo puse fin a eso —me aseguró con un tono nauseabundo de santurronería en la voz—. Le dije que no iba a aceptarlo; que ya se me ocurriría otra forma.

—De modo que la obligaste a decir que el bebé era de Jamie.

Mi horror al escuchar la historia y la furia que sentía por lo que nos había hecho quedaron superados por una oleada de pena. «Oh, Malva —pensé desesperada—. Mi querida Malva. ¿Por qué no me lo dijiste?» Pero desde luego que no me lo habría dicho. Su único confidente era Allan.

Él asintió y extendió la mano para volver a tocar la piedra. Una ráfaga de viento atravesó el acebo, agitando las hojas rígidas.

—Eso explicaría el embarazo, ¿sabe?, pero no tendría que casarse con nadie. Pensaba que él le daría dinero para marcharse, y que yo partiría con ella. Tal vez podríamos irnos a Canadá o a las Indias. —Su voz parecía soñadora, como si hubiera imaginado una vida idílica en la que nadie lo sabría.

—Pero ¿por qué la mataste? —estallé—. ¿Qué te impulsó a hacerlo? —La pena y la falta de sentido resultaban abrumadoras; apreté los puños en mi delantal para no golpearlo.

—Tuve que hacerlo —respondió pesadamente—. Ella dijo que no quería seguir adelante. —Parpadeó, bajó la mirada y vi que tenía los ojos llenos de lágrimas—. Dijo... que la quería a usted —continuó, en un tono grave y grueso—. No podía hacerle tanto daño. Tenía intención de decir la verdad. No importaba lo que yo le dijera, siempre insistía en que la quería a usted y que lo contaría todo.

Cerró los ojos y hundió los hombros. Dos lágrimas se deslizaron por sus mejillas.

—¡¿Por qué fuiste tan terca?! —gritó, cruzando los brazos sobre su vientre en un espasmo de dolor—. ¿Por qué me obligaste a hacerlo? No tendrías que haber querido a nadie, salvo a mí.

Entonces se echó a llorar como un niño, y se dobló sobre sí mismo, entre sollozos. Yo también estaba llorando, por la pérdida y la falta de sentido, por el terrible, insoportable absurdo de todo aquello. Pero extendí la mano y levanté el arma del suelo. Con las manos temblorosas, abrí el tambor y, sacudiéndolo, saqué la bala; luego guardé la pistola en el bolsillo de mi delantal.

—Vete —dije, con la voz algo estrangulada—. Vuelve a marcharte, Allan. Ya ha muerto demasiada gente.

Estaba demasiado apesadumbrado para escucharme; lo sacudí por los hombros y volví a decírselo, esta vez con más fuerza:

—No puedes suicidarte. Te lo prohíbo, ¿me oyes?

—¡¿Y quién es usted para prohibirme nada?! —gritó, volviéndose hacia mí. Su cara estaba deformada por la angustia—. ¡No puedo vivir así, no puedo!

Tom Christie había dado la vida tanto por su hijo como por mí; no podía permitir que ese sacrificio fuera en vano.

—Debes hacerlo —dije, y me puse en pie, sintiéndome algo mareada y sin saber si las rodillas me sostendrían—. ¿Me oyes? ¡Debes hacerlo!

Levantó la mirada, con los ojos ardiendo debido a las lágrimas, pero no dijo nada. Se oyó un ruido agudo y penetrante, como el zumbido de un mosquito, y luego un golpe suave y repentino. Él no cambió de expresión, pero sus ojos murieron poco a poco. Se quedó de rodillas un instante, y entonces hizo una reverencia hacia delante, como una flor inclinándose desde el tallo, y vi la flecha que asomaba en el centro de su espalda. Tosió una vez, salpicando sangre, y cayó de lado, acurrucado sobre la tumba de su hermana. Sus piernas se agitaron espasmódicamente, de manera que adquirieron un grotesco parecido con una rana. Luego permaneció inmóvil.

Me quedé contemplándolo como una estúpida durante un momento interminable, y poco a poco fui cobrando conciencia de que Ian había salido del bosque y estaba de pie junto a mí, con el arco sobre su hombro. *Rollo* olfateó el cuerpo con curiosidad, gimiendo.

—Tiene razón, tía —dijo Ian en voz baja—. No puede.

123

El regreso del nativo

La Vieja Abuela Abernathy parecía que tuviera, como mínimo, ciento dos años. Ella admitía —bajo presión— una edad de noventa y uno. Estaba casi ciega y sorda, retorcida como un *pretzel* a causa de la osteoporosis, y la piel ya era tan frágil que el más mínimo rasguño la abría como un papel.

—No soy más que un saco de huesos —decía cada vez que la veía, sacudiendo su temblorosa cabeza a causa de la parálisis—. Pero ¡al menos tengo casi todos los dientes!

Y por increíble que pareciera, era cierto. Yo pensaba que ésa era la única razón por la que había vivido tanto; a diferencia de mucha gente con la mitad de años que ella, no se limitaba a vivir a base de gachas de avena, sino que todavía podía comer carne y vegetales. Tal vez esa buena alimentación era lo que la mantenía en pie, o quizá nada más que su tozudez. Su apellido de casada era Abernathy, pero, según me confió, antes había sido una Fraser.

Sonriendo por la idea, terminé de vendarle la delgada espinilla. Ya casi no tenía carne en las piernas y los pies, y era dura y estaba fría como una madera. Se había golpeado la espinilla contra la pata de la mesa y se había arrancado un pedazo de piel de la anchura de un dedo; una persona más joven jamás prestaría atención a una herida tan poco importante, pero su familia se preocupaba por ella, y me había mandado llamar.

—Tardará en cicatrizar, pero si la mantiene limpia... ¡no le permita que se unte la herida con grasa de cerdo!... creo que estará bien.

La señora Abernathy más joven, conocida como la Joven Abuela, aunque tenía unos setenta años, me miró con sospecha. Al igual que su suegra, tenía mucha fe en la grasa de cerdo y la trementina para curarlo todo, pero asintió a regañadientes. Su hija, cuyo rimbombante nombre de Arabella había sido reducido al más íntimo de Abuela Belly, me sonrió desde detrás de la espalda de la Joven Abuela. Había tenido menos suerte en cuanto a los dientes —tenía significativos huecos en su sonrisa—, pero era alegre y de natural bondadosa.

—Willie B. —le indicó a un nieto adolescente—. Baja a la alacena y trae un saquito de nabos para la señora.

Protesté como siempre, pero todos los implicados teníamos bastante claro cómo era el protocolo adecuado a tales circunstancias y, pocos minutos más tarde, yo ya estaba en el camino de vuelta, cargada con más de dos kilos de nabos.

No me venían mal. Me había obligado a regresar al huerto la primavera posterior a la muerte de Malva... tenía que hacerlo; estaba muy bien sentir pena, pero teníamos que comer. Pero los posteriores altercados y mis prolongadas ausencias habían tenido como resultado un casi total abandono de la cosecha otoñal.

Pese a los mejores esfuerzos de la señora Bug, los nabos habían sucumbido a las arañuelas y a la podredumbre.

Nuestras reservas, en general, eran tristemente escasas. Jamie e Ian se marchaban con frecuencia y nunca tenían tiempo de cosechar o cazar, y sin Bree y Roger, las cosechas de grano habían rendido la mitad de su producción habitual, y no había más que una lastimosa pierna de venado colgando en el cobertizo de ahumado. Necesitábamos prácticamente todo el grano para nuestro propio uso; no quedaba nada para intercambiar o vender, y sólo unos escasos sacos de cebada aguardaban bajo las lonas cerca del cobertizo de malteado, donde quizá se pudrirían, pensé sombríamente, puesto que nadie había tenido tiempo de ocuparse del malteado de una nueva partida antes de que llegara el frío.

La señora Bug estaba reponiendo poco a poco sus gallinas, después de un ataque de un zorro que había entrado en el gallinero, pero era una tarea lenta, y apenas recibíamos un huevo cada cierto tiempo para el desayuno.

Por otro lado, reflexioné con un poco más de alegría, sí teníamos jamón. Mucho. Así como inmensas cantidades de tocino, queso, chuletas, solomillo... por no mencionar el sebo y la manteca derretida.

La idea hizo que volviera a pensar en la grasa de cerdo y en la atmósfera apretada, abrumadoramente familiar, pero cómoda, del grupo de cabañas de los Abernathy y, en contraste, en el espantoso vacío de la Casa Grande.

En un lugar con tanta gente, ¿cómo era posible que la pérdida de tan sólo cuatro personas fuese tan importante? Tuve que detenerme y apoyarme en un árbol, dejar que la pena se apoderara de mí, sin intentar pararla. «No puedes mantener a raya a los espíritus —me había dicho Jamie—. Déjalos pasar.»

Y eso hice; jamás había podido impedírselo. Y traté de consolarme con la esperanza... no, no la esperanza, me dije con ferocidad, sino con la certeza de que en realidad no eran fantasmas. No estaban muertos, sino tan sólo... en otra parte.

Después de unos instantes, la abrumadora congoja comenzó a ceder, alejándose poco a poco como si se tratara de la marea. A veces quedaba algún tesoro al descubierto; pequeñas imágenes olvidadas de la cara de Jemmy manchada con miel, la risa de Brianna, las manos de Roger, hábiles con un cuchillo, tallando uno de los cochecitos (la casa estaba llena de ellos), y luego inclinándose para pinchar un bollo de un plato. Y si bien contemplar esas imágenes me creaba un nuevo dolor, al menos las tenía conmigo, y podía guardarlas en el corazón, sabiendo que, con el paso del tiempo, me aportarían algún consuelo.

Respiré y sentí que la rigidez del pecho y la garganta iban disminuyendo. Se me ocurrió que Amanda no sería la única que podría beneficiarse de la cirugía moderna. Yo no sabía qué podría hacerse por las cuerdas vocales de Roger, pero tal vez... y, sin embargo, su voz ya estaba bien. Plena y resonante, aunque ronca. Era posible que decidiera dejarla como estaba; él había luchado por ello y lo había logrado.

El árbol sobre el que estaba apoyada era un pino; las agujas se balancearon suavemente y luego se detuvieron, como si estuvieran de acuerdo conmigo. Debía marcharme; ya era tarde y el aire era mucho más frío. Me sequé los ojos, me coloqué la capucha del abrigo y continué mi camino. Era una larga caminata desde la casa de los Abernathy; debería haber ido con *Clarence*, pero había llegado coja el día anterior y le había dejado descansar. No obstante, debía darme prisa si quería llegar a casa antes de que oscureciera. Lancé una mirada recelosa hacia arriba, evaluando las nubes, que tenían aquel color gris suave y uniforme de la nieve que estaba a punto de caer. El aire era frío y estaba cargado de humedad; en cuanto descendiera la temperatura por la noche, nevaría.

Todavía había luz en el cielo, aunque muy escasa, cuando pasé por el almacén de los productos lácteos y entré en el patio trasero. De todas formas, había suficiente como para darme cuenta de que algo iba mal; la puerta trasera estaba abierta.

Eso disparó mis alarmas internas, y me di la vuelta para regresar corriendo al bosque. Al hacerlo, choqué de frente contra un hombre que había salido de entre los árboles a mi espalda.

—¿Quién demonios eres? —exclamé, retrocediendo a toda prisa.

—No se preocupe por eso, señora —dijo y, agarrándome del brazo, gritó en dirección a la casa—: ¡Eh, Donner! ¡La tengo!

Lo que fuera que Wendigo Donner hubiera estado haciendo durante el último año no le había reportado beneficios a juzgar por su aspecto. Aunque nunca lo había visto muy acicalado, estaba tan andrajoso que su abrigo se caía a pedazos, y una parte de su fibrosa nalga quedaba al descubierto a través de un agujero en los pantalones. Tenía el cabello grasiento y mate, y él apestaba.

—¿Dónde están? —preguntó con voz ronca.

—¿Dónde está qué? —Me di la vuelta para enfrentarme a su compañero, cuyo aspecto era algo mejor—. ¿Y dónde están mi ama de llaves y sus hijos?

Nos encontrábamos de pie en la cocina y el fuego del hogar estaba apagado; la señora Bug no había venido esa mañana, y daba la impresión de que Amy y los muchachos se habían marchado hacía bastante tiempo.

—No lo sé. —El hombre se encogió de hombros, indiferente—. No había nadie en casa cuando hemos llegado.

—¿Dónde están las joyas? —Donner me agarró del brazo, tirando de él para que diera media vuelta y lo mirara. Tenía los ojos hundidos y su mano estaba caliente; ardía de fiebre.

—No tengo ninguna —dije lacónicamente—. Estás enfermo, deberías...

—¡Sí que las tiene! ¡Yo lo sé! ¡Todos lo saben!

Hice una pausa. Por la forma en que funcionaban las habladurías, era probable que todos creyeran que Jamie poseía un pequeño depósito de joyas. No era de extrañar que los rumores de ese hipotético tesoro hubiesen llegado hasta oídos de Donner, y tampoco era muy probable que pudiera convencerlo de lo contrario. Aun así, mi única alternativa era intentarlo.

—Ya no están —me limité a decir.

Algo brilló en sus ojos al oír aquello.

—¿Qué ha sido de ellas? —preguntó.

Levanté una ceja en dirección a su cómplice. ¿Acaso quería que su compañero se enterara?

—Ve a buscar a Richie y a Jed —le dijo Donner enseguida al matón, que se encogió de hombros y salió.

¿Richie y Jed? ¿Cuántas malditas personas habían venido con él? Después de la primera impresión que me había causado verlo, cobré conciencia de que había pies golpeando en la escalera, y puertas de alacenas que se abrían y se cerraban con violencia al otro lado del pasillo.

—¡Mi consulta! ¡Sácalos de ahí! —Me lancé por la puerta hacia el pasillo, con la intención de hacerlo yo misma, pero Donner me agarró del abrigo para que me detuviera.

Yo estaba muy cansada de que me maltrataran, y no tenía miedo de aquella miserable excusa de ser humano.

—¡Suéltame! —grité, y le lancé una patada a la rótula para dar énfasis a mis palabras. Él dio un alarido, pero me soltó; pude oír cómo maldecía a mi espalda mientras salía y atravesaba corriendo el pasillo.

Habían tirado al pasillo papeles y libros del despacho de Jamie, y tenían un charco de tinta encima. La explicación de la tinta fue obvia cuando vi al matón revisando mi consulta; tenía una mancha de tinta en la parte delantera de la camisa, donde, al parecer, había guardado el tintero de peltre que había robado.

—¿Qué estás haciendo, imbécil? —pregunté.

El matón, un muchacho de unos dieciséis años, parpadeó y me miró con la boca abierta. Tenía en la mano una de las perfectas esferas de cristal del señor Blogweather. Al verme, sonrió con maldad y la dejó caer al suelo, donde se hizo trizas. Uno de los pedazos voladores le atravesó la mejilla y se la abrió; él no se dio cuenta hasta que empezó a manar sangre. Entonces se llevó una mano a la herida, frunciendo el entrecejo por la extrañeza, y gritó de temor al ver la sangre.

—Mierda —dijo Donner, a mi espalda. Me rodeó con los brazos, y me arrastró con él hasta la cocina—. Mire —me dijo en tono apremiante, soltándome—. Sólo quiero dos. Puede quedarse con el resto. Necesito una para pagarles a estos tipos y otra para... para viajar.

—Pero es cierto —insistí, sabiendo que no me creería—. No tenemos ninguna. Mi hija y su familia... se han marchado. Han regresado. Usaron todas las que teníamos. No hay más.

Él me miró con la incredulidad dibujada en sus ojos.

—Sí que hay —dijo con seguridad—. Tiene que haberlas. ¡Debo marcharme de aquí!

—¿Por qué?

—A usted no le importa. Debo irme, y pronto. —Tragó saliva y recorrió la cocina con la mirada, como si las gemas pudieran estar colocadas sobre un aparador—. ¿Dónde están?

Un horrible estrépito proveniente de la consulta, seguido de un estallido de maldiciones, me impidió que le respondiera. Me moví por instinto hacia la puerta, pero Donner se me adelantó.

Me sentía furiosa por esa invasión, y comenzaba a alarmarme. Si bien nunca había visto ningún indicio de violencia por parte de Donner, no estaba tan segura respecto a los hombres que lo acompañaban. Era posible que finalmente se rindieran y se marcharan cuando resultara evidente que, de hecho, no había ninguna gema en toda la casa; pero también era posible que trataran de sonsacarme la ubicación de dichas gemas a golpes.

Me ceñí el abrigo y me senté en un banco, tratando de pensar.

—Mira —le dije a Donner—, habéis puesto la casa patas arriba... —Un estrépito procedente de la planta superior sacudió las paredes y di un salto. Por Dios, parecía como si hubieran volcado el armario—. Habéis puesto la casa patas arriba —repetí con los dientes apretados— y no habéis encontrado nada. ¿Acaso no te las daría si las tuviera, para evitar que destrozaras este lugar?

—No, creo que no. Yo no lo haría, en su lugar. —Se pasó una mano por la boca—. Ya sabe lo que ocurre... la guerra y todo eso. —Meneó la cabeza, confundido—. No sabía que sería así. Lo juro por Dios, la mitad de la gente con la que me cruzo ya no sabe para qué lado apuntar. Pensé que sería, ya sabe, casacas rojas y todo eso, y entonces me bastaría con mantenerme lejos de cualquier uniforme, lejos de las batallas, y no habría problemas. Pero no he visto ningún casaca roja, y la gente, la gente corriente, está toda disparándose entre sí y quemándose las casas...

Cerró los ojos durante un minuto. Sus mejillas pasaron de rojas un momento a blancas el siguiente; me di cuenta de que estaba muy enfermo. También podía oírlo; la respiración sonaba húmeda en su pecho, y resollaba un poco. Si se desmayaba, ¿cómo me libraría de sus compañeros?

—En cualquier caso —dijo, abriendo los ojos—, me marcho. Regreso. No me importa cómo estén las cosas en esa época; será muchísimo mejor que esto.

—¿Y qué hay de los indios? —pregunté, con apenas un toque de sarcasmo—. ¿Los dejas para que se las arreglen solos?

—Sí —contestó, sin sarcasmo alguno—. A decir verdad, ya no siento tanta simpatía por ellos. —Se frotó la parte superior del pecho con aire distraído, y vi una cicatriz grande y fruncida a través de un agujero de la camisa—. Vaya —añadió de pronto, con un anhelo evidente en la voz—, qué no daría por una Bud fría y un partido de béisbol en la tele. —Luego su atención se centró en mí—. Vamos —dijo con un tono medianamente razonable—, necesito esos diamantes. Démelos y nos marcharemos.

Yo había estado sopesando varios planes para librarme de los intrusos, pero no me decidía por ninguno en particular, y me sentía cada vez más inquieta. Teníamos muy pocas cosas que valiera la pena robar y, por el aspecto del aparador, ellos ya habían cogido todo lo que había, incluidas, me di cuenta alarmada, las pistolas y la pólvora. Dentro de poco, empezarían a impacientarse.

Podría venir alguien. Era probable que Amy y los muchachos se encontraran en la cabaña de Brianna, adonde planeaban trasladarse; podrían regresar en cualquier momento. Alguien podría venir a buscarnos a Jamie o a mí, aunque las posibilidades de que eso ocurriera disminuían minuto a minuto, a medida que oscurecía. De todas formas, si alguien acudía, el efecto podría ser desastroso.

En ese momento oí voces en el porche y pies golpeando contra el suelo. Me incorporé de un salto, con el corazón latiéndome en la boca.

—¿Quiere dejar de hacer eso? —preguntó Donner irritado—. Es la zorra más nerviosa que he visto.

No le presté atención; había reconocido una de las voces. Y, por supuesto, un momento después, dos de los matones, blandiendo pistolas, empujaron a Jamie hacia la cocina.

Estaba despeinado y sus ojos se clavaron de inmediato en mí, recorriendo mi cuerpo de arriba abajo para asegurarse de que estaba bien.

—Me encuentro bien —me apresuré a decir—. Estos idiotas creen que tenemos gemas y las quieren.

—Eso dicen. —Se irguió, encogiéndose de hombros para colocarse bien el abrigo, y echó un vistazo a las alacenas abiertas y al saqueado aparador. Incluso habían volcado el aparador de las tartas, y había restos de un pastel de pasas aplastado en el suelo, con una enorme marca de una pisada—. Veo que ya las han buscado.

—Mira, amigo —intervino uno de los matones en tono razonable—. Lo único que queremos es el botín. Sólo dinos dónde están y nos iremos, y nadie saldrá herido, ¿de acuerdo?

Jamie se frotó el puente de la nariz, examinando al que había hablado.

—Supongo que mi esposa les habrá dicho que no tenemos ninguna gema.

—Bueno, claro —dijo el matón en tono tolerante—. Las mujeres, ya se sabe. —El hombre parecía sentir que, ahora que había aparecido Jamie, podían solucionar el asunto de una manera más eficiente, de hombre a hombre.

Jamie suspiró y se sentó.

—¿Por qué creen que tengo joyas? —preguntó en un tono más bien tranquilo—. Las he tenido, lo admito, pero ya no. Las vendí.

—¿Dónde está el dinero, entonces? —Era evidente que el segundo matón estaba dispuesto a contentarse con eso, sin importar lo que pensara Donner.

—Lo he gastado —contestó Jamie brevemente—. Soy coronel de la milicia... seguro que eso ya lo saben, ¿verdad? Cuesta mucho dinero aprovisionar a una compañía de milicianos: alimentos, armas, pólvora, zapatos... todo suma. ¡Con lo que cuesta el cuero para los zapatos... por no hablar de las herraduras de los caballos! Y también los carromatos; no se creerían lo que cuestan los carromatos...

Uno de los matones asentía a medias con el ceño fruncido, siguiendo esa razonable exégesis. Pero Donner y su otro compañero estaban, evidentemente, nerviosos.

—No digas una palabra más sobre los condenados carromatos —replicó Donner con grosería e, inclinándose, cogió del suelo uno de los cuchillos carniceros de la señora Bug—. Mira —dijo, frunciendo el ceño y tratando de parecer amenazador—. Ya estoy harto de que trates de ganar tiempo. O me dices dónde están, o... o yo... ¡la cortaré a ella! Sí, le cortaré la garganta. Juro que lo haré. —Con estas palabras, me agarró del hombro y me puso el cuchillo en la garganta.

Hacía un buen rato que me había quedado claro que Jamie estaba, efectivamente, tratando de ganar tiempo, lo que significaba que esperaba que ocurriera algo y, a su vez, que esperaba que viniera alguien. Eso era tranquilizador, pero también pensé que en su aparente despreocupación por mi —en teoría— inminente deceso tal vez estaba llevando las cosas un poco demasiado lejos.

—Ah —dijo, rascándose el cuello—. Bueno, yo, en su lugar, no haría algo así. Ella es la que sabe dónde están las gemas, ¿entiende?

—¡¿Yo, qué?! —grité indignada.

—¿Sí? —Uno de los otros matones se animó al escuchar esas palabras.

—Ah, sí —le aseguró Jamie—. La última vez que salí con la milicia, ella las ocultó. Y se negó a decirme dónde las había escondido.

—Espera... has dicho que las habías vendido y te habías gastado el dinero —intervino Donner, evidentemente confundido.

—He mentido —explicó Jamie en tono paciente.

—Ah.

—Pero si va a matar a mi esposa, bueno, entonces eso cambia las cosas.

—Ah —exclamó Donner, al parecer un poco más contento—. Sí. ¡Exacto!

—Creo que no nos han presentado, señor —dijo Jamie en tono cortés, extendiendo la mano—. Me llamo James Fraser. ¿Y usted es...?

Donner titubeó un minuto, sin saber qué hacer con el cuchillo que tenía en la mano derecha, pero luego se lo pasó con torpeza a la izquierda y se inclinó hacia delante para darle un breve apretón de manos a Jamie.

—Wendigo Donner —anunció—. Muy bien, ahora estamos avanzando.

Hice un ruido grosero, pero quedó ahogado por una serie de golpes y el sonido de cristales rotos en mi consulta. El patán que estaba allí debía de estar vaciando las estanterías indiscriminadamente, tirando botellas y frascos al suelo. Le agarré la mano a Donner y aparté el cuchillo de mi garganta, luego me puse en pie de un salto, con la misma furia demente con la que había incendiado un campo lleno de saltamontes.

Esta vez, fue Jamie quien me agarró a la altura del vientre cuando me lancé hacia la puerta, y me hizo dar casi un giro completo en el aire.

—¡Suéltame! ¡Mataré a ese hijo de puta! —dije, pataleando como una loca.

—Bueno, esperemos un poco, Sassenach —respondió él en voz baja, y me arrastró hasta la mesa, donde se sentó rodeándome firmemente con los brazos y sosteniéndome sobre sus piernas.

Nuevos sonidos de vandalismo llegaron por el pasillo; maderas astilladas y cristal aplastado bajo la suela de una bota. El joven patán habría abandonado la búsqueda y tan sólo estaría destruyendo todo para divertirse. Inspiré, preparándome para emitir un alarido de frustración, pero me contuve.

—Santo Dios —dijo Donner arrugando la nariz—. ¿Qué es ese olor? ¿Alguien se ha tirado uno? —Me miró con expresión acusadora, pero no le presté atención. Era éter, un olor denso y de una dulzura nauseabunda.

Jamie se puso un poco tenso. Él también sabía de qué se trataba y, en esencia, qué efectos tenía.

Luego tomó un profundo aliento y, con cuidado, me levantó de las piernas y me dejó en el banco a su lado. Noté que sus ojos se clavaban en el cuchillo que colgaba, flojo, en la mano de Donner, y capté lo que sus oídos más agudos ya habían percibido. Venía alguien.

Se inclinó un poco hacia delante, preparando los pies para dar un salto, y señaló con la mirada el hogar frío, donde había una pesada olla de hierro sobre las cenizas. Hice un gesto de asentimiento muy rápido y, cuando se abrió la puerta trasera, corrí a través de la cocina.

Donner, con una agilidad inesperada, extendió una pierna e hizo que tropezara. Caí hacia delante, patiné y choqué contra el banco con un golpe que me retumbó en la cabeza. Gemí y me quedé inmóvil durante unos instantes, con los ojos cerrados, sintiendo, de repente, que era demasiado mayor para esta clase de cosas. Abrí los ojos a regañadientes, me puse en pie con bastante dificultad y me encontré con que la cocina estaba llena de gente.

El primer cómplice de Donner había regresado con dos más, presumiblemente Richie y Jed y, con ellos, los Bug. Murdina parecía alarmada, mientras que Arch guardaba una fría furia en su expresión.

—*A leannan*! —gritó la señora Bug, corriendo hacia mí—. ¿Está herida?

—No, no —dije, bastante mareada—. Sólo dejad... que me siente un instante.

Miré a Donner, que ya no tenía el cuchillo en la mano. Había estado mirando el suelo con el entrecejo fruncido —evidentemente lo había dejado caer cuando me hizo tropezar—, pero levantó la cabeza de golpe al ver a los recién llegados.

—¿Qué? ¿Habéis encontrado algo? —preguntó con entusiasmo, puesto que tanto Richie como Jed estaban radiantes y con una expresión de orgullo.

—Claro que sí —le aseguró uno de ellos—. ¡Mira esto!

Tenía la cesta de labores de la señora Bug y, con estas palabras, la puso boca abajo y la sacudió hasta que su contenido cayó sobre la mesa. Una masa de tejido de lana aterrizó con un enorme ¡*zonk*! Unas manos entusiastas apartaron la lana y dejaron al descubierto un lingote de oro de veinte centímetros de largo, con un extremo un poco raspado y con la flor de lis del rey de Francia estampada en el centro.

Un silencio de asombro acompañó a esta aparición. Incluso Jamie parecía totalmente perplejo.

La señora Bug ya estaba pálida al entrar, pero en ese momento se puso del color de la tiza, y sus labios desaparecieron. Los ojos de Arch se clavaron en los de Jamie, oscuros y desafiantes.

La única persona a quien no impresionaba el resplandeciente metal era Donner.

—Bueno, perfecto —dijo—. Pero ¿dónde están las joyas? ¡Centraos en el objetivo, amigos!

Pero sus cómplices habían perdido cualquier interés en las supuestas joyas, puesto que tenían oro sólido en las manos, y estaban discutiendo la posibilidad de que hubiera más y peleándose respecto a quién tendría la custodia del lingote en cuestión.

Por mi parte, sentía que la cabeza me daba vueltas. Por el golpe, por la repentina aparición del lingote y lo que eso revelaba sobre los Bug, y, en especial, por los vapores de éter que eran cada vez más intensos. En la cocina nadie se había dado cuenta, pero habían cesado todos los sonidos provenientes de la consulta; era indudable que el joven patán que se encontraba allí se había desmayado.

El frasco de éter estaba casi lleno; era suficiente para anestesiar a una docena de elefantes, pensé algo ausente... o a una casa llena de gente. Podía ver que a Donner le costaba mantener la cabeza erguida. Era probable que dentro de pocos minutos todos los matones cayeran en un estado de abandono que los hiciera inofensivos, pero nosotros también caeríamos.

El éter es más pesado que el aire, de modo que descendería hasta el suelo, donde poco a poco formaría un charco alrededor de nuestras rodillas, y más tarde iría ascendiendo. Me puse en pie e inspiré rápidamente el aire en teoría más puro de la parte alta. Tenía que abrir la ventana.

Jamie y Arch estaban hablando entre sí en gaélico, demasiado deprisa para que yo pudiera seguirlos, incluso con la cabeza despejada. Donner los miraba con el ceño fruncido y la boca abierta, como si quisiera decirles que se detuvieran, pero no pudiera encontrar las palabras.

Intenté abrir el cerrojo de los postigos y tuve que concentrarme mucho para que mis dedos obedeciesen. Por fin, el cerrojo se movió y abrí el postigo... que me reveló el rostro lascivo de un indio desconocido en la luz crepuscular del otro lado de la ventana.

Lancé un chillido y retrocedí, trastabillando. A continuación, la puerta trasera se abrió de golpe y una silueta barbuda y bajita entró corriendo, aullando en una lengua incomprensible, seguida de Ian, a quien seguía, a su vez, otro indio desconocido, gritando y blandiendo algo... ¿un hacha?, ¿un garrote? No podía enfocar los ojos lo bastante como para distinguirlo.

Todo se convirtió en un pandemónium, que vi con ojos vidriosos. Me aferré al alféizar para no caer al suelo, pero no pude reunir el ánimo suficiente como para abrir la condenada ventana. Todos estaban forcejeando y peleando, pero los que se encontraban en la cocina lo hacían a cámara lenta, gritando y trastabillando como borrachos. Mientras observaba, con la boca abierta, Jamie se sacó minuciosamente el cuchillo de Donner de debajo de sus nalgas, lo levantó en un arco lento y elegante, y se lo clavó debajo del esternón.

Algo pasó volando junto a mi oreja y chocó contra la ventana, destruyendo el que tal vez era el único cristal que quedaba en la casa.

Respiré varias bocanadas de aire puro, tratando de aclararme la cabeza, e hice frenéticos movimientos con las manos, gritando (o tratando de gritar):

—¡Salid! ¡Salid!

La señora Bug estaba intentando hacer justo eso, arrastrándose a cuatro patas hacia la puerta entreabierta. Arch golpeó la pared y se deslizó hacia abajo poco a poco al lado de ella, con una expresión de desconcierto en el rostro. Donner había caído de cara contra la mesa y su sangre se derramaba de manera cruel sobre las tablas del pavimento, mientras otro de los matones yacía sobre el hogar apagado, con el cráneo aplastado. Jamie seguía de pie, balanceándose, y la silueta barbuda y bajita estaba a su lado, meneando la cabeza y con una expresión de confusión cuando los vapores comenzaron a afectarlo.

—¿Qué ocurre? —oí que preguntaba.

La cocina ya estaba casi a oscuras y las figuras se balanceaban como helechos en un jardín subacuático.

Cerré los ojos durante un segundo. Cuando volví a abrirlos, Ian estaba diciendo: «Espera, encenderé una vela.» Tenía una de las cerillas de Brianna en una mano y la lata en la otra.

—¡IAN! —grité, y en ese momento encendió la cerilla.

Se oyó un suave ¡*buuf*! y luego un ¡*buump*! más fuerte cuando el éter de la consulta entró en ignición, y de pronto nos vimos de pie en medio de un charco de fuego. Durante una fracción de segundo no sentí nada; después, un estallido de un calor abrasador. Jamie me agarró del brazo y me empujó hacia la puerta; trastabillé, caí sobre unas zarzas y rodé entre ellas, retorciéndome y agitando mis faldas humeantes.

Asustada y todavía aletargada por el éter, luché con las cintas de mi delantal, hasta que por fin conseguí arrancarlas y quitármelo. Las enaguas de lino estaban chamuscadas, pero no calcinadas. Me puse en cuclillas, jadeando, entre los hierbajos secos del jardín, incapaz de hacer otra cosa en ese momento que no fuera respirar. El olor a humo era intenso y punzante.

La señora Bug estaba en el porche trasero, de rodillas, arrancándose la cofia, que estaba en llamas.

Salieron hombres por la puerta trasera, golpeándose la ropa y el cabello. *Rollo* estaba en el jardín, ladrando histérico, y desde el otro lado de la casa oí relinchos de caballos asustados.

Alguien había sacado a Arch Bug; estaba estirado cuan largo era sobre la hierba seca; había perdido la mayor parte del pelo y de las cejas, pero seguía vivo.

Yo tenía las piernas rojas y llenas de ampollas, aunque, gracias a Dios, mis quemaduras no eran graves, debido a las capas de lino y algodón, que tardaban en arder, pensé, con la cabeza en una nube. Si hubiese llevado encima un tejido moderno, como el rayón, me habría encendido como una antorcha.

Ese pensamiento hizo que me volviera para mirar la casa. Ya había oscurecido y todas las ventanas de la planta baja estaban iluminadas. Las llamas bailaban en la puerta abierta. El lugar parecía una inmensa calabaza vaciada con velas en su interior.

—Supongo que usted será la señora Fraser. —El tipo bajito y barbudo se inclinó sobre mí, hablando con un suave retintín escocés.

—Sí —dije, volviendo gradualmente en mí—. ¿Quién es usted y dónde está Jamie?

—Aquí, Sassenach. —Jamie salió tropezando de la oscuridad y se dejó caer a mi lado. Señaló al escocés con un movimiento de la mano—. Permíteme que te presente al señor Alexander Cameron, más conocido como Scotchee.

—A sus órdenes, señora —dijo él en tono cortés.

Yo estaba tanteándome el cabello con delicadeza. Algunos mechones habían quedado reducidos a hebras chamuscadas, pero al menos todavía conservaba unos cuantos.

Sentí, más que ver, que Jamie clavaba los ojos en la casa. Seguí la dirección de su mirada y vi una oscura silueta en la ventana de la planta alta, enmarcada en el débil resplandor procedente del incendio de la planta baja. Gritó algo en su lengua incomprensible y comenzó a arrojar cosas por la ventana.

—¿Quién es ése? —pregunté, pensando que todo era bastante surrealista.

—Oh. —Jamie se frotó la cara—. Ése debe de ser Ganso.

—Por supuesto que sí —dije, asintiendo—. Se convertirá en un ganso asado si se queda ahí. —Aquello me pareció graciosísimo y comencé a reír.

Evidentemente, no era tan divertido como me había parecido; nadie más se reía. Jamie se puso en pie y gritó algo a la silueta oscura, que agitó la mano como restándole importancia y regresó a la habitación.

—Hay una escalera de mano en el granero —le dijo Jamie a Scotchee con tranquilidad, y ambos se alejaron en la oscuridad.

La casa ardió con bastante lentitud durante un buen rato; no había muchos objetos inflamables en la planta baja, a excepción de los libros y papeles del estudio de Jamie. Una figura alta salió de la puerta sujetándose la camisa con una mano y sosteniendo los faldones con la otra para formar una bolsa.

Ian se detuvo a mi lado, cayó de rodillas entre jadeos, y soltó los faldones de la camisa, dejando caer algunos objetos.

—Me temo que es todo lo que he podido salvar, tía. —Tosió unas cuantas veces, agitando la mano delante de la cara—. ¿Sabes qué ha ocurrido?

—No tiene importancia —respondí. El calor resultaba más intenso y luché por ponerme de rodillas—. Vamos. Tenemos que llevar a Arch un poco más lejos.

Los efectos del éter ya casi habían desaparecido, pero seguía teniendo una intensa sensación de irrealidad. Sólo disponía de agua fría para tratar las quemaduras. Vertí agua en el cuello y las manos de Arch, que tenían graves ampollas. El pelo de la señora Bug estaba chamuscado, pero sus pesadas faldas la habían protegido, al igual que a mí.

Ni ella ni Arch dijeron ni una palabra.

Amy McCallum vino corriendo, con el rostro pálido frente al resplandor del fuego. Le dije que llevara a los Bug a la cabaña de Brianna (ahora era la suya) y que mantuviera a los niños lejos del incendio. Asintió y lo hizo, sosteniendo entre ella y la señora Bug la alta silueta de Arch.

Nadie intentó sacar los cuerpos de Donner y sus compañeros.

Cuando el fuego se hizo fuerte en el hueco de la escalera, yo estaba mirando; se produjo un resplandor repentino en las ventanas de la planta superior y, poco después, aparecieron llamas en el corazón de la casa.

Comenzaron a caer copos gruesos de nieve, pesados y silenciosos. Media hora después, el terreno, los árboles y los arbustos estaban cubiertos de blanco. Las llamas eran rojas y doradas, y la nieve blanca reflejaba un suave resplandor rojizo. El claro parecía lleno de la luz del fuego.

Cerca de la medianoche, el techo cedió y cayó con gran estrépito, levantando una tremenda lluvia de chispas que se elevaron en la noche. Era una imagen tan hermosa que todos los que la estaban observando exclamaron «¡Oooooh!», en un involuntario grito de admiración.

Jamie me abrazó con fuerza. No podíamos apartar la mirada.

—¿Qué día es hoy? —pregunté de pronto.

Frunció el ceño un instante, pensando, y luego dijo:

—Veintinuno de diciembre.

—Y tampoco estamos muertos. Malditos periódicos —dije—. Nunca dan bien una noticia.

Por algún motivo, aquello le pareció muy gracioso, y Jamie se echó a reír hasta que tuvo que sentarse en el suelo.

124

Propiedad del rey

Pasamos el resto de la noche durmiendo —o, al menos, en posición horizontal— en el suelo de la cabaña, con los Bug, Ganso y su hermano Luz —quienes al principio me confundieron al referirse a sí mismos como los «hijos» de Jamie—, Scotchee e Ian. De camino a la aldea de Pájaro, los indios (puesto que Alexander Cameron era tan indio como los demás) se habían encontrado con Jamie e Ian, que estaban de caza, y habían aceptado su hospitalidad.

—¡Aunque ha sido un recibimiento más cálido de lo que esperábamos, Matador de Osos! —dijo Ganso riendo.

No preguntaron quién era Donner, ni hicieron mención alguna de los hombres cuyos cuerpos ardían en la pira funeraria que era la casa; sólo hicieron preguntas acerca del éter y menearon la cabeza, asombrados, mientras observaban el incendio.

En cuanto a Jamie, me percaté de que no les preguntaba para qué iban a la aldea de Pájaro, y llegué a la conclusión de que no quería enterarse de que algunos de los cherokee habían decidido apoyar al rey. Escuchaba sus conversaciones, pero intervenía poco, y dedicaba el tiempo a revisar los objetos que se habían salvado del incendio. Había poco de valor: unas cuantas hojas sueltas y chamuscadas de mi cuaderno de casos, algunas cucharas de peltre, un molde para balas... Pero cuando se quedó dormido a mi lado, vi que su puño estaba cerrado alrededor de algo y, al observarlo de cerca en la oscuridad, distinguí la cabeza de una pequeña víbora tallada en madera de cerezo.

Me desperté justo después del amanecer y vi a Aidan, que estaba mirándome, con *Adso* en sus brazos.

—He encontrado al gatito en mi cama —susurró—. ¿Quiere quedárselo usted?

Yo iba a negarme, pero luego vi la mirada de *Adso*. Por lo general, toleraba muy bien a los niños pequeños, pero Aidan lo sostenía del vientre, como una bolsa de lavandería, y las patas le colgaban de una manera ridícula.

—Sí —dije, con la voz ronca a causa del humo—. Dámelo... yo lo cogeré.

Me senté, pero después de aceptar al gato, vi que la mayoría de la gente seguía durmiendo, cubierta con mantas en el suelo. Dos excepciones notables: faltaban Jamie y Arch. Me levanté, cogí prestado el abrigo de Amy, que colgaba junto a la puerta, y salí.

Había dejado de nevar durante la noche, pero había entre cinco y diez centímetros de nieve en el suelo. Puse a *Adso* bajo el alero, donde el suelo estaba limpio, y entonces, respirando hondo, me volví para mirar la casa.

El humo se levantaba de los restos carbonizados, que tenían un aspecto negro como la tinta, y que eran muy nítidos, comparados con los árboles cubiertos de nieve que estaban detrás. Sólo la mitad de la casa había ardido completamente; la pared que daba al oeste seguía en pie, así como el cañón de la chimenea, que era de piedra. El resto era una masa de maderas achicharradas y montículos de ceniza, que ya estaban volviéndose grises. La planta superior había desaparecido por completo, y en cuanto a la consulta...

Me alejé cuando oí voces detrás de la casa. Jamie y Arch estaban en el cobertizo de leña, pero habían dejado la puerta abierta; pude verlos en el interior, cara a cara. Jamie me vio revoloteando por allí, y, con un gesto, hizo que pasara.

—Buenos días, Arch —dije, mirando a nuestro antiguo capataz—. ¿Cómo se encuentra?

—He estado mejor, *a nighean*, se lo agradezco —dijo, y tosió. Su voz era poco más que un susurro ronco, dañada por el humo, y había enormes ampollas llenas de pus tanto en sus manos como en su cara. Pero más allá de la pérdida del pelo y las cejas, me di cuenta de que estaba bien.

—Arch estaba a punto de explicarme esto, Sassenach. —Jamie señaló el brillante lingote de oro que se encontraba a sus pies, entre el serrín y los pedacitos de madera—. ¿Verdad, Arch?

Su voz tenía un tono aparentemente agradable, pero pude captar el filo que escondía, al igual que Arch. De todas formas, el señor Bug no era de los que se dejaban intimidar, con o sin cejas.

—No te debo ninguna explicación, *Seaumais mac Brian* —dijo, en el mismo tono agradable.

—Te estoy dando la oportunidad de que me des una explicación, amigo, no la elección. —Había abandonado el tono agradable. Jamie estaba manchado de hollín y algo chamuscado, pero tenía las cejas intactas y les estaba dando buen uso. Se volvió hacia mí, señalando el oro.

—Lo has visto antes, ¿no?

—Desde luego. —La última vez que lo había visto, resplandecía a la luz de una linterna, junto con otros lingotes, en el fondo de un ataúd en el mausoleo de Hector Cameron. La forma de los lingotes y el sello con la flor de lis eran inconfundibles—. A menos que Luis de Francia haya enviado grandes cantidades de oro a otra parte, es parte del tesoro de Yocasta.

—Eso no es cierto, y nunca lo ha sido —me corrigió Arch con firmeza.

—¿No? —Jamie lo miró enarcando una poblada ceja—. Entonces, si no es de Yocasta Cameron, ¿de quién es? ¿Sostienes que es tuyo?

—No. —Titubeó, pero el impulso de hablar era muy fuerte—. Es propiedad del rey —dijo, y su boca se cerró con fuerza tras la última palabra.

—¿Qué? ¿El rey de...? Ah —dije, al darme cuenta de todo—. Ese rey.

—*Le roi c'est mort* —intervino Jamie en voz baja, como para sí mismo, pero Arch se volvió hacia él con ferocidad.

—¿Acaso Escocia está muerta?

Jamie respiró hondo, pero no habló de inmediato. En cambio, me indicó con un gesto que me sentara en una pila de madera cortada y sujeta con una cuerda, e hizo lo mismo con Arch, antes de colocarse a mi lado.

—Escocia morirá cuando muera el último de sus hijos, *a charaid* —dijo, y agitó la mano en dirección a la puerta, en un gesto que abarcaba las montañas y hondonadas que nos rodeaban, y toda la gente que se encontraba en ellas—. ¿Cuántos hay aquí? ¿Cuántos habrá? Escocia está viva... pero no en Italia. —En Roma, quería decir, donde Carlos Estuardo se mantenía con vida a duras penas, ahogando en alcohol sus frustrados sueños de asumir el trono.

Arch entornó los ojos al escucharlo, pero mantuvo un silencio tenaz.

—Tú eras el tercer hombre, ¿verdad? —preguntó Jamie, sin prestarle atención—. Cuando bajaron el oro de Francia a la costa. Dougal MacKenzie cogió un tercio y Hector Cameron el otro. No puedo decir qué hizo Dougal con su parte... probablemente se la dio a Carlos Estuardo, y que Dios se apiade de su alma por ello. Tú eras arrendatario de Malcolm Grant; él te envió, ¿verdad? Cogiste un tercio del oro para él. ¿Se lo has entregado?

Arch asintió poco a poco.

—Fue entregado en fideicomiso —afirmó, y su voz se quebró. Se aclaró la garganta y escupió una mucosidad teñida de negro—. A mí, y luego a Grant... quien, a su vez, debería habérselo entregado al hijo del rey.

—¿Y lo hizo? —preguntó Jamie interesado—. ¿O pensó, al igual que Hector Cameron, que era demasiado tarde?

Lo era, ya que la causa estaba perdida... el oro no hubiera servido de nada. Los labios de Arch se cerraron con tanta fuerza que casi se volvieron invisibles.

—Él hizo lo que hizo —respondió lacónicamente—. Lo que le pareció bien. El dinero se usó para el bienestar del clan. Pero Hector Cameron era un traidor, y también su esposa.

—Fue usted el que habló con Yocasta en la tienda —dije de repente, al darme cuenta—. En la reunión, cuando conoció a Jamie. Vino aquí para encontrarla, ¿verdad?

Arch pareció sorprendido al escucharme, pero inclinó la cabeza uno o dos centímetros, admitiéndolo. Me pregunté si había aceptado (¿o había buscado?) un empleo con Jamie por su relación con Yocasta.

—Y esto —afirmé, empujando con un pie el lingote raspado— lo encontró en casa de Yocasta cuando fue con Roger y Duncan para traer a los pescadores. —Era una prueba, si es que la necesitaba, de que Yocasta todavía conservaba la parte del oro francés de Hector.

—Lo que yo me pregunto —dijo Jamie, frotándose el puente largo y recto de la nariz con un dedo— es cómo diablos has encontrado el resto y luego lo has sacado.

Arch frunció los labios un momento, y luego los separó a regañadientes.

—No fue demasiado difícil. Vi la sal en la tumba de Hector y la forma en que los esclavos negros evitaban acercarse a ella. No sería extraño que él no descansara en paz... pero ¿en qué otro sitio estaría mejor el oro que con él? —Una luz fría brilló en sus ojos marchitos—. Yo llegué a conocer a Hector Cameron. No era un hombre dispuesto a entregar algo sólo porque estuviera muerto.

En su calidad de capataz, Arch realizaba frecuentes viajes a Cross Creek para comprar e intercambiar mercancías. No era un invitado habitual de River Run, pero había estado allí lo suficiente como para familiarizarse con la propiedad. Si alguien veía una figura cerca del mausoleo por la noche... bueno, todos sabían que el fantasma de Hector Cameron «merodeaba», y que sólo se lo podía encerrar en una zona acotada con líneas de sal, de modo que nadie estaba dispuesto a acercarse a investigar.

Así que él se había limitado a sacar un lingote tras otro en algunos de sus viajes —aunque no en todos—, hasta que se había llevado la totalidad del tesoro antes de que Duncan Innes descubriera la pérdida.

—No debería haberme quedado con ese primer lingote, ahora me doy cuenta —comentó, señalándolo con un gesto triste—. Pero al principio pensé que podríamos necesitarlo... Murdina y yo. Entonces, cuando se vio obligada a matar a ese tal Brown...

Jamie levantó la cabeza de inmediato, y los dos nos quedamos mirándolo. Tosió.

—Aquella perversa criatura se había repuesto lo bastante de sus heridas como para hurgar en la cabaña cuando ella salía. Lo encontró —dijo, volviendo a señalar el lingote— en su cesta de labores, donde ella lo tenía oculto. Desde luego, no podía saber de qué se trataba, pero sí era consciente de que personas tan pobres como nosotros no deberíamos tener algo así. —Volvió a apretar los labios, y recordé que había sido capataz jefe del clan Grant... un hombre de valía—. Preguntó qué era y ella, por supuesto, no respondió. Pero entonces, cuando llegó a su casa, temió que les contara a ustedes lo que había visto. Y puso fin a todo.

Lo dijo con calma; después de todo, ¿qué más podía hacer? No por primera vez, me pregunté qué otras cosas habían hecho (o se habían visto obligados a hacer) en los años posteriores a Culloden.

—Bueno, al menos has mantenido el oro lejos de las manos del rey Jorge —señaló Jamie en un tono algo sombrío.

Se me ocurrió que estaba pensando en la batalla del puente de Moore's Creek. Si Hugh MacDonald hubiese estado en posesión de aquel oro y lo hubiera usado para comprar pólvora y armas, la victoria no se habría obtenido con tanta facilidad. Y los escoceses de las Highlands tampoco habrían sufrido otra masacre, lanzándose espada en mano sobre los cañones.

—Arch —dije, cuando el silencio amenazó con tornarse opresivo—, ¿exactamente qué planeaba hacer con él?

Él parpadeó y bajó la mirada hacia el lingote.

—Yo... al principio sólo quería comprobar si era cierto lo que se decía: que Hector Cameron se había llevado su parte del oro y lo había utilizado para sus propios fines. Luego lo encontré muerto, pero era evidente, por la forma en que vivía su esposa, que sin duda lo había cogido. Entonces me pregunté si aún quedaba algo.

Arrastró una mano hacia arriba y masajeó su marchita garganta.

—A decir verdad, señora... lo que más deseaba era quitárselo a Yocasta Cameron. Pero una vez que lo hice... —Su voz fue apagándose, pero luego se animó—: Soy un hombre de palabra, *Seaumais mac Brian*. Le hice un juramento a mi jefe... y lo mantuve hasta que él murió. Le hice un juramento al rey, al otro lado del océano —se refería a Jacobo Estuardo—, pero él también está muerto. Y entonces... juré lealtad a Jorge de Inglaterra cuando vine a estas costas. De modo que dime cuál es mi deber ahora.

—También me hiciste un juramento a mí, *Archibald mac Donagh* —afirmó Jamie.

Arch sonrió al oír esa afirmación; era una sonrisa irónica, pero sonrisa al fin y al cabo.

—Y por ese juramento sigues vivo, *Seaumais mac Brian* —replicó—. Podría haberte matado anoche mientras dormías, y ya estarías muy lejos.

Jamie torció la boca en un gesto que expresaba una duda considerable ante esa declaración, pero se abstuvo de contradecirlo.

—Estás liberado del juramento que me hiciste —dijo formalmente en gaélico—. Toma tu vida de mi mano. —E, inclinando la cabeza hacia el lingote, añadió—: Coge eso... y márchate.

Arch lo contempló un instante, sin parpadear. Luego se agachó, recogió el lingote y se fue.

—No le has preguntado dónde está el oro —dije mirando cómo Arch rodeaba la cabaña para ir a despertar a su esposa.

—¿Crees que me lo habría dicho? —Jamie se incorporó y se estiró. Luego se sacudió como un perro y se puso debajo de la puerta del cobertizo, con los brazos agarrados al marco, mirando hacia fuera. Estaba empezando a nevar de nuevo.

—Veo que no sólo los Fraser son testarudos como mulas —señalé, acercándome a él—. Escocia está viva, claro que sí.

Eso hizo que riera. Me rodeó con un brazo y yo apoyé la cabeza en su hombro.

—Tu pelo huele a humo, Sassenach —dijo en voz baja.

—Todo huele a humo —respondí, también en voz baja.

Las ruinas quemadas de la casa seguían estando demasiado calientes como para que la nieve cuajara en ellas, pero tarde o temprano eso sucedería. Si seguía nevando, al día siguiente la casa ya estaría borrada, blanca como las rocas y los árboles. Nosotros también... en algún momento.

Pensé en Yocasta y en Duncan, que habían ido a Canadá en busca de algún lugar seguro, de parientes que los recibieran. ¿Adónde irían los Bug? ¿Regresarían a Escocia? Durante un instante, anhelé lo mismo para mí. Estar lejos de la pérdida y la desolación. En casa.

Pero entonces lo recordé.

—«Mientras un centenar de nosotros siga con vida...» —cité. Jamie apoyó su cabeza en la mía durante un momento, luego la levantó y se volvió para mirarme.

—Y cuando tú acudes a la casa de un enfermo, Sassenach... a ver a alguien que está herido, o a un parto... ¿cómo puedes levantarte de tu propia cama, incluso aunque estés muy cansada, y llegar hasta allí sola, en la oscuridad? ¿Por qué nunca prefieres esperar o decir que no? ¿Por qué nunca te abstienes, incluso cuando sabes que es imposible hacer algo?

—No puedo. —Mantuve la mirada fija sobre las ruinas de la casa, observando cómo se enfriaban las cenizas ante mis ojos. Sabía a qué se refería, cuál era la verdad indeseada que quería obligarme a manifestar... pero esa verdad se interponía entre nosotros y había que expresarla—. No puedo... no... puedo admitir... que haya otra posibilidad que no sea ganar.

Me rodeó el mentón con las manos y me empujó la cabeza hacia arriba, de modo que me vi obligada a mirarlo a los ojos. Estaba agotado, con profundas arrugas en torno a los ojos y la boca, pero esos ojos eran límpidos, frescos y profundos como las aguas de un manantial oculto.

—Yo tampoco —dijo.

—Lo sé.

—Tú, al menos, puedes prometerme la victoria —señaló, pero su voz ocultaba el susurro de una pregunta.

—Sí —asentí, y le toqué la cara. Mi voz parecía ahogada, y tenía la visión borrosa—. Sí, eso puedo prometértelo. Esta vez. —No mencioné lo que excluía aquella promesa, las cosas que yo no podía garantizar. Ni vida, ni seguridad, ni hogar, ni familia, ni ley, ni legado. Sólo esa cosa... o tal vez dos.

—La victoria —añadí—. Y que estaré contigo hasta el fin.

Cerró los ojos un momento. Cayeron unos copos de nieve que se derretían al tocarle la cara, manteniéndose blancos sobre sus pestañas durante un instante. Luego los abrió y me miró.

—Eso es suficiente —dijo en voz baja—. No pido nada más.

Entonces extendió los brazos y me rodeó con ellos, me abrazó un momento mientras una brisa de nieve y cenizas giraba a nuestro alrededor. Luego me besó, me soltó y tomé una enorme bocanada de aire frío, penetrante debido al olor a quemado. Me sacudí un poco de hollín que flotaba sobre mi brazo.

—Bueno... bien. Maldita sea, está bien. Eh... —Vacilé—. ¿Qué sugieres que hagamos ahora?

Él se quedó mirando las ruinas carbonizadas con los ojos entornados, luego alzó los hombros y los dejó caer de nuevo.

—Creo —afirmó poco a poco— que debemos ir a... —Se detuvo de repente, frunciendo el ceño—. ¿Qué, en nombre de Dios...?

Algo se movía a un lado de la casa. Parpadeé para quitarme los copos de nieve y me puse de puntillas para ver mejor.

—¡No es posible! —exclamé, pero sí lo era.

Con un tremendo desplazamiento de nieve, tierra y maderas carbonizadas, la cerda blanca se abrió paso hacia la luz del día. Salió del todo, sacudió sus inmensos hombros y luego, retorciendo su hocico rosado con expresión de irritación, avanzó con decisión en dirección al bosque. Un momento después, una versión más pequeña emergió de una manera similar... y otra, y luego otra... hasta que ocho lechones, algunos blancos, otros con manchas y uno tan negro como las maderas de la casa, trotaron en línea, siguiendo a su madre.

—Escocia está viva —volví a decir, riendo sin parar—. Eh... ¿adónde has dicho que fuéramos?

—A Escocia —afirmó, como si fuera obvio—. A buscar mi imprenta.

Todavía seguía mirando la casa, pero sus ojos estaban clavados más allá de las cenizas, más allá del presente. Un búho ululó en el bosque lejano, despertándose de su sueño. Jamie permaneció en silencio un instante, luego se sacudió los recuerdos y me sonrió mientras la nieve se derretía en su cabello.

—Y luego —dijo simplemente— regresaremos a la contienda.

Me cogió la mano y nos alejamos de la casa, en dirección al granero, donde nos aguardaban los caballos, pacientes en el frío.

Epílogo I

Lallybroch

El haz de luz de la linterna de bolsillo se movió poco a poco por las pesadas vigas de roble, hizo una pausa en un agujero sospechoso y luego prosiguió su camino. Aquel hombre corpulento tenía el ceño fruncido y estaba muy concentrado, con los labios apretados como alguien que espera alguna sorpresa desagradable de un momento a otro.

Brianna estaba de pie a su lado, mirando los rincones en sombras del techo del vestíbulo, con una expresión similar de concentración y el entrecejo fruncido. Era incapaz de reconocer carcoma o termitas a menos que una viga se le cayera encima, pensó, pero parecía cortés comportarse como si estuviera prestando atención.

De hecho, sólo la mitad de su atención estaba fija en los comentarios que aquel corpulento caballero susurraba a su ayudante, una mujer joven y pequeña que llevaba un mono demasiado grande para ella y que tenía mechas rosadas en el cabello. La otra mitad se centraba en los ruidos provenientes de la planta superior, donde, en teoría, los niños estaban jugando al escondite entre los montones formados por las cajas de la mudanza. Fiona había llevado su camada de tres pequeños demonios, y luego los había abandonado con gran habilidad, para hacer algún recado y prometiendo regresar a la hora del té.

Brianna miró su reloj de pulsera, todavía sorprendida de verlo allí. Aún faltaba media hora. Si podían evitar un derramamiento de sangre hasta que... Hizo una mueca cuando oyó un alarido penetrante en la planta superior. La ayudante, menos acostumbrada a aquello, dejó caer su carpeta con un grito.

—¡MAMÁ! —El que chillaba era Jem.

—¿QUÉ? —rugió ella como respuesta—. ¡Estoy OCUPADA!

—Pero ¡mamá! ¡Mandy me ha pegado! —fue el indignado comentario desde la parte superior de la escalera. Brianna levantó la mirada y pudo ver la coronilla de Jem y la luz que procedía de la ventana y que hacía brillar su cabello.

—¿Ah, sí? Bueno...

—¡Con un palo!

—¿Qué clase de...?

—¡A propósito!

—Bueno, no creo que...

—Y... —Una pausa antes de la acusación—. ¡No me ha pedido perdón!

El albañil y su ayudante habían abandonado la búsqueda de termitas para seguir esa apasionante narración. Ahora ambos miraban a Brianna, esperando, sin duda, alguna clase de decreto salomónico.

Brianna cerró los ojos un instante.

—MANDY —gritó—. ¡Pide disculpas!

—¡No! —fue la respuesta aguda que llegó desde arriba.

—¡Sí, hazlo! —dijo la voz de Jem, seguida de una refriega.

Brianna se dirigió hacia la escalera, con los ojos inyectados en sangre. Justo cuando ponía un pie en el escalón, Jem lanzó un chillido estremecedor.

—¡Me ha mordido!

—¡Jeremiah MacKenzie, no te atrevas a morderla! —gritó Bree—. ¡Los dos, parad ahora mismo!

Jem asomó una cabeza despeinada a través del pasamanos, con los pelos de punta. Se había puesto sombra de ojos de un intenso color azul, y alguien le había aplicado pintalabios de color rosa formando la grotesca silueta de una boca que iba de oreja a oreja.

—Es una brujilla endemoniada —informó con ferocidad a los espectadores de la planta baja—. Me lo dijo mi abuelo.

Brianna no estaba segura de si echarse a reír, a llorar, o emitir un agudo alarido, pero con un gesto apresurado al constructor y a su ayudante, corrió escaleras arriba para resolver la cuestión.

Lo que le llevó más tiempo del que esperaba, puesto que, mientras lo intentaba, descubrió que las tres hijas de Fiona habían estado tan calladas durante la última riña debido a que, después de maquillar a Jem, a Mandy y a sí mismas, estaban muy ocupadas pintando caras en las paredes del baño con el nuevo maquillaje de Brianna.

Cuando bajó, un cuarto de hora después, descubrió al albañil sentado plácidamente sobre un balde para el carbón colocado del revés, haciendo su pausa para el té, mientras la ayudante se paseaba por el vestíbulo con la boca abierta y un bollo a medio comer en la mano.

—¿Todos esos niños son suyos? —le preguntó a Brianna, enarcando una ceja perforada en un gesto de compasión.

—No, gracias a Dios. ¿Todo está bien aquí abajo?

—Hay un poco de humedad —contestó el albañil alegremente—. Pero era de esperar en una casa tan antigua como ésta. ¿De qué año es? ¿Lo sabe?

—De 1721, zopenco —le dijo la ayudante, mofándose de él con familiaridad—. ¿No has visto la fecha tallada en el dintel cuando hemos entrado?

—No, ¿en serio? —El constructor parecía interesado, pero no lo suficiente como para levantarse y comprobarlo—. Costará una fortuna repararla. —Con un gesto, señaló la pared, donde uno de los paneles de roble mostraba el daño causado por botas y sables, y en el que se entrecruzaban cortes cuya crudeza se había oscurecido con los años, pero que aún resultaban claramente visibles.

—No, eso no lo repararemos —dijo Brianna con un nudo en la garganta—. Eso es de después del 45. Lo dejaremos así. —«Lo conservamos», le había dicho su tío, «para recordar siempre lo que son los ingleses».

—Ah, es algo histórico. Entonces, tiene razón —afirmó el albañil, asintiendo con conocimiento—. A los americanos no suele interesarles mucho la historia, ¿verdad? Lo único que quieren son comodidades modernas: cocinas eléctricas, gilipolleces automáticas. ¡Calefacción central!

—Yo me contento con un inodoro por el que corra el agua —le aseguró ella—. Eso y agua caliente. Por cierto, ¿podría echar un vistazo a la caldera? Está en un cobertizo, en el patio, y tiene por lo menos cincuenta años de antigüedad. Y también queremos cambiar el calentador del baño de arriba.

—Ah, sí. —El albañil se sacudió las migas de la camisa, cerró su termo y se puso en pie poco a poco—. Vamos, Angie, echemos un vistazo.

Brianna revoloteó a los pies de la escalera, prestando atención a posibles ruidos de pelea antes de seguirlos, pero arriba todo estaba tranquilo; oyó el ruido de unas piezas de construcción, que evidentemente estaban arrojando contra las paredes, pero ningún grito de indignación. Se volvió justo a tiempo para ver al albañil, que se había detenido para mirar el dintel.

—El 45, ¿eh? ¿Alguna vez se ha preguntado cómo hubiera sido? —estaba diciendo—. Quiero decir, si el buen príncipe Carlos hubiera ganado.

—¡Ah, ni lo sueñes, Stan! Ese condenado mariquita italiano no tenía la más mínima posibilidad.

—No, no, lo habría hecho, seguro, de no ser por los cabrones de los Campbell. Unos traidores, ¿sabes? Del primero al último. Y supongo que las mujeres también —añadió riendo... de lo que Brianna dedujo que el apellido de la ayudante era, probablemente, Campbell.

Siguieron hacia el cobertizo, discutiendo cada vez más, pero ella se detuvo, puesto que no quería seguirlos hasta que recobrara el control.

«Dios mío —rezó con fervor—. ¡Dios mío, que estén sanos y salvos! Por favor, por favor, haz que estén a salvo.» No importaba lo ridículo que fuera rezar por la salud de personas que estaban —que tenían que estar— muertas desde hacía más de doscientos años. Era lo único que podía hacer, y lo hacía varias veces al día, cada vez que pensaba en ellos. Con mucha más frecuencia, en realidad, desde que se habían trasladado a Lallybroch.

Parpadeó para contener las lágrimas, y vio el Mini Cooper de Roger que bajaba por la serpenteante entrada para coches. El asiento trasero estaba lleno de cajas; por fin estaba retirando los últimos trastos que quedaban en el garaje del reverendo, rescatando objetos que podrían tener algún valor... muchísimas cosas.

—Justo a tiempo —dijo Brianna algo nerviosa, cuando él avanzó por el sendero con una sonrisa y una caja grande bajo el brazo. Todavía la asombraba verlo con el pelo corto—. Diez minutos más y habría matado a alguien, estoy segura. Para empezar, tal vez a Fiona.

—Ah, ¿sí? —Él se agachó y la besó con particular entusiasmo, lo que indicaba que no había oído lo que acababa de decir—. Traigo algo.

—Ya veo. ¿Qué...?

—No tengo la menor idea.

La caja que colocó sobre la antigua mesa del comedor también era de madera, un cofre de un tamaño generoso realizado en cedro, que se había oscurecido por el paso de los años, el hollín y un trato no demasiado bueno, pero su buena factura seguía siendo evidente. Los acabados eran de gran belleza, las bisagras estaban perfectamente encajadas y tenía una cubierta deslizante... que no se deslizaba, porque en algún momento la habían sellado con una gruesa capa de cera de abeja derretida, que se había ennegrecido con los años.

Sin embargo, lo más sorprendente de todo era la tapa. En la madera había un nombre grabado a fuego: *Jeremiah Alexander Ian Fraser MacKenzie.*

Al verlo, Brianna sintió un nudo en la parte inferior del estómago y levantó la mirada hacia Roger, que estaba tenso y reprimiendo sus sentimientos; ella podía captar sus vibraciones.

—¿Qué? —susurró—. ¿Quién es ése?

Roger meneó la cabeza y sacó un sobre mugriento del bolsillo.

—Esto estaba pegado con cinta adhesiva a un lado. Es la letra del reverendo, una de las pequeñas notas que a veces ponía a ciertas cosas para explicar su significado, por si acaso. Pero no puedo decir que esto sea exactamente una explicación.

La nota sólo decía que la caja procedía de un banco de Edimburgo que ya no existía. Había instrucciones junto a la caja en las que se decía que no la podía abrir nadie más que la persona cuyo nombre estaba inscrito en ella. Las instrucciones originales habían desaparecido, pero fueron transmitidas verbalmente por la persona de quien el reverendo había obtenido la caja.

—¿Y quién era? —preguntó Brianna.

—Ni idea. ¿Tienes un cuchillo?

—¿Si tengo un cuchillo? —murmuró ella, rebuscando en el bolsillo de sus vaqueros—. ¿Alguna vez no tengo un cuchillo?

—Era una pregunta retórica —intervino Roger, besándole la mano y cogiendo la navaja suiza roja y brillante que ella le ofrecía.

La cera de abeja se agrietó y se abrió con facilidad, pero la tapa de la caja no estaba dispuesta a rendirse después de tantos años. Fue necesario que los dos se esforzaran (uno de ellos agarrando la caja y el otro empujando y tirando de la tapa) hasta que por fin se liberó con un pequeño chirrido.

El fantasma de un aroma salió flotando; algo indistinguible, pero de un origen vegetal.

—Mamá —dijo ella involuntariamente.

Roger la miró alarmado, pero ella le indicó con un gesto apremiante que continuara. Él hurgó con cuidado en el interior de la caja y sacó su contenido: un montón de cartas, dobladas y selladas con lacre, dos libros... y una pequeña víbora tallada en madera de cerezo, muy pulida de haberla tenido en las manos durante mucho tiempo.

Brianna dejó escapar un sonido pequeño e inarticulado. Cogió la primera carta y la apretó contra su pecho con tanta fuerza que el papel crujió y el sello de lacre se partió y cayó. Un papel grueso y blando, cuyas fibras mostraban las difusas manchas de lo que alguna vez habían sido flores.

Las lágrimas le surcaban el rostro, y Roger estaba diciendo algo, pero ella no prestó atención a sus palabras; los niños estaban armando un escándalo terrible arriba, los albañiles seguían discutiendo fuera y lo único en el mundo que ella podía ver eran las palabras desdibujadas en la página, escritas con una letra alargada y difícil.

31 de diciembre de 1776

Querida hija:

Como verás si alguna vez recibes esto, estamos vivos...

Epílogo II

El diablo está en los detalles

—¿Qué es esto?

Amos Crupp miró con los ojos entornados la página desplegada en la imprenta y la leyó al revés con la facilidad de una larga experiencia.

—«Con profundo pesar, comunicamos la noticia de la muerte en un incendio»... ¿De dónde ha salido esto?

—Una nota de un suscriptor —dijo Sampson, el nuevo ayudante, al mismo tiempo que entintaba la plancha—. He creído que serviría para rellenar; la arenga a las tropas del general Washington no ocupa toda la página.

—Mmm. Supongo que sí. Pero es una noticia muy antigua —dijo Crupp mirando la fecha—. ¿Enero?

—Bueno, no —admitió el ayudante, haciendo un esfuerzo para empujar la palanca que bajaba la página sobre la plancha llena de tipos entintados. La prensa volvió a saltar y las letras quedaron mojadas y negras sobre el papel. Cogió la página con dedos ágiles y la colgó para que se secara—. Según la nota, ocurrió en diciembre, pero ya había compuesto la página con tipografía Baskerville de doce puntos, y algunos de los caracteres para noviembre y diciembre faltan en esa fuente —dijo, lanzando una mirada acusadora al perro que dormitaba junto a la chimenea—. Tampoco tenía espacio para hacerlo con letras separadas, y no valía la pena repetir la página entera. Así que he pensado que enero queda bastante cerca, ¿no?

—Claro —afirmó Amos, perdiendo interés en el asunto mientras revisaba los últimos párrafos del discurso de Washington—. Además, tampoco importa demasiado. Después de todo, están todos muertos, ¿no?

Agradecimientos

Me gustaría expresar mi ENORME gratitud a:

Mis dos maravillosos editores, Jackie Cantor y Bill Massey, por sus lúcidos comentarios, su apoyo, sus útiles sugerencias («¡¿Y qué hay de Marsali?!»), sus entusiastas reacciones («¡Yujuuu!»), y por compararme (favorablemente, me apresuro a aclarar) con Charles Dickens.

Mis excelentes y admirables agentes literarios, Russell Galen y Danny Baror, que hacen tanto para que el mundo preste atención a estos libros... y para que todos mis hijos puedan ir a la universidad.

Bill McCrea, procurador del Museo de Historia de Carolina del Norte, y su personal, por los mapas, los resúmenes biográficos, la información general y un delicioso desayuno en el museo. ¡Me encantan esos panecillos de queso!

El personal del Centro de Visitantes del campo de batalla de Creek Bridge, de Moore, por su amable atención y por haberme proporcionado casi veinte kilos de libros nuevos e interesantes —en particular, obras fascinantes como *Roster of the Patriots in the Battle or Moore's Creek Bridge* y *Roster of the Loyalists in the Battle of Moore's Creek Bridge*—, así como por explicarme qué es una tormenta de hielo, porque acababan de padecer una. En Arizona no tenemos tormentas de hielo.

Linda Grimes, por apostar conmigo que no podía escribir una escena atractiva sobre el hecho de hurgarse la nariz. Esa escena existe únicamente por su culpa.

La asombrosa y sobrehumana Barbara Schnell, que tradujo el libro al alemán, al mismo tiempo que yo lo escribía, casi codo a codo conmigo, para tenerlo terminado a tiempo para la edición alemana.

Silvia Kuttny-Walser y Petra Zimmerman, que removieron cielo y tierra para ayudarme en el debut en Alemania.

La doctora Amarilis Iscold, por sus numerosos y detallados consejos —y sus periódicos ataques de risa— respecto a las escenas médicas. Cualquier libertad que me haya tomado o cualquier error son responsabilidad exclusivamente mía.

El doctor Doug Hamilton, por su experto testimonio sobre la odontología, y lo que uno puede o no puede hacer con un par de fórceps, una botella de whisky y una lima para dientes de caballo.

El doctor David Blacklidge, por sus útiles consejos sobre la fabricación, la utilización y los riesgos del éter.

El doctor William Reed y la doctora Amy Silverthorn, por mantener mi nariz despejada durante la época de polinización para que pudiera terminar este libro.

Laura Bailey, por sus eruditos comentarios —con dibujos, nada menos— sobre la ropa de época y, en particular, por la útil sugerencia de apuñalar a alguien con la varilla de un corsé.

Christiane Schreiter, a cuyas habilidades detectivescas (y a la buena voluntad de los bibliotecarios de la biblioteca Braunschweig) debemos la versión alemana de la cabalgata de Paul Revere.

El reverendo Jay McMillan, por su abundante, fascinante y útil información respecto a la Iglesia presbiteriana en la Norteamérica colonial... y a Becky Morgan, por presentarme al reverendo Jay, así como a Amy Jones, por sus datos sobre la doctrina presbiteriana.

Rafe Steinberg, por proporcionarme información sobre horas, mareas y cuestiones generales de náutica y, en especial, el provechoso detalle de que las mareas cambian cada doce horas. Cualquier error en este aspecto es, definitivamente, mío. Y si la marea no cambió el 10 de julio de 1776 a las cinco de la mañana, no quiero saberlo.

Mi asistente Susan Butler, por lidiar con diez millones de notas autoadhesivas, por hacer tres juegos de fotocopias de un manuscrito de 2.500 páginas y mandarlo por Federal Express a todos los lugares con eficiencia y puntualidad.

La incansable y diligente Kathy Lord, que revisó todo este manuscrito en un plazo de tiempo imposible, sin quedarse ciega ni perder su sentido del humor.

Virginia Norey, diosa del diseño de libros, que una vez más consiguió introducir todo esto entre dos cubiertas y hacer que fuera no sólo legible, sino también elegante.

Steven Lopata, por sus impagables sugerencias técnicas respecto a las explosiones y los incendios.

Arnold Wagner, Lisa Harrison, Kateri van Huystee, Luz, Suzann Shepherd y Jo Bourne, por sus consejos técnicos sobre cómo moler pigmentos, almacenar pintura y otras pintorescas exquisiteces, tales como el dato de que el «marrón egipcio» se obtiene a partir de momias molidas. No conseguí incluir esa información en la trama del libro, pero es demasiado valiosa como para no compartirla.

Karen Watson, por la notable cita de su excuñado respecto a las sensaciones de una persona que padece hemorroides.

Pamela Patchet, por su excelente e inspiradora descripción de lo que se siente al clavarse una astilla de cinco centímetros debajo de la uña.

Margaret Campbell, por el hermoso ejemplar de *Piedmont Plantation*.

Janet McConnaughey, por su visión de Jamie y Brianna jugando a las cartas.

Marte Brengle, Julie Kentner, Joanne Cutting, Carol Spradling, Beth Shope, Cindy R., Kathy Burdette, Sherry y Kathleen Eschenburg, por sus útiles consejos y sus entretenidos comentarios sobre los espantosos himnos eclesiásticos.

Lauri Klobas, Becky Morgan, Linda Allen, Nikki Rowe y Lori Benton, por sus sugerencias técnicas sobre la fabricación del papel.

Kim Laird, Joel Altman, Cara Stockton, Carol Isler, Jo Murphey, Elise Skidmore, Ron Kenner, y muchos, muchos (muchos, muchos) otros habitantes del Compuserve Literary Forum, ahora conocido como Books and Writers Community, pero que sigue siendo el mismo lugar de reunión de ecléctica excentricidad, tesoro de erudición y fuente de hechos verdaderamente extraños, por sus contribuciones de hipervínculos, datos y artículos que creyeron que me resultarían útiles. Siempre lo son.

Chris Stuart and Backcountry, por el regalo de sus maravillosos CD, *Saints and Strangers* y *Mohave River*, al compás de los cuales escribí bastantes partes de este libro.

Ewan MacColl, cuya interpretación de «Eppie Morrie» inspiró el capítulo 85.

Gaby Eleby, por los calcetines, las galletas y el apoyo moral en general, y a las Damas de Lallybroch, por su ilimitada bondad, manifestada en forma de cajas, tarjetas y enormes cantidades de jabón, tanto comercial como casero (Jack Randall Lavender está bien, y me gustó mucho el que se llama Breath of Snow. El denominado Lick Jamie All Over, sin embargo, era tan dulce que uno de mis perros se lo comió).

Bev LaFrance, Carol Krenz, Gilbert Sureau, Laura Bradbury, Julianne, Julie y muchas otras buenas personas cuyos nombres, por desgracia, olvidé apuntar, por su ayuda con las frases en francés.

Monika Berrisch, por permitirme apropiarme de su personalidad.

Y a mi marido, Doug Watkins, que esta vez me proporcionó las primeras líneas del prólogo.